HEYNE
BÜCHER

Das Buch

Der Name Robert Ludlum bürgt für Hochspannung. Wie kaum einem anderen gelingt es ihm, seine Leser in Atem zu halten. In seinen Thrillern verbinden sich Action, Spannung und politische Brisanz zu einer hochexplosiven Mischung, und auch die Liebe darf nicht fehlen. In *Die Halidon-Verfolgung* kommt der amerikanische Wissenschaftler Alex McAuliff wegen eines fantastischen Angebots nach London: Er soll eine Million Dollar erhalten, wenn er die Leitung eines Landvermessungsprojekts in Jamaica übernimmt. Wie sich herausstellt, soll damit vor allem sein Schweigen bezahlt werden, denn das Projekt ist streng geheim. Als McAuliff vom britischen Geheimdienst eine eindeutige Warnung erhält, erkennt er, daß er unversehens in ein internationales Komplott hineingeraten ist und sich nur noch auf sich selbst verlassen kann.

In *Die Aquitaine-Verschwörung* kommt der brillante Rechtsanwalt Joel Converse einer machtbesessenen Verschwörergruppe auf die Spur: Sechs hochdekorierte amerikanische Generäle verfolgen mit allen Mitteln den Plan, gewaltsam ein Riesenreich zu errichten. Als es Joel gelingt, ihre Identität aufzudecken, gerät er selbst auf ihre Abschußliste. Denn er ist der einzige, der beweisen kann, daß »Aquitaine« existiert und daß der »Tag der Generäle« bevorsteht.

Der Autor

Robert Ludlum, geboren 1927 in New York, arbeitete zunächst als Schauspieler und Produzent, bevor er sich mit vierzig dazu entschloß, Schriftsteller zu werden. Schon sein erstes Buch, *Das Scarlatti-Erbe* (01/9407), wurde ein Bestseller. Mittlerweile hat Ludlum mehr als 20 überaus erfolgreiche Thriller geschrieben, die in über 30 Sprachen übersetzt wurden und in mehr als 50 Ländern in einer Gesamtauflage von über 200 Millionen Exemplaren veröffentlicht wurden. Die meisten seiner Bücher sind im Wilhelm Heyne Verlag erschienen.

ROBERT LUDLUM

DIE HALIDON-VERFOLGUNG
DIE AQUITAINE-VERSCHWÖRUNG

Zwei Romane in einem Band

WILHELM HEYNE VERLAG
MÜNCHEN

HEYNE ALLGEMEINE REIHE
Band-Nr. 01/13079

Umwelthinweis:
Das Buch wurde auf
chlor- und säurefreiem Papier gedruckt.

Taschenbuchausgabe 1/2000

Printed in Germany 2000
Quellenhinweis: s. Anhang
Umschlagillustration: Bavaria Bildagentur/VCL, Gauting
Umschlaggestaltung: Nele Schütz Design, München
Druck und Bindung: Elsnerdruck, Berlin

ISBN: 3-453-16157-2

http://www.heyne.de

DIE HALIDON-VERFOLGUNG

Für all jene, die mir vor so vielen Jahren bei den Recherchen zu diesem Buch geholfen und mir ihr Vertrauen geschenkt haben – sie wissen, wer damit gemeint ist. Ich werde immer in ihrer Schuld stehen.

Einleitung

Vor einigen Jahren – einem Vierteljahrhundert, um genau zu sein – freute sich ein Schriftsteller, der damals Anfang Vierzig war, so unbändig darüber, daß tatsächlich zwei Romane von ihm veröffentlicht worden waren, daß er der Quelle dieser Freude unablässig huldigte. Zum Glück war er nur der Droge *Schreiben* verfallen, die für den Körper keine Gefahr darstellt – für den Geist jedoch um so mehr. Dieser besessene Schriftsteller – ich – ist inzwischen viel älter, aber nur ein bißchen weiser geworden. Ich gab mich meiner Leidenschaft so umfangreich hin, daß mir eine ganze Riege wohlmeinender Abgesandter meines Verlages eine kleine Strafpredigt hielt. Ich war wie betäubt – starr und sprachlos.

Offenbar war man damals der einhelligen Meinung, daß ein Schriftsteller, der mehr als ungefähr ein Dutzend Buchexemplare an seine nächsten Angehörigen und seine Freunde verkauft hatte, nicht mehr als einen Roman pro Jahr schreiben sollte! Falls er es doch tat, sei er in den Augen von ›Lesern wie Kritikern‹ (mir gefiel die Trennung, die da vorgenommen wurde) automatisch ein ›kommerzieller Schriftsteller‹. Ich dachte an so fleißige Literaten der Vergangenheit wie Dickens, Trollope und Thackeray, die sich nichts dabei gedacht hatten, eine wahre Flut von Beiträgen für monatlich und wöchentlich erscheinende Zeitschriften zu verfassen, viele davon Auszüge aus den Romanen, an denen sie gerade gearbeitet hatten. Vielleicht, so dachte ich im stillen, bekam das Wort ›Schriftsteller‹ eine andere, offenbar abwertende Bedeutung, wenn es mit Produktivität assoziiert wurde. Ich war verwirrt und – wie ich bereits erwähnte – sprachlos. Also sagte ich nichts.

Schließlich war ich ja der Grünschnabel im Verlagsgeschäft. Ich beugte mich jenen, die es besser wissen mußten, und willigte ein, *Die Halidon-Verfolgung* unter dem Pseudonym ›Jonathan Ryder‹ herauszugeben (der Vorname eines unserer Söhne und der verkürzte Künstlername meiner Frau aus jener Zeit, da sie in New York und Umgebung eine erfolgreiche Schauspielerin gewesen ist).

Es wäre dumm, den Einfluß leugnen zu wollen, den dieser Roman auf meine nächsten Bücher hatte. Zum erstenmal hatte ich mich ganz bewußt gezwungen, eine geheimnisumwitterte Geschichte zusammen mit den Wurzeln eines Mythos zu recherchieren, was so ganz anders war, als reichlich vorhandene, wenn auch schwierig aufzufindende historische Aufzeichnungen zu suchen. Für mich war es fantastisch. Mit meiner Frau Mary flog ich nach Jamaika, wo der größte Teil des Romans spielen sollte. Ich kam mir wie ein Kind im Spielzeugladen vor. Es gab soviel zu sehen, zu lernen! Ich ›stahl‹ sogar echte Namen, bevor mir gesagt wurde, daß man so etwas ohne Genehmigung nicht tun dürfe. ›Timothy Durell‹ zum Beispiel, die erste Figur, die uns in diesem Buch begegnet, steht für den jüngsten und aufgeecktesten Hoteldirektor eines großen internationalen Ferienclubs, dem ich je begegnet bin. ›Robert Hanley‹ ist in dem Roman Pilot, und das war auch der Mann, dem er nachempfunden ist. Bob hat unter anderem Howard Hughes in der Karibik herumgeflogen und für Errol Flynn als Privatpilot gearbeitet, als der Filmstar auf Jamaika gelebt hatte (weitere Einzelheiten soll ich auf Anraten meines Anwaltes besser nicht erwähnen).

Die Recherche ist das Dessert vor dem Hauptgang – oder besser: der delikate Krabbencocktail vor einem herzhaften Steak, der Appetithappen, auf den ein üppiges Mahl folgt. Sie ist sowohl Falle als auch Sprungbrett. Eine Falle deshalb, weil sie einen in einer Welt geometrischer Wahrscheinlichkeiten gefangenhält, die ein Schriftsteller sich zu verlassen weigert, ein Sprungbrett, weil sie die Fantasie beflügelt, jene endlosen Variationsmöglichkeiten weiterzuspinnen, die ein Autor so unwiderstehlich findet.

Den dunkleren Seiten von Religion und Mythos auf Jamaika begegnete ich zum erstenmal, als meine Frau und ich unsere Tochter – zusammen mit der stattlichen Dame, die der Küche unseres gemieteten Hauses vorstand – auf einen

Markt der Einheimischen in Port Antonio mitnahmen. Unsere kleine Tochter war ein sehr blondes Kind und sehr hübsch (das ist sie immer noch). Sie stand sofort im Mittelpunkt des Interesses, denn wir befanden uns in einem recht abgelegenen Flecken, und für die Dorfbewohner stellte ein hellblondes weißes Kind einen ungewohnten Anblick dar. Die Einheimischen waren reizend wie fast alle Jamaikaner – freundlich, heiter und liebenswürdig und mit einem aufrichtigen Interesse an den Gästen ihrer Insel. Ein kräftiger Mann jedoch benahm sich völlig anders. Er pöbelte herum und machte Bemerkungen, die alle Eltern abstoßend finden würden. Die Menschen um ihn herum ermahnten ihn, viele schrien ihn an, aber er wurde immer ausfallender und stand kurz davor, handgreiflich zu werden.

Schließlich hatte ich genug. Als ehemaliger Marine – und weitaus jünger, als ich es jetzt bin – ging ich auf dieses widerwärtige Subjekt zu, wirbelte den Mann herum, drehte ihm den rechten Arm auf den Rücken und stieß ihn über die staubige Straße bis zum Rand einer Schlucht. Dort setzte ich ihn auf einen Stein und machte meinem Ärger Luft.

Plötzlich wurde er ganz friedlich, als wäre er in Trance gefallen, dann fing er an, in einem eintönigen Singsang Worte herunterzuleiern, die sinngemäß etwa so lauteten:

»Das *Hollydawn*, das *Hollydawn*, alles ist für das *Hollydawn!*« Ich fragte ihn, von was er da spreche. »Das kann ich dir nicht sagen, Mann, das darfst du nicht wissen. Die heilige Kirche des *Hollydawn! Obeah, Obeah*. Gib mir Geld für den Zauber des *Hollydawn!*«

Jetzt wurde mir klar, daß er high war – Gras, Alkohol oder sonst etwas. Ich gab ihm ein paar Dollar und schickte ihn weg. Später kam ein älterer Jamaikaner auf mich zu, einen traurigen, wissenden Blick in den dunklen Augen.

»Junger Mann, es tut mir leid«, sagte er. »Wir haben Sie beobachtet und wären Ihnen sofort zu Hilfe gekommen, wenn es für Sie gefährlich geworden wäre.«

»Sie meinen, er hat vielleicht eine Pistole oder sonst eine Waffe gehabt?«

»Nein, eine Pistole nicht, niemand erlaubt diesen Leuten,

eine Pistole zu tragen, aber eine Waffe – ja. Er hat oft ein Messer in seiner Hose versteckt.«

Ich schluckte ein paarmal und wurde sicher noch ein wenig blasser, als ich es sowieso schon war. Aber dieser Vorfall entfachte meine Fantasie.

Später flog ich mit Bob Hanley und seinem Flugzeug im Tiefflug kreuz und quer über den berüchtigten Dschungel des Cock Pit, wobei ich Dinge sah, die man in einem Verkehrsflugzeug nie sehen würde. Ich fuhr in die Hafenviertel von Kingston, obwohl Bob erklärte, ich sei verrückt, mich dorthin zu wagen (wie gesagt, ich war viel, viel jünger). Ich sah mir die Buchten und Häfen an der Nordküste an und stellte Fragen, immerzu Fragen, die oft Gelächter und amüsierte Blicke hervorriefen, aber nicht ein einziges Mal Feindseligkeit. Schließlich ging ich sogar so weit, mit Verhandlungen zum Kauf von Errol Flynns ehemaligem Anwesen zu beginnen, als Hanley, wie ich mich erinnere, *mir* den Arm auf den Rücken drehte und mich unter der Androhung von Prügeln zum Flugzeug zurückschleifte (er war noch jünger!).

Ich hatte so viel Spaß, daß Mary mich eines Abends, während wir in der fantastischen Glut eines jamaikanischen Sonnenuntergangs unsere Cocktails tranken, auf ihre herrlich trockene Art fragte:

»Du wolltest also wirklich das Haus von Errol Flynn kaufen?«

»Weißt du, es gibt dort ein paar Naturwasserfälle, die in einen Swimmingpool münden, und …«

»Bob Hanley hat meine Erlaubnis, dich zu verprügeln, solange er deine rechte Hand in Ruhe läßt.« (Ich schreibe damit.) »Glaubst du, du wirst jemals mit diesem Buch anfangen?«

»Welches Buch?«

»Ich geb's auf. Ich glaube, es wird Zeit, daß wir nach Hause fahren.«

»Was für ein Zuhause?«

»Die anderen Kinder, unsere Söhne.«

»Ah, die kenne ich! Großartige Jungs!«

Verstehen Sie, was ich meine? Man könnte es Inselkoller

nennen oder mich als tollwütigen Hund in der Mittagshitze bezeichnen – oder als geistig geschädigten Schriftsteller, der von seiner Recherche besessen war. Aber meine Gemahlin hatte recht. Es war Zeit, nach Hause zu fahren und mit dem herzhaften Steak anzufangen.

Als ich diesen Roman für einige letzte Korrekturen noch einmal gelesen habe, war ich überrascht davon, wieviel ich vergessen hatte. Die Erinnerungen brachen über mich herein. Es ging nicht um die Qualität des Buches – die sollen andere beurteilen –, sondern um das, was ich erlebt hatte: Einzelheiten, aus denen ganze Szenen entstanden sind, interessante Charaktere, Straßen im Hinterland, die hie und da von Herrenhäusern und Überresten aus längst vergangenen Epochen gesäumt waren, die *Cocoruru*-Händler an den Sandstränden, die mit ihren Macheten die Kokosnüsse köpften und dann den Rum hineingossen – und über allem Hunderte großer dunkler Augen, in denen die Geheimnisse von Jahrhunderten standen.

Es war eine wunderschöne Zeit, und ich möchte allen danken, die sie mir ermöglicht haben. Ich hoffe, dieses Buch gefällt Ihnen, denn die Arbeit daran hat mir viel Freude gemacht.

Robert Ludlum, Naples/Florida, 1996

I

PORT ANTONIO/JAMAIKA
UND
LONDON/ENGLAND

1.

Port Antonio

Die weiße Wand aus Gischt prallte von den Korallenfelsen ab und schien in der Luft zu schweben, das dunkelblaue Karibische Meer als Hintergrund. Die Gischt fiel nach vorn, dann nach unten und kroch über Tausende von winzigen, scharfen, zerklüfteten Rissen zurück, mit denen die Korallen überzogen waren. Sie wurde wieder zu Meer, vereinigte sich mit ihrer Quelle.

Timothy Durell trat an den Rand des riesigen, geschwungenen Swimmingpools, der auf den umliegenden Korallenfelsen errichtet worden war, und beobachtete den immer heftiger tobenden Kampf zwischen Wasser und Fels. Dieser abgeschiedene Teil der jamaikanischen Nordküste war eine Synthese aus einer von Menschen geschaffenen Umgebung und der Natur.

Trident Villas war auf einem Korallenriff erbaut worden, das die Anlage von drei Seiten umgab, und besaß nur eine Zufahrtsstraße. Die Villen und Gästehäuser waren Miniaturausgaben ihres Namens und gingen auf das Meer und die Korallenfelder hinaus. Jedes Gebäude stellte, isoliert von den anderen, eine kleine Welt für sich dar, so wie das Ferienressort von dem benachbarten Port Antonio isoliert war.

Der junge Engländer Durell war der Direktor der Trident Villas. Er hatte die Londoner Hotelfachschule besucht und besaß eine Reihe von Kürzeln hinter seinem Namen, die von mehr Wissen und Erfahrung zeugten, als sein jugendliches Aussehen hätte vermuten lassen. Aber Durell war gut. Er wußte das, und die Besitzer von Trident wußten es auch. Er hörte nie auf, nach dem Unerwarteten zu suchen – zusammen mit dem reibungslosen Ablauf der Routinearbeiten war dies der Kern eines überdurchschnittlich guten Hotelmanagements.

Jetzt hatte er das Unerwartete gefunden. Doch es beunruhigte ihn.

Mathematisch betrachtet war es unmöglich. Oder, wenn nicht unmöglich, so doch in höchstem Maße unwahrscheinlich.

Es ergab einfach keinen Sinn.

»Mr. Durell?«

Er drehte sich um. Seine Sekretärin – eine Jamaikanerin, deren Gesichtszüge und braune Haut von der uralten Verbindung zwischen Afrika und den britischen Kolonialherren zeugten – war mit einer Nachricht für ihn zum Pool gekommen.

»Ja?«

»Lufthansa-Flug 16 aus München wird verspätet in Montego ankommen.«

»Das ist die Reservierung für die Kepplers, nicht wahr?«

»Ja. Sie werden die Maschine für den Weiterflug auf der Insel verpassen.«

»Sie hätten nach Kingston fliegen sollen ...«

»Sind sie aber nicht«, sagte das Mädchen. In ihrer Stimme lag die gleiche Mißbilligung wie in Durells Worten, wenn auch nicht ganz so deutlich. »Offenbar wollen sie die Nacht nicht in Montego verbringen. Die Lufthansa hat über Funk eine Nachricht von ihnen durchgegeben. Wir sollen ein Flugzeug für sie chartern ...«

»Innerhalb von drei Stunden? Das sollen die Deutschen machen! Es ist schließlich ihre Maschine, die zu spät kommt ...«

»Sie haben es versucht. In Mo'Bay ist keines zu bekommen.«

»Das war auch nicht zu erwarten ... Ich werde Hanley fragen. Er wird etwa um fünf mit den Warfields aus Kingston zurück sein.«

»Vielleicht will er nicht ...«

»Er wird es schon machen. Wir sitzen in der Klemme. Ich hoffe nur, daß es nicht die ganze Woche so weitergeht.«

»Warum sagen Sie das? Was beunruhigt Sie?«

Durell drehte sich zum Geländer vor den Korallenfelsen.

»Einiges. Ich bin mir nicht sicher, was genau es ist. Aber eines weiß ich ...« Er sah das Mädchen an, doch seine Augen verrieten, daß er sich an etwas zu erinnern versuchte. »Vor gut zwölf Monaten kamen die ersten Reservierungen für diese Woche. Vor elf Monaten waren sämtliche Villen reserviert – für diese eine Woche.«

»Das Trident ist eben beliebt. Was ist daran so ungewöhnlich?«

»Sie verstehen nicht. Seit elf Monaten hat sich nichts an diesen Reservierungen geändert. Keine einzige Absage, nicht einmal eine geringfügige Verschiebung des Datums. Auch nicht um einen Tag.«

»Weniger Arbeit für Sie. Darüber sollten Sie sich doch eigentlich freuen.«

»Aber begreifen Sie denn nicht? Das Ganze ist mathematisch gesehen unmög... nun ja, widersprüchlich, um es milde auszudrücken. Zwanzig Villen. Wenn wir von Paaren ausgehen, sind das vierzig Familien – Mütter, Väter, Tanten, Onkel, Cousins ... In elf Monaten hat sich nichts ereignet, was auch nur einen von ihnen bewogen hätte, seine Reisepläne zu ändern. Keiner unserer Gäste ist gestorben – und bei unseren Zimmerpreisen sind nicht nur junge darunter. Kein größeres Mißgeschick, keine Terminprobleme in der Firma oder Masern oder Mumps oder Hochzeiten oder Beerdigungen, keine langwierigen Krankheiten. Dabei geht es nicht um die Krönung der Königin, sondern einfach nur um eine Woche Urlaub auf Jamaika.«

Das Mädchen lachte. »Sie spielen mit Zahlen, Mr. Durell. Es ärgert Sie, daß Ihre wohldurchdachte Warteliste nicht benötigt wurde.«

»Und sie alle kommen tatsächlich«, fuhr der junge Hoteldirektor fort. Er sprach immer schneller. »Dieser Keppler ist der einzige, der Probleme hat, und wie löst er sie? Er läßt von irgendwo über dem Atlantik eine Nachricht über Bordfunk durchgeben. Sie werden doch zugeben, daß das ein bißchen übertrieben ist ... Und die anderen? Niemand verlangt, daß am Flughafen ein Wagen wartet, niemand braucht eine Bestätigung für einen Anschlußflug, niemand macht sich Sorgen wegen des Gepäcks oder der Fahrt hierher. Oder wegen sonst etwas. Sie werden einfach hier sein.«

»Die Warfields nicht. Captain Hanley ist nach Kingston geflogen, um sie abzuholen.«

»Aber das wußten wir nicht. Hanley hat zwar angenommen, daß wir Bescheid wüßten, aber so war es nicht. Sie haben alles persönlich von London aus arrangiert. Er dachte, wir hätten ihnen seinen Namen gegeben. Aber das haben wir nicht getan. Ich jedenfalls nicht.«

»Und sonst würde es niemand tun ...« Das Mädchen verstummte. »Aber sie kommen aus der ganzen Welt.«

»Ja. Fast gleichmäßig verteilt. USA, England, Frankreich, Deutschland und – Haiti.«

»Was wollen Sie damit andeuten?« fragte das Mädchen, das den besorgten Ausdruck auf Durells Gesicht sah.

»Ich habe das merkwürdige Gefühl, daß sich unsere Gäste der nächsten Woche alle kennen. Aber sie wollen nicht, daß wir das wissen.«

London/England

Der große, hellhaarige Amerikaner in dem offenen Burberry-Trenchcoat verließ das Savoy durch den Eingang zur Strand Street. Er blieb einen Augenblick stehen und sah in den englischen Himmel, der zwischen den Gebäuden auf dem Platz zu erkennen war. Eigentlich war das etwas vollkommen Normales – den Himmel anzusehen, sich einen Überblick über die Elemente zu verschaffen, nachdem man ein Dach über dem Kopf verlassen hatte. Aber dieser Mann warf nicht nur den üblichen, flüchtigen Blick in den Himmel und bildete sich dann seine Meinung, die im wesentlichen von der herrschenden Kälte abhing.

Er sah genau hin.

Jeder Geologe, der sich seinen Lebensunterhalt mit der Erstellung von geophysikalischen Vermessungsgutachten für Regierungen, Unternehmen und Stiftungen verdiente, wußte, daß das Wetter bares Geld war. Es bedeutete Fortschritt oder Verzögerung.

Reine Gewohnheit.

Über den hellen, tiefliegenden grauen Augen des Mannes wuchsen kräftige Augenbrauen, dunkler als das hellbraune Haar, das ihm fortwährend in die Stirn fiel. Seine Gesichtsfarbe war die eines Menschen, der viel Zeit im Freien verbrachte – tiefgebräunt von der Sonne, aber nicht verbrannt. Die Falten seitlich und unterhalb seiner Augen sahen so aus, als wären sie eher von seiner Arbeit als von den vergangenen Jahren verursacht worden. Ein Gesicht, das in ständigem Kampf mit den Elementen lag. Hohe Wangenknochen, ein voller Mund, ein nicht zu kantiger Kiefer, denn es war auch etwas Weiches an diesem Mann, was im krassen Gegensatz zu seinem drahtigen, professionellen Aussehen stand.

Diese Weichheit zeigte sich auch in seinen Augen. Sie waren nicht schwach, sondern neugierig. Die Augen eines Mannes, der alles wissen wollte – vielleicht deshalb, weil er es früher nicht zu genau hatte wissen wollen.

Dieser Mann hatte viel erlebt.

Als er genug gesehen hatte, grüßte er den uniformierten Portier mit einem Lächeln und einem kurzen, verneinenden Kopfschütteln.

»Kein Taxi, Mr. McAuliff?«

»Nein danke, Jack. Ich werde zu Fuß gehen.«

»Es ist recht frisch, Sir.«

»Das wird mir guttun – ich mache nur einen kleinen Spaziergang.«

Der Portier tippte sich an seine Mütze, dann widmete er seine Aufmerksamkeit einem heranrollenden Jaguar. Alexander McAuliff ging durch den Savoy Court, vorbei am Theater und dem Büro von American Express, bis er zur Strand kam. Er überquerte den Bürgersteig und reihte sich in den Strom menschlichen Verkehrs ein, der nach Norden auf die Waterloo Bridge zufloß. Um die Februarkälte von London abzuwehren, knöpfte er seinen Mantel zu und schlug den Kragen hoch.

Es war fast ein Uhr. Um eins sollte er an der Kreuzung vor der Waterloo Station sein. Er hatte nur noch ein paar Minuten Zeit, wenn er pünktlich sein wollte.

Zwar hatte er sich damit einverstanden erklärt, den Mann von Dunstone Limited auf diese seltsame Art und Weise zu treffen, aber er hoffte, daß sein Ton deutlich gemacht hatte, wie verärgert er darüber war. Es wäre überhaupt kein Problem gewesen, ein Taxi zu nehmen oder einen Wagen oder einen Chauffeur zu mieten, falls es notwendig gewesen wäre. Wenn Dunstone einen Wagen für ihn schickte, warum dann nicht gleich bis zum Savoy? Er hatte nichts gegen den kleinen Spaziergang, aber er haßte es, sich mitten auf einer verstopften Straße mit jemandem in einem Auto zu treffen. Es war mehr als nur ärgerlich.

Der Mann von Dunstone hatte eine kurze, knappe Erklärung dafür gehabt, die für ihn ein zwingender Grund war – für alles und jedes: »Mr. Julian Warfield ist es so lieber.«

McAuliff sah den Wagen sofort. Er mußte von Dunstone sein – und/oder von Warfield. Ein St. James Rolls-Royce, dessen glänzend schwarze, handgearbeitete Karosserie sich majestätisch und anachronistisch einen Weg durch die benzinsparenden Austins, MGs und europäischen Importautos bahnte. Alex wartete am Bordstein, drei Meter von dem Fußweg entfernt, der auf die Brücke führte, ohne zu winken oder dem langsam heranrollenden Rolls auf eine andere Weise zu zeigen, daß er ihn gesehen hatte. Er wartete, bis der Wagen direkt vor ihm anhielt. Hinter dem Steuer saß ein Chauffeur, das hintere Fenster war heruntergedreht.

»Mr. McAuliff?« sagte das alterslos aussehende Gesicht im Fensterrahmen fragend.

»Mr. Warfield?« fragte McAuliff, der genau wußte, daß dieser etwa fünfzig Jahre alte, steif wirkende Managertyp nicht Warfield war.

»Du meine Güte, nein. Mein Name ist Preston. Bitte steigen Sie ein, ich glaube, wir halten den Verkehr auf.«

»Ja, das scheint mir auch so.« Alex stieg hinten ein und setzte sich auf den Rücksitz, während Preston zur Seite rückte.

Der Engländer streckte ihm die Hand entgegen. »Freut mich, Sie kennenzulernen. Wir haben telefoniert.«

»Ja, Mr. Preston.«

»Es tut mir wirklich leid, Ihnen mit diesem Treffen solche

Umstände machen zu müssen. Der alte Julian hat seine Marotten, das können Sie mir glauben.«

McAuliff überlegte, ob er den Mann von Dunstone Limited vielleicht falsch eingeschätzt hatte. »Es war nur ein wenig verwirrend, das ist alles. Falls es eine Vorsichtsmaßnahme sein sollte – ich kann mir allerdings nicht vorstellen, warum –, hat er allerdings einen verdammt auffälligen Wagen geschickt.«

Preston lachte. »Das stimmt. Aber im Laufe der Jahre habe ich festgestellt, daß Warfields Wege – genau wie jene Gottes – zwar oft seltsam, aber am Ende immer logisch sind. Er ist ganz in Ordnung. Sie werden mit ihm zu Mittag essen.«

»Schön. Wo?«

»Belgravia.«

»Ist das dann nicht der falsche Weg?«

»Julian und Gott – beide am Ende immer logisch, mein Junge.«

Der Rolls-Royce ließ Waterloo hinter sich, dann fuhr er weiter nach Süden zur Cut, bog links ab, bis er die Blackfriars Road erreicht hatte, dann wieder links, rollte über die Blackfriars Bridge, schließlich nach Norden in Richtung Holborn. Es war eine verwirrende Route.

Zehn Minuten später hielten sie unter einem Baldachin vor einem weißen Haus. Rechts von der gläsernen Doppeltüre war eine Messingtafel angebracht, auf der SHAFTSBURY ARMS stand. Der Portier hielt ihnen die Tür auf und begrüßte sie freundlich.

»Guten Tag, Mr. Preston.«

»Guten Tag, Ralph.«

McAuliff folgte Preston in das Haus und auf die drei Fahrstühle zu, die sich in der elegant eingerichteten Eingangshalle befanden. »Ist das hier Warfields Haus?« fragte er nicht so sehr aus Neugier, sondern eher, um überhaupt etwas zu sagen.

»Nein. Es gehört mir. Beim Mittagessen werde ich allerdings nicht dabeisein. Ich verlasse mich jedoch voll und ganz auf meine Köchin – Sie sind hier in den besten Händen.«

»Kein Kommentar – ›Julian und Gott‹.«

Preston lächelte unverbindlich, während sich die Fahrstuhltür öffnete.

Julian Warfield telefonierte gerade, als Preston mit McAuliff in das geschmackvoll, ja elegant eingerichtete Wohnzimmer trat. Der alte Mann stand neben einem antiken Tisch vor einem hohen Fenster, das auf den Belgravia Square hinausging. Das große Fenster, das von langen weißen Vorhängen eingefaßt war, ließ Warfield noch kleiner wirken. Er ist wirklich ein sehr kleiner Mann, dachte Alex, während er Warfields Winken mit einem Kopfnicken und einem Lächeln beantwortete.

»Sie schicken dann die Liste mit den Abgrenzungsposten an Macintosh«, sagte Warfield bedächtig in das Telefon. Er meinte es nicht als Frage. »Ich bin sicher, daß er anderer Meinung sein wird, und dann können Sie das Ganze ja zusammen ausdiskutieren. Auf Wiederhören.« Der kleine alte Mann legte den Hörer auf und sah zu Alex hinüber. »Mr. McAuliff, nicht wahr?« Dann lachte er leise in sich hinein. »Das eben war ein Paradebeispiel für gute Geschäftsführung. Stellen Sie Experten ein, die sich über alles und jedes uneinig sind, und nehmen Sie die besten Argumente von beiden Seiten, um zu einem Kompromiß zu gelangen.«

»Im großen und ganzen halte ich das für einen guten Rat«, erwiderte McAuliff. »Solange sich die Experten über die Materie streiten und nicht, weil sie sich nicht ausstehen können.«

»Sie sind schlagfertig. Das gefällt mir. Schön, Sie zu sehen.« Warfield ging auf Preston zu. Sein Gang war genauso wie seine Sprache – langsam und bedächtig. Der Geist selbstbewußt, der Körper unsicher. »Clive, ich danke dir, daß du mir dein Domizil überlassen hast. Und Virginia natürlich auch. Aus Erfahrung weiß ich, daß das Mittagessen superb sein wird.«

»Nichts zu danken, Julian. Ich gehe jetzt.«

Mit einem Ruck fuhr McAuliffs Kopf herum. Er sah Preston an. Diese Vertrautheit zwischen ihm und dem alten Warfield hatte er nicht erwartet. Clive Preston lächelte und verließ das Zimmer schnell, während Alex ihm verwirrt nachsah.

»Um Ihre unausgesprochene Frage zu beantworten«, sagte Warfield, »Sie haben zwar mit Preston telefoniert, aber er ist kein Angestellter von Dunstone Limited, Mr. McAuliff.«

Alexander wandte sich wieder dem Geschäftsmann zu.

»Immer wenn ich im Büro von Dunstone angerufen habe, um mit Ihnen zu sprechen, mußte ich eine Nummer hinterlassen, unter der ich dann zurückgerufen wurde ...«

»... und zwar innerhalb weniger Minuten«, ergänzte Warfield. »Wir haben Sie nie warten lassen, das wäre unhöflich gewesen. Jedesmal, wenn Sie angerufen haben – viermal, glaube ich –, hat meine Sekretärin Mr. Preston informiert. In seinem Büro.«

»Und der Rolls-Royce gehört Preston«, sagte Alex.

»Ja.«

»Wenn mir also jemand gefolgt wäre, würde es so aussehen, als hätte ich geschäftlich mit Preston zu tun. Und zwar seit meiner Ankunft in London.«

»Das war unsere Absicht.«

»Warum?«

»Das erklärt sich eigentlich von selbst. Es ist uns lieber, wenn niemand weiß, daß wir mit Ihnen über einen Vertrag sprechen. Darauf haben wir ja bereits bei unserem ersten Anruf bei Ihnen in New York großen Wert gelegt.«

»Sie sagten, es sei vertraulich. Das sagt jeder. Wenn es Ihnen damit wirklich so ernst ist, warum haben Sie dann den Namen Dunstone Limited überhaupt erwähnt?«

»Wären Sie sonst hierhergeflogen?«

McAuliff dachte einen Augenblick lang nach. Abgesehen von einer Woche Skiurlaub in Aspen waren mehrere andere Projekte im Gespräch gewesen. Aber Dunstone war Dunstone – eines der größten Unternehmen weltweit. »Nein, vermutlich nicht.«

»Das dachten wir uns. Wir wußten, daß Sie mit ITT über ein kleines Projekt in Süddeutschland verhandeln wollten.«

Alex starrte den alten Mann an. Plötzlich mußte er lächeln. »Das, Mr. Warfield, sollte eigentlich ebenso vertraulich sein wie alles, was Sie tun.«

Auch Warfield machte einen kleinen Scherz. »Dann wissen wir ja, wer es mit der Vertraulichkeit genau nimmt, nicht wahr? Aber ITT lag doch auf der Hand ... Kommen Sie, wir trinken etwas, und dann essen wir Mittag. Ich weiß, was Sie bevorzugen – Scotch mit Eis. Mehr Eis, als für den Magen gut ist.«

Der alte Mann lachte leise und führte McAuliff zu einer Bar aus Mahagoniholz auf der anderen Seite des Raumes.

»Ich habe einiges über Sie erfahren, Mr. McAuliff. Alles sehr interessant.«

»Ich habe gehört, daß jemand viele Fragen stellt.« Sie saßen sich in tiefen Sesseln gegenüber. Als McAuliff dies sagte, hob Warfield den Blick von seinem Glas und sah Alex durchdringend, beinahe verärgert an.

»Das kann ich mir nur schwer vorstellen.«

»Es wurden keine Namen genannt, aber ich habe davon gehört. Acht Personen. Fünf Amerikaner, zwei Kanadier, ein Franzose.«

»Die *nicht* mit Dunstone in Verbindung gebracht werden können.« Warfields kleiner Körper schien zu erstarren. McAuliff wurde klar, daß er eine empfindliche Stelle getroffen hatte.

»Ich sagte, es wurden keine Namen genannt.«

»Haben Sie Dunstone nach unserem Gespräch je in einer Unterhaltung mit anderen erwähnt? Sagen Sie mir die Wahrheit, Mr. McAuliff.«

»Ich wüßte keinen Grund, warum ich Ihnen nicht die Wahrheit sagen sollte«, antwortete Alex etwas gereizt. »Nein, das habe ich nicht.«

»Ich glaube Ihnen.«

»Das sollten Sie auch.«

»Wenn ich das nicht tun würde, würde ich Sie jetzt großzügig für Ihre Zeit entschädigen und vorschlagen, daß Sie nach Amerika zurückfliegen und bei ITT unterschreiben.«

»Das könnte ich doch trotzdem tun, nicht wahr? Diese Möglichkeit habe ich immer noch.«

»Geld bedeutet Ihnen viel.«

»Sehr viel.«

Julian Warfield stellte sein Glas ab und legte seine dünnen kleinen Hände aufeinander. »Alexander T. McAuliff. Das ›T‹ steht für Tarquin, wird jedoch so gut wie nie verwendet. Es findet sich nicht einmal auf Ihrem Briefpapier. Man sagt, es gefalle Ihnen nicht …«

»Stimmt. Ich bin nicht gerade versessen darauf.«

»Alexander Tarquin McAuliff, achtunddreißig Jahre alt, Hochschulabschluß, Promotion, aber der Doktortitel wird so selten verwendet wie der zweite Vorname. Die geologischen Fakultäten mehrerer führender amerikanischer Universitäten, darunter California Tech und Columbia, verloren einen ausgezeichneten Forschungsstipendiaten, als Dr. McAuliff sich dazu entschloß, seine Kenntnisse für eine etwas einträglichere Beschäftigung zu nutzen.« Warfield lächelte. Sein Gesichtsausdruck schien »Wie mache ich das?« zu fragen; auch das war keine Frage.

»Der Druck seitens der Fakultät und des Labors ist nicht weniger stark als der in der freien Wirtschaft. Warum also soll man sich nicht dafür bezahlen lassen?«

»Stimmt. Wir haben ja bereits festgestellt, daß Ihnen Geld viel bedeutet.«

»Ihnen nicht?«

Warfield lachte – es war ein lautes, echtes Lachen. Sein dünner kleiner Körper schüttelte sich fast vor Vergnügen, während er zu Alex hinüberging und mit ihm anstieß. »Ausgezeichnete Antwort. Wirklich ganz ausgezeichnet.«

»So gut war sie nun auch wieder nicht ...«

»Aber Sie unterbrechen mich«, sagte Warfield, nachdem er sich wieder hingesetzt hatte. »Ich habe die Absicht, Sie zu beeindrucken.«

»Doch hoffentlich nicht mit mir selbst.«

»Nein, mit unserer Gründlichkeit. Sie kommen aus einer Familie mit einem sehr engen Zusammenhalt, einem stark akademischen Hintergrund ...«

»Ist das notwendig?« unterbrach McAuliff den alten Mann. Er spielte mit seinem Glas herum.

»Ja, das ist es«, erwiderte Warfield und sprach weiter, als wäre sein Gedankengang nicht unterbrochen worden. »Ihr Vater war – und ist, im Ruhestand – ein sehr angesehener Agrarwissenschaftler, Ihre Mutter – sie ist leider schon verstorben – eine hoffnungslos romantische Seele, die von allen geliebt wurde. Das ›Tarquin‹ haben Sie von ihr, und bis zu ihrem Tod haben Sie die Initiale oder den Namen nie weggelassen. Sie hatten einen älteren Bruder, der Pilot war. Er wurde in den letzten Tagen des Koreakrieges abgeschossen. Sie selbst haben sich mit Auszeichnung in Vietnam bewährt ... Nachdem Sie Ihren Doktor gemacht hatten, nahm man an, daß Sie die akademische Tradition der Familie fortsetzen würden. Bis eine private Tragödie Sie aus dem Labor getrieben hat. Auf einer Straße in New York wurde eine junge Frau – Ihre Verlobte – getötet. Nachts. Sie gaben sich die Schuld daran – und anderen. Sie waren mit ihr verabredet gewesen, aber eine eilig angesetzte, völlig unnötige Besprechung im Labor hatte Sie daran gehindert, diese Verabredung einzuhalten ... Alexander Tarquin McAuliff verließ die Universität fluchtartig. Ist mein Versuch einer Biografie Ihres Lebens bis jetzt korrekt?«

»Sie verletzen meine Privatsphäre. Sie erzählen mir Details, die mein Privatleben betreffen, auch wenn sie nicht geheim sind. Außerdem sind Sie ausgesprochen widerwärtig. Ich glaube nicht, daß ich mit Ihnen zu Mittag essen möchte.«

»Nur noch ein paar Minuten. Dann können Sie sich entscheiden.«

»Ich kann mich auch jetzt schon entscheiden.«

»Natürlich. Nur noch ein paar Worte – Dr. McAuliff widmete sich seiner neuen Karriere mit außerordentlicher Zielstrebigkeit. Er ließ sich von mehreren bekannten Unternehmen anstellen, die geologische Vermessungen durchführen. Dort leistete er ganz hervorragende Arbeit. Dann verließ er diese Unternehmen wieder und unterbot sie bei den nächsten Verträgen. Industriebau kennt keine Staatsgrenzen – Fiat baut in Moskau, General Motors in Berlin, British Petroleum in Buenos Aires, Volkswagen in New Jersey/USA, Renault in Madrid – ich könnte stundenlang so weitermachen ... Alles beginnt mit einer Akte, die mit komplizierten Absätzen voller Fachausdrücke gespickt ist, in denen beschrieben wird, was auf dem Land gebaut werden kann und was nicht. Ein einfacher, für selbstverständlich gehaltener Vorgang. Aber ohne diese Akte geht nichts.«

»Ihre paar Minuten sind um, Warfield. Im Namen der Landvermesser danke ich Ihnen dafür, daß Sie unsere Notwendigkeit anerkannt haben. Wie Sie sagten – wir werden allzuoft als Selbstverständlichkeit angesehen.« McAuliff stellte sein Glas auf den Tisch neben seinem Sessel und wollte aufstehen.

Warfield sprach mit ruhiger, klarer Stimme weiter. »Sie haben dreiundzwanzig Bankkonten. Vier davon sind in der Schweiz, wenn Sie möchten, kann ich Ihnen die Nummern nennen. Weitere Konten unter anderem in Prag, Tel Aviv, Montreal, Brisbane, São Paulo, Kingston, Los Angeles und natürlich New York.«

Alexander blieb unbeweglich auf der Kante seines Sessels sitzen und starrte den kleinen alten Mann an. »Sie waren fleißig.«

»Gründlich … Nichts ausgesprochen Illegales, auf keinem der Konten liegen große Summen. Insgesamt belaufen sie sich auf etwa 2,4 Millionen US-Dollar. Das war der Stand vor einigen Tagen, als Sie aus New York abgeflogen sind. Leider ist diese Zahl ohne Bedeutung. Aufgrund internationaler Vereinbarungen in bezug auf Kapitalüberweisungen kann das Geld nicht zentralisiert werden.«

»Jetzt bin ich mir sicher, daß ich nicht mit Ihnen essen will.«

»Gut. Aber was halten Sie von weiteren zwei Millionen Dollar? Netto, nach Abzug aller amerikanischen Steuern. Auf ein Konto bei einer Bank Ihrer Wahl.«

McAuliff starrte Warfield an. Es dauerte eine Weile, bis er etwas sagte. »Das ist Ihr Ernst, nicht wahr?«

»Mein völliger Ernst.«

»Für eine *Landvermessung?*«

»Ja.«

»Hier in London gibt es fünf gute Firmen. Wenn Sie soviel zahlen, warum wollen Sie dann mich? Warum arbeiten Sie nicht mit denen?«

»Wir wollen keine Firma. Wir wollen nur einen Mann. Einen Mann, den wir gründlich überprüft haben. Einen Mann, von dem wir glauben, daß er den wichtigsten Aspekt dieses Vertrages respektieren wird: Geheimhaltung.«

»Das läßt auf nichts Gutes schließen.«

»Ganz und gar nicht. Es ist eine Grundvoraussetzung für die Finanzierung. Sollte auch nur ein einziges Wort nach draußen dringen, würden die Spekulanten anrücken, die Bodenpreise in die Höhe schießen, und das Projekt würde untragbar werden. Wir müßten es aufgeben.«

»Um was geht es? Ich muß das wissen, bevor ich Ihnen eine Antwort gebe.«

»Wir wollen eine Stadt bauen. Auf Jamaika.«

2.

McAuliff lehnte Warfields Angebot, den Wagen Prestons für ihn nach Belgravia zurückzuholen, höflich ab. Alex wollte zu Fuß gehen, in der kalten Winterluft nachdenken. In Bewegung zu sein half ihm dabei, seine Gedanken zu ordnen. Der kalte, frostige Wind zwang seine Konzentration nach innen.

Es gab eigentlich gar nicht so viel, worüber er nachdenken mußte. Er mußte es eher begreifen. In gewisser Hinsicht war die Jagd jetzt vorbei. Das Ende des verschlungenen Labyrinthes war in Sicht, nach elf Jahren ruhelosen Herumirrens. Nicht wegen des Geldes an sich. Aber wegen des Geldes als Mittel zur Unabhängigkeit.

Absolute, totale Unabhängigkeit. Niemals mehr das tun müssen, was er nicht tun wollte.

Der Tod von Ann – ihre Ermordung – war der Auslöser gewesen. Ganz gewiß die rationale Erklärung, das war ihm klar. Aber für diese rationale Erklärung gab es schwerwiegende Gründe, die über den emotionalen Ausbruch hinausgingen. Die Besprechung im Labor – von Warfield treffend als ›völlig unnötig‹ bezeichnet – war symptomatisch für das ganze akademische System gewesen.

Alle Arbeiten im Labor waren darauf ausgerichtet, den Ansprüchen für die Verteilung von Forschungsgeldern zu entsprechen. Großer Gott! Soviel sinnlos vergeudete Energie! So viele sinnlose Besprechungen! So viele sinnvolle Projekte, die nie beendet wurden, weil Zuwendungen nicht genehmigt wurden oder ein Verwaltungsbeamter der Fakultät die Prioritäten änderte, um noch mehr ins Auge stechende *Fortschritte* für *fortschritts*orientierte Stiftungen zu erreichen.

Alex hatte das akademische System nicht bekämpfen können, aber er war viel zu wütend gewesen, um in diesem politischen Wirrwarr mitzuspielen. Daher hatte er ihm den Rükken gekehrt.

Die Firmen in der freien Wirtschaft haßte er genauso. Du lieber Himmel ... Nur die Prioritäten waren anders. Sie orientierten sich ausschließlich an einem Ziel – Gewinn. Projekte, die nicht die bestmöglichen ›Gewinnaussichten‹ versprachen, wurden ohne einen Blick zurück eingestellt.

Bleiben Sie bei der Sache. Verschwenden Sie keine Zeit.

Deshalb hatte er auch den Firmen den Rücken gekehrt und sich selbständig gemacht. So konnte er selbst entscheiden, welchen Preis die Leistungen hatten, die man von ihm erwartete. Und ob sie es wert waren.

Wenn er darüber nachdachte – alles, was Warfield vorgeschlagen hatte, war nicht nur legal und akzeptabel, sondern geradezu fantastisch. Zwei Millionen Dollar netto für eine legale Landvermessung, von der Alex wußte, daß er sie durchführen konnte.

Er war schon in dem Gebiet in Jamaika gewesen, das vermessen werden sollte – östlich und südlich von Falmouth, an der Küste entlang bis zur Duncan's Bay, ins Landesinnere hinein bis ins Cock Pit. Für das Cock Pit schien sich Dunstone am meisten zu interessieren – eine riesige Fläche aus unbewohnten, in einigen Fällen nicht einmal kartographierten Berg- und Dschungelgebieten. Brachliegendes Land, zehn Minuten mit dem Flugzeug von den Bequemlichkeiten Montego Bays entfernt, fünfzehn von dem rasant wachsenden, explodierenden New Kingston.

Dunstone würde ihm die genauen Längen- und Breitengrade in den nächsten drei Wochen mitteilen. Innerhalb dieser Zeit sollte er auch sein Team zusammenstellen.

Alex war jetzt wieder auf der Strand. Einige Straßen vor ihm lag der Savoy Court. Eigentlich hatte er sich noch nicht entschieden. Andererseits gab es auch nichts zu entscheiden – er mußte sich lediglich darüber klar werden, ob er damit anfangen sollte, an der Universität nach Leuten zu suchen. Er war sicher, daß es keinen Mangel an interessierten Bewerbern geben würde. Hoffentlich brachten sie die Qualifikationen mit, die er verlangte.

Es war alles in Ordnung. *In bester Ordnung.*

Er ging die kleine Gasse hinunter bis in den Innenhof, lächelte dem Portier zu und trat durch die dicken Glastüren des Savoy. An der Rezeption auf der rechten Seite fragte er, ob jemand eine Nachricht für ihn hinterlassen habe.

Es waren keine Nachrichten da.

Trotzdem wurde er aufgehalten. Der mit einem Smoking bekleidete Hotelangestellte am Empfang stellte ihm eine sonderbare Frage. »Werden Sie jetzt nach oben gehen, Mr. McAuliff?«

»Ja – ja, ich werde jetzt nach oben gehen«, antwortete Alex verwirrt. »Warum?«

»Bitte?«

»Warum fragen Sie?« Alex lächelte.

»Der Zimmerservice, Sir«, erwiderte der Mann mit einem wachen Blick in den Augen. Seine weiche, britische Stimme klang überzeugend. »Es wird gerade geputzt oder gebügelt. Wir haben zur Zeit schrecklich viel zu tun.«

»Ich verstehe. Danke.« Alex lächelte wieder, nickte dankend und ging zu dem kleinen messingverzierten Fahrstuhl hinüber. Er hatte versucht, den Augen des Hotelangestellten noch etwas anderes zu entlocken, aber es war ihm nicht gelungen. Und doch wußte er, daß da noch etwas anderes war. Er kam jetzt seit sechs Jahren in dieses Hotel, und nie hatte ihn jemand gefragt, ob er »jetzt nach oben gehen« werde. Angesichts der englischen Umgangsformen und noch mehr der Umgangsformen im Savoy war eine solche Frage einfach unmöglich.

Oder reagierte er nur zu schnell und zu heftig auf die Warnungen Dunstones?

Als McAuliff in seinem Zimmer war, zog er sich bis auf die Unterhose aus, streifte einen Bademantel über und bestellte beim Etagenkellner Eis. Auf dem Schreibtisch stand noch eine fast volle Flasche Scotch. Er setzte sich in einen Sessel und schlug eine Zeitung auf, die von dem aufmerksamen Zimmerservice bereitgelegt worden war.

Kurz darauf – die Etagenkellner des Savoy waren für ihre Schnelligkeit bekannt – klopfte es an der Tür zum Korridor. McAuliff stand auf, dann blieb er plötzlich stehen.

Die Etagenkellner des Savoy klopften nicht an die Tür zum Korridor – sie schlossen sie auf und kamen in den Eingangsbereich. Wollte man nicht gestört werden, sperrte man die Tür zum Schlafzimmer ab, die auf den Eingangsbereich hinausführte.

Alex eilte zur Tür und öffnete sie. Vor sich sah er nicht den Etagenkellner, sondern einen großen, freundlich aussehenden Mann mittleren Alters, der einen Tweedmantel trug.

»Mr. McAuliff?«

»Ja?«

»Mein Name ist Hammond. Ich würde gern mit Ihnen sprechen, Sir.«

»Wie bitte? Sicher … Gewiß.« Alex warf einen Blick in den Korridor, während er dem Mann bedeutete, vor ihm hineinzugehen. »Ich habe Eis bestellt. Ich dachte, Sie wären der Etagenkellner.«

»Könnte ich dann vielleicht – Verzeihung – in Ihr Badezimmer gehen, Sir? Es wäre mir lieber, wenn ich nicht gesehen werde.«

»Wie bitte? Arbeiten Sie für Warfield?«

»Nein, Mr. McAuliff. Für den britischen Geheimdienst.«

3.

»Das war wohl eine etwas jämmerliche Vorstellung, Mr. McAuliff. Haben Sie was dagegen, wenn ich noch mal beginne?« Hammond betrat das kombinierte Wohn-/Schlafzimmer.

Alex ließ Eiswürfel in ein Glas fallen. »Nicht nötig. Es ist das erste Mal, daß jemand an die Tür meines Hotelzimmers klopft, sagt, er sei vom britischen Geheimdienst und darum bittet, das Badezimmer benutzen zu können. Ich finde das sehr originell. Was zu trinken?«

»Danke. Ohne Eis, bitte, aber mit etwas Soda.«

McAuliff schenkte Hammond das Gewünschte ein und reichte ihm das Glas dann. »Ziehen Sie doch Ihren Mantel aus, und setzen Sie sich.«

»Sehr freundlich von Ihnen. Danke.« Der Brite schlüpfte aus seinem Tweedmantel und legte ihn ordentlich über die Rückenlehne eines Stuhls.

»Sie haben mich neugierig gemacht, Mr. Hammond.« McAuliff saß am Fenster, gegenüber von Hammond. »Der Hotelangestellte an der Rezeption hat mich gefragt, ob ich nach oben gehe. Das war Ihretwegen, nicht wahr?«

»Ja, aber er weiß von nichts. Er glaubt, der Hoteldirektor wolle Sie auf diskrete Weise aufsuchen. Das wird häufig so gemacht. In der Regel, wenn es um finanzielle Angelegenheiten geht.«

»Herzlichen Dank.«

»Wir korrigieren diesen Eindruck wieder, wenn es Sie stört.«

»Das tut es nicht.«

»Ich war im Keller. Als man mich benachrichtigt hat, bin ich über den Lastenaufzug heraufgekommen.«

»Ziemlich umständlich ...«

»Aber notwendig«, unterbrach Hammond ihn. »Sie werden seit einigen Tagen beobachtet. Ich wollte Sie nicht beunruhigen.«

McAuliff, der gerade einen Schluck aus seinem Glas trinken wollte, hielt inne. »Sie beunruhigen mich *sehr*. Ich nehme an, daß ich nicht von Ihren Leuten beobachtet werde?«

»Nun, man könnte es so ausdrücken, daß wir – aus einiger Entfernung – sowohl die Verfolger als auch den Verfolgten im Auge haben.« Hammond trank einen Schluck von seinem Whisky und lächelte.

»Ich glaube nicht, daß mir dieses Spiel gefällt«, sagte McAuliff leise.

»Uns geht es genauso. Darf ich Ihnen noch etwas mehr zu meiner Person sagen?«

»Ich bitte darum.«

Hammond zog ein schwarzes Lederetui mit einem Ausweis aus der Tasche seines Jacketts, stand auf und ging zu McAuliff hinüber. Er hielt ihm das flache Etui hin und klappte es auf.

»Unter dem Siegel steht eine Telefonnummer. Ich wäre Ihnen dankbar, wenn Sie dort anrufen würden, um sich zu vergewissern, Mr. McAuliff.«

»Das ist nicht notwendig, Mr. Hammond. Sie haben ja nichts von mir verlangt.«

»Vielleicht tue ich das noch.«

»Wenn Sie es tun, werde ich anrufen.«

»Ich verstehe. Also gut.« Hammond setzte sich wieder auf seinen Stuhl. »Wie Sie aus meinem Ausweis ersehen können, arbeite ich für den militärischen Nachrichtendienst. Dort steht allerdings nicht, daß ich für das Außenministerium und die Finanzverwaltung zuständig bin. Ich bin Finanzexperte.«

»Beim Geheimdienst?« Alex erhob sich und ging zu dem Eisbehälter und dem Whisky hinüber. Er deutete darauf, aber Hammond schüttelte den Kopf. »Das ist ungewöhnlich, oder? Bei einer Bank oder einem Maklerbüro – ja, aber doch nicht im Spionagegeschäft.«

»Der weitaus größte Teil unserer Arbeit hat mit der Finanzwelt zu tun, Mr. McAuliff. Wobei natürlich der Zusammenhang manchmal mehr, manchmal weniger augenfällig ist.«

»Ich nehme alles zurück.« Alex goß sich einen Drink ein und stellte fest, daß er nur deshalb keine Antwort von Hammond bekam, weil dieser wartete, bis er wieder zu seinem Stuhl zurückgegangen war. »Wenn ich darüber nachdenke, wird mir klar, was Sie meinen«, sagte er und setzte sich.

»Vor einigen Minuten haben Sie mich gefragt, ob ich für Dunstone Limited arbeite.«

»Ich glaube nicht, daß ich es so ausgedrückt habe.«

»Also gut. Julian Warfield – das kommt aufs gleiche heraus.«

»Ein Fehler meinerseits. Ich fürchte, ich kann mich nicht daran erinnern, Sie überhaupt etwas gefragt zu haben.«

»Ja, natürlich. Das ist ein wesentlicher Bestandteil Ihrer Vereinbarung. Sie dürfen weder Mr. Warfield noch Dunstone noch sonst jemanden – oder etwas – erwähnen, das mit diesen Namen in Zusammenhang steht. Wir akzeptieren das. Offen gesagt, halten auch wir es zu diesem Zeitpunkt für das beste. Unter anderem deshalb, weil wir glauben, daß man Sie töten würde, falls Sie Ihre Geheimhaltungspflicht verletzen sollten.«

McAuliff ließ sein Glas sinken und starrte den Engländer an, der ruhig und gelassen gesprochen hatte. »Das ist ja absurd«, sagte er nur.

»Das ist Dunstone Limited«, erwiderte Hammond leise.

»Das sollten Sie mir erklären.«

»Ich werde mein Bestes tun. Zunächst einmal wird für diese geophysikalische Vermessung, für die man Sie engagiert hat, bereits das *zweite* Team losgeschickt ...«

»Das hat man mir nicht gesagt«, unterbrach McAuliff ihn.

»Aus gutem Grund. Die Mitglieder des ersten Teams sind tot. Oder besser: verschwunden und tot. Von den jamaikanischen Mitarbeitern gibt es bis heute keine Spur. Die Weißen sind tot, da sind wir sicher.«

»Wieso? Ich meine, wieso sind Sie da so sicher?«

»Dafür gibt es einen einfachen Grund, Mr. McAuliff. Einer der Männer war ein britischer Agent.«

McAuliff hörte fasziniert zu, was der Mann vom Geheimdienst ihm mit sanfter Stimme erzählte. Hammond wirkte wie ein Dozent aus Oxford, der über die geheimnisvollen Aspekte eines düsteren elisabethanischen Dramas referierte und geduldig jede einzelne Wendung einer im Grunde unerklärlichen Handlung erläuterte. Wo Fakten fehlten, äußerte er Vermutungen, was er McAuliff auch deutlich zu verstehen gab.

Hammond zufolge war Dunstone Limited nicht nur ein Unternehmen, das Landflächen für gewerbliche Zwecke erschloß. Seine Ziele gingen erheblich über jene eines Mischkonzerns hinaus. Auch war es in Wirklichkeit nicht so ausschließlich britisch, wie die Geschäftsleitung nach außen hin glauben machen wollte. In Wirklichkeit war Dunstone Limited, London, der ›Firmensitz‹ einer Organisation aus internationalen Investoren, deren Ziel der Aufbau von weltweiten Kartellen war, die ohne Einmischung und Kontrollen seitens des europäischen Marktes und seiner Handelspartner operieren konnten. Eine Organisation, die also – eine Vermutung – den wirtschaftlichen Einfluß der Regierungen ausschalten wollte. Washington, London, Bonn, Paris, Den Haag und alle anderen Striche auf dem Kompaß der Finanzwelt sollten letzten Endes auf Kunden reduziert werden, die keine finanzielle oder politische Macht mehr besaßen.

»Sie unterstellen damit, daß Dunstone gerade dabei ist, eine eigene Regierung zu bilden.«

»Genau. Eine Regierung, die ausschließlich nach volkswirtschaftlichen Gesichtspunkten geführt wird. Eine Konzentration von Finanzmitteln, wie es sie seit der Zeit der Pharaonen nicht mehr gegeben hat. Zeitgleich mit dieser wirtschaftlichen Katastrophe – und von ebensolcher Bedeutung – soll die Regierung von Jamaika durch Dunstone Limited übernommen werden. Jamaika ist Dunstones geplante Operationsbasis. Und es könnte ihnen gelingen, Mr. McAuliff.«

Alex stellte sein Glas auf die breite Fensterbank. Er sprach langsam und suchte nach Worten, während er auf die Schieferdächer blickte, die sich auf den Savoy Court neigten. »Lassen Sie mich das noch einmal wiederholen – das, was Sie mir erzählt haben, und das, was ich weiß. Dunstone hat vor, in großem Umfang in die Erschließung von Jamaika zu investieren. Gut, darüber sind wir uns einig. Die Summen sind astronomisch. Als Gegenleistung für diese Investitionen erwartet das Unternehmen, daß die dankbare Regierung in Kingston ihm ein wenig entgegenkommt. Zumindest würde ich das erwarten, wenn ich Dunstone wäre. Die üblichen Steuervorteile, Importvergünstigungen, Zugeständnisse bei der Beschäftigung, Immobilien – allgemeine Anreize. Das ist nichts Neues.« McAuliff drehte sich um und sah Hammond an. »Ich weiß nicht, ob das auf eine Finanzkatastrophe hindeutet – mit Ausnahme vielleicht für England.«

»Ich gebe zu, daß Sie recht haben«, sagte Hammond. »Allerdings nur zum Teil. Sie haben das ganz richtig erkannt – es stimmt, daß es uns dabei zunächst nur um Großbritannien ging. Englischer Egoismus, wenn Sie so wollen. Dunstone ist ein wichtiger Faktor in der britischen Handelsbilanz. Wir würden ihn nur äußerst ungern verlieren.«

»Und deshalb schmieden Sie jetzt ein Komplott …«

»Einen Moment, Mr. McAuliff«, unterbrach ihn der Agent, ohne die Stimme zu heben. »Die Spitzen der britischen Regierung denken sich kein Komplott aus. Wenn Dunstone das wäre, was es zu sein vorgibt, würden die Verantwortlichen in der Downing Street offen für unsere Interessen kämpfen. Ich fürchte jedoch, dies ist nicht der Fall. Dunstones Einfluß reicht bis in überaus sensible Bereiche in London, Bonn, Paris und Rom – und mit absoluter Sicherheit auch in Washington. Aber darauf werde ich später noch einmal zurückkommen. Im Augenblick möchte ich mich gern auf Jamaika konzentrieren. Sie haben von ›Vergünstigungen‹, ›Steuervorteilen‹, ›Entgegenkommen‹ und ›Anreizen‹ gesprochen. Ich nenne es ›Übernahme‹.«

»Worte.«

»*Gesetze*, Mr. McAuliff. Geltendes Recht, erlassen von Premierminister und Kabinett und Parlament. Denken Sie einen Augenblick darüber nach. Eine funktionsfähige Regierung in einem strategisch günstig gelegenen, unabhängigen Staat, die von einem riesigen Wirtschaftsmonopol mit weltweiten Verbindungen kontrolliert wird … Das ist kein haarsträubender Unsinn. Wir stehen kurz davor.«

Alex dachte darüber nach – länger als nur einen Augenblick. Hammonds ›Erläuterungen‹, die dieser so ruhig und gelassen vorgetragen hatte, jagten ihm durch den Kopf.

Ohne zu enthüllen, auf welche Weise der MI5 – der britische Inlandsgeheimdienst – dies herausgefunden hatte, erklärte der Agent anschließend Dunstones *Modus operandi.* Von Schweizer Banken aus waren riesige Summen nach Kingston in die King Street überwiesen worden, jenen eng umrissenen Bezirk, in dem die großen internationalen Banken ihren Sitz hatten. Aber der Geldregen fiel nicht auf britische, amerikanische oder kanadische Banken – die gingen leer aus, während die weniger sicheren jamaikanischen Banken fassungslos einen in ihrer Firmengeschichte noch nie dagewesenen Zufluß harter Währung registrierten.

Nur wenige wußten, daß die riesigen neuen Reichtümer in Jamaika ausschließlich von Dunstone stammten. Der Beweis dafür war, daß innerhalb eines achtstündigen Geschäftstages ununterbrochen Gelder über eintausend Konten hin- und herflossen. Überrascht fuhren einige Köpfe herum – allerdings nur wenige Köpfe. Einigen ausgewählten Männern in hochrangigen Positionen wurde unwiderlegbar demonstriert, daß eine neue Macht in Kingston herrschte. Eine Macht, die so einflußreich war, daß sie der Wall Street und Whitehall gefährlich werden konnte.

»Wenn Sie soviel wissen, warum greifen Sie dann nicht ein? Halten Sie sie auf.«

»Das ist unmöglich«, antwortete Hammond. »Alle Transaktionen waren gedeckt, man kann niemandem etwas vorwerfen. Warfield ist der führende Kopf von Dunstone. Er arbeitet nach der Devise, daß eine in sich geschlossene Organisation nur dann effizient ist, wenn ihre verschiedenen Arme wenig oder nichts voneinander wissen.«

»Mit anderen Worten, Sie können nichts beweisen und ...«

»Wir können nichts *aufdecken*, das wir nicht beweisen können«, unterbrach Hammond ihn. »Das ist richtig.«

»Sie könnten ihnen drohen. Ich meine, Sie könnten mit dem, was Sie jetzt wissen, einen Riesenskandal anzetteln ... Aber dieses Risiko können Sie nicht eingehen, nicht wahr? Es hat was mit diesen ›sensiblen‹ Bereichen in Bonn, Washington, Paris und so weiter zu tun. Habe ich recht?«

»Sie haben recht, Mr. McAuliff.«

»Diese Bereiche müssen verdammt sensibel sein.«

»Wir glauben, daß wir es mit einem internationalen Querschnitt aus einflußreichen Männern zu tun haben.«

»Innerhalb der Regierungen?«

»Und mit der Großindustrie verbündet.«

»Zum Beispiel?«

Hammond sah Alex an. Es war klar, was er jetzt sagen würde. »Sie verstehen, daß das, was ich jetzt sagen werde, lediglich eine Vermutung ist.«

»Natürlich. Außerdem habe ich ein sehr schlechtes Gedächtnis.«

»Also gut.« Der Brite stand auf und ging um seinen Stuhl herum. Er sprach nicht lauter, war aber dennoch gut zu verstehen. »Zu Ihrem Land ... Es wäre durchaus denkbar, daß der Vizepräsident der Vereinigten Staaten oder jemand in seiner nächsten Umgebung involviert ist. Mit Sicherheit wissen wir, daß einige namentlich nicht bekannte Senatsabgeordnete und Minister dazugehören. England: bekannte Persönlichkeiten aus dem Unterhaus und zweifellos mehrere Ministerialdirektoren in der Finanzverwaltung. Deutschland: einflußreiche Mitglieder des Bundestages. Frankreich: eine elitäre Gruppe der erzkonservativen Gaullisten. Warfield muß Männer an seiner Seite haben, auf die diese Beschreibung paßt. Ohne den entsprechenden Einfluß hätte Dunstone unmöglich so weit kommen können, dessen sind wir sicher.«

»Aber Sie wissen nicht, um wen im einzelnen es sich dabei handelt.«

»Nein.«

»Und Sie scheinen der Meinung zu sein, daß ich Ihnen helfen kann.«

»So ist es, Mr. McAuliff.«

»Ihnen steht eine ganze Organisation zur Verfügung, und Sie kommen ausgerechnet zu mir? Ich werde lediglich eine Vermessung für Dunstone durchführen, sonst nichts.«

»Die *zweite* Vermessung, Mr. McAuliff.«

Alexander starrte den Engländer an. »Sie sagten, das erste Team sei ...«

Hammond ging zu seinem Stuhl zurück und setzte sich wieder. »Ja, Mr. McAuliff. Das bedeutet, daß Dunstone einen Widersacher hat. Jemanden, der genauso tödlich und mächtig ist wie Warfields Organisation. Wir haben nicht die geringste Ahnung, um wen oder was es sich dabei handelt. Wir wissen nur, daß er existiert, daß *sie* existieren. Wir würden gerne Kontakt mit diesen Leuten aufnehmen, die das gleiche Ziel verfolgen wie wir. Wir können die Sicherheit Ihrer Expedition garantieren. Sie sind der Schlüssel. Ohne Sie kommen wir nicht weiter. Und ohne uns sind Sie und Ihre Leute vielleicht in großer Gefahr.«

McAuliff sprang auf und beugte sich drohend über den britischen Agenten. Er holte ein paarmal tief Luft, dann entfernte er sich mit großen Schritten von Hammond. Ziellos ging er auf und ab. Der Engländer schien Verständnis für seine Reaktion zu haben. Er wartete einfach ab und sagte kein Wort.

»Du lieber Himmel! Sie sind gut, Hammond!« McAuliff kehrte zu seinem Stuhl zurück, setzte sich jedoch nicht. Er griff nach seinem Glas auf dem Fensterbrett, nicht wegen des Whiskys, sondern weil er etwas in der Hand haben wollte. »Sie kommen hier rein, halten mir eine Vorlesung über Wirtschaft, die alle möglichen Anschuldigungen gegen Warfield enthält, und erzählen mir dann in aller Ruhe, daß ich vermutlich gerade meinen letzten Vertrag unterschrieben habe, wenn ich nicht mit Ihnen zusammenarbeite.«

»Das ist ein wenig übertrieben ausgedrückt, mein Freund ...«

»Genau das haben Sie gesagt. Und wenn Sie sich irren?«

»Wir irren uns nicht.«

»Verdammt noch mal, Sie wissen genau, daß ich das nicht nachprüfen kann. Wenn ich zu Warfield gehe und ihm von unserer kleinen Unterhaltung erzähle, verliere ich den Auftrag in der Sekunde, in der ich den Mund aufmache. Und das höchste Honorar, das man einem Landvermesser je angeboten hat.«

»Darf ich Sie nach der Summe fragen? Nur aus Interesse.«

McAuliff sah Hammond an. »Was würden Sie zu zwei Millionen Dollar sagen?«

»Ich würde sagen, es überrascht mich, daß er Ihnen nicht drei Millionen angeboten hat. Oder vier ... Warum auch nicht? Sie könnten das Geld sowieso nicht mehr ausgeben.«

Alex starrte den Engländer immer noch an. »Was wohl heißen soll, daß Dunstone mich töten lassen würde, wenn seine Feinde das nicht vorher übernehmen?«

»Davon gehen wir aus. Es ist die einzige logische Schlußfolgerung. Sobald Ihre Arbeit beendet ist.«

»Ich verstehe ...« Erneut ging McAuliff langsam zu der Whiskyflasche hinüber und schenkte sich einen Drink ein, so konzentriert, als würde er die Flüssigkeit abmessen. Hammond bot er nichts an. »Wenn ich Warfield mit dem konfrontieren würde, was Sie mir eben erzählt haben, würde er mich dann wirklich ...«

»… töten? Dieses Wort hat sich Ihnen wohl eingeprägt, Mr. McAuliff?«

»Ich hatte in meinem bisherigen Leben keine Gelegenheit, mich daran zu gewöhnen, Mr. Hammond.«

»Sicher. Man gewöhnt sich nie daran … Ja, wir glauben, er würde Sie töten. Töten lassen, natürlich. Nachdem er Sie ausgequetscht hat.«

McAuliff lehnte sich gegen die Wand. Er starrte den Whisky in seinem Glas an, trank aber nicht. »Sie lassen mir keine andere Wahl, nicht wahr?«

»Doch, das tun wir. Ich kann wieder gehen, und wir haben uns nie getroffen.«

»Angenommen, Sie werden von jemandem gesehen? Die Beobachter, von denen Sie gesprochen haben.«

»Niemand wird mich sehen. Vertrauen Sie mir.« Hammond lehnte sich zurück. Nachdenklich legte er die Finger zusammen. »Dann wären wir allerdings nicht mehr in der Lage, Ihnen Schutz zu gewähren. Vor beiden Seiten …«

»Schutz vor einer Bedrohung, die Sie nicht beweisen können«, warf Alex leise ein.

»Richtig.«

»Also keine Alternative …« McAuliff drückte sich von der Wand ab und trank einige Schlucke von seinem Whisky. »Nur eine. Gehen wir also mal davon aus, daß ich mit Ihnen zusammenarbeite, Hammond, und Ihnen Ihre Anschuldigungen – oder Theorien oder wie immer Sie es auch nennen – abkaufe: Ich bin Ihnen keine Rechenschaft schuldig.«

»Ich weiß nicht genau, ob ich das verstehe.«

»Ich werde nicht blindlings Befehle akzeptieren. Keine kurze Leine. Das ist meine Bedingung – fürs Protokoll, wenn das der richtige Ausdruck ist.«

»Er muß es sein. Ich habe ihn selbst oft verwendet.«

McAuliff ging vor dem Engländer zu seinem Stuhl und setzte sich auf die Lehne. »Sagen Sie mir in möglichst einfachen Worten: Was soll ich tun?«

Hammonds Stimme war ruhig und klar. »Wir verfolgen zwei Ziele. Zum einen – und das ist das Wichtigste – geht es um Dunstones Gegner. Die Leute, die genug Informationen und Fanatismus besaßen, um die Mitglieder des ersten Vermessungsteams zu töten. Wenn wir wissen, wer sie sind, ist es durchaus möglich, daß Sie dadurch auch das zweite und kaum weniger wichtige Ziel erreichen – die Namen der Personen in Dunstones anonymer Hierarchie. Die gesichtslosen Männer in London, Paris, Bonn, Washington – selbst wenn es nur einer oder zwei sind. Wir sind für jeden konkreten Hinweis dankbar.«

»Wie fange ich an?«

»Ich fürchte, mit sehr wenig. Aber etwas haben wir. Es ist nur ein Wort, vielleicht ein Name, wir wissen es nicht. Doch wir haben allen Grund zu der Annahme, daß es wichtig ist.«

»Ein Wort?«

»Ja. Es lautet ›Halidon‹.«

4.

McAuliff hatte den Eindruck, er lebte in zwei verschiedenen Welten, von denen keine völlig real war. Tagsüber hatte er Besprechungen mit den Männern und Frauen der geophysikalischen Labors der Londoner Universität, bei denen er Personaldaten für sein Vermessungsteam zusammentrug. Die Universität war – zusammen mit der Royal Historical Society – Dunstones Tarnung. Keine dieser beiden Institutionen wußte, daß die Expedition von Dunstone finanziert wurde.

Nachts traf sich McAuliff bis in die frühen Morgenstunden mit R. C. Hammond vom britischen Geheimdienst, meistens in kleinen, bewachten Häusern in nur schwach beleuchteten Straßen von Kensington und Chelsea. Auf dem Weg dorthin wechselte er das Taxi zweimal – die Fahrer waren alle beim MI5. Für jedes Treffen wurde er mit einer Geschichte ausgestattet, die erklärte, wo er gewesen war – eine Einladung bei Freunden, ein Mädchen, ein gut besuchtes Restaurant, in dem er öfter verkehrte. Nichts Ungewöhnliches, alles einfach zu erklären und nachzuprüfen.

Die Stunden mit Hammond waren in Unterrichtseinheiten

aufgeteilt: politisches Klima und finanzielles Umfeld von Jamaika, Kontakte des MI5 auf der Insel sowie Grundkenntnisse in Kommunikation und Abwehr von Überwachungsmaßnahmen und Umgang mit entsprechenden Geräten.

Einige Male brachte Hammond schwarze Agenten mit, die Spezialisten für die Westindischen Inseln waren und so gut wie jede Frage McAuliffs beantworten konnten. Er hatte nicht viele Fragen. Vor etwas mehr als einem Jahr hatte er für den Kaiser-Bauxithandel eine Landvermessung in der Nähe von Oracabessa durchgeführt, was seiner Meinung nach der Grund dafür gewesen sein dürfte, daß Julian Warfield auf ihn aufmerksam geworden war.

Wenn sie allein waren, sprach R. C. Hammond über die Einstellung und die Reaktionen, die Alex entwickeln sollte.

Bauen Sie immer auf einem Teil der Wahrheit auf … Machen Sie es nicht zu kompliziert … Die wesentlichen Elemente sollten leicht zu überprüfen sein …

Es wird für Sie ganz normal sein, auf verschiedenen Ebenen zu funktionieren – ungezwungen, instinktiv. Ihre Aufmerksamkeit wird selbständig und unabhängig arbeiten …

Schon bald werden Sie ein Gespür dafür entwickeln … Es wird Ihnen in Fleisch und Blut übergehen. Sie werden in einen Rhythmus fallen … Er wird das Bindeglied zwischen Ihren beiden unterschiedlichen Zielen … Sie werden es erkennen und dadurch ein gewisses Maß an Zuversicht entwickeln.

Der britische Agent betonte nie etwas besonders, er wiederholte sich lediglich. Wieder und wieder sprach er mit kaum variierten Worten die gleichen Sätze.

Alex verstand. Hammond lieferte ihm die Grundlagen – Werkzeuge und Selbstvertrauen.

»Ihren Kontakt in Kingston werden wir Ihnen in einigen Tagen nennen, wir arbeiten noch daran. Kingston ist ein einziges Chaos, es ist nicht leicht, sich dort Vertrauen zu erwerben.«

»Wessen Vertrauen?« fragte McAuliff.

»Eine gute Frage«, erwiderte der Agent. »Halten Sie sich damit nicht auf. Das ist unsere Aufgabe. Lernen Sie die Namen hier auswendig.«

Alex blickte auf die mit Maschine geschriebenen Namen auf jenem Stück Papier, das das Haus in Kensington nicht verlassen durfte. »Sie haben ziemlich viele Leute auf Ihrer Gehaltsliste.«

»Ein paar zuviel. Die durchgestrichenen Namen haben für beide Seiten gearbeitet – für uns und den CIA. Der Geheimdienst Ihres Landes ist in den letzten Jahren zu politisch geworden.«

»Sie glauben, es gibt undichte Stellen?«

»Ja. Dunstone Limited ist auch in Washington aktiv – sehr aktiv, obwohl sie im verborgenen operieren.«

An jedem Morgen betrat McAuliff Dunstones Welt, die Londoner Universität. Er stellte fest, daß es ihm leichter fiel, die Erlebnisse der Nacht auszuschließen, als er erwartet hatte. Hammonds Theorie der unterschiedlichen Ziele erwies sich als richtig – er fiel tatsächlich in einen Rhythmus. Seine Aufmerksamkeit war am Tag ausschließlich auf seine beruflichen Interessen gerichtet – die Zusammenstellung seines Vermessungsteams.

Es war vereinbart worden, daß diesem Team höchstens acht Mitglieder angehören sollten, besser weniger. Die Fachgebiete waren die üblichen: Schichtung von Schieferton, Kalkstein und Grundgestein; Analyse von Wasser- und Gaseinschlüssen; Vegetation – Untersuchung von Böden und Pflanzen; schließlich jemand, der sich mit den verschiedenen Dialekten und dem Leben im Hinterland auskannte, da sich die Vermessung bis weit in das Cock-Pit-Gebiet hinein erstrecken würde. Warfield war der Ansicht gewesen, daß dieser letzte Mann überflüssig war, aber Alex wußte, wovon er sprach. Es gab viele Ressentiments in Jamaika.

Ein Mitglied für sein Team hatte er bereits ausgesucht, einen Bodenspezialisten aus Kalifornien namens Sam Tucker. Sam war ein riesiger, kräftiger Mann in den Fünfzigern, der sich hemmungslos sämtlichen Ausschweifungen hingab, die er in der näheren Umgebung fand, aber in seinem Spezialgebiet einer der Besten war. Außerdem war er der zuverlässigste Mann, den Alex je kennengelernt hatte, und ein enger Freund, mit dem er Vermessungen von Alaska bis zu dem Auftrag für Kaiser letztes Jahr in Oracabessa durchgeführt hatte. McAuliff hatte angedeutet, daß Julian Warfield sich einen anderen Vermesser suchen müsse, wenn er etwas gegen Sam habe.

Alles in allem eine leere Drohung, aber es war das Risiko wert, vielleicht einen Rückzieher machen zu müssen. Alex wollte Sam in Jamaika bei sich haben. Die anderen wären neu, hätten sich noch nicht bewährt. Tucker hatte ihn in all den Jahren nie im Stich gelassen. Man konnte ihm vertrauen.

Warfield ließ Sam Tucker von Dunstone überprüfen und war schließlich ebenfalls der Meinung, daß es mit Ausnahme gewisser Eigenarten nichts gegen ihn einzuwenden gebe. Aber Sam dürfe sich in nichts von den übrigen Mitgliedern des Teams unterscheiden – *niemand* dürfe etwas von Dunstones Interessen erfahren. Natürlich nicht.

Niemand würde etwas erfahren. Alex meinte es ernst. Ernster, als es Warfield bewußt war. Falls auch nur etwas Wahres an den erstaunlichen Ausführungen R. C. Hammonds dran war. Jeder Mitarbeiter der Landvermessung würde die gleiche Geschichte zu hören bekommen. Einige Fakten erhalten, die von Dunstone Limited konstruiert worden waren. Selbst die beteiligten Institutionen hatten diese Fakten als die Wahrheit akzeptiert. Es gab keinen Grund, warum sie es nicht hätten tun sollen. Forschungsgelder wurden nicht hinterfragt, sie waren die Heilige Schrift der Wissenschaft. Begehrt, verehrt und niemals in Frage gestellt.

Die geologische Landvermessung wurde durch Forschungsgelder der Royal Historical Society finanziert, auf Initiative eines Ausschusses des Oberhauses, des Commonwealth Activities Committee. Die Londoner Universität führte die Expedition in Zusammenarbeit mit dem jamaikanischen Kultusministerium. Sämtliche Honorare, Spesen und anfallenden Auszahlungen wurden über den Finanzverwalter der Universität abgewickelt. Die Royal Society richtete Bankkonten ein, die Universität konnte über diese Konten verfügen.

Der Grund für die Landvermessung paßte zu den Zielen des Oberhaus-Ausschusses, dessen Mitglieder Finanzen und Mitarbeiter für fast alle königlichen Akademien beschafften.

Die Vermessung war ein mütterliches Geschenk an die junge, unabhängige Nation – eine weitere Bindung an Großbritannien, die man nicht vergessen konnte. Ein Projekt, das auf Jahre hinaus seinen Platz in den Lehrbüchern finden würde. Denn laut Auskunft des jamaikanischen Ministeriums gab es keinerlei Aufzeichnungen darüber, daß in dem betreffenden Gebiet schon einmal eine geophysikalische Vermessung durchgeführt worden war.

Natürlich nicht.

Und wenn es welche gab, würden sie mit Sicherheit nicht wieder auftauchen.

Die Heilige Schrift der Wissenschaft.

Die Einnahmequelle der Universität. Keine Fragen stellen.

Daß Alexander McAuliff als Leiter der Vermessung ausgewählt worden war, fand man sowohl bei der Royal Society als auch bei der Universität überaus peinlich. Aber der Amerikaner war der Wunschkandidat des jamaikanischen Ministeriums gewesen. Mit solchen Affronts seitens der Kolonien mußte man eben leben.

Man nahm das Geld, man diskutierte nicht.

Die Heilige Schrift.

Alles war gerade so kompliziert, daß es theoretisch glaubhaft war, dachte McAuliff. Julian Warfield kannte die Gewässer, durch die er manövrierte.

Doch R. C. Hammond vom britischen Geheimdienst kannte sie ebenfalls.

Alex wurde allmählich klar, daß er sich ranhalten mußte. Dunstone Limited und MI5 verfolgten ihre eigenen Ziele. Es war gut möglich, daß er zwischen die Fronten geriet. In mancherlei Hinsicht hatte er bereits verloren. Doch jetzt war die Zusammenstellung des Teams das Wichtigste.

Bei der Auswahl der Mitarbeiter wollte McAuliff vorgehen wie schon so oft, denn das hatte sich bewährt. Er würde mit niemandem sprechen, dessen Arbeiten er nicht gründlich gelesen hatte. Jeder, mit dem er sprach, hatte sich bereits auf dem Papier hervorgetan. Abgesehen von den jeweiligen Fachgebieten war es für ihn wichtig, daß die Bewerber anpassungsfähig genug waren, um sich auf die körperlichen und klimatischen Strapazen einzustellen, und die Toleranz und Rücksicht besaßen, die bei einer beengten Unterbringung erforderlich waren.

Er hatte seine Arbeit getan. Er war bereit.

»Meine Sekretärin sagte mir, Sie wollten mich sprechen, Dr. McAuliff.«

Der Mann an der Tür war der Leiter der geophysikalischen Fakultät, ein hagerer Professor mit Brille, der versuchte, seinen Groll Alex gegenüber nicht zu deutlich zu zeigen. Es war offensichtlich, daß er sich von der Royal Society und von Kingston betrogen fühlte, weil nicht er für McAuliffs Job ausgewählt worden war. Er hatte vor kurzem eine hervorragende Vermessung in Anguilla abgeschlossen, doch die Tatsache, daß es zwischen jener Untersuchung und dem Projekt in Jamaika Ähnlichkeiten gab, war sicher kein Trost für ihn.

»Du meine Güte«, sagte Alex. »Eigentlich wollte ich Sie in Ihrem Büro aufsuchen.« Er ging zu seinem Schreibtisch und lächelte verlegen. Er hatte an dem einzigen Fenster gestanden, auf den winzigen Innenhof hinuntergeblickt und die Studenten mit ihren Büchern beobachtet, froh darüber, daß er nicht mehr länger zu dieser Welt gehörte. »Ich denke, ich kann mit den Auswahlgesprächen heute nachmittag beginnen.«

»So bald schon?«

»Das habe ich vor allem Ihnen zu verdanken, Professor Ralston. Ihre Empfehlungen waren ausgezeichnet.« McAuliff sagte dies nicht aus Höflichkeit. Die Kandidaten des Professors waren wirklich gut – auf dem Papier. Von den zehn, die er in die engere Wahl genommen hatte, kam genau die Hälfte von Ralston. Die anderen fünf waren Freiberufler, die beste Empfehlungen von zwei Londoner Vermessungsfirmen vorzuweisen hatten. »Ich bin versucht, Ihre Leute zu nehmen, ohne mir die anderen anzusehen«, fuhr Alex fort. Das sagte er aus Höflichkeit. »Aber das jamaikanische Ministerium besteht darauf, daß ich mit diesen hier spreche.« Er gab Ralston ein Blatt Papier mit den Namen von fünf Spezialisten, die nicht der Universität angehörten.

»Oh, ja. Einige davon kenne ich«, sagte Ralston, dessen Stimme anzumerken war, daß er sich von Alexanders Kompliment geschmeichelt fühlte. »Zwei davon sind – nun ja, ein Paar.«

»Bitte?«

»Ein Team, das aus Mann und Frau besteht. Die Jensens.«

»Ich sehe hier nur einen Jensen. Wer ist die Frau?«

»R. L. Wells. Ruth Wells, Jensens Frau.«

»Das habe ich nicht gewußt. Spricht nicht gerade für die beiden.«

»Warum nicht?«

»Ich bin mir nicht sicher«, antwortete Alex aufrichtig. »Ich hatte noch nie ein Ehepaar bei einer Vermessung dabei. Ziemlich alberne Reaktion, nicht wahr? Kennen Sie sonst noch jemanden?«

»Einen Mann. Zu ihm sollte ich mich besser nicht äußern.«

»Gerade dann bitte ich Sie darum, es zu tun.«

»Ferguson, James Ferguson. Er war einer meiner Studenten. Sehr direkt, der Junge. Recht eigensinnig, wenn Sie wissen, was ich meine.«

»Aber er ist Botaniker, Pflanzenspezialist. Kein Geologe.«

»Er hat eine Ausbildung in Landvermessung. Geophysik war sein Nebenfach. Das ist natürlich schon einige Jahre her.«

McAuliff suchte einige Papiere auf seinem Schreibtisch. »So viele Jahre können es nicht gewesen sein. Er war nur bei drei Projekten dabei, alle in den letzten vier Jahren.«

»Dann ist es ja tatsächlich nicht so lange her. Sie sollten mit ihm sprechen. Man hat mir gesagt, er sei sehr gut.«

»Hier sind Ihre Leute«, sagte Alex und hielt Ralston ein zweites Blatt Papier hin. »Ich habe fünf von den acht ausgewählt, die Sie vorgeschlagen haben. Könnte es auch hier Überraschungen geben? Ich hoffe natürlich, daß Sie zustimmen.«

Während Ralston las, rückte er seine Brille zurecht und spitzte die Lippen. »Ja, ich dachte mir, daß Sie diese Leute auswählen würden. Sie wissen natürlich, daß Whitehall keiner von uns ist. Er wurde von der Abteilung für westindische Studien vorgeschlagen. Die Professoren halten ihn für einen brillanten Kopf. Ich kenne ihn nicht persönlich. Verdient ziemlich gut mit seinen Vortragsreihen.«

»Er ist schwarz, nicht wahr?«

»Ja. Er kennt jede Sprache, jeden Dialekt, jede kulturelle Normalität und Anomalie auf den Antillen. In seiner Doktorarbeit hat er nicht weniger als 27 afrikanische Stämme bis auf die Inseln zurückverfolgt. Von den Bushwadie bis zu den Coromantees. Seine Forschungsarbeit zur indisch-afrikanischen Integration ist das Standardwerk auf diesem Gebiet. Er ist, glaube ich, so etwas wie ein Playboy.«

»Gibt es sonst noch etwas, das Sie mir sagen möchten?«

»Nein, eigentlich nicht. Es wird Ihnen nicht leichtfallen, sich einen Spezialisten für Schieferton-Grundgestein auszusuchen. Sie haben zwei wirklich gute Leute auf Ihrer Liste. Es sei denn, Ihre ersten Reaktionen haben Vorrang ...«

»Ich verstehe nicht.«

Ralston lächelte. »Es wäre anmaßend von mir, noch mehr dazu zu sagen.« Dann fügte der Professor schnell hinzu: »Soll eines unserer Mädchen die Termine für Sie vereinbaren?«

»Danke, das ist nett von Ihnen. Wenn mit allen zehn Termine vereinbart werden können, hätte ich gerne für jeden von ihnen eine Stunde während der nächsten paar Tage. Die Reihenfolge ist egal, wie es jedem am besten paßt.«

»Eine Stunde?«

»Ich werde die Leute, mit denen ich mich ausführlicher unterhalten möchte, erneut bestellen – es hat keinen Sinn, die Zeit aller Beteiligten zu verschwenden.«

»Ja, natürlich.«

Ein Bewerber disqualifizierte sich in dem Moment, in dem er McAuliffs Büro betrat. Über die Tatsache, daß er um ein Uhr nachmittags angetrunken war, hätte man vielleicht reden können, aber sie diente als Entschuldigung dafür, ihn wegen eines weitaus größeren Problems auszuschließen – sein rechtes Bein war verkrüppelt. Drei andere Männer wurden aus einem anderen Grund gestrichen – es war offensichtlich, daß sie Westindiern gegenüber feindselig eingestellt waren. Ein sich ausbreitender englischer Virus. Die britischen Pendants zu den amerikanischen Rednecks.

Die Jensens – Peter Jensen und Ruth Wells – waren eine angenehme Überraschung, sowohl einzeln als auch zusammen. Anfang Fünfzig, intelligent, selbstsicher und freundlich. Sie hatten keine Kinder, waren finanziell abgesichert und einander und ihrer Arbeit aufrichtig zugetan. Sein Spezialgebiet waren Erzminerale, ihres die Nachbarwissenschaft der Paläontologie – Fossile. Er hatte praktische Erfahrung, ihre Kenntnisse waren theoretischer, aber wissenschaftlich fundiert.

»Darf ich Ihnen einige Frage stellen, Dr. McAuliff?« Peter stopfte seine Pfeife. Seine Stimme klang freundlich.

»Aber natürlich.«

»Ich weiß zwar nicht viel über Jamaika, aber das hier scheint mir eine verdammt merkwürdige Tour zu sein. Ich bin mir nicht sicher, ob ich genau verstanden habe, um was es eigentlich geht.«

Alex war dankbar für die Gelegenheit, die von Dunstone Limited konstruierte Erklärung vortragen zu können. Während er sprach, sah er den Erzspezialisten aufmerksam an. Er war erleichtert, als er in dessen Augen schließlich den Funken des Verständnisses aufblitzen sah. Nachdem er geendet hatte, machte er eine kurze Pause und fügte dann hinzu: »Ich hoffe, daß Ihnen diese Ausführungen geholfen haben.«

»Sie können mir glauben, das haben sie. Burkes Perückengenossen im Oberhaus schlagen wieder zu.« Peter Jensen lachte und sah zu seiner Frau hinüber. »Die Royal Historical Society muß mal wieder was tun. Und die Jungs im Oberhaus haben ihr was zu tun gegeben. Gute Show … Die Universität wird sicher ein oder zwei Pfund daran verdienen.«

»Ich fürchte, das Budget ist nicht so großzügig.«

»Tatsächlich?« Peter Jensen hielt seine Pfeife in der Hand, während er McAuliff ansah. »Dann verstehe ich vielleicht *doch* nicht. Verzeihen Sie, aber Sie sind in der Branche nicht gerade als ausgesprochen billiger Vermessungsleiter bekannt – völlig zu Recht, wenn ich hinzufügen darf. Ihr Ruf eilt Ihnen voraus.«

»Vom Balkan bis nach Australien«, fügte Ruth Wells Jensen hinzu. Sie wirkte ein wenig verärgert über ihren Mann. »Und wenn Sie einen speziellen Vertrag haben, geht das Peter überhaupt nichts an.«

Alex lachte leise. »Sie sind zu freundlich, beide. Aber es ist nichts Besonderes daran. Ich habe mich verführen lassen, so einfach ist das. Ich habe bereits für einige Unternehmen auf der Insel gearbeitet und hoffe, das wieder zu tun, und zwar oft. Alle geophysikalischen Gutachten werden von Kingston ausgestellt, und Kingston wollte mich haben. Nennen wir es eine Investition.« Wieder sah er Peter Jensen aufmerksam an. Er hatte die Antwort auswendig gelernt. Der Brite warf seiner Frau noch einmal einen kurzen Blick zu. Dann lachte er wie einige Sekunden zuvor schon einmal.

»Ich würde es genauso machen. Aber Gott stehe der Vermessung bei, die *ich* leite.«

»Ich würde sie meiden wie der Teufel das Weihwasser«, sagte Ruth und lachte genauso vergnügt wie ihr Mann. »Wen haben Sie sich ausgesucht, wenn ich fragen darf? Jemanden, den wir kennen?«

»Noch niemanden. Ich habe gerade erst angefangen ...«

»So, so«, unterbrach ihn Peter Jensen, dessen Augen amüsiert funkelten. »Da Sie bei den Frachtkosten sparen müssen, sollte ich Ihnen vielleicht sagen, daß wir uns nicht gern trennen lassen. Wir haben uns mit der Zeit aneinander gewöhnt. Wenn Sie einen von uns haben wollen, würde der andere für die Hälfte mitkommen.«

Falls Alex noch Zweifel hatte, wurden sie jetzt von Ruth Wells Jensens Worten zerstreut. Sie ahmte den professorenhaften Ton ihres Mannes gekonnt nach.

»Über ›die Hälfte‹ können wir reden. Unsere Wohnung ist zu dieser Jahreszeit verdammt kalt.«

McAuliff nahm die Jensens.

James Ferguson, der dritte Bewerber, der nicht der Universität angehörte, war von Ralston treffend als ›direkt‹ und ›eigensinnig‹ beschrieben worden. Diese Charaktereigenschaften hielt McAuliff jedoch eher für die Folgen von Eifer und Ungeduld. Ferguson war jung – sechsundzwanzig – und nicht der Typ, der in einer akademischen Umgebung überleben oder gar vorwärtskommen konnte. Alex erkannte in ihm viel von sich selbst wieder, als er jung gewesen war – das brennende Interesse für sein Fach und die Verachtung für die

Welt der Forschung, in der es untersucht wurde. Ein Widerspruch, vielleicht sogar unlösbar. Ferguson arbeitete freiberuflich für Unternehmen in der Agroindustrie, und seine beste Empfehlung war die Tatsache, daß er kaum einmal ohne Auftrag gewesen war – und das in einer Branche, die nicht gerade für gute Beschäftigungsmöglichkeiten berühmt war. James Ferguson war einer der besten Pflanzenspezialisten.

»Ich würde gern wieder nach Jamaika gehen«, sagte der junge Mann nur wenige Sekunden, nachdem ihr Gespräch begonnen hatte. »Ich war vor zwei Jahren für die Craft-Stiftung in Port Maria. Meiner Meinung nach ist diese ganze verdammte Insel eine Goldmine, wenn die Obst- und Kunstfaserindustrien die Erschließung erlauben würden.«

»Was ist das Gold?« fragte McAuliff.

»Baracoa-Fasern. In der zweiten Wachstumsphase. Daraus könnte man eine Bananensorte entwickeln, die die Jungs von den Nylon- und Trikotfirmen in Panik versetzen würde, von den Obstexporteuren mal ganz abgesehen.«

»Können Sie das beweisen?«

»Ich war nahe dran, glaube ich ... Deshalb hat mich die Stiftung ja auch gefeuert.«

»Sie wurden gefeuert?«

»Fristlos. Hat keinen Sinn, das zu verheimlichen. Eigentlich ist es mir auch egal. Man hat mir gesagt, ich soll bei der Sache bleiben. Können Sie sich das vorstellen? Sie werden wahrscheinlich einige negative Dinge über mich hören, wenn Sie sich dafür interessieren.«

»Ich interessiere mich dafür, Mr. Ferguson.«

Das Gespräch mit Charles Whitehall beunruhigte McAuliff. Vielmehr – Whitehall beunruhigte ihn, nicht so sehr das, was er zu hören bekam. Whitehall war ein schwarzer Zyniker und lebte inzwischen in London. Seine Wurzeln und sein Fachgebiet waren die Westindischen Inseln, seine Weltanschauung fand McAuliff überaus pragmatisch. Whitehalls Äußeres überraschte ihn. Charles Whitehall hatte drei Bücher über die Geschichte der Karibik geschrieben, seine Arbeit war laut Ralston ein ›Standardwerk‹, und doch sah er kaum so alt aus wie James Ferguson.

»Lassen Sie sich von meinem Außeren nicht täuschen«, sagte Whitehall, während er das Büro betrat und Alex die Hand entgegenstreckte. »Meine Hautfarbe verdeckt die Jahre besser als bei den Weißen. Ich bin zweiundvierzig.«

»Sie haben meine Gedanken gelesen.«

»Nicht unbedingt. Ich bin diese Reaktion gewohnt«, erwiderte Whitehall und setzte sich. Er strich sein teures Jackett glatt und schlug die Beine übereinander, die in einer gestreiften Hose steckten.

»Da Sie keine Worte verschwenden, Dr. Whitehall, werde ich es auch nicht tun. Warum interessiert Sie diese Vermessung? Wie ich gehört habe, können Sie mit einer Vortragsreihe weitaus mehr Geld verdienen. Eine geophysikalische Landvermessung ist keine sehr einträgliche Beschäftigung.«

»Sagen wir, die finanzielle Frage ist zweitrangig. Vielleicht eine der wenigen Gelegenheiten in meinem Leben, wo dies zutrifft.« Während Whitehall ein silbernes Zigarettenetui aus der Tasche zog, sprach er weiter. »Um ehrlich zu sein, Mr. McAuliff, es schmeichelt meinem Ego, als Experte unter der Ägide der Royal Historical Society in mein Land zurückzukehren. So einfach ist das.«

Alex glaubte ihm. Soweit er wußte, genoß Whitehall im Ausland mehr Ansehen als Wissenschaftler als in seinem Heimatland. Charles Whitehall schien die Anerkennung zu suchen, die seiner wissenschaftlichen Laufbahn zukam, ihm aber in den Häusern der Intellektuellen – oder waren es die gesellschaftlich Höherstehenden? – in Kingston verwehrt wurde.

»Kennen Sie das Cock Pit?«

»So gut es jemand kennen kann, der kein Läufer ist. Vom historischen und kulturellen Standpunkt aus natürlich noch besser.«

»Was ist ein Läufer?«

»Die Läufer leben in den Bergen. Sie sind Angehörige der Bergvölker und verdingen sich als Führer – wenn Sie einen von ihnen finden können. Sie sind Wilde, natürlich. Wen haben Sie für die Vermessung eingestellt?«

»Wie bitte?« Alex' Gedanken kreisten um die Läufer.

»Ich fragte, wer mitgeht. Im Vermessungsteam. Es würde mich interessieren.«

»Nun, es sind noch nicht alle Posten besetzt. Wir haben ein Ehepaar namens Jensen – Erze und Paläo. Dann ein junger Botaniker, Ferguson. Ein Freund von mir aus Amerika, Bodenspezialist, er heißt Sam Tucker.«

»Ich glaube, von den Jensens habe ich schon gehört. Ich bin mir nicht sicher, aber ich glaube es. Die anderen kenne ich nicht.«

»Hatten Sie das erwartet?«

»Ehrlich gesagt, ja. Projekte der Royal Society ziehen in der Regel nur Spitzenleute an.« Whitehall klopfte behutsam seine Zigarette am Rand des Aschenbechers ab.

»Wie Sie zum Beispiel?« fragte McAuliff lächelnd.

»Ich bin nicht unbedingt bescheiden«, antwortete der schwarze Wissenschaftler und erwiderte Alexanders Lächeln mit einem breiten Grinsen. »Und ich bin sehr an dem Job interessiert. Ich glaube, ich könnte Ihnen recht nützlich sein.«

Das sah McAuliff auch so.

Der zweite Experte für Schieferton-Grundgestein war A. Gerrard Booth. Booth gehörte zu den Bewerbern von der Universität, und Ralston persönlich hatte ihn mit folgenden Worten empfohlen: »Ich habe Booth versprochen, daß ich Sie auf diese Abhandlungen und Artikel hier aufmerksam mache. Ich glaube – Booth wäre eine Bereicherung für die Vermessung.«

Ralston hatte McAuliff eine Mappe mit A. Gerrard Booths Schichtuntersuchungen gegeben, die an so unterschiedlichen Orten wie der Türkei, Korsika, Zaire und Australien durchgeführt worden waren. Alex wußte noch, daß er einige der Artikel im *National Geologist* gelesen hatte. Er hatte sie als präzise formuliert und fachlich gelungen in Erinnerung. Booth war gut. Mehr als das.

Außerdem war Booth eine Frau und unter Kollegen als Alison Booth bekannt. Niemand interessierte sich für ihren zweiten Vornamen.

Ihr Lächeln war so natürlich, wie McAuliff es bis jetzt nur selten gesehen hatte. Es war eher ein angedeutetes Lächeln –

man könnte es sogar als maskulin bezeichnen, doch ihre vollkommene Weiblichkeit strafte dieses Wort Lügen. Sie hatte blaue lebendige Augen – die Augen eines Profis. Ihr Händedruck war fest wie der eines Profis. Ihr langes hellbraunes Haar glänzte seidig und war leicht gewellt – ausgiebig gebürstet für dieses Gespräch, vermutete Alex. Ihr Alter lag irgendwo zwischen Ende Zwanzig bis Mitte Dreißig. Aufgrund ihres Aussehens war das unmöglich abzuschätzen. Nur um ihre Augenwinkel herum bemerkte er kleine Lachfältchen.

Alison Booth war nicht nur gut und eine Frau, sondern auch – zumindest dem ersten Eindruck nach – ein sehr netter, offener Mensch. Während sie sich unterhielten, mußte McAuliff häufig an das Wort ›Profi‹ denken.

»Rolly – Dr. Ralston – mußte mir versprechen, Ihnen nicht zu sagen, daß ich eine Frau bin. Seien Sie ihm deswegen bitte nicht böse.«

»Waren Sie so fest davon überzeugt, daß ich etwas gegen Frauen habe?«

Sie hob die Hand und strich sich das lange seidige Haar aus dem hübschen Gesicht. »Nicht von vornherein, Dr. McAuliff. Ich bin mir lediglich der praktischen Hindernisse bewußt. Es gehört zu meinem Job, Sie davon zu überzeugen, daß ich qualifiziert bin.« Als wäre ihr die mögliche Zweideutigkeit dieses Satzes plötzlich bewußt geworden, hörte Alison Booth auf zu lächeln und strich sich den Rock glatt. Wie ein Profi.

»Was die Arbeit im Gelände und im Labor anbelangt, bin ich mir sicher, daß Sie qualifiziert *sind* ...«

»Alle anderen Erwägungen sind doch wohl irrelevant«, erwiderte sie mit einem leichten Anflug englischer Reserviertheit.

»Nicht unbedingt. Die Umgebung ist problematisch. Sie müssen sich auf körperliche Unannehmlichkeiten einstellen, wenn nicht sogar Strapazen.«

»Ich kann mir nicht vorstellen, daß Jamaika es in dieser Hinsicht mit Zaire oder dem Outback von Australien aufnehmen kann. In diesen Ländern habe ich Vermessungen durchgeführt.«

»Ich weiß ...«

»Rolly hat mir erzählt«, unterbrach Alison Booth Alex, »daß Sie keine Referenzen von anderen Projekten sehen wollten, bevor Sie nicht mit uns gesprochen haben.«

»Gruppenisolation führt in der Regel zu fehlerhaften Beurteilungen, unerträglichen Beziehungen. Ich habe schon gute Mitarbeiter verloren, weil andere gute Mitarbeiter aus den falschen Gründen negativ auf sie reagiert haben.«

»Und was war mit den Frauen?«

»Mit ›Mitarbeiter‹ waren auch Frauen gemeint.«

»Ich habe sehr gute Referenzen, Dr. McAuliff. Und zwar aus den richtigen Gründen.«

»Ich werde Sie später darum bitten.«

»Ich habe sie dabei.« Alison machte die große Lederhandtasche auf ihrem Schoß auf, holte zwei große Umschläge hervor und legte sie auf den Rand von McAuliffs Schreibtisch. »Meine Referenzen, Dr. McAuliff.«

Alex lachte, als er nach den Umschlägen griff. Er sah Alison Booth an, und ihre Blicke trafen sich. »Warum ist diese Vermessung für Sie so wichtig, Miß Booth?«

»Weil ich gut und für den Job die Richtige bin«, antwortete sie einfach.

»Sie arbeiten an der Universität, nicht wahr?«

»Auf Teilzeitbasis. Vorlesungen und Labor. Ich bin nicht fest angestellt – ich wollte es so.«

»Dann geht es also nicht um Geld.« McAuliff hatte das nicht als Frage gemeint.

»Ich könnte es natürlich gebrauchen, aber ich bin nicht in Schwierigkeiten.«

»Ich kann mir nicht vorstellen, daß Sie irgendwo auf der Welt in Schwierigkeiten geraten könnten«, sagte Alex mit einem kleinen Lächeln. Da bemerkte er – er glaubte wenigstens, es zu bemerken –, wie sich ein Schleier über die Augen des Mädchens legte, ein Anflug von Besorgnis, der so schnell wieder ging, wie er gekommen war. Instinktiv wollte er mehr wissen. »Aber warum gerade diese Vermessung? Mit Ihren Qualifikationen könnten Sie doch sicher einen anderen Job bekommen, der vielleicht interessanter ist, ganz gewiß besser bezahlt.«

»Der Zeitpunkt ist günstig«, erwiderte sie nach einem Augenblick des Zögerns leise. »Aus persönlichen Gründen, die nichts mit meinen Qualifikationen zu tun haben.«

»Gibt es einen Grund dafür, warum Sie längere Zeit auf Jamaika verbringen möchten?«

»An Jamaika liegt es nicht. Sie könnten genausogut die Äußere Mongolei vermessen.«

»Ich verstehe.« Alex legte die beiden Umschläge absichtlich mit einer Spur von Gleichgültigkeit wieder auf den Schreibtisch. Das Mädchen reagierte.

»Also gut, Dr. McAuliff. Unter meinen Freunden ist es kein Geheimnis.« Alison Booth hielt die Handtasche auf ihrem Schoß fest, klammerte sich aber nicht daran, war nicht im geringsten angespannt. Als sie sprach, war ihre Stimme sicher, und ihre Augen blickten McAuliff ruhig an. Sie war wieder der Profi. »Sie haben mich ›Miß Booth‹ genannt. Das ist falsch. Booth ist der Name meines Exmannes. Die Ehe ging leider nicht gut, wir wurden vor kurzem geschieden. Die Menschen, die es in einer solchen Zeit gut mit einem meinen, können einem ganz schön auf die Nerven gehen. Ich würde diese Kontakte deshalb lieber abbrechen.«

McAuliff erwiderte ihren Blick und versuchte zu begreifen, was er jenseits ihrer Worte zu hören glaubte. Da *war* etwas, aber sie würde ihm nicht erlauben, weiter in sie zu dringen. Das erkannte er an ihrem Gesichtsausdruck – dem eines Profis.

»Es gehört nicht zur Sache. Entschuldigen Sie bitte. Aber ich danke Ihnen, daß Sie es mir erzählt haben.«

»Hat das Ihr Verantwortungsgefühl befriedigt?«

»Auf alle Fälle meine Neugierde.« Alex beugte sich nach vorn, die Ellbogen auf den Schreibtisch gestützt, die Hände unter dem Kinn gefaltet. »Außerdem – und ich hoffe, Sie finden das nicht unpassend – kann ich Sie jetzt fragen, ob Sie mit mir Essen gehen.«

»Ich glaube, das hängt davon ab, wieviel Bedeutung Sie meiner Zustimmung beimessen.« Alisons Stimme war höflich, aber nicht kalt. Ihre Augen blitzten amüsiert.

»Um ehrlich zu sein – ich lege Wert darauf, die Leute, die

ich einstellen möchte, bei einem Abendessen oder einem Mittagessen und einigen Drinks besser kennenzulernen. Aber zum jetzigen Zeitpunkt gebe ich das nur sehr ungern zu.«

»Das ist eine überaus entwaffnende Antwort, Dr. McAuliff«, sagte das Mädchen. Seine Lippen waren halb geöffnet, und es lächelte sein angedeutetes Lächeln. »Ich würde sehr gern mit Ihnen essen gehen.«

»Ich werde mein möglichstes tun, mich nicht zu bemüht zu benehmen. Ich glaube nicht, daß dies notwendig sein wird.«

»Und ich bin sicher, daß Sie nie langweilig sind.«

»Das ist in diesem Zusammenhang nicht relevant.«

5.

McAuliff stand an der Ecke High Holborn/Chancery und sah auf seine Armbanduhr. Die Radiumzeiger leuchteten in der nebelverhangenen Londoner Dunkelheit. Es war 23 Uhr 40. Prestons Rolls-Royce war zehn Minuten zu spät dran. Vielleicht würde er überhaupt nicht kommen. Die Anweisungen, die man ihm gegeben hatte, besagten, er solle ins Savoy zurückgehen, falls der Wagen nicht bis Mitternacht aufgetaucht sei. Dann werde ein anderes Treffen vereinbart.

Es gab Momente, in denen er sich daran erinnern mußte, wessen heimliche Befehle er da befolgte. Er fragte sich, ob man ihn beobachtete, und dachte darüber nach, wie entwürdigend diese Art zu leben war. Man war sich dieser Tatsache immer bewußt und wurde dadurch in einem Käfig der Angst gefangengehalten. Die Erzählungen über die geheimnisvolle Welt der Verschwörer verschwiegen die Erniedrigung, die ein unabdingbarer Bestandteil davon war. Es gab im Grunde genommen keine Unabhängigkeit. Man erstickte.

Warfields Bitte um ein Treffen an diesem Abend hatte einen beinahe panischen Anruf McAuliffs bei Hammond ausgelöst, denn er war mit dem britischen Agenten um ein Uhr morgens verabredet. McAuliff hatte darum gebeten, und

Hammond hatte die Uhrzeit und den Ort bestimmt. Um zwanzig nach zehn war dann der Anruf von Dunstone gekommen: Seien Sie um halb zwölf an der Ecke High Holborn und Chancery. Ihm waren eine Stunde und zehn Minuten geblieben.

Zunächst hatte er Hammond nicht erreichen können. Unter dessen persönlicher Geheimnummer beim MI5 nahm niemand ab. Alex hatte keine andere Nummer, und Hammond hatte ihn wiederholt davor gewarnt, bei der Zentrale anzurufen und seinen Namen zu hinterlassen. Außerdem sollte er den Agenten nie von seinem Zimmer im Savoy aus anrufen. Hammond traute keiner der beiden Telefonzentralen, auch nicht den offenen Frequenzen von Mobiltelefonen.

Also mußte Alex zur Strand hinaus, wo er so lange aus verschiedenen Pubs anrief, bis jemand unter Hammonds Nummer antwortete. Er war sicher, daß er beobachtet wurde – von irgend jemandem –, und deshalb mußte er jedesmal, wenn er nach einem erfolglosen Anruf den Hörer auflegte, so tun, als ärgerte er sich. Er stellte fest, daß er sich schon eine Entschuldigung ausgedacht hatte, falls Warfield ihn fragen sollte. Er würde sagen, er habe versucht, Alison Booth anzurufen und eine Verabredung zum Mittagessen für den folgenden Tag abzusagen. Die Verabredung zum Mittagessen gab es wirklich, allerdings hatte er nicht die Absicht, sie abzusagen. Es war genug Wahres an der Geschichte, um sie glaubwürdig erscheinen zu lassen.

Bauen Sie auf einem Teil der Wahrheit auf … Einstellung und Reaktion. MI5.

Schließlich hob ein Mann Hammonds Telefon ab und teilte ihm ungerührt mit, daß der Agent bei einem späten Abendessen sei.

Ein spätes Abendessen! Großer Gott! Weltumspannende Kartelle, internationale Geheimabsprachen auf höchster Ebene, Verschwörungen in der Finanzwelt – und ein spätes Abendessen.

Unbeeindruckt von McAuliffs besorgter Stimme erklärte ihm der Mann kühl, man werde Hammond verständigen.

Alex genügte dies nicht. Er bestand darauf, daß Hammond sich neben sein Telefon setze – und wenn er die ganze Nacht warten müsse –, bis er, Alex, nach seinem Treffen mit Warfield anrufe.

Es war Viertel vor zwölf. Immer noch kein St. James Rolls-Royce. Alex warf einen Blick auf die wenigen Fußgänger auf der High Holborn, die durch den dichten Nebel gingen, und fragte sich, welcher von ihnen ihn beobachtete – wenn es einer von ihnen war.

Der Käfig der Angst.

Dann dachte er über Alison nach. Sie waren jetzt den dritten Abend hintereinander zusammen essen gegangen. Sie hatte gesagt, daß sie noch eine Vorlesung vorbereiten müsse, und so war der heutige Abend mit ihr recht kurz ausgefallen. Angesichts der dann auftretenden Komplikationen war ihm dies gar nicht so ungelegen gekommen.

Alison war ein merkwürdiges Mädchen. Ein Profi, der seine Verletzbarkeit ausgezeichnet verbergen konnte und niemals zu weit aus dem Kreis ruhiger Gelassenheit hervortrat, von dem er geschützt wurde. Das angedeutete Lachen, die warmen blauen Augen, die langsamen, anmutigen Bewegungen ihrer Hände waren ihre Schutzschilde.

Alex hatte keine Probleme damit, sich einzugestehen, daß sie seine Wunschkandidatin war – professionell betrachtet. Sie war bei weitem die überzeugendste Bewerberin. Er hielt sich selbst für einen der besten Experten für Gesteinsschichten auf beiden Kontinenten, aber er wollte es lieber nicht darauf ankommen lassen, seine Fachkenntnisse mit den ihren zu messen. Alison Gerrard Booth war wirklich gut.

Außerdem war sie schön.

Er wollte sie in Jamaika dabeihaben.

Er hatte sich auf eine Auseinandersetzung mit Warfield vorbereitet, falls Dunstones verdammte Sicherheitscomputer etwas gegen sie einzuwenden hätten. Die endgültige Freigabe der ausgewählten Kandidaten war der Zweck ihres Treffens in dieser Nacht.

Wo war dieses verdammte schwarze Schiff von Auto? Es war zehn Minuten vor Mitternacht.

»Entschuldigen Sie bitte, Sir«, sagte plötzlich eine tiefe, fast heisere Stimme hinter McAuliff.

Alex drehte sich um und bemerkte einen Mann in einem braunen Mantel vor sich, der ungefähr so alt war wie er selbst und wie ein Hafen- oder ein Bauarbeiter aussah.

»Ja?«

»Sir, ich bin zum erstenmal in London und habe mich, glaube ich, verlaufen.« Der Mann deutete auf das Straßenschild, das im trüben, nebelverhangenen Lampenschein kaum zu erkennen war. »Da steht Chancery Lane, und das soll in der Nähe von einem Platz sein, der Hatton heißt, und da will ich meine Freunde treffen. Aber ich kann das nicht finden, Sir.«

Alex deutete nach links. »Das ist zwei oder drei Straßen weiter.«

Der Mann deutete in die Richtung, die McAuliff ihm gezeigt hatte, wie es ein normaler Passant tun würde. »Da hoch, Sir?«

»Richtig.«

Der Mann fuchtelte mit der Hand in der Luft herum, als müßte er sich erneut nach der Richtung erkundigen. »Sind Sie sicher, Sir?« Plötzlich senkte er die Stimme und sprach sehr schnell. »Lassen Sie sich bitte nichts anmerken, Mr. McAuliff. Tun Sie, als würden Sie mir die Richtung zeigen. Mr. Hammond wird sich in Soho mit Ihnen treffen. Es gibt dort einen Nachtclub, der durchgehend geöffnet hat, The Owl of Saint George. Dort wird er auf Sie warten. Setzen Sie sich an die Bar, er wird auf Sie zukommen. Machen Sie sich keine Gedanken wegen der Zeit ... Er will nicht, daß Sie noch weitere Telefonanrufe machen. Sie werden beobachtet.«

McAuliff schluckte, wurde blaß und deutete mit der Hand – ein wenig zu offensichtlich, wie er befürchtete – in Richtung Hatton Garden. Auch er sprach jetzt leise und schnell. »Verdammt noch mal, wenn *ich* beobachtet werde, dann werden *Sie* ebenfalls beobachtet!«

»Das haben wir berücksichtigt ...«

»Mir gefällt das Ganze nicht. Was soll ich Warfield sagen? Daß er mich in Soho aussteigen lassen soll?«

»Warum nicht? Sagen Sie ihm, daß Sie sich ein bißchen amüsieren möchten. Sie haben morgen früh keine Termine. Amerikanern gefällt Soho, also ist es völlig normal. Sie sind kein leidenschaftlicher Spieler, aber ab und zu wetten Sie schon mal.«

»Du lieber Himmel! Erzählen Sie mir jetzt auch noch was über mein Sexualleben?«

»Das könnte ich, aber ich tue es nicht.« Jetzt war wieder die heisere, laute Stimme mit dem nordenglischen Dialekt zu hören. »Haben Sie vielen Dank, Sir. Sehr freundlich von Ihnen, Sir. Ich bin sicher, daß ich meine Freunde jetzt finden werde.«

Mit schnellen Schritten ging der Mann durch den Nebel in Richtung Hatton Garden davon. McAuliff spürte, daß er am ganzen Körper bebte. Seine Hände zitterten. Um sich zu beruhigen, suchte er in der Tasche nach seinen Zigaretten. Es war ein wohltuendes Gefühl, als sich seine Finger um das Metall des Feuerzeuges schlossen.

Es war fünf Minuten vor zwölf. Er würde nach Mitternacht noch einige Minuten verstreichen lassen und dann gehen. Laut seinen Anweisungen sollte er ›ins Savoy zurückgehen‹. Ein anderes Treffen würde vereinbart werden. In dieser Nacht? Am frühen Morgen? Oder sollte ›ins Savoy zurückgehen‹ einfach bedeuten, daß er nicht mehr länger an der Ecke High Holborn und Chancery Lane warten mußte? Daß er in dieser Nacht machen konnte, was er wollte?

Die Worte waren klar, aber ihre unterschiedlichen Interpretationen klangen alle plausibel. Wenn er wollte, konnte er – mit einigen Unterbrechungen – nach Soho fahren, zu Hammond. Das Netz seiner Beobachter würde die Tatsache vermelden, daß Warfield nicht zu dem Treffen erschienen war. Diese Möglichkeit stand ihm offen.

Mein Gott! dachte Alex. *Was geschieht mit mir? Worte und Bedeutungen, Möglichkeiten und Alternativen. Die Interpretation von – Befehlen!*

Wer zum Teufel wagte es, *ihm* Befehle zu geben?

Er war kein Mann, dem man befehlen konnte!

Aber als seine Hand, mit der er die Zigarette zum Mund

führte, zitterte, wußte er, daß er es doch war – und zwar auf unbestimmte Zeit. Eine Zeit in einer Hölle, die er nicht ertragen konnte. Er war nicht mehr frei.

Die Radiumzeiger seiner Armbanduhr standen übereinander, es war Mitternacht. Sie sollten sich alle zum Teufel scheren! Er würde Alison anrufen und ihr sagen, daß er noch auf einen Drink vorbeikommen wolle – sie fragen, ob sie etwas dagegen habe. Hammond konnte ruhig die ganze Nacht in Soho auf ihn warten. Wo war er noch mal? The Owl of Saint George. Idiotischer Name!

Hammond sollte sich zum Teufel scheren.

Da schoß der Rolls-Royce aus dem Nebel vor Newgate. Der tiefe Motor dröhnte auf vollen Touren, eine laute Störung in der ansonsten stillen Straße. Er fuhr vor McAuliff an den Bordstein und hielt abrupt an. Der Chauffeur stieg aus, lief um die lange Motorhaube des Wagens herum und öffnete die hintere Tür für Alex.

Das alles geschah so schnell, daß McAuliff ohne zu zögern seine Zigarette wegwarf und verwirrt einstieg. Er hatte noch nicht ganz realisiert, daß plötzlich wieder alles ganz anders aussah. In der rechten Ecke des gewaltigen Rücksitzes saß Julian Warfield, dessen zarter Körper vor dem großzügigen Interieur des Wagens noch kleiner wirkte.

»Es tut mir leid, daß ich Sie bis zur letzten Minute habe warten lassen, Mr. McAuliff. Ich wurde aufgehalten.«

»Gestalten Sie Ihre Geschäfte immer mit der höchstmöglichen Geheimniskrämerei und dem eindrucksvollsten Schockeffekt?« fragte Alex, der sich in den Sitz zurücklehnte und erleichtert feststellte, daß er mit fester Stimme sprach.

Warfield lachte sein hartes Altmännerlachen. »Verglichen mit Ross Perot bin ich ein Anfänger.«

»Trotzdem gelingt es Ihnen, mich zu beunruhigen.«

»Möchten Sie etwas trinken? Preston hat sich hier eine Bar einbauen lassen.« Warfield deutete auf die mit Filz verkleidete Rückenlehne des Vordersitzes. »Ziehen Sie einfach an der Schlaufe da.«

»Nein, danke. Vielleicht werde ich später etwas trinken, jetzt nicht.« *Langsam. Langsam, McAuliff,* sagte er zu sich selbst. *Verrate dich um Himmels willen nicht. Hammond wird auch die ganze Nacht warten. Vor zwei Minuten wolltest du ihn noch warten lassen!*

Der alte Mann zog einen Umschlag aus der Tasche seines Jacketts. »Ich werde Ihnen die gute Nachricht gleich sagen. Es gibt niemanden, den wir grundsätzlich ablehnen, vorbehaltlich einiger Kleinigkeiten. Wir finden, im Gegenteil, daß Ihre Auswahl ganz hervorragend ist.«

Warfield berichtete, daß Dunstones erste Reaktion auf die ausgewählten Kandidaten negativ gewesen sei. Nicht aus Sicherheitsgründen – vorbehaltlich besagter Kleinigkeiten –, auch nicht aufgrund der Qualifikationen. McAuliff habe seine Hausaufgaben gemacht. Doch es gab vom konzeptionellen Standpunkt aus Probleme. Weibliche Mitglieder würden bei einer geologischen Landvermessung von vornherein abgelehnt, nicht unbedingt, weil sie weniger widerstandsfähig seien, sondern weil sie über weniger Kraft verfügten. Jedes Projekt, das mit Reisen verbunden sei, sei traditionell eine Domäne der Männer. Das Eindringen des weiblichen Elements sei eine besorgniserregende Komponente und müsse zwangsläufig zu Komplikationen führen – zu endlos vielen Komplikationen.

»Wir haben daher zwei Ihrer Kandidatinnen gestrichen, wobei uns bewußt war, daß Sie, wenn wir Mrs. Wells streichen, auch ihren Mann, Peter Jensen, verlieren würden. Insgesamt haben wir also drei der ersten fünf Kandidaten abgelehnt. Wir wußten, daß Ihnen das nicht gefallen würde, aber schließlich, Sie verstehen … Erst danach ist mir alles klar geworden. Sie hatten viel weiter gedacht als wir.«

»Es ging mir nicht um strategische Gesichtspunkte, Mr. Warfield. Ich habe einfach das beste Team zusammengestellt, das ich finden konnte.« McAuliff war der Ansicht, daß er diese Bemerkung dazwischenwerfen mußte.

»Vielleicht nicht bewußt. Qualitativ gesehen haben Sie da wirklich eine großartige Gruppe. Und die Auswahl von zwei Frauen – eine die Ehefrau eines anderen Teammitglieds, beide führend in ihren Bereichen – war eine ganz entscheidende Verbesserung.«

»Warum?«

»Es läßt – *sie* lassen – das Ganze harmlos wirken. Ein Anstrich von Universitätsklima. Diesen Aspekt hatten wir völlig übersehen. Ein engagiertes Team aus Frauen und Männern, finanziert von der Royal Society ... Das ist etwas ganz anderes als eine Landvermessung, der nur Männer angehören. Wirklich bemerkenswert.«

»Das war nicht meine Absicht. Tut mir leid, wenn ich Sie da enttäuschen muß.«

»Darum geht es nicht. Das Ergebnis ist dasselbe. Natürlich habe ich die anderen auf diesen Gesichtspunkt aufmerksam gemacht, und sie haben sofort zugestimmt.«

»Ich habe das Gefühl, daß man allem und jedem sofort zustimmt, auf das Sie ›aufmerksam machen‹. Um was geht es denn bei den Kleinigkeiten?«

»›Ergänzende Informationen, die Sie vielleicht interessieren könnten‹, ist eine treffendere Beschreibung.« Der alte Mann hob den Arm und schaltete sein Leselicht ein. Dann holte er einige zusammengefaltete Papierblätter aus seinem Mantel, breitete sie aus und legte sie vor den Umschlag. Er rückte seine Brille zurecht und überflog die erste Seite. »Das Ehepaar, Jensen und Wells. Sie sind in linksgerichteten Kreisen aktiv. Friedensmärsche, Abschaffung der Atombombe, solche Sachen.«

»Das hat keinerlei Auswirkungen auf ihre Arbeit. Ich glaube kaum, daß sie die Einheimischen auf die Barrikaden schicken werden.« McAuliffs Stimme klang gelangweilt – mit Absicht. Wenn Warfield schon vorhatte, solche ›Kleinigkeiten‹ anzusprechen, sollte der Finanzier auch wissen, daß er sie für irrelevant hielt.

»In Jamaika herrscht eine enorme politische Instabilität – Unruhe, um genau zu sein. Es wäre nicht in unserem Interesse, wenn sich die Teammitglieder kritisch dazu äußern würden.«

McAuliff drehte sich im Sitzen zu dem kleinen alten Mann hin und sah ihn an. Die winzigen Lippen gespitzt, die dünnen, knochigen Finger hielten die Papiere unter die kleine Quelle aus gelbem Licht, das seiner alten Haut einen fahlen

Schimmer verlieh. »Sollte es für die Jensens einen Anlaß geben – was ich mir jedoch nicht vorstellen kann –, ihre politische Stimme zu erheben, werde ich sie schon zum Schweigen bringen. Andererseits könnte es für Sie von Vorteil sein, solche Leute einzustellen, denn sie würden kaum für Dunstone arbeiten, wenn sie Bescheid wüßten.«

»Ja«, sagte Warfield leise. »Daran haben wir auch gedacht. Dann der Junge, Ferguson. Er hatte Ärger mit der Craft-Stiftung.«

»Weil er eine möglicherweise bahnbrechende Entdeckung im Zusammenhang mit Baracoa-Fasern gemacht hat. Craft und seine Geldgeber sind beinahe hysterisch geworden.«

»*Wir* haben keinen Streit mit Craft, und das soll so bleiben. Die Tatsache, daß er für Sie arbeitet, könnte Mißfallen erregen. Craft hat in Jamaika einen guten Ruf.«

»Es gibt niemanden, der so gut ist wie Ferguson, auch nicht der Ersatzmann für ihn, und der war noch der Beste von denen, die übriggeblieben sind. Ich werde Ferguson von Craft fernhalten.«

»Das ist unbedingt erforderlich. Wir können ihn nur unter dieser Bedingung akzeptieren.«

Charles Whitehall, der schwarze Wissenschaftler und Playboy, war laut Dunstones Datenbanken ein psychologisches Wrack. Politisch gesehen sei er konservativ eingestellt; ein schwarzer Konservativer, der die reaktionären Kräfte in Kingston hätte anführen können, wenn er auf der Insel geblieben wäre. Aber auf Jamaika habe er keine Zukunft, und das sei ihm schon früh klar geworden. Das habe ihn verbittert. Warfield beeilte sich hinzuzufügen, daß diese negativen Informationen von Whitehalls akademischem Ansehen mehr als wettgemacht würden. Sein Interesse an der Vermessung sei letzten Endes ein positiver Faktor. Wenn er daran teilnehme, würde dies vermutlich dazu beitragen, dem Projekt auch den letzten kommerziellen Makel zu nehmen. Dieser überaus vielschichtige Mann werde noch interessanter durch die Tatsache, daß er Träger eines schwarzen Gürtels in Jukato sei, einer todbringenden Weiterentwicklung von Judo.

»Unsere Kontakte in Kingston waren sehr beeindruckt davon, daß er für Sie arbeiten will. Ich nehme an, sie werden ihm einen Lehrstuhl an der Universität Westindiens anbieten. Wahrscheinlich wird er ihn auch annehmen, wenn sie ihm genügend zahlen. Kommen wir zum letzten Kandidaten.« Warfield nahm die Brille ab, legte sie auf seinen Schoß zu den Papieren und rieb sich den Rücken seiner dünnen, knochigen Nase. »Mrs. Booth. Mrs. Alison Booth.«

Alex spürte, wie Ärger in ihm aufstieg. Warfield hatte ihm bereits gesagt, daß Alison akzeptiert worden sei. Er wollte keine vertraulichen, persönlichen Informationen hören, die von Dunstones gesichtslosen Männern oder surrenden Maschinen ausgegraben worden waren. »Was ist mit ihr?« fragte er vorsichtig. »Ihre Leistungen sprechen doch für sich.«

»Das steht außer Frage. Sie ist äußerst qualifiziert, und es liegt ihr viel daran, England zu verlassen.«

»Das hat sie mir erklärt, und ich kaufe es ihr ab. Sie ist gerade geschieden worden, und soviel ich weiß, sind die Begleitumstände einer Scheidung nicht gerade angenehm – in gesellschaftlicher Hinsicht.«

»Das hat sie Ihnen erzählt?«

»Ja, und ich glaube ihr.«

Warfield setzte seine Brille wieder auf und drehte die Seite vor sich um. »Ich fürchte, es steckt mehr als das dahinter, Mr. McAuliff. Hat sie Ihnen erzählt, wer ihr Mann war? Wie er sein Geld verdient hat?«

»Nein, und ich habe sie auch nicht danach gefragt.«

»Ja ... Nun, ich denke, Sie sollten es wissen. David Booth stammt aus einer gesellschaftlich sehr angesehenen Familie – er trägt den Titel eines Viscounts, um genau zu sein –, die seit einer Generation bankrott ist. Er ist Gesellschafter einer Im- und Exportfirma, deren Bücher keine nennenswerten Mittel aufweisen. Und doch führt Mr. Booth ein ausgesprochen aufwendiges Leben. Er besitzt mehrere Häuser – hier und auf dem Kontinent –, fährt teure Autos, gehört vornehmen Clubs an. Eigenartig, nicht wahr?«

»Allerdings. Wie macht er das?«

»Drogen«, erklärte Julian Warfield in einem Ton, als würde er McAuliff die Uhrzeit sagen. »David Booth arbeitet als

Kurier für eine französisch-amerikanische Organisation, die von Korsika und Marseille aus operiert.«

Die beiden Männer schwiegen eine Weile. McAuliff verstand, worauf Hammond hinauswollte. »Mrs. Booth hat Vermessungen in Korsika, Zaire und der Türkei durchgeführt«, sagte er endlich. »Sie nehmen an, daß sie darin verwickelt ist?«

»Möglich, allerdings nicht sehr wahrscheinlich. Wenn ja, dann ohne ihr Wissen. Schließlich hat sie sich von dem Kerl scheiden lassen. Wir wollen damit lediglich sagen, daß sie mit Sicherheit über die Geschäfte ihres Mannes Bescheid weiß. Sie hat Angst, in England zu bleiben. Wir glauben nicht, daß sie zurückkommen wird.«

Wieder herrschte Stille.

Erneut brach McAuliff sie. »Sie sagen, sie hat Angst. Wollen Sie damit andeuten, daß sie bedroht wurde?«

»Durchaus möglich. Alles, was sie weiß, könnte für sie gefährlich werden. Booth war über die Scheidung nicht sehr erfreut. Weniger vom emotionalen Standpunkt her – er ist ein ziemlicher Schürzenjäger –, sondern, wie wir annehmen, eher aus Gründen, die mit seinen Reisen zusammenhängen.« Warfield legte die Papiere zusammen und steckte sie wieder in die Tasche seines Mantels.

»Nun«, sagte Alex, »das ist eine kleine Bombe, die Sie da hochgehen lassen. Auf so etwas war ich nicht gefaßt.«

»Ich habe Ihnen diese Informationen über Mrs. Booth gegeben, weil wir der Meinung waren, daß Sie es irgendwann selbst herausfinden würden. Wir wollten Sie vorbereiten – es ging nicht darum, Sie von Ihrem Entschluß abzubringen.«

McAuliff drehte sich abrupt um und sah Warfield an. »Sie wollen sie dabeihaben, weil sie Ihnen vielleicht – vielleicht nützlich sein könnte. Und nicht aus geologischen Gründen.«
Langsam, McAuliff. Langsam!

»In diesen komplizierten Zeiten ist alles vorstellbar.«

»Das gefällt mir nicht.«

»Sie haben noch nicht darüber nachgedacht. Wir sind der Meinung, daß sie in Jamaika sehr viel sicherer ist als in London. Sie machen sich Sorgen um sie, nicht wahr? Sie haben sich in der letzten Woche häufig mit ihr getroffen.«

»Daß ich beobachtet werde, gefällt mir auch nicht.« Alex fiel nichts anderes ein.

»Wir haben nur das Nötigste unternommen, und das diente lediglich Ihrem Schutz«, entgegnete Warfield schnell.

»Vor was? Um Himmels willen, vor wem müssen Sie mich schützen?« McAuliff starrte den kleinen alten Mann an, und ihm wurde klar, wie sehr er ihn verabscheute. Er fragte sich, ob Warfield in bezug auf seinen Schutz mehr sagen würde als Hammond. Würde er zugeben, daß es schon einmal eine Landvermessung in Jamaika gegeben hatte? »Ich glaube, ich habe das Recht darauf, informiert zu werden«, fügte er wütend hinzu.

»Das werden Sie auch. Zuerst möchte ich Ihnen jedoch diese Unterlagen hier zeigen. Ich bin sicher, daß alles zu Ihrer Zufriedenheit erledigt worden ist.« Warfield öffnete den Umschlag, der nicht zugeklebt war, und zog mehrere dünne Seiten heraus, die auf einem Bogen Briefpapier zusammengeheftet waren – die Kopien des umfangreichen Vertrages, den McAuliff vor einer Woche im Belgravia Square unterschrieben hatte. Er hob den Arm, schaltete sein Leselicht ein, nahm Warfield die Papiere aus der Hand und blätterte durch die Kopien, bis er zu dem dickeren Bogen kam. Es war kein Briefpapier, sondern die Kopie einer Banküberweisung an die Chase-Manhattan-Bank in New York. Die Zahlen waren unmißverständlich: Auf der linken Seite stand der Betrag, der von einem Unternehmen in der Schweiz auf sein Konto eingezahlt worden war, auf der rechten die Höchststeuern für den Betrag, der als Einkommen ausgewiesen und an die Schweizer Behörden und die Finanzbehörden der Vereinigten Staaten gemeldet worden war.

Die Nettosumme betrug 1 270 000 US-Dollar.

McAuliff sah zu Warfield hinüber. »Die erste Zahlung sollte 25% der gesamten Vertragssumme nach Aufnahme der Vermessungsarbeiten sein. Wir haben vereinbart, daß darunter die Ankunft des Teams in Kingston zu verstehen ist. Davor bekomme ich von Ihnen nur meine Spesen und, falls wir uns wieder trennen, fünfhundert Dollar am Tag. Warum diese Änderung?«

»Wir sind mit der Arbeit, die Sie bis jetzt geleistet haben, äußerst zufrieden. Betrachten Sie es als Vertrauensbeweis.«

»Das kaufe ich Ihnen nicht ab ...«

»Außerdem«, fuhr Warfield etwas lauter fort, um Alexanders Einwände zu unterbrechen, »wurden die Vertragsvereinbarungen nicht geändert.«

»Ich weiß, was ich unterschrieben habe.«

»Nun, offensichtlich nicht sehr genau. Lesen Sie den Vertrag – dort steht unmißverständlich, daß Sie *mindestens* 25% erhalten, und zwar *vor* Ablauf des Geschäftstages, den wir als Beginn der Vermessung festgelegt haben. Es gibt keine Vereinbarungen hinsichtlich einer Summe, die über diese 25% hinausgeht, ferner sind keine Einschränkungen in bezug auf ein früheres Datum enthalten. Wir dachten, Sie freuen sich.« Der alte Mann faltete seine winzigen Hände, als wäre er ein kleiner Gandhi im Maßanzug.

McAuliff las die Überweisungsbestätigung der Chase-Manhattan-Bank durch. »Auf der Überweisung wird das Geld als Honorar für Leistungen bezeichnet, die bis zum heutigen Tag erbracht wurden. Das ist Vergangenheit, eindeutig. Es dürfte Ihnen schwerfallen, das Geld zurückzubekommen, wenn ich nicht nach Jamaika gehe. Angesichts Ihres krankhaften Mißtrauens in bezug auf Geheimhaltung bezweifle ich allerdings, daß Sie es überhaupt ernsthaft versuchen würden ... Nein, Mr. Warfield, das hier ist ziemlich ungewöhnlich.«

»Vertrauen, Mr. McAuliff. Ihre Generation sieht darüber einfach hinweg.« Der Finanzier lächelte gütig.

»Ich möchte nicht unhöflich sein, aber ich glaube nicht, daß Sie jemals Vertrauen gehabt haben. Nicht auf diese Weise. Sie manipulieren, aber Sie sind kein Ideologe ... Ich sage es noch einmal – ich finde das ziemlich ungewöhnlich.«

»Nun gut.« Warfield löste seine zarten Hände voneinander, blieb jedoch in der Pose eines Gandhi unter dem gelben Licht sitzen. »Es hat etwas mit dem Schutz zu tun, von dem ich gesprochen habe, und den Sie, ganz zu Recht, hinterfragen. Sie sind einer von uns, Alexander Tarquin McAuliff. Ein immens wichtiger und unentbehrlicher Bestandteil von Dunstones Plänen. Als Anerkennung für Ihre Arbeit haben wir unseren Direktoren empfohlen, Sie – vertraulich – zu einem der ihren zu machen. Die an Sie geleisteten Zahlungen sind der erste Teil der Bezüge, die einem von uns zustehen. Wie Sie bereits sagten, wäre es ganz und gar ungewöhnlich, solch hohe Summen aus anderen Gründen zu zahlen.«

»Worauf zum Teufel wollen Sie hinaus?«

»Etwas direkter ausgedrückt: Versuchen Sie niemals, uns zu verleugnen. Sie sind wissentlich an unserer Arbeit beteiligt. Falls Sie irgendwann einmal, aus welchem Grund auch immer, zu der Auffassung gelangen, daß Sie Dunstones Tätigkeiten nicht weiter billigen, sollten Sie nicht versuchen, sich von uns zu trennen. Man würde Ihnen nicht glauben.«

McAuliff starrte den alten Mann, der jetzt lächelte, an. »Warum sollte ich das tun?« fragte er leise.

»Weil wir Grund zu der Annahme haben, daß gewissen – Elementen überaus viel daran liegt, unsere Arbeit zu behindern. Vielleicht werden sie versuchen, mit Ihnen Kontakt aufzunehmen, vielleicht haben sie es bereits getan. Ihre Zukunft liegt bei uns und sonst nirgendwo. Finanziell, vielleicht ideologisch – aber ganz gewiß vom juristischen Standpunkt aus gesehen.«

Alex wandte den Blick von Warfield ab. Der Rolls war auf der New Oxford nach Westen, auf der Charring Cross nach Süden und dann auf der Shaftesbury wieder nach Westen gefahren. Sie näherten sich den ersten Lichtern des Piccadilly Circus, deren grelle Farben durch den dichten Nebel gedämpft wurden.

»Wen haben Sie heute abend so verzweifelt zu erreichen versucht?« Jetzt lächelte der alte Mann nicht mehr.

McAuliff wandte sich vom Fenster ab. »Es geht Sie ja eigentlich nichts an, aber ich habe versucht – allerdings nicht verzweifelt –, Mrs. Booth zu erreichen. Wir haben uns morgen zum Mittagessen verabredet. Sollte ich dabei ungeduldig ausgesehen haben, ist dies auf unser überstürzt angesetztes Treffen zurückzuführen und auf die Tatsache, daß ich sie nicht nach Mitternacht stören wollte. An wen hatten *Sie* denn gedacht?«

»Sie sollten nicht so aggressiv ...«

»Ich vergaß«, unterbrach Alex Warfield. »Sie versuchen nur, mich zu schützen. Vor gewissen Elementen.«

»Ich kann mich auch deutlicher ausdrücken.« Julian Warfields Augen bohrten sich mit einer Intensität in Alex', die ihm bis jetzt an dem alten Mann noch nicht aufgefallen war. »Es hätte keinen Sinn, mich anzulügen, daher erwarte ich, daß Sie mir jetzt die Wahrheit sagen. Welche Bedeutung hat das Wort ›Halidon‹ für Sie, Mr. McAuliff?«

6.

Die gellenden, hysterischen Dissonanzen der Acid-Musik verursachten ihm Schmerzen in den Ohren. Als nächstes waren die Augen betroffen – dicke, schwere Rauchschwaden ließen die Tränen fließen. Die Nasenflügel reagierten sofort auf den beißenden, süßen Geruch des Tabaks, der mit Gras und Haschisch vermischt war.

McAuliff kämpfte sich durch das verschlungene Netz aus weichem Fleisch, schob behutsam, aber entschlossen Arme und Schultern beiseite, die gegen ihn prallten, bis er schließlich den hinteren Teil der Bar erreicht hatte.

Die Stimmung im Owl of Saint George hatte ihren lautstarken Höhepunkt erreicht. Psychedelische Lichter zerplatzten in rhythmischen Explosionen an Wänden und Decke, Körper verbogen sich in alle Richtungen, niemand schien aufrecht zu stehen, alle schwankten und zuckten heftig.

Hammond saß mit fünf anderen Gästen – zwei Männern und drei Frauen – in einer runden Nische. Alex blieb stehen, verdeckt von den Menschen, die tranken und tanzten, und sah sich Hammonds kleine Gruppe an. Er fand sie reichlich komisch. Nicht im Sinne von merkwürdig komisch, sondern von lustig komisch. Hammond und der andere Mann mittleren Alters waren ›normal‹ angezogen, ebenso zwei der drei Frauen, die über vierzig waren. Das dritte Paar dagegen war jung und ›in‹ – Perlen und Wildleder und wallendes Haar, das von einem Stirnband zusammengehalten wurde. Eine Erklärung für dieses Bild drängte sich McAuliff auf – Eltern versuchten, den Generationsunterschied zu überbrücken. Sie fühlten sich nicht ganz wohl hier, machten aber bereitwillig mit.

McAuliff erinnerte sich daran, was der Mann in der High Holborn zu ihm gesagt hatte. *Setzen Sie sich an die Bar, er wird auf Sie zukommen.* Er drängte sich bis auf Armeslänge an die Theke heran und rief einem schwarzen Barkeeper mit Afro-Frisur seine Bestellung zu. Er fragte sich, wann Hammond reagieren würde. Er wollte nicht lange warten. Er hatte dem britischen Agenten eine Menge zu sagen.

»Entschuldigen Sie, aber Sie heißen doch McAuliff, nicht wahr?« Alex verschüttete seinen Drink, als ihm jemand diese Frage ins Ohr schrie. Es war der junge Mann von Hammonds Tisch. Hammond verschwendete keine Zeit.

»Ja. Warum?«

»Die Eltern von meiner Freundin kennen Sie. Ich soll Sie an unseren Tisch bitten.«

In den folgenden Augenblicken kam sich McAuliff vor, als spielte er in einem Theaterstück mit. Ein kurzer, inszenierter Auftritt mit merkwürdig vertrauten Dialogen, dargeboten vor einem Publikum aus anderen, aktiveren Schauspielern – mit einer Überraschung, die Alex veranlaßte, Hammond in einem neuen, vorteilhafteren Licht zu sehen.

Den Mann mittleren Alters, der Hammond gegenübersaß, kannte er *tatsächlich*, und auch dessen Frau. Nicht sehr gut, aber sie kannten sich. Er hatte die beiden zwei- oder dreimal bei früheren Aufenthalten in London getroffen. Sie gehörten nicht zu den auffälligen Menschen, die man auf der Straße – oder im Owl of Saint George – sofort wiedererkannte, es sei denn, man wurde daran erinnert, daß man sich kannte. Die dritte Frau hatte er noch nie gesehen.

Hammond wurde mit seinem richtigen Namen vorgestellt, und McAuliff setzte sich neben ihn.

»Wie zum Teufel haben Sie das arrangiert?« fragte er nach fünf gräßlichen Minuten, in denen er mit seinen Bekannten über längst vergessene Dinge gesprochen hatte. »Wissen sie, wer *Sie* sind?«

»Lachen Sie ab und zu«, antwortete Hammond mit einem ruhigen, freundlichen Lächeln. »Sie glauben, daß ich ein kleines Zahnrädchen in der großen Regierungsmaschinerie bin und in einem schlecht beleuchteten Büro mit Zahlen jongliere ... Es war notwendig. Warfield hat die Zahl Ihrer Beobachter verdoppelt. Wir sind nicht gerade glücklich darüber. Vielleicht hat er uns gesehen, aber das ist eher unwahrscheinlich.«

»Etwas hat er gesehen, das garantiere ich Ihnen.« Alex lächelte, aber es sah gezwungen aus. »Ich habe Ihnen eine ganze Menge zu sagen. Wo können wir uns unterhalten?«

»Hier und jetzt«, antwortete der Brite. »Sprechen Sie auch ab und zu mit den anderen, aber es ist völlig in Ordnung, wenn wir uns jetzt unterhalten. Wir könnten es als Basis für ein Mittagessen oder ein paar Drinks in ein oder zwei Tagen verwenden.«

»Nein. Ich fliege übermorgen vormittag nach Kingston.«

Hammond, der einen Schluck aus seinem Glas trinken wollte, hielt inne. »So bald schon? Das hatten wir nicht erwartet.«

»Das ist unwichtig. Wichtig ist nur eines: Warfield weiß etwas über Halidon. Das heißt, er hat mich gefragt, was ich darüber weiß.«

»*Was?*«

»Mr. McAuliff?« schrie Alex' Bekannter über den Tisch. »Sie kennen doch sicher die Bensons aus Kent ...«

Die Frage kam im richtigen Augenblick, dachte Alex. Hammond war völlig überrascht. Erstaunen, das rasch in verärgerte Resignation umschlug. Die Unterhaltung über die Bensons, an die er sich nicht mehr erinnern konnte, würde Hammond Zeit zum Nachdenken geben. Und Alex wollte, daß er nachdachte.

»Was *genau* hat er gesagt?« fragte Hammond dann. Die rotierenden Lichter warfen ihre schrillen Muster jetzt auf den Tisch und verliehen dem Agenten ein groteskes Aussehen. »Die genauen Worte.«

»Er fragte: ›Welche Bedeutung hat das Wort Halidon für Sie?‹ Das waren seine Worte.«

»Und Ihre Antwort?«

»Was für eine Antwort? Ich hatte keine. Ich sagte ihm, es sei eine Stadt in New Jersey.«

»Wie bitte?«

»Halidon, New Jersey. Das ist eine Stadt.«

»Ich glaube, man schreibt und spricht es anders ... Hat er Ihnen geglaubt, daß Sie nichts wissen?«

»Warum sollte er das nicht tun? Ich weiß ja tatsächlich nichts.«

»Hat er gemerkt, daß Sie dieses Wort schon einmal gehört haben? Das ist außerordentlich wichtig.«

»Nein. Nein, ich glaube nicht. Mir ist in diesem Zusammenhang übrigens noch was anderes eingefallen ...«

»Hat er später noch mal davon gesprochen?« unterbrach Hammond ihn.

»Nein. Er hat mich ziemlich scharf angesehen, aber er hat es nicht wieder erwähnt. Was hat das Ihrer Meinung nach zu bedeuten?«

Plötzlich taumelte ein Tänzer, der wie in Trance wirkte, gegen ihren Tisch. Seine Augen waren halb geschlossen, die Lippen bewegten sich unkontrolliert. »He, das sind doch Mami und Papi!« rief er. Er sprach so undeutlich, daß man ihn kaum verstand. »Geht ganz schön ab hier, was, Mami?«

»Verdammt ...« Hammond hatte seinen Drink verschüttet.

»Klingel nach dem Butler, Papi. Soll der alte Edinburgh bezahlen. Ist 'n guter Freund von mir. Guter, alter Edinburgh.«

Der ausgeflippte Tänzer war so schnell wieder verschwunden, wie er gekommen war. Alex' Bekannte und die dritte Frau bemühten sich eifrig um Hammond und schimpften gleichzeitig über die Gäste des Nachtclubs, während das junge Paar sein Bestes tat, um die Sache herunterzuspielen.

»Ist schon in Ordnung, ist ja nichts passiert«, sagte Hammond schließlich gutmütig. »Nur ein bißchen naß, das ist alles.« Er zog sein Taschentuch heraus und rieb damit an seinem Hemd herum. Die anderen am Tisch nahmen ihre Unterhaltung wieder auf. Der Brite drehte sich zu McAuliff. Sein resigniertes Lächeln täuschte über seine Worte hinweg. »Mir bleibt keine Minute mehr. Falls erforderlich, werden wir morgen Kontakt mit Ihnen aufnehmen.«

»Sie meinen, dieser – Zwischenfall war ein Signal?«

»Ja. Und jetzt hören Sie mir zu und tun, was ich Ihnen sage. Ich habe keine Zeit, um es zu wiederholen. Wenn Sie in Kingston ankommen, sind Sie eine Weile auf sich allein gestellt. Ehrlich gesagt, wir waren nicht darauf vorbereitet, daß Sie so bald schon ...«

»Moment mal!« sagte McAuliff leise. Er war wütend. »Verdammt, jetzt hören *Sie* mir zu! Sie tun, was *ich* Ihnen sage. Sie haben mir völlige Sicherheit versprochen und gesagt, ich könne Sie vierundzwanzig Stunden pro Tag erreichen. Nur wegen dieser Garantie habe ich zugestimmt!«

»Daran hat sich nichts geändert«, warf Hammond rasch ein und lächelte dabei väterlich, was in krassem Gegensatz zu der stummen Aggression stand, die sich zwischen ihnen aufgebaut hatte. »Sie haben Kontakte. Sie haben achtzehn, zwanzig Namen auswendig gelernt ...«

»Im Norden des Landes, nicht in Kingston! Die Namen in Kingston müssen Sie mir erst noch nennen!«

»Wir werden sehen, daß wir für morgen etwas arrangieren.«

»Das reicht nicht!«

»Es muß reichen, Mr. McAuliff«, sagte Hammond kühl. »In Kingston gibt es ein Fischgeschäft namens Tallon's, östlich vom Victoria-Park, in der Duke Street. Im äußersten Notfall – und nur dann! – wenden Sie sich an den Besitzer, wenn Sie Informationen weiterleiten möchten. Er hat eine schwere Arthritis in der rechten Hand. Aber denken Sie daran: Er gibt nur Informationen weiter. Sonst kann er nichts für Sie tun. Und jetzt muß ich gehen.«

»Ich habe Ihnen noch ein paar andere Dinge zu sagen.« Alex legte Hammond die Hand auf den Arm.

»Das muß warten ...«

»Nur eines. Alison Booth – Sie haben es gewußt, nicht wahr?«

»Das mit ihrem Mann?«

»Ja.«

»Wir haben es gewußt. Ehrlich gesagt, wir dachten zuerst, sie wäre von Dunstone auf Sie angesetzt worden. Wir hatten es jedenfalls nicht ausgeschlossen. Ach ja, und Sie wollten wissen, weshalb Warfield Halidon erwähnt haben könnte. Was das bedeutet. Meiner Meinung nach weiß er nicht mehr als wir. Und genau wie wir versucht er mit allen Mitteln, mehr darüber herauszufinden.«

Mit der Schnelligkeit eines sehr viel jüngeren Mannes stand Hammond auf, drückte sich an McAuliff vorbei und entschuldigte sich bei der Gruppe. Alex saß jetzt neben der Frau mittleren Alters, von der er angenommen hatte, daß sie mit Hammond gekommen war. Er hatte nicht auf ihren Namen geachtet, als sie ihm vorgestellt worden war, aber als er sie jetzt ansah, mußte man es ihm nicht erst sagen. Sie wirkte äußerst beunruhigt und verängstigt. Zwar versuchte sie, es zu verbergen, aber das gelang ihr nicht.

»Sie sind also der junge Mann ...« Mrs. Hammond brach ab und trank einen Schluck aus ihrem Glas.

»Jung und doch wieder nicht so jung«, sagte McAuliff. Er bemerkte, daß ihre Hand zitterte, wie die seine eine Stunde zuvor, als er mit Warfield gesprochen hatte. »Es ist schwierig, sich bei dieser Lautstärke zu unterhalten. Und erst diese verdammten Lichter.«

Mrs. Hammond schien ihn nicht zu hören. Das Orange, Gelb und kränkliche Grün der psychedelischen Lichter warf immer neue Muster auf ihr verängstigtes Gesicht. Merkwürdig, dachte Alex, aber er hatte Hammond nie als Privatperson mit einer Ehefrau oder persönlichem Besitz angesehen. Selbst ein Privatleben hatte er ihm nicht zugestanden.

Während er über diese vernachlässigten Tatsachen nachdachte, packte Mrs. Hammond plötzlich seinen Unterarm und beugte sich zu ihm. Inmitten des ohrenbetäubenden Lärms und der wirbelnden, grellen Lichter flüsterte sie McAuliff ins Ohr:

»Um Gottes willen, gehen Sie ihm nach!«

Die wogenden Körper bildeten eine Mauer, die sich in alle Richtungen krümmte. McAuliff stürzte sich auf sie, drückte, zerrte, schob und boxte sich schließlich einen Weg hindurch, begleitet von laut herausgeschrienen Schimpfworten. Er versuchte, den berauschten Störenfried zu finden, der Hammond das Signal gegeben hatte, indem er gegen den Tisch getorkelt war, aber er war nirgendwo zu sehen.

Dann erblickte er ganz hinten auf der drängend vollen, mit Lichtern übergossenen Tanzfläche die abgehackten Bewegungen mehrerer Männer, die eine einzelne Gestalt in einen engen Korridor stießen. Hammond.

Wieder warf er sich gegen die zuckende Wand, um nach hinten zu gelangen, doch ein hochgewachsener Schwarzer trat ihm in den Weg.

»He, Mann! Hören Sie schon auf! Der Laden hier gehört Ihnen doch nicht!«

»Gehen Sie mir aus dem Weg! Verdammt noch mal, lassen Sie mich los!«

»Aber gern, Mann.« Der Schwarze nahm seine Hände von McAuliffs Jacke, ballte eine Hand zur Faust und schlug Alex damit in den Magen. Die Wucht des Schlages und der Schock der Überraschung ließen McAuliff zusammenbrechen.

So schnell es ging, stand er wieder auf und stürzte sich mit schmerzverzerrtem Gesicht auf seinen Angreifer. Der Schwarze drehte ihm das Handgelenk herum, und McAuliff stürzte gegen die Tänzer um ihn, die ihn weitgehend ignorierten. Als er wieder auf die Füße kam, war der Schwarze verschwunden.

Ein seltsamer und schmerzhafter Moment. Der Rauch und die Gerüche machten ihn benommen, aber dann kehrte die Klarheit der Gedanken zurück. Er rang nach Atem und holte ein paarmal tief Luft. Etwas weniger kraftvoll, aber nicht weniger entschlossen kämpfte er sich durch die Tänzer bis in den engen Korridor hinein.

Es war ein Durchgang zu den Toiletten – links stand CHICKS, rechts ROOSTERS. Am Ende des schmalen Flurs befand sich eine Tür mit einem überdimensionierten Hängeschloß, das die Gäste offensichtlich darauf aufmerksam machen sollte, daß dies kein Ausgang war. Im Owl of Saint George erwartete man, daß die Rechnung bezahlt wurde, bevor die Gäste das Lokal verließen.

Das Schloß war aufgebrochen worden – aufgebrochen und

dann wieder eingehängt. Der Stahlbügel war etwa einen Zentimeter vom Einschub entfernt.

McAuliff riß das Schoß herunter und öffnete die Tür.

Er gelangte in eine dunkle schmale Gasse, die mit Mülltonnen und Abfall angefüllt war. Es war so gut wie kein Licht vorhanden, bis auf den Mond, der durch den Nebel getrübt wurde, und einen schwachen Lichtschein aus den umliegenden, schäbigen Wohnblöcken. Vor McAuliff ragte eine hohe Backsteinmauer auf, rechts führte die Gasse weiter, vorbei an anderen Hintertüren, bis sie vor einer Backsteinmauer endete. Auf der linken Seite sah er eine Lücke zwischen dem Gebäude und der Mauer – ein Durchgang zur Straße. Auch hier standen Mülltonnen mit ihrem unvermeidlichen Gestank.

McAuliff lief durch den betonierten Durchgang, der vom Licht der Straßenlaternen beleuchtet wurde, zur Straße. Er war noch etwa sechs Meter vom Bürgersteig entfernt, als er kleine Pfützen einer tiefroten Flüssigkeit bemerkte.

Er rannte auf die Straße hinaus. Die Menschenmenge hatte sich gelichtet, Soho näherte sich seiner Geisterstunde. Jetzt spielte sich alles drinnen ab – in den Privatclubs, den illegalen Spielhöllen, die die ganze Nacht geöffnet hatten, den profitablen Betten, in denen Sex in allen möglichen Spielarten und Preislagen zu haben war. McAuliffs Blick flog hin und her, bemüht, einen Bruch in dem Strom aus Menschen zu finden, jemanden, der Widerstand leistete, auszubrechen versuchte.

Er sah nichts.

Dann starrte er auf den Bürgersteig hinunter. Die Blutspur war durch die Füße der Passanten verschmiert und verwischt worden, die roten Tropfen endeten jäh an der Bordsteinkante. Hammond war in einem Auto weggeschafft worden.

Plötzlich spürte McAuliff, wie zwei Hände nach seinen Schultern griffen. Er hatte sich im letzten Moment zur Seite gedreht, von einem flackernden Neonlicht gewarnt, und diese kleine Bewegung rettete ihn davor, auf die Straße gestoßen zu werden. Sein Angreifer – ein riesiger Schwarzer – stolperte über den Bordstein und fiel vor einen herannahenden Bentley, der außergewöhnlich schnell fuhr. McAuliff spürte einen stechenden Schmerz im Gesicht. In diesem Moment wurde der Mann von dem Auto erfaßt. Der angsterfüllte Ruf war ein Todesschrei, und die quietschenden Reifen kündigten das Unglaubliche an. Der Bentley machte einen Satz nach vorn, zerquetschte sein Opfer unter sich und raste davon. Als der Wagen die Kreuzung erreicht hatte, bog er scharf nach links ab. Die Reifen drehten durch, als sie in der Luft schwebten, dann landeten sie wieder auf dem Straßenpflaster, und der Bentley verschwand. Fußgänger schrien, Männer rannten davon, Huren drückten sich in Hauseingänge, Zuhälter preßten die Hände auf ihre Taschen, und McAuliff starrte auf die übel zugerichtete, blutüberströmte Leiche auf der Straße.

Er wußte, daß er anstelle des Mannes dort hätte liegen sollen.

Er rannte die Straße hinunter. Er wußte nicht wohin – nur weg. Weg von der Menschenmenge, die sich auf dem Bürgersteig hinter ihm bildete. Es würde Fragen geben, Zeugen, Menschen, die ihn am Tatort gesehen hatten, die ihn mit der Sache in Verbindung bringen konnten. Er hatte keine Antworten und wußte instinktiv, daß er unter keinen Umständen erkannt werden durfte, bevor er diese Antworten kannte.

Der tote Schwarze war der Mann aus dem Owl of Saint George, dessen war er sicher – der Mann, der ihn auf der Tanzfläche mit einem brutalen Schlag in den Magen außer Gefecht gesetzt, sein Handgelenk verdreht und ihn zwischen die taumelnden Tänzer geschleudert hatte. Der Mann, der verhindert hatte, daß er Hammond in dem engen Korridor einholte, welcher an den Toiletten vorbei in die dunkle Gasse nach draußen führte.

Warum hatte der Schwarze ihn aufgehalten? Warum zum Teufel hatte er versucht, ihn zu töten?

Und wo war Hammond?«

Er mußte zu einem Telefon. Er mußte Hammonds Nummer wählen und mit jemandem sprechen, irgend jemandem, der ihm ein paar Antworten geben konnte.

Plötzlich wurde Alex bewußt, daß ihn die Passanten anstarrten. Warum? Natürlich – er ging zu schnell. Ein Mann, der es zu dieser Stunde auf einer nebelverhangenen Straße in Soho eilig hatte, war verdächtig. Er durfte nicht verdächtig aussehen. Er ging langsamer, ging ziellos ihm unbekannte Straßen entlang.

Aber überall starrten ihn die Menschen an. Er versuchte, nicht in Panik zu geraten. Was sahen sie nur?

Da begriff er. Er spürte, wie ihm warmes Blut über die Wange lief. Jetzt erinnerte er sich wieder daran – der stechende Schmerz in seinem Gesicht, als die riesigen, schwarzen Hände an ihm vorbei über den Bordstein schossen. Vielleicht ein Ring oder ein Fingernagel – egal. Er war von etwas geschnitten worden, und jetzt blutete er. Er griff in die Jackentasche, um nach einem Taschentuch zu suchen, und sah, daß sein Jackett auf der einen Seite völlig zerfetzt war.

Er war zu schockiert gewesen, um zu bemerken, wie es zerrissen worden war, das Blut in seinem Gesicht zu spüren.

Du lieber Himmel, was für ein Anblick! Ein Mann mit zerrissenem Jackett und blutendem Gesicht, der vor einem toten Schwarzen in Soho davonlief.

Tot? Gestorben? Dahingegangen?

Nein. Ermordet.

Ein Mord, dem er zum Opfer hätte fallen sollen – ein kräftiger Stoß, der ihn auf die Straße warf, genau vor die Stoßstange eines heranrasenden Bentleys.

In der Mitte des nächsten Straßenblocks – welcher Block? – stand eine Telefonzelle. Eine englische Telefonzelle, breiter und dunkler als ihre amerikanischen Cousinen. McAuliff ging schneller, während er Münzen aus der Jackentasche kramte. Er betrat die Telefonzelle. Es war dunkel, viel zu dunkel. Warum war es so dunkel? Er zog sein metallenes Feuerzeug heraus. Seine Finger krampften sich darum, als wäre es ein Griff, der ihn vor dem Sturz in den Abgrund bewahrte. Er entzündete es, atmete tief durch und wählte im Licht der Flamme.

»Wir wissen, was passiert ist, Mr. McAuliff«, sagte eine kühle, abgehackt klingende britische Stimme. »Von wo genau rufen Sie an?«

»Ich weiß es nicht. Ich bin weggerannt. Ein paar Straßen weiter.«

»Wir müssen wissen, wo Sie sind. In welche Richtung sind Sie gegangen, nachdem Sie den Nachtclub verlassen hatten?«

»Ich bin gerannt, verdammt noch mal! Ich bin einfach nur gerannt. Jemand hat versucht, mich zu *töten!*«

»In welche Richtung sind Sie gernnt, Mr. McAuliff?«

»Nach rechts – vier oder fünf Querstraßen. Dann wieder nach rechts. Dann nach links – zwei Querstraßen, glaube ich.«

»Gut. Und jetzt beruhigen Sie sich. Sie rufen von einer Telefonzelle aus an?«

»Ja. Verdammt noch mal, sagen Sie mir, was los ist! Ich kann keine Straßenschilder sehen, ich bin in der Mitte eines Häuserblocks.«

»Beruhigen Sie sich bitte.« Der Engländer machte McAuliff verrückt – er war herablassend und durch nichts zu erschüttern. »Was für Gebäude sehen Sie vor der Telefonzelle? Beschreiben Sie, was Sie sehen. Alles, was Ihnen auffällt.«

McAuliff beklagte sich über den Nebel und beschrieb die unbeleuchteten Geschäfte und Gebäude dann so gut er konnte. »Zum Teufel, besser geht es nicht. Ich werde jetzt von hier verschwinden. Ich nehme mir ein Taxi, und dann möchte ich einen von Ihnen sehen! Wo soll ich hin?«

»Sie werden nirgendwohin gehen, Mr. McAuliff!« Die kühle, britische Stimme war plötzlich laut und schroff. »Bleiben Sie genau dort, wo Sie jetzt sind. Wenn in der Telefonzelle eine Lampe ist, machen Sie sie kaputt. Wir wissen, wo Sie sind. Wir werden Sie in ein paar Minuten holen.«

Alex legte den Hörer auf. Es gab keine Glühbirne in der Telefonzelle. Die Bewohner von Soho hatten sie sich geholt. Er versuchte zu überlegen. Er hatte keine Antworten bekommen. Nur Befehle. Weitere Anordnungen.

Es war verrückt. Die letzte halbe Stunde war reiner Wahnsinn gewesen. Was *machte* er hier? Warum hielt er sich mit blutigem Gesicht und zerrissenem Jackett in einer Telefonzelle auf, zitterte und hatte Angst davor, sich eine Zigarette anzuzünden?

Verrückt!

Vor der Telefonzelle stand ein Mann, der ungeduldig mit seinen Münzen klimperte und demonstrativ von einem Fuß auf den anderen trat. Die Stimme am Telefon hatte Alex befohlen, in der Zelle zu warten, aber unter diesen Umständen würde dies vielleicht dazu führen, daß der Mann auf dem Gehsteig lautstark protestierte und die Aufmerksamkeit anderer auf ihn lenkte. Er könnte noch jemanden anrufen, dachte Alex. Aber wen? Alison? Nein. Er mußte über Alison nachdenken, nicht mit ihr sprechen.

Er verhielt sich wie ein verängstigtes Kind – vielleicht zu Recht. Er hatte tatsächlich Angst, sich zu bewegen, vor eine Telefonzelle zu gehen und einen ungeduldigen Mann telefonieren zu lassen, der mit seinen Münzen klimperte. Nein, so durfte er sich nicht verhalten. Er konnte nicht einfach hier herumstehen. Diese Lektion hatte er vor Jahren – Jahrhunderten – gelernt, in den Hügeln von Che San. Wenn man stehenblieb, wurde man zum Ziel. Man mußte flexibel sein, innerhalb der Grenzen des gesunden Menschenverstandes. Vor allem mußte man sich seiner natürlichen Instinkte bedienen und ständig auf der Hut sein. Wachsam sein und dafür sorgen, daß man sich schnell bewegen konnte – das war wichtig.

Großer Gott! Er verglich die mörderische Raserei von Vietnam mit einer kleinen Seitenstraße in Soho. Er zog tatsächlich eine Parallele und zwang sich dazu, entsprechend zu handeln. Das war zuviel. Er öffnete die Tür, preßte sein Taschentuch an die Wange und murmelte dem Mann mit den Münzen eine Entschuldigung zu. Dann stellte er sich in einen Hauseingang gegenüber von der Telefonzelle und wartete.

Der Mann an Hammonds Apparat hatte nicht gelogen. McAuliff mußte nicht lange warten. Er erkannte den Wagen wieder – Hammond und er hatten ihn mehrere Male benutzt. Langsam rollte er die Straße herauf. Dann hielt er mit laufendem Motor vor der Telefonzelle.

McAuliff trat aus dem dunklen Hauseingang und lief rasch zu dem Wagen. Die hintere Tür wurde geöffnet, er stieg ein.

Wieder erstarrte er. Der Mann auf dem Rücksitz war schwarz. Der Mann auf dem Rücksitz war eigentlich tot – eine übel zugerichtete Leiche auf der Straße vor dem Owl of Saint George.

»Ja, Mr. McAuliff, ich bin es«, sagte der Schwarze, der eigentlich tot sein mußte. »Entschuldigen Sie bitte, daß ich Sie geschlagen habe, aber Sie haben sich eingemischt. Sind Sie in Ordnung?«

»O mein Gott!« Wie betäubt saß Alex auf dem Rand des Rücksitzes, während der Wagen mit einem Ruck anfuhr und dann die Straße hinunterraste. »Ich dachte – ich meine, ich habe doch *gesehen* …«

»Wir sind auf dem Weg zu Hammond. Bald werden Sie alles besser verstehen. Lehnen Sie sich zurück. Die letzte Stunde war sicher sehr anstrengend für Sie. Übrigens geschah das alles völlig unerwartet.«

»Aber ich habe gesehen, wie Sie überfahren wurden!« platzte McAuliff heraus.

»Sie haben gesehen, wie ein Schwarzer überfahren wurde – ein Schwarzer, der so groß war wie ich. Dieses Vorurteil, daß wir alle gleich aussähen, ist einfach nicht aus der Welt zu schaffen. Es ist nicht sehr schmeichelhaft, und außerdem entspricht es nicht der Wahrheit. Übrigens – mein Name ist Tallon.«

McAuliff starrte den Mann an. »Nein, Sie heißen nicht Tallon. Tallon ist der Name eines Fischgeschäfts in der Nähe des Victoria-Parks in Kingston.«

Der Schwarze lachte leise. »Sehr gut, Mr. McAuliff. Ich wollte Sie nur testen. Zigarette?«

Alex nahm die angebotene Zigarette dankbar an. ›Tallon‹ hielt ihm ein Streichholz hin, und McAuliff sog gierig den Rauch ein, während er versuchte, wieder klar zu denken.

Er sah auf seine Hände herunter. Erstaunt und beunruhigt bemerkte er, daß er die hohle Hand über die glühende Zigarette gelegt hatte, wie er es vor einer Ewigkeit als Infanterieoffizier in den Hügeln von Vietnam getan hatte.

Sie waren bereits seit fast zwanzig Minuten unterwegs, fuhren zügig durch die Straßen Londons bis in die Vororte hinaus. McAuliff versuchte nicht, ihren Weg durch das Fenster zu verfolgen. Im Grunde war es ihm egal, wohin sie ihn brachten. Er konzentrierte sich ganz auf die Entscheidung, die er jetzt treffen mußte. Sie hatte mit der Art zu tun, in der sich seine Hände – die jetzt nicht mehr zitterten – schützend um die Zigarette gelegt hatten. Wegen des Windes, der hier nicht wehte? Weil er seine Position nicht verraten wollte? Wegen der feindlichen Scharfschützen?

Nein. Er war kein Soldat, war eigentlich nie einer gewesen. Er hatte nur deshalb seine Pflicht getan, weil es der einzige Weg gewesen war, um zu überleben. Er hatte kein anderes Motiv besessen als den Wunsch zu überleben und sich nie mit einem Krieg identifiziert. Und das würde er auch in Zukunft nicht tun. Ganz gewiß nicht jetzt, in Hammonds Krieg.

»Wir sind da, Mr. McAuliff«, sagte der Schwarze, der sich ›Tallon‹ genannt hatte. »Ziemlich einsame Gegend, nicht wahr?«

Der Wagen fuhr jetzt auf einer Straße neben einem graslosen Feld entlang, einer ebenen, etwa zwei Hektar großen Fläche, die aussah, als würde demnächst darauf gebaut werden. Jenseits des Feldes war eine Uferböschung. Alex nahm an, daß dahinter die Themse lag – es mußte die Themse sein. In einiger Entfernung erkannte er große rechteckige Gebäude, die wie Lagerhäuser aussahen. Lagerhäuser an einem Fluß. Er hatte keine Ahnung, wo sie waren.

Der Fahrer bog scharf nach links in eine Behelfsstraße ein. Der Wagen hüpfte auf und ab, als er über den holprigen Untergrund fuhr. Durch die Windschutzscheibe sah McAuliff die grellen Scheinwerfer von zwei Autos, beides Limousinen, die etwa einhundert Meter von ihnen entfernt warteten. Die Innenbeleuchtung des Wagens auf der rechten Seite war eingeschaltet. Nach wenigen Sekunden hielt der Fahrer neben der anderen Limousine an.

McAuliff stieg aus und folgte ›Tallon‹ zu dem beleuchteten Auto hinüber. Der Anblick Hammonds verwirrte ihn, machte ihn sogar zornig, bestärkte ihn aber vor allem in seinem Entschluß, sich von dessen Krieg fernzuhalten.

Der britische Agent saß steif auf dem Rücksitz, Hemd und Mantel waren um seine Schultern gelegt. Um die unbedeckten Hüften lag ein breiter weißer Verband. Er hatte die Augen leicht zusammengekniffen, was verriet, daß er starke Schmerzen haben mußte. Alex wußte, weshalb. Er hatte solche Wunden schon öfter gesehen – vor einer Ewigkeit –, meistens nach einem Angriff mit einem Bajonett.

Hammond war niedergestochen worden.

»Ich habe Sie aus zwei Gründen hierherbringen lassen, McAuliff. Ich kann Ihnen versichern, daß es riskant war«, begann der Agent, als Alex neben der offenen Tür stand. »Lassen Sie uns bitte allein«, bat er den Schwarzen.

»Sollten Sie nicht im Krankenhaus sein?«

»Nein, der Stich ist nicht sehr tief.«

»Sie wurden niedergestochen, Hammond«, unterbrach McAuliff ihn. »Das reicht wohl.«

»Werden Sie nicht melodramatisch. Es ist nichts Ernstes. Sie werden hoffentlich bemerkt haben, daß ich noch sehr lebendig bin.«

»Sie hatten Glück.«

»Glück hatte damit nichts zu tun. Genau das möchte ich Ihnen begreiflich machen.«

»Okay. Sie sind Supermann, die unverwüstliche Nemesis alles Bösen.«

»Ich bin ein fünfzig Jahre alter Veteran im Dienste Ihrer Majestät, der noch nie besonders gut Fußball gespielt hat.« Hammond zuckte zusammen und beugte sich nach vorn. »Gut möglich, daß ich diesen fürchterlich engen Verband jetzt nicht tragen müßte, wenn Sie meine Anordnungen befolgt und auf der Tanzfläche nicht so eine Szene gemacht hätten.«

»Wie bitte?«

»Sie bringen mich dazu abzuschweifen. Das Wichtigste zuerst. Sobald klar war, daß mir Gefahr drohte, wurde die Gefahr auch schon entfernt. Zu keiner Zeit, in keinem einzigen Augenblick war mein Leben gefährdet.«

»Weil Sie das jetzt sagen? Mit einem zwanzig Zentimeter breiten Verband um den Bauch? Da müssen Sie sich schon etwas Besseres einfallen lassen.«

»Diese Verletzung ist das Ergebnis einer Kurzschlußreaktion, die *Sie* verursacht haben! Ich war gerade dabei, den wichtigsten Kontakt in unserem Plan zu machen, den Kontakt, für den wir Sie ausgesucht haben.«

»Halidon?«

»Wir vermuten es. Leider gibt es keine Möglichkeit, es zu beweisen. Kommen Sie mit.« Hammond packte die Seitenschlaufe über der Tür und stützte sich mit der rechten Hand auf dem Vordersitz ab, während er mühsam aus dem Wagen stieg. Alex machte nur einen halbherzigen Versuch, ihm zu helfen, weil er wußte, daß Hammond ihn zurückweisen würde. Der Agent führte ihn zu dem anderen Wagen vor ihnen. Mühsam zog er eine Taschenlampe aus seinem Mantel, als sie ihn erreicht hatten. In der Dunkelheit standen mehrere Männer. Sie traten zurück, offenbar, weil sie entsprechende Anweisungen erhalten hatten.

Im Wagen lagen zwei leblose Gestalten – einer hing über dem Lenkrad, der andere war auf dem Rücksitz in sich zusammengesunken. Hammond richtete den Lichtstrahl nacheinander auf beide Leichen. Beide waren männlich, schwarz, etwa Mitte Dreißig und trugen konservative, allerdings nicht sehr teure Anzüge. McAuliff war verwirrt – es gab keine Anzeichen von Gewalt, kein zerbrochenes Glas, kein Blut. Das Wageninnere sah ordentlich, sauber, ja beinahe friedlich aus. Die beiden toten Männer hätten durchaus zwei junge Manager sein können, die sich während einer langen Geschäftsreise abseits der Straße eine kleine Ruhepause gönnten. Doch dann sagte Hammond ein einziges Wort, und Alex begriff.

»Blausäure.«

»Warum?«

»Offensichtlich Fanatiker. Es war ihnen lieber, als Informationen preiszugeben – unfreiwillig natürlich. Sie haben uns falsch verstanden. Es begann mit Ihrem allzu offensichtlichen Versuch, mir im Owl of Saint George zu folgen. Deshalb sind sie in Panik geraten und haben mir – das hier zugefügt.« Hammond deutete einmal kurz auf seine Magengegend.

McAuliff machte sich nicht die Mühe, seinen Zorn zu verbergen. »Ich habe langsam genug von Ihren schwachsinnigen Schlußfolgerungen!«

»Ich sagte Ihnen bereits, daß es riskant war, Sie hierherzubringen ...«

»Hören Sie endlich auf mit diesem Mist!«

»Bitte vergessen Sie nicht, daß Sie ohne uns eine Lebenserwartung von höchstens vier Monaten hätten.«

»Das sagen *Sie.*« Doch für die Behauptung des Agenten gab es mehr stichhaltige Argumente, als McAuliff lieb war. Er wandte sich von dem unerfreulichen Anblick ab. Ohne konkreten Grund riß er das zerrissene Futter aus dem Saum seines Jacketts und stützte sich dann auf die Motorhaube des Wagens. »Da Sie mich für alles verantwortlich machen – was ist eigentlich passiert?«

Der Brite erzählte es ihm. Vor einigen Tagen hatten die Beobachter des MI5 eine zweite ›Organisation‹ ausgemacht, die Dunstones Bewegungen verfolgte. Drei, möglicherweise vier unbekannte Männer tauchten immer wieder auf. Sie waren schwarz. Der MI5 schoß Fotos von ihnen, verschaffte sich ihre Fingerabdrücke – in Restaurants, mit Hilfe weggeworfener Gegenstände wie Zigarettenpackungen, Zeitungen und ähnlichem. Dann gab man die Daten in die Computer von New Scotland Yard und der Auswanderungsbehörde ein, doch es existierten keine Informationen über sie. Was Dunstone betraf, waren diese Männer ›negativ‹. Doch dann, am frühen Abend, tötete einer von ihnen einen von Dunstones Männern, der ihn bemerkt hatte.

»Da wußten wir«, sagte Hammond, »daß wir sie eingekreist hatten. Wir hatten das richtige Ziel. Wir mußten nur noch einen positiven Kontakt herstellen, einen freundlichen Kontakt. Ich habe sogar mit dem Gedanken gespielt, diese Männer und Sie kurzfristig zusammenzubringen, vielleicht heute morgen. Unsere Probleme schienen sich innerhalb kürzester Zeit zu klären.«

Ein erster, vorsichtiger Kontakt zu den Männern war hergestellt worden. »So ungefährlich und vielversprechend, daß wir ihnen beinahe alles angeboten hätten, was vom britischen Weltreich noch übrig ist. Sie befürchteten natürlich, es wäre eine Falle.«

Ein Treffen wurde vereinbart – im Owl of Saint George, einem Club mit weißen und schwarzen Gästen, der eine sichere Umgebung bot. Es sollte um halb drei Uhr morgens stattfinden, nach Hammonds Treffen mit McAuliff.

Als Alex den Agenten in Panik angerufen und darauf bestanden hatte, Hammond zu treffen, egal wann, hatte der sich alle Möglichkeiten offengehalten und dann seine Entscheidung getroffen. Warum nicht im Owl of Saint George? Sollte der Amerikaner nach Soho kommen – falls es die falsche Entscheidung gewesen wäre, hätte Hammond im Club immer noch reagieren können. Andernfalls wären die Umstände optimal gewesen – er hätte alle Parteien unter einem Dach gehabt.

»Was ist mit Warfields Männern?« fragte Alex. »Sie sagten, er hätte jetzt doppelt so viele Leute auf mich angesetzt.«

»Ich habe gelogen. Ich wollte, daß Sie genau dort blieben, wo Sie waren. Warfield hatte nur einen einzigen Mann auf Sie angesetzt. Wir haben ihn abgelenkt. Dunstones Leute hatten ihre eigenen Probleme – einer der ihren war getötet worden. Sie mußten davon ausgehen, daß Sie damit nichts zu tun hatten.«

Der weitere Abend war – wie Hammond es erwartet hatte – ohne jeden Zwischenfall verlaufen. Der Agent hatte die Gäste für seinen Tisch arrangiert – »wir wissen so ziemlich von jedem, den Sie jemals in London getroffen haben, mein Freund« – und war überzeugt davon gewesen, daß alle Fäden reibungslos ineinanderlaufen würden.

Doch dann ging eines nach dem anderen schief. Zuerst erfuhr er von Alex, daß das Vermessungsteam bereits in zwei Tagen abreisen würde – der MI5 und sein Auslandspendant, der MI6, hatten ihre Vorbereitungen in Kingston noch nicht abgeschlossen. Dann die Information, daß Warfield den Namen ›Halidon‹ erwähnt habe, obwohl das natürlich zu erwarten gewesen war. Dunstone würde alles daransetzen, um die Mörder der Mitglieder des ersten Vermessungsteams zu finden. Aber auch hier hatte der MI5 nicht damit gerechnet, daß Dunstone so schnell Fortschritte machen würde. Die nächste Panne verursachte der ›berauschte‹ Agent, der gegen den Tisch torkelte und zweimal das Wort ›Edinburgh‹ sagte.

»Alle vierundzwanzig Stunden geben wir ein ungewöhnliches Wort aus, das nur eine einzige Bedeutung hat: ›abbrechen, höchste Gefahr‹. Wenn es wiederholt wird, verstärkt das einfach nur die Bedeutung – ›unsere Deckung ist aufgeflogen. Oder falsch verstanden worden. Waffen bereithalten‹.«

In diesem Moment war Hammond klargeworden, welch großen Fehler er begangen hatte. Seine Agenten hatten zwar Warfields Männer von Alex abgelenkt, aber nicht die Schwarzen. McAuliff war um Mitternacht in Warfields Gegenwart gesehen worden. Kurz nachdem er den Club betreten hatte, waren auch seine schwarzen Beobachter dorthingekommen, fest davon überzeugt, daß ihre Gefährten in eine Falle gelockt worden waren. Der wirbelnde, psychedelische Wahnsinn im Owl of Saint George machte die Konfrontation unvermeidlich. Hammond versuchte, das Schlimmste zu vermeiden.

Er brach die Regeln. Es war noch nicht halb drei, aber da er mit McAuliff gesehen worden war, wagte er es nicht, noch länger zu warten. Er versuchte, eine Brücke zu bauen, zu erklären, den wütenden Ausbruch aufzuhalten.

Es gelang ihm fast. Da sah einer der Schwarzen – er saß jetzt tot hinter dem Steuer dieses Wagens –, wie McAuliff von seinem Platz in der Nische aufsprang, sich in die Menge stürzte, die Tanzenden zur Seite schubste und – so hatte es den Anschein – fieberhaft nach Hammond suchte.

Das löste Panik aus. Hammond wurde niedergestochen, als Schutzschild benutzt und von zwei Männern durch die Hintertür auf die kleine Gasse gezerrt, während sich der dritte durch die Menge kämpfte und durch den Vordereingang rannte, um den Fluchtwagen herbeizurufen.

»Was in den nächsten Minuten geschah, war so bedauerlich wie beruhigend«, sagte Hammond. »Meine Leute konnten nicht zulassen, daß mein Leben bedroht wurde, deshalb wurden die beiden Männer überwältigt, sobald sie mit mir den Bürgersteig erreicht hatten. Wir haben sie in dieses Auto gesetzt und sind mit ihnen davongefahren. Wir hofften immer noch, ihr Vertrauen zurückgewinnen zu können. Den dritten Mann haben wir entkommen lassen – als Vertrauensbeweis.«

Die MI5-Agenten waren auf das einsame Feld hinausgefahren. Ein Arzt wurde gerufen, der Hammond wieder zusammenflickte. Sie ließen die beiden Männer – ohne Waffen, und die Autoschlüssel hatte man unauffällig verschwinden lassen – allein, damit sie miteinander reden konnten und ihre Zweifel dadurch zerstreut werden würden, während Hammond verbunden wurde.

»Sie haben versucht zu fliehen, aber es waren ja keine Schlüssel im Wagen. Dann haben sie ihre tödlichen Pulver oder Tabletten geschluckt und sich das Leben genommen. Letzten Endes wollten sie uns doch nicht mehr vertrauen.«

»Und Ihr ›Vertrauensbeweis‹ hat versucht, mich zu töten.«

»So sieht es jedenfalls aus. Jetzt ist nur noch einer von ihnen in England, und diesen Mann müssen wir finden – der Fahrer des Bentleys. Sie verstehen, daß wir nicht dafür verantwortlich gemacht werden können. Sie haben unsere Anweisungen mißachtet ...«

»Darüber reden wir noch«, unterbrach McAuliff ihn. »Sie sagten, Sie hätten mich aus zwei Gründen hierhergebracht. Den ersten habe ich verstanden – Ihre Leute sind schnell, die Sicherheit ist garantiert, wenn ich keine Anweisungen ›mißachte‹.« Alex ahmte Hammonds Aussprache des Wortes nach. »Doch was ist der zweite Grund?«

Der Agent trat näher und stellte sich direkt vor Alex hin. Im Schein der Taschenlampe konnte Alex die Intensität in seinen Augen sehen. »Ich wollte Ihnen begreiflich machen, daß Sie jetzt keine andere Wahl mehr haben, als weiterzumachen. Es ist zuviel passiert. Sie stecken schon zu tief in der Sache mit drin.«

»Das hat Warfield auch gesagt.«

»Er hat recht.«

»Und wenn ich ablehne? Angenommen, ich packe meine Sachen und reise einfach ab?«

»Sie wären ein Verdächtiger und außerdem entbehrlich. Man würde Sie jagen. Glauben Sie mir, ich weiß, wovon ich spreche.«

»Das sind ziemlich harte Worte für einen – was war es noch mal? Finanzexperten?«

»Etiketten, Mr. McAuliff. Titel. Ohne jede Bedeutung.«

»Nicht für Ihre Frau.«

»Was hat meine Frau damit …« Hammond holte tief Luft. »Sie hat Sie gebeten, mir nachzugehen.« Keine Frage, sondern eine einfache, schmerzliche Feststellung.

»Ja.«

Hammond schwieg, und Alex entschied sich dafür, das Schweigen nicht zu brechen. Statt dessen beobachtete er, wie der fünfzigjährige Agent um seine Fassung rang.

»Das ändert nichts an der Tatsache, daß Sie meine Anweisungen mißachtet haben.«

»Es muß reizend sein, mit Ihnen zusammenzuleben.«

»Gewöhnen Sie sich daran«, erwiderte Hammond mit schneidender Stimme. »In den nächsten Monaten werden wir eng zusammenarbeiten. Sie werden genau das tun, was ich Ihnen sage. Sonst sind Sie tot.«

II

KINGSTON / JAMAIKA

7.

Die orangerote Sonne brannte ein Loch in den blaugestreiften Samt des Abendhimmels. Die Ränder der tieferliegenden Wolken waren mit Gelb gesäumt, darüber gähnte eine rötlichschwarze Leere. Bald würde die milde karibische Nacht auch diesen Teil der Welt einhüllen. Wenn das Flugzeug in Port Royal landete, würde es längst dunkel sein.

McAuliff starrte durch die getönte Glasscheibe des Fensters auf den Horizont. Neben ihm schlief Alison Booth.

Die Jensens saßen auf der anderen Seite des Ganges der 747. Für ein Ehepaar, dessen politische Ansichten eher links waren, genossen sie die Erste Klasse von British Airways mit bemerkenswert gutem Gewissen, dachte Alex. Sie bestellten den besten Wein, Gänseleberpastete, Ente à l'Orange, Charlotte Malakof, als rührten sie nie etwas anderes an. Er überlegte, ob Warfield sich geirrt hatte. Alle Linken außerhalb des Ostblocks, die er kannte, besaßen wenig Humor. Von den Jensens konnte man das nicht behaupten.

Der junge James Ferguson saß allein auf einem der vorderen Sitze. Eigentlich hatte Charles Whitehall neben ihm gesessen, aber Whitehall war schon zu Beginn des Fluges in die Bar auf dem Oberdeck gegangen, hatte dort einen Bekannten aus Savanna-La-Mar getroffen und war geblieben. Ferguson hatte eine Ledertasche mit seiner Fotoausrüstung auf den leeren Sitz neben sich gelegt. Er war gerade dabei, die Filter der Objektive zu wechseln und Aufnahmen vom Himmel zu machen.

McAuliff und Alison hatten sich kurz zu Charles Whitehall und seinem Freund in die Bar gesellt und etwas mit ihnen getrunken. Der Freund war weiß, reich und ein starker Trinker. Außerdem war er der etwas tumbe Erbe des Vermögens einer alteingesessenen Familie aus dem Südwesten Jamaikas, und Alex fand es widersprüchlich, daß Whitehall soviel Zeit mit ihm verbrachte. Es war ein wenig beunruhigend zu sehen, mit welcher Begeisterung Whitehall auf die alkoholgeschwängerten, geistlosen und ganz und gar nicht witzigen Bemerkungen seines Freundes reagierte.

Nach dem zweiten Glas hatte Alison ihre Hand auf McAuliffs Arm gelegt. Es war ein Signal gewesen, zu ihren Plätzen zurückzugehen. Sie hatte genug gehabt. Er auch.

Alison.

Während der letzten beiden Tage in London war er so beschäftigt gewesen, daß er nicht so viel Zeit mit ihr hatte verbringen können, wie er eigentlich gewollt, geplant hatte. Er mußte sich um logistische Probleme kümmern, die ihn den ganzen Tag in Anspruch nahmen – Geräte und Ausrüstung kaufen und mieten, Reisepässe überprüfen, feststellen, ob Impfungen erforderlich waren (nein), Bankkonten in Montego, Kingston und Ocho Rios eröffnen und Hunderte von anderen Dingen erledigen, die für eine längere geologische Landvermessung erforderlich waren. Dunstone Limited trat nicht in Erscheinung, war aber hinter den Kulissen eine unschätzbare Hilfe. Die Mitarbeiter der Unternehmens erklärten ihm genau, wo er sich an wen wenden sollte. Das dichte Netz der Bürokratie bei Behörden und in der Wirtschaft wurde plötzlich durchlässig.

Einen Abend hatte er damit verbracht, die Teammitglieder miteinander bekannt zu machen – alle mit Ausnahme von Sam Tucker, der sich ihnen erst in Kingston anschließen würde. Abendessen bei Simpsons. Es war ganz nett gewesen, schließlich waren alle Profis. Jeder bildete sich eine Meinung von den anderen und machte schmeichelhafte Kommentare, wenn er deren Arbeit kannte. Whitehall erhielt die meiste Anerkennung – zu Recht. Er war beinahe eine echte Berühmtheit. Ruth Jensen und Alison schienen sich sehr sympathisch zu finden, was McAuliff eigentlich auch erwartet hatte. Ruths Mann, Peter, kümmerte sich wie ein Vater um Ferguson und lachte gutmütig angesichts des unaufhörlichen Redeschwalls des jungen Mannes. Charles Whitehall besaß die besten Umgangsformen, die man sich vorstellen konnte – etwas zurückhaltend und überaus höflich, mit genau der richtigen Mischung aus intelligentem Witz und nicht empfundener Bescheidenheit.

Aber Alison.

Er hatte die Verabredung zum Mittagessen nach dem Wahnsinn im Owl of Saint George und dem Irrsinn, den er dann auf dem verlassenen Feld am Stadtrand von London erlebt hatte, eingehalten. Seine Gefühle ihr gegenüber waren widersprüchlich gewesen. Er war verärgert darüber, daß sie die zweifelhaften Aktivitäten ihres Exmannes nicht erwähnt hatte. Aber er teilte Hammonds vage geäußerte Vermutung nicht, Alison könnte von Warfield auf ihn angesetzt worden sein. Das ergäbe keinen Sinn. Sie war viel zu unabhängig – genau wie er. Heimlicher Abgesandter von Warfield zu sein bedeutete, diese Unabhängigkeit zu verlieren – wie er nur zu gut wußte. Das könnte Alison nicht ertragen – jedenfalls nicht, ohne es zu zeigen.

Trotzdem versuchte er, sie dazu zu bringen, über ihren Mann zu sprechen. Sie antwortete mit witzig formulierten Stereotypen wie etwa dem, daß man schlafende Hunde nicht wecken solle. Meistens hielt er sich daran. Sie wollte noch nicht mit ihm über David Booth sprechen.

Es war nicht relevant.

»Meine Damen und Herren«, meldete sich eine überaus männlich klingende, selbstbewußte Stimme über den Bordlautsprecher. »Hier spricht Kapitän Thomas. Wir nähern uns jetzt der Nordostküste von Jamaika. In wenigen Minuten werden wir Port Antonio erreichen, wo wir mit dem Landeanflug auf den Palisados Airport von Port Royal beginnen. Bitte begeben Sie sich jetzt zu Ihren Plätzen. Über den Blue Mountains kann es zu leichten Turbulenzen kommen. Voraussichtliche Ankunftszeit ist 8 Uhr 20 Ortszeit. Die Temperatur in Kingston beträgt 26 Grad, Wetter und Sicht sind klar ...«

Als die ruhige, sonore Stimme ihre Durchsage beendet hatte, mußte McAuliff an Hammond denken. Wenn der britische Agent über einen Lautsprecher sprechen würde, würde er in etwa wie Kapitän Thomas klingen, vermutete er.

Hammond.

McAuliff hatte ihre ›kleine Meinungsverschiedenheit‹ – wie Hammond es genannt hatte – nicht gerade sehr höflich beendet. Er hatte auf Hammonds bissige Bemerkung, daß Alex tun solle, was er ihm sage, impulsiv reagiert – Dunstone Limited werde ihm eine weitere Million Dollar zahlen, und dieses Geld wolle er auch haben. Von Dunstone oder jemand anderem.

Hammond war explodiert. Was nützten einem toten Geologen zwei Millionen Dollar? Eigentlich solle Alex für die Warnungen und den Schutz bezahlen, den man ihm gewähre. Aber nach einiger Überlegung wurde Hammond klar, daß es für McAuliffs Mitarbeit eine Motivation geben mußte. ›Am Leben bleiben‹ war zu abstrakt – erst recht ›das Leben verlieren‹.

In den frühen Morgenstunden hatte ein Aushilfskellner des Savoy McAuliff einen Vertrag aufs Zimmer gebracht. Alex erkannte in ihm den Mann im braunen Mantel auf der High Holborn. Der Vertrag garantierte eine Entschädigung im Falle des ›Verlustes von Honoraren‹ bis zu einer *sehr* deutlich formulierten Höchstgrenze von einer Million Dollar.

Falls er diese Sache heil überstand – und das hatte er vor –, würde er sein Geld bekommen. Er schickte den Vertrag per Post nach New York.

Hammond.

Alex suchte nach einer Erklärung. Welche Erklärung gab es für die Angst im Flüstern von Hammonds Frau? Er überlegte, wie Hammond wohl als Privatmann war, wußte aber instinktiv, daß der Agent private Fragen nicht beantworten würde.

Hammond war eben so. Vielleicht waren alle Menschen, die das taten, was Hammond tat, so. Männer im Schatten, deren Frauen in endlosen Tunneln der Angst lebten. Käfigen der Angst.

Und dann war da noch ...

Halidon.

Was bedeutete dieses Wort? Was war Halidon?

War es schwarz?

Vielleicht. Vielleicht auch nicht, hatte Hammond gesagt. Jedenfalls nicht ausschließlich. Es verfügte über zu viele Informationsquellen, zuviel Einfluß in wichtigen Bereichen. Zuviel Geld.

Das Wort war erstmals unter sonderbaren und schrecklichen Umständen aufgetaucht. Der britische Agent, der an der ersten Vermessung von Dunstone teilgenommen hatte, war einer von zwei Männern gewesen, die bei einem Buschfeuer getötet worden waren. Das Feuer war in dem Lager ausgebrochen, das sie in einem Bambuswäldchen am Ufer des Flusses Martha Brae aufgeschlagen hatten, tief im Inneren des Cock Pit. Aufgrund der Spuren nahm man an, daß die beiden Teammitglieder versucht hatten, Geräte aus dem Feuer zu retten, dann wegen des Rauches zusammengebrochen und im Flammenmeer zwischen dem Bambus verbrannt waren.

Aber es war noch etwas geschehen, etwas so Entsetzliches, daß es sogar Hammond schwerfiel, davon zu erzählen.

Die beiden Männer waren mit Bambusschößlingen an zwei Bäumen festgebunden worden, teure Vermessungsgeräte neben sich. Sie waren verbrannt, weil sie nicht hatten weglaufen können. Der Agent hatte eine Nachricht hinterlassen, ein einziges Wort, das er auf das Metallgehäuse eines Geodimeters gekratzt hatte.

Halidon.

Die Untersuchung unter dem Mikroskop enthüllte den Rest dieser Horrorgeschichte – sie zeigte Teile von menschlichem Zahnschmelz. Der Agent hatte die Buchstaben mit einem zerbrochenen Zahn eingekratzt.

Halidon ... Hollydawn

Keine bekannte Definition. Ein Wort? Ein Name? Ein Mann? Ein dreisilbiger Klang?

Was sollte es bedeuten?

»Es ist wunderschön, nicht wahr?« fragte Alison, die an ihm vorbei durch das Fenster blickte.

»Du bist ja wach.«

»Jemand hat ein Radio eingeschaltet, und dann hat ein Mann geredet – endlos lange.« Sie lächelte und streckte ihre langen Beine aus. Dann gähnte sie und holte tief Luft. Ihre Brüste drückten sich gegen die dünne weiße Seide ihrer Bluse. McAuliff beobachtete es. Sie bemerkte seinen Blick und lächelte wieder – amüsiert, nicht herausfordernd. »Ist *das* relevant, Dr. McAuliff?«

»Dieser Satz wird Sie noch einmal in große Schwierigkeiten bringen, Mrs. Booth.«

»Ich werde ihn nie wieder sagen. Aber eigentlich habe ich ihn nicht sehr oft gebraucht, seit ich dich kenne.«

»Dieser Zusammenhang gefällt mir. Nicht aufhören.«

Sie lachte und griff nach ihrer Handtasche, die auf der Lehne zwischen ihnen lag, doch in diesem Moment geriet das Flugzeug in eine Turbulenz und hüpfte auf und ab. Es war gleich wieder vorbei, aber Alisons offene Handtasche kippte zur Seite, und ihr Inhalt ergoß sich auf Alexanders Schoß. Lippenstift, Puderdose, Streichhölzer und eine kurze, dicke Röhre landeten zwischen seinen Beinen. Es war einer dieser kurzen Momente, in denen man einfach nicht weiß, was man tun soll. Handtaschen waren geheime Objekte, eine Art ungeschützte Verlängerung des privaten Ichs. Außerdem war Alison nicht der Typ Frau, der einem Mann zwischen die Beine greift, um sich seine Sachen zurückzuholen.

»Es ist nichts auf den Boden gefallen«, sagte Alex verlegen und reichte Alison die Handtasche. »Hier.«

Mit der linken Hand griff er nach dem Lippenstift und der Puderdose, seine rechte lag auf der dicken Röhre, die zunächst eine sehr persönliche Bedeutung zu haben schien. Als sein Blick auf das Gehäuse fiel, änderte Alex seine Meinung. Die Röhre war eine Waffe – eine Sprühdose. Seitlich auf dem Zylinder war etwas aufgedruckt:

INHALT 312 GAS
NUR ZUR VERWENDUNG DURCH MILITÄR UND/ODER POLIZEI
GENEHMIGUNGS-NR. 4316
AUSGEGEBEN: 1-6

Die Nummer der Genehmigung und das Datum waren mit einem wasserfesten Stift geschrieben worden. Die Spraydose mit Gas war vor einem Monat von den britischen Behörden herausgegeben worden.

Alison nahm ihm die Röhre aus der Hand. »Danke«, sagte sie nur.

»Hast du vor, das Flugzeug zu entführen? Das Ding hier sieht ganz schön gefährlich aus.«

»London ist heutzutage nicht ungefährlich für Mädchen – Frauen. In dem Haus, in dem ich wohne, gab es einige Zwischenfälle. Kann ich eine Zigarette haben? Ich glaube, meine sind alle.«

»Sicher.« McAuliff griff in seine Hemdentasche, nahm seine Zigaretten heraus und hielt ihr die Schachtel hin. Er zündete ihre Zigarette an, dann fragte er mit leiser, freundlicher Stimme. »Warum lügst du, Alison?«

»Ich lüge nicht, und ich finde es ziemlich unverschämt von dir, daß du mir das unterstellst.«

»Komm schon.« Alex lächelte und verbarg damit, wie ernst er die Frage meinte. »Die Polizei – ganz besonders die Polizei von London – gibt keine Spraydosen mit Gas aus, nur weil es ›Zwischenfälle‹ gegeben hat. Und du siehst nicht gerade wie ein Colonel der weiblichen Hilfstruppen aus.« In dem Moment, da er das sagte, hatte Alex plötzlich das Gefühl, daß er sich irrte. War Alison Booth von *Hammond* geschickt worden? Nicht von Warfield, sondern vom britischen Geheimdienst?

»Es gibt Ausnahmen, Alex, wirklich.« Sie sah ihm in die Augen. Sie sagte die Wahrheit.

»Soll ich raten, weshalb?«

»Wenn du willst.«

»David Booth?«

Sie wandte den Blick ab und nahm einen tiefen Zug aus ihrer Zigarette. »Du weißt über ihn Bescheid. Deshalb hast du mir neulich immer wieder diese Fragen gestellt.«

»Ja. Hast du gedacht, ich würde es nicht herausfinden?«

»Es war mir egal – nein, das stimmt nicht. Ich glaube, ich wollte, daß du es herausfindest, wenn es mir dabei hilft, den Job zu bekommen. Aber ich konnte es dir nicht sagen.«

»Warum nicht?«

»Großer Gott, Alex! Du hast es doch selbst gesagt – du wolltest Profis, aber keine persönlichen Probleme! Wahrscheinlich hättest du mich sofort von deiner Liste gestrichen.« Ihr Lächeln war verschwunden. Er sah nur noch Angst in ihren Augen.

»Dieser Booth muß ja ein überaus netter Mensch sein.«

»Er ist ein sehr kranker, sehr brutaler Mann ... Aber ich werde schon mit David fertig. Ich bin immer mit ihm fertig geworden. Er ist ein ausgesprochener Feigling.«

»Das sind brutale Menschen meistens.«

»Ich glaube nicht, daß ich dir da zustimmen kann. Aber es geht auch nicht um David, sondern um jemand anderes – um den Mann, für den er gearbeitet hat.«

»Wer ist das?«

»Ein Franzose. Ein Marquis. Er heißt Chatellerault.«

Das Team fuhr mit mehreren Taxis nach Kingston. Alison blieb bei McAuliff am Flughafen, der sich zusammen mit jamaikanischen Regierungsbeamten, die vom Kultusministerium geschickt worden waren, um die Ausrüstung kümmerte. Alex spürte bei den Jamaikanern dieselbe undefinierbare Ablehnung, die ihm schon bei den Mitgliedern der Akademie in London aufgefallen war, aber jetzt ging es außerdem noch um die Hautfarbe. Gab es denn keine schwarzen Geologen? schienen sie zu denken.

Noch deutlicher war das bei den Zollbeamten, deren khakifarbene Uniformen messerscharfe Bügelfalten aufwiesen. Sie bestanden darauf, jede Kiste und jeden Karton zu untersuchen, als ob sie überaus gefährliche Schmuggelware enthalten könnten. Während McAuliff hilflos dabeistand, gingen sie streng nach Vorschrift vor. Alison hatte sich zehn Meter weiter weg auf einen Gepäckkarren gesetzt.

Anderthalb Stunden später war die Ausrüstung durch den Zoll und für den Weitertransport auf der Insel zum Boscobel Airfield in Ocho Rios markiert. McAuliffs Laune war auf dem Tiefpunkt. Er packte Alison am Arm und zog sie mit sich in Richtung des Terminals.

»Um Himmels willen, Alex, mein Ellbogen. Du tust mir weh!« flüsterte Alison. Sie versuchte, sich das Lachen zu verbeißen.

»Es tut mir leid – es tut mir *wirklich* leid. Diese gottverdammten Idioten glauben wohl, sie hätten die Erde geerbt. Mistkerle!«

»Sie haben vor kurzem diese Insel hier geerbt …«

»Ich brauche keine Vorträge über die Kolonien«, unterbrach er sie. »Ich brauche was zu trinken. Laß uns in die Bar gehen.«

»Und was ist mit unserem Gepäck?«

»O verdammt! Das habe ich ganz vergessen – ich glaube, hier geht's lang«, erwiderte Alex und deutete auf den Eingang zu einem Flugsteig auf der rechten Seite.

»Stimmt«, antwortete Alison. »Normalerweise geht man zu ANKUNFT, wenn man angekommen ist.«

»Sei ruhig. Mein erster Befehl an dich als meine Mitarbeiterin lautet: kein Wort mehr, bis wir unser Gepäck geholt haben und ich einen Drink in der Hand halte.«

Aber Alex mußte seinen Befehl notgedrungen widerrufen. Das Gepäck war nirgends zu finden, und offensichtlich wußte auch niemand, wo es sein könnte. Alle Gepäckstücke der Passagiere des Fluges 640 aus London waren abgeholt worden. Vor einer Stunde.

»Das war unser Flug. Wir haben unser Gepäck nicht abgeholt. Also müssen Sie sich irren«, sagte Alex schroff zu dem Mann am Gepäckschalter.

»Sehen Sie, Mann«, antwortete der Jamaikaner, verärgert von der Andeutung des Amerikaners, er habe etwas falsch gemacht. »Alle Koffer sind weg – keiner mehr da. Flug 640 ist *hier*, Mann! Sonst nirgends.«

»Ich möchte mit einem Vertreter von British Airways sprechen. Wo ist er?«

»Wer?«

»Ihr Boß, verdammt noch mal!«

»Ich bin hier der Boß, Mann!« erwiderte der Schwarze beleidigt.

Alex konnte sich gerade noch beherrschen. »Sie haben mich falsch verstanden. Die Fluggesellschaft ist verantwortlich, nicht Sie.«

»Das kaufe ich Ihnen nicht ab, Mann«, warf der Mann erzürnt ein, während er zu einem Telefon auf dem Schalter griff. »Ich werde British Airways anrufen.«

»Großartig.« McAuliff wandte sich an Alison. »Wahrscheinlich ist unser Gepäck auf dem Weg nach Buenos Aires.« Sie warteten, während der Mann ein kurzes Gespräch führte.

»Hier, Mann.« Er hielt Alex den Hörer hin. »Reden Sie selbst mit ihm.«

»Hallo?«

»Dr. McAuliff?« sagte eine britisch klingende Stimme.

»Ja, hier ist McAuliff.«

»Sir, wir haben lediglich die Anweisungen auf Ihrer Nachricht befolgt.«

»Was für eine Nachricht?«

»Die Nachricht für die Firma First Class Accommodations. Der Fahrer hat sie uns gebracht. Das Taxi. Ihr Gepäck und das von Mrs. Booth sollten nach Courtleigh Manor gebracht werden. Das haben Sie doch so angeordnet, nicht wahr, Sir?« Die Stimme bemühte sich um überdeutliche Darstellung der Tatsachen, als würde der Sprecher mit jemandem reden, der schon ein Glas zuviel getrunken hatte.

»Ich verstehe. Gut, in Ordnung«, sagte Alex ruhig. Er legte auf und drehte sich zu Alison um. »Unser Gepäck ist ins Hotel gebracht worden.«

»Wirklich? Ist das nicht nett.« Sie meinte es nicht als Frage.

»Nein, nicht besonders, finde ich«, antwortete McAuliff. »Komm, laß uns diese verdammte Bar finden.«

Sie saßen an einem Ecktisch der Observation Lounge des Palisados-Flughafens. Der mit einer roten Jacke bekleidete Kellner brachte ihnen ihre Drinks und summte dabei leise ein jamaikanisches Lied. Alex fragte sich, ob die Tourismusbehörde der Insel alle Bedienungen in Touristenlokalen anwies, Melodien zu summen und sich rhythmisch dazu zu bewegen. Er griff nach seinem doppelten Scotch und trank den größten Teil davon. Ihm fiel auf, daß Alison, die sonst nicht viel Alkohol trank, ihren Drink jetzt offenbar genauso brauchte wie er.

Wenn er es recht bedachte, war es möglich, daß sein Gepäck gestohlen worden war. Ihres nicht. Aber in der Nachricht war ausdrücklich von seinem *und* Mrs. Booths Gepäck die Rede gewesen.

»Du hattest sonst keine Waffen bei dir, oder?« fragte er schnell. »Wie diese Sprühdose?«

»Nein. Damit wäre ich nicht durch die Sicherheitskontrollen am Flughafen gekommen. Ich habe die Sprühdose angegeben, bevor wir an Bord gegangen sind.« Alison deutete auf ihre Handtasche.

»Ja, natürlich«, murmelte er.

»Ich muß sagen, daß du bemerkenswert ruhig bist. Eigentlich dachte ich, du würdest jetzt beim Hotel anrufen und nachprüfen, ob unser Gepäck auch angekommen ist – oh, nicht wegen mir. Ich habe ja schließlich nicht die Kronjuwelen bei mir.«

»Es tut mir leid, Alison.« Alex stieß den Stuhl zurück. »Ich werde gleich anrufen.«

»Nein, bitte.« Sie streckte die Hand aus und legte sie über seine. »Es gibt sicher einen Grund für dein Verhalten. Du willst nicht den Eindruck machen, als wärst du beunruhigt. Ich glaube, du hast recht. Wenn das Gepäck weg ist, kann ich mir morgen neue Sachen kaufen.«

»Du bist sehr verständnisvoll. Danke.«

Sie zog ihre Hand zurück und trank noch einen Schluck. McAuliff schob seinen Stuhl nach hinten und drehte sich ein wenig herum, so daß er das Innere der Bar sehen konnte. Unauffällig musterte er die Gäste an den anderen Tischen.

Die Bar war nur etwa zur Hälfte voll. Von seinem – ihrem – Tisch in der westlichen Ecke des Raumes konnte Alex beinahe jeden Tisch sehen. Sein Blick glitt langsam von einem Tisch zum nächsten, und er stellte sich dieselbe Frage wie schon vor zwei Tagen auf der High Holborn – von *wem* wurde er beobachtet?

An dem nur schwach beleuchteten Eingang war eine Bewegung auszumachen. McAuliffs Blick flog hinüber – in der breiten Tür stand ein kräftig gebauter Mann in einem weißen Hemd, ohne Jackett. Er sprach mit der Kellnerin und schüttelte langsam und verneinend den Kopf, während er in den

Raum hereinsah. Alex blinzelte und betrachtete den Mann genauer.

Er kannte ihn.

Er hatte ihn zuletzt in Australien gesehen, auf den Kimberley Plateaus. Angeblich hatte er sich auf Jamaika zur Ruhe gesetzt.

Robert Hanley, ein Pilot.

Hanley stand am Eingang der Bar und hielt nach jemandem Ausschau. Intuitiv wußte Alex, daß Hanley nach ihm suchte.

»Entschuldige bitte«, sagte er zu Alison. »Ich habe gerade einen Mann gesehen, den ich kenne. Wenn ich mich nicht täusche, sucht er nach mir.«

Während er um die Tische herum durch das dämmrige Licht der Bar ging, dachte er, daß es ein gutes Zeichen war, wenn von allen Männern, die sich in der Karibik aufhielten, ausgerechnet Robert Hanley in diese Sache hineingezogen wurde. Hanley, der Mann ohne Geheimnisse, der mit einer Welt voller Geheimnisse Geschäfte machte, weil man ihm vertrauen konnte. Ein Mann, der gerne lachte, ein Mann, der zäh war, ein Profi, dessen Können weit über das derer hinausging, in deren Diensten er stand. Ein Mann, der wie durch ein Wunder sechs Jahrzehnte überlebt hatte, obwohl alles darauf hingedeutet hatte, daß es höchstens vier werden würden. Aber schließlich sah Robert Hanley auch nicht älter aus als fünfundvierzig. In seinem kurzgeschnittenen rotblonden Haar war keine Spur von Grau zu sehen.

»Robert!«

»Alexander!«

Die beiden Männer schüttelten einander die Hand und schlugen sich gegenseitig auf die Schulter.

»Ich sagte zu der Dame, die bei mir am Tisch sitzt, daß du sicher nach mir suchst. Wenn ich ehrlich sein soll – ich hoffe, daß ich mich geirrt habe.«

»Das hast du leider nicht, Junge.«

»Ich hatte es befürchtet. Um was geht es? Komm, setz dich zu uns.«

»Gleich. Erst erzähl ich dir, was los ist. Ich möchte nicht, daß du vor der Dame in die Luft gehst.« Hanley zog Alex von der Tür weg. Sie standen allein vor einer Wand. »Es geht um Sam Tucker.«

»Sam? Wo ist er?«

»Das ist genau der Punkt, Alter – ich weiß es nicht. Sam ist vor drei Tagen in Montego Bay angekommen und hat mich in Port Antonio angerufen. Die Jungs in Los Angeles haben ihm gesagt, daß ich auf der Insel bin. Natürlich bin ich rübergeflogen, und dann haben wir unser Wiedersehen gefeiert. Ich erzähl' es dir lieber nicht so genau. Am nächsten Morgen ging Sam zum Empfang runter, ich glaube, um eine Nachricht abzuholen. Er ist nicht mehr zurückgekommen.«

8.

Robert Hanley wollte in einer Stunde nach Port Antonio zurückfliegen. Er und McAuliff waren übereingekommen, Alison nichts von Sam Tucker zu erzählen. Hanley wollte weiter nach Sam suchen. Er und Alex würden in Kontakt bleiben.

Die drei nahmen ein Taxi von Port Royal nach Kingston, zum Courtleigh Manor. Anschließend fuhr Hanley mit dem Taxi weiter zu dem kleinen Tinson-Pen-Flughafen, auf dem seine Maschine stand.

An der Rezeption des Hotels erkundigte sich Alex mit einem Gleichmut nach ihrem Gepäck, den er nicht wirklich empfand. »Ich nehme an, unser Gepäck ist inzwischen eingetroffen?«

»Ganz recht, Mr. McAuliff«, erwiderte der Hotelangestellte, der einen Stempel auf die beiden Anmeldeformulare drückte und nach einem Pagen winkte. »Vor wenigen Minuten. Wir haben es auf Ihre Zimmer bringen lassen. Sie haben eine Verbindungstür.«

»Sehr aufmerksam von Ihnen«, sagte Alex leise. Er fragte sich, ob Alison die kurze Unterhaltung gehört hatte. Der Angestellte sprach nicht sehr laut, und Alison stand am anderen Ende der Rezeption und blätterte in einer Broschüre. Sie sah zu McAuliff hinüber. Sie hatte es gehört. An ihrem Gesichtsausdruck war nichts zu erkennen. Er überlegte.

Fünf Minuten später öffnete sie die Tür zwischen den beiden Zimmern, und Alex mußte nicht weiter darüber nachdenken.

»Befehl ausgeführt, Mr. Boß«, sagte sie, während sie hereinkam. »Ich habe die Finger von …«

McAuliff hob rasch die Hand und bedeutete ihr, ruhig zu sein. »Dieses Bett, du meine Güte! Einfach großartig, Liebling!«

Dieses Mal sagte ihr Gesichtsausdruck alles – sie blickte ganz und gar nicht erfreut drein. Ein merkwürdiger Moment, auf den er nicht vorbereitet war. Er hatte nicht erwartet, daß sie einfach so in sein Zimmer kommen würde. Aber es hatte keinen Sinn, wie ein Idiot herumzustehen.

Er griff in die Jackentasche und holte ein kleines rechteckiges Gerät aus Metall hervor, das ungefähr so groß wie eine Zigarettenschachtel war. Es gehörte zu den Dingen, die Hammond ihm gegeben hatte. (Hammond hatte sich von British Airways in London die Bordkarte für ihn ausstellen lassen, so hatte Alex nicht angeben müssen, ob er Gegenstände aus Metall bei sich trug.)

Das kleine Metallkästchen war ein elektronischer Scanner mit einer winzigen Hochspannungsbatterie. Die Bedienung war einfach, die Funktionsweise kompliziert. Hammond hatte behauptet, ein solcher Scanner werde heutzutage sehr oft eingesetzt. Er stelle fest, ob im Umkreis von drei Metern ein elektronisches Abhörgerät installiert sei. Eigentlich hatte Alex ihn gleich benutzen wollen, nachdem er das Zimmer betreten hatte. Doch statt dessen hatte er geistesabwesend die Türen zu dem kleinen Balkon geöffnet und für kurze Zeit auf die Blue Mountains gestarrt, die dunkel und majestätisch in der klaren Nacht von Kingston aufragten.

Alison Booth starrte erst den Scanner und dann McAuliff an. In ihren Augen standen Wut und Angst, aber sie war geistesgegenwärtig genug, nichts zu sagen.

Alex schaltete den Scanner ein, wie man es ihm gezeigt hatte, und schwenkte ihn in horizontalen und vertikalen

Halbkreisen vor sich. Er begann in einer Ecke des Zimmers und wiederholte die Bewegungen von den anderen drei Ecken aus. Er kam sich dumm, ja fast lächerlich vor, während er langsam seinen Arm hin- und herbewegte, als würde er einen geheimnisvollen Segen erteilen. Alison schaute er dabei nicht an.

Dann, plötzlich, kam er sich überhaupt nicht mehr dumm vor. Statt dessen spürte er einen stechenden Schmerz im Oberbauch. Sein Magen krampfte sich zusammen, und ihm stockte der Atem, während seine Augen wie gebannt an dem schmalen, einen Zentimeter langen Balken auf der Skala des Scanners hingen. Bei den Übungen mit Hammond hatte er oft gesehen, wie sich der Balken bewegte. Damals hatte er es interessant, sogar faszinierend gefunden, wenn der Balken angefangen hatte zu tanzen. Jetzt war er nicht mehr fasziniert. Jetzt hatte er Angst.

Das hier war kein Training, kein abgelegener, sicherer Übungsraum mit Hammond an seiner Seite, der ihm geduldig und ausführlich die Bedeutung von überlappenden Bereichen erklärte. Es geschah tatsächlich. Er hatte nie ernsthaft damit gerechnet, daß es *wirklich* geschehen könnte. Alles war so – nun, durch und durch gestellt und unrealistisch gewesen.

Und doch schimmerte jetzt der dünne Balken vor ihm und schlug heftig hin und her. Die winzigen Sensoren reagierten auf einen Eindringling. Irgendwo in der unmittelbaren Umgebung gab es ein Gerät, welches jedes Wort übertragen sollte, das in diesem Zimmer gesprochen wurde.

Er gab Alison ein Zeichen. Mißtrauisch kam sie zu ihm. Er gestikulierte wild herum, bis ihm klar wurde, daß seine Gesten eher zu einer einfallslosen Scharade gepaßt hätten. Dann zeigte er auf den Scanner und auf seine Lippen. Als sie zu sprechen begann, kam er sich wie ein kompletter Idiot vor.

»Du hast mir einen Drink in dem hübschen Garten da unten versprochen. Alles andere muß jetzt warten – Liebling«, sagte sie ruhig und gelassen. Sie wirkte überzeugend.

»Du hast recht«, antwortete er. Er fand, daß er kein guter Schauspieler war. »Ich muß nur kurz ins Bad.«

Rasch ging Alex ins Badezimmer und drehte die Wasserhähne über dem Becken auf. Er zog die Tür von außen bis auf einige Zentimeter zu. Das Geräusch des fließenden Wassers war deutlich hörbar, aber es klang nicht auffällig. Er ging zu der Stelle zurück, an der er gestanden hatte, und hielt den Scanner wieder vor sich. Die Halbkreise wurden immer kleiner, während der schmale Balken weiterhin ausschlug und er sich dem aufgespürten Gerät näherte, wie Hammond es ihm gezeigt hatte.

Eigentlich war Alex nicht einmal überrascht, als er erkannte, daß die winzige rote Lampe des Scanners direkt über seinem Koffer aufleuchtete, der auf einem Gepäckständer an der Wand stand.

Das rote Licht zeigte an, daß das Objekt in einem Radius von dreißig Zentimetern versteckt sein mußte.

Er reichte Alison den Scanner, öffnete den Koffer vorsichtig und nahm seine Kleidung heraus – Hemden, Socken und Unterwäsche. Er legte – warf sie – aufs Bett. Als der Koffer beinahe leer war, spannte er die elastische Verkleidung und fuhr mit den Fingern über das Leder der Außenwand.

McAuliff wußte, nach was er suchte. Hammond hatte ihm Dutzende von Wanzen in verschiedenen Größen und Formen gezeigt.

Und er fand sie.

Sie war an der Außenwand des Koffers befestigt – eine kleine Wölbung, so groß wie ein lederüberzogener Knopf. Er ließ sie, wo sie war, wie Hammond ihm befohlen hatte, und suchte den Koffer nach einer zweiten Wanze ab, die als Ersatzgerät fungierte.

Auch die fand er. Sie war auf der anderen Seite.

Er nahm Alison den Scanner aus der Hand, trat von dem Koffer weg und kontrollierte schnell den Rest des Zimmers. Auf der Skala des Scanners war erwartungsgemäß keine Bewegung mehr zu sehen. Hammond hatte ihn darauf hingewiesen, daß ein auf einem beweglichen Träger installierter Sender in der Regel implizierte, daß es keinen festinstallierten gab.

Der Rest des Zimmers war also in Ordnung. Hammond hatte das Wort ›sauber‹ benutzt.

McAuliff ging ins Badezimmer, das ebenfalls sicher war, und drehte die Wasserhähne ab. »Hast du schon ausgepackt?« rief er Alison zu. *Warum zum Teufel sagte er das? Von allen idiotischen Fragen fiel ihm ausgerechnet dies ein …*

»Ich habe viel Erfahrung mit Georeisen«, antwortete sie gelassen. »Alle meine Sachen sind zum größten Teil aus Polyester. Das kann also warten. Ich möchte jetzt endlich in diesen hübschen Garten. Beeil dich.«

Er öffnete die Tür und sah, daß sie die Balkontür schloß und die Vorhänge vor die deckenhohen Fenster zog. Alison Booth tat genau das Richtige, überlegte Alex. Hammond hatte es oft wiederholt: *Wenn Sie einen Sender finden, überprüfen Sie, ob Sie von draußen gesehen werden können. Gehen Sie davon aus, daß Sie auch beobachtet werden.*

Er kam aus dem Badezimmer. Sie sah ihn an – nein, dachte er, sie sah ihn nicht an, sie *starrte* ihn an.

»Oh, gut«, sagte sie. »Du bist fertig. Ich glaube, du hast die meisten deiner Bartstoppeln übersehen, aber man kann sich draußen mit dir zeigen. Laß uns gehen – Liebling.«

Im Korridor nahm Alison seinen Arm. Sie gingen zum Fahrstuhl. Mehrere Male versuchte Alex, etwas zu sagen, aber jedesmal unterbrach sie ihn.

»Warte, bis wir unten sind«, sagte sie immer nur leise.

Als man sie im Garten des Innenhofes zu einem Tisch führte, verlangte Alison einen anderen Tisch auf der gegenüberliegenden Seite der Terrasse. Ein Tisch, in dessen Nähe keine Palmen oder Pflanzen waren, wie Alex feststellte. Etwa ein Dutzend andere Paare waren anwesend, keine Männer oder Frauen ohne Begleitung. McAuliff hatte das Gefühl, als musterte Alison alle Gäste aufmerksam.

Ihre Drinks kamen. Als der Kellner wieder ging, begann Alison Booth zu sprechen.

»Ich glaube, es ist Zeit, daß wir uns unterhalten – über Dinge, über die wir uns bis jetzt noch nicht unterhalten haben.«

Alex bot ihr eine Zigarette an. Sie wollte keine, und so

zündete er sich nur eine für sich an. Er kaufte sich ein paar Sekunden Zeit, bevor er antwortete, und das wußten beide.

»Es tut mir leid, daß du das eben mitbekommen hast. Du solltest dem Ganzen nicht zuviel Bedeutung beimessen.«

»Das ist ziemlich unmöglich, Liebling, du bist nämlich beinahe hysterisch geworden.«

»Das ist nett.«

»Was?«

»Du hast ›Liebling‹ gesagt.«

»Bitte. Können wir uns wie Profis unterhalten?«

»Großer Gott! Bist du einer? Ich meine, bist du ein Profi?«

»Ich bin Geologin. Was bist du?«

McAuliff antwortete nicht. »Du sagtest, ich sei – aufgeregt gewesen. Du hast recht. Aber mir ist aufgefallen, daß du die Ruhe selbst warst. Du hast genau das Richtige getan, während ich mich wie ein Dilettant benommen habe.«

»Da muß ich dir zustimmen – du warst dilettantisch. Alex, hat man dir gesagt, daß du mich einstellen sollst?«

»Nein. Man hat mir gesagt, ich soll es mir zwei- oder dreimal überlegen, bevor ich dich nehme.«

»Das könnte ein Trick gewesen sein. Ich brauchte diesen Job unbedingt. Ich wäre auch mit dir ins Bett gegangen, um ihn zu bekommen. Danke, daß du das nicht von mir verlangt hast.«

»Sie haben, was dich betrifft, keinerlei Druck auf mich ausgeübt. Es gab nur eine Warnung, und die bezog sich auf die kleine Nebenbeschäftigung deines Exmannes, mit der er wohl rein zufällig den Großteil seines Geldes verdient. Ich sage Geld, weil es wohl kaum als ›Einkommen‹ bezeichnet werden kann.«

»Er verdient sein *ganzes* Geld damit, und dem Finanzamt gegenüber gibt er es nicht als Einkommen an. Aber ich glaube nicht eine Minute lang, daß sich die geophysikalische Fakultät der Londoner Universität Informationen dieser Art verschaffen kann. Und die Royal Society genausowenig.«

»Da irrst du dich. Diese Vermessung wird zum größten Teil mit Forschungsgeldern der Regierung finanziert, die über die Royal Society und die Universität laufen. Wenn eine

Regierung Geld ausgibt, möchte sie über Personal und Gehälter Bescheid wissen.« McAuliff war angenehm überrascht von sich. Er reagierte so, wie Hammond es vorausgesagt hatte – er erfand logische Antworten. *Bauen Sie immer auf einem Teil der Wahrheit auf – machen Sie es nicht zu kompliziert ...*

»Diese zweifelhafte, sehr amerikanische Einschätzung der Situation lasse ich dir durchgehen«, sagte Alison, die jetzt doch nach seinen Zigaretten griff. »Jetzt wirst du mir sicher erklären, was da oben passiert ist.«

Es war soweit, dachte Alex und fragte sich, ob er es so hinkriegen würde, wie Hammond gesagt hatte: *Beschränken Sie alle Erklärungen auf einige wenige Worte, die von gesundem Menschenverstand zeugen und nicht zu kompliziert sind, und bleiben Sie bei einer Version.* Er zündete ihr die Zigarette an und sprach so gelassen wie möglich. »In Kingston gibt es ziemlich viele politische Rangeleien. Das meiste davon ist harmlos, aber einiges sollte man ernst nehmen. Diese Vermessung findet nicht überall Zustimmung. Ressentiments wegen unserer Herkunft, Mißtrauen – solche Sachen. Du hast es am Zoll gesehen. Es gibt Leute, die würden einen Mord begehen, um uns in Mißkredit zu bringen. Ich habe diesen verdammten Scanner für den Fall bekommen, daß ich der Meinung bin, es sei etwas sehr Ungewöhnliches passiert. Ich war dieser Meinung, und ich hatte recht.« Alexander trank sein Glas aus und beobachtete Alisons Reaktion. Er tat sein Bestes, um aufrichtig zu wirken.

»Du meinst unser Gepäck«, sagte Alison.

»Ja. Das mit der Nachricht ergab keinen Sinn, und der Mann am Empfang sagte, das Gepäck sei nur wenige Minuten vor uns eingetroffen – es war aber zwei Stunden vorher in Palisados abgeholt worden.«

»Ich verstehe. Aber eine einfache geologische Vermessung soll Menschen zu solch extremen Maßnahmen veranlassen? Es fällt mir schwer, das zu glauben, Alex.«

»Denk darüber nach. Warum werden Vermessungen gemacht? Welchen Zweck haben sie normalerweise? In der Regel doch den, daß jemand – ein paar Leute – etwas auf dem Gelände bauen wollen.«

»Nicht eine Vermessung wie die unsere. Das Gebiet, um das es geht, ist viel zu groß. Ich würde sagen, es liegt auf der Hand, daß sie rein wissenschaftlich ist. Alles andere wäre ...« Alison brach ab, als ihr Blick auf McAuliff fiel. »Großer Gott! Falls es bei dieser Vermessung tatsächlich um etwas anderes gehen sollte, dann wäre das geradezu verrückt!«

»Vielleicht gibt es Leute, die es nicht verrückt finden. Wenn ja, was würden sie deiner Meinung nach tun?« Alex winkte dem Kellner und hielt zwei Finger hoch, um noch einmal das gleiche zu bestellen.

Alison Booth öffnete verwundert die Lippen. »Millionen und Millionen und *Millionen*«, sagte sie leise. »Mein Gott, sie würden alles kaufen, was sie kriegen könnten!«

»Aber nur, wenn sie völlig sicher wären, daß sie recht haben.«

Alison zwang Alex dazu, sie anzusehen. Als er zunächst zu dem Kellner hinübersah, der herumtrödelte, legte sie ihre Hand auf die seine und erzwang so seine Aufmerksamkeit. »Sie haben recht, nicht wahr, Alex?«

»Ich könnte es nicht beweisen. Ich habe einen Vertrag mit der Londoner Universität, mit gegengezeichneten Genehmigungen der Royal Society und des jamaikanischen Kultusministeriums. Was die mit den Ergebnissen machen, ist ihre Sache.« Es hatte keinen Sinn, alles kategorisch abzustreiten. Er war Landvermesser, kein Hellseher.

»Ich glaube dir nicht. Du bist vorbereitet worden.«

»Nicht vorbereitet. Man hat mir nur gesagt, ich soll vorsichtig sein, das ist alles.«

»Diese – kleinen Geräte werden nicht an Leute ausgegeben, denen man nur gesagt hat, sie sollen vorsichtig sein.«

»Das dachte ich auch. Aber weißt du was? Wir haben uns beide geirrt, Alison. Scanner werden heutzutage häufig eingesetzt. Das ist nichts Ungewöhnliches. Besonders, wenn man außerhalb seines Heimatlandes arbeitet. Es gibt wohl nicht mehr viel Vertrauen in der Welt.«

Der Kellner brachte ihre Drinks. Auch er summte eine Melodie und bewegte sich dazu. Alison starrte McAuliff immer noch an. Er war sich nicht ganz sicher, aber allmählich hatte er den Eindruck, daß sie ihm glaubte. Nachdem der Kellner wieder gegangen war, beugte sie sich zu ihm.

»Und was erwartet man jetzt von dir? Du hast diese schrecklichen Dinger gefunden. Was wirst du mit ihnen machen?«

»Nichts. Ich werde sie morgen früh dem Ministerium melden, das ist alles.«

»Du meinst, du wirst sie nicht herausholen und drauftreten oder so etwas? Du wirst sie einfach dort lassen, wo sie sind?«

Es war zwar nicht gerade angenehm, dachte Alex, aber Hammond hatte ihm eines unmißverständlich klargemacht: Wenn er eine Wanze fand, sollte er sie nicht zerstören, sondern benutzen. Sie konnte von unschätzbarem Wert sein. Bevor er eines dieser Abhörgeräte vernichtete, mußte er sie melden und auf Anweisungen warten. Das Fischgeschäft namens Tallon's in der Nähe des Victoria-Parks.

»Sie bezahlen mich – uns. Ich vermute, sie wollen das Ganze ohne Aufsehen untersuchen. Was macht es für einen Unterschied? Ich habe keine Geheimnisse.«

»Und du wirst auch keine haben«, sagte Alison leise, aber deutlich, und nahm ihre Hand weg.

Plötzlich begriff McAuliff, wie absurd diese Situation war – sie war lächerlich und unglaublich zugleich, komisch und dann doch wieder nicht komisch.

»Darf ich meinen Entschluß ändern und jetzt jemanden anrufen?« fragte er.

Langsam – sehr langsam – begann Alison zu lächeln. »Nein. Ich war nicht fair. Und ich glaube dir *wirklich*. Du bist der unbekümmertste Mann, den ich jemals getroffen habe. Entweder bist du völlig unschuldig oder ein perfekter Lügner. Das letztere kann ich nicht glauben, dazu warst du oben viel zu nervös.« Sie legte ihre Hand wieder auf seine. Er leerte sein Glas mit der anderen Hand.

»Und du? Warum warst du nicht nervös?«

»Ich schätze, es ist Zeit, daß ich es dir sage. Das bin ich dir schuldig. Ich werde nicht nach England zurückkehren, Alex. Erst in vielen Jahren, vielleicht auch nie. Ich kann nicht. Ich habe mehrere Monate für Interpol gearbeitet und deshalb Erfahrung mit diesen miesen kleinen Käfern – den Wanzen.«

McAuliff spürte wieder den stechenden Schmerz in seinem Magen. Er hatte Angst, doch da war noch etwas anderes. Hammond hatte gesagt, der britische Geheimdienst bezweifle, daß Alison nach England zurückkehren werde. Julian Warfield hatte angedeutet, daß sie aus verschiedenen Gründen, die nichts mit ihrer Qualifikation für die Vermessung zu tun hätten, nützlich sein könne.

Er war nicht sicher, wie – oder warum –, aber Alison wurde benutzt.

So wie er benutzt wurde.

»Wie kam *das* denn?« fragte er angemessen überrascht.

Alison erzählte ihm die wichtigsten Stationen. Ihre Ehe war schon vor dem ersten Hochzeitstag am Ende. Kurz gesagt, Alison Booth wurde schon sehr früh klar, daß ihr Mann sie nur hauptsächlich deshalb geheiratet hatte, weil sie oft reiste, weniger aus anderen Gründen.

»Es war, als hätte man ihm befohlen, mich zu nehmen, mich zu benutzen, mich zu verschlingen ...«

Die Probleme begannen kurz nach der Hochzeit: Booth zeigte ein außergewöhnlich großes Interesse an ihrem Beruf. Scheinbar aus dem Nichts kamen ganz plötzlich Angebote für Vermessungen von wenig bekannten, aber gut zahlenden Firmen – für Projekte an außergewöhnlich exotischen Orten.

»... darunter natürlich Zaire, die Türkei, Korsika. Er ist jedesmal mitgekommen. Für ein paar Tage, manchmal für Wochen ...«

Die erste Auseinandersetzung mit David Booth ereignete sich in Korsika. Die Vermessung fand an der Küste und im Meer im Gebiet von Capo Senetose statt. David reiste nach der Hälfte der für das Projekt veranschlagten Zeit an, um wie üblich zwei bis drei Wochen zu bleiben. Während dieser Zeit fanden viele sonderbare Telefonate und unerklärliche Treffen statt, die ihn allem Anschein nach so beunruhigten, daß er immer nervöser wurde. Männer flogen in kleinen schnellen Flugzeugen nach Ajaccio, andere kamen in Fischkuttern und kleinen seetüchtigen Booten übers Wasser. David verschwand für Stunden, dann wieder für Tage. Alison kehrte nach ihrer Arbeit im Gelände immer erst nachts ins Hotel des Teams an der Küste zurück. Ihr Mann konnte ihr sein Verhalten nicht verheimlichen, auch nicht die Tatsache, daß seine Anwesenheit in Korsika keineswegs ein Beweis seiner Liebe zu ihr war.

Sie erzwang eine Entscheidung, zählte die Punkte auf, die er nicht abstreiten konnte, und gab Davids Erklärungen den Namen, den sie verdienten – dilettantische Lügen. Er war zusammengebrochen, hatte geweint, gebettelt und seiner Frau schließlich die Wahrheit gesagt.

Um einen Lebensstil aufrechtzuerhalten, den er sich auf ehrliche Weise nicht leisten konnte, war David Booth in den internationalen Drogenhandel eingestiegen. Er arbeitete hauptsächlich als Kurier. Seine Teilhaberschaft an einer kleinen Im- und Exportfirma war ideal für die Arbeit. Das Unternehmen, das Kunsthandwerk für Dekorationszwecke verkaufte, war eigentlich gar kein Unternehmen. Es war nicht besonders erfolgreich, eher – wie es sich für die Eigentümer geziemte – ein Hobby als ein wirkliches Geschäft. David konnte viele Reisen machen, ohne die Aufmerksamkeit der Behörden zu erregen. Der Grund für seine Einführung in die Welt der Kriminellen war ziemlich banal – Spielschulden, zu denen noch Alkohol und Frauengeschichten kamen. Einerseits blieb ihm keine andere Wahl, andererseits wurde er gut bezahlt und hatte keine moralischen Bedenken.

Alison jedoch um so mehr. Die Vermessungen waren ›echt‹, ein Beweis dafür, wie gut Davids Arbeitgeber darin waren, ahnungslose Mitarbeiter aufzuspüren. Man vermittelte David die Namen von Vermessungsteams an bestimmten Orten im Mittelmeerraum und sagte ihm, er solle sie anrufen und die Dienste seiner in Fachkreisen bekannten Frau anbieten. Dabei fügte er hinzu, daß er heimlich etwas zu ihrem Gehalt beisteuern werde. Ein reicher, verliebter Ehemann, dem daran lag, seine berufstätige Frau glücklich zu machen. Alle seine Angebote wurden angenommen. Und da er für Alison ›Aufträge‹ besorgte, bekamen seine Reisen eine zweifache Berechtigung. Für seine Tätigkeit als Kurier boten sich jetzt weitaus mehr Möglichkeiten als allein durch sein Unternehmen.

Alison drohte, die Vermessung in Korsika sofort zu verlassen.

David geriet in Panik. Er war fest davon überzeugt, daß er und Alison getötet werden würden. Er schilderte seine Auftraggeber so anschaulich als internationale Verbrecherorganisation ohne Gewissen, daß Alison, die um ihrer beider Leben fürchtete, nachgab. Sie willigte ein, ihre Arbeit in Korsika fortzuführen, machte aber deutlich, daß ihre Ehe beendet war. Nichts würde *diese* Entscheidung mehr ändern können.

Wenigstens glaubte sie das damals.

Eines Nachmittags entnahm Alison bei der Arbeit im Gelände – um genau zu sein: auf dem Wasser – einige Hundert Meter von der Küste entfernt Bohrproben vom Meeresboden. In dem kleinen Kabinenkreuzer befanden sich zwei Männer – Agenten von Interpol. Sie verfolgten Booth schon seit einigen Monaten. Interpol war dabei, eine riesige Menge an Beweisen zu sammeln. Das Netz zog sich langsam zu.

»Ich brauche wohl nicht zu sagen, daß sie auf seine Ankunft gut vorbereitet waren. Mein Zimmer war in etwa so privat, wie deines heute abend sein sollte …«

Die beschrieben die Situation in drastischen Worten. Während ihr Mann von einer internationalen Verbrecherorganisation gesprochen hatte, schilderten ihr die Männer von Interpol eine andere Welt voller Schmerz und Leid und sinnlosem, furchtbarem Tod.

»Sie waren gut darin«, sagte Alison. Die Erinnerung daran stand in ihren Augen, ihr Lächeln war mitfühlend und traurig. »Sie zeigten mir Dutzende von Fotos. Kinder, die sich vor Schmerzen krümmten, junge Männer, Mädchen, die am Ende waren. Ich werde diese Bilder nie vergessen. Wie sie beabsichtigt hatten, wollte ich nicht mehr …«

Sie hatten die klassische Methode zur Anwerbung von Mitarbeitern benutzt. Mrs. David Booth sei in einer einzigartigen Position. Es gebe niemanden, der sich besser eigne. Sie könne soviel tun, so viele Informationen liefern. Man könne nicht zulassen, daß sie, wie sie es ihrem Mann angedroht habe, davonlaufe, ganz plötzlich, ohne jede Erklärung.

Mein Gott, dachte McAuliff, als er das hörte – wie die Dinge einander doch glichen ... Was die Männer von Interpol gesagt hatten, entsprach dem, was Hammond in seinem Zimmer im Savoy gesagt hatte.

Vorbereitungen wurden getroffen, Zeitpläne erstellt, eine angemessene Zeitspanne für die ›Verschlechterung‹ ihrer Ehe angesetzt. Alison erklärte dem erleichterten Booth, sie wolle versuchen, ihre Beziehung zu retten – unter der Bedingung, daß er ihr gegenüber nie wieder etwas von seinen kriminellen Machenschaften erwähne.

Ein halbes Jahr lang spionierte Alison Gerrard Booth ihrem Mann nach, installierte Dutzende von winzigen Abhöreinrichtungen in Hotelzimmern, Autos, ihrer eigenen Wohnung. Sie tat es unter der Bedingung, daß David Booth – egal, wie die Anklage gegen ihn letztendlich aussehen würde – vor Anschlägen beschützt werde. So gut Interpol dies vermochte.

Eine Garantie gab es nicht.

»Wann war es zu Ende?« fragte Alex.

Alison wandte den Blick ab und sah kurz auf die dunkle, bedrohlich wirkende Silhouette der Blue Mountains, die einige Kilometer weiter nördlich aufragten. »Als ich eine Aufnahme hörte, die für mich sehr schmerzhaft war. Es tat weh, sie zu hören, um so mehr, weil ich sie ermöglicht hatte.«

Eines Morgens, nach einer Vorlesung in der Universität, kam ein Mann von Interpol in ihr Büro in der geologischen Fakultät. In seinem Aktenkoffer hatte er einen Kassettenrecorder und eine Kassette mit der Kopie einer abgehörten Unterhaltung zwischen David Booth und dessen Verbindungsmann zum Marquis de Chatellerault, dem Mann, der als Kopf der Drogenorganisation identifiziert worden war. Alison setzte sich und hörte die Stimme ihres gebrochenen, betrunkenen Mannes, der den Zusammenbruch seiner Ehe mit einer Frau, die er über alles liebe, beschrieb. Sie hörte, wie er schrie und weinte, sich Vorwürfe machte, weil er ein Versager sei. Er sprach davon, daß er sie angefleht habe, wieder mit ihm ins Bett zu gehen, davon, daß sie sich ihm völlig verweigere. Zuletzt machte er unmißverständlich klar, daß es ihm zuwider sei, sie benutzen zu müssen, daß er sich umbringen würde, wenn sie es jemals herausfände. Er hatte – fast zu perfekt – deutlich gemacht, daß sie nichts von Chatelleraults Organisation wußte. Und er hatte es großartig gemacht.

»Interpol kam zu einer Schlußfolgerung, die genauso schmerzhaft war wie diese Aufnahme. David hatte irgendwie herausgefunden, was ich tat. Er sandte mir eine Nachricht. Es war Zeit aufzuhören.«

Im fernen Haiti wurde eine Achtundvierzig-Stunden-Scheidung arrangiert. Alison Booth war frei.

Doch auch das war ein Irrtum.

»... innerhalb des nächsten Jahres wird sich das Netz um Chatellerault und um David schließen, um alle, die beteiligt sind. Und irgendwo, irgendwann wird jemand begreifen – Booths Frau.«

Alison griff nach ihrem Glas, trank einen Schluck und versuchte zu lächeln.

»Das ist alles?« fragte Alex, der sich da nicht so sicher war.

»Das war alles. Und jetzt sag mir bitte ehrlich, ob du mich genommen hättest, wenn du es gewußt hättest.«

»Nein, das hätte ich nicht. Ich frage mich, warum ich nichts davon erfahren habe.«

»Es ist nicht gerade die Art von Information, die man von der Universität oder der Auswanderungsbehörde oder sonst jemandem bekommt.«

»Alison?« McAuliff versuchte, die Angst zu verbergen, die ihn plötzlich überfallen hatte. »Du hast doch über die Universität von diesem Job erfahren, oder?«

Sie lachte und hob in gespieltem Protest die schön geschwungenen Augen. »O du meine Güte, die Stunde der Wahrheit ... Nein, ich muß zugeben, daß ich einen kleinen Vorteil hatte. Deshalb hatte ich auch die Zeit, meine überaus eindrucksvollen Bewerbungsunterlagen für dich zusammenzustellen.«

»Wie hast du davon erfahren?«

»Über Interpol. Sie suchten schon seit Monaten nach einem Job für mich. Sie haben mich zehn oder zwölf Tage vor dem Gespräch mit dir angerufen.«

McAuliff mußte nicht erst anfangen zu rechnen. Zehn oder zwölf Tage vor dem Bewerbungsgespräch bedeutete, daß es an dem Tag gewesen war, an dem er sich nachmittags mit Julian Warfield im Belgravia Square getroffen hatte.

Und anschließend mit einem Mann namens Hammond, einem britischen Geheimdienstagenten.

Wieder spürte McAuliff den stechenden Schmerz in seinem Magen, der jetzt noch heftiger pochte. Aber er konnte nicht weiter darüber nachdenken. Über den dunklen Innenhof kam James Ferguson mit unsicherem Gang auf ihren Tisch zu. Er war offensichtlich betrunken.

»Du lieber Himmel, *hier* sind Sie! Wir haben uns schon gefragt, wo zum Teufel Sie abgeblieben sind! Wir haben uns alle in der Bar getroffen. Whitehall ist einfach großartig am Klavier! Ein schwarzer Noël Coward! Oh, übrigens, ich hoffe, Ihr Gepäck ist angekommen. Ich habe gesehen, daß Sie Schwierigkeiten am Zoll hatten, deshalb habe ich eine Nachricht für diese Idioten geschrieben, damit sie es herbringen. Ich hoffe, sie konnten meine Handschrift lesen, ich hatte nämlich schon etwas Whisky intus.«

Der junge James Ferguson ließ sich auf einen freien Stuhl fallen und warf Alison ein alkoholseliges Lächeln zu. Dann drehte er sich um und sah McAuliff an. Sein Lächeln verschwand, als er sah, daß Alex ihn anstarrte.

»Das war sehr nett von Ihnen«, sagte McAuliff leise. Da sah er es. Es war in Fergusons Augen. Die angespannte Konzentration hinter den vermeintlich glasigen Augen.

James Ferguson war keineswegs so betrunken, wie er zu sein vorgab.

9.

Sie hatten beschlossen, bis in den frühen Morgen hinein aufzubleiben. Das war ihre stumme, wütende Antwort auf die ›miesen kleinen Käfer‹. Sie gingen zu den anderen in der Bar, dann sprach McAuliff – wie dies von einem guten Kapitän erwartet wurde – mit dem Oberkellner. Alle verstanden, daß der Abend vom Leiter der Vermessung bezahlt werden würde.

Charles Whitehall war wirklich so gut, wie Ferguson gesagt hatte. Er besaß das Talent eines Profis, seine Lieder – voll von karibischen Redewendungen und jamaikanischem Witz – waren lustig, spröde, kühl und manchmal anzüglich. Whitehalls Stimme hatte die klare, hohe Tonlage eines Balladensängers aus Kingston. Nur seine Augen blieben distanziert. Er war unterhaltsam und amüsant, aber er selbst unterhielt und amüsierte sich nicht, dachte Alex. Er spielte eine Rolle.

Schließlich, nach fast zwei Stunden, wurde er seiner Aufgabe müde, bedankte sich für den Beifall seines angetrunkenen Publikums und kam zu ihrem Tisch. Nachdem er Ferguson, den Jensens, Alison Booth und Alex die Hände geschüttelt beziehungsweise sie umarmt hatte, nahm er auf einem Stuhl neben McAuliff Platz. Ferguson hatte dort gesessen – er war von Alex dazu aufgefordert worden –, aber der junge Botaniker hatte seinen Platz bereitwillig gewechselt. Auf unsicheren Beinen.

»Das war fantastisch!« sagte Alison, beugte sich an McAuliff vorbei und griff nach Whitehalls Hand. Alex beobachtete, wie der Jamaikaner reagierte. Die dunkle, karibische Hand – manikürte Fingernägel, glitzernder Goldring – schloß sich behutsam wie die Hand einer Frau um Alisons. Doch dann hob Whitehall ihre Hand und küßte ihre Finger.

Ein Kellner brachte Whitehall eine Flasche Weißwein. Der Schwarze las das Etikett im dämmrigen Licht des Nachtclubs, sah den freundlich lächelnden Kellner an und nickte. Dann drehte er sich wieder zu McAuliff um. Alison unterhielt sich gerade mit Ruth Jensen, die ihr gegenübersaß.

»Ich muß mit Ihnen unter vier Augen sprechen«, sagte der Jamaikaner beiläufig. »Kommen Sie in mein Zimmer, sagen wir, zwanzig Minuten, nachdem ich gegangen bin.«

»Allein?«

»Allein.«

»Kann das nicht bis morgen warten?«

Whitehall sah McAuliff mit seinen dunklen Augen an und sagte leise, aber bestimmt: »Nein, kann es nicht.«

Da sprang unvermittelt James Ferguson von seinem Stuhl am Ende des Tisches auf und hob Whitehall sein Glas entgegen. Er schwankte und hielt sich mit der freien Hand an der Tischkante fest wie ein sehr betrunkener junger Mann. »Auf Charles den Ersten von Kingston! Der schwarze Sir Noël! Charles, Sie sind einfach *fantastique!*«

Einen Augenblick lang herrschte verlegene Stille, während das Wort ›schwarz‹ noch im Raum hing. Der Kellner schenkte Whitehall hastig Wein ein, aber jetzt war nicht der Moment, ihn zu probieren.

»Danke«, sagte Whitehall höflich. »Das ist wirklich ein großes Kompliment – *Jimbo.*«

»Jimbo!« rief Ferguson entzückt. »Das ist gut! Nennen Sie mich Jimbo! Und jetzt möchte ich ...« Ferguson brach ab, und auf seinem blassen jungen Gesicht erschien eine gequälte Grimasse. Plötzlich war allen klar, daß er keinen weiteren Tropfen Alkohol mehr vertragen würde. Er stellte sein Glas schwankend auf den Tisch, taumelte nach hinten und brach wie in Zeitlupe zusammen.

Die am Tisch Sitzenden sprangen auf, die Paare an den anderen Tischen wandten die Köpfe. Der Kellner stellte rasch die Flasche ab und lief zu Ferguson, gefolgt von Peter Jensen, der am nächsten stand.

»Du meine Güte«, sagte Jensen, während er niederkniete. »Ich glaube, der arme Kerl muß sich gleich übergeben. Ruth, hilf mir mal ... Und Sie, Ober, fassen ihn da an. Geben Sie mir eine Hand, James!«

Die Jensens setzten den jungen Botaniker, unterstützt von zwei Kellnern, auf einen Stuhl, lockerten seine Krawatte und versuchten, ihn wieder einigermaßen zu Bewußtsein zu bekommen. Alex sah, daß Charles Whitehall, der neben ihm stand, zwei Servietten nahm und sie über den Tisch auf den Boden warf, dorthin, wo sich die anderen um Ferguson bemühten. Keine freundliche Geste. Fergusons Kopf fiel nach vorn, dann wieder nach hinten. Aus seinem Mund kam ein Stöhnen, das das Erbrechen ankündigte.

»Ich glaube, es ist egal, ob ich jetzt gehe oder später«, sagte Whitehall. »Zwanzig Minuten?«

McAuliff nickte. »So ungefähr.«

Der Jamaikaner drehte sich zu Alison um, nahm ihre Hand, küßte sie wieder und lächelte. »Gute Nacht, meine Liebe.«

Etwas verärgert ging Alex um die beiden herum zu den Jensens, die Ferguson mit Hilfe der Kellner auf die Beine brachten.

»Wir bringen ihn auf sein Zimmer«, sagte Ruth. »Ich habe ihn vor dem Rum gewarnt, er verträgt sich nicht mit Whisky. Offenbar hat er nicht auf mich gehört.« Sie lächelte und schüttelte den Kopf.

McAuliff sah Ferguson ins Gesicht. Er fragte sich, ob er dort wieder das sehen würde, was er vorhin gesehen hatte, vor über einer Stunde.

Und er sah es. Oder glaubte zumindest, es zu sehen.

Als sich Fergusons kraftlose Arme um die Schultern von einem Kellner und Peter Jensen legten, öffnete er die Augen. Sie schienen ziellos umherzuirren, doch für einen kurzen Moment war ihr Blick fest, konzentriert, klar. Ferguson tat genau das, was jeder Mensch in einem schlecht beleuchteten Raum tun würde. Er prüfte den Weg, um Hindernissen ausweichen zu können.

Und er war – in diesem kurzen Augenblick – völlig nüchtern.

Weshalb verhielt sich James Ferguson so und brachte sich dadurch in Verlegenheit? McAuliff nahm sich vor, morgen mit dem jungen Mann zu sprechen. Über mehrere Dinge – zum Beispiel über eine Nachricht, die unter dem Einfluß von Whisky geschrieben worden war und zu einem Koffer geführt hatte, der den Balken eines elektronischen Scanners zum Ausschlagen gebracht hatte.

»Armer Junge. Morgen früh wird es ihm gräßlich gehen.« Alison hatte sich neben Alex gestellt. Sie sahen zu, wie die Jensens Ferguson hinausbrachten.

»Ich hoffe, er ist wirklich nur ein armer Junge, der heute abend ein bißchen auf Abwege geraten ist. Er sollte daraus keine Gewohnheit machen.«

»Komm schon, Alex, sei nicht so spießig. Er ist ein netter junger Mann, der ein Glas zuviel hatte.« Alison drehte sich um und warf einen Blick auf den leeren Tisch. »Die Party scheint vorbei zu sein.«

»Wir hatten doch vereinbart, die Nacht durchzufeiern.«

»Ich bin furchtbar müde, Liebling. Mein Entschluß wankt. Außerdem hatten wir vereinbart, auch mein Gepäck mit deiner kleinen Zauberschachtel zu untersuchen. Wollen wir?«

»Okay.« McAuliff winkte dem Kellner.

Sie gingen den Hotelkorridor hinunter. Alex nahm Alison den Schlüssel aus der Hand, während sie sich ihrer Tür näherten. »Ich muß in ein paar Minuten zu Whitehall.«

»Warum das? Es ist doch schon so spät.«

»Er sagte, er wolle mit mir sprechen. Unter vier Augen. Ich habe keine Ahnung, um was es geht. Ich werde mich beeilen.« Er steckte den Schlüssel ins Schloß, öffnete die Tür und hielt Alison instinktiv davon ab einzutreten, bis er das Licht eingeschaltet und einen Blick in das Zimmer geworfen hatte.

Es war leer. Die Verbindungstür zu seinem Zimmer stand immer noch offen wie vor zwei Stunden, als sie gegangen waren.

»Ich bin beeindruckt«, flüsterte Alison und legte neckisch ihr Kinn auf seinen ausgestreckten Arm, der ihr den Eingang versperrte.

»Bitte?« Er zog den Arm zurück und ging zu der Verbindungstür. Das Licht in seinem Zimmer war eingeschaltet – wie vorhin. Leise schloß er die Tür, dann zog er den Scanner aus seinem Jackett und ging zu dem Bett hinüber, auf dem die beiden Koffer von Alison lagen. Er hielt das Gerät darüber. Auf der Skala war kein Ausschlag zu sehen. Schnell kontrollierte er das Zimmer mit horizontalen und vertikalen Halbkreisen von allen Ecken aus. Das Zimmer war sauber.

»Was hast du gesagt?« fragte er leise.

»Du bist sehr fürsorglich. Das ist nett.«

»Warum ist das Licht in deinem Zimmer ausgeschaltet, während es in meinem an ist?« McAuliff hatte nicht gehört, was sie gesagt hatte.

»Weil ich es ausgeschaltet habe. Ich kam herein, um mein Geld zu holen und mir die Lippen nachzuziehen. Dann bin ich zu dir in dein Zimmer zurück. Neben der Tür ist ein Schalter. Damit habe ich es ausgeschaltet.«

»Ich kann mich nicht daran erinnern.«

»Du warst zu dem Zeitpunkt ziemlich aufgeregt. Ich glaube nicht, daß mein Zimmer im Mittelpunkt deiner Aufmerksamkeit steht.« Alison trat ein und schloß die Tür.

»Du hast recht, aber sprich trotzdem leise ... Können diese verdammten Dinger durch Türen und Wände aufnehmen?«

»Nein, ich glaube nicht.« Sie sah zu, wie er ihre Koffer vom Bett hob und mit ihnen quer durch das Zimmer ging. Vor dem Schrank blieb er stehen und sah sich nach einem Gepäckständer um. Es gab keinen. »Ist das nicht ein bißchen zu offensichtlich?«

»Was?«

»Daß du meine Koffer vom Bett nimmst. Ich habe noch nicht ausgepackt.«

»Oh.« McAuliff spürte, wie er rot wurde. Er kam sich vor wie ein verdammter Idiot. »Tut mir leid. Ich könnte jetzt vielleicht sagen, daß ich unter einem zwanghaften Drang leide, Ordnung zu machen.«

»Oder einem anderen Drang.«

McAuliff brachte das Gepäck wieder zum Bett zurück und sah sie an, die Koffer immer noch in den Händen. Er war furchtbar müde. »Der Tag war scheußlich – und sehr verwirrend«, erklärte er. »Und die Tatsache, daß er immer noch nicht vorbei ist, baut mich auch nicht gerade auf. Außerdem muß ich noch zu Whitehall. Und wenn ich heute nacht schnarche oder im Schlaf rede oder ins Bad gehe und die Tür offen lasse, wird das alles irgendwo auf Band aufgenommen. Das stört mich zwar nicht besonders, aber es geht mir auch nicht besser deswegen ... Wenn ich schon dabei bin, kann ich dir auch gleich noch etwas anderes sagen. Du bist ein sehr, sehr nettes Mädchen. Und du hast recht, ich leide unter einem Drang – dem Drang, dich zu halten und zu küssen und deine Arme um mich zu spüren, und – du bist so verdammt begehrenswert, und du hast so ein wunderschönes Lächeln, und am liebsten würde ich dich in die Arme nehmen und alles andere vergessen. Jetzt bin ich mit meinem Geschwafel fertig, und du kannst mir sagen, daß ich mich zum Teufel scheren soll, weil das alles für unseren Job nicht relevant ist.«

Alison Booth stand schweigend da und sah McAuliff an, viel zu lange, wie ihm schien. Dann kam sie ganz langsam auf ihn zu.

»Weiß du eigentlich, wie albern du mit diesen Koffern in den Händen aussiehst?« flüsterte sie, während sie sich zu ihm beugte, um ihn auf den Mund zu küssen.

Er ließ die Koffer fallen. Das Geräusch, mit dem sie auf den Boden aufprallten, brachte ihn und Alison zum Lächeln. Er zog sie an sich. Die Erleichterung, die er empfand, war einfach großartig, und seine warme, wachsende Erregung etwas ganz Besonderes. Während er Alison küßte und ihren feuchten, warmen Mund erkundete, wurde ihm bewußt, daß sie zitterte und sich mit einer Kraft an ihn klammerte, die mehr war als nur das Verlangen, genommen zu werden. Angst hatte sie nicht – er spürte kein Zögern, keine Zurückhaltung, nur Begierde.

Behutsam ließ er sie auf das Bett sinken, und sie knöpfte ihre Seidenbluse auf und führte seine Hand zu ihren Brüsten. Sie schloß die Augen, während er sie liebkoste.

»Es ist schon so lange her, Alex«, flüsterte sie. »Glaubst du, Whitehall kann noch ein bißchen warten? Ich kann es nämlich, glaube ich, nicht.«

Nackt lagen sie nebeneinander, die leichte Bettdecke über sich. Dann stützte Alison sich auf den Ellbogen und sah McAuliff an. Das Haar fiel ihr ins Gesicht. Sie zeichnete mit dem Finger seine Lippen nach und beugte sich zu ihm hinunter, küßte ihn, folgte seinen Lippen mit ihrer Zunge.

»Ich bin durch und durch schamlos«, sagte sie und lachte

leise. »Ich möchte die ganze Nacht mit dir schlafen. Und den größten Teil des Tages ... Ich war am Verdursten und habe einen Brunnen gefunden, und dort möchte ich jetzt bleiben.«

Alex hob die Hand und ließ ihr Haar durch seine Finger gleiten. Er folgte den Strähnen nach unten, bis er auf den kleinen Hügel ihrer linken Brust traf, und legte die Hand darauf. »Wir werden nur die nötigste Zeit fürs Essen und Schlafen verwenden.«

Das leise Klingeln eines Telefons war zu hören. Es kam aus der Richtung der Verbindungstür. Aus seinem Zimmer.

»Du hast die Verabredung mit Charles Whitehall verpaßt«, erinnerte Alison ihn. »Geh lieber dran.«

»Unser gottverdammter Sir Noël.« Alex stieg aus dem Bett, ging schnell zur Tür, öffnete sie und betrat sein Zimmer. Als er den Hörer abnahm, fiel sein Blick auf die geschlossenen Vorhänge der Balkontüren. Er war dankbar für Alisons Erfahrung im Umgang mit Wanzen, denn mit Ausnahme seiner Strümpfe – warum hatte er ausgerechnet seine Strümpfe anbehalten? – war er nackt.

»Ich sagte ›zwanzig Minuten‹, Mr. McAuliff. Jetzt warte ich schon fast eine Stunde.« Whitehalls Stimme klang beherrscht, aber wütend.

»Tut mir leid. Ich sagte ›so ungefähr‹. Für mich ist eine Stunde ›so ungefähr‹ zwanzig Minuten. Ganz besonders dann, wenn mir jemand zu dieser Uhrzeit Befehle gibt, ohne daß er am Verbluten ist.«

»Ich will mich nicht mit Ihnen streiten. Kommen Sie bald?«

»Ja.«

»Wann?«

»In zwanzig Minuten.« Alex legte den Hörer etwas heftiger als nötig auf und sah zu seinem Koffer hinüber. Wer immer auch am anderen Ende der Leitung saß, wußte jetzt, daß er sich mit einem Mann treffen würde, der ihm um drei Uhr morgens Befehle zu erteilen versuchte. Er würde später darüber nachdenken.

»Weißt du eigentlich, daß du ausgesprochen gut aussiehst? Von oben bis unten«, sagte Alison, als er wieder ins Zimmer kam.

»Du hast recht – du bist schamlos.«

»Warum hast du deine Kniestrümpfe an? Es sieht ziemlich merkwürdig aus.« Sie setzte sich auf, zog das Laken über ihre Brüste und griff nach den Zigaretten auf dem Nachttisch.

»Zündest du mir bitte auch eine an? Ich muß mich anziehen.« McAuliff suchte um das Bett herum nach seinen Sachen, die er in aller Eile ausgezogen hatte.

»War er wütend?« Sie reichte ihm eine Zigarette, nachdem er seine Hose angezogen und sein Hemd aufgehoben hatte.

»Er war wütend. Er ist ein arroganter Mistkerl.«

»Ich glaube, Charles Whitehall will sich an jemandem oder an etwas rächen«, sagte Alison, die ihm geistesabwesend zusah. »Er ärgert sich.«

»Vielleicht geht es um Anerkennung. Darum, daß er nicht in dem Maße Anerkennung erhält, wie das seiner Meinung nach geschehen sollte.« McAuliff knöpfte sein Hemd zu.

»Vielleicht. Das würde auch erklären, warum er die Komplimente einfach so abgetan hat.«

»Die was?«

»Seine kleine Show heute abend war perfekt durchdacht. Sie ist nicht für einen Nachtclub zusammengestellt worden. Eher für Covent Garden. Oder den großen Sitzungssaal der Vereinten Nationen.«

McAuliff klopfte leise an Whitehalls Tür. Als sie geöffnet wurde, sah sich McAuliff dem Jamaikaner gegenüber, der in einen bestickten, japanischen Kimono gehüllt war. Unter dem mit Blumen übersäten Mantel trug er seine gestreiften Hosen und Pantoffel aus Samt.

»Kommen Sie bitte herein. Dieses Mal sind Sie zu früh dran. Es sind noch nicht einmal fünfzehn Minuten vergangen.«

»Sie sind von der Zeit besessen. Es ist nach drei Uhr morgens. Ich sehe lieber nicht auf die Uhr.« Alex machte die Tür hinter sich zu. »Ich hoffe, Sie haben mir etwas Wichtiges zu sagen. Falls nicht, werde ich gleich verdammt wütend.«

Der Schwarze war zum Schreibtisch hinübergegangen. Er nahm ein zusammengefaltetes Stück Papier in die Hand und deutete auf einen Sessel. »Setzen Sie sich bitte. Ich bin ebenfalls müde, aber wir müssen reden.«

Alex ging zu dem Sessel und setzte sich. »Dann legen Sie mal los.«

»Ich glaube, es ist an der Zeit, daß wir eine Vereinbarung treffen. Sie wird meine Arbeit für die Vermessung in keiner Weise beeinträchtigen.«

»Ich bin froh, das zu hören. Ich habe Sie nicht eingestellt, um die Truppe zu unterhalten.«

»Eine kleine Dividende«, sagte Whitehall kühl. »Sprechen Sie nicht so geringschätzig davon. Ich spiele sehr gut.«

»Das weiß ich. Was gibt es sonst noch?«

Der Wissenschaftler tippte auf das Blatt Papier in seiner Hand. »Es wird zuweilen erforderlich sein, daß ich mich vom Team entferne. Nie länger als jeweils ein oder zwei Tage. Natürlich werde ich Ihnen vorher Bescheid geben, und falls es Probleme gibt, werde ich – falls möglich – umdisponieren.«

»Sie werden was?« McAuliff rutschte auf die Sesselkante. »Falls möglich – werden Sie sich nach mir richten? Das ist nett von Ihnen. Ich hoffe, die Vermessung wird Ihnen nicht zu sehr zur Last fallen.«

Whitehall lachte unbeeindruckt. »Aber nein. Es war genau das, wonach ich gesucht habe, und Sie werden mit mir zufrieden sein – obwohl ich mir nicht sicher bin, warum ich mir deshalb Sorgen machen sollte. Sehen Sie, ich kann den offiziellen Grund für diese Vermessung nicht akzeptieren, und ich vermute, daß es noch ein oder zwei andere Teammitglieder gibt, die – falls sie es zugeben würden – meine Zweifel teilen.«

»Unterstellen Sie mir, Sie unter Vorspiegelung falscher Tatsachen eingestellt zu haben?«

»Lassen Sie den Unsinn«, erwiderte der schwarze Wissenschaftler, dessen Augen vor Wut schmal wurden. »Alexander McAuliff, eine höchst vertrauenswürdige Ein-Mann-Firma, die überall in der Welt Vermessungen durchführt – für sehr hohe Honorare –, entdeckt ganz plötzlich seine soziale Ader für die Wissenschaft? Er nimmt sich vier bis sechs Monate Zeit und verzichtet auf lukrative Aufträge, um die Vermessungsarbeiten einer Universität zu leiten?« Whitehall lachte wie ein nervöser Schakal. Rasch ging er zu den Vorhängen vor den Balkontüren und riß eine Seite teilweise auf. Er entriegelte die Glastür und zog sie ein paar Zentimeter nach innen. Der Vorhang bauschte sich in der nächtlichen Brise.

»Sie wissen nicht, was in meinem Vertrag steht«, sagte Alex zurückhaltend.

»Ich weiß, was Universitäten und wissenschaftliche Institute und Kultusministerien zahlen. Das ist nicht Ihre Kragenweite, McAuliff.« Der Jamaikaner kam wieder zum Bett und setzte sich auf den Rand. Er hob das zusammengefaltete Blatt Papier ans Kinn und starrte Alex an.

Der zögerte. Dann sagte er langsam: »Beschreiben Sie damit nicht Ihre eigene Situation? Es gab genug Leute in London, die dachten, Sie würden diesen Job nicht annehmen, weil es ein ziemlicher Einkommensverlust für Sie wäre.«

»Genau. Unsere Situation ist ähnlich. Allerdings aus unterschiedlichen Gründen, da bin ich mir sicher. Meine Gründe führen mich morgen nach Savanna-la-Mar.«

»Ihr Freund aus dem Flugzeug.«

»Ein Langweiler. Nur ein Bote.« Whitehall hielt das zusammengefaltete Stück Papier hoch. »Er hat mir eine Einladung überbracht. Möchten Sie sie lesen?«

»Sie würden mich nicht fragen, wenn sie nicht wichtig wäre.«

»Ich habe keine Ahnung, ob sie wichtig ist oder nicht. Vielleicht können Sie es mir sagen.«

Alex nahm das Stück Papier und faltete es auseinander. Ein Bogen Hotelbriefpapier. Das George V. in Paris. Die Buchstaben waren zur Seite geneigt, in Eile geschrieben, die Worte klebten dicht aneinander.

> Mein lieber Whitehall,
> Verzeihen Sie mir diese hastig geschriebene Nachricht, aber ich habe gerade erfahren, daß wir beide auf dem Weg nach Jamaika sind. Ich für einen dringend benötigten Urlaub, Sie – so habe ich erfahren – aus weitaus lohnenderen Gründen.

Ich würde es als Ehre und Vergnügen betrachten, mich mit Ihnen zu treffen. Unser gemeinsamer Freund wird Ihnen alles weitere sagen. Ich werde in Savanna-la-Mar bleiben, allerdings inkognito. Er wird es Ihnen erklären.
Ich bin der festen Überzeugung, daß ein Treffen zum frühestmöglichen Zeitpunkt für beide Seiten von Vorteil sein wird. Ich bewundere seit langem Ihre früheren (?) Aktivitäten auf der Insel. Ich möchte Sie lediglich darum bitten, unser Treffen und meine Anwesenheit in Jamaika vertraulich zu behandeln. Da ich Ihre Bemühungen so sehr bewundere, weiß ich, daß Sie dies verstehen werden.

Chatellerault

Chatellerault ...?

Der Marquis de Chatellerault.

David Booths ›Arbeitgeber‹. Der Mann hinter dem Drogennetz, das sich über fast ganz Europa und den Mittelmeerraum erstreckte. Der Mann, vor dem Alison solche Angst hatte, daß sie einen gefährlich anmutenden Zylinder mit Gas bei sich trug.

McAuliff wußte, daß Whitehall ihn beobachtete. Er zwang sich dazu, ruhig zu bleiben, keine Bewegung von Augen und Gesicht zu zeigen.

»Wer ist das?« fragte McAuliff mit ausdrucksloser Stimme. »Wer ist dieser Chatel... Chatellerault?«

»Das wissen Sie nicht?«

»Um Gottes willen, Whitehall«, sagte Alex müde und verärgert. »Hören Sie mit Ihren Spielchen auf. Ich habe noch nie von ihm gehört.«

»Ich dachte, Sie kennen ihn vielleicht.« Der Wissenschaftler starrte McAuliff an. »Ich dachte, der Zusammenhang wäre ziemlich offensichtlich.«

»Was für ein Zusammenhang?«

»Mit Ihrer Anwesenheit auf Jamaika. Chatellerault ist – unter anderem – ein Finanzier mit beträchtlichen Mitteln. Das ist doch ein erstaunlicher Zufall, finden Sie nicht auch?«

»Ich weiß nicht, wovon Sie reden.« McAuliff warf noch

einen Blick auf Chatelleraults Nachricht. »Was meint er mit ›früheren Fragezeichen Aktivitäten‹ auf der Insel?«

Whitehall antwortete nicht sofort. Dann sprach er langsam, um seinen Worten Nachdruck zu verleihen. »Vor fünfzehn Jahren habe ich meine Heimat verlassen, weil die politische Gruppe, für die ich gearbeitet habe – mit viel Engagement und im geheimen – in den Untergrund gezwungen wurde. Noch weiter in den Untergrund, sollte ich wohl sagen. Zehn Jahre lang waren wir nicht mehr aktiv, jedenfalls nach außen hin. Nur nach außen hin … Jetzt bin ich wieder da. Kingston weiß von nichts. Daher muß es geheimgehalten werden. Ich bin das Risiko eingegangen und habe diese Geheimhaltung als Vertrauensbeweis gebrochen. Für Sie. Warum sind Sie hier, Mr. McAuliff? Vielleicht verstehe ich dann, weshalb sich ein Mann wie Chatellerault mit mir treffen will.«

Alex stand auf und ging ziellos auf die Balkontüren zu. Er bewegte sich, weil ihm das dabei half, sich zu konzentrieren. Seine Gedanken überschlugen sich. Einige schickten ihm eine Warnung, daß Alison in Gefahr sei, andere – die nicht völlig überzeugt klangen – versuchten, ihn zu beruhigen.

Er ging zu dem Sessel, der vor Whitehalls Bett stand, und legte die Hände auf die Lehne. »In Ordnung. Ich schlage Ihnen ein Geschäft vor. Ich werde Ihnen sagen, warum ich hier bin, wenn Sie mir etwas mehr über diese ›Aktivitäten‹ sagen.«

»Ich werde Ihnen so viel sagen, wie mir möglich ist«, erwiderte Charles, die Augen frei von Falschheit. »Das wird reichen, Sie werden sehen. Alles kann ich Ihnen nicht sagen. Das wäre nicht gut für Sie.«

»Ich bin mir nicht sicher, ob ich diese Bedingung akzeptiere.«

»Bitte. Vertrauen Sie mir.«

Whitehall log nicht, das spürte Alex. »Okay. Ich kenne die Nordküste. Ich habe für Kaisers Bauxithandel gearbeitet. Man hält mich für einen Profi, weil ich einige gute Teams zusammengestellt und einen guten Ruf habe …«

»Ja, ja. Zur Sache, bitte.«

»Als ich die Leitung dieser Vermessung übernahm, hat mir die jamaikanische Regierung das Vorkaufsrecht für 20% aller Flächen zugesichert, die in den nächsten sechs Jahren als Industriegebiet erschlossen werden. Das könnten ein paar Millionen Dollar sein. So einfach ist das.«

Whitehall saß bewegungslos da, die Hände immer noch unter dem Kinn gefaltet – ein eleganter kleiner Junge im Körper eines besorgten Mannes. »Das erklärt einiges«, sagte er schließlich. »In vielen Teilen von Kingston stehen Gebäude zum Verkauf. Das könnte ein Motiv für Chatellerault sein.«

Alex blieb hinter dem Sessel stehen. »Also – das ist der Grund dafür, daß ich hier bin. Warum sind *Sie* hier?«

»Es ist gut, daß Sie mir von dieser Vereinbarung erzählt haben. Ich werde mein Bestes tun, um dafür zu sorgen, daß sie eingehalten wird. Das haben Sie verdient.«

»Was zum Teufel heißt das?«

»Das heißt, daß ich aus politischen Gründen hier bin. Die ausschließlich Jamaika betreffen. Das müssen Sie respektieren – und Sie müssen es geheimhalten. Ich würde alles abstreiten, und Sie würden sich Ihre ausländischen Finger mit jamaikanischen Angelegenheiten schmutzig machen. Letzten Endes werden wir die Macht in Kingston doch übernehmen.«

»O du lieber Himmel! Hoch lebe die Revolution!«

»Eine etwas anders geartete Revolution, Mr. McAuliff. Um es direkt zu sagen – ich bin Faschist. Faschismus ist die einzige Hoffnung für meine Insel.«

10.

McAuliff öffnete die Augen, zog seinen Arm unter der Decke hervor und sah auf seine Armbanduhr. Sie zeigte 10:25 an. Er hatte vorgehabt, spätestens zwischen halb neun und neun aufzustehen.

Er mußte jemanden aufsuchen. Einen Mann mit Arthritis. Einen Mann in einem Fischgeschäft namens Tallon's.

McAuliff sah zu Alison hinüber. Sie lag zusammengerollt neben ihm, das Haar auf dem Laken ausgebreitet, das Gesicht im Kissen vergraben. Sie war großartig gewesen, dachte er. Nein, sie beide waren großartig zusammen gewesen. Sie war ... Wie hatte sie es beschrieben? Am Verdursten. »Ich war am Verdursten und habe einen Brunnen gefunden ...«, hatte sie gesagt. Und so war es auch gewesen.

Großartig. Und voller Wärme und Bedeutung.

Und doch kamen die Gedanken wieder zurück.

Ein Name, der ihm vor vierundzwanzig Stunden noch nichts gesagt hatte, war plötzlich eine unbekannte Macht, mit der man rechnen mußte. Unabhängig voneinander hatten zwei Menschen ihn erwähnt, die vor einer Woche noch Fremde gewesen waren.

Chatellerault. Der Marquis de Chatellerault.

Er war in Savanna-la-Mar, an der Südwestküste von Jamaika.

Charles Whitehall würde sich in Kürze mit ihm treffen, wenn er es inzwischen nicht schon getan hatte. Der schwarze Faschist und der französische Finanzier. Es hörte sich an wie eine Varietenummer.

Bis auf die Tatsache, daß Alison Booth einen todbringenden Zylinder in ihrer Handtasche mit sich trug für den Fall, daß sie Chatellerault einmal begegnen sollte. Oder den Leuten, die für ihn arbeiteten.

Wo war der Zusammenhang? Es mußte einen geben.

McAuliff streckte sich, wobei er sich bemühte, Alison nicht zu wecken. Obwohl er sie wecken und in die Arme nehmen und ihren Körper spüren und mit ihr schlafen wollte.

Es ging nicht. Er hatte zuviel zu tun. Er mußte über zuviel nachdenken.

Er fragte sich, wie seine Anweisungen lauten würden. Wie lange es dauern würde, bis er sie erhielte. Was für ein Mensch sein Kontaktmann mit Arthritis in dem Fischgeschäft namens Tallon's war. Und – nicht weniger von Bedeutung – wo in Gottes Namen Sam Tucker war. Er sollte morgen in Kingston sein. Es sah Sam überhaupt nicht ähnlich, nicht zu kommen, ohne ein Wort zu sagen. Dazu war er zu höflich. Natürlich, manchmal hatte es Augenblicke gegeben …

Wann würde man sie auffordern, in den Norden der Insel zu fliegen und mit der eigentlichen Arbeit für die Vermessung zu beginnen?

Solange er in Alison Booths Bett lag und an die Decke starrte, würde er die Antworten auf seine Fragen nicht bekommen. Doch sein Telefon konnte er nicht benutzen.

Er lächelte, als er an die ›miesen kleinen Käfer‹ in seinem Koffer dachte. Gab es auch miese kleine Männer, die in dunklen Zimmern vor Flüssigkristallskalen hockten und auf Geräusche warteten, die niemals kamen? Der Gedanke daran tröstete ihn irgendwie.

»Ich kann hören, wie du denkst.« Alisons Stimme wurde von dem Kissen gedämpft. »Ist das nicht bemerkenswert?«

»Das ist erschreckend.«

Sie rollte sich zu ihm herum, die Augen geschlossen, lächelte und langte unter der Decke mit der Hand nach ihm. »Du streckst dich *sehr* sinnlich.« Sie fuhr über seinen flachen Bauch, dann über seine Oberschenkel, und da wußte McAuliff, daß die Antworten warten mußten. Er zog sie an sich. Alison öffnete die Augen und schlug die Decke zurück, damit nichts mehr zwischen ihnen war.

Das Taxi setzte ihn an der South Parade von Victoria ab. Der Name paßte zu dieser Straße, hier sah es aus wie im neunzehnten Jahrhundert. Scharen von Menschen drängten sich durch das Tor in den Park und heraus wie eine Herde leuchtend bunter Pfaue, die vorbeistolzierten, leicht mit dem Kopf nickten und nur dann schneller trippelten, wenn sie etwas entdeckt hatten, das sie sich näher ansehen wollten.

McAuliff betrat den Park. Er bemühte sich, wie ein Tourist auszusehen, der einen kleinen Spaziergang machte. Als er auf dem Kiesweg zum Zentrum des Parks ging, spürte er feindselige, fragende Blicke. Ihm fiel auf, daß er keinen anderen Weißen hier gesehen hatte. Das hatte er nicht erwartet. Er hatte das Gefühl, er wäre ein Objekt, das man zwar tolerierte, aber im Auge behielt. Und dem man im Grunde genommen nicht traute.

Er war ein Außenseiter mit einer ungewöhnlichen Hautfarbe, der auf die Spielwiese dieser Menschen vorgedrungen war. Als eine junge Jamaikanerin ihr lächelndes Kind auf die andere Seite des Weges führte, um ihm auszuweichen, mußte er beinahe lachen. Das Kind war offensichtlich von der großen hellen Gestalt fasziniert gewesen. Die Mutter – ruhig und sicher – wußte es besser. Mit Würde.

McAuliff bemerkte das rechteckige weiße Schild mit den braunen Buchstaben: QUEEN STREET, EAST. Der Pfeil deutete nach rechts, auf einen anderen, schmaleren Kiesweg. Er ging darauf zu.

Er dachte an Hammonds Worte: *Machen Sie nicht den Eindruck, als hätten Sie es eilig. Nie, wenn es geht. Vor allem niemals dann, wenn Sie Kontakt aufnehmen. Es gibt nichts Auffälligeres als einen Mann, der durch eine Menschenmenge hetzt. Nur eine Frau fällt noch mehr auf. Oder ein Mann, der alle paar Schritte stehenbleibt, um sich wieder und wieder dieselbe Zigarette anzuzünden, damit er die Menschen um sich herum beobachten kann. Verhalten Sie sich ganz normal, abhängig von Tag, Klima, Umgebung.*

Es war ein warmer Morgen – Mittag. Die jamaikanische Sonne brannte heiß, aber vom Hafen, der nur wenige Hundert Meter entfernt war, kam eine leichte Brise herüber. Ein Tourist würde sich jetzt vielleicht hinsetzen, um die Sonne und die leichte Brise zu genießen. Vielleicht den Hemdkragen aufknöpfen, das Jackett ausziehen. Sich interessiert umsehen, wie Touristen das eben tun.

Zu seiner Linken sah McAuliff eine Bank. Ein Pärchen war gerade aufgestanden, die Bank leer. Er zog das Jackett aus, lockerte die Krawatte, setzte sich, streckte die Beine aus. Er benahm sich so, wie er es für angemessen hielt.

Aber es war nicht angemessen – aus einem ganz einfachen Grund: Er benahm sich zu selbstbewußt, zu entspannt im Park dieser Menschen. Er spürte es sofort, es war unverkennbar. Sein Unbehagen wuchs, als ein alter Mann mit einem Stock vorbeiging und vor ihm stehenblieb. Offenbar hatte er getrunken. Sein Kopf schwankte leicht hin und her, die Beine waren ein wenig unsicher. Aber sein Blick war fest. Alex erkannte leichte Verwunderung und Mißbilligung darin.

McAuliff stand auf und klemmte sich sein Jackett unter den Arm. Er lächelte den alten Mann freundlich an und wollte auf dem Weg weitergehen, als er einen anderen Mann bemerkte, der nur schwer zu übersehen war – er war weiß. Der einzige Weiße im Victoria-Park außer ihm. Zumindest der einzige, den er sehen konnte. Er war noch ziemlich weit weg, ging jenseits des Rasens auf dem Weg, der von Norden nach Süden verlief, etwa einhundertfünfzig Meter von ihm entfernt.

Ein junger Mann mit schlechter Haltung und wirrem, dunklem Haar. Er hatte sich weggedreht. Alex wußte, daß der Mann ihn beobachtet hatte, ihm gefolgt war.

Es war James Ferguson. Der junge Mann, der gestern im Courtleigh Manor die zweitbeste Show des Abends geliefert hatte. Der Betrunkene, der soviel Geistesgegenwart besessen hatte, auf Hindernisse in einem schwach beleuchteten Raum zu achten.

McAuliff nutzte den Augenblick und lief rasch den Weg entlang, dann über den Rasen zum Stamm einer großen Palme. Er befand sich jetzt etwa zweihundert Meter von Ferguson entfernt. Während er hinter dem Baum hervorblickte, hielt er seinen Körper versteckt. Einige Jamaikaner, die auf dem Rasen saßen, starrten ihn an. Er war sicher, daß sie ihm mißbilligende Blicke zuwarfen.

Wie erwartet, war Ferguson beunruhigt, weil er das Objekt, das er observierte, verloren hatte. (Merkwürdig, dachte Alex, wie schnell ihm das Wort ›observieren‹ einfiel. Er hatte es in dem Leben, das er bis vor drei Wochen geführt hatte, kaum öfter als ein dutzendmal benutzt.) Der junge Botaniker lief eilig an den dunkelhäutigen Spaziergängern vorbei. Hammond hatte recht, dachte McAuliff. Ein Mann, der durch eine Menschenmenge hetzte, fiel auf.

Ferguson erreichte die Stelle, wo der Weg zur Queen Street abzweigte, und blieb stehen. Kaum vierzig Meter trennten ihn von Alex. Er zögerte, als könnte er sich nicht entscheiden, ob er zur South Parade zurücklaufen oder weitergehen sollte.

McAuliff preßte sich an den Stamm der Palme. Ferguson begann zu laufen. Offenbar hatte er beschlossen, in dieselbe Richtung weiterzugehen, selbst wenn ihn dies aus dem Park herausbrachte. Das geschäftige Treiben auf der Queen Street East bedeutete Zuflucht. Der Park war unsicher geworden.

Wenn diese Schlußfolgerungen richtig waren – und der nervöse Gesichtsausdruck von Ferguson schien das zu bestätigen –, dann hatte McAuliff noch etwas über diesen sonderbaren jungen Mann gelernt: Das, was er tat, tat er unter Druck und mit wenig Erfahrung. *Achten Sie auf die Kleinigkeiten*, hatte Hammond gesagt. *Sie sind da. Sie werden lernen, sie zu erkennen. Zeichen, die Ihnen sagen, ob Sie es mit starken oder schwächeren Gegnern zu tun haben …*

Ferguson erreichte, offensichtlich erleichtert, das Tor zur East Parade. Dort blieb er stehen und sah sich aufmerksam nach allen Richtungen um. Das unsichere Terrain lag hinter ihm. Der junge Mann blickte auf seine Armbanduhr, während er darauf wartete, daß der uniformierte Polizeibeamte auf der Straße den Verkehr aufhielt, um die Fußgänger hinübergehen zu lassen. Der Pfiff ertönte. Die Autos hielten an, mit manchmal mehr, manchmal weniger quietschenden Reifen, und Ferguson ging auf der Queen Street weiter. Alex hielt sich so gut es ging in der Menge verborgen und folgte ihm. Der junge Mann schien jetzt ruhiger zu sein. Es lag keine Aggressivität mehr in seinem Gang, seinen umherschweifenden Blicken. Jetzt, da er den Feind verloren hatte, schien er mehr um Erklärungen besorgt zu sein als darum, Alex wiederzufinden.

McAuliff beschloß, ihn zur Rede zu stellen. Er konnte dem jungen Ferguson die Fragen, auf die er Antworten haben wollte, genausogut jetzt stellen. Er rannte auf die Straße, wich den Autos aus und rettete sich mit einem Sprung auf den Bordstein vor einem herannahenden Taxi. Dann kämpfte er sich durch die zahllosen Passanten weiter.

Zwischen der Mark Lane und der Duke Street gab es eine Seitenstraße. Ferguson zögerte, sah sich um und entschied dann offensichtlich, daß es einen Versuch wert war. Abrupt wandte er sich um und ging in die Straße hinein.

McAuliff erkannte die Straße wieder. Eine enge Gasse mit zollfreien Geschäften, dazwischen einige Bars. Sam Tucker und er waren vor einem Jahr hier gewesen, am späten Nachmittag, nach einem Treffen mit Kaiser im Sheraton. Er erinnerte sich, daß von dieser Straße eine diagonal verlaufende kleine Gasse auf die Duke Street führte. Er erinnerte sich, weil Sam gedacht hatte, in dem feuchten, dunklen Gang zwischen den Ziegelmauern gebe es Bars der Einheimischen. Doch dann hatten sie festgestellt, daß er nur für Lieferungen benutzt wurde. Sam hatte sich geärgert. Er mochte einheimische Bars in dunklen Seitenstraßen.

Alex fing an zu rennen. Hammonds Warnung, keine Aufmerksamkeit auf sich zu ziehen, mußte er jetzt ignorieren. Tallon's konnte warten. Der Mann mit der Arthritis konnte warten. Jetzt mußte er James Ferguson erwischen.

Erneut überquerte er die Queen Street, beachtete dabei weder den Tumult auf der Straße, den er verursachte, noch das wütende Pfeifen des verärgerten Polizeibeamten. Rasch rannte er weiter, bis die diagonale Gasse vor ihm lag. Sie schien noch enger zu sein, als er sie in Erinnerung hatte. Er lief hinein, drängte sich an einem halben Dutzend Jamaikaner vorbei, murmelte Entschuldigungen, versuchte, den harten Blicken der Entgegenkommenden auszuweichen – stumme Herausforderungen, erwachsene Kinder, die Beherrscher der Straße spielten. Am Ende der Gasse blieb er stehen. Er drückte sich mit dem Rücken an die Ziegelmauer und sah vorsichtig um die Ecke in die Seitenstraße hinein. Er war im richtigen Moment gekommen.

James Ferguson befand sich – einen suchenden Ausdruck auf dem Gesicht – nur etwa zehn Meter von ihm entfernt. Dann fünf. Dann trat McAuliff aus der Gasse und stellte sich vor ihn.

Das Gesicht des jungen Mannes wurde kalkweiß. Alex bedeutete ihm, zur Seite an die Wand zu treten. In beiden Richtungen gingen Passanten vorbei, einige beschwerten sich.

Fergusons Lächeln war falsch, seine Stimme klang angespannt. »Na, so was! Hallo, Alex – Mr. McAuliff. Gehen Sie einkaufen? Da sind Sie hier genau richtig.«

»*War* ich einkaufen, Jimbo? Das würden Sie wissen, nicht wahr?«

»Ich weiß nicht, was Sie ... Ich würde ...«

»Vielleicht sind Sie immer noch betrunken«, unterbrach Alex ihn. »Sie haben gestern abend eine Menge getrunken.«

»Ich habe wohl einen ganz schönen Idioten aus mir gemacht. Bitte entschuldigen Sie.«

»Sie brauchen sich nicht zu entschuldigen. Sie haben gerade noch mal die Kurve gekriegt. Sie waren sehr überzeugend.«

»Wirklich, Alex, das geht zu weit.« Ferguson wich zurück. Eine Jamaikanerin mit einem Korb auf dem Kopf eilte an ihnen vorbei. »Ich sagte doch, daß es mir leid tut. Ich bin sicher, daß Sie auch ab und zu einmal zu tief ins Glas schauen.«

»Sehr oft. Gestern abend war ich sogar um einiges betrunkener als Sie.«

»Ich weiß nicht, was Sie damit meinen. Und um ehrlich zu sein: Mein Kopf tut viel zu weh, um heute irgendwelche Rätsel zu lösen. Und jetzt zum letztenmal – ich entschuldige mich für gestern.«

»Sie entschuldigen sich für die falschen Sünden, Jimbo. Wir wollen doch mal sehen, ob wir ein paar echte finden. Ich habe nämlich ein paar Fragen.«

Unbeholfen richtete sich Ferguson aus seiner krummen Haltung auf und strich sich das Haar aus der Stirn. »Sie benehmen sich ziemlich eigenartig. Ich muß jetzt ein paar Einkäufe machen.«

Der junge Mann wollte um McAuliff herumgehen, doch Alex packte seinen Arm und drückte ihn gegen die Mauer. »Sparen Sie Ihr Geld. Gehen Sie in London einkaufen.«

»Nein!« Fergusons Körper wurde starr. Die straffe Haut um seine Augen spannte sich noch mehr. »Bitte nicht«, flüsterte er.

»Dann fangen wir mit den Koffern an.« McAuliff ließ den Arm los und hielt Ferguson mit seinem Blick an der Wand fest.

»Ich habe es Ihnen doch gesagt«, jammerte der junge

Mann. »Sie hatten Schwierigkeiten. Ich habe nur versucht zu helfen.«

»Sie können Gift darauf nehmen, daß ich Schwierigkeiten hatte! Aber nicht nur mit dem Zoll. Wo ist mein Gepäck hingekommen? *Unser* Gepäck? Wer hat es genommen?«

»Ich weiß es nicht. Ich schwöre, daß ich es nicht weiß!«

»Wer hat Ihnen befohlen, diese Nachricht zu schreiben?«

»Niemand! Um Himmels willen, Sie sind ja verrückt!«

»Warum haben Sie gestern abend dieses Theater gespielt?«

»Was für ein Theater?«

»Sie waren nicht betrunken – Sie waren stocknüchtern.«

»Herrgott noch mal, ich wünschte, Sie hätten meinen Kater. Also wirklich …«

»Das reicht nicht, Jimbo. Wir versuchen es noch einmal. Wer hat Ihnen befohlen, diese Nachricht zu schreiben?«

»Sie hören mir nicht zu …«

»Ich höre Ihnen zu. Warum verfolgen Sie mich? Wer hat Ihnen befohlen, mir heute morgen nachzugehen?«

»Bei Gott, Sie sind übergeschnappt!«

»Bei Gott, Sie sind gefeuert!«

»Nein! Das können Sie nicht machen! Bitte.« Fergusons Stimme war ein angsterfülltes Flüstern.

»Was haben Sie gesagt?« McAuliff stützte seine rechte Hand über Fergusons zarter Schulter gegen die Mauer. Er beugte sich zu dem sonderbaren jungen Mann hinunter. »Ich möchte, daß Sie das noch einmal sagen. *Was* kann ich nicht machen?«

»Bitte – schicken Sie mich nicht zurück. Ich flehe Sie an.« Ferguson atmete durch den Mund, kleine Speicheltröpfchen hingen an seinen dünnen Lippen. »Nicht jetzt.«

»Sie zurückschicken? Es ist mir völlig egal, wo Sie hingehen! Ich bin nicht Ihr Babysitter, Kleiner.« Alex nahm die Hand von der Wand und zog das Jackett unter seinem linken Arm hervor. »Sie haben Anspruch auf einen Rückflug. Ich werde das Ticket heute nachmittag für Sie ausstellen lassen, außerdem werde ich noch eine Übernachtung im Courtleigh zahlen. Danach sind Sie auf sich gestellt. Gehen Sie, wohin Sie wollen – aber nicht mit mir. Nicht mit dem Vermessungsteam.«

Mit diesen Worten drehte McAuliff sich um und schritt davon. Er betrat die enge Gasse und reihte sich in den Strom der gleichgültigen Passanten ein. Er wußte, daß der fassungslose Ferguson ihm folgen würde. Es dauerte nicht lange, bis er ihn hörte. Die jammernde Stimme zeugte von mühsam beherrschter Hysterie. Alex blieb nicht stehen und blickte sich auch nicht um.

»McAuliff! Mr. McAuliff! Bitte!« Die Stimme des Engländers hob sich merkwürdig dissonant von dem singenden Gemurmel der jamaikanischen Gespräche ab. »Bitte, warten Sie! Entschuldigung, Entschuldigung, bitte. Es tut mir leid, lassen Sie mich bitte vorbei, bitte ...«

»Was soll das, Mann? Ich hab' Sie nicht angerempelt.«

Der verbale Widerstand konnte Ferguson nicht aufhalten, der physische war offenbar etwas wirkungsvoller. Alex ging weiter. Bald hörte und spürte er wieder, wie der junge Mann langsam immer näher kam. Irgendwie fand er die Situation amüsant: Ein Weißer verfolgte einen anderen Weißen in einem düsteren, überfüllten Durchgang, der allem Anschein nach ausschließlich von Einheimischen benutzt wurde. McAuliff war kurz vor dem Ausgang zur Duke Street, als Ferguson ihn am Arm packte.

»Bitte. Wir müssen reden – aber nicht hier.«

»Wo?«

Sie hatten den Bürgersteig erreicht. Vor ihnen am Bordstein stand ein langer Pferdewagen mit Obst und Gemüse. Der Besitzer, der einen Sombrero auf dem Kopf trug, stritt sich neben einer altertümlich aussehenden Waage mit einigen Kunden. Ein paar in Lumpen gehüllte Kinder stahlen Bananen vom hinteren Teil des Gefährts. Fergusons Hand lag noch immer auf McAuliffs Arm.

»Gehen Sie zum Devon House. Das ist eine Touristen...«

»Ich weiß.«

»Dort gibt es ein Restaurant im Freien.«

»Wann?«

»In fünfzehn Minuten.«

Das Taxi fuhr die langgestreckte Auffahrt zum Devon House hinauf, einem georgianischen Monument zum Gedenken an die Epoche der englischen Vorherrschaft und des weißen europäischen Geldes. Vor den makellos sauberen Säulen erstreckte sich eine Parkanlage mit Blumenbeeten, naßgespritzte Kieswege schlängelten sich um einen riesigen Brunnen. Das kleine Restaurant befand sich seitlich davon, die Tische waren hinter hohen Hecken verborgen, die Gäste von der Stirnseite des Hauses aus nicht zu sehen. McAuliff stellte fest, daß es nur sechs Tische gab. Ein sehr kleines Restaurant. Hier war es schwierig, jemanden zu verfolgen, ohne gesehen zu werden. Vielleicht war Ferguson doch nicht so unerfahren, wie es den Anschein hatte.

»Na, so was! Hallo, alter Junge!«

Alex drehte sich um. James Ferguson hatte ihm vom Hauptweg zum Brunnen aus zugerufen. Er trug seine Kamera und die entsprechenden Taschen, Gurte und Belichtungsmesser mit sich.

»Hallo«, sagte McAuliff, während er auf ihn zuging. Er fragte sich, welche Rolle der junge Mann jetzt wohl spielen wollte.

»Ich habe ein paar tolle Aufnahmen gemacht. Dieser Ort hier ist ziemlich geschichtsträchtig.« Ferguson kam auf ihn zu und blieb eine Sekunde lang stehen, um Alex zu fotografieren.

»Das ist doch lächerlich«, zischte McAuliff leise. »Wen zum Teufel versuchen Sie zu täuschen?«

»Ich weiß genau, was ich tue. Bitte machen Sie mit.« Und dann spielte Ferguson wieder Theater. Seine Stimme wurde lauter, er hob die Kamera. »Wußten Sie, daß diese alten Ziegel hier früher einmal der Hof waren? Sie führten bis in den rückwärtigen Teil des Hauses, wo die Soldaten in langen Reihen aus gemauerten Schlafkabinen untergebracht waren.«

»Faszinierend.«

»Es ist schon recht spät«, sagte Ferguson begeistert und laut. »Wie wäre es mit einem Bier? Oder einem Rumpunsch? Vielleicht ein kleines Mittagessen?«

Auf der Terrasse des kleinen Restaurants saßen zwei Paare. Die Strohhüte und mit dicken Bäuchen ausgefüllten T-Shirts der Männer wurden von den straßbesetzten Sonnenbrillen der Frauen ergänzt. Touristen, die von Kingstons Devon House offensichtlich völlig unbeeindruckt blieben. Bald würden sie sich, vermutete McAuliff, gegenseitig erklären, daß sie in die Bar ihres Kreuzfahrtschiffes oder zu zollfreien Geschäften wollten. Sie zeigten keinerlei Interesse an Ferguson oder ihm, und das war alles, was zählte.

Der jamaikanische Rumpunsch wurde von einem gelangweilten Kellner in einer schmutzigen weißen Jacke gebracht, der, wie Alex feststellte, nicht summte und sich auch nicht besonders rhythmisch bewegte. Das Restaurant im Devon House war kein Ort großer Geschäftigkeit. Kingston war nicht Montego Bay.

»Ich werde Ihnen erzählen, was passiert ist«, sagte Ferguson plötzlich. Er war sehr nervös, und wieder klang seine Stimme wie ein hysterisches Flüstern. »Alles, was ich weiß. Ich habe für die Craft-Stiftung gearbeitet, das wissen Sie, oder?«

»Natürlich«, antwortete McAuliff. »Ich habe in Ihren Einstellungsvertrag eine Klausel aufgenommen, nach der Sie sich von Craft fernzuhalten haben. Sie waren einverstanden.«

»Ich hatte keine andere Wahl. Als wir aus dem Flugzeug kamen, sind Sie und Alison zurückgeblieben. Whitehall und die Jensens gingen zur Gepäckausgabe. Ich habe ein paar Infrarot-Aufnahmen vom Flughafen gemacht – ich stand sozusagen in der Mitte, zwischen Ihnen. Dann ging ich in die Ankunftshalle, und der erste, den ich sah, war Craft. Der Sohn, nicht der Alte. Die Söhne leiten jetzt die Stiftung. Ich habe versucht, ihm aus dem Weg zu gehen, natürlich, schließlich hat er mich gefeuert. Aber es gelang mir nicht. Ich war total überrascht – er benahm sich richtig überschwenglich. Entschuldigte sich andauernd, sagte, was ich für eine herausragende Arbeit geleistet hätte und daß er persönlich zum Flughafen gekommen sei, um mich zu begrüßen, nachdem er gehört habe, daß ich zum Vermessungsteam gehöre.« Ferguson trank einen Schluck von seinem Punsch. Seine Blicke huschten suchend im Ziegelhof umher. Er schien einen

Punkt erreicht zu haben, an dem er nicht wußte, wie er weitermachen sollte.

»Fahren Sie fort«, sagte Alex. »Alles, was Sie bis jetzt beschrieben haben, ist ein unerwartetes Begrüßungskomitee.«

»Verstehen Sie bitte, es war alles so merkwürdig – wie Sie sagen: unerwartet. Während Craft sprach, kam ein Mann in Uniform durch das Tor und fragte mich, ob ich Ferguson sei. Ich sagte, ja, und er sagte, Sie würden erst später nachkommen, weil man Sie aufgehalten habe, und Sie ließen mir ausrichten, ich möchte Ihr Gepäck zum Hotel schicken. Ich solle dem Beamten eine Nachricht für British Airways mitgeben, damit sie das Gepäck herausrückten. Natürlich bot Craft seine Hilfe an. Es schien alles so unwichtig, so einleuchtend zu sein, und es passierte alles so schnell. Ich schrieb die Nachricht, und der Mann sagte, er würde sich darum kümmern. Craft gab ihm Trinkgeld. Ziemlich viel, glaube ich.«

»Was für eine Art von Uniform trug er?«

»Ich weiß es nicht. Ich habe nicht darauf geachtet. Uniformen sehen alle gleich aus, wenn man nicht im eigenen Land ist.«

»Und dann?«

»Craft wollte etwas mit mir trinken. Ich sagte, das sei nicht möglich, aber er bestand darauf. Na ja, ich wollte keine Szene machen, und Sie waren sowieso aufgehalten worden. Sie verstehen, warum ich eingewilligt habe, nicht wahr?«

»Und dann?«

»Wir sind in die Bar nach oben gegangen – die Bar, von der aus man auf das Flugfeld sehen kann. Sie heißt ...«

»... Observation.«

»Bitte?«

»Die Bar heißt Observation Lounge. Erzählen Sie weiter.«

»Also, ich machte mir Sorgen. Ich sagte Craft, daß ich mich um meine Koffer und die von Whitehall und den Jensens kümmern müsse. Und Sie waren ja auch noch da. Ich wollte nicht, daß Sie sich wunderten, wo ich blieb – besonders nicht unter diesen Umständen.« Ferguson griff wieder zu seinem Glas.

McAuliff versuchte, sich zu beherrschen. »Kommen Sie endlich zur Sache, Jimbo.«

»Ich hoffe, daß dieser Name nicht für immer an mir hängenbleibt. Es war ein fürchterlicher Abend …«

»Der Nachmittag wird noch viel schlimmer werden, wenn Sie jetzt nicht weitersprechen.«

»Schon gut. Craft sagte, Sie wären mindestens eine Stunde mit dem Zoll beschäftigt, und der Uniformierte würde den anderen sagen, daß ich noch ein paar Aufnahmen machen wolle und später ins Courtleigh nachkäme. Es war merkwürdig. Dann wechselte er abrupt das Thema und sprach über die Stiftung. Er sagte, sie stünden bei den Baracoa-Fasern kurz vor dem Durchbruch, und das liege zum großen Teil an meiner Arbeit. Aus verschiedenen Gründen, die von moralisch bis juristisch reichten, wollten sie, daß ich wieder für sie arbeite. Sie wollten mich prozentual an der Marktentwicklung beteiligen. Wissen Sie, was das bedeuten kann?«

»Wenn es Ihnen darum geht, können Sie noch heute zu Craft zurückgehen.«

»Millionen!« fuhr Ferguson fort. Er hatte Alexanders Worte nicht wahrgenommen. »Millionen – über die Jahre natürlich. Ich habe nie Geld gehabt, war die meiste Zeit über völlig blank. Das Geld für meine Fotoausrüstung mußte ich mir leihen, haben Sie das gewußt?«

»Das hat mich nicht unbedingt interessiert. Jetzt spielt es ja auch keine Rolle mehr. Jetzt sind Sie wieder bei Craft.«

»Nein. Noch nicht. Darum geht es doch. *Nach* der Vermessung. Ich muß bei der Vermessung bleiben – ich muß bei *Ihnen* bleiben.« Ferguson leerte sein Glas und blickte sich suchend nach dem Kellner um.

»Nur dabei bleiben? Ich glaube, Sie haben was ausgelassen.«

»Ja, Sie haben recht.« Der junge Mann zog den Kopf ein und wich McAuliffs Blick aus. »Craft sagte, es sei harmlos, vollkommen harmlos. Sie wollten nur wissen, mit welchen Regierungsbeamten Sie zu tun haben – was eigentlich auf alle zutrifft, mit denen Sie zu tun haben, denn sie gehören fast alle zur Regierung. Ich soll Buch darüber führen. Das ist alles. Einfach ein Tagebuch.« Ferguson sah mit flehendem Blick zu Alex auf. »Jetzt verstehen Sie, nicht wahr? Es ist ganz harmlos.«

McAuliff erwiderte den Blick des jungen Mannes. »Deshalb also sind Sie mir heute morgen gefolgt?«

»Ja. Eigentlich wollte ich es nicht so angehen. Craft hat gemeint, ich könne eine Menge erfahren, wenn ich mich einfach – an Sie dranhänge. Sie frage, ob ich mitkommen kann, wenn Sie geschäftlich unterwegs sind. Er sagte, ich sei ohnehin neugierig und würde eine Menge reden, also würde das nicht weiter auffallen.«

»Zwei Punkte für Craft.«

»Bitte?«

»Oh, nichts. Trotzdem sind Sie mir nachgegangen.«

»Wie gesagt, ich hatte es eigentlich gar nicht vor. Ich habe bei Ihnen im Zimmer angerufen. Mehrmals. Keine Antwort. Dann habe ich Alison angerufen. Ich glaube, sie war verärgert.«

»Was hat sie gesagt?«

»Daß sie glaube, sie hätte gehört, wie Sie Ihr Zimmer vor einigen Minuten verlassen hätten. Ich rannte in die Lobby hinunter. Sie fuhren gerade mit einem Taxi weg. Und dann bin ich Ihnen doch gefolgt, mit einem anderen Taxi.«

McAuliff schob sein Glas zur Seite. »Warum sind Sie im Victoria-Park nicht zu mir gekommen? Ich habe Sie gesehen, aber Sie haben sich umgedreht.«

»Ich war verwirrt, und ich hatte Angst. Ich meine, statt Sie zu fragen, ob ich mitkommen kann, verfolge ich Sie.«

»Warum haben Sie gestern abend so getan, als wären Sie betrunken?«

Ferguson holte tief Luft. Er war nervös. »Als ich vom Flughafen ins Hotel kam, habe ich gefragt, ob Ihr Gepäck schon angekommen ist. Es war noch nicht da. Ich fürchte, ich bin in Panik geraten. Wissen Sie, bevor Craft gegangen ist, hat er mir von Ihren Koffern erzählt ...«

»Von den Wanzen?« unterbrach Alex ihn aufgebracht.

»Den was?« James verstand sofort. »Nein. Nein! Ich schwöre Ihnen, nicht so etwas. O Gott, wie *furchtbar!*« Er machte eine Pause, wirkte nachdenklich. »Aber ja, natürlich, das ergibt einen Sinn ...«

Niemand hätte eine solche Bandbreite von Reaktionen *spielen* können, dachte Alex. Es wäre sinnlos, wenn er jetzt die Beherrschung verlöre. »Was ist mit den Koffern?«

»Was ... Oh, ja, Craft. Als wir unsere Unterhaltung eigentlich schon beendet hatten, sagte er, daß sie Ihr Gepäck überprüfen würden – *überprüfen*, das war alles. Er schlug vor, daß ich, falls jemand danach fragen sollte, sagen könne, ich hätte die Idee mit der Nachricht gehabt, weil Sie Probleme hätten. Aber ich sollte mir keine Sorgen machen, das Gepäck würde ins Hotel gebracht werden. Aber dann – verstehen Sie, es war nicht da.«

McAuliff verstand nicht. Er seufzte genervt. »Deshalb haben Sie so getan, als wären Sie betrunken?«

»Ja. Mir wurde klar, daß Sie das mit der Nachricht erfahren würden. Sie würden mich danach fragen und fürchterlich wütend werden, falls das Gepäck nicht auftauchen würde. Mir die Schuld daran geben ... Na ja, es ist unfair, jemanden hart ranzunehmen, der angesäuselt ist und nur versucht hat zu helfen. Ist es, wirklich.«

»Sie haben eine blühende Fantasie, Jimbo. Ich würde sie sogar als ziemlich verdreht bezeichnen.«

»Vielleicht. Aber Sie *sind* nicht wütend geworden, oder? Und jetzt sitzen wir hier, und es hat sich nichts geändert. Das ist die Ironie bei der ganzen Geschichte – es hat sich nichts geändert.«

»Es hat sich nichts geändert? Was meinen Sie damit?«

Ferguson lächelte nervös. »Na ja – ich bin bei Ihnen.«

»Ich finde, es hat sich etwas sehr Grundlegendes geändert. Sie haben mir von Craft erzählt.«

»Ja. Ich wollte es Ihnen sowieso erzählen, schon heute morgen. Craft wird es nicht erfahren; er hat keine Möglichkeit, es herauszufinden. Ich komme einfach mit Ihnen mit. Ich gebe Ihnen einen Teil von dem Geld, das ich kriege, das verspreche ich Ihnen. Wenn Sie wollen, machen wir einen Vertrag. Ich habe nie Geld gehabt. Es ist einfach eine fantastische Gelegenheit. Das verstehen Sie doch, nicht wahr?«

11.

McAuliff ließ Ferguson im Devon House und nahm ein Taxi in den alten Teil von Kingston. Es war ihm egal, ob er verfolgt wurde. Er mußte seine Gedanken ordnen, seine Beobachter waren ihm gleichgültig. Er hatte kein bestimmtes Ziel.

Er hatte sich einverstanden erklärt, mit Ferguson zusammenzuarbeiten – unter einer Bedingung. Ihre Zusammenarbeit durfte keine Einbahnstraße sein. Der Botaniker konnte Buch führen – für das er gezielt mit Namen versorgt werden würde –, und McAuliff würde darüber informiert werden, was dieser Craft alles wissen wollte.

Er sah zu den Straßenschildern hoch. Er war an der Ecke Tower und Matthew, zwei Straßen vom Hafen entfernt. In der Mitte des Bürgersteigs stand ein Pfeiler, an dem ein Münztelefon hing. Er hoffte, daß es funktionierte. Er hatte Glück.

»Ist Mr. Sam Tucker schon angekommen?« fragte er den Hotelangestellten am anderen Ende der Leitung.

»Nein, Mr. McAuliff. Wir sind vor einigen Minuten die Zimmerreservierungen durchgegangen. Die Zimmer müssen bis drei Uhr bezogen sein.«

»Geben Sie das Zimmer nicht weg. Es ist bezahlt.«

»Ich fürchte, das ist es nicht, Sir. Nach unseren Informationen sind Sie dafür zuständig. Wir werden sehen, wie wir Ihnen helfen können.«

»Sehr freundlich von Ihnen. Geben Sie das Zimmer trotzdem nicht weg. Ist eine Nachricht für mich hinterlassen worden?«

»Einen Moment, Sir. Ich glaube ja.«

Die nachfolgende Stille gab Alex Gelegenheit, sich Gedanken über Sam zu machen. Wo zum Teufel blieb er nur? Aber er war wegen Tuckers Verschwinden nicht so beunruhigt wie Robert Hanley. Zu Sams kleinen Eigenheiten gehörten plötzliche Streifzüge, spontane Reisen durch das Land, in dem er sich gerade aufhielt. In Australien hatte Tucker einmal sechs Wochen bei einer Gruppe von Aborigines im Outback gewohnt. Jeden Tag war er vierzig Kilometer mit einem

Land Rover zur Vermessung auf dem Kimberley Plateau gefahren. Der alte Tuck suchte nach dem Ungewöhnlichen, das immer mit den Sitten und Gebräuchen seines jeweiligen Gastlandes zu tun hatte. Doch jetzt war er überfällig.

»Entschuldigen Sie bitte die Verzögerung«, sagte der Jamaikaner. Sein munterer Ton ließ an der Aufrichtigkeit seiner Worte zweifeln. »Es sind mehrere Nachrichten für Sie hinterlassen worden. Ich habe sie in der Reihenfolge ihres Eingangs geordnet.«

»Danke. Welche sind am ...«

»Sie sind alle dringend, Sir«, unterbrach ihn der Hotelangestellte. »Um 11 Uhr 15 kam die erste, vom Kultusministerium. Setzen Sie sich bitte so schnell wie möglich mit Mr. Latham in Verbindung. Die nächste von 11 Uhr 20 ist von einem Mr. Piersall im Sheraton, Zimmer 51. Um 12 Uhr 06 rief ein Mr. Hanley aus Montego Bay an. Er hat gesagt, es sei sehr wichtig, daß Sie ihn anrufen. Die Telefonnummer ist ...«

»Moment«, sagte Alex. Er holte einen Stift und sein Notizbuch aus der Tasche und schrieb sich die Namen ›Latham‹, ›Piersall‹ und ›Hanley‹ auf. »Fahren Sie fort.«

»... eine Nummer in Montego, 8227. Bis 17 Uhr. Mr. Hanley sagte, daß Sie ihn nach 18 Uhr 30 in Port Antonio erreichen.«

»Hat er diese Nummer auch hinterlassen?«

»Nein, Sir. Dann hat Mrs. Booth um 13 Uhr 35 die Nachricht hinterlassen, daß sie um halb drei wieder auf ihrem Zimmer sei. Sie bat darum, Sie durchzustellen, falls Sie von außerhalb anriefen. Das ist alles, Mr. McAuliff.«

»In Ordnung, danke. Lassen Sie mich das noch einmal kurz rekapitulieren.« Alex wiederholte die Namen und das Wesentliche der einzelnen Nachrichten und fragte dann nach der Telefonnummer des Sheraton. Er hatte keine Ahnung, wer Mr. Piersall war. In Gedanken ging er die zwölf Namen der Kontaktpersonen durch, die Hammond ihm genannt hatte. Keiner von ihnen hieß Piersall.

»Kann ich sonst noch etwas für Sie tun, Sir?«

»Ja. Stellen Sie mich jetzt bitte zu Mrs. Booth durch.«

Alisons Telefon klingelte mehrere Male, bevor sie den Hörer abnahm. »Ich war gerade unter der Dusche«, antwortete sie außer Atem. »Ich wünschte, du wärst jetzt hier.«

»Hast du ein Handtuch um?«

»Ja. Ich hatte es an die Klinke der Badtüre gehängt und die Tür offen gelassen, wenn du es genau wissen willst. Damit ich das Telefon höre.«

»Wenn ich jetzt bei dir wäre, würde ich es wegnehmen. Das Handtuch, nicht das Telefon.«

»Es wäre wahrscheinlich besser, wenn du beides verschwinden ließest.« Alison lachte, und McAuliff konnte ihr niedliches Halblächeln im Dunst der Nachmittagssonne auf der Tower Street sehen.

»Du hast recht, du bist am Verdursten. Deine Nachricht klang dringend. Ist was passiert?« Alex hörte ein Klicken im Telefonhörer; er hatte nicht mehr viel Zeit. Alison hörte es auch.

»Wo bist du? Ich rufe dich zurück«, sagte sie schnell.

Die Nummer war fein säuberlich von der Wählscheibe gekratzt worden. »Keine Ahnung. Wie dringend ist es? Ich muß noch einen Anruf machen.«

»Es kann warten. Aber sprich nicht mit einem Mann namens Piersall, bis wir uns unterhalten haben. Bis später, Liebling.«

McAuliff war versucht, Alison gleich wieder zurückzurufen. Wer war Piersall? Aber es war wichtiger, Hanley in Montego zu erreichen. Er würde ein R-Gespräch anmelden müssen, weil er nicht mehr genug Kleingeld besaß.

Es dauerte fast fünf Minuten, bis Hanleys Telefon klingelte, und dann noch einmal weitere drei, bis Hanley die Telefonistin seines nicht ganz so eleganten Hotels davon überzeugt hatte, daß er die Kosten für den Anruf übernehme.

»Tut mir leid, Robert«, sagte Alex. »Ich telefoniere von einem Münzapparat in Kingston.«

»Schon in Ordnung, Alter. Hast du was von Tucker gehört?« Hanleys hastige Frage klang nervös.

»Nein. Im Hotel ist er noch nicht aufgetaucht. Ich dachte, du wüßtest vielleicht was.«

»Ich weiß wirklich was, und es gefällt mir ganz und gar

nicht. Ich bin vor ein paar Stunden nach Montego Bay zurückgeflogen, und diese verdammten Idioten hier erzählen mir, daß zwei Schwarze Sams Sachen abgeholt und die Rechnung bezahlt haben und dann ohne ein Wort wieder hinausmarschiert sind.

»Geht das denn überhaupt?«

»Das hier ist nicht das Hilton, Junge. Sie hatten Geld, also ging es.«

»Wo bist du eigentlich?«

»Verdammt, ich habe dasselbe Zimmer für den Nachmittag genommen. Falls Sam Kontakt aufnehmen will, wird er hier anfangen. Dachte ich jedenfalls. In der Zwischenzeit fragen ein paar Freunde von mir ein bißchen in der Stadt herum. Du willst die Polizei immer noch nicht einschalten?«

McAuliff zögerte. Er hatte Hammond zugesichert, daß er nicht zur jamaikanischen Polizei gehen würde, gleichgültig, welche Gründe er hatte, bevor er die Sache nicht mit einem Kontaktmann besprochen und die Erlaubnis dazu erhalten hatte. »Noch nicht, Bob.«

»Wir sprechen von einem alten Freund!«

»Er ist noch nicht überfällig, Robert. Ich kann ihn nicht als vermißt melden. Und da ich unseren alten Freund kenne, möchte ich ihn auch nicht in Verlegenheit bringen.«

»Ich würde an deiner Stelle Alarm schlagen, immerhin haben zwei Fremde seine Sachen abgeholt!« Hanley war wütend, und McAuliff konnte es ihm nicht verdenken.

»Wir wissen doch gar nicht, ob das Fremde waren. Du kennst Tuck. Er heuert Leute an, als wäre er am Hof von Erik dem Roten. Ganz besonders dann, wenn er Geld hat, mit dem er um sich werfen kann. Bob, weißt du noch – Kimberley.« Er meinte es nicht als Frage. »Du lieber Himmel, Sam hat das Gehalt von zwei Monaten verpulvert, um eine landwirtschaftliche Kommune aufzubauen.«

Hanley lachte. »Ja, Alter, das weiß ich noch. Er wollte diese haarigen Bastarde ins Weingeschäft bringen. Er ist ein Ein-Mann-Friedenskorps mit einem unruhigen Schwanz ... In Ordnung, Alex, wir warten bis morgen. Ich muß nach Port Antonio zurück. Morgen früh melde ich mich bei dir.«

»Wenn er bis dahin nicht aufgetaucht ist, werde ich die Polizei verständigen, und du kannst dein Untergrundnetz aktivieren – ich bin sicher, daß du inzwischen eines aufgebaut hast.«

»Da hast du verdammt recht. Wir alten Globetrotter müssen doch für unseren Schutz sorgen. Und zusammenhalten.«

Die grelle Sonne auf der heißen, schmutzigen Straße und das stinkende Mundstück des Telefonhörers brachten McAuliff zu dem Entschluß, ins Courtleigh Manor zurückzukehren.

Später, vielleicht am frühen Abend, würde er nach dem Fischgeschäft namens Tallon's und seinem arthritischen Kontakt suchen.

Er ging die Matthew Lane Richtung Norden und fand in der Barry Street ein Taxi. Es war eine zerbeulte Limousine undefinierbaren Typs, die ganz gewiß nicht aus diesem Jahrzehnt stammte, wahrscheinlich auch nicht aus dem letzten. Als er sich hineinsetzte, stieg ihm der Geruch von Vanille in die Nase. Vanille und Pimentöl, der Duft von Jamaika – wundervoll am Abend, erdrückend während des Tages in der brütenden Hitze des Äquators.

Während das Taxi das alte Kingston, den Hafenteil der Stadt, verließ, in dem von Menschen verursachter Zerfall und eine üppige, tropische Flora darum kämpften, nebeneinander bestehen zu können, starrte Alex mit einem beklemmenden Gefühl der Verwunderung auf die modernen Gebäude des neuen Kingstons, die plötzlich vor ihm aufragten. Diese kühlen, glatten Gebilde aus Beton und getöntem Glas wirkten im Vergleich zu den nahen, langen Reihen der verdreckten, winzigen Wellblechhütten fast obszön. Die Slums waren die Heimat ausgemergelter Kinder, die träge und ohne Energie mit abgemagerten Hunden spielten, und schwangerer, alt aussehender junger Frauen, die Lumpen auf aus dem Hafenbecken gezogene Seile hängten mit der trostlosen, verhaßten Aussicht, wieder einen Tag hinter sich bringen zu müssen. Die modernen, glatten, sauber geputzten Obszönitäten befanden sich weniger als zweihundert Meter von noch schrecklicheren menschlichen Behausungen entfernt – verrotteten, mit Ratten verseuchten Lastkähnen, auf denen jene Menschen hausten, die ihre Würde schon fast verloren hatten. Zweihundert Meter.

Plötzlich begriff McAuliff, wer in diesen Gebäuden residierte – Banken. Drei, vier, fünf, sechs Banken. Nebeneinander, gegenüber, alle in Wurfweite eines Bankschließfachs.

Banken.

Sauberes, glattes, getöntes Glas.

Zweihundert Meter.

Acht Minuten später fuhr die eigenartige, uralte Limousine die von Palmen gesäumte Auffahrt des Courtleigh Manor hinauf. Zehn Meter hinter dem Tor hielt der Fahrer den Wagen plötzlich mit einem Ruck an. Alex, der sich vorgebeugt und gerade seine Brieftasche herausgezogen hatte, stützte sich auf dem Vordersitz ab, während sich der Fahrer schnell entschuldigte. Dann sah Alex, daß der Jamaikaner eine gefährlich aussehende, fast einen Meter lange Machete aus dem abgenutzten Sitzbezug neben sich zog und sie unter seinen Sitz legte. Der Fahrer grinste.

»Für den Fall, daß jemand in die alte Stadt will, Mann. Die Barackenstadt. Dort habe ich immer ein langes Messer bei mir.«

»Ist das notwendig?«

»O Mann! Sicher. Schlechte Leute dort. Schmutzige Leute. Das ist nicht Kingston, Mann. Wir sollten all diese schmutzigen Leute erschießen. Gar nicht gut, Mann. Wir sollten sie in Boote setzen und nach Afrika zurückschicken. Die Boote versenken, Mann.«

»Auch eine Lösung.« Der Wagen hielt vor dem Hoteleingang, und McAuliff stieg aus. Der Fahrer lächelte unterwürfig und verlangte einen überhöhten Fahrpreis. Alex zählte den genannten Betrag ab. »Ich bin sicher, daß Sie das Trinkgeld bereits dazugezählt haben«, sagte er, während er die Scheine durch das Fenster warf.

An der Rezeption holte er sich seine Nachrichten. Eine weitere war hinzugekommen. Mr. Latham vom Kultusministerium hatte erneut angerufen.

Alison war auf dem kleinen Balkon und genoß die Nachmittagssonne im Badeanzug. McAuliff ging durch die Verbindungstür in ihr Zimmer.

Sie streckte den Arm aus. Er nahm ihre Hand.

»Weißt du eigentlich, was für eine attraktive Frau du bist, attraktive Frau?«

»Danke, attraktiver Mann.«

Behutsam ließ er ihre Hand wieder los. »Erzähl mir von Piersall«, sagte er.

»Er ist im Sheraton.«

»Ich weiß. Zimmer 51.«

»Du hast mit ihm gesprochen.« Alison war offensichtlich beunruhigt.

»Nein. Das stand in der Nachricht. Ich soll Zimmer 51 anrufen. Es sei sehr dringend.«

»Vielleicht ist er jetzt da. Als du angerufen hast, war er nicht dort.«

»Tatsächlich? Ich habe die Nachricht kurz bevor ich mit dir gesprochen habe bekommen.«

»Dann muß er sie unten an der Rezeption hinterlassen haben. Oder ein Telefon in der Lobby benutzt haben. Innerhalb von wenigen Minuten.«

»Warum?«

»Weil er hier war. Ich habe mit ihm gesprochen.«

»Erzähl.«

Alison berichtete.

Sie hatte eben ihre Notizen geordnet, die sie für die Nordküste vorbereitet hatte, und duschen wollen, als sie an Alexanders Zimmertür ein knappes Klopfen gehört hatte. Da sie dachte, es sei jemand von ihrer Gruppe, öffnete sie die Tür ihres Zimmers und sah in den Korridor hinaus. Der große dünne Mann im weißen Tropenanzug, der vor Alex' Zimmer stand, zuckte überrascht zusammen, als er sie sah. Es war für beide ein peinlicher Moment. Dann erklärte Alison, sie habe das Klopfen gehört und wisse, daß Mr. McAuliff nicht da sei. Ob er eine Nachricht hinterlassen wolle?

»Er schien sehr nervös zu sein. Er stammelte etwas und sagte dann, daß er seit elf Uhr versuche, dich zu erreichen. Er fragte, ob er mir vertrauen könne. Ich dürfe es nur dir ausrichten. Er war wirklich furchtbar aufgeregt. Ich wollte ihn in mein Zimmer bitten, aber er sagte, nein, er habe es eilig. Dann platzte er damit heraus. Er wisse etwas über einen Mann namens Sam Tucker. Ist das nicht der Amerikaner, mit dem wir uns hier treffen wollten?«

Alex versuchte gar nicht erst, seine Unruhe zu verbergen. Er setzte sich mit einem Ruck auf und erhob sich. »Was ist mit Tucker?«

»Das hat er nicht gesagt. Nur, daß er eine Nachricht von ihm oder über ihn hat. Er hat sich etwas unklar ausgedrückt.«

»Warum hast du mir das nicht am Telefon gesagt?«

»Weil er mich darum gebeten hat. Er sagte, ich solle es dir nur persönlich sagen, nicht am Telefon. Er hat angedeutet, daß du verärgert sein könntest, aber daß du dich trotzdem mit ihm in Verbindung setzen sollst, bevor du dich an jemand anderen wendest. Dann ist er gegangen ... Alex, wovon zum Teufel hat er gesprochen?«

McAuliff antwortete nicht; er war auf dem Weg zu ihrem Telefon. Er griff nach dem Hörer, warf einen Blick auf die Verbindungstür und legte schnell wieder auf. Nachdem er die offene Tür geschlossen hatte, ging er zum Telefon zurück. Er nannte die Nummer des Sheratons und wartete.

»Mr. Piersall bitte, Zimmer 51.«

Die anschließende Stille erschien ihm beinahe unerträglich. Dann hörte er den beruhigenden Klang einer gedämpften englischen Stimme, die zuerst nach dem Namen des Anrufers fragte und dann wissen wollte, ob der Anrufer ein Freund oder vielleicht ein Verwandter von Dr. Piersall sei. Als sie Alexanders Antworten hörte, sprach die salbungsvolle Stimme weiter. Was sie sagte, ließ Alex an eine kalte Nacht auf einer Straße in Soho vor dem Owl of Saint George denken und an ein aufflackerndes Neonlicht, das ihm das Leben gerettet und den Mann, der ihn hatte umbringen sollen, zum Tode verurteilt hatte.

Dr. Walter Piersall habe einen furchtbaren, tragischen Unfall gehabt. Er sei auf einer Straße in Kingston von einem heranrasenden Auto überfahren worden – er sei tot.

12.

Walter Piersall, Amerikaner, Dr. phil., Anthropologe, Karibikforscher, Autor einer präzisen Studie über Jamaikas erste bekannte Bewohner, die Arawak-Indianer. Besitzer eines Hauses namens High Hill in der Nähe von Carrick Foyle im Bezirk Trelawny.

Das waren in aller Kürze die Informationen, die Mr. Latham vom Kultusministerium geben konnte.

»Eine Tragödie, Mr. McAuliff. Er war ein geachteter Mann, ein Mann mit einem Titel. Jamaika wird ihn sehr vermissen.«

»Ihn vermissen! Wer hat ihn getötet, Mr. Latham?«

»Soweit ich weiß, gibt es nur sehr wenige Anhaltspunkte. Das Auto ist mit hoher Geschwindigkeit davongefahren. Niemand konnte es beschreiben.«

»Es ist am hellen Tag passiert.«

Latham zögerte. »Ich weiß, Mr. McAuliff. Was soll ich dazu sagen? Sie sind Amerikaner; er war Amerikaner. Ich bin Jamaikaner, und diese furchtbare Geschichte ist auf einer Straße in Kingston passiert. Ich bin zutiefst erschüttert, aus verschiedenen Gründen. Aber ich kannte diesen Mann nicht.«

Lathams Aufrichtigkeit war sogar über das Telefon zu spüren. Alex sprach leiser. »Sie sagten ›diese furchtbare Geschichte‹. Wollen Sie damit sagen, daß außer dem Unfall noch etwas passiert ist?«

»Nein. Kein Überfall, kein Diebstahl. Es war ein Unfall. Zweifellos durch Rum und Langeweile verursacht. Von beidem gibt es in Kingston zuviel, Mr. McAuliff. Die Fahrer des Wagens, vielleicht sogar Kinder, die dieses Verbrechen begangen haben, sind jetzt sicher schon in den Bergen. Wenn die Wirkung des Rums nachläßt, werden sie Angst bekommen und sich verstecken. Die Polizei von Kingston kann sehr unfreundlich sein.«

»Ich verstehe.« McAuliff war versucht, Sams Namen zu erwähnen, aber dann tat er es doch nicht. Er hatte Latham lediglich erklärt, daß Piersall eine Nachricht für ihn hinterlassen habe. Mehr würde er ihm zum jetzigen Zeitpunkt nicht sagen. »Wenn es irgend etwas gibt, das ich tun kann …«

»Piersall war Witwer. Er lebte allein in Carrick Foyle. Die Polizei sagte, sie würde sich mit einem Bruder in Cambridge, Massachusetts, in Verbindung setzen. Wissen Sie, warum er Sie angerufen hat?«

»Ich habe keine Ahnung.«

»Ein großer Teil der Vermessung wird in Trelawny stattfinden. Vielleicht hat er davon gehört und wollte Sie zu sich einladen.«

»Vielleicht. Mr. Latham, ist es denn anzunehmen, daß er von der Vermessung gewußt hat?« Alex hörte Lathams Antwort konzentriert zu. Wieder Hammond: *Achten Sie auf die Kleinigkeiten.*

»Anzunehmen? Mr. McAuliff, was ist in Jamaika schon anzunehmen? Es ist ein schlecht gehütetes Geheimnis, daß das Ministerium – mit großzügiger Unterstützung unseres ehemaligen Mutterlandes – eine längst fällige wissenschaftliche Untersuchung durchführt. Ein schlecht gehütetes Geheimnis ist eigentlich kein Geheimnis mehr. Vielleicht können wir nicht unbedingt davon ausgehen, daß Dr. Piersall davon gewußt hat, aber es ist auf alle Fälle möglich.«

Kein Zögern, keine hastigen Antworten, keine einstudierten Worte.

»Dann nehme ich an, er hat mich deswegen angerufen. Es tut mir leid.«

»Ich bin zutiefst bekümmert.« Wieder machte Latham eine Pause. Es war keine Effekthascherei. »Obgleich es vielleicht unangebracht erscheint, Mr. McAuliff, würde ich jetzt gern einige geschäftliche Angelegenheiten mit Ihnen besprechen.«

»Natürlich. Bitte.«

»Alle Genehmigungen für die Vermessung sind heute am späten Morgen eingetroffen – innerhalb von weniger als vierundzwanzig Stunden. In der Regel dauert das fast eine Woche …«

Die schnelle Bearbeitung war tatsächlich ungewöhnlich, aber Alex hatte sich inzwischen daran gewöhnt, von Dunstone Limited das Ungewöhnliche zu erwarten. Die Barrieren, die einem sonst im Weg standen, wurden mit ungewöhnlicher Leichtigkeit beiseite geräumt. Überall beschleunigten unsichtbare Helfer die Vorgänge und waren Julian Warfield zu Diensten.

Latham sagte, das Ministerium habe mehr Schwierigkeiten erwartet, nicht weniger, da das Vermessungsteam ins Cock-Pit-Gebiet reise, ein riesiges, unbewohntes Gebiet. Genaugenommen: ein Dschungel. Die Expedition benötigte Begleiter, Führer, die sich in der tückischen Umgebung auskannten. Außerdem hatte man Vereinbarungen mit den offiziellen Nachfahren des Volkes der Maroon treffen müssen, die aufgrund eines Vertrages von 1739 den größten Teil dieses Gebietes besaßen. Die Maroon, ein hochmütiges, kriegerisches Volk, waren als Sklaven auf die Insel gebracht worden und kannten den Dschungel besser als ihre weißen Herren. Der englische König, George I., hatte ihnen die Freiheit angeboten, zusammen mit einem Vertrag, der ihnen das Gebiet um Cock Pit für immer zusicherte. Dieser Weg war klüger als ein jahrzehntelanges Blutvergießen. Außerdem vertrat man sowieso die Meinung, daß dieser Teil der Insel für eine Besiedlung durch Kolonisten ungeeignet war.

Über 235 Jahre lang war dieser Vertrag zwar oft mit spöttischen Bemerkungen bedacht, aber niemals verletzt worden, sagte Latham. Immer noch beantragte Kingston vom ›Colonel der Maroon‹ eine formelle Erlaubnis für alle, die dieses Gebiet zu betreten wünschten. Das Ministerium bildete da keine Ausnahme.

Doch das Ministerium war, dachte McAuliff, in Wirklichkeit Dunstone Limited. Also erhielt man die Erlaubnis und sämtliche Genehmigungen in kürzester Zeit.

»Ihre Ausrüstung wird mit dem Flugzeug nach Boscobel gebracht«, erläuterte Latham, »und von dort aus mit Lastwagen zum Ausgangspunkt der Vermessung.«

»Dann werde ich morgen nachmittag oder spätestens übermorgen vormittag abreisen. Die Leute, die wir noch brauchen, stelle ich von Ocho Rios aus ein, die anderen können nachkommen, wenn ich fertig bin. Das dürfte nicht mehr als einige Tage in Anspruch nehmen.«

»Ihre Führer – wir nennen sie ›Läufer‹ – werden in zwei Wochen zur Verfügung stehen. Bis dahin brauchen Sie sie nicht, oder? Ich nehme an, Sie werden zunächst an der Küste arbeiten.«

»Zwei Wochen ist in Ordnung. Ich hätte gern mehrere Läufer zur Auswahl.«

»Es gibt nicht mehr viele Läufer, Mr. McAuliff. Dieser Beruf spricht die jungen Leute kaum noch an. Es werden immer weniger. Aber ich sehe, was ich erreichen kann.«

»Ich danke Ihnen. Kann ich die genehmigten Karten morgen früh haben?«

»Sie werden spätestens um zehn Uhr bei Ihnen im Hotel sein. Auf Wiederhören, Mr. McAuliff. Und noch einmal mein aufrichtiges Beileid zum Tod von Dr. Piersall.«

»Ich kannte ihn ebenfalls nicht, Mr. Latham«, sagte Alex. »Auf Wiederhören.« Er kannte Piersall nicht, doch den Namen ›Carrick Foyle‹ – das Dorf, in dem Piersall gelebt hatte – hatte er schon einmal gehört. In welchem Zusammenhang, fiel ihm nicht ein. Er wußte nur, daß ihm der Name bekannt vorkam.

Alex legte auf und sah zu Alison auf den kleinen Balkon hinaus. Sie hatte ihn beobachtet, ihm zugehört, und konnte ihre Angst nicht verbergen. Ein dünner, nervöser Mann in einem weißen Tropenanzug hatte ihr vor weniger als zwei Stunden gesagt, er habe vertrauliche Informationen – und jetzt war er tot.

Die späte Nachmittagssonne leuchtete orangefarben, die Schatten zogen sich als schwarze Balken über den winzigen Balkon. Hinter ihr wehten die fast dunkelgrünen Blätter der hohen Palmen, und dahinter erhob sich das eindrucksvolle Bergmassiv. Alison Booth sah aus, als säße sie mitten in einem Gemälde aus changierenden, tropischen Farben. Als wäre sie eine Zielscheibe.

»Er sagt, es sei ein Unfall gewesen.« Langsam ging Alex auf die Balkontüren zu. »Alle sind bestürzt. Piersall war auf der Insel sehr beliebt. Offensichtlich gibt es in Kingston eine Menge Unfälle mit Fahrerflucht.«

»Aber du hast ihm nicht einen Moment geglaubt.«

»Das habe ich nicht gesagt.« Alex zündete sich eine Zigarette an, um Alison nicht ansehen zu müssen.

»Das mußt du auch nicht. Warum hast du deinen Freund Tucker nicht erwähnt?«

»Gesunder Menschenverstand. Ich will mit der Polizei sprechen, nicht mit einem Abteilungsleiter des Ministeriums. Alles, was er tun kann, ist reden und Verwirrung stiften.«

»Dann laß uns jetzt zur Polizei gehen.« Alison schwang die Beine über den Rand des Liegestuhls. »Ich werde mich anziehen.«

»Nein!« In dem Moment, da er das Wort ausgesprochen hatte, wurde McAuliff klar, daß er zu heftig reagiert hatte. »Ich meine: *Ich* werde gehen. Ich will dich nicht in diese Sache hineinziehen.«

»Ich habe mit diesem Mann gesprochen, nicht du.«

»Ich werde der Polizei erzählen, was du mir gesagt hast.«

»Das würden sie nicht akzeptieren. Warum sollen sie es aus zweiter Hand erfahren?«

»Weil ich das so will.« Alex drehte sich um und tat so, als suchte er einen Aschenbecher. Er war nicht sehr überzeugend, und das wußte er auch. »Alison, hör mir zu.« Er drehte sich wieder um. »Unsere Genehmigungen sind da. Morgen fahre ich nach Ocho Rios, um Fahrer und Träger einzustellen. Ihr anderen kommt in ein paar Tagen nach. Während ich weg bin, möchte ich nicht, daß du – oder ein anderes Mitglied des Teams – etwas mit der Polizei oder sonst jemandem zu tun bekommst. Wir sind hier, um eine Vermessung durchzuführen. Dafür bin ich verantwortlich. Und für dich bin ich auch verantwortlich. Ich kann keine Verzögerungen gebrauchen.«

Sie kam die Stufe der Terrasse herunter, trat aus dem farbenfrohen Rahmen heraus und stellte sich vor ihn hin. »Du bist ein erbärmlicher Lügner, Alex. Mit ›erbärmlich‹ meine ich ›schlecht‹.«

»Ich gehe jetzt zur Polizei. Anschließend werde ich – falls es noch nicht zu spät ist – vielleicht im Ministerium vorbeischauen und Latham besuchen. Ich war ein bißchen grob zu ihm.«

»Für mich klang es, als hättet ihr euch sehr freundlich voneinander verabschiedet.«

Alison entdeckt Hammonds ›Kleinigkeiten‹, dachte McAuliff. Sie war besser als er. »Du hast nur mich gehört, nicht ihn ... Wenn ich bis sieben nicht zurück bin, warum rufst du dann nicht die Jensens an und gehst mit ihnen essen? Ich werde mich euch anschließen, sobald ich kann.«

»Die Jensens sind nicht hier.«

»Wie bitte?«

»Nicht aufregen. Ich wollte mit ihnen zu Mittag essen. Sie haben an der Rezeption eine Nachricht hinterlassen, daß sie einen Ausflug machen, weil heute ihr freier Tag ist. Port Royal, Spanish Town, Old Harbour. Der Hoteldirektor hat eine Tour für sie zusammengestellt.

»Ich hoffe, es macht ihnen Spaß.«

Seiner Verfolger wegen erzählte McAuliff dem Fahrer, er habe ungefähr eine halbe Stunde Zeit, die er mit einer Stadtrundfahrt totschlagen wolle, bevor er in der Duke Street zum Cocktail erwartet werde. Die genaue Adresse sei ihm nicht bekannt, aber er werde das Restaurant schon finden. Er überlasse es dem Fahrer, was er ihm in dieser Zeit bieten wolle.

Der Fahrer protestierte – dreißig Minuten seien kaum genug Zeit, um im Nachmittagsverkehr vom Courtleigh aus in die Duke Street zu kommen. McAuliff zuckte mit den Schultern und erwiderte, daß es ihm nicht auf die Minute ankomme.

Genau das wollte der Fahrer hören. Er fuhr die Trafalgar Street entlang, dann auf der Lady Musgrave nach Süden und in die Old Hope Road. Er rühmte die kommerziellen Tugenden des neuen Kingston, dessen Entwicklung er mit olympischen Bestleistungen verglich. In monotonem Tonfall beschrieb er überschwenglich die ›vielen amerikanischen Millionen‹, die das tropische und menschliche Chaos, aus dem Kingston bestehe, in das Finanzzentrum der Karibik verwandeln würden. McAuliff verstand, daß die Millionen auch aus Deutschland oder England oder Frankreich kommen konnten – je nachdem, welchen Akzent der Fahrgast hatte.

Es spielte keine Rolle. Nach wenigen Minuten wußte McAuliff, daß der Fahrer wußte, daß er nicht zuhörte. Er starrte durch die Heckscheibe und beobachtete den Verkehr hinter ihnen.

Da sah er den Wagen.

Ein grüner Chevrolet, einige Jahre alt. Zwei oder drei Autos waren zwischen ihnen. Jedesmal, wenn das Taxi abbog oder andere Fahrzeuge überholte, tat der grüne Chevrolet das gleiche.

Auch der Fahrer hatte den Chevrolet gesehen.

»Haben Sie Schwierigkeiten, Mann?«

Es hatte keinen Sinn zu lügen. »Ich weiß es nicht.«

»Ich schon, Mann. Dieser verdammte grüne Chevy fährt uns schon die ganze Zeit nach. Er stand auf dem Parkplatz des Courtleigh Manor. Am Steuer sitzen zwei Schwarze.«

McAuliff sah den Fahrer an. Beim letzten Satz des Jamaikaners fielen ihm Robert Hanleys Worte ein. *Zwei Schwarze haben Sams Sachen abgeholt*. Alex wußte, daß der Zusammenhang weit hergeholt war und die Koinzidenz in einem Land, dessen Bevölkerung zum größten Teil aus Schwarzen bestand, auch Zufall sein konnte, aber zur Zeit war das sein einziger Anhaltspunkt. »Sie können sich zwanzig Dollar verdienen«, sagte er rasch zu dem Fahrer. »Wenn Sie zwei Dinge für mich tun.«

»In Ordnung, Mann.«

»Zuerst lassen Sie den Chevy so dicht herankommen, daß ich sein Kennzeichen lesen kann, und wenn mir das gelungen ist, hängen Sie ihn ab. Glauben Sie, Sie können das?«

»Na, dann passen Sie mal auf, Mann!« Der Jamaikaner riß das Steuer nach rechts. Das Taxi scherte kurz auf die rechte Spur aus, wo es um ein Haar mit einem entgegenkommenden Bus zusammengestoßen wäre, dann schlingerte es wieder nach links, hinter einen Volkswagen. McAuliff kauerte sich auf dem Sitz zusammen, den Kopf gegen die rechte Seitenscheibe gedrückt. Der grüne Chevrolet folgte dem Taxi und war jetzt zwei Autos hinter ihnen.

Plötzlich trat der Taxifahrer wieder auf das Gaspedal, überholte den Volkswagen und raste auf eine Ampel zu, die schon auf Gelb sprang. Auf der Kreuzung riß er den Wagen herum und bog nach links ab. Alex las, was auf dem Straßenschild und dem großen wappenförmigen Schild darunter stand:

TORRINGTON ROAD
EINGANG
GEORGE-VI.-MEMORIAL-PARK

»Jetzt geht's auf die Rennstrecke, Mann!« rief der Fahrer. »Die Mistkerle in dem grünen Chevy müssen an der Ampel an der Snipe Street anhalten. Und dann werden sie aufs Gas treten. Passen Sie gut auf!«

Das Taxi raste die Torrington hinunter und scherte zweimal aus der linken Spur aus, um drei Autos zu überholen, dann fuhr es durch das breite Tor in den Park hinein. Sobald es im Park war, trat der Fahrer auf die Bremse, fuhr mit dem Wagen rückwärts auf eine Art Reitweg und riß das Steuer herum. Das Taxi machte einen Satz nach vorn auf die Fahrbahn, die aus dem Park hinausführte.

»Jetzt können Sie sie gut sehen, Mann!« brüllte der Jamaikaner, während er langsamer fuhr und sich in den Verkehr einreihte, der den George-VI.-Memorial-Park verließ.

Wenige Sekunden später kam der grüne Chevrolet in Sicht, eingeklemmt zwischen Autos, die in den Park hineinfuhren. In diesem Moment verstand McAuliff die Absicht seines Fahrers. Im George-VI.-Memorial-Park befand sich eine Rennbahn für den Sport der Könige. Das wettfreudige Kingston war auf dem Weg zum Pferderennen.

Alex schrieb sich das Kennzeichen auf, wobei er darauf achtete, nicht gesehen zu werden. Er konnte erkennen, daß die beiden Schwarzen in dem Chevrolet nicht bemerkten, daß sie nur knapp einen Meter entfernt an dem Wagen vorbeifuhren, den sie verfolgten.

»Jetzt müssen die Mistkerle den ganzen Weg außen rum fahren, Mann! Was für Idioten! Wo wollen Sie hin, Mann? Wir haben viel Zeit. Jetzt können sie uns nicht mehr erwischen.«

McAuliff lächelte. Er fragte sich, ob die kleinen Tricks des Jamaikaners irgendwo in Hammonds Handbuch verzeichnet waren. »Sie haben sich gerade noch fünf Dollar extra verdient. Bringen Sie mich bitte zur Ecke Queen und Hanover Street. Es hat keinen Sinn, Zeit zu verschwenden.«

»He, Mann! Mieten Sie mein Taxi, solange Sie in Kingston sind. Ich mache alles, was Sie wollen. Ich stelle keine Fragen, Mann.«

Alex betrachtete den Ausweis in dem schmutzigen Plastikrahmen über dem Armaturenbrett. »Das Taxi gehört Ihnen doch gar nicht – Rodney.«

»Sie machen ein Geschäft mit mir, Mann, ich mache ein Geschäft mit dem Taxichef.« Der Fahrer grinste in den Rückspiegel.

»Ich überlege es mir. Sind Sie telefonisch zu erreichen?«

Hastig zog Rodney eine überdimensionale Visitenkarte aus der Tasche und reichte sie McAuliff. Es war die Karte der Taxizentrale, eine jener Karten, wie sie in den Hotels herumlagen. Am unteren Rand stand Rodneys Name, unbeholfen mit Tinte geschrieben.

»Rufen Sie die Zentrale an, und sagen Sie, daß Sie Rodney haben wollen. Nur Rodney, Mann. Die Zentrale sagt es mir dann. Die wissen immer, wo ich bin. Ich stehe vor den Hotels und am Flughafen. Sie holen mich ganz schnell.«

»Angenommen, ich will meinen Namen nicht nennen ...«

»Kein Name, Mann!« warf der Jamaikaner ein und grinste in den Spiegel. »Ich habe ein lausiges Gedächtnis. Ich brauche keinen Namen! Sagen Sie der Zentrale, daß Sie der Mann von der Rennbahn sind. Sagen Sie denen, wo ich hinkommen soll, Mann.«

Rodney fuhr nach Süden auf die North Street, dann nach links auf die Duke und dann wieder Richtung Süden und am Gordon House vorbei, dem riesigen neuen Gerichtskomplex Kingstons.

Draußen auf dem Bürgersteig strich McAuliff sein Jackett und seine Krawatte glatt und versuchte, wie ein durchschnittlicher weißer Geschäftsmann auszusehen, der nicht genau wußte, welchen Eingang des Regierungsgebäudes er nehmen sollte. Tallon's stand weder im Telefonbuch noch in einem Einkaufsführer. Hammond hatte gesagt, es sei hinter den Regierungsgebäuden, was bedeutete, daß es weiter unten Richtung Queen Street liegen mußte. Präziser hatte er sich nicht geäußert.

Während McAuliff nach dem Fischgeschäft suchte, musterte er die Menschen in seiner Nähe, auf der anderen Straßenseite und in jenen Autos, die langsamer zu fahren schienen, als der Verkehr es zuließ.

Ein paar Minuten lang hatte er das Gefühl, wieder in dem Käfig aus Furcht zu stecken. Er fürchtete, von Menschen beobachtet zu werden, die er nicht sehen konnte.

An einer Ampel der Queen Street eilte er mit der letzten Gruppe von Passanten über die Straße. Auf der anderen Seite angekommen, warf er einen Blick über die Schulter auf die Menschen, die zurückgeblieben waren. Doch die orangefarbene Sonne stand schon tief und schickte einen Korridor aus blendendem Licht vom Victoria-Park herüber, der mehrere hundert Meter weiter im Westen lag. Über den Rest der Straße zogen sich schwarze, scharf abgegrenzte Schatten, die von den Gebäuden aus Stein und Holz geworfen wurden. Autos fuhren in östlicher und westlicher Richtung vorbei und versperrten die Sicht auf die Passanten an der nördlichen Straßenecke. McAuliff konnte nichts erkennen. Er drehte sich um und ging die Straße hinunter.

Das Schild sah er zuerst. Es war schmutzig, die Schrift, die seit Monaten, vielleicht seit Jahren nicht ausgebessert worden war, kaum noch lesbar:

TALLON'S
ERLESENE FISCHE UND EINHEIMISCHE DELIKATESSEN
311-1/2 QUEEN'S ALLEY
1. BLOCK – DUKE ST. WEST

McAuliff ging eine Querstraße weiter. Der Eingang zur Queen's Alley war kaum drei Meter hoch und von einem schmiedeeisernen Gitter abgetrennt, das tropische Blüten schmückten. Der mit Kopfstein gepflasterte Durchgang führte nicht bis zur nächsten Straße, wie man es auch in Paris, Rom oder dem Greenwich Village oft sieht. Obwohl er sich mitten in einem Geschäftsbezirk befand, hatte er etwas Privates an sich, als verkündete ein unsichtbares Schild, daß dieser Bereich nicht für die Öffentlichkeit zugänglich sei – nur Anwohner, Schlüssel erforderlich, kein Durchgang. Es fehlte nur noch ein Tor, dachte McAuliff.

In Paris, Rom und dem Greenwich Village versteckten sich in solch kleinen Gassen einige der besten Restaurants der Welt, nur jenen bekannt, die sich dafür interessierten.

In Shenzen, Macao und Hongkong waren sie die Orte, wo man alles bekam, was für Geld zu kaufen war.

In Kingston fand man darin einen Mann mit Arthritis, der für den britischen Geheimdienst arbeitete.

Die Queen's Alley war kaum fünfzig Meter lang. Auf der rechten Seite lag ein Buchladen, dessen gedämpftes Licht eine ganze Reihe von im Schaufenster ausgestellten Büchern beleuchtete – in Leder gebundene wissenschaftliche Werke bis hin zu Pornographie auf billigem Papier. Auf der linken Seite befand sich Tallon's.

McAuliff hatte sich Kisten mit zerstoßenem Eis vorgestellt, auf denen lange Reihen toter Fische mit weit aufgerissenen Augen lagen, und Männer in schmutzigen, billigen weißen Schürzen, die um die Waagen herumrannten und mit den Kunden stritten. Das zerstoßene Eis lag im Schaufenster, und auch einige Reihen von Fischen mit glasigen Augen gab es dort. Den größeren Eindruck machten aber die anderen Arten von Meeresbewohnern auf McAuliff, die dekorativ auf dem Eis angeordnet waren – Tintenfische, Kraken, Haie und exotische Schalentiere.

Tallon's war kein gewöhnliches Fischgeschäft.

Wie zur Bestätigung seiner Gedanken kam ein Chauffeur in Uniform aus dem Eingang des Geschäftes, eine Plastiktüte in der Hand, die – Alex war sicher – mit gestoßenem Eis gefüllt war.

Die schweren Flügeltüren ließen sich nur mit Mühe öffnen. Der Ladentisch im Inneren war makellos sauber, das Sägemehl auf dem Boden weiß. Die beiden Verkäufer waren wirkliche Verkäufer, keine Gehilfen. Sie trugen bodenlange, blau-weiß gestreifte Schürzen aus teurem Leinen. Die Waagen hinter den mit Chrom eingefaßten Glaskästen hatten glänzende Messingbeschläge. An den Wänden des Geschäftes standen Regale, die von winzigen, in die Decke eingelassenen Scheinwerfern angestrahlt wurden und Hunderte von Dosen mit importierten Delikatessen aus allen Teilen der Welt enthielten.

McAuliff kam sich wie in einem Traum vor.

Außer ihm waren drei andere Kunden da – ein Paar und eine Frau. Das Paar stand am anderen Ende des Ladens und prüfte die Dosen in den Regalen. Die Frau bestellte anhand einer Liste – übergenau, arrogant.

McAuliff trat an den Ladentisch und sagte das, was ihm aufgetragen worden war: »Ein Freund in Santo Domingo hat mir gesagt, daß es bei Ihnen Forellen von der Nordküste gibt.«

Der hellhäutige Schwarze hinter der weißen Theke sah Alex kaum an, aber er verstand sofort. Er bückte sich zu einer Kiste, trennte einige Krustentiere voneinander und antwortete beiläufig – und richtig: »Wir haben Süßwasserforellen aus dem Martha Brae, Sir.«

»Ich bevorzuge Salzwasserforellen. Sind Sie sicher, daß Sie keine haben?«

»Ich werde nachsehen, Sir.« Der Mann schloß den Kasten und verschwand in einem Korridor in der Wand hinter dem Ladentisch, ein Durchgang, der, wie Alex annahm, zu den großen Kühlräumen führte. Als ein anderer Mann aus einer Tür im Korridor trat, stockte McAuliff der Atem. Er versuchte, seine Überraschung zu verbergen. Der Mann war schwarz, alt und schmächtig. Er ging auf einen Stock gestützt. Der rechte Arm hing bewegungslos an seiner Seite, und sein Kopf zitterte leicht.

Es war der Mann aus dem Victoria-Park. Der alte Mann, der vor der Bank auf dem Weg zur Queen Street gestanden und Alex mißbilligend angeblickt hatte.

Der Alte kam zum Ladentisch und sprach Alex an, die Stimme offensichtlich kräftiger als sein Körper. »Sieh an, jemand, der meine Vorliebe für Salzwasserforellen teilt.« Sein Akzent klang eher nach England als nach Jamaika, war aber nicht ohne den Einfluß der Karibik. »Was sollen wir nur mit den Süßwasserliebhabern machen, die mich soviel Geld kosten? Kommen Sie, wir schließen gleich. Sie können sich ein paar aus meinem privaten Vorrat aussuchen.«

Der hellhäutige Schwarze in der gestreiften Schürze klappte einen Teil des Ladentisches zurück. Alex folgte dem arthritischen alten Mann den Korridor hinunter und dann durch eine schmale Tür in ein kleines Büro, in dem die teure Ausstattung von draußen im Miniaturformat fortgeführt war. Die Wände waren mit Holz getäfelt. Die Möblierung bestand aus einem Schreibtisch aus Mahagoni mit einem zweckmäßigen, antiken Drehstuhl, einer weichen Ledercouch an der Wand und einem Sessel vor dem Schreibtisch. Als die Tür geschlossen war, sah Alex, daß an der Innenwand Aktenschränke aus Eichenholz aufgereiht standen. Obwohl das Zimmer so klein war, fand er es doch außerordentlich behaglich – das abgeschiedene Refugium eines nachdenklichen Mannes.

»Nehmen Sie Platz, Mr. McAuliff«, sagte der Besitzer von Tallon's und deutete auf den Sessel, während er um den Schreibtisch hinkte und sich setzte. Den Stock lehnte er gegen die Wand. »Ich habe Sie schon erwartet.«

»Sie waren heute morgen im Victoria-Park.«

»Dort hatte ich Sie nicht erwartet. Um ehrlich zu sein, Sie haben mich erschreckt. Ich hatte mir Ihr Foto angesehen, nur wenige Minuten, bevor ich zu meinem Spaziergang aufgebrochen bin. Und dann taucht plötzlich wie aus dem Nichts das Gesicht auf dem Foto vor mir im Victoria-Park auf.« Der alte Mann lächelte und kehrte die Handflächen nach oben, in einer Geste, die einen unerwarteten Zufall andeuten sollte. »Übrigens, mein Name ist Tallon. Westmore Tallon. Ich stamme aus einer alten, angesehenen Familie Jamaikas, wie man Ihnen sicher gesagt hat.«

»Das hat man nicht, aber ein Blick auf Ihr – Fischgeschäft bestätigt es.«

»O ja. Wir sind furchtbar teuer, sehr exklusiv. Wir besitzen eine Geheimnummer. Nur die Wohlhabendsten der Insel zählen zu unseren Kunden. Von Savanna über Montego bis hin zu Antonio und Kingston. Wir liefern selbst – mit einem Privatflugzeug natürlich. Überaus zweckmäßig.«

»Das denke ich mir. Wenn man Ihre kleine Nebenbeschäftigung berücksichtigt.«

»Die wir natürlich mit keinem Wort erwähnen werden, Mr. McAuliff«, erwiderte Tallon rasch.

»Ich habe Ihnen einiges zu sagen. Ich nehme an, Sie geben die Informationen weiter und überlassen dann alles weitere Hammond?«

»Sie klingen verärgert.«

»Was einen Punkt betrifft, bin ich das auch. Und zwar sehr. Mrs. Booth, Alison Booth. Interpol hat sie manipuliert und hierhergelockt. Das stinkt. Sie hat einen schmerzhaften – und gefährlichen – Beitrag geleistet. Ihr solltet sie endlich in Ruhe lassen.«

Tallon setzte den Fuß auf den Boden und schwenkte den antiken Drehstuhl nach rechts. Ohne hinzusehen, griff er nach seinem Stock und legte seine Finger darauf. »Ich bin nur ein – Verbindungsmann, Mr. McAuliff, aber soweit ich weiß, wurde keinerlei Druck auf Sie ausgeübt, Mrs. Booth einzustellen. Sie haben es ohne jeden Zwang getan. Was ist daran Manipulation?«

Alex beobachtete, wie der kleine Mann mit dem Griff seines Stocks spielte. Plötzlich fiel ihm auf, daß Westmore Tallon auf eine sonderbare Art wie eine Fotomontage von Julian Warfield und Charles Whitehall aussah. Es war beunruhigend, wie viele Gemeinsamkeiten er erkannte. »Sie und Ihre Leute sind sehr professionell«, sagte er leise und mit einer Spur von Bitterkeit. »Sie sind sehr offen, wenn es darum geht, Alternativen zu beschreiben.«

»Sie kann nicht zurück nach Hause, Mr. McAuliff. Glauben Sie mir das.«

»So wie die Dinge liegen, spielt das eigentlich keine Rolle mehr. Der Marquis de Chatellerault ist in Jamaika.«

Tallon drehte den Stuhl zurück und sah McAuliff ins Gesicht. Einen Augenblick lang war er wie versteinert. Er starrte

Alex bewegungslos an, und als er dann endlich blinzelte, schien er McAuliffs Worte damit schweigend zurückzuweisen. »Das ist völlig unmöglich«, sagte er nur.

»Es ist nicht nur möglich, es ist, glaube ich, nicht einmal ein Geheimnis – und falls doch, dann ein schlecht gehütetes. Doch in diesem Fall ist es, wie jemand vor ungefähr einer Stunde zu mir sagte, eigentlich schon kein Geheimnis mehr.«

»Von wem haben Sie diese Information?« Tallons Finger packten den Stock jetzt fester.

»Charles Whitehall. Um drei Uhr heute morgen. Er ist nach Savanna-la-Mar eingeladen worden, um sich mit Chatellerault zu treffen.«

»Wie waren die näheren Umstände?«

»Die Umstände sind nicht wichtig. Wichtig ist, daß Chatellerault sich in Savanna-la-Mar aufhält. Er ist Gast einer Familie namens Wakefield. Weiß und reich.«

»Wir kennen sie«, sagte Tallon, der sich mit seiner arthritischen Hand mühsam Notizen machte. »Es sind Kunden von uns. Was haben Sie sonst noch für mich?«

»Einiges. Davon ist eines für mich von größter Bedeutung – und ich warne Sie: Ich werde nicht eher von hier weggehen, bis Sie etwas deswegen unternommen haben.«

Tallon hob den Blick vom Papier. »Ihre Äußerungen entbehren jeglicher realistischer Einschätzung. Ich habe keine Ahnung, ob ich in dieser Sache etwas unternehmen kann. Wenn Sie hier übernachten, würde das auch nichts daran ändern. Aber sprechen Sie bitte weiter.«

Alex berichtete von der unerwarteten Begegnung Fergusons mit Craft am Palisados Airport und den anschließenden Verwicklungen, die zu den elektronischen Abhörgeräten in seinem Gepäck geführt hatten. Dann erzählte er ausführlich von Crafts Angebot, großzügig für Informationen über die Vermessung zu zahlen.

»Das überrascht mich nicht. Die Crafts sind für ihre Neugier bekannt«, sagte Tallon, der seine Notizen quälend langsam machte. »Kommen wir jetzt zu dem Punkt, der für Sie so wichtig ist?«

»Zuerst möchte ich alles noch einmal zusammenfassen.«

»Was zusammenfassen?« Tallon legte den Stift aus der Hand.

»Was ich Ihnen gesagt habe.«

Tallon lächelte. »Das ist nicht notwendig, Mr. McAuliff. Ich schreibe zwar langsam, aber mein Verstand ist hellwach.«

»Ich möchte, daß wir uns richtig verstehen. Der britische Geheimdienst will Halidon haben. Das war der Grund – der einzige Grund – dafür, daß man mich angeworben hat. Sobald er Kontakt mit Halidon aufnehmen kann, ist meine Aufgabe erledigt. Der Schutz des Vermessungsteams ist weiterhin garantiert.«

»Und?«

»Ich glaube, Sie haben Halidon. Es sind Chatellerault und Craft.«

Tallon starrte McAuliff immer noch an. Sein Gesichtsausdruck war vollkommen nichtssagend. »Zu dieser Schlußfolgerung also sind Sie gelangt?«

»Hammond sagte, daß Halidon sich einmischen und letzten Endes versuchen werde, die Vermessung zu verhindern. Es kann gar nicht anders sein. Alles deutet auf den Marquis und Craft hin. Schnappen Sie sie.«

»Ich verstehe.« Tallon griff wieder nach seinem Stock. Sein persönliches Zepter, sein Schwert Excalibur. »Und so hat der amerikanische Geologe mit einem Schlag das Rätsel um Halidon gelöst.«

Für eine Weile sagte keiner der beiden Männer ein Wort. Dann brach McAuliff die Stille. Er war wütend, sprach aber leise.

»Ich glaube, ich mag Sie nicht, Mr. Tallon. Sie sind ein sehr arroganter Mann.«

»Mr. McAuliff, es ist mir völlig egal, was Sie von mir halten. Jamaika ist meine *Leidenschaft* – jawohl, meine Leidenschaft, Sir. Was Sie denken, interessiert mich nicht – ausgenommen dann, wenn Sie absurde Äußerungen von sich geben, die meine Arbeit beeinflussen könnten. Arthur Craft, der Vater wie der Sohn, vergewaltigen diese Insel seit einem halben Jahrhundert. Sie begründen das damit, daß Gott sie beauftragt habe. Sie können unter dem Namen Craft viel zuviel erreichen, als daß sie sich hinter einem Symbol verstekken würden. Und Halidon *ist* ein Symbol, Mr. McAuliff ... Der Marquis de Chatellerault? Sie hatten recht. Mrs. Booth *wurde* manipuliert – äußerst geschickt, muß ich sagen – und dazu gebracht, sich ihrer Vermessung anzuschließen. Man könnte auch sagen, es handelt sich um eine ›Fremdbestäubung‹. Die Umstände waren optimal. Zwei Kolibris in einem Hibiskusstrauch, von denen einer den anderen erbarmungslos zwingt, sich zu zeigen. Sie war ein Köder, so einfach ist das, Mr. McAuliff. Wir hatten schon lange den Verdacht, daß Chatellerault mit Julian Warfield Geschäfte macht. Der Marquis arbeitet für Dunstone Limited.« Tallon hob seinen Stock, legte ihn quer über den Schreibtisch und starrte Alex weiter mit ausdruckslosem Gesicht an.

»Sie haben Informationen zurückgehalten. Sie haben mir Dinge verschwiegen, die ich hätte wissen sollen. Und trotzdem erwarten Sie von mir, daß ich wie einer von Ihnen arbeite. Das stinkt, Tallon«, sagte McAuliff schließlich.

»Sie übertreiben. Es hat keinen Sinn, eine Situation, die an sich schon kompliziert ist, noch weiter zu komplizieren.«

»Sie hätten mir das mit Chatellerault sagen müssen. Statt dessen höre ich seinen Namen von Mrs. Booth.«

Tallon zuckte mit den Schultern. »Ein Versehen. Machen wir weiter?«

»In Ordnung. Es geht um einen Mann namens Tucker. Sam Tucker.«

»Ihr Freund aus Kalifornien, der Bodenspezialist?«

»Ja.«

McAuliff erzählte Hanleys Geschichte, ohne dessen Namen zu erwähnen. Er sprach davon, daß es einen Zusammenhang zwischen den beiden Schwarzen, die Tuckers Sachen abgeholt hatten, und den beiden Jamaikanern, die seinem Taxi in dem grünen Chevrolet gefolgt waren, geben mußte. Er beschrieb kurz die fahrerische Glanzleistung des Taxifahrers in dem Park mit der Rennbahn und nannte Tallon das Kennzeichen des Chevrolets.

Tallon griff nach dem Telefon und wählte ohne ein weiteres

Wort zu Alex. »Hier spricht Tallon«, sagte er mit ruhiger Stimme. »Ich brauche Informationen zu einem Kraftfahrzeug. Es ist dringend. Das Kennzeichen ist KYB-448. Rufen Sie mich auf dieser Leitung zurück.« Er legte auf und sah McAuliff an. »Es dürfte nicht länger als fünf Minuten dauern.«

»War das die Polizei?«

»Von der Polizei würde ich solche Informationen nicht bekommen. Soweit ich weiß, hat das Ministerium heute Ihre Genehmigungen erhalten. Dunstone erleichtert doch manches, nicht wahr?«

»Ich habe Latham gesagt, daß ich morgen nachmittag nach Ocho Rios abreisen werde. Das werde ich nicht tun, wenn Tucker nicht auftaucht. Das sollten Sie wissen.«

Wieder griff Westmore Tallon nach seinem Stock, aber nicht mit der Aggressivität, die er zuvor an den Tag gelegt hatte. »Wenn Ihr Freund gegen seinen Willen mitgenommen wurde, wäre das eine Entführung. Ein schweres Verbrechen und – da er Amerikaner ist – eine Schlagzeile, die katastrophale Konsequenzen haben könnte. Das ergibt keinen Sinn, Mr. McAuliff. Sie sagten, er wird für heute erwartet. Ich nehme an, man könnte das bis auf heute abend ausdehnen?«

»Ja.«

»Dann schlage ich vor, daß wir warten. Ich kann nicht glauben, daß die in diese Sache verwickelten Parteien einen solchen Fehler begehen könnten oder würden. Wenn Sie bis, sagen wir, zehn Uhr von Mr. Tucker nichts hören, rufen Sie mich an.« Tallon schrieb eine Telefonnummer auf ein Stück Papier und gab es Alex. »Lernen Sie sie bitte auswendig. Das Papier muß hierbleiben.«

»Was werden Sie tun, wenn Tucker nicht auftaucht?«

»Ich werde legale Verbindungen benutzen und die Angelegenheit an die maßgeblichen Stellen der jamaikanischen Polizei weiterleiten. Außerdem werde ich hohe Mitglieder der Regierung benachrichtigen oder, falls erforderlich, den Generalgouverneur selbst. Auf St. Croix hat es Mordfälle gegeben, die Touristen kommen erst jetzt wieder. Jamaika könnte die Entführung eines Amerikaners nicht ernst genug nehmen. Reicht Ihnen das?«

»Das reicht.« Alex drückte seine Zigarette im Aschenbecher aus. Dabei fiel ihm Tallons Reaktion auf Chatelleraults Anwesenheit in Savanna-la-Mar ein. »Sie waren überrascht, als Sie hörten, daß Chatellerault auf der Insel ist. Warum?«

»Bis vor zwei Tagen war er noch Gast im George V. in Paris. Wir haben nichts von seiner Abreise gehört, was bedeutet, daß er heimlich hierhergeflogen ist, vermutlich über Mexiko. Das ist äußerst beunruhigend. Passen Sie gut auf Mrs. Booth auf. Sie haben doch eine Waffe?«

»Zwei Gewehre als Teil der Ausrüstung. Eine Remington mit Zielfernrohr Kaliber 030 und eine Automatik Kaliber 22. Sonst nichts.«

Tallon schien zu überlegen, dann eine Entscheidung zu treffen. Er zog einen Schlüsselbund aus der Tasche, suchte einen Schlüssel aus, öffnete damit die Seitenklappe eines Holzkästchens auf seinem Schreibtisch. Eine Pistole rutschte auf seinen Notizblock. Zusammen mit der Waffe rollten einige Patronen heraus. »Das hier ist eine kurzläufige Smith & Wesson Kaliber 38. Die Seriennummer wurde unkenntlich gemacht. Sie kann nicht zurückverfolgt werden. Nehmen Sie sie bitte. Sie wurde gesäubert. Die einzigen Fingerabdrücke darauf werden die Ihren sein. Seien Sie vorsichtig.«

McAuliff starrte einige Sekunden auf die Waffe, bevor er die Hand ausstreckte und sie langsam an sich nahm. Er wollte sie nicht haben. Es lag etwas Endgültiges darin, als würde er damit eine Art Verpflichtung eingehen. Aber wieder stellte sich die Frage, welche Alternative es gab. Sie abzulehnen wäre womöglich ein Fehler, obwohl er nicht vorhatte, sie für etwas anderes als die Demonstration von Stärke zu benutzen.

»In Ihrem Dossier steht, daß Sie bei der Armee gewesen sind und wissen, wie man mit Handfeuerwaffen umgeht. Aber das ist schon eine ganze Weile her. Möchten Sie Ihre Kenntnisse auf einem Schießstand auffrischen? Wir haben mehrere davon, nur wenige Flugminuten entfernt.«

»Nein, danke«, erwiderte Alex. »Vor nicht sehr langer Zeit, in Australien, war das die einzige Unterhaltung, die wir hatten.«

Das Telefon klingelte leise. Tallon nahm den Hörer ab und

murmelte: »Ja?« Dann hörte er zu, ohne etwas zu dem Teilnehmer am anderen Ende der Leitung zu sagen. Als er aufgelegt hatte, sah er McAuliff an.

»Der grüne Chevrolet ist auf einen Toten zugelassen. Der Wagen gehört Walter Piersall. Adresse: High Hill, Carrick Foyle, Bezirk Trelawny.«

13.

McAuliff blieb noch eine Stunde bei Westmore Tallon, während der alte jamaikanische Gentleman sein Informationsnetz aktivierte. Seine Quellen waren über die ganze Insel verstreut.

Bevor die Stunde um war, hatte McAuliff einen wichtigen Umstand herausgefunden: Der Verstorbene, Walter Piersall aus Carrick Foyle im Bezirk Trelawny, hatte zwei schwarze Assistenten, die ihn auf seinen Reisen begleiteten. Daß es einen Zusammenhang zwischen den beiden Männern gab, die Sam Tuckers Sachen aus dem Hotel in Montego Bay geholt hatten, und den beiden Schwarzen, die Alex in dem grünen Chevrolet gefolgt waren, wurde immer wahrscheinlicher. Und da Piersall bei seinem Gespräch mit Alison Booth auch Sams Name erwähnt hatte, konnte es einfach kein Zufall sein.

Tallon befahl seinen Leuten, Piersalls Männer zu suchen. Er würde McAuliff anrufen, wenn sie sie gefunden hatten.

Alex fuhr zum Courtleigh Manor zurück. Er ging an der Rezeption vorbei und fragte, ob Nachrichten für ihn hinterlassen worden waren. Alison war beim Abendessen, sie hoffe, er schließe sich ihr an. Sonst nichts.

Kein Wort von Sam Tucker.

»Wenn ein Anruf für mich kommt, ich bin im Speisesaal«, sagte er zu dem Hotelangestellten.

Alison saß allein in der Mitte des drängend vollen Raumes, der verschwenderisch mit tropischen Pflanzen und Fenstergittern dekoriert war. Auf jedem Tisch stand ein Windlicht mit einer Kerze, sonst gab es keine Beleuchtung. Schatten huschten über das Dunkelrot, Grün und Gelb der Blätter der Pflanzen. Das Stimmengewirr drückte Zufriedenheit aus, das gedämpfte Gelächter schwoll immer mehr an. Perfekt hergerichtete, perfekt angezogene Marionetten in Zeitlupe, die offenbar alle auf den Beginn der nächtlichen Spiele warteten.

Denn dies war die Stunde der Marionetten. Umgangsformen, einstudierte Bewegungen und kleine Finessen waren wichtig. Später würde sich das ändern, später würden andere Dinge wichtig werden – und viel zu oft auch häßlich. Aus diesem Grund hatte James Ferguson gewußt, daß seine gespielte Trunkenheit gestern abend glaubhaft gewesen war.

Aus diesem Grund hatte Charles Whitehall mit einer arroganten Geste und ohne ein Wort die Servietten über den Tisch auf den Boden geworfen, mit denen die Schweinerei beseitigt werden sollte, die der Ausländer angerichtet hatte.

»Du siehst nachdenklich aus. Verstimmt«, sagte Alison, während McAuliff sich setzte.

»Der Eindruck täuscht.«

»Was ist passiert? Was hat die Polizei gesagt? Ich hatte schon fast erwartet, daß sie mich anrufen.«

McAuliff hatte seine Antwort einstudiert, aber bevor er etwas erwiderte, deutete er auf den Kaffee und das Glas Brandy vor Alison. »Sieht so aus, als hättest du schon gegessen.«

»Ja. Ich war am Verhungern. Was ist mit dir?«

»Ich hatte noch kein Abendessen. Willst du mir Gesellschaft leisten?«

»Natürlich. Ich werde die Eunuchen entlassen.«

Er bestellte sich einen Drink. »Du hast ein süßes Lächeln. Eigentlich ist es schon fast ein Lachen.«

»Nicht ablenken. Was ist passiert?«

Er log ganz gut, fand McAuliff. Ganz gewiß besser – zumindest überzeugender – als zuvor. Er erzählte Alison, daß er fast zwei Stunden lang bei der Polizei gewesen sei. Westmore Tallon hatte ihm die Adresse genannt und ihm sogar das Innere des Polizeipräsidiums beschrieben, weil er der Meinung gewesen war, er müsse über diese Details Bescheid wissen. Man könne nie wissen, wann sie wichtig seien.

»Sie haben Lathams Theorie bestätigt. Sie sagen, es sei ein Unfall mit Fahrerflucht gewesen. Außerdem haben sie angedeutet, daß Piersall etwas abwegige Vorlieben hatte. Er wurde in einer ziemlich üblen Gegend überfahren.«

»Das klingt mir zu glatt. Sie wollen sich nur absichern.« Ungläubig runzelte Alison die Stirn.

»Kann schon sein«, antwortete Alex beiläufig. »Aber sie können ihn nicht mit Sam Tucker in Verbindung bringen, und nur das ist für mich von Interesse.«

»Es gibt eine Verbindung. Er hat es mir gesagt.«

»Und ich habe es *ihnen* gesagt. Sie haben ein paar Männer nach Carrick Foyle geschickt, wo Piersall gelebt hat. Das liegt in Trelawny. Außerdem werden seine Sachen im Sheraton durchsucht. Wenn sie etwas finden, rufen sie mich an.« Er machte seine Sache tatsächlich recht gut – er bog die Wahrheit nur ein bißchen zurecht. Der arthritische Westmore Tallon würde sich darum kümmern.

»Und das reicht dir? Du glaubst ihnen so einfach? Vor ein paar Stunden hast du dir noch fürchterliche Sorgen um Mr. Tucker gemacht.«

»Das tue ich immer noch«, sagte Alex. Er stellte sein Glas auf den Tisch und sah sie an. Jetzt brauchte er nicht mehr zu lügen. »Wenn ich bis heute nacht nichts von Sam gehört habe – oder bis morgen früh –, werde ich zur amerikanischen Botschaft gehen und Alarm schlagen.«

»Okay. Hast du auch die kleinen Käferchen erwähnt? Du hast gar nichts davon gesagt.«

»Die was?«

»Die Wanzen in deinem Gepäck. Du hast gesagt, du mußt sie melden.«

Wieder hatte McAuliff das Gefühl, daß er dem Spiel nicht gewachsen war. Er ärgerte sich darüber, daß er schon wieder etwas übersehen hatte. Zwar hatte er Tallon nicht früher gesehen und keine Anweisungen von ihm erhalten, aber das war als Ausrede untauglich. »Ich hätte auf dich hören sollen.

Ich werde sie verschwinden lassen. Einfach drauftreten reicht vermutlich.«

»Es gibt eine bessere Methode.«

»Und die wäre?«

»Versteck sie irgendwo anders.«

»Und wo zum Beispiel?«

»Oh, irgendwo, wo es ungefährlich ist, wo aber viel passiert. Dann laufen die Bänder mit, und die Leute haben was zu tun.«

McAuliff lachte. Es war nicht gespielt. »Das ist gut. Und sehr praktisch. Wo könnten sie sein, ich meine, von wo aus hören sie mit?«

Alison legte die Hände unters Kinn, ein schelmisches kleines Mädchen, das sich einen Scherz ausdachte. »Irgendwo im Umkreis von einhundert Metern – das ist in der Regel die maximale Reichweite zwischen Wanzen und Empfangsgeräten. Wir müßten sie irgendwo hier in der Nähe hinterlassen, wo viel los ist. Laß mich nachdenken ... Ich habe dem Oberkellner gegenüber den Fisch gelobt. Ich wette, er würde mich zum Koch bringen, wenn ich sage, daß ich das Rezept haben will.«

»Das wird ihnen gefallen«, bestätigte Alex. »Genau das Richtige. Geh nicht weg. Ich bin gleich wieder da.«

Alison Booth, die ehemalige Mitarbeiterin von Interpol, berichtete, daß in dem unter dem Gemüseputztisch der Küche des Courtleigh Manor installierten Behälter für die schmutzige Küchenwäsche nun zwei elektronische Abhörgeräte befestigt seien. Sie habe sie zusammen mit einer schmutzigen Serviette hineinbugsiert und nach unten geschoben, während ihr der geschmeichelte Küchenchef die Zutaten für die Sauce zum Fisch erklärt habe.

»Der Behälter war ziemlich lang und nicht sehr tief«, erklärte sie, während McAuliff sein Essen beendete. »Ich habe fest gedrückt. Das Klebeband müßte halten.«

»Du bist unglaublich«, sagte Alex. Er meinte es ernst.

»Ich habe eben Erfahrung«, erwiderte sie, ohne zu lächeln. »Dir hat man nur die eine Seite des Spiels beigebracht, Liebling.«

»Scheint nicht unbedingt ein so angenehmer Zeitvertreib zu sein wie Tennisspielen.«

»Oh, es hat auch seine Vorteile. Kannst du dir zum Beispiel vorstellen, wie viele Möglichkeiten unsere Aktion bietet? In dieser Küche, für die nächsten drei Stunden oder so, bis sie die Wanzen gefunden haben?«

»Ich weiß nicht genau, was du damit meinst.«

»Sie werden wie wild alles mitschreiben, was auf dem Band ist. In einer Küche wird sozusagen eine eigene Sprache gesprochen, vieles wird einfach abgekürzt. Sie werden davon ausgehen, daß du deine Koffer irgendwo anders hingebracht hast, weil du abreisen willst. Es wird eine ganz schöne Verwirrung geben.« Alison lächelte, und ihre Augen blitzten schelmisch wie vorhin, bevor er nach oben gegangen war, um die Wanzen aus dem Koffer zu entfernen.

»Du meinst, ›Sauce béarnaise‹ ist der Code für ›Maschinengewehr‹? Und ›kleiner Salat‹ steht für ›Angriff am Strand‹?«

»So ungefähr. Durchaus möglich.«

»Ich dachte, so was gibt es nur in Filmen über den Zweiten Weltkrieg. Nazis, die sich gegenseitig anschreien und die Panzerdivisionen in die falsche Richtung schicken.« McAuliff sah auf die Uhr. Es war Viertel nach neun. »Ich muß noch einen Anruf machen, und außerdem will ich mit Ferguson die Vorratsliste durchsprechen. Er wird ...« Er brach ab. Alison hatte die Hand ausgestreckt und sie auf seinen Arm gelegt.

»Dreh dich nicht um«, befahl sie leise, »ich glaube, deine kleinen Käfer haben eine Reaktion ausgelöst. Gerade kam ein Mann durch die Tür, der es ziemlich eilig hat. Offensichtlich sucht er jemanden.«

»Uns?«

»Dich, würde ich sagen.«

»Die Küchencodes haben sie aber nicht sehr lange getäuscht.«

»Vielleicht. Andererseits ist es gut möglich, daß sie dich überwachen und sich vergewissern wollten. Das Hotel ist zu klein, um dich rund um die Uhr ...«

»Beschreib ihn mir«, unterbrach McAuliff sie. »So genau wie nur möglich. Sieht er immer noch hierher?«

»Als er dich gesehen hat, ist er stehengeblieben. Ich glaube, er entschuldigt sich gerade bei dem Kellner am Eingang, der die Liste mit den Reservierungen hat. Er ist weiß und trägt eine leichte Hose, ein dunkles Jackett und ein weißes – nein, gelbes Hemd. Er ist kleiner als du, ziemlich bullig ...«

»Bullig?«

»Na ja – untersetzt. Weder alt noch jung, um die Dreißig, würde ich sagen. Er hat ziemlich lange Haare, nicht extrem lang, aber lang. Sie sind dunkelblond oder hellbraun, das kann ich im Kerzenlicht schlecht erkennen.«

»Gut gemacht. Und jetzt muß ich zu einem Telefon.«

»Warte, bis er geht, er sieht schon wieder her«, sagte Alison, die ein interessiertes, vertrautes Lachen vortäuschte. »Warum wirfst du mir nicht einen anzüglichen Blick zu und verlangst die Rechnung? Ganz beiläufig, Liebling.«

»Ich komme mir vor wie in der Schule. Aber mit der hübschesten Lehrerin der ganzen Stadt.« Alex reckte die Hand in die Höhe und signalisierte dem Kellner, die Rechnung zu bringen. »Ich werde dich auf dein Zimmer bringen und dann wieder nach unten gehen, um zu telefonieren.«

»Warum? Du kannst doch das Telefon in meinem Zimmer benutzen. Die Wanzen sind nicht mehr da.«

Verdammt. Es war schon wieder passiert. Er war nicht vorbereitet gewesen. Die Kleinigkeiten, immer diese Kleinigkeiten. Das waren die Fallen. Hammond hatte es immer wieder gesagt ... Hammond. Das Savoy. Machen Sie keine Anrufe von Ihrem Telefon im Savoy aus.

»Man hat mir gesagt, daß ich ein öffentliches Telefon benutzen soll. Ich nehme an, sie haben ihre Gründe dafür.«

»Wer?«

»Das Ministerium. Latham, die Polizei natürlich.«

»Natürlich. Die Polizei.« Alison nahm ihre Hand von seinem Arm, als der Kellner Alex die Rechnung zum Unterschreiben hinlegte. Sie glaubte ihm nicht. Sie tat nicht einmal so, als würde sie ihm glauben. Warum sollte sie auch? Er war ein lausiger Schauspieler, und sie hatte ihn erwischt ... Aber das war immer noch besser als ein unglücklich formulierter Satz oder eine merkwürdige Antwort für Westmore Tallon, während Alison neben dem Telefon stand und zuhörte. Er mußte ungestört mit seinem arthritischen Kontaktmann reden. Er konnte nicht ständig Alison beobachten, während er sprach. Er konnte das Risiko nicht eingehen, daß der Name Chatellerault oder auch nur ein Hinweis auf diesen Mann fiel. Alison begriff zu schnell.

»Ist er weg?«

»Als du die Rechnung unterschrieben hast. Er hat gesehen, daß wir gehen wollen.« Ihre Antwort war weder verärgert noch herzlich, lediglich neutral.

Sie verließen den mit Kerzen beleuchteten Speisesaal und gingen an dem dichten Vorhang aus bunten und grünen Blättern vorbei in die Lobby und dann auf die Fahrstühle zu. Keiner von beiden sagte ein Wort. Während der Fahrt nach oben zu ihrem Stockwerk herrschte Stille, die aber durch die Gespräche der anderen Hotelgäste im Fahrstuhl erträglich gemacht wurde.

McAuliff öffnete die Tür und wiederholte die Vorsichtsmaßnahmen, die er am gestrigen Abend durchgeführt hatte – ohne den Scanner. Er hatte es eilig. Wenn er daran dachte, würde er das Zimmer später mit den Errungenschaften des elektronischen Zeitalters segnen. Er durchsuchte sein Zimmer und versperrte die Verbindungstür von Alisons Seite aus ab. Dann warf er einen Blick auf den Balkon und in das Badezimmer. Alison stand in der Tür zum Korridor und beobachtete ihn dabei.

Er ging auf sie zu. »Bleibst du hier, bis ich zurück bin?«

»Ja«, sagte sie nur.

Er küßte sie auf den Mund, dann blieb er vor ihr stehen, länger, als sie erwartet hatte. Seine stumme Botschaft. »Du bist ein sehr nettes Mädchen.«

»Alex?« Langsam legte sie ihre Hände auf seine Arme und sah zu ihm auf. »Ich kenne die Symptome. Glaub mir, ich kenne sie. Das vergißt man nicht so leicht ... Du verschweigst mir etwas, aber ich werde dich nicht fragen. Ich werde warten.«

»Du übertreibst, Alison.«

»Das ist komisch.«

»Was ist komisch?«

»Was du gerade gesagt hast. Das habe ich zu David auch gesagt – in Malaga. Er war nervös, er hatte Angst. Er war so unsicher. Und er wußte nicht, was mit mir los war. Da sagte ich zu ihm: David, du übertreibst … Jetzt weiß ich, daß es ihm in diesem Moment klargeworden ist.«

McAuliff sah ihr in die Augen. »Du bist nicht David, und ich bin nicht du. Direkter kann ich es nicht sagen. Und jetzt muß ich zu einem Telefon. Ich sehe dich später. Leg den Riegel vor.«

Er küßte sie noch einmal, dann ging er hinaus und schloß die Tür hinter sich. Als er das metallische Geräusch des Riegels hörte, wandte er sich zum Fahrstuhl.

Die Türen schlossen sich, der Fahrstuhl fuhr abwärts. Leise Musik plätscherte auf die Köpfe der Geschäftsleute und Touristen darin herab. Der Fahrstuhl war voll. McAuliffs Gedanken kreisten um das bevorstehende Telefonat mit Westmore Tallon, außerdem machte er sich Sorgen um Sam Tucker.

Plötzlich hielt der Fahrstuhl an. Zerstreut sah Alex zu der aufleuchtenden Zahl hinüber und fragte sich, wie hier noch jemand Platz finden sollte. Er brauchte nicht weiter darüber nachzudenken. Die beiden Männer, die vor den Türen warteten, warfen einen kurzen Blick hinein, lächelten und gaben mit einer Handbewegung zu verstehen, daß sie auf den nächsten Fahrstuhl warten würden.

In diesem Moment sah McAuliff den Mann, den Alison beschrieben hatte. Hinter den Türen, die langsam wieder zugingen, am anderen Ende des Korridors. Ein untersetzter Mann in einem dunklen Jackett und einer hellen Hose. Er hatte eine Tür aufgesperrt und wollte gerade hineingehen. Dabei zog er sein Jackett zurück, um den Schlüssel wieder in die Hosentasche zu stecken. Er trug ein gelbes Hemd.

Die Türen schlossen sich.

»Entschuldigen Sie! Entschuldigen Sie bitte!« rief McAuliff schnell, während er den Arm ausstreckte, sich an einem mit einem Smoking bekleideten Mann neben dem Bedienfeld vorbeidrängte und auf den Knopf mit der 2 drückte, der nächsten Etage auf dem Weg nach unten. »Ich habe mein Stockwerk verpaßt. Tut mir furchtbar leid.«

Der Fahrstuhl, dessen Fahrt plötzlich unterbrochen wurde, ruckte leicht, als er zu dem unerwarteten Halt ansetzte. Die Türen öffneten sich, und Alex drückte sich an den Gästen vorbei, die ihm irritiert, aber bereitwillig Platz machten.

Draußen wandte er sich um und drückte sofort auf den Knopf nach oben. Dann überlegte er es sich anders. Wo war die Treppe?

Das Schild AUSGANG – TREPPE war blau mit weißen Buchstaben, was McAuliff merkwürdig fand. Schilder über dem Ausgang waren normalerweise rot. Es befand sich am anderen Ende des Flurs. Eilig lief er über den dicken Teppich des Korridors, einem Pärchen, das ungefähr auf halbem Weg um eine Ecke kam, nervös zulächelnd. Der Mann war über Fünfzig und betrunken, das Mädchen Anfang Zwanzig, nüchtern und Mulattin. Dem Kleid nach zu urteilen, war sie ein Callgirl der oberen Preisklasse. Sie lächelte Alex an – ein kleines Zeichen. Er nickte ihr zu, seine Augen bedeuteten ihr, daß er nicht interessiert war. Viel Glück mit dem Betrunkenen.

Er stieß die Tür zur Treppe auf. Sie machte viel zuviel Lärm. Vorsichtig ließ er sie wieder ins Schloß schnappen, erleichtert darüber, daß sie an der Innenseite eine Klinke hatte.

Dann rannte er die Betontreppe auf den Fußballen hoch, um das Geräusch seiner Schritte zu dämpfen. Auf der beigefarben gestrichenen Stahltür stand mit schwarzer Farbe die römische Ziffer III. Langsam drückte McAuliff die Klinke hinunter und öffnete die Tür zum Korridor der dritten Etage.

Der Flur war leer. Unten hatten die nächtlichen Spiele begonnen. Die Teilnehmer würden in den Wettkampfarenen bleiben, bis die Preise gewonnen oder verloren oder im Alkohol ertränkt worden waren. Er mußte nur auf Nachzügler oder Überängstliche achten wie den Kerl im zweiten Stock, der von der mädchenhaften Mulattin mit bewundernswerter Genauigkeit zu seinem Zimmer dirigiert worden war. Er versuchte, sich daran zu erinnern, vor welcher Tür der Mann mit dem gelben Hemd gestanden hatte. Es war ziemlich weit hinten, aber nicht ganz am Ende des Korridors oder in der Nähe der Treppe, sondern etwa im zweiten Drittel. Auf der rechten Seite. Der Mann hatte sein Jackett mit der *rechten* Hand zurückgeschlagen, was bedeutete, daß er nicht in einem der Zimmer sein konnte, die zur Linken Alexanders lagen. Er drehte sich um und musterte die drei – nein, vier – in Frage kommenden Türen links von sich, angefangen mit der zweiten Tür von der Treppe aus gesehen, die etwa ein Drittel des Korridors von den Fahrstühlen entfernt war.

Welche?

McAuliffs Schritte waren auf dem dicken Teppich nicht zu hören. Er hielt sich dicht an der linken Wand. Jedesmal, wenn er an einer Tür vorbeiging, blieb er kurz davor stehen. Sein Kopf fuhr hin und her, seine Augen blickten sich suchend um, angestrengt lauschte er auf den Klang von Stimmen, auf das Klirren von Glas. Auf irgendeinen Laut.

Nichts.

Stille. Überall.

Er sah sich die Zimmernummern aus Messing an – 218, 216, 214, 212. Vielleicht auch 210. Alles, was noch weiter weg lag, paßte nicht mehr zu dem Bild in seiner Erinnerung.

Als er den Korridor zur Hälfte hinter sich hatte, blieb er stehen und drehte sich um. Vielleicht wußte er schon genug. Genug, um mit Westmore Tallon darüber zu sprechen. Alison hatte erzählt, daß bei elektronischen Wanzen die Entfernung zwischen dem Ort, an dem sie versteckt wurden, und dem Empfänger höchstens einhundert Meter betragen konnte. Diese Etage und dieser Teil des Hotels lagen eindeutig innerhalb des genannten Bereiches. Hinter einer dieser Türen befand sich ein Tonbandgerät, davor saß ein Mann mit Kopfhörer vor einem Lautsprecher.

Vielleicht genügte es, Tallon einfach die Zimmernummern zu melden. Warum sollte er noch weiter suchen?

Aber er wußte, daß er weitersuchen würde. Jemand hatte sich die Freiheit genommen, in sein Leben einzudringen, und zwar auf eine Art und Weise, die ihn mit Abscheu erfüllte. Nur wenige Ereignisse provozierten eine heftige Reaktion in ihm. Die Verletzung seiner Privatsphäre – beabsichtigt oder unbeabsichtigt – gehörte dazu. Und Habgier. Habgier von Menschen, akademischen Institutionen, Unternehmen.

Ein Mann namens Craft hatte seinen Helfern befohlen, McAuliffs Privatleben zu stören – aus Habgier.

Alexander Tarquin McAuliff war wütend. Sehr wütend.

Er drehte sich um und ging wieder auf die Treppe zu, den gleichen Weg zurück, den er gekommen war. Eng an die Wand gedrückt, noch enger vor jeder Tür, an der er regungslos stehenblieb und lauschte.

212, 214, 216, 218 ...

Und noch einmal zurück. Es war nur eine Frage der Geduld. Hinter einer dieser Türen war ein Mann mit einem gelben Hemd. Diesen Mann wollte er finden.

Und dann hörte er ein Geräusch.

Zimmer 214.

Es war ein Radio. Oder ein Fernsehgerät. Jemand hatte einen Fernseher lauter gestellt. Die einzelnen Worte konnte er nicht verstehen, wohl aber die Aufregung hinter den rasch aufeinanderfolgenden Dialogsalven aus einem dumpf dröhnenden Lautsprecher, der zu laut eingestellt war und deshalb verzerrt klang.

Plötzlich hörte er das scharfe, metallische Knacken eines Türriegels. Nur wenige Zentimeter von ihm entfernt hatte jemand den Türriegel zurückgeschoben und war dabei, die Tür zu öffnen.

Alex rannte zur Treppe. Als er auf den schwach beleuchteten Absatz der Betontreppe schlitterte, konnte er es nicht mehr vermeiden, Lärm zu machen; er versuchte, ihn wenigstens auf ein Minimum zu reduzieren. Dann schoß er herum und stieß die schwere Stahltür zu, so schnell und leise, wie er nur konnte. Hastig legte er die Finger seiner linken Hand auf den Rahmen, um zu verhindern, daß sich die Tür vollständig schloß. Im letzten Moment gelang es ihm, das Geräusch von Metall auf Metall zu verhindern.

Er starrte durch den Spalt. Aus einem der Zimmer trat der Mann mit dem gelben Hemd, die Aufmerksamkeit noch nach drinnen gerichtet. Er stand nicht mehr als fünfzehn Meter von McAuliff entfernt in dem Korridor, in dem außer den

Stimmen des Fernsehers kein Laut zu hören war. Der Mann wirkte verärgert. Bevor er die Tür zumachte, steckte er noch einmal den Kopf hinein.

»Mach das verdammte Ding leiser, du Affe!« sagte er mit einem schleppenden Südstaatenakzent. Dann knallte er die Tür zu und ging hastig auf die Fahrstühle zu. Am Ende des Korridors blieb er stehen und sah nervös auf seine Armbanduhr, rückte seine Krawatte gerade, rieb seine Schuhe hinten an den Wadenbeinen seiner Hose, bis eine rote Lampe, begleitet von einer melodischen, nachhallenden Glocke, den Fahrstuhl ankündigte. McAuliff beobachtete ihn aus etwa sechzig Meter Entfernung von der Treppe aus.

Nachdem sich die Türen des Fahrstuhls geschlossen hatten, trat Alex auf den Korridor hinaus. Schnell ging er wieder zu Zimmer 214. Einen Augenblick lang blieb er regungslos davor stehen. Er wußte, daß dies hier eine Entscheidung war, die er nicht treffen mußte. Er konnte einfach gehen, Tallon anrufen, ihm die Zimmernummer durchgeben, und damit wäre es für ihn erledigt.

Aber das wäre nicht besonders befriedigend. Es wäre ganz und gar nicht befriedigend. Er hatte eine bessere Idee. Er würde den Mann, den er in diesem Zimmer vorfinden würde, zu Tallon bringen. Falls Tallon das nicht gefiel, sollte er sich zum Teufel scheren. Das gleiche galt für Hammond. Da einwandfrei erwiesen war, daß Craft, der keinerlei Verbindung zu dem geheimnisvollen Halidon hatte, die elektronischen Abhörgeräte hatte anbringen lassen, könnte Alex ihm eine kleine Lektion erteilen. Seine Vereinbarungen mit Hammond besagten nicht, daß er sich von dritten oder vierten Parteien schlecht behandeln lassen mußte.

Er hielt es für einen perfekten Schachzug, Craft aus dem Spiel zu nehmen. Craft machte alles nur unnötig kompliziert, brachte alles durcheinander.

McAuliff hatte zwei Dinge über Arthur Craft in Erfahrung gebracht: Er war der Sohn von Craft senior. Außerdem war er Amerikaner und ein unangenehmer Mensch. Das mußte reichen.

Er klopfte an die Tür, unterhalb der Zahl 214.

»Ja, Mann? Wer ist da, Mann?« kam die gedämpfte Antwort von drinnen.

Alex wartete, dann klopfte er wieder. Jetzt kam die Stimme zur Tür.

»Wer ist da bitte?«

»Arthur Craft, du Idiot!«

»Oh! Ja, Sir, Mr. Craft, Mann!« In der Stimme lag eindeutig Angst. Der Knauf drehte sich. Der Riegel war nicht vorgelegt worden.

Die Tür hatte sich kaum einen Spaltbreit geöffnet, als sich McAuliff mit der Schulter und der vollen Wucht seiner fast zweihundert Pfund dagegen warf. Die Tür krachte gegen den mittelgroßen Jamaikaner, der hinter ihr stand, und ließ ihn bis in die Mitte des Raumes torkeln. Alex packte die Kante der zitternden, schweren Holztüre und warf sie zu. Mit einem lauten Knall fiel sie ins Schloß.

Der Jamaikaner fing sich wieder, in seinen Augen eine Mischung aus Wut und Angst. Blitzschnell drehte er sich zu dem Schreibtisch im Zimmer um, auf dem zwei kleine Lautsprecher standen. Zwischen ihnen lag eine Pistole.

McAuliff machte einen Satz nach vorn, die linke Hand in Richtung der Pistole ausgestreckt, während die rechte versuchte, irgendeinen Teil des Mannes zu packen. Ihre Hände trafen sich auf dem warmen Stahl der Pistole. Alex packte den Schwarzen an der Kehle und grub seine Finger tief in dessen Hals.

Der Mann riß sich los, und die Waffe fiel vom Schreibtisch auf den Boden. McAuliff schlug seinem Gegner den Rücken seiner Faust ins Gesicht. Dann öffnete er die Hand und riß den Kopf des Jamaikaners an den Haaren herunter. Während der Kopf nach unten schoß, stieß Alex sein Knie in den Brustkorb seines Gegners und dann in dessen Gesicht.

In seinem Kopf hörte er Stimmen, die er vor tausend Jahren schon einmal gehört hatte: *Setz deine Knie ein! Deine Füße! Pack ihn! Halt ihn fest! Ziel auf die Augen! Ein blinder Mann kann nicht kämpfen! Brich ihm das Genick!*

Dann war es plötzlich wieder vorbei. Die Stimmen verstummten. Der Mann vor ihm brach zusammen.

McAuliff wich einen Schritt zurück. Er hatte Angst. Irgend etwas war mit ihm geschehen. Einige schreckliche Sekunden lang war er wieder in den Bergen von Vietnam gewesen. Er sah auf den Jamaikaner hinunter, der reglos vor ihm lag, den Kopf zur Seite gedreht. Aus den rosafarbenen Lippen strömte Blut.

Gott sei Dank atmete der Mann noch.

Die Waffe war der Auslöser gewesen. Die verdammte *Waffe*. Eine Waffe hatte er nicht erwartet. Einen Kampf schon. Seine Wut rechtfertigte die Auseinandersetzung. Aber er hatte sie sich eher als Handgemenge vorgestellt – heftig, schnell vorbei. Er hatte dem Mann, der sich die Aufzeichnungen anhörte, gegenübertreten und ihn zwingen wollen, mit ihm zu gehen. Um einen habgierigen Auftraggeber in Verlegenheit zu bringen, ihm eine Lektion zu erteilen.

Aber nicht das hier.

Das hier war tödlich. Das hier war die Gewalt, die man zum Überleben brauchte.

Die Bänder. Die Stimmen. Die aufgeregten Stimmen drangen noch immer aus den Lautsprechern auf dem Schreibtisch.

Er hatte keinen Fernseher gehört. Die Stimmen kamen aus der Küche des Courtleigh Manor. Männer brüllten, andere Männer antworteten gereizt. Die Anordnungen der Küchenchefs, die quengelnden Klagen der Untergebenen. Und alles hektisch, aufgeregt – zum größten Teil unverständlich. Jeder, der hier zugehört hatte, mußte rasend geworden sein.

Dann fiel Alex' Blick auf die sich drehenden Spulen des Tonbandgerätes. Aus irgendeinem Grund stand es auf dem Boden, rechts neben dem Schreibtisch. Ein kleines kompaktes Gerät, das sich unermüdlich drehte, als wäre nichts geschehen.

McAuliff packte die beiden Lautsprecher und schmetterte sie mehrere Male gegeneinander, bis das Holz zersplitterte und die Gehäuse auseinanderbrachen. Dann riß er die schwarze Verkleidung und die Kabel heraus und warf sie durch das Zimmer. Er ging auf die rechte Seite des Schreibtisches, trat mit dem Fuß auf das Tonbandgerät und drehte ihn so lange auf den vielen flachen Schaltern hin und her, bis eine kleine Rauchwolke aus dem Inneren aufstieg und die Spulen sich nicht mehr bewegten. Er bückte sich, riß das Band heraus und überlegte, ob er es verbrennen sollte, aber es war sowieso nichts von Bedeutung darauf. Also rollte er die beiden Spulen über den Boden. Das dünne Band bildete auf dem Teppich ein schmales V.

Der Jamaikaner stöhnte. Er blinzelte, als er schlucken und husten mußte.

Alex hob die Pistole vom Boden auf und steckte sie sich in den Gürtel. Dann ging er ins Bad, drehte das kalte Wasser auf und warf ein Handtuch ins Waschbecken.

Er zog das nasse Handtuch aus dem Becken und ging zu dem hustenden, verletzten Jamaikaner zurück. Er kniete sich hin, half ihm dabei, sich aufzusetzen und wischte ihm das Gesicht ab. Das Wasser tropfte auf das Hemd und die Hose des Mannes ... Wasser, vermischt mit Blut.

»Es tut mir leid«, sagte Alex. »Ich wollte Ihnen nicht weh tun. Ich hätte anders reagiert, wenn Sie nicht nach dieser verdammten Pistole gegriffen hätten.«

»Mann!« Der Jamaikaner unterbrach ihn hustend. »Sie sind ja verrückt, Mann!« Er faßte sich an die Brust und zuckte zusammen, während er mühsam aufstand. »Sie haben alles kaputtgemacht, Mann!« sagte er mit einem Blick auf die zertrümmerten Geräte.

»O ja, allerdings. Vielleicht versteht Ihr Mr. Craft jetzt. Wenn er Industriespionage spielen will, soll er sich ein anderes Opfer dafür aussuchen. Ich habe etwas dagegen, wenn mein Privatleben verletzt wird. Kommen Sie, wir gehen.« Alex packte den Mann am Arm und wollte ihn zur Tür führen.

»Nein, Mann!« schrie der Schwarze und wehrte sich.

»Ja, Mann«, sagte McAuliff ruhig. »Sie kommen mit mir.«

»Wohin?«

»Wir besuchen einen kleinen alten Mann, der ein Fischgeschäft hat, das ist alles.« Alex gab ihm einen Stoß. Der Schwarze hielt sich die Seite. Offenbar hatte er sich ein paar Rippen gebrochen.

»Bitte, Mann! Keine Polizei! Ich würde alles verlieren!« Die dunklen Augen des Jamaikaners waren flehentlich auf Alex gerichtet, während er sich die Rippen hielt.

»Sie wollten nach einer Waffe greifen, Mann! Das ist etwas sehr Ernstes.«

»Das ist nicht meine Waffe. Außerdem sind gar keine Kugeln drin, Mann.«

»*Was?*«

»Sehen Sie doch nach, Mann! Bitte! Ich bin ein anständiger Mann ... Ich tue doch niemandem was ...«

Alex hörte nicht zu. Er zog die Pistole aus dem Gürtel.

Es war überhaupt keine richtige Pistole.

Es war eine Startpistole, wie sie die Starter bei Leichtathletikveranstaltungen benutzten.

»Großer Gott ...« Arthur Craft junior und seine Spiele – Spiele für kleine Jungen mit Spielzeugen für kleine Jungen. »Okay, Mann«, knurrte er. »Erzählen Sie Ihrem Boß, was ich gesagt habe. Das nächste Mal bringe ich ihn vor Gericht.« Es war dumm von ihm, so etwas zu sagen, dachte Alex, während er auf den Korridor trat und die Tür hinter sich zuknallte. Es würde nie eine Gerichtsverhandlung geben. Julian Warfield und dessen Widersacher R. C. Hammond würden weitaus effektiver sein. Im Vergleich zu Dunstone Limited und dem britischen Geheimdienst war Arthur Craft eine Null. Ein unwichtiger Störenfried, nicht viel mehr.

McAuliff verließ den Fahrstuhl und versuchte sich daran zu erinnern, wo die Telefonzellen waren. Ihm fiel ein, daß er sie links vom Eingang gesehen hatte, hinter der Rezeption.

Am Empfang nickte er den Hotelangestellten zu, während er sich Westmore Tallons Privatnummer in Erinnerung rief.

»Mr. McAuliff, Sir?« Der Mann, der ihn ansprach, war ein großer Jamaikaner mit sehr breiten Schultern, was durch eine enge Nylonjacke noch betont wurde.

»Ja?«

»Würden Sie bitte mit mir kommen?«

Alex musterte ihn. Der Jamaikaner war gut gekleidet, seine Hose gebügelt. Unter der Jacke sah man ein weißes Hemd und eine Krawatte. »Nein. Warum sollte ich?«

»Bitte, wir haben nicht viel Zeit. Draußen wartet ein Mann auf Sie. Ein Mr. Tucker.«

»Was? Wie haben Sie ...«

»*Bitte*, Mr. McAuliff. Ich kann hier nicht länger bleiben.«

Alex folgte dem Jamaikaner durch die Glastüren des Hoteleingangs. Als sie die Auffahrt erreichten, sah er, wie der Mann mit dem gelben Hemd – Crafts Handlanger – den schmalen Weg vom Parkplatz hochkam, abrupt stehenblieb und ihn anstarrte, als wüßte er nicht, was er jetzt tun sollte.

»Beeilen Sie sich bitte«, sagte der Jamaikaner, der einige Schritte vor McAuliff ging. Plötzlich begann er zu rennen. »Hinter dem Tor. Dort wartet ein Wagen.«

Sie liefen die Auffahrt hinunter, an den steinernen Torpfosten vorbei.

Der grüne Chevrolet stand mit laufendem Motor auf ihrer Seite der Straße. Der Jamaikaner öffnete die hintere Wagentür für Alex.

»Steigen Sie ein.«

McAuliff stieg ein.

Sam Tucker, dessen massige Gestalt fast den ganzen Rücksitz für sich beanspruchte und dessen rotes Haar im Licht der Laternen draußen aufleuchtete, streckte ihm die Hand entgegen.

»Schön, dich zu sehen, Junge!«

»Sam!«

Der Wagen machte einen Satz nach vorn, und Alex wurde in den Sitz gedrückt. Er sah, daß vorn drei Männer saßen. Der Fahrer trug eine Baseballmütze, der dritte Mann – beinahe so breit wie Sam Tucker – saß eingeklemmt zwischen dem Fahrer und dem Jamaikaner, der ihn in der Lobby des Courtleigh angesprochen hatte. Alex drehte sich zu Tucker um.

»Was *soll* das alles, Sam? Wo zum Teufel bist du gewesen?«

Doch die Antwort auf seine Frage erhielt McAuliff nicht von Sam Tucker. Der Schwarze am Fenster, der ihn hergebracht hatte, drehte sich um. »Mr. Tucker ist bei uns gewesen, Mr. McAuliff. Wenn alles gutgeht, sind wir Ihre Verbindung zu Halidon.«

14.

Die Fahrt dauerte fast eine Stunde. McAuliff hatte den Eindruck, als ginge es immer höher und höher. Die gewundene Straße schlängelte sich nach oben, mit überraschenden Kehren und Kurven, die unter üppigen Wasserfällen aus tropischen Pflanzen verborgen waren. Manchmal fuhren sie über ein Stück unbefestigte Straße. Das Auto, dessen jaulender, niedriger Gang von der Überlastung zeugte, wurde kaum damit fertig.

McAuliff und Sam Tucker unterhielten sich leise miteinander. Sie wußten, daß die Männer vorn ihr Gespräch hörten. Tucker schien dies nicht zu beunruhigen.

Sams Geschichte klang vollkommen logisch, wenn man seine Gewohnheiten und seinen Lebensstil kannte. In vielen Teilen der Welt hatte er Freunde – oder Bekannte –, die niemand kannte. Er verheimlichte ihre Identität nicht mit Absicht – sie gehörten zu seinem Privatleben, nicht zu seinem Beruf.

Einer dieser Freunde war Walter Piersall gewesen.

»Ich habe dir letztes Jahr von ihm erzählt, Alexander«, sagte Tucker in der Dunkelheit des Rücksitzes. »In Ocho Rios.«

»Ich kann mich nicht daran erinnern.«

»Ich habe dir erzählt, daß ich in Carrick Foyle einen Wissenschaftler kennengelernt hatte. Und daß ich ein paar Wochenenden bei ihm verbringen wollte.«

Das war es, dachte McAuliff – bei dieser Gelegenheit hatte er den Namen Carrick Foyle gehört. »Jetzt erinnere ich mich. Es ging um eine Vortragsreihe an einem Institut in Kingston.«

»Stimmt. Walter war erstklassig – ein Anthropologe, bei dem man sich nicht zu Tode langweilte. Ich habe ihm telegrafiert, daß ich zurückkomme.«

»Du hast dich auch bei Hanley gemeldet. Er war derjenige, der Alarm geschlagen hat.«

»Ich habe Bob angerufen, nachdem ich in Montego angekommen war. Um ein bißchen was zu unternehmen. Es gab keine Möglichkeit, ihn später noch mal zu erreichen. Wir waren ständig unterwegs, und als wir dort ankamen, wo wir hinwollten, gab es kein Telefon. Ich dachte mir schon, daß er verdammt wütend wäre.«

»Er war nicht wütend, er hat sich Sorgen um dich gemacht. Du warst plötzlich wie vom Erdboden verschluckt.«

»Er hätte es besser wissen sollen. Ich habe Freunde auf dieser Insel, keine Feinde. Zumindest keine, die wir kennen.«

»Was ist dann passiert? Wohin bist du gegangen?«

Tucker berichtete. Als er in Montego Bay angekommen war, hatte er an der Rezeption eine Nachricht von Piersall vorgefunden – er solle den Anthropologen in Carrick Foyle anrufen, nachdem er sich frischgemacht habe. Das tat er auch, aber ein Diener in Carrick Foyle sagte ihm, daß Piersall vermutlich erst spät abends zurückkommen werde.

Anschließend telefonierte Tucker mit seinem alten Freund Hanley, und die beiden Männer betranken sich, wie immer, wenn sie einander nach längerer Zeit wiedersahen.

Am Morgen – Hanley schlief noch – verließ Sam das Hotel, um Zigarren zu kaufen.

»Der Zimmerservice dort war nicht gerade überragend, Junge.«

»Das dachte ich mir schon«, sagte Alex.

Tucker deutete auf den Vordersitz. »Auf der Straße haben dann unsere Freunde hier mit einem Kombi auf mich gewartet …«

»Mr. Tucker wurde verfolgt«, warf der Schwarze am Fenster ein. »Dr. Piersall hat davon erfahren. Er hat uns nach Montego Bay geschickt, damit wir uns um ihn kümmern. Mr. Tucker ist ein Frühaufsteher.«

Sam grinste. »Du kennst mich doch. Selbst wenn ich getrunken habe, kann ich nicht lange schlafen.«

»Ich weiß«, sagte Alex. Er erinnerte sich an viele Vermessungen, bei denen Tucker schon vor Anbruch der Dämmerung im Hotel oder im Zelt herumgewandert war.

»Dann gab es ein kleines Mißverständnis«, fuhr Sam fort. »Die Jungs hier sagten, daß Piersall auf mich wartet. Ich dachte mir, was soll's, sie haben die ganze Nacht auf mich gewartet, da kann ich auch gleich mit ihnen gehen. Der alte Hanley, dachte ich, wacht sowieso erst in einer Stunde oder so auf. Ich wollte ihn von Piersalls Haus aus anrufen. Aber wir sind gar nicht nach Carrick Foyle gefahren. Unser Ziel war ein Camp in einem Bambuswäldchen am Martha Brae. Wir haben fast zwei Stunden gebraucht, um es zu erreichen. Ein gottverlassener Ort, Alexander.«

Als sie dieses Camp erreicht hatten, war Sam von Walter Piersall herzlich begrüßt worden. Aber innerhalb weniger Minuten war Tucker klargeworden, daß sich sein Freund verändert hatte. Er war nicht mehr der Mann, den Sam vor einem Jahr kennengelernt hatte. Er strömte einen fanatischen Eifer aus, eine Intensität, die vor zwölf Monaten noch nicht zu sehen gewesen war.

Walter Piersall hatte sich tief in innerjamaikanische Angelegenheiten verstrickt. Der stille Anthropologe war zu einem wilden Partisanen innerhalb der Auseinandersetzungen geworden, die von sozialen und politischen Splittergruppen in Jamaika angezettelt wurden. Plötzlich war er ein strenger Hüter der Rechte der Inselbewohner, ein Feind ausländischer Ausbeuter.

»Ich habe so etwas schon oft erlebt, Alexander«, sagte Sam. »Von der Tasmanischen See bis zur Karibik. Es ist eine Art Inselkoller. Besessenheit – Größenwahn, glaube ich. Die Männer kommen wegen der Steuern oder des Klimas oder was auch immer, und dann verwandeln sie sich in selbsternannte Beschützer ihrer kleinen Paradiese – der katholische Konvertit, der dem Papst klarmacht, daß der nichts von der Dreifaltigkeit versteht ...«

Während seiner neuen Aktivitäten auf der Insel waren Piersall Gerüchte über eine umfangreiche Verschwörung zu Ohren gekommen, bei der es um Land ging – Land, das sich vor seiner Haustür befand, im Bezirk von Trelawny. Zunächst tat er sie als unbegründet ab. Darin sollten Männer verwickelt sein, deren Meinung vielleicht nicht mit seiner übereinstimmte, deren Integrität aber über jeden Zweifel erhaben war. Männer in außergewöhnlich hohen Positionen.

Das Verschwörungssyndrom war eine allgegenwärtige Plage in jeder jungen, wachsenden Regierung. Piersall wußte das. In Jamaika wurden die Verschwörungsgerüchte durch den Zustrom ausländischen Kapitals, das nach Steueroasen suchte, genährt, außerdem durch ein Parlament, das mehr Reformprogramme genehmigte, als es kontrollieren konnte, und durch eine zahlenmäßig kleine, wohlhabende Inselaristokratie, die versuchte, sich zu schützen. Fast überall wurde bestochen.

Piersall hatte beschlossen, die umlaufenden Gerüchte ein für allemal zum Schweigen zu bringen. Vor vier Monaten hatte er deshalb beim Innenministerium vorgesprochen und eine Absichtserklärung eingereicht, mit der er den Kauf von fünftausend Hektar Land an der Nordgrenze des Cock Pit über ein Konsortium beantragte. Es war eigentlich eine harmlose Geste. Ein solcher Kauf würde die Gerichte jahrelang beschäftigen und eine endgültige Anerkennung der historischen Inselverträge erforderlich machen. Piersall wollte lediglich beweisen, daß Kingston bereit und willig war, den Antrag zu akzeptieren. Daß das Land nicht von Außenstehenden kontrolliert wurde.

»Seit diesem Tag, Alexander, wurde ihm das Leben zur Hölle gemacht.« Sam Tucker zündete sich eine dünne jamaikanische Zigarre an. Der würzige Rauch wurde aus dem offenen Fenster in die vorbeijagende Dunkelheit gerissen. »Er wurde von der Polizei unter Druck gesetzt, Dutzende von Malen wegen völlig unsinniger Anschuldigungen vor das Bezirksgericht gezerrt. Seine Vorlesungen an der Universität und am Institut wurden gestrichen, seine Telefonate abgehört, Gespräche von Regierungsanwälten weitererzählt ... Und am Ende haben ihn die Gerüchte getötet, die er aus der Welt hatte schaffen wollen.«

McAuliff sagte eine Weile nichts. »Warum lag Piersall so viel daran, mit dir zu sprechen?« fragte er dann.

»Ich habe ihm in meinem Telegramm gesagt, daß ich an einer großen Vermessung in Trelawny teilnehme. Ein Londoner Projekt, das in Zusammenarbeit mit Kingston stattfindet. Ich wollte nicht, daß er den Eindruck bekommt, ich fliege zehntausend Kilometer, nur um sein Gast zu sein. Er war ein vielbeschäftigter Mann, Alexander.«

»Aber heute abend warst du in Kingston. Nicht in einem Camp in einem Bambuswäldchen am Martha Brae. Zwei dieser Männer« – McAuliff deutete nach vorn – »sind mir heute nachmittag gefolgt. In diesem Wagen.«

»Lassen Sie mich dazu etwas sagen, Mr. McAuliff«, sagte der Jamaikaner am Fenster. Er drehte sich um und legte den Arm über die Sitzlehne. »Kingston hat Mr. Tucks Telegramm abgefangen. Sie haben sich ihren eigenen Reim darauf gemacht. Sie dachten, Mr. Tuck hätte etwas mit Dr. Piersall zu tun und würde schlimme Unternehmen mit ihm planen. Schlimm für sie, Mann. Sie haben Männer nach Montego Bay geschickt, gefährliche Männer. Um herauszufinden, was Tuck vorhatte ...«

»Woher wissen Sie das alles?« unterbrach ihn Alex.

Der Schwarze am Fenster warf einen kurzen Blick auf den Fahrer. Das schwache Licht und die vorbeihuschenden Schatten machten es schwierig, etwas zu erkennen, aber McAuliff glaubte zu sehen, daß der Fahrer kaum merklich nickte.

»Wir haben uns die Männer geschnappt, die wegen Mr. Tuck nach Montego Bay gekommen sind. Was wir von ihnen erfahren haben, hat Dr. Piersall sehr beunruhigt. So sehr, Mann, daß wir nach Kingston geflogen sind. Um mit Ihnen zu sprechen, Mann. Deswegen wurde Dr. Piersall getötet.«

»Wer hat ihn getötet?«

»Wenn wir das wüßten, würden jetzt einige Männer an den Bäumen des Victoria-Parks hängen.«

»Was haben Sie von den Männern in Montego erfahren?«

Wieder schien der Schwarze zu dem Fahrer hinüberzusehen. Nach einigen Sekunden beantwortete er die Frage. »Die Leute in Kingston glaubten, daß sich Dr. Piersall noch mehr einmischen würde. Als er versucht hat, Sie zu finden, Mann, hielten sie das für den Beweis dafür. Sie haben ihn getötet und sich damit einen großen Seeigel aus dem Fuß gezogen.«

»Und Sie wissen nicht, wer es getan ...«

»Nigger, die man dafür bezahlt hat, Mann«, unterbrach der Schwarze ihn.

»Das ist doch Wahnsinn!« sagte McAuliff sowohl zu sich selbst als auch zu Sam Tucker. »Menschen töten Menschen, Männer verfolgen andere Männer. Völlig verrückt!«

»Das sagt ein Mann, der in Tallon's Fischgeschäft geht?« fragte der Schwarze.

»Woher wissen ...« McAuliff brach ab. Er war verwirrt. Er war doch so vorsichtig gewesen. »Woher wissen Sie das? Ich habe Sie doch an der Rennbahn abgehängt!«

Der Jamaikaner lächelte. Seine weißen Zähne fingen die tanzenden Lichtreflexe ein, die durch die Windschutzscheibe hereindrangen. »Eigentlich schmeckt eine Salzwasserforelle nicht besser als eine Süßwasserforelle, Mann.«

Der Verkäufer! Der lässige Verkäufer mit der gestreiften Leinenschürze. »Der Mann hinter dem Ladentisch gehört zu Ihnen. Ziemlich gut«, sagte McAuliff ruhig.

»Wir sind *sehr* gut. Westmore Tallon ist ein britischer Agent ... Es ist typisch englisch, sich die Hilfe einflußreicher Persönlichkeiten zu sichern. Aber im Grunde genommen ist es furchtbar dumm. Tallons senile Klassenkameraden aus Eton vertrauen ihm vielleicht, seine Landsleute nicht.«

Der Jamaikaner nahm seinen Arm von der Lehne und drehte sich wieder nach vorn. Er hatte alles gesagt, was er sagen wollte.

»Und jetzt erklär mir, was zum Teufel hier los ist, Alexander. Was hast du angestellt, Junge?« fragte Sam Tucker nachdenklich.

McAuliff drehte sich zu Sam um. Sein riesiger, unternehmungslustiger alter Freund starrte ihn aus der Dunkelheit an. Licht und Schatten huschten über sein Gesicht. Tucker war verwirrt und gekränkt. Und wütend.

Ja – was zum Teufel hatte er angestellt? fragte sich Alex.

»Wir sind da, Mann«, sagte der Fahrer mit der Baseballmütze, der während der ganzen Fahrt kein Wort gesprochen hatte.

McAuliff sah zum Fenster hinaus. Der Boden war flach, aber sie befanden sich hoch oben in den Hügeln. Die Umgebung wurde durch das trübe Mondlicht erhellt, das durch die tiefhängenden Wolken der Blue Mountains fiel. Sie waren auf einer unbefestigten Straße. In einiger Entfernung, etwa einen halben Kilometer entfernt, stand ein Gebäude, das wie eine kleine Hütte aussah. Durch das einzige Fenster war ein schwacher Lichtschein zu sehen. Auf der rechten Seite sah er zwei weitere – Gebilde. Keine Gebäude, Häuser oder Hütten, nichts, was genau definierbar gewesen wäre. Nur unregelmäßig geformte, durchhängende Silhouetten. Durchscheinend? Ja – Drähte und Stoff. Oder ein Netz. Große zeltartige Bahnen, die von zahlreichen Pfählen gestützt wurden. Und dann wußte Alex, was es war – der Boden jenseits der Zelte war flachgewalzt. Links und rechts davon, alle zehn, zwölf Meter, standen nicht angezündete Fackeln. Die Zelte bildeten einen getarnten Hangar. Der Boden war eine Landebahn.

Sie waren auf einem nicht markierten Flugplatz in den Bergen.

Der Chevrolet fuhr langsamer, während er sich der Hütte näherte, die, wie sich herausstellte, ein kleines Farmhaus war. Neben dem Gebäude stand ein uralter Traktor, Geräte für die Feldarbeit lagen herum – Pflüge, Schultertragen, Mistgabeln. Im Licht des Mondes sahen sie aus wie stumme Relikte. Unbenutzte, tote Erinnerungsstücke.

Tarnung.

Der Hangar war bestens getarnt.

Ein Flugplatz, der auf keiner Karte verzeichnet war.

»Mr. McAuliff, Mr. Tucker? Würden Sie mir bitte folgen?« Der Schwarze, der am Fenster saß, öffnete die Tür und stieg aus. Sam und Alex taten es ihm gleich. Der Fahrer und der dritte Jamaikaner blieben sitzen. Als die drei Männer zur Seite traten, stieg der Fahrer aufs Gaspedal und entfernte sich auf der unbefestigten Straße.

»Wohin fahren sie?« frage McAuliff beunruhigt.

»Sie verstecken den Wagen«, antwortete der Schwarze. »Kingston schickt nachts Flugzeuge los, die Patrouille fliegen und nach Ganja Ausschau halten. Sie suchen nach Plätzen wie diesem hier. Wenn sie Glück haben, sehen sie auch ein kleines Flugzeug, das Drogen transportiert.«

»Ist das hier Ganja-Land? Ich dachte, das liegt weiter im Norden«, sagte Tucker.

Der Jamaikaner lachte. »Ganja, Gras, Mohn ... Norden, Westen, Osten. Eine blühende Exportindustrie, Mann. Aber nicht die unsere. Kommen Sie, wir gehen hinein.«

Während sie sich dem winzigen Farmhaus näherten, wurde dessen Tür geöffnet. Im Türrahmen stand der hellhäutige Schwarze, den Alex in einer gestreiften Schürze hinter dem Ladentisch von Tallon's gesehen hatte.

Das Innere der kleinen Hütte war primitiv – Stühle aus Holz, ein klobiger, runder Tisch in der Mitte des einzigen Zimmers, ein Feldbett an der Wand. Das moderne Funkgerät auf einem Tisch rechts neben der Tür bildete dazu einen krassen Gegensatz. Davor stand eine kleine Lampe. Ein Generator war zu hören, der Strom erzeugte.

All das hatte McAuliff innerhalb von wenigen Sekunden nach seinem Eintreten wahrgenommen. Dann sah er einen zweiten Mann, der im Halbdunkel am anderen Ende des Raumes stand, mit dem Rücken zu den anderen. Die Gestalt – der Schnitt des Jacketts, die Schultern, die enge Taille, die maßgeschneiderten Hosen – kam ihm vertraut vor.

Als der Mann sich umdrehte, fiel das Licht auf sein Gesicht.

Charles Whitehall starrte McAuliff an. Dann nickte er ihm langsam zu.

Die Tür ging auf. Der Fahrer des Chevrolets kam herein, zusammen mit dem dritten Schwarzen. Er ging zu dem runden Tisch in der Mitte des Raumes und setzte sich. Als er die Baseballmütze abnahm, kam darunter ein großer kahlgeschorener Kopf zum Vorschein.

»Mein Name ist Moore. Barak Moore, Mr. McAuliff. Machen Sie sich keine Sorgen. Die Frau, Alison Booth, hat einen Telefonanruf bekommen. Man hat ihr gesagt, daß Sie wegen einer Konferenz ins Ministerium mußten.«

»Das wird sie nicht glauben«, erwiderte Alex.

»Wenn sie auf die Idee kommt, es zu überprüfen, wird man ihr sagen, daß Sie mit Latham zu einem Lagerhaus gefahren sind. Sie brauchen sich keine Gedanken zu machen, Mann.«

Sam Tucker stand neben der Tür. Er schien entspannt, aber neugierig zu sein. Und er war stark. Er hatte die mächtigen Arme vor der Brust verschränkt, sein faltiges Gesicht – von der Sonne Kaliforniens gebräunt – verriet sein Alter und betonte seine zähe Kraft. Charles Whitehall stand am Fenster der linken Wand, einen Ausdruck der Verachtung auf dem eleganten, arroganten Gesicht.

Der hellhäutige Schwarze aus Tallon's Fischgeschäft und die beiden anderen Jamaikaner hatten sich mit ihren Stühlen an die rechte Wand zurückgezogen, weg vom Zentrum der Aufmerksamkeit. Sie machten deutlich, daß Barak Moore ihr Anführer war.

»Setzen Sie sich bitte.« Barak Moore deutete auf die Stühle, die um den Tisch standen. Es waren drei. Tucker und McAuliff sahen sich an. Es hatte keinen Sinn, sich zu weigern. Sie gingen zum Tisch und setzten sich. Charles Whitehall blieb am Fenster stehen. Moore warf ihm einen Blick zu. »Würdest du dich bitte zu uns setzen?«

»Später. Wenn mir danach ist«, antwortete Whitehall.

Moore lächelte und sagte, während er Whitehall ansah: »*Charley-Man* hat Probleme damit, mit mir im selben Raum zu sein. Noch mehr natürlich, mit mir am selben Tisch zu sitzen.«

»Warum ist er dann hier?« fragte Tucker.

»Er hatte keine Ahnung, daß er hier sein würde – das ist ihm erst einige Minuten vor der Landung klargeworden. Wir haben in Savanna-la-Mar die Piloten ausgewechselt.«

»Sein Name ist Charles Whitehall«, sagte Alex zu Sam. »Er gehört zum Vermessungsteam. Ich wußte auch nicht, daß wir ihn hier treffen würden.«

»Was ist Ihr Spezialgebiet, Junge?« Tucker lehnte sich auf seinem Stuhl zurück und sah Whitehall an.

»Jamaika, *Junge.*«

»Ich wollte Sie nicht beleidigen.«

»Sie haben mich beleidigt«, antwortete Whitehall schlicht.

»Charley und ich«, fuhr Barak Moore fort, »vertreten sozusagen die beiden Extreme der Politik. In Ihrem Land gibt es den Begriff ›weißer Abschaum‹. Für ihn bin ich ›schwarzer

Müll‹. Aus ungefähr den gleichen Gründen – er denkt, ich bin zu ordinär, zu laut, zu ungewaschen. In Charley-Mans Augen bin ich ein ungehobelter Revolutionär – er dagegen ist ein charmanter Rebell.« Mit einer affektierten, beleidigenden Bewegung schwenkte Moore seine Hand vor sich hin und her. »Aber unsere Revolutionen sind verschieden, völlig verschieden, Mann. Ich will Jamaika für alle Menschen. Er will es nur für einige wenige.«

Whitehall stand regungslos da, während er antwortete. »Du bist noch genauso blind wie vor zehn Jahren. Das einzige, was sich geändert hat, ist dein Name, Bramwell Moore.« Whitehall verhöhnte ihn mit seiner Stimme, als er weitersprach. »Barak – so kindisch und bedeutungslos wie die Gesellschaft, die du schaffen willst. Das Quaken einer Dschungelkröte.«

Moore schluckte. »Ich würde dich am liebsten töten, ich glaube, das weißt du auch«, sagte er dann. »Aber das wäre so unklug wie die Lösungen, die du deiner Heimat aufzwingen willst. Wir haben einen gemeinsamen Feind, du und ich. Wir sollten das Beste daraus machen, *Fascisti-Man.*«

»Das Vokabular deiner Mentoren. Hast du es auswendig gelernt, oder haben sie dir inzwischen das Lesen beigebracht?«

»Das reicht!« unterbrach McAuliff sie wütend. »Sie können sich streiten und beschimpfen, meinetwegen können Sie sich auch gegenseitig umbringen, das ist mir völlig egal. Aber ich will jetzt endlich ins Hotel zurück!« Er sah Barak Moore an. »Wenn Sie etwas zu sagen haben, dann tun Sie das jetzt.«

»Er hat recht, Charley-Man«, sagte Moore. »Wir reden später weiter. Ich werde Ihnen, wie man so sagt, eine Zusammenfassung geben. Es ist eine kurze Zusammenfassung, Mann. Daß es für ein großes Gebiet auf der Insel Pläne für eine Erschließung gibt – Pläne, die meine Landsleute außen vor lassen, ist inzwischen eine Tatsache. Dr. Piersalls Tod hat das bestätigt. Natürlich nehmen wir an, daß Ihre geologische Vermessung mit diesen Plänen zusammenhängt. Deshalb verbergen das Ministerium und die Royal Society – bewußt oder unbewußt – die Identität derer, die ein finanzielles Interesse daran haben. Mr. McAuliff hier sind diese Fakten nicht ganz unbekannt, da er über diesen widerwärtigen Westmore Tallon mit dem britischen Geheimdienst in Kontakt steht ... Das ist die Zusammenfassung. Und was passiert weiter?« Moore starrte Alex an. Seine Augen waren kleine schwarze Krater in einem riesigen Berg aus dunkler Haut. »Wir haben ein Recht darauf, es zu wissen, Mr. McAuliff.«

»Bevor Sie ihn an die Wand stellen, Junge«, warf Sam Tucker zu Alexanders Überraschung ein, »sollten Sie daran denken, daß ich nicht zu Ihnen gehöre. Ich will damit nicht sagen, daß ich es mir nicht vorstellen könnte, aber jetzt gehöre ich noch nicht zu Ihnen.«

»Ich dachte eigentlich, Sie wären genauso interessiert daran wie wir, Tucker.« Daß er ihn nicht mit ›Mister‹ anredete, war, vermutete Alex, Moores feindselige Antwort auf Sams ›Junge‹. Moore wußte nicht, daß Tucker jeden so nannte.

»Verstehen Sie mich nicht falsch«, fügte Sam hinzu. »Ich bin interessiert. Überlegen Sie sich nur, was Sie sagen ... Ich glaube, du solltest jetzt erzählen, was du weißt, Alex.«

McAuliff sah Tucker an, dann Moore. Schließlich warf er einen Blick zu Whitehall hinüber. Auf eine Konfrontation dieser Art hatte Hammond ihn nicht vorbereitet. Mit Ausnahme des Ratschlages, es nicht zu kompliziert zu machen und immer auf einem Teil der Wahrheit aufzubauen. »Der britische Geheimdienst – und alle, die ihn vertreten – möchte diese Entwicklung genauso aufhalten wie Sie. Aber er braucht Informationen. Er glaubt, Halidon hat diese Informationen, deshalb wollen sie mit Halidon Kontakt aufnehmen. Ich soll versuchen, diesen Kontakt herzustellen.«

Alex war nicht ganz sicher, welche Reaktion er damit hervorrufen würde, aber das, was jetzt geschah, hatte er nicht erwartet. Barak Moores ungeschlachte Gesichtszüge, seltsam bizarr unter dem riesigen, geschorenen Schädel, veränderten ihren Ausdruck von Unbeweglichkeit zu Belustigung, von Belustigung zu einer Grimasse offener Heiterkeit, die ihre Wurzeln in Bosheit hatte. Sein großer Mund öffnete sich, und heraus kam ein bellendes, spöttisches Lachen.

Vom Fenster hörte er ein anderes Geräusch, ein anderes Lachen – höher und eher wie das eines Schakals. Charles Whitehall hatte den Kopf in den wohlgeformten Nacken gelegt, den Blick zur Decke erhoben und die Arme vor dem maßgeschneiderten Jackett gekreuzt. Er sah aus wie ein dünner schwarzer Priester, den die Unwissenheit eines Novizen amüsierte.

Die drei anderen Jamaikaner, die an der Wand saßen, lächelten. Ihre weißen Zähne leuchteten im Halbdunkel, und ihre Körper bewegten sich leicht vor verhaltenem Lachen.

»Was zum Teufel ist daran komisch?« fragte McAuliff, der sich über die ihm unerklärliche Demütigung ärgerte.

»Komisch, Mann? Das ist mehr als komisch. Der Mungo jagt die Giftschlange, und dann soll die Schlange Freundschaft mit ihm schließen?« Wieder lachte Moore sein schreckliches Lachen. »Das ist gegen jedes Naturgesetz, Mann!«

»Moore möchte Ihnen damit sagen, Mr. McAuliff«, warf Whitehall ein, während er zum Tisch herüberkam, »daß es völlig absurd ist zu glauben, Halidon würde mit den Engländern zusammenarbeiten. Es ist unvorstellbar. Halidon hat die Briten aus Jamaika gejagt. Um es einfacher auszudrükken: Dem MI6 kann man nicht trauen.«

»Aber was *ist* Halidon?« Alex beobachtete den schwarzen Wissenschaftler, der regungslos dastand, den Blick auf Barak Moore gerichtet.

»Eine Macht«, antwortete Whitehall leise.

McAuliff sah Moore an, der Whitehalls Blick erwiderte. »Das sagt nicht sehr viel aus.«

»Niemand in diesem Raum kann Ihnen etwas Genaues dazu sagen, Mann.« Barak Moores Blick wanderte zu Alex hinüber.

Charles Whitehall sprach weiter. »Es gibt keine Namen, McAuliff. Halidon ist eine unsichtbare Kurie, ein Gericht ohne Richter. Niemand wird Sie diesbezüglich anlügen. Nicht, wenn es um Halidon geht … Diese kleine Gruppe hier, diese drei Männer, Moores Elitetruppe …«

»Deine Worte, Charley-Man. Wir benutzen andere! *Elite!*« Barak spuckte das Wort förmlich aus.

»Das ist unwichtig«, fuhr Whitehall fort. »Ich wage zu behaupten, daß es auf ganz Jamaika nicht mehr als fünfhundert Leute gibt, die jemals mehr von Halidon gehört haben. Weniger als fünfzig, die einige Mitglieder kennen. Sie würden eher den Zorn von *Obeah* auf sich ziehen, als Namen zu nennen.«

»*Obeah!*« Sam Tuckers Stimme machte deutlich, was er dazu zu sagen hatte. Er hielt nichts von dem einheimischen Teufelskult, der die Gedanken von vielen Tausend Jamaikanern mit Angst und Schrecken erfüllte – Jamaikas Pendant des haitianischen Voodoos. »*Obeah* ist völliger Schwachsinn, Junge! Je eher die Menschen in den Dörfern und Bergen das begreifen, desto besser für sie!«

»Wenn Sie glauben, daß es *Obeah* nur in den Dörfern und den Bergen gibt, irren Sie sich leider«, sagte Whitehall. »Wir auf Jamaika bieten *Obeah* nicht als Touristenattraktion feil. Wir haben zuviel Respekt davor.«

Alex sah zu Whitehall hoch. »Haben *Sie* Respekt davor? Glauben *Sie* daran?«

Whitehall betrachtete McAuliff mit einem wissenden Blick, der auch eine Spur von Humor enthielt. »Ja, Mr. McAuliff, ich habe Respekt vor *Obeah*. Ich habe seinen Ursprung bis zu seinen Wurzeln in Afrika zurückverfolgt. Ich habe gesehen, was es in der Steppe und im Dschungel anrichten kann. Respekt. Nicht Unterwerfung oder Glaube.«

»Und Halidon ist eine Organisation.« McAuliff zog seine Zigaretten heraus. Barak Moore streckte die Hand aus, um eine davon zu nehmen. Sam beugte sich auf seinem Stuhl nach vorn. Alex sprach weiter. »Ein Geheimbund mit sehr viel Einfluß. Warum? *Obeah?*«

»Zum Teil, Mann«, antwortete Moore. Er zündete seine Zigarette wie ein Mann an, der nicht oft raucht. »Außerdem ist Halidon sehr reich. Man sagt, es besitze unvorstellbare Reichtümer, Mann.«

Plötzlich begriff McAuliff. Sein Blick schoß zwischen Charles Whitehall und Barak Moore hin und her.

»Großer Gott! Ihnen liegt genauso viel daran, mit Halidon Kontakt aufzunehmen, wie mir! Wie dem britischen Geheimdienst!«

»So ist es, Mann.« Moore drückte die kaum gerauchte Zigarette auf dem Tisch aus.

»Warum«? fragte Alex.

Charles Whitehall gab ihm die Antwort. »Wir haben es hier mit zwei Giganten zu tun, Mr. McAuliff. Einem weißen und einem schwarzen. Halidon muß gewinnen.«

15.

Das Treffen in dem abgelegenen Farmhaus hoch oben in den Blue Mountains dauerte bis zwei Uhr morgens.

Sie einigten sich auf ein gemeinsames Ziel – Kontakt mit Halidon aufzunehmen.

Da Barak Moore und Charles Whitehall die durchaus überzeugende Auffassung vertraten, daß Halidon nicht direkt mit dem britischen Geheimdienst verhandeln würde, erklärte McAuliff sich damit einverstanden, mit den beiden schwarzen Gegenspielern zusammenzuarbeiten. Barak und seine ›Eliteguerilleros‹ würden für zusätzliche Sicherheit des Vermessungsteams sorgen. Zwei der drei Männer, die an der Wand des Farmhauses saßen, würden nach Ocho Rios fliegen und als Träger mitkommen.

Selbst wenn die Jamaikaner den Verdacht hatten, daß Alex mehr wußte, als er ihnen sagte, setzten sie ihn nicht unter Druck. Sie akzeptierten die Geschichte – die Whitehall jetzt zum zweitenmal hörte –, daß er die Leitung der Vermessung als eine Art Investition für zukünftige Aufträge übernommen habe. Von Kingston. Der MI6 sei eine unerwartete Komplikation, die ihm aufgezwungen worden sei.

Sie schienen zu verstehen, daß er eigene Interessen verfolgte, die mit den ihren nichts zu tun hatten. Erst wenn er sicher war, daß ihre Interessen nicht im Widerspruch zu seiner Sache standen, würde er vollkommen offen zu ihnen sein. Verrückte Umstände hatten ihn in einen Krieg hineingezogen, an dem er nicht teilnehmen wollte. Doch eines war wichtiger als alles andere – die Sicherheit jener, die er auf die Insel gebracht hatte.

Und noch etwas.

Zwei Millionen Dollar.

Von einem seiner Feinde – Dunstone Limited oder dem britischen Geheimdienst.

»Der MI5 in London hat Ihnen also nicht gesagt, wer hinter dieser Landspekulation steckt«, sagte Barak Moore. Da er es nicht als Frage meinte, sprach er sofort weiter. »Es können nicht nur Handlanger in Kingston sein, Mann.«

»Wenn die Briten mit Halidon Kontakt aufnehmen, werden sie sagen, was sie wissen«, sagte McAuliff. »Da bin ich sicher. Sie wollen ihre Informationen miteinander vergleichen, jedenfalls haben sie das behauptet.«

»Was bedeutet: Die Engländer gehen davon aus, daß Halidon eine Menge weiß«, fügte Whitehall nachdenklich hinzu. »Ich frage mich, ob das stimmt.«

»Sie haben ihre Gründe dafür«, sagte Alex vorsichtig. »Es hat schon einmal ein Vermessungsteam gegeben.«

Die Jamaikaner wußten davon. Das Verschwinden des Teams war entweder ein Beweis für den Widerstand Halidons oder ein Fall von Raubmord in der Abgeschiedenheit des Cock Pit, begangen von einer umherziehenden Bande primitiver Bergbewohner. Es gab keine Möglichkeit, das festzustellen.

Fragen über Fragen.

Was war mit dem Marquis de Chatellerault? Warum hatte er auf einem Treffen mit Whitehall in Savanna-la-Mar bestanden?

»Der Marquis ist ein nervöser Mann«, sagte Whitehall. »Er gibt vor, überall auf der Insel Beteiligungen zu haben. Er glaubt, daß an dieser Vermessung etwas faul ist.«

»Haben Sie schon einmal daran gedacht, daß Chatellerault selbst darin verwickelt sein könnte?« fragte McAuliff den schwarzen Wissenschaftler direkt. »MI5 und MI6 halten dies für möglich. Tallon hat es mir heute nachmittag gesagt.«

»Wenn dem so ist, traut der Marquis seinen Kollegen nicht.«

»Hat Chatellerault noch jemand anderen aus dem Team erwähnt?« fragte Alex. Er hatte Angst vor der Antwort.

Whitehall sah McAuliff an und antwortete nur kurz. »Er hat mehrere Andeutungen gemacht. Ich habe ihm gesagt, daß ich kein Interesse an Nebensächlichkeiten hätte. Es gehörte nicht zur Sache. Das habe ich ihm klar gemacht.«

»Danke.«

»Bitte.«

Sam Tucker hob die mageren Augenbrauen, einen Ausdruck des Zweifels im Gesicht. »Und was zum Teufel gehörte zur Sache? Was wollte er?«

»Daß ich ihn über die Fortschritte der Vermessung auf dem laufenden halte. Ihn über sämtliche Entwicklungen informiere.«

»Und warum hätten Sie das tun sollen?« Sam beugte sich auf seinem Stuhl nach vorn.

»Zum einen, weil er mich sehr gut dafür bezahlt hätte. Dann hat er davon gesprochen, daß es weitere Anreize geben könnte. Dieser Meinung bin ich allerdings nicht.«

»Ha, Mann!« warf Moore ein. »Sehen Sie, die glauben, daß sie Charley-Man kaufen können! Bei Barak Moore versuchen sie es erst gar nicht!«

Whitehall warf dem Revolutionär einen mitleidigen Blick zu. »Wofür sollte man dich schon bezahlen?« Er öffnete sein silbernes Zigarettenetui. Moore grinste, als er es sah. Langsam schloß Whitehall es wieder, legte es rechts neben sich und zündete sich die Zigarette mit einem Streichholz an. »Machen wir weiter. Ich will nicht die ganze Nacht hierbleiben.«

»Okay, Mann.« Barak sah die Männer nacheinander mit einem schnellen Blick an. »Wir wollen dasselbe wie die Engländer. Kontakt mit Halidon aufnehmen.« Moore sprach das Wort im jamaikanischen Dialekt aus – *Hollydawn*. »Aber Halidon muß zu uns kommen. Dafür brauchen wir einen wichtigen Grund. Wir können nicht einfach nur laut rufen. Sie werden sich nicht zu erkennen geben.«

»Ich verstehe zwar kein Wort von alldem«, sagte Tucker, der sich eben eine dünne Zigarre anzündete, »aber wenn ihr einfach nur auf sie wartet, könnte es passieren, daß ihr verdammt lange auf eurem Hintern sitzen bleiben müßt.«

»Wir glauben, daß es einen Weg gibt. Wir glauben, daß Dr. Piersall diesen Weg gefunden hat.« Moore zog die Schultern hoch. Es sah aus, als wäre er unsicher, als wüßte er nicht, wie er sich ausdrücken sollte. »Monatelang hat Dr. Piersall versucht, Halidon zu – definieren. Halidon ausfindig zu machen, zu verstehen. Er hat sich mit der Geschichte der Karibik beschäftigt, mit den Arawak, mit Afrika. Um herauszufinden, was es ist.« Moore machte eine Pause und sah Whitehall an. »Er hat deine Bücher gelesen, Charley-Man. Ich habe ihm gesagt, daß du ein schlechter Mensch und ein Lügner bist. Ein Wolf im Schafspelz. Er hat gesagt, daß du in deinen Büchern nicht gelogen hast. Aus vielen Kleinigkeiten hat Dr. Piersall die Teile eines Puzzles zusammengesetzt. So hat er es genannt. Seine Unterlagen sind in Carrick Foyle.«

»Moment mal.« Sam Tucker war verwirrt. »Walter hat in den zwei Tagen wie ein Wasserfall geredet. Auf dem Martha Brae, im Flugzeug, im Sheraton. Aber davon hat er nie etwas erwähnt. Warum nicht?« Tucker blickte zu den beiden Jamaikanern an der Wand hinüber, die ihn seit Montego Bay begleiteten.

Der Schwarze, der im Chevrolet mit ihnen gesprochen hatte, antwortete ihm. »Das hätte er noch getan, Mann. Es war vereinbart worden, daß er damit wartet, bis McAuliff bei Ihnen ist. Das ist keine Geschichte, die man mehrmals erzählt.«

»Was hat ihm dieses Puzzle gesagt?« fragte Alex.

»Es ist nicht vollständig, Mann«, antwortete Barak Moore. »Er hat nur einen Teil davon herausgefunden. Aber er hat mehrere Theorien aufgestellt. *Die* Halidon sind Nachfahren des Stammes der Coromantees. Sie haben sich nach den Maroon-Kriegen abgesondert, weil sie nicht mit den Verträgen einverstanden waren, aufgrund derer das Volk der Maroon – die Coromantees – verpflichtet war, entflohene Sklaven für die Engländer einzufangen. Die Halidon wollten keine Kopfjäger ihrer afrikanischen Brüder werden. Jahrzehntelang zogen sie als Nomaden umher. Dann, vor etwa zweihundert oder zweihundertfünfzig Jahren, haben sie sich an einem unbekannten Ort niedergelassen, der von der Außenwelt aus nicht zugänglich war. Aber sie haben sich nicht von der Welt abgeschnitten. Sie wählten Männer aus, die weggeschickt wurden, um das zu tun, was nach Meinung der Ältesten zu tun war. Das ist bis heute so. Frauen werden von draußen herbeigeschafft, um Kinder zu gebären, so daß die Auswirkungen von Inzucht vermieden werden. Und zwei letzte Dinge: Die Halidon leben hoch oben in den Bergen, dort, wo die Winde stark sind, dessen war Piersall sich sicher. Und schließlich – die Halidon besitzen große Reichtümer. Das sind die Teile des Puzzles. Viele fehlen noch.«

Eine Weile sagte niemand ein Wort. Dann brach Tucker die Stille.

»Das ist eine ziemlich wilde Geschichte, aber ich bin mir nicht sicher, ob sie uns weiterhilft. Das wird die Halidon auch nicht dazu bringen, sich uns zu zeigen. Und Sie haben gesagt, wir können sie nicht aufspüren. Verdammt! Wenn dieser – Stamm seit zweihundert Jahren in den Bergen lebt und niemand ihn bis jetzt gefunden hat, werden wir das vermutlich auch nicht schaffen, Junge! Was ist mit ›dem Weg‹, den Walter entdeckt hat?«

Charles Whitehall antwortete ihm. »Wenn Dr. Piersalls Schlußfolgerungen richtig sind, dann liegt der Weg im Wissen über die Halidon, Mr. Tucker.«

»Würden Sie das bitte genauer erklären?« fragte Alex.

Mit ungewöhnlicher Höflichkeit wandte sich der gelehrte Wissenschaftler an den ungehobelten Revolutionär. »Ich denke, Barak Moore sollte Ihnen diese Frage beantworten. Ich glaube, der Schlüssel liegt in dem, was er vor einigen Minuten gesagt hat. Daß die Halidon einen wichtigen Grund haben müssen, um mit uns Kontakt aufzunehmen.«

»Du irrst dich nicht, Mann. Dr. Piersall war sicher, daß sie einen Abgesandten schicken würden, sobald sie erfahren, daß ihre Existenz – und ihr Reichtum – von einer kleinen Gruppe verantwortungsbewußter Männer entdeckt worden ist. Piersall war der Überzeugung, daß sie ihre Reichtümer mit allen Mitteln schützen werden. Aber sie müssen davon überzeugt sein, dürfen keinerlei Zweifel haben – das ist der Weg.«

»Und wen sollen wir überzeugen?« fragte Alex.

»Jemand muß nach Maroon Town reisen – das liegt an der Grenze zum Cock Pit. Diese Person sollte um eine Audienz beim Colonel der Maroon bitten und anbieten, viel, viel Geld zu zahlen. Dr. Piersall war der Meinung, daß der Colonel, dessen Titel innerhalb ein und derselben Familie des Stammes von einer Generation zur nächsten weitergegeben wird, die einzige Verbindung zu den Halidon ist.«

»Dann wird ihm also die ganze Geschichte erzählt?«

»Nein, Mr. McAuliff, Mann! Nicht einmal dem Colonel der Maroon kann soviel Vertrauen geschenkt werden. Außerdem wäre das Ganze ohne jede Bedeutung für ihn. Dr. Piersalls Untersuchungen ergaben Hinweise darauf, daß die Halidon eine Möglichkeit der Kommunikation mit ihren afrikanischen Brüdern offen gelassen haben. Man nennt sie *Nagarro* ...«

»Die Sprache der Akwamu«, warf Whitehall ein. »Die Sprache selbst ist ausgestorben, aber Ableitungen davon existieren noch in den Dialekten der Ashanti und der Mossai-Grusso. Nagarro ist ein abstrakter Begriff, der in etwa mit ›ein Geist, der erschienen ist‹ übersetzt werden kann.«

»Ein Geist ...« Alex wollte den Satz wiederholen, brach dann aber ab. »Ein Beweis ... ein Beweis, daß etwas existiert.«

»Genau«, bestätigte Whitehall.

»Wo ist er?« fragte McAuliff.

»Der Beweis liegt in der Bedeutung eines anderen Wortes«, sagte Barak Moore. »Die Bedeutung des Wortes ›Halidon‹.«

»Und was bedeutet es?«

»Ich weiß es nicht ...«

»Verdammt noch mal!« stieß Sam Tucker hervor. Barak Moore hob die Hand und brachte ihn zum Schweigen.

»Piersall hat es herausgefunden. Die Bedeutung soll dem Colonel der Maroon übermittelt werden. Damit er sie in die Berge bringt.«

McAuliff hatte die Hände zu Fäusten geballt, er konnte sich nur noch mit Mühe beherrschen. »Wir können nicht etwas überbringen, was wir nicht haben.«

»Sie werden es haben, Mann.« Barak sah Alexander eindringlich an. »Vor einem Monat hat mich Dr. Piersall zu seinem Haus in Carrick Foyle gebracht. Er hat mir gesagt, was ich tun soll. Falls ihm etwas passiert, soll ich zu einer Stelle in dem Wald gehen, der auf seinem Grundstück ist. Ich habe mir diese Stelle gut gemerkt, Mann. Dort, tief in der Erde, ist ein Päckchen aus Wachstuch vergraben. In dem Päckchen ist ein Blatt Papier, und darauf steht, was ›Halidon‹ bedeutet.«

Der Fahrer, der sie nach Kingston zurückbrachte, war der Jamaikaner, der auf der Fahrt zum Flugplatz mit ihnen gesprochen hatte – offensichtlich Barak Moores Stellvertreter. Sein Name war Floyd. Charles Whitehall saß neben ihm. Alex und Sam teilten sich den Rücksitz.

»Wenn Sie sagen müssen, wo Sie gewesen sind«, erklärte Floyd, »sagen Sie, Sie hatten in einem Lagerhaus des Ministeriums eine lange Besprechung wegen der Ausrüstung. In der Crawford Street, in der Nähe der Docks. Das kann auch nachgeprüft werden.«

»Mit wem haben wir uns getroffen?« fragte Sam.

»Mit einem Mann namens Latham. Er ist verantwortlich für ...«

»Latham?« warf Alex ein, der sich nur zu gut an das Telefongespräch erinnerte, das er am Nachmittag mit dem Vertreter des Ministeriums geführt hatte. »Das ist der Mann, der ...«

»Das wissen wir«, unterbrach Floyd ihn. Er grinste McAuliff im Rückspiegel an. »Er ist einer von uns, Mann.«

So leise wie möglich schloß McAuliff die Tür zu seinem Zimmer auf. Es war beinahe halb vier. Im Courtleigh Manor herrschte tiefe Stille, die nächtlichen Spiele waren vorbei. Vorsichtig machte er die Tür zu und ging über den weichen Teppich. In Alisons Zimmer war noch Licht, die Verbindungstür stand einen Spalt offen. Sein Zimmer war dunkel, Alison hatte sämtliche Lampen ausgeschaltet. Vor fünf Stunden, als er weggegangen war, waren sie eingeschaltet gewesen.

Warum hatte sie das getan?

Er ging auf die leicht geöffnete Tür zu und zog dabei sein Jackett aus.

Hinter ihm klickte etwas. Er drehte sich um. Eine Sekunde später ging die Lampe neben dem Bett an und überflutete das Zimmer mit ihrem gedämpften Licht, das nur an der Quelle grell war.

Alison saß aufrecht in seinem Bett. In ihrer rechten Hand hielt sie die tödliche, ›von der Londoner Polizei ausgegebene‹ kleine Waffe. Sie legte sie neben sich und schlug die Bettdecke darüber.

»Hallo, Alex.«

»Hallo.« Es war ein merkwürdiger Moment.

»Ich bin hiergeblieben, weil ich dachte, dein Freund Tucker ruft vielleicht an. Ich hätte das Telefon nicht gehört.«

»Da könnte ich mir aber einen besseren Grund vorstellen.« Er lächelte und ging auf das Bett zu. Sie griff nach dem Zylinder und drehte ihn herum. Er hörte das gleiche Klicken wie vor einigen Sekunden. Sie legte die seltsame Waffe auf den Nachttisch.

»Außerdem wollte ich mit dir reden.«

»Du klingst verärgert.« Er setzte sich aufs Bett. »Ich konnte dich nicht anrufen – es ist alles so schnell passiert. Sam ist aufgetaucht. Er kam einfach in die Lobby reinspaziert und wunderte sich, warum ich so wütend war. Als er an der Rezeption war, kam ein Anruf von Latham. Er hatte es wirklich eilig. Ich glaube, das mit Ocho Rios morgen war etwas zu kurzfristig. Vieles von unserer Ausrüstung war noch nicht nach Boscobel geschickt worden …«

»Dein Telefon hat nicht geklingelt«, unterbrach Alison ihn leise.

»Bitte?«

»Mr. Latham hat nicht auf deinem Zimmer angerufen.«

McAuliff war vorbereitet. Dieses Mal hatte er die ›Kleinigkeit‹ nicht übersehen. »Weil ich am Empfang Bescheid gegeben hatte, daß wir beim Essen sind. Sie sollten einen Pagen in den Speisesaal schicken.«

»Das ist sehr gut, Alex.«

»Was ist los mit dir? Ich habe die Rezeption gebeten, bei dir anzurufen und dir alles zu erklären. Wir hatten es eilig. Latham sagte, wir müßten ins Lagerhaus in der Crawford Street, in der Nähe der Docks, bevor die Abfertigungsbücher für die Nacht geschlossen werden.«

»*Das* ist nicht sehr gut. Du kannst es besser.«

McAuliff sah, daß Alison es todernst meinte. Und sie war wütend. »Warum sagst du das?«

»Die Rezeption hat mich nicht angerufen. Ein ›Assistent‹ von Mr. Latham hat mich angerufen, aber er war auch nicht sehr gut. Er wußte nicht, was er sagen sollte, als ich Latham zu sprechen verlangte. Das hatte er nicht erwartet ... Hast du gewußt, in welchem Stadtbezirk von Kingston Gerald Latham wohnt? Barbican. Er steht im Telefonbuch.«

Alison schwieg. Die Stille war unerträglich.

»Er war zu Hause«, sagte Alex leise.

»Er war zu Hause«, wiederholte sie. »Mach dir keine Gedanken. Er weiß nicht, wer ihn angerufen hat. Ich habe zuerst mit einer Frau gesprochen. Als er ans Telefon kam, habe ich aufgelegt.«

McAuliff holte tief Luft und griff in seine Hemdtasche, um seine Zigaretten herauszuholen. Er war nicht sicher, ob es jetzt noch etwas zu sagen gab. »Es tut mir leid.«

»Mir auch«, sagte sie leise. »Ich werde dir morgen früh eine offizielle Kündigung schreiben. Du wirst einen Schuldschein für das Flugticket und die Spesen, die auf mich gehen, akzeptieren müssen. Das Geld, das ich noch habe, werde ich noch eine Weile brauchen. Ich bin sicher, daß ich eine Stellung finde.«

»Das kannst du nicht machen.« McAuliff bemerkte, daß seine Stimme nachdrücklich klang und wirkliche Überzeugung darin lag. Er wußte, warum. Alison war bereit, die Vermessung zu verlassen. Sie würde gehen. Wenn ihr Motiv – oder ihre Motive –, nach Jamaika zu kommen, nicht die gewesen wären, die sie angegeben hatte, würde sie das nicht tun. »Um Himmels willen, du kannst doch nicht einfach kündigen, nur weil ich wegen ein paar Stunden gelogen habe. Verdammt noch mal, Alison, ich bin dir keine Rechenschaft schuldig!«

»Oh, hör auf, dich wie ein aufgeblasener, gekränkter Esel zu benehmen! Selbst das machst du nicht sehr gut ... Ich werde nicht noch einmal durch dieses Labyrinth gehen. Ich habe genug davon. Nie wieder, hörst du!« Plötzlich versagte ihr die Stimme. Sie hielt den Atem an. In ihren Augen stand Angst. »Ich ertrage es nicht mehr.«

Er starrte sie an. »Was meinst du?«

»Du hast mir heute nachmittag sehr ausführlich dein langes Gespräch mit der jamaikanischen Polizei beschrieben. Das Polizeirevier, den Stadtbezirk, die Polizeibeamten – alle Einzelheiten, Alex. Ich habe sie angerufen, nachdem ich Latham am Apparat gehabt hatte. Sie haben noch nie etwas von dir gehört.«

16.

Er wußte, daß er ganz von vorn anfangen mußte – mit den ersten Anzeichen dieses Wahnsinns. Er mußte ihr die Wahrheit sagen. Es war eine Erleichterung, es ihr zu sagen.

Alles. Damit es einen Sinn ergab, wenn es denn überhaupt einen Sinn hatte.

Er sagte ihr die Wahrheit.

Während er ihr die Geschichte erzählte, versuchte er selbst, sie zu verstehen. Er sprach langsam, mit monotoner Stimme. Es war der Monolog eines Mannes, der durch einen Nebel der Verwirrung sprach.

Er erzählte ihr von der sonderbaren Nachricht von Dunstone Limited, die ihn von New York nach London gebracht hatte, und von einem Mann namens ›Julian Warfield‹. Von einem ›Finanzexperten‹ im Savoy, der seinem Ausweis zufolge ›R. C. Hammond, Britischer Geheimdienst‹, war. Von den anstrengenden Tagen, als er in zwei Welten gelebt hatte, die ihre Existenz beide verleugneten – das geheime Training, die Treffen im verborgenen, die Fahrten in verschiedenen Autos, die Auswahl der Vermessungsteilnehmer unter einem Vorwand. Von einem in Panik geratenen, schwachen James Ferguson, der von einem Mann namens ›Arthur Craft, der Jüngere‹, dem es nicht genügte, einer der reichsten Männer von Jamaika zu sein, angeheuert worden war, um die Vermessung zu bespitzeln. Von einem arroganten Charles Whitehall, den ein brillanter Verstand und Gelehrsamkeit nicht davon hatten abhalten können, einen fanatischen Eifer für ein überholtes, veraltetes, schändliches System zu entwickeln. Von einem kleinen Inselbewohner mit Arthritis, dessen französisches und afrikanisches Blut sich über Eton und Oxford einen Weg in die jamaikanische Aristokratie und den MI6 gesucht hatte.

Von Sam Tuckers merkwürdiger Geschichte der Verwandlung Walter Piersalls, des Anthropologen, der vom ›Inselkoller‹ zu einem selbsternannten Wächter seines tropischen Paradieses bekehrt worden war.

Und schließlich von einem kahlgeschorenen Revolutionär im Guerillakampf namens ›Barak Moore‹. Und von der Suche nach einem ›unsichtbaren Gericht‹ namens ›Halidon‹.

Ein absoluter Wahnsinn. Aber sehr, sehr real.

Die Sonne schickte ihre ersten Strahlen in die aufgeblähten grauen Wolken über den Blue Mountains. McAuliff saß im Rahmen der Balkontür. Aus der feuchten Erde und von den großen Palmen stieg ihm der nasse Geruch der jamaikanischen Morgendämmerung in die Nase und kühlte seine Haut.

Er war jetzt fast fertig. Sie hatten – *er* hatte – eine Stunde und fünfundvierzig Minuten lang geredet. Jetzt blieb nur noch der Marquis de Chatellerault übrig.

Alison saß immer noch aufrecht im Bett, die Kissen in ihrem Rücken. Ihre Augen waren müde, aber sie wandte den Blick nicht von ihm ab.

Er fragte sich, was sie sagen oder tun würde, wenn er Chatellerault erwähnte. Er hatte Angst davor.

»Du bist müde. Ich auch. Warum machen wir nicht am Morgen weiter?«

»Es ist Morgen.«

»Dann eben später.«

»Nein. Ich glaube nicht. Ich möchte lieber alles auf einmal hören.«

»Es gibt nicht mehr viel.«

»Dann würde ich sagen, du hast das Beste bis zuletzt aufgehoben. Habe ich recht?« Sie konnte ihre Unruhe nicht verbergen. Sie wandte den Blick von ihm ab und sah zu dem Licht, das durch die Balkontüren drang. Es war schon heller, eine sonderbare Mischung aus Zartgelb und feurigem Orange, die typisch für die jamaikanische Morgendämmerung war.

»Du weißt, daß es etwas mit dir zu tun hat ...«

»Natürlich weiß ich das. Ich habe es gestern nacht schon gewußt.« Sie sah ihn wieder an. »Ich wollte es mir gegenüber nicht zugeben – aber ich wußte es. Es war alles zu einfach.«

»Chatellerault«, sagte er leise. »Er ist hier.«

»O Gott«, flüsterte sie.

»Er kann dir nichts tun. Glaub mir.«

»Er ist mir gefolgt. O mein Gott ...«

McAuliff stand auf und ging zum Bett hinüber. Er setzte sich auf den Rand und strich ihr zärtlich über das Haar. »Wenn ich der Meinung wäre, er könnte dir schaden, hätte ich es dir nicht erzählt. Ich hätte ihn einfach – *verschwinden* lassen.« Großer Gott, dachte Alex. Wie leicht ihm dieses Wort doch über die Lippen ging. Würde er bald schon ›töten‹ oder ›beseitigen‹ sagen?

»Von Anfang an war alles programmiert. *Ich* war programmiert.« Alison starrte auf den Balkon und ließ reglos zu, daß seine Hand über ihre Wange strich, als bemerkte sie es gar nicht. »Ich hätte es erkennen müssen. Sie lassen dich nicht so einfach wieder los.«

»Wer?«

»Alle, Liebling«, antwortete sie. Sie nahm seine Hand und preßte sie an ihre Lippen. »Egal, welche Namen du ihnen gibst. Das ist nicht wichtig. Die Briefe, die Zahlen, der offiziell klingende Unsinn ... Ich war gewarnt worden, das muß ich zugeben.«

»Wie?« Er schob ihre Hand weg und zwang sie, ihn anzusehen. »Wie wurdest du gewarnt? Wer hat dich gewarnt?«

»Eines Nachts in Paris, vor kaum drei Monaten. Ich hatte gerade das letzte meiner Gespräche beendet – im Untergrundkarneval, wie wir es genannt haben.«

»Interpol?«

»Ja. Ich habe einen Mann und dessen Frau kennengelernt. In einem Warteraum. So etwas darf eigentlich nicht passieren. Isolation ist furchtbar wichtig, aber jemand hat die Zimmer verwechselt. Sie kamen aus England. Wir verabredeten uns zu einem späten Abendessen ... Er war Autohändler in Macclesfield. Porsche. Er und seine Frau waren völlig am Ende. Sie hatten ihn angeworben, weil sein Geschäft – die Autos – dazu benutzt wurden, gestohlene Aktienzertifikate aus europäischen Börsen zu schmuggeln. Jedesmal, wenn er dachte, es wäre alles vorbei, fanden sie Gründe, damit er weitermachte – und meistens, ohne ihm etwas davon zu sagen. Es dauerte fast drei Jahre. Er war kurz davor, den Verstand zu verlieren. Sie wollten England verlassen. Nach Buenos Aires gehen.«

»Er hätte doch nein sagen können. Sie konnten ihn nicht zwingen.«

»Sei nicht so naiv, Liebling. Jeder Name, den du erfährst, ist ein weiterer Haken, an dem du hängenbleibst, jede neue Operationsmethode, von der du berichtest, eine zusätzliche Kerbe in deiner Akte.« Alison lachte verbittert. »Du warst einmal im Land der Informanten. Das brandmarkt dich für immer.«

»Ich sage es dir noch einmal – Chatellerault kann dir nichts tun.«

Sie schwieg einen Moment, bevor sie auf seine Worte, seine Angst antwortete. »Alex, das klingt für dich jetzt vielleicht etwas merkwürdig. Ich meine, ich bin nicht tapfer – ich strotze nicht gerade vor Mut –, aber vor ihm habe ich gar nicht einmal soviel Angst. Das Entsetzliche daran ist – sind sie. Vor ihnen habe ich Angst. Sie wollen mich nicht gehen lassen. Keine Versprechungen, keine Verträge, keine Garantien können das ändern. Sie konnten einfach nicht widerstehen. Immer wenn irgendwo eine Akte aus dem Schrank gezogen oder ein Computer eingeschaltet und sein Name genannt wurde, tauchte automatisch auch meiner auf. Das war es – Faktor X plus Faktor Y, Zwischensumme. Dein Leben gehört dir nicht mehr. Und das hört nie auf. Du lebst mit der Angst. Immer wieder.«

Alex packte sie an den Schultern. »Es gibt kein Gesetz, das dich dazu zwingt, Alison. Wir können unsere Sachen packen und gehen.«

»O Liebling … Das können wir nicht. Versteht du denn nicht? Nicht so. Es geht um das, was hinter mir liegt – die Vereinbarungen, die unzähligen Akten, in denen so viele Worte stehen, die *ich* gesagt habe … Ich kann sie nicht so einfach vergessen. Wer über eine Grenze will, braucht Papiere, wer arbeiten will, Zeugnisse. Man braucht einen Wagen oder ein Flugticket oder ein Bankkonto … Sie haben alle Trümpfe in der Hand. Man kann sich nicht verstecken. Nicht vor ihnen.«

McAuliff ließ sie los und stand auf. Er griff nach dem glatten, glänzenden Gaszylinder auf dem Nachttisch und sah sich den Aufdruck und das von Hand geschriebene Ausgabedatum an. Ruhelos ging er zu den Balkontüren und holte instinktiv tief Luft. Schwach, ganz schwach roch er den Duft von Vanille, der sich mit dem kaum wahrnehmbaren Aroma eines Gewürzes vermischte.

Pimentöl und Vanille.

Jamaika.

»Du irrst dich, Alison. Wir brauchen uns nicht zu verstekken. Aus einer ganzen Reihe von Gründen müssen wir das zu Ende bringen, was wir angefangen haben – damit hast du recht. Aber bei deiner Schlußfolgerung hast du dich geirrt: Es hört auf. Es wird aufhören.« Er drehte sich zu ihr um. »Glaub mir.«

»Das würde ich gerne. Wirklich. Aber ich weiß nicht, wie.«

»Ein altes Spiel bei der Infanterie. Man muß immer eine Sekunde schneller sein als der Feind. Die Hammonds und die Interpols dieser Welt benutzen uns, weil wir Angst haben. Wir wissen, was sie aus unserem Leben machen können, das wir für so wohlgeordnet halten. Das ist ihr gutes Recht. Sie sind Bastarde. Und das geben sie auch zu. Aber hast du jemals darüber nachgedacht, welch ungeheuren Schaden *wir ihnen* zufügen können? Das ist *unser* gutes Recht, denn auch wir können Bastarde sein. Wir werden dieses Spiel beenden – mit bewaffneten Wächtern an unserer Seite. Und wenn wir fertig sind, *sind* wir fertig. Mit ihnen.«

Charles Whitehall saß in einem Sessel, das winzige Glas mit Pernod auf dem Tisch neben sich. Es war sechs Uhr morgens. Er war nicht im Bett gewesen. Es hatte keinen Sinn, Schlaf zu suchen. Er würde sowieso nicht kommen.

Zwei Tage auf der Insel, und die Geister aus der Zeit von vor zehn Jahren hatten ihn wieder eingeholt. Das hatte er nicht erwartet. Er hatte erwartet, alles zu kontrollieren. Nicht derjenige zu sein, der kontrolliert wurde.

Sein Feind war jetzt nicht mehr der Feind – die Feinde –, auf den er zehn Jahre lang gewartet hatte, um ihn endlich bekämpfen zu können. Die Machthaber in Kingston. Schlimmer noch, vielleicht, Radikale wie Barak Moore. Es war ein neuer Feind, ebenso verabscheuungswürdig und sehr viel mächtiger, weil er die Mittel dazu hatte, sein geliebtes Jamaika zu kontrollieren.

Kontrolle durch Korruption, besessen durch Besitz.

Er hatte Alexander McAuliff angelogen. Chatellerault hatte in Savanna-la-Mar offen zugegeben, daß er ein Teil der Verschwörung in Trelawny war. Der britische Geheimdienst hatte recht. Das Vermögen des Marquis war eine wesentliche Voraussetzung für die Erschließung der unbebauten Landfläche an der Nordküste und im Cock Pit, und er hatte vor, dafür zu sorgen, daß seine Investitionen beschützt wurden. Charles Whitehall war der erste, den er sich dafür ausgesucht hatte, und wenn Charles Whitehall versagte, würde er beseitigt werden. So einfach war das. Chatellerault hatte erst gar nicht versucht, es anders auszudrücken. Er hatte ihm gegenübergesessen und sein dünnes, französisches Lächeln gelächelt und ihm die Fakten aufgezählt – und die Namen des geheimen Netzwerkes, das Whitehall in den letzten zehn Jahren auf der Insel aufgebaut hatte.

Er schloß seine kleine Geschichte mit der Information ab, die am meisten Schaden anrichten konnte – dem Zeitplan und den Methoden, mit denen Charles und seine politischen Anhänger die Macht in Kingston an sich reißen wollten.

Die Errichtung einer Militärdiktatur mit einem Zivilisten als Führer, dem alle unterstanden. ›Der Prätorianer von Jamaika‹ wäre der Titel, Charles Whitehall der Mann.

Wenn Kingston davon erfuhr – nun, dann würde Kingston reagieren.

Aber Chatellerault machte deutlich, daß ihre unterschiedlichen Ziele nicht unbedingt im Widerspruch zueinander standen. Es gab Bereiche – philosophisch, politisch, finanziell –, in denen sie durchaus gemeinsame Interessen verfolgten. Aber zuerst war da das Projekt an der Nordküste. Es hatte Priorität, war das Sprungbrett für alles andere.

Der Marquis sagte nicht, wer seine Partner waren – Whitehall konnte sich des Eindrucks nicht erwehren, daß Chatellerault gar nicht genau wußte, wer eigentlich dazugehörte –, aber es war klar, daß er ihnen nicht vertraute. Einerseits schien er ihre Motive zu hinterfragen, andererseits ging es um die Frage der Leistungsfähigkeit. Er sprach kurz über vorangegangene Störungen und/oder Fehler, ging jedoch nicht näher auf die Fakten ein.

Die Fakten hatten offensichtlich mit der ersten Vermessung zu tun.

Was war geschehen?

Waren die Halidon dafür verantwortlich?«

Waren die Halidon in der Lage, sich einzumischen?

Gab es die Halidon wirklich?

Die Halidon.

Er würde die Unterlagen des Anthropologen Piersall analysieren, die exotischen Fantasien eines Fremden von der Realität der Insel trennen müssen. Es hatte einmal eine Zeit gegeben, vor zehn Jahren, als die Rastafari ein Symbol für den Widerstand der Schwarzen gewesen waren, bevor man herausfand, daß sie einfach Kinder mit schlammverkrustetem Haar waren, die sich mit Gras zudröhnten und kollektiv arbeitsscheu waren. Und dann die Pocomani mit ihren bärtigen Hohenpriestern, die Sexorgien in die abstrakt formulierte Großmut der christlichen Ethik einfügten – eine sozioreligiöse Entschuldigung für Promiskuität. Oder die Sekte der Anansi – Erben des lange vergessenen Glaubens der Ashanti an die Geschicklichkeit der Spinne, an der sich jegliche Entwicklung im Leben orientierte.

Es gab so viele. Allzuoft metaphysisch paranoid. Bruchstückhaft. Obskur.

Waren die Halidon – Hollydawn – anders?

Zu diesem Zeitpunkt hielt Charles Whitehall das eigentlich für unwichtig. Wichtig waren sein Überleben und das Überleben seiner Pläne. Seine Ziele würde er dadurch erreichen, daß er Chatellerault unter Kontrolle behielt und dessen Finanzhierarchie unterwanderte.

Und dadurch, daß er mit seinem größten Feind, Barak Moore, zusammenarbeitete.

Dadurch, daß er mit beiden Feinden zusammenarbeitete.

Jamaikas Feinden.

James Ferguson tastete nach dem Lichtschalter der Nachttischlampe. Dabei stieß er gegen einen Aschenbecher und ein Glas, die beide mit lautem Krachen auf den Boden fielen. Durch die zugezogenen Vorhänge drang Licht herein. Er war sich dessen trotz der fürchterlichen Schmerzen bewußt, die seine Augen marterten und in seinem Kopf hin- und herzuckten, von einer Schläfe zur anderen. Schmerzen, die grelle Blitze vor seinem inneren Auge entstehen ließen. Er warf einen Blick auf seine Armbanduhr, während er die Hand vors Gesicht hielt, damit er nicht von dem gedämpften Licht der Lampe geblendet wurde. Es war 6 Uhr 15.

Großer Gott! Sein Kopf dröhnte so heftig, daß ihm Tränen in die Augenwinkel traten. Ein stechender Schmerz schoß ihm in den Nacken und schien seine Schultern, ja sogar seine Arme zusammenzuziehen. Er spürte ein gräßliches, flaues Gefühl im Magen. Wenn er noch länger darüber nachdachte, würde es ihm mit Sicherheit schlecht werden, und er würde sich übergeben müssen.

Heute mußte er nicht so tun, als hätte er gestern nacht zuviel getrunken. Diesmal konnte ihm McAuliff nicht vorwerfen, daß er Theater spielte. Er hatte sich wirklich betrunken. Total betrunken. Und zwar aus gutem Grund.

Er war so glücklich gewesen.

Arthur Craft war in Panik gewesen, als er ihn angerufen hatte. In *Panik!*

Craft junior war erwischt worden. McAuliff hatte das Zimmer gefunden, in dem die Gespräche auf Band aufgenommen worden waren, und jemanden zusammengeschlagen – ihn tatsächlich *zusammengeschlagen!* Craft brüllte am Telefon, wollte wissen, woher McAuliff seinen Namen hatte.

Nicht von ihm! Ganz bestimmt nicht von *Jimbo-Man*. Er hatte nichts gesagt.

Craft tobte und beschimpfte den »verdammten Nigger am Tonbandgerät«, überzeugt davon, daß der »schwarze Wichser« McAuliff alles gesagt hatte. Dann fügte er hinzu, daß der Mistkerl auf keinen Fall einen Gerichtssaal von innen sehen werde. »Falls es soweit kommen sollte.«

Falls es soweit kommen sollte.

»Sie haben mich *nie* gesehen«, schrie Craft junior. »Wir haben nie miteinander geredet! Wir haben uns nicht getroffen! Geht das in Ihren Schädel rein?«

»Natürlich – natürlich, Mr. Craft«, erwiderte er. »Aber, Sir – wir *haben* miteinander geredet, nicht wahr? Deswegen muß sich doch nichts ändern.«

Er war starr vor Angst gewesen, aber er hatte es gesagt. Ganz ruhig, ganz beiläufig. Aber es war klar, was er damit meinte.

Arthur Craft junior befand sich in einer mißlichen Situation und sollte ihn eigentlich nicht anbrüllen. Er sollte höflich zu ihm sein. Vielleicht sogar nett.

Schließlich *hatten* sie miteinander geredet …

Craft verstand. Das gab er zuerst durch sein Schweigen zu verstehen, dann durch seine nächsten Worte.

»Wir werden uns bei Ihnen melden.«

Es war so einfach gewesen. Und wenn Craft der Jüngere es anders haben wollte, wenn er die Dinge so haben wollte, wie sie nicht waren, dann – nun, Craft leitete eine ungeheuer reiche Stiftung. Er würde sicher etwas für einen sehr, sehr begabten Botaniker finden können.

Als James schließlich den Hörer aufgelegt hatte, war plötzlich eine unendliche Gelassenheit über ihn gekommen. Wie die ruhige Zuversicht, die er aus dem Labor kannte, wo sein Auge und sein Verstand so sicher waren.

Er mußte vorsichtig sein, aber er konnte es schaffen.

Er hatte sich betrunken, als ihm das klar geworden war.

Und jetzt taten ihm der Kopf und der Magen weh. Aber er würde es aushalten, die Schmerzen waren jetzt erträglich.

Alles würde sich ändern.

Er sah auf seine Armbanduhr. Seine verdammte Timex. Sie zeigte 6:25. Die Uhr war billig, aber genau.

Die Zukunft hielt vielleicht statt der Timex einen Breitling-Chronometer für ihn bereit. Und eine neue, sehr teure Fotoausrüstung. Und ein Bankkonto, das nicht überzogen war.

Und ein neues Leben.

Wenn er vorsichtig war.

Das Telefon klingelte auf Peter Jensens Seite des Bettes, aber seine Frau hörte es zuerst.

»Peter – Peter! Um Himmels willen, das Telefon.«

»Was? Was ist los, altes Mädchen?« Peter Jensen blinzelte. Das Zimmer war dunkel, aber durch die zugezogenen Vorhänge drang das Tageslicht herein.

Das Telefon klingelte erneut. Ein kurzes, abgehacktes Klingeln mit schnell aufeinanderfolgenden Tönen, wie es in der Regel von der Telefonzentrale eines Hotels verwendet wurde. Flinke Finger, verwirrte Gäste.

Peter Jensen streckte den Arm aus und schaltete das Licht ein. Auf dem Reisewecker war es zehn Minuten vor acht. Und wieder das schrille Klingeln, dieses Mal länger.

»Verdammt!« stieß Peter hervor, als ihm klar wurde, daß das Telefon hinter der Lampe stand und er sich noch etwas mehr strecken mußte. »Ja? Hallo?«

»Mr. Peter Jensen bitte«, sagte eine ihm unbekannte männliche Stimme.

»Am Apparat. Was ist? Hier spricht Jensen.«

»Cable-International, Mr. Jensen. Vor einigen Minuten ist ein Telegramm für Sie eingetroffen, aus London. Soll ich es Ihnen vorlesen? Es ist dringend, Sir.«

»Nein!« erwiderte Peter schnell. Und entschlossen. »Nein, tun Sie das nicht. Ich habe das Telegramm schon erwartet. Es müßte ziemlich lang sein.«

»Ja, Sir, das ist es.«

»Lassen Sie es uns bitte sofort bringen. Ist das möglich? Courtleigh Manor, Zimmer 401. Sie müssen nicht erst an der Rezeption Bescheid geben.«

»Ich verstehe, Mr. Jensen. Sofort. Wir müssen jedoch eine Gebühr für eine außerplanmäßige ...«

»Kein Problem«, unterbrach ihn Peter. »Bringen Sie es einfach her.«

»Ja, Sir.«

Fünfundzwanzig Minuten später war der Bote von Cable-International da. Nur wenige Augenblicke zuvor hatte der Zimmerservice das Frühstück gebracht. Melone, Tee und Toast. Peter Jensen öffnete das zweiseitige Telegramm und strich es auf der Tischdecke neben sich glatt. In der Hand hielt er einen Stift.

Ruth, die ihm gegenübersaß, hatte ein Blatt Papier in der Hand und überflog es über den Rand ihrer Tasse hinweg. Auch sie hatte einen Stift parat, neben ihrer Untertasse.

»Der Firmenname ist Parkhurst«, sagte Peter.

»Okay«, sagte Ruth und stellte ihre Tasse ab. Sie legte das Blatt daneben, nahm den Stift und markierte etwas auf dem Papier.

»Die Adresse ist Sheffield By The Glen.« Peter sah zu ihr hinüber.

»Weiter«, erwiderte Ruth und notierte sich wieder etwas.

»Bei der Ausrüstung, die überprüft werden soll, handelt es sich um Mikroskope.«

»In Ordnung.« Zum drittenmal schrieb Ruth etwas auf die linke Seite des Blattes, dann las sie noch einmal durch, was sie zuvor notiert hatte. Ihre Augen schossen auf die rechte Seite, zum unteren Blattrand. »Fertig?«

»Ja.«

Dann sagte Ruth Wells Jensen, Paläontologin, mehrere Zahlen. Ihr Mann kreiste im Text des Telegramms einige Wörter mit dem Stift ein. Mehrmals bat er seine Frau, eine Zahl zu wiederholen. Wenn sie die Zahl wiederholte, zählte er von dem letzten Kreis aus weiter und kreiste das nächste Wort ein.

Drei Minuten später waren sie damit fertig. Peter Jensen trank etwas Tee und las das Telegramm noch einmal durch. Seine Frau strich Marmelade auf zwei Stück Toast und deckte die Kanne mit dem Teewärmer zu.

»Warfield fliegt nächste Woche her. Er ist derselben Meinung. McAuliff hat Kontakt aufgenommen.«

III

DIE NORDKÜSTE

17.

McAuliff mußte immer wieder an Hammonds Worte denken: *Es wird für Sie ganz normal sein, auf verschiedenen Ebenen zu funktionieren – ungezwungen, instinktiv. Ihre Aufmerksamkeit wird selbständig und unabhängig arbeiten ...*

Der britische Geheimagent hatte recht gehabt. Heute war der neunte Tag der Vermessung, und Alex stellte fest, daß er manchmal stundenlang keinen einzigen Gedanken an etwas anderes als die unmittelbar vor ihm liegende Arbeit verschwendete.

Die Ausrüstung war vom Flugplatz in Boscobel mit Lastwagen direkt nach Puerto Seco an der Discovery Bay transportiert worden. Alex, Sam Tucker und Alison Booth flogen vor den anderen nach Ocho Rios und genehmigten sich drei Tage voller Luxus im Sans Souci, während McAuliff angeblich seine Mannschaft zusammenstellte – auf zwei von fünf hatten sie sich ja bereits in dem abgelegenen Farmhaus in den Hügeln der Blue Mountains geeinigt. Wie erwartet stellte Alex fest, daß sich Sam und Alison ausgesprochen gut verstanden. Keiner von beiden war das, was man schwierig nennen würde, beide besaßen Sinn für Humor, beide waren Profis. Außerdem gab es keinen Grund, weshalb sie vor Sam hätten verbergen sollen, daß sie ein Paar waren.

»Es hätte mich schockiert, wenn ihr es nicht wärt, Alexander«, war Tuckers Kommentar dazu gewesen.

Sams Verständnis war wichtig für McAuliff. Denn Alison durfte nicht allein gelassen werden, wenn er weg war. Unter keinen Umständen. Nie.

Sam Tucker war der ideale Begleitschutz für sie. Viel besser als er selbst, überlegte Alex. Tuck war der einfallsreichste Mann, den er jemals kennengelernt hatte, und so ziemlich der härteste. Er besaß eine Art natürliche Aggressivität, die, wenn es sein mußte, in Brutalität umschlagen konnte. Er war die Sorte von Mann, die man sich nicht zum Feind wünschte. Bei ihm war Alison so sicher wie bei niemandem sonst.

Der vierte Tag war der erste Tag gewesen, an dem sie mit der Vermessung selbst begonnen hatten. Das Team war auf halbem Weg zwischen Puerto Seco und Rio Bueno Harbour untergebracht, in einem netten Strandmotel namens Bengal Court. Kurz nach sechs Uhr morgens wurde mit der Arbeit begonnen. Das erste Ziel der Vermessung war es, eine genaue Karte der Küste zu erarbeiten. Alex und Sam Tucker waren mit den Instrumenten zugange. An der Küstenlinie entlang wurden Azimute abgeschossen und dann mit Durchgangskameras aufgenommen. Die Winkelabgrenzungen wurden mit den Karten der Küste verglichen, die ihnen das jamaikanische Institut zur Verfügung gestellt hatte. Diese Karten waren lückenhaft und unvollständig, bis zu einem gewissen Grad für Straßenkarten und die zivile Luft- und Seefahrt geeignet, aber für geophysikalische Untersuchungen nicht zu gebrauchen. Um genaue Perimeter aufzustellen, setzte McAuliff akustische Geodimeter ein, die Schallwellen zwischen den Instrumenten hin- und herschickten und so beinahe perfekte Pfeilwinkel ergaben. Jeder Umriß, jede Bodenerhebung wurde sowohl in Schalldiagramme eingezeichnet als auch mit Durchgangskameras aufgenommen.

Diese Arbeiten waren langweilig, aufwendig und – unter der brennenden Sonne – schweißtreibend. Das einzige Angenehme daran war die ständige Anwesenheit Alisons, trotz ihrer vielen Einwände. Aber Alex hatte darauf bestanden. Er wies die beiden Männer von Barak Moore an, sich nie weiter als dreißig Meter von ihr zu entfernen, außerdem bat er Alison, die ganze Zeit über in seiner Sichtweite zu bleiben.

Was er da von ihr verlangte, war im Grunde kaum praktikabel, und McAuliff wurde klar, daß es nur noch wenige Tage so weitergehen konnte. Alison mußte arbeiten. An der Küste gab es nicht viel für sie zu tun, aber das würde sich ändern, sobald sie mit der Arbeit im Landesinneren begannen. Doch aller Anfang war schwer, wenn man unter Druck stand. Er konnte seine Aufmerksamkeit nicht so leicht anderen Dingen zuwenden. Er wollte es auch nicht.

Schon bald werden Sie ein Gespür dafür entwickeln. Es wird Ihnen in Fleisch und Blut übergehen. Sie werden in einen Rhythmus fallen. Er wird das Bindeglied zwischen Ihren beiden unterschiedlichen Zielen. Sie werden es erkennen und dadurch ein gewisses Maß an Zuversicht entwickeln.

Hammond.

Aber nicht während der ersten paar Tage. Er empfand keine nennenswerte Zuversicht. Immerhin mußte er zugeben, daß die Angst nachließ – langsam, kaum wahrnehmbar. Er vermutete, daß es an der ständigen körperlichen Anstrengung lag. Und an der Tatsache, daß er sich auf Männer wie Sam und Barak Moores ›Sondereinheit‹ verlassen konnte, wenn es darum ging, Alison zu beschützen. Er mußte sich nur umdrehen, und da war sie – am Strand, in einem kleinen Boot. Sie klopfte Steine ab und zeigte einem Mitglied des Teams, wie man mit einem Bohrhammer umging.

Aber war all das nicht schon eine Art Gespür? Und war das Nachlassen der Angst nicht ein Zeichen dafür, daß er Zuversicht entwickelte? *R. C. Hammond. Dieser hochmütige Mistkerl. Der Mann, der die Fäden in der Hand hält. Der Verkünder der Wahrheit.*

Aber nicht der ganzen Wahrheit.

Das Gebiet um Braco Beach war nicht ganz ungefährlich. Korallenbänke zogen sich Hunderte von Metern ins Meer hinaus. McAuliff und Sam Tucker krochen über die rasiermesserscharfen kleinen Hügel aus Seepolypen und stellten die Geodimeter und Kameras auf. Beide Männer hatten mit unzähligen winzigen Schnitten, Muskelkater und Rückenschmerzen zu kämpfen.

Der heutige Tag – der dritte der Vermessung – brachte eine angenehme Überraschung. Alison hatte es irgendwie geschafft, das Flachboot eines Fischers zu ergattern, und ihnen zusammen mit ihren beiden ›Begleitern‹ einen Picknickkorb mit kaltem Hühnchen auf das Riff hinausgebracht. Es war eine erholsame Mittagspause auf dem ungemütlichsten Picknickplatz, den man sich nur vorstellen konnte.

Der schwarze Revolutionär Floyd, der das Boot auf den unsicheren Anlegeplatz zwischen den Korallen manövriert hatte, bemerkte treffend, daß es am Strand flacher und nicht so naß sei.

»Aber dann hätten sie wieder den ganzen Weg hier herauskriechen müssen«, erwiderte Alison, die ihren breitrandigen Sonnenhut aus Stoff festhielt.

»Mann, Sie haben eine gute Frau!« Diese Bemerkung kam von Floyds Freund, dem riesigen, schweigsamen Jamaikaner Lawrence.

Die fünf kauerten – man konnte es nicht anders nennen – auf der höchsten Stelle des Korallenbettes. Die Gischt, die vom Fuß des Riffs aus in die Höhe schoß, brach sich im leichten Dunst in den Farben des Regenbogens. Weit draußen auf dem Wasser zogen zwei Frachter aneinander vorbei, der eine auf das offene Meer hinaus, der andere in Richtung der Bauxitdocks östlich der Runaway Bay. Einige hundert Meter vor ihnen durchschnitt ein luxuriöser Kabinenkreuzer, der fürs Tiefseefischen ausgerüstet war, die Wellen. Verwundert deuteten die Passagiere mit dem Finger auf die fünf Menschen, die auf einem Riff ein Picknick veranstalteten.

McAuliff beobachtete, wie die anderen auf die Überraschung der Gäste des Kreuzers reagierten.

Sam Tucker stand auf, deutete auf die Korallen und schrie: »Diamanten!«

Floyd und Lawrence, deren muskulöse schwarze Körper bis zur Taille entblößt waren, brüllten vor Lachen, als sie Sam hörten. Lawrence riß ein Korallenstück los und hielt es in die Höhe, dann warf er es Tucker zu, der es auffing.

»Zwanzig Karat!« rief Sam.

Alison, deren Jeans und leichte Bluse von der Gischt durchnäßt waren, machte bei dem Unsinn mit. Mit einer übertriebenen Geste nahm sie das Korallenstück entgegen, das Sam ihr reichte, und legte es auf ihre ausgestreckte Hand, als wäre es ein Ring mit einem wertvollen Stein. Da fegte ein kräftiger Windstoß über das Riff, und Alison ließ den Stein fallen, um ihren Hut festzuhalten, dessen Rand vom Wind erfaßt worden war, aber es war zu spät. Der Hut wurde weggerissen und über einen kleinen Hügel aus Korallen gewirbelt. Bevor Alex aufstehen und ihm nachlaufen konnte, war

Lawrence auf den Beinen und rannte sicheren Schrittes über die Felsen und zum Wasser hinunter. Innerhalb von wenigen Sekunden hatte er den Hut erwischt, der jetzt triefnaß war. Ohne jede Anstrengung machte er einen Satz zu ihnen hinauf und gab ihn Alison.

Das Ganze hatte weniger als zehn Sekunden gedauert.

»Setzen Sie ihn lieber auf, Miß Alison. Die Sonne kann Ihnen die Haut verbrennen, so daß Sie aussehen wie ein gekochtes Hühnchen, Mann.«

»Danke, Lawrence«, entgegnete Alison und setzte sich den nassen Hut wieder auf. »Sie sind über dieses Riff gelaufen, als wäre es ein Golfrasen.«

»Lawrence ist ein guter Caddy, Miß Alison«, sagte Floyd, der immer noch saß, lächelnd. »Im Golfclub von Negril ist er sehr beliebt, nicht wahr, Lawrence?«

Lawrence grinste und warf McAuliff einen wissenden Blick zu. »Ja, Mann. In Negril fragen sie die ganze Zeit nach mir. Ich bin gut im Mogeln, Mann. Ich schiebe die Golfbälle immer von den schlechten Stellen weg, bis sie im weichen Gras liegen. Ich glaube, jeder weiß das. Die ganze Zeit fragen sie nur nach Lawrence.«

Sam Tucker schmunzelte, während er sich wieder setzte. »Und dann gibt es bestimmt die ganze Zeit verdammt gute Trinkgelder.«

»Viele gute Trinkgelder, Mann«, bestätigte Lawrence.

»Und vermutlich noch etwas mehr«, fügte McAuliff hinzu, der zu Floyd hinübersah und an den exklusiven Ruf des Golfclubs von Negril dachte. »Viele Informationen.«

»Ja, Mann.« Floyd lächelte verschwörerisch. »Es ist schon so, wie man sagt – reiche Leute reden gern und viel, wenn sie Golf spielen.«

Alex sagte nichts. Die ganze Szene war irgendwie merkwürdig. Dreihundert Meter von der Küste entfernt saßen fünf Menschen auf einem Korallenriff, aßen kaltes Hühnchen, veranstalteten kindische Spiele für vorbeifahrende Kabinenkreuzer und machten Witze darüber, daß man auf einem Golfplatz am besten an Informationen herankam.

Zwei schwarze Revolutionäre – Rekruten einer Guerillabande aus den Bergen. Ein Glücksritter in bereits etwas reiferem Alter. (Sam Tucker würde sich gegen dieses Klischee wehren, aber wenn es auf jemanden zutraf, dann auf ihn.) Eine außergewöhnlich hübsche, liebenswerte, geschiedene Engländerin, zu deren ehemaligen Tätigkeiten rein zufällig auch verdeckte Ermittlungen für eine internationale Polizeibehörde gehörten. Und ein achtunddreißigjähriger Exangehöriger der Infanterie, der vor sechs Wochen in dem Glauben nach England geflogen war, dort Vertragsbedingungen für eine geologische Vermessung auszuhandeln.

Fünf Menschen. Jeder von ihnen wußte, daß der andere nicht das war, was er zu sein vorgab. Jeder tat das, was er tat, weil er – sie – keine Wahl hatte. Keine richtige Wahl.

Es war nicht seltsam, es war Wahnsinn. Wieder fiel Alex auf, daß er unter diesen Umständen am wenigsten von allen qualifiziert war. Und doch war er gerade *wegen* dieser Umstände ihr Führer – unabhängig von seinen Fähigkeiten.

Wahnsinn.

Am siebten Tag hatten Alex und Sam, die viele Stunden durcharbeiteten und nur wenige Pausen machten, die Küstenlinie bis Burwood vermessen, acht Kilometer von der Mündung des Martha Brae, ihrem Perimeter im Westen, entfernt. Die Jensens und James Ferguson arbeiteten langsamer. Sie bestückten ihre Tische mit Mikroskopen, Brennern, Phiolen und Chemikalien und machten sich dann an die Arbeit. Keiner von ihnen entdeckte etwas Außergewöhnliches, aber das hatten sie hier im Küstengebiet auch nicht erwartet. Das Gelände war im Hinblick auf den Bau von Industriegebieten und Ferienanlagen bereits früher einmal ziemlich ausführlich untersucht worden. Es gab nichts von Bedeutung, das nicht schon vorher registriert worden war. Da Fergusons botanische Analysen eng mit Sam Tuckers Bodenauswertungen zusammenhingen, bot der Junge an, die Bodentests zu übernehmen, so daß Tucker mit Alex die topografischen Karten fertigstellen konnte.

Das waren die geophysischen Aspekte. Doch es gab noch etwas anderes, für das niemand eine Erklärung hatte. Die Jensens bemerkten es zuerst.

Ein Geräusch. Nur ein Geräusch. Ein leises Wimmern, ein Schrei, der sie einen ganzen Nachmittag lang verfolgte.

Als sie den Schrei zum erstenmal hörten, kam er aus dem Gestrüpp hinter den Dünen. Sie dachten, es wäre ein verwundetes Tier. Oder ein kleines Kind, das furchtbare Angst hatte, so viel Angst, daß Tränen nicht mehr ausreichten. Das Geräusch klang so entsetzlich, daß sie selbst Angst bekamen.

Also rannten die Jensens über die Dünen zu dem Gestrüpp und schlugen auf das Gewirr aus Blättern ein, um die Ursache für diesen schrecklichen, furchterregenden Schrei zu finden.

Sie fanden nichts.

Das Tier oder das Kind – oder was immer es gewesen war – war geflüchtet.

Kurz danach – später am gleichen Nachmittag – kam James Ferguson über den Strand gerannt, einen Ausdruck verwirrter Panik auf dem Gesicht. Er hatte, erzählte er, einen riesigen Molluskenfarn zum Ursprung seiner Wurzeln verfolgt und war dabei auf einen felsigen Abhang oberhalb des Strandes geraten. Er war inmitten der überhängenden Schlingpflanzen gewesen, als eine Art Schwingung – nur eine Schwingung zunächst – seinen Körper zum Zittern gebracht hatte. Dann war ein gellendes, durchdringendes Kreischen ertönt, ein hoher, aber gleichzeitig voller Ton, der einen unerträglichen Schmerz in seinen Ohren hervorgerufen hatte.

Er hatte sich an den Schlingpflanzen festhalten müssen, um nicht den Abhang hinunterzustürzen.

In panischer Angst war er nach unten auf festeren Boden geklettert und zu den anderen zurückgerannt.

James war kaum einhundert Meter von den anderen entfernt gewesen. Und doch hatte niemand sonst den grauenhaften Laut gehört.

Whitehall erlebte den Schrecken in anderer Form. Der schwarze Wissenschaftler war am Ufer der Bengal Bay entlanggewandert, das teils aus Strand, teils aus Wald bestand. Es war ein kleiner Morgenspaziergang gewesen. Er hatte kein konkreteres Ziel als die Spitze der Bucht gehabt. Ungefähr anderthalb Kilometer östlich vom Strand des Hotels machte er eine kurze Pause und setzte sich auf einen Felsen, der aufs Wasser hinausragte. Weil er hinter sich ein Geräusch hörte, drehte er sich um. Er hatte erwartet, einen Vogel oder einen Mungo zu sehen, der sich in den Wald davonmachte.

Aber er sah nichts.

Er drehte sich wieder zum Meer, das unter ihm gegen den Felsen schlug, als er plötzlich einen ohrenbetäubenden Knall hörte – anhaltend, dumpf, eine dissonante Kakophonie des Windes. Ganz plötzlich hörte es wieder auf.

Whitehall hielt sich am Felsen fest und starrte in den Wald. Er konnte nichts sehen, aber er spürte einen furchtbaren Schmerz hinter seinen Schläfen.

Doch Charles war Wissenschaftler, und Wissenschaftler waren Skeptiker. Er war zu der Schlußfolgerung gelangt, daß irgendwo im Wald ein riesiger, von seinem Standort aus nicht sichtbarer Baum aus Altersschwäche in sich zusammengebrochen war. Im Fallen hatten die zersplitternden Holzmassen, die im Inneren des enormen Stammes aufeinanderkrachten, dieses Phänomen verursacht.

Die anderen überzeugte das nicht.

Während Whitehall seine Geschichte erzählte, beobachtete McAuliff ihn. Er hatte nicht den Eindruck, daß Charles selbst an seine Erklärung glaubte. Etwas Unerklärliches war geschehen. Sie alle waren Wissenschaftler, die sich mit dem Konkreten beschäftigten, dem Erklärbaren. Vielleicht beruhigte Whitehalls Theorie der Schallschwingungen sie. Alexander hoffte es. Sie konnten sich nicht damit aufhalten. Es lag noch viel Arbeit vor ihnen.

Unterschiedliche Ziele.

Alison dachte, sie hätte etwas entdeckt, und mit Floyds und Lawrences Hilfe führte sie eine Reihe von Tiefbohrungen in einem weiten Bogen um den Strand und die Korallenbänke herum durch. Ihre Proben zeigten, daß das Kalksteinbett auf dem Meeresboden von einzelnen Schichten mit Weichbraunkohle durchzogen war. Geologisch war dies leicht zu erklären: Vor Hunderttausenden von Jahren hatten vulkanische Störungen ganze Landflächen aus Holz und Schlamm verschlungen. Trotz dieser Erklärung würden die

Bauunternehmen die Träger für die Fundamente erheblich verstärken müssen, wenn geplant war, Pfahlroste für Piers oder sogar großflächige Docks zu versenken.

Alisons Konzentration auf ihre Arbeit war eine Erleichterung für McAuliff. Sie nahm sie völlig in Anspruch, und so beklagte sie sich auch nicht mehr so oft über die Einschränkungen, die er ihr auferlegte. Was noch wichtiger war: Er konnte Floyd und Lawrence dabei beobachten, wie sie für ihren Schutz sorgten. Die beiden Schwarzen waren außerordentlich gründlich. Und sehr diskret. Wann immer Alison über den Strand oder hinauf in die grasbewachsenen Dünen ging, kam einer oder beide mit – neben ihr, vor ihr oder hinter ihr. Sie sahen aus wie Panther auf der Pirsch, die kurz vor dem Sprung waren, und doch lenkten sie die Aufmerksamkeit nie auf sich selbst. Sie schienen natürliche Anhängsel geworden zu sein. Ständig trugen sie etwas mit sich herum – Ferngläser, Kisten für die Bodenproben, Klemmbretter, was immer gerade zur Hand war –, um erst gar nicht den Eindruck zu erwecken, sie hätten noch eine andere Aufgabe.

In den Nächten gab es eine zusätzliche Sicherheit, die McAuliff weder verlangt noch erwartet hatte: Floyd und Lawrence machten abwechselnd Rundgänge um den Rasen und in den Korridoren des Bengal Court. Alex entdeckte das in der Nacht des achten Tages, als er um vier Uhr morgens aufstand, um sich einen Eimer mit Eis aus der Eismaschine am anderen Ende des Flurs zu holen. Er wollte sich Eiswasser machen.

Als er um die Ecke bog und in den kleinen Anbau trat, in dem die Eismaschine untergebracht war, bemerkte er plötzlich eine Gestalt hinter dem Gitter vor dem Rasen. Er sah eine schnelle Bewegung, hörte aber keine Schritte.

Hastig füllte er den kleinen Eimer mit Eiswürfeln, schloß die Tür aus Metall und ging um die Ecke in den Korridor. Sobald er außer Sicht war, stellte er das Eis lautlos auf den Boden und preßte sich mit dem Rücken an den Rand der Mauer.

Er konnte eine Bewegung sehen.

In der Absicht, sich auf den zu stürzen, den er vor sich sah, schoß er um die Ecke, die Fäuste geballt. Sein Sprung war gut gezielt – er landete genau auf Lawrence. Es war zu spät, um das Gleichgewicht wiederzugewinnen.

»He, Mann!« rief der Schwarze leise, während er zurückwich und unter Alexanders Gewicht zu Boden ging. Beide Männer rollten aus dem Anbau hinaus auf den Rasen.

»Verdammt noch mal!« flüsterte McAuliff, der neben Lawrence auf der Erde lag. »Was zum Teufel machen Sie hier?«

Lawrence lächelte in der Dunkelheit. Er schüttelte seine Hand, die unter Alex' Rücken eingeklemmt war. »Sie sind ganz schön schwer, Mann! Und auch ziemlich schnell.«

»Ich war auch ziemlich beunruhigt. Was *machen* Sie hier?«

Lawrence erklärte es ihm kurz, fast entschuldigend. Er und Floyd hätten eine Vereinbarung mit dem Nachtwächter, einem alten Fischer, der nachts mit einer Schrotflinte in der Gegend herumlaufe. Keiner der beiden Guerilleros glaube, daß er wisse, wie man damit umgehe. Barak Moore habe ihnen befohlen, nachts Kontrollgänge zu machen. Sie hätten es sowieso getan, ob er es ihnen nun befohlen hätte oder nicht, sagte Lawrence.

»Und wann schlafen Sie?«

»Wir schlafen gut, Mann«, erwiderte Lawrence. »Wir wechseln uns ab.«

Alex ging in sein Zimmer zurück. Alison setzte sich im Bett auf, als er die Tür schloß.

»Alles in Ordnung?« fragte sie ängstlich.

»Besser als erwartet. Wir haben unsere eigene kleine Armee. Alles okay.«

Am Nachmittag des neunten Tages erreichten McAuliff und Tucker den Martha Brae. Die Geodimeterdiagramme und Durchgangsaufnahmen wurden hermetisch versiegelt und in den Kühlfächern des Lastwagens mit der Ausrüstung gelagert. Peter Jensen gab eine Zusammenfassung der Erz- und Mineralablagerungen an der Küste. Ruth, seine Frau, hatte Spuren von Pflanzenfossilien im Inneren von Korallen gefunden, aber ihre Ergebnisse waren nicht allzu bedeutend. James Ferguson, der sowohl die Untersuchung der Böden als auch der Flora übernommen hatte, berichtete von seinen wenig überraschenden Analysen. Lediglich die Braunkohleschichten, die Alison entdeckt hatte, hatten sie nicht erwartet.

Alle Berichte wurden nach Ocho Rios gebracht, um dort kopiert zu werden. McAuliff sagte, er werde dies selbst übernehmen. Die neun Tage seien hart gewesen, und der zehnte sei frei. Wer wolle, könne mit ihm nach Ochee fahren, die anderen könnten nach Montego oder am Strand des Bengal Court faulenzen – was ihnen am liebsten sei. Die Arbeit für die Vermessung würde am Morgen des elften Tages fortgesetzt werden.

Sie machten ihre Pläne am Ufer des Flusses, während sie die Lunchpakete des Hotels verzehrten. Nur Charles Whitehall, der bis jetzt kaum mehr getan hatte, als am Strand herumzuliegen, wußte genau, was er vorhatte. Aber das konnte er vor den anderen nicht sagen. Er sprach unter vier Augen mit Alex.

»Ich muß Piersalls Unterlagen sehen. Ganz ehrlich, McAuliff, das macht mich noch verrückt.«

»Wir warten auf Moore. So war es vereinbart.«

»Wann? Um Himmels willen, wann wird er denn endlich auftauchen? Morgen sind es zehn Tage. Er sagte ›zehn Tage‹.«

»Es gab keine Garantien. Ich bin genauso gespannt darauf wie Sie. Irgendwo auf seinem Grundstück liegt ein Päckchen aus Wachstuch vergraben, wissen Sie das noch?«

»Ich habe es nicht einen Augenblick lang vergessen.«

Unabhängig arbeitende Aufmerksamkeit.

Unterschiedliche Ziele.

Hammond.

Charles Whitehalls Interesse war sowohl wissenschaftlicher als auch konspirativer Natur. Vielleicht, dachte Alex, überwog sogar das erstere. Die Neugierde des schwarzen Wissenschaftlers wurzelte in einem Leben der Forschung.

Die Jensens blieben im Bengal Court. Ferguson bat McAuliff um einen Vorschuß und besorgte sich ein Taxi, das ihn nach Montego Bay bringen sollte. McAuliff, Sam Tucker und Alison fuhren mit dem Lastwagen nach Ocho Rios. Charles

Whitehall folgte ihnen in einem alten Kombi, zusammen mit Floyd und Lawrence. Die Revolutionäre hatten darauf bestanden.

Barak Moore lag im hohen Gras, ein Fernglas an die Augen gepreßt. Die Sonne ging gerade unter. Orangefarbene und gelbe Sonnenstrahlen fielen durch die grünen Bäume über ihm und prallten auf den weißen Steinen von Walter Piersalls Haus ab, das vierhundert Meter entfernt stand. Zwischen den Grashalmen sah Moore Beamte der Polizei von Trelawny, die um das Haus gingen und die Fenster und Türen überprüften. Sie würden mindestens einen Mann als Wache zurücklassen. Wie immer.

Für heute hatte die Polizei die Untersuchung beendet – die längste Untersuchung, dachte Barak, die je in diesem Bezirk stattgefunden hatte. Fast zwei Wochen hatten sie dafür gebraucht. Ganze Gruppen von Zivilisten waren aus Kingston gekommen. Männer in gebügelten Anzügen, was bedeutete, daß sie mehr als nur Polizisten waren.

Sie würden nichts finden, dessen war Barak Moore sicher.

Wenn Walter Piersall sein Versteck richtig beschrieben hatte.

Barak konnte nicht mehr länger warten. Das Päckchen aus Wachstuch auszugraben wäre kein großes Problem – er war kaum einhundertfünfzig Meter davon entfernt; alles andere war nicht so einfach. Er brauchte Charles Whitehalls Unterstützung – mehr, als es Whitehall bewußt war –, und deshalb mußte er in Piersalls Haus eindringen und den Rest von dessen Vermächtnis herausholen. Die Unterlagen des Anthropologen.

Die Unterlagen. Sie waren in der Wand einer alten, nicht mehr benutzten Zisterne in Piersalls Keller eingemauert.

Walter Piersall hatte vorsichtig einige Backsteine der Zisterne herausgebrochen, eine Nische in die Erde dahinter gegraben und die Steine wieder eingesetzt. In einer dieser Nischen hatte er seine Notizen über die Halidon vergraben.

Charles Whitehall würde ihm erst helfen, wenn er diese Papiere sah. Barak brauchte die Hilfe von Charley-Man.

Die Polizisten aus Trelawny stiegen in ihre Autos. Ein uniformierter Wachposten winkte ihnen nach, während die Streifenwagen die Straße hinunterfuhren.

Er, Barak, Revolutionär für sein Volk, mußte mit Whitehall zusammenarbeiten, dem politischen Kriminellen. Ihre Auseinandersetzung, ihr Krieg – vielleicht ein Bürgerkrieg – war auf später verschoben worden wie bei so vielen anderen jungen Nationen.

Zuerst kam der weiße Mann. Und sein Geld und seine Firmen und sein nicht enden wollender Durst nach dem Schweiß der Schwarzen. Das kam zuerst, zuallererst, Mann!

Barak hatte sich auf seine Gedanken konzentriert, und so hatte er blind in sein Fernsehglas gestarrt. Jetzt war der Wachposten nicht mehr zu sehen. Moore ließ die Augen über das Gelände wandern und stellte die Zeiss-Ikon-Linsen wieder scharf, als er die Seiten des Hauses und den leicht abfallenden Rasen dahinter absuchte. Ein schönes Haus, das Haus eines Weißen, dachte er.

Es lag auf einem Hügel, zu dem die Straße in langen Windungen vom George's Valley im Westen und dem Martha Brae im Osten heraufführte. Mangobäume, Palmen, Hibiskussträucher und Orchideen standen am Eingang und um das anderthalbstöckige weiße Steinhaus herum. Das Haus selbst war ziemlich lang, die meisten der großzügigen Räume lagen im Erdgeschoß. Vor den Fenstern und den Türen waren schwarze Eisengitter angebracht. Nur die Schlafzimmer im ersten Stock hatten Glasfenster mit Fensterläden aus Teakholz.

Der rückwärtige Teil von High Hill, wie das Haus genannt wurde, war am schönsten. Östlich von der alten Weide mit dem hochgewachsenen Gras, auf der Barak lag, breitete sich ein leicht abfallender Rasen zwischen den Wäldern und Feldern aus, bepflanzt mit einer karibischen Grasart, die so samtig wie ein Golfplatz war. Die weiß angestrichenen Felsen sahen aus wie die Schaumkronen von Wellen in einem grünen Meer.

In der Mitte dieser Fläche hatte Piersall einen mittelgroßen Pool anlegen lassen, mit blauen und weißen Fliesen, von denen die Sonne ebenso stark reflektiert wurde wie von dem blaugrünen Wasser darin. Um den Pool und auf dem angrenzenden Rasen standen Tische und Stühle aus weißem Gußeisen, die zwar zierlich aussahen, aber sehr stabil waren.

Jetzt kam der Wächter wieder in Sicht, und Moore hielt den Atem an – vor Überraschung und Wut. Der Wächter spielte mit einem Hund, einem bösartig aussehenden Dobermann. Bis jetzt war hier noch nie ein Hund gewesen. Das war schlecht, dachte Barak – aber vielleicht war es doch nicht so schlecht. Die Anwesenheit eines Hundes bedeutete wahrscheinlich, daß der Polizist länger als sonst auf seinem Posten bleiben würde, und zwar allein. Die Polizei setzte Männer mit Hunden in der Regel aus zwei Gründen ein – wenn der Bezirk, in dem sie auf Streife gingen, gefährlich war, oder wenn die Männer relativ lange auf ihrem Posten bleiben mußten. Die Hunde erfüllten gleich mehrere Aufgaben – sie waren Alarmanlage, Schutz und Gesellschaft für die langen Stunden.

Der Wachposten warf einen Stock durch die Luft. Der Dobermann rannte bis hinter den Pool, wobei er fast gegen einen der gußeisernen Tische stieß, und schnappte sich den Stock. Bevor er den Stock zurückbringen konnte, warf der Polizist noch einen und verwirrte den Hund damit, der den ersten Stock fallen ließ und dem zweiten hinterherjagte.

Was für ein dummer Mann, dachte Barak, während er den lachenden Wachposten beobachtete. Er konnte nicht mit Tieren umgehen, und ein Mann, der nicht mit Tieren umgehen konnte, war ein Mann, der in eine Falle gelockt werden konnte.

Heute nacht würde er in eine Falle gelockt werden.

18.

Die Nacht war klar. Der Mond, zu zwei Dritteln voll, tauchte den Fluß zwischen den steilen Uferböschungen in helles Licht. Sie waren mit einem gestohlenen Bambusfloß über das rauschende Wasser des Martha Brae gefahren, bis sie die Stelle erreicht hatten, die dem Haus in Carrick Foyle am nächsten lag. Dort manövrierten sie das Floß in einen stockdunklen Einschnitt in der Böschung und zogen es aus dem Wasser. Dann versteckten sie es unter dem dichten Blätterdach der Mangroven und jungen Palmen.

Barak, Alex, Floyd und Whitehall sollten den Einbruch übernehmen. Sam Tucker und Lawrence waren im Bengal Court geblieben, um auf Alison aufzupassen.

Sie krochen durch die dichte, verfilzte Vegetation den Abhang hinauf. Er war steil, und sie kamen nur langsam und unter großen Schwierigkeiten vorwärts. Die Entfernung zum Haus betrug kaum anderthalb Kilometer – vielleicht auch etwas mehr , aber die vier Männer brauchten fast eine Stunde, um es zu erreichen. Charles Whitehall war der Meinung, es sei völliger Unsinn gewesen, diese Route zu wählen. Wenn es nur einen Wachposten und einen Hund gebe, warum seien sie dann nicht auf der Straße bis zu der kurvenreichen Auffahrt ein paar hundert Meter vor dem Haus gefahren und einfach zum Tor hochgelaufen?

Baraks Begründung unterstellte der Polizei von Trelawny mehr Raffinesse, als Whitehall ihr zugestehen wollte. Moore hielt es für möglich, daß man elektronische Stolperdrähte quer über die Auffahrt zum Haus gespannt hatte. Er wußte, daß solche Vorrichtungen seit Monaten in Hotelanlagen in Montego Bay, Kingston und Port Antonio eingesetzt wurden. Sie konnten es nicht riskieren, einen dieser Drähte zu berühren.

Schwer atmend standen sie am Südrand von Piersalls grasbewachsenem Abhang und sahen zu dem Haus namens High Hill empor. Das Licht des Mondes auf den weißen Steinen ließ es wie ein Denkmal aus Alabaster wirken – still, friedlich, elegant und solide. Aus zwei Räumen drang Licht durch die Teakholzfensterläden – aus einem der Zimmer im Erdgeschoß, die nach hinten auf den Rasen hinausgingen, und aus dem mittleren Schlafzimmer im ersten Stock. Alles andere lag im Dunkeln.

Mit Ausnahme der Unterwasserscheinwerfer im Swimmingpool. Ein leichter Wind ließ kleine Wellen auf der Wasseroberfläche entstehen, auf denen das bläuliche Licht von unten tanzte.

»Wir müssen ihn aus dem Haus holen«, sagte Barak. »Ihn und den Hund, Mann.«

»Warum? Wozu?« fragte McAuliff, dem der Schweiß noch in die Augen tropfte. »Wir sind vier gegen einen.«

»Moore hat recht«, antwortete Charles Whitehall. »Wenn es draußen elektronische Alarmvorrichtungen gibt, hat er im Haus bestimmt etwas Ähnliches.«

»Er hat auf jeden Fall ein Funkgerät, Mann«, warf Floyd ein. »Ich kenne diese Türen. Bis wir eine davon aufgebrochen haben, bleibt ihm genug Zeit, um die anderen zu verständigen.«

»Wir sind eine halbe Stunde von Falmouth entfernt. Die Polizei hat ihr Revier in Falmouth«, drängte Alex. »In dieser Zeit können wir es leicht hinein und wieder hinaus schaffen.«

»Nein, Mann«, widersprach ihm Barak. »Wir werden eine Weile brauchen, um die Backsteine in der Zisterne zu finden und herauszubrechen. Wir graben zuerst das Wachstuchpäckchen aus. Kommt!«

Barak Moore führte sie um das kleine Wäldchen auf dem Grundstück herum auf die gegenüberliegende Seite, das alte Weideland. Dann deckte er das Licht seiner Taschenlampe mit der Hand ab und rannte zu den Brotfruchtbäumen, die am Nordende der mit Felsbrocken übersäten Wiese standen. Dort angekommen, kauerte er sich am Stamm des am weitesten entfernten Baumes nieder. Die anderen taten es ihm gleich. Als Barak anfing zu sprechen, war kaum mehr als ein Flüstern zu hören.

»Sprecht ganz leise. Der Wind hier in den Hügeln trägt jeden Laut weiter. Das Päckchen ist in der Erde vergraben, vierundvierzig Schritt rechts von dem vierten großen Felsbrocken auf der nordwestlichen Diagonalen von diesem Baum aus.«

»Er hat viel von Jamaika gewußt«, sagte Whitehall leise.

»Wie meinen Sie das?« Im Mondlicht konnte McAuliff das

grimmige Lächeln auf dem Gesicht des Wissenschaftlers erkennen.

»Die Symbolik der Arawak für den Todesmarsch eines Kriegers schrieb Einheiten von vier vor, immer nach rechts von der untergehenden Sonne aus gesehen.«

»Das klingt nicht gerade ermutigend«, sagte Alex.

»Genau wie die Indianer in Amerika«, erwiderte Whitehall, »wurden die Arawaks vom weißen Mann nicht gerade gut behandelt.«

»Die Afrikaner auch nicht, Charley-Man.« Barak starrte Whitehall im Mondlicht an. »Manchmal habe ich den Eindruck, du vergißt das.« Er drehte sich zu McAuliff und Floyd um. »Folgt mir. Hintereinander.«

In gebückter Haltung rannten sie hinter dem schwarzen Revolutionär durch das hohe Gras. Jeder zählte mit, als sie an den großen, aus der Erde ragenden Felsbrocken vorbeikamen. Eins, zwei, drei, vier.

Beim vierten Felsen, etwa einhundertfünfzig Meter vom Stamm des Brotfruchtbaumes entfernt, knieten sie sich hin. Barak legte die Hände um seine Taschenlampe und richtete den Strahl nach oben auf den Felsen. Eine Markierung war – kaum zu erkennen – darauf eingemeißelt. Whitehall beugte sich über den Stein.

»Dr. Piersall hatte eine ziemlich lebhafte Fantasie – was die Geschichte betrifft. Er ist von den Arawak zu den Coromantees gesprungen. Hier, seht.« Im Schein der Taschenlampe fuhr Whitehall mit dem Zeigefinger über die Markierung und sprach leise weiter. »Dieser verdrehte Halbmond ist der Mond der Ashanti, den die Coromantees auf der Jagd zurückließen, um Angehörigen des Stammes, die zwei oder drei Tage später folgten, ein Zeichen zu geben. Die Kerben auf der konvexen Seite des Halbmondes legen die Richtung fest: eine – nach links, zwei – nach rechts. Die Position auf dem Rand gibt den Winkel an. Da – zwei Kerben, genau in der Mitte. Also von dem Stein aus, der unter dem Ende des Halbmondes liegt, nach rechts.« Whitehall deutete mit der rechten Hand nach Nordosten.

»Wie Piersall mir gesagt hat.« Barak nickte. Er machte erst

gar keinen Versuch zu verbergen, daß er sich über Charley-Mans Erklärung ärgerte. Und doch lag auch ein gewisser Respekt in seinem Groll, fand McAuliff, während er Moore zusah, wie dieser die vierundvierzig Schritte abzählte.

Piersall hatte die Stelle getarnt, die er sich als Versteck ausgesucht hatte. Auf dem Stück Gras am Ende der vierundvierzig Schritte wuchs ein Dickicht aus Molluskenfarnen, die ihr Grün in alle Richtungen streckten. Sie waren so geschickt wieder eingepflanzt worden, daß der Eindruck entstehen mußte, hier wäre schon seit Jahren nicht mehr gegraben worden.

Floyd zog eine kleine Schaufel aus dem Gürtel, klappte den Stiel aus und fing an, die Erde auszuheben. Charles Whitehall kniete sich hin und half ihm, indem er mit den bloßen Händen zu graben begann.

Die rechteckige Kassette lag tief in der Erde. Wären die Anweisungen nicht so präzise gewesen, hätten sie vielleicht zu suchen aufgehört, ohne sie zu finden. Das Loch war jetzt schon über drei Fuß tief. Whitehall vermutete, daß es am Ende genau vier Fuß messen würde. Die Arawak-Einheit vier.

In dem Moment, als Floyds kleine Schaufel auf das Gehäuse aus Metall stieß, schoß Whitehalls rechte Hand nach unten, riß die Kassette aus der Erde und fuhr mit den Fingern über den Rand, um sie zu öffnen. Doch das war unmöglich, wie Whitehall innerhalb von wenigen Sekunden erkannte. Er selbst hatte diese Art von Behälter schon unzählige Male verwendet. Es war eine hermetisch versiegelte Archivkassette, deren weiche Gummikanten im Inneren ein Vakuum erzeugten. Sie hatte zwei Schlösser – eines an jedem Ende –, für die unterschiedliche Schlüssel gebraucht wurden. Wenn man die Schlüssel in die Schlösser steckte und drehte, gelangte Luft hinein. Nach einigen Minuten konnte die Kassette dann geöffnet werden. Finanziell gut ausgestattete Bibliotheken verwendeten solche Behälter, um alte Manuskripte aufzubewahren – Manuskripte, die höchstens einmal in fünf Jahren von Wissenschaftlern untersucht und daher mit größter Sorgfalt vor dem Verfall geschützt wurden. Schon die Bezeichnung ›Archivkassette‹ machte deutlich, daß Dokumente darin für ein Jahrtausend aufbewahrt werden konnten.

»Gib mir die Schlüssel!« sagte Charles leise zu Barak.

»Ich habe keine Schüssel, Mann. Piersall hat nichts von Schlüsseln gesagt.«

»*Verdammt!*«

»Leise!« befahl McAuliff.

»Schaufel die Erde wieder in das Loch«, sagte Moore zu Floyd. »Damit es nicht auffällt. Und setz die Farne wieder in den Boden.«

Floyd gehorchte, und McAuliff half ihm dabei. Whitehall starrte wütend auf die rechteckige Kassette in seinen Händen.

»Er war paranoid!« flüsterte der Wissenschaftler und drehte sich zu Barak um. »Du hast gesagt, es sei ein Päckchen. Ein Päckchen aus Wachstuch! Nicht das hier! Wir werden eine Lötlampe brauchen, um die Kassette zu öffnen!«

»Charley hat recht«, sagte Alex, während er die Erde mit den Händen zurückschaufelte. Er stutzte, als er begriff, daß er Whitehall gerade ›Charley‹ genannt hatte. »Warum hat er sich solche Mühe gemacht? Warum hat er die Kassette nicht einfach zusammen mit den anderen Dokumenten in der Zisterne versteckt?«

»Das kann ich Ihnen nicht sagen, Mann. Er war sehr beunruhigt, das ist alles, was ich weiß.«

Das Loch war wieder mit Erde gefüllt. Floyd glättete den Boden und drückte die Wurzeln der Molluskenfarne in die lockere Erde.

»Das dürfte reichen, Mann«, sagte er. Er klappte den Stiel der Schaufel zusammen und steckte sie wieder in seinen Gürtel.

»Wie kommen wir ins Haus?« fragte McAuliff. »Und wie locken wir den Wächter raus?«

»Ich habe stundenlang darüber nachgedacht«, erwiderte Barak. »Ich glaube, mit Wildschweinen müßte es gehen.«

»Sehr gut, Mann!« warf Floyd ein.

»Im Pool?« fügte Whitehall hinzu.

»Ja.«

»Von was zum Teufel sprecht ihr?« Alex sah die drei Schwarzen an, deren Gesichter im Mondlicht schimmerten.

Barak antwortete ihm. »Im Cock Pit gibt es viele Wildschweine. Sie sind heimtückisch und machen viel Ärger. Wir sind vielleicht fünfzehn Kilometer von der Grenze zum Cock Pit entfernt. Es kommt manchmal vor, daß sie sich so weit herauswagen ... Floyd und ich werden sie nachahmen. Sie und Charley-Man werfen Steine in den Pool.«

»Was ist mit dem Hund?« fragte Whitehall. »Du solltest ihn besser erschießen.«

»Es wird nicht geschossen, Mann! Einen Schuß kann man kilometerweit hören. Ich werde mich schon um den Hund kümmern.« Moore zog einen kleinen Betäubungspfeil aus der Tasche. »Wir haben viele von denen hier in unserem Waffenlager. Kommt.«

Fünf Minuten später dachte McAuliff, er würde bei einem übermütigen Kinderstreich mitspielen. Barak und Floyd waren zu dem hohen Gras hinübergekrochen, das an den gepflegten Rasen angrenzte. Da sie davon ausgingen, daß sich der Dobermann sofort auf den ersten menschlichen Geruch stürzen würde, hatten sich Alex und Whitehall parallel zu den Guerilleros in drei Metern Abstand postiert, einen Steinhaufen zwischen sich. Sie sollten die Steine so genau wie möglich in den beleuchteten Pool – zwanzig Meter weiter – werfen, sobald Moore und Floyd anfingen, Krach zu machen.

Es ging los.

Mit erschreckender Echtheit drang ein Kreischen durch die Stille der Nacht, schrill und entsetzlich – das Brüllen von in Panik geratenen Tieren.

»IIIaaah ... gnnaaah, gnnaaah ... iiiaaah, iiiaaah ... iiioooh ...«

McAuliff und Whitehall warfen Steine in den Pool. Das Platschen wurden von dem fürchterlichen Gekreische begleitet. Grauenhafte Dissonanzen erfüllten die Luft.

Die Fensterläden des Zimmers im Erdgeschoß wurden aufgestoßen. Hinter dem Gitter konnten sie den Wächter sehen, der ein Gewehr in der Hand hielt.

Plötzlich prallte ein Stein gegen McAuliffs Wange. Er war klein und nicht mit voller Wucht geworfen worden. Alex drehte den Kopf in die Richtung, aus der der Stein gekommen war. Im hohen Gras liegend, schwenkte Floyd seinen

Arm hin und her und bedeutete ihm, mit dem Werfen aufzuhören. Alex packte Whitehalls Hand. Sie hörten auf.

Das Gekreische – jetzt begleitet von einem dumpfen Stampfen – wurde immer lauter. Alex konnte Barak und Floyd im Mondlicht sehen. Sie schlugen auf die Erde ein wie wahnsinnig gewordene Tiere. Die schrecklichen Geräusche, die aus ihren zuckenden Köpfen kamen, erreichten ihren Höhepunkt.

Wildschweine, die im hohen Gras miteinander kämpften.

Die Tür von Piersalls Haus wurde aufgestoßen. Der Wächter – mit dem Gewehr in der Hand – ließ den Hund an seiner Seite los. Mit einem Satz sprang das Tier auf den Rasen und jagte auf die hysterischen Schreie und die eindeutig menschlichen Gerüche zu.

McAuliff kniete nieder. Im Licht des jamaikanischen Mondes verfolgte er gebannt, was sich jetzt abspielte. Barak und Floyd krochen zurück auf die Weide, ohne die Köpfe über das hohe Gras zu heben oder die Lautstärke der Tierschreie zu senken. Der Dobermann raste über den Rasen und sprang mit einem Satz ins hohe Gras.

Zu dem anhaltenden Gekreische und dem heiseren Gebrüll gesellte sich das wilde Bellen des scharfen Hundes. Trotz dieser schrecklichen Geräusche hörte Alex jetzt auch wiederholt eine Art Zischen. Die Betäubungspistole wurde abgefeuert.

Plötzlich übertönte ein lautes Jaulen das Gebrüll. Der Wächter rannte zum Rand der Weide, das Gewehr schußbereit erhoben. Bevor McAuliff begriff und reagieren konnte, nahm sich Charles Whitehall eine Handvoll Steine und schleuderte sie in Richtung des beleuchteten Pools. Gleich darauf warf er die nächsten Steine hinterher.

Der Wächter wirbelte zum Wasser herum. Whitehall stieß Alex aus dem Weg, rannte am Rand des hohen Grases entlang und stürzte sich mit einem Satz auf den schwarzen Wachposten.

Wie erstarrt sah McAuliff zu.

Whitehall, der elegante Wissenschaftler, der grazile Charley-Man, schlug mit dem Arm auf das Genick des Wachpostens, trat dem Wächter mit voller Wucht in den Bauch und packte ihn dann am Handgelenk, das er so heftig herumdrehte, daß dem Wächter das Gewehr aus den Händen gerissen wurde. Mit einem Ruck wurde der Mann durch die Luft geschleudert und zu Boden geworfen. Als der Polizist auf dem weichen Gras landete, zielte Whitehall kurz und ließ seine Ferse gegen den Schädel des Mannes krachen, knapp unterhalb von dessen Stirn.

Der Körper zuckte noch einmal, dann lag er regungslos da.

Das Gekreische hörte auf. Es herrschte wieder Stille.

Es war vorbei.

Barak und Floyd kamen aus dem hohen Gras heraus auf den Rasen gerannt. »Danke, Charley-Man. Eine Schießerei hätte uns verraten«, sagte Barak.

»Es war notwendig«, entgegnete Whitehall nur. »Ich muß diese Dokumente sehen.«

»Dann laß uns gehen«, sagte Barak Moore. »Floyd, bring das echte Schwein hier ins Haus und feßle es.«

»Verschwendet keine Zeit«, murmelte Whitehall, der mit der Kassette unter dem Arm auf das Haus zuging. »Werft ihn einfach ins Gras. Er ist tot.«

Im Haus führte Floyd sie zu der Treppe und dann hinunter in Piersalls Keller. Die Zisterne lag im westlichen Teil, war etwa zwei Meter tief und anderthalb Meter breit. Die Wände waren trocken, über die Seiten und die Öffnung selbst zogen sich Spinnweben. Barak wischte die hauchdünne Barriere weg und ließ sich in die Tiefe hinunter.

»Woher weißt du, welche Steine es sind?« fragte Whitehall mit drängender Stimme. Die rechteckige schwarze Kassette hielt er fest in der Hand.

»Es gibt einen Weg. Der Doktor hat ihn mir erklärt«, erwiderte Moore und zog eine Schachtel Streichhölzer aus der Tasche. Er entzündete eines davon und fing auf der Mittellinie in nördlicher Richtung an. Langsam drehte er sich im Uhrzeigersinn um sich selbst und hielt dabei das Streichholz gegen die Fugen zwischen den Mauersteinen in der unteren Hälfte der Grube.

»Phosphor«, stellte Whitehall fest. »In den Mörtelfugen.«

»Ja, Mann. Nicht viel, aber genug, um eine kleine Flamme oder vielleicht ein Zischen zu erzeugen.«

»Das ist Zeitverschwendung!« stieß Whitehall hervor. »Dreh dich nach links, in nordwestliche Richtung! Nicht nach rechts.«

Die drei Männer sahen den Wissenschaftler an. »Wie meinst du das, Charley-Man?« fragte Barak verwirrt.

»Tu, was ich dir sage! Bitte.«

»Die Symbolik der Arawak?« fragte McAuliff. »Die – Odyssee in den Tod, oder wie immer Sie das auch genannt haben? Nach rechts von der untergehenden Sonne aus?«

»Ich freue mich, daß Sie es amüsant finden.«

»Das tue ich nicht, Charley. Nicht ein bißchen«, antwortete Alex leise.

»He ...« Barak stieß einen leisen Pfiff aus, als aus den Spalten in der Zisterne winzige, zuckende Flammen schossen. »Charley, du bist ein kluges Köpfchen, Mann! Das sind sie – Floyd, gib mir das Werkzeug, Mann.«

Floyd griff in seine Feldjacke und holte einen zwölf Zentimeter langen Steinmeißel und einen zusammenlegbaren Hammer aus Metall heraus. Er reichte Barak das Werkzeug. »Brauchst du Hilfe?« fragte er.

»Hier ist nicht genug Platz für zwei«, erwiderte Barak. Er fing an, die Fugen aufzuklopfen.

Drei Minuten später war es Moore gelungen, den ersten Stein aus dem Mörtel zu lösen. Er rüttelte daran und zog ihn langsam aus der Wand der Zisterne. Whitehall hielt die Taschenlampe. Aufmerksam verfolgte er Moores Bewegungen. Der Stein war draußen. Floyd beugte sich hinunter und nahm ihn Barak aus der Hand.

»Was ist dahinter?« Whitehall lenkte den Strahl der Taschenlampe in die gähnende Öffnung.

»Ein Loch, Mann. Rote Erde und ein Loch«, antwortete Moore. »Ich glaube, ich sehe den Deckel einer zweiten Kassette. Sie ist größer.«

»Um Himmels willen, *beeil dich!*«

»Charley-Man ... Du hast keine Verabredung zum Abendessen im Hilton von Montego Bay, Mann.« Barak lachte leise. »Kein versteckter Mungo wird uns die Kassette stehlen.«

»Bleiben Sie ruhig.« McAuliff sah Whitehall nicht an. Er wollte seinem Blick nicht begegnen. »Wir haben die ganze Nacht Zeit, nicht wahr? Sie haben da draußen einen Mann getötet. Er war der einzige, der uns hätte aufhalten können. Und Sie waren der Meinung, daß er dafür sterben mußte.«

Whitehall drehte den Kopf und starrte McAuliff an. »Ich habe ihn getötet, weil es notwendig war.« Whitehall richtete seine Aufmerksamkeit wieder auf Barak Moore. Der zweite Stein löste sich schon wesentlich leichter als der erste. Barak griff in den Hohlraum dahinter und rüttelte an dem Stein, bis die Fugen sich lösten und er herausrutschte. Floyd nahm den Stein entgegen und legte ihn vorsichtig zur Seite.

Whitehall kniete sich auf der gegenüberliegenden Seite hin und leuchtete mit der Taschenlampe in das Loch. »Es ist eine Archivkassette. Gib sie mir.« Er drückte Floyd die Taschenlampe in die Hand und streckte die Arme in die Grube. Barak zog die Kassette aus der Erde und reichte sie Whitehall.

»Unglaublich!« sagte Whitehall, dessen Finger über die rechteckige Kassette fuhren. Das Knie hatte er auf die andere Kassette gepreßt, die auf dem Boden vor ihm lag. Er würde keinen der beiden Behälter wieder herausrücken.

»Meinst du damit die Kassette, Mann?« fragte Moore.

»Ja.« Whitehall drehte die Kassette um, dann hielt er sie hoch, während Floyd den Strahl der Taschenlampe darauf richtete. »Ich glaube nicht, daß einer von euch weiß, was das hier ist. Ohne die Schlüssel oder die richtigen Geräte dauert es Stunden, um diese verdammten Dinger zu öffnen. Wasserdicht, luftdicht, vakuumverpackt und bruchsicher. Selbst mit einem Spezialbohrer käme man nicht durch das Metall ... Hier, seht.« Der Wissenschaftler deutete auf einige Buchstaben an der Unterseite. »Hitchcock Vault Company, Indianapolis. Die besten der Welt. Museen, Bibliotheken, Regierungsarchive benutzen sie. Einfach unglaublich.«

In diesem Augenblick hörten sie das Geräusch. Es wirkte im ersten Moment wie eine ohrenbetäubende Explosion, obwohl es aus weiter Ferne kam. Das Jaulen eines Autos, das die lange Auffahrt von der Straße unten in einem niedrigen Gang heraufkam.

Und dann noch eines.

Die vier Männer sahen sich an. Sie waren wie erstarrt. Das durfte nicht sein. Es *konnte* nicht sein.

»O Gott, Mann!« Barak zog sich aus der Grube.

»Nimm die Werkzeuge mit, du verdammter Idiot!« rief Whitehall. »Deine Fingerabdrücke!«

An Stelle von Barak sprang Floyd in die Zisterne, packte den Hammer und den Meißel und steckte sie in die Taschen seiner Feldjacke. »Uns bleibt nur die Treppe, Mann! Es gibt keinen anderen Weg!«

Barak rannte zur Treppe. McAuliff bückte sich und wollte nach der Kassette neben Whitehall greifen. Aber schon hatte der die Hand darauf gelegt.

»Sie können nicht beide tragen, Charley«, sagte Alex, als er Whitehalls wirren Blick sah. »Die hier gehört mir!« Er packte die Kassette, riß sie Whitehall aus der Hand und folgte Moore zur Treppe, während die Autos mit heulendem Motor näher kamen.

Die vier Männer hasteten hintereinander die Treppe hoch und rannten durch den kurzen Korridor in das dunkle Wohnzimmer. Das Licht der Scheinwerfer fiel durch die Schlitze in den Fensterläden. Der erste Wagen hatte den kleinen Parkplatz bereits erreicht. Sie hörten das Geräusch von Autotüren, die geöffnet wurden. Sekunden später kam auch das zweite Fahrzeug. Die Lichtstreifen drangen bis in eine Ecke des Zimmers und zeigten ihnen, was den Alarm ausgelöst hatte – ein eingeschaltetes, tragbares Funkgerät. Barak rannte darauf zu, ließ seine Faust auf das Metall niedersausen und zerschmetterte die Vorderseite mit einem einzigen Schlag. Dann riß er die Antenne heraus.

Die Männer draußen begannen zu rufen. Vor allem einen Namen.

»Raymond!«

»Raymond!«

»Raymond! Wo bist du, Mann?«

Floyd übernahm die Führung und rannte zu der Tür auf

der Rückseite des Hauses. »Hier lang! Schnell!« flüsterte er den anderen zu. Er riß die Tür auf und wartete, bis alle bei ihm waren. Im Licht der Scheinwerfer des Pools sah McAuliff, daß Floyd eine Pistole in seiner freien Hand hielt. »Ich werde sie ablenken, Mann. Nach Westen. Ich kenne mich hier gut aus.«

»Sei vorsichtig! Ihr beide«, sagte Barak zu Whitehall und McAuliff, »lauft direkt in den Wald. Wir treffen uns am Floß. In einer halben Stunde von jetzt an. Nicht länger. Wer dort ist, soll verschwinden. Nehmt das Floß. Ohne Floß kommt ihr auf dem Martha Brae nicht weiter, Mann. Los jetzt!« Er schob Alex durch die Tür.

Draußen rannte McAuliff über den sonderbar friedlichen Rasen, das blaugrüne Licht aus dem Pool hinter sich. Einige Männer waren von der Auffahrt aus seitlich um das Haus herumgekommen, und Alex fragte sich, ob sie ihn sahen. So schnell er konnte, rannte er auf die scheinbar undurchdringliche grüne Wand hinter dem Abhang mit dem Rasen zu. Die längliche Kassette hatte er sich unter den rechten Arm geklemmt.

Er mußte nicht lange auf die Antwort warten.

Der Wahnsinn hatte begonnen.

Schüsse!

Kugeln zischten an seinem Kopf vorbei. Schlugen hinter ihm ein.

Die Männer feuerten aus Pistolen auf ihn.

O mein Gott. Er war zurückgekehrt.

Längst vergessene Anweisungen fielen ihm wieder ein. Diagonalen. Beweg dich in Diagonalen. *Kurze, schnelle Spurts, aber nicht zu kurz. Nur so lange, um dem Feind eine halbe Sekunde zu geben, in der er denkt, jetzt hat er dich.*

Er selbst hatte diese Anweisungen gegeben. Unzähligen Männern in den Hügeln von Che San.

Das Geschrei wurde zu einem wilden, hysterischen Chor, und dann ertönte ein gellender Schrei.

Mit einem weiten Satz sprang McAuliff kopfüber in die dichte Vegetation, die an den Rasen angrenzte. Er landete auf einem Busch und rollte sich nach links weg.

Auf den Boden, dann außer Sichtweite rollen! Rollt euch so schnell wie möglich weg, weg von dort, wo ihr aufkommt!

Grundlagen.

Das Wichtigste.

Er war sicher, daß er Männer sehen würde, die den Hügel hinunterrannten und ihn verfolgten.

Er sah niemanden.

Aber er sah etwas anderes, dem er genauso fasziniert zusah wie vorhin den beiden schwarzen Guerilleros im hohen Gras, die so getan hatten, als wären sie Wildschweine.

Oben vor dem Haus – westlich davon, um genau zu sein – taumelte Floyd. Das Licht aus dem Pool fiel auf das blasse Grün seiner Feldjacke. Er feuerte aus seiner Pistole und hielt die Polizisten neben dem Haus in Schach. Er bot sich ihnen als Ziel an. Als ihm die Munition ausging, griff er in die Tasche, zog eine andere Waffe heraus und fing wieder an zu schießen. Dann rannte er zum Rand des Pools, ein weithin sichtbares Ziel.

Er war getroffen worden. Mehrmals. Auf dem Stoff seiner Feldjacke und seiner Hose waren Blutflecken zu sehen, die immer größer wurden. Mindestens ein halbes Dutzend Kugeln hatten ihn erwischt. Er hatte nur noch wenige Augenblicke zu leben.

»McAuliff!« Der geflüsterte Schrei kam von rechts. Barak Moore, dessen kahlgeschorener Schädel im Mondlicht vor Schweiß glänzte, warf sich neben Alex auf den Boden. »Wir müssen hier weg, Mann! Kommen Sie!« Er zog an McAuliffs naßgeschwitztem Hemd.

»Um Gottes willen! Sehen Sie denn nicht, was da oben geschieht? Er stirbt!«

Barak warf einen Blick durch das Gewirr aus Blättern. »Wir kämpfen bis zum Tod. In gewisser Hinsicht ist das ein Luxus. Floyd weiß das«, sagte er mit ruhiger Stimme.

»Für *was*, um Gottes willen? Für *was*, verdammt noch mal? Ihr seid doch alle verrückt!«

»Wir müssen gehen!« sagte Moore. »In ein paar Sekunden werden sie uns verfolgen. Floyd gibt uns diese Chance, Sie weißes Stück Dreck, Mann!«

Alex packte Baraks Hand, die immer noch auf seinem Hemd lag, und stieß sie weg. »Das ist es also? Ich bin ein weißes Stück Dreck! Und Floyd muß sterben, weil Sie das denken. Und der Wächter mußte sterben, weil Whitehall genauso denkt … Ihr seid doch krank.«

Barak Moore zögerte, bevor er etwas sagte. »Man kann seinem Schicksal nicht entgehen, Mann. Und Sie werden diese Insel nicht bekommen. Es werden noch viele, viele Männer sterben, aber diese Insel wird niemals Ihnen gehören … Wenn Sie jetzt nicht mit mir gehen, werden Sie auch sterben.« Plötzlich stand Moore auf und rannte in den dunklen Wald hinein.

McAuliff sah ihm einen Moment lang nach, die rechteckige Kassette an die Brust gepreßt. Dann stand er auf und folgte dem schwarzen Revolutionär.

Sie warteten am Rand des Flusses. Vor ihnen hüpfte das Floß in der Strömung auf und ab. Sie standen bis zur Taille im Wasser. Barak warf einen Blick auf seine Armbanduhr, Alex stemmte die Füße in den weichen Schlamm, um das Floß an dessen seitlich angebrachten Bambusstangen besser festhalten zu können.

»Wir dürfen nicht länger warten, Mann«, sagte Barak. »Ich kann sie hören. Sie sind auf dem Hügel. Sie kommen näher!«

McAuliff hörte nichts außer dem rauschenden Fluß und dem Geräusch des Wassers, das gegen das Floß schlug. Und Barak. »Wir können doch ihn nicht zurücklassen!«

»Wir haben keine andere Wahl. Oder wollen Sie sich den Kopf wegblasen lassen, Mann?«

»Nein. Und das wird auch nicht passieren. Wir haben Dokumente eines Toten gestohlen. Weil er es gewollt hat. Das ist kein Grund, weshalb man auf uns schießen würde. Einmal muß Schluß sein, verdammt noch mal.«

Barak lachte. »Sie haben aber ein schlechtes Gedächtnis, Mann! Da oben im Gras liegt ein toter Polizist. Und Floyd hat mindestens noch einen weiteren mit in den Tod genommen, er war ein ausgezeichneter Schütze … Sie werden Ihnen den

Kopf wegblasen. Die Polizei von Falmouth wird nicht eine Sekunde lang zögern.«

Barak Moore hatte recht. *Aber wo zum Teufel war Whitehall?*

»Ist er getroffen worden? Wissen Sie, ob er verwundet wurde?«

»Ich glaube nicht, Mann. Aber sicher bin ich nicht … Charley-Man hat nicht das getan, was ich ihm gesagt habe. Er ist in südwestlicher Richtung auf die Weide gerannt.«

Hundert Meter weiter den Fluß hinauf war ein Lichtstrahl zu sehen, der über die dichtbewachsenen Flußufer glitt.

»Sehen Sie da!« rief Alex. Moore drehte sich um.

Sie sahen einen zweiten, dann einen dritten Strahl. Drei tanzende Säulen aus Licht, die den Fluß hinunterkamen.

»Wir dürfen keine Zeit mehr verlieren, Mann! Klettern Sie hinein und stoßen Sie sich mit der Stange ab!«

Sie schoben das Floß in die Mitte der Strömung und zogen sich auf das mit Bambusstangen eingefaßte Deck.

»Ich gehe nach vorn!« rief Moore und kletterte über die hohen Lehnen der Sitze, auf denen sonst die Touristen die Schönheiten des Martha Brae bewunderten. »Sie bleiben da hinten, Mann! Benutzen Sie die Stange, und wenn ich es Ihnen sage, hören Sie damit auf und hängen die Beine über den Rand.«

McAuliff kniff die Augen im Mondlicht zusammen und versuchte, die Stange zwischen den zusammengebundenen Bambuszylindern zu finden. Sie war zwischen der niedrigen Reling und dem Deck eingeklemmt. Er packte sie und stieß sie in den Schlamm unter dem Floß.

Schnell war das Floß in den Stromschnellen und schoß den Fluß hinunter. Moore stand am Bug und benutzte seine Stange dazu, das dahinjagende Bambusfloß von den tückischen, scharfen Felsbrocken wegzuhalten, die aus dem Wasser ragten. Sie näherten sich einer Flußbiegung.

»Setzen Sie sich auf das Heck, Mann!« brüllte Barak. »Hängen Sie die Füße ins Wasser. *Schnell*, Mann!«

Alex gehorchte. Er begriff. Der Wasserwiderstand, den er durch sein Gewicht und seine Füße im Wasser erzeugte, verringerte die Geschwindigkeit gerade so weit, daß Moore das

Floß durch einen Mini-Archipel aus gefährlichen Felsbrokken lenken konnte. Die Seitenteile aus Bambus prallten gegen und auf die spitzen Steine, so daß McAuliff dachte, das Floß würde gleich aus dem Wasser und in die Luft geschleudert werden.

Das laute Kreischen, mit dem der Bambus die Steine streifte, und die Konzentration auf die Stromschnellen ließen Alex nicht sofort bemerken, daß auf sie geschossen wurde. Doch dann spürte er einen scharfen, stechenden Schmerz im linken Arm. Eine Kugel hatte ihn gestreift. Im Mondlicht sah er, wie das Blut über den Ärmel seines Hemdes lief.

Sie hörten das Stakkato von Schüssen hinter sich.

»Runter mit Ihnen, Mann!« schrie Barak. »Legen Sie sich flach hin! Sie können uns nicht folgen. Nach der Biegung kommt eine Grotte. Viele Höhlen. Sie führen hoch zur Straße, Mann ... Aaahhh!«

Moore sackte zusammen, ließ die Stange los, preßte die Hände auf seinen Bauch und fiel auf das Bambusdeck. Alex bückte sich nach der rechteckigen Archivkassette, steckte sie sich hinter den Gürtel und kroch so schnell er konnte zum vorderen Teil des Floßes. Barak Moore krümmte sich vor Schmerzen. Aber er lebte.

»Sind Sie schwer verletzt?«

»Ziemlich, Mann ... Bleiben Sie unten! Wenn wir stecken bleiben, springen Sie raus und stoßen uns weg ... Um die Biegung, Mann ...«

Barak wurde bewußtlos. Das Bambusfloß schrammte über eine seichte, mit Kies bedeckte Stelle und erreichte dann die letzte Kurve der Biegung, wo das Wasser tief und die Strömung noch mächtiger und schneller war als zuvor. Die Schüsse hörten auf – sie waren außer Sichtweite.

McAuliff zog die Schultern nach oben. Die Archivkassette in seinem Gürtel schnitt in seine Haut. Sein linker Arm pochte vor Schmerzen. Der Fluß wurde jetzt zu einem großen flachen Teich, in dem sich die Strömung unter der Oberfläche fortsetzte. Schräg gegenüber, am Ufer, ragten steile Felsenklippen empor.

Plötzlich sah Alex das Licht einer Taschenlampe. Vor

Angst krampfte sich sein Magen zusammen. Der Feind war nicht hinter ihnen – er wartete auf sie.

Unwillkürlich griff er in die Tasche und holte seine Waffe heraus – die Smith & Wesson, die Westmore Tallon ihm gegeben hatte. Er hob sie, als das Floß von selbst auf die Felsenklippen und die Taschenlampe zusteuerte.

Geduckt kauerte er sich über den bewußtlosen Körper von Barak Moore und wartete mit ausgestrecktem Arm, die Pistole auf die Gestalt hinter der Taschenlampe gerichtet.

Er war noch etwa vierzig Meter von der regungslosen Gestalt entfernt. Er wollte gerade abdrücken, um zu töten.

Plötzlich hörte er eine Stimme.

»Barak!«

Der Mann am Flußufer war Lawrence.

Charles Whitehall wartete im hohen Gras neben den Brotfruchtbäumen, die Archivkassette fest unter den Arm geklemmt. Regungslos kniete er im Mondlicht und beobachtete Piersalls Haus und das Grundstück aus zweihundert Metern Entfernung. Die Leiche des toten Wachpostens war noch nicht gefunden worden. Floyds Leiche hatte man ins Haus getragen, um genügend Licht für eine genaue Untersuchung des Körpers zu haben.

Ein Mann war zurückgeblieben. Die anderen waren alle in den Wald im Osten und hinunter zum Martha Brae gerannt, um Moore und McAuliff zu verfolgen.

Genau das, was Charles Whitehall erwartet hatte, war eingetroffen. Deshalb war er den Anweisungen Barak Moores nicht gefolgt.

Es gab einen besseren Weg. Wenn man allein war.

Der Beamte war fett. Nervös watschelte er an der Grenze zum Wald auf dem Rasen hin und her, als hätte er Angst, weil er allein war. In den Händen hielt er das Gewehr, mit dem er wild in der Gegend herumfuchtelte, wenn er ein Geräusch hörte oder zu hören glaubte.

Plötzlich waren tatsächlich Schüsse zu vernehmen, weit weg, unten am Fluß. Viele Schüsse, schnell hintereinander. Entweder wurde eine Menge Munition verschwendet, oder

Moore und McAuliff flogen gerade die Kugeln um die Ohren.

Das war der Moment, in dem er handeln mußte.

Der Wachposten lief am Rand des Waldes entlang und starrte nach unten. Die Schüsse waren sowohl eine Beruhigung für ihn als auch beängstigend. Er ließ das Gewehr sinken und zündete sich fahrig eine Zigarette an.

Charles stand auf, packte die Archivkassette und rannte durch das hohe Gras hinter der Westseite der Weide. Dann bog er nach rechts ab und lief auf Piersalls Haus zu, durch den lichter werdenden Wald an der Grenze zur Auffahrt.

Die beiden Streifenwagen waren vor der breiten Steintreppe von High Hill geparkt. Whitehall trat aus dem Wald heraus und ging zu dem ersten Fahrzeug. Eine Tür stand offen – auf der Fahrerseite. Die gedämpfte Innenbeleuchtung warf einen Schimmer auf das schwarze Leder.

Die Schlüssel steckten im Zündschloß. Leise rannte er zu dem zweiten Wagen hinüber, dessen Schlüssel ebenfalls steckten. Schnell ging er wieder zu dem ersten Wagen, zog die Schlüssel heraus und öffnete die Motorhaube so leise wie möglich. Er riß die Verteilerkappe herunter und zog an der Gummiabdeckung, bis sie sich von dem Kabel löste.

Dann kehrte er zu dem zweiten Fahrzeug zurück, stieg ein und legte die Archivkassette neben sich. Er drückte das Gaspedal durch, sah sich die Gangschaltung an. Alles in Ordnung.

Er drehte den Schlüssel herum. Der Motor sprang sofort an.

Rückwärts fuhr Charles Whitehall den Streifenwagen aus dem Parkplatz hinaus. Dann riß er das Steuer herum und raste die Auffahrt hinunter.

19.

Der Arzt schloß die Tür zu dem kleinen Innenhof und trat auf die Terrasse, die Alisons und McAuliffs Zimmer im Bengal Court miteinander verband. Barak Moore lag in Alisons

Bett. Sie hatte darauf bestanden. Ihre Entscheidung wurde nicht diskutiert, aber man gab ihr auch keine Erklärung.

Alexanders linker Arm war verbunden worden. Die Wunde war oberflächlich und schmerzhaft, aber nicht schwer. Er saß mit Alison auf der hüfthohen Mauer der Terrasse, die aufs Meer hinausging. Später würde er ihr von dem Einbruch erzählen, sie hatten genug Zeit. Sam Tucker und Lawrence hatten sich zu beiden Seiten des Innenhofs aufgestellt, um etwaige Spaziergänger davon abzuhalten, den kleinen Patio zu betreten.

Der Arzt aus Falmouth, den Lawrence um Mitternacht geholt hatte, kam auf McAuliff zu. »Ich habe getan, was ich konnte. Ich wünschte, ich wäre zuversichtlicher.«

»Müßte er nicht ins Krankenhaus?« Alisons Worte waren Vorwurf und Frage zugleich.

»Das müßte er allerdings«, bestätigte der Arzt müde. »Ich habe mit ihm darüber gesprochen, aber wir sind beide zu der Auffassung gelangt, daß es nicht geht. In Falmouth gibt es nur ein staatliches Krankenhaus. Ich glaube, hier ist es nicht so schmutzig.«

»Sollten wir ihn nicht trotzdem hinbringen?« fragte Alex.

»Ich bezweifle, daß sie sich die Mühe machen würden, die Kugel zu entfernen, Mr. McAuliff.«

»Wie steht es?« fragte Alex. Er zündete sich eine Zigarette an.

»Er hat eine kleine Chance, wenn er absolut ruhig liegenbleibt. Aber nur eine kleine Chance. Ich habe die Bauchdecke kauterisiert, sie könnte leicht wieder aufbrechen. Dann habe ich eine Bluttransfusion durchgeführt – meine Praxis hat geheime Unterlagen, in denen die Blutgruppen bestimmter Personen verzeichnet sind. Er ist sehr schwach. Wenn er die nächsten zwei oder drei Tage überlebt, besteht Hoffnung.«

»Aber Sie glauben nicht, daß er es schaffen wird«, stellte McAuliff fest.

»Nein. Er hat zu viele innere Blutungen gehabt. Meine tragbare OP-Ausstattung ist nicht sehr gut. Keine Sorge, mein Assistent räumt gerade auf. Er wird die Laken, die Kleidung, alles, was schmutzig geworden ist, aus dem Zimmer schaffen. Bedauerlicherweise können wir nichts gegen den Geruch nach Äther und Desinfektionsmittel machen. Lassen Sie die Türen nach draußen offen, wenn es geht. Lawrence wird dafür sorgen, daß niemand hereinkommt.«

Alex rutschte von der Mauer herunter und lehnte sich dagegen. »Doktor, gehe ich recht in der Annahme, daß Sie zu Baraks Organisation gehören? Wenn das die richtige Bezeichnung dafür ist.«

»Zu diesem Zeitpunkt wäre das wohl zuviel gesagt.«

»Aber Sie wissen, was hier vor sich geht.«

»Nicht genau. Und ich möchte es auch nicht wissen. Meine Aufgabe besteht darin, medizinische Hilfe zu leisten. Je weniger ich sonst noch weiß, desto besser für alle.«

»Aber Sie können eine Nachricht an seine Leute weiterleiten, nicht wahr?«

Der Arzt lächelte. »Mit ›Leute‹ meinen Sie wohl Baraks Anhänger?«

»Ja.«

»Ich habe Telefonnummern – von öffentlichen Telefonen. Und bestimmte Uhrzeiten. Die Antwort ist: ja.«

»Wir brauchen noch mindestens einen weiteren Mann. Floyd ist tot.«

Alison Booth hielt den Atem an. Ihr Blick ging zu Alex. Sie legte eine Hand auf seinen Arm. Sanft bettete er die seine darüber.

»O mein Gott«, flüsterte sie.

Der Arzt sah Alison an, machte aber keine Bemerkung zu ihrer Reaktion. Er wandte sich wieder an McAuliff. »Barak hat es mir gesagt. Es könnte Probleme geben, aber das wissen wir noch nicht. Die Vermessung wird beobachtet. Floyd hat für Sie gearbeitet, und die Polizei wird das herausfinden. Man wird Sie vernehmen. Selbstverständlich wissen Sie von nichts. Tragen Sie für eine Weile lange Ärmel – nur ein paar Tage, bis die Wunde mit einem großen Pflaster bedeckt werden kann. Wenn wir Floyd jetzt durch einen unserer Männer ersetzen, könnte das vielleicht unangenehme Folgen für uns haben.«

Widerstrebend nickte Alex. »Ich verstehe«, sagte er leise.

»Aber ich brauche noch einen Mann. Lawrence kann keine drei Schichten übernehmen …«

»Darf ich einen Vorschlag machen?« fragte der Arzt mit einem dünnen Lächeln und einem wissenden Blick in den Augen.

»Und der wäre?«

»Wenden Sie sich an den britischen Geheimdienst. Sie sollten ihn wirklich nicht so vernachlässigen.«

»Schlaf ein bißchen, Sam. Lawrence, Sie auch«, sagte Alex zu den beiden Männern auf der Terrasse. Der Arzt war gegangen, sein Assistent bei Barak Moore geblieben. Alison war in McAuliffs Zimmer verschwunden und hatte die Tür hinter sich geschlossen. »Heute nacht wird nichts mehr passieren, es sei denn, die Polizei will mir Fragen über ein Mitglied meiner Mannschaft stellen, das ich seit dem frühen Nachmittag nicht mehr gesehen habe …«

»Sie wissen, was Sie sagen, Mann?« Lawrence stellte die Frage mit Autorität, als könnte er die Antwort darauf geben.

»Der Arzt hat mir erklärt, was Barak ihm gesagt hat.«

»Sie müssen wütend sein, Mann! Floyd ist ein stadtbekannter Dieb aus Ochee. Erst jetzt haben Sie erfahren, daß Teile der Ausrüstung gestohlen wurden. Sie sind furchtbar wütend, Mann!«

»Das ist ihm gegenüber nicht gerade fair«, sagte Alex bedrückt.

»Tu, was er sagt, Junge«, entgegnete Sam Tucker. »Er weiß, wovon er spricht … Ich werde hier draußen ein kleines Nickerchen machen. In dem verdammten Bett kann ich sowieso nicht schlafen.«

»Das ist nicht notwendig, Sam.«

»Hast du schon mal daran gedacht, Junge, daß die Polizei einfach hierherkommen könnte, ohne sich vorher anzumelden? Es wäre nicht so gut, wenn sie die Zimmernummern durcheinanderbringen.«

»Um Himmels willen …«, sagte McAuliff, erschöpft von der eigenen Unzulänglichkeit und dem Druck, ständig aufzupassen. »Daran habe ich nicht gedacht.«

»Der gute Doktor auch nicht«, erwiderte Sam. »Lawrence und ich aber, und deswegen werden wir abwechselnd Wache halten.«

»Dann schließe ich mich euch an.«

»Sie haben heute nacht schon genug getan, Mann«, sagte Lawrence entschlossen. »Sie sind verletzt. Vielleicht kommt die Polizei ja doch nicht so schnell. Floyd hatte keine Papiere bei sich. Am frühen Morgen werden Sam Tucker und ich Barak wegbringen.«

»Der Arzt sagte, er muß bleiben, wo er ist.«

»Der Arzt hat keine Ahnung, Mann! Barak soll zwei, drei Stunden schlafen. Wenn er dann noch nicht tot ist, bringen wir ihn zum Braco Beach. Vor Sonnenaufgang ist das Meer spiegelglatt, und ein Flachboot liegt ruhig auf dem Wasser. Wir werden ihn fortbringen.«

»Er hat wieder recht, Alex«, stimmte Tucker sofort zu. »Trotz der Einwände des Arztes haben wir kaum eine andere Wahl. Wir wissen alle, daß die meisten Verwundeten vorsichtig transportiert werden können, wenn sie ein paar Stunden Ruhe gehabt haben.«

»Was sollen wir tun, wenn die Polizei schon heute nacht kommt? Und alles durchsucht?«

Lawrence antwortete ihm, auch jetzt wieder mit Autorität. »Ich habe es Tuck schon gesagt. Der Mann in dem Zimmer hat das indische Fieber. Der üble Geruch wird uns helfen. Die Polizei von Falmouth hat Angst vor dem indischen Fieber.«

»Wie alle anderen auch«, fügte Sam mit einem Schmunzeln hinzu.

»Sie sind ziemlich erfinderisch«, sagte McAuliff. Er meinte es ernst. ›Indisches Fieber‹ war die höfliche Umschreibung für eine besonders unangenehme Form der Enzephalitis, die selten, aber oft genug in der Regel bei den Bergbewohnern auftrat. Die Krankheit konnte die Hoden eines Mannes auf ein Vielfaches ihrer normalen Größe anschwellen lassen und ihn impotent machen – und zur Zielscheibe unbarmherzigen Spotts.

»Sie gehen jetzt schlafen, McAuliff, Mann – bitte.«

»Ja. Ja, das werde ich. Ich sehe euch in ein paar Stunden.«

Alex blickte Lawrence einen Moment lang an, bevor er sich umdrehte, um ins Zimmer zu gehen. Es war erstaunlich. Floyd war tot, Barak kaum noch am Leben, und der ständig grinsende, zuvor so sorglose Junge, der im Vergleich zu den beiden Männern – die offensichtlich seine Vorgesetzten gewesen waren – einen naiven und ausgelassenen Eindruck gemacht hatte, war erwachsen geworden. Innerhalb weniger Stunden war er zum Anführer seiner Gruppe geworden, zum Herrn der Meute. Schnell hatte er eine strenge Autorität entwickelt, obwohl er es noch für nötig hielt, diese Autorität zu begründen.

Sie gehen jetzt schlafen – bitte.

In ein oder zwei Tagen würde er das ›bitte‹ weglassen. Nur der Befehl würde übrigbleiben.

So wuchs ein Mann in seine Aufgabe hinein.

Sam Tucker lächelte McAuliff im hellen Licht des jamaikanischen Mondes an. Er schien Alexanders Gedanken zu lesen. Oder dachte Sam an McAuliffs erste eigene Vermessung? Tucker war dabeigewesen. Sie hatte auf den Aleuten stattgefunden, im Frühling, und ein Mann war gestorben, weil Alex sein Team bei der Untersuchung der Gletscherspalten nicht streng genug gedrillt hatte. In jenem Frühling auf den Aleuten war Alexander Tarquin McAuliff sehr schnell erwachsen geworden.

»Bis später, Sam.«

Alison wartete im Bett, die Lampe auf dem Tisch war eingeschaltet. Neben ihr lag die Archivkassette, die er aus Carrick Foyle mitgebracht hatte. Nach außen hin machte Alison einen ruhigen Eindruck, aber es war unverkennbar, daß unter der Oberfläche ein heftiger Tumult tobte. McAuliff zog sein Hemd aus, warf es über einen Stuhl und ging zu dem Schalter an der Wand hinüber, mit dem der Ventilator an der Decke reguliert wurde. Er schaltete ihn ein. Die vier Flügel, die von der Decke herabhingen, begannen sich zu drehen. Das leise Surren hörte sich an wie das Rauschen der Brandung weit draußen. Er ging zu der Kommode, wo der kleine Eimer mit Eis stand, das schon fast geschmolzen war. Einige wenige Eiswürfel schwammen im Wasser, genug immerhin für ein paar Drinks.

»Möchtest du einen Scotch?« fragte er, ohne Alison dabei anzusehen.

»Nein, danke«, sagte sie mit ihrem weichen britischen Akzent. Weich, aber mit diesem Unterton des Understatements, der eine starke Rationalität signalisierte und sich durch die gesamte britische Sprache zog.

»Ich schon.«

»Das glaube ich.«

McAuliff goß den Whisky in eines der Gläser des Hotels, warf zwei Eiswürfel hinein und drehte sich um. »Um deiner Frage zuvorzukommen – ich hatte keine Ahnung, daß die Sache heute nacht so ausgehen würde.«

»Wärst du mitgegangen, wenn du es gewußt hättest?«

»Natürlich nicht. Aber jetzt ist es vorbei. Wir haben, was wir brauchen.«

»Das hier?« Alison berührte die Archivkassette neben sich.

»Ja.«

»Das, wovon du mir erzählt hast. Wovon *dir* ein sterbender Eingeborener erzählt hat. Wovon dem sterbenden Eingeborenen ein toter Fanatiker erzählt hat.«

»Ich glaube, du drückst das etwas zu kraß aus.« McAuliff ging zu dem Stuhl neben dem Bett und setzte sich ihr gegenüber. »Aber ich werde keinen der beiden verteidigen. Ich werde warten und herausfinden, was darin ist, und alles tun, was sie mir sagen, und abwarten, was passiert.«

»Du klingst ausgesprochen zuversichtlich. Ich kann mir nicht vorstellen, warum. Man hat auf dich geschossen. Ein paar Zentimeter weiter, und diese Kugel hätte dich getötet. Und jetzt sitzt du seelenruhig da und erzählst mir, daß du einfach abwarten willst, was passiert? Alex, um Gottes willen, was *tust* du da?«

McAuliff lächelte und trank einen großen Schluck von seinem Whisky. »Ich hätte es nie für möglich gehalten, aber es ist passiert«, sagte er langsam. Mit einemmal war er sehr ruhig. »Das meine ich ernst. Ich habe eben gesehen, wie aus einem Jungen ein Mann geworden ist. In einer Stunde. Er hat einen schrecklichen Preis dafür bezahlt, aber es ist passiert ... Ich bin nicht sicher, ob ich es verstehe, aber ich habe es gesehen. Es hatte etwas mit Uberzeugung zu tun. Wir haben diese Überzeugung nicht. Wir handeln aus Angst oder aus Habgier oder aus beidem – jeder von uns. Er nicht. Er tut, was er tut, wird, was er wird – weil er glaubt. Und so merkwürdig das klingt, bei Charley Whitehall ist es genauso.«

»Wovon zum Teufel redest du eigentlich?«

McAuliff ließ sein Glas sinken und sah Alison an. »Ich glaube, wir sollten diesen Krieg den Leuten überlassen, die dafür zuständig sind.«

Charles Whitehall holte tief Luft, löschte die Azetylenflamme und setzte die Schutzbrille ab. Er legte die Lötlampe auf den langen, schmalen Tisch und zog die Asbesthandschuhe aus. Zufrieden stellte er fest, daß jede seiner Bewegungen kontrolliert war. Er arbeitete wie ein erfahrener Chirurg – keine Bewegung verschwendet, das Gehirn jedem einzelnen Muskel immer ein Stück voraus.

Er erhob sich von dem Hocker und streckte sich. Dann drehte er sich um, um nachzusehen, ob die Tür des kleinen Raumes immer noch verriegelt war. Das war dumm, dachte er. Er hatte die Tür selbst verriegelt. Er war allein.

Über kleine Straßen war er von Carrick Foyle aus beinahe sechzig Kilometer bis zur Grenze von Saint Anne's gefahren. Dann hatte er den Streifenwagen in einem Feld stehengelassen und war den letzten Kilometer in die Stadt zu Fuß gelaufen.

Vor zehn Jahren war St. Anne's ein Treffpunkt für die Anhänger der Bewegung in Falmouth und Ocho Rios gewesen. Die ›reichen Nigger‹, so hatten sie sich genannt, besaßen ansehnliche Felder in Drax Hall, Chalky Hill und Davis Town. Männer mit Landbesitz und einem bescheidenen Reichtum, den sie der Erde abgerungen hatten und auf keinen Fall den Speichelleckern des Commonwealth in Kingston überlassen wollten. Whitehall konnte sich noch an die Namen erinnern, so wie er sich an fast alles erinnern konnte – eine notwendige Eigenschaft –, und innerhalb von fünfzehn Minuten nach seiner Ankunft in St. Anne wurde er von einem Mann in einem neuen Pontiac abgeholt, der anfing zu weinen, als er ihn sah.

Nachdem er ihm gesagt hatte, was er brauchte, führte man ihn zum Haus eines anderen Mannes in Drax Hall, dessen Hobby Maschinenbau war. Die Vorstellung war kurz. Der zweite Mann umarmte ihn und hielt ihn so lange fest – ohne ein Wort zu sagen –, daß Charles sich schließlich von ihm losmachen mußte.

Sie brachten ihn zu einem Geräteschuppen an der Seite des Hauses, wo alles, was er verlangt hatte, auf einem langen, schmalen Tisch an der Wand ausgebreitet war, der ein Spülbecken in der Mitte aufwies. Zusätzlich zu der Lampe an der Decke gab es noch eine schwenkbare Leuchte, deren helles Licht auf eine kleine Fläche gerichtet werden konnte. Charles schmunzelte, als er neben all diesen Gerätschaften eine Schale mit Früchten und einen großen Zinnkrug mit Eis erblickte.

Ein Messias war zurückgekehrt.

Und jetzt war die Archivkassette offen. Er starrte auf das abgetrennte Ende, dessen metallische Ränder immer noch in einem dunkler werdenden Orange und dann längere Zeit gelb glühten. Bald würden sie wieder schwarz sein. Im Inneren konnte er die braunen Falten einer Dokumentenrolle sehen – die Hülle, in der gefaltete Papierseiten normalerweise aufbewahrt wurden, jedes Blatt von einer kaum merklich angefeuchteten Schutzhülle umgeben.

Ein Tresor in der Erde. Genau für tausend Jahre.

Walter Piersall hatte einen Stein vergraben – für viele Jahrhunderte, falls sein eigenes Jahrhundert diesen Stein übersehen sollte. Er war ein Profi gewesen.

Wie ein Arzt bei einer schwierigen Geburt griff Charles hinein und zog das heißersehnte Kind aus dem Leib der Mutter heraus. Er löste die Seiten voneinander und begann zu lesen.

Akaba.

Der Stamm Akabas.

Walter Piersall hatte die Archive auf Jamaika durchforstet und den kurzen Hinweis in den Aufzeichnungen gefunden, in denen die Maroon-Kriege erwähnt wurden.

»Am 2. Januar 1739 führte ein Nachkomme der Häuptlinge der Coromantees, ein gewisser Akaba, seine Anhänger in die Berge. Der Stamm von Akaba wollte dem Cudjoe-Vertrag mit den Briten nicht zustimmen, da besagter Vertrag von den Afrikanern verlangte, im Auftrag der weißen Garnisonen entflohene Sklaven einzufangen ...«

Ein geheimnisvoller Offizier der Armee hatte dies dem Chronisten Seiner Majestät in Spanish Town, der Hauptstadt der Kolonie, gemeldet.

»Middlejohn, Robt., Maj. W.I. Reg. 641.«

Der Name ›Middlejohn, Robt.‹ war deshalb so wichtig, weil Piersall noch etwas herausgefunden hatte.

»Der Chronist Seiner Majestät. Spanish Town. 9. Februar 1739. [Dokumente eingezogen. Middlejohn. W.I. Reg. 641.]«

Und ...

»Der Chronist Seiner Majestät. Spanish Town. 20. April 1739. [Dokumente eingezogen. R.M. W.I. Reg. 641.]«

Jemand hatte sich für »Robert Middlejohn, Major, West Indian Regiment 641«, interessiert – im Jahre des Herrn 1739.

Wer?

Warum?

Walter Piersall hatte Wochen gebraucht, um den nächsten Hinweis im Institut zu finden. Einen zweiten Namen.

Aber nicht im achtzehnten Jahrhundert. 144 Jahre später, im Jahr 1883.

»Fowler, Jeremy. Schreiber. Auswärtiger Dienst.«

Ein gewisser Jeremy Fowler hatte mehrere Dokumente aus den Archiven in der neuen Hauptstadt Kingston entfernt, und zwar »auf Anweisung des Außenministeriums Ihrer Majestät, 7. Juni 1883. Victoria Regina.«

Die Kolonialdokumente, um die es ging, wurden einfach ›Middlejohn-Papiere, 1739‹ genannt.

Walter Piersall stellte verschiedene Vermutungen an. War es denkbar, daß die Middlejohn-Papiere noch mehr über den Stamm Akabas berichteten, wie dies das erste Dokument getan hatte? War das Verbleiben dieses ersten Dokuments in den Archiven ein Versehen? Das Versäumnis eines gewissen Jeremy Fowler, geschehen am 7. Juni 1883?

Piersall flog nach London und benutzte seinen Doktortitel

dazu, sich Zugang zum Westindien-Archiv des Außenministeriums zu verschaffen. Da seine Forschungsarbeit Ereignisse betraf, die vor über einhundert Jahren geschehen waren, hatte das Außenministerium nichts einzuwenden. Die Archivare waren äußerst hilfsbereit.

Im Jahr 1883 waren keine Dokumente aus Kingston eingetroffen.

Jeremy Fowler, Schreiber im Auswärtigen Dienst, hatte die Middlejohn-Papiere gestohlen!

Wenn es eine Erklärung dafür gab, hatte Walter Piersall zwei Anhaltspunkte für seine weitere Suche – den Namen ›Fowler‹ und das Jahr 1883 in der Kolonie Jamaika.

Da er schon einmal in London war, suchte er die Nachkommen von Jeremy Fowler. Es war nicht besonders schwierig.

Die Fowlers – Söhne und Onkel – waren Besitzer einer Brokerfirma an der Londoner Börse. Das Oberhaupt der Familie war Gordon Fowler, ein Ururenkel von »Jeremy Fowler. Schreiber. Auswärtiger Dienst. Kolonie Jamaika.«

Walter Piersall bat den alten Fowler unter dem Vorwand um ein Gespräch, daß er die letzten zwei Jahrzehnte von Königin Victorias Herrschaft in Jamaika untersuche. Der Name Fowler spiele dabei eine große Rolle. Der alte Herr fühlte sich geschmeichelt und gestattete ihm Einsicht in alle Dokumente, Alben und Papiere, die mit Jeremy Fowler zu tun hatten.

Das Material erzählte Piersall eine für jene Zeit nicht ungewöhnliche Geschichte: Ein junger Mann von ›mittlerem Stand‹ trat in den Kolonialdienst ein, verbrachte eine Reihe von Jahren auf einem Vorposten in weiter Ferne und kehrte dann – weitaus reicher als bei seiner Abreise – nach England zurück.

So reich, daß er sich im letzten Jahrzehnt des neunzehnten Jahrhunderts in die Börse einkaufen konnte. Ein günstiger Zeitpunkt. Der Grundstein für den Reichtum der heutigen Fowlers war gelegt.

Ein Teil der Erklärung.

Jeremy Fowler hatte seine Verbindungen im Kolonialdienst geschaffen.

Walter Piersall kehrte nach Jamaika zurück, um nach dem zweiten Teil zu suchen.

Tag für Tag, Woche für Woche durchforstete er die schriftlich belegte Geschichte des Jamaikas des Jahres 1883. Es war mühsam.

Doch dann fand er es. 25. Mai 1883.

Ein Vermißter, dem nicht besonders viel Aufmerksamkeit gewidmet worden war, da sich öfter kleine Gruppen von Engländern – Jagdgesellschaften – in den Blue Mountains und im Dschungel verirrten. In der Regel wurden sie von Suchmannschaften gefunden. Diese Suchteams bestanden aus Schwarzen und wurden von anderen Engländern geführt.

So wurde auch dieser Mann gefunden.

»Der Chronist Ihrer Majestät, Jeremy Fowler.«

Kein Schreiber, sondern der offizielle Chronist der Krone.

Das war auch der Grund dafür, weshalb über sein Verschwinden in der Zeitung berichtet worden war. Der Chronist der Krone war nicht unbedeutend. Natürlich kein Landadel, aber dennoch ein Mann von Gewicht.

Der Artikel in der uralten Zeitung war kurz, ungenau und äußerst merkwürdig gewesen.

Ein gewisser Mr. Fowler sei am Abend des 25. Mai, einem Samstag, zum letztenmal in seinem Büro im Regierungsgebäude gesehen worden. Am Montag sei er nicht dorthin zurückgekehrt und auch die ganze Woche über nicht gesehen worden. Das Bett in seiner Unterkunft sei unberührt geblieben.

Sechs Tage später habe man Mr. Fowler in der Garnison von Fleetcourse gesehen, südlich des undurchdringlichen Cock Pit, in Begleitung mehrerer Maroon-›Neger‹. Er sei ausgeritten, habe er angegeben, allein, am Sonntag. Sein Pferd sei durchgegangen und habe ihn abgeworfen. Er habe sich verlaufen und sei tagelang in der Gegend umhergeirrt, bis er von den Maroon gefunden worden sei.

Aber das war widersprüchlich. In jener Zeit – Walter Piersall wußte das – waren Männer in solchen Gegenden nicht allein ausgeritten. Wenn sie es doch getan hatten, dann hatte ein Mann, der intelligent genug war, um der Chronist Ihrer Majestät zu sein, mit Sicherheit gewußt, daß er einfach in die Richtung links von der Sonne gehen mußte, um in wenigen Stunden, höchstens einem Tag die Südküste zu erreichen.

Eine Woche später hatte Jeremy Fowler die Middlejohn-Papiere aus den Archiven gestohlen. Jene Dokumente, in denen von einem Stamm mit einem Häuptling namens Akaba – der vor 144 Jahren in den Bergen verschwunden war – berichtet wurde.

Sechs Monate danach hatte Fowler den Auswärtigen Dienst verlassen – besser: den Kolonialdienst –, und war als sehr, sehr reicher Mann nach England zurückgekehrt.

Er hatte den Stamm von Akaba entdeckt.

Das war die einzige logische Antwort. Falls sie stimmte, führte sie zu einer Vermutung: War der Stamm Akabas – Halidon?

Piersall war überzeugt davon, daß es sich so verhielt. Er brauchte lediglich einen aktuellen Beweis.

Einen Beweis dafür, daß die Gerüchte über eine unglaublich reiche Gemeinschaft hoch oben in den Bergen des Cock Pit stimmten. Eine isoliert lebende Sekte, die ihre Mitglieder in die Welt – nach Kingston – ausschickte, um dort ihren Einfluß auszuüben.

Piersall testete fünf Angehörige der Regierung in Kingston, alle in einer Vertrauensstellung, alle mit einem etwas mysteriösen Lebenslauf. Gehörte einer von ihnen zu den Halidon? Er stattete allen einen Besuch ab, erzählte ihnen, daß nur der Betreffende allein seine sensationellen Neuigkeiten zu hören bekomme. Der Stamm Akabas.

Halidon.

Drei der fünf waren fasziniert, aber verwirrt. Sie verstanden nicht.

Zwei der fünf verschwanden.

In dem Sinne, daß sie nicht in Kingston blieben. Man berichtete Piersall, daß sich einer der Männer ganz plötzlich auf einer Insel der Kleinen Antillen zur Ruhe gesetzt habe. Der andere sei aus Jamaika abberufen und auf einen anderen Posten weit weg versetzt worden.

Piersall hatte seinen aktuellen Beweis.

Die Halidon waren der Stamm Akabas.

Es gab sie wirklich.

Falls er noch einer weiteren Bestätigung, eines endgültigen Beweises bedurft hätte, wären das die zunehmenden Schikanen ihm gegenüber gewesen. Zu diesen Schikanen gehörten das Durchwühlen und der Diebstahl von Akten, außerdem Anfragen – die nicht zurückverfolgt werden konnten – an die Universität hinsichtlich seiner aktuellen wissenschaftlichen Studien. Jemand außerhalb der Regierung in Kingston hatte ihn ins Visier genommen. Das war nicht das Werk besorgter Bürokraten.

Der Stamm Akabas – Halidon.

Jetzt mußte Piersall nur noch Kontakt mit den Anführern aufnehmen. Ein fast unmögliches Unterfangen. Denn über das Cock Pit verstreut gab es unzählige solcher isoliert lebender Gemeinschaften, die für sich blieben. Die meisten von ihnen waren arm und kaum in der Lage, sich mit Landwirtschaft über Wasser zu halten. Die Halidon würden ihre wirtschaftliche Unabhängigkeit nach außen hin nicht zeigen. Welche dieser Gemeinschaften war es also?

Der Anthropologe kehrte zu den zahllosen historischen Details über afrikanische Stämme zurück, insbesondere die Coromantees des siebzehnten und achtzehnten Jahrhunderts. Der Schlüssel mußte dort zu finden sein.

Und Piersall fand den Schlüssel. Aber er notierte seine Quelle nicht.

Jeder Stamm, sogar jede Nebenlinie eines Stammes hatte einen Kennlaut, der nur von dem Stamm selbst verwendet wurde. Ein Pfeifen, einen Schlag, ein Wort. Dieses Symbol war nur den ranghöchsten Mitgliedern des Stammesrates bekannt und wurde nur von wenigen verstanden, die es den gleichrangigen Angehörigen anderer Stämme mitteilten.

Das Symbol, der Laut, das Wort – war ›Halidon‹.

Seine Bedeutung.

Piersall brauchte fast einen Monat schlafloser Tage und Nächte dazu, außerdem logarithmische Tabellen aus Lautsystemen, Hieroglyphen und afrikanischen Symbolen, die heute noch existierten.

Schließlich gelang es ihm. Er entschlüsselte den uralten Code.

Es war zu gefährlich, ihn in dieser Zusammenfassung zu nennen. Denn falls er starb – oder umgebracht wurde –, könnte es sein, daß sie in die falschen Hände geriet. Deshalb existierte eine zweite Archivkassette, in der das Geheimnis gelüftet wurde.

Die zweite war ohne die erste bedeutungslos. Piersall hatte einem Mann Anweisungen gegeben. Die dieser ausführen sollte, falls er selbst das nicht mehr tun konnte.

Charles Whitehall blätterte zur letzten Seite um. Der Schweiß rann ihm über Gesicht und Nacken, obwohl es in dem Schuppen kühl war. Zwei halboffene Fenster in der Südwand ließen den leichten Wind herein, der aus den Hügeln von Drax Hill kam, aber das Feuer der Unruhe in ihm konnte der Wind nicht löschen.

Die Wahrheit war ans Licht gekommen. Und bald würde eine noch gewaltigere, überwältigende Wahrheit offenbart werden.

Er war sicher, daß es jetzt soweit war.

Der Wissenschaftler und der Patriot waren wieder eins.

Der Prätorianer von Jamaika würde die Halidon für seine Sache gewinnen.

20.

James Ferguson, der in einer schicken Bar in Montego Bay saß, war aufgeregt. So ging es ihm immer, wenn sich unter dem Objektiv seines Mikroskops etwas Bedeutsames ereignete und er wußte, daß er der erste Beobachter oder zumindest der erste Zeuge war, der einen Kausalzusammenhang erkannte, wenn er ihn sah.

Wie bei den Baracoa-Fasern.

Er konnte eine ungeheure Fantasie entwickeln, wenn er

Form und Dichte mikroskopischer Partikel untersuchte. Ein Genie, das einhundert Millionen unendlich kleiner Objekte manipulierte. Es war eine Art Kontrolle.

Auch jetzt hatte er die Kontrolle. Über einen Mann, der nicht wußte, wie es war, wenn man sich lauthals über Nichtigkeiten beschweren mußte, weil einem niemand Beachtung schenkte. Wie es war, wenn auf dem Bankkonto immer nur ein paar Pfund lagen, weil niemand einem das zahlte, was die eigene Arbeit wert war.

Aber das würde sich alles ändern. Er sah nun klar vor Augen, was gestern noch groteske Fantasie gewesen war: sein eigenes Labor mit den teuersten Geräten – elektronisch, computerisiert, datenbankgestützt. Die kleinen Zettel, auf denen stand, von wem er sich zuletzt etwas ausgeliehen hatte, konnte er dann wegwerfen.

Ein Maserati. Er würde sich einen Maserati kaufen. Arthur Craft hatte einen, warum also sollte er keinen haben?

Arthur Craft bezahlte ja dafür.

Ferguson warf einen Blick auf seine Armbanduhr – seine viel zu billige Timex – und winkte dem Barkeeper, weil er zahlen wollte.

Als der Barkeeper nach dreißig Sekunden noch nicht gekommen war, griff Ferguson nach dem Stück Papier vor sich und drehte es um. Es war kein Kunststück, alles zusammenzuzählen – ein Dollar und fünfzig Cents mal zwei.

Und dann tat James Ferguson etwas, was er noch nie in seinem Leben getan hatte. Er zog einen Fünf-Dollar-Schein aus der Tasche, knüllte ihn in der Hand zusammen, stieg von seinem Barhocker herunter und warf die Papierkugel in Richtung der Kasse, die einige Meter von ihm entfernt stand. Der Schein prallte an den Flaschen auf dem beleuchteten Regal ab und flog in einem hohen Bogen auf den Fußboden.

Er ging auf den Eingang zu.

Es war eine betont *männliche* Geste gewesen. Das war das Wort, das war das Gefühl.

In zwanzig Minuten würde er den Boten von Craft dem Jüngeren treffen. Auf der Harbour Street, in der Nähe der Parish Wharf, auf Pier 6. Der Mann würde sich ihm gegenüber unterwürfig verhalten – er hatte keine andere Wahl – und ihm einen Umschlag mit eintausend Dollar geben.

Eintausend Dollar.

In einem einzigen Umschlag. Die er sich nicht über Monate hinweg vom Munde abgespart hatte und die weder von den Fangarmen des Finanzamtes noch von alten Gläubigern halbiert werden würden. Er konnte damit machen, was er wollte. Sie aus dem Fenster werfen, für unnützen Plunder ausgeben, ein Mädchen bezahlen, damit sie sich und ihn auszog und das mit ihm machte, was bis jetzt nur Fantasien gewesen waren – bis gestern.

Er hatte sich Geld von McAuliff geliehen. Eigentlich war es ein Vorschuß auf sein Gehalt gewesen. Zweihundert Dollar. Es gab keinen Grund, es zurückzuzahlen. Nicht jetzt. Er würde einfach zu McAuliff – ›Alex‹, von jetzt an würde er ihn ›Alex‹ oder vielleicht ›Lex‹ nennen, ganz lässig, ganz selbstbewußt – sagen, daß er das dumme Geld von seinem Gehaltsscheck abziehen solle. Alles auf einmal, wenn er wolle. Es sei belanglos. Es sei eine Kleinigkeit.

Und das war es auch, dachte Ferguson.

Arthur Craft würde ihm jeden Monat einen Umschlag geben. Sie hatten tausend Dollar für jeden Umschlag vereinbart, aber das konnte sich auch ändern. Abhängig davon, wie sich seine Lebenshaltungskosten entwickelten. Mehr, wenn seine Bedürfnisse und seine Ansprüche größer wurden. Es war erst der Anfang.

Ferguson überquerte den St. James Square und ging weiter zum Hafenviertel. Die Nacht war warm, ohne einen Windhauch und schwül. Dicke Wolken, die tief am Himmel hingen und Regen ankündigten, hatten sich vor den Mond geschoben. Die veralteten Straßenlaternen warfen ein gedämpftes Licht, das gegen die grellen Leuchtreklamen in Weiß und Orange ankämpfte, mit denen die Vorzüge des Nachtlebens von Montego Bay angepriesen wurden.

Ferguson hatte die Harbour Street erreicht und wandte sich nach links. Unter einer Straßenlaterne blieb er stehen und warf wieder einen Blick auf seine Armbanduhr. Sie zeigte 0 Uhr 10. Craft hatte Viertel nach zwölf gesagt. In fünf

Minuten würde er eintausend Dollar in den Händen halten. Pier 6 befand sich direkt vor ihm, auf der rechten Seite der Straße. Kein einziges Schiff lag hier vor Anker, und in dem riesigen Verladebereich hinter dem hohen Maschendrahtzaun wurde nicht gearbeitet. Eine nackte Glühbirne in einem Drahtgehäuse beleuchtete ein Schild:

PIER 6
MONTEGO-LINIEN

Er sollte sich, hatte Craft gesagt, unter die Lampe stellen, vor das Schild, und auf einen Mann in einem Triumph-Sportwagen warten. Der Mann würde ihn bitten, sich auszuweisen. Ferguson würde ihm seinen Paß zeigen, und der Mann würde ihm den Umschlag geben.

Es war so einfach. Das Ganze würde nicht einmal dreißig Sekunden dauern. Und sein Leben ändern.

Craft war völlig verblüfft gewesen, sprachlos, um genau zu sein, bis er seine Stimme wiedergefunden und einen Schwall von Beleidigungen gebrüllt hatte. Dann hatte er begriffen, wie aussichtslos seine Situation war. Craft der Jüngere war zu weit gegangen. Er hatte das Gesetz gebrochen und würde zur Zielscheibe von Spott und Verachtung werden. James Ferguson wußte einiges über Treffen am Flughafen und Koffer und Telefongespräche und Industriespionage – und Versprechungen.

Versprechungen.

Aber sein Schweigen konnte gekauft werden. Craft konnte sich Vertrauen kaufen, für eine erste Rate von eintausend Dollar. Wenn Craft das nicht wollte, dann, da war Ferguson sicher, würden die Behörden von Kingston lebhaftes Interesse an den Einzelheiten seiner Geschichte zeigen.

Nein, er hatte bis jetzt mit niemandem darüber gesprochen. Aber er hatte alles aufgeschrieben. (Lügen, die Craft natürlich nicht nachprüfen konnte.) Nicht, weil er nicht imstande wäre, darüber zu sprechen. Seine Fähigkeit zu sprechen war ähnlich groß wie die Crafts, die erste Rate zu zahlen. Das eine oder das andere – wie würde Craft sich entscheiden?

Craft hatte sich entschieden.

Ferguson überquerte die Harbour Street und ging zu der Glühbirne im Drahtgehäuse und dem Schild hinüber. Anderthalb Blocks weiter, die Straße hinunter, schob sich ein Strom aus Touristengruppen auf das riesige Passagierterminal und die Landungsbrücken eines Kreuzfahrtschiffes zu. Aus den Seitenstraßen und den kleinen Gassen, die vom Zentrum Montego Bays aus hierherführten, kämpften sich Taxis mit wütendem Hupen mühsam ihren Weg zum Pier. Drei tiefe Pfeiftöne erfüllten die Luft und ließen die Nacht vibrieren. Das Schiff gab ein Warnsignal – alle Passagiere sollten jetzt an Bord sein.

Er hörte den Triumph, noch bevor er ihn sah. In der Dunkelheit einer kleinen Seitenstraße schräg gegenüber von Pier 6 heulte ein Motor auf. Der rotglänzende, niedrige Sportwagen schoß aus der dunklen Straße und fuhr zu Ferguson hinüber, wo er anhielt. Der Fahrer war ein Angestellter von Craft, den auch Ferguson vor einem Jahr kennengelernt hatte. Er wußte nicht mehr, wie der Mann hieß, nur, daß er vorschnell und gewalttätig war und zu Arroganz neigte. Aber jetzt würde er nicht arrogant sein.

Er war es tatsächlich nicht. Er lächelte Ferguson aus dem offenen Wagen heraus an und winkte ihn zu sich. »Hallo, *Fergy!* Lange nicht gesehen.«

Ferguson haßte den Spitznamen Fergy. Er hatte ihn fast sein ganzes Leben lang verfolgt. Jedesmal, wenn er zu der Überzeugung gelangt war, daß dieser Name endlich seiner Schulzeit und damit seiner Vergangenheit angehörte, wurde er von jemandem – immer jemandem, der unangenehm war – so genannt. Er wollte den Mann zurechtweisen, ihn daran erinnern, daß er nur ein Bote war, aber dann tat er es doch nicht. Er ignorierte die Begrüßung einfach.

»Da du mich wiedererkennst, ist es ja wohl nicht notwendig, daß ich dir meinen Ausweis zeige«, sagte James und ging zu dem Triumph.

»Du lieber Himmel, nein! Wie geht's denn so?«

»Danke, gut. Hast du den Umschlag? Ich bin in Eile.«

»Sicher. Sicher habe ich ihn, Fergy ... He, du bist mir vielleicht einer, Kumpel! Unser Freund macht sich fast in die Hosen! Er steht kurz vor einem Nervenzusammenbruch, du weißt schon, was ich meine.«

»Ich weiß, was du meinst. Das sollte er auch. Den Umschlag bitte.«

»Sicher.« Der Mann griff in sein Jackett und zog einen Umschlag heraus. Dann beugte er sich vor und gab ihn Ferguson. »Du sollst es zählen. Wenn alles da ist, gibst du mir den Umschlag einfach wieder – mach irgendein Zeichen drauf, was du willst. Oh, und hier ist ein Stift.« Der Mann öffnete das Handschuhfach, holte einen Kugelschreiber heraus und hielt ihn Ferguson hin.

»Das ist nicht notwendig. Er würde nicht versuchen, mich reinzulegen.«

»Komm schon, Fergy! Er wird mir den Kopf abreißen! Zähl das Geld, schreib was auf den Umschlag – was macht das schon?«

Ferguson öffnete den dicken Umschlag. Es waren Zehner und Fünfer, Dutzende davon. Er hatte keine kleinen Scheine verlangt, mußte aber zugeben, daß es praktisch war. Weniger verdächtig als Hunderter oder Fünfziger oder auch Zwanziger.

Er fing an, die Scheine zu zählen.

Zweimal unterbrach ihn Crafts Mann mit einer unwichtigen Frage, so daß James sich verzählte. Beide Male mußte er wieder von vorn anfangen.

Als er fertig war, reichte ihm der Fahrer plötzlich ein in Papier eingeschlagenes Päckchen. »Oh, und weil unser Freund dir zeigen will, daß er dir nicht böse ist – er ist schließlich kein Spielverderber, du weißt schon, was ich meine –, schickt er dir eine dieser neuen Yashica 35-Millimeter-Kameras. Er hat nicht vergessen, daß du gern fotografierst.«

Ferguson sah das Etikett mit dem Namen Yashica oben auf dem Päckchen. Ein Siebenhundert-Dollar-Fotoapparat! Einer der besten! Craft der Jüngere mußte wirklich sehr viel Angst haben. »Danke – bestell Arthur meinen Dank. Aber sag ihm auch, daß er die Kamera nicht von den anderen Zahlungen abziehen kann.«

»Oh, das werde ich ihm sagen. Und jetzt werde ich *dir* etwas sagen, Fergy-Baby: Du wirst gerade gefilmt«, bemerkte der Mann mit ruhiger Stimme.

»Wovon redest du?«

»Genau hinter dir, Fergy-Baby.«

Ferguson wirbelte herum und starrte auf den hohen Maschendrahtzaun und das verlassene Gelände dahinter. Im Schatten eines Eingangs standen zwei Männer. Jetzt kamen sie langsam näher, waren noch etwa dreißig Meter von ihm entfernt. Einer der Männer hatte einen Camcorder bei sich.

»Was soll das?

»Nur eine kleine Versicherung, Fergy-Baby. Unser Freund hat es gern, wenn Verträge eingehalten werden, du weißt schon, was ich meine. Infrarotfilm, Baby. Ich glaube, du weißt, was das ist. Du warst sagenhaft, als du das Geld gezählt und weiß der Himmel was von einem Kerl entgegengenommen hast, der seit über sechs Monaten nicht mehr nördlich von Caracas gesehen worden ist. Weißt du, unser gemeinsamer Freund hat mich aus Rio einfliegen lassen, nur damit ich auf diesem Film zu sehen bin – zusammen mit dir.«

»Das kannst du nicht machen! Das würde doch niemand glauben!«

»Warum nicht, Baby? Du bist ein geldgieriger kleiner Scheißkerl, du weißt schon, was ich meine. Geldgierige kleine Scheißkerle wie du fallen schon mal auf die Nase ... Und jetzt hör mir gut zu, du Arsch. Du und Arthur seid quitt. Aber er hat jetzt die besseren Karten. Das Videoband würde eine Menge Fragen aufwerfen, auf die du keine Antworten wüßtest. Ich bin ein äußerst unpopulärer Mann, Fergy. Sie würden dich in hohem Bogen von der Insel werfen – aber vorher wahrscheinlich noch ins Gefängnis. Du würdest dort keine fünfzehn Minuten mit dem Abschaum der Gesellschaft überleben, du weißt schon, was ich meine. Sie würden dir deine weiße Haut abziehen, Baby, wie bei einer Zwiebel. Und jetzt sei ein guter Junge, Fergy. Arthur sagt, du kannst die tausend behalten. Du hast sie dir vermutlich verdient.« Der Mann hielt den leeren Umschlag hoch. »Da sind Fingerabdrücke drauf. Deine und meine. *Ciao*, Baby. Ich muß von hier verschwinden und zusehen, daß ich wieder in ein Land komme, mit dem kein Auslieferungsabkommen besteht.«

Der Mann ließ den Motor aufheulen, legte den Gang ein, wendete den Triumph und brauste davon, in die Dunkelheit der Harbour Street.

Julian Warfield befand sich in Kingston. Sein Flugzeug war vor drei Tagen gelandet. Er hatte sämtliche Möglichkeiten von Dunstone ausgenutzt, um die sonderbaren Aktivitäten von Alexander McAuliff aufzudecken. Peter Jensen hatte seine Anweisungen befolgt und McAuliff ständig überwacht, Hotelrezeptionisten, Pförtner und Taxifahrer bestochen, die ihn über jede Bewegung des Amerikaners informierten.

Und immer waren er und seine Frau außer Sichtweite gewesen, so daß sie in keinster Weise mit der Überwachung in Verbindung gebracht werden konnten.

Das war das mindeste, was er für Julian Warfield tun konnte. Er würde alles tun, was Julian von ihm verlangte, alles, was Dunstone Limited von ihm verlangte. Er würde stets nur sein Bestes geben für den Mann und die Organisation, die ihn und seine Frau aus dem Jammertal befreit und ihnen eine Welt gezeigt hatten, der sie gewachsen waren und in der sie eine Aufgabe gefunden hatten.

Arbeit, die ihnen Freude machte. Mehr Geld und Sicherheit, als sich die meisten Ehepaare in der Forschung erträumen konnten. Genug, um zu vergessen.

Julian hatte sie vor fast zwanzig Jahren gefunden, verzweifelt, am Ende, ruiniert vom Lauf der Ereignisse – verarmt, ohne ein Zuhause oder eine Familie. Er und Ruth waren erwischt worden. Es war eine verrückte Zeit gewesen. Klaus Fuchs und Guy Burgess und Überzeugungen, die aus törichter Begeisterung geboren worden waren. Er und seine Frau hatten das Einkommen aus ihrer wissenschaftlichen Arbeit dadurch ergänzt, daß sie bei geheimen geologischen Untersuchungen im Auftrag der Regierung mitarbeiteten – Öl, Gold, wertvolle Mineralien. Außerdem hatten sie alles, was sie in den Geheimakten fanden, einem Kontaktmann in der sowjetischen Botschaft übergeben.

Ein weiterer Schlag für Gleichheit und Gerechtigkeit. Und dann wurden sie erwischt.

Aber sie bekamen Besuch von Julian Warfield.

Julian Warfield bot an, ihnen ihr Leben zurückzugeben – falls sie dafür bestimmte Aufträge erledigten, die er vielleicht für sie arrangieren konnte. Für die Regierung oder private Unternehmen. Als Aushilfskräfte für Firmen – in England und anderen Ländern. Stets hochqualifizierte Aufgaben, die ihrer Karriere nur förderlich sein konnten.

Die Staatsanwaltschaft ließ sämtliche Anklagen fallen. Ein fürchterlicher Irrtum, dem die angesehensten Mitglieder der akademischen Gemeinde zum Opfer gefallen waren. Scotland Yard entschuldigte sich. *Entschuldigte sich!*

Peter und Ruth taten alles, was Julian von ihnen verlangte. Ihre Loyalität stand außer Frage.

Das war auch der Grund dafür, daß Peter jetzt bäuchlings im kalten, feuchten Sand lag, während im Osten die ersten Strahlen der karibischen Morgendämmerung über den Horizont krochen. Er versteckte sich hinter einem Hügel aus Korallenfelsen, von dem aus er eine hervorragende Sicht auf McAuliffs Terrasse hatte, die auf das Meer hinausging. Julians letzte Anweisungen waren sehr genau gewesen.

Stellen Sie fest, wer ihn besucht. Wer wichtig für ihn ist. Finden Sie, wenn möglich, die Namen heraus. Aber halten Sie sich um Himmels willen im Hintergrund. Wir brauchen Sie beide als Insider.

Julian war auch der Meinung gewesen, daß McAuliffs kleine Ausflüge – Kingston, Taxis, ein unbekannter Wagen am Tor des Courtleigh Manor – bedeuteten, daß er sich auf Jamaika noch für andere Dinge als für Dunstone Limited interessierte.

Sie mußten davon ausgehen, daß er das oberste Credo gebrochen hatte – Geheimhaltung.

Wenn dem so war, würde man McAuliff ersetzen – und ihn einfach vergessen. Aber bevor das geschah, war es unbedingt erforderlich, die Identität von Dunstones Feind – oder Feinden – auf der Insel herauszufinden.

In gewissem Sinn war die Vermessung selbst diesem Ziel

untergeordnet. Voll und ganz. Wenn es sein mußte, konnte sie geopfert werden, falls dadurch Namen enthüllt würden.

Und Peter Jensen wußte, daß er diesen Namen inzwischen ein gutes Stück nähergekommen war – im Morgengrauen auf dem Strand des Bengal Court.

Vor drei Stunden hatte es begonnen. Peter und Ruth hatten sich kurz nach Mitternacht schlafen gelegt. Sie waren im Ostflügel des Hotels untergebracht, wo auch Ferguson und Charles Whitehall ihre Zimmer hatten. McAuliff, Alison und Sam Tucker wohnten im Westflügel, eine räumliche Trennung, die nur alte Freunde, junge Liebespaare und nächtliche Trinker nicht ausschloß.

Gegen ein Uhr hatten sie es gehört – ein Auto, das mit kreischenden Reifen die Auffahrt vor dem Hotel hochkam, dann wieder Stille, als hätte der Fahrer den Lärm wahrgenommen und wäre plötzlich vorsichtiger gefahren.

Das war sonderbar gewesen. Beim Bengal Court handelte es sich nicht um einen Nachtclub, eine laute Kneipe, die vergnügungssüchtige und/oder jüngere Touristen zu ihren Gästen zählte. Das Hotel war sehr ruhig, besaß keine der üblichen Eigenschaften, die es für schnelle Fahrer attraktiv machen würde. Eigentlich konnte sich Peter Jensen nicht erinnern, seit ihrer Ankunft auch nur *ein* Auto nach neun Uhr abends im Bengal Court gehört zu haben.

Er war aufgestanden und auf die Terrasse getreten, hatte von dort aus aber nichts gesehen. Also war er um den Ostflügel des Hotels herumgegangen, bis zum Rand des Parkplatzes, wo er etwas sah. Etwas Beunruhigendes, was kaum zu erkennen war.

Auf der anderen Seite des Parkplatzes hob ein hochgewachsener Schwarzer – er glaubte zumindest, daß der Mann schwarz war – eine bewußtlose Gestalt vom Rücksitz eines Autos. Dann, von etwas weiter hinten, kam ein Weißer über den Rasen gerannt, um die Ecke des Westflügels herum. Sam Tucker. Er lief zu dem Schwarzen hin, der die bewußtlose Gestalt trug, gab ihm einige Anweisungen – zeigte in die Richtung, aus der er gekommen war – und trat dann zu dem Auto, dessen hintere Tür er sehr leise schloß.

Sam Tucker war angeblich mit McAuliff zusammen in Ocho Rios. Unwahrscheinlich, daß er allein ins Bengal Court zurückgekommen war.

Während Jensen noch darüber nachdachte, sah er die Umrisse einer anderen Gestalt auf dem westlichen Rasenstück – Alison Booth. Sie erklärte dem Mann etwas. Offenbar war sie aufgeregt und versuchte, nicht den Kopf zu verlieren. Sie führte den großen Schwarzen in die Dunkelheit um die Ecke.

Peter Jensen hatte plötzlich ein flaues Gefühl im Magen. War die bewußtlose Gestalt Alexander McAuliff? Dann dachte er daran, was er eben gesehen hatte. Er war sich nicht ganz sicher – er hatte kaum etwas erkennen können, und alles war so furchtbar schnell gegangen –, aber als der Schwarze durch den schwachen Lichtschein einer Laterne auf dem Parkplatz gegangen war, hatte sich der Kopf seiner Last ein wenig gehoben. Peter war aufgefallen, wie merkwürdig er aussah. Der Kopf schien vollkommen kahl zu sein – als wäre er geschoren.

Sam Tucker warf einen Blick in das Auto, schien beruhigt zu sein und rannte dann über den Rasen zu den anderen.

Peter blieb auch dann noch in seiner geduckten Haltung stehen, als die Gestalt verschwunden war. Das alles war äußerst seltsam. Tucker und Alison Booth waren nicht in Ocho Rios. Ein Mann war verletzt worden, offenbar sehr schwer, doch anstatt ihn durch den Vordereingang des Hotels zu bringen, trugen sie ihn heimlich hinein, schmuggelten ihn hinein. Es war zwar denkbar, daß Sam Tucker ohne McAuliff zum Bengal Court zurückkam. Aber es war völlig undenkbar, daß Alison Booth das tun würde.

Was machten sie da? Was in Gottes Namen war geschehen – oder geschah gerade?

Der einfachste Weg, es herauszufinden, dachte Peter, bestand darin, sich anzuziehen, in die winzige Bar zu gehen und McAuliff – aus einem Grund, den er sich noch ausdenken mußte – auf einen Drink einzuladen.

Das würde er allein übernehmen. Ruth sollte in ihrem Zimmer bleiben. Aber zuerst wollte er zum Strand hinuntergehen, zum Rand des Wassers, von wo aus er das Hotel und die hinteren Terrassen sehen konnte.

Als er in der kleinen Lounge war, dachte sich Peter einen Grund für den Anruf bei McAuliff aus. Es war so einfach, daß es fast schon lächerlich war. Er hatte nicht schlafen können, war am Strand spazierengegangen, hatte Licht hinter den zugezogenen Vorhängen von Alexanders Zimmer gesehen und angenommen, daß er wieder aus Ocho Rios zurück war. Er wolle ihn und Alison noch auf einen kleinen Schlummertrunk einladen.

Jensen ging zum Haustelefon am Ende der Bar. Als McAuliff antwortete, klang seine Stimme so, als hätte Peter ihn im denkbar schlechtesten Moment erwischt und als müßte er sich nun zwingen, höflich zu bleiben. Und es war ganz offensichtlich, daß McAuliff log.

»Oh, Peter, vielen Dank, aber wir sind völlig erschlagen. Wir hatten es uns gerade im Sans Souci gemütlich gemacht, als Latham aus dem Ministerium anrief. Wir mußten den ganzen Weg wieder zurückfahren, wegen einer verdammten – Kontrolle morgen früh. Impfnachweise, medizinische Versorgung. Hauptsächlich für die Mannschaft.«

»Sehr rücksichtslos, alter Junge. Unangenehme Burschen, wenn Sie mich fragen.«

»Da haben Sie recht. Aber wir holen das nach, morgen vielleicht.«

Peter hatte ihn noch etwas länger am Telefon halten wollen. McAuliff atmete schwer. Jeder weitere Moment erhöhte die Chancen, daß Jensen mehr erfuhr. »Ruth und ich haben uns überlegt, ob wir uns nicht einen Wagen mieten und damit morgen mittag zu den Dunn's Falls fahren. Bis dahin werden Sie doch sicher fertig sein. Möchten Sie nicht mitkommen?«

»Ehrlich gesagt«, antwortete McAuliff zögernd, »hoffen wir, daß wir zurück nach Ochee können, Peter.«

»Dann geht das mit den Dunn's Falls natürlich nicht. Sie haben die Wasserfälle schon gesehen, nicht wahr? Sind sie denn wirklich so sehenswert?«

»Ja, ja, das sind sie. Ich wünsche Ihnen viel Spaß ...«

»Dann werden Sie morgen abend also wieder zurück sein?« unterbrach Jensen ihn.

»Sicher – warum?«

»Die Drinks, alter Junge.«

»Richtig«, sagte McAuliff langsam, vorsichtig. »Wir sind morgen abend wieder zurück. Natürlich sind wir morgen abend wieder zurück ... Gute Nacht, Peter.«

»Gute Nacht. Schlafen Sie gut.« Jensen legte den Hörer auf. Langsam ging er mit seinem Glas in der Hand wieder zu dem Tisch in der Ecke, wobei er den anderen Gästen freundlich zunickte. Er wollte den Eindruck vermitteln, als würde er auf jemanden warten, seine Frau. Er wollte sich niemandem anschließen. Er mußte darüber nachdenken, was er jetzt tun sollte.

Und deshalb lag er jetzt auch im Sand hinter dem kleinen Hügel aus Korallen am Strand und beobachtete Lawrence und Sam, die sich miteinander unterhielten.

Seit fast drei Stunden lag er nun schon hier. Er hatte Dinge gesehen, die er, das wußte er, nicht hätte sehen dürfen. Vor einiger Zeit waren zwei Männer gekommen, einer davon offensichtlich ein Arzt – die unvermeidliche Tasche –, der andere eine Art Assistent. Er trug einen großen kofferähnlichen Kasten und sonderbar geformte Utensilien. Es gab leise, geflüsterte Beratungen zwischen McAuliff, Alison und dem Arzt, denen sich später Sam Tucker und das schwarze Mannschaftsmitglied, Lawrence, anschlossen. Schließlich verließen alle die Terrasse, außer Tucker und dem Schwarzen. Sie waren draußen geblieben.

Als Wache.

Sie bewachten nicht nur Alexander und das Mädchen, sondern auch die Person, die sich in dem angrenzenden Zimmer befand. Der verletzte Mann mit dem sonderbar geformten Schädel, der aus dem Auto gehoben und hereingetragen worden war. Wer war er?

Die beiden standen jetzt schon seit drei Stunden auf ihrem Posten. Niemand war gekommen oder gegangen. Aber Peter wußte, daß er den Strand nicht verlassen konnte. Noch nicht.

Plötzlich sah Jensen, wie das schwarze Mannschaftsmitglied, Lawrence, die kleine Treppe der Terrasse herunterkam und über die Dünen auf den Strand zulief. Zur gleichen Zeit ging Tucker über den Rasen zur Ecke des Gebäudes. Regungslos blieb er auf dem Gras stehen. Er wartete auf jemanden. Oder beobachtete jemanden.

Lawrence hatte die Brandung erreicht. Jensen beobachtete ihn gebannt. Da tat der riesige Schwarze etwas sehr Merkwürdiges – er warf einen Blick auf seine Armbanduhr, zündete zwei Streichhölzer an, eines nach dem anderen, und hielt jedes einige Sekunden lang in die unbewegte Luft der Morgendämmerung. Dann warf er sie in die Wellen, die ans Ufer rollten.

Wenige Augenblicke später war Jensen klar, was er da gesehen hatte. Lawrence legte die Hand über die Augen, um sich vor dem schon grellen, frontalen Licht der Sonne zu schützen, die sich am Horizont erhob. Peter folgte seiner Blickrichtung.

Auf der spiegelglatten Wasseroberfläche, die im Schatten der Landspitze lag, flackerten zwei kleine Lichter auf. Ein kleines Boot war in die Bucht gefahren, dessen grauschwarzer Rumpf im ersten Licht der Sonne langsam näher kam.

Es fuhr auf den Strandabschnitt zu, an dem Lawrence stand.

Einige Minuten später zündete Lawrence noch ein Streichholz an und hielt es hoch, bis von dem herannahenden Boot das gleiche Signal gesendet wurde. Beide Streichhölzer wurden sofort gelöscht, und das schwarze Mannschaftsmitglied rannte über den Sand zum Bengal Court zurück.

Auf dem Rasen, an der Ecke des Gebäudes, drehte sich Sam Tucker zu Lawrence um, ging dann zu der Treppe in der Kaimauer und wartete auf ihn. Der Schwarze erreichte die Treppe. Er und Tucker sprachen kurz miteinander, dann liefen sie zusammen zu den Terrassentüren des angrenzenden Raumes – Alison Booths Zimmer. Tucker öffnete sie, und die beiden Männer verschwanden drinnen. Die zweiflügelige Tür ließen sie einen Spalt offen.

Peters Blick wanderte vom Hotel zum Strand und wieder zurück. Auf der Terrasse war keine Bewegung mehr zu sehen. Das kleine Boot fuhr langsam über das bemerkenswert ruhige Wasser auf den Strand zu und war jetzt nur noch drei-

oder vierhundert Meter vom Ufer entfernt. Ein langes, flaches Fischerboot, das von einem gedämpften Motor angetrieben wurde. Im Heck saß ein Schwarzer, der offenbar zerlumpte Kleidung und einen breitrandigen Strohhut trug. Auf dem kleinen Deck ragten Hakenstangen in die Höhe, über die Seiten des Schiffsrumpfes waren Netze gehängt worden. Es sah aus wie ein ganz normales Fischerboot, das für den ersten Fang des Tages ausgelaufen war.

Als das Boot bis auf etwa einhundert Meter ans Ufer herangekommen war, zündete der Kapitän ein Streichholz an und löschte es dann schnell wieder. Jensen sah zur Terrasse hoch. Nach wenigen Sekunden tauchte aus der Dunkelheit hinter den geöffneten Türen die Gestalt von Sam Tucker auf. Er hielt das Ende einer Bahre, auf der ein in Decken gehüllter Mann lag. Hinter ihm kam Lawrence, der das andere Ende trug.

Vorsichtig, aber schnell, rannten die beiden mit der Bahre über die Terrasse, die Treppe in der Kaimauer hinunter und über den Sand auf das Ufer zu. Sie kamen genau im richtigen Augenblick an, nicht eine Sekunde wurde verschwendet. In dem Moment, als das Boot in seichtes Wasser kam, erreichten Tucker und Lawrence mit der Bahre das Ufer und wateten in die ruhige Brandung hinaus. Vorsichtig hoben sie sie über die Seite des Bootes auf das Deck. Über den mit Decken verhüllten Mann wurden Netze gelegt, und unmittelbar darauf stieß Sam Tucker das Fischerboot wieder zurück in tieferes Wasser, während Lawrence in den Bug kletterte. Sekunden später hatte Lawrence sein Hemd ausgezogen. Er holte aus einem Winkel einen zerrissenen, völlig ramponierten Strohhut hervor, stülpte ihn sich über den Kopf und riß eine Hakenstange aus ihrer Halterung. Die Verwandlung war komplett. Aus Lawrence, dem Verschwörer, war ein lethargischer einheimischer Fischer geworden.

Das kleine Flachboot wendete, wobei es die spiegelglatte Oberfläche des Wassers aufwühlte, und fuhr dann aufs offene Meer hinaus. Der Motor tuckerte jetzt ein wenig lauter als zuvor. Der Kapitän wollte mit seiner verborgenen Fracht vom Strand wegkommen.

Sam Tucker winkte. Als Lawrence nickte und die Hakenstange ins Wasser tauchte, stapfte Tucker aus der flachen Brandung heraus und ging schnell zum Bengal Court zurück.

Peter Jensen sah zu, wie das Fischerboot in Richtung der Landspitze in tiefes Wasser fuhr. Mehrere Male beugte sich Lawrence nach vorn und ordnete die Netze, überprüfte dabei aber wohl eher den Zustand des Verletzten auf der Bahre. Von Zeit zu Zeit schien er dem Mann am Ruder leise etwas zuzurufen. Inzwischen war am Horizont die Sonne aufgegangen. Es würde ein heißer Tag werden.

Peter sah, daß – oben auf der Terrasse – die zweiflügelige Tür von Alison Booths Zimmer immer noch offen stand. Da es jetzt heller war, konnte er außerdem erkennen, daß im Inneren geschäftige Aktivität herrschte. Zweimal kam Sam Tucker heraus. Er trug hellbraune Plastiktüten bei sich, die er auf dem Innenhof ablegte. Dann trat ein zweiter Mann aus der Tür – der Assistent des Arztes. Er hielt einen großen Zylinder oben am Hals und hatte in der anderen Hand einen schwarzen Koffer. Beides stellte er auf die Steine, bückte sich dann hinter die Kaimauer, und stand gleich darauf wieder auf, zwei längliche Dosen in der Hand – Spraydosen, vermutete Jensen –, von denen er eine Tucker gab, als dieser durch die Tür kam. Die beiden Männer sprachen kurz miteinander, dann gingen sie in das Zimmer zurück.

Keine drei Minuten waren vergangen, als Tucker und der Gehilfe des Arztes erneut auftauchten. Es sah fast komisch aus, da sie sich beide nebeneinander rückwärts auf die Tür zubewegten. Jeder von ihnen hatte einen Arm ausgestreckt und eine Spraydose in der Hand, aus der Sprühnebel schoß.

Tucker und der schwarze Gehilfe sprühten systematisch das Innere des Zimmers aus.

Als sie fertig waren, gingen sie zu den Plastiktüten, dem Koffer und dem großen Zylinder hinüber. Sie nahmen die Gegenstände an sich, unterhielten sich kurz und bewegten sich dann auf den Rasen zu.

Draußen auf dem Meer hatte das Fischerboot inzwischen die Hälfte des Weges zur Spitze der Bucht zurückgelegt.

Dann hatte es angehalten. Jetzt schaukelte es auf der ruhigen Wasseroberfläche leicht hin und her und bewegte sich nicht mehr vorwärts. Peter sah, wie sich die in der Entfernung winzig erscheinende Gestalt Lawrence' im Bug aufrichtete, dann wieder niederkauerte, dann wieder aufstand. Der Kapitän gestikulierte heftig, er schien aufgeregt zu sein.

Plötzlich nahm das Boot wieder Fahrt auf, aber jetzt wendete es langsam und fuhr in eine andere Richtung. Es behielt seinen ursprünglichen Kurs nicht bei – falls die Landspitze wirklich das Ziel gewesen war. Statt dessen fuhr es jetzt auf das offene Meer zu.

Jensen blieb noch fünfzehn Minuten auf dem nassen Sand liegen und beobachtete, wie aus dem kleinen Boot ein schwarzer Punkt im grauschwarzen Meer wurde, auf dem sich das orangefarbene Sonnenlicht spiegelte. Er konnte die Gedanken der beiden Jamaikaner nicht lesen. Er konnte nicht sehen, was jetzt auf dem Boot geschah, das sich so ungewöhnlich weit draußen auf dem Wasser befand. Aber er wußte einiges über Gezeiten und Strömungen, und zusammen mit dem, was er in den letzten drei Stunden gesehen hatte, ließ ihn das zu folgendem Schluß kommen: Der Mann auf der Bahre war gestorben.

Man würde seine Leiche aller Kennzeichen berauben, die eine Identifizierung ermöglichten, sie mit Netzblei beschweren und ins Wasser werfen, wo die Bodenströmungen sie weit von Jamaika wegtragen würden. Vielleicht würde sie in einigen Wochen oder Monaten auf das Riff einer kleinen Insel gespült werden. Wahrscheinlicher war, daß fleischfressende Meeresbewohner sie in Stücke reißen und verschlingen würden.

Peter wußte, daß es Zeit war, Julian Warfield anzurufen. Er mußte sich mit Julian Warfield treffen.

Und zwar sofort.

McAuliff rollte sich auf die Seite. Plötzlich schoß der scharfe Schmerz in seiner Schulter auch durch seine Brust. Schnell setzte er sich auf, einen Moment lang verwirrt. Er konzentrierte sich. Es war Morgen. Die Nacht war eine Serie verwirrender Schrecken gewesen. Die einzelnen Stücke mußten wieder zusammengesetzt, Pläne gemacht werden.

Er sah auf Alison hinunter, die neben ihm lag. Sie atmete ruhig und gleichmäßig in tiefem Schlaf. Der Abend war nicht nur für ihn ein Alptraum, eine einzige Qual gewesen, sondern auch für sie – wahrscheinlich sogar noch viel mehr. Er war wenigstens ständig in Bewegung gewesen. Sie hatte gewartet, gegrübelt. Er hatte keine Zeit zum Denken gehabt. Es war schlimmer zu warten. Manchmal.

Langsam und so leise wie möglich schwang er die Beine über die Bettkante und stand auf. Sein ganzer Körper war steif. Seine Gelenke schmerzten, besonders die Knie.

Was verständlich war. Die Muskeln, die er letzte Nacht benutzt hatte, waren nicht beanspruchte Saiten eines unbenutzten Instrumentes, das plötzlich von einem in Panik geratenen Dirigenten zum Spielen gezwungen worden war. Das Bild paßte, dachte Alex. Er lächelte beinahe, als ihm der Ausdruck wieder einfiel – verstimmt. Alles war verstimmt.

Und doch bildeten sich langsam Akkorde – irgendwo. Weit weg. Er hörte eine Melodie, die er noch nicht ganz erkennen konnte.

Aber sie war nicht harmonisch. Nicht schön. Noch nicht.

Ein Geruch stieg ihm in die Nase. Nicht nach Gewürzen und Vanille, aber süßlich. Wenn er ihn an etwas erinnerte, dann an Südasien – Java, die Sunda-Inseln. Ein beißender, Übelkeit erregender Geruch. Leise ging er zur Terrassentür. Er wollte sie gerade öffnen, als ihm einfiel, daß er nackt war. Vorsichtig trat er zu einem Stuhl vor dem Fenster, auf den er vor ein paar Tagen eine Badehose geworfen hatte. Er nahm sie von der hölzernen Lehne herunter und zog sie an.

»Ich hoffe, sie ist nicht naß«, sagte Alison vom Bett aus. »Der Zimmerservice hier läßt einiges zu wünschen übrig, und ich hatte sie nicht aufgehängt.«

»Schlaf wieder«, erwiderte Alex. »Gerade eben hast du noch geschlafen. Sehr tief.«

»Dafür bin ich jetzt um so wacher. Du lieber Himmel, es ist Viertel nach acht.«

»Und?«

»Ach, nichts ... Ich dachte nur nicht, daß wir so lange schlafen würden.«

»Es war nicht lange. Wir sind erst nach drei ins Bett gekommen. Wenn man bedenkt, was alles passiert ist, wäre zwölf Uhr mittags noch zu früh.«

»Wie geht es deinem Arm? Und der Schulter?«

»Sie tun ein bißchen weh – wie die meisten Teile meines Körpers. Aber es wird mich nicht gleich umbringen.«

»Was riecht denn hier so fürchterlich?« Alison setzte sich im Bett auf. Das Laken rutschte weg und enthüllte ein merkwürdig sittsames Nachthemd – blickdichte Baumwolle mit Knöpfen. Als sie Alexanders Blick spürte, lächelte sie. Dann sah sie an sich hinunter und lachte. »Das ist mein Großmutternachthemd. Ich habe es angezogen, nachdem du eingeschlafen warst. Es war ziemlich kühl, und du hattest keine anderen Interessen als eine tiefschürfende Unterhaltung.«

Er ging zum Rand des Bettes und setzte sich neben sie. »Ich war ziemlich aufgedreht, was?«

»Ich konnte dich einfach nicht zum Schweigen bringen. Es war völlig unmöglich. Du hast ziemlich viel Scotch getrunken – wie geht es eigentlich deinem Kopf?«

»Gut. Als hätte ich Ovomaltine getrunken.«

»Reinen Alkohol hättest du nicht bei dir behalten. Ich habe so etwas früher schon einmal gesehen ... Tut mir leid. Ich vergaß, daß du etwas gegen meine britischen Erklärungen hast.«

»Ich glaube, ich habe gestern abend selbst einige gemacht. Ich ziehe meine Einwände zurück.«

»Glaubst du immer noch daran? An deine Erklärungen? Wie man so schön sagt – jetzt, im kalten Licht des neuen Tages?«

»Ich denke schon. Vor allem deshalb, weil man immer dann am besten kämpft, wenn es um den eigenen Grund und Boden geht. Ja, ich glaube daran. Ich wäre zuversichtlicher, wenn Barak nicht verletzt worden wäre.«

»Ein sonderbarer Name – Barak.«

»Ein sonderbarer Mann. Und sehr stark. Er wird gebraucht, Alison. Aus einem Jungen kann sehr schnell ein

Mann werden, aber ihm fehlt die Erfahrung. Sie brauchen Barak als Führer.«

»Wer?«

McAuliff sah sie an, sah, wie sich über den klaren hellblauen Augen fragend die Augenbrauen hoben. »Die Menschen, die auf seiner Seite stehen«, antwortete er nur.

»Charles Whitehall gehört nicht zu ihnen.« Es war keine Frage.

»Stimmt. Sie sind ziemlich unterschiedlich. Aber ich glaube, es ist notwendig – zu diesem Zeitpunkt, unter diesen Umständen –, daß Baraks politische Gruppe genauso schlagkräftig ist wie die von Charley-Man.«

»Ich weiß. Aber für mich sieht das alles so kompliziert aus.«

»Für Whitehall nicht. Und für Barak Moore auch nicht. Sie sehen eine klare Trennlinie zwischen sich, die nur von anderen verwischt wird. Erkennst du das nicht? Sie lassen sich nicht ablenken. Sie nehmen ein Ziel in Angriff, dann das nächste, dann wieder eines und wieder eines. Und dabei wissen sie, daß es letzten Endes zu einer Konfrontation zwischen ihnen kommen wird. Keiner verliert den anderen aus den Augen. Jeder hamstert die Nüsse, die er auf seinem Weg findet.«

»Wie meinst du das?« Alison ließ sich wieder auf ihr Kissen sinken und sah McAuliff an, der mit ausdruckslosem Gesicht auf die Wand starrte. »Das verstehe ich nicht.«

»Ich weiß nicht, ob ich es erklären kann. Ein Rudel Wölfe umzingelt seine Opfer, die sich in der Mitte des Kreises aneinanderdrängen. Die Rüden greifen abwechselnd in unregelmäßigen Abständen an, springen so lange in den Kreis hinein und wieder hinaus, bis die Beutetiere so verwirrt sind, daß sie sich nicht mehr wehren. Dann fällt die ganze Gruppe über sie her.« Alex brach ab. Er war unsicher.

»Und Charles und dieser Barak sind die Opfer?« fragte Alison.

»Jamaika ist das Opfer, und sie sind Jamaika. Die Wölfe – die Feinde – sind Dunstone und all das, was es repräsentiert: Warfield und seine Meute aus Leuten, die die ganze Welt manipulieren – die Chatelleraults dieser Welt, der britische Geheimdienst, die Crafts dieser Insel. Man könnte sie Blutsauger im eigenen Land nennen. Und vielleicht sogar dieses Halidon, denn das, was man nicht finden kann, kann man auch nicht kontrollieren, und selbst wenn man es findet, ist es vielleicht gar nicht zu kontrollieren. Es gibt viele Wölfe.«

»Es gibt viel Verwirrung«, fügte Alison hinzu.

McAuliff drehte sich um und sah sie an. »Für uns. Nicht für sie. Das ist ja das Bemerkenswerte. Die Opfer haben eine Strategie entwickelt. Jeder Wolf wird erledigt, wenn er springt. Er wird getötet.«

»Was hat das mit den Nüssen zu tun?«

»Ich bin aus dem Kreis gesprungen und geradeaus weitergelaufen.«

»Ziemlich abstrakt«, stellte Alison Booth fest.

»Aber treffend. Wenn eine Armee – und du brauchst dir nichts vorzumachen, Charles Whitehall und Barak Moore *haben* Armeen –, wenn eine Armee angreift, muß sie ihren Nachschub organisieren. In diesem Fall Unterstützung. Denk daran: Wenn alle Wölfe getötet sind, stehen *sie* einander gegenüber. Whitehall und Moore sind beide dabei, Nüsse zu sammeln – Unterstützung.« Wieder brach McAuliff ab. Er stand auf, ging zu dem Fenster rechts neben den Terrassentüren, zog den Vorhang zurück und sah hinaus auf den Strand. »Ergibt das für dich einen Sinn?« fragte er leise.

»Ich glaube, es ist sehr politisch, und Politik interessiert mich nicht besonders. Aber du beschreibst da ein recht vertrautes Muster. Ich würde sagen …«

»Und *ob* ich das tue«, unterbrach Alex sie. Während er langsam weitersprach, drehte er sich zu Alison um. »In der Geschichte gibt es unzählige Beispiele dafür – und ich bin nicht einmal Historiker. Zum Teufel, wo soll man anfangen? Cäsar und die Gallier? Rom und Ferrara? China in den dreißiger Jahren? Korea, Vietnam, Kambodscha. Ein halbes Dutzend afrikanischer Länder. Es werden immer die gleichen Worte verwendet, immer und immer wieder. Ausbeutung von außen, Revolte von innen – Rebellion und Gegenrebellion. Chaos, Blutbad, Vertreibung. Und schließlich der

Wiederaufbau nach einem sogenannten Kompromiß. Das ist das Muster. Das Spiel, das Barak und Charley treiben. Und jeder von ihnen weiß, daß er seine Position stärken und ausbauen muß, selbst wenn er sich mit dem anderen zusammentut, um einen Wolf zu töten. Denn wenn der Kompromiß kommt – und er muß kommen –, will er dabei so viel wie nur möglich zu sagen haben.«

»Willst du damit andeuten – um einmal von Kreisen und geraden Linien wegzukommen –, daß du es nicht für gut hältst, wenn Baraks ›Armee‹ geschwächt wird?«

»Nicht *jetzt*. Nicht zu diesem Zeitpunkt.«

»Dann mischst du dich ein. Du bist ein Außenstehender, der sich verhält wie ein Einheimischer. Es ist nicht dein Boden, Liebling.«

»Aber ich habe Charley hierhergebracht. Ich habe ihm den ehrbaren Anstrich für seine Deckung geliefert. Charley ist ein verdammter Mistkerl.«

»Und Barak Moore ein Heiliger?«

»Nicht eine Sekunde lang habe ich das gedacht. Auch er ist ein Mistkerl. Aber es ist wichtig, daß er das ist.« McAuliff ging zum Fenster zurück. Die Morgensonne spiegelte sich auf den Fensterscheiben und ließ winzige Kondenströpfchen entstehen. Jamaika stand ein heißer Tag bevor.

»Was wirst du jetzt tun?« Alison setzte sich auf und machte Anstalten aufzustehen, während sie zu Alex hinübersah.

»Tun?« fragte er leise. Seine Augen starrten auf etwas vor dem Fenster. »Das, weshalb man mich hergeschickt hat. Das, wofür man mir zwei Millionen Dollar zahlt. Die Vermessung abschließen oder Halidon finden – was eben zuerst geschieht. Und dann werde ich uns hier herausbringen. Zu unseren Bedingungen.«

»Das klingt vernünftig«, sagte Alison und stand auf. »Und was ist das jetzt für ein übler Geruch?«

»Was? Oh, ich habe vergessen, es dir zu sagen. Sie haben dein Zimmer ausgesprüht, um den Krankenhausgeruch zu vertreiben.« McAuliff ging näher an das Fenster heran und legte die Hand über die Augen, um nicht von den Strahlen der Morgensonne geblendet zu werden.

»Der Ather oder das Desinfektionsmittel oder was immer es auch war, hat besser gerochen. Mein Badeanzug ist da drin. Kann ich ihn holen?«

»Wie bitte?« Alex hörte ihr nicht zu. Er konzentrierte sich auf das, was draußen geschah.

»Mein Badeanzug, Liebling. Er ist in meinem Zimmer.«

McAuliff drehte sich um. Er hatte sie gar nicht gehört. »Warte hier. Ich bin gleich wieder da.« Mit schnellen Schritten lief er zur Terrassentür, öffnete sie und rannte hinaus.

Alison sah ihm verwirrt nach. Sie ging zum Fenster hinüber, um herauszufinden, was Alex gesehen hatte. Es dauerte einige Sekunden, bis sie verstand. Sie begriff, als sie erkannte, daß McAuliff über den Sand zum Meer hinunterlief. Unten am Strand stand die einsame Gestalt eines hochgewachsenen Schwarzen, der auf das Meer hinausstarrte. Lawrence.

Alex rannte auf den großen Jamaikaner zu. Er überlegte kurz, ob er ihm etwas zurufen sollte, tat es dann instinktiv nicht. Statt dessen räusperte er sich, als er noch etwa zehn Meter entfernt war, laut genug, um trotz der kleinen Wellen, die ans Ufer rollten, gehört zu werden.

Lawrence drehte sich um. In seinen Augen standen Tränen, aber er blinzelte nicht und zeigte auch sonst keine Regung. Er war ein Kindmann, der den Schmerz einer sehr persönlichen Qual akzeptierte.

»Was ist passiert?« fragte McAuliff leise. Er ging zu dem Jungen hinüber, der mit nacktem Oberkörper dastand.

»Ich hätte auf Sie hören sollen, Mann. Nicht auf ihn. Er hatte nicht recht, Mann.«

»Erzählen Sie mir, was passiert ist«, sagte McAuliff noch einmal.

»Barak ist tot. Ich habe getan, was er mir befohlen hat, und jetzt ist er tot. Ich habe auf ihn gehört, und jetzt ist er tot, Mann.«

»Er kannte das Risiko. Er mußte es eingehen. Ich glaube, er hat recht gehabt.«

»Nein, er hat nicht recht gehabt, weil er jetzt tot ist. Deshalb hat er nicht recht gehabt, Mann.«

»Floyd ist tot – Barak auch. Wer ist jetzt noch übrig?«

Lawrence starrte McAuliff an. Seine Augen waren gerötet vom Weinen, und hinter dem Stolz und der mühsam aufgebrachten Stärke war die Angst des Kindes zu erkennen. Und der flehentliche Blick eines kleinen Jungen. »Sie und ich, Mann. Sonst gibt es niemanden mehr. Sie werden mir doch helfen, Mann?«

Alex erwiderte den Blick des Rebellen. Er sagte nichts.

Willkommen im Schoß der Revolution, dachte er.

21.

Die Polizei von Trelawny hatte Floyd erst um 7 Uhr 02 an diesem Morgen identifiziert. Die Verzögerung war der Tatsache zuzuschreiben, daß es in Falmouth keine Möglichkeiten zur Feststellung von Fingerabdrücken gab und mehrere Dutzend Anwohner, die man in der Nacht systematisch aus ihren Betten gezerrt hatte, um die Leiche in Augenschein zu nehmen, sich als sehr unkooperativ erwiesen hatten. Der Captain war überzeugt davon, daß mehrere von ihnen den mit Kugeln durchsiebten Leichnam erkannt hatten, aber erst um zwei Minuten nach sieben hatte ein alter Mann – ein Gärtner aus Carrick Foyle – so deutlich auf das Gesicht des blutigen Bündels auf dem Tisch reagiert, daß der Captain sich dazu entschlossen hatte, härtere Methoden anzuwenden. Er hatte eine brennende Zigarette vor das linke Auge des alten Mannes gehalten, dessen Lid er mit den Fingern seiner anderen Hand weit nach oben zog. Dann sagte er zu dem zitternden Schwarzen, daß er ihm die Gelatine vom Augapfel herunterbrennen würde, wenn er nicht die Wahrheit sagen werde.

Der alte Gärtner schrie auf und sagte die Wahrheit.

Der Mann, dessen Leiche jetzt auf dem Tisch lag, hatte für Walter Piersall gearbeitet. Sein Name war Floyd Cotter.

Anschließend telefonierte der Captain mit mehreren Polizeirevieren des Bezirkes, um weitere Informationen über einen gewissen Cotter, Floyd, zu bekommen. Nichts. Niemand hatte etwas von ihm gehört. Aber der Captain gab nicht auf. Kingstons Interesse an Dr. Walter Piersall – vor und nach seinem Tod – war groß. So groß, daß das Haus auf dem Hügel in Carrick Foyle rund um die Uhr bewacht wurde. Der Captain wußte nicht, warum. Es stand ihm nicht zu, nach dem Grund für die Befehle aus Kingston zu fragen, geschweige denn, sie kritisch zu hinterfragen. Es genügte, daß es sie gab. Welches Motiv auch immer hinter den Schikanen gegen den weißen Wissenschaftler vor dessen Tod und dem anhaltenden Interesse an seinem Haus danach steckte – es war Kingstons Angelegenheit, nicht seine. Er führte lediglich seine Befehle aus. Er führte sie gut aus, sogar mit Begeisterung. Deshalb war er ja auch der Leiter der Bezirkspolizei in Falmouth.

Und deshalb hörte er auch nicht auf, Telefongespräche hinsichtlich des verstorbenen Floyd Cotters zu führen, dessen Leiche auf dem Tisch lag und dessen Blut immer noch aus den Wunden in Gesicht, Brust, Bauch und Beinen floß. Es trocknete langsam auf den Seiten des *Gleamer* ein, das sie hastig auf dem Boden verteilt hatten.

Jetzt war es fünf Minuten vor acht, und der Captain wollte gerade den Hörer abnehmen, um die Kollegen in Sherwood Content anzurufen, als das Telefon klingelte. Am Apparat war ein Polizeibeamter aus Puerto Seco – in der Nähe der Discovery Bay –, mit dem er vor zwanzig Minuten gesprochen hatte. Der Anrufer sagte, daß er nach ihrer Unterhaltung mit seinen Mitarbeitern von der Frühschicht gesprochen habe. Einer habe ihm berichtet, daß es einen Floyd bei einem Vermessungsteam gebe, das von einem Amerikaner namens McAuliff geleitet werde und ungefähr vor zehn Tagen entlang der Küste mit der Arbeit begonnen habe. Für die Vermessung seien mehrere Träger in Ocho Rios eingestellt worden. Die staatliche Stellenvermittlung habe dabei geholfen.

Der Captain weckte den Leiter der staatlichen Stellenvermittlung in Ochee. Als der sich meldete, war er bereits hellwach, denn er hatte kein Telefon und erst das Haus verlassen und zu dem kleinen Laden gehen müssen, wo er – wie fast alle Leute aus der Nachbarschaft – Gespräche entgegennehmen konnte. Der Chef der Stellenvermittlung konnte sich noch daran erinnern, daß unter den Männern, die der Amerikaner namens McAuliff eingestellt hatte, auch ein Floyd gewesen war, aber den Nachnamen wußte er nicht mehr. Dieser Floyd sei einfach mit anderen Bewerbern zusammen aufgetaucht, die in Ochee gehört hatten, daß es Arbeit gab. Er stehe nicht in den Akten der Stellenvermittlung, genau wie ein oder zwei andere, die am Ende genommen worden seien.

Der Captain hörte dem Leiter der Stellenvermittlung aufmerksam zu, bedankte sich bei ihm, sagte aber nichts, um ihn aufzuklären. Nachdem er aufgelegt hatte, wählte er die Nummer des Gordon House in Kingston und sprach mit dem Inspektor, der die Suchtruppen geleitet hatte, als Piersalls Haus in Carrick Foyle Zentimeter für Zentimeter durchkämmt worden war.

Der Inspektor gelangte zu der gleichen Schlußfolgerung wie der Captain: Der verstorbene Floyd Cotter – ehemaliger Angestellter von Walter Piersall – sei mit einigen Freunden zurückgekehrt, um das Haus zu plündern, und dabei gestört worden.

Fehle etwas?

Im Keller sei gegraben worden? In einer alten Zisterne, die schon seit Jahren nicht mehr benutzt werde?

Der Inspektor würde nach Falmouth fliegen, bis Mittag eintreffen. In der Zwischenzeit könne der Captain doch diskret Mr. McAuliff befragen. Oder zumindest feststellen, wo er sich gerade aufhalte.

Zwanzig Minuten nach neun fuhren der Captain und einer seiner Deputies durch das Tor des Bengal Court.

McAuliff war auf überzeugende Weise erregt. Er sei entsetzt – und natürlich bekümmert – darüber, daß Floyd Cotter ums Leben gekommen sei, aber bei Gott, der Vorfall beantworte gleich mehrere Fragen. Aus dem Versorgungslastwagen seien einige sehr teure Geräte verschwunden, Geräte, für die man auf dem Schwarzmarkt viel Geld bekomme. Dieser Floyd Cotter habe sich offensichtlich bei ihnen eingeschlichen. Er sei ein Dieb; ein Dieb *gewesen*.

Ob der Captain eine Liste der Dinge brauche, die verschwunden seien? Ein Geodimeter, ein Wasserteleskop, ein halbes Dutzend Kompasse mit Steinen, drei Polaroid-Kontrast-Filterscheiben, fünf nagelneue Verbandskästen in Behältern der Royal Society, eine Rolliflex-Kamera und ein paar andere Sachen von geringerem Wert – aber beileibe nicht billig. Der Deputy schrieb so schnell er konnte mit, während Alex die ›verschwundenen‹ Gegenstände herunterrasselte. Zweimal fragte er nach der Schreibweise, einmal brach die Spitze seines Bleistiftes ab. Es waren anstrengende Minuten.

Als das Gespräch vorbei war, schüttelten der Captain und sein Deputy dem amerikanischen Geologen die Hand und bedankten sich für seine Hilfe. McAuliff sah zu, wie die beiden in den Streifenwagen stiegen, und winkte ihnen freundlich nach, als der Wagen vom Parkplatz fuhr und das Tor passierte.

Fünfhundert Meter weiter trat der Captain auf die Bremse und brachte den Streifenwagen zum Stehen. »Geh durch den Wald zum Strand zurück, Mann«, sagte er zu seinem Deputy. »Finde heraus, wer bei ihm ist, wer ihn besucht.«

Der Deputy nahm seine Schirmmütze ab und zog das gebügelte Khakihemd seiner Uniform mit den gelben Rangabzeichen aus, dann griff er nach hinten, wo ein grünes T-Shirt lag. Er streifte es sich über den Kopf und stieg aus dem Wagen. Auf der geteerten Straße öffnete er seinen Gürtel und streifte sein Holster ab. Er streckte die Hand durch das Fenster und reichte es dem Captain.

Der griff unter das Armaturenbrett und zog eine zerknitterte schwarze Baseballmütze hervor, die vor Alter und menschlichem Schweiß fleckig war. Er gab sie seinem Deputy und lachte.

»Wir sehen alle gleich aus, Mann. Bist du nicht der Bursche, der die ganze Zeit Kokosnüsse verkauft?«

»Ja. Leg dich bloß nicht mit ihm an, Mann.«

Der Deputy grinste und lief auf den Wald hinter der Straßenböschung zu, wo ein rostiger, zerrissener Drahtzaun war – die Grenze zum Bengal Court.

Der Streifenwagen brauste die Straße hinunter. Der Captain der Polizei von Falmouth hatte es eilig. Er mußte zur Halfmoon Bay, wo er auf ein Wasserflugzeug aus Kingston warten sollte.

Charles Whitehall stand im hohen Gras einer Anhöhe, von der aus man die Straße aus Priory-on-the-Sea im Auge hatte. Unter dem Arm trug er die schwarze Archivkassette, die von einem breiten Klebeband zusammengehalten wurde. Es war kurz nach zwölf Uhr mittags. Bald würde McAuliff auf dieser Straße vorbeifahren.

Allein.

Charles hatte darauf bestanden. Das heißt, er hatte darauf bestanden, bevor McAuliff ihm mit wenigen, abweisenden Worten gesagt hatte, daß Barak Moore tot sei.

Bramwell Moore, sein alter Schulfreund aus Savanna-la-Mar, war von jamaikanischen Kugeln getötet worden.

Jamaikanische Kugeln.

Jamaikanische *Polizeikugeln*. Das war besser. Wenn er das Establishment ins Spiel brachte, verlieh das dem Ganzen einen Hauch tragischer Logik. Ein Widerspruch in sich, dachte Whitehall. Logik war weder gut noch schlecht noch tragisch, nur logisch. Aber doch wurde Logik von Worten definiert, und Worte konnten interpretiert werden – deshalb waren auch alle offiziellen Statistiken verlogen. Logik, die den eigenen Zwecken diente.

Seine Gedanken schweiften ab, und er ärgerte sich über sich selbst. Barak hatte so gut wie er gewußt, daß sie nicht mehr Hühner-durch-die-Küche-Jagen spielten. Es gab keine Mutter mit buntem Kopftuch mehr, die drohend ihren Strohbesen schwang und Kind und Geflügel in den Hof hinausjagte, lachend und schimpfend zugleich. Das hier war eine andere Art von Rebellion. Mütter mit bunten Kopftüchern waren durch Männer mit Schirmmützen ersetzt worden. Aus den Strohbesen waren Gewehre geworden. Jetzt ging es nicht mehr ums Fangen, sondern um Ideen – die für die uniformierten Diener des Staates weitaus schlimmer waren als die paar Federn für die Dienerinnen der Familie mit ihren bunten Kopftüchern.

Barak war tot.

Es schien unglaublich zu sein. Und doch hatte es auch eine gute Seite. Barak hatte die Probleme ihrer Insel nicht verstanden. Deshalb hatte er auch die geeigneten Lösungen nicht verstanden. Baraks Lösungen waren schon seit Jahrzehnten veraltet.

Zuerst mußten sie Stärke demonstrieren. Viele, die von wenigen Starken und Militanten geführt wurden.

Vielleicht einem einzigen.

In einiger Entfernung war eine Staubwolke zu sehen. Ein Kombi, der viel zu schnell über die alte, unbefestigte Straße fuhr.

Auch McAuliff war aufgeregt.

Charles drehte sich um und starrte über das Feld zur Auffahrt des Hauses hinüber. Er hatte verlangt, daß sein Gastgeber in Drax Hall von zwölf bis drei abwesend war. Keine Erklärungen, keine Fragen.

Ein Messias war zurückgekehrt. Das genügte.

»Hier ist sie«, sagte McAuliff. Er stand neben Whitehall in dem kühlen Werkzeugschuppen, die kleinere der beiden Archivkassetten in seiner linken Hand. »Aber bevor Sie anfangen, daran herumzusägen, möchte ich einiges klarstellen.«

Charles Whitehall starrte den Amerikaner an. »Bedingungen sind überflüssig. Wir wissen beide, was getan werden muß.«

»Es ist nicht überflüssig«, entgegnete Alex, »daß Sie sich über eines im klaren sind: Es wird keine – einseitigen Entscheidungen geben. Das hier ist nicht Ihr Privatkrieg, Charley-Man.«

»Versuchen Sie etwa, Barak zu spielen?«

»Sagen wir mal: Ich kümmere mich um seine Interessen. Und um meine.«

»Ihre, das kann ich verstehen. Aber warum seine? Sie sind nicht miteinander vereinbar, wissen Sie das nicht?«

»Sie haben nicht das geringste miteinander zu tun.«

»Warum kümmern Sie sich dann darum?« Whitehalls Blick flog zu der Archivkassette. Er stellte fest, daß sein Atem schneller ging. Es war ihm anzumerken, daß er aufgeregt war. Wieder ärgerte er sich über sich selbst. »Geben Sie mir das bitte.«

»Sie haben mich etwas gefragt. Ich werde zuerst Ihre Frage beantworten«, erwiderte McAuliff. »Ich traue Ihnen nicht, Charley. Sie benutzen jeden, alles. Das tun Leute wie Sie immer. Sie gehen Bündnisse und Vereinbarungen ein mit allem, was sich bewegt, und Sie machen das sehr gut. Sie sind so flexibel, daß Sie sich hinter der nächsten Ecke selbst treffen können. Aber die ganze Zeit über spielen Sie Sturm und Drang, und dafür habe ich nicht viel übrig.«

»Oh, ich verstehe. Sie halten es mit Baraks Fallschirmjägern aus den Zuckerrohrfeldern. Das Chaos der Fidelisti, bei denen die Unteroffiziere auf den Boden spucken und Zigaretten kauen und die Töchter des Generals vergewaltigen, damit die Gesellschaft im Gleichgewicht ist. Dreijahrespläne und Fünfjahrespläne und primitive, ungebildete Schläger, die sich um die Staatsangelegenheiten kümmern. Bis die Katastrophe da ist, sollte ich wohl hinzufügen. Seien Sie doch kein Narr, McAuliff. Ich hätte mehr von Ihnen erwartet.«

»Hören Sie auf, Charley. Sie halten hier keine Rede für Ihre Personalchefs«, sagte Alex gelangweilt. »Ich glaube genauso wenig an diese grobe Vereinfachung wie an Ihre Zwei-und-zwei-ist-vier-Lösungen. Strengen Sie Ihre Gehirnzellen an. Ich bin immer noch der Leiter dieser Vermessung und kann Sie von einer Sekunde zur nächsten feuern. In aller Öffentlichkeit. Das wird Sie zwar nicht zwingen, die Insel zu verlassen, aber Ihre Situation hätte sich grundlegend geändert.«

»Welche Garantie habe ich, daß Sie mich nicht hinauswerfen?«

»Keine sehr große. Sie müssen mir eben glauben, daß ich mir diese Mistkerle genauso dringend vom Hals schaffen will wie Sie. Aus völlig anderen Gründen.«

»Irgendwie habe ich den Eindruck, daß Sie lügen.«

»Sie sollten jedenfalls nicht drauf wetten.«

Whitehall warf McAuliff einen prüfenden Blick zu. »Das werde ich nicht. Ich sagte, daß diese Unterhaltung überflüssig sei, und das ist sie auch. Ich akzeptiere Ihre Bedingungen, weil es notwendig ist ... Kann ich jetzt bitte die Kassette haben?«

Sam Tucker saß auf der Terrasse. Er las Zeitung und warf immer wieder einen Blick über die Kaimauer auf den Strand hinunter, wo Alison und James Ferguson auf Liegestühlen am Wasser lagen. Von Zeit zu Zeit, wenn die brennende Sonne der Karibik ihre Haut genügend aufgeheizt hatte, wateten Alison und der junge Botaniker ins Wasser. Sie sprangen nicht herum oder planschten oder tauchten. Sie ließen sich einfach auf die ruhige Wasseroberfläche fallen, als wären sie erschöpft. Für beide schien es eine recht langweilige Beschäftigung zu sein.

Es waren keine lustigen Strandspiele, dachte Sam, der trotzdem nach einem Fernglas griff, sobald Alison zu schwimmen begann, und ihre unmittelbare Umgebung absuchte. Er sah sich jeden Schwimmer an, der in ihre Nähe kam. Die wenigen, die es gab, waren Gäste des Bengal Court.

Keiner stellte eine Bedrohung dar, und nach Bedrohungen hielt Sam Tucker Ausschau.

Ferguson war kurz vor Mittag aus Montego Bay zurückgekommen, gleich nachdem Alex nach Drax Hall gefahren war. Er war auf die Terrasse gekommen und hatte Sam und den verwirrten Lawrence erschreckt, die auf der Kaimauer gesessen und sich leise über den toten Barak Moore unterhalten hatten. Sie waren deshalb so erstaunt gewesen, weil Ferguson ausführlich erzählt hatte, was er in Montego Bay alles unternehmen wolle.

Als Ferguson sich zu ihnen gesellte, wirkte er abgespannt wie ein Nervenbündel. Sie vermuteten, daß er zuviel getrunken hatte und deshalb so krank aussah. Ein paar entsprechende Witze wurden auf seine Kosten gemacht, die er überhaupt nicht komisch fand.

Aber Sam Tucker war anderer Meinung. James Ferguson sah nicht deswegen so schlecht aus, weil er gestern abend zuviel Whisky in sich hineingeschüttet hatte. Er war ein verängstigter junger Mann, der nicht geschlafen hatte. Aber er wollte, dachte Sam, nicht über seine Angst sprechen. Er wollte nicht einmal über die Nacht in Montego sprechen, die er als langweiliges, uninteressantes Intermezzo abtat. Er schien nur Gesellschaft zu brauchen, als fände er in dem, was ihm vertraut war, eine unmittelbare Sicherheit. Er schien Alison Booth nachzulaufen, bot an, dies zu holen, jenes zu tragen – die Schwärmerei eines Schuljungen oder die Zuneigung eines Homosexuellen? Nichts davon paßte, denn er war weder das eine noch das andere.

Er hatte einfach Angst.

Ein ziemlich widersprüchliches Verhalten, hatte Sam Tucker gefolgert.

Jetzt hörte Tucker plötzlich leise, schnelle Schritte hinter sich und drehte sich um. Lawrence, vollständig angezogen, kam von Westen über den Rasen auf die Terrasse. Der schwarze Revolutionär ging zu Sam hinüber und kniete sich hin – keine Geste der Ehrerbietung, sondern der Versuch, seine massige Gestalt hinter der Kaimauer zu verbergen. Seine Stimme klang eindringlich.

»Was ich hier sehe und höre, gefällt mir gar nicht, Mann.«

»Was ist los?«

»Jemand hat großes Interesse an uns.«

»Wir werden beobachtet?« Tucker legte seine Zeitung weg und setzte sich auf.

»Ja, Mann. Schon seit drei oder vier Stunden.«

»Wer?«

»Ein Kerl, der seit heute morgen am Strand entlang läuft. Er geht schon so lange westlich der Bucht hin und her, daß er bestimmt nicht nach Sachen sucht, die die Touristen vergessen haben. Ich habe ihn mir angesehen. Er hat seine Hosenbeine umgekrempelt, und seine Hose sieht viel zu neu aus, Mann. Ich bin in den Wald gegangen, und dort habe ich seine Schuhe gefunden. Dann wurde mir klar, was für eine Hose er trägt. Er ist Polizist.«

Sams faltiges Gesicht bekam noch ein paar Falten mehr, während er nachdachte. »Alex hat etwa um halb zehn mit der Polizei von Falmouth gesprochen. In der Lobby ... Er sagte, es seien zwei Männer gewesen – der Boß und ein Schwarzer.«

»Was ist los, Mann?«

»Nichts ... *Sie* haben gesagt, daß was los ist. Und was haben Sie gehört?«

»Ich habe noch nicht alles gesagt.« Lawrence warf einen Blick über die Kaimauer nach Osten in Richtung des Hauptstrandes. Beruhigt wandte er seine Aufmerksamkeit wieder Sam zu. »Ich bin dem Kerl bis zum Hintereingang der Küche gefolgt, wo er auf einen Mann gewartet hat, um mit ihm zu sprechen. Es war einer der Rezeptionisten. Er hat immer wieder den Kopf geschüttelt. Da ist der Polizist wütend geworden.«

»Junge, was haben Sie *gehört?*«

»Einer der Träger stand ganz in der Nähe und war gerade dabei, einen Fisch zu putzen. Als der Polizist weg war, habe ich ihn ausgequetscht, Mann. Er hat mir erzählt, daß dieser Kerl gefragt hat, wo der Amerikaner hingeht und wer ihn angerufen hat.«

»Und der Mann vom Empfang wußte es nicht?«

»Stimmt, Mann. Der Polizist war wütend.«

»Wo ist er jetzt?«

»Er wartet unten am Oststrand.« Lawrence deutete über die Kaimauer, hinter die Dünen, auf eine Stelle, die auf der anderen Seite des Hauptstrandes lag. »Sehen Sie ihn? Vor den kleinen Booten, Mann.«

Tucker griff nach seinem Fernglas und sah sich die Gestalt in der Nähe der kleinen Segelboote am Wasser an. Der Mann und die Boote waren etwa vierhundert Meter entfernt. Er trug ein zerrissenes grünes T-Shirt und eine zerknitterte Baseballmütze. Seine Hose paßte irgendwie nicht dazu. Sie war bis zu den Knien hochgekrempelt, wie bei fast allen Männern, die den Strand nach Brauchbarem absuchten, aber Lawrence hatte recht – sie war gebügelt und zu sauber. Der Mann unterhielt sich mit einem Kokosnußhändler, einem dünnen, sehr dunklen Jamaikaner, der einen Handkarren voller Kokosnüsse über den Strand rollte. Er verkaufte sie an die Badenden und köpfte sie dann mit einer gefährlich aussehenden Machete. Von Zeit zu Zeit sah der Mann in dem grünen T-Shirt zu den Terrassen des Westflügels hinauf, direkt in das Fernglas hinein. Tucker wußte, daß er nicht bemerkt hatte, daß er beobachtet wurde. Sonst wäre auf seinem Gesicht eine Reaktion zu erkennen. Er war lediglich verärgert, das war alles.

»Wir sollten ihm besser einige Informationen geben, Junge«, sagte Sam und ließ das Fernglas sinken.

»Wie meinen Sie das, Mann?«

»Wir sollten ihm etwas geben, damit er sich nicht mehr so aufregt. Damit er nicht mehr soviel nachdenkt.«

Lawrence grinste. »Wir erfinden eine Geschichte für ihn, was, Mann?«

»McAuliff könnte doch nach Ochee einkaufen gegangen sein, nicht wahr? Das liegt zehn oder elf Kilometer von Drax Hall entfernt. Dieselbe Straße.«

»Warum ist Mrs. Booth – Alison – nicht mitgegangen?«

»Er will der Lady ein Geschenk kaufen. Warum auch nicht, Mann?« Sam sah Lawrence an, dann blickte er zum Strand hinunter, wo Alison gerade aufstand, um wieder ins Wasser zu gehen. »Es könnte klappen, Junge. Aber wir sollten das Ganze etwas festlicher machen.« Tucker stand auf und trat zur Kaimauer. »Ich finde, Alison sollte heute Geburtstag haben.«

In McAuliffs Zimmer läutete das Telefon. Die Türen waren wegen der Hitze geschlossen, aber das laute Klingeln war durch das Glas hindurch zu hören. Tucker und Lawrence sahen sich an. Sie wußten, was der andere gerade dachte. McAuliff hatte nicht verheimlicht, daß er am späten Morgen das Bengal Court verlassen hatte, war aber auch nicht näher darauf eingegangen. Er hatte an der Rezeption nach einer Straßenkarte gefragt und lediglich gesagt, daß er wegfahren werde. Deshalb wußte man am Empfang, daß er nicht auf seinem Zimmer war.

Mit schnellen Schritten ging Tucker zu der zweiflügeligen Tür, öffnete sie und rannte zum Telefon.

»Mr. McAuliff?« fragte die weiche, akzentuierte Stimme eines Jamaikaners. Es war die Telefonzentrale des Hotels.

»Mr. McAuliff ist nicht da. Kann ich ihm etwas ausrichten?«

»Sir, ich habe einen Anruf aus Kingston für ihn, von einem Mr. Latham. Würden Sie bitte am Apparat bleiben?«

»Sicher. Sagen Sie Mr. Latham, daß Sam Tucker am Apparat ist. Vielleicht will er dann mit mir sprechen.«

Sam, den Hörer unter sein faltiges Kinn geklemmt, entfachte ein Streichholz, um sich eine dünne Zigarre anzuzünden. Er hatte kaum den ersten Zug gemacht, als er das Doppelklicken in der Leitung hörte. Jetzt war er mit Latham verbunden. Latham, der korrekte Bürokrat aus dem Ministerium, der sich auch der Sache Barak Moores verschrieben hatte. Als Latham zu sprechen begann, beschloß Tucker, ihm nichts von Baraks Tod zu sagen.

»Mr. Tucker?«

»Ja, Mr. Latham. Alexander ist nach Ocho Rios gefahren.«

»Ich verstehe. Ich bin sicher, daß ich auch mit Ihnen darüber sprechen kann. Wir konnten Mr. McAuliffs Bitte erfüllen. Er wird seine Läufer einige Tage früher als erwartet bekommen. Sie sind in Duanvale und werden heute nachmittag auf der Route 11 nach Queenhythe fahren.«

»Queenhythe ist hier in der Nähe, nicht wahr?«

»Nur fünf oder sechs Kilometer von Ihrem Hotel entfernt. Sie werden anrufen, wenn sie angekommen sind.«

»Wie heißen sie?«

»Es sind Brüder – Marcus und Justice Hedrik. Sie sind natürlich Maroon. Zwei der besten Läufer in Jamaika. Sie kennen das Cock Pit sehr gut. Und sie sind vertrauenswürdig.«

»Das hört sich gut an. Alexander wird begeistert sein.«

Latham machte eine kleine Pause, war aber offensichtlich noch nicht fertig. »Mr. Tucker ...?«

»Ja, Mr. Latham?«

»Mr. McAuliff hat offensichtlich den Ablauf der Vermessung geändert. Ich bin mir nicht sicher, ob wir verstehen ...«

»Da gibt's nichts zu verstehen. Alex hat sich dazu entschlossen, von einem geographischen Mittelpunkt aus zu arbeiten. Auf diese Weise können weniger Fehler auftreten. Es ist so, als würde man ein Dreieck von Koordinaten auf einem

Halbkreis halbieren. Ich bin derselben Ansicht wie er.« Sam Tucker zog an seiner dünnen Zigarre, während Lathams Schweigen deutlich machte, daß er verwirrt war. »Außerdem«, fügte Sam hinzu, »hat jeder auf diese Weise mehr zu tun.«

»Ich verstehe. Die Gründe liegen also im Bereich – sagen wir mal: professioneller Arbeitsweise?«

»Ausschließlich, Mr. Latham.« Tucker wurde klar, daß Latham am Telefon nicht offen sprechen wollte. Oder der Meinung war, daß er das nicht konnte. »Unsere Gründe sind über jeden Zweifel erhaben, wenn Sie sich um die Belange des Ministeriums Sorgen machen. Alexander könnte sogar eine Menge Geld für Sie einsparen. Sie werden sehr viel mehr Daten in kürzerer Zeit bekommen.«

Latham machte wieder eine Pause, als wollte er unterstreichen, wie wichtig seine nächsten Worte waren. »Wir sind natürlich immer daran interessiert, Mittel einzusparen. Ich nehme an, Sie alle sind mit der Entscheidung einverstanden, so schnell hineinzugehen. In das Cock Pit, meine ich.«

Sam wußte, was Latham damit sagen wollte: *Ist Barak Moore damit einverstanden*?

»Wir sind *alle* damit einverstanden, Mr. Latham. Wir sind alle Profis.«

»Ja ... Nun, das ist ganz ausgezeichnet. Noch eine letzte Sache, Mr. Tucker.«

»Ja, Mr. Latham?«

»Wir möchten, daß Mr. McAuliff *alle* Ressourcen einsetzt, die ihm zur Verfügung stehen. Er soll sich bitte in keinster Weise einschränken, nur um Geld zu sparen. Die Vermessung ist viel zu wichtig.«

Wieder war Tucker sofort klar, was Latham meinte: *Alex sollte weiterhin Kontakt zu seinen Verbindungsmännern vom britischen Geheimdienst halten. Wenn er ihnen auswich, würde das Verdacht erregen.*

»Ich werde es ihm sagen, Mr. Latham, aber ich bin sicher, daß er sich dessen bewußt ist. Die letzten zwei Wochen waren reine Routine und völlig ereignislos – eine einfache Vermessung der Küstenlinie. Wenig Anlaß, zusätzliche Geräte anzufordern. Oder weitere Ressourcen.«

»Mir geht es darum, daß er weiß, wie wir dazu stehen«, erklärte Latham eilig. Er schien das Gespräch jetzt so schnell wie möglich beenden zu wollen. »Auf Wiederhören, Mr. Tucker.«

»Auf Wiederhören, Mr. Latham.« Sam drückte einige Sekunden auf die Taste am Telefon, dann ließ er sie wieder los und wartete auf die Telefonzentrale. Als er den Telefonisten in der Leitung hatte, ließ er sich mit dem Empfang verbinden.

»Bengal Court, guten Tag.«

»Mr. Tucker, Westflügel 6, Vermessung der Royal Society.«

»Ja, Mr. Tucker?«

»Mr. McAuliff hat mich gebeten, einige Vorbereitungen für heute abend zu treffen. Er hatte heute morgen keine Zeit dazu, außerdem war der Zeitpunkt ungünstig. Mrs. Booth war bei ihm.« Sam machte eine kleine Pause, um seinen Worten Nachdruck zu verleihen.

Der Hotelangestellte antwortete automatisch. »Ja, Mr. Tucker. Was können wir für Sie tun?«

»Mrs. Booth hat heute Geburtstag. Wäre es möglich, daß die Küche eine kleine Torte fabriziert? Nichts Großartiges, Sie verstehen schon.«

»Aber natürlich! Aber *gern*, Sir«, sagte der Hotelangestellte überschwenglich. »Es ist uns ein Vergnügen, Mr. Tucker.«

»Schön. Sehr freundlich von Ihnen. Setzen Sie es einfach auf Mr. McAuliffs Rechnung ...«

»Das werden wir ihm selbstverständlich nicht berechnen«, unterbrach ihn der Hotelangestellte geflissentlich.

»Wirklich zu freundlich. Wir werden etwa um 20 Uhr 30 essen. Der gleiche Tisch wie immer.«

»Wir kümmern uns um alles. »

»Also dann, um 20 Uhr 30«, fuhr Sam fort, »falls Mr. McAuliff rechtzeitig zurück ist ...« Tucker machte wieder eine Pause und wartete darauf, daß der Hotelangestellte nachfragte.

»Gibt es denn ein Problem, Mr. Tucker?«

»Nun, dieser Dummkopf ist in die Gegend südlich von Ocho Rios gefahren, irgendwo bei Fern Gully, glaube ich, um eine Skulptur aus Stalaktit zu kaufen. Er hat mir gesagt, daß es dort Einheimische gebe, die so etwas machen.«

»Das ist richtig, Mr. Tucker. Es gibt einige Kunsthandwerker in Gully, die mit Stalaktit arbeiten. Allerdings bestehen staatliche Einschränkungen …«

»Du meine Güte!« warf Sam abwehrend ein. »Er will doch nur ein kleines Geschenk für Mrs. Booth kaufen, das ist alles.«

Der Hotelangestellte lachte, leise und unterwürfig. »Bitte verstehen Sie mich nicht falsch, Mr. Tucker. Ein Eingreifen der staatlichen Stellen ist in den meisten Fällen unbegründet. Ich wollte damit nur meine Hoffnung ausdrücken, daß Mr. McAuliff findet, was er sucht. Als er nach der Karte mit den Tankstellen fragte, hätte er sagen sollen, wohin er fährt. Ich hätte ihm sicher helfen können.«

»Nun …«, sagte Sam verschwörerisch, »es war ihm vermutlich peinlich, wenn Sie wissen, was ich meine. Erwähnen Sie es ihm gegenüber nicht. Er würde mir den Kopf abreißen.«

»Selbstverständlich nicht.«

»Und danke für die Torte heute abend. Das ist wirklich sehr nett von Ihnen, mein Sohn.«

»Keine Ursache, Sir.«

Sie verabschiedeten sich mit kurzen Worten voneinander, wobei es der Hotelangestellte noch eiliger zu haben schien als Sam. Sam legte den Hörer auf und ging auf die Terrasse hinaus. Lawrence, der über die Mauer gestarrt hatte, drehte sich um und setzte sich auf die Steinplatten der Terrasse, mit dem Rücken an die Kaimauer gelehnt, so daß er vom Strand aus nicht zu sehen war.

»Mrs. Booth und Jimbo-Man sind nicht mehr im Wasser«, sagte der schwarze Revolutionär. »Sie haben sich wieder auf die Liegestühle gelegt.«

»Latham hat angerufen. Die Läufer kommen heute nachmittag. Und dann habe ich mit dem Empfang gesprochen. Wollen mal sehen, ob unsere Informationen auch weitergegeben werden.« Tucker ließ sich auf den Stuhl sinken und griff nach dem Fernglas auf dem Tisch. Er nahm die Zeitung und hielt sie neben das Fernglas, während er die Terrasse mit dem Swimmingpool absuchte, der vor dem Hauptstrand des Bengal Court lag.

Nach zehn Sekunden sah er, wie ein Mann mit Jackett und Fliege durch den Hintereingang des Pools kam und an einem Stapel hölzerner Strandliegen mit gepolsterten Auflagen vorbeilief. Er nickte den Gästen zu und unterhielt sich kurz mit einigen von ihnen. Jetzt hatte er die Steintreppe erreicht, die zum Sand hinunterführte. Er blieb einen Moment lang stehen und sah sich am Strand um. Dann lief er die Stufen hinunter und über den weißen weichen Sand schräg nach rechts, auf die Reihe mit den kleinen Segelbooten zu.

Sam beobachtete, wie der Hotelangestellte auf den Polizisten mit der schmutzigen Baseballmütze und den Kokosnußhändler zuging. Der Mann mit den Kokosnüssen sah ihn, packte seinen Karren und rollte ihn über den harten Sand am Wasser davon. Der Polizist blieb, wo er war, und nickte dem Angestellten zu.

Sein Gesichtsausdruck, der im Fernglas deutlich zu erkennen war, sagte Sam Tucker alles, was er wissen wollte. Das Gesicht des Polizisten verzerrte sich vor Wut. Offensichtlich ärgerte er sich darüber, soviel Zeit und Mühe verschwendet zu haben – kostbare Güter an einem so heißen Tag.

Der Hotelangestellte drehte sich um und lief zur Terrasse zurück, während der Polizist in westlicher Richtung am Rand des Wassers davonging. Seine Schritte waren jetzt schneller. Die gebückte Haltung, an der man einen Strandsammler erkennen konnte, hatte er aufgegeben.

Er machte sich nicht sehr gut als Undercover-Agent, fand Sam Tucker, der zusah, wie sich der Mann dem Wald im Westen des Grundstückes näherte. Auf dem Weg zu seinen Schuhen und dem Ausgang zur Küstenstraße warf er nicht ein einziges Mal einen Blick in den Sand, um nach vergessenen Gegenständen zu suchen.

McAuliff sah Charles Whitehall über die linke Schulter, während der schwarze Wissenschaftler die Flamme der Azetylenlötlampe über die Kante des Archivbehälters führte, die durch eine Schweißnaht zusammengehalten wurde. Die heiße Spitze der Flamme kam bis auf wenige Millimeter an die Naht an der Kante der Kassette heran.

Der obere Rand der Archivkassette knackte. Hastig löschte Charles die Flamme und hielt das Ende der Kassette unter den Wasserhahn des Beckens. Der dünne Wasserstrahl wurde zu zischendem Dampf, als er auf den heißen Stahl traf. Whitehall setzte die getönte Schutzbrille ab, griff nach dem kleinen Hammer und schlug damit auf das dampfende Ende.

Krachend und zischend fiel es in das Metallbecken. In der Kassette war das Wachstuch eines Päckchens zu sehen. Whitehall, dessen Hände ein wenig zitterten, zog es heraus. Er erhob sich von dem Hocker, trug das zusammengerollte Wachstuch zu einem freien Platz auf der Werkbank und knüpfte die Nylonschnur auf. Dann wickelte er das Päckchen auf, bis es flach vor ihm lag. Er öffnete den Reißverschluß des Innenfutters und zog zwei Seiten mit einzeilig getipptem Text heraus. Als er nach der Lampe auf der Werkbank griff, blickte er McAuliff an.

Alex war fasziniert von Whitehalls Anblick. Dessen Augen leuchteten mit einer sonderbaren Intensität. Wie im Fieber. Ein messianisches Fieber. Eine Art Sieg, der im Absoluten wurzelte.

Der Sieg eines Fanatikers, dachte Alex.

Ohne ein Wort zu sagen, begann Whitehall zu lesen. Als er mit der ersten Seite fertig war, schob er sie über die Werkbank zu Alex hinüber, der sie aufnahm.

Das Wort ›Halidon‹, entnahm er dem Schreiben, bestand eigentlich aus drei Worten – oder Lauten – der afrikanischen Ashanti, die aufgrund später aufgetretener Lautverschiebungen kaum noch zurückzuverfolgen waren. (Hier hatte Piersall Hieroglyphen eingefügt, die für Alex unlesbar waren.) Die Wortwurzel, wieder eine Hieroglyphe, war der Laut *Leedaw*, mit dem ein ausgehöhltes Holzstück beschrieben wurde, das in der Hand gehalten werden konnte. Ein *Leedaw* war ein primitives Klanginstrument, mit dem man sich über weite Entfernungen hinweg im Dschungel und in den Bergen verständigte. Die Tonhöhe des Signals wurde durch den

Atem des Bläsers und die Art und Weise gesteuert, wie er seine Hand über die Schlitze legte, die in das Holz geschnitten waren – das Grundprinzip eines Holzblasinstrumentes.

Die historische Parallele war für Walter Piersall völlig klar gewesen. Während die Stämme der Maroon, die in Siedlungen lebten, einen *Abeng* verwendeten – eine Art Signalhorn, das aus Viehhörnern gefertigt wurde –, um sich mit den Kriegern zu verständigen oder vor dem Herannahen des weißen Feindes zu warnen, waren die Anhänger Akabas Nomaden und konnten nicht immer davon ausgehen, tierische Produkte zur Verfügung zu haben. Daher kehrten sie zu dem afrikanischen Brauch zurück, jenes Material zu verwenden, das es in ihrer Umgebung im Überfluß gab – Holz.

Whitehall reichte Alex die zweite Seite.

Nachdem Piersall als Wortwurzel dieses primitive Horn ausfindig gemacht hatte, mußte er nun noch die Veränderung der dazugehörenden Laute festlegen. Er wandte sich wieder seinen Studien über die Ashanti und die Coromantees zu, um passende Wortwurzeln abzuleiten. Die Endsilbe – oder besser den Endlaut – fand er zuerst. Er gehörte zu einer Hieroglyphe, die eine reißende Flußströmung – oder einen Sog – darstellte, welche Menschen oder Tieren im Wasser gefährlich werden konnte. Als Laute entsprachen ihr ein tiefes Wehklagen oder ein dumpfer Schrei. Die phonetische Umschrift war *Nwa*.

Die Teile des primitiven Puzzles waren fast vollständig.

Der erste Laut war das Symbol *Hayee*, ein Wort der Coromantees, mit dem sie den Rat ihrer Stammesgötter bezeichneten.

Hayee-Leedaw-Nwa.

Der tiefe Schrei eines Dschungelhorns, der vor einer Gefahr warnte. Eine Botschaft für den Rat der Götter.

Akabas Code. Der verborgene Schlüssel, der einem Außenstehenden Zugang zu der primitiven Stammesgemeinschaft verschaffte.

Primitiv und doch nicht primitiv.

Halidon. Hollydawn. Ein wehklagendes Instrument, dessen Schrei vom Wind zu den Göttern getragen wurde.

Das also war Dr. Walter Piersalls letztes Geschenk an sein

Inselparadies. Die Möglichkeit, sich mit einer gewaltigen Macht in Verbindung zu setzen und diese zum Wohle Jamaikas einzusetzen. ›Es‹ davon zu überzeugen, die Verantwortung dafür zu übernehmen.

Jetzt mußten sie nur noch herausfinden, welche der isolierten Gemeinschaften in den Bergen des Cock Pit die Halidon waren. Welcher Stamm würde auf den Code Akabas reagieren?

Schließlich schlich sich noch die grundsätzliche Skepsis des Wissenschaftlers in Piersalls Dokument ein. Er zweifelte die Existenz der Halidon nicht an, stellte aber Vermutungen bezüglich ihrer angeblichen Reichtümer und Aufgaben an. War alles eher ein Mythos als eine Tatsache? War der Mythos schneller gewachsen als die zur Neige gegangenen Mittel?

Die Antwort wartete im Cock Pit.

McAuliff hatte die zweite Seite beendet und sah zu Charles Whitehall hinüber. Der schwarze Faschist war von der Werkbank zu dem kleinen Fenster getreten, das auf die Felder von Drax Hall hinausging. Ohne sich umzudrehen, fing er leise an zu sprechen, als wüßte er, daß Alex ihn anstarrte und erwartete, etwas von ihm zu hören.

»Jetzt wissen wir, was getan werden muß. Aber wir müssen vorsichtig weitermachen, jeden Schritt gut überlegen. Eine falsche Bewegung von uns, und der Schrei der Halidon wird im Wind verwehen.«

22.

Das Propellerflugzeug vom Typ Caravel kam von Westen und befand sich im Landeanflug auf den kleinen Boscobel-Flugplatz in Oracabessa. Immer wieder heulten die Motoren auf, um gegen den heftigen Wind und den Regen des plötzlichen Wolkenbruchs anzukämpfen, der die Maschine zwang, möglichst perfekt auf der Landebahn aufzusetzen. Sie schoß bis zum äußersten Ende der Piste, drehte sich unbeholfen und rollte dann zurück zu dem kleinen, einstöckigen Passagierterminal aus Beton.

Durch die niedrigen Tore rannten zwei jamaikanische Träger auf das Flugzeug zu. Beide hatten Schirme bei sich. Sie schoben die Treppe aus Metall an das Flugzeug heran, unter die Tür. Dann klopfte der Mann links schnell mehrmals hintereinander gegen den Flugzeugrumpf.

Die Tür wurde von einem großen Weißen aufgerissen, der sofort nach draußen trat und die beiden Männer mit ihren Schirmen zur Seite winkte. Er sprang von der obersten Treppenstufe auf die Erde und sah sich im Regen um.

Die rechte Hand behielt er in der Jackentasche.

Dann drehte er sich zu der Tür des Flugzeuges um und nickte. Ein zweiter hochgewachsener Weißer stieg aus und rannte durch den Schlamm auf das Terminal zu. Auch er behielt die rechte Hand in der Jackentasche. Er betrat das Gebäude, sah sich um und lief dann durch den Ausgang auf den Parkplatz hinaus.

Sechzig Sekunden später öffnete er das Tor der Gepäckaufbewahrung. Ein Mercedes 660 rollte heraus und fuhr auf die Caravel zu. In der mit Wasser vollgesogenen Erde drehten seine Räder durch.

Die beiden Jamaikaner blieben neben der Treppe stehen und hielten ihre Schirme bereit.

Der Mercedes stoppte neben dem Flugzeug. Die beiden Schwarzen halfen dem winzigen, uralten Julian Warfield die Treppe hinunter. Ihre Köpfe und ihre Körper schützten ihn vor dem Regen. Der zweite Weiße hielt die Tür des Mercedes auf. Sein hochgewachsener Begleiter stand vor dem Wagen und beobachtete die Umgebung und die wenigen Passagiere, die sich außerhalb des Terminals befanden.

Als Warfield auf dem Rücksitz saß, stieg der jamaikanische Fahrer aus. Der zweite Weiße setzte sich ans Steuer. Er hupte einmal. Sein Begleiter drehte sich um, rannte um den Wagen zur linken Vordertür und stieg ein.

Der volltönende Motor heulte auf, als die Limousine bis hinter das Heck des Flugzeuges zurücksetzte, dann nach vorn schoß und durch das Tor davonraste.

Auf dem Rücksitz neben Julian Warfield saßen Peter Jensen und dessen Frau Ruth.

»Wir werden nach Peale Court fahren, das ist nicht weit von hier«, sagte der kleine hagere Finanzier mit wachen, aufmerksamen Augen. »Wieviel Zeit haben Sie? Einschließlich einer kleinen Sicherheitsreserve.«

»Wir haben einen Wagen für einen Ausflug zu den Dunn's Falls gemietet«, erwiderte Peter. »Er steht auf dem Parkplatz, wo der Mercedes uns aufgenommen hat. Einige Stunden mindestens.«

»Haben Sie deutlich zu verstehen gegeben, daß Sie zu den Wasserfällen wollen?«

»Ja. Ich habe McAuliff dazu eingeladen.«

Warfield lächelte. »Gut gemacht, Peter.«

Der Wagen raste einige Kilometer über die Straße von Oracabessa und bog dann in eine kiesbedeckte Auffahrt ein, die von zwei weißen Steinpfeilern gesäumt wurde. An beiden waren identisch aussehende Plaketten befestigt, auf denen PEALE COURT stand. Sie waren auf Hochglanz poliert, eine prächtige Kombination von Gold und Schwarz.

Am Ende der Auffahrt lag ein langer Parkplatz vor einem noch längeren, einstöckigen weißen Gebäude mit Stuckverzierungen, teurem Holz in den Türen und vielen Fenstern. Es stand auf einem steilen Abhang über dem Strand.

Warfield und die Jensens wurden von einer schweigsamen, älteren Schwarzen in einer weißen Uniform eingelassen, dann führte Julian sie zu der Veranda, die auf die Golden Head Bay hinausging.

Die drei setzten sich, und Warfield bat die jamaikanische Dienerin höflich darum, Erfrischungen zu bringen. Am besten einen leichten Rumpunsch.

Der Regen ließ nach. Hinter den grauen Wassermassen am Himmel waren vereinzelt gelbe und orangefarbene Strahlen zu sehen.

»Ich habe Peale Court schon immer sehr gern gehabt«, sagte Warfield. »Es ist so ruhig und friedlich hier.«

»Die Aussicht ist atemberaubend«, fügte Ruth hinzu. »Gehört es Ihnen, Julian?«

»Nein, meine Liebe. Aber ich glaube nicht, daß ein Kauf mit Schwierigkeiten verbunden wäre. Sie können sich gern umsehen. Vielleicht haben Sie und Peter ja Interesse.«

Ruth lächelte und stand auf, als hätte ihr jemand das Stichwort dazu gegeben. »Das werde ich tun.«

Sie ging durch die Verandatüren in das größere Wohnzimmer, dessen Fußboden aus hellbraunem Marmor bestand.

Peter sah ihr nach, dann wanderte sein Blick zu Julian hinüber. »Ist es denn so ernst?«

»Ich möchte nicht, daß sie sich aufregt«, erwiderte Warfield.

»Womit meine Frage beantwortet wäre.«

»Möglicherweise. Aber nicht unbedingt. Wir haben beunruhigende Neuigkeiten erhalten. Der MI5. Und sein ausländisches Pendant, der MI6.«

Peter reagierte, als hätte man ihm einen Schock versetzt. »Ich dachte, wir hätten diesen Bereich abgedeckt! Vollständig! Er war passiv.«

»Auf der Insel vielleicht. Ausreichend für unsere Zwecke. Aber nicht in London – offensichtlich.« Warfield schwieg und holte tief Luft, wobei er die schmalen, runzligen Lippen spitzte. »Wir haben natürlich sofort Schritte unternommen, um einzugreifen, aber die Angelegenheit könnte bereits zu weit fortgeschritten sein. Nun, letzten Endes können wir den Geheimdienst kontrollieren – wenn es sein muß, direkt vom Außenministerium aus. Was mir Sorgen macht, ist das, was zur Zeit hier vorgeht.«

Peter Jensen blickte über das Geländer der Veranda. Die Nachmittagssonne brach durch die Wolken. Der Regen hatte aufgehört.

»Dann haben wir also zwei Gegenspieler. Dieses Halidon – was immer es auch sein mag – und den britischen Geheimdienst.«

»Genau. Und es ist von größter Wichtigkeit, die beiden voneinander getrennt zu halten, verstehen Sie?«

Jensens Blick richtete sich wieder auf den alten Mann. »Selbstverständlich. Vorausgesetzt, sie haben sich nicht bereits zusammengetan.«

»Das haben sie nicht.«

»Sind Sie da ganz sicher, Julian?«

»Ja. Vergessen Sie nicht, daß wir zum erstenmal von Mitarbeitern des MI5 von Halidon gehört haben – auf Spezialistenebene. Auf Dunstones Gehaltsliste stehen viele Namen. Wenn ein Kontakt erfolgt wäre, dann wüßten wir das.«

Wieder sah Jensen auf die Bucht und das Meer hinaus, einen nachdenklichen, fragenden Ausdruck auf dem Gesicht. »Warum? Warum nur? Dem Mann wurden zwei Millionen Dollar angeboten. In seinem Dossier gibt es nichts, absolut nichts, was auf so etwas hingedeutet hätte. McAuliff werden alle möglichen Querelen mit staatlichen Stellen vorgeworfen – er ist sogar ziemlich fanatisch, wenn es um dieses Thema geht. Das war einer der Gründe, weshalb ich ihn vorgeschlagen habe.«

»Ja«, sagte Warfield unverbindlich. »McAuliff war Ihre Idee, Peter. Verstehen Sie mich nicht falsch, ich mache Sie nicht dafür verantwortlich, ich habe Ihrer Wahl ja zugestimmt ... Beschreiben Sie mir, was letzte Nacht passiert ist. Heute morgen.«

Jensen erzählte es ihm und endete damit, wie das Fischerboot auf das offene Meer hinausgefahren war und man die Sachen für die medizinische Versorgung aus dem Hotelzimmer entfernt hatte. »Falls das eine Operation des MI6 war, war sie ziemlich plump, Julian. Der Geheimdienst hat zu viele Möglichkeiten, als daß er sich mit Hotels und Fischerbooten begnügen müßte. Wenn wir nur wüßten, was passiert ist.«

»Wir wissen es. Zumindest glaube ich, daß wir es wissen«, erwiderte Warfield. »Gestern am späten Abend wurde in das Haus eines toten Weißen – eines Anthropologen namens Piersall – eingebrochen. Sechzehn, achtzehn Kilometer von der Küste entfernt. Es gab eine Schießerei. Soweit wir wissen, wurden zwei Männer getötet. Weitere könnten verwundet worden sein. Offiziell wird es als Einbruch bezeichnet, aber das war es natürlich nicht. Nicht im Sinne von Diebstahl.«

»Der Name Piersall kommt mir bekannt vor ...«

»Das sollte er auch. Das war der Radikale von der Universität, der diese verrückte Absichtserklärung beim Innenministerium eingereicht hat.«

»Natürlich! Er wollte die Hälfte des Cock Pit kaufen! Das ist Monate her. Er war völlig übergeschnappt.« Jensen zündete seine Pfeife an. Seine Finger hielten den Pfeifenkopf nicht nur fest, sie krampften sich geradezu darum. »Es gibt also noch einen Dritten, der sich einmischt«, sagte er. Die Worte kamen zögernd, nervös.

»Oder es ist einer der ersten beiden, Peter.«

»Wie bitte? Was meinen Sie damit?«

»Den MI6 haben Sie ausgeschlossen. Es könnte Halidon sein.«

Jensen starrte Warfield an. »Wenn das so ist, würde das heißen, daß McAuliff für beide Seiten arbeitet. Und wenn der Geheimdienst bis jetzt noch keinen Kontakt aufgenommen hat, dann deshalb, weil McAuliff es nicht zugelassen hat.«

»Ein überaus komplizierter junger Mann.« Der alte Mann setzte sein Glas vorsichtig auf einem mit Kacheln ausgelegten Tisch neben seinem Stuhl ab. Er drehte ein wenig den Kopf, um einen Blick durch die Verandatüren zu werfen. Ruth Jensens Stimme war zu hören. Sie unterhielt sich gerade im Inneren des Hauses mit dem jamaikanischen Dienstmädchen. Warfield sah wieder Peter an. Dann zeigte er mit seinem dünnen, knochigen Finger auf einen kleinen braunen Lederkoffer, der auf einem Tisch aus weißem Korbgeflecht auf der anderen Seite der Veranda lag. »Das da drüben ist für Sie, Peter. Bitte holen Sie es her.«

Jensen stand auf, ging zu dem Tisch und blieb neben dem Koffer stehen. Er war kleiner als ein normaler Aktenkoffer. Und dicker. Die beiden Schließen waren mit Zahlenschlössern gesichert. »Wie lauten die Zahlen?«

»Drei Nullen beim linken Schloß. Beim rechten drei Fünfen. Wenn Sie möchten, können Sie die Kombinationen ändern.« Peter beugte sich hinunter und begann, die winzigen, senkrecht stehenden Rädchen zu drehen. Warfield sprach weiter. »Morgen werden Sie ins Landesinnere aufbrechen. Finden Sie so viel wie möglich heraus. Finden Sie heraus, wer ihn besucht, denn er wird mit Sicherheit Besucher haben.

Und sobald Sie wissen, daß er Kontakt aufgenommen hat, schicken Sie Ruth unter einem medizinischen Vorwand mit dieser Information fort ... Dann, Peter, müssen Sie ihn töten. McAuliff ist die Schlüsselfigur. Sein Tod wird beide Seiten in Panik stürzen, und dann werden wir alles erfahren, was wir wissen müssen.«

Jensen hob den Deckel des Lederkoffers. Er enthielt eine brandneue Luger, eingebettet in grünen Filz. Der Stahl der Pistole glänzte, mit Ausnahme einer matten Stelle unterhalb des Abzuges, wo die Seriennummer entfernt worden war. Unter der Waffe lag ein zwölf Zentimeter langer Zylinder, der an einem Ende mit einer Laufrille versehen war.

Ein Schalldämpfer.

»Sie haben mich noch nie um so etwas gebeten, Julian. Nie ... Und das dürfen Sie auch nie tun.« Jensen drehte sich um und starrte Warfield an.

»Ich bitte Sie nicht darum, Peter. Ich verlange es von Ihnen. Sie haben Dunstone Limited alles zu verdanken. Und jetzt braucht Dunstone Sie auf eine Art und Weise, in der es Sie zuvor noch nicht gebraucht hat. Sie *müssen* es tun.«

IV

DAS COCK PIT

23.

Sie begannen in der Mitte des westlichen Perimeters, vier Kilometer südlich von Weston Favel, an der Grenze des Cock Pit. Das Basislager hatten sie am Ufer eines kleinen Nebenflusses des Martha Brae aufgeschlagen. Mit Ausnahme der Läufer – Marcus und Justice Hedrik – waren alle von der fast undurchdringlichen Wand des Dschungels um sie herum überwältigt. Eigentümliche, scheinbar unvereinbare Wälder mit dem schillernden Grün tropischer Vegetation und der kalten Masse von hoch aufragendem Schwarz und Grün, die eher für eine nördliche Klimazone charakteristisch waren. Dichte Macca-fat-Palmen standen neben Kapokbäumen, die in den Himmel zu wachsen schienen, die Kronen von der Vegetation darunter verborgen. Bergkohl und Palmblattdächer, Orchideen und Moose, Schwämme und Eukalyptus kämpften um ihr Recht und darum, in dem verwunschenen Urwald nebeneinander bestehen zu können.

Der Boden, weich, feucht, tückisch, war von den Fangarmen der Farne und Pterriddonphyten bedeckt. Tümpel aus sumpfähnlichem Schlamm verbargen sich unter dem dicken, dichten Gestrüpp. Wie aus dem Nichts tauchten plötzlich Hügel auf, Überbleibsel von Bodenerhebungen aus dem Oligozän, die sich niemals wieder ganz in den Schoß der Erde eingefügt hatten.

Das Kreischen von Fledermäusen, Papageien und Prachtmeisen übertönte das gedämpfte Murmeln des Waldes. Zuweilen konnte man Dschungelratten und Mungos hören, die ihr unsichtbares Todesspiel aufführten. Von Zeit zu Zeit schrie ein Wildschwein auf der Jagd oder in Panik.

Und weit, weit weg, von der Lichtung des Flußbettes angekündigt, lagen die Berge, denen unvermutet große Flächen ungezähmten Graslandes vorausgingen – sonderbar grau mit einer Maserung aus Dunkelgrün und Blau und Gelb, Regen und heißes Sonnenlicht in unaufhörlichem Wechsel.

Und das alles nur fünfzehn Minuten entfernt von den bunten Lichtern Montegos.

Unglaublich.

McAuliff hatte Verbindung mit den Kontakten des britischen Geheimdienstes an der Nordküste aufgenommen. Es gab fünf, und er hatte jeden von ihnen erreicht.

Sie hatten ihm einen weiteren Grund dafür geliefert, R. C. Hammond zur Gattung der widerwärtigen, weil manipulierenden Menschen zu zählen – denn sie waren keine große Hilfe. Sie gaben beiläufig ihrer Erleichterung darüber Ausdruck, daß er sich bei ihnen gemeldet hatte, akzeptierten seine Erklärung, daß ihn Routinearbeiten bei der geographischen Vermessung in Anspruch genommen hätten, und versicherten ihm – mit vielen, aber wenig überzeugenden Worten –, daß er jederzeit über sie verfügen könne.

Einer der Männer – der Kontakt des MI6 in Port Maria – fuhr die Küste hinunter zum Bengal Court, um sich mit Alex zu treffen, ein korpulenter schwarzer Kaufmann, der sich einfach als ›Garvey‹ vorstellte. Er hatte darauf bestanden, daß sie sich spät abends in der winzigen Bar des Hotels träfen, wo man ihn als Vertreter für Spirituosen kenne.

Es dauerte nicht lange, bis McAuliff klar wurde, daß Garvey – der angeblich gekommen war, um ihm Zusammenarbeit und Schutz zuzusichern – ihn für einen Bericht ausfragte, der nach London gehen sollte. Garvey umgab der Geruch eines erfahrenen Informanten – im wahrsten Sinne des Wortes: Er litt unter starkem Körpergeruch, der auch durch den großzügigen Gebrauch von Pimentöl nicht verdeckt werden konnte. Auch der Blick in seinen Augen war typisch – wie der Blick eines Spürhundes und leicht blutunterlaufen. Garvey war immer auf der Suche nach Gelegenheiten und genoß, was sich daraus ergab.

Seine Fragen waren präzise, McAuliffs Antworten offenbar nicht zufriedenstellend. Alle Fragen liefen auf eine hinaus, die einzige, die wichtig war: Gab es Fortschritte bezüglich Halidon?

Irgend etwas?

Unbekannte Beobachter, Fremde in einiger Entfernung? Ein Signal, ein Zeichen – egal, wie entfernt oder nichtssagend?

Irgend etwas?

»Absolut nichts« war eine Antwort, die Garvey nicht akzeptieren wollte.

Was war mit den Männern in dem grünen Chevrolet, die ihn in Kingston verfolgt hatten? Tallon habe herausgefunden, daß sie mit dem Anthropologen Walter Piersall in Verbindung gestanden hätten. Piersall sei ein weißer Aufwiegler gewesen ... überall bekannt. Piersall habe mit McAuliff telefoniert – die Telefonzentrale des Courtleigh arbeite dem MI6 zu. Was habe Piersall gewollt?

Alex behauptete, es nicht zu wissen, es gar nicht wissen zu können, da Piersall ihn nicht erreicht habe. Ein Aufwiegler, weiß oder schwarz, sei ein unberechenbarer Bote unvorhersehbarer Neuigkeiten. Fast notgedrungen habe dieser Aufwiegler einen Unfall gehabt. Möglicherweise sei – jedenfalls nach den wenigen Informationen, die McAuliff von Tallon und anderen erhalten habe – Piersall Dunstone Limited auf der Spur gewesen. Natürlich ohne einen Namen. Falls ja, dann sei er, McAuliff, die richtige Person für einen Kontakt. Aber das sei reine Vermutung. Es gebe keine Möglichkeit festzustellen, ob es sich tatsächlich so verhalten habe.

Weshalb war Samuel Tucker erst so spät eingetroffen? Wo war er gewesen?

Saufgelage und Huren in Montego Bay. Alex tat es leid, daß er soviel Wirbel wegen Sam gemacht hatte. Er hätte es besser wissen müssen. Sam Tucker war ein unverbesserlicher Herumtreiber, aber nun mal der beste Bodenspezialist in der Branche.

Der schwitzende Garvey war verwirrt und frustriert, weil er verwirrt war. Es war so viel passiert, daß McAuliff etwas hätte unternehmen müssen.

Alex erinnerte seinen Kontaktmann mit kurzen, barschen Worten daran, daß er viel zuviel mit der Vermessung zu tun habe – Logistik, Personal, vor allem der Papierkrieg mit der Regierung , als daß er etwas hätte unternehmen können. Was habe er Garveys Ansicht nach wohl hier gemacht?

Ihre Unterhaltung dauerte bis halb zwei Uhr morgens. Bevor er ging, griff der Kontakt vom MI6 in seine schmutzige Aktentasche und zog einen Gegenstand aus Metall heraus, der so groß war wie ein Federmäppchen und auch in etwa so dick – einen Minisender für ein Funksignal, der auf eine bestimmte Frequenz eingestellt war. Auf dem kleinen Bedienfeld sah man drei winzige Kontrollampen aus dickem Glas. Die erste, erklärte Garvey, sei eine weiße Lampe, mit der beim Einschalten festgestellt werden könne, ob noch genügend Energie zum Senden vorhanden sei – ähnlich wie die zuckenden Blitze einer Stroboskoplampe. Die zweite, eine rote Lampe, gebe an, daß das Signal gesendet worden sei. Die dritte, eine grüne Lampe, bestätige den Empfang des Signals durch ein entsprechendes Gerät in einem Umkreis von vierzig Kilometern. Es gab zwei einfache Codes – einen, wenn alles in Ordnung war, einen für den Notfall. Code eins sollte zweimal am Tag gesendet werden, alle zwölf Stunden einmal. Code zwei, wenn Hilfe gebraucht wurde.

Garvey sagte, daß das Empfangsgerät die Herkunft des Signals über einen angeschlossenen Radarbildschirm mit Geländekoordinaten bis auf einen Radius von eintausend Metern bestimmen könne. Nichts werde dem Zufall überlassen.

Unglaublich.

Es hieß, daß sich die Männer vom Geheimdienst nie mehr als vierzig Kilometer von Alex entfernt aufhielten. Für Hammonds ›garantierten‹ Sicherheitsfaktor galt die völlig abwegige Annahme, daß der Rettungsmarsch durch den Dschungel und die Ortung des genauen Standpunktes so schnell erfolgen würden, daß jede Gefahr ausgeschlossen werden könne.

R. C. Hammond war unschlagbar, dachte McAuliff.

»Ist das alles?« fragte er den schwitzenden Garvey. »Dieses verdammte Metallkästchen ist unser ganzer Schutz?«

»Es wurden zusätzliche Maßnahmen getroffen«, erwiderte Garvey geheimnisvoll. »Ich sagte Ihnen doch, nichts wird dem Zufall überlassen …«

»Was zum Teufel soll das bedeuten?«

»Es bedeutet, daß Sie beschützt werden. Ich bin nicht befugt, noch mehr zu sagen. Um die Wahrheit zu sagen, Mann, ich weiß auch nicht mehr. Genau wie Sie bin ich nur ein Angestellter. Ich tue das, was ich tun soll, ich sage das, was ich sagen soll ... Und jetzt habe ich genug gesagt. Die Fahrt zurück nach Port Maria wird nicht sehr angenehm sein.«

Der Mann namens Garvey stand auf, nahm seine ramponierte Aktentasche und watschelte zur Tür des nur schwach beleuchteten Raumes. Doch bevor er ging, konnte er sich die Gelegenheit nicht entgehen lassen, an der Bar haltzumachen, wo einer der Manager des Hotels stand, um eine Bestellung für Spirituosen von ihm zu ergattern.

McAuliff wurde aus seinen Gedanken gerissen, als er die Stimmen von Ruth und Peter Jensen hinter sich hörte. Er saß auf einer ausgetrockneten Schlammzone oberhalb der Uferböschung. Die Jensens unterhielten sich miteinander, während sie über die Lichtung vor ihrem Biwakzelt zu ihm kamen. Für Alex war das erstaunlich – *sie* waren erstaunlich. Sie gingen so zwanglos, so völlig normal über das abgehackte Unterholz des Cock Pit, daß man denken konnte, sie würden im Regent's Park einen kleinen Spaziergang machen.

»Grandios hier, auf eine ganz eigene Art«, sagte Peter und nahm die unvermeidliche Pfeife aus dem Mund.

»Es ist diese sonderbare Kombination aus Farbe und Materie, finden Sie nicht auch, Alex?« Ruth hatte sich bei ihrem Mann eingehängt. Ein Nachmittagsspaziergang über den Strand. »Das eine so zart, das andere so massiv und verschlungen.«

»So wie du das sagst, Liebling, klingt es wie ein Widerspruch. Aber das ist es nicht.« Peter schmunzelte, als seine Frau so tat, als wäre sie empört.

»Er ist eindeutig pornographisch veranlagt, Alex. Beachten Sie ihn gar nicht. Aber er hat recht. Es ist grandios. Und ausgesprochen dicht. Wo ist Alison?«

»Bei Ferguson und Sam. Sie testen gerade das Wasser.«

»Ich glaube, Jimbo-Man wird alle seine Filme verbrauchen«, murmelte Peter, während er seiner Frau dabei behilflich war, sich neben McAuliff zu setzen. »Er ist völlig vernarrt in diese neue Kamera, die er aus Montego mitgebracht hat.«

»Sie muß furchtbar teuer gewesen sein.« Ruth strich den Stoff ihrer Hose glatt wie eine Frau, die es nicht gewohnt war, Hosen zu tragen. Oder eine Frau, die nervös war. »Für einen Jungen, der immer behauptet, er sei völlig blank, ist das ziemlich extravagant.«

»Er hat sie nicht gekauft. Er hat sie geliehen«, erklärte Alex. »Von einem Freund, den er letztes Jahr in Port Antonio kennengelernt hat.«

»Ach ja, das hatte ich vergessen.« Während er sprach, zündete sich Peter seine Pfeife an. »Sie waren letztes Jahr alle schon einmal hier, nicht wahr?«

»Nicht alle, Peter. Nur Sam und ich. Wir haben für Kaiser gearbeitet. Und Ferguson. Er war bei der Craft-Stiftung angestellt. Sonst niemand.«

»Nun, Charles ist Jamaikaner«, warf Ruth nervös ein. »Sicher fliegt er immer hin und her. Schließlich hat er ja genug Geld dazu.«

»Das ist reine Spekulation, Liebes.«

»Oh, hör schon auf, Peter. Alex weiß, was ich meine.«

McAuliff lachte. »Ich glaube nicht, daß er sich um Geld Sorgen macht. Er muß mir noch seine Rechnungen für die Ausrüstung geben, die er sich für die Vermessung gekauft hat. Ich habe so eine Ahnung, daß es die teuerste ist, die bei Harrods im Safari Shop zu haben war.«

»Vielleicht ist es ihm peinlich«, sagte Peter lächelnd. »Er sieht aus, als wäre er soeben der Kinoleinwand entsprungen. Der schwarze Jäger. Ein sehr eindrucksvolles Bild, aber irgendwie gekünstelt.«

»Jetzt redest *du* aber Unsinn, Liebling. Charles *ist* eine eindrucksvolle Erscheinung.« Ruth drehte sich zu Alex um. »Mein schon etwas angegrauter Göttergatte ist grün vor Neid.«

»Diese Kamera ist verdammt neu – nicht gerade das, was man verleihen würde, wenn Sie mich fragen.« Peter sah McAuliff an.

»Das kommt auf den Freund an, vermute ich«, erwiderte

Alex. Ihm war klar, daß Peter noch etwas anderes damit meinte. »Ferguson kann recht sympathisch sein.«

»*Sehr*«, fügte Ruth hinzu. »Und irgendwie so hilflos. Aber nicht, wenn er über seinen Geräten hängt. Dann ist er eindeutig ein Genie.«

»Und das ist eigentlich alles, worauf es mir ankommt,« erklärte McAuliff, zu Peter gewandt. »Aber schließlich seid ihr ja alle Genies, trotz Kameras und ausgefallener Kleidung und würziger Pfeifen.« Er lachte.

»Jetzt haben Sie mich erwischt, mein Junge.« Peter nahm die Pfeife aus dem Mund und schüttelte den Kopf. »Fürchterliche Angewohnheit.«

»Ganz und gar nicht«, widersprach McAuliff. »Ich mag den Geruch, wirklich. Ich würde selbst gerne Pfeife rauchen, aber ich verbrenne mir immer die Zunge dabei. Und das tut weh.«

»Es gibt einige vorbeugende Maßnahmen, aber das ist ein langweiliges Thema ... Dieses Dschungellabor, in dem wir gerade sind – faszinierend. Haben Sie schon entschieden, wer für wen arbeiten soll?«

»In etwa«, antwortete Alex. »Es macht eigentlich keinen großen Unterschied. Wen möchten Sie denn haben?«

»Ich hätte gern einen der beiden Brüder für mich«, warf Ruth ein. »Sie scheinen immer genau zu wissen, wo sie gerade sind. Ich würde mich sofort verlaufen! Das ist natürlich sehr egoistisch von mir. Meine Arbeit ist am unwichtigsten ...«

»Aber trotzdem wollen wir Sie nicht verlieren, nicht wahr, Peter?« McAuliff beugte sich nach vorn.

»Nicht, solange sie sich anständig benimmt.«

»Suchen Sie sich einen aus«, sagte Alex. »Marcus oder Justice?«

»Diese Namen sind einfach herrlich!« rief Ruth. »Ich nehme Justice.« Sie sah ihren Mann an. »Ein schöner Name.«

»Ja, meine Liebe.«

»In Ordnung«, stimmte McAuliff zu. »Dann bleibt Marcus bei mir. Einer von ihnen muß in meiner Nähe bleiben. Und Alison wollte Lawrence haben, wenn Sie einverstanden sind, Peter.«

»Natürlich, mein Junge. Schade, daß sein Freund – wie war

noch sein Name? Floyd? Ja, Floyd. Schade, daß er abgehauen ist. Haben Sie je herausgefunden, was mit ihm passiert ist?«

»Nein«, erwiderte Alex. »Er ist einfach verschwunden. Unzuverlässiger Kerl. Er scheint gestohlen zu haben. Das hat jedenfalls Lawrence gesagt.«

»Ein Jammer ... Er machte einen intelligenten Eindruck.«

»Du bist herablassend, Liebling. Das ist noch schlimmer, als Unsinn zu reden.« Ruth Jensen hob einen winzigen Stein auf und warf ihn in den schmalen Seitenarm des Flusses.

»Suchen Sie mir einfach einen kräftigen Burschen aus, der verspricht, mich zum Essen und Schlafen ins Lager zurückzubringen«, sagte Peter.

»Gut, das werde ich. Wir arbeiten jeweils vier Stunden im Gelände und bleiben per Funk in Verbindung. Ich möchte nicht, daß sich jemand in den ersten paar Tagen weiter als etwa eineinhalb Kilometer vom Lager entfernt.«

»*Weiter!*« Ruth starrte McAuliff an. Ihre Stimme war plötzlich eine Oktave höher. »Mein lieber Alex, wenn ich mehr als fünf Meter in dieses grüne Labyrinth hineingehe, könnt ihr mich vergessen!«

»Unsinn«, entgegnete ihr Mann, »sobald du anfängst, deine Steine aufzuklopfen, ist es dir egal, wie spät es ist oder wo du gerade bist ... Da wir gerade davon sprechen, Alex, alter Junge, ich nehme an, daß wir hier oft Besucher haben werden. Leute, die unsere Fortschritte beobachten möchten. So etwas in der Art.«

»Warum?« Alex spürte, daß sowohl er als auch die Jensens abstrakte, vielleicht unbewußte Signale aussandten. Peter weniger als Ruth. Er war feinfühliger, selbstsicherer als sie. Aber nicht völlig sicher. »Wir werden etwa alle zehn Tage Feldberichte nach draußen bringen. Dafür wechseln wir uns mit unseren freien Tagen ab. Das wird reichen.«

»Nun, wir sind nicht gerade am Ende der Welt, obwohl ich Ihnen versichern kann, daß es so aussieht. Ich könnte mir denken, daß unsere Geldgeber wissen wollen, was wir hier mit ihrem Geld machen.«

Peter Jensen hatte einen Fehler gemacht. Plötzlich war McAuliff beunruhigt. »Welche Geldgeber?«

Ruth Jensen hatte noch einen Stein aufgehoben und wollte ihn gerade in das brackige Wasser werfen. Mitten in der Bewegung erstarrte sie für eine Sekunde, erst dann führte sie sie zu Ende. Keinem von ihnen war es entgangen. Peter versuchte zu retten, was zu retten war.

»Oh – einige Größen der Royal Society oder vielleicht ein paar von diesen Idioten im Ministerium. Ich kenne die Jungs von der Society, und die Jamaikaner waren weiß Gott nicht freundlich. Ich dachte nur … Na ja, vielleicht liege ich ja auch völlig daneben.«

»Vielleicht«, sagte Alex leise, »sind Sie mir um einiges voraus. Prüfer vor Ort sind gar nicht so ungewöhnlich. Ich dachte an die ganzen Unannehmlichkeiten. Wir haben fast einen Tag gebraucht, um hierherzukommen. Natürlich hatten wir noch den Lastwagen und die Ausrüstung … Aber trotzdem sieht es so aus, als wäre es ziemlich umständlich.«

»Eigentlich nicht.« Peter Jensen klopfte mit der Pfeife gegen seine Stiefel. »Ich habe die Karten überprüft und mir das Flußbett ein bißchen angesehen. Das Grasland liegt viel näher, als wir glauben. Ich würde sagen, es sind nicht einmal ein paar Kilometer bis dorthin. Ein leichtes Flugzeug oder ein Hubschrauber könnte dort problemlos landen.«

»Ein guter Einfall. Daran hatte ich nicht gedacht.« McAuliff beugte sich noch einmal vor, um Peters Aufmerksamkeit zu bekommen, aber Peter sah ihn nicht an. »Ich meine, wenn wir – Geräte oder Vorräte brauchen sollten, könnten wir sie viel schneller herschaffen, als ich gedacht habe. Danke, Peter.«

»Oh, bedanken Sie sich doch nicht bei ihm«, sagte Ruth mit einem nervösen Kichern. »Verschaffen Sie ihm nicht diese Genugtuung.« Sie warf ihrem Mann einen schnellen Blick zu. McAuliff wünschte, er hätte ihre Augen sehen können. »Peter will sich nur selbst davon überzeugen, daß er ein Teufelskerl ist.«

»Unsinn. Das habe ich doch nur so gesagt, altes Mädchen …«

»Ich glaube, wir langweilen ihn, Ruth«, sagte McAuliff. Er lachte leise, beinahe vertraulich. »Ich glaube, er braucht neue Gesichter um sich.«

»Solange es keine neuen Körper sind, mein Lieber, kann ich das tolerieren«, entgegnete Ruth Jensen mit rauher Stimme.

Alle drei lachten aus vollem Hals.

McAuliff wußte, daß ihre gute Laune nur gespielt war. Die Jensens hatten Fehler gemacht, und jetzt hatten sie Angst.

Peter suchte tatsächlich nach neuen Gesichtern – oder nach *einem* neuen Gesicht. Ein Gesicht, von dem er annahm, daß Alex es erwartete.

Um wen ging es?

Bestand die Möglichkeit – die vage Möglichkeit, daß die Jensens nicht das waren, was sie zu sein vorgaben?

Ein Pfeifen erklang von einem Pfad im Busch nördlich von ihnen. Charles Whitehall trat auf die Lichtung, die Safari-Uniform sauber und gebügelt, die in krassem Gegensatz zu der zerknitterten Kleidung von Marcus Hedrik, dem älteren der beiden Cock-Pit-Läufer, stand. Marcus ging hinter Whitehall und hielt respektvoll Abstand zu ihm, einen undurchdringlichen Ausdruck auf dem Gesicht.

McAuliff stand auf. »Es ist Charley. Ein paar Kilometer westlich des Flusses gibt es ein kleines Bergdorf. Er wollte versuchen, ein paar Leute einzustellen«, erklärte er den Jensens.

Ruth und Peter verpaßten das Stichwort nicht, auf das sie so lange gewartet hatten. »Nun, wir müssen unsere Ausrüstung noch sortieren«, sagte Peter hastig.

»Richtig! Hilf mir auf, mein Lieber.«

Die Jensens winkten Charles Whitehall zu und gingen eilig auf ihr Zelt zu.

McAuliff traf Charles Whitehall mitten auf der Lichtung. Der schwarze Wissenschaftler schickte Marcus Hedrik weg und wies ihn an, den Rest der Mannschaft für die Nachtwache einzuteilen. Alex war fasziniert, als er zuhörte und zusah, wie Charley-Man mit dem Läufer sprach. Er wechselte mühelos in den Dialekt der Bergbewohner – der für McAuliff so gut wie unverständlich war – und gebrauchte seine Hände und Augen für Gesten und Blicke, die perfekt zu dieser eingeschränkten Sprache paßten.

»Sie machen das sehr gut«, sagte er, als der Läufer außer Hörweite war.

»Das sollte ich auch. Dafür haben Sie mich ja schließlich eingestellt. Ich bin der Beste, den es für diesen Job gibt.«

»Eines mag ich so an Ihnen, Charley: Sie verstehen es, Komplimente entgegenzunehmen.«

»Sie haben mich nicht wegen meiner Umgangsformen eingestellt. Sie sind ein Bonus, den Sie nicht verdient haben.« Whitehall gestattete sich ein kleines Lächeln. »Gefällt es Ihnen, mich ›Charley‹ zu nennen, McAuliff?« fügte der elegante Schwarze dann hinzu.

»Haben Sie etwas dagegen?«

»Eigentlich nicht. Weil ich weiß, warum. Es ist ein Abwehrmechanismus. Ihr Amerikaner strotzt nur so davon. ›Charley‹ ist ein idiomatischer Gleichmacher, besonders typisch für die sechziger und siebziger Jahre. Der Vietcong heißt ›Charley‹, genauso wie die Kambodschaner und die Laoten. Selbst Ihre Landsleute auf der amerikanischen Straße. Sie kommen sich dann stärker vor. Merkwürdig, daß es ausgerechnet ›Charley‹ ist, nicht wahr?«

»Das ist nun mal zufällig Ihr Name.«

»Ja, natürlich, aber darum geht es nicht.« Der Schwarze sah für einen Moment zur Seite, dann richtete er den Blick wieder auf Alex. »Der Name ›Charles‹ ist germanischen Ursprungs. Die eigentliche Bedeutung ist ›voll ausgewachsen‹ oder möglicherweise auch – hier streiten sich die Gelehrten – ›sehr groß‹. Ist es nicht interessant, daß Ihr Amerikaner ausgerechnet diesen Namen verwendet und seine Konnotation umkehrt?«

McAuliff atmete hörbar aus und antwortete betont gelangweilt: »Ich akzeptiere die Lektion für heute und auch die darin angedeutete antikolonialistische Haltung. Ich nehme an, es ist Ihnen lieber, wenn ich Sie ›Charles‹ oder ›Whitehall‹ oder ›Großer schwarzer Führer‹ nenne.«

»Aber nein. ›Charley‹ ist völlig in Ordnung. Sogar recht amüsant. Und schließlich ist es immer noch besser als ›Rufus‹.«

»Was sollte das Ganze dann?«

Whitehall lächelte – wieder nur leicht – und sprach leiser. »Bis vor zehn Sekunden stand Marcus Hedriks Bruder hinter dem Anbau links von uns. Er hat versucht, uns zu belauschen. Jetzt ist er weg.«

Alexanders Kopf fuhr herum. Er sah, wie Justice Hedrik hinter dem großen, mit einer Plane abgedeckten Anbau, der einige Möbel für das Lager vor Regen schützen sollte, langsam auf zwei andere Mannschaftsangehörige jenseits der Lichtung zuging. Justice war jünger als sein Bruder Marcus – vielleicht Ende Zwanzig – und ziemlich stämmig und muskulös gebaut.

»Sind Sie sicher? Ich meine, daß er uns belauscht hat?«

»Er schnitzte an einem Stück Kapokholz herum. Dabei hat er viel zuviel zu tun, als daß er seine Zeit mit dem Schnitzen von Artefakten vertun könnte. Er hat uns belauscht. Bis ich zu ihm hinübergesehen habe.«

»Ich werde es mir merken.«

»Ja. Tun Sie das. Aber messen Sie der Sache nicht zuviel Bedeutung bei. Läufer sind großartige Unterhalter, wenn sie Touristengruppen mit in den Dschungel nehmen. Sie bekommen viel Trinkgeld. Ich vermute, daß keiner der beiden Brüder begeistert davon ist, ausgerechnet für uns zu arbeiten. Unsere Tour hier hat einen professionellen Hintergrund – der, schlimmer noch, darüber hinaus wissenschaftlich ist. Für sie springt nicht viel heraus. Es wird also einige Feindseligkeiten geben.«

McAuliff wollte etwas sagen, aber dann zögerte er. Er war verwirrt. »Mir – mir ist da vielleicht etwas entgangen. Aber was hat das damit zu tun, daß er uns belauscht hat?«

Whitehall blinzelte langsam, als würde er einem unfähigen Schüler etwas geduldig erklären – was er seiner Meinung nach wohl auch gerade tat. »Bei primitiven Kulturen geht Feindseligkeiten in der Regel eine unverhohlene, stark ausgeprägte Neugier voran.«

»Ich danke Ihnen, Dr. Strangelove.« Alex versuchte erst gar nicht, seinen Ärger zu verbergen. »Reden wir von etwas anderem. Was ist in dem Bergdorf passiert?«

»Ich habe einen Boten nach Maroon Town geschickt und um ein vertrauliches Treffen mit dem Colonel der Maroon gebeten. Er wird zuhören, er wird einverstanden sein.«

»Es war mir nicht bewußt, daß es so schwierig ist, ein Treffen zu vereinbaren. Soweit ich mich an Baraks Worte erinnern kann – und ich erinnere mich sehr gut daran –, brauchen wir ihm einfach nur Geld anzubieten.«

»Wir wollen keine Vorstellung für Touristen, McAuliff. Keine primitiven Kunstwerke des Stammes oder afro-karibische Perlenschnüre, die wir für zwei jamaikanische Dollar kaufen können. Unsere Sache ist weitaus ernster als der Handel mit Touristen. Ich will den Colonel psychologisch darauf vorbereiten, ihn zum Nachdenken zwingen.«

Alex zögerte. Whitehall hatte vermutlich recht. Falls das, was Barak Moore gesagt hatte, stimmte, falls der Colonel der Maroon der einzige Kontakt zu Halidon war, würde er sich die Entscheidung, diesen Kontakt aufzunehmen, gründlich überlegen. Ein gewisses Maß an psychologischer Vorbereitung war vielleicht besser als keine. Aber es durfte nicht soweit gehen, daß er davonlief und sich vor der Entscheidung drückte.

»Und wie haben Sie das angestellt?« fragte McAuliff.

»Ich habe den Anführer des Dorfes als Boten angeheuert und ihm einhundert Dollar gegeben. Das ist so, als würde ich Ihnen eine Viertelmillion anbieten. Die Nachricht enthält die Bitte um ein Treffen in vier Tagen – vier Stunden, nachdem die Sonne über den Bergen untergegangen ist ...«

»Die Arawak-Symbole?« unterbrach ihn Alex.

»Genau. Vervollständigt durch die Angabe, daß das Treffen rechts vom Halbmond der Coromantees stattfinden soll, was vermutlich auf das Haus des Colonels zutrifft. Der Colonel soll dem Kurier den genauen Ort nennen ... Denken Sie daran: Der Colonel der Maroon-Stämme hat eine von seinen Ahnen überlieferte Stellung inne. Er ist einer der Nachfahren und wie alle Prinzen eines Königreiches in den Traditionen geschult. Wir werden bald wissen, ob er der Meinung ist, daß wir etwas Besonderes sind.«

»Wie?«

»Wenn der Ort, den er auswählt, mit der Zahl Vier zu tun hat. Das liegt doch auf der Hand.«

»Natürlich ... Dann werden wir also ein paar Tage warten.«

»Wir dürfen nicht nur warten, McAuliff. Wir werden genau beobachtet werden und müssen darauf achten, daß wir nicht den Eindruck hinterlassen, wir stellten eine Bedrohung dar. Wir müssen unsere Arbeit wie Profis angehen.«

»Es freut mich, das zu hören. Schließlich werden wir dafür bezahlt, daß wir hier eine geologische Vermessung durchführen.«

24.

Als das Vermessungsteam weiter ins Cock Pit vordrang, wurden seine Mitglieder voll und ganz von ihrer Arbeit in Anspruch genommen. Welche privaten Ängste oder fremden Ziele sie auch hatten, sie waren Profis, und das faszinierende Labor, welches das Cock Pit darstellte, verlangte ihre ganze Aufmerksamkeit.

Tragbare Tische, aufwendig verpackte Mikroskope, Geometer, Platinbohrer, Sedimentprismen und Ablagerungsphiolen wurden von Wissenschaftlern wie Trägern in den beinahe undurchdringlichen Dschungel und auf das Grasland hinaus transportiert. Die Vier-Stunden-Einsätze im Gelände wurden öfter verlängert als eingehalten. Niemand machte sich die Mühe, die Experimente oder Analysen für so etwas Lästiges wie Mahlzeiten oder Routinekommunikation zu unterbrechen. Die grundlegenden Vorsichtsmaßnahmen wurden schnell zu einer immer lästigeren Plage. Schon nach einem Arbeitstag waren die ständig brummenden, ständig störenden Walkie-Talkies nichts Neues mehr. McAuliff mußte Peter Jensen und James Ferguson verärgert daran erinnern, den Funkempfang eingeschaltet zu lassen, trotz der periodisch auftretenden Gespräche zwischen den einzelnen Stationen.

Die ersten Abende ließen Charles Whitehalls Einkäufe im Safari Shop von Harrods beinahe glaubwürdig erscheinen. Die Teammitglieder saßen auf Segeltuchstühlen um die Lagerfeuer herum, als würden sie sich von einer Jagd erholen. Doch anstelle der dabei üblichen Plauderei über Raubkatzen,

Hörner, Eber und Vögel flogen andere Worte umher, die mit nicht weniger Begeisterung ausgesprochen wurden. *Zink, Mangan* und *Bauxit. Ocker, Gips* und *Phosphat ... Kreidezeit, Eozän, Schieferton* und *vulkanisch. Wynnegras, Tamarind, Bloodwood. Guano, Gros-Michel* und *Frauenzunge ... Trocken* und *sauer* und *Arthropoden. Wasserabläufe, Gasnester* und *Schichten kavernöser Lava – Wabenkörper aus Kalkstein.*

Der vorherrschenden Meinung schlossen sich alle an: Das Cock Pit war eine außerordentlich fruchtbare Landmasse mit gutem Boden im Überfluß, genügend Wasser und unglaublichen Gas- und Erzvorkommen.

All dies wurde vor Anbruch des dritten Tages als Tatsache akzeptiert.

McAuliff hörte zu, als Peter Jensen mit erschreckender Klarheit eine Zusammenfassung gab.

»Es ist einfach unvorstellbar, daß da noch niemand reingegangen ist und mit der Erschließung begonnen hat. Meiner Meinung nach kann Brasilia dem hier nicht das Wasser reichen! Dreiviertel aller Lebenskraft befindet sich hier und wartet nur darauf, benutzt zu werden.«

Der Hinweis auf die Stadt, die inmitten des brasilianischen Dschungels geschaffen worden war, ließ Alex schlukken. Er starrte den begeisterten Mineralexperten mittleren Alters an, der an seiner Pfeife zog.

Wir wollen eine Stadt bauen ... Julian Warfields Worte.

Unglaublich. Und durchführbar.

Jetzt brauchte man nicht mehr viel Fantasie, um Dunstone Limited zu verstehen. Das Projekt besaß eine solide Basis, es wurden lediglich gigantische Kapitalsummen benötigt, um es in Schwung zu bringen. Summen, die Dunstone beschaffen könnte. Und sobald man einmal angefangen hatte, könnte die gesamte Insel in diese unglaubliche Entwicklung mit einbezogen werden – Heerscharen von Arbeitern, Gemeinden. *Eine Quelle.*

Letzten Endes auch die Regierung.

Kingston konnte, *würde* sich dem nicht widersetzen. Sobald das Ganze einmal angerollt war – *eine Quelle* –, würden die Vorteile überwältigend und unbestreitbar erscheinen.

Das ungeheure Ausmaß des Kapitalflusses allein konnte das Parlament unterminieren. Ein Stück vom großen Kuchen.

Kingston würde wirtschaftlich und psychologisch von Dunstone Limited abhängig werden.

So kompliziert, aber im Grunde genommen genial einfach.

Sobald sie Kingston in der Hand haben, haben sie auch die Gesetze des Landes in der Hand. Und können damit machen, was sie wollen. Dunstone wird ein ganzes Land besitzen ... R. C. Hammonds Worte.

Es war schon fast Mitternacht. Die Träger löschten unter der Aufsicht der beiden Läufer, Marcus und Justice Hedrik, die Feuer. Der schwarze Revolutionär, Lawrence, spielte seine Rolle als Mitglied der Mannschaft, war unterwürfig und freundlich, aber seine Augen wanderten ständig zum Urwald hinüber, und nie entfernte er sich zu weit von Alison Booth.

Die Jensens und Ferguson waren zu ihren Zelten gegangen. McAuliff, Sam Tucker und Alison saßen um einen kleinen Campingtisch herum. Das Licht der verglühenden Feuer huschte flackernd über ihre Gesichter, während sie sich leise unterhielten.

»Jensen hat recht, Alexander«, sagte Tucker, der sich eine dünne Zigarre anzündete. »Die Leute, die dahinterstecken, wissen genau, was sie tun. Ich bin kein Experte, aber ein Wort, ein Hinweis auf diese Goldgrube, und die Spekulation wäre nicht mehr aufzuhalten.«

»Es ist eine Firma namens Dunstone.«

»Wie bitte?«

»Die Leute, die dahinterstecken – die Firma heißt Dunstone. Der Name des Mannes ist Warfield. Julian Warfield. Alison weiß Bescheid.«

Sam hielt die Zigarre zwischen den Fingern und sah McAuliff an. »*Sie* haben dir den Auftrag gegeben.« Tucker sprach langsam und ein wenig barsch.

»*Er* hat mir den Auftrag gegeben«, erwiderte Alex. »Warfield selbst.«

»Die Forschungsgelder von der Royal Society, das Ministerium, das Institut – alles Tarnung.«

»Ja.«

»Und du hast es von Anfang an gewußt.«

»Der britische Geheimdienst auch. Ich war nicht nur ein Informant für sie, Sam. Sie haben mich ausgebildet – so gut das in einigen Wochen möglich war.«

»Gab es einen bestimmten Grund dafür, daß du das geheimgehalten hast, Alexander?« Tuckers Stimme – insbesondere, als er McAuliffs Namen sagte – klang verärgert. »Du hättest es mir erzählen sollen. Besonders nach dieser Sache in den Bergen. Wir kennen uns nun schon so lange, Junge ... Nein, das war nicht richtig von dir.«

»Es war absolut richtig von ihm, Sam«, widersprach Alison, eine Mischung aus Schärfe und Wärme in der Stimme. »Er wollte nur dein Bestes. Ich spreche aus Erfahrung. Je weniger man weiß, desto besser für einen. Glaub mir.«

»Warum sollte ich das tun?« fragte Tucker.

»Weil ich es erlebt habe. Deswegen bin ich hier.«

»Alison hat gegen Chatellerault ausgesagt. Ich konnte es dir nicht erzählen. Sie hat für Interpol gearbeitet. Ihr Name wurde aus einer Datenbank ausgewählt, es sah alles vollkommen logisch aus. Sie wollte England verlassen ...«

»Ich *mußte* England verlassen, Liebling ... Verstehst du jetzt, Sam? Der Computer gehörte Interpol. Die Geheimdienste sind eine große Familie, und ich würde mir von niemandem das Gegenteil erzählen lassen. MI5 hat nach einer Verbindung gesucht, und hier bin ich. Ein nützlicher Köder, eine weitere Komplikation. Es ist besser, wenn du nicht zuviel weißt. Alex hatte recht.«

Die Stille, die dann folgte, war beklemmend. Tucker zog an seiner dünnen Zigarre, seine nicht gestellten Fragen hingen schwer in der Luft. Alison strich sich ein paar Strähnen ihres langen Haars aus dem Gesicht, das sie jetzt, am Abend, offen trug. McAuliff goß sich einen kleinen Scotch ein.

Schließlich begann Sam Tucker zu sprechen. »Du hast Glück, daß ich dir vertraue, Alexander.«

»Das weiß ich. Ich habe mich darauf verlassen.«

»Aber *warum?*« fuhr Sam leise fort. »Warum zum Teufel hast du das *getan?* So geldgierig bist du doch nicht. Warum hast du für sie gearbeitet?«

»Für wen? Oder was? Dunstone oder den britischen Geheimdienst?«

Tucker zögerte. Er starrte Alex an, bevor er ihm antwortete. »Du lieber Himmel, ich weiß es nicht, Junge. Ich nehme an, beide.«

»Ich habe den ersten akzeptiert, bevor der zweite aufgetaucht ist. Es war ein guter Auftrag, der beste, der mir je angeboten worden ist. Bevor ich es bemerkte, hatten sie mich in der Hand. Sie haben mich davon überzeugt, daß ich aus der Sache nicht mehr herauskomme – *beide* Seiten haben mir das klargemacht. Irgendwann war es so einfach, wie am Leben zu bleiben. Es gab Garantien und Versprechungen – und noch mehr Garantien und Versprechungen.« McAuliff starrte über die Lichtung. Es war merkwürdig. Lawrence kauerte hinter der Glut eines Feuers und sah sie an. »Bevor ich es wußte, war ich in einer Irrenhauszelle und habe mit dem Kopf gegen die gepolsterte Wand gehämmert – kein sehr angenehmer Vergleich.«

»Druck und Gegendruck, Sam«, unterbrach ihn Alison. »Darin sind sie Experten.«

»Wer? Was?« Tucker beugte sich in seinem Stuhl nach vorn und sah Alison mit seinen alten Augen an.

»Beide«, antwortete das Mädchen entschlossen. »Ich habe gesehen, was Chatellerault mit meinem Mann gemacht hat. Und ich weiß, was Interpol mit mir gemacht hat.«

Wieder herrschte Stille, die noch bedrückender war als zuvor. Und wieder war es Sam Tucker, der sie brach.

»Du mußt deine Feinde definieren, Alexander. Ich habe den Eindruck, daß du das noch nicht getan hast – ich hoffe, die Anwesenden werden als Verbündete ausgeschlossen.«

»Ich habe sie definiert, so gut ich kann. Ich bin nicht sicher, ob diese Definitionen beibehalten werden können. Es ist kompliziert, zumindest für mich.«

»Dann vereinfache das Ganze, Junge. Und wenn du damit fertig bist – wem liegt am meisten daran, dir das Genick zu brechen?«

McAuliff sah Alison an. »Beiden. Dunstone im wahrsten Sinne des Wortes. MI5 und 6 im übertragenen Sinn. Der eine will mich tot sehen, der andere abhängig – für den nächsten Einsatz. Ein Name in einer Datenbank. Das ist die Wirklichkeit.«

»Ich stimme dir zu«, sagte Tucker, der seine dünne Zigarre wieder anzündete. »Und jetzt kehren wir diesen Prozeß um. Wem kannst du am schnellsten das Genick brechen? Am einfachsten?«

Alex lachte leise.

Alison schloß sich ihm an. »Du meine Güte, ihr denkt wirklich auf dieselbe Art«, sagte das Mädchen.

»Das beantwortet die Frage nicht. Bei wem geht es am schnellsten?«

»Bei Dunstone vermutlich. Zur Zeit sind sie verwundbarer. Warfield hat einen Fehler gemacht. Er denkt, daß ich geldgierig bin. Er denkt, er hat mich gekauft, indem er mich zu einem Teil von Dunstone gemacht hat, und daß ich, wenn Dunstone untergeht, auch untergehe. Ich würde sagen – Dunstone.«

»Okay«, erwiderte Sam, der jetzt wie ein freundlicher Rechtsanwalt wirkte. »Feind Nummer eins definiert als Dunstone. Du kannst dich durch eine simple Erpressung davon befreien: Informationen an Dritte, Dokumente, die bei einem Anwalt hinterlegt sind. Stimmst du mir zu?«

»Ja.«

»Bleibt Feind Nummer zwei: Die Jungs vom Geheimdienst Ihrer Majestät. Wir sollten sie uns näher ansehen. Womit haben sie dich an der Angel?«

»Sie beschützen mich. Jedenfalls angeblich.«

»Bislang nicht gerade sehr erfolgreich, meinst du nicht auch, mein Sohn?«

»Allerdings«, stimmte Alex ihm zu. »Aber wir sind noch nicht fertig.«

»Dazu kommen wir noch. Nichts überstürzen. Womit hast *du sie* an der Angel?«

McAuliff dachte nach. »Ihre Methoden – und ihre Kontakte, denke ich. Ich könnte ihre verdeckten Operationen aufdecken.«

»Eigentlich das gleiche wie bei Dunstone, nicht wahr?« Tucker schoß sich langsam auf sein Ziel ein.

»Ja.«

»Wiederholen wir noch einmal kurz. Was bietet Dunstone dir an?«

»Geld. Eine Menge Geld. Sie brauchen diese Vermessung.«

»Würdest du darauf verzichten?«

»Zum Teufel, ja! Aber vielleicht muß ich das gar nicht ...«

»Das ist unwichtig. Ich nehme an, es gehört zu den ›Garantien und Versprechungen‹.«

»Stimmt.«

»Aber es ist kein entscheidender Faktor. Du hast noch nichts von den Dieben gestohlen. Können sie dich als einen der ihren hinstellen?«

»Du lieber Himmel, nein! Das denken sie vielleicht, aber sie irren sich.«

»Da hast du deine Antworten. Deine Definitionen. Beseitige die Druckmittel und die Angebote. Das Geld und den Schutz. Verzichte auf das eine – das Geld. Mach das andere überflüssig – den Schutz. Du handelst aus einer Position der Stärke heraus, mit deinen eigenen Druckmitteln. Du machst die Angebote.«

»Du bist schon einen Schritt weiter, Sam«, sagte McAuliff langsam. »Oder du hast etwas vergessen: Wir sind noch nicht fertig. Wir brauchen den Schutz vielleicht. Wenn wir ihn in Anspruch nehmen, können wir ihn nicht verleugnen. Das wäre ein Witz. Das Iran-Contra-Syndrom. Aasgeier, die sich gegenseitig zerfleischen.«

Sam Tucker legte seine dünne Zigarre in den Aschenbecher auf dem Tisch und griff nach der Flasche mit dem Scotch. Er wollte etwas sagen, brach aber ab, als er Charles Whitehall bemerkte, der von einem Pfad im Dschungel aus die Lichtung betrat. Whitehall sah sich um, dann ging er schnell zu Lawrence hinüber, der immer noch bei den verglühenden Kohlen des Feuers hockte. Der orangefarbene Schimmer der Glut verlieh seiner schwarzen Haut einen Bronzeton. Die beiden Männer sprachen miteinander, dann stand Lawrence auf, nickte einmal und ging in Richtung des Dschungelpfades davon. Whitehall blickte ihm kurz nach, dann drehte er sich um und sah zu McAuliff, Sam und Alison hinüber.

Mit schnellen Schritten kam er über die Lichtung auf sie zu.

»Sie sind unser Schutz, Alexander«, sagte Sam leise, während Whitehall sich näherte. »Diese beiden da. Sie verachten sich zwar gegenseitig, aber sie haben einen gemeinsamen Feind, und das kann dir nützlich sein. Uns allen, verdammt. Wir sollten uns bei ihnen bedanken.«

»Der Kurier ist zurück.« Charles Whitehall stellte das Licht der Coleman-Laterne in seinem Zelt ein. McAuliff stand hinter der Segeltuchklappe, die über dem Eingang befestigt war. Whitehall hatte darauf bestanden, daß er mit ihm kam. Er hatte in Alisons und Tuckers Gegenwart nicht sprechen wollen.

»Das hätten Sie den anderen auch sagen können.«

»Dann hätten wir eine – multilaterale Entscheidung zu treffen. Ich persönlich bin dagegen.«

»Warum?«

»Wir müssen äußerst vorsichtig sein. Je weniger sie wissen, desto besser.«

McAuliff zog ein Päckchen Zigaretten aus der Tasche und ging zu dem Klappstuhl in der Mitte des Zeltes. Er setzte sich, weil er wußte, daß Charley-Man stehenbleiben würde. Der Schwarze war aufgeregt und versuchte fast krampfhaft, ruhig zu bleiben.

»Das ist merkwürdig«, sagte Alexander. »Vor einer Weile hat Alison genau dasselbe gesagt. Aus einem anderen Grund … Wie lautet die Nachricht aus Maroon Town?«

»Er ist einverstanden! Der Colonel wird sich mit uns treffen. Und was noch wichtiger ist – *viel* wichtiger –, er verwendet die Zahl Vier in seiner Antwort!«

Whitehall ging auf den Stuhl zu. In seinen Augen leuchtete der messianische Eifer, den Alex bereits in Drax Hall an ihm bemerkt hatte. »Er hat einen Gegenvorschlag für unser Treffen gemacht. Falls er nichts anderes von uns hört, geht er davon aus, daß wir einverstanden sind. Er will uns in acht Tagen treffen – nicht vier Stunden nach Sonnenuntergang, sondern vier Stunden nach zwei Uhr morgens. Zwei Uhr morgens! Diagrammatisch *rechts* von der untergehenden Sonne. Sehen Sie es denn nicht? Er hat *verstanden*, McAuliff. Er hat verstanden! Piersalls erster Schritt ist bestätigt!«

»Das hatte ich erwartet«, erwiderte Alex ziemlich lahm. Er war nicht ganz sicher, wie er auf die Aufregung Whitehalls reagieren sollte.

»Ihnen ist das völlig egal, was?« Der Jamaikaner starrte McAuliff ungläubig an. »Ein Wissenschaftler hat eine außergewöhnliche Entdeckung gemacht. Er ist schwer faßbaren Spuren in den Archiven gefolgt, die über zweihundert Jahre alt sind. Seine Arbeit hat sich als richtig erwiesen. Sie könnte ungeheure wissenschaftliche Auswirkungen haben. Vielleicht muß die Geschichte Jamaikas neu geschrieben werden – begreifen Sie das denn nicht?«

»Ich sehe nur, daß Sie aufgeregt sind, und das kann ich verstehen. Das muß so sein. Aber mir macht im Augenblick ein weniger weltbewegendes Problem Sorgen. Mir gefällt die Verzögerung nicht.«

Whitehall platzte fast vor Verzweiflung. Er blickte zur Segeltuchdecke hoch, atmete tief ein und bekam sich nur langsam wieder in die Gewalt. Es war klar, was er dachte: Das abgestumpfte Gehirn vor ihm konnte nicht bekehrt werden. »Die Verzögerung ist gut. Sie bedeutet, daß wir Fortschritte machen«, sagte er mit herablassender Resignation.

»Warum?«

»Ich habe Ihnen nichts davon gesagt, aber gleichzeitig mit der Bitte um ein Treffen habe ich noch eine andere Botschaft überbringen lassen. Zugegeben, es war ein Risiko, aber ich hatte das Gefühl, daß es das wert war und uns schneller ans Ziel bringen konnte. Ich habe dem Kurier befohlen, er soll dem Colonel ausrichten, die Bitte komme von – neuen Anhängern Akabas.«

McAuliff erstarrte. Plötzlich war er auf Whitehall wütend, aber es gelang ihm, seinen Ärger weitgehend zu unterdrükken. Er mußte an das furchtbare Schicksal des ersten Vermessungsteams von Dunstone denken. »Für einen so brillanten Kerl wie Sie war das, glaube ich, ziemlich dumm, Charley-Man.«

»Nicht dumm. Ein kalkuliertes Risiko. Wenn sich die Halidon dazu entschließen, aufgrund von Piersalls Code mit uns Kontakt aufzunehmen, werden sie das nur tun, nachdem sie mehr über uns in Erfahrung gebracht haben. Sie werden nach Informationen suchen und sehen, daß ich zum Team gehöre. Die Ältesten der Halidon werden wissen, wer ich bin, sie werden von meinen Forschungen und meinem Beitrag zur Geschichte Jamaikas gehört haben. Das wird uns nützen.«

Alex sprang auf. »Sie übergeschnappter, egoistischer Mistkerl! Ist Ihnen schon einmal in den Sinn gekommen, daß Ihre – *anderen* Aktivitäten uns schaden könnten? Womöglich gefährden Sie die ganze Sache.«

»Ausgeschlossen.«

»Sie arroganter Idiot! Ich werde die Mitglieder dieses Teams nicht in Lebensgefahr bringen, nur weil Sie ein aufgeblasener Wichtigtuer sind. Ich will Schutz, und den werde ich auch bekommen!«

Draußen vor dem Zelt raschelte es. Beide Männer wirbelten herum und blickten auf die Segeltuchklappe über dem Eingang. Das Segeltuch wurde beiseite geschoben. Langsam kam Lawrence herein, der schwarze Revolutionär, die Hände vor sich mit einem Seil zusammengebunden. Hinter ihm stand ein anderer Mann. In der Dunkelheit draußen sah er wie der Läufer Marcus Hedrik aus. In der Hand hielt er eine Pistole, die er auf seinen Gefangenen gerichtet hatte.

»Lassen Sie die Finger von Ihren Waffen. Geben Sie keinen Laut von sich. Bleiben Sie genau da, wo Sie sind«, sagte der Mann mit ruhiger Stimme.

»Wer sind Sie?« fragte McAuliff, der sich darüber wunderte, daß Hedriks Stimme den zögernden, trägen Tonfall verloren hatte, den er fast die ganze Woche über gehört hatte. »Sie sind nicht Marcus!«

»Im Moment ist das nicht wichtig.«

»*Garvey!*« flüsterte Alex. »Garvey hat es mir gesagt! Er sagte mir, daß es noch andere gebe – aber er wußte nicht wen. Sie sind vom britischen Geheimdienst!«

»Nein«, erwiderte der hochgewachsene Mann freundlich, beinahe höflich. »Zwei Ihrer Träger waren englische Agenten. Sie sind tot. Und der dicke Garvey hatte auf der Straße nach Port Maria einen Unfall. Auch er ist tot.«

»Dann …«

»Mr. McAuliff, Sie sind hier nicht derjenige, der die Fragen stellt. Das tue ich. Ihr – neuen Anhänger werdet mir jetzt erzählen, was ihr über Akaba wißt.«

25.

Sie sprachen mehrere Stunden miteinander. McAuliff wußte, daß er ihnen fürs erste das Leben gerettet hatte. Einmal wurden sie von Sam Tucker unterbrochen, aber Alexander warf ihm einen flehentlichen Blick zu: Sam *mußte* sie in Ruhe lassen. Tucker ging wieder, nachdem er ihnen mitgeteilt hatte, daß er bei Alison sei. Alex solle mit ihnen sprechen, bevor er sich schlafen lege. Sam bemerkte das Seil, mit dem Lawrence in der dunklen Ecke die Hände zusammengebunden waren, nicht. McAuliff war froh darüber.

›Marcus Hedrik‹ war nicht der richtige Name des Läufers. Marcus und Justice Hedrik waren ausgetauscht worden. Es spiele keine Rolle, wo sie jetzt seien, sagte der namenlose Angehörige der Halidon nur. Von größter Wichtigkeit sei nur der Verbleib von Piersalls Dokumenten.

Halten Sie immer etwas zurück, mit dem Sie handeln können – für den Notfall. Worte von R. C. Hammond.

Die Dokumente.

McAuliffs Chance.

Mit großem Geschick stellte der Halidon Fragen zu jedem Aspekt von Piersalls Schlußfolgerungen, die ihm Charles Whitehall erzählte. Der schwarze Wissenschaftler beschrieb die Geschichte der Gemeinschaft Akabas, aber er sagte nichts von dem *Nagarro*, der Bedeutung des Begriffes ›Halidon‹. Der ›Läufer‹ stimmte ihm weder zu, noch widersprach er ihm. Er stellte lediglich Fragen. Und er war ein aufmerksamer und vorsichtiger Mann.

Als er davon überzeugt war, daß Charles Whitehall ihm

nicht mehr sagen würde, befahl er ihm, bei Lawrence im Zelt zu bleiben. Sie sollten nicht versuchen zu fliehen. Man würde sie erschießen, wenn sie einen Fluchtversuch unternähmen. Der zweite ›Läufer‹ bleibe als Wache hier.

Dem Halidon war klar, daß McAuliff nicht nachgeben würde – Alex würde ihm nichts sagen. Also befahl er Alex mit vorgehaltener Waffe, das Lager zu verlassen. Als sie auf einem Pfad auf das Grasland zugingen, begann McAuliff langsam zu verstehen, wie gründlich die Halidon arbeiteten – jedenfalls der kleine Teil davon, der jetzt für ihn sichtbar wurde.

Zweimal auf ihrem Weg durch die dichte Vegetation befahl ihm der Mann mit der Waffe stehenzubleiben. Dann waren einige kurze, krächzende Papageienschreie zu hören, die auf die gleiche Weise beantwortet wurden.

»Das Lager ist umstellt, Mr. McAuliff«, sagte der Halidon leise. »Ich bin sicher, daß Whitehall und Tucker und auch Ihre Träger das jetzt wissen. Die Vögel, die wir gerade nachgemacht haben, singen nachts nicht.«

»Wohin gehen wir?«

»Wir werden uns mit jemandem treffen. Genauer gesagt – mit meinem Vorgesetzten. Gehen Sie bitte weiter.«

Sie kletterten noch einmal zwanzig Minuten. Aus dem langsam ansteigenden Hügel im Dschungel wurde plötzlich offenes Grasland – ein Feld, scheinbar aus einem anderen Terrain herausgerissen und dann über einem fremden Land fallen gelassen, das von Regenwald und hohen Bergen umgeben war.

Das Mondlicht wurde nicht von Wolken abgehalten, und so war das Feld in ein mattes Gelb getaucht. Mitten in dem wilden Gras standen zwei Männer. Als sie näher kamen, sah McAuliff, daß einer der beiden etwa drei Meter hinter dem ersten stand, mit dem Rücken zu ihnen. Der andere Mann hatte ihnen das Gesicht zugewandt.

Der Halidon, der ihnen entgegensah, trug zerlumpte Kleidung, aber dazu eine weite Feldjacke und Stiefel. Das Resultat war ein sonderbar ungepflegtes, paramilitärisches Aussehen. Um seine Taille war ein Pistolengürtel mit einem Holster geschlungen. Der Mann, der drei Meter entfernt stand und in die entgegengesetzte Richtung starrte, war mit einem Kaftan bekleidet, der in der Mitte von einem dicken Seil zusammengehalten wurde.

Wie ein Priester. Regungslos.

»Setzen Sie sich auf den Boden, Dr. McAuliff«, befahl ihm der Mann mit der merkwürdig zerlumpten Kleidung in knappem, befehlsgewohntem Ton.

Alex setzte sich. Die Anrede mit seinem Doktortitel war für ihn ungewohnter als für sie.

Der Mann, der ihn vom Lager hierhergeführt hatte, ging auf die Gestalt des Priesters zu. Die beiden Männer unterhielten sich leise, während sie langsam auf die grasbewachsene Ebene hinausschritten. Über einhundert Meter gingen sie in das blaßgelbe Feld hinein.

Dann blieben sie stehen.

»Drehen Sie sich um, Dr. McAuliff«, befahl der Schwarze bei Alex schroff. Er hatte die Hand auf das Holster gelegt. Alex drehte sich im Sitzen um und blickte jetzt auf den leicht abfallenden Dschungel, aus dem er und der Läufer gekommen waren.

Das lange Warten war zermürbend. Aber McAuliff verstand, daß seine stärkste Waffe – vielleicht die einzige, die er noch hatte – ruhige Entschlossenheit war.

Entschlossen war er. Aber nicht ruhig.

Er hatte Angst, die gleiche Angst, die er früher schon einmal gehabt hatte, im Dschungel von Vietnam. Es hatte keine Rolle gespielt, wie viele Soldaten bei ihm gewesen waren. Er hatte darauf gewartet, daß er Zeuge seiner eigenen Vernichtung wurde.

Ein Käfig der Angst.

»Es ist eine ganz außerordentliche Geschichte, nicht wahr, Dr. McAuliff?«

Diese Stimme. Mein Gott! Er kannte diese Stimme.

Er stützte sich mit den Händen auf dem Boden ab und wollte sich nach hinten drehen. Seine Schläfe krachte in den harten Stahl einer Pistole. Ein stechender Schmerz schoß ihm durch Gesicht und Brust. Als der Schmerz seinen Höhepunkt erreichte, bildeten sich grelle Blitze vor seinen Augen. Dann ließ er nach und wurde zu einem dumpfen Pochen. McAuliff spürte, wie ihm das Blut den Nacken hinunterlief.

»Sie werden so sitzenbleiben, während wir uns unterhalten«, sagte die Stimme.

Wo hatte er sie schon einmal gehört?

»Ich kenne Sie.«

»Sie kennen mich *nicht*, Dr. McAuliff.«

»Ich habe Ihre Stimme schon einmal gehört – irgendwo.«

»Dann haben Sie ein bemerkenswertes Gedächtnis. Es ist so vieles passiert ... Ich werde keine Zeit verschwenden. Wo sind Piersalls Dokumente? Ich brauche Ihnen sicher nicht zu sagen, daß Ihr Leben und das der Menschen, die Sie nach Jamaika gebracht haben, davon abhängt, ob wir sie bekommen oder nicht.«

»Woher wissen Sie überhaupt, daß sie einen Nutzen für Sie haben? Was, wenn ich Ihnen sagen würde, daß ich Kopien davon gemacht habe?«

»Dann würde ich sagen, daß Sie lügen. Wir kennen den Standort jedes einzelnen Kopiergerätes und jeden Laden, jedes Hotel und jede Person an der Küste, die Kopien anfertigen können. Einschließlich Bueno, Runaway Bay, Montego Bay und Ocho Rios. Sie haben keine Kopien gemacht.«

»Sie sind nicht sehr schlau, Mr. Halidon ... Sie heißen doch Mr. Halidon, nicht wahr?« McAuliff bekam keine Antwort, also sprach er weiter. »Wir haben sie fotografiert.«

»Dann sind die Filme noch nicht entwickelt worden. Und das einzige Mitglied Ihres Teams, das eine Kamera besitzt, ist der Junge, Ferguson. Sie würden ihn kaum ins Vertrauen ziehen ... Aber das ist unwichtig, Dr. McAuliff. Wenn wir Dokumente sagen, meinen wir damit auch sämtliche Reproduktionen. Sollte auch nur ein Teil davon *jemals* an die Öffentlichkeit gelangen, wird es, um es ganz offen zu sagen, ein Blutbad geben, werden Unschuldige sterben. Die Mitglieder Ihres Vermessungsteams, deren Familien, Kinder – alle, die Ihnen etwas bedeuten. Eine grausame und unnötige Maßnahme.«

... *für den Notfall*. R. C. Hammond.

»Es wäre das Letzte, was die Halidon tun würden, nicht wahr?« McAuliff sprach langsam, aber mit schneidender

Stimme. Seine Ruhe verblüffte ihn. »Eine Art letzte große Geste vor dem Untergang. Wenn Sie es so wollen – mir ist das egal.«

»Hören Sie schon auf, McAuliff!« Die Stimme schrie plötzlich, ein durchdringender Schrei über die Halme des wilden Grases, dessen Echo durch den Dschungel um sie herum gedämpft wurde.

Diese Worte … Er hatte sie schon einmal gehört!

Hören Sie schon auf. Hören Sie schon auf … Hören Sie schon auf …

Wo? Wo um Himmels willen hatte er sie schon einmal gehört?

Seine Gedanken überschlugen sich. Bilder vermischten sich mit grellen, bunten Lichtern, aber sie wurden einfach nicht deutlicher.

Ein Mann. Ein Schwarzer – groß und geschmeidig und muskulös … Ein Mann, der Befehle ausführte. Ein Mann, der befahl, aber nicht mit seinen eigenen Befehlen. Die Stimme, die er gerade gehört hatte, war eine Stimme aus der Vergangenheit – die Befehle ausführte. In Panik – wie damals.

Etwas …

»Sie sagten, wir würden reden. Drohungen sind einseitige Gespräche. Bei einem Gespräch sagen beide etwas. Sie reden nicht. Ich bin auf keiner Seite. Ihre – Vorgesetzten sollten das wissen.« Alex hielt den Atem an, als Stille folgte.

Der Mann antwortete ruhig, mit wohlüberlegter Autorität – und einer leichten, aber erkennbaren Spur von Angst. »Es gibt keine Vorgesetzten, soweit Sie betroffen sind. Meine Geduld ist fast zu Ende. Die letzten Tage sind nicht einfach gewesen … Sie sollten sich darüber im klaren sein, daß Sie kurz davor stehen, Ihr Leben zu verlieren.«

Der Mann mit der Pistole hatte sich bewegt. Alex konnte ihn jetzt aus den Augenwinkeln neben sich stehen sehen. Was er erkannte, überzeugte ihn davon, daß er auf der richtigen Spur war. Der Mann hob den Kopf und blickte den Priester an. Er zweifelte die Worte des Priesters an.

»Wenn Sie mich töten – oder ein Mitglied des Teams, werden die Halidon in wenigen Stunden entlarvt.«

Wieder herrschte Stille. Wieder diese wohlüberlegte Autorität, wieder der jetzt unverkennbare Unterton der Angst. »Und wie soll diese bemerkenswerte Entlarvung stattfinden, Dr. McAuliff?«

Alex holte tief Luft. Seine rechte Hand umklammerte sein linkes Handgelenk. Während er antwortete, krallten sich seine Finger in die Haut. »Bei meiner Ausrüstung befindet sich ein Gerät zum Senden von Funksignalen. Es ist voreingestellt und arbeitet auf einer Frequenz, die nicht gestört werden kann. Es hat eine Reichweite von vierzig Kilometern ... Alle zwölf Stunden sende ich einen von zwei Codes. Eine Lampe auf dem Bedienfeld bestätigt den Empfang und zeigt den Standort und die Kennung an. Der erste Code bedeutet, daß alles normal ist, keine Probleme. Der zweite Code bedeutet etwas anderes: Er sagt dem Mann am Empfänger, daß er zwei Befehle ausführen soll – die Dokumente ausfliegen und Hilfe schicken. Wird kein Signal übertragen, entspricht das dem zweiten Code, allerdings verschärft. Dann werden sämtliche Behörden in Kingston verständigt, einschließlich des britischen Geheimdienstes. Sie werden hierherkommen, unseren letzten Standort feststellen und von dort aus mit der Suche beginnen. Das Cock Pit wird von Flugzeugen und Männern geradezu wimmeln ... Ich sollte also besser Gelegenheit haben, den Code zu übertragen, Mr. Halidon. Doch wenn ich ihn übertrage, werden Sie nicht wissen, welchen ich gerade sende, nicht wahr?« McAuliff unterbrach sich für genau drei Sekunden. Dann sagte er: »Schachmatt.«

In der Ferne war der Schrei eines Aras zu hören. Irgendwo im Regenwald wurde ein Rudel Wildschweine aufgescheucht. Die Halme des hohen Grases bogen sich kaum merklich im warmen Wind. Überall zirpten Zikaden. Alexanders Sinne nahmen all das wahr – und auch das deutlich hörbare, zitternde Atemholen aus der Dunkelheit hinter sich. Er spürte, wie sich eine unkontrollierbare Wut aufbaute.

»Nein, Mann!« schrie der Mann mit der Pistole und machte einen Satz nach vorn.

Zur gleichen Zeit spürte McAuliff einen Luftzug und hörte das Rascheln von Stoff, das einen Aufprall von hinten ankündigte. Es war zu spät, um sich umzudrehen. Er konnte sich nur noch ducken und gegen den Boden pressen.

Einer der Männer versuchte, den Priester aufzuhalten, als dieser nach vorn hechtete. Das Gewicht von zwei kräftigen Körpern krachte auf Alexanders Schultern und seinen Rükken. Arme schlugen hin und her, Finger krallten sich ineinander. Harter Stahl und weicher Stoff und warmes Fleisch hüllten ihn ein. Er streckte den Arm aus und packte das erste, was ihm zwischen die Finger kam. Dann zog er mit aller Kraft daran und rollte sich nach vorn.

Der Priester machte einen Salto über seinen Rücken hinweg. Alex warf sich mit den Schultern nach vorn, wobei er ein Knie hob, um zusätzliches Gewicht zu bekommen, und stürzte sich auf das rauhe Tuch des Kaftans. Als er den Priester zu Boden drückte, wurde er sofort nach hinten gerissen, mit solcher Kraft, daß sich sein Rücken vor Schmerzen krümmte.

Die beiden Halidon drückten ihm die Arme zusammen, bis sein Brustkorb zu platzen schien. Der Mann mit der Pistole hielt ihm den Lauf an die Schläfe und bohrte ihn in seine Haut.

»Das reicht jetzt, Mann.«

Vor ihm auf dem Boden, das gelbe Mondlicht auf dem vor Wut verzerrten Gesicht, lag der Priester.

Plötzlich verstand McAuliff die verwirrenden, verschwommenen Bilder von grellen, bunten Lichtern, die sein Gedächtnis mit den panischen Worten *Hören Sie schon auf* in Verbindung gebracht hatte.

Er hatte diesen Priester der Halidon in London gesehen – in Soho. In der psychedelischen Hölle des Owl of Saint George. Der Mann, der jetzt in einem Kaftan auf dem Boden lag, hatte dort einen dunklen Anzug getragen und auf der überfüllten Tanzfläche gestanden. Er hatte McAuliff *Hören Sie schon auf!* zugerufen. Er hatte Alex mit der Faust einen Schlag in den Magen versetzt. Dann war er in der Menge verschwunden. Eine Stunde später war er in einem Regierungswagen auf einer Straße neben einer Telefonzelle aufgetaucht.

Der Priester der Halidon war ein Agent des britischen Geheimdienstes.

»Sie sagten, Ihr Name sei Tallon.« McAuliff sprach mühsam wegen der Schmerzen, unterbrach sich immer wieder, um zu Atem zu kommen. »In jener Nacht sagten Sie in dem Wagen, Ihr Name sei Tallon. Und – als ich Ihnen das nicht glaubte, sagten Sie, Sie – wollten mich nur testen.«

Der Priester rollte sich herum und stand langsam auf. Er nickte den beiden Halidon zu, damit diese McAuliff wieder losließen. »Ich hätte ihn nicht getötet. Das wißt ihr«, beschwichtigte er sie.

»Du warst wütend, Mann«, sagte der Mann, der Alex aus dem Lager geführt hatte.

»Verzeih uns«, fügte der Mann, der aufgeschrien und sich auf den Priester gestürzt hatte, hinzu. »Es war notwendig.«

Der Priester strich über seine Soutane und rückte das dicke Seil um seine Taille zurecht. Er sah auf McAuliff herunter. »Sie haben ein gutes Gedächtnis, Doktor. Ich hoffe nur, daß Ihr Denkvermögen genauso gut ist.«

»Heißt das, wir reden?«

»Wir reden.«

»Meine Arme tun weh. Würden Sie Ihren Sergeanten bitte sagen, daß sie mich loslassen?«

Wieder nickte der Priester und machte eine kurze Handbewegung. Alexanders Arme wurden freigegeben. Er schüttelte sie.

»Meine ›Sergeanten‹, wie Sie sie nennen, haben sich offenbar besser unter Kontrolle als ich. Sie sollten ihnen dankbar sein.«

Der Mann mit dem Pistolengürtel widersprach ihm mit Respekt in der Stimme. »Nein, Mann. Wann hast du das letzte Mal geschlafen?«

»Das spielt keine Rolle. Ich sollte mich besser beherrschen können … Mein Freund bezieht sich auf einige recht hektische Wochen, McAuliff. Ich mußte England verlassen, um dem Geheimdienst Ihrer Majestät aus dem Weg zu gehen, außerdem auch noch einen Kollegen herausbringen, der mit einem Bentley hinter einer Ecke in Soho verschwunden ist … Ein Mann von den Westindischen Inseln kennt tausend Verstecke in London.«

Alex konnte sich noch deutlich daran erinnern. »Dieser Bentley hat versucht, mich zu überfahren. Der Fahrer wollte mich töten. Aber statt dessen hat er jemand anderen getötet – wegen einer Leuchtreklame.«

Der Priester starrte McAuliff an. Auch er schien sich noch deutlich an den Abend erinnern zu können. »Es war ein tragisches Unglück, das sich völlig unvorhergesehen ereignete. Wir dachten, jemand hätte uns eine Falle gestellt, der wir im letzten Augenblick entgangen waren.«

»In jener Nacht sind drei Menschen ums Leben gekommen. Zwei mit Blausäure ...«

»Wir nehmen unsere Sache sehr ernst«, unterbrach ihn der Priester und sah seine beiden Begleiter an. »Laßt uns bitte allein«, sagte er leise.

Nachdem die Männer Alex auf die Füße geholfen hatten, zogen sie zur Warnung ihre Waffen aus den Gürteln. Wie befohlen, traten sie auf das Feld zurück. McAuliff folgte ihnen mit dem Blick. Ein Paar in zerlumpten Kleidern mit Jacken und Pistolengürteln, die nicht dazu paßten.

»Sie tun nicht nur, was Sie sagen. Sie schützen Sie auch vor sich selbst.«

Auch der Priester sah seinen Untergebenen nach. »Als Heranwachsende werden wir alle ausführlichen Tests unterzogen. Jedem von uns werden aufgrund der Ergebnisse bestimmte Ausbildungsbereiche und zukünftige Aufgaben zugewiesen. Manchmal denke ich, dabei wurden einige schwere Fehler gemacht.« Der Mann zog seinen Kaftan zurecht und wandte sich wieder McAuliff zu. »Und nun müssen wir beide uns miteinander beschäftigen, nicht wahr? Wie Sie sicher schon vermutet haben, war ich vorübergehend Mitarbeiter des MI5.«

»Die Bezeichnung ›Maulwurf‹ ist meiner Meinung nach zutreffender.«

»Und ich war ein sehr guter Maulwurf, Doktor. Hammond selbst hat mich zweimal für eine Belobigung vorgeschlagen. Ich war einer der besten Westindien-Spezialisten ... Ich bin sehr ungern gegangen. Sie – und jene, von denen Sie manipuliert werden – haben das notwendig gemacht.«

»Wie?«

»Ihre Vermessung wies plötzlich zu viele gefährliche Komponenten auf. Mit einigen davon konnten wir leben, aber als wir herausfanden, daß Ihr engster Vertrauter im Geologenteam – Mr. Tucker – offensichtlich ein Freund von Walter Piersall gewesen ist, war uns klar, daß wir Sie unter ständiger Beobachtung halten mußten. Offenbar sind wir zu spät gekommen.«

»Wie sahen die anderen Komponenten aus?«

Der Priester zögerte. Er fuhr sich mit der Hand über die Stirn, wo er sich bei seinem Sturz auf den Boden am scharfen Gras geschnitten hatte. »Haben Sie eine Zigarette für mich? Dieses äußerst bequeme Bettlaken hier hat einen Nachteil – es hat keine Taschen.«

»Warum tragen Sie es dann?«

»Es ist ein Symbol der Autorität, sonst nichts.«

McAuliff griff in die Tasche, zog ein Päckchen Zigaretten hervor und nahm eine für den Halidon heraus. Als er ihm Feuer gab, sah er, daß die schwarzen Schatten in der tiefschwarzen Haut unter den Augen des anderen von Erschöpfung herrührten. »Welche Komponenten waren gefährlich?«

»Oh, kommen Sie schon, Doktor, das wissen Sie genauso gut wie ich.«

»Vielleicht nicht. Klären Sie mich auf. Oder ist das ebenfalls zu gefährlich?«

»Nicht jetzt. Nicht zu diesem Zeitpunkt. Die Realität ist die Gefahr. Piersalls Dokumente sind die Gefahr. Die – Komponenten spielen keine Rolle.«

»Dann sagen Sie es mir.«

Der Priester nahm einen tiefen Zug aus der Zigarette und blies den Rauch in den leichten Wind des blaßgelben Lichts. »Das mit der Frau wissen Sie. Es gibt einige in Europa, die sehr viel Angst vor ihr haben. Unter ihnen ist auch jemand, der zu Dunstone gehört – der Marquis de Chatellerault. Wo sie ist, ist auch ein Arm des Geheimdienstes. Der Junge, Ferguson, steht den Interessen der Crafts im Weg. Sie haben tatsächlich Angst vor ihm. Oder hatten. Und mit Recht. Er hat nie verstanden, welch katastrophales wirtschaftliches Potential in seinen Faseruntersuchungen steckt.«

»Ich glaube, das hat er«, unterbrach ihn Alex. »Und er ist sich dessen immer noch bewußt. Er hat vor, Geld aus Craft herauszuschlagen.«

Der Halidon lachte leise. »Das werden sie nicht zulassen. Aber er ist eine Komponente. Wo steht Craft? Gehört er zu Dunstone? In Jamaika geschieht nichts, ohne daß die schmutzigen Hände von Craft mitmischen wollen ... Von Samuel Tucker habe ich Ihnen schon erzählt – seine Freundschaft mit dem plötzlich so wichtigen Walter Piersall. Wessen Ruf ist er gefolgt? Ist er auf der Insel, weil sein alter Freund McAuliff hier ist? Oder sein neuer Freund, Piersall? Oder ist es einfach Zufall?«

»Es ist Zufall«, sagte Alex. »Sie müßten Sam kennen, um das zu verstehen.«

»Aber wir kennen ihn nicht. Wir wissen nur, daß er eines seiner ersten Telefongespräche mit einem Mann geführt hat, der uns zutiefst beunruhigte. Der in Kingston mit den Geheimnissen von zweihundert Jahren in seinem Gehirn herumlief – und irgendwo auch auf einem Stück Papier.« Der Priester sah, nein, starrte McAuliff geradezu an. Seine im Mondlicht leuchtenden Augen flehten Alex an zu verstehen. Plötzlich wandte er den Blick ab und sprach weiter. »Dann haben wir da noch Charles Whitehall. Eine *sehr* gefährliche und unberechenbare Komponente. Sie müssen seinen Hintergrund kennen. Hammond hat mit Sicherheit davon gewußt. Whitehall glaubt, daß seine Zeit auf der Insel gekommen ist. Er wird von der glühenden Leidenschaft des Fanatikers beherrscht. Der schwarze Cäsar, der auf einem schwarzen Pferd als Nigger-Pompejus im Victoria-Park Einzug hält. Er hat Anhänger in ganz Jamaika. Wenn es jemanden gibt, der Dunstone – wissentlich oder nicht – entlarven könnte, dann vielleicht Whitehall und seine Faschisten.«

»Hammond hat davon nichts gewußt«, widersprach ihm McAuliff. »Er hat gesagt, daß Sie – die Halidon – die einzigen sind, die Dunstone aufhalten können.«

»Hammond ist ein Profi. Er schafft ein Chaos, weil er

weiß, daß er im Moment der Panik den Durchbruch erreichen kann. Würde es Sie überraschen, wenn ich Ihnen sage, daß Hammond gerade in Kingston ist?«

Alex dachte einen Augenblick lang nach. »Nein … Aber ich bin überrascht, daß er sich nicht mit mir in Verbindung gesetzt hat.«

»Es gibt einen Grund dafür. Er will nicht, daß Sie ihn um Unterstützung bitten. Er ist hergeflogen, als er erfahren hat, daß Chatellerault in Savanna-la-Mar ist … *Das* wußten Sie doch, nicht wahr?«

»Er weiß es, weil ich es Westmore Tallon gesagt habe.«

»Und dann haben wir da noch die Jensens. Ein liebenswertes, treues Paar. So normal, so sympathisch – das Julian Warfield über jede Bewegung, die Sie gemacht haben, jede Person, mit der Sie sich getroffen haben, informiert hat. Das Jamaikaner besticht, damit sie Sie ausspionieren … Die Jensens haben vor Jahren einmal einen Riesenfehler gemacht. Dunstone Limited hat eingegriffen und sie angeworben – und dafür diesen Fehler ungeschehen gemacht.«

McAuliff blickte in den klaren Nachthimmel hinauf. Eine längliche Wolke schob sich von einem weit entfernten Berg auf den gelben Mond zu. Er fragte sich, ob die Kondensation verschwinden würde, bevor sie den leuchtenden Himmelskörper erreichte, oder ihn von unten her mit einem Schleier überziehen würde – ihn von der Erde aus einhüllen würde.

So wie er eingehüllt wurde.

»Das also sind die Komponenten«, sagte er planlos. »Die Halidon scheinen sehr viel mehr zu wissen als jeder andere. Ich bin mir nicht sicher, was das bedeuten soll.«

»Das soll bedeuten, Doktor, daß wir die heimlichen Fürsorger unseres Landes sind.«

»Ich kann mich nicht daran erinnern, daß gerade eine Wahl stattgefunden hat. Wer hat Ihnen diesen Auftrag gegeben?«

»Um es mit einem amerikanischen Schriftsteller zu sagen: ›Er gehört zum Land.‹ Wir haben ihn geerbt. Aber wir schwimmen nicht in den politischen Flüssen. Das überlassen wir den rechtmäßigen Wettbewerbern. Allerdings versuchen wir, die Verschmutzung auf ein Minimum zu beschränken.« Der Priester rauchte seine Zigarette zu Ende und zertrat das brennende Ende mit den Sandalen, die er an den Füßen trug.

»Sie sind Mörder«, sagte McAuliff nur. »Das weiß ich. Meiner Meinung nach ist das die schlimmste Art menschlicher Verschmutzung.«

»Spielen Sie damit auf Dunstones erste Vermessung an?«

»Ja.«

»Sie kennen die näheren Umstände nicht. Und ich bin nicht derjenige, der sie Ihnen erzählen wird. Ich bin nur hier, um Sie dazu zu bringen, mir Piersalls Dokumente zu geben.«

»Das werde ich nicht tun.«

»Warum?« Wie zuvor wurde die Stimme des Halidon vor Wut lauter. Die dunklen Augen über den schwarzen Schatten starrten McAuliff an.

»Probleme?« kam es fragend über das Feld. Der Priester winkte ab.

»Das hier geht Sie nichts an, McAuliff. Verstehen Sie das endlich – und verschwinden Sie. Geben Sie mir die Dokumente und schaffen Sie Ihr Vermessungsteam von der Insel, bevor es zu spät ist.«

»Wenn es so einfach wäre, würde ich es tun. Verdammt noch mal, ich *will* Ihren Kampf nicht. Ich wüßte nicht warum ... Aber ich habe keine Lust, mich von Julian Warfields Revolverhelden durch die Weltgeschichte jagen zu lassen. Können *Sie* das denn nicht verstehen?«

Der Priester stand regungslos da. Der Ausdruck in seinen Augen wurde weicher. Seine Lippen öffneten sich, während er überlegte und Alexander anstarrte. Dann antwortete er langsam. Seine Worte waren kaum zu hören. »Ich habe Sie gewarnt, daß es soweit kommen könnte. Geben Sie mir das *Nagarro*, Doktor. Was bedeutet ›Halidon‹?«

McAuliff sagte es ihm.

26.

McAuliff und der Läufer, der Name und Aufgabe von Marcus Hedrik übernommen hatte, kehrten zum Lager am Fluß zurück. Jetzt wurde nichts mehr verheimlicht. Während sie sich dem Camp näherten, waren im Urwald Schwarze in zerlumpter Kleidung zu sehen. Das Licht der Morgendämmerung drang durch die dichte Vegetation und wurde von Zeit zu Zeit von den Läufen ihrer Waffen zurückgeworfen.

Das Lager des Vermessungsteams war umstellt, die Bewohner Gefangene der Halidon.

Einhundert Meter von der Lichtung entfernt blieb der Läufer – der Alex auf dem schmalen Dschungelpfad voranging, die Pistole im Gürtel seiner Feldjacke – stehen und rief einen Wachposten der Halidon herbei, indem er wiederholt mit den Fingern schnippte, bis ein großer Schwarzer zwischen den Bäumen hervortrat.

Die beiden Männer sprachen kurz und leise miteinander. Als ihr Gespräch zu Ende war, kehrte die Wache auf ihren Posten im tropischen Regenwald zurück. Der Läufer drehte sich zu McAuliff um.

»Es ist alles ruhig. Es gab ein Handgemenge mit Charles Whitehall, aber das hatten wir erwartet. Er hat einen der Wächter schwer verletzt, aber es waren noch andere Männer in der Nähe. Er ist gefesselt und wieder in seinem Zelt.«

»Was ist mit Mrs. Booth?«

»Die Frau? Sie ist bei Samuel Tucker. Vor einer halben Stunde hat sie geschlafen ... Dieser Tucker, er will nicht schlafen. Er sitzt auf einem Stuhl vor seinem Zelt, mit einem Gewehr in der Hand. Die anderen schlafen. Sie werden bald aufstehen.«

»Können Sie mir sagen, was das mit der Arawak-Sprache sollte? Der Colonel der Maroon, die Einheit vier, die acht Tage?« fragte Alex den Läufer, solange er noch dessen Aufmerksamkeit hatte.

»Sie haben es wohl vergessen, Doktor. Ich habe den Whitehall-Mann zu seinem Kurier geführt. Der Colonel der Maroon hat die Botschaft nie erhalten. Die Antwort, die Sie bekommen haben, stammt von uns.« Der Läufer lächelte. Dann drehte er sich um und bedeutete Alex, ihm auf die Lichtung zu folgen.

Unter den Augen des Läufers wartete McAuliff darauf, daß die weiße Lampe auf dem winzigen Bedienfeld ihre volle Lichtstärke erreichte. Als es soweit war, drückte er auf die Taste zur Übertragung des Signals. Dabei hielt er die linke Hand über seine Finger. Er wußte, daß es eigentlich unnötig war. Er würde den Notrufcode nicht senden. Er würde die Frequenz nicht mit Hilfeschreien füllen. Man hatte ihm unmißverständlich klargemacht, daß beim ersten Anblick feindlicher Truppen jedes Mitglied des Vermessungsteams mit einem Kopfschuß getötet werden würde. Alison Booth und Sam Tucker wären die ersten.

Alles andere war genauso unmißverständlich. Sam Tucker würde alle zwölf Stunden das Signal übertragen. Alexander kehrte mit dem Läufer ins Grasland zurück. Von dort würde ihn der Priester zur verborgenen Gemeinschaft der Halidon bringen. Bis er zurückkommen würde, wären die Mitglieder des Teams Geiseln.

Alison, Sam, Charles Whitehall und Lawrence würden die Wahrheit erfahren. Die anderen nicht. Den Jensens, James Ferguson und der Mannschaft würde man eine andere Erklärung geben, die mit der Bürokratie zu tun hatte und für professionelle Vermesser ganz und gar plausibel war: In der Nacht habe Falmouth einen Funkspruch aus Kingston weitergegeben. Das Innenministerium wünsche, daß McAuliff nach Ocho Rios kam. Es gebe Probleme mit dem Institut. Die Art von Komplikationen, mit denen Vermessungsleiter eben leben mußten. Die Arbeit im Gelände wurde ständig von verwaltungstechnischen Schikanen unterbrochen.

Als der Priester vorschlug, daß Alex für mindestens drei volle Tage wegbleiben solle, wollte Alex den Grund für eine so lange Abwesenheit wissen.

»Das kann ich nicht beantworten, McAuliff.«

»Und warum sollte ich dann damit einverstanden sein?«

»Es ist nur Zeit. Außerdem sind wir doch gerade bei

einem Schachmatt, nicht wahr? Wir haben vielleicht mehr Angst davor, entlarvt zu werden, als ihr Angst habt, euer Leben zu verlieren.«

»Das sehe ich nicht so.«

»Sie kennen uns nicht. Geben Sie sich die Möglichkeit zu lernen. Sie werden nicht enttäuscht sein.«

»Man hat Ihnen also gesagt, daß es drei Tage sein sollen?«

»Das hat man.«

»Was voraussetzt, daß derjenige, der Ihnen befohlen hat, das zu sagen, davon ausgegangen ist, daß Sie mich zu ihm bringen.«

»Es wurde als wahrscheinlich angenommen.«

Alexander erklärte sich mit drei Tagen einverstanden.

Der schwarze Revolutionär, Lawrence, rieb Charles Whitehalls nackten Rücken mit einer Penizillinsalbe ein. Die Abschürfungen waren ziemlich tief. Wer immer Charley-Man mit dem Seil gefesselt hatte, war rasend vor Wut gewesen. Beiden Männern waren die Fesseln abgenommen worden, nachdem McAuliff mit ihnen gesprochen hatte. Alexander hatte ihnen klargemacht, daß er keine weiteren Zwischenfälle dulde. Ihre Gründe seien jetzt nicht wichtig.

»Ihre Arroganz ist absolut unbegreiflich, McAuliff!« sagte Charles Whitehall und verzog das Gesicht, da Lawrence einen tieferen Striemen berührte.

»Der Tadel ist berechtigt. Sie sind darin viel besser als ich.«

»Sie haben keinerlei Voraussetzungen, um mit diesen Leuten umzugehen. Ich habe mein Leben, mein ganzes Leben damit verbracht, Licht in das Dunkel der jamaikanischen – der karibischen – Geschichte zu bringen!«

»Nicht Ihr ganzes Leben, Charley«, erwiderte Alex mit ruhiger, aber scharfer Stimme. »Ich habe es Ihnen letzte Nacht schon gesagt. Es geht um Ihre nicht ganz so wissenschaftlichen Aktivitäten. ›Der schwarze Cäsar, der auf einem schwarzen Pferd als Nigger-Pompejus im Victoria-Park Einzug hält‹ …«

»Was?«

»Das kommt nicht von mir, Charley.«

Plötzlich drückte Lawrence seine Faust in eine offene Stelle auf Whitehalls Schulter. Der Wissenschaftler warf vor Schmerz den Kopf in den Nacken. Die andere Hand des Revolutionärs schwebte dicht neben seiner Kehle. Für einen Augenblick rührte sich keiner der beiden Männer.

»Du reitest nicht auf einem Pferd, Mann. Du wirst laufen wie alle anderen auch«, sagte Lawrence.

Charles Whitehall starrte über seine Schulter auf den verschwommenen Fleck der riesigen, massigen Hand, die zum Zuschlagen bereit war. »Du bist doch nur ein Narr. Glaubst du, daß eine politische Gruppe, deren Machtstruktur auf Reichtum basiert, dich tolerieren würde? Nicht eine Minute lang, du egalitärer Schakal. Du wirst zerquetscht werden.«

»Und du willst uns nicht zerquetschen, Mann?«

»Ich will nur das, was für Jamaika das Beste ist. Und jeder wird dabei mithelfen.«

»Sie sind ein unverbesserlicher Optimist«, warf McAuliff ein.

Lawrence blickte ihn an. Der Ausdruck auf seinem Gesicht zeugte gleichermaßen von Mißtrauen wie von Abhängigkeit. Er zog seine Hand fort und griff nach der Tube mit der Penizillinsalbe. »Zieh dein Hemd an, Mann. Deine Haut ist eingerieben«, sagte er und schraubte den kleinen Verschluß auf die Tube.

»Ich werde in ein paar Minuten aufbrechen«, erklärte McAuliff. »Sam übernimmt das Kommando. Ihr werdet tun, was er sagt. Sofern es möglich ist, geht die normale Arbeit weiter. Die Halidon werden außer Sicht bleiben – jedenfalls, soweit es die Jensens und Ferguson angeht.«

»Wie soll das funktionieren?« fragte Lawrence.

»Es ist nicht weiter schwierig«, antwortete Alex. »Peter bohrt nach einer Schicht mit einem Gasvorkommen zweieinhalb Kilometer weiter südwestlich. Ruth wird im Osten in einem Steinbruch arbeiten. Der Läufer, den wir als ›Justice‹ kennen, bleibt bei ihr. Ferguson ist auf der anderen Seite des Flusses und untersucht dort einige Farnhaine. Sie sind alle voneinander getrennt, jeder wird beobachtet.«

»Und ich?« Whitehall knöpfte sein teures Safarihemd aus Baumwolle zu, als würde er sich für ein Konzert im Covent Garden anziehen. »Was soll ich Ihrer Meinung nach tun?«

»Sie bleiben auf der Lichtung, Charley-Man. Zu Ihrem eigenen Besten – versuchen Sie nicht, sie zu verlassen. Sie können mich nicht für die Folgen verantwortlich machen, wenn Sie es trotzdem tun.«

»Glauben Sie, daß Sie jetzt noch etwas zu sagen haben, McAuliff?«

»Natürlich. Die Halidon haben genausoviel Angst vor mir wie ich vor ihnen. Versucht einfach beide, das Gleichgewicht nicht zu stören. Vor einigen Jahren habe ich bei einer Vermessung in Alaska einen Mann begraben. Sam wird euch bestätigen, daß ich weiß, was man bei einer Beerdigung sagt.«

Alison stand am Flußufer und starrte auf das Wasser hinunter. Die Wärme der Morgensonne weckte jetzt auch die letzten Schläfer des Waldes. Die Geräusche der kämpferischen Futtersuche waren zu hören. Vogel gegen Vogel, Kriechtier gegen Kriechtier. Auf den grünen Schlingpflanzen, die von den hohen Macca-fat-Palmen baumelten, glitzerte die von unten aufsteigende Feuchtigkeit. Farne und Moose grenzten an das träge dahinfließende Wasser dieses Seitenarmes des Martha Brae. Das Wasser war klar und von einem bläulichen Grün.

»Ich war bei deinem Zelt«, sagte McAuliff, während er auf sie zuging. »Sam sagte mir, daß du hier draußen bist.«

Sie drehte sich um und lächelte. »Ich bin eigentlich nicht ungehorsam gewesen, Liebling. Ich laufe nicht weg.«

»Ich wüßte auch nicht, wohin ... Es wird alles gutgehen, Alison. Der Läufer wartet schon auf mich.«

Alison machte zwei Schritte und stellte sich vor ihn hin. Sie sprach leise, es war kaum mehr als ein Flüstern. »Ich möchte dir etwas sagen, Alexander T. McAuliff. Und ich weigere mich, dramatisch oder weinerlich oder sonst irgendwie theatralisch zu sein, weil das nur emotionale Krücken sind und wir beide auch ohne sie laufen können. Vor sechs Wochen war ich auf der Flucht. Ich habe verzweifelt versucht, mich selbst davon zu überzeugen, daß ich durch meine

Flucht allem entgehen kann – aber tief in meinem Inneren wußte ich, daß das absurd ist. In Kingston habe ich dir gesagt, wie absurd es ist. Sie finden dich. Überall. Die Computer, die Datenbanken, diese furchtbaren, komplizierten Überwachungseinrichtungen, die sie in ihren Kellern und Geheimräumen haben, sind viel zu real. Zu gründlich. Es gibt kein Leben im Untergrund, weit weg, immer unterwegs. Ich erwarte nicht von dir, daß du das verstehst, und deshalb ist es ja auch richtig, was du tust ... ›Man muß immer eine Sekunde schneller sein als der Feind‹, hast du gesagt. Ich glaube, das ist eine furchtbare Art zu denken. Aber ich glaube auch, daß es die einzige Möglichkeit ist, wie wir ein eigenes Leben bekommen können.«

McAuliff berührte ihr Gesicht. Ihre Augen waren blauer, als er sie jemals zuvor gesehen hatte. »Das hört sich sehr nach einem Heiratsantrag an.«

»Meine Bedürfnisse sind einfach, meine Ausdrucksweise unkompliziert. Und – wie du einmal gesagt hast – ich bin ein Profi, und zwar ein guter.«

»›McAuliff und Booth. Vermessungsingenieure. Büros: London und New York‹. Das würde sich gut auf dem Briefpapier machen.«

»›Booth und McAuliff‹ würdest nicht in Betracht ziehen? Ich meine, alphabetisch betrachtet ...«

»Nein, würde ich nicht«, unterbrach er sie zärtlich. Dann nahm er sie in die Arme.

»Redet man eigentlich immer solchen Unsinn, wenn man Angst hat?« fragte sie, das Gesicht an seiner Brust vergraben.

»Ich glaube schon«, erwiderte er.

Peter Jensen griff in die Tasche und schob die Hand zwischen den weichen Stoff der Kleidungsstücke. Die Tasche war vollgestopft. Jensen schaffte es nur mit Mühe, den Gegenstand, den er gesucht hatte, seitlich am Rand herauszuziehen.

Es war die Luger, in Plastikfolie eingewickelt. Der Schalldämpfer war abgenommen und – in Plastikfolie – an den Lauf gebunden worden.

Seine Frau stand am Eingang ihres Zeltes, die Plane gerade

so weit beiseite geschoben, daß sie hinaussehen konnte. Peter wickelte beide Teile der Waffe aus und steckte den Schalldämpfer in die Tasche seiner Feldjacke. Er löste die Sperre, ließ das Magazin herausfallen und griff in die andere Tasche, aus der er eine Schachtel mit Munition herausholte. Er steckte eine Kugel nach der anderen in das Magazin, bis die Feder gespannt war und die oberste Kugel in die Kammer eingeschoben werden konnte. Dann ließ er das Magazin wieder in den Griff gleiten, bis es mit einem Knacken einrastete.

Ruth hörte das metallische Klicken und drehte sich um. »Mußt du das denn wirklich tun?«

»Ja. Julian war sehr deutlich. Ich habe McAuliff ausgesucht, und das Problem mit ihm ist die Konsequenz dieser Wahl. McAuliff hat Kontakt aufgenommen. Mit wem? Mit was? Ich muß es herausfinden.« Peter öffnete seine Jacke und schob die Luger zwischen ein Dreieck aus Lederstreifen, das in das Futter eingenäht worden war. Er knöpfte die Feldjacke zu und stellte sich aufrecht hin. »Beult sich was aus, altes Mädchen? Sieht man die Waffe?«

»Nein.«

»Gut. Die Jacke sitzt zwar nicht so gut wie Whitehalls Uniform, aber sie ist bequemer.«

»Sei bitte vorsichtig. Es ist so furchtbar da draußen.«

»All diese Campingurlaube, zu denen du mich mitgeschleift hast, hatten einen Sinn. Das ist mir jetzt klargeworden, Liebling.« Peter lächelte und ging wieder zu seiner Tasche. Er drückte den Inhalt zusammen und zurrte die Riemen fest. Dann schnallte er sie zusammen, zog noch einmal daran und klopfte auf die pralle Außenseite. Nachdem er die Tasche probeweise am Schultergurt hochgehoben hatte, ließ er sie auf die Erde plumpsen. »So! Wenn es sein muß, halte ich es damit vierzehn Tage aus.«

»Wie werde ich es wissen?«

»Wenn mein Träger ohne mich zurückkommt. Wenn ich es richtig anstelle, ist er vielleicht so verängstigt, daß er einfach verschwindet.« Peter sah das Zucken um den Mund seiner Frau, die Furcht in ihren Augen. Er winkte sie zu sich. Sie warf sich in seine Arme.

»O Gott, Peter ...«

»Ruth, bitte. Sch ... Das darfst du nicht«, sagte er und strich ihr übers Haar. »Wir verdanken Julian alles. Das wissen wir beide. Und Julian ist der Meinung, daß wir in Peale Court sehr glücklich sein würden. Dunstone wird viele Leute in Jamaika brauchen, hat er gesagt. Warum also nicht uns?«

Als der fremde Träger ins Lager kam, stellte James Ferguson fest, daß der Läufer, den er als Marcus Hedrik kannte, genauso neugierig wie wütend war. Sie waren alle neugierig. McAuliff war früh am Morgen zur Küste aufgebrochen. Seltsamerweise hatte der Träger ihn nicht auf dem Fluß gesehen. Er hatte versichert, daß er nur ein paar Bergbewohner gesehen habe, von denen einige auf der Jagd gewesen seien oder gefischt hätten – aber keinen Weißen.

Der Träger war von der staatlichen Stellenvermittlung in Falmouth geschickt worden, die wußte, daß bei der Vermessung noch einige Männer gebraucht wurden. Der Träger kannte den Seitenarm des Flusses, da er in Weston Favel aufgewachsen war, und brauchte dringend Arbeit. Natürlich hatte er die entsprechenden Papiere bei sich, unterzeichnet von einem unbekannten Beamten der Stellenvermittlung in Falmouth.

Um 14 Uhr 30 saß James Ferguson, der nach dem Essen noch ein Nickerchen gemacht hatte, auf dem Rand seines Feldbettes und wollte gerade seine Sachen zusammensuchen, um ins Gelände zurückzugehen. Er hörte ein Rascheln vor seinem Zelt und hob den Kopf. Plötzlich schlug der neue Träger die Plane vor dem Eingang des Zeltes zurück und trat ein. In der Hand hielt er ein Tablett aus Plastik.

»Was ...«

»Ich will nur das Geschirr holen, Mann«, sagte der Träger schnell. »Muß doch alles ordentlich sein.«

»Ich habe kein Geschirr hier. Nur ein oder zwei Gläser, die gespült werden müssen ...«

Der Träger senkte die Stimme. »Ich habe eine Nachricht

für *Fergo-Man*. Ich gebe sie Ihnen. Lesen Sie, schnell.« Der Schwarze griff in die Tasche und holte einen versiegelten Umschlag heraus. Er reichte ihn Ferguson.

Der riß den Umschlag auf und zog ein Blatt Papier heraus – das Briefpapier der Craft-Stiftung. Fergusons Blick blieb sofort an der Unterschrift hängen. Sie war in ganz Jamaika bekannt – die Schnörkel von Arthur Craft senior, dem Kopf des Craftschen Unternehmens, der sich schon halb zur Ruhe gesetzt hatte, aber immer noch die ganze Macht in den Händen hielt.

Mein lieber James Ferguson,
Entschuldigungen aus der Ferne sind immer etwas unangenehm, aber oft die aufrichtigsten. So auch in diesem Fall.
Mein Sohn hat sich unmöglich benommen. Dafür möchte auch er sich bei Ihnen entschuldigen, von Südfrankreich aus, wo er für unbestimmte, aber lange Zeit bleiben wird.
Ich möchte gleich zur Sache kommen: Ihr Beitrag zu den Baracoa-Experimenten in unseren Labors war enorm. Sie haben eine Entwicklung eingeleitet, die unserer Ansicht nach in einem Durchbruch mit weitreichenden Auswirkungen für die gesamte Branche gipfeln wird. Wir glauben, daß dieser Durchbruch noch eher zu erreichen ist, wenn Sie baldmöglichst zu uns zurückkehren. Für Ihre Zukunft, junger Mann, ist gesorgt, in der Art und Weise, wie es einem Genie zukommt. Sie werden ein überaus wohlhabender Mann sein.
Allerdings spielt die Zeit von nun an eine wichtige Rolle. Deshalb schlage ich vor, daß Sie die Vermessung unverzüglich verlassen – der Bote wird Ihren etwas abrupten Aufbruch erklären, aber Sie können sicher sein, daß ich Kingston über mein Vorhaben in Kenntnis gesetzt habe und man dort voll und ganz zustimmt. (Die Baracoa-Fasern werden ganz Jamaika nützen.) Es besteht außerdem von beiden Seiten aus Einigung darüber, daß der Leiter der Vermessung, Dr. McAuliff, nicht informiert zu werden braucht, da seine unmittelbaren Interessen mit den unse-

ren natürlich in Konflikt stehen. Als Ersatz für Sie wird innerhalb von wenigen Tagen ein anderer Botaniker zum Vermessungsteam stoßen.

Ich freue mich darauf, Sie wiederzusehen.

Mit freundlichen Grüßen
Arthur Craft senior

James Ferguson hielt vor Überraschung den Atem an, während er den Brief noch einmal las.

Er hatte es geschafft.

Er hatte es wirklich geschafft.

Er sah den Träger an, der lächelte und leise etwas zu ihm sagte.

»Wir brechen am späten Nachmittag auf, Mann. Bevor es dunkel wird. Kommen Sie früh von Ihrer Arbeit zurück. Ich werde Sie am Flußufer treffen. Und dann gehen wir.«

27.

Der Priester stellte sich als ›Malcolm‹ vor. Sie gingen nach Süden, auf Geheimwegen, die über steile Felsen, in verschlungene Höhlensysteme und durch dichten Dschungel führten. Ihr Führer war der Halidon mit der zerlumpten Kleidung und der Feldjacke. Mühelos fand er die verborgenen Pfade im Urwald und die getarnten Eingänge von langen, dunklen Tunneln aus uraltem Gestein. Der feuchte Geruch der tiefen Seen in den Höhlen, das helle Glitzern auf den Stalaktiten, die in ihrer alabasternen Abgeschiedenheit schwebten, vom Strahl der Taschenlampen eingefangen.

McAuliff hatte den Eindruck, sie stiegen in die Eingeweide der Erde hinab, nur um dann aus der Dunkelheit der Höhle auf einem höheren Niveau wieder herauszukommen. Ein geologisches Phänomen – Tunnelhöhlen, die unaufhaltsam anstiegen. Sie waren der Beweis für ozeanisch-terrestrische Erhebungen und zeugten von einer Epoche unglaublicher geophysikalischer Aktivität. Aus den Verwerfungen und Gräben wuchsen Berge in die Höhe – in einem nicht enden wollenden Kampf, die Hitze der Sonne zu erreichen.

Zweimal sahen sie unter sich Bergdörfer, die sie auf einem schmalen Grat am Waldrand umrundeten. Beide Male erklärte Malcolm McAuliff, welche Sekten dort lebten, und erzählte von deren Glauben und religiöser Begründung für den Entschluß, sich der Welt draußen zu entziehen. Er sagte, es gebe im Cock Pit etwa dreiundzwanzig Gemeinschaften, die isoliert lebten. Ihre Zahl konnte nicht genau angegeben werden, denn die Rebellion der Jugendlichen war allgegenwärtig. Diese entdeckten bei ihren regelmäßigen Reisen in die Außenwelt Verlockungen, die stärker als die Drohungen von *Obeah* waren. Aber wenn sich eine oder zwei oder drei dieser Gemeinschaften auflösten, gab es seltsamerweise immer andere, die ihren Platz einnahmen – und manchmal auch ihre kleinen Dörfer.

»Oft ist es nur die Flucht aus dem Elend und der zermürbenden Sinnlosigkeit der Küstenstädte.«

»Dann eliminieren Sie die Sinnlosigkeit.« Alex mußte an den Anblick des alten Kingston denken, an die Wellblechbaracken jenseits der verlassenen, schmutzigen Lastkähne, auf denen die Ausgestoßenen lebten. An die ausgemergelten Hunde, die bis auf die Knochen abgemagerten Katzen, den hoffnungslosen, stumpfen Ausdruck in den Augen der jungen, alt aussehenden Frauen. An die zahnlosen Männer, die um ein paar Münzen für ein Glas Wein bettelten und ihre Notdurft im Schatten dunkler Gassen verrichteten.

Und drei Blocks weiter die strahlenden, makellosen Banken mit ihren glänzenden, getönten Fenstern. Strahlend, makellos. Und obszön an jenem Ort, den sie sich ausgesucht hatten.

»Ja, Sie haben recht«, erwiderte Malcolm. »Von der Sinnlosigkeit werden die Menschen am schnellsten zerfressen. Es ist so leicht, nach dem Sinn zu fragen. Und so schwierig, darauf zu antworten. So kompliziert.«

Sie gingen noch acht Stunden weiter, legten aber nach schwierigen Passagen durch den Dschungel, nach steilen, klippenartigen Abhängen und endlosen Höhlen Pausen ein. McAuliff schätzte, daß sie nicht weiter als siebenundzwanzig oder achtundzwanzig Kilometer ins Cock Pit vorgedrungen waren. Mit jedem Kilometer wurde der Weg tückischer und anstrengender.

Kurz nach fünf Uhr nachmittags, hoch oben auf der Flagstaff Range, gelangten sie an das Ende eines Bergpasses. Plötzlich lag ein grasbewachsenes Plateau vor ihnen, etwa achthundert Meter lang und nicht breiter als fünfhundert Meter. Es reichte bis an eine Felswand heran. Malcolm führte sie nach rechts, an den westlichen Rand. Das Plateau fiel langsam ab, bis es in einen dichten Dschungel überging, so undurchdringlich und bedrohlich, wie McAuliff es selten gesehen hatte.

»Wir nennen dies das Labyrinth Akabas«, sagte Malcolm, als er Alexanders erstauntes Gesicht sah. »Wir haben von den Spartanern einen Brauch übernommen. An seinem elften Geburtstag wird jedes männliche Kind dorthinein gebracht. Vier Tage und vier Nächte muß es dort bleiben.«

»Die Einheit vier ...«, sagte McAuliff genauso zu sich selbst wie zu Malcolm, während er auf die unglaublich dichte Wand des Dschungels unter sich starrte. »Die Odyssee des Todes.«

»Wir sind weder Spartaner noch Arawak«, sagte Malcolm mit einem leisen Lachen. »Die Kinder wissen es nicht – aber sie sind nicht allein ... Kommen Sie.«

Die beiden Halidon drehten sich um und gingen auf die gegenüberliegende Seite des Plateaus zu. Alex warf noch einen letzten Blick auf das Labyrinth Akabas, dann folgte er ihnen.

Am östlichen Rand erwartete sie etwas völlig anderes.

Unter ihnen erstreckte sich ein Tal, kaum achthundert Meter lang und etwa anderthalb Kilometer breit, in dessen Mitte ein spiegelglatter See lag. Das Tal selbst war umgeben von Hügeln, Ausläufern der Berge dahinter. Auf der Nordseite flossen Gebirgsflüsse zu einem mächtigen Wasserfall zusammen, der in einen breiten, deutlich ausgeprägten Kanal hinabstürzte.

Auf der weiter entfernten Seite des Sees lagen Felder – Weiden, auf denen Vieh graste. Kühe, Ziegen, einige Esel und ein paar Pferde. Dieses Gebiet war gerodet und bepflanzt worden – vor vielen Generationen, vermutete Alex.

Auf der Seite des Sees, die ihnen am nächsten war, standen strohgedeckte Hütten, die von großen Kapokbäumen geschützt wurden. Siebzig oder achtzig dieser Häuser schien es auf den ersten Blick zu geben. Sie waren kaum zu sehen, da Bäume und Schlingpflanzen und die dichte tropische Vegetation alle verbliebenen Lücken mit den kräftigen Farben der Karibik ausfüllten. Eine Gemeinschaft unter dem Dach der Natur, dachte Alex.

Dann stellte er sich vor, welchen Eindruck dieser Anblick aus der Luft machen würde. Nicht so, wie er es sah, in einer waagrechten Diagonalen, sondern von oben, von einem Flugzeug aus. Das Dorf – und es war wirklich ein Dorf – würde wie jede andere isolierte Gemeinschaft in den Bergen aussehen, mit strohgedeckten Dächern und in der Nähe liegenden Weideflächen. Der Unterschied lag darin, daß es von Bergen umgeben war. Das Plateau bildete einen Einschnitt in großer Höhe. In diesem Bereich der Flagstaff Range gab es scharfe Aufwinde und unberechenbare Böen. Jets würden eine Mindesthöhe von dreitausendsechshundert Metern einhalten, kleinere Flugzeuge direktes Überfliegen vermeiden. Die ersteren fänden keinen Platz zum Landen, die letzteren würden zweifellos abstürzen, wenn sie es versuchten.

Die Gemeinschaft wurde von einem Naturphänomen über sich und einer mühseligen Reise am Boden, deren Route unmöglich auf einer Landkarte festgehalten werden konnte, geschützt.

»Nicht sehr beeindruckend, was?« Malcolm stellte sich neben McAuliff. Eine Gruppe von Kindern rannte über einen Pfad auf den See zu. Ihr Geschrei wurde vom Wind zu ihnen herübergetragen. Auch zwischen den Hütten waren ein paar Einheimische zu sehen. Größere Gruppen schlenderten am Kanal entlang, der am Wasserfall begann.

»Ich finde es – sehr ordentlich.« Es war das einzige Wort, das McAuliff gerade einfiel.

»Ja«, erwiderte der Halidon. »Das ist es. Kommen Sie, wir gehen hinunter. Sie werden schon erwartet.«

Der Läufer, der sie führte, geleitete sie den felsigen Abhang hinab. Fünf Minuten später waren die drei am westlichen Rand der strohbedeckten Häuser angekommen. Von oben hatte Alex nicht gesehen, wie hoch die Bäume waren, die die einfachen Hütten umgaben. Überall rankten sich dikke Schlingpflanzen, und riesige Farne streckten ihre Arme aus dem Boden und dunklen Winkeln des Gestrüpps.

Schon aus fünfzehn Metern Höhe, dachte McAuliff, war davon nichts mehr zu sehen.

Verborgen vom Dach der Natur.

Der Führer ging über einen Pfad, der einige Hütten in dem dschungelartigen Gebiet miteinander zu verbinden schien.

Die Bewohner trugen wie die meisten Bergbewohner in Jamaika bequeme, weite Kleidung, aber etwas an ihr war anders. McAuliff wußte zuerst nicht, was es war. Er sah aufgekrempelte, khakifarbene Hosen, dunkle Hemden, weiße T-Shirts, bedruckte Blusen – alles völlig normal und auf der ganzen Insel zu sehen. Eigentlich in allen abgelegenen Gegenden der Welt – Afrika, Australien, Neuseeland, wo die Ureinwohner von der schützenden Kleidung der weißen Eindringlinge genommen oder gestohlen hatten, was sie konnten. Daran war also nichts Ungewöhnliches ... Aber etwas war anders, auch wenn Alex einfach nicht feststellen konnte, was.

Plötzlich wußte er es. In dem Augenblick, in dem ihm noch etwas anderes auffiel, das er gesehen hatte: Bücher. Einige – vielleicht drei oder vier oder fünf – der zahlreichen Dorfbewohner trugen Bücher. Sie trugen *Bücher* unter dem Arm oder in der Hand.

Und ihre Kleidung war sauber. Das war es. Man sah feuchte Flecken – offensichtlich Schweiß –, den Schmutz von der Feldarbeit und den Schlamm aus dem See, aber sonst waren ihre Sachen sauber und gepflegt, was in anderen Bergdörfern oder im Outback normalerweise nicht der Fall war. Afrika, Australien, Neuguinea oder Jacksonville, Florida.

Es war nichts Ungewöhnliches, daß Ureinwohner Sachen trugen, die sich in verschiedenen Stadien der Auflösung befanden – zerrissen, zerlumpt, ja sogar zerfetzt. Aber die Kleidung der Menschen hier war unversehrt, ohne einen Riß oder ein Loch.

Keine abgelegten Sachen, keine schlechtsitzende, gestohlene Kleidung.

Der Stamm Akabas lebte tief im Dschungel, aber im Gegensatz zu vielen der isolierten Bergbewohner war dies hier kein ausgelaugter, von Armut geschlagener, primitiver Menschenschlag, der sich kaum von der kargen Landwirtschaft ernähren konnte.

Auf den Pfaden und vor den Häusern konnte Alex kräftige dunkle Körper und klare schwarze Augen sehen, Beweise für eine ausgewogene Ernährung und einen scharfen Verstand.

»Wir gehen direkt zu Daniel«, sagte Malcolm zu dem Führer. »Du kannst uns jetzt allein lassen. Ich danke dir.«

Der Führer wandte sich sofort einem Pfad zu, der wie ein Tunnel unter einem dichten Netz aus dicken Schlingpflanzen hindurchzuführen schien. Er nahm den Pistolengürtel ab und knöpfte seine Feldjacke auf. Das Kommando war zu Hause, überlegte McAuliff. Er konnte sein Kostüm ausziehen – das man absichtlich zerrissen hatte.

Malcolm winkte Alex zu und riß ihn aus seinen Gedanken. Der Pfad, auf dem sie unter einem Schirm aus Maccafats und Kapokbäumen entlanggelaufen waren, bog jetzt scharf nach links ab auf eine Lichtung mit dichtem Spinnengras. Sie erstreckte sich bis jenseits des Wassers, das am Fuß des mächtigen Wasserfalls aus den Bergen in den Kanal schoß. Auf der anderen Seite der breiten Rinne fiel der Boden leicht ab bis zu einem Zaun aus Felsbrocken. Dahinter lagen die Weideflächen, die sich nach rechts zogen und an das Ostufer des Sees angrenzten.

Auf der weitläufigen Weide waren Männer zu sehen, die mit Stöcken in der Hand auf das Vieh zuliefen. Es war schon spät am Nachmittag, die Hitze der Sonne ließ nach. Zeit, das Vieh für die Nacht in den Stall zu bringen, dachte McAuliff.

Begierig darauf, möglichst viel von dem sonderbaren, isolierten Dorf zu sehen, war er geistesabwesend hinter Malcolm hergelaufen, bis ihm plötzlich klar wurde, wo der Halidon ihn hinführte.

Zum Fuß des Berges. Zum Wasserfall.

Sie kamen zum Ufer des Kanals, der sich in den See ergoß, und gingen dann nach links. Alex sah, daß der Wassergraben tiefer war, als es von weitem ausgesehen hatte. Die Ufer waren etwa zweieinhalb Meter hoch. Die deutliche Ausprägung des Kanals, die er vom Plateau aus gesehen hatte, resultierte aus sorgfältig plazierten, in die Erde der Uferböschung eingebetteten Felsbrocken. Dieses Naturphänomen war – wie die bepflanzten Felder – vor vielen Generationen von Menschen angelegt worden.

Drei Holzbretter mit brusthohen Geländern, deren Strebepfeiler in die Uferböschung eingelassen waren, führten hinüber. Stufen aus Stein, offenbar schon vor Jahrzehnten gebaut, gingen hinauf. Die kleinen Brücken lagen etwa fünfzig Meter auseinander.

Da fiel McAuliffs Blick auf ein Gebäude am Fuß des Berges, das er kaum erkennen konnte, da es hinter hohen Bäumen, gewaltigen Riesenfarnen und Hunderten von blühenden Schlingpflanzen verborgen war.

Es war ein Holzbau. Eine große Hütte, deren Fundamente bis an den Kanal heranreichten. Unter den mächtigen Pfeilern, die das verborgene Gebäude stützten, sprudelte das Wasser heraus. Auf jeder Seite der Pfeiler befanden sich Stufen – wieder aus Stein, wieder vor vielen Generationen gebaut –, die zu einem breiten Steg vor dem Gebäude führten. In der Mitte des hölzernen Steges sah Alex eine Tür. Sie war geschlossen.

Aus der Entfernung – und ganz bestimmt von oben – war das Gebäude nicht zu sehen.

In der Länge maß es etwa zehn Meter. Die Breite konnte Alex nicht feststellen, da es im Dschungel und dem herabdonnernden Wasserfall zu verschwinden schien.

Als sie auf die Steinstufen zugingen, blieb Alex überrascht stehen. Auf der Westseite des Gebäudes führten dicke schwarze Kabel aus seinem Inneren heraus, die sich nach oben schlängelten und dann in dem Gewirr aus Blättern verschwanden.

Malcolm drehte sich um und lächelte, als er sah, wie überrascht Alex war. »Unsere Verbindung nach draußen, McAuliff. Funksignale, die in die Verbindungsleitungen des Telefonsystems auf der ganzen Insel eingespeist werden. Ähnlich wie bei Mobiltelefonen, aber in der Regel erheblich klarer als eine gewöhnliche Telefonverbindung. Die Signale können selbstverständlich nicht zurückverfolgt werden. Lassen Sie uns jetzt zu Daniel gehen.«

»Wer ist Daniel?«

»Der Vorsitzende des Rates. Dieses Amt wird durch Wahl vergeben. Aber seine Amtszeit wird nicht durch den Kalender bestimmt.«

»Wer wählt ihn?«

Das Lächeln des Halidon war nicht mehr ganz so strahlend. »Der Rat.«

»Und wer wählt den Rat?«

»Der Stamm.«

»Hört sich wie normale Politik an.«

»Nicht ganz«, sagte Malcolm geheimnisvoll. »Kommen Sie. Daniel wartet schon.«

Der Halidon öffnete die Tür, und McAuliff betrat einen großen hohen Raum, in dessen Wände oben ringsherum Fenster eingelassen worden waren. Er hörte das Donnern des Wasserfalls und die unzähligen Geräusche des Dschungels.

Sein Blick fiel auf hölzerne Stühle – Stühle, die von Hand, nicht von Maschinen gefertigt waren. In der Mitte der rückwärtigen Wand, vor einer zweiten, sehr großen und massiven Tür, stand ein Tisch, an dem ein schwarzes Mädchen Ende Zwanzig saß. Auf ihrem ›Schreibtisch‹ lagen Papiere, und links von ihr, auf einem weißen Computertisch, bemerkte er eine elektrische Schreibmaschine. Ein solches Gerät schien an diesem Ort so völlig fehl am Platz zu sein, daß Alex es überrascht anstarrte.

Er schluckte, als er ein Telefon sah – ein modernes weißes Tastentelefon, das auf einem Regal neben dem Mädchen stand.

»Das ist Jeanine, Dr. McAuliff. Sie arbeitet für Daniel.«

Das Mädchen stand auf. Ihr Lächeln war kurz und nur angedeutet. Sie nickte Alex zögernd zu. In ihren Augen stand ein besorgter Ausdruck, als sie sich an Malcolm wandte.

»Ist alles gutgegangen?«

»Da ich unseren Gast mitgebracht habe, kann ich nicht behaupten, daß wir ungeheuer erfolgreich gewesen wären.«

»Ja«, erwiderte Jeanine, deren besorgter Blick sich jetzt in Angst verwandelte. »Daniel möchte euch sofort sehen. Hier entlang bitte – Dr. McAuliff.«

Das Mädchen ging zu der Tür und klopfte zweimal an. Ohne auf eine Antwort zu warten, drehte sie am Türknauf und öffnete. Malcolm stellte sich neben McAuliff und bedeutete ihm hineinzugehen. Zögernd trat Alex durch die Tür in das Büro des Ratsvorsitzenden.

Der große Raum besaß nur ein einziges, riesiges Fenster aus Bleiglas, das fast die gesamte rückwärtige Wand einnahm. Der Blick nach draußen war ungewohnt und beeindruckend zugleich. Sechs Meter hinter dem Fenster war der mittlere Teil des Wasserfalls. Er nahm die gesamte Fläche der Scheibe ein, man sah nichts anderes als die endlosen, herabstürzenden Wassermassen, deren Donnern gedämpft – wie aus weiter Ferne – zu hören war. Vor dem Fenster befand sich ein langer, massiver Tisch, dessen dunkles Holz glänzte.

Dahinter stand der Mann namens Daniel, der Vorsitzende des Rates.

Er war ein Jamaikaner mit ausgeprägten afro-europäischen Gesichtszügen, etwas mehr als mittelgroß und schlank. Aber er hatte breite Schultern, und sein Körper sah aus wie der eines Langstreckenläufers. Er mochte Anfang Vierzig sein. Es fiel Alex schwer, sein Alter zu schätzen – sein Gesicht wirkte jugendlich, aber seine Augen glänzten alt.

Er lächelte McAuliff an – kurz, freundlich, aber nicht herzlich – und kam mit ausgestreckter Hand um den Tisch herum. Alex sah, daß Daniel eine leichte weiße Hose und ein dunkelblaues Hemd trug, das am Hals offenstand. Um den Hals hatte er ein weißes Seidentuch gelegt, das von einem Goldring zusammengehalten wurde. Es war eine Art Uniform, dachte Alex. So wie Malcolms Gewand eine Uniform war.

»Willkommen, Doktor. Ich werde Sie nicht danach fragen, wie die Reise war. Ich habe sie selbst schon viele Male unternommen. Sie ist fürchterlich.«

Daniel schüttelte McAuliff die Hand. »Da haben Sie recht«, sagte Alex müde.

Abrupt wandte sich der Vorsitzende Malcolm zu. »Wie sieht der Bericht aus? Ich glaube nicht, daß es einen Grund gibt, ihn mir unter vier Augen zu übermitteln. Oder doch?«

»Nein. Piersalls Dokumente existieren tatsächlich. Sie sind versiegelt, und McAuliff wird sie von einem Ort im Umkreis von vierzig Kilometern um das Basislager am Martha Brae ausfliegen lassen. Selbst er weiß nicht, wo das ist. Wir haben drei Tage, Daniel.«

Der Vorsitzende starrte den Priester lange an. Dann kehrte er langsam zu dem Tisch zurück, ohne ein Wort zu sagen. Er stand regungslos da, die Hände auf das Holz der Tischplatte gestützt, und musterte Alex.

»Wir stehen also dank der brillanten Hartnäckigkeit eines ausländischen Inselfanatikers vor der – Kastration. Die Entdeckung macht uns impotent, Dr. McAuliff. Wir werden geplündert werden. Man wird uns unseren Besitz nehmen. Und die Verantwortung dafür tragen Sie – *Sie*. Ein Geologe in Diensten von Dunstone Limited, gleichzeitig ein höchst sonderbarer neuer Mitarbeiter des britischen Geheimdienstes.« Daniel sah zu Malcolm hinüber. »Laß uns bitte allein. Mach dich für die Abreise nach Montego bereit.«

»Wann?«

»Das wird von unserem Besucher hier abhängen. Er wird dich begleiten.«

»Ich werde ihn begleiten?«

»Ja, Dr. McAuliff. Falls Sie dann noch am Leben sind.«

28.

»Es gibt nur eine einzige Drohung einem anderen Menschen gegenüber, die man ernst nehmen muß. Die Drohung, den anderen zu töten.« Daniel war an das riesige Fenster getreten, das die herabstürzenden, nicht enden wollenden Säulen aus Wasser einrahmte. »Da es hier nicht um ideologische Beweggründe geht, die gewöhnlich mit Religion oder Patriotismus zu tun haben, denke ich, daß Sie mir zustimmen.«

»Und weil ich weder religiös noch patriotisch motiviert bin, glauben Sie, daß Sie Ihr Ziel mit dieser Drohung erreichen werden.« McAuliff blieb vor dem langen, glänzenden Tisch stehen. Daniel hatte ihm keinen Stuhl angeboten.

»Ja«, erwiderte der Vorsitzende des Rates der Halidon. Er wandte sich vom Fenster ab. »Ich bin sicher, daß Ihnen bereits gesagt wurde, daß Jamaikas Angelegenheiten nicht die Ihren sind.«

»Man hat mir gesagt, daß es – ›nicht mein Krieg‹ sei.«

»Wer hat das gesagt? Charles Whitehall oder Barak Moore?«

»Barak Moore ist tot«, sagte Alex.

Ganz offensichtlich war der Vorsitzende überrascht. Er schien zu überlegen. »Das tut mir leid. Er war derjenige, der Whitehalls Vormarsch unter Kontrolle hielt. Seine Gruppe hat sonst niemanden. Wir werden jemanden suchen müssen, der seinen Platz einnimmt …«, sagte er dann mit ruhiger Stimme. Er ging zum Tisch, griff nach einem Stift und schrieb etwas auf einen kleinen Notizblock. Dann riß er das Blatt vom Block herunter und legte es zur Seite.

McAuliff konnte mühelos erkennen, was der Vorsitzende geschrieben hatte: »Barak Moore ersetzen.« Trotz der vielen Überraschungen, die er heute erlebt hatte, traf ihn die Bedeutung dieser Notiz wie ein Schlag.

»Einfach so?« fragte er und deutete mit dem Kopf auf das Blatt Papier.

»Einfach wird es nicht, wenn Sie *das* meinen«, erwiderte Daniel. »Setzen Sie sich, Dr. McAuliff. Ich glaube, es ist an der Zeit, daß Sie verstehen. Bevor wir weitermachen …«

Alexander Tarquin McAuliff, Geologe, Inhaber eines Unternehmens in der 38th Street in New York City, USA, setzte sich in einem Büro hoch oben in den unzugänglichen Bergen der Flagstaff Range auf einen handgefertigten Stuhl, tief im Inneren des undurchdringlichen Cock Pit auf der Insel Jamaika, und hörte einem Mann namens Daniel zu, dem Ratsvorsitzenden einer Geheimsekte mit dem Namen Halidon.

Er konnte nicht mehr denken. Er konnte nur noch zuhören.

Die Grundlagen hatte Daniel schnell abgedeckt. Er fragte Alex, ob dieser die Dokumente von Walter Piersall gelesen habe. McAuliff nickte.

Dann bestätigte der Vorsitzende die Richtigkeit von Piersalls Studien, in denen dieser die Anfänge des Stammes Akabas bis zu den Kriegen der Maroon im frühen achtzehnten Jahrhundert zurückverfolgt hatte.

»Akaba war eine Art Mystiker, aber im Grunde genommen ein einfacher Mann. Eine Christusgestalt ohne jene extreme Barmherzigkeit, die das Bild Jesu prägt. Schließlich waren seine Vorfahren mit der Gewalttätigkeit des Dschungels der Coromantees aufgewachsen. Aber seine moralischen Grundsätze waren überaus vernünftig.«

»Was ist die Quelle Ihres Reichtums?« fragte Alex, als er wieder einigermaßen klar denken konnte. »Falls es diesen Reichtum gibt. Und eine Quelle.«

»Gold«, erwiderte Daniel knapp.

»Wo?«

»In der Erde. Auf unserem Land.«

»Es gibt kein Gold in Jamaika.«

»Sie sind Geologe. Sie sollten es eigentlich besser wissen. Es gibt Spuren von kristallinen Ablagerungen in zahlreichen Mineralien auf der ganzen Insel …«

»Unendlich klein«, warf McAuliff ein. »Winzig und so mit wertlosen Erzen durchsetzt, daß eine Trennung gar nicht erst in Frage kommt. Es wäre teurer als das Endprodukt.«

»Trotzdem ist es Gold.«

»Wertlos.«

Daniel lächelte. »Und wie sind die kristallinen Ablagerungen wohl dorthin gekommen? Ich könnte Sie zum Beispiel fragen – rein theoretisch, wenn Sie möchten –, wie die Insel Jamaika entstanden ist.«

»Wie jede isolierte Landmasse in den Ozeanen. Geologische Bodenerhebungen …« Alex brach ab. Die Theorie lag jenseits aller Vorstellungskraft, war ehrfurchtgebietend wegen ihrer Einfachheit. Ein Teil einer Goldader, die vor Millionen von Jahren aus den Erdschichten unter dem Meer herausgebrochen war und in der Masse, die aus dem Wasser gespien wurde, Ablagerungen hinterlassen hatte. »Mein Gott – es gibt eine Ader ...«

»Es besteht kein Anlaß, weiter darüber zu sprechen«, befand Daniel. »Seit Jahrhunderten hat das Kolonialrecht auf Jamaika eindeutig festgelegt, daß alle Edelmetalle, die auf der Insel entdeckt werden, der Krone gehören. Das war der Hauptgrund dafür, daß niemand danach gesucht hat.«

»*Fowler*«, sagte McAuliff leise. »Jeremy Fowler ...«

»Wie bitte?«

»Der Chronist der Krone in Kingston. Vor beinahe einhundert Jahren ...«

Daniel überlegte. »Ja. 1883, um genau zu sein – das also war Piersalls Bruchstück.« Der Vorsitzende der Halidon notierte sich etwas auf einem zweiten Blatt Papier. »Wir werden es verschwinden lassen.«

»Dieser Fowler«, fragte Alex leise. »Hat er es gewußt?«

Daniel hob den Blick vom Notizblock und riß dabei das Blatt herunter. »Nein. Er hat geglaubt, daß er die Wünsche einer aus abtrünnigen Maroon bestehenden Gruppe ausführt, die ein Komplott mit einigen Landbesitzern an der Nordküste geschmiedet hatten. Er sollte die Aufzeichnungen über einen Stammesvertrag zerstören, damit einige tausend Hektar Land für Plantagen gerodet werden konnten. Das hat man ihm erzählt, und dafür wurde er auch bezahlt.«

»Seine Familie in England glaubt immer noch daran.«

»Warum nicht? Es war schließlich« – der Vorsitzende lächelte – »der *Kolonialdienst*. Sollen wir jetzt zu etwas aktuelleren Fragen zurückkehren? Dr. McAuliff, wir wollen, daß Sie verstehen. Und zwar alles.«

»Fahren Sie fort.«

Laut Daniel strebten die Halidon nicht nach politischer Macht. Sie hätten nie danach gestrebt, hätten sich immer aus der eigentlichen Politik herausgehalten und die historische Meinung vertreten, daß aus dem Chaos unterschiedlicher, ja widersprüchlicher Ideologien letzten Endes Ordnung entstehe. Ideen seien größere Denkmäler als Kathedralen, und alle Menschen müßten freien Zugang dazu haben. Das sei die

Lehre Akabas. Die Freiheit der Mobilität, die Freiheit der Gedanken. Die Freiheit zu kämpfen, wenn es sein müsse. Die Religion der Halidon sei im wesentlichen humanitär, seine Dschungelgötter seien Symbole der ständig miteinander im Kampf liegenden Mächte, die sich um die Freiheit der Sterblichen stritten. Die Freiheit, in der Welt zu überleben – auf eine Art und Weise, die innerhalb des Stammes festgelegt worden sei, anderen Stämmen jedoch nicht aufgezwungen werde.

»Keine schlechten Prämissen, nicht wahr?« fragte Daniel zuversichtlich.

»Ja«, antwortete McAuliff. »Aber auch nicht gerade neu.«

»Da muß ich Ihnen widersprechen«, sagte der Vorsitzende. »Die Gedanken mag es vorher schon hundertmal gegeben haben, aber die Umsetzung ist fast beispiellos. Wenn einzelne Stämme eine wirtschaftliche Unabhängigkeit entwickeln, neigen sie dazu, auf einen Punkt hinzusteuern, an dem sie sich möglichst vielen anderen Stämmen aufdrängen wollen. Von den Pharaonen bis zu Cäsar, vom Weltreich – mehreren, dem Heiligen Römischen Reich, dem Britischen und so weiter – bis zu Adolf Hitler, von Stalin bis zu Ihrer eigenen zusammengewürfelten Regierung aus selbstgerechten Missionaren. Nehmen Sie sich vor frommen Heuchlern in acht, Dr. McAuliff. Auf ihre Art waren sie alle fromm. Und manche sind es immer noch.«

»Aber Sie nicht.« Alex sah zu dem riesigen Fenster und den herabstürzenden Wassermassen hinüber. »Sie entscheiden einfach, wer ein frommer Heuchler ist – und dann handeln Sie. ›Die Freiheit zu kämpfen‹, wie Sie es nennen.«

»Glauben Sie, daß dies im Widerspruch zur Absicht steht?«

»Und ob ich das glaube. Wenn ›kämpfen‹ heißt, daß Menschen getötet werden, weil sie nicht Ihren Vorstellungen von dem entsprechen, was akzeptabel ist.«

»Wen haben wir getötet?«

Alexanders Blick wanderte vom Wasserfall zu Daniel hinüber. »Fangen wir einmal mit der letzten Nacht an. Zwei Träger der Vermessung, die sich vermutlich ein paar Dollar beim britischen Geheimdienst dazuverdient haben. Weshalb? Weil sie die Augen aufhalten? Berichten, was wir zu Abend gegessen haben? Wer zu uns gekommen ist? Ihr Läufer, der, den ich ›Marcus‹ genannt habe, sagte, sie seien Agenten. Er hat sie getötet. Und ein fettes Schwein namens Garvey, der ein ziemlich schlechter Kontaktmann gewesen ist, schlecht informiert war und – das muß ich zugeben – schlecht gerochen hat. Aber einen tödlichen Unfall auf der Straße nach Port Maria finde ich etwas drastisch.« McAuliff hielt einen Moment inne und beugte sich in seinem Stuhl nach vor. »Sie haben ein ganzes Vermessungsteam abgeschlachtet, jedes einzelne Mitglied. Soweit ich weiß, wurden sie von Dunstone genauso eingestellt wie ich – sie haben nur nach Arbeit gesucht. Vielleicht können Sie diese Morde ja rechtfertigen, aber weder Sie noch sonst jemand kann den Tod von Walter Piersall rechtfertigen ... Ja, Ehrwürdiger Vorsitzender, ich glaube, Sie sind selbst ein frommer Heuchler.«

Daniel hatte sich während Alexanders wütendem Ausbruch auf den Stuhl hinter dem Tisch gesetzt. Jetzt stellte er den Fuß auf den Boden und schob den Stuhl nach rechts, auf das riesige Fenster zu. »Vor über hundert Jahren war dieses Büro das einzige Gebäude hier. Einer meiner Vorgänger hat es an dieser Stelle gebaut. Er hat darauf bestanden, daß vom Zimmer des Vorsitzenden aus – damals wurde es noch ›Kammer‹ genannt – dieser Teil des Wasserfalls zu sehen ist. Die ständige Bewegung und das gedämpfte Geräusch, behauptete er, zwängen einen Menschen zur Konzentration, brächten ihn dazu, weniger wichtige Überlegungen zu vergessen ... Dieser schon lange in Vergessenheit geratene Rebell hatte recht. Ich höre nie auf, darüber zu staunen, wie die unterschiedlichsten Formen und Muster im Wasser entstehen. Und während ich staune, konzentriert sich mein Verstand.«

»Wollen Sie mir damit sagen, daß die Menschen, die getötet wurden – weniger wichtige Überlegungen waren?«

Daniel schob seinen Stuhl wieder zurück und sah McAuliff an. »Nein, Doktor. Ich habe versucht, einen Weg zu finden, wie ich Sie überzeugen kann. Ich werde Ihnen die Wahrheit sagen, aber ich bin mir nicht sicher, ob Sie mir glauben. Unsere Läufer, unsere Führer – unsere Maulwürfe, wenn Sie so wollen – sind so ausgebildet, daß sie, wann immer möglich, auf Schein aufbauen. Angst, McAuliff, ist eine äußerst effektive Waffe. Eine gewaltlose Waffe. Daraus folgt jedoch nicht unbedingt, daß wir gewaltlos sind ... Ihre Träger sind nicht tot. Man hat sie gefangengenommen, ihnen die Augen verbunden, sie bis kurz vor Weston Favel gebracht und dann laufengelassen. Sie sind nicht verletzt, aber man hat ihnen einen panischen Schrecken eingejagt. Sie werden nie wieder für den MI5 oder den MI6 arbeiten. Garvey ist tot, aber wir haben ihn nicht getötet. Ihr Mr. Garvey hat alles verkauft, was er in die Finger bekam, einschließlich Frauen und ganz besonders jungen Mädchen. Er wurde von einem verzweifelten Vater auf der Straße nach Port Maria erschossen. Das Motiv liegt nahe. Wir haben einfach behauptet, daß wir es getan hätten ... Sie sagen, wir hätten das Vermessungsteam von Dunstone abgeschlachtet. Es war umgekehrt, Doktor. Drei der vier Weißen versuchten, unseren Spähtrupp abzuschlachten. Sie haben sechs unserer jungen Männer getötet, nachdem sie sie zu einem Gespräch ins Lager eingeladen hatten.«

»Einer dieser – Weißen war ein britischer Agent.«

»Malcolm hat uns das gesagt.«

»Ich glaube nicht, daß ein ausgebildeter Geheimagent wahllos töten würde.«

»Malcolm ist der gleichen Meinung. Aber trotzdem ist es geschehen. Ein Geheimagent ist in erster Linie ein Mann. Kommt es plötzlich zum Kampf, schlägt er sich auf eine Seite. Dieser Mann, wer immer es auch war, hat seine Seite gewählt ... Er war nicht verpflichtet, sich so zu entscheiden, wie er es getan hat.«

»Und der vierte Mann? Er war also anders?«

»Ja.« In Daniels Augen stand plötzlich ein nachdenklicher Ausdruck. »Er war ein guter Mann. Ein Holländer. Als ihm klar wurde, was die anderen taten, protestierte er. Er lief weg, um den Rest unseres Trupps zu warnen. Er wurde von seinen eigenen Leuten erschossen.«

Eine Weile sagte keiner der beiden Männer ein Wort.

»Was ist mit Walter Piersall? Können Sie das auch erklären?« fragte McAuliff schließlich.

»Nein«, sagte Daniel. »Wir wissen nicht, was passiert ist. Oder wer ihn getötet hat. Wir haben Vermutungen, aber mehr nicht. Walter Piersall war der letzte auf Erden, den wir tot sehen wollten. Besonders unter diesen Umständen. Wenn Sie das nicht verstehen, sind Sie dumm.«

McAuliff stand auf und ging ziellos zu dem riesigen Fenster hinüber. Er spürte Daniels Blick auf sich. Er zwang sich dazu, auf den herabstürzenden Wasserschwall vor sich zu blicken. »Warum haben Sie mich hierhergebracht? Warum haben Sie mir soviel erzählt? Über sich – und alles andere?«

»Wir hatten keine Wahl. Es sei denn, Sie hätten gelogen oder Malcolm wäre getäuscht worden, was ich beides nicht glaube ... Außerdem verstehen wir Ihre Situation und die Umstände, die dazu geführt haben. Als Malcolm aus England geflohen ist, hat er das komplette Dossier des MI5 über Sie mitgebracht. Wir sind bereit, Ihnen ein Angebot zu machen.«

Alex drehte sich um und sah den Vorsitzenden an. »Ich bin sicher, daß ich es nicht zurückweisen kann.«

»Wohl kaum. Ihr Leben. Und das Leben der Menschen, die bei der Vermessung mitarbeiten.«

»Piersalls Dokumente?«

»Etwas mehr als das, aber die Dokumente natürlich auch«, antwortete Daniel.

»Sprechen Sie weiter.« McAuliff blieb am Fenster stehen. Das gedämpfte Donnern des Wasserfalls war seine Verbindung zur Außenwelt. Es wirkte beruhigend.

»Wir wissen, was die Engländer wollen – die Liste der Namen, aus denen Dunstones Management besteht. Die internationalen Finanziers, die aus dieser Insel ein Wirtschaftsasyl machen wollen, eine zweite Schweiz. Es ist noch nicht lange her, nur wenige Wochen, da sind sie aus der ganzen Welt hier zusammengekommen, in Port Antonio. Einige haben ihren richtigen Namen benutzt, die meisten nicht. Der Zeitpunkt ist günstig. Ein Schweizer Bankinstitut nach dem anderen ist plötzlich nicht mehr so verschwiegen wie sonst, wenn es um seine Konten geht. Sie stehen natürlich unter einem ungeheurem Druck ... Wir haben die Dunstone-Liste. Wir werden tauschen.«

»Die Liste für unser Leben? Und die Dokumente ...«

Daniel lachte, weder grausam noch freundlich. Es war ein Ausdruck echten Humors. »Doktor, ich fürchte, Sie sind derjenige, der von weniger wichtigen Überlegungen besessen ist. Es stimmt, daß wir Piersalls Dokumenten einen hohen Wert beimessen, aber die Briten tun das nicht. Wir müssen so denken wie unsere Gegenspieler. Die Briten wollen vor allen Dingen die Dunstone-Liste. Und wir wollen vor allen Dingen, daß der britische Geheimdienst und alles, was damit zusammenhängt, aus Jamaika verschwindet. Das ist der Tausch, den wir anbieten.«

McAuliff stand regungslos am Fenster. »Ich verstehe Sie nicht.«

Der Vorsitzende beugte sich vor. »Wir verlangen ein Ende des englischen Einflusses. So, wie wir auch ein Ende des Einflusses aller anderen Länder – Stämme, wenn Sie so wollen, Doktor – auf dieser Insel verlangen. Kurz gesagt, wir wollen, daß Jamaika den Jamaikanern überlassen wird.«

»Dunstone würde es Ihnen nicht überlassen«, wagte Alex einzuwenden. »Ich würde sagen, daß Dunstones Einfluß sehr viel gefährlicher als der jedes anderen ist.«

»Mit Dunstone müssen wir selbst fertig werden, dafür haben wir bereits Pläne gemacht. Dunstone wurde von Finanzgenies ersonnen. Aber sobald sie einmal in unserem Land sind, haben wir unzählige Alternativen. Unter anderem Enteignung ... Diese Alternativen verlangen Zeit. Wir wissen beide, daß die Briten keine Zeit haben. England kann es sich nicht leisten, Dunstone Limited zu verlieren.«

McAuliffs Gedanken rasten zurück in sein Hotelzimmer im Savoy – und zu R. C. Hammonds ruhigem Eingeständnis, daß wirtschaftliche Aspekte ein Faktor seien. Sogar ein ziemlich wichtiger.

Hammond, der Manipulator.

Alex kehrte zu seinem Stuhl zurück und setzte sich. Ihm wurde klar, daß Daniel ihm Zeit gab zu überlegen, die Tragweite dieser neuen Informationen zu begreifen. Er hatte so viele Fragen. Er wußte, daß die meisten davon nicht beantwortet werden konnten, aber einige waren ihm wichtig. Er mußte es versuchen.

»Vor einigen Tagen«, begann er unbeholfen, »als Barak Moore starb, war ich beunruhigt, weil es jetzt niemanden mehr gibt, der sich Charles Whitehall in den Weg stellt. Sie denken genauso. Ich habe gesehen, was Sie sich notiert haben …«

»Wie lautet Ihre Frage?« fragte Daniel höflich.

»Ich hatte recht, nicht wahr? Sie sind die beiden Extreme. Sie haben Anhänger. Sie sind nicht nur bloße Fanatiker.«

»Whitehall und Moore?«

»Ja.«

»Wohl kaum. Sie sind die charismatischen Führer. Moore *war* es, Whitehall *ist* es. In allen sich neu formierenden Staaten gibt es in der Regel drei politische Richtungen: Rechte, Linke und die bequeme Mitte – die Überbleibsel, die sich festgesetzt haben und inzwischen wissen, wie alles funktioniert. Die Mitte ist in hohem Maße bestechlich, denn sie führt immer noch die gleichen langweiligen Aufgaben in der Bürokratie aus, hat aber plötzlich neue Autorität. Sie wird zuerst ersetzt. Das geht am besten dadurch, daß die reifsten Vertreter beider Extreme eingeschleust werden. Friedliches Gleichgewicht.«

»Und darauf warten Sie? Wie ein Schiedsrichter?«

»Ja, treffend bemerkt, Doktor. Wissen Sie, dieser Kampf ist nicht ohne Ehre. Auf jeder Seite sind positive Faktoren zu finden … Unglücklicherweise macht Dunstone unsere Aufgabe noch schwieriger. Wir müssen die Kämpfer gut im Auge behalten.«

Der Blick des Vorsitzenden irrte wieder herum, und wieder war da ein kurzes, fast unmerkliches Nachdenken.

»Warum?« fragte Alex.

Zuerst schien Daniel nicht antworten zu wollen. Dann seufzte er hörbar. »Also gut … Barak Moores Reaktion auf Dunstone wäre gewalttätig. Ein Blutbad – Chaos. Whitehalls Reaktion wäre genauso gefährlich. Er würde zunächst ein Geheimabkommen anstreben, das auf rein finanzieller Basis funktioniert. Er könnte benutzt werden wie viele der deutschen Industriellen, die allen Ernstes glaubten, sie würden Hitler benutzen. Nur basiert das Bündnis auf absoluter Macht.«

McAuliff lehnte sich zurück. Langsam fing er an zu verstehen. »Wenn Dunstone aus dem Spiel ist, sind Sie also wieder bei Ihrem – was war es – gesunden Kampf?«

»Ja«, bestätigte Daniel mit ruhiger Stimme.

»Dann wollen Sie und die Briten doch das gleiche. Wie können Sie da Bedingungen stellen?«

»Weil sich unsere Lösungen voneinander unterscheiden. Wir haben Zeit und das Vertrauen darauf, daß wir letzten Endes die Kontrolle erlangen werden. Die Engländer – und die Franzosen und die Amerikaner und die Deutschen – haben weder das eine noch das andere. Die wirtschaftlichen Katastrophen, die sie hinnehmen müßten, könnten für uns ein Vorteil sein. Das ist alles, was ich zu diesem Thema sagen werde ... Wir haben die Dunstone-Liste. Sie werden den Briten unser Angebot überbringen.«

»Ich werde mit Malcolm nach Montego Bay gehen ...«

»Sie werden eskortiert und bewacht«, unterbrach Daniel ihn barsch. »Die Mitglieder des geologischen Vermessungsteams sind unsere Geiseln. Sollte man unsere Anweisungen mißachten, werden sie sofort hingerichtet.«

»Und wenn mir der britische Geheimdienst nicht glaubt? Was zum Teufel soll ich dann tun?«

Daniel stand auf. »Er wird Ihnen glauben, McAuliff. Denn Ihre Reise nach Montego Bay ist nur ein Teil der Neuigkeiten, die bald überall auf der Welt Schlagzeilen machen werden. In mehreren Hauptstädten wird es große Aufregung geben. Und Sie werden dem britischen Geheimdienst sagen, daß dies unser Beweis ist. Es ist nur die Spitze des Dunstone-Eisberges ... Oh, man wird Ihnen glauben, McAuliff. Zwölf Uhr mittags Londoner Zeit. Morgen.«

»Das ist alles, was Sie mir sagen?«

»Nein. Noch etwas. Wenn die Vorstellung beginnt, wird der in Panik geratene Gigant – Dunstone – seine Killer ausschwärmen lassen. Auch Sie sind eines seiner Ziele.«

Verärgert stand McAuliff auf. »Danke für die Warnung«, sagte er.

»Gern geschehen«, erwiderte Daniel. »Und jetzt kommen Sie bitte mit.«

Vor dem Büro unterhielt sich Malcolm, der Priester, leise mit Jeanine. Als sie Daniel sahen, verstummten beide. Jeanine stellte sich Daniel in den Weg.

»Es gibt Neuigkeiten vom Martha Brae«, sagte sie.

Alex sah den Vorsitzenden an und dann wieder das Mädchen. ›Martha Brae‹ mußte das Lager der Vermessung sein. Er wollte etwas sagen, wurde aber von Daniel unterbrochen.

»Was immer es ist, sag es uns beiden.«

»Es geht um zwei Männer. Der junge Mann, Ferguson, und der Erzspezialist, Peter Jensen …«

Alex fing wieder an zu atmen.

»Was ist passiert?« fragte Daniel. »Der junge Mann zuerst.«

»Ein Läufer kam ins Lager und hat ihm einen Brief von Arthur Craft senior gebracht. Darin hat Craft Versprechungen gemacht und Ferguson angewiesen, die Vermessung zu verlassen und nach Port Antonio zur Stiftung zu kommen. Unsere Kundschafter sind ihnen gefolgt und haben sie einige Kilometer flußabwärts abgefangen. Sie werden jetzt dort festgehalten, südlich von Weston Favel.«

»Craft hat die Sache mit seinem Sohn herausgefunden«, sagte Alex. »Er versucht, Ferguson zu kaufen.«

»Der Kauf könnte sich als sehr vorteilhaft für Jamaika erweisen. Und Ferguson ist keine Geisel, der wir besonderen Wert beimessen.«

»Ich habe ihn auf die Insel gebracht. Für mich hat er einen Wert«, antwortete Alex betont kühl.

»Wir werden sehen.« Daniel wandte sich an das Mädchen. »Sag den Kundschaftern, sie sollen bleiben, wo sie sind. Ferguson und der Läufer sollen festgehalten werden. Weitere Anweisungen folgen. Was ist mit Jensen?«

»Er ist in Ordnung. Die Kundschafter sind ihm auf der Spur.«

»Er hat das Lager verlassen?«

»Unsere Männer glauben, er tut nur so, als hätte er sich verlaufen. Heute früh, kurz nachdem Dr. McAuliff aufgebrochen ist, ließ er seinen Träger eine sogenannte Azimutlinie spannen. Dazu schickte er ihn ziemlich weit weg, und dabei sollte er einen Nylonfaden abwickeln. Verständigt haben sich die beiden dadurch, daß sie an dem Faden gezogen haben, offensichtlich ...«

»Und Jensen hat die Leine abgeschnitten und sein Ende an einen jungen Baum gebunden«, warf Alex schnell ein. »Mit einer Schlinge um einen dicken Ast in der Nähe.«

»Woher wissen Sie das?« Daniel schien fasziniert zu sein.

»Das ist ein uralter, ganz und gar nicht komischer Trick im Gelände. Ein geschmackloser Scherz. Damit werden unerfahrene Neulinge hereingelegt.«

Daniel wandte sich wieder an das Mädchen. »Damit ihn sein Träger nicht finden konnte. Wo ist Jensen jetzt?«

»Er hat versucht, Malcolms Spur aufzunehmen«, erwiderte sie. »Die Kundschafter sagen, daß es ihm beinahe gelungen wäre. Aber er hat aufgegeben und ist in einem großen Kreis bis zum westlichen Hügel gelaufen. Von dort aus kann er den ganzen Lagerplatz beobachten. Alle Wege dorthin.«

»Er wird die ganzen drei Tage dort warten, hungernd und von Raubkatzen umgeben, wenn er glaubt, daß es ihm etwas nützt. Er wagt es nicht, ohne etwas in der Hand zu Warfield zurückzugehen.« Daniel sah Alex an. »Wußten Sie, daß er Sie als Leiter der Vermessung ausgesucht hat?«

»Er hat mich ...« McAuliff sprach nicht weiter. Es hatte keinen Sinn, dachte er.

»Sag unseren Leuten, daß sie bei ihm bleiben sollen«, befahl der Vorsitzende. »Sie sollen in seiner Nähe bleiben, ihn aber nicht ergreifen – es sei denn, er benutzt ein Funkgerät, um sich mit der Küste in Verbindung zu setzen. Wenn er das tut, tötet ihn.«

»Was zum Teufel sagen Sie da?« wollte McAuliff verärgert wissen. »Verdammt noch mal, Sie haben kein Recht dazu!«

»Wir haben das Recht dazu, Doktor. Abenteurer wie Sie kommen auf diese Insel. Verderben sie mit Ihrem Schmutz.

Erzählen Sie mir nichts von Rechten, McAuliff!« So plötzlich, wie Daniel seine Stimme erhoben hatte, senkte er sie auch wieder. »Ruf den Rat zusammen«, sagte er zu dem Mädchen.

29.

Daniel führte McAuliff die Stufen hinunter in das dichte Gras auf dem linken Ufer des rauschenden Kanals. Keiner der beiden Männer sprach. Alex warf einen Blick auf seine Armbanduhr. Sie zeigte beinahe acht Uhr an. Das Licht der untergehenden Sonne schob sich in orangefarbenen Spektralstrahlen hinter den Bergen im Westen hervor. Die Berge verwandelten sich in braunschwarze Silhouetten, was ihre ungeheure Größe, ihr festungsartiges, gewaltiges Ausmaß noch mehr betonte. Der See sah aus wie eine riesige Scheibe aus dunklem, auf Hochglanz poliertem Glas, in dem sich die Schatten der Berge und die Strahlen der orangefarbenen Sonne spiegelten.

Über die sanft abfallende Lichtung gingen sie zu dem Steinzaun hinüber, der an die Weideflächen angrenzte. Darin war ganz links ein Gatter eingelassen. Daniel hielt darauf zu, löste den großen Riegel und stieß es auf. Er bedeutete McAuliff hindurchzugehen.

»Ich möchte mich für meinen Ausbruch vorhin entschuldigen«, sagte der Vorsitzende, während sie die Weide betraten. »Er hat den Falschen getroffen. Sie sind ein Opfer, kein Angreifer. Wir wissen das.«

»Und was sind Sie? Sind Sie ein Opfer? Oder ein Angreifer?«

»Ich bin der Vorsitzende des Rates. Wir sind weder das eine noch das andere. Das habe ich Ihnen bereits erklärt.«

»Sie haben mir vieles erklärt, aber ich weiß immer noch nichts über Sie«, sagte McAuliff. Er sah zu einem Tier hinüber, das im dunkler werdenden Licht der Weide auf sie zukam – ein junges Pferd. Es wieherte und tänzelte zögernd herum, während es sich näherte.

»Dieses Fohlen bricht ständig aus«, lachte Daniel, als er dem nervösen Tier auf den Hals klopfte. »Es wird schwierig sein, den hier zu dressieren ... *Ab mit dir!*« rief er und schlug dem Fohlen auf die Flanke. Bockend und wiehernd kehrte es auf die Weide zurück.

»Ich glaube, das genau meine ich«, sagte Alex. »Wie ›dressieren‹ Sie – Menschen? Wie bilden Sie sie aus? Wie halten Sie sie davon ab auszubrechen?«

Daniel blieb stehen und sah McAuliff an. Sie waren allein auf der großen Weide, die von der untergehenden Sonne in bunte Farben getaucht wurde. Das Licht machte den Vorsitzenden zu einer Silhouette. McAuliff mußte die Augen mit der Hand beschatten. Er konnte Daniels Augen nicht sehen, aber er spürte sie.

»Wir sind in vielerlei Hinsicht ein unkompliziertes Volk«, sagte der Halidon. »Die Technologie, die wir brauchen, wird von draußen herbeigeschafft, zusammen mit dem, was wir für unsere medizinische Versorgung benötigen, den wichtigsten Maschinen für die Landwirtschaft und so weiter. Immer von Angehörigen unseres Stammes, die geheime Bergpfade benutzen. Abgesehen davon können wir uns hier selbst versorgen. Unsere Ausbildung – wie Sie das nennen – besteht darin, daß wir verstehen, welch ungeheure Reichtümer wir besitzen. Unsere Isolation ist beileibe nicht absolut. Das werden Sie noch sehen.«

Schon von Kindesbeinen an, so erklärte Daniel, werde einem Halidon gesagt, daß er privilegiert sei und sein Geburtsrecht durch seine Lebensweise rechtfertigen müsse. Der ethische Grundsatz, seinen Beitrag zu leisten, werde schon früh in der Erziehung verankert, ebenso wie die Notwendigkeit, das eigene Potential so gut wie möglich zu nutzen. Die Welt draußen beschreibe man bis ins Detail – Einfaches und Kompliziertes, Krieg und Frieden, Gut und Böse. Nichts verschweige man. Der Fantasie der Jugendlichen werde kein Raum für Übertreibungen gelassen. Realistische Verlockungen kompensiere man – vielleicht etwas zu streng, gab Daniel zu – mit realistischen Strafen.

Kurz vor seinem oder ihrem zwölften Geburtstag werde

der Halidon von Lehrern, den Ältesten des Rates und schließlich vom Vorsitzenden selbst umfangreichen Tests unterzogen. Auf der Grundlage der Ergebnisse wähle man dann einige für die Ausbildung in der Außenwelt aus. Drei Jahre der Vorbereitung folgten, in denen man sich auf bestimmte Fähigkeiten oder Berufe konzentriere.

Wenn sie oder er sechzehn Jahre alt sei, bringe man sie oder ihn zu einer Familie in der Außenwelt, deren Vater und Mutter Angehörige des Stammes seien. Mit Ausnahme von seltenen Besuchen in der Gemeinschaft und Treffen mit den eigenen Eltern sei diese Familie für eine Reihe von Jahren Wächterin des Halidon.

»Gibt es keine Abtrünnigen?« fragte Alex.

»Selten«, erwiderte Daniel. »Der Auswahlprozeß ist sehr gründlich.«

»Was passiert, wenn er nicht gründlich genug ist? Wenn es ...«

»Diese Frage werde ich nicht beantworten«, unterbrach ihn der Vorsitzende. »Ich möchte Ihnen nur sagen, daß das Labyrinth Akabas eine Drohung ist, mit der kein Gefängnis konkurrieren kann. Dadurch wird die Zahl der Übeltäter – von innen wie auch von außen – auf ein Mindestmaß reduziert. Abtrünnige gibt es sehr selten.«

Der Klang von Daniels Stimme veranlaßte Alex, dieses Thema lieber nicht weiterzuverfolgen. »Sie werden wieder zurückgebracht?«

Daniel nickte.

Die Bevölkerung der Halidon übe eine freiwillige Geburtenkontrolle aus. Daniel erklärte, daß es für jedes Paar, das mehr Kinder wolle, auch ein Paar gebe, das weniger oder überhaupt keines wolle. Und zu McAuliffs Überraschung fügte der Vorsitzende hinzu: »Es finden Heiraten zwischen uns und den Menschen in der Außenwelt statt. Das ist natürlich unvermeidlich und – notgedrungen – sogar erwünscht. Aber es ist ein komplizierter Prozeß, der sich über viele Monate hinzieht und strikten Regeln unterworfen ist.«

»Ein umgekehrter Auswahlprozeß?«

»Der denkbar schärfste. Er wird von den Wächtern kontrolliert.«

»Was passiert, wenn die Ehe nicht ...«

»Auch diese Frage werde ich Ihnen nicht beantworten, Doktor.«

»Ich könnte mir vorstellen, daß die Strafen ziemlich drastisch sind«, murmelte Alex.

»Sie können sich vorstellen, was Sie wollen«, sagte Daniel. Er ging weiter. »Aber es ist von größter Wichtigkeit, daß Sie eines verstehen. Wir haben ungeheuer viele, ja Hunderte von Wächtern – Stützpunkten – in allen Ländern dieser Welt. In jedem Beruf, in allen Regierungen, in Dutzenden von Universitäten und Institutionen, überall. Sie werden nie wissen, wer zu den Halidon gehört. Das ist unsere Drohung und letzten Endes auch unser Schutz.«

»Wollen Sie damit sagen, daß Sie mich umbringen lassen, wenn ich etwas von dem verrate, was ich weiß?«

»Sie und alle Mitglieder Ihrer Familie. Frau, Kinder, Eltern – für den Fall, daß es keine Familie gibt, Geliebte, enge Freunde, jeden, der Einfluß auf Ihr Leben hatte oder hat. Ihre Identität, selbst die Erinnerung an Sie, wird ausgelöscht werden.«

»Sie können nicht jeden kennen, mit dem ich rede, nicht von jedem Telefongespräch wissen, das ich führe. Wo ich gerade bin. Das kann *niemand!* Ich könnte eine Armee zusammenstellen. Ich könnte nach Ihnen suchen!«

»Aber das werden Sie nicht tun«, sagte Daniel. Im Gegensatz zu McAuliff blieb er völlig ruhig. »Aus dem gleichen Grund, aus dem andere es auch nicht getan haben ... Kommen Sie. Wir sind da.«

Sie hatten das andere Ende der Weide erreicht. Vor ihnen lag der undurchdringliche, alles verschlingende Dschungel des Cock Pit, umgeben von den Schatten der Dunkelheit.

Plötzlich, ganz unvermittelt, war die Luft von einem durchdringenden Geräusch erfüllt, das einen furchtbaren Nachhall hatte. Es war ein heulendes, nicht menschliches Wehklagen. Ein tiefer Ton, atemlos, der alles einhüllte und überall widerhallte. Der Klang eines riesigen Holzblasinstrumentes, der langsam anschwoll, zu einem einfachen, geheimnisvollen Thema wurde und dann wieder in den klagenden Schrei der Hauptmelodie überging.

Er wurde lauter und lauter. Das Echo nahm die Baßtöne auf und schleuderte sie durch den Dschungel, warf sie gegen die Felswände der umliegenden Berge, bis die Erde zu vibrieren schien.

Und dann hörte es plötzlich wieder auf. McAuliff stand wie erstarrt da. In einiger Entfernung sah er die Umrisse von Gestalten, die im diffusen Licht der beginnenden Dunkelheit langsam und zielstrebig mit gemessenen Schritten über die Weide kamen. Einige von ihnen trugen Fackeln mit niedrig brennenden Flammen.

Zuerst waren es nur vier oder fünf, die vom Gatter herüberkamen. Dann schritten einige vom Südufer des schwarz glänzenden Sees heran. Andere tauchten aus der Dunkelheit im Norden auf. Auf dem Wasser waren Flachboote zu sehen, jedes mit einer Fackel.

Innerhalb von wenigen Minuten waren es zehn, dann zwanzig, dreißig – McAuliff hörte auf zu zählen. Sie kamen von überallher. Dutzende von langsam voranschreitenden Körpern, die leicht hin und her wiegten, während sie über die dunklen Felder gingen.

Sie strömten zu der Stelle, an der McAuliff und Daniel standen.

Wieder erscholl das nichtmenschliche Heulen, diesmal lauter als vorher – wenn das überhaupt möglich war –, und McAuliff preßte die Hände auf seine Ohren. Die Schwingungen in seinem Kopf und seinem Körper bereiteten ihm Schmerzen – echte, physische Schmerzen.

Daniel berührte ihn an der Schulter. Alex wirbelte herum, als hätte ihn jemand geschlagen. Einen Augenblick lang hatte er das auch geglaubt, so sehr schmerzten ihn die qualvollen Empfindungen, die durch den ohrenbetäubenden Klang des schrecklichen Wehklagens verursacht wurden.

»Kommen Sie«, sagte Daniel leise. »Das *Hollydawn* kann Sie verletzen.«

McAuliff hatte ihn richtig verstanden, das wußte er. Daniel hatte das Wort anders ausgesprochen – nicht ›Halidon‹, sondern ›Hollydawn‹. Als ob der widerhallende, ohrenbetäubende Ton ihn dazu gebracht hätte, zu einer primitiveren Sprache zurückzukehren.

Mit schnellen Schritten eilte Daniel voraus zu einer Stelle, die McAuliff für eine Wand aus Gestrüpp hielt. Aber dann stieg der Halidon plötzlich in einen tiefen Graben hinunter, der offenbar im Dschungelboden ausgehoben worden war. Alex rannte ihm nach, um ihn einzuholen, und wäre fast eine lange, steile Treppe hinuntergefallen, die in den Fels gehauen war.

Die sonderbare Treppe wurde zu beiden Seiten immer breiter, je tiefer sie führte, bis McAuliff sah, daß sie in ein primitives Amphitheater hinabgestiegen waren, dessen Wände zehn oder zwölf Meter hinauf bis zur Erdoberfläche reichten.

Plötzlich war der ohrenbetäubende, qualvolle Ton von oben verschwunden. Es hatte aufgehört. Alles war ruhig.

Das Amphitheater, das aus einer Art Steinbruch herausgeschlagen worden war, ließ keine Geräusche von draußen herein.

McAuliff blieb stehen und sah auf die einzige Lichtquelle hinunter – eine niedrig brennende Flamme, mit der die Wand eines Felsens im rückwärtigen Teil des Amphitheaters beleuchtet wurde. In die Wand war eine Platte aus mattem, gelbem Metall eingelassen worden. Auf dieser Metallplatte lag ein ausgedörrter Leichnam. Vor dem Leichnam war ein geflochtenes Gitter aus dünnen Stäben befestigt, die aus dem gleichen gelben Material gefertigt waren.

McAuliff mußte nicht näher herangehen, um zu wissen, um welches Material es sich handelte – Gold.

Und der ausgedörrte, uralte Leichnam – der einmal ein riesiger Mann gewesen sein mußte – war der Leichnam des geheimnisvollen Nachfahren der Coromantees-Häuptlinge.

Akaba.

Die sterblichen Überreste des Vorfahren – der die Jahrhunderte überwunden hatte. Das wahre Kreuz des Stammes von Akaba. Damit die Gläubigen ihn sehen konnten. Und spüren.

»Hier hinunter.« Daniel hatte die Worte geflüstert, aber Alex hatte sie deutlich gehört. »Sie sitzen neben mir. Bitte beeilen Sie sich.«

McAuliff stieg die restlichen Stufen bis auf den Boden des Amphitheaters hinab und ging dann zu dem Halidon, der auf der rechten Seite der einfachen Bühne wartete. Aus der Wand dahinter ragten zwei Steinblöcke. Daniel deutete auf einen davon – den, der dem Leichnam Akabas am nächsten war, keine zwei Meter davon entfernt.

McAuliff setzte sich auf den harten Stein. Seine Augen wanderten zu dem offenen Katafalk aus massivem und geflochtenem Gold hinüber. Der lederartige Leichnam war in ein rötlichschwarzes Gewand gekleidet. Hände und Füße waren unbedeckt – und riesig, so riesig wie der Kopf. Berücksichtigte man die Schrumpfung von zwei Jahrhunderten, mußte der Mann ungeheuer groß gewesen sein – gut zwei Meter.

Die einzelne Fackel unterhalb des goldenen Sarges warf flackernde Schatten an die Wand. Die dünnen Stäbe, die sich kreuzweise über die Vorderseite des in die Wand gehauenen Sarges zogen, fingen die Flamme in Dutzenden von winzigen Lichtreflexen ein. Je länger man hinsah, dachte Alex, desto leichter fiel es zu glauben, daß dies die Hülle eines aufgebahrten Gottes war. Ein Gott, der über die Erde geschritten war und sie bearbeitet hatte – selbst zweihundert Jahre hatten die Spuren an den riesigen Händen und Füßen nicht löschen können. Aber dieser Gott, dieser Mann hatte sich nicht so abgemüht wie andere …

McAuliff hörte das Geräusch gedämpfter Schritte und warf einen Blick nach oben in das kleine Amphitheater. Die Halidon kamen durch den Eingang, der im Dunkeln lag, und über die Treppe, eine Prozession aus Männern und Frauen, die sich in die Durchgänge zwischen den steinernen Sitzreihen verteilten und dort ihre Plätze einnahmen.

Schweigend.

Plötzlich, ohne Warnung, erfüllte der Klang des Hollydawn die Stille mit der Wucht einer Explosion. Das donnernde, heulende Wehklagen schien aus den Eingeweiden der felsbedeckten Erde herauszubrechen und nach oben gegen den Stein anzustürmen, um sich dann in der riesigen Grube zu entladen, die das Grab Akabas war.

McAuliff spürte, wie die Luft aus seinen Lungen entwich und ihm das Blut in den Kopf schoß. Er preßte das Gesicht gegen die Knie, die Hände auf die Ohren gepreßt, am ganzen Körper zitternd.

Der Schrei erreichte seinen Höhepunkt, ein furchtbares, kreischendes Brausen in der Luft, das zu einem irrsinnigen Ton anschwoll. *Kein Mensch konnte das aushalten!* dachte Alex, der zitterte, wie er noch nie in seinem Leben gezittert hatte.

Und dann war es urplötzlich wieder vorbei. Die Stille kehrte zurück.

Langsam setzte er sich wieder auf, ließ die Hände sinken und klammerte sich an den Stein, um die heftigen Zuckungen zu kontrollieren, die durch seinen Körper schossen. Sein Blick war getrübt, da ihm das Blut in die Schläfen gestiegen war. Langsam hellte sich der Nebel auf, und dann konnte er wieder klar sehen. Er blickte zu den Reihen der Halidon hinauf, zu den auserwählten Angehörigen des Stammes von Akaba.

Alle, jeder einzelne von ihnen, starrten auf den uralten ausgedörrten Leichnam hinter den goldenen Stäben.

Alex wußte, daß sie sich während des ohrenbetäubenden Wahnsinns, der ihn beinahe um den Verstand gebracht hatte, nicht bewegt hatten.

Er wandte sich zu Daniel um. Unwillkürlich hielt er den Atem an. Auch der Vorsitzende des Rates stand wie erstarrt da, die schwarzen Augen weit aufgerissen, die Kiefer aufeinandergepreßt, das Gesicht bewegungslos. Aber etwas war anders als bei den anderen. Daniel liefen Tränen über die Wangen.

»Ihr seid verrückt – alle«, sagte Alex leise. »Ihr seid wahnsinnig ...«

Daniel antwortete nicht. Er konnte ihn nicht hören. Er war wie hypnotisiert.

Alle waren wie hypnotisiert, alle, die sich in diesem aus dem Feld gehauenen Grab unter der Erde befanden. Fast einhundert Männer und Frauen, gefangengehalten von einer Macht, die jenseits von McAuliffs Vorstellungskraft lag.

Autosuggestion. Gruppenhypnose. Was auch immer der Katalysator war – alle Anwesenden in diesem primitiven

Amphitheater waren wie in Trance und nicht ansprechbar. Auf einer anderen Ebene – Zeit und Ort unbekannt.

Alexander kam sich vor wie ein Eindringling. Er war Zeuge eines Rituals, das nicht für seine Augen bestimmt war.

Aber er hatte nicht darum gebeten, hier zu sein. Sie hatten ihn dazu gezwungen, ihn aus seiner Umgebung herausgerissen, und jetzt war er Zeuge.

Doch das, was er mitansah, erfüllte ihn mit Trauer. Er konnte es nicht verstehen. Sein Blick wanderte zu dem Körper hinüber, der einst ein Riese gewesen war – Akaba.

Er starrte auf das zusammengeschrumpfte Fleisch des Gesichtes, das einmal schwarz gewesen war. Auf die im Tod so friedlichen, geschlossenen Augen. Auf die riesigen Hände, die über dem rötlichschwarzen Gewand gefaltet waren.

Dann wieder auf das Gesicht – die Augen – die Augen ...

O mein Gott!

Die Schatten spielten ihm einen Streich – einen furchtbaren, grauenhaften Streich.

Der Körper Akabas bewegte sich.

Die Augen öffneten sich. Die Finger der gewaltigen Hände spreizten sich, die Handgelenke drehten sich, die Arme hoben sich – Zentimeter über das uralte Tuch.

Flehentlich.

Und dann war es vorbei.

Er sah nur einen zusammengeschrumpften Leichnam hinter einem Gitter aus Gold.

McAuliff preßte sich an die Felswand hinter seinem Rücken und versuchte verzweifelt, wieder zu klarem Verstand zu kommen. Während er die Augen schloß und tief durchatmete, klammerte er sich an dem Stein fest. Das *konnte* einfach nicht passiert sein! Es war einfach eine Art Massenhypnose durch einen Zaubertrick, die von der Erwartung der Anwesenden und diesem verdammten, unheimlichen, ohrenzerreißenden Ton verstärkt worden war! Aber er *hatte* es gesehen! Und es erfüllte ihn mit ungeheurem Grauen. Er wußte nicht, wieviel Zeit vergangen war – eine Minute, eine Stunde, ein Jahrzehnt des Schreckens, bis er Daniels Stimme hörte.

»Sie haben es gesehen.« Eine mit leiser Stimme getroffene Feststellung. »Haben Sie keine Angst. Wir werden es nie wieder erwähnen. Es ist nichts Böses daran. Nur Gutes.«

»Ich – ich …« Alexander konnte nicht sprechen. Der Schweiß rann ihm über das Gesicht, obwohl die in den Fels gehauene Versammlungsstätte des Rates kühl war.

Daniel erhob sich und ging zur Mitte der steinernen Plattform. Doch statt zum Volk Akabas zu sprechen, drehte er sich zu McAuliff um. Seine Worte waren geflüstert, aber wie schon zuvor klar und deutlich zu verstehen. Sie hallten von den Wänden wider.

»Die Lehre Akabas ist für alle Menschen bestimmt, so wie die Lehren aller Propheten für alle Menschen bestimmt sind. Aber nur wenige hören zu. Trotzdem muß die Arbeit weitergehen. Für jene, die sie verrichten können. So einfach ist das. Akaba wurden große Reichtümer zum Geschenk gemacht – jenseits der Vorstellungskraft derer, die nicht zuhören wollen, die nur stehlen und zu Schlechtem verleiten … Daher gehen wir in die Welt hinaus, ohne daß die Welt davon weiß. Und wir tun, was wir können … So muß es auch allezeit bleiben, denn wenn die Welt es wüßte, würde die Welt uns mißbrauchen, und das Halidon, der Stamm Akabas, und die Lehre Akabas würden zerstört werden … Wir sind keine Narren, Dr. McAuliff. Wir wissen, mit wem wir sprechen, mit wem wir unsere Geheimnisse teilen. Und unsere Liebe … Aber verstehen Sie uns nicht falsch. Wir können töten. Wir werden töten, um die Schatzkammern Akabas zu schützen. Darin sind wir gefährlich. Und gründlich. Wir werden uns und die Schatzkammern zerstören, wenn die Welt da draußen sich einmischt.

Ich, der Vorsitzende des Rates, bitte Sie, sich zu erheben, Dr. McAuliff. Wenden Sie sich ab vom Stamm Akabas, vom Rat der Halidon, und stellen Sie sich mit dem Gesicht zur Wand hin. Sie werden auf diesen Fels starren und Stimmen hören, die Standorte und Zahlen enthüllen. Wie ich bereits gesagt habe – wir sind keine Narren. Wir wissen, wie es draußen in der Welt zugeht. Aber Sie werden keine Gesichter sehen, Sie werden die Identität jener, die sprechen, nie erfahren. Sie werden nur wissen, daß sie hingehen und den Reichtum Akabas mit sich führen.

Wir verteilen riesige Summen in der ganzen Welt, wobei wir uns so gut wir können auf die Regionen konzentrieren, in denen das Leid der Menschen am größten ist. Gebiete mit Hungersnöten, Vertreibung – Sinnlosigkeit. Ungefragt helfen die Halidon täglich Tausenden von Menschen. Auf praktische Weise.

Dr. McAuliff, bitte stehen Sie jetzt auf, und drehen Sie sich mit dem Gesicht zur Wand.«

Alexander erhob sich von dem Steinblock und drehte sich um. Einen Augenblick lang fiel sein Blick auf den Leichnam Akabas. Er sah weg und starrte auf die vor ihm aufragende Felswand.

Daniel sprach weiter. »Wir spenden ohne jeden Gedanken an politische Macht oder Einfluß. Wir spenden, weil wir über verborgene Reichtümer verfügen und die Verpflichtung dazu haben. Die Lehre Akabas.

Aber die Welt ist noch nicht bereit, unseren Weg – Akabas Weg – zu akzeptieren. Die Verlogenheit der Welt draußen würde uns zerstören, würde uns vielleicht dazu zwingen, uns selbst zu zerstören. Und das können wir nicht zulassen.

Dr. McAuliff, Sie müssen eines verstehen. Sie werden getötet werden, wenn Sie etwas von dem verraten, was Sie über den Stamm Akabas wissen, aber darüber hinaus wird noch etwas anderes geschehen, etwas, das eine weitaus größere Bedeutung hat als Ihr Leben – die Arbeit der Halidon wird enden. Und das ist unsere eigentliche Drohung ...«

Kurz und knapp trugen die Stimmen dann eine nach der anderen nüchterne Daten vor:

»Achse Afrika. Ghana. 14 000 Scheffel Getreide. Kanal: Smythe Brothers, Capetown. Barclay's Bank.«

»Sierra Leone. Drei Tonnen Medikamente. Kanal: Baldazi Pharmaceuticals, Algier. Bank of Constantine.«

»Achse Indochina. Vietnam, Mekong, Provinzen in Quan Tho. Radiologie- und Laborpersonal und Geräte. Kanal: Rotes Kreuz, Schweiz. Bank of America.«

»Achse südwestliche Hemisphäre. Brasilien. Rio de Janeiro. Typhusserum. Kanal: Surgical Salizar. Banco Terceiro. Rio.«

»Achse nordwestliche Hemisphäre. West Virginia. Appalachen. 24 Tonnen Lebensmittel. Kanal: Atlantic Warehousing. Chase Manhattan. New York.«

»Achse Indien. Dacca. Flüchtlingslager. Impfseren, Medikamente. Kanal: Internationale Flüchtlingshilfe. Weltbank. Burma.«

Die Stimmen der Frauen und Männer sprachen weiter, mit abgehackten Sätzen, aber dennoch klangen sie gütig. Es dauerte fast eine Stunde, und McAuliff stellte fest, daß viele zweimal sprachen, aber immer mit anderen Informationen. Nichts wurde wiederholt.

Dann herrschte Stille.

Lange Zeit.

Plötzlich spürte Alexander eine Hand auf seiner Schulter. Er drehte sich um. Daniel sah ihm in die Augen.

»Verstehen Sie?«

»Ja, ich verstehe«, antwortete McAuliff.

Sie gingen über die Weide zum See hinüber. Die Geräusche des Urwalds mischten sich mit dem Raunen der Berge und dem Donnern des Wasserfalls, der fast anderthalb Kilometer weiter nördlich lag.

Am Ufer des Sees blieben sie stehen, und Alex bückte sich, hob einen kleinen Stein auf und warf ihn in den schwarzen glänzenden See, in dem sich das Licht des Mondes spiegelte. Er sah Daniel an.

»In gewisser Weise sind Sie so gefährlich wie die anderen auch. Ein Mann mit einer solchen – Organisation hinter sich, die unerreichbar ist. Keine Kontrollen, kein Gegengewicht. Es wäre so einfach, Gut in Böse zu verwandeln, Böse in Gut. Malcolm sagte, Ihre – Amtszeit wird nicht durch den Kalender bestimmt.«

»Das stimmt. Ich bin auf Lebenszeit gewählt. Nur ich kann mein Amt beenden.«

»Und Ihren Nachfolger aussuchen?«

»Ich habe Einfluß. Die endgültige Entscheidung liegt natürlich beim Rat.«

»Dann sind Sie, glaube ich, gefährlicher.«

»Das bestreite ich nicht.«

30.

Die Reise nach Montego war weitaus einfacher als der anstrengende Fußmarsch vom Martha Brae aus. Fast die ganze Strecke wurde mit Transportmitteln zurückgelegt.

Malcolm, der anstelle seines Kaftans jetzt einen Anzug trug, führte Alexander um den See herum nach Südosten, wo sie schon von einem Läufer erwartet wurden, der sie zum Fuß einer im Dschungel verborgenen Felswand brachte. Ein stählerner Aufzug, dessen dicke Ketten zwischen Felsbrokken verborgen waren, trug sie den gewaltigen Abgrund hinauf zu einem zweiten Läufer. Dieser geleitete sie zu einer kleinen Seilbahn, die unterhalb der Baumkronen des Urwalds von einem Drahtseil gezogen wurde.

Nach der Fahrt mit der Standseilbahn führte ein dritter Läufer sie durch ein riesiges Höhlensystem, das Malcolm ›Quickstep-Grotte‹ nannte. Er erzählte Alex, daß sie ihren Namen im siebzehnten Jahrhundert von Seeräubern bekommen habe, die von der Bluefield's Bay über Land gelaufen und ihre Beute in den tiefen Seen im Inneren der Höhlen versteckt hätten. Einer anderen Geschichte zufolge – die für viele glaubhafter sei – werde sie deshalb so genannt, weil ein Reisender, der nicht auf den Weg achte, schnell ausrutschen und in eine Felsspalte stürzen könne. Die Folge wären schwere Verletzungen, wenn nicht gar der Tod.

McAuliff hielt sich dicht bei dem Läufer. Der Strahl seiner Taschenlampe glitt über die felsige Dunkelheit vor ihm.

Als sie die Höhlen hinter sich hatten, gingen sie ein kurzes Stück durch den Dschungel bis zu der ersten richtigen Straße, auf die sie bis zu diesem Zeitpunkt gestoßen waren. Der Läufer schaltete ein tragbares Funkgerät ein. Zehn Minuten später kam von Westen her ein Land Rover aus der pechschwarzen Dunkelheit vor ihnen. Der Läufer verabschiedete sich.

Das robuste Fahrzeug fuhr kreuz und quer über ein Netz aus kleinen Straßen durchs Hinterland. Der Fahrer ließ den Motor so leise wie möglich laufen, rollte im Leerlauf die Hügel hinunter und schaltete die Scheinwerfer aus, wenn sie sich bewohntem Gebiet näherten. Die Fahrt dauerte eine halbe Stunde. Sie ließen das Maroon-Dorf Accompong hinter sich, bogen dann nach Süden ab und fuhren einige Kilometer bis zu einem flachen Stück Grasland.

Am Ende des Feldes wurde ein kleines Flugzeug unter einer Tarnung aus Farnen und Akazien herausgerollt. Es war eine zweisitzige Comanche. Sie kletterten hinein, und Malcolm setzte sich hinter das Steuer.

»Das ist der einzige schwierige Teil unserer Reise«, sagte er, während sie in die Startposition rollten. »Wir müssen sehr tief fliegen, um nicht vom Inlandsradar erfaßt zu werden. Leider machen das die Ganjaflugzeuge der Drogenschmuggler genauso. Wegen der Behörden müssen wir uns weniger Sorgen machen als wegen einer Kollision.«

Ohne Zwischenfall, aber nicht, ohne mehrere Ganja-Flugzeuge zu sichten, landeten sie auf dem Grundstück einer abgelegenen Farm, die südwestlich von Unity Hall lag. Von dort waren es mit dem Auto noch fünfzehn Minuten nach Montego Bay.

»Wir würden Verdacht erregen, wenn wir im schwarzen Viertel der Stadt blieben. Sie wegen Ihrer Haut, ich wegen meiner Ausdrucksweise und meiner Kleidung. Und morgen müssen wir uns in den weißen Vierteln frei bewegen können.«

Sie fuhren zum Cornwall Beach Hotel und meldeten sich im Abstand von zehn Minuten an. Zwei nebeneinanderliegende Zimmer, die jedoch keine Verbindungstür hatten, waren für sie reserviert worden.

Es war zwei Uhr morgens, und McAuliff fiel todmüde ins Bett. Er hatte seit achtundvierzig Stunden nicht geschlafen. Und doch konnte er lange Zeit nicht einschlafen.

Er dachte über vieles nach. Über den brillanten, einsamen,

sonderbaren James Ferguson und dessen plötzlichen Aufbruch zur Craft-Stiftung. Vielmehr: sein Verschwinden. Ohne jede Erklärung. Alex hoffte nur, daß Craft Jimbo-Mans Zukunft war. Denn er würde ihm nie wieder vertrauen.

Und die liebenswerten, sympathischen Jensens – bis zum ach so ehrbaren Hals in die Machenschaften von Dunstone Limited verstrickt.

Über den ›charismatischen Führer‹ Charles Whitehall, der darauf wartete, auf einem schwarzen Pferd als Nigger-Pompejus durch den Victoria-Park zu reiten. Whitehall konnte es nicht mit den Halidon aufnehmen. Der Stamm Akabas würde ihn nicht tolerieren.

Und in der Lehre Akabas war auch kein Platz für die Gewalt von Lawrence, dem jungenhaften Riesen und Nachfolger Barak Moores. Lawrences ›Revolution‹ würde nicht stattfinden. Jedenfalls nicht so, wie er sich das vorstellte.

Alex fragte sich, wie es Sam Tucker ging. Tuck, der zerklüftete Fels in der Brandung. Würde Sam in Jamaika finden, wonach er suchte? Denn er suchte nach etwas.

Aber am meisten dachte McAuliff an Alison. Er dachte an ihr süßes, angedeutetes Lachen, ihre klaren blauen Augen und das ruhige Verständnis, mit dem sie akzeptierte, was um sie geschah. Daran, wie sehr er sie liebte.

Als sein Bewußtsein in die graue Leere des Schlafes hinüberglitt, fragte er sich, ob es ein gemeinsames Leben für sie geben würde.

Nach diesem ganzen Wahnsinn.

Falls er dann noch am Leben wäre.

Falls sie dann noch am Leben wären.

Er hatte um einen telefonischen Weckruf für 6 Uhr 45 gebeten. Viertel vor zwölf Londoner Zeit. Mittag. Für die Halidon.

Der Kaffee wurde nach sieben Minuten gebracht. Acht Minuten vor zwölf. Drei Minuten später klingelte das Telefon. Fünf Minuten vor zwölf Londoner Zeit. Es war Malcolm, und er rief nicht von seinem Hotelzimmer aus an. Er war im Büro der Nachrichtenagentur Associated Press, Niederlassung

Montego Bay, St. James Street. Er wollte sich davon überzeugen, daß Alex wach war und das Radio eingeschaltet hatte. Vielleicht auch noch den Fernseher.

McAuliff hatte beide Geräte eingeschaltet.

Malcolm, der Halidon, würde ihn später noch einmal anrufen.

Drei Minuten vor sieben – drei Minuten vor zwölf Londoner Zeit – wurde mehrmals an die Tür seines Hotelzimmers geklopft. Alexander zuckte zusammen. Malcolm hatte nichts von Besuchern gesagt. Niemand wußte, daß er in Montego Bay war. Er ging zur Tür.

»Ja?«

Die Worte auf der anderen Seite der Tür wurden zögernd gesprochen, von einer tiefen Stimme, die er kannte. »Sind Sie das – McAuliff?«

In diesem Augenblick wurde Alexander alles klar. Die Symmetrie, die zeitliche Abstimmung war perfekt. Nur ein außergewöhnlicher Verstand konnte einen solch symbolischen Coup planen und ausführen.

Er öffnete die Tür.

Im Korridor stand R. C. Hammond, britischer Geheimdienst, die schlanke Gestalt starr, einen Ausdruck unterdrückten Entsetzens auf dem Gesicht.

»Großer Gott. Sie sind es wirklich ... Ich wollte es nicht glauben. Ihre Funksignale vom Fluß – es war absolut nichts ungewöhnlich daran, absolut nichts!«

»Das«, sagte Alex, »ist so ziemlich die größte Fehleinschätzung, die ich je gehört habe.«

»Sie haben mich aus meinem Hotelzimmer in Kingston gezerrt – vor Tagesanbruch. Sind mit mir in die Berge gefahren ...«

»... und haben Sie nach Montego geflogen«, beendete McAuliff den Satz. Er warf einen Blick auf seine Armbanduhr. »Kommen Sie herein, Hammond. Wir haben noch eine Minute und fünfzehn Sekunden.«

»Für was?«

»Das werden wir bald wissen.«

Die beschwingte, muntere Radiostimme war mit Musik unterlegt und verkündete, daß es in diesem Augenblick im ›Sonnenscheinparadies von Montego Bay‹ sieben Uhr sei. Auf dem Bildschirm des Fernsehgerätes wurde die Aufnahme eines langen weißen Strandes eingeblendet – ein Foto. Der Ansager pries mit bemüht britischer Aussprache die Vorzüge ›unseres Insellebens‹ und hieß ›alle Besucher aus der Kälte‹ willkommen, dann wies er darauf hin, daß in New York gerade ein Schneesturm tobe.

Zwölf Uhr Londoner Zeit.

Nichts Außergewöhnliches.

Nichts.

Hammond stand am Fenster und sah auf das blaugrüne Wasser der Bucht hinaus. Er sagte kein Wort. Seine Wut entsprach der eines Mannes, der die Kontrolle verloren hatte, weil er nicht gewußt hatte, welche Schritte seine Gegenspieler machen würden. Und – noch viel wichtiger – weshalb sie diese Schritte machten.

Der Manipulator war manipuliert worden.

McAuliff setzte sich auf das Bett, die Augen auf den Fernseher gerichtet, in dem jetzt ein Reisebericht lief, der zahlreiche Lügen über die ›schöne Stadt Kingston‹ verbreitete. Das Radio auf dem Nachttisch plärrte mit einer Kombination aus kakophonischer Musik und hektischen Werbespots für alles mögliche von Coppertone bis Hertz. Von Zeit zu Zeit wurde die honigsüße weibliche ›Stimme des Gesundheitsministeriums‹ eingeblendet, die den Frauen der Insel mitteilte, daß sie ›eine Schwangerschaft vermeiden können‹, gefolgt von der Wiederholung des Wetterberichtes – die Vorhersage niemals ›teilweise wolkig‹, immer ›teilweise sonnig‹.

Nichts Außergewöhnliches.

Nichts.

In London war es jetzt elf Minuten nach zwölf.

Immer noch nichts.

Und dann kam es.

»Wir unterbrechen diese Sendung …«

Wie eine kleine Welle, die weit draußen auf dem Meer entstand – zunächst unbemerkt, aber allmählich anschwellend, plötzlich aus dem Wasser hervorbrechend und dann ihren Höhepunkt erreichend, wurde das Schema des Terrors deutlich.

Die erste Meldung war nur das Präludium – auf einer einzelnen Flöte, mit der die wichtigsten Noten einer Melodie vorgestellt wurden, die sich gleich darauf entfalten würde.

Explosionen und Tote in Port Antonio.

Der Ostflügel des Anwesens von Arthur Craft war von mehreren Bomben zerstört worden, das Haus im anschließend ausgebrochenen Feuer fast völlig abgebrannt. Man befürchtete, daß sich unter den Toten auch der Vorsitzende der Stiftung befand.

Gerüchten zufolge waren vor den Explosionen Gewehrschüsse zu hören gewesen. In Port Antonio war Panik ausgebrochen.

Gewehrschüsse. Bomben.

Selten, ja. Aber nicht ohne Beispiel auf dieser Insel mit vereinzelt auftretenden Gewalttaten. Auf dieser Insel des mühsam unterdrückten Zorns.

Nach weniger als zehn Minuten wurde das Programm erneut ›unterbrochen‹. Ein Nachrichtenbericht aus London – natürlich, dachte McAuliff – folgte. Eine Schlagzeile, die waagrecht über den Bildschirm des Fernsehers lief, rechtfertigte diese Störung: »Morde in London. Ausführlicher Bericht in den Nachrichten.« Im Radio durfte ein langer, mit Musik unterlegter Werbespot bis zu seinem krächzenden Ende laufen, bevor die Stimme zurückkehrte. Sie war jetzt einigermaßen verwirrt.

Die Einzelheiten waren noch etwas bruchstückhaft, nicht aber die Schlußfolgerungen. Vier hochrangige Persönlichkeiten aus Regierung und Wirtschaft waren ermordet worden. Ein Direktor von Lloyds, ein Beamter der Finanzbehörde und zwei Mitglieder des Unterhauses, die beide wichtigen Handelsausschüssen vorstanden.

Die Methoden: zwei inzwischen bekannte, zwei neue – dramatisch inszeniert.

Ein Schnellfeuergewehr, das von einem Fenster aus auf

den überdachten Eingang eines Hauses in Belgravia Square abgefeuert worden war. Eine Bombe, die ein Auto auf dem Parkplatz vor Westminster in die Luft gejagt hatte. Und dann die neuen: Gift – vorläufig als Strychnin identifiziert –, das in einem Martini mit Beefeater verabreicht worden war und innerhalb von zwei Minuten zum Tod geführt hatte. Einem schrecklichen, zuckenden, gewaltsamen Tod ... Und die Klinge eines Messers, die sich an einer überfüllten Ecke der Strand in einen vorübereilenden Körper gebohrt hatte.

Morde ausgeführt. Mörder geflohen.

R. C. Hammond stand am Fenster des Hotelzimmers und lauschte der aufgeregten Stimme des jamaikanischen Ansagers. Als er dann sprach, war ihm anzumerken, wie schokkiert er war. »Mein *Gott* ... Jeden dieser Männer hatten wir irgendwann einmal unter der Lupe ...«

»Der was?«

»Sie wurden schwerer Verbrechen verdächtigt. Amtsmißbrauch, Erpressung, Betrug ... Man konnte ihnen nichts beweisen.«

»Jetzt hat jemand etwas bewiesen.«

Als nächstes war Paris an der Reihe. Reuters schickte die ersten Meldungen los, die innerhalb weniger Minuten von allen Nachrichtenagenturen übernommen wurden. Wieder die Zahl Vier. Vier Franzosen – drei Männer und eine Frau. Vier.

Wieder handelte es sich um bekannte Persönlichkeiten aus Wirtschaft und Regierung. Und die Methoden waren dieselben: Gewehr, Bombe, Strychnin, Messer.

Die Französin war Inhaberin eines Pariser Modehauses gewesen. Eine rücksichtslose Sadistin, von der man seit langem annahm, daß sie mit der korsischen Separatistenbewegung zusammenarbeitete. Sie wurde aus einiger Entfernung erschossen, als sie aus der Tür eines Hauses in St. Germain des Prés trat. Von den drei Männern gehörte einer dem wichtigen Finanzausschuß des Präsidenten im Elysee-Palast an. Sein Citroën flog in die Luft, als er in der Rue du Bac den Zündschlüssel umdrehte. Die beiden anderen Franzosen arbeiteten als hochrangige Manager in Reedereien – Sitz in Marseille, unter der Flagge Paraguays. Und im Besitz des

Marquis de Chatellerault. Der erste brach mit Krämpfen über einem Cafétisch in Montmartre zusammen und starb – Strychnin im Espresso. Dem zweiten wurde auf dem drängend vollen Bürgersteig vor dem Hotel Georges V. ein Schlachtermesser in die Brust gerammt.

Auf dem Kurfürstendamm in Berlin wurde der außenpolitische Sprecher des Bundestags vom Dach eines nahegelegenen Gebäudes aus erschossen. Er wollte gerade zum Mittagessen gehen. Ein Vorstandsmitglied von Mercedes-Benz stand an einer roten Ampel, als zwei Granaten auf den Vordersitz seines Wagens geworfen wurden, die Auto und Fahrer innerhalb von Sekunden zerfetzten. Einem stadtbekannten Drogenhändler wurde an der Bar des Kempinski-Hotels Gift ins Bier geschüttet, und ein hoher Beamter des Finanzamtes wurde in der belebten Eingangshalle der Behörde von einem Messerstich ins Herz getroffen und war sofort tot.

Dann kam Rom. Ein Finanzstratege des Vatikans, ein verhaßter Kardinal, der die Erpressung der ungebildeten Armen seitens militanter Kirchenkreise unterstützte, wurde von einem Attentäter erschossen, der sich hinter einem Bernini auf dem Petersplatz versteckt hatte. Ein *funzionario* des Mondadori-Verlages in Mailand fuhr von der Via Condotte aus in eine Sackgasse hinein, wo sein Wagen in die Luft flog. Einem *direttore* der Zollbehörde von Roms Flughafen Fiumicino wurde eine tödliche Dosis Strychnin in seinem Cappuccino verabreicht. Einem einflußreichen Makler der *Borsa Valori* stieß man ein Messer zwischen die Rippen, als er die Spanische Treppe hinunter zur Via Due Macelli ging.

London, Paris, Berlin, Rom.

Und immer waren es vier Opfer – und dieselben Methoden: Gewehr, Bombe, Strychnin, Messer. Vier verschiedene, raffinierte Methoden. Jede einzelne von ihnen aufsehenerregend und schlagzeilenträchtig, auf Schockeffekt ausgerichtet. Alle Morde waren das Werk von erfahrenen Profis gewesen. Man hatte keinen der Attentäter am Tatort gefaßt.

Die Radio- und Fernsehsender unternahmen keinen Versuch mehr, ein reguläres Programm aufrechtzuerhalten. Mit den Namen kamen auch Biografien, die immer mehr Licht in das Dunkel brachten. Ein weiteres Schema bildete sich heraus, das Hammonds Angaben zu den vier ermordeten Engländern bestätigte: Bei den Opfern handelte es sich nicht um ›gewöhnliche‹ Persönlichkeiten aus Wirtschaft und Regierung. Sie hatten fast alle einen Makel gemein, der auch auf die anderen, bislang Unbekannten einen Schatten des Verdachts warf. Personen, denen der prüfende Blick der Behörden nicht fremd war. Als die ersten Hinweise auftauchten, begannen neugierige Reporter zu graben, schnell und effektiv. Sie stießen dabei auf unzählige Gerüchte und – Fakten: Anklagen (die in der Regel auf belanglose Kleinigkeiten reduziert worden waren), Beschuldigungen seitens geschädigter Konkurrenten, Vorgesetzter und Untergebener (aus der Welt geschafft, widerrufen, unbegründet), Prozesse (außergerichtliche Einigung oder aus Mangel an Beweisen eingestellt).

Ein eleganter Querschnitt aller Verdächtigen. Besudelt, beschmutzt, eine Aura der Korruption.

Und all das, bevor die Zeiger auf McAuliffs Armbanduhr neun Uhr erreicht hatten. Zwei Stunden nach zwölf Londoner Zeit. Zwei Uhr nachmittags in Mayfair.

In Washington und New York waren jetzt die Pendler unterwegs.

Niemand unternahm den Versuch, die Besorgnis allerorten zu verschleiern, während die Sonne vom Osten aus über den Atlantik zog. Spekulationen nahmen überhand, wuchsen sich zu Hysterie aus: Man vermutete eine Verschwörung von internationalem Ausmaß, ein Komplott selbstgerechter Fanatiker, die einen weltweiten Rachefeldzug führten.

Würde es auch die Vereinigten Staaten erreichen?

Natürlich war das schon geschehen.

Vor zwei Stunden.

Der unbeholfene Gigant begann sich gerade erst zu regen, die Anzeichen der um sich greifenden Seuche zu erkennen.

Die ersten Nachrichten erreichten Jamaika aus Miami. Radio Montego nahm mehrere Sendungen auf, siebte, sortierte – bis es schließlich ein Band mit den Meldungen einiger Nachrichtensprecher sendete, die hastig in Worte zu fassen versuchten, was die Fernschreiber der Nachrichtenagenturen ausspuckten.

Washington. Früher Morgen. Der Unterstaatssekretär des Haushaltsausschusses – ein nach öffentlich kritisierten Zuwendungen für Wahlkampagnen aus politischen Gründen geschaffenes Amt – war beim Joggen auf einer einsamen Landstraße erschossen worden. Seine Leiche wurde um 8 Uhr 20 von einem Autofahrer entdeckt. Der Tod mußte irgendwann innerhalb der letzten zwei Stunden eingetreten sein.

Zwölf Uhr mittags Londoner Zeit.

New York. Ungefähr um sieben Uhr morgens, als ein gewisser Gianni Dellacroce – angeblich Mitglied der Mafia – in der Garage seines Hauses in seinen Lincoln Continental stieg, gab es eine Explosion, die die gesamte Garage aus den Fundamenten riß, Dellacroce tötete und am Rest des Hauses schwere Schäden anrichtete. Es ging das Gerücht um, daß Dellacroce ...

Zwölf Uhr mittags Londoner Zeit.

Phoenix, Arizona. Ungefähr um 5 Uhr 15 morgens brach ein gewisser Harrison Renfield, internationaler Finanzier und Immobilienmagnat mit zahlreichen Beteiligungen in der Karibik, in seinem Zimmer im Thunderbird Club nach einer Party mit Geschäftsfreunden zusammen. Er hatte ein nächtliches Frühstück bestellt. Man vermutete Gift, da im Korridor vor Renfields Suite ein bewußtloser Kellner des Thunderbird gefunden wurde. Man ordnete eine Autopsie an ... Fünf Uhr Standardzeit der Rocky-Mountains-Staaten.

Zwölf Uhr mittags Londoner Zeit.

Los Angeles, Kalifornien. Genau um vier Uhr morgens stieg ein Senator aus Nevada – der vor kurzem in eine Steuerhinterziehung in Las Vegas verwickelt gewesen, aber nicht angeklagt worden war – in Marina del Ray aus einem Motorboot und betrat ein Pier. Das Schiff war voller Partygäste, die gerade die Jacht eines Filmproduzenten verlassen hatten. Irgendwo zwischen dem Boot und dem Pier wurde dem Senator aus Nevada der Magen aufgeschlitzt, mit einem Messer, das so lang war und so tief in ihn hineingestoßen wurde, daß der Knorpel seiner Wirbelsäule aus der Wunde im Rücken herausragte. Der Tote fiel zwischen die immer noch feiernden Menschen, wurde von der ausgelassenen Menge mitgerissen, bis klar wurde, daß die warme Flüssigkeit, von der die Umstehenden bespritzt wurden, Blut war. Eine Panik brach aus. Das Entsetzen war vom Alkohol gedämpft, aber dennoch groß. Vier Uhr morgens Pazifikzeit.

Zwölf Uhr mittags Londoner Zeit.

McAuliff sah zu dem schweigenden Hammond hinüber, der wie betäubt schien.

»Der letzte Tote wurde um vier Uhr morgens gemeldet – zwölf Uhr in London. In jedem Land sind vier Menschen gestorben, die jeweils mit vier identischen Methoden getötet wurden … Die Arawak-Einheit vier. Die Odyssee des Todes – so nennen sie es.«

»Von was reden Sie da eigentlich?«

»Verhandeln Sie mit den Halidon, Hammond. Sie haben keine andere Wahl. Das ist der Beweis … Sie sagten, es sei nur die Spitze.«

»Die Spitze von was?«

»Die Spitze des Dunstone-Eisberges.«

»Diese Forderungen sind *völlig* inakzeptabel!« brüllte R. C. Hammond wütend. Die Äderchen in seinem Gesicht waren angeschwollen und bildeten hektische rote Flecken auf seiner Haut. »Wir werden uns von diesen verdammten Niggern doch nicht *herumkommandieren* lassen!«

»Dann bekommen Sie die Liste nicht.«

»Wir werden sie dazu zwingen. Das ist wahrlich kein Zeitpunkt für Vereinbarungen mit Wilden!«

Alexander dachte an Daniel, an Malcolm, an das unglaubliche Dorf am Ufer des Sees, an das Grab Akabas – die Schatzkammern Akabas. Darüber konnte er nicht sprechen. Und er wollte es auch nicht. Er fand, daß es nicht notwendig war. »Glauben Sie, das, was passiert ist, war das Werk von Wilden? Nicht die Morde, die kann ich nicht rechtfertigen. Aber die Methoden, die Opfer … Machen Sie sich doch nichts vor.«

»Was Sie davon halten, ist mir völlig egal …« Mit schnellen Schritten ging Hammond zu dem Telefon auf dem Nachttisch. Alex blieb in dem Sessel vor dem Fernsehgerät sitzen. Hammond versuchte nun schon zum sechstenmal, eine Verbindung zu bekommen. Der Brite hatte nur eine einzige Telefonnummer in Kingston, die er anrufen konnte. Die Telefone der Botschaft durften bei verdeckten Operationen nicht benutzt werden. Jedesmal, wenn es ihm gelungen war, eine Verbindung bis nach Kingston zu bekommen – was aus Montego nicht gerade einfach war –, war der Anschluß besetzt.

»Verdammt noch mal!« stieß der Agent hervor.

»Rufen Sie die Botschaft an, bevor Sie einen Herzinfarkt bekommen«, sagte McAuliff. »Reden Sie mit denen.«

»Seien Sie kein Narr«, erwiderte Hammond. »Die wissen nicht, wer ich bin. Wir arbeiten nicht mit Botschaftspersonal zusammen.«

»Reden Sie mit dem Botschafter.«

»Wozu, in Gottes Namen? Was soll ich ihm sagen? ›Entschuldigen Sie, Botschafter, aber ich heiße Soundso. Ich bin zufällig in …‹ Ich würde fast eine Stunde brauchen, um ihm alles zu erklären – falls er mir zuhört und nicht einfach auflegt. Und dann würde dieser verdammte Idiot damit anfangen, Telegramme in die Downing Street zu schicken!« Hammond marschierte zum Fenster zurück.

»Was werden Sie tun?«

»Ihnen ist klar, daß die mich isoliert haben, nicht wahr?« Hammond blieb am Fenster stehen, mit dem Rücken zu McAuliff.

»Ich denke schon.«

»Die wollen mich von allem abschneiden, wollen, daß die – letzten drei Stunden einen möglichst starken Eindruck bei mir hinterlassen …« Die Stimme des Briten wurde leiser, verlor sich in seinen Gedanken.

»Das würde bedeuten, daß sie von dem Telefon in Kingston wußten und es irgendwie stillgelegt haben«, überlegte McAuliff.

»Das glaube ich nicht«, sagte Hammond, der immer noch auf das Wasser der Bucht hinaussah. »Inzwischen weiß Kingston, daß man mich weggebracht hat. Unsere Männer aktivieren mit Sicherheit jeden einzelnen Kontakt auf dieser Insel, um etwas über meinen Aufenthaltsort herauszufinden. Irgend jemand würde ständig vor dem Telefon sitzen.«

»Sie sind kein Gefangener. Die Tür ist nicht verschlossen.« Alex fragte sich plötzlich, ob das auch wirklich so war. Er stand, ging zur Tür und öffnete sie.

Draußen im Korridor standen zwei Jamaikaner neben den Fahrstühlen. Sie sahen McAuliff an, und obwohl er sie nie zuvor gesehen hatte, kam ihm ihr ruhiger, beherrschter Gesichtsausdruck bekannt vor. Er hatte diese Augen, diesen Gesichtsausdruck schon einmal gesehen. Hoch oben in den Bergen von Flagstaff. Sie gehörten zu den Halidon.

Alex schloß die Tür und drehte sich zu Hammond um, aber bevor er etwas sagen konnte, fing der Brite an zu sprechen, immer noch mit dem Rücken zu ihm.

»Und was sagen Sie jetzt?« fragte er leise.

»Im Korridor stehen zwei Männer«, sagte McAuliff, ohne näher darauf einzugehen. »Sie wußten das?«

»Ich habe es nicht gewußt, ich habe es lediglich angenommen. Es gibt einige Grundregeln.«

»Und Sie glauben immer noch, daß Sie es mit Wilden zu tun haben?«

»Alles ist relativ.« Hammond drehte sich vom Fenster weg und sah Alex an. »Sie sind jetzt der Kanal. Ich bin sicher, daß sie Ihnen das gesagt haben.«

»Wenn ›Kanal‹ bedeutet, daß ich Ihre Antwort überbringen kann, dann ja.«

»Nur die Antwort? Sie haben keine festen Garantien verlangt?« Der Engländer schien verwirrt zu sein.

»Ich glaube, das kommt erst in Phase zwei. So wie ich es sehe, handelt es sich um einen gestaffelten Vertrag. Ich glaube nicht, daß sie sich nur auf das Wort des treuen Dieners Ihrer Majestät verlassen werden. Dazu benutzt er zu oft das Wort ›Nigger‹.«

»Sie sind ein Mistkerl«, sagte Hammond.

»Und Sie eine selbstherrliche Null«, erwiderte McAuliff mit der gleichen Verachtung. »Die Halidon haben Sie in der Hand, *Agent-Man*. Und außerdem haben sie die Dunstone-

Liste. Sie spielen jetzt in deren Sandkasten, Hammond – nach deren ›Grundregeln‹.«

Hammond zögerte und unterdrückte seine Wut. »Vielleicht nicht. Es gibt einen Weg, an den wir noch gedacht haben. Sie werden wieder zurückgebracht ... Ich will Sie begleiten.«

»Das werden sie nicht akzeptieren.«

»Sie haben vielleicht keine andere Wahl ...«

»Eines wollen wir klarstellen«, unterbrach Alex ihn. »Im Cock Pit ist ein Vermessungsteam – schwarz und weiß –, und ich habe nicht vor, auch nur einen dieser Menschen in Gefahr zu bringen.«

»Sie vergessen eines«, sagte Hammond leise, überheblich. »Wir wissen bis auf tausend Meter, wo das Lager ist.«

»Sie können es nicht mit den Männern aufnehmen, die es bewachen. Machen Sie sich nichts vor ... Ein falscher Schritt, eine kleine Abweichung, und es gibt eine Massenhinrichtung.«

»Ja«, sagte der Brite. »Ich glaube, daß vor gar nicht so langer Zeit ein solches Massaker stattgefunden hat. Die Henker waren die Männer, deren Methoden und Vorgehensweise Sie so bewundern.«

»Die Umstände waren anders. Sie kennen die Wahrheit nicht ...«

»Oh, hören Sie auf, McAuliff. Ich werde mein Bestes tun, um die Mitglieder Ihres Teams zu schützen, aber Sie zwingen mich dazu, ehrlich zu Ihnen zu sein. Für mich haben sie genauso wenig Priorität wie für die Halidon. Es gibt Wichtigeres.« Der Engländer machte eine kurze Pause, um seinen Worten Nachdruck zu verleihen. »Und ich kann Ihnen versichern, daß wir wesentlich mehr Ressourcen zu unserer Verfügung haben als diese Sekte aus fanatischen – Farbigen. Ich würde Ihnen raten, zu solch später Stunde nicht die Fronten zu wechseln.«

Der Ansager auf dem Fernsehbildschirm hatte mit monotoner Stimme die Meldungen verlesen, die ihm von seinen Studiomitarbeitern auf handgeschriebenen Blättern gereicht wurden. Alex war nicht sicher – er hatte nicht zugehört –, aber er dachte, er hätte den Namen gehört. Anders ausgesprochen, als würde er mit neuen oder anderen Informationen in Verbindung gebracht. Er sah zum Fernseher hin und bedeutete Hammond, ruhig zu sein.

Er hatte den Namen gehört.

So, wie die erste Meldung vor drei Stunden das Präludium gewesen war – ein einzelnes Instrument, das eine Melodie einleitete –, war diese Meldung jetzt die Coda. Der Schlußakkord des Schreckens war gespielt worden.

Der Ansager sah mit ernstem Blick in die Kamera, dann wieder auf das Blatt Papier in seiner Hand.

»Wir wiederholen diese Meldung noch einmal. Savanna-la-Mar. Schießerei auf einem privaten Flugplatz in Negril. Unbekannte Männer haben aus dem Hinterhalt eine Gruppe von Europäern überfallen, als diese ein kleines Flugzeug nach Weston Favel besteigen wollten. Außer dem französischen Industriellen Henri Salanne, dem Marquis de Chatellerault, wurden noch drei weitere Männer getötet, die offenbar für ihn gearbeitet haben ... Ein Motiv für die Tat ist nicht bekannt. Der Marquis war Gast der Familie Wakefield. Der Pilot, ein Angestellter der Wakefields, berichtete, daß er den letzten Anweisungen des Marquis zufolge südlich von Weston Favel in geringer Höhe in Richtung des Graslandes im Landesinneren zufliegen sollte. Zur Zeit befragt die Polizei des Bezirks ...«

Alex ging zum Fernseher hinüber und schaltete ihn aus. Dann drehte er sich zu Hammond um. Es gab nicht viel zu sagen, und er fragte sich, ob der Geheimagent verstehen würde. »Das war die Priorität, die Sie vergessen hatten, nicht wahr, Hammond? Alison Booth. Ihre schmutzige Verbindung zu Chatellerault ... Die entbehrliche Mrs. Booth, der Köder von Interpol ... Nun, Sie sind hier, Agent-Man, und Chatellerault ist tot. Sie sind in einem Hotelzimmer in Montego Bay. Nicht im Cock Pit. Erzählen Sie mir nichts von Ressourcen, Sie verdammter Hurensohn. Sie haben nur eine. Und das bin ich.«

Das Telefon klingelte. McAuliff erreichte es als erster.

»Ja?«

»Unterbrechen Sie mich nicht, wir haben keine Zeit«, hörte

er die aufgeregte Stimme von Malcolm. »Tun Sie, was ich Ihnen sage. Ich bin entdeckt worden. MI6 – ein Jamaikaner. Jemand, den ich von London her kenne. Uns war klar, daß sie ausschwärmen würden, aber wir haben nicht erwartet, daß sie Montego so schnell erreichen würden ...«

»Sie brauchen nicht zu fliehen«, warf Alex ein, der Hammond ansah. »Der MI6 wird kooperieren. Er hat keine andere Wahl ...«

»Sie verdammter Idiot, ich sagte, Sie sollen mir *zuhören!* Im Korridor stehen zwei Männer. Gehen Sie zu ihnen, und sagen Sie ihnen, daß ich angerufen habe. Sagen Sie das Wort ›Ashanti‹. Haben Sie das verstanden, Mann? ›Ashanti‹.«

Alex hatte den durch und durch englisch gewordenen Malcolm bis jetzt noch nie ›Mann‹ sagen hören. Malcolm war in Panik. »Verstanden.«

»Sagen Sie ihnen, daß sie verschwinden sollen! Sofort! Die Hotels werden beobachtet. Ihr werdet euch beeilen müssen ...«

»Verdammt noch mal!« unterbrach Alex ihn erneut. »Jetzt hören Sie *mir* zu. Hammond steht genau neben mir ...«

»McAuliff.« Malcolms Stimme war tief, abgehackt und verlangte Aufmerksamkeit. »Die Karibikabteilung des britischen Geheimdienstes hat insgesamt fünfzehn Spezialisten für die Westindischen Inseln. So viele sind im Budget vorgesehen. Von diesen fünfzehn sind sieben von Dunstone Limited gekauft worden.«

Dann sagte er nichts mehr. Es war klar, was er damit meinte.

»Wo sind Sie?« fragte Alex.

»In einer Telefonzelle vor McNabs. Auf der Straße ist viel los. Ich werde versuchen, mich unter die Leute zu mischen.«

»Auf bevölkerten Straßen sollte man besser vorsichtig sein. Ich habe mir die Nachrichten angehört.«

»Sie sollten sie sich genau anhören, mein Freund. Genau darum geht es.«

»Sie sagten, daß man Sie entdeckt hat. Wo sind Ihre Verfolger jetzt?«

»Das kann ich nicht genau sagen. Wir haben es jetzt mit

Dunstone zu tun. Selbst wir kennen nicht jeden, der auf Dunstones Gehaltsliste steht ... Aber sie wollen mich nicht töten. Genausowenig wie ich lebend gefangengenommen werden will ... Viel Glück, McAuliff ... Wir tun das Richtige.«

Malcolm legte auf.

Alexander mußte an ein dunkles Feld am Stadtrand von London denken, in der Nähe der Themse. Und an zwei tote Männer von den Westindischen Inseln in einer Regierungslimousine.

Genausowenig wie ich lebend gefangengenommen werden will ...

Blausäure.

Wir tun das Richtige ...

Tod.

Unglaublich. Und doch so real.

Vorsichtig legte McAuliff den Hörer auf. Dabei hatte er das flüchtige Gefühl, daß diese Geste wie ein Begräbnis war.

Aber jetzt war nicht die Zeit, an Begräbnisse zu denken.

»Wer war das?« fragte Hammond.

»Ein Fanatiker, der meiner Meinung nach mehr wert ist als ein Dutzend Männer wie Sie. Denn er lügt nicht.«

»Ich habe genug von Ihrem scheinheiligen Geschwafel, McAuliff«, sagte der Engländer entrüstet. »Außerdem zahlt Ihnen Ihr Fanatiker sicher keine zwei Millionen Dollar. Und er wird wohl kaum seine eigenen Interessen für Ihr Wohlergehen gefährden, wie wir das die ganze Zeit über getan haben. Darüber hinaus ...«

»Er hat es gerade getan«, unterbrach Alex ihn und ging durch das Zimmer. »Und falls man es auf mich abgesehen hat, dann mit Sicherheit auch auf Sie.«

McAuliff hatte die Tür erreicht. Hastig öffnete er sie und rannte in den Korridor hinaus, auf die Fahrstühle zu. Er blieb stehen.

Da war niemand mehr.

31.

Es war ein Wettlauf im grellen Licht der Sonne, irgendwie makaber wegen der unschuldig gleißenden Reflexionen auf dem Glas und dem Chrom und dem bunten Metall in den Straßen von Montego. Und wegen der Menschenmassen. Gewimmel, Menschen, die sich hindurchdrängten, schwarz und weiß. Dünne Männer und fette Frauen – erstere mit diesen gottverdammten Kameras, letztere mit dümmlich aussehenden, straßbesetzten Sonnenbrillen. Warum fiel ihm so etwas auf? Warum ärgerte es ihn? Es gab auch fette Männer. Immer mit einem verärgerten Gesichtsausdruck. Die stumme, stoische Reaktion auf die geistesabwesend blickenden, dünnen Frauen an ihrer Seite.

Und die feindseligen schwarzen Augen, die mit jeder neuen Welle schwarzer Haut auf ihn zukamen. Hagere schwarze Gesichter – immer hager – auf knochigen schwarzen Körpern – eckig, erschöpft, langsam.

Immer wieder die gleichen, verschwommenen Bilder, die sich ihm ins Gedächtnis einprägten.

Alles – jeder wurde sofort kategorisiert bei der hektischen Suche nach dem Feind.

Denn der Feind war da.

Er war dagewesen – vor wenigen Minuten.

McAuliff war in sein Zimmer zurückgelaufen. Er hatte keine Zeit, dem wütenden Hammond etwas zu erklären, der zornige Brite mußte einfach nur tun, was er ihm sagte. Alex fragte ihn, ob er eine Waffe habe, dann zog er den Revolver heraus, den Malcolm ihm in der Nacht zuvor gegeben hatte.

Der Anblick von McAuliffs Waffe genügte, um den Agenten ruhig werden zu lassen. Er holte eine kleine, unauffällig aussehende Rycee-Automatik aus dem Gürtelholster unter seiner Jacke.

Alexander hatte die leichte Tropenjacke gepackt – auch die Jacke hatte Malcolm ihm in der vergangenen Nacht gegeben – und sie sich über den Arm gelegt, um den Revolver zu verdecken.

Zusammen waren die beiden Männer aus dem Zimmer

geschlüpft und den Korridor entlang zu der Treppe hinter den Fahrstühlen gerannt. Auf dem Treppenabsatz hatten sie den ersten der beiden Halidon gefunden.

Er war tot. Unter der aufgedunsenen Haut seines Gesichtes, der heraushängenden Zunge und den starren, toten, hervorquellenden Augen bildete eine schmale Linie aus Blut einen vollkommenen Kreis um seinen Hals. Er war erdrosselt worden. Schnell. Von einem Profi.

Hammond beugte sich zu ihm hinunter. Auf Alexander wirkte der Anblick so abstoßend, daß er nicht näher kam. Der Engländer versuchte zu verstehen.

Profis.

»Sie wissen, daß wir auf dieser Etage sind. Aber sie wissen nicht, welches Zimmer. Der andere arme Kerl ist vermutlich bei ihnen.«

»Das ist unmöglich. Dazu war gar keine Zeit. Niemand wußte, wo wir sind.«

Hammond hatte den toten Schwarzen angestarrt, und als er sprach, wurde McAuliff klar, wie wütend der Geheimagent war.

»O Gott, ich bin *blind* gewesen!«

In diesem Augenblick hatte auch Alexander verstanden.

Die Karibikabteilung des britischen Geheimdienstes hat insgesamt fünfzehn Spezialisten für die Westindischen Inseln. So viele sind im Budget vorgesehen. Von diesen fünfzehn sind sieben von Dunstone Limited gekauft worden.

Die Worte von Malcolm, dem Halidon.

Und Hammond, der Manipulator, hatte es gerade herausgefunden.

Sie rannten die Treppe hinunter. Als sie auf der Höhe der Eingangshalle waren, blieb der Engländer stehen und tat etwas Merkwürdiges. Er zog seinen Gürtel aus den Schlaufen, streifte das Holster ab und steckte es in seine Tasche. Dann wickelte er den Gürtel zu einem kleinen Kreis auf, bückte sich und legte ihn in eine Ecke. Er erhob sich, sah sich um und lief zu einem Ständer mit einem Aschenbecher hinüber, den er vor den Gürtel schob.

»Ein Sender, nicht wahr?« fragte McAuliff.

»Ja. Mit einer großen Reichweite. Externer Empfang über einen Scanner. Arbeitet mit vertikalen Lichtbögen. Innerhalb eines Gebäudes nicht zu gebrauchen. Zu viele Störungen … Gott sei Dank.«

»Sie wollten entführt werden?«

»Nein, eigentlich nicht. Aber die Möglichkeit dazu bestand, und das habe ich gewußt … Irgendwelche Vorschläge? Zur Zeit ist es Ihre Show.«

»Einen, aber ich weiß nicht, wie gut er ist. Ein Landeplatz für ein Flugzeug. Ich glaube, es ist eine Farm. Im Westen, neben dem Highway. In der Nähe eines Ortes namens Unity Hall … Gehen wir.« Alex wollte die Tür zur Eingangshalle des Hotels aufmachen.

»Nicht da lang«, sagte Hammond. »Sie werden die Lobby beobachten. Die Straße vermutlich auch. In den Keller. Lieferanteneingang, Wartung, so was in der Art. Im Keller muß einer sein.«

»Warten Sie einen Moment.« McAuliff packte den Engländer am Arm und zwang ihn, ihm zuzuhören. »Wir wollen eines klarstellen. Und zwar jetzt … Man hat Sie erwischt. Sie sind von Ihren eigenen Leuten verkauft worden. Also werden wir nicht anhalten, um Telefonanrufe zu machen oder jemandem auf der Straße ein Zeichen zu geben. Wir laufen, aber wir halten nicht an. Um keinen Preis. Wenn Sie das tun, sind Sie auf sich allein gestellt. Ich werde verschwinden, und ich glaube nicht, daß Sie dann noch mit dieser Sache fertig werden.«

»Mit wem zum Teufel soll ich mich denn Ihrer Meinung nach in Verbindung setzen? Mit dem Premierminister?«

»Ich weiß es nicht. Ich weiß nur, daß ich Ihnen nicht vertraue. Lügnern vertraue ich nicht. Manipulatoren auch nicht. Und Sie sind beides, Hammond.«

»Wir tun, was wir können«, entgegnete der Agent mit festem Blick. »Sie haben schnell gelernt, Alexander. Sie sind ein begabter Schüler.«

»Nur widerwillig. Ich halte nicht viel von Ihrer Schule.«

Und dann hatte der Wettlauf im grellen Licht der Sonne begonnen.

Sie rannten die Kurven der Tiefgarageneinfahrt hinauf, direkt auf einen sandfarbenen Mercedes zu, der hier nicht aus Zufall geparkt war. Hammond und Alexander sahen den überraschten Ausdruck auf dem Gesicht des weißen Fahrers. Dann beugte sich der Mann über den Sitz und griff nach einem Funkgerät.

In den nächsten Sekunden wurde Alex Zeuge einer Gewalttat, die er sein ganzes Leben lang nicht vergessen würde. Eine Tat, die mit kaltblütiger Präzision ausgeführt wurde.

R. C. Hammond griff in beide Taschen und holte aus der rechten die Rycee-Automatik und aus der linken einen schwarzen Stahlzylinder heraus. Er steckte den Zylinder auf den Lauf der Waffe, schob einen Ladestreifen ein und ging direkt zu der Tür des sandfarbenen Mercedes. Er öffnete sie, hielt seine Hand nach unten gerichtet und gab zwei Schüsse auf den Fahrer ab, der sofort tot war.

Die Schüsse waren kaum mehr als ein lautes Fauchen. Der Fahrer fiel auf das Armaturenbrett. Hammond streckte die linke Hand aus und nahm das Funkgerät an sich.

Die Sonne schien. Die Menschen gingen an ihnen vorbei. Wenn jemand wußte, daß gerade eine Hinrichtung stattgefunden hatte, so zeigte er es nicht.

Der britische Agent schloß die Tür beinahe lässig.

»*Mein Gott* …« Weiter kam Alex nicht.

»Es war das letzte, mit dem er gerechnet hat«, sagte Hammond schnell. »Suchen wir uns ein Taxi.«

Das war leichter gesagt als getan. In Montego Bay fuhren die Taxis nicht einfach so in der Gegend herum. Die Fahrer zog es wie Tauben zu ihren angestammten Straßenecken zurück, wo sie sich wie in Europa in einer Reihe aufstellten, um sich mit ihren Kollegen über die Ereignisse des Tages zu unterhalten und auf neue Fahrgäste zu warten. Es war zum Verrücktwerden. Und für die beiden fliehenden Männer gefährlich. Sie wußten beide nicht, wo die Taxistandorte waren, mit Ausnahme des nächstliegenden – am Hoteleingang –, und der kam nicht in Frage.

Sie gingen um die Ecke des Gebäudes und gelangten auf eine Einkaufsstraße mit zollfreien Geschäften. Die Bürgersteige waren glühend heiß. Die in schreiende Farben gekleideten, schwitzenden Passanten drückten, zogen, zerrten und preßten die Nasen an die Schaufenster. Stirn und Finger verschmierten das Glas, begehrten das, was nicht zu begehren war – das Glänzende. Autos wurden in der engen Straße zur Bewegungslosigkeit verdammt, Hupen ertönten, dazwischen Flüche und Drohungen, wenn jamaikanische Taxifahrer versuchten, andere Jamaikaner wegen ein paar Dollar Trinkgeld mehr – und ihrer Männlichkeit – zu überholen.

Alexander sah den Mann zuerst. Er stand unter einem grünweißen Schild mit der Aufschrift MIRANDA HILL und einem Pfeil, der nach Süden wies. Ein kräftig gebauter, dunkelhaariger Weißer in einem braunen Gabardineanzug, dessen Jacke zugeknöpft war und sich über seinen muskulösen Schultern spannte. Die Augen des Mannes suchten den Strom des menschlichen Verkehrs ab, sein Kopf schoß hin und her wie der eines riesigen rosafarbenen Spürhundes. In der Linken, vergraben im Fleisch der riesigen Hand, hielt er ein Walkie-talkie, das genauso aussah wie jenes, das Hammond aus dem Mercedes mitgenommen hatte.

Alex wußte, daß es nur noch eine Frage von Sekunden war, bis der Mann sie entdeckte, wenn sie nicht umgehend untertauchten. Er packte Hammonds Arm und wünschte, sie wären beide nicht so groß.

»An der Ecke! Unter dem Schild – Miranda Hill. Der braune Anzug.«

»Ja. Ich sehe ihn.«

Sie erreichten die tiefhängende Markise eines Geschäftes mit zollfreien Spirituosen. Hammond ging zum Eingang und drängte sich unter vielen Entschuldigungen durch einen Schwarm von Touristen, deren Hemden aus Barbados und Palmhüte von den Jungferninseln der Beweis dafür waren, daß ein weiteres Kreuzfahrtschiff im Hafen angelegt hatte. McAuliff mußte ihm wohl oder übel folgen. Der Brite hatte Alexanders Arm gepackt und zog ihn in einem Halbkreis mit sich durch den drängend vollen Eingang.

Im Geschäft suchte der Agent einen geeigneten Platz in der äußersten Ecke des Auslagenfensters. Sie hatten direkte

Sicht. Der Mann unter dem grünweißen Schild war deutlich zu erkennen, seine Augen suchten immer noch die Menge ab.

»Es ist das gleiche Funkgerät«, sagte Alex.

»Wenn wir Glück haben, wird er es benutzen. Ich bin sicher, daß sie Relaisstationen eingerichtet haben ... Ich kenne den Mann. Er gehört zur Unio Corso.«

»Das ist so etwas Ähnliches wie die Mafia, nicht wahr?«

»So ähnlich. Aber weitaus effektiver. Er ist ein korsischer Auftragskiller. Sehr teuer. Warfield könnte seinen Preis zahlen.« Hammond sprach monoton, mit kurzen, abgehackten Sätzen. Er dachte über eine Strategie nach. »Vielleicht kann er helfen, hier herauszukommen.«

»Sie müssen schon etwas deutlicher werden.«

»Ja, natürlich.« Der Engländer war unerschütterlich höflich. Er machte McAuliff rasend. »Inzwischen dürften sie vermutlich das Gebiet umstellt haben. Alle Straßen beobachten. Innerhalb von wenigen Minuten werden sie wissen, daß wir nicht mehr im Hotel sind. Das Signal wird sie nicht sehr lange zum Narren halten können.« So unauffällig wie möglich hob Hammond das Funkgerät ans Ohr und schaltete es ein. Das laute Rauschen atmosphärischer Störungen brach los. Der Agent stellte es leiser. Einige Touristen in der Nähe sahen neugierig zu ihnen herüber. Alexander grinste sie an. Draußen an der Ecke, unter dem Schild, hob der Korse plötzlich sein Walkie-talkie ans Ohr. Hammond sah McAuliff an.

»Sie haben gerade Ihr Zimmer erreicht.«

»Woher wissen Sie das?«

»Sie melden, daß im Aschenbecher eine brennende Zigarette liegt. Unangenehme Angewohnheit. Das Radio läuft ... Ich hätte daran denken müssen.« Der Engländer spitzte auf einmal die Lippen. Er hatte etwas Interessantes gehört. »Vor dem Hotel fährt ein Wagen hin und her. Der W.I.S. behauptet, das Signal komme noch aus dem Hotel.«

»W.I.S.?«

»Westindien-Spezialist. Er gehört zu meinen Leuten«, erwiderte Hammond gequält.

»Er *gehörte* zu Ihren Leuten«, korrigierte Alex.

»Sie können keinen Funkkontakt mit dem Mercedes aufnehmen«, sagte Hammond schnell. »Das war's.« Er schaltete das Walkie-talkie aus, steckte es in die Tasche und sah nach draußen. Der Korse horchte angestrengt in sein Funkgerät. Hammond fing wieder an zu sprechen. »Wir müssen sehr schnell sein. Passen Sie auf ... Wenn unser Korse da draußen mit seinem Bericht fertig ist, wird er die Hand mit dem Funkgerät herunternehmen. In diesem Augenblick stürzen wir uns auf ihn. Schnappen Sie sich das Funkgerät. Halten Sie es fest, egal was passiert.«

»Einfach so?« fragte McAuliff besorgt. »Und wenn er eine Waffe zieht?«

»Ich bin direkt neben Ihnen. Er wird keine Zeit dazu haben.«

Der Korse hatte wirklich keine Zeit dazu.

Wie Hammond vorausgesagt hatte, sprach der Mann unter dem Schild in das Funkgerät. Der Agent und Alex standen unter der niedrigen Markise auf der Straße, verdeckt von der Menschenmenge. In dem Augenblick, in dem sich der Arm des Korsen nach unten zu bewegen begann, bekam McAuliff von Hammond einen Stoß in die Rippen. Die beiden Männer drängten sich durch die Menge hindurch und rannten auf den Profikiller zu.

Alexander erreichte ihn zuerst. Der Korse zuckte zusammen. Seine rechte Hand fuhr zu seinem Gürtel, seine linke hob automatisch das Funkgerät. McAuliff packte das Handgelenk, rammte dem Korsen seine Schulter gegen die Brust und drückte ihn gegen den Pfosten, der das Schild trug.

Da verzerrte sich das Gesicht des Korsen zu einer zuckenden Grimasse. Aus seinem weit aufgerissenen Mund drang ein grauenhaftes, bellendes Geräusch. McAuliff spürte, wie sich weiter unten warmes Blut über ihn ergoß.

Er sah hinunter. Hammond hielt ein langes Schnappmesser in der Hand. Der Agent hatte dem Korsen den Magen aufgeschlitzt, vom Becken bis zum Brustkorb, und ihm dabei den Gürtel aufgetrennt und den Stoff des braunen Gabardineanzugs zerfetzt.

»Schnappen Sie sich das Funkgerät!« befahl der Agent. »Laufen Sie auf der östlichen Seite der Straße nach Süden. Ich werde Sie an der nächsten Ecke treffen. *Schnell jetzt!*«

Alex war so schockiert, daß er ohne einen weiteren Gedanken gehorchte. Er riß das Funkgerät aus der toten Hand und stürzte sich in die Menge, die gerade die Kreuzung überquerte. Erst als er schon halb über der Straße war, wurde ihm klar, was Hammond tat: Er drückte den toten Korsen gegen den Pfosten und hielt ihn aufrecht. Er gab *ihm* Zeit zu entkommen!

Plötzlich hörte er die ersten Schreie hinter sich. Dann ein immer lauter werdendes Crescendo aus Schreien und Kreischen und entsetztem Gebrüll. Und über dem ganzen Tumult den durchdringenden, schrillen Ton einer Pfeife – dann noch mehr Pfiffe, dann das Donnern von Körpern, die auf der glühendheißen Straße entlangstürmten.

McAuliff rannte – nach Süden? War er auf der östlichen Seite der Straße? Er konnte nicht denken. Er spürte nur den panischen Schrecken. Und das Blut. Das Blut! Überall war dieses verdammte Blut! Die Menschen mußten es doch sehen!

Er lief an einem Restaurant vorbei, dessen Tische auf dem Bürgersteig standen. Die Gäste standen alle auf, sahen nach Norden in Richtung der in Panik geratenen Menge und der Schreie und der Pfiffe – und jetzt auch der Sirenen. Neben einer Reihe aus Topfpflanzen stand ein leerer Tisch. Darauf lag das übliche rotweißkarierte Tischtuch. Eine Zuckerschale und Salz- und Pfefferstreuer standen darauf.

McAuliff beugte sich über die Blumen und riß das Tischtuch herunter. Die Gewürze krachten auf den Zementboden, eines oder alle zerbrachen in tausend Stücke – er wußte es nicht, wollte es nicht wissen. Er wollte nur noch dieses verdammte Blut verdecken, das inzwischen sein Hemd und seine Hose durchnäßt hatte.

Die Ecke war noch zehn Meter entfernt. Was zum Teufel sollte er jetzt tun? Was, wenn Hammond es nicht geschafft hatte? Sollte er dann mit diesem verdammten Tischtuch vor dem Bauch dort herumstehen wie ein Idiot, während auf den Straßen um ihn das Chaos tobte?

Da hörte er plötzlich eine Stimme. »Schnell!«

Erleichtert drehte sich McAuliff um. Hammond war direkt hinter ihm. Alex konnte nicht umhin, auf die Hände des

Agenten zu starren. Sie waren tiefrot und glänzten. Das Blut des Korsen hatte seine Spuren hinterlassen.

Die Querstraße vor ihnen war breiter. Auf dem Straßenschild stand QUEENS DRIVE. Sie führte in einem leichten Bogen nach Westen. Alex hatte den Eindruck, hier schon einmal gewesen zu sein. An der Ecke schräg gegenüber hielt ein Auto an. Der Fahrer steckte den Kopf aus dem Fenster und sah nach Norden in Richtung der rennenden Menschen und des Lärms, der sich wie ein Aufstand anhörte.

Alex mußte schreien, um gehört zu werden. »Da!« sagte er zu Hammond. »Der Wagen!«

Der Engländer nickte.

Sie jagten über die Straße. McAuliff hatte seine Brieftasche aus der Tasche geholt und zog Scheine daraus hervor. Er rannte zu dem Fahrer, einem schwarzen Jamaikaner mittleren Alters, und redete hastig auf ihn ein.

»Können Sie uns mitnehmen? Ich zahle Ihnen, was Sie wollen!«

Aber der Jamaikaner starrte Alexander nur an, einen Ausdruck der Angst in den Augen. Und dann wußte McAuliff auch warum: Das Tischtuch klemmte unter seinem Arm – wie war es nur unter seinen Arm gekommen? – und der riesige dunkelrote Blutfleck hatte sich über seine ganze Vorderseite ausgebreitet.

Der Fahrer griff nach dem Schalthebel. Alex streckte seine Hand durch das Fenster, packte ihn an der Schulter und riß den Arm vom Armaturenbrett weg. Er warf Hammond seine Brieftasche zu, öffnete die Autotür und zog den Mann mit einem Ruck vom Sitz herunter. Der Jamaikaner schrie auf und rief um Hilfe. McAuliff ließ die Geldscheine auf den Bordstein fallen, als er den Schwarzen auf den Bürgersteig stieß.

Ein Dutzend Passanten sah, was vor sich ging. Die meisten rannten davon, weil sie nicht darin verwickelt werden wollten. Andere blieben stehen, fasziniert von dem, was sich vor ihnen abspielte. Zwei weiße Teenager rannten zu dem Geld hin und bückten sich, um es aufzuheben.

McAuliff wußte nicht, weshalb, aber das ärgerte ihn maßlos. Er sprang zu den jungen Männern und trat einem mit dem Fuß gegen die Schläfe.

»Verschwindet!« brüllte er, als der Teenager zu Boden fiel. Unter dem blonden Haaransatz quoll Blut hervor.

»McAuliff!« schrie Hammond. Er rannte um den Wagen herum auf die Beifahrertür zu. »Um Gottes willen, steigen Sie ein, fahren Sie los!«

In dem Moment, da sich Alex auf den Sitz fallen ließ, bot sich ihm ein Anblick, der ihn erstarren ließ. Schlimmer hätte es nicht mehr kommen können. Einen Block weiter schoß mitten aus der Menschenmenge, die sich auf der Straße entlangschob, plötzlich der sandfarbene Mercedes heraus. Das kräftige, volltönende Aufheulen des Motors kündigte die Geschwindigkeit an, mit der der Wagen auf sie zurasen würde.

Doch er fuhr an ihnen vorbei.

McAuliff stieß den Schalthebel des Automatikgetriebes in die Fahrstellung und drückte das Gaspedal durch. Der Wagen reagierte, und Alex war froh, als die kreischenden Räder den Wagen endlich in Bewegung brachten. Er fuhr mitten auf dem Queen's Drive, dann einen Hügel hinauf – offenbar den Miranda Hill – und gleich darauf gefährlich nah an zwei Autos vorbei. Beinahe wäre er mit ihnen zusammengestoßen.

»Der Mercedes kam gerade die Straße herunter«, sagte er zu Hammond. »Ich weiß nicht, ob sie uns gesehen haben.«

Der Brite drehte sich auf dem Sitz um, gleichzeitig zog er die Rycee-Automatik und das Funkgerät aus seinen Taschen. Er schaltete das Walkie-talkie ein. Die atmosphärischen Störungen wurden von erregten Stimmen unterbrochen, die Befehle ausgaben und aufgeregt klingende Fragen beantworteten.

Aber die Stimmen sprachen nicht Englisch.

Hammond kannte den Grund. »Dunstone hat die Hälfte des Unio Corso nach Jamaika geschafft.«

»Können Sie die Männer verstehen?«

»Es müßte reichen ... Sie sind an der Ecke Queen's Drive und Essex. Im Bezirk von Miranda Hill. Sie haben sich vergewissert, daß der zweite Zwischenfall mit uns zu tun hatte.«

»Was wohl heißen soll, daß sie uns entdeckt haben.«

»Wie schnell ist dieser Wagen hier?«

»Er ist nicht schlecht, mit einem Mercedes kann er es aber nicht aufnehmen.«

Hammond hatte das Funkgerät auf volle Lautstärke gestellt, den Blick immer noch auf die Heckscheibe gerichtet. Aus dem winzigen Lautsprecher drang ein Gewirr von Stimmen. Im selben Moment sah McAuliff, wie ein schwarzer Pontiac mit hoher Geschwindigkeit den Hügel vor ihnen herunterkam – auf der rechten Seite. Bremsen quietschten, der Fahrer riß das Lenkrad zur Seite.

»Meine Güte!« schrie McAuliff.

»Das ist einer von ihnen!« rief Hammond. »Die Patrouille im Westen hat gerade gemeldet, daß sie uns gesehen haben. Biegen Sie ab! Bei der ersten Gelegenheit.«

Alex raste zur Kuppe des Hügels. »Was macht er?« schrie er, den Blick auf die Straße vor sich gerichtet, hinter deren Kuppe weitere Autos auftauchen konnten.

»Er dreht um – ist seitlich ausgebrochen und den halben Hügel hinuntergerutscht ... Jetzt hat er ihn wieder unter Kontrolle.«

Auf der Kuppe des Hügels riß McAuliff das Steuer nach rechts, drückte das Gaspedal durch und überholte drei Autos auf dem steilen Abhang, wobei er einen entgegenkommenden Wagen auf den Bürgersteig abdrängte. »Ein paar hundert Meter von hier ist eine Art Park.« Er wußte nicht genau, wie weit der Park tatsächlich noch entfernt war. Die grelle Sonne wurde von tausend metallischen Gegenständen zurückgeworfen – so wirkte es jedenfalls. Aber er konnte jetzt nicht darüber nachdenken. Er konnte nur die Augen zusammenkneifen. Sein Verstand versuchte verzweifelt, die Erinnerungsfetzen einzufangen, die ihm durch den Kopf schossen. Ein anderer Park – in Kingston. St. George's. Und ein anderer Fahrer – ein geschickter Jamaikaner namens Rodney.

»Und?« Hammond stützte sich jetzt mit der rechten Hand, in der er die Pistole hielt, am Armaturenbrett ab. Das Funkgerät, das immer noch mit voller Lautstärke lief, drückte er gegen den Sitz.

»Es ist nicht viel Verkehr. Und es sind auch nicht viele Passanten auf der Straße ...« Alex riß das Steuer herum, um einen weiteren Wagen zu überholen. Er sah in den Rückspiegel. Der schwarze Pontiac hatte jetzt die Kuppe des Hügels hinter ihnen erreicht. Inzwischen lagen vier Autos zwischen ihnen.

»Der Mercedes fährt auf der Gloucester nach Westen«, berichtete Hammond und unterbrach damit Alexanders Gedanken. »Sie sagten Gloucester ... Ein anderer Wagen soll auf der – Sewell fahren.« Hammond übersetzte so schnell, wie die Stimmen sprachen, die sich gegenseitig überlagerten.

»Sewell ist auf der anderen Seite der City«, sagte McAuliff genauso zu sich selbst wie zu dem Agenten. »Gloucester ist die Küstenstraße.«

»Sie haben zwei Fahrzeuge alarmiert. Eines an der Ecke Forth und Fort Street, das andere in der Union Street.«

»Das ist mitten in Montego. Das Geschäftsviertel. Sie versuchen, uns alle Wege abzuschneiden ... Um Himmels willen, es gibt sonst nichts mehr!«

»Von was reden Sie da eigentlich?« Hammond mußte schreien. Die kreischenden Reifen, der Wind, der brüllende Motor, die Stimmen aus dem Funkgerät zwangen ihn dazu.

Erklärungen brauchten Zeit, und selbst wenn es nur Sekunden waren – sie hatten nicht einmal mehr Sekunden. Es würde keine Erklärungen geben, nur Befehle – so wie es vor vielen Jahren nur Befehle gegeben hatte. Ausgegeben in den kalten Hügeln mit nicht viel mehr Zuversicht als jetzt.

»Klettern Sie auf den Rücksitz«, befahl Alex entschlossen, aber nicht grob. »Zerschmettern Sie die Heckscheibe. Schaffen Sie sich Platz ... Wenn ich in den Park einbiege, wird er mir folgen. Sobald ich drin bin, werde ich den Wagen nach rechts reißen und anhalten, und zwar ganz plötzlich. Fangen Sie an zu schießen, sobald Sie den Pontiac hinter uns sehen. Haben Sie noch ein paar Ladestreifen dabei?«

»Ja.«

»Setzen Sie einen vollen ein. Sie haben zweimal geschossen. Vergessen Sie diesen verdammten Schalldämpfer, damit können Sie nicht richtig zielen. Versuchen Sie, genau zu treffen. Durch die Windschutzscheibe und die Seitenfenster. Bleiben Sie vom Benzintank und den Reifen weg.«

Das Tor zum Park war jetzt keine hundert Meter mehr entfernt. Nur noch wenige Sekunden. Hammond starrte Alex an – nur einen Augenblick – und kletterte dann über den Vordersitz auf die Rückbank des Autos.

»Sie glauben, wir können die Autos tauschen ...«

Vielleicht sollte es eine Frage sein. McAuliff war es egal. Er unterbrach ihn. »Ich weiß es nicht. Ich weiß nur, daß wir diesen Wagen hier nicht mehr länger benutzen können und auf die andere Seite von Montego müssen.«

»Sie werden doch ihr eigenes Fahrzeug erkennen ...«

»Sie werden nicht danach suchen. Nicht in den nächsten zehn Minuten – wenn Sie treffen.«

Auf der linken Seite tauchte jetzt das Tor auf. Alex riß das Steuer herum. Der Wagen schleuderte heftig hin und her, als Hammond anfing, das Glas der Heckscheibe zu zerschmettern. Das Auto hinter ihnen wich nach rechts aus, um einem Zusammenstoß zu entgehen. Der Fahrer hupte und brüllte etwas. McAuliff raste durch das Tor, dabei drückte er zur Warnung auf die Hupe.

Als er das Tor passiert hatte, trat er auf die Bremse, riß das Lenkrad nach rechts herum, gab Gas und fuhr über den Bordstein der Auffahrt auf den Rasen hinauf. Wieder stieß er den Fuß auf das Bremspedal. Mit einem Ruck kam der Wagen auf dem weichen Gras zum Stehen. In einiger Entfernung drehten sich Spaziergänger um. Ein Pärchen, das auf dem Rasen ein Picknick machte, sprang auf.

Alex machte sich keine Sorgen um sie. In wenigen Sekunden würde die Schießerei beginnen. Die Passanten würden nach Deckung suchen, außerhalb der Gefahrenzone. Weg von der Schußlinie.

Gefahrenzone. Schußlinie. Deckung. Worte, die er vor Jahrhunderten gehört hatte.

Daraus folgte, daß die Spaziergänger keine Passanten waren. Nein, sie waren keine Passanten. Sie waren *Zivilisten.*

Es herrschte Krieg.

Ob die Zivilisten das nun wußten oder nicht.

Plötzlich hörte er das ohrenbetäubende Kreischen von Rädern.

Hammond schoß durch die zertrümmerte Heckscheibe. Der Pontiac raste über die Auffahrt, krachte auf den Bordstein, zerfetzte eine Gruppe tropischer Sträucher und prallte in einen Hügel lockerer Erde für eines der zahlreichen, immer neuen Parkprojekte. Der Motor lief auf vollen Touren weiter, aber das Getriebe war blockiert. Die Räder bewegten sich nicht, und die Hupe bildete einen Kontrapunkt zu dem jaulenden Dröhnen des Motors.

In einiger Entfernung waren Schreie zu hören.

Von den Zivilisten.

McAuliff und Hammond sprangen aus dem Wagen und rannten über Gras und Beton und dann wieder Gras. Beide hatten ihre Waffen gezogen. Es war nicht notwendig. R. C. Hammond hatte seine Aufgabe hervorragend erfüllt. Er hatte mit vernichtender Genauigkeit durch das offene Seitenfenster des Pontiac geschossen und getroffen. Das Auto hatte keinen Kratzer abbekommen, aber der Fahrer war tot, über dem Lenkrad zusammengesunken. Totes Gewicht auf der Hupe.

Die beiden Flüchtenden trennten sich, als sie den Wagen erreicht hatten. Jeder ging zu einer Vordertür, Alexander zu der auf der Fahrerseite. Mit vereinten Kräften schoben sie den leblosen Körper vom Lenkrad weg. Das laute Hupen hörte auf, der Motor dröhnte immer noch. McAuliff streckte die Hand ins Innere und drehte den Zündschlüssel um.

Die Stille war unglaublich.

Aber da waren noch die Schreie aus der Ferne, vom Rasen.

Die Zivilisten.

Sie zerrten den Toten über den Plastiksitz und warfen ihn auf den Boden dahinter. Hammond griff nach dem Funkgerät. Es war an. Er schaltete es ab. Alexander setzte sich hinter das Steuer und zog fieberhaft am Schalthebel.

Er bewegte sich nicht. McAuliff spürte, wie sich sein Magen zusammenkrampfte. Seine Hände zitterten.

Aus seiner lange, lange vergangenen Jugendzeit bahnte sich eine Erinnerung den Weg in sein Bewußtsein. Ein alter Wagen in einer alten Garage. Die Gänge saßen immer fest.

Den Motor nur einen Augenblick anlassen.

Aus – an. Aus – an.

Bis sich das Getriebe wieder löste.

Er versuchte es. Wie oft, daran konnte er sich später nicht mehr erinnern. Er sah nur immer die kalten, ruhigen Augen von R. C. Hammond vor sich, der ihn dabei beobachtete.

Der Pontiac machte einen Satz nach vorn. Zuerst in den Hügel aus Erde. Dann, als Alex den Rückwärtsgang eingelegt hatte, mit durchdrehenden Rädern nach hinten über das Gras.

Sie waren wieder unterwegs.

McAuliff wirbelte das Lenkrad herum und brachte den Wagen auf die betonierte Auffahrt. Er gab Gas, und der Pontiac beschleunigte auf dem weichen Gras für den Sprung über den Bordstein.

Vier Sekunden später rasten sie durch das Tor.

Alexander bog nach rechts ab. Nach Osten. Zurück auf den Miranda Hill.

Er wußte, daß Hammond verblüfft war, aber das spielte jetzt keine Rolle. Es war immer noch keine Zeit für Erklärungen, und der Engländer schien das zu verstehen, denn er sagte nichts.

Einige Minuten später, an der ersten Kreuzung, fuhr McAuliff über eine rote Ampel und bog nach links ab. Nach Norden. Auf dem Schild stand CORNICHE ANNEX.

Jetzt sprach Hammond. »Sie wollen zu der Küstenstraße?«

»Ja. Sie heißt Gloucester. Sie führt durch Montego und wird dann zur Route One.«

»Dann sind wir jetzt also hinter dem Wagen von Dunstone – dem Mercedes.«

»Ja.«

»Da das letzte, was sie gehört haben« – Hammond hielt das Funkgerät hoch – »aus diesem Park gekommen ist, nehme ich an, daß es noch einen direkteren Weg dorthin gibt. Einen schnelleren Weg.«

»Ja. Zwei. Queen's Drive und Corniche Road. Sie gehen beide von der Gloucester ab.«

»Und diese Straßen werden sie nehmen.«

»Das sollten sie besser.«

»Und sie werden natürlich den Park durchsuchen.«

»Ich hoffe es zumindest.«

R. C. Hammond lehnte sich zurück – ein Zeichen dafür, daß er sich vorübergehend entspannte. Nicht ohne eine Spur von Bewunderung. »Sie sind ein *sehr* begabter Schüler, Mr. McAuliff.«

»Wie ich schon sagte – die Schule ist mies.«

Sie warteten in der Dunkelheit in dem Gebüsch am Rand der Weide. Die Grillen zirpten die verstreichenden Sekunden. Sie hatten den Pontiac einige Kilometer entfernt auf einer verlassenen Seitenstraße in Catherine Mount stehengelassen und waren zu Fuß zu der Farm in der Nähe von Unity Hall gegangen. Dann hatten sie bis zum Einbruch der Dunkelheit gewartet, bis sie die letzten Kilometer in Angriff genommen hatten. Vorsichtig, von Versteck zu Versteck. Wenn sie auf der Straße waren, so weit wie möglich außer Sicht. Und schließlich hatten ihnen die Eisenbahnschienen als Wegweiser gedient.

Im Handschuhfach des Wagens war eine Straßenkarte gewesen, die sie studiert hatten. Es war zum Verrücktwerden. Fast alle Straßen westlich von Montego selbst waren nicht markiert. Linien ohne Namen. Und die Wege waren überhaupt nicht eingezeichnet. Sie wanderten durch eine Reihe von Ghettosiedlungen, wobei sie sich der abschätzenden Blicke der Bewohner bewußt waren – zwei Weiße und kein erkennbarer Grund für ihre Anwesenheit. Es könnte sich lohnen, solche Männer zu überfallen.

Hammond hatte darauf bestanden, daß sie die Jacketts über dem Arm trugen, die Waffen gut sichtbar in ihren Gürteln.

Offiziere auf dem Marsch durch feindliches Kolonialgebiet, die den schwarzen Einheimischen zeigten, daß sie die todbringenden Zauberstöcke bei sich hatten.

Grotesk.

Aber sie wurden nicht überfallen.

Sie überquerten den Montego River bei Westgate, ein paar hundert Meter von den Eisenbahnschienen entfernt. Dann gerieten sie in ein Lager von Tramps. Ein Hobo-Camp auf jamaikanisch. Hammond übernahm das Reden.

Der Engländer sagte, sie seien Versicherungsinspektoren der Eisenbahngesellschaft. Sie hätten keine Einwände gegen das schmutzige Lager, solange es keine Beeinträchtigung des Bahnbetriebes gebe. Sollte es aber Beeinträchtigungen geben, werde man harte Strafen verhängen.

Grotesk.

Aber niemand belästigte sie, obwohl ihnen die schwarzen Augen ringsum haßerfüllte Blicke zuwarfen.

In Unity Hall gab es eine Station für Güterzüge – eine einzelne Plattform mit zwei Glühbirnen in einem Drahtgehäuse, die den trostlosen Ort beleuchteten. In dem verwitterten Unterstand saß ein alter Mann, der sich mit billigem Rum betrunken hatte. Mühsam holten sie so viele Informationen aus ihm heraus, daß McAuliff ungefähr wußte, wo sie sich befanden. Nur sehr vage, aber es reichte aus, um die Entfernung zum Highway bestimmen zu können, der bei Parish Warf ins Landesinnere abknickte, in das Landwirtschaftsgebiet im Südwesten.

Um 21 Uhr 30 Uhr hatten sie die Weide erreicht.

Jetzt warf Alex einen Blick auf seine Armbanduhr. Sie zeigte 22:30.

Er war nicht sicher, ob er die richtige Entscheidung getroffen hatte. Er war nur sicher, daß ihm keine andere einfiel. Er konnte sich noch an das einsame Farmhaus auf dem Grundstück erinnern und daran, daß dort Licht gebrannt hatte. Jetzt war kein Licht zu sehen. Es lag verlassen.

Sie konnten nichts tun als warten.

Eine Stunde verging, und die einzigen Geräusche waren die der jamaikanischen Nacht: Raubtiere auf Futtersuche, Beute, die gefangen wurde, nicht enden wollende Kämpfe – ohne Bedeutung für alle, nur nicht für die Kämpfenden selbst.

Die zweite Stunde war schon fast vorbei, als sie es hörten.

Ein anderes Geräusch.

Ein Auto. Es fuhr langsam, der Motor gedrosselt, in einem niedrigen Gang. Ein Eindringling, der sehr genau wußte, daß er leise sein mußte.

Minuten später, im schwachen Licht des Mondes, der von Wolken verdeckt wurde, sahen sie, wie eine Gestalt über die Weide rannte, zuerst zum nördlichen Ende, wo eine einzelne Fackel entzündet wurde, dann nach Süden – etwa vierhundert Meter –, wo der Vorgang wiederholt wurde. Dann lief die Gestalt wieder zum anderen Ende.

Noch ein Geräusch. Noch ein Eindringling. Auch dieser mit gedrosseltem Motor – aus der Dunkelheit des Himmels.

Ein Flugzeug kam steil von oben herunter, der Motor im Leerlauf.

Es setzte auf, gleichzeitig wurde die Fackel am nördlichen Ende gelöscht. Sekunden später kam das Flugzeug neben der Flamme am südlichen Ende zum Stehen. Aus der kleinen Kabine sprang ein Mann. Sofort wurde die Flamme erstickt.

»Gehen wir!« sagte McAuliff zu dem britischen Agenten. Zusammen liefen sie auf die Weide.

Sie waren noch keine fünfzig Meter weit gegangen, als es passierte.

Es kam so überraschend, so plötzlich, daß Alex unwillkürlich aufschrie, sich zu Boden warf und seine Pistole in Anschlag brachte.

Hammond blieb stehen.

Zwei leistungsstarke Suchscheinwerfer hatten sie mit dem gleißenden Licht ihrer Strahlen erfaßt.

»Legen Sie Ihre Waffe weg, McAuliff«, sagte eine Stimme hinter dem grellen Leuchten.

Daniel, der Ratsvorsitzende des Stammes Akabas, ging durch das Licht auf sie zu.

32.

»Als sie auf das Gelände kamen, haben Sie die Lichtschranken ausgelöst. Daran ist nichts Geheimnisvolles.«

Sie saßen in dem Auto, Daniel vorn neben dem Fahrer, Hammond und Alexander auf dem Rücksitz. Sie hatten den Landeplatz verlassen, waren aus Unity Hall hinausgefahren, die Küste entlang nach Lucea Harbor und hatten dann auf einem menschenleeren Teil der unbefestigten Straße geparkt, von der aus man das Meer sehen konnte. Die Straße war eine jener kleinen Abzweigungen des Küstenhighways, die noch nicht von Touristen entdeckt worden war. Am Ufer des Meeres schien der Mond heller. Er wurde von den kleinen Wellen im Wasser zurückgeworfen und tauchte ihre Gesichter in ein weiches gelbes Licht.

Während der Fahrt hatte McAuliff Gelegenheit gehabt, das Innere des Wagens zu begutachten. Von außen sah er aus wie ein gewöhnliches, nicht gerade exklusives Auto unbestimmten Modells und Baujahrs – wie Hunderte von Fahrzeugen auf der Insel zusammengebaut aus Teilen, die von ausgeschlachteten Autos stammten. Doch es gab einen grundlegenden Unterschied: Dieser Wagen war eine mit Präzisionswerkzeugen bestückte, fahrende Festung – und ein Kommunikationszentrum. Die Fenster bestanden aus dickem, kugelsicherem Glas. Hinten und an der Seite waren mit Gummi abgedeckte Schlitze eingefügt worden – Schießscharten für die kurzläufigen Gewehre, die unterhalb des Vordersitzes festgeklemmt waren. Unter dem Armaturenbrett befand sich eine lange Schalttafel mit Skalen und Schaltern. In einer Vertiefung zwischen zwei Mikrofonen steckte ein Telefon. Dem Klang des Motors nach zu urteilen, besaß er eine der stärksten Maschinen, die Alex je gehört hatte.

Wenn die Halidon in der Außenwelt waren, reisten sie erster Klasse.

Daniel war gerade dabei, McAuliffs Erstaunen über die Ereignisse der letzten zwei Stunden zu relativieren. Es schien dem Vorsitzenden wichtig zu sein, ihm verständlich zu machen, wie real die Situation war. Die Krise war so ernst, daß Daniel die Gemeinschaft verlassen hatte, sein Leben riskierte, um das Kommando zu übernehmen.

Es hatte den Anschein, als wollte er R. C. Hammond zeigen, daß der es mit einem ernstzunehmenden und zähen Gegner zu tun hatte.

»Wir mußten sicher sein, daß Sie allein waren … Sie beide. Daß man Ihnen nicht gefolgt ist. Heute nachmittag hat es einige kritische Situationen gegeben. Sie sind offensichtlich sehr gut damit fertig geworden. Wir konnten Ihnen nicht helfen. Gratulation.«

»Was ist mit Malcolm?« fragte Alex.

Daniel zögerte, dann sagte er leise und traurig: »Das wissen wir noch nicht. Wir suchen nach ihm ... Er ist in Sicherheit – oder tot. Dazwischen gibt es nichts.« Daniel sah Hammond an. »Malcolm ist der Mann, den Sie als Joseph Myers kennen, Commander Hammond.«

McAuliffs Blick wanderte zu dem Agenten hinüber. Hammond, der Manipulator, war also Commander. Commander Hammond, der Lügner, Manipulator – und ein Mann, der sein Leben riskierte, um das eines anderen zu retten.

Hammond reagierte auf Daniels Worte, indem er für genau zwei Sekunden die Augen schloß. Die Information war ein schwerer Schlag für ihn. Der Manipulator war schon wieder aufs Kreuz gelegt worden.

»Arbeitet eigentlich noch ein einziger Schwarzer für mich? Für den Geheimdienst?«

Der Vorsitzende lächelte freundlich. »Soweit wir wissen – sieben. Drei davon sind jedoch relativ nutzlos.«

»Ich danke Ihnen dafür, daß Sie mich aufgeklärt haben. Ich bin sicher, Sie können mir die Namen nennen ... Wissen Sie, sie sehen sich alle so ähnlich.«

Daniel nahm die beleidigende, abgedroschene Phrase gelassen hin. Sein Lächeln verschwand, seine Augen blickten kühl im gelben Licht des Mondes. »Ja. Ich verstehe Ihr Problem. Es scheint so wenig zu geben, was uns voneinander unterscheidet – von diesem Standpunkt aus gesehen. Zum Glück gibt es noch andere Maßstäbe. Sie werden keine Namen brauchen.«

Hammond erwiderte Daniels Blick, ohne sich einschüchtern zu lassen. »McAuliff hat mir Ihre Forderungen genannt. Ich werde Ihnen jetzt das gleiche sagen, was ich ihm schon gesagt habe. Sie sind natürlich inakzeptabel ...«

»Bitte, Commander Hammond«, unterbrach ihn Daniel schnell, »es gibt schon so viele Komplikationen, daß wir sie durch Lügen nicht noch schlimmer machen sollten. Ihre Anweisungen waren von Anfang an klar. Würden Sie es vorziehen, wenn wir mit den Amerikanern verhandeln? Oder den Franzosen? Den Deutschen vielleicht?«

Plötzlich herrschte Stille. Eine Art Grausamkeit lag darin, eine deutlich spürbare Qual. Alexander beobachtete, wie die beiden Feinde einander anstarrten. Er sah das langsame, schmerzliche Erkennen in Hammonds Augen.

»Dann wissen Sie es also«, sagte der Engländer leise.

»Wir wissen es«, erwiderte Daniel nur.

Hammond erwiderte nichts. Er drehte den Kopf zum Fenster.

Der Vorsitzende der Halidon wandte sich an McAuliff. »Die Verlogenheit der Welt, Doktor. Commander Hammond ist der beste Agent des britischen Geheimdienstes. Die von ihm geleitete Abteilung ist ein gemeinsames Projekt der genannten Regierungen. Aber die vereinbarte Kooperation gibt es nur auf dem Papier. Denn der MI5 – als federführende Ermittlungsbehörde – unterrichtet seine Mitstreiter nicht über die Fortschritte, die er gemacht hat.«

»Es gibt genügend gute Gründe dafür, daß wir so handeln«, rechtfertigte sich Hammond, der immer noch aus dem Fenster sah.

»Die auf einen einzigen hinauslaufen, ist es nicht so, Commander? Geheimhaltung. Sie trauen Ihren Verbündeten nicht.«

»Es gibt zu viele undichte Stellen bei den anderen Geheimdiensten. Die Erfahrung bestätigt das.« Der Agent starrte unverwandt auf das Wasser.

»Und deshalb führen Sie die anderen in die Irre«, sagte Daniel. »Sie geben ihnen falsche Informationen, sagen ihnen, daß Sie sich auf den Mittelmeerraum konzentrieren. Dann war es Südamerika – Argentinien, Nicaragua. Sogar Haiti, das ganz in der Nähe liegt … Aber nie Jamaika.« Der Vorsitzende machte eine Pause, um seinen Worten Nachdruck zu verleihen. »Nein, nie Jamaika.«

»Das übliche Vorgehen«, antwortete Hammond.

Daniel warf ihm einen kurzen, mitleidigen Blick zu. »Dann wird es Sie sicher nicht überraschen, daß auch Ihre ausländischen Verbündeten dieses Mißtrauen hegen. Auch sie haben ihre besten Teams losgeschickt. Ihre besten Männer. Sie sind gerade dabei, jeder einzelnen, noch so kleinen

Information nachzugehen, die der MI6 ihnen gegeben hat. Sie arbeiten fieberhaft daran.«

Hammonds Kopf fuhr herum. »Das ist gegen unsere Vereinbarung«, sagte er wütend.

Der Vorsitzende lächelte nicht. »Ich glaube nicht, daß Sie sich diese Scheinheiligkeit erlauben können, Commander.« Daniel sah wieder Alexander an. »Sie sollten vielleicht wissen, Mr. McAuliff, daß vereinbart worden war, dem britischen Geheimdienst die Führung zu überlassen, da Dunstone Limited ein in London ansässiger Konzern ist. Das ist verständlich. MI5 und 6 sind die besten Geheimdienste der freien Welt. Und der Commander ist ihr bester Mann. Da man davon ausging, daß die Wahrscheinlichkeit eines Geheimnisverrates um so geringer wird, je weniger Geheimdienste aktiv sind, haben sich die Briten bereit erklärt, allein zu operieren und die anderen auf dem laufenden zu halten. Statt dessen haben sie die ganze Zeit über falsche Daten geliefert.« Jetzt gestattete sich Daniel ein kleines Lächeln. »In gewisser Hinsicht war das auch gerechtfertigt. Amerikaner, Franzosen und Deutsche haben die Vereinbarung alle gebrochen, keiner von ihnen hatte je die Absicht, sie einzuhalten. Alle waren hinter Dunstone her, während sie gleichzeitig vorgaben, das Feld den Engländern zu überlassen ... Dunstone *muß* vernichtet, Stein für Stein auseinandergenommen werden. Alles andere können die Weltmärkte nicht akzeptieren. Aber es sind so viele Steine ... Jede Regierung glaubt, daß Absprachen getroffen werden können, daß Kapital transferiert wird, wenn sie als erste Erfolg hat – die Dunstone-Liste vor den anderen bekommt.«

Hammond konnte nicht mehr länger schweigen. »Ich möchte Sie – wer immer Sie auch sein mögen – darauf hinweisen, daß wir die rechtmäßigen – Vollstrecker sind.«

»Wobei ›rechtmäßig‹ auch durch ›wir haben es uns verdient‹ ersetzt werden könnte. Gott, die Königin und das Britische Weltreich haben in den letzten Jahrzehnten teuer bezahlen müssen. Es steht zwar in keinem Verhältnis zu ihren *Sünden*, aber das soll nicht unsere Sorge sein, Commander. Wie ich bereits sagte, waren Ihre Anweisungen von Anfang an klar: Beschaffen Sie die Dunstone-Liste, egal um welchen Preis. Der Preis ist jetzt klar. Wir geben Ihnen die Liste, Sie verschwinden aus Jamaika. Das ist der Preis.«

Wieder herrschte Stille. Wieder wurden prüfende Blicke ausgetauscht. Vor den Mond über Montego zog eine Wolke, die einen dunklen Schatten auf ihre Gesichter warf.

»Wie können wir sicher sein, daß sie echt ist?« fragte Hammond.

»Haben Sie nach den Ereignissen dieses Tages etwa noch Zweifel an uns? Sie sollten nicht vergessen, daß es in unser beider Interesse liegt, Dunstone zu beseitigen.«

»Welche Garantien erwarten Sie von uns?«

Daniel lachte, als fände er die Frage amüsant. »Wir brauchen keine Garantien, Commander. Wir werden es wissen. Verstehen Sie das denn nicht? Unsere Insel ist kein Kontinent. Wir kennen jede Verbindung, jeden Kanal und jeden Kontakt, mit dem Sie arbeiten.« Das Lächeln auf seinem Gesicht verschwand. »Diese Aktivitäten werden aufhören. Regeln Sie, was geregelt werden muß, aber dann nichts mehr ... Geben Sie Jamaika seinen rechtmäßigen Besitzern zurück. Trotz Kämpfen, Chaos und allem anderen.«

»Und«, sagte der Engländer leise, »wenn diese Entscheidungen außerhalb meiner Kompetenzen liegen ...«

»Damit wir uns nicht falsch verstehen, Commander Hammond!« Daniels Stimme wurde lauter, als er dem Agenten das Wort abschnitt. »Die Hinrichtungen von heute haben um zwölf Uhr mittags Londoner Zeit begonnen. Jeden Tag wird das Glockenspiel von Big Ben wieder zwölf Uhr ausläuten. Denken Sie an uns, wenn Sie die Glocken hören. Was wir heute tun konnten, können wir auch morgen tun. Und dann werden wir auch sagen, warum wir es tun. England wird von der Völkergemeinschaft ausgestoßen werden. Das können Sie sich nicht leisten.«

»Ihre Drohung ist lächerlich!« entgegnete Hammond genauso erregt. »Wie Sie bereits sagten, diese Insel ist kein Kontinent. Wir könnten das Militär hierherbringen und Sie vernichten.«

Daniel nickte. Gelassen antwortete er: »Das wäre möglich.

Aber Sie sollten wissen, daß wir auf einen solchen Fall vorbereitet sind – seit zweihundert Jahren. Bemerkenswert, nicht wahr? Bei allem, was Ihnen heilig ist – zahlen Sie den Preis, Hammond. Nehmen Sie die Liste und retten Sie, was von Dunstone noch zu retten ist. *Das* haben Sie sich verdient. Allerdings werden Sie nicht sehr viel retten können. Die Geier werden aus allen Himmelsrichtungen einfliegen und sich auf das Aas stürzen. Machen Sie das Beste daraus!«

Auf dem Armaturenbrett leuchtete eine rote Lampe auf und tauchte den Vordersitz in einen rötlichen Schimmer. Der hohe, abgehackte Ton eines Summers war zu hören. Sofort griff der Fahrer nach dem Telefon und hielt sich den Hörer ans Ohr. Nach einigen Sekunden gab er ihn an Daniel weiter.

Der Vorsitzende der Halidon hörte zu. Alexander sah sein Gesicht im Rückspiegel. Daniel konnte nicht verbergen, daß er beunruhigt war.

Und dann wütend.

»Tut, was ihr könnt, aber riskiert keine *Menschenleben*. Unsere Männer sollen sich zurückziehen. *Niemand* wird die Gemeinschaft verlassen. Das ist mein letztes Wort. Unwiderruflich!« Er steckte den Hörer wieder in die senkrechte Vertiefung und drehte sich zu dem Engländer um. »Britischer *Sachverstand*, Commander. Das *Know-how* John Bulls[1] ... Die Westindien-Spezialisten des MI6, Karibik, haben gerade ihre Befehle von Dunstone erhalten. Sie sollen in das Cock Pit vordringen und das Vermessungsteam abfangen. Sie sollen dafür sorgen, daß es nicht wieder herauskommt«, sagte er mit einem sarkastischen Unterton.

»O mein Gott!« McAuliff schob sich auf dem Sitz nach vorn. »Könnte es ihnen gelingen, bis zu ihnen vorzudringen?«

»Fragen Sie die Koryphäe auf diesem Gebiet«, sagte Daniel schneidend. Sein Blick lag auf Hammond. »Es sind seine Männer.«

Der Agent saß wie erstarrt da, als hätte er aufgehört zu atmen. Und doch war klar, daß sein Verstand arbeitete, schnell, leise. »Sie stehen mit den Funkempfängern in Verbindung –

[1] wörtl. ›Hans Stier‹ – spöttische Bezeichnung für ›den Engländer‹

die Signale, die aus dem Lager gesendet werden. Es ist möglich, den Standort herauszufinden, bis auf ...«

»... bis auf eintausend Meter«, unterbrach ihn Alex und beendete den Satz.

»Ja.«

»Sie müssen sie aufhalten!«

»Ich bin mir nicht sicher, ob es einen Weg gibt ...«

»Dann finden Sie einen. Um Gottes willen, Hammond, man wird sie töten!« McAuliff packte Hammond am Revers seines Jacketts und riß ihn brutal zu sich heran. »Tun Sie etwas, Mister. Sonst werde ich *Sie* töten!«

»Nehmen Sie Ihre Hände ...«

Bevor der Agent weitersprechen konnte, schlug ihm Alexander mit der rechten Hand ins Gesicht. Die Lippe des Engländers platzte auf. »Es gibt sonst nichts mehr, *Commander!* Sie müssen mir diese Garantie geben! Jetzt!«

Dem Agenten lief Blut über das Kinn. »Ich werde mein Bestes versuchen. Ich habe immer – alles getan, was in meiner Macht stand.«

»Sie verdammter Mistkerl!« McAuliff schlug ihn noch einmal. Der Fahrer und Daniel packten ihn am Arm.

»McAuliff! So werden Sie nichts erreichen!« brüllte der Vorsitzende.

»Sagen Sie ihm, daß er endlich etwas unternehmen soll ...« Alexander brach ab und drehte sich zu Daniel um. Er ließ den Engländer los. »Ihre Leute sind dort.« Da fiel McAuliff plötzlich ein, was Daniel am Telefon gesagt hatte: *Riskiert keine Menschenleben. Unsere Männer ... zurückziehen. Niemand wird die Gemeinschaft verlassen.* »Sie müssen mit Ihren Leuten sprechen. Nehmen Sie zurück, was Sie gesagt haben. Beschützen Sie das Team!«

»Sie müssen versuchen, meine Entscheidung zu verstehen. Es gibt Traditionen, Offenbarungen – einen Lebensstil, der seit über zwei Jahrhunderten existiert. Das können wir nicht aufs Spiel setzen«, antwortete der Vorsitzende leise.

Alexander starrte den Schwarzen an. »Sie würden zusehen, wie sie sterben? Mein Gott, das *können* Sie doch nicht tun!«

»Ich fürchte doch. Wir können und wir würden. Und

dann müßten wir Sie töten … Das würde genauso schnell gehen, wie ich in das hier beißen würde.« Daniel drehte seinen Hemdkragen um. Auf der Unterseite war eine winzige Ausbuchtung im Stoff zu sehen. *Tabletten, im Stoff eingenäht.* »Sollte ich je in eine Situation kommen, in der es notwendig ist. Ich würde nicht eine Sekunde zögern.«

»Um Himmels willen, bei dieser ganzen Angelegenheit geht es um *Sie!* Die anderen haben damit nichts zu tun, sie gehören nicht zu Ihnen. Sie *kennen* Sie nicht einmal. Warum müssen sie mit dem Leben bezahlen?«

Hammonds Stimme war erschreckend in ihrer ruhigen Schärfe. »Prioritäten, McAuliff. Ich sagte es Ihnen bereits. Für sie … Für uns.«

»So etwas kommt im Krieg vor, Doktor. Unschuldige, die bei Kampfhandlungen ums Leben kommen«, erklärte Daniel. Seine einfachen Worte straften ihre Bedeutung Lügen. »Geschriebene und ungeschriebene …«

»Das ist Mist!« schrie McAuliff. Der Fahrer zog eine Pistole aus seinem Gürtel. Es war klar, was er damit sagen wollte. Alexanders Blick flog von dem Vorsitzenden der Halidon zu dem britischen Geheimagenten und wieder zurück. »Hören Sie mir zu. Sie haben am Telefon gesagt, daß Ihre Leute tun sollen, was sie können. Sie, Hammond, haben angeboten, alles zu tun, ›was in Ihrer Macht steht‹. In Ordnung. Geben Sie mir eine Chance.«

»Wie?« fragte Daniel. »Wir können weder die jamaikanische Polizei noch das Militär aus Kingston mit hineinziehen.«

Alex hatte sich an die Worte erinnert, die Sam Tucker im Schein des Lagerfeuers gesagt hatte. Eine ruhige Feststellung, während Sam Charles Whitehall und den schwarzen Riesen, Lawrence, beobachtet hatte, die sich auf der Lichtung unterhielten. *Sie sind unser Schutz. Sie verachten sich zwar gegenseitig …*

Sie sind unser Schutz.

McAuliff drehte sich zu Hammond um. »Wie viele Überläufer sind hier?«

»Ich habe sechs Spezialisten aus London mitgebracht …«

»Von denen Dunstone alle bis auf einen gekauft hat«, warf Daniel ein.

»Das sind dann fünf. Wie viele könnten noch zu ihnen stoßen?« fragte McAuliff den Halidon.

»So kurzfristig vielleicht drei oder vier. Wahrscheinlich Söldner. Das ist nur eine Vermutung ... Schnelligkeit dürfte für sie wichtiger sein als die Anzahl der Männer. Ein Maschinengewehr in den Händen eines einzigen Soldaten ...«

»Wann haben sie ihre Befehle von Dunstone bekommen?« fragte Alex schnell und unterbrach Daniels unnötige Anmerkungen.

»Wir schätzen, irgendwann während der letzten Stunde. Es ist sicher nicht länger als eine Stunde her.«

»Können sie sich ein Flugzeug besorgen?«

»Ja. Ganja-Flugzeuge sind immer zu mieten. Sie würden allerdings etwas Zeit dazu brauchen. Ganja-Piloten sind mißtrauisch, aber es könnte ihnen gelingen.«

Alex drehte sich zu Hammond um. Der Agent fuhr sich mit den Fingern über die Lippen – mit seinen verdammten Fingern, als würde er beim Tee im Savoy sitzen und sich die Krümel vom Mund wischen. »Können Sie sich mit den Männern in Verbindung setzen, die das Signal aus dem Lager überwachen? Mit diesem Funkgerät hier?« McAuliff deutete auf das Bedienfeld unter dem Armaturenbrett.

»Ich kenne die Frequenz ...«

»Heißt das *ja?*«

»Ja.«

»Worauf wollen Sie hinaus?« erkundigte sich Daniel.

»Ich will wissen, ob diese verdammten Spezialisten sie schon erreicht haben. Ich brauche die Position ...«

»Sie wollen unser Flugzeug?« unterbrach ihn der Vorsitzende der Halidon. Aber er kannte die Antwort bereits.

»Ja.«

Daniel bedeutete dem Fahrer, den Motor anzulassen. »Sie brauchen die Position nicht. Es gibt nur einen Platz, wo Sie landen können – das Grasland drei Kilometer südwestlich vom Lager. Wir geben Ihnen die Koordinaten.«

Der Wagen schoß aus dem Parkplatz, fuhr über die primitive Eingrenzung und raste in der Dunkelheit auf den Highway zu.

Hammond nannte Daniel die Dezimalen des Frequenzbandes. Der Vorsitzende stellte sie auf dem Funkgerät ein und reichte dem britischen Agenten das Mikrofon.

Niemand meldete sich.

Keine Antwort über Funk.

»Wir werden einige Zeit brauchen, um das Flugzeug zu holen …«, sagte Daniel leise, als der Wagen über den breiten Highway donnerte.

Alex legte dem Vorsitzenden die Hand auf die Schulter. »Ihr Läufer, der Mann, der den Namen ›Marcus‹ benutzt hat. Sagen Sie ihm, er soll Sam Tucker warnen.«

»Ich habe meine Männer angewiesen, sich zurückzuziehen«, antwortete Daniel eisig. »Vergessen Sie bitte nicht, was ich gesagt habe.«

»Um Gottes willen, schicken Sie ihn zurück. Geben Sie ihnen eine Chance!«

»Meinen Sie nicht – ›geben Sie *ihr* eine Chance‹?«

McAuliff verspürte den unwiderstehlichen Drang, den Mann vor ihm zu töten. »Das mußten Sie einfach sagen, nicht wahr?«

»Ja«, erwiderte Daniel. Er drehte sich um, damit er Alexander in die Augen sehen konnte. »Weil das die Bedingung ist, unter der Sie das Flugzeug von uns bekommen … Falls Sie versagen, falls die Frau getötet wird, werden Sie auch getötet werden. Sie werden hingerichtet. Es ist ganz einfach – wenn sie tot ist, können wir Ihnen nicht mehr vertrauen.«

Alexander wich dem durchdringenden Blick Daniels nicht aus. »Es ist ganz einfach«, sagte er. »Ich werde den Befehl zum Feuern selbst geben.«

R. C. Hammond beugte sich nach vorn. Er sprach so wohlüberlegt und deutlich wie immer. »Ich werde Sie begleiten, McAuliff.«

Daniel und Alex sahen den Engländer an. Mit ein paar Worten hatte sich Hammond in eine ungewohnt exponierte Position gebracht. Beide Männer waren erstaunt.

»Danke.« Mehr konnte McAuliff nicht sagen, aber es war ehrlich gemeint.

»Ich fürchte, das geht nicht, Commander«, sagte Daniel. »Sie und ich – haben noch etwas miteinander zu besprechen. Wenn McAuliff geht, geht er allein.«

»Sie sind ein Unmensch«, sagte Hammond mit scharfer Stimme.

»Ich bin ein Halidon. Wir haben Prioritäten. Wie Sie.«

33.

McAuliff zog das kleine Flugzeug über die Wolkendecke. Er öffnete die Feldjacke, die ihm der Fahrer des Wagens gegeben hatte. Es war warm in der winzigen Kabine. Das Flugzeug der Halidon war anders als die Maschine, mit der er und Malcolm westlich von Accompong gestartet waren. Größe und Aussehen ähnelten dem der zweisitzigen Comanche, aber diese hier war schwerer und dadurch nicht so wendig.

McAuliff war kein guter Pilot. Fliegen war für ihn keine Leidenschaft, sondern Notwendigkeit. Vor zehn Jahren, als er sich dazu entschlossen hatte, sein eigenes Vermessungsbüro zu eröffnen, hatte er gedacht, daß es sich vielleicht eines Tages als nützlich erweisen würde, wenn er fliegen konnte. Also hatte er Flugstunden genommen und einen Pilotenschein für kleine Maschinen gemacht.

Es hatte sich gelohnt. Bei Dutzenden von Vermessungen auf fast allen Kontinenten. In kleinen Maschinen.

Er betete zu Gott, daß es sich auch jetzt lohnen würde. Wenn nicht, war ohnehin alles egal.

Auf dem Sitz neben ihm lag eine kleine, von einem Holzrahmen eingefaßte Schiefertafel, wie er sie früher in der Grundschule benutzt hatte. Darauf war in großen Kreidebuchstaben ein primitiver Flugplan aufgemalt, der sich im dämmrigen Licht der Instrumente von der Tafel abhob.

Empfohlene Fluggeschwindigkeit, Kompaßpunkte, Höhenangaben und visuelle Anhaltspunkte, die er mit etwas Glück und Mondlicht würde sehen können.

Von der Piste in der Nähe von Unity Hall aus sollte er eine Höhe von dreihundert Metern erreichen und dazu so lange um das Feld kreisen, bis er hoch genug war. Nachdem er die Piste verlassen hatte, sollte er 115 Grad nach Südosten fliegen, mit einer Fluggeschwindigkeit von 140 Stundenkilometern. In ein paar Minuten würde er über dem Mount Carey sein – dort sollte er nach zwei brennenden Signalfeuern Ausschau halten.

Und er sah sie.

Vom Mount Carey aus, bei gleicher Fluggeschwindigkeit und einer verringerten Flughöhe von zweihundert Metern, drehte er wie besprochen auf 84 Grad Ostnordost ab und flog zum Kempshot Hill weiter. Auf der Straße unter ihm, hatte es geheißen, warte ein Auto und gebe ihm mit den Scheinwerfern ein Zeichen.

Er sah es und folgte den Anweisungen in der nächsten Zeile auf der Schiefertafel. Geringe Kurskorrektur – 8 Grad auf 92 auf dem Kompaß, Fluggeschwindigkeit und Höhe beibehalten. Drei Minuten und dreißig Sekunden später war er über Amity Hall. Wieder Signalfeuer, wieder eine neue Anweisung. Auch dieses Mal wieder nur eine minimale Änderung.

Ost bei 87 Grad nach Weston Favel hinein.

Höhe auf hundertfünfzig Meter verringern, Fluggeschwindigkeit beibehalten, nach zwei Autos Ausschau halten, die sich im südlichen Teil der Stadt mit blinkenden Scheinwerfern gegenüberstünden. Kurs auf genau 90 Grad korrigieren und mit der Fluggeschwindigkeit auf 120 heruntergehen.

Sobald er den Martha Brae erreicht hatte, sollte er den Kurs auf 35 Grad Südost ändern, auf genau 122 auf dem Kompaß.

Ab hier sei er dann auf sich allein gestellt. Es werde keine Signale vom Boden mehr geben und natürlich auch keinen Funkkontakt.

Fluggeschwindigkeit, Richtung und Zeit zu koordinieren

sei alles, was er tun könne. Die Flughöhe müsse er im Sichtflug bestimmen – so niedrig wie möglich, abhängig von den langsam ansteigenden Hügeln des Dschungels. Vielleicht sehe er Lagerfeuer, aber das müßten nicht unbedingt die des Vermessungsteams sein. Wahrscheinlich seien es eher umherziehende Bergbewohner, die oft die ganze Nacht lang auf der Jagd seien. Er solle diesen Kurs genau vier Minuten und fünfzehn Sekunden lang halten.

Wenn er alle Anweisungen genau befolgt habe und keine wesentlich anderen Bedingungen herrschten, wie plötzlich auftretende Windböen oder Regen, befinde er sich dann in der Nähe des Graslandes. Und wenn die Nacht klar und das Licht des Mondes hell genug sei, werde er es sehen.

Und – sehr wichtig – falls ihm ein anderes Flugzeug begegne, solle er zweimal mit der rechten Tragfläche wippen. Damit gebe er sich dem anderen Flugzeug als Ganja-Schmuggler zu erkennen. Es sei das übliche Erkennungszeichen, mit dem diese Glücksritter der Lüfte einander grüßten.

Die Hügel vor ihm stiegen abrupt an, viel höher, als McAuliff es erwartet hatte. Er zog den Steuerknüppel zu sich heran und spürte, wie ihn die Aufwinde in die Höhe wirbelten. Er drosselte den Motor und versuchte, die starke Querlage mit dem linken Pedal auszugleichen. Die Turbulenz hielt an, der Wind wurde immer stärker.

Da wurde ihm klar, woher die plötzlichen Positionsveränderungen und Gegenströmungen kamen. Er war in einen Korridor aus starken Schauern geraten. Der Regen prasselte gegen das Glas und den Flugzeugrumpf. Die Scheibenwischer waren der Flut nicht gewachsen. Vor ihm lag eine undurchsichtige graue Masse. Er klappte das rechte Fenster herunter, zog die Drosselklappe heraus, brachte die Maschine in Schräglage und sah nach unten. Sein Höhenmesser fiel auf 195. Der Boden unter ihm war dichtbewachsen und schwarz – nichts als Urwald, keine Lücken in der Dunkelheit. Er versuchte, die Strecke vom Martha Brae bis hierher in Gedanken zurückzuverfolgen. Fieberhaft, unsicher. Die Geschwindigkeit war gleich geblieben, auch sein Kompaß hatte sich nicht gedreht. Aber er war abgedriftet. Nicht sehr stark, aber immerhin. Er war kein sehr guter Pilot – bis jetzt war er erst zweimal bei Nacht geflogen, da er das mit seinem eingeschränkten Pilotenschein eigentlich nicht durfte. Und driftete man bei Tag ab, wurde das anhand der Instrumente, mit visuellen Anhaltspunkten oder per Funk wieder ausgeglichen.

Aber die leichte Abdrift hatte ihn erwischt. Er war von Steuerbord achtern gekommen. Du lieber Himmel, mit einem Segelboot konnte er besser umgehen. Er brachte das Flugzeug in die Waagrechte und ging in eine leichte Rechtskurve. Durch die Frontscheibe war inzwischen nichts mehr zu erkennen. Er beugte sich über den Sitz und klappte das rechte Fenster hinunter. Ohrenbetäubender Lärm erfüllte die kleine Kabine, als beide Fenster geöffnet waren. Der Wind brüllte, Regen wurde hereingeweht und klatschte auf die Sitze und den Boden und das Instrumentenfeld. Die Kreidetafel wurde naß, ihre Oberfläche glänzte, die Kreidebuchstaben schienen durch die Regentropfen, die über die Tafel liefen, vergrößert zu werden.

Plötzlich sah er es. Das Plateau mit dem Grasland. Durch das Steuerbord – verdammt, durch das *rechte* Fenster. Eine nicht ganz so schwarze Fläche inmitten der totalen Finsternis. Ein mattgraues Relief im Zentrum des dunklen Urwalds.

Er war links an den Feldern vorbeigeflogen, hatte sie um kaum einen oder zwei Kilometer verfehlt.

Aber er hatte sie erreicht. Alles andere spielte in diesem Moment keine Rolle mehr. Er ging in einen steilen Sinkflug über, flog eine Linkskurve über den Bäumen – die obere Hälfte einer Acht – und setzte dann zur Landung an. Nach dem 280-Grad-Anflug drückte er den Steuerknüppel zum Aufsetzen von sich weg.

Der Höhenmesser zeigte fünfzehn Meter an, als hinter ihm im Westen ein Blitz über den Himmel zuckte. Er war froh darüber. Eine kurze, zusätzliche Lichtquelle in der Dunkelheit der Nacht. Er verließ sich auf seine Instrumente und sah im Strahl der Außenscheinwerfer bereits das Gras, das auf ihn zukam, aber das plötzliche, gedämpfte Licht am Himmel gab ihm noch mehr Sicherheit.

Und so viel Sicht, daß er die Umrisse eines anderen Flugzeuges erkennen konnte – am Boden. Die Maschine stand am nördlichen Ende des Feldes.

Auf dem sanft abfallenden Gelände, das zu dem drei Kilometer entfernten Lager führte.

O Gott! Er hatte es nicht geschafft. Er kam zu spät!

Er setzte auf dem Boden auf, ließ den Motor laufen und rollte auf das geparkte Flugzeug zu. Während er die Instrumente bediente, zog er die Pistole aus seinem Gürtel.

Im Strahl der Außenscheinwerfer sah er einen Mann winken. Er hatte keine Waffe in der Hand, machte keinen Versuch, wegzulaufen oder sich zu verstecken. Alex war verwirrt. Es ergab keinen Sinn. Die Männer von Dunstone waren Killer, das wußte er. Der Mann im Scheinwerferlicht vor ihm verhielt sich überhaupt nicht feindselig. Statt dessen tat er etwas sehr Merkwürdiges. Er streckte die Arme rechts und links von sich aus und bewegte dann den rechten Arm nach unten, während er gleichzeitig den linken ein wenig anhob. Diese Geste wiederholte er mehrmals, während McAuliffs Maschine auf ihn zurollte.

Alex rief sich die Anweisungen in Erinnerung, die er auf der Piste in Unity Hall bekommen hatte. *Wenn Sie ein anderes Flugzeug sehen, wippen Sie mit der rechten Tragfläche. Bewegen Sie die rechte Tragfläche nach unten* – den Arm.

Der Mann im Scheinwerferlicht war ein Ganja-Pilot!

McAuliff hielt die Maschine an und stellte den Motor ab. Seine Hand umklammerte den Griff der Waffe, die Finger schwebten über dem Abzug.

Der Mann kam aus dem Wind und dem Regen heran und schrie Alex durch das offene Fenster etwas zu. Es war ein Weißer, das Gesicht von der Kapuze eines Regenumhangs eingerahmt. Er redete wie ein Amerikaner aus dem tiefen Süden. Mississippi.

»Verdammt! Ganz schön viel los hier an diesem lausigen Flecken Erde! O Mann, tut gut, Ihr weißes Gesicht zu sehen. Ich fliege für sie, und ich gehe mit ihnen ins Bett, aber ich kann sie einfach nicht leiden!« Die Stimme des Piloten war schrill und durchdringend und im prasselnden Regen gut zu verstehen. Er war mittelgroß und – wenn man von seinem

Gesicht auf seinen Körper schließen konnte – schlank, aber mit schlaffen Muskeln. Ein dünner Mann, der mit seinem Alter nicht zurechtkam. Er war über Vierzig.

»Wann sind Sie gekommen?« fragte Alex laut. Er versuchte, seine Nervosität zu verbergen.

»Ich habe diese sechs Schwarzen erst vor ein paar Minuten hier abgesetzt. Ist vielleicht ein bißchen länger her, aber nicht viel. Sie gehören sicher zu Ihnen, stimmt's? Sind Sie der Boß?«

»Ja.«

»Wenn es Ärger gibt, tragen sie die Nase plötzlich nicht mehr so hoch, was? Nichts als Ärger hier in den Bergen. Die brauchen uns Weiße einfach, darauf können Sie Ihre Eier verwetten!«

Verdeckt vom Instrumentenfeld steckte McAuliff seine Pistole wieder in den Gürtel. Er mußte sich beeilen. Er mußte an dem Ganja-Piloten vorbeikommen. »Die sagten, es hat Ärger gegeben?« Alex stellte die Frage beiläufig, während er die Tür der Kabine öffnete, im Regen auf die Tragfläche stieg und auf den nassen Boden sprang.

»Und wie! Nach dem, was sie mir erzählt haben, wurden sie von ein paar Bimbos hier draußen aufs Kreuz gelegt. Die haben einfach ein Paket noch mal verkauft, nachdem sie das Geld dafür kassiert hatten. Ich kann Ihnen sagen, diese Nigger haben ein ganzes Waffenarsenal dabei.«

»Das kann doch wohl nicht wahr sein«, sagte McAuliff überzeugend. »Du meine Güte – diese verdammten *Idioten!*«

»Sie lechzen nach schwarzem Blut, Mann! Die Jungs wollen ein paar von ihren Brüdern umlegen! *Juhuuu!*«

»Wenn sie das tun, wird New Orleans in Rauch aufgehen! Du lieber Himmel!« Alexander wußte, daß die Stadt in Louisiana der größte Umschlagplatz für Drogen im Süden und Südwesten der USA war. Auch dieser Ganja-Pilot mußte das wissen. »Sind sie den Abhang da hinuntergegangen?« McAuliff deutete absichtlich hundert Meter nach rechts und nicht dorthin, wo – soweit er sich erinnern konnte – der Pfad durch den Dschungel lag.

»O Mann, die wußten ja selbst nicht, wo sie hinwollten!

Sie hatten eine Art Geigerzähler dabei, so ähnlich wie ein Radarsuchgerät, aber nicht so gut. Sie sind eher in diese Richtung da gegangen.« Der Pilot deutete auf eine Stelle links von dem verborgenen Dschungelpfad.

Alex überlegte. Der Scanner, den Dunstones Männer benutzten, gab lediglich einen Radius von eintausend Metern an. Die Signale wurden zwar erfaßt, aber ansonsten lieferte er keinerlei Anhaltspunkte, die eine genauere Ortung zuließen. Das war der schwache Punkt bei stark reduzierten Funkbögen, die vertikal polarisiert über eine große Entfernung übertragen wurden.

Eintausend Meter durch den dichten, fast undurchdringlichen Dschungel des Cock Pit! Wenn Dunstones Team einen Vorsprung von zehn Minuten hatte, war das nicht unbedingt entscheidend. Sie wußten nichts von dem Pfad – Alex kannte ihn zwar nicht sehr gut, hatte ihn aber immerhin schon benutzt. Zweimal. Ihr Vorsprung war nicht besonders groß. Und wenn sie einen Umweg gemacht hatten – dem Ganja-Piloten zufolge hatten sie das – und dann noch in einer verhältnismäßig geraden Linie weitergingen und das Gelände erst absuchen mußten, hatten sie vielleicht gar keinen Vorsprung mehr.

Falls – falls er den Pfad finden und ihm folgen konnte.

Er stellte den Kragen seiner Feldjacke auf, um den Regen abzuhalten, und drehte sich zu der Kabinentür über der Tragfläche des Flugzeuges um. Er öffnete sie, stützte sich mit einem Knie rechts vom Fahrwerk ab und griff in das kleine Gepäckabteil hinter dem Sitz. Er holte ein kurzläufiges Automatikgewehr heraus – eine der beiden Waffen, die hinter dem Vordersitz des Halidon-Wagens festgeschnallt gewesen waren. Der Ladestreifen war eingelegt, das Gewehr gesichert. In seinen Taschen waren vier weitere Ladestreifen. Jeder Streifen enthielt zwanzig Patronen.

Einhundert Kugeln.

Sein Waffenarsenal.

»Ich muß zu ihnen«, schrie er dem Ganja-Piloten durch den Platzregen zu. »Ich möchte nicht, daß New Orleans mich für die Scheiße hier verantwortlich macht!«

»Die Jungs aus New Orleans sind ein zäher Haufen. Wenn ich andere Arbeit bekommen kann, fliege ich nicht für sie. Die vertrauen keinem!«

McAuliff antwortete nicht, sondern rannte auf den Rand des grasbewachsenen Abhangs zu. Der Pfad lag rechts von einigen Nesselfarnen. Er konnte sich deshalb noch so gut daran erinnern, weil sie ihm das Gesicht zerkratzt hatten, als er mit dem Läufer der Halidon hineingegangen war und nicht schnell genug die Hand ausgestreckt hatte.

Verdammt! Wo war der Pfad?

Er begann, die tropfnassen Blätter abzutasten, faßte nach jedem Blatt, jedem Ast und hoffte, daß seine Hand von dem Nesselfarn zerkratzt wurde. Er mußte den Pfad einfach finden. Er mußte an der richtigen Stelle in den Dschungel gehen. Falls er die Stelle verpaßte, wäre das verheerend. Dunstones Vorsprung wäre zu groß. Er würde sie nicht mehr einholen.

»Was suchen Sie da?«

»Was?« Alex fuhr herum und starrte in ein grelles Licht. Er hatte sich so auf die Suche nach dem Pfad konzentriert, daß er das Gewehr entsicherte. Er war so überrascht, daß er schießen wollte.

Der Ganja-Pilot war zu ihm herübergekommen. »Verdammt. Haben Sie denn keine Taschenlampe, Mann? Wie wollen Sie denn in dem Dickicht hier ohne Taschenlampe was sehen?«

Du meine Güte! Er hatte die Taschenlampe im Flugzeug gelassen. Daniel hatte gesagt, er solle damit vorsichtig sein, deshalb hatte er sie in der Maschine gelassen. »Die habe ich völlig vergessen. Im Flugzeug ist eine.«

»Hoffentlich.«

»Geben Sie mir Ihre. Sie können meine haben, okay?«

»Wenn Sie mir versprechen, ein paar von den Bimbos abzuschießen, gehört sie Ihnen, Mann.« Der Pilot gab ihm die Taschenlampe. »Mir ist es hier zu naß, ich gehe wieder in mein Flugzeug. Ich wünsche Ihnen eine gute Jagd!«

McAuliff sah dem Piloten nach, der zu seiner Maschine zurückrannte, und drehte sich dann schnell wieder um, zum

Rand des Dschungels hin. Er war keine zwei Meter von den Farnen entfernt. Er konnte das dichte Gras am Anfang des geheimen Pfades sehen.

Er stürzte sich hinein.

Er rannte so schnell er konnte. Seine Füße blieben im Gestrüpp hängen, Gesicht und Körper wurden von den unsichtbaren Fangarmen des Gebüschs angegriffen. Der Pfad teilte sich – rechts, links, rechts, rechts, rechts, um Himmels willen! Er drehte sich im Kreis – und führte dann am Fuß des Abhangs ein kurzes Stück geradeaus.

Aber es war alles in Ordnung. Er war immer noch auf dem Pfad. Alles andere spielte keine Rolle.

Dann kam McAuliff davon ab. Plötzlich war der Pfad nicht mehr da. Er war verschwunden.

Aus der Dunkelheit erklang ein ohrenbetäubender Schrei, der durch den Wolkenbruch von oben noch verstärkt wurde. Im Licht der Taschenlampe sah er ein Wildschwein, das in einem mit Palmen zugewachsenen Loch vor ihm seine blinden Jungen säugte. Das haarige, häßliche Gesicht sah ihn drohend an und schrie noch einmal, dann sprang das Wildschwein auf und schüttelte dabei die quiekenden Frischlinge von seinen Zitzen. McAuliff rannte nach links, auf die grüne Wand des Dschungels zu. Er stolperte über einen Stein. Zwei, drei Steine. Er fiel auf die nasse Erde, die Taschenlampe rollte über den Boden. Der Boden war flach, ohne jedes Hindernis.

Er war wieder auf dem Pfad!

Er stand auf, griff sich die Taschenlampe, rückte das Gewehr unter seinem Arm zurecht und rannte durch den relativ deutlich zu erkennenden Dschungelkorridor.

Aber schon nach etwa einhundert Metern traf er auf das erste Hindernis. Ein kleiner Fluß kreuzte den Pfad, umgeben von weichem, tiefem Schlamm. An den Fluß konnte er sich noch erinnern. Der Läufer, der sich ›Marcus‹ genannt hatte, war dort nach links abgebogen. Nach links? Oder war es die entgegengesetzte Richtung gewesen? Nein, es *war* links gewesen. Unterhalb der Wasseroberfläche hatte er damals Palmenstämme und Felsbrocken gesehen, die über den schmalen Fluß führten. Er rannte nach links, die Taschenlampe auf das Wasser gerichtet.

Er konnte die Baumstämme sehen! Und die Felsbrocken. Eine notdürftig zusammengebaute Brücke, um nicht durch den knöcheltiefen Schlamm waten zu müssen.

Doch auf dem rechten Baumstamm krochen zwei Schlangen wie in Zeitlupe auf ihn zu. Selbst der jamaikanische Mungo hatte nicht den Mut, im Cock Pit auf die Jagd zu gehen.

Alexander kannte diese Schlangen. Er hatte sie schon in Brasilien gesehen. Anakondas. Blind, schnell, gefährlich. Nicht tödlich, aber sie konnten eine Lähmung verursachen, die unter Umständen tagelang anhielt. Wenn lebendes Fleisch in die Nähe ihrer flachen Köpfe kam, bissen sie unweigerlich zu.

Er drehte sich zu der Wildnis hinter sich um. Der Strahl seiner Taschenlampe glitt suchend über die unmittelbare Umgebung. Sein Blick fiel auf den herabhängenden Ast eines Kapokbaumes, der etwa zwei Meter lang war. Er rannte zu dem Baum und bog den Ast vor und zurück, bis er abbrach. Dann ging er wieder zu dem Fluß zurück. Die Schlangen waren nicht mehr weitergekrochen, warteten beunruhigt. Die schleimigen, häßlichen Körper hatten sie ineinander verschlungen, die flachen Köpfe schwebten nebeneinander in der Luft, die blinden, stecknadelkopfgroßen Augen starrten in die Richtung, aus der der Geruch kam. Auf ihn.

Mit der linken Hand schob Alex den Ast des Kapokbaumes auf den Baumstamm, mit der rechten versuchte er unbeholfen, Gewehr und Taschenlampe festzuhalten.

Die Schlangen griffen gleichzeitig an. Sie schnellten in die Höhe. Die Körper wickelten sich um den Ast, die Köpfe schossen auf McAuliffs Hand zu, suchten sich ihren Weg durch die weichen Blätter.

Alex warf den Ast ins Wasser. Oder ließ er ihn fallen? Er wußte es nicht. Die Schlangen warfen sich hin und her. Der Ast drehte sich wie wild um sich selbst und versank dann im Wasser.

McAuliff rannte über die Baumstämme und war wieder auf dem Pfad.

Er schätzte, daß er etwas mehr als einen Kilometer weit gekommen war, aber bestimmt nicht weiter. Seiner Uhr zufolge hatte er dafür zwölf Minuten gebraucht. Er erinnerte sich daran, daß der Pfad jetzt scharf nach rechts abbog, durch einen besonders dicht mit Farnen und Gingkobäumen bewachsenen Teil des Dschungels, und dann auf eine kleine Lichtung führte, die vor nicht allzu langer Zeit von einigen jagenden Bergbewohnern benutzt worden war. Marcus – der Mann, der den Namen ›Marcus‹ benutzte – hatte ihm davon erzählt.

Von der Lichtung war es noch etwas mehr als einen Kilometer bis zum Ufer des Martha Brae und dem Lager. Der Vorsprung von Dunstone konnte nicht mehr so groß sein.

Es *mußte* einfach so sein.

Er kam zu dem unglaublich dicht bewachsenen Teilstück und hielt die Taschenlampe auf den Boden gerichtet, um nach Wegspuren zu suchen. Falls er jetzt vom Pfad abkam und in den Dschungel geriet, in dem noch nie ein Mensch gewesen war, würde er mehrere Stunden brauchen, um ihn wiederzufinden. Vermutlich würde er erst bei Tageslicht wieder auf den Pfad treffen – oder wenn der Regen aufhörte.

Er kam nur sehr langsam voran, mußte sich ungeheuer konzentrieren. Umgeknicktes Gras, kleine, zerbrochene Zweige, aufgequollene Ränder von menschlichen Fußabdrücken in der nassen Erde. Das waren seine Zeichen, seine Spuren. Er konnte es sich nicht erlauben, auch nur einen einzigen Fehler zu machen.

»He, Mann!« sagte plötzlich eine leise Stimme.

McAuliff warf sich auf die Erde und hielt den Atem an. Links hinter sich sah er den Strahl einer anderen Taschenlampe. Sofort schaltete er seine eigene aus.

»He, Mann, wo bist du? Bitte melde dich. Du hast dein Planquadrat verlassen. Oder ich meines.«

Bitte melden … Planquadrat verlassen. So drückte sich ein Agent aus, aber kein Träger. Der Mann war vom MI6.

Vergangenheit. War.

Jetzt: Dunstone Limited.

Dunstones Team hatte sich getrennt, jedem Mann war ein

bestimmtes Gebiet zugeteilt worden – ein Planquadrat. Das konnte nur bedeuten, daß sie untereinander in Funkkontakt standen.

Sechs Männer, die Funkkontakt zueinander hatten.

Um Gottes willen.

Der Lichtstrahl kam näher, tanzte durch die unglaublich dichte Vegetation.

»Hier, Mann!« flüsterte Alex mit möglichst tiefer Stimme. Er hoffte gegen jede Vernunft, daß der Regen und das Flüstern den Mann täuschen würden.

»Mach die Taschenlampe an, Mann.«

»Ich versuch's ja, Mann.« Das reichte, dachte McAuliff. Jetzt nichts mehr.

Der tanzende Strahl brach sich in Tausenden von winzigen Spiegeln, die in der Dunkelheit glitzerten.

Er kam näher.

Ohne einen Laut rollte sich Alex von dem Pfad hinunter in die weiche Masse aus Erde und Pflanzen. Das Gewehr unter ihm drückte gegen seine Oberschenkel.

Der Strahl der Taschenlampe war jetzt fast über ihm, das Licht leuchtete gleichmäßig und hell. Im Streulicht konnte er den Oberkörper eines Mannes sehen. Über dessen Brust zogen sich zwei breite Gurte. An dem einem hing ein Funkgerät in einer Schutzhülle, an dem anderen ein Gewehr, dessen dicker Lauf über die Schulter des Mannes ragte. Die Taschenlampe trug er in der linken Hand, in der rechten hielt er eine große, bedrohlich wirkende Pistole.

Der Überläufer vom MI6 war ein vorsichtiger Agent. Sein Instinkt war geweckt worden.

McAuliff wußte, daß er an die Pistole herankommen mußte. Er durfte nicht zulassen, daß der Mann einen Schuß abgab. Er wußte nicht, wie weit die anderen entfernt waren, wie nah die Planquadrate zusammenlagen.

Jetzt!

Er sprang auf, und seine linke Hand schoß nach oben, direkt auf den Lauf der Pistole zu. Er zwängte seinen Daumen in die Wölbung am Abzug, rammte dem Mann in der Bewegung die Schulter gegen den Kopf und stieß ihm sein linkes

Knie von unten in die Hoden. Der Agent sackte zusammen und rang nach Luft. Die Muskeln in seiner Hand erschlafften für einen Moment. Alex entriß ihm die Pistole und schleuderte sie in die Finsternis.

Der Jamaikaner, der sich vor Schmerzen krümmte, hob den Kopf. In der linken Hand hielt er immer noch die Taschenlampe, deren Strahl auf die Erde gerichtet war. Sein Gesicht war verzerrt – und er wollte Luft holen, um zu schreien.

McAuliff stieß ihm die Finger in den Mund und zog mit aller Kraft nach unten. Der Mann wurde nach vorn gerissen und schmetterte ihm die Taschenlampe aus Metall auf den Kopf. McAuliff fing an zu bluten, aber er hörte nicht auf, an dem Mund des Schwarzen zu zerren. Er spürte, wie die Zähne durch seine Haut drangen, spürte die Schreie.

Sie überschlugen sich und stürzten in das Dickicht. Der Jamaikaner hämmerte weiter mit der Taschenlampe auf McAuliffs Kopf ein, Alex riß weiter mit aller Kraft an dem Mund, der den Alarm geben konnte.

Sie rollten auf eine Stelle mit tiefem, weichem Schlamm. McAuliff spürte einen Stein zwischen seinen Fingern, riß seine linke Hand los, packte den Stein und schmetterte ihn dem Schwarzen auf den Mund, über seine eigenen Finger. Die Zähne des Mannes zersplitterten, er erstickte fast an seinem Speichel. Alex zog seine blutende Hand heraus, krallte sich in dem dichten Haar des Mannes fest und drückte seinen Kopf in den weichen Schlamm. Unter der Oberfläche waren erstickte Schreie zu hören. Lautlos stiegen kleine Luftblasen aus der sumpfigen Erde auf und zerplatzten im Licht der am Boden liegenden Taschenlampe.

Und dann war alles ruhig.

Der Mann war tot.

Und er hatte keinen Alarm geben können.

Alexander hob die Taschenlampe auf und sah sich die Finger seiner rechten Hand an. Die Haut war aufgerissen, er konnte die Abdrücke von Zähnen erkennen, aber die Wunden gingen nicht sehr tief. Seine Hand ließ sich ungehindert bewegen, und das war alles, was ihn im Augenblick interessierte.

Seine linke Schläfe blutete, und er hatte furchtbare Schmerzen, die ihn jedoch nicht bewegungsunfähig machten. Beides würde wieder aufhören.

Er sah zu dem toten Jamaikaner hinüber und dachte, er müßte sich übergeben. Aber dazu war jetzt keine Zeit. Er kroch zurück zum Pfad und machte sich wieder an die mühsame Aufgabe, dem Weg zu folgen. Dabei versuchte er, den Dschungel um sich herum im Auge zu behalten. Zweimal sah er nicht allzuweit entfernt die deutlichen Strahlen von Taschenlampen.

Dunstones Team setzte seine Suche fort. Sie näherten sich ihrem Ziel.

Er durfte keinen einzigen Augenblick mit Nachdenken verschwenden.

Acht Minuten später hatte er die Lichtung erreicht. Er spürte, wie sein Herz in seiner Brust raste. Vor ihm lag noch etwa ein Kilometer. Das leichteste Stück einer furchtbaren Reise. Er sah auf seine Armbanduhr. Sie zeigte genau vier Minuten nach zwölf Uhr. Mitternacht.

Zwölf war auch die Stunde des Mittags.

Vier die rituelle Einheit der Arawak.

Die Odyssee des Todes.

Keine Zeit zum Nachdenken.

Er fand den Pfad auf der gegenüberliegenden Seite der kleinen Lichtung und fing an zu rennen. Während er auf das Ufer des Martha Brae zuraste, wurde er immer schneller. In seinen Lungen war keine Luft mehr, er schien nicht mehr atmen zu können. Er spürte nur noch die Erschöpfung, die ihm in der Kehle saß, und das Blut und den Schweiß, die ihm über das Gesicht rannen und dann über den Nacken auf Schultern und Brust.

Und dann sah er den Fluß. Er hatte den Fluß erreicht!

Erst in diesem Moment wurde ihm klar, daß der strömende Regen aufgehört hatte. Der Dschungelsturm war vorbei. Er schwenkte die Taschenlampe nach links, wo er die Steine sah, die den Pfad auf den wenigen hundert Metern bis zum Lager markierten.

Er hatte keine Schießerei gehört. Keine Gewehrschüsse. In

der Dunkelheit hinter ihm lauerten fünf erfahrene Killer, und diese furchtbare Nacht war noch nicht vorbei – aber er hatte eine Chance.

Das war alles, worum er gebeten hatte, alles, was zwischen ihm und dem Ruf stand, mit dem er einem Exekutionskommando befehlen würde, sein Leben zu beenden.

Bereitwillig, falls er versagte. Bereitwillig, weil er es beenden wollte, wenn es Alison nicht mehr gab.

Die letzten fünfzig Meter rannte er so schnell, wie seine erschöpften Muskeln es noch zuließen. Er hielt die Taschenlampe direkt vor sich. Das erste, was von dem Strahl erfaßt wurde, war der Anbau am Eingang zum Lager. Er raste auf die Lichtung hinaus.

Keine Lagerfeuer, kein Anzeichen von Leben. Nur das Geräusch des Wassers, das nach dem Sturm im Dschungel von Tausenden von Blättern herabtropfte. Und die Zelte, die stummes Zeugnis davon ablegten, daß hier noch vor kurzem Leben gewesen war.

Er hörte auf zu atmen. Eiskaltes Entsetzen packte ihn. Die Stille wirkte wie eine Vorahnung des Grauens.

»Alison. *Alison!*« schrie er und rannte blindlings auf das Zelt zu. »Sam! Sam!«

Als er die Stimme aus der Dunkelheit hörte, wußte er, was für ein Gefühl es war, wenn einem das Leben wiedergegeben wurde.

»Alexander … Ich hätte dich fast erschossen, Junge«, sagte Sam Tucker aus der Finsternis am Rande des Dschungels.

34.

Sam Tucker und der Läufer namens ›Marcus‹ kamen aus dem Dschungel. McAuliff starrte den Halidon verwirrt an. Der Läufer bemerkte es.

»Wir haben keine Zeit für lange Erklärungen. Ich habe mich entschieden, das ist alles.« Der Läufer deutete auf den Kragen seiner Jacke. Alex wußte Bescheid. In den Stoff war eine jener Tabletten eingenäht, die er im gelben Mondlicht auf der kleinen Straße über Lucea Harbor gesehen hatte.

Ich würde nicht eine Sekunde zögern, hatte Daniel gesagt.

»Wo ist Alison?«

»Bei Lawrence und Whitehall. Sie sind ein Stück weiter unten am Fluß«, antwortete Sam.

»Was ist mit den Jensens?«

Tucker zögerte. »Ich weiß es nicht, Alexander.«

»Was?«

»Sie sind verschwunden. Das ist alles, was ich weiß ... Peter hat sich gestern verirrt. Sein Träger ist ins Lager zurückgekommen, er konnte ihn nicht finden. Ruth, das arme Mädchen, hat es mit Fassung getragen – sie war sehr tapfer. Wir haben eine Suchmannschaft losgeschickt. Nichts ... Und heute morgen – ich weiß nicht warum – bin ich zum Zelt der Jensens gegangen. Ruth war verschwunden. Seitdem wurde sie nicht mehr gesehen.«

McAuliff wunderte sich. Hatte Peter Jensen etwas gesehen? Etwas geahnt? War er mit seiner Frau geflohen? Dem Stamm Akabas entkommen?

Fragen, für die jetzt keine Zeit war.

»Die Träger?« fragte Alex besorgt. Er hatte Angst vor der Antwort.

»Da mußt du unseren Freund hier fragen«, erwiderte Tucker und zeigte auf den Halidon.

»Man hat sie auf dem Fluß nach Norden gebracht«, sagte der Mann, der angeblich ›Marcus‹ hieß. »Heute nacht werden keine Jamaikaner sterben, es sei denn, sie wissen wofür. Nicht in diesem Kampf.«

»Und Sie? Was ist mit Ihnen? Ist das hier Ihr Kampf?«

»Ich kenne die Männer, die Sie angreifen wollen. Ich kann mir aussuchen, ob ich kämpfen will.«

»Eine der wenigen Freiheiten Akabas?« fragte Alex leise.

Marcus zuckte mit den Schultern. Seine Augen gaben nichts preis. »Die Willensfreiheit des einzelnen, Doktor.«

Aus dem dichten, tropischen Dschungel kam der leise Schrei eines Vogels oder einer Fledermaus. Und dann noch einer. Und noch einer. McAuliff hätte es nicht bemerkt – es gab so viele Geräusche, die nie aufhörten ... Eine endlose nächtliche Symphonie. Schön zum Anhören, weniger schön, wenn man darüber nachdachte.

Aber jetzt bemerkte er es auch.

Marcus hob den Kopf und reagierte sofort. Er streckte die Hand aus, packte Alexanders Taschenlampe und riß sie ihm aus der Hand, während er gleichzeitig Tucker wegstieß.

»*Runter!*« schrie er und versetzte McAuliff einen heftigen Stoß, der ihn nach hinten taumeln ließ, weg von der Stelle, an der er gerade eben noch gestanden hatte.

Aus der Dunkelheit erklangen sieben Gewehrschüsse. Einige schlugen in die Bäume ein, andere suchten sich ihren Weg in den Dschungel, zwei explodierten im Schlamm der Lichtung.

Alex rollte sich herum, brachte das Gewehr in Anschlag und zielte in die Richtung, aus der die Schüsse gekommen waren. Er behielt den Finger am Abzug und schickte eine Salve aus zwanzig Kugeln in die Dunkelheit vor sich. In wenigen Sekunden war es vorbei. Die Stille kehrte zurück.

Er spürte eine Hand an seinem Bein. Es war Marcus.

»Weg hier. Zum Fluß runter, Mann«, flüsterte er.

McAuliff kroch nach hinten in die Finsternis. Aus dem Dschungel wurde wieder auf sie geschossen. Die Kugeln pfiffen an ihm vorbei nach rechts.

Plötzlich kamen die Schüsse von einer Stelle, die nur wenige Meter von ihnen entfernt lag. Marcus war mit einem Sprung nach links gehechtet und antwortete mit einem Sperrfeuer quer über die Lichtung. Er lenkte die Schüsse des Gegners auf sich. Alex wußte, daß Marcus ihm damit Deckung geben wollte. Er sprang nach rechts, auf den Rand der Lichtung zu. Da hörte er Sam Tuckers Stimme.

»McAuliff! Hierher!«

Als er in den Dschungel rannte, sah er Sams Gestalt auf dem Boden. Tucker hatte sich mit dem Gewehr im Anschlag auf ein Knie gestützt. »*Wohin*? Wo zum Teufel ist Alison? Und die anderen?«

»Geh zum Fluß runter, Junge! Nach Süden, etwa dreihundert Meter. Du mußt die anderen warnen. Wir halten hier die Stellung.«

»Nein, Sam! Komm mit ... *Zeig* mir, wo sie sind.«

»Ich komme nach, mein Sohn.« Aus dem Dschungel wurde die nächste Salve auf sie abgefeuert. Marcus antwortete von der gegenüberliegenden Seite der Lichtung. Tucker sprach weiter, während er Alexanders Feldjacke packte und ihn wegstieß. »Dieser Hurensohn läßt sich für uns seinen schwarzen Hintern abschießen! Vielleicht schenkt er mir damit ein bißchen Zeit, die ich nicht verdient habe. Er ist mein neuer Landsmann, Junge. *Du lieber Himmel!* Ich wußte, daß mir diese verdammte Insel gefällt. Und jetzt mach, daß du hier rauskommst. Kümmer dich um das Mädchen. Wir kommen nach, darauf kannst du dich verlassen. Das *Mädchen*, Alexander!«

»Sam, da draußen sind fünf Männer. Etwas mehr als einen Kilometer weiter zurück habe ich einen von ihnen getötet. Sie müssen meine Taschenlampe gesehen habe, als ich hergerannt bin. Es tut mir leid ...« Dann stürzte McAuliff sich in den nassen Urwald und suchte sich seinen Weg zum Flußufer, stolperte die kleine Böschung hinunter. Das Gewehr schlug gegen die Metallknöpfe an seiner Jacke. Dann fiel er ins Wasser.

Nach Süden. Links.

Dreihundert Meter. Nicht einmal ein halber Kilometer – unendlich weit weg.

Er blieb in der Nähe des Flußufers, wo er am schnellsten vorwärtskam. Während er durch den Schlamm watete und über umgestürzte Baumstämme kletterte, stellte er fest, daß sein Magazin leer war. Ohne anzuhalten, griff er in die Tasche und zog einen vollen Ladestreifen heraus. Er entnahm den alten Streifen, setzte den neuen ein und lud durch. Die Patronen wurde in die Kammer transportiert.

Er hörte Gewehrfeuer. Hinter ihm versuchten Männer, andere Männer zu töten.

Der schmale Fluß machte eine Biegung. Er hatte jetzt über einhundert Meter hinter sich, eher zwei, dachte er.

... *mein neuer Landsmann* ... Du lieber Himmel! Sam Tucker, ewiger Globetrotter, Lehrer der Eingeborenen, Liebhaber aller Länder – auf der Suche nach dem einen, das er sein eigen nennen konnte, so spät in seinem Leben. Und in einem Augenblick der Gewalt in der tiefsten Wildnis des Cock Pit in Jamaika hatte er es gefunden. In einem Augenblick des Opfers.

Plötzlich tauchte aus der Dunkelheit über ihm eine riesige schwarze Gestalt auf und stürzte sich auf ihn. Ein Arm legte sich wie ein Schraubstock um seinen Hals, Finger zerkratzten ihm das Gesicht, eine Faust hämmerte brutal auf seine Nieren ein. Er rammte den Gewehrkolben in den Körper hinter sich, schlug die Zähne in den Körperteil, der gerade vor ihm war, und ließ sich ins Wasser fallen.

»Mann! He, Mann!«

Die Stimme von Lawrence, der auf McAuliffs Schulter einschlug. Verblüfft ließen die beiden Männer einander los. Beide hoben die Hände. Aus Alexanders Hand ragte das Gewehr, Lawrence hatte ein langes Messer bei sich.

»Mein Gott!« sagte McAuliff. »Ich hätte Sie *erschießen* können!«

Wieder war weiter nördlich eine Gewehrsalve zu hören.

»Ich hätte die Klinge genommen – nicht den Messergriff«, sagte der schwarze Riese, der bis zur Taille im Wasser stand. »Wir brauchten eine Geisel.«

Beide Männer wußten, daß jetzt keine Zeit für Erklärungen war. »Wo sind sie? Wo sind Alison und Whitehall?«

»Flußabwärts, Mann. Nicht weit von hier.«

»Geht es ihr gut?«

»Sie hat Angst ... Aber sie ist eine tapfere Frau. Für eine weiße englische Lady. Wissen Sie, was ich meine, Mann?«

»Ja, Mann«, erwiderte Alexander. »Gehen wir.«

Lawrence lief voraus und sprang etwa dreißig Meter hinter der Stelle aus dem Wasser, an der sie mit beinahe tödlichem Ausgang aneinandergeraten waren. McAuliff sah, daß der Guerillero ein Tuch um seinen Unterarm gewickelt hatte. Als Alex Blut in seinem Mund schmeckte, spuckte er es aus und rieb sich wie zur Rechtfertigung die Nierengegend.

Der Schwarze deutete mit der linken Hand die Böschung hinauf und legte gleichzeitig die rechte Hand auf die Lippen.

Aus seinem Mund kam ein hohes, schrilles Pfeifen. Ein Vogel, eine Fledermaus, eine Eule – es spielte keine Rolle. Von oben, aus dem Dschungel jenseits des Flußufers, drang der gleiche Laut zu ihnen herunter.

»Gehen Sie da hoch, Mann, ich werde hier warten«, sagte Lawrence.

McAuliff wußte nicht, ob es an der Anspannung lag oder ob er es wirklich so meinte, aber er packte den schwarzen Revolutionär an der Schulter und stieß ihn vorwärts. »Sie geben mir keine Befehle mehr. Sie wissen nicht, was dort hinten los ist. Ich schon! Und jetzt bewegen Sie Ihren Hintern da hoch!«

Vom Fluß drang ein längerer Schußwechsel zu ihnen herüber.

Lawrence blinzelte. Er blinzelte im Schein des gerade aufgegangenen Mondes, der den Seitenarm des Martha Brae in sein weiches Licht tauchte.

»Okay, Mann! Aber *stoßen* Sie mich nicht!«

Sie kletterten die Böschung hinauf und liefen in den Dschungel hinein.

Aus dem Gespinst der Dunkelheit kam eine Gestalt auf sie zugerannt, ein dunkler Schatten vor einer schwarzen Leere. Alison. Lawrence streckte die Hand aus und nahm McAuliff die Taschenlampe ab. Eine Geste grenzenlosen Verständnisses.

Sie warf sich in seine Arme. Die Welt, das Universum, hielt für einen Moment den Wahnsinn an, und es herrschte Ruhe. Ruhe und Frieden. Aber nur für einen Augenblick.

Es blieb keine Zeit zum Nachdenken.

Keine Zeit für Worte.

Keiner von beiden sagte etwas.

Sie hielten einander fest, dann sahen sie sich im weichen Licht des Mondes an, abgeschnitten von Zeit und Raum, am Ufer des Martha Brae.

In einem Augenblick des Schreckens und der Gewalt. Und der Aufopferung.

Charles Whitehall störte sie, wie es Charley-Mans Gewohnheit war. Er kam auf sie zu, der Safarianzug immer noch sauber und ordentlich, das Gesicht eine ausdruckslose Maske, der Blick durchdringend.

»Lawrence und ich hatten vereinbart, daß er unten am Fluß bleibt. Warum haben Sie das geändert?«

»Das gibt mir jetzt den Rest, Charley …«

»Sie langweilen mich, McAuliff«, erwiderte Whitehall. »Dort oben wurde geschossen!«

»Ich war mittendrin, Sie schwarzer Hurensohn!« *Du lieber Himmel, warum hatte er das nur gesagt?* »Und ich werde Ihnen sagen, was für ein Problem wir haben. Verstehen Sie das?«

Whitehall lächelte. »Sagen Sie's mir, Sie weißer Arsch.«

Alison ließ McAuliff los und sah die beiden Männer an. »Hört auf damit!«

»Es tut mir leid«, sagte Alex sofort.

»Mir nicht«, erwiderte Whitehall. »Der Moment der Wahrheit ist gekommen. Sehen Sie das denn nicht, *Miß* Alison?«

Die großen Hände von Lawrence griffen ein. Er packte beide Männer und fuhr sie mit donnernder Stimme an. »Jetzt ist Schluß damit, Mann! McAuliff, Mann, sagen Sie, was Sie wissen! *Jetzt!*«

Alexander sagte es ihnen. Er erzählte von dem Grasland, dem Flugzeug – nicht dem der Halidon –, dem amerikanischen Ganja-Piloten, der sechs Männer in das Cock Pit gebracht hatte, die das Vermessungsteam niedermetzeln sollten, dem Wettlauf zum Lager, dem brutalen Zusammenstoß im Dschungel, der mit dem Tod des Mannes in einem Schlammloch geendet hatte. Und schließlich von den gar nicht so lange zurückliegenden Minuten, in denen ihnen der Läufer namens ›Marcus‹ das Leben gerettet hatte, weil er einen Schrei im tropischen Urwald gehört hatte.

»Fünf Männer, Mann«, sagte Lawrence. Er wurde von einem neuerlichen Schußwechsel unterbrochen, der jetzt nicht mehr so weit entfernt schien, aber dennoch aus einiger Entfernung im Norden kam. Er wandte sich an Charles Whitehall. »Wie viele willst du, *Faschist?*«

»Nenn mir eine Zahl, *Bauer*.«

»Verdammt noch mal!« schrie McAuliff. »Hört auf damit. Eure Spielchen sind jetzt nicht mehr wichtig.«

»Sie verstehen das nicht«, sagte Whitehall. »Es ist das einzige, was jetzt noch wichtig ist. Wir haben uns darauf vorbereitet. Wir sind die Wettkämpfer. So ist es doch immer in den Romanen, nicht wahr? Mann gegen Mann. Der Sieger bestimmt, wo es langgeht.«

Die charismatischen Anführer sind nicht die Fußsoldaten ... Die ändern sich oder werden durch andere ersetzt ... Die Worte von Daniel, dem Vorsitzenden des Stammes Akabas.

»Ihr seid beide wahnsinnig«, sagte Alex ruhiger, als er es für möglich hielt. »Ihr macht mich krank, und verdammt noch mal ...«

»Alexander! *Alexander!*« Der Schrei kam vom Flußufer, kaum zwanzig Meter von ihnen entfernt. Sam Tucker hörte nicht auf zu schreien.

McAuliff rannte durch den Dschungel. Vor ihm lief Lawrence, dessen riesiger Körper krachend durch die Vegetation brach und dessen Hände alles zur Seite fegten, was sich ihnen in den Weg stellte.

Der schwarze Riese sprang zum Wasser hinunter. Alex wollte ihm folgen, doch dann blieb er abrupt stehen.

Sam Tucker trug den Körper von Marcus, dem Läufer, in seinen Armen. Der Kopf des Schwarzen war nur noch eine blutige Masse, Teile des Schädels waren weggeschossen.

Sam Tucker ließ trotzdem nicht los.

»Einer von ihnen ist um uns herumgegangen und hat uns am Flußufer überrascht. Hat *mich* am Flußufer überrascht. Marcus ist zwischen uns gesprungen und hat sich in die Schußlinie gestellt. Er hat diesen Hundesohn getötet. Er ist einfach auf ihn zugegangen. Er ist ihm direkt vor die Waffe gelaufen.«

Tucker legte die Leiche in den Schlamm des Flußufers.

McAuliff dachte nach. Vier Männer waren noch übrig. Von Dunstones Team waren noch vier Killer am Leben.

Sie waren fünf. Aber Alison konnte man jetzt nicht mitzählen.

Auch sie waren vier.

Killer.

Vier. Die Vier der Arawak.

Die Odyssee des Todes.

Alex spürte die Hände des Mädchens auf seinen Schultern, sein Gesicht, das es im Mondlicht gegen seinen Rücken preßte.

Das Grasland.

Das Grasland und die beiden Flugzeuge, mit denen sie aus dem Cock Pit entkommen konnten, waren ihre einzige Möglichkeit zur Flucht.

Aber Marcus hatte gesagt, daß es keinen anderen Weg dorthin gab als den schmalen, gewundenen Dschungelpfad – der selbst schon eine Gefahr war.

Der Pfad begann östlich des Flusses am äußersten rechten Rand der Lichtung, auf der sie ihr Lager errichtet hatten. Er würde beobachtet werden. Die Überläufer vom MI6 waren erfahrene Agenten. Eine Rückzugsmöglichkeit war oberste Priorität. Auf den einzigen Fluchtweg würden Automatikgewehre gerichtet sein.

Außerdem wußten Dunstones Killer, daß ihre Beute flußabwärts war. Sie würden vielleicht nach ihnen suchen, aber den geheimen Pfad ließen sie bestimmt nicht unbewacht.

Aber sie mußten sich trennen. Sie konnten nicht riskieren, daß das Vermessungsteam ihnen entkam, daß es versuchte, das Netz zu durchbrechen.

Aufgrund dieser Überlegungen beschlossen McAuliff und Sam Tucker, der Strategie zu folgen, die Lawrence und Charles Whitehall vorschlugen. Eine Variation des tödlichen Spiels. Alexander sollte bei Alison bleiben. Die anderen würden ausschwärmen. Einzeln. Und ihre Feinde suchen.

Es war ganz einfach. Töten oder getötet werden.

Lawrence ließ seinen gewaltigen Körper in die dunklen Fluten gleiten. Er krallte sich an der Böschung fest und zog sich langsam flußaufwärts. Die Pistole hielt er über die Wasseroberfläche, das lange Messer hatte er aus der Lederscheide gezogen und in seinen Gürtel gesteckt, damit er es schnell zur Hand hatte.

Der Mond schien jetzt heller. Die Regenwolken waren verschwunden, und der Dschungel, der über ihm in den Himmel ragte, schob sich vor den Mond, konnte ihn aber nicht völlig verdecken. Die Strömung war gleichmäßig. Unablässig wirbelten unzählige winzige Strudel um abgebrochene Äste und Felsbrocken im Flußbett, auf deren Oberfläche Moos und blaßgrüne Algen glänzten.

Lawrence hielt inne. Vorsichtig ließ er sich noch tiefer ins Wasser sinken und atmete nicht mehr. Seine Augen waren knapp über der Wasseroberfläche. Schräg gegenüber, auf der anderen Seite des schmalen Seitenarmes, war ein Mann, der genau das gleiche tat wie er. Aber er wußte nicht, daß Lawrence ihn gesehen hatte.

Der Mann stand bis zur Taille im Wasser und trug ein gefährlich aussehendes Gewehr vor sich über dem Kopf. Er bewegte sich mit großen Schritten vorwärts und hielt sein Gleichgewicht dadurch, daß er sich an den überhängenden Büschen am Flußufer festklammerte.

In wenigen Sekunden würde der Mann genau gegenüber von ihm sein.

Lawrence legte seine Pistole zwischen einige Farne, die am Ufer wuchsen. Dann griff er nach unten und zog das lange Messer aus seinem Gürtel.

Er tauchte und schwamm unter Wasser weiter.

Sam Tucker kroch über die kleine Anhöhe oberhalb des Flußufers und rollte sich zu dem Stamm eines Kapokbaumes. Sein Körpergewicht riß eine herunterhängende Schlingpflanze los. Wie eine zusammengerollte Schlange fiel sie auf seine Brust. Er erschrak.

Er war jetzt nördlich des Lagers, nachdem er auf der linken Seite des Flusses in einem weiten Bogen nach Westen gegangen war. Der Grund dafür war ganz einfach – wenn auch nicht *zu* einfach, wie er hoffte. Dunstones Männer würden sich auf das Gebiet flußabwärts konzentrieren. Der Pfad begann östlich der Lichtung. Sie würden ihn bewachen und davon ausgehen, daß jeder, der nach ihm suchte, von unterhalb und nicht von oberhalb der Stelle kommen würde, an der er seinen Anfang nahm.

Tucker schob sich mit den Schultern am Stamm hoch, bis

er eine sitzende Position erreicht hatte. Er lockerte den Riemen seines Gewehrs, hob die Waffe und schob sie über seinen Kopf und dann schräg auf den Rücken. Er zog den Riemen wieder fest. Das Gewehr zu benutzen war ausgeschlossen, es durfte nur im äußersten Notfall eingesetzt werden, denn es würde mit ziemlicher Sicherheit die eigene Hinrichtung bedeuten.

Das war zwar nicht völlig auszuschließen, dachte Sam, aber dazu mußte man ihn erst noch überreden.

Er rollte sich wieder auf den Bauch und kroch durch das dichte Labyrinth des Dschungels weiter.

Er hörte den Mann, bevor er ihn sah. Das Geräusch war ausgesprochen menschlich und sagte Sam Tucker, daß der Mann entspannt war und nicht mit Gefahr rechnete. Ein Mann, der dachte, daß sein Posten nicht in der unmittelbaren Gefahrenzone lag, daß er am weitesten vom Brennpunkt des Geschehens entfernt war.

Der Mann hatte zweimal die Nase hochgezogen. Ein verstopftes Nasenloch – oder zwei verstopfte Nasenlöcher – führte zu einer vorübergehenden Blockierung, und daher war es notwendig, einen Weg für die Atemluft zu schaffen.

Das genügte.

Sam sah in die Richtung, aus der das Geräusch kam. Seine über fünfzigjährigen Augen waren etwas strapaziert, müde wegen des Mangels an Schlaf und der vielen Nächte, in denen er in tropische Dunkelheit gestarrt hatte. Aber er wußte, daß sie ihn nicht im Stich lassen würden.

Der Mann hockte vor einem riesigen Farn, mit dem Gewehr zwischen den Beinen, den Kolben auf die Erde gestützt. Dahinter konnte Tucker im Mondlicht die Umrisse des Anbaus ganz links auf der Lichtung sehen. Jeder, der durch das Lager gehen würde, geriete in die Schußlinie.

Ein Messer kam wegen des Farns nicht in Frage. Eine Klinge, die nicht genau an der richtigen Stelle eindrang, ließ dem Opfer Zeit, zu schreien oder sich zu bewegen. Der Farn verdeckte den Rücken des Mannes. Es war zwar möglich, aber schwierig.

Es gab eine bessere Methode. Sam mußte an die Schlingpflanze denken, die vom Stamm des Kapokbaumes auf ihn heruntergefallen war.

Er griff in die Tasche und zog ein Knäuel gewöhnlicher Azimutleine heraus. Dünner Stahldraht, der mit Nylon überzogen war. Sehr nützlich, für so vieles …

Lautlos kroch er auf die riesigen Farnwedel mit ihren winzigen Blättern zu.

Sein Feind zog wieder die Nase hoch.

Sam richtete sich langsam hinter dem Farn auf, Zentimeter für Zentimeter. Vor sich sah er den Hals und den Kopf des Mannes.

Bedächtig hob Sam Tucker seine knorrigen, kräftigen Hände. Zwischen ihnen hing der dünne Stahldraht mit dem Überzug aus Nylon.

Charles Whitehall war wütend. Er hatte den Fluß benutzen wollen. Das war die schnellste Route, bei weitem direkter als der quälend langsame Weg durch den Dschungel. Aber die anderen waren der Meinung gewesen, daß Lawrence den Fluß besser kannte, da er dort Wache gestanden habe. Also solle der Fluß ihm gehören.

Whitehall sah auf die Leuchtzeiger seiner Armbanduhr. Das erste Signal war erst in zwölf Minuten fällig. Wenn es denn überhaupt eines gab.

Einfache Signale.

Stille bedeutete genau das – nichts.

Der kurze, heisere Schrei eines Wildschweins bedeutete, daß jemand Erfolg gehabt hatte. Ein Treffer.

Wenn es zwei Schreie waren – zwei Treffer.

Ganz einfach.

Charles war der festen Überzeugung, daß er den ersten Schrei – mindestens einen – ausgestoßen hätte, wenn man ihm den Fluß gegeben hätte.

Statt dessen hatte man ihm das Gebiet im Südwesten zugeteilt. Von den drei Möglichkeiten war das die Route, auf der ein Kontakt am wenigsten wahrscheinlich war. Was für eine ungeheure Verschwendung. Ein alter Mann, herrisch, einfallsreich, aber entsetzlich müde, und ein schwerfälliger, unerfahrener Junge aus den Bergen, aus dem man vielleicht noch etwas machen konnte, der aber dennoch ein fehlgeleiteter, unbeholfener Riese war.

Eine ungeheure Verschwendung! Ärgerlich.

Aber nicht ganz so ärgerlich wie der scharfe, harte Stahl, der ihm plötzlich im Genick saß. Und die Worte, die gleich darauf folgten. Ein geflüsterter, barscher Befehl:

»Ein Laut, und ich jage dir eine Kugel durch den Kopf, Mann!«

Er war gefangengenommen worden! Seine Wut hatte dazu geführt, daß seine Konzentration nachgelassen hatte.

Dumm.

Aber der Mann hatte nicht geschossen. Er wollte einen Gewehrschuß genauso vermeiden wie Charles. Er drückte ihm den Lauf der Waffe gegen den Kopf und schob ihn nach rechts, weg von dem Weg, den Whitehall hatte nehmen wollen. Der Mann wollte ihn offensichtlich verhören, wollte herausfinden, wo die anderen waren.

Dumm.

Das *Wegstoßen-Packen* war eine einfache Operation, für die lediglich eine feste Oberfläche hinter dem Opfer, das hingerichtet werden sollte, benötigt wurde.

Denn das war es – eine Hinrichtung.

Das Opfer mußte nach dem Schlag zurückprallen, es durfte nicht von der Luft aufgefangen oder von einer weichen Unterlage abgefedert werden. Der Schlag war das wichtigste, sonst konnte es passieren, daß der Mann abdrückte. Es war ein kalkuliertes Risiko – nichts war perfekt –, aber dadurch, daß man dem Opfer die Waffe entgegenstieß, hatte man den Bruchteil einer Sekunde Zeit, um die diagonal verlaufende Bewegung auszuführen, mit der dem Jäger unweigerlich die Waffe aus den Händen gerissen wurde.

Im Idealfall erfolgte diese Bewegung gleichzeitig mit dem Schlag.

So stand es in den asiatischen Lehrbüchern.

Links vor ihnen konnte Whitehall in der Dunkelheit des Dschungels einen aufragenden Hügel ausmachen. Eine jener plötzlichen Bodenerhebungen, die für das Cock Pit typisch waren. Am Fuß des Hügels lag ein großer Felsblock. Das Mondlicht, das zwischen den Bäumen hindurchdrang, fiel darauf.

Der Felsblock würde genügen – mehr als genügen. Eigentlich war er sogar sehr gut für Charles' Zwecke geeignet.

Er stolperte, nur leicht, als hätte sich sein Fuß in der Schlinge einer aus dem Boden ragenden Wurzel verfangen. Er spürte, wie ihm der Lauf des Gewehrs ins Genick gestoßen wurde. Jetzt.

Er warf den Kopf nach hinten in den Stahl und wirbelte nach rechts, dann packte er den Lauf mit beiden Händen und stieß ihn von sich weg. Als das Opfer in den Felsblock krachte, zog er mit aller Kraft an der Waffe und riß sie dem Mann aus den Händen.

Als der Gegner im Mondlicht blinzelte, streckte Charles Whitehall drei Finger jeder Hand aus und beendete seinen Angriff mit enormer Schnelligkeit und ungeheurer Beherrschung. Seine Hände waren Projektile – eines in das rechte Auge, das andere in das weiche Fleisch unterhalb des Kehlkopfs.

McAuliff hatte Alison seine Pistole gegeben. Er war überrascht gewesen, als sie wie selbstverständlich den Ladestreifen überprüft hatte. Sie hatte ihn herausfallen lassen, die Feder heruntergedrückt und ihn dann mit einem Schlag ihres Handballens wieder eingesetzt, der Bonnie und Clyde alle Ehre gemacht hätte. Sie hatte ihn angelächelt und darauf hingewiesen, daß die Waffe im Wasser gewesen sei.

Noch acht Minuten. Zweimal die Einheit vier. Der Gedanke daran war nicht gerade tröstlich.

McAuliff fragte sich, ob er kurze Schreie in der Nacht hören würde. Oder ob die Stille ihnen mitteilen würde, daß der Alptraum noch kein Ende gefunden hatte.

War einer von ihnen gut genug? Schnell genug? Wachsam genug?

»Alex!« Alison packte ihn am Arm. Sie flüsterte, aber trotzdem war in ihrer Stimme ein alarmierter Unterton zu hören. Sie zog ihn zu sich herunter und deutete in den Urwald, nach Westen.

Eine Taschenlampe wurde ein- und dann wieder ausgeschaltet.

Zweimal.

Im Gestrüpp war etwas aufgescheucht worden, vielleicht ein Tier. Sie hörten Flügelschlagen und mehrere kurze Schreie hintereinander, die genauso schnell wieder aufhörten, wie sie sich erhoben hatten.

Das Licht ging erneut an, nicht länger als eine Sekunde, dann herrschte wieder Finsternis.

Der Eindringling war vielleicht noch dreißig Meter von ihnen entfernt. In der dichtbewachsenen Umgebung ließ sich die Entfernung nur schwer abschätzen. Aber es war eine Gelegenheit. Eines hatte Alexander Tarquin McAuliff in den Wochen dieses mörderischen Wahnsinns gelernt – Gelegenheiten zu nutzen, ohne sie groß zu analysieren.

Er zog Alison an sich und flüsterte ihr einige Anweisungen ins Ohr. Dann ließ er sie los und tastete auf dem Boden nach dem Gegenstand, der dort sein mußte. Fünfzehn Sekunden später kletterte er ohne ein Geräusch auf den Stamm eines Kapokbaumes hinauf. Das Gewehr trug er auf dem Rükken, seine Hände prüften lautlos die Zweige im unteren Bereich des Baumes. Das Gewicht des Gegenstandes, den er sich unter der Jacke in den Gürtel gesteckt hatte, machte ihm etwas zu schaffen.

Als er in Stellung war, kratzte er zweimal an der Rinde des Baumes.

Alison fing an zu pfeifen – ein sehr menschliches Pfeifen, die kurzen Töne eines Warnsignals. Dann schaltete sie für genau eine Sekunde ihre Taschenlampe ein, knipste sie wieder aus und rannte von der Stelle weg, an der sie gestanden hatte.

Es dauerte nicht einmal eine Minute, bis er die Gestalt unter sich sah – gebückte Haltung, Gewehr im Anschlag, bereit zu töten.

McAuliff ließ sich von dem Ast des Kapokbaumes fallen. Die scharfe Spitze des schweren Steins war genau auf den Schädel des Eindringlings gerichtet.

Der Minutenzeiger auf seiner Armbanduhr hatte zwölf erreicht. Der zweite Zeiger stand auf eins. Es war soweit.

Der erste Schrei kam vom Fluß herüber. Ein meisterhaft nachgeahmter Schrei, der wirklich wie ein Wildschwein klang.

Der zweite Schrei kam aus südwestlicher Richtung, aus ziemlich großer Entfernung, und hallte dröhnend durch den Dschungel. Auch er klang täuschend echt.

Der dritte kam aus dem Norden. Er klang etwas zu kehlig und ganz und gar nicht echt, aber es war klar, was er bedeutete.

McAuliff sah Alison an. Im Mondlicht wirkten ihre strahlendblauen Augen noch viel blauer.

Er hob seine Waffe und zerriß die Stille der Nacht mit einer Gewehrsalve. Vielleicht lachte der Ganja-Pilot auf dem Grasland jetzt vor Befriedigung. Vielleicht – mit etwas Glück – fand eine verirrte Kugel den Weg in seinen Kopf.

Es spielte keine Rolle mehr.

Wichtig war nur, daß sie es geschafft hatten. Schließlich waren sie ja auch gut genug.

Er hielt Alison in den Armen und schrie vor Freude in die Dunkelheit. Es klang nicht gerade wie ein Wildschwein, aber das spielte jetzt auch keine Rolle mehr.

35.

Sie saßen an einem Tisch neben dem riesigen Swimmingpool, von dem aus die Korallenfelder und das blaue Meer dahinter zu sehen waren. Der Kampf zwischen Wellen und Felsen endete in einer Wand aus weißer Gischt, die in die Höhe schoß und die zerklüfteten Spalten überflutete.

Vom Grasland aus waren sie direkt nach Port Antonio geflogen. Weil Sam Tucker über das Funkgerät im Flugzeug Kontakt mit Robert Hanley aufgenommen hatte und Hanley seine Anweisungen in einem Ton gegeben hatte, der jeden Widerspruch verbot. Um 2 Uhr 35 morgens waren sie auf dem kleinen Sam Jones Airfield gelandet. Dort wartete schon eine Limousine auf sie, die von Trident Villas geschickt worden war.

Auch Robert Hanley wartete. Kaum war Sam Tucker aus dem Flugzeug gestiegen, schüttelte Hanley ihm die Hand. Und schmetterte ihm die Faust ins Gesicht. Danach beugte er sich hinunter, half Sam beim Aufstehen und begrüßte ihn etwas herzlicher, erklärte aber gleichzeitig mit kaum verhohlenem Zorn, daß er sich in den vergangenen Wochen unnötig Sorgen gemacht habe und daran nur Sam Tucker schuld sei.

Die beiden alten Freunde verbrachten die Nacht damit, sämtliche Flaschen in der Bar des Trident Villas zu leeren. Timothy Durell, der junge Hoteldirektor, gab um 5 Uhr 10 morgens auf, schickte den Barkeeper nach Hause und händigte Hanley und Sam die Schlüssel aus. Durell wußte nicht, daß die letzten Strategien von Dunstone Limited hier im Trident festgelegt worden waren, in jener Woche, in der von überallher aus der Welt Unbekannte zusammengeströmt waren. Unbekannte, und doch wieder keine Unbekannten – inzwischen nur unangenehme Erinnerungen.

Charles Whitehall war zusammen mit Lawrence, dem Revolutionär, weggegangen. Die beiden Schwarzen hatten sich noch auf dem Flugplatz verabschiedet. Jeder wußte, wo er hingehen würde, was er zu tun hatte, mit wem er sich treffen mußte. Es gab keine Fragen, weil es keine Antworten darauf gab. Das war klar.

Sie würden sich bald voneinander trennen.

Aber sie hatten miteinander geredet. Vielleicht war das alles, was man erwarten konnte.

Alison und McAuliff waren in der abgelegensten Villa am Rand des Meeres. Sie hatte ihm die Hand verbunden und die Schnittwunden in seinem Gesicht gesäubert und ihn dann für fast eine Stunde in eine Badewanne mit heißem Wasser gesteckt.

Sie wohnten in Villa 20.

Sie hatten eng umschlungen bis Mittag geschlafen.

Jetzt war es schon weit nach ein Uhr. Sie saßen allein am Tisch. Sam Tucker hatte Alexander eine Nachricht hinterlassen. Er und Robert Hanley wollten nach Montego Bay zu einem Anwalt fliegen. Sie hatten vor, zusammen eine Firma zu gründen.

Möge Gott dieser Insel helfen, dachte McAuliff.

Um 14 Uhr 30 legte Alison ihm die Hand auf den Arm und deutete auf den Alabasterportikus jenseits des Rasens. Zwei Männer im Anzug kamen die Marmortreppe herunter, der eine schwarz, der andere weiß.

R. C. Hammond und Daniel, Ratsvorsitzender des Stammes Akabas hoch oben in der Flagstaff Range.

»Es wird nicht lange dauern«, sagte Hammond und setzte sich auf den Stuhl, den Alexander ihm anbot. »Mrs. Booth, ich bin Commander Hammond.«

»Das dachte ich mir schon«, entgegnete Alison. Ihre Stimme klang warm, ihr Lächeln war kalt.

»Darf ich Ihnen einen – Geschäftspartner vorstellen? Mr. Daniel, Jamaikanische Angelegenheiten. Ich glaube, Sie beide kennen sich schon, McAuliff.«

»Ja.«

Daniel nickte ihnen freundlich zu und setzte sich. Er sah Alex an. »Es gibt vieles, wofür ich Ihnen danken muß. Ich bin sehr erleichtert«, sagte er mit ernster Stimme.

»Was ist mit Malcolm?«

Für einen kurzen Moment blitzte in Daniels Augen Trauer auf. »Es tut mir leid.«

»Mir auch«, sagte McAuliff. »Er hat uns das Leben gerettet.«

»Das war seine Aufgabe«, erwiderte der Vorsitzende der Halidon.

»Darf ich davon ausgehen«, warf Hammond leise ein, »daß Mrs. Booth über bestimmte Dinge – informiert ist?«

»Sicher dürfen Sie das, Commander.« Alison gab ihm die Antwort selbst.

»Nun gut.« Der britische Agent griff in seine Tasche, zog das gelbe Papier eines Telegramms heraus und reichte es Alexander. Darin bestätigte die Barclay's Bank in London eine Überweisung. Auf das Konto von A. T. McAuliff bei der Chase-Manhattan-Bank in New York waren zwei Millionen Dollar überwiesen worden. Darüber hinaus war ein Akkreditiv für besagten A. T. McAuliff eingerichtet worden, das für alle anfallenden Steuern aufkam, wenn die entsprechenden Formulare für das amerikanische Finanzministerium beziehungsweise die Bundessteuerbehörde vorgelegt wurden.

Alex las das Telegramm zweimal und wunderte sich darüber, daß es ihm so gleichgültig war. Er gab es Alison. Sie fing an, es zu lesen, aber dann hörte sie plötzlich wieder auf. Sie hob McAuliffs Untertasse samt Tasse hoch und legte es darunter.

Sie sagte kein Wort.

»Wir sind quitt, Mr. McAuliff.«

»Nicht ganz, Hammond ... Um es ganz deutlich zu sagen: Ich will nie wieder etwas von Ihnen hören. *Wir* wollen nie wieder etwas von Ihnen hören. Falls es doch passieren sollte, wird der Öffentlichkeit die längste Aussage, die je zu Protokoll genommen wurde, zugespielt ...«

»Mein lieber McAuliff«, unterbrach ihn der Engländer müde, »Sie brauchen gar nicht weiterzusprechen. Dankbarkeit und großer Respekt Ihnen gegenüber verpflichten mich geradezu, gesellschaftlichen Umgang mit Ihnen zu pflegen, wenn Sie wieder einmal in London sind. Ich sollte vielleicht noch hinzufügen, daß ich Sie im Grunde genommen für einen anständigen Kerl halte. Aber ich kann Ihnen versichern, daß wir geschäftlich gesehen die größtmögliche Distanz wahren werden. Der Geheimdienst Ihrer Majestät beabsichtigt nicht, in internationale Unregelmäßigkeiten hineingezogen zu werden, um es ganz offen zu sagen.«

»Und Mrs. Booth?«

»Für sie gilt selbstverständlich dasselbe.« Hammond sah – starrte – Alison an. »Darüber hinaus sind wir der Meinung, daß sie eine Menge durchgemacht hat. Sie hat sich tapfer geschlagen, und wir bringen ihr größte Anerkennung entgegen. Die schreckliche Vergangenheit liegt hinter Ihnen, meine Liebe. Wir wissen, daß ein öffentliches Lob unangebracht wäre. Aber in Ihre Akte werden wir die höchste Belobigung eintragen. Und sie dann schließen. Für immer.«

»Das würde ich gerne glauben«, sagte Alison.

»Sie können es glauben, Mrs. Booth.«

»Was ist mit Dunstone?« fragte McAuliff. »Was wird passieren? Und wann?«

»Es hat bereits begonnen«, erwiderte Hammond. »Die Liste wurde heute morgen telegrafisch übermittelt.«

»Vor wenigen Stunden«, sagte Daniel mit ruhiger Stimme. »Etwa um zwölf Uhr Mittag Londoner Zeit.«

»In allen Finanzzentren wird bereits fieberhaft gearbeitet«, fuhr Hammond fort. »Sämtliche Regierungen kooperieren mit uns – es kommt schließlich allen zugute.«

McAuliff sah Daniel an. »Welche Auswirkungen hat das auf die Verlogenheit dieser Welt?«

Daniel lächelte. »Vielleicht wird es ihr eine Lehre sein. In einigen Jahren werden wir das wissen, nicht wahr?«

»Und Piersall? Wer hat ihn getötet?«

»Immobilienfirmen von der Nordküste, die bei einem Kauf Dunstones große Gewinne gemacht hätten. Piersalls Arbeit war wichtig, was man von denen, die seinen Tod verursacht haben, nicht sagen kann. Sie waren völlig unbedeutend«, antwortete Hammond.

»Und jetzt ist es vorbei«, erklärte Daniel. Er schob seinen Stuhl zurück. »Die Westmore Tallons werden wieder Fisch verkaufen, die Anhänger von Barak Moore werden den Kampf gegen Charles Whitehall aufnehmen, und der ungebändigte Entwicklungsprozeß geht weiter. Wollen wir gehen, Commander Hammond?«

»Aber sicher, Mr. Daniel.« Hammond stand auf, und der Ratsvorsitzende des Stammes Akabas folgte seinem Beispiel.

»Was ist aus den Jensens geworden?« Alexander sah Daniel an, denn diese Frage konnte ihm nur der Halidon beantworten.

»Wir haben sie aus dem Cock Pit entkommen lassen. Wir wußten, daß Julian Warfield auf der Insel war, aber wir wußten nicht, wo. Wir wußten nur, daß Peter Jensen uns zu ihm führen würde. Das hat er dann auch getan. In Oracabessa. Julian Warfields Leben endete auf dem Balkon einer Villa namens Peale Court.«

»Was wird mit ihnen geschehen? Den Jensens?« McAuliffs Blick glitt zu Hammond hinüber.

Der Commander warf Daniel einen kurzen Blick zu. »Wir haben eine Vereinbarung getroffen. Ein Mann und eine Frau, auf die die Beschreibung der Jensens paßt, sind heute morgen auf dem Flughafen Palisados an Bord eines Flugzeuges mit Ziel Mittelmeerraum gegangen. Wir glauben, daß Peter Jensen sich zur Ruhe gesetzt hat. Wir werden ihn in Ruhe lassen. Wissen Sie, er hat Julian Warfield erschossen – weil Warfield ihm befohlen hatte, einen Mann zu töten. Und das konnte er nicht.«

»Es wird Zeit, Commander«, sagte Daniel.

»Ja, natürlich. In London wartet eine großartige Frau auf mich, die ich in letzter Zeit sehr vernachlässigt habe. Sie haben ihr in jener Nacht in Soho sehr gefallen, McAuliff. Sie sagte, Sie seien ein sehr aufmerksamer Mann.«

»Grüßen Sie sie bitte von mir.«

»Das werde ich.« Der Engländer warf einen Blick auf den blauen Himmel und die brennend heiße Sonne. »Ruhestand am Mittelmeer. Interessant.« R. C. Hammond gestattete sich ein kleines Lächeln und schob den Stuhl ordentlich unter den Tisch.

Sie liefen auf den Rasen hinaus, der vor ihrer kleinen Villa am Meer lag. Eine weiße Wand aus Gischt prallte von den Korallenfelsen ab und schien in der Luft zu schweben, das dunkelblaue Karibische Meer als Hintergrund. Die Gischt fiel nach vorn und dann nach unten und kroch über die Risse, mit denen die Korallen überzogen waren. Sie wurde wieder zu Meer, vereinigte sich mit ihrer Quelle. Ein Bild der Schönheit.

Alison nahm McAuliffs Hand.

Sie waren frei.

DIE AQUITAINE-
VERSCHWÖRUNG

Für Jeffrey Michael Ludlum
Willkommen, Freund.
Viel Spaß im Leben.

1. BUCH

1

Genf. Stadt der Sonne und der strahlenden Bilder. Der geblähten weißen Segel auf dem See – und darüber die massiven, unregelmäßigen Bauten, deren Spiegelungen auf dem Wasser im Wellenschlag erzittern. Stadt der Myriaden von Blumen um die blaugrünen Teiche und die Springbrunnen – Duette explodierender Farben. Stadt der kleinen, altmodischen Brücken, die sich über die gläsernen Flächen der von Menschenhand angelegten Seen zu künstlichen Inseln spannen, kleine Zufluchtsorte für Liebende und Freunde und verschwiegene Geschäftspartner. Bilder.

Genf, das alte und das neue. Stadt der hohen mittelalterlichen Mauern, des gleißenden bunten Glases, der heiligen Kathedralen und der weniger heiligen Institutionen. Stadt der Straßencafés und der Konzerte am See, der winzigen Piers und der fröhlich-bunt gestrichenen Boote, die an den endlosen Ufern entlangtuckern, während die Fremdenführer die Vorzüge – und den geschätzten Wert – der Seeuferanwesen herausstreichen, die ohne Zweifel in eine andere Zeit gehören.

Genf. Stadt der Zweckmäßigkeit, hingegeben an die Notwendigkeit der Hingabe, eine Stadt, in der Frivolität nur dann geduldet wird, wenn sie sich in die Tagesordnung oder zum Geschäft fügt. Das Lachen gemessen, kontrolliert – Blicke, die Billigung andeuten oder stumm Übertreibung mahnen. Der Kanton am See kennt seine Seele. Seine Schönheit lebt in Eintracht mit der Industrie, und dieses Gleichgewicht wird nicht nur geduldet, sondern eifersüchtig behütet.

Genf. Stadt auch des Unerwarteten; wo Selbstgewißheit auf einmal in Widerspruch gerät zu einer unerwünschten Enthüllung und eine Vertraulichkeit plötzlich grell sichtbar wie ein Blitz in den ungestümen Geist der Stadt schlägt.

Dann folgt der Donner, der Himmel verdunkelt sich, und Regen fällt. Ein Wolkenbruch peitscht die wütenden, überraschten Wellen, verzerrt das Bild, schmettert auf die riesige Fontäne herunter, Genfs Wahrzeichen am See, der *Jet d'Eau*, jener Geysir, der von Menschen geschaffen wurde, um andere Menschen zu verblüffen. Wenn plötzliche Enthüllungen kommen, erstirbt die gigantische Fontäne. Alle Springbrunnen sterben, und die Blumen verkümmern ohne Sonne. Die strahlenden Bilder schwinden, und der Geist erstarrt.

Genf. Stadt der Unbeständigkeit.

Joel Converse, er war Rechtsanwalt, trat aus dem Hotel Richemond hinaus in das grelle Morgenlicht des Jardin Brunswick. Geblendet kniff er die Augen zusammen und bog nach links, wobei er den Aktenkoffer von der linken in die rechte Hand wechselte, wohl wissend, wie wertvoll sein Inhalt war. Doch in erster Linie waren seine Gedanken bei dem Mann, den er im Le Chat Botté, einem Straßencafé am Seeufer, zu Kaffee und Croissants treffen sollte. »Wiedertreffen sollte« war richtiger, dachte Converse, falls der Mann ihn nicht mit jemand anderem verwechselt hatte.

A. Preston Halliday war Joels amerikanischer Gegenspieler in den gegenwärtigen Verhandlungen, bei denen es um die letzten Details eines schweizerisch-amerikanischen Firmenzusammenschlusses ging, der beide Männer nach Genf geführt hatte. Aber gerade weil nicht mehr viel zu klären blieb – eigentlich nur noch Formalitäten, nachdem bereits feststand, daß die Verträge in Einklang mit den Gesetzen beider Länder standen und auch annehmbar waren für den Internationalen Gerichtshof in Den Haag –, war Halliday eine seltsame Wahl. Er hatte nicht zu dem amerikanischen Juristenteam gehört, das die Schweizer berufen hatten, um Joels Firma zu durchleuchten. Zwar hätte das allein ihn nicht unbedingt von den Verhandlungen ausschließen müssen – ein neuer Blickwinkel war nicht selten sogar sehr erwünscht –, aber daß man ihm die Spitzenposition übertragen hatte, die des Chefsprechers, das war, gelinde gesagt, unorthodox. Und beunruhigend.

Halliday ging der Ruf voraus – das wenige, was Converse

darüber wußte –, jede verfahrene Situation binnen kurzem lösen zu können; er kam aus San Francisco und betrieb die Juristerei wie ein genialer Mechaniker, der einen locker gewordenen Draht entdecken, herausreißen und einen Motor kurzschließen konnte. Verhandlungen, die sich über Monate erstreckt und Hunderttausende gekostet hatten, waren durch seine Anwesenheit zu einem plötzlichen Ende gekommen, soviel fiel Converse zu A. Preston Halliday ein. Aber das war alles, was ihm einfiel. Und doch hatte Halliday behauptet, sie würden einander kennen.

»Hier spricht Press Halliday«, hatte die Stimme am Hoteltelefon verkündet. »Ich habe anstelle von Rosen die Verhandlungsleitung bei der Comm Tech-Bern-Fusion übernommen.«

»Was ist denn passiert?« hatte Joel gefragt, den ausgeschalteten Elektrorasierer noch in der linken Hand, während er gleichzeitig versuchte, den Namen in seinem Gedächtnis unterzubringen. Als Halliday dann antwortete, war es ihm wieder eingefallen.

»Der arme Teufel hatte einen Herzinfarkt. Was auch der Grund dafür ist, daß seine Partner mich berufen haben.« Der Anwalt hatte eine Pause gemacht. »Sie müssen ziemlich ruppig zu ihm gewesen sein.«

»Wirklich gestritten haben wir nur selten. Herrgott, tut mir das leid. Ich mag Aaron. Wie geht es ihm denn?«

»Er wird schon durchkommen. Die Ärzte haben ihn ins Bett gesteckt und ihm eine Diät aus einem Dutzend verschiedenen Hühnersuppen verpaßt. Ich soll Ihnen ausrichten, daß er Ihre Abschlußpapiere auf unsichtbare Tinte untersuchen wird.«

»Was natürlich bedeutet, daß *Sie* das tun werden, weil ich keine benutzt habe und Aaron auch nicht. Bei diesem Zusammenschluß geht es um nichts als Geld, und wenn Sie die Unterlagen studiert haben, dann wissen Sie das genausogut wie ich.«

»Um Investitionsabschreibungen«, pflichtete Halliday bei, »an denen ein großer Anteil an einem technologischen Markt hängt. Keine unsichtbare Tinte und heimliche Interessen.

Aber da ich hier der Neue bin, hätte ich doch ein paar Fragen. Können wir miteinander frühstücken?«

»Ich wollte mir meines gerade aufs Zimmer kommen lassen.«

»Es ist ein hübscher Morgen, warum schnappen Sie nicht ein wenig frische Luft? Ich wohne im President, also teilen wir uns den Weg? Kennen Sie das Chat Botté?«

»Amerikanischer Kaffee und Croissants. Quai du Mont Blanc.«

»Sie kennen es also. Schaffen Sie es in zwanzig Minuten?«

»Sagen wir in einer halben Stunde, okay?«

»Sicher.« Und dann hatte Halliday wieder eine Pause gemacht. »Wird nett sein, dich wiederzusehen, Joel.«

»Oh? Wieder?«

»Du erinnerst dich vielleicht nicht. Seit damals ist eine Menge passiert. Dir mehr als mir, fürchte ich.«

»Tut mir leid, ich kann Ihnen da nicht ganz folgen.«

»Nun, da war Vietnam, und du warst ziemlich lange in Gefangenschaft.«

»Das habe ich nicht gemeint, und das liegt auch schon Jahre zurück. Aber wo sollten wir uns kennengelernt haben? Bei welchem Fall?«

»Kein Fall, nicht geschäftlich. Wir waren in derselben Klasse.«

»An der Duke? Die Rechtsfakultät dort ist ziemlich groß.«

»Nein, weiter zurück. Vielleicht erinnerst du dich, wenn wir uns sehen. Wenn nicht, werde ich deinem Gedächtnis nachhelfen.«

»Anscheinend spielen Sie gerne... Also in einer halben Stunde. Im Chat Botté.«

Während Converse sich dem Quai du Mont Blanc näherte, jenem lebenerfüllten Boulevard unmittelbar am Seeufer, versuchte er Hallidays Namen in Zusammenhang mit einer bestimmten Zeit zu bringen. Die Jahre an einer Schule, ein vergessenes Gesicht, das einem Klassenkameraden gehören konnte, an den er sich nicht erinnerte. Aber nichts kam ihm. Dabei war *Halliday* kein häufiger Name, und die Kurzform *Press* noch viel weniger... Wahrscheinlich sogar einmalig.

Converse konnte sich nicht vorstellen, daß es ihm je entfallen wäre, wenn er jemand mit dem Namen »Press Halliday« gekannt hätte. Und doch hatte der Ton Vertrautheit angedeutet, Nähe sogar.

Wird nett sein, dich wiederzusehen, Joel. Halliday hatte das mit warmer Stimme gesagt, wie auch die recht überflüssige Bemerkung zu Joels Zeit in Gefangenschaft. Aber solche Dinge wurden immer mit weicher Stimme gesagt, um Sympathie zumindest anzudeuten, wenn sie schon nicht offen ausgedrückt wurde. Natürlich verstand Converse auch, warum Halliday gemeint hatte, das Thema Vietnam, wenn auch nur beiläufig, erwähnen zu müssen. Jeder, dem die Erfahrung fehlte, nahm an, daß alle, die längere Zeit in einem nordvietnamesischen Lager verbracht hatten, unausweichlich geistigen Schaden davongetragen haben mußten, daß ihr Bewußtsein durch das Erlebnis teilweise verändert worden war und ihre Erinnerungen verwirrt. In gewisser Hinsicht war das auch nicht zu leugnen, aber im Hinblick auf das Erinnerungsvermögen stimmte es ganz sicher nicht. Die Erinnerungen waren eher geschärft, weil man sie wieder und wieder suchte, oft geradezu gnadenlos.

Die Summe der Jahre, die einzelnen Schichten der Erfahrung... Gesichter, zu denen Augen und Stimmen gehörten, Körper unterschiedlichster Größe und Gestalt; Szenen, die über eine innere Leinwand huschten, Bilder, Geräusche, Gerüche – man wurde angerührt und spürte den Wunsch zu berühren... nichts, was in der Vergangenheit lag, war zu belanglos, als daß man es nicht wegschälen und erforschen wollte. Häufig war das alles, was man hatte, besonders nachts – *immer* nachts, wenn die kalte, durchdringende Feuchtigkeit den Körper steif werden ließ und eine noch unendlich kältere Furcht jeden Gedanken lähmte –, dann waren die Erinnerungen alles. Sie halfen, die fernen Schreie aus der Finsternis zu verdrängen, das Peitschen der Schüsse zu dämpfen, die ihnen jeden Morgen mit unvermeidlichen Exekutionen erklärt wurden. Exekutionen derjenigen, die nicht reumütig und zur Zusammenarbeit bereit gewesen waren. Oder es waren Hinrichtungen noch unglücklicherer

Gefangener, die man zuvor gezwungen hatte, Spiele zu spielen, die zu obszön waren, als daß man sie hätte beschreiben können, einzig dazu gedacht, die Peiniger zu amüsieren.

Wie die meisten Männer, die den größten Teil ihrer Gefangenschaft in Einzelhaft gehalten worden waren, hatte Converse jede einzelne Phase seines Lebens wieder und wieder untersucht und dann versucht, alles sinnvoll aneinanderzufügen, um schließlich das zusammenhängende Ganze zu verstehen... es zu *mögen*. Da blieb vieles, das er nicht verstand – oder mochte –, aber immerhin konnte er mit dem Ergebnis jener beharrlichen Nachforschungen leben. Auch damit sterben, wenn er das mußte; diesen inneren Frieden mußte er für sich selbst finden. Ohne ihn war die Furcht unerträglich.

Und weil diese Selbstbefragung Nacht für Nacht stattfand und ein strenges Maß an Sorgfalt und Genauigkeit verlangte, fiel es Converse leichter als den meisten anderen Menschen, sich ganze Abschnitte seines Lebens ins Gedächtnis zurückzurufen. Wie die sich blitzschnell drehende Diskette in einem Computerlaufwerk plötzlich anhält, so konnte er einen Ort, eine Person oder einen Namen aus seinem Gedächtnis abrufen, selbst wenn ihm nur äußerst spärliche Hinweise zur Verfügung standen. Die häufige Anwendung dieser Fähigkeit hatte sie nur noch geschärft, und das war es, was ihn jetzt verwirrte. Es gab in seiner Vergangenheit niemanden mit dem Namen Press Halliday, oder der Anrufer mußte schon auf eine so ferne Zeit angespielt haben, daß sie sich vielleicht als Kinder einmal begegnet waren.

Wird nett sein, dich wiederzusehen, Joel. Waren diese Worte eine Finte, der Trick eines Anwalts?

Converse bog um die Ecke, und mit jedem weiteren Schritt warf ihm das Messinggeländer des Chat Botté winzige Explosionen grellen Sonnenlichts entgegen. Auf dem Boulevard drängten sich glänzend polierte Personenwagen und makellos saubere Omnibusse; der Bürgersteig war sauber gewaschen, und wenn die Passanten auch alle irgendwie in Eile zu sein schienen, so lag über allem doch eine gewisse Ordnung. Der Morgen war in Genf eine Zeit gesitteter Rührigkeit.

Selbst die Zeitungen auf den Tischen der Straßencafés waren sorgfältig gefaltet.

Als Joel durch die offene Messingpforte des Chat Botté trat, wurde unmittelbar zu seiner Linken eine Zeitung übergeschlagen und dann gesenkt. Das Gesicht, das jetzt zu sehen war, kannte Converse. Es war ein gesammeltes Gesicht, seinem eigenen nicht unähnlich. Das Haar des anderen war glatt und dunkel, gerade gescheitelt und gebürstet, die Nase scharf über klar geschnittenen Lippen. Das Gesicht gehörte zu seiner Vergangenheit, überlegte Joel, aber der Name, an den er sich erinnerte, gehörte nicht zu diesem Gesicht.

Der vertraut aussehende Mann hob den Kopf; ihre Augen begegneten sich, und A. Preston Halliday erhob sich. Seine Erscheinung ließ ahnen, daß der untersetzte Körper in dem teuren Anzug muskulös war.

»Joel, wie geht es dir?« sagte eine vertraute Stimme, und eine Hand streckte sich Converse über den Tisch entgegen.

»Hallo... Avery«, antwortete Joel Converse. Er starrte den anderen überrascht an und ging etwas verlegen auf ihn zu. Dabei wechselte er den Aktenkoffer von der einen in die andere Hand, um nach der ausgestreckten Hand greifen zu können. »Avery stimmt doch, oder? Avery Fowler. Taft, Anfang der sechziger Jahre. Du bist eines Tages nicht mehr zum Semesteranfang erschienen, und keiner wußte warum. Alle haben darüber geredet. Du warst Ringer.«

»Ja, ich hatte zweimal die New-England-Meisterschaft gewonnen«, sagte der Anwalt lachend und wies auf den gegenüberliegenden Platz am Tisch. »Setz dich, dann können wir einiges auffrischen. Ich nehme an, für dich kommt das alles ein wenig plötzlich. Deshalb wollte ich, daß wir uns schon vor der Konferenz heute morgen einmal sehen. Ich meine, es wäre doch verdammt unangenehm für dich gewesen, wenn du bei meinem Eintreten hättest aufspringen und ›Schwindler‹ rufen müssen. Oder nicht?«

»Ich bin immer noch nicht sicher, ob ich das nicht sagen werde, aber herausschreien werde ich es nicht.« Converse setzte sich, stellte den Aktenkoffer neben seinem Stuhl ab und studierte sein Gegenüber. »Was soll diese Halliday-Geschichte? Warum hast du am Telefon nichts gesagt?«

»Ach, komm schon, was hätte ich denn sagen sollen? Vielleicht: Übrigens, Kumpel, du hast mich damals als Tinkerbell Jones gekannt. Dann wärst du doch niemals gekommen.«

»Ist Fowler irgendwo im Gefängnis?«

»Das wäre er, wenn er sich nicht eine Kugel durch den Kopf gejagt hätte«, antwortete Halliday mit ernster Miene.

»Du steckst voll Überraschungen. Bist du ein geklonter Ableger?«

»Nein, der Sohn.«

Converse schwieg einen Moment. »Vielleicht sollte ich mich entschuldigen.«

»Nicht nötig, du konntest es ja nicht wissen. Das war der Grund, weshalb ich am Semesteranfang nicht mehr auftauchte... und, verdammt noch mal, ich war wirklich scharf auf die Trophäe. Wäre das erstemal gewesen, daß ein Ringer sie dreimal hintereinander gewonnen hätte.«

»Das tut mir leid. Was ist denn passiert... Oder ist das vertraulich, Herr Anwalt? Das würde ich akzeptieren.«

»Nicht für Sie, Herr Kollege. Kannst du dich noch erinnern, wie wir beide nach New Haven gezogen sind und uns an der Busstation diese starken Weiber aufgegabelt haben?«

»Wir haben gesagt, daß wir aus Yale wären...«

»Mitgenommen haben die uns, aber nicht mit ins Bett.«

»Und wie haben wir sie angegiert.«

»Teenager«, sagte Halliday. »Die haben ein Buch über uns geschrieben. Sind wir inzwischen wirklich so verweichlicht?«

»Nun, ein wenig geschwächt wohl, aber wir kommen wieder. Wir sind die letzte Minderheit, also wird man uns am Ende auch Sympathie entgegenbringen... Aber was war denn nun damals passiert, Avery?«

Ein Kellner trat an ihren Tisch, und die beiden Männer bestellten Kaffee und Croissants und fügten sich damit in die Norm. Der Kellner faltete zwei rote Servietten zu geradlinigen Kegeln und stellte sie vor die beiden Männer.

»Was passiert war?« wiederholte Halliday leise, nachdem der Kellner gegangen war. »Dieser Schweinehund von einem Vater hat vierhunderttausend von der Chase Manhattan veruntreut, während er dort in der Vermögensverwaltung tätig war. Und als man ihn dann schnappte, hat er Schluß gemacht. Wer hätte auch gedacht, daß sich dieser respektable Vorortszugbenutzer aus Greenwich, Connecticut, zwei Frauen in der Stadt hielt, eine an der oberen East Side und die andere in der Wall Street. Er war schon eine Type.«

»Da hatte er ja alle Hände voll zu tun. Aber das mit dem Halliday verstehe ich immer noch nicht.«

»Nachdem es passiert war – und man den Selbstmord vertuscht hatte –, hetzte meine Mutter wütend zurück nach San Francisco. Wir stammten aus Kalifornien, das weißt du doch... oder? Und dort heiratete sie, noch wütender, meinen Stiefvater John Halliday und mühte sich während der folgenden Monate, alle Spuren von Fowler in unserem Leben zu tilgen.«

»Selbst deinen Vornamen?«

»Nein, in San Francisco war ich immer ›Press‹. Wir Kalifornier hatten schon immer etwas für prägnante Namen übrig. Tab, Troy, Crotch... das war in den fünfziger Jahren in Beverly Hills so Mode... Auf meinem Studentenausweis stand Avery Preston Fowler, also habt ihr euch alle einfach angewöhnt, mich Avery oder, was ich immer grauenvoll fand, ›Ave‹ zu nennen. Da ich neu bei euch war, habe ich mich gehütet, mich dagegen zu wehren.«

»Ist ja alles schön und gut«, sagte Converse, »aber was machst du, wenn du einen wie mich triffst? Das muß doch einfach passieren.«

»Du würdest staunen, wie selten. Schließlich liegt die ganze Sache weit zurück, und die Leute, mit denen ich in Kalifornien aufgewachsen bin, haben das alles immer verstanden. Die jungen Leute dort lassen ihren Namen einfach ändern, wenn er ihnen nicht gefällt, und ich war schließlich nur ein paar Jahre im Osten, es reichte gerade für die vierte und fünfte Schulklasse. Praktisch habe ich ja in Greenwich niemanden gekannt, und den inneren Kreisen vom Taft habe ich ohnehin nicht angehört.«

»Du hattest Freunde dort. Zum Beispiel mich.«

»Aber nicht viele. Machen wir uns doch nichts vor. Ich war ein Außenseiter, und du warst nicht besonders wählerisch. Ich hab' mich immer ziemlich zurückgehalten.«

»Aber im Ring nicht, ganz bestimmt nicht.«

Halliday lachte. »Es gibt nicht viele Ringer, die Rechtsanwälte werden. Böse Zungen behaupten, der Verstand leide unter dem Sport... Aber um deine Frage zu beantworten, in den letzten Jahren hat vielleicht fünf- oder sechsmal jemand zu mir gesagt, ›Hey, sind Sie nicht in Wirklichkeit Soundso und nicht der, der Sie zu sein behaupten?‹ Ich habe dann immer die Wahrheit gesagt: Meine Mutter hat wieder geheiratet, als ich sechzehn war. Und dann ist mit den Fragen immer gleich Schluß gewesen.«

Der Kaffee und die Croissants kamen. Joel brach sein Gebäck auseinander. »Und du hast gedacht, ich würde die Frage zum falschen Zeitpunkt stellen, genauer gesagt, zu Beginn der Konferenz. War es so?«

»Berufsehre. Ich wollte nicht, daß du dir über die Sache Gedanken machst – oder über mich –, wenn du deinen Kopf für deinen Klienten freihaben mußt. Schließlich haben wir in jener Nacht in New Haven gemeinsam versucht, unsere Jungfernschaft zu verlieren.«

»Du sprichst von dir«, sagte Joel lächelnd.

Halliday grinste. »Wir waren beide ganz schön voll, erinnerst du dich? Übrigens, wir haben uns ewiges Stillschweigen geschworen, als wir gemeinsam in die Mülltonne kotzten.«

»Ich wollte Sie bloß auf die Probe stellen, Herr Anwalt, ich erinnere mich sehr wohl. Du hast also den grauen Flanellanzug gegen orangefarbene Hemden und goldene Halskettchen vertauscht?«

»Das kann man sagen. Berkley und dann Stanford.«

»Gute Schule... Und wie bist du auf das internationale Feld gekommen?«

»Ich bin immer schon gerne gereist und hab' mir gedacht,

auf diese Weise könnte ich es mir am besten leisten. So hat es eigentlich auch angefangen... Und du? Ich kann mir vorstellen, daß du das Reisen inzwischen satt hast.«

»Ich hatte Träume vom diplomatischen Dienst... damit hat es angefangen...«

»Nach all deinen Reisen?«

Converse sah Halliday aus blaßblauen Augen an und war sich sehr wohl bewußt, wie kalt sein Blick wirkte. Das war jetzt, wenn vielleicht auch nicht angebracht, nicht zu vermeiden. »Ja, nach all den Reisen. Da gab es zu viele Lügen, keiner hat es uns gesagt, bis es zu spät war. Man hat uns hereingelegt, und das hätte nicht sein dürfen.«

Halliday beugte sich vor, die Ellbogen auf den Tisch gestützt, die Hände ineinander verschränkt, und erwiderte Joels Blick. »Ich konnte mir das einfach nicht zusammenreimen«, begann er leise. »Als ich deinen Namen in den Zeitungen las und dich dann auf sämtlichen Fernsehkanälen sah, hatte ich ein scheußliches Gefühl. Besonders gut habe ich dich ja eigentlich nicht gekannt, aber ich konnte dich gut leiden.«

»Deine Reaktion war ganz natürlich. Mir wäre es genauso ergangen, wenn du an meiner Stelle wärst.«

»Da bin ich nicht so sicher. Weißt du, ich war nämlich einer der Führer der Protestbewegung.«

»Du hast deinen Einberufungsbefehl verbrannt und den Hippie gespielt«, sagte Converse sanft, und das Eis in seinem Blick schien zu schmelzen. »So mutig war ich nicht.«

»Ich auch nicht. Was ich verbrannt habe, war bloß eine Bibliothekskarte.«

»Jetzt bin ich enttäuscht.«

»Das war ich auch... tief in mir drinnen. Aber ich stand in der Öffentlichkeit.« Halliday lehnte sich in seinem Stuhl zurück und griff nach seiner Tasse. »Wie bist *du* denn so ins Rampenlicht geraten, Joel? Ich hatte nicht gedacht, daß du der Typ dafür sein könntest.«

»War ich auch nicht. Man hat mich dazu gedrängt.«

»Reingelegt, hast du doch gesagt.«

»Das kam später.« Converse hob die Tasse und trank einen

Schluck Kaffee. Das Gespräch hatte eine Wendung genommen, die ihm nicht gefiel. Er sprach nicht gern über jene Jahre und fühlte sich doch allzu häufig eben dazu aufgefordert. Man hatte ihn zu etwas gemacht, was er eigentlich nicht war.

»Als Student in Amherst war mit mir nicht viel los... Zum Teufel, ich stand immer auf der Kippe und konnte von Glück reden, wenn ich meine Prüfungen bestand. Aber dafür war ich seit meinem vierzehnten Lebensjahr begeisterter Flieger.«

»Das habe ich nicht gewußt«, unterbrach Halliday ihn.

»Mein Vater war zwar nicht schön und hatte deshalb auch nicht den Vorzug, sich Konkubinen leisten zu können, aber dafür war er Pilot einer Fluggesellschaft und später leitender Angestellter bei PanAm. In unserer Familie gehörte es sich einfach, daß man ein Flugzeug steuern konnte, noch bevor man seinen Führerschein machte.«

»Brüder und Schwestern?«

»Eine jüngere Schwester. Sie machte ihren ersten Alleinflug vor mir und hat mich das nie vergessen lassen.«

»Ich kann mich erinnern. Man hat sie im Fernsehen interviewt.«

»Nur zweimal«, unterbrach ihn Joel lächelnd. »Sie gehörte auch zur Protestbewegung, und hat das auch jeden wissen lassen. Aus dem Weißen Haus war deshalb zu hören, daß jeder, der Interesse an seiner Karriere hätte, besser die Finger von ihr lassen sollte.«

»Deshalb erinnere ich mich an sie«, sagte Halliday. »Und dann ist also ein lausiger Student vom College abgegangen, und die Navy hat einen Spitzenpiloten gewonnen.«

»Keinen Spitzenpiloten, das war keiner von uns.«

»Trotzdem müßt ihr Leute, die wie ich sicher in den Staaten lebten, gehaßt haben. Mal abgesehen von deiner Schwester.«

»Sie auch«, korrigierte ihn Converse. »Gehaßt, verabscheut, verachtet... wütend waren wir. Aber nur, wenn jemand getötet wurde, oder in den Lagern verrückt wurde. Nicht wegen dem, was ihr gesagt habt – wir wußten auch, was in Saigon los war –, aber weil ihr es ohne echte Furcht sagen konntet. Ihr wart in Sicherheit, und wir hatten dabei das Gefühl, wir seien die Arschlöcher. Dumme, verängstigte Arschlöcher.«

»Das kann ich verstehen.«

»Wie nett von dir.«

»Tut mir leid, ich habe das nicht so gemeint, wie es vielleicht klang.«

»Wie klang es denn, Herr Anwalt?«

»Herablassend, schätze ich.«

»Kann man wohl sagen«, sagte Joel. »Stimmt.«

»Du bist immer noch wütend.«

»Nicht deinetwegen, nur weil ich das Thema hasse und es immer wieder aufgewühlt wird.«

»Dafür mußt du die Schuld bei der Propagandaabteilung des Pentagon suchen. Eine Zeitlang warst du in den Abendnachrichten ein richtiger Held. Wie war das, dreimal aus der Gefangenschaft geflohen? Bei den beiden ersten Malen hat man dich erwischt und dich dafür büßen lassen, aber beim letztenmal hast du es ganz alleine geschafft, oder? Du hast dich ein paar hundert Meilen durch feindlichen Dschungel gekämpft, bis du unsere Linien erreicht hast.«

»Es waren nicht einmal hundert, und ich hatte verdammtes Glück. Bei den ersten zwei Versuchen sind meinetwegen acht Menschen ums Leben gekommen. Darauf bin ich nicht besonders stolz. Aber können wir jetzt zu unserem Geschäft kommen?«

»Gib mir noch ein paar Minuten«, sagte Halliday und schob die Croissants weg. »Bitte. Ich versuche nicht, in deiner Vergangenheit herumzuwühlen. Ich wollte dir ein paar Fragen stellen, für die ich einen bestimmten Grund habe. Siehst du, ich höre allgemein, daß du einer der besten Leute auf der internationalen Szene bist, aber die Leute, mit denen ich gesprochen habe, können einfach nicht begreifen, weshalb Joel Converse bei einer relativ kleinen, wenn auch erfolgreichen Firma bleibt, wo er doch gut genug ist, um sich etwas viel Besseres herauszusuchen oder sich auf eigene Füße zu stellen. Warum bist du dort, wo du bist?«

»Ich werde gut bezahlt und habe praktisch freie Hand.

Niemand sitzt mir im Nacken. Außerdem gehe ich nicht gerne Risiken ein. Es gibt da gewisse Unterhaltszahlungen, die ich zu leisten habe. Alles freundschaftlich geregelt, aber immerhin teuer.«

»Sorgerecht auch?«

»Nein, Gott sei Dank.«

»Was war denn, als du aus der Navy entlassen wurdest? Wie war dir zumute?« Halliday beugte sich wieder vor und stützte die Ellbogen auf den Tisch und das Kinn auf die gefalteten Hände – wie ein wißbegieriger Schüler. Oder etwas ganz anderes.

»Was sind denn das für Leute, mit denen du gesprochen hast?« fragte Converse.

»Das würde ich für den Augenblick als vertrauliche Information bezeichnen, Herr Anwalt. Kannst du das akzeptieren?«

Joel lächelte. »Du bist wirklich ein Tiger... Okay, ich will es dir sagen. Ich kam zurück, nachdem man mein Leben völlig in Unordnung gebracht hatte. Ich war wütend und wollte alles haben. Aus dem schlechten Studenten wurde eine Art Wissenssüchtiger, und ich würde lügen, wenn ich nicht zugeben würde, daß man mir einige Privilegien eingeräumt hat. Ich ging nach Amherst zurück und brachte in drei Semestern ein Zweieinhalbjahrespensum hinter mich. Dann bot man mir in Duke einen Schnellkurs an, und ich ging hin, spezialisierte mich anschließend in Georgetown, während ich meine Referendarzeit ableistete.«

»Du warst Referendar in Washington?«

Converse nickte. »Ja.«

»Wo?«

»Bei Clifford.«

Halliday pfiff leise durch die Zähne und lehnte sich wieder zurück. »Das ist natürlich ein goldener Boden, der sichere Weg in den Juristenhimmel und zu den Multis.«

»Ich sagte ja, man hat mir einige Privilegien eingeräumt.«

»Hast du damals angefangen, dir über den diplomatischen Dienst Gedanken zu machen? Als du in Georgetown warst? In Washington?«

Wieder nickte Joel und kniff die Augen zusammen, als sich die Sonne irgendwo auf dem Boulevard in einem Kühlergrill spiegelte. »Ja.«

»Den hättest du doch haben können«, sagte Halliday.

»Die wollten mich aus den falschen Gründen, allen nur erdenklichen falschen Gründen. Als denen klar wurde, daß ich andere Vorstellungen hatte, war ich im State Department nicht mehr willkommen.«

»Und wie war es mit Clifford? Du hast denen doch eine Menge Image eingebracht.« Der Kalifornier hob abwehrend die Hände. »Ich weiß, ich weiß. Die falschen Gründe.«

»Die falschen Zahlen«, widersprach Converse. »Die hatten über vierzig Rechtsanwälte auf ihrem Briefbogen stehen und weitere zweihundert auf der Gehaltsliste. Ich hätte zehn Jahre gebraucht, um den Weg zur Herrentoilette zu finden, und weitere zehn, bis man mir den Schlüssel dafür gegeben hätte. Also, das war es nicht, was ich wollte.«

»Was hast du denn gewollt?«

»Ziemlich genau das, was ich bekommen habe. Ich hab' dir ja gesagt, das Gehalt stimmt, und ich habe freie Hand bei meiner Arbeit. Letzteres ist für mich genauso wichtig.«

»Das konntest du aber nicht wissen, als du dort eingetreten bist«, wandte Halliday ein.

»Doch. Zumindest gab es Hinweise darauf. Als Talbot, Brooks and Simon an mich herantrat, haben wir eine Übereinkunft getroffen. Wenn ich mich im Laufe von vier, fünf Jahren bewähren konnte, sollte ich der Nachfolger von Brooks werden. Er war damals für die Überseegeschäfte zuständig und fing an, den Spaß an dem vielen Reisen zu verlieren.« Wieder machte Converse eine Pause. »Allem Anschein nach habe ich mich bewährt.«

»Und allem Anschein nach hast du während dieser Zeit irgendwann einmal geheiratet.«

Joel lehnte sich in seinem Stuhl zurück. »Ist das notwendig?«

»Es ist nicht einmal wichtig, aber es interessiert mich ungemein.«

»Warum?«

»Das ist eine ganz natürliche Reaktion«, erklärte Halliday und blickte amüsiert. »Wahrscheinlich würde es dir genauso gehen, wenn du an meiner Stelle wärst und ich alles das durchgemacht hätte, was du durchgemacht hast.«

»Achtung, Hai voraus«, murmelte Converse.

»Sie brauchen natürlich nicht zu antworten, Herr Anwalt.«

»Ich weiß, aber seltsamerweise macht es mir nichts aus. Sie hat auch eine Menge ertragen müssen wegen dieses ›Was-du-alles-durchgemacht-hast‹-Unsinns.« Joel brach ein Croissant auseinander, machte aber keine Anstalten, es vom Teller zu nehmen. »Bequemlichkeit und ein vages Image der Stabilität.«

»Wie bitte?«

»Das waren ihre Worte«, fuhr Joel fort. »Sie hat gesagt, ich hätte geheiratet, um ein Zuhause zu haben und jemanden, der mir die Mahlzeiten zubereitet und sich um meine Wäsche kümmert, und um mir die lästigen, zeitraubenden Albernheiten sparen zu können, derer es bedarf, um jemanden zu finden, mit dem man schlafen kann. Und außerdem bin ich mit der Heirat auch den allgemeinen Erwartungen an mich gefolgt... ›und ich habe, weiß Gott, auch meine Rolle spielen müssen‹ ...ebenfalls ihre Worte.«

»Und stimmen sie?«

»Ich sagte dir doch, als ich zurückkam, wollte ich alles haben, und sie gehörte auch dazu. Ja, sie stimmten. Köchin, Zimmermädchen, Wäscherin, Bettgefährtin und akzeptables, attraktives Anhängsel. Sie hat einmal gesagt, sie wäre sich nie darüber klargeworden, welche Reihenfolge die richtige sei.«

»Scheint ja ein interessantes Mädchen gewesen zu sein.«

»Das war sie. Das ist sie.«

»Entdecke ich da etwas, was auf eine mögliche Aussöhnung deuten könnte?«

»Niemals.« Converse schüttelte den Kopf, ein leichtes Lächeln um die Lippen, aber nur eine Andeutung von Humor in den Augen. »Sie ist ebenfalls hereingelegt worden, und auch das hätte nicht passieren dürfen. Außerdem gefällt mir mein augenblickliches Leben, so wie es ist, wirklich. Es gibt Menschen, die einfach nicht für den häuslichen Herd und gelegentlichen Truthahnbraten geschaffen sind, selbst wenn man sich das vielleicht manchmal wünscht.«

»Das ist aber nicht das schlechteste Leben.«

»Lebst du es denn?« fragte Joel schnell, um damit von sich abzulenken.

»Allerdings, inklusive Zahnarztrechnungen und Elternausschüssen. Fünf Kinder und eine Frau. Ich würde es nicht anders haben wollen.«

»Aber du reist doch viel, nicht wahr?«

»Das gibt immer ein schönes Wiedersehen.« Wieder beugte Halliday sich vor, als müßte er einen Zeugen fixieren. »Du hast also im Moment keine festen Bindungen, niemanden, zu dem es dich unwiderstehlich hinzieht.«

»Talbot, Brooks and Simon könnten das als Beleidigung empfinden. Ebenso mein Vater. Seit meine Mutter gestorben ist, essen wir einmal die Woche miteinander zu Abend, wenn er nicht irgendwo in der Weltgeschichte herumgondelt, was bei seinen vielen Freiflügen meistens der Fall ist.«

»Er kommt also noch ziemlich viel rum?«

»Nun, eine Woche ist er in Kopenhagen, die nächste in Hongkong. Es macht ihm einen Riesenspaß.«

»Ich glaube, ich könnte ihn mögen.«

Converse zuckte die Schultern und lächelte wieder. »Vielleicht auch nicht. Er hält alle Anwälte für Stinker, mich eingeschlossen. Er ist der letzte Vertreter einer aussterbenden Gattung – die Flieger mit den weißen Halstüchern.«

»Ganz sicher würde ich ihn mögen... Aber abgesehen von deinen Brötchengebern und deinem Vater gibt es keine – wir wollen sagen – Bindungen besonderer Art in deinem Leben.«

»Wenn du damit Frauen meinst, davon gibt es ein paar, und wir sind gute Freunde. Und jetzt ist dieses Gespräch, glaube ich, weit genug gegangen.«

»Ich sagte dir doch, daß ich einen bestimmten Grund habe«, sagte Halliday.

»Warum nennen Sie ihn denn nicht, Herr Anwalt? Mit dem Verhör ist jetzt Schluß.«

Der Kalifornier nickte. »Also gut. Die Leute, mit denen ich gesprochen habe, wollten wissen, ob du frei wärst, um zu reisen.«

»Die Antwort darauf ist nein. Ich habe einen Beruf und eine Verantwortung gegenüber der Firma, für die ich tätig bin. Heute ist Mittwoch, wir werden die Fusion bis Freitag unter Dach und Fach haben. Dann nehme ich mir das Wochenende frei und bin am Montag wieder im Büro... und dann erwartet man mich auch.«

»Und wenn man zu einem Arrangement käme, mit dem Talbot, Brooks and Simon einverstanden wären?«

»Das ist anmaßend.«

»Ein Angebot, dessen Ablehnung dir sehr schwerfallen würde.«

»Das ist lächerlich.«

»Versuchen wir's doch mal«, sagte Halliday. »Fünfhunderttausend Dollar für deine Zusage und deinen Einsatz, eine Million, wenn du es schaffst.«

»Jetzt bist du verrückt.« Wieder wurde Converse geblendet, diesmal fiel das grelle Licht länger auf sein Gesicht als beim erstenmal. Er hob die linke Hand, um seine Augen zu schützen, und starrte den Mann an, den er einmal als Avery Fowler gekannt hatte. »Außerdem, mal ganz abgesehen von ethischen Erwägungen, denn du hast heute morgen keine Chance bei mir, ist mir der Zeitpunkt verdächtig. Ich mag keine Angebote – selbst verrückte nicht – von Anwälten, mit denen ich mich in Kürze auseinanderzusetzen habe.«

»Das sind zwei vollkommen unterschiedliche Angelegenheiten. Und du hast recht, ich habe wirklich weder etwas zu gewinnen noch zu verlieren. Du hast das mit Aaron ja praktisch schon fertig gemacht. Und ich bin auch schrecklich ethisch, ich stelle den Schweizern nur meine Zeit in Rechnung – Mindestsatz –, weil meine Erfahrung gar nicht gefragt ist. Meine Empfehlung heute morgen wird sein, den Vertragsentwurf so zu akzeptieren, wie er steht, ohne auch nur ein Komma daran zu ändern. Wo liegt da also der Konflikt?«

»Wo liegt die Vernunft?« fragte Joel. »Ganz zu schweigen von den Arrangements, die Talbot, Brooks and Simon akzeptabel zu finden hätten. Du sprichst da von etwa zweieinhalb Jahresgehältern *plus* Prämie als Gegenleistung dafür, daß ich mit dem Kopf nicke.«

»Dann tu's doch«, sagte Halliday. »Wir brauchen dich.«

»*Wir*? Das ist eine ganz neue Wendung, nicht wahr? Ich dachte, es ginge um *sie*. Wobei *sie* die Leute sind, mit denen du gesprochen hast. Raus mit der Sprache, *Press*.«

A. Preston Halliday blickte Joel fest in die Augen. »Ich gehöre zu ihnen, und im Augenblick geschieht etwas, das nicht geschehen sollte. Wir möchten, daß du ein Unternehmen aus dem Geschäft kippst. Einen unangenehmen Verein, der noch dazu gefährlich ist. Wir würden dir alles dazu Nötige an die Hand geben.«

»Welches Unternehmen?«

»Der Name würde dir nichts bedeuten, er ist nicht registriert. Laß es uns eine Art Exilregierung nennen.«

»Eine *was*?«

»Eine Gruppe gleichgesinnter Männer, die dabei sind, sich Mittel zu verschaffen, die ihnen mehr Einfluß geben würden, als gut für sie ist... und eine Autorität, die sie nicht haben sollten.«

»Und wo geschieht das?«

»An Orten, die sich diese arme, ungeschickte Welt nicht leisten kann. Und diese Männer sind dazu imstande, weil niemand es von ihnen erwartet.«

»Das klingt ja ziemlich geheimnisvoll.«

»Ich habe Angst. Ich kenne sie.«

»Aber ihr verfügt über die Mittel, um sie daran zu hindern«, sagte Converse. »Ich nehme an, das soll heißen, daß sie verletzbar sind.«

Halliday nickte. »Ja, das glauben wir. Wir haben einige Hinweise, aber man wird nachbohren müssen, ein paar Kombinationen anstellen. Alles spricht dafür, daß sie Gesetze gebrochen und sich auf Unternehmungen und Transaktionen eingelassen haben, die die jeweiligen Regierungen unter Verbot gestellt haben.«

Joel blieb einen Augenblick lang still und musterte den Kalifornier. »Regierungen?« fragte er dann. »Plural?«

»Ja.« Hallidays Stimme wurde leiser. »Sie gehören verschiedenen Nationen an.«

»Aber ein Unternehmen?« sagte Converse. »Eine Gesellschaft?«

»So könnte man es ausdrücken, ja.«

»Wie wäre es mit einem einfachen Ja?«

»So einfach ist es eben nicht.«

»Ich will dir sagen, was ist«, unterbrach Joel. »Ihr habt Verdachtsmomente, also kümmert euch auch selbst darum, den großen, bösen Wolf zur Strecke zu bringen. Ich bin im Augenblick ausreichend beschäftigt.«

Halliday machte eine Pause, ehe er weitersprach. »Nein, das bist du nicht«, sagte er leise.

Wieder herrschte Schweigen, und jeder musterte den anderen. »Was hast du gesagt?« fragte Converse, und seine Augen waren jetzt wie blaues Eis.

»Deine Partner haben verstanden. Du kannst unbezahlten Urlaub nehmen.«

»Du anmaßender Hurensohn! Wer hat dir das Recht gegeben, sie auch nur...«.

»General George Marcus Delavane«, unterbrach Halliday ihn. Er sprach den Namen mit monotoner Stimme.

Es war, als wäre aus dem strahlend blauen Himmel plötzlich ein Blitz heruntergefahren und hätte sich in Joels Augen gebrannt und das Eis in Feuer verwandelt. Dann folgten Donnerschläge, die in seinem Bewußtsein explodierten.

Die Piloten saßen um den langen, rechteckigen Tisch in der Offiziersmesse, tranken ihren Kaffee und starrten entweder in die braune Brühe oder gegen die grauen Wände. Keiner von ihnen verspürte Lust, das Schweigen zu brechen. Vor einer Stunde waren sie auf Pak Song heruntergestoßen, hatten alles in Brand geschossen und damit den Vorstoß der nordvietnamesischen Bataillone aufgehalten und den sich neu formierenden südvietnamesischen und amerikanischen Truppen, die bald unter brutaler Belagerung stehen würden, eine Atempause verschafft. Schließlich hatten sie ihren Einsatz beendet und waren zu ihren Flugzeugträgern zurückgekehrt – alle mit Ausnahme eines einzigen. Sie hatten ihren kommandierenden Offi-

zier verloren. Lieutenant Senior Grade Gordon Ramsey war von einer Boden-Luft-Rakete getroffen worden, die von einer Küstenbatterie aus gestartet und in Ramseys Leitwerktanks eingeschlagen war; die Maschine explodierte in einem riesigen Feuerball, der Tod kam bei einer Fluggeschwindigkeit von sechshundert Meilen in der Stunde, ein Leben so schnell ausgelöscht wie ein Augenzwinkern. Hinter dem Geschwader war eine Tiefdruckzone heraufgezogen; es würde ein paar Tage keine Einsätze geben. Damit hatten sie Zeit zum Nachdenken, und das war kein angenehmer Gedanke.

»Lieutenant Converse«, sagte ein Matrose an der offenen Tür der Offiziersmesse.

»Ja?«

»Der Captain läßt Sie zu sich bitten, Sir.«

Eine sehr wohlformulierte Einladung, überlegte Joel, während er aufstand und den ernsten Blicken der anderen begegnete, die am Tisch sitzen blieben. Er hatte mit der Aufforderung gerechnet, aber sie war ihm unangenehm. Diese Beförderung war eine Ehre, auf die er gern verzichtet hätte. Nicht, daß er älter oder dienstälter als die anderen Piloten gewesen wäre; er hatte einfach mehr Flugstunden hinter sich als alle anderen und damit auch mehr Erfahrung. Erfahrung, die man als Geschwaderführer brauchte.

Als er die schmale Treppe zur Brücke hinaufging, sah er am Himmel die Silhouette eines riesigen Cobra-Helikopters der Army, der sich dem Flugzeugträger näherte; jemand stattete der Navy einen Besuch ab.

»Ein schrecklicher Verlust, Converse«, sagte der Captain, der an seinem Kartentisch stand, und schüttelte traurig den Kopf. »Und der Brief, den ich schreiben muß, wird mir wirklich schwerfallen. Diese Briefe sind, weiß Gott, nie einfach, aber der hier bereitet mir noch mehr Schmerz.«

»Wir empfinden alle das gleiche, Sir.«

»Das kann ich mir vorstellen.« Der Captain nickte. »Und ich kann mir auch vorstellen, daß Sie wissen, weshalb ich Sie zu mir gebeten habe.«

»Nicht genau, Sir.«

»Ramsey hat immer gesagt, Sie seien der Beste, und das bedeutet, daß Sie jetzt eines der besten Geschwader im Südchinesischen Meer übernehmen werden.« Das Telefon klingelte und unterbrach *den Kommandanten des Flugzeugträgers. Er nahm den Hörer ab. »Ja?«*

Mit dem, was folgte, hatte Joel nicht gerechnet. Der Captain runzelte zuerst die Stirn, dann spannten sich seine Gesichtsmuskeln, und seine Augen wirkten erschreckt und zornig zugleich. »Was?« rief er, und seine Stimme wurde lauter. »Und das ohne Vorankündigung – gab es keine Nachricht an die Funkzentrale?« Eine kurze Pause, dann knallte der Captain den Hörer auf die Gabel und schrie: »Himmel Herrgott!« Er blickte zu Converse. »Es scheint, daß uns die zweifelhafte Ehre einer unangekündigten Heimsuchung durch das Kommando Saigon zuteil wird. Und ich meine Heimsuchung!«

»Ich gehe wieder hinunter, Sir«, sagte Joel und setzte zu einer Ehrenbezeigung an.

»Nein, noch nicht, Lieutenant«, erwiderte der Captain leise, aber bestimmt. »Sie erhalten jetzt Ihre Befehle, und da sie die Luftoperationen dieses Schiffes betreffen, werden Sie sich diese Befehle bis zu Ende anhören. Zumindest soll Mad Marcus wissen, daß er die Navy in ihren Geschäften stört.«

Die nächsten dreißig Sekunden dienten dem Ritual der Kommandoübertragung. Plötzlich klopfte es zweimal kurz hintereinander an der Türe, dann wurde sie geöffnet, und die hochgewachsene, breitschultrige Gestalt von George Marcus Delavane schob sich herein und füllte den Raum mit der schieren Kraft ihrer Präsenz.

»Captain?« sagte Delavane, grüßte trotz des niedrigeren Ranges des anderen als erster. Seine etwas schrille Stimme war höflich, nicht aber seine Augen. Die waren durchdringend und feindselig.

»General«, konterte der Captain und erwiderte die Ehrenbezeigung gleichzeitig mit Converse. »Ist das eine unangekündigte Inspektion vom Kommando Saigon?«

»Nein, es handelt sich um eine dringend erforderliche Besprechung zwischen Ihnen und mir – zwischen Kommando Saigon und einer ihr untergeordneten Außenstelle.«

»Ich verstehe«, sagte der Captain, der Mühe hatte, seinen Zorn zurückzuhalten. »Im Augenblick bin ich dabei, diesem Mann dringende Befehle zu erteilen.«

»Sie haben es für richtig gehalten, die meinen zu widerrufen!« unterbrach ihn Delavane heftig.

»General, wir haben einen schweren, traurigen Tag hinter uns«, antwortete der Captain. »Wir haben vor nicht einmal einer Stunde einen unserer besten Piloten verloren...«

»Als er dabei war abzuhauen?« Wieder unterbrach Delavane, und die Geschmacklosigkeit seiner Bemerkung wurde durch den schrillen, nasalen Klang seiner Stimme noch unterstrichen. »Haben die ihm den verdammten Hintern abgeschossen?«

»Das ist empörend!« sagte Converse, der sich nicht mehr beherrschen konnte, in heftigem Ton. »Ich bin der Nachfolger dieses Mannes und empfinde das, was Sie gerade gesagt haben, als empörend – General!«

»Sie? Wer, zum Teufel, sind Sie?«

»Beruhigen Sie sich, Lieutenant. Sie können wegtreten.«

»Ich bitte mit allem Respekt darum, dem General antworten zu dürfen!« schrie Joel und weigerte sich, den Raum zu verlassen.

»Was, Sie aufgeblasener Scheißer?«

»Mein Name ist...«

»Vergessen Sie es, es interessiert mich nicht!« Delavanes Kopf fuhr wieder zu dem Captain herum. »Was ich wissen möchte, ist, wie Sie auf die Idee kommen, meine Anweisungen zu mißachten – die Anweisungen vom Kommando Saigon! Ich habe einen Einsatz befohlen! Und Sie haben ›mit allem Respekt abgelehnt‹, diesen Befehl auszuführen!«

»Sie sollten genausogut wie ich wissen, daß eine Tiefdruckzone aufgezogen ist.«

»Meine Meteorologen sagen, daß trotzdem geflogen werden kann!«

»Ich kann mir vorstellen, daß Sie diese Aussage sogar dann bekommen würden, wenn Sie sie während eines Burma-Monsuns verlangen würden.«

»Das ist eine schwere Insubordination!«

»Das hier ist mein Schiff, und die militärischen Vorschriften lassen keinen Zweifel daran, wer hier das Kommando führt.«

»Wollen Sie mich mit Ihrem Funkraum verbinden? Ich lasse mir das Oval Office geben, und dann werden wir ja sehen, wie lange Sie dieses Schiff noch führen!«

»Sie wollen sicher privat sprechen – vermutlich über einen Zerhacker. Ich lasse Sie hinbringen.«

»Verdammt noch mal, ich habe viertausend Mann – davon vielleicht zwanzig Prozent mit Kampferfahrung –, die in Sektor fünf einziehen! Wir brauchen einen kombinierten Tieffliegerangriff vom Land und vom Meer aus. Und den werden wir auch bekommen, selbst wenn ich dafür sorgen muß, daß man Ihren Arsch hier binnen einer Stunde wegschafft! Und das schaffe ich, Captain... Wir sind hier, um zu gewinnen, zu gewinnen, habe ich gesagt, und zwar alles! Wir können hier keine Zuckerpüppchen brauchen, die sich vor jedem Risiko drücken! Vielleicht haben Sie das bisher noch nicht gehört, aber der Krieg ist eine riskante Angelegenheit! Wenn Sie nichts riskieren, können Sie auch nichts gewinnen, Captain!«

»Das brauchen Sie mir nicht zu sagen, General. Der gesunde Menschenverstand verlangt, daß man seine Verluste gering hält, und wenn man das genügend oft tut, dann gewinnt man die nächste Schlacht.«

»Ich werde diese hier gewinnen, mit Ihnen oder ohne Sie, Blue Boy!«

»Ich rate Ihnen mit allem Respekt, Ihre Sprache zu mäßigen, General.«

»Was?!« Delavanes Gesicht war wutverzerrt, und seine Augen die eines wilden Tieres. »Sie geben mir einen Rat? Sie erdreisten sich, Kommando Saigon einen Rat zu geben? Nun, Sie können tun, was Sie mögen – Blue Boy, in Ihren hübschen Seidenhosen –, aber der Vormarsch ins Tho-Tal läuft.«

»Das Tho«, unterbrach Converse. »Das ist die erste Etappe der Route Pak Song. Wir haben dort viermal angegriffen. Ich kenne das Terrain.«

»Sie kennen es?« brüllte Delavane.

»Ja, aber ich bekomme meine Anweisungen vom Kommandanten dieses Schiffes – General.«

»Sie aufgeblasener Scheißer, Sie nehmen Ihre Befehle vom Präsidenten der Vereinigten Staaten entgegen! Er ist Ihr oberster Befehlshaber! Und ich werde mir diese Befehle besorgen!«

Delavanes Gesicht war nur wenige Zentimeter von Joels entfernt, und sein irrer Ausdruck war wie eine Herausforderung an jedes Nervenende in Joels Körper; Haß und Abscheu mischten sich. Converse hörte selbst kaum die Worte, die er sprach: »Ich würde dem General ebenfalls den Rat geben, seine Sprache zu mäßigen.«

»Warum denn, Sie Scheißer? Hat der Blue Boy etwa Wanzen in diesem Raum?«

»Ruhig Blut, Lieutenant! Ich habe gesagt, Sie sollen wegtreten!«

»Sie wollen, daß ich meine Sprache mäßige, Sie mit Ihrer kleinen goldenen Litze? Nein, Sonny Boy, passen Sie lieber auf, was Sie sagen! – Wenn Ihre Staffel nicht um fünfzehn Uhr in der Luft ist, dann sorge ich dafür, daß ganz Südostasien erfährt, wie feige dieser Flugzeugträger und seine Besatzung ist! Haben Sie das mitgekriegt, Blue Boy, mit Ihren Seidenhosen?«

Wieder antwortete Joel und wunderte sich, während er sprach, woher er den Mut dazu nahm. »Ich weiß nicht, woher Sie kommen, aber ich hoffe inständig, daß wir uns einmal unter anderen Gegebenheiten wiederbegegnen. Ich finde, Sie sind ein Schwein.«

»Insubordination! Und außerdem würde ich Ihnen den Arsch aufreißen!«

»Wegtreten, Lieutenant!«

»Nein, Captain!« schrie der General. »Vielleicht ist er doch der Mann, um diesen Einsatz zu führen. Also, was soll es sein, Blue Boy? Sie haben die Wahl – Sie fliegen, oder Sie bekommen Ihre Anweisung vom Präsidenten – oder Ihren Abschied?«

Um 15.20 Uhr startete Converse mit seinem Geschwader vom Flugdeck des Trägers. Um 15.38 Uhr drangen sie in niedriger Höhe in die Wetterfront ein und erlitten die zwei ersten Ausfälle, als sie über der Küste Feuer erhielten; die beiden Maschinen an den Flügeln wurden abgeschossen – Feuertod bei sechshundert Meilen die Stunde. Um 15.46 Uhr explodierte Joels rechter Antrieb; bei der geringen Höhe, in der sie flogen, war ein direkter Treffer kein Problem. Um 15.46.30 Uhr stieg Converse mit dem Schleudersitz aus, sein Fallschirm wurde sofort in die schweren Schauer der Regenwolken hineingerissen. Während er heftig hin und her geschüttelt der Erde entgegenfiel und die Schirmgurte ihm schmerzhaft ins Fleisch schnitten, sah er jedesmal, wenn eine Bö ihn traf, in der Finsternis vor sich ein Bild. Das wutverzerrte Gesicht von General George Marcus Delavane. Einem Wahnsinnigen hatte er es zu verdanken, daß er jetzt eine unbestimmte Zeit in der Hölle verbringen würde. Die Verluste der Bodentruppen waren, wie er später erfuhr, noch unendlich viel größer.

Delavane! Der Schlächter von Da Nang und Pleiku. Ein Mann, der sinnlos Tausende geopfert hatte, der ein Bataillon nach dem anderen in den Dschungel und die Berge getrieben hatte, ohne daß sie dafür ausgebildet waren oder über ausreichend Feuerkraft verfügten.

Wieder ein gleißender Blitz vom Boulevard, ein blendender Reflex der Sonne vom Quai du Mont Blanc. Er war in Genf, nicht in einem nordvietnamesischen Lager, wo er Kinder in amerikanischer Uniform im Arm hielt, die sich übergaben, während sie ihre Geschichte erzählten, oder in San Diego, wo er die United States Navy verließ. Er war in Genf... und der Mann, der ihm am Tisch gegenübersaß, wußte alles, was er dachte und empfand.

»Warum *ich*?« fragte Joel

»Weil man dich, wie man mir sagte, motivieren könnte«, sagte Halliday. »Das ist die schlichte Antwort. Man hat mir eine Geschichte erzählt. Der Captain eines Flugzeugträgers weigerte sich, einen Befehl Delavanes auszuführen und seine Flugzeuge starten zu lassen. Ein Unwetter war aufgekommen; er nannte den Befehl selbstmörderisch. Aber Delavane zwang ihn, drohte damit, das Weiße Haus anzurufen und den Captain seines Kommandos entheben zu lassen. Du hast jenen Einsatz geführt. Damals hat es dich erwischt.«

»Ich lebe noch«, sagte Converse ausdruckslos. »Zwölfhundert andere haben den nächsten Tag nicht mehr erlebt, und wahrscheinlich tausend weitere wünschten sich, sie hätten sterben dürfen.«

»Und du warst in der Kabine des Captains, als Mad Marcus Delavane seine Drohungen ausstieß.«

»Das war ich«, sagte Converse tonlos. Dann schüttelte er verwirrt den Kopf. »Alles, was ich dir erzählt habe – über mich –, das hast du alles schon einmal gehört.«

»Es gelesen«, korrigierte ihn der Anwalt aus Kalifornien. »Wie du – und ich glaube, wir sind die Besten in diesem Geschäft unter Fünfzig –, halte ich nicht soviel von dem geschriebenen Wort. Ich muß eine Stimme hören, ein Gesicht sehen.«

»Ich habe dir nicht geantwortet.«

»Das brauchtest du auch nicht.«

»Aber *du* mußt *mir* antworten. *Jetzt*... Du bist doch für Com Tech-Bern hier, oder?«

»Ja, das stimmt schon«, sagte Halliday. »Nur daß die Schweizer nicht zu mir gekommen sind, sondern ich zu ihnen. Ich habe dich beobachtet, auf den richtigen Augenblick gewartet. Es mußte der richtige Augenblick sein, es mußte natürlich aussehen und geografisch logisch.«

»Warum? Was meinst du damit?«

»Weil man mich beobachtet... Rosen hatte einen Herzinfarkt. Ich habe davon gehört, Bern kontaktiert und einen plausiblen Fall für mich daraus gemacht.«

»Dein Ruf hat genügt.«

»Der half, aber ich brauchte mehr. Ich sagte, wir würden uns kennen, seit langer Zeit – was ja, weiß Gott, stimmt –, und dann deutete ich an, daß ich größten Respekt vor dir hätte und wüßte, daß du in Abschlußverhandlungen äußerst geschickt seist... und daß ich deine Methoden genau kennen würde. Und dann habe ich einen genügend hohen Preis verlangt.«

»Eine unwiderstehliche Kombination für die Schweizer«, sagte Converse.

»Deine Billigung freut mich.«

»Aber nein«, widersprach Joel. »Ich billige das überhaupt nicht. Zuallerletzt *deine* Methoden. Du hast mir überhaupt nichts gesagt, nur geheimnisvolle Andeutungen über eine unbekannte Gruppe von Leuten gemacht, von der du sagst, daß sie gefährlich sei. Und dann den Namen eines Mannes ins Spiel gebracht, von dem du wußtest, daß er bei mir eine Reaktion provozieren würde. Vielleicht bist du doch ein Freak und im Herzen immer noch ein Hippie.«

»Jemanden einen ›Freak‹ zu nennen, ist äußerst präjudizierend, Herr Anwalt, und würde mit Sicherheit aus dem Protokoll gestrichen werden.«

»Trotzdem sage ich es, Herr Kollege«, erwiderte Converse in stummem Zorn. »Und zwar hier und jetzt.«

»Du solltest den Sicherheitsaspekt nicht unterschätzen«,

fuhr Halliday ruhig und eindringlich fort. »Ich bin in Gefahr, und abgesehen von einer gewissen Neigung zur Feigheit, derer ich mich schuldig bekennen muß, gibt es da in San Francisco eine Frau und fünf Kinder, die mir sehr wichtig sind.«

»Also bist du zu mir gekommen, weil ich so etwas nicht habe?«

»Ich bin zu dir gekommen, weil dich niemand kennt, weil du noch nicht in die Sache verwickelt bist und weil du der Beste bist, den es gibt, und ich es nicht tun kann! Mir sind gesetzlich die Hände gebunden, und es muß legal geschehen.«

»Warum sagst du nicht, was du meinst?« wollte Converse wissen. »Wenn du das nämlich jetzt nicht tust, stehe ich auf, und dann sehen wir uns nachher am Konferenztisch.«

»Ich habe Delavane vertreten«, erwiderte Halliday hastig. »So wahr mir Gott helfe, ich wußte nicht, was ich tat, und nur sehr wenige Leute haben das gebilligt, aber ich hatte eine Antwort darauf, die zu allen Zeiten gültig war. Auch unpopuläre Sachen und Leute verdienen es, daß man sie vertritt.«

»Dagegen kann ich wenig vorbringen.«

»Du kennst die Sache nicht. Ich schon. Ich habe es herausgefunden.«

»In welcher Sache?«

Halliday lehnte sich vor. »Die Generale«, sagte er mit kaum hörbarer Stimme. »Sie kommen zurück.«

Joel sah den Kalifornier scharf an. »Woher? Ich wußte nicht, daß sie je verschwunden waren.«

»Aus der Vergangenheit«, sagte Halliday.

Converse lehnte sich in seinem Stuhl zurück, seine Augen blickten jetzt amüsiert. »Du lieber Gott, ich dachte, du und deinesgleichen, ihr wäret ausgestorben. Sprichst du von der Gefahr aus dem Pentagon, *Press*... ›Press‹ stimmt doch, oder? Die Kurzform aus San Francisco oder Haight Ashbury, oder war es Beverly Hills? Du bist etwas hinter deiner Zeit zurück; ihr habt die Rekrutierungsbüros längst gestürmt.«

»Bitte, mach keine Witze. Mir ist das bitterernst.«

»Natürlich. *Sieben Tage im Mai* hieß der Film, glaube ich.

Oder *Fünf Tage im August*? Jetzt ist August, also wollen wir das Szenario doch *Die alten Kanonen des August* nennen. Klingt gut, finde ich.«

»Hör auf!« flüsterte Halliday. »Daran ist überhaupt nichts Komisches, und wenn, dann wüßte ich das vor dir.«

»Das soll eine Erklärung sein, nehme ich an«, sagte Joel.

»Da hast du verdammt recht, weil *ich nicht* das durchgemacht habe, was du durchgemacht hast. Ich habe mich rausgehalten, mich hat man nicht hereingelegt. Das bedeutet, daß ich über die Fanatiker lachen kann, weil sie mir nie weh getan haben. Und ich glaube immer noch, daß Lachen die beste Waffe ist, die es gibt. Aber nicht jetzt. Jetzt gibt es nichts zu lachen!«

»Erlaub mir ein leises Schmunzeln«, sagte Converse, ohne zu lächeln. »Ich habe selbst in meinen paranoidesten Augenblicken nie an die Verschwörungstheorie geglaubt, wonach das Militär die wahre Macht in Washington sei. Dazu könnte es niemals kommen.«

»Vielleicht weniger augenfällig als in anderen Ländern, aber mehr kann ich dir wirklich nicht zugestehen.«

»Was soll das heißen?«

»In Israel wäre es zweifellos offensichtlicher, ganz bestimmt in Johannesburg, möglicherweise auch in Frankreich und Bonn, und selbst in England – dort hat man sich nie groß bemüht, die Öffentlichkeit zu täuschen. Aber wahrscheinlich hat das, was du sagst, doch etwas für sich. Washington wird sich so lange in den Mantel seiner Verfassung hüllen, bis er fadenscheinig geworden ist und herunterfällt. Und dann kommt darunter wie zufällig eine Uniform zum Vorschein.«

Joel starrte in das Gesicht auf der anderen Seite des Tisches und hörte auf die Stimme, die leise und eindringlich an sein Ohr drang. »Du machst hoffentlich keine Witze, oder? Und du bist klug genug, mir nichts vorzumachen.«

»Oder dich hereinzulegen«, fügte Halliday hinzu. »Nein, nicht nach alldem, was ich mir sagen lassen mußte, während dich das Fernsehen auf der anderen Seite der Welt in deinem Sträflingspyjama zeigte. Das könnte ich nicht.«

»Ich denke, ich glaube dir... Du hast einige Länder erwähnt, ganz spezielle Länder. Einige sagen mir nichts, andere kaum etwas; ein paar wecken Erinnerungen an Blut und schlimmere Dinge. Absichtlich?«

»Ja«, nickte der Kalifornier. »Es macht sowieso keinen Unterschied, denn die Gruppe, von der ich spreche, ist der Ansicht, eine Idee zu besitzen, die am Ende alle diese Länder vereinen wird. Und sie alle führen wird... auf ihre Art.«

»Die der Generale?«

»Und Admirale und Brigadiers und Feldmarschälle... alte Soldaten, die ihre Zelte im richtigen Lager aufgeschlagen haben. So weit rechts, daß es seit dem Reichstag nur eine Bezeichnung für sie gibt.«

»Jetzt hör aber auf, Avery!« Converse schüttelte konsterniert den Kopf. »Ein paar müde, alte Kriegsrösser...«

»Die junge, harte, fähige neue Kommandeure rekrutieren und indoktrinieren«, unterbrach Halliday ihn.

»... die sich ihren letzten Huster abquälen...« Joel hielt inne. »Hast du dafür Beweise?« fragte er und betonte jedes einzelne Wort.

»Nicht genug... aber wenn man ein wenig nachbohrt... dann reicht es vielleicht.«

»Verdammt, hör auf, um den Brei herumzureden.«

»Unter den möglichen Rekruten sind vielleicht zwanzig Namen aus dem State Department und dem Pentagon«, sagte Halliday. »Männer, die Exportlizenzen erteilen und Millionen und Abermillionen ausgeben, weil sie die Befugnis dazu haben, was natürlich automatisch jeden Freundeskreis vergrößern hilft.«

»Und den Einfluß«, erklärte Converse. »Was ist mit London, Paris und Bonn, Johannesburg und Tel Aviv?«

»Wiederum Namen.«

»Wodurch gesichert?«

»Es gibt sie, ich habe sie selbst gesehen. Es war ein Zufall. Wie viele einen Eid abgelegt haben, weiß ich nicht, aber es gibt sie, und ihre Rangabzeichen paßten zu ihrer Philosophie.«

»Der Reichstag?«

»Alles, was sie brauchen, ist ein Hitler.«

»Und wo kommt Delavane ins Spiel?«

»Der könnte einen salben. Er könnte den Führer bestimmen.«

»Das ist doch lächerlich. Wer würde ihn schon ernst nehmen?«

»Man hat ihn schon einmal ernst genommen. Die Folgen hast du selbst erlebt.«

»Das war damals, nicht heute. Du antwortest nicht auf meine Frage.«

»Mach dir doch nichts vor, dort draußen gibt es Tausende von Männern, die noch heute denken, daß Delavane damals im Recht war. Aber was einem den Schlaf rauben kann, ist, daß es ein paar Dutzend Leute gibt, die genügend Geld haben, um seinen und ihren Wahnsinn auch zu finanzieren – etwas, was sie natürlich nicht als Wahnsinn und Verblendung ansehen, sondern als einzig sinnvolle Entwicklung der Geschichte, nachdem ja alle anderen Ideologien schmählich gescheitert sind.«

Joel setzte zum Sprechen an, hielt inne, als ihm ein neuer Gedanke kam. »Warum bist du nicht zu jemandem gegangen, der sie aufhalten kann? Der *ihn* aufhalten kann?«

»Zu wem denn?«

»Das solltest du mich nicht fragen müssen. Es gibt eine ganze Anzahl solcher Leute in der Regierung – ob sie nun gewählt oder eingesetzt sind – und den Ministerien. Da wäre zunächst einmal das Justizministerium.«

»Die würden mich zum Gespött von ganz Washington machen«, erwiderte Halliday. »Aber abgesehen von der Tatsache, daß wir keine Beweise haben – ich sagte ja, nur Namen und Vermutungen –, solltest du nicht vergessen, daß ich einmal als Hippie abgestempelt war. Das Etikett würde man mir wieder umhängen und mir empfehlen, doch gefälligst zu verschwinden.«

»Aber du hast Delavane *vertreten.*«

»Was ja die juristische Seite nur noch komplizierter macht, das sollte ich dir nicht sagen müssen.«

»Die Anwalt-Mandanten-Beziehung«, führte Converse den Satz zu Ende. »Du stehst im Morast, ehe du überhaupt eine Anklage vorbringen kannst. Sofern du keine harten und wirklich zwingenden Beweise gegen deinen Mandanten hast, Beweise, daß er weitere Verbrechen begehen will und daß du diese Verbrechen durch weiteres Stillschweigen unterstützen würdest.«

»Und solche Beweise besitze ich nicht«, unterbrach der Kalifornier.

»Dann wird niemand auf dich hören«, fügte Joel hinzu. »Ganz besonders nicht die ehrgeizigen Anwälte im Justizministerium; die wollen sich für ihre Zeit nach dem Regierungsdienst nichts verbauen. Wie du ganz richtig sagst, die Delavanes dieser Welt haben ihre Anhänger.«

»Richtig«, pflichtete Halliday bei. »Und als ich anfing, Fragen zu stellen, und versuchte, Delavane zu erreichen, war er nicht bereit, mich zu empfangen oder auch nur mit mir zu sprechen. Statt dessen bekam ich einen Brief, in dem stand, daß ich entlassen sei... daß er mich nie unter Vertrag genommen hätte, wenn er gewußt hätte, was ich einmal war. ›Ein Mensch, der Hasch geraucht und demonstriert hat, während tapfere junge Männer dem Ruf des Vaterlandes folgten.‹«

Converse pfiff leise durch die Zähne. »Und du behauptest, daß man dich hereingelegt hätte? Du lieferst ihm juristische Unterstützung, eine Struktur, die er ganz legal nutzen kann, und wenn dann etwas zu stinken anfängt, bist du der Letzte, der auf ihn zeigen kann. Er hüllt sich in die Flagge des alten Soldaten und nennt dich einen rachsüchtigen Freak.«

Halliday nickte. »In dem Brief stand noch viel mehr – nichts, das mich verletzen konnte – nur in *seinen* Augen –, aber es war brutal.«

»Da bin ich sicher.« Converse holte ein Päckchen Zigaretten heraus, hielt es seinem Gegenüber hin, aber Halliday schüttelte den Kopf. »Was hast du denn für ihn getan?« fragte Joel.

»Ich habe eine Firma gegründet, ein kleines Beratungsunternehmen in Palo Alto, das sich auf Import und Export spezialisierte. Was zulässig ist; es geht um Einfuhrquoten und wie man auf legalem Weg an die Leute in Washington herankommt, die einem zuhören. Im Grunde handelte es sich um eine Art Lobby, den Versuch, aus einem Namen Kapital zu schlagen, falls sich jemand an ihn erinnern sollte. Damals kam mir das alles ziemlich rührend vor.«

»Ich dachte, du hättest gesagt, die Firma sei nicht registriert«, bemerkte Converse.

»Das ist auch nicht die, hinter der wir her sind. Sich darum zu kümmern, wäre Zeitvergeudung.«

»Aber dort hast du doch deine ersten Informationen bekommen, nicht wahr? Deine Hinweise?«

»Das war ein reiner Zufall, so etwas wird nicht wieder geschehen. Das ganze Unternehmen ist rechtlich so makellos wie das reinste Weiß, das es je gab.«

»Trotzdem ist es nur eine Fassade«, beharrte Joel. »Das muß es sein, wenn alles oder auch nur ein Teil von dem, was du gesagt hast, wahr ist.«

»Das ist es, und du hast ja auch recht. Doch es gibt nichts Schriftliches. Das Unternehmen bietet aber einen guten Vorwand zum Reisen, ein Vorwand für Delavane und seine Umgebung, von einem Platz zum anderen zu kommen, indem sie sich legitimen Geschäften widmen. Aber wenn sie dann an einem bestimmten Ort sind, tun sie dort das, was sie wirklich interessiert.«

»Das Rekrutieren der Generale und Feldmarschälle?« sagte Converse.

»Wir meinen, daß es sich um eine Art Missionstätigkeit handelt. Sehr leise und sehr intensiv.«

»Wie nennt sich Delavanes Firma denn?«

»Palo Alto International. Bist du interessiert?«

»Nicht daran, für jemanden zu arbeiten, den ich nicht kenne. Nein, ich bin nicht interessiert.«

»Siehst du wenigstens die Gefahr in dem, was ich dir dargestellt habe?«

»Wenn das stimmt, was du mir gesagt hast, und ich kann mir nicht vorstellen, weshalb du lügen solltest. Das hast du doch gewußt.«

»Angenommen«, fuhr Halliday schnell fort, »ich würde dir einen Brief geben, in dem steht, daß dir ein Betrag von fünfhunderttausend Dollar zur Verfügung gestellt wird über ein Konto auf der Insel Mykonos, das von einem Mandanten von mir eingerichtet worden ist, dessen Charakter und Ruf von höchstem Rang sind. Daß seine...«

»Augenblick, *Press*«, unterbrach Converse ihn hart.

»Bitte unterbrich mich nicht. *Bitte*!« Hallidays Augen hefteten sich fest an Joel, sein Blick war starr und von verzehrender Intensität. »Es gibt keine andere Möglichkeit, nicht *jetzt*. Ich bin bereit, meinen Namen – meine Berufsehre – aufs Spiel zu setzen. Ein Mann, den ich als einen hervorragenden Bürger kenne, der auf Anonymität besteht, will dich damit beauftragen, vertrauliche Arbeit auf deinem Spezialgebiet für ihn zu erledigen. Ich verbürge mich sowohl für den Mann als auch für die Arbeit, die er von dir haben möchte, und leiste einen Eid nicht nur auf die Legalität seiner Ziele, sondern auch auf den außergewöhnlichen Nutzen, der aus jedem noch so kleinen Erfolg von dir erwachsen könnte. Du bist gedeckt, du hast fünfhunderttausend Dollar, und du hast – ich nehme an, das ist dir ebenso wichtig, vielleicht noch mehr – die Chance, einen Wahnsinnigen, *Wahnsinnige* daran zu hindern, einen unvorstellbaren Plan zu verwirklichen. Ansonsten werden sie zumindest Unruhe erzeugen, wo sie können, überall politische Krisen anzetteln und ungeheures Leid über die Menschen bringen. Und schlimmstenfalls könnten sie den Lauf der Geschichte in einem solchen Maße ändern, daß es danach keine Geschichte mehr geben wird.«

Converse saß starr in seinem Stuhl, ohne den Blick von seinem Gegenüber zu wenden. »Das war eine beachtliche Rede. Hast du lange gebraucht, sie einzuüben?«

»Nein, du Hurensohn! Es war nicht nötig, sie einzuüben. Ebensowenig wie du deine kleine Explosion vor dem Offiziersausschuß vor zwölf Jahren in San Diego nicht einüben mußtest. ›Man darf solchen Männern heute keinen Platz mehr lassen, verstehen Sie denn nicht? Er war der Feind, *unser* Feind!‹ ...Das waren doch deine Worte, oder?«

»Sie haben sich gut vorbereitet, Herr Anwalt«, sagte Joel, der seinen Zorn gut unter Kontrolle hielt. »Warum besteht dein Mandant denn darauf, anonym zu bleiben? Warum nimmt er denn nicht sein Geld, macht eine politische Spende und spricht mit dem Direktor der CIA oder dem Nationalen Sicherheitsrat oder dem Weißen Haus? Das müßte ihm doch ziemlich leichtfallen. Eine halbe Million Dollar ist ja auch heutzutage kein Pappenstiel.«

»Weil er in keiner Weise offiziell in Erscheinung treten darf.« Halliday runzelte die Stirn, als er das sagte. »Ich *weiß*, das klingt verrückt, aber es ist so. Er *ist* ein hervorragender Mann, und ich bin zu ihm gegangen, weil ich nicht mehr weiter wußte. Offen gestanden hatte auch ich damit gerechnet, daß er den Telefonhörer abnehmen und genau das tun würde, was du gerade gesagt hast. Das Weiße Haus anrufen, wenn es sein müßte. Aber er wollte diesen Weg gehen.«

»Mit dir?«

»Tut mir leid, dich kannte er nicht. Er hat etwas sehr Seltsames zu mir gesagt. Er hat mir gesagt, ich solle jemanden finden, der diese Dreckskerle abschießt, ohne ihnen die Ehre zuteil werden zu lassen, daß die Regierung sich ihrer annimmt, ja, sie auch nur zur Kenntnis nimmt. Zuerst konnte ich das nicht verstehen, später schon. Es paßte zu meiner Theorie, daß man die Delavanes dieser Welt viel gründlicher ihrer Macht beraubt, wenn man sie auslacht, als wenn man irgendwelche andere Mittel gegen sie einsetzt.«

»Es nimmt ihnen auch den letzten Hauch von Märtyrertum«, fügte Converse hinzu. »Aber warum tut dieser... hervorragende Bürger... das, was er tut? Warum ist es ihm so viel Geld wert?«

»Wenn ich dir das sagte, würde ich die Vertraulichkeit brechen, die wir vereinbart haben.«

»Ich habe dich nicht nach seinem Namen gefragt. Ich möchte nur seine Gründe wissen.«

»Wenn ich dir die sage«, antwortete der Kalifornier, »würdest du wissen, wer er ist. Das kann ich nicht. Aber glaube mir, du würdest ihn verstehen.«

»Nächste Frage«, sagte Joel, dessen Stimme jetzt schärfer klang. »Was, *zum Teufel*, hast du zu Talbot und Brooks gesagt, daß sie so leicht zugestimmt haben?«

»Was sie schließlich dazu brachte *nachzugeben*, kann ich dir sagen«, erklärte Halliday. »Ich hatte Unterstützung. Kennst du Richter Lucas Anstett?«

»Zweites Appellationsgericht«, sagte Converse und nickte. »Er hätte es schon seit Jahren verdient, an den Obersten Gerichtshof berufen zu werden.«

»Darüber scheint allenthalben Einigkeit zu herrschen. Er ist ebenfalls ein Freund meines Klienten, und so wie ich das verstehe, hat er sich mit John Talbot und Nathan Simon getroffen – Brooks war verreist –, und ihnen, ohne den Namen meines Klienten preiszugeben, gesagt, daß es da ein Problem gibt, das sich leicht zu einer nationalen Krise entwickeln könnte, wenn man nicht sofort handelt. Er hat ihnen erklärt, daß einige amerikanische Firmen in die Sache verwickelt seien, ihre Wurzeln aber hauptsächlich in Europa lägen und den Einsatz eines erfahrenen internationalen Anwalts erforderten. Falls ihr Juniorpartner Joel Converse ausgewählt würde und der den Auftrag akzeptierte – würden sie dann in eine Beurlaubung einwilligen, um ihm die Möglichkeit zu geben, die Angelegenheit vertraulich zu verfolgen? Natürlich unterstützte der Richter das Projekt in vollem Umfang.«

»Und natürlich haben Talbot und Simon zugestimmt«, sagte Joel. »Man lehnt nicht etwas ab, das Anstett von einem fordert. Er ist viel zu überzeugend, ganz zu schweigen von der Macht, die seine Position ihm verleiht.«

»Ich glaube nicht, daß er diesen Hebel ansetzen würde.«

»Aber er könnte.«

Halliday griff in die Jackettasche und holte einen langen weißen Umschlag heraus. »Hier ist der Brief. Er enthält alles, was ich gesagt habe. Auf einem gesonderten Blatt steht, wie die Sache in Mykonos zu regeln ist. Sobald du der Bank die entsprechenden Anweisungen gibst – wie du das Geld haben möchtest, wohin es überwiesen werden soll –, wird man dir den Namen eines Mannes nennen, der auf der Insel wohnt; er lebt im Ruhestand. Ruf ihn an, er wird dir sagen, wo und wie du dich mit ihm treffen kannst. Er kennt alles, was wir dir zur Unterstützung geben können. Die Namen, die Verbindungen, so wie wir sie sehen, und die Aktivitäten, mit denen sie sehr wahrscheinlich befaßt sind und die die Gesetze ihrer jeweiligen Regierungen verletzen –, indem sie Waffen, Material und technologische Informationen in Weltgegenden bringen, in die man sie besser nicht schicken sollte. Du brauchst nur zwei oder drei Fälle aufzubauen, die mit Delavane in Verbindung stehen – wenn auch nur indirekt –, das wird genügen. Wir ziehen dann alles ins Lächerliche. Das *wird* genügen.«

»Woher, zum *Teufel,* nimmst du diese Frechheit?« sagte Converse zornig. »Ich habe mich mit gar nichts einverstanden erklärt! Du hast für mich keine Entscheidungen zu treffen, und Talbot und Simon auch nicht. Und ebenso nicht der heilige Richter Anstett *oder* dein verdammter Klient! Was bildest du dir eigentlich ein? Du hast mich abgeschätzt wie ein altes Rennpferd und hinter meinem Rücken Verabredungen für mich getroffen. Wofür haltet ihr euch eigentlich?«

»Für besorgte Leute, die glauben, zur richtigen Zeit den richtigen Mann für die richtige Aufgabe gefunden zu haben«, erwiderte Halliday und ließ den Umschlag vor Joel auf den Tisch fallen. »Nur, daß uns nicht mehr viel Zeit bleibt. Du hast das selbst einmal miterlebt, was die für uns vorhaben, und du weißt, wie es ist.« Plötzlich stand der Kalifornier auf. »Denk darüber nach. Wir reden später weiter. Übrigens, die Schweizer wissen, daß wir uns heute morgen getroffen haben. Wenn dich jemand fragt, worüber wir gesprochen haben, dann sage ihnen, daß ich mich mit der Verteilung der Vorzugsaktien einverstanden erklärt habe. Das ist für meine Auftraggeber von Vorteil, selbst wenn du anderer Meinung sein solltest. Vielen Dank für den Kaffee. Wir sehen uns in einer Stunde am Konferenztisch... Nett, dich wiedergesehen zu haben, Joel.«

Der Kalifornier eilte zwischen den Tischen davon und trat durch das Messingtor des Chat Botté in das helle Sonnenlicht auf den Quai du Mont Blanc hinaus.

Die Konsole für die Telefonanlage war in die Schmalseite des langen, dunklen Konferenztisches eingelassen. Das leise Summen entsprach der würdigen Umgebung. Der juristische Vertreter des Kantons Genf, der als neutraler Verhandlungsleiter fungierte, nahm den Hörer ab und sprach mit leiser Stimme, nickte zweimal und legte dann den Hörer wieder auf. Er sah sich am Tisch um; sieben der acht Anwälte befanden sich an ihren Plätzen und redeten leise miteinander. Der achte, Joel Converse, stand vor einem mächtigen, von Gardinen eingefaßten Fenster mit dem Blick auf den Quai Gustave Ador. Der riesige *Jet d'Eau* stach in den Himmel, die pulsierende Gischt erfüllte die Luft und wurde von dem anstürmenden Nordwind in Kaskaden nach links gedrückt. Der Himmel begann sich zu verdunkeln. Ein Sommergewitter zog von den Alpen heran.

»Messieurs«, sagte der Verhandlungsleiter. Die Gespräche verstummten und die Gesichter wandten sich dem Schweizer zu. »Das war Mr. Halliday. Er ist aufgehalten worden, bittet Sie aber fortzufahren. Sein Kollege, Monsieur Rogeteau, kennt seine Empfehlungen, und außerdem sagte er, daß er sich bereits heute morgen mit Monsieur Converse getroffen habe, um eine der letzten Einzelheiten zu klären. Stimmt das, Monsieur Converse?«

Wieder drehten sich die Köpfe, jetzt zu der Gestalt, die am Fenster stand. Keine Antwort. Converse starrte weiter auf den See hinaus.

»Monsieur *Converse?*«

»Wie bitte?« Joel drehte sich herum, seine gerunzelte Stirn ließ erkennen, daß seine Gedanken irgendwo in weiter Ferne waren, weitab von Genf.

»Stimmt das, Monsieur?«

»Wie war Ihre Frage, bitte?«

»Sie haben sich heute morgen mit Monsieur Halliday getroffen?«

Converse machte eine Pause. »Das stimmt«, antwortete er.

»*Und?*«

»Und ... er hat sich mit der Aufteilung der Vorzugsaktien einverstanden erklärt.«

Ein Murmeln der Erleichterung ging durch die Reihen der Amerikaner, während die Gruppe aus Bern stumm akzeptierte. Die Reaktionen blieben Joel nicht verborgen, und er hätte diesem Thema unter anderen Umständen zusätzliche Überlegung gewidmet. Obwohl Halliday der Ansicht gewesen war, daß diese Lösung einen Vorteil für Bern bedeutete, war alles zu leicht gegangen; Joel hätte das jedenfalls aufgeschoben und zumindest noch eine Stunde lang analysiert. Aber irgendwie war es ohne Belang. *Verdammt sollte er sein!* dachte Converse.

»Dann wollen wir doch so fortfahren, wie Monsieur Halliday vorgeschlagen hat«, sagte der Verhandlungsleiter und sah auf die Uhr.

Aus einer Stunde wurden zwei und schließlich drei, die Stimmen erhoben sich immer wieder, während Blätter hin und her gereicht, Punkte geklärt, einzelne Abschnitte abgezeichnet wurden. Halliday war immer noch nicht erschienen. Lampen wurden eingeschaltet, als sich der Mittagshimmel draußen verdunkelte; man sprach von einem aufziehenden Sturm.

Dann waren hinter der dicken Eichentür des Konferenzsaales plötzlich Schreie zu hören. Sie schwollen an, wurden lauter, bis jeder, der sie hörte, von Schreckensbildern gepeinigt dasaß. Einige der Verhandlungsteilnehmer brachten sich unter dem Tisch in Sicherheit, andere sprangen von ihren Stühlen auf und blieben dort starr vor Schreck stehen, ein paar rannten zur Türe, unter ihnen Converse. Der Verhandlungsleiter drückte die Klinke nieder und riß die Tür mit solcher Gewalt auf, daß sie gegen die Wand schlug. Den Anblick, der sich ihnen bot, würde keiner von ihnen je wieder vergessen. Joel warf sich gegen das Knäuel von Menschenleibern, stieß sie zur Seite und bahnte sich einen Weg in den Vorraum.

Er sah Avery Fowler, das weiße Hemd blutdurchtränkt, die Brust übersät mit winzigen blutenden Einschußlöchern. Als der Schwerverletzte zu Boden stürzte, öffnete sich der Hemdkragen und ließ noch mehr Blut an Fowlers Hals erkennen. Joel wußte nur zu gut, was der keuchende Atem zu bedeuten hatte. Oft hatte er in den Lagern die Köpfe von

Kindern gehalten, wenn sie in Zorn und letzter Todesangst weinten. Jetzt hielt er Avery Fowlers Kopf und senkte ihn langsam zu Boden.

»Mein Gott, was ist *passiert*?« schrie Converse, den Sterbenden in seinen Armen.

»Sie sind... wieder da«, keuchte der Schulkamerad von einst. »Der Lift. Sie haben mich im Lift erwischt! ...Sie sagten, das sei für Aquitania, das war der Name, den sie gebraucht haben... Aquitania. O Gott! Meg... die *Kinder*...!« Avery Fowlers Kopf wurde von einem Krampf auf die rechte Schulter geschleudert, dann stieß seine blutige Kehle den letzten Atem aus.

A. Preston Halliday war tot.

Converse stand im Regen, die Kleider durchnäßt, und starrte auf die unsichtbare Stelle im Wasser, wo noch vor einer Stunde die Fontäne in den Himmel geschossen war und verkündet hatte, daß *dies* Genf war. Der See war zornig, an die Stelle der eleganten weißen Segel war eine Unzahl weißer Schaumkronen getreten. Nirgends waren mehr Spiegelungen zu sehen. Aber von Norden her hallte ferner Donner. Aus den Alpen.

Und Joels Verstand war wie erstarrt.

2

Er ging an der langen, mit Marmor bedeckten Empfangstheke des Hotels Richemond vorbei, auf die Wendeltreppe zur Linken zu. Das war Gewohnheit; seine Suite befand sich im ersten Stock, und die messingvergitterten, mit weinfarbenem Samt ausgeschlagenen Lifts waren eher schön als schnell. Außerdem genoß er es, an den Vitrinen mit unerhört teurem, hell beleuchtetem Juwelenschmuck vorbeizugehen, die die Wände des eleganten Treppenhauses säumten – schimmernde Diamanten, blutrote Rubine, Colliers aus feingearbeitetem Gold. Irgendwie erinnerten sie ihn an die Wende, eine außergewöhnliche Wende. Für ihn. Für ein Leben, von dem er geglaubt hatte, daß es durch Gewalt enden würde, Tausende von Meilen entfernt, in einem Dutzend verschiedener und doch immer gleicher, von Ratten heimgesuchter Zellen, mit halb ersticktem Gewehrfeuer und den Schreien von Kindern in pechschwarzer Ferne. Diamanten, Rubine und Gold waren Symbole des Unerreichbaren und Unrealistischen, aber sie waren da, und er ging an ihnen vorbei, sah sie an, lächelte über ihre Existenz... und sie schienen seine Gegenwart zu bestätigen; große, leuchtende Augen von ungeheurer Tiefe, die ihn anstarrten und ihm sagten, daß sie da waren, daß *er* da war. Wende.

Aber jetzt sah er sie nicht, und sie bestätigten auch nicht seine Existenz. Er sah nichts, fühlte nichts; jede Faser seines Geistes und seines Körpers war wie betäubt, schien im luftleeren Raum zu hängen. Ein Mann, den er als Junge mit Namen gekannt hatte, war Jahre später in seinen Armen unter einem anderen Namen gestorben, und die Worte, die er im grauenerfüllten Moment des Todes geflüstert hatte, waren ebenso unverständlich wie lähmend. *Aquitania. Die haben gesagt, das sei für Aquitania...* Wo blieb da der gesunde Menschenverstand? Was bedeuteten die Worte, und weshalb war er in diesen Strudel hineingezogen worden? Er *war* hineingezogen worden, das wußte er, und jene schreckliche Manipulation war mit Verstand betrieben worden. Der Magnet war ein Name, ein Mann. George Marcus Delavane, der Todesfürst von Saigon.

»*Monsieur!*« Der halb unterdrückte Ruf kam von unten; er drehte sich auf der Treppe um und sah den förmlich gekleideten Concierge quer durch die Halle eilen und dann die Stufen hinauf. Der Mann hieß Henri, sie kannten einander seit beinahe fünf Jahren. Und ihre Freundschaft ging weit über das hinaus, was an Beziehung zwischen leitenden Hotelangestellten und Hotelgästen häufig besteht. Sie hatten öfter miteinander in Divonne-les-Bains gespielt, an den Bakkarat-Tischen auf der anderen Seite der französischen Grenze.

»Hello, Henri.«

»*Mon Dieu*, ist mit Ihnen alles in Ordnung, Joel? Ihr Büro hat mehrmals angerufen. Ich habe es im Radio gehört, ganz Genf spricht davon! *Narcotiques!* Drogen, Verbrechen, Waffen... *Mord!* Jetzt kommt das sogar zu uns!«

»Ist es das, was sie sagen?«

»Sie sagen, man hätte kleine Päckchen mit Kokain unter seinem Hemd gefunden, ein angesehener *avocat international*, der wahrscheinlich als Connection fungiert hat.«

»Das ist eine Lüge«, unterbrach Converse ihn.

»Das sagen die aber. Man hat auch Ihren Namen erwähnt; es heißt, er sei gestorben, als Sie ihn erreichten... man hat Sie natürlich nicht mit der Sache in Zusammenhang gebracht; Sie waren wie andere einfach nur dort. Ich habe Ihren Namen gehört und mir schreckliche Sorgen gemacht! Wo *waren* Sie?«

»Auf dem Polizeirevier, wo ich auf eine Menge Fragen geantwortet habe, die nicht zu beantworten sind.« *Fragen, die man beantworten konnte, aber die nicht er beantworten wollte, nicht den Behörden in Genf. Avery Fowler – Preston Halliday – hatte Besseres verdient. Das war ein Vermächtnis, das er im Tode angenommen hatte.*

»Herrgott, Sie sind ja ganz naß!« rief Henri besorgt. »Sie waren zu Fuß draußen im Regen, nicht wahr? Gab es denn kein Taxi?«

»Ich hab' nicht darauf geachtet, ich wollte zu Fuß gehen.«

»Natürlich, der Schock, ich verstehe. Ich schicke Ihnen Brandy aufs Zimmer, anständigen Armagnac. Und das Abendessen – vielleicht sollte ich Ihren Tisch im *Gentilshommes* absagen.«

»Danke. Geben Sie mir eine halbe Stunde Zeit, und lassen Sie die Zentrale für mich New York anrufen, ja? Ich selbst verwähle mich anscheinend immer.«

»Joel?«

»Was?«

»Kann ich helfen? Gibt es etwas, was Sie mir sagen sollten?« fragte der Schweizer. »Le concierge du Richemond ist hier, um den Gästen des Hotels zu dienen, wobei besonderen Gästen auch besondere Dienste zustehen, selbstverständlich... ich bin hier, wenn Sie mich brauchen, mein Freund.«

»Das weiß ich. Wenn ich eine falsche Karte aufdecke, sage ich Ihnen Bescheid.«

»Wenn Sie in der Schweiz *irgendeine* Karte aufdecken müssen, dann rufen Sie mich. Die Farben wechseln mit den Spielern.«

»Das werde ich mir merken. Eine halbe Stunde? Und denken Sie an mein Gespräch?«

»*Certainement, Monsieur.*«

Die Dusche war so heiß, wie seine Haut es eben noch ertragen konnte; der Wasserdampf füllte seine Lungen und ließ den Atem in seiner Kehle stocken. Dann zwang er sich dazu, einen eiskalten Schauer zu ertragen, bis ihm der Kopf zitterte. Er überlegte, daß der Schock dieses extremen Temperaturwechsels ihm vielleicht Klarheit in seine Gedanken bringen würde, zumindest aber die Benommenheit lösen. Er mußte nachdenken; er mußte entscheiden; er mußte zuhören.

Er kam aus dem Badezimmer, der weiße Frotteemantel lag bequem auf seiner Haut, und schlüpfte in ein Paar Hausschuhe, die neben dem Bett standen. Dann holte er sich Zigaretten und Feuerzeug vom Schreibtisch und ging ins Wohnzimmer hinaus.

Das Telefon klingelte. Die schrill rasselnde europäische Glocke zerrte an seinen Nerven. Er griff nach dem Hörer, der Apparat stand auf dem Tischchen neben der Couch. Sein Atem war kurz, und seine Hand zitterte. »Ja? Hallo?«

»Ich habe New York in der Leitung, Monsieur«, sagte die Stimme der Hotelvermittlung. »Ihr Büro.«

»Vielen Dank.«

»Mr. *Converse*?« Die eindringliche Stimme gehörte Lawrence Talbots Sekretärin.

»Hallo, Jane.«

»Du lieber Gott, wir versuchen seit zehn Uhr, Sie zu erreichen! Ist mit Ihnen alles in *Ordnung*? Wir haben es gegen zehn erfahren. Es ist alles so schrecklich!«

»Hier ist alles in Ordnung, Jane. Sie brauchen sich nicht zu sorgen.«

»Mr. Talbot ist außer sich. Er kann es nicht *glauben*!«

»Sie dürfen das, was man über Halliday sagt, auch nicht glauben. Das stimmt nicht. Kann ich bitte Larry sprechen?«

»Wenn er wüßte, daß Sie jetzt mit mir sprechen, würde er mich entlassen.«

»Nein, das würde er nicht. Wer würde denn dann seine Briefe schreiben?«

Die Sekretärin hielt kurz inne; als sie dann wieder sprach, klang ihre Stimme ruhiger. »Du lieber Gott, Joel, Sie sind wirklich das Letzte. Nach allem, was Sie durchgemacht haben, sind Sie noch zum Spaßen aufgelegt.«

»So ist es leichter, Jane. Und jetzt geben Sie mir Bubba, ja?«

»Sie sind wirklich das *Allerletzte*!«

Lawrence Talbot, Seniorpartner von Talbot, Brooks and Simon, war ein Anwalt von höchster Kompetenz, aber sein Aufstieg in der Welt der Gesetze war ebensosehr der Tatsache zu verdanken, daß er einer der wenigen All American Football-Spieler von Yale gewesen war, wie seinen Fähigkeiten im Gerichtssaal. Außerdem war er ein sehr anständiges freundliches Wesen, eher eine Art Koordinator als die treibende Kraft einer konservativen und doch höchst erfolgreichen Anwaltssozietät. Außerdem war er ungemein fair und einer der Menschen, die ihr Wort stets zu halten pflegen. Das war einer der Gründe, die Joel dazu veranlaßt hatten, in die Firma einzutreten. Ein weiterer Grund war Nathan Simon, ein Riese von einem Mann und Anwalt. Converse hatte von Nate Simon mehr gelernt als von jedem anderen Anwalt oder Professor, dem er je begegnet war. Zu Nathan fühlte er sich besonders hingezogen, und doch war es sehr schwer, Simon nahezukommen; man näherte sich diesem äußerst zurückgezogen lebenden Mann mit einer Mischung aus Zuneigung und Reserve.

Lawrence Talbot platzte am Telefon heraus: »Du lieber *Gott*, ich bin erschüttert! Was kann ich *sagen*? Was kann ich tun?«

»Zuallererst einmal sollten Sie diesen Unsinn über Halliday vergessen. Er war genausowenig ein Drogenkurier wie Nate Simon.«

»Dann haben Sie es also noch nicht gehört? Die haben das dementiert. Jetzt heißt es, man hätte versucht, ihn zu berauben; er hätte sich gewehrt. Und ihm wären die Päckchen unter das Hemd gestopft worden, nachdem er niedergeschossen worden war. Ich nehme an, daß Jack Halliday die Drähte von San Francisco aus zum Glühen gebracht und gedroht hat, die ganze Schweizer Regierung windelweich zu prügeln... Er hat für Stanford gespielt, wissen Sie.«

»Sie sind unmöglich, Bubba.«

»Ich hätte nie gedacht, daß es mir Spaß machen würde, das von Ihnen zu hören, junger Mann. Aber jetzt macht es mir Spaß.«

»Ganz so jung bin ich ja nun auch nicht mehr, Larry... Sie könnten etwas für mich klären: würden Sie das tun?«

»Wenn es in meiner Macht steht.«

»Anstett. Lucas Anstett.«

»Wir haben geredet. Nathan und ich haben zugehört, und er war sehr überzeugend. Wir verstehen.«

»Wirklich?«

»Nicht, was die Einzelheiten angeht; darauf wollte er nicht eingehen. Aber wir halten Sie für den besten Mann, den es dafür gibt, und so ist es uns nicht schwergefallen, seine Bitte zu erfüllen. T, B und S *hat* die besten Leute, und wenn ein Richter wie Anstett das in einem solchen Gespräch bestätigt, dann müssen wir uns doch gratulieren, oder?«

»Tun Sie das wegen seiner Position?«

»Du lieber Gott, *nein*. Er hat uns sogar gesagt, daß er uns im Falle einer Zusage künftig härter anpacken würde. Er ist wirklich ein harter Brocken, wenn er etwas von einem möchte. Er sagt einem glatt, daß er es einem schwerer machen wird, wenn man ihm zustimmt.«

»Haben Sie ihm geglaubt?«

»Nun, Nathan hat da etwas erwähnt, daß Ziegenböcke gewisse unveränderliche Kennzeichen hätten, die man nur unter großem Geschrei entfernen könnte, und es wäre besser, wenn wir ja sagten. Nathan drückt sich manchmal ein wenig verworren aus, aber verdammt noch mal, Joel, gewöhnlich hat er recht.«

»Wenn man drei Stunden Zeit hat, um sich eine fünfminütige Zusammenfassung anzuhören«, sagte Converse.

»Er denkt immer, junger Mann.«

»Jung und doch nicht mehr so jung. Alles ist relativ.«

»Ihre Frau hat angerufen... Entschuldigung, Ihre Exfrau.«

»Und?«

»Ihr Name ist im Radio oder im Fernsehen oder sonstwo erwähnt worden, und sie wollte wissen, was los ist.«

»Was haben Sie ihr gesagt?«

»Daß wir versuchten, Sie zu erreichen. Wir wußten auch nicht mehr als sie. Sie klang sehr aufgeregt.«

»Rufen Sie sie an und sagen Sie ihr, hier sei alles in Ordnung. Wollen Sie das bitte tun? Haben Sie die Nummer?«

»Jane hat sie.«

»Dann nehme ich also den Urlaub.«

»Bei vollem Gehalt«, sagte Talbot in New York.

»Das ist nicht notwendig, Larry. Ich bekomme eine Menge Geld, also schonen Sie die Buchhaltung. Ich bin in drei oder vier Wochen zurück.«

»Das könnte ich, aber das werde ich nicht«, sagte der Seniorpartner. »Ich weiß, wann ich den besten Mann habe, und ich beabsichtige, ihn zu halten. Wir überweisen es für Sie auf ein Bankkonto.« Talbot machte eine Pause und sprach dann leise und eindringlich weiter: »Joel, ich muß Sie das fragen. Hat diese Geschichte vor ein paar Stunden etwas mit der Anstett-Sache zu tun?«

Converses Hand krampfte sich so heftig um den Telefonhörer, daß sein Handgelenk und seine Finger schmerzten. »Überhaupt nichts, Larry«, sagte er. »Keinerlei Verbindung.«

Mykonos, von der Sonne durchtränkte, weiß getünchte Zykladeninsel, die seit der Eroberung durch Barbarossa Gastgeberin vieler Briganten der Meere gewesen war, die vor den Meltemi-Winden einhersegelten – Türken, Russen, Zyprioten und schließlich Griechen –, eine kleine Landmasse, die über die Jahrhunderte abwechselnd verehrt und wieder vergessen wurde, bis schließlich die schlanken Jachten und blitzenden Flugzeuge eintrafen, Symbole einer neuen Zeit. Jetzt jagten elegante Automobile – Porsches, Maseratis, Jaguars – über die schmalen Straßen, vorbei an blendendweißen Windmühlen und Alabasterkirchen.

Converse hatte den ersten Swiss-Air-Flug von Genf nach Athen genommen und war dort in eine kleinere Maschine der Olympic Airways umgestiegen. Obwohl der Zeitunterschied ihn eine Stunde gekostet hatte, war es noch nicht einmal vier Uhr nachmittags, als das Flughafentaxi sich durch die Straßen des heißen, blütenweißen Hafens wand und schließlich vor dem Eingang der Bank hielt. Sie lag an der Uferpromenade, und die Menge der geblümten Hemden und grellbunten Kleider, die Boote, die über die sanften Wellen zum Pier hinübertanzten, ließen ahnen, daß die riesigen Kreuzfahrtschiffe draußen im Hafen von einem äußerst geschäftstüchtigen Management verwaltet wurden.

Joel hatte die Bank vom Flughafen aus angerufen, weil er ihre Öffnungszeiten nicht wußte, sondern nur den Namen des Bankiers kannte, mit dem er Verbindung aufnehmen sollte. Kostas Laskaris begrüßte ihn am Telefon mit Vorsicht und ließ keinen Zweifel daran, daß er nicht nur einen Paß sehen wollte, sondern auch den Originalbrief von A. Preston Halliday mit seiner Unterschrift, und daß er diese Unterschrift gründlich überprüfen und mit der vergleichen würde, die der verblichene Mr. A. Preston Halliday bei der Bank hinterlegt hatte.

»Wie wir hören, ist er in Genf getötet worden. Das ist sehr bedauerlich.«

»Ich werde seiner Frau und seinen Kindern ausrichten, wie sehr Ihr Mitleid mich überwältigt hat.«

Converse zahlte das Taxi und stieg die wenigen weißen Stufen zum Eingang hinauf, die Reisetasche in der einen, den Aktenkoffer in der anderen Hand. Er war froh, daß ein uniformierter Wächter ihm die Tür öffnete.

Kostas Laskaris war ganz und gar nicht das, was Joel nach dem kurzen Telefongespräch erwartet hatte. Er war ein freundlich blickender Mann, Ende der Fünfzig, mit schütterem Haar und warmen, dunklen Augen, der das Englische einigermaßen fließend beherrschte, sich aber in der Sprache offensichtlich nicht sehr sicher fühlte. Als er sich von seinem Schreibtisch erhob und Converse einlud, auf einem Stuhl davor Platz zu nehmen, widerlegten seine ersten Worte Joels ursprünglichen Eindruck.

»Ich bitte um Entschuldigung, wenn meine Worte bezüglich Mr. Halliday grob geklungen haben sollten. Aber sein Tod *war* für uns wirklich bedauerlich, und ich weiß nicht, wie ich es sonst formulieren soll. Es ist schwierig, Mitgefühl für einen Menschen zu empfinden, den man nie gekannt hat.«

»Meine Antwort war unpassend. Bitte, vergessen Sie sie.«

»Sie sind sehr liebenswürdig, aber ich kann die Vorkehrungen nicht vergessen, die ... Mr. Halliday und sein Kollege hier in Mykonos vorgeschrieben haben. Ich brauche Ihren Paß und den Brief bitte.«

»Wer ist das?« fragte Joel und griff nach seinem Paß, in den er auch den Brief eingelegt hatte. »Der Kollege, meine ich.«

»Sie sind Anwalt, mein Herr, und es ist Ihnen sicher bewußt, daß die gewünschte Information Ihnen erst dann gegeben werden kann, wenn die Sperren sozusagen übersprungen sind. Zumindest glaube ich, daß das so richtig ist.«

»Ja, schon gut. Ich wollte es einfach einmal versuchen.« Er reichte Paß und Brief dem Bankier.

Laskaris nahm den Telefonhörer ab und drückte einen Knopf. Er sagte etwas in Griechisch und verlangte offensichtlich nach jemandem. Sekunden später öffnete sich die Tür, eine braungebrannte, attraktive dunkelhaarige Frau kam herein und ging mit graziösen Schritten auf den Schreibtisch zu. Sie hob die Augen und sah Joel an, der wußte, daß der Bankier ihn scharf beobachtete. Ein Zeichen von Converse, ein weiterer Blick – von ihm zu Laskaris –, und man würde ihn der Frau vorstellen, ein wortloses Versprechen würde folgen und ein vermutlich wichtiger Vermerk in den Akten eines Bankiers festgehalten werden. Aber Joel gab kein solches Zeichen; er wollte keinen derartigen Eintrag. Man nahm nicht eine halbe Million Dollar nur mit einem Kopfnicken entgegen und suchte dann um einen Bonus nach. Das deutete nicht auf Verläßlichkeit; das deutete auf etwas ganz anderes.

Die nächsten zehn Minuten verstrichen mit belangloser Plauderei über Flüge, Zollformalitäten und wie anstrengend doch das Reisen geworden sei. Dann wurden sein Paß und der Brief zurückgebracht. Freilich nicht von der dunkelhaarigen Schönheit, sondern von einem jungen blonden Adonis, der mit eleganten Ballettschritten auf den Schreibtisch zutänzelte. Laskaris zog alle Register; er war bereit, seinem wohlhabenden Besucher zu bieten, was immer dessen Herz begehrte.

Converse sah dem Griechen in die warmen Augen und lächelte, und dann wurde aus dem Lächeln ein leises Lachen. Laskaris erwiderte das Lächeln, zuckte die Schultern und entließ den Adonis.

»Ich bin hier zwar Filialleiter, mein Herr«, sagte er, als sich die Tür geschlossen hatte. »Aber ich habe nicht die Politik der ganzen Bank zu bestimmen. Immerhin sind wir hier auf Mykonos.«

»Und hier läuft eine Menge Geld durch«, fügte Joel hinzu. »Auf wen haben Sie denn getippt?«

»Auf keinen von beiden«, erwiderte Laskaris und schüttelte den Kopf. »Nur auf genau das, was Sie getan haben. Sonst wären Sie ein Narr, und dafür halte ich Sie nicht. Und außer auf die Leitung dieser Bankfiliale verstehe ich mich darauf, Menschen einzuschätzen.«

»Hat man deshalb Sie als Mittelsmann gewählt?«

»Nein, das ist nicht der Grund. Ich bin mit Mr. Hallidays Bekanntem hier auf der Insel befreundet. Er heißt Beale. Doktor Edward Beale... Sie sehen, alles ist in Ordnung.«

»Doktor?« fragte Converse und beugte sich vor, um seinen Paß und den Brief entgegenzunehmen. »Ein Arzt?«

»Nein«, erklärte Laskaris. »Er ist Wissenschaftler, ein pensionierter Geschichtsprofessor aus den Vereinigten Staaten. Er verfügt über eine ausreichende Pension und ist vor einigen Monaten aus Rhodos hierhergezogen. Ein höchst interessanter Mann, sehr belesen. Ich erledige seine finanziellen

Angelegenheiten – davon versteht er weniger, aber trotzdem ist er interessant.« Wieder lächelte der Bankier und zuckte die Schultern.

»Das hoffe ich«, sagte Joel. »Wir haben viel zu besprechen.«

»Das betrifft mich nicht, mein Herr. Wollen wir nun dazu kommen, wie der Betrag an Sie ausbezahlt werden soll?«

»Der größte Teil in bar. Ich habe mir in Genf einen dieser Geldgurte mit Sensoren gekauft – die Batterien haben ein Jahr Garantie. Wenn man ihn mir herunterreißt, ertönt eine winzige Sirene, die einem das Trommelfell zerreißen kann. Ich hätte gerne amerikanisches Geld – bis auf ein paar tausend natürlich.«

»Diese Art Gürtel sind sehr nützlich, mein Herr, aber nicht, wenn man bewußtlos ist oder niemand in der Nähe, der den Alarm hört. Darf ich Travellerschecks vorschlagen?«

»Wahrscheinlich haben Sie sogar recht, aber ich möchte lieber doch keine. Vielleicht will ich später einmal nicht unterschreiben.«

»Wie Sie wünschen. Was für Scheine hätten Sie denn gerne?« fragte Laskaris, den Bleistift in der Hand. »Und wohin soll der Rest geschickt werden?«

»Ist es möglich«, erwiderte Converse zögernd, »das Konto so einzurichten, daß mein Name zwar nicht erscheint, es mir aber dennoch zugänglich ist?«

»Selbstverständlich, mein Herr. Offen gestanden, das wird auf Mykonos häufig so gemacht... ebenso wie auf Kreta und Rhodos, in Athen, Istanbul und vielen Teilen Europas. Die Beschreibung wird telegrafisch durchgegeben und dazu einige Worte in Ihrer Handschrift, ein anderer Name oder Ziffern. Ein Mann, den ich kannte, benutzte einen Kindervers. Und dann vergleicht man später beides. Man braucht dazu natürlich eine erfahrene Bank.«

»Natürlich. Nennen Sie mir ein paar.«

»Wo?«

»In London... Paris... Bonn... vielleicht Tel Aviv«, sagte Joel und versuchte, sich an Hallidays Worte zu erinnern.

»Bonn ist nicht einfach; die sind manchmal wenig flexibel.

Irgendwo ein falscher Apostroph, und schon rufen sie die Behörden. Tel Aviv ist einfach; das Geld fließt dort frei. London und Paris machen ebenfalls keine Schwierigkeiten. Die sind nur sehr habgierig. Eine Auszahlung dort wird Sie eine Menge kosten, denn die wissen, daß Sie sich nicht sträuben können, nachdem es sich ja um nicht deklariertes Geld handelt. Sehr korrekt, sehr käuflich und sehr diebisch.«

»Sie kennen sich aus, oder?«

»Ich habe meine Erfahrungen gemacht, mein Herr. Und wie steht es jetzt mit der Auszahlung hier?«

»Ich will hunderttausend jetzt – keine größeren Scheine als Fünfhundert-Dollar-Noten. Den Rest können Sie aufteilen und mir sagen, wie ich an das Geld herankomme, wenn ich es brauche.«

»Das ist kein schwieriger Auftrag, mein Herr. Wollen wir anfangen, Namen aufzuschreiben oder Zahlen... oder Kinderverse?«

»Zahlen«, sagte Converse. »Ich bin Anwalt. Namen und Kinderverse gehören in eine Dimension, in der ich jetzt nicht denken möchte.«

»Wie Sie wünschen«, sagte der Grieche und griff nach einem Block. »Und hier ist Dr. Beales Telefonnummer. Wenn wir unser Geschäft abgeschlossen haben, können Sie ihn anrufen... oder auch nicht, ganz wie Sie wünschen. Das ist dann nicht mehr meine Sache.«

Dr. Edward Beale, Einwohner von Mykonos, sprach am Telefon mit gemessenen Worten in der langsamen, gedehnten Sprechweise des Wissenschaftlers. Nichts verlief in Hast, nichts hatte Eile, alles war wohl überlegt.

»Da ist ein Strand – mehr Felsen als Strand, nachts ist dort niemand –, etwa sieben Kilometer vom Hafen entfernt. Gehen Sie dorthin. Nehmen Sie die Weststraße an der Küste, bis Sie die Lichter von ein paar Bojen sehen, die dort auf den Wellen schwimmen. Kommen Sie herunter zum Wasser. Dort werde ich Sie finden.«

Die Nachtwolken wurden von den Höhenwinden über den Himmel getrieben, nur sporadisch fiel das Mondlicht durch die Wolkendecke und beleuchtete den verlassenen Strandstreifen, der als Treffpunkt vereinbart war. Weit draußen auf dem Wasser tanzten die roten Lichter von vier Bojen auf und nieder. Joel kletterte über die Felsen auf den weichen Sand und ging hinunter zum Wasser. Er konnte jetzt die kleinen Wellen der Brandung sehen, die endlos dem Ufer zustrebten und sich wieder zurückzogen. Er zündete sich eine Zigarette an und erwartete, daß die Flamme seine Anwesenheit verkünden würde. Das tat sie auch. Wenige Augenblicke später ertönte hinter ihm in der Finsternis eine Stimme, aber die Begrüßung war ganz anders als das, was er von einem älteren, pensionierten Wissenschaftler erwartet hätte.

»Bleiben Sie, wo Sie sind, und keine Bewegung«, war der erste Befehl, leise und im Befehlston gesprochen. »Nehmen Sie die Zigarette in den Mund und inhalieren Sie. Dann heben Sie die Arme und strecken Sie vor sich aus... Gut. Jetzt rauchen Sie; ich will den Rauch sehen.«

»Herrgott, ich ersticke ja«, schrie Joel und hustete; die Meeresbrise wehte ihm den Rauch zurück in die Augen. Dann konnte er plötzlich die scharfen, schnellen Bewegungen einer Hand spüren, die seine Kleider abtastete, ihm über die Brust fuhr und dann zwischen den Beinen hoch. »Was *machen* Sie da?« schrie er und spuckte dabei unwillkürlich die Zigarette aus.

»Sie haben keine Waffe«, sagte die Stimme.

»*Natürlich* nicht!«

»Ich schon. Sie können jetzt die Arme senken und sich umdrehen.«

Converse fuhr, immer noch hustend, herum und rieb sich die tränenden Augen. »Sie verrückter Hundesohn!«

»Eine scheußliche Angewohnheit, diese Zigaretten. An Ihrer Stelle würde ich das Rauchen aufgeben. Abgesehen von den schrecklichen Folgen, die es hat, sehen Sie jetzt, wie man es auch noch auf andere Weise gegen jemanden einsetzen kann.«

Joel blinzelte und starrte den Mann an, der zu ihm gesprochen hatte. Der Sprecher war ein schlanker, weißhaariger, mittelgroßer, alter Mann, der sich freilich sehr aufrecht hielt und anscheinend eine weiße Leinenjacke und ebensolche Hosen trug. Sein Gesicht – das, was man im Mondlicht davon sehen konnte – war von tiefen Falten durchzogen, und um seine Lippen spielte ein leichtes Lächeln. Außerdem hielt er eine Waffe in der Hand, die, ohne zu zittern, auf Joels Kopf gerichtet war. »Sie sind *Beale*?« fragte Joel, »Dr. *Edward* Beale?«

»Ja. Haben Sie sich wieder beruhigt?«

»Wenn man bedenkt, welchen Schock mir Ihre freundliche Begrüßung bereitet hat, kann man das wohl sagen.«

»Gut. Dann stecke ich das Ding weg.« Der Wissenschaftler ließ die Waffe sinken und kniete neben einem Bündel, das im Sand lag, nieder. Er schob die Waffe hinein und richtete sich wieder auf. »Tut mir leid, aber ich mußte sichergehen.«

»Inwiefern? Ob ich einen Anschlag geplant habe oder nicht?«

»Halliday ist tot. Hätte an Ihrer Stelle nicht auch ein anderer kommen können? Jemand mit dem Auftrag, einen alten Mann in Mykonos zu erledigen? In dem Fall hätte der Betreffende ganz sicher eine Pistole gehabt.«

»Warum?«

»Weil er unmöglich hätte wissen können, daß ich ein alter Mann bin. *Ich* hätte auch einen Anschlag planen können.«

»Wissen Sie, es wäre ja möglich gewesen – entfernt möglich –, daß ich eine Waffe gehabt hätte. Hätten Sie mir dann eine Kugel durch den Kopf gejagt?«

»Ein angesehener Anwalt, der zum ersten Mal auf die Insel kommt und die Sicherheitskontrolle des Flughafens von Genf passieren mußte? Wo hätten Sie sie herhaben sollen? Wen konnten Sie auf Mykonos kennen?«

»Man hätte das arrangiert haben können«, protestierte Converse nicht sehr überzeugt.

»Ich habe Sie seit Ihrer Ankunft beobachten lassen. Sie sind sofort zur Bank gefahren und dann zum Kouneni-Hotel, wo Sie im Garten saßen und etwas getrunken haben, ehe Sie auf Ihr Zimmer gingen. Abgesehen von dem Taxifahrer, meinem Freund Kostas, dem Angestellten am Empfang und dem Kellner im Garten haben Sie mit niemandem gesprochen. Solange Sie wirklich Joel Converse waren, war ich außer Gefahr.«

»Sie klingen ja eher wie ein Gorilla aus Detroit und nicht wie der Bewohner eines Elfenbeinturms.«

»Ich habe mich nicht immer in der akademischen Welt bewegt. Aber zugegeben, ich war vorsichtig. Ich glaube, wir müssen alle sehr vorsichtig sein. Wenn man mit einem George Marcus Delavane zu tun hat, ist das die einzig vernünftige Strategie.«

»Vernünftige Strategie?«

»Vorgehensweise, wenn Sie das lieber hören.« Beale griff in die Innentasche seines Jacketts und entnahm ihr ein zusammengefaltetes Blatt Papier. »Hier sind die Namen«, sagte er und reichte Joel das Papier. »Delavane hat hier drüben fünf Schlüsselfiguren für seine Pläne aufgebaut. Je eine in Frankreich, Westdeutschland, Israel, Südafrika und England. Vier haben wir identifiziert – die ersten vier –, aber den Engländer können wir nicht finden.«

»Und wie sind Sie an die anderen herangekommen?«

»Durch Notizen, die sich bei Delavanes Geschäftspapieren befanden. Halliday entdeckte sie, als der General sein Klient war.«

»War das der Zwischenfall, den er erwähnt hat? Er sagte, es sei ein Zufall gewesen, der nicht wieder passieren würde.«

»Ich weiß natürlich nicht, was er Ihnen gesagt hat, aber es war ganz sicher ein Zufall. Eine Gedächtnisschwäche Delavanes, so etwas, kann ich Ihnen persönlich versichern, widerfährt alternden Menschen oft. Der General hatte einfach vergessen, daß er mit Halliday verabredet war. Als Preston kam, führte seine Sekretärin ihn in das Büro des Generals, damit er die Papiere für Delavane vorbereiten konnte, den man eine halbe Stunde später erwartete. Preston sah einen Aktenordner auf dem Schreibtisch des Generals. Er kannte den Ordner, wußte, daß er Material enthielt, das er überprüfen konnte. Ohne sich etwas dabei zu denken, setzte er sich und begann zu arbeiten. Er fand die Namen, und nachdem er

Delavanes letzte Reiseroute durch Europa und Afrika kannte, war ihm plötzlich alles klar – auf höchst erschreckende Art. Für jemanden mit politischem Bewußtsein sind diese vier Namen erschreckend – sie beschwören furchterregende Erinnerungen herauf.«

»Hat Delavane je erfahren, daß Halliday diese Namen gesehen hat?«

»Nach meiner Ansicht konnte er nie sicher sein. Halliday hat sie aufgeschrieben und das Büro vor der Rückkehr des Generals verlassen. Aber dann sind da die Ereignisse in Genf, und die veranlassen zu einem ganz anderen Schluß, nicht wahr?«

»Daß Delavane es doch erfahren hat«, sagte Converse düster.

»Oder daß er einfach kein weiteres Risiko eingehen wollte, besonders, wenn es einen Zeitplan gibt. Wir sind überzeugt, daß es einen gibt. Wir müssen uns bereits in der Countdown-Phase befinden.«

»Ein Countdown wofür?«

»Nach dem, was wir dem Muster ihrer bisherigen Vorgehensweise entnehmen konnten – wie wir es uns Stück für Stück zusammenkombiniert haben –, eine Reihe gut geplanter Anschläge, deren Ziel es ist, Regierungen zu stürzen.«

»Das sind große Worte. Aber auf welche Weise sollte das geschehen?«

»Eine Vermutung«, sagte der Wissenschaftler und runzelte die Stirn. »Wahrscheinlich über viele Länder verbreitete und zeitlich aufeinander abgestimmte Ausbrüche von Gewalt, die von Terroristen angeführt werden – Terroristen, die Delavane und seine Leute aufgehetzt und finanziert haben. Wenn das Chaos unerträglich wird, ist das für sie der Vorwand, das Militär aufmarschieren zu lassen und die Kontrolle zu übernehmen, zunächst unter Kriegsrecht.«

»Das wäre nicht das erstemal, daß so etwas geschieht«, sagte Joel. »Zuerst füttert und bewaffnet man einen Feind, dann schickt man Provokateure aus...«

»Mit beträchtlichen Geldern und reichlich Material«, ergänzte Beale.

»Und wenn die sich dann erheben«, fuhr Converse fort, »dann zieht man ihnen den Teppich unter den Füßen weg, erschlägt sie und übernimmt die Macht. Die Bürger sind dankbar, bezeichnen die Retter als Helden und beginnen zum Klang ihrer Trommeln zu marschieren. Aber wie sollten sie das *schaffen*?«

»Das ist die große Frage. Wo liegen die Ziele? Wo sind sie? *Wer* sind sie? Wir haben keine Ahnung. Wenn wir auch nur die leiseste Ahnung hätten, dann könnten wir etwas unternehmen, aber wir wissen nichts, und haben nicht die Zeit, um auf Unbekannte Jagd zu machen. Wir müssen uns an das klammern, was wir haben.«

»Wieder geht es um Zeit«, fiel Joel ihm ins Wort. »Was macht Sie so sicher, daß wir uns bereits in einem Countdown befinden?«

»Die zunehmende Aktivität überall – in manchen Fällen geradezu Hektik. Sendungen, die von den Vereinigten Staaten ausgehen, werden über Umschlaglager in England, Irland, Frankreich und Deutschland an Gruppen von Aufständischen in allen Krisengebieten verteilt. Es gibt Gerüchte, die von München ausgehen, dem Mittelmeer und den Araberstaaten. Es geht die Rede von letzten Vorbereitungen, aber keiner scheint zu wissen, worauf – nur daß jedermann bereit sein müsse. Es ist gerade so, als wären Gruppen wie Baader-Meinhof, die Roten Brigaden, die PLO und die Roten Legionen von Paris und Madrid zu einem Wettlauf angetreten, bei dem keiner die Strecke kennt, nur den Augenblick, in dem alles beginnen soll.«

»Und wann ist das?«

»Unsere Berichte sind in diesem Punkt unterschiedlich, aber sie bewegen sich alle in derselben Zeitspanne. Zwischen drei und fünf Wochen.«

»*O mein Gott!*« Plötzlich fiel Joel etwas wieder ein. »Avery – *Halliday* hat mir kurz vor seinem Tod etwas zugeflüstert. Worte der Männer, die ihn erschossen haben. ›Aquitania ... die haben gesagt, das sei für Aquitania.‹ Das waren die Worte, die er mir zuflüsterte. Was bedeuten sie, Beale?«

Der alte Wissenschaftler blieb stumm, nur seine Augen

lebten in dem schwachen Mondlicht. Dann wandte er langsam den Kopf ab und starrte, tief in Gedanken versunken, aufs Meer hinaus. »Das ist *Wahnsinn*«, flüsterte er.

»Das sagt mir überhaupt nichts.«

»Nein, natürlich nicht«, erwiderte Beale schnell, als wolle er um Nachsicht bitten, und drehte sich dann wieder zu Converse herum. »Es ist einfach unglaublich, welches Ausmaß das angenommen hat.«

»Ich verstehe kein Wort.«

»Aquitania war in der Zeit des Römerreiches der Name einer Region in Südfrankreich, die sich in den ersten Jahrhunderten nach Christus vom Atlantik quer über die Pyrenäen bis zum Mittelmeer erstreckt haben soll und im Norden bis zur Seinemündung, westlich von Paris an der Küste...«

»Daran kann ich mich vage erinnern«, unterbrach Joel ihn, der jetzt zu ungeduldig war, um sich einen akademischen Vortrag anzuhören.

»So, das wäre sehr lobenswert. Die meisten Leute erinnern sich nur an spätere Jahrhunderte, etwa beginnend mit dem achten, in dem Karl der Große die Region eroberte und dort das Königreich Aquitanien gründete und es seinem Sohn Ludwig und dessen Söhnen Pippin, Lothar und Ludwig hinterließ. Tatsächlich sind diese Jahre und die darauffolgenden dreihundert die wesentlichsten.«

»Wofür?«

»Für die *Legende* von Aquitanien, Mr. Converse. Wie die meisten ehrgeizigen Generale sieht Delavane in sich einen Studenten der Geschichte – in der Tradition eines Cäsar, Napoleon, von Clausewitz... selbst Patton. Mich hat man zu Recht oder zu Unrecht als Gelehrten angesehen, aber er bleibt ein Student, und so sollte es auch sein. Gelehrte dürfen sich ohne hinreichendes Beweismaterial keine Freiheiten nehmen – oder sollten das nicht –, aber Studenten können das und tun das für gewöhnlich auch.«

»Worauf wollen Sie hinaus?«

»Die Legende von Aquitanien beginnt sich zu verwirren. Das Was-wäre-wenn gewinnt die Oberhand über die Tatsachen, bis theoretische Vermutungen aufgestellt werden, die das Beweismaterial verzerren. Sehen Sie, die Geschichte Aquitaniens ist erfüllt von plötzlichen riesigen Ausdehnungen und abrupten Zusammenbrüchen. Um es zu vereinfachen: Ein phantasiebegabter Student der Geschichte könnte sagen, wenn es keine politischen, dynastischen und militärischen Fehlkalkulationen seitens Karls des Großen, seines Sohnes und der drei Söhne gegeben hätte und später Ludwigs des Siebten von Frankreich und Heinrichs des Zweiten von England, die *beide* mit der außergewöhnlichen Eleonore verheiratet waren, dann hätte das Königreich Aquitanien den größten Teil Europas, wenn nicht ganz Europa umfaßt.« Beale machte eine Pause. »Beginnen Sie zu verstehen?« fragte er.

»Ja«, sagte Joel. »Du großer Gott, ja.«

»Das ist noch nicht alles«, fuhr der Gelehrte fort. »Da Aquitanien einstmals als rechtmäßiges Besitztum Englands angesehen wurde, hätte es im Laufe der Zeit sämtliche ausländischen Kolonien Englands umfaßt, darunter auch die ursprünglichen dreizehn auf der anderen Seite des Atlantiks. Und später die Vereinigten Staaten von Amerika... Natürlich hätte das alles, mit oder ohne Fehlkalkulationen, nie eintreten können, weil ein fundamentales Gesetz der westlichen Zivilisation dagegenspricht, eines, das seit der Absetzung von Romulus Augustus und dem Zusammenbruch des Römischen Reiches gilt. Man kann nicht unterschiedliche Völker und ihre Kulturen zuerst niederzwingen und dann gewaltsam vereinen – nicht über längere Zeit hinweg.«

»Und das versucht jetzt jemand«, sagte Converse. »George Marcus Delavane.«

»Ja. In seinem Geist hat er ein Aquitanien konstruiert, das es nie gegeben hat, das es nie hat geben können. Und es kann einem Angst und Schrecken einjagen.«

»Warum? Sie sagten doch gerade, daß es so etwas nicht geben kann.«

»Nicht nach den alten Regeln, nicht in irgendeiner Periode seit dem Fall Roms. Aber Sie müssen sich erinnern, daß es in der ganzen aufgezeichneten Geschichte niemals eine Zeit *wie diese* gegeben hat. Niemals solche Waffen, solche Angst.

Delavane und seine Leute wissen das, und auf jene Waffen, jene Ängste werden sie bauen. Sie tun es bereits.« Der alte Mann deutete auf das Blatt Papier in Joels Hand. »Sie haben Streichhölzer. Zünden Sie eines an und sehen Sie sich die Namen an.«

Converse faltete das Blatt auseinander, griff in die Tasche und holte sein Feuerzeug heraus. Er entzündete es, so daß die Flamme das Papier beleuchtete, während er die Namen studierte. »Mein *Gott!*« sagte er bestürzt und runzelte die Stirn. »Die passen so recht zu Delavane, dem Schlächter. Das ist eine Sammlung von rastlosen Kriegern, wenn das die Männer sind, für die ich sie halte.« Joel ließ die Flamme wieder verlöschen.

»Das sind sie«, erwiderte Beale, »angefangen mit General Jacques Louis Bertholdier in Paris, einem bemerkenswerten, einem außerordentlichen Mann. Ein Kämpfer in der Résistance während des Kriegs, den man zum Major ernannte, ehe er noch zwanzig Jahre alt war, und später ein Mitglied von Salans OAS. Er stand hinter einem Attentatsversuch auf de Gaulle im August zweiundsechzig, da er sich selbst als den wahren Führer der Republik sah. Beinahe hätte er es geschafft. Er glaubte damals, ebenso wie er es heute noch glaubt, daß die algerischen Generale die Rettung eines geschwächten Frankreichs gewesen wären. Er hat überlebt, nicht nur, weil er eine Legende ist, sondern weil seine Stimme nicht allein ist – nur daß er mehr Überzeugungskraft als die meisten besitzt. Besonders bei der Elite vielversprechender Offiziere, die in Saint-Cyr ausgebildet werden. Einfacher ausgedrückt, er ist ein Faschist, ein Fanatiker, der sich hinter einem Schleier hervorragender Respektabilität verbirgt.«

»Und der hier, dieser Abrahms«, fragte Converse. »Das ist doch dieser starke Mann in Israel, der in einer Safarijacke und in Stiefeln herumstolziert, nicht wahr? Der Schreier, der Versammlungen vor der Knesset und in den Stadien abhält und jedem sagt, daß es in Judäa und Samaria ein Blutbad geben wird, wenn man den Kindern Abrahams ihre Rechte versagt. Selbst seine eigenen Leute können ihn nicht zum Schweigen bringen.«

»Viele haben Angst vor ihm; er elektrisiert die Massen wie ein Blitz, er ist ein Symbol geworden. Chaim Abrahms und seine Gefolgsleute lassen die ehemalige Begin-Regierung wie zurückhaltende, schüchterne Pazifisten erscheinen. Er ist ein Sabre, den die europäischen Juden tolerieren, weil er ein brillanter Soldat ist, der sich in zwei Kriegen ausgezeichnet hat und den Respekt – wenn nicht die Zuneigung – jedes Verteidigungsministers seit den frühen Jahren Golda Meïrs genossen hat. Sie wissen nie, wann sie ihn vielleicht wieder im Feld brauchen.«

»Und der hier«, sagte Joel und ließ sein Feuerzeug wieder aufflammen. »Van Headmer. Südafrika, nicht wahr? Der ›Henker in Uniform‹ oder so ähnlich.«

»Jan van Headmer, von den Schwarzen auch ›Schlächter von Soweto‹ genannt. Seine Familie ist von reinstem Afrikaandergeblüt, alles Generale bis zurück in die Burenkriege, und er sieht keinerlei Veranlassung, Pretoria ins zwanzigste Jahrhundert zu führen. Übrigens ist er ein enger Freund von Abrahms und reist häufig nach Tel Aviv. Daneben ist er einer der gebildetsten und charmantesten Generale, die je an einer Diplomatenkonferenz teilgenommen haben. Sein Auftreten straft sein Image und seinen Ruf Lügen.«

»Und Leifhelm«, schloß Converse und klappte sein Feuerzeug wieder zu. »Eine schillernde Persönlichkeit, wenn ich mich nicht täusche. Er soll ein hervorragender Soldat sein, der zu viele Befehle ausgeführt hat, aber man respektiert ihn. Über ihn weiß ich am wenigsten.«

»Durchaus verständlich«, sagte Beale und nickte. »In mancher Hinsicht ist seine Geschichte die seltsamste – eigentlich die ungeheuerlichste, weil man die Wahrheit so geschickt verdeckt hat, um ihn benutzen und Peinlichkeiten vermeiden zu können. Feldmarschall Erich Leifhelm war der jüngste von Adolf Hitler berufene General. Er sah Deutschlands unvermeidlichen Zusammenbruch rechtzeitig voraus und vollführte eine Kehrtwendung. Eine Kehrtwendung vom brutalen Killer und fanatischen Überarier zum zerknirschten Berufssoldaten, der Abscheu vor den Naziverbrechen empfand, als sie ihm ›offenbart‹ wurden. Er täuschte alle und wurde von jeder Schuld freigesprochen; den Nürnberger Gerichtssaal hat er nie von innen gesehen. Während des kalten Krieges haben die Alliierten dann seine Dienste gründlich genutzt und ihm volle Sicherheitsfreigabe erteilt. Als später in den fünfziger Jahren die neuen deutschen Divisionen in die Nato-Streitkräfte integriert wurden, sorgten sie dafür, daß er das Kommando erhielt.«

»Hat es nicht vor ein paar Jahren einige Zeitungsberichte über ihn gegeben? Er hatte doch ein paar Zusammenstöße mit Helmut Schmidt, oder?«

»Richtig«, nickte der pensionierte Gelehrte. »Aber die Berichte waren sehr zahm und enthielten nur die halbe Wahrheit. Man zitierte Leifhelm nur in der Weise, daß man vom deutschen Volk nicht erwarten könne, die Last vergangener Schuld auch in künftigen Generationen zu tragen. Das müsse aufhören. Die Nation solle ihren Stolz zurückgewinnen. Dazu kam etwas Säbelrasseln, das sich gegen die Sowjets richtete. Aber nichts Wesentliches, was darüber hinausging.«

»Und was war die andere Hälfte?« fragte Converse.

»Er wollte, daß die Einschränkungen im Grundgesetz bezüglich der bewaffneten Streitkräfte völlig aufgehoben würden und kämpfte um eine Ausweitung der Geheimdienstaktivitäten nach dem Muster der Abwehr. Außerdem verlangte er Bewährungsmaßnahmen gegen politische Unruhestifter, und er wollte, daß die deutschen Schulbücher in wesentlichen Punkten geändert würden. ›Der Stolz muß wiederhergestellt werden‹, sagte er immer wieder, und das alles im Namen eines kämpferischen Antikommunismus.«

Wieder entzündete Joel sein Feuerzeug, so als wäre ihm etwas wieder eingefallen, das er gesehen hatte. Er warf einen Blick auf den unteren Teil des Blattes. Da waren zwei Namenlisten, die linke Reihe unter der Überschrift *State Department*, die rechte unter dem Wort *Pentagon*. Insgesamt waren es vielleicht fünfundzwanzig Leute. »Wer sind die Amerikaner?« Er ließ den Hebel los, und die Flamme erlosch, worauf er das Feuerzeug wieder einsteckte. »Die Namen bedeuten mir nichts.«

»Einige sollten das, aber das ist nicht wichtig«, sagte Beale geheimnisvoll. »Worauf es ankommt, ist, daß Männer darunter sind, die sich als Schüler von Georges Delavane betrachten. Sie führen seine Befehle durch. Wie viele es sind, ist schwer zu sagen!«

»Herrgott, das ist... ein *Netz*«, sagte Converse mit leiser Stimme.

Der Gelehrte sah Joel scharf an, und das von der See reflektierte Licht spiegelte sich in dem bleichen, von Linien durchzogenen Gesicht des alten Mannes. »Ja, Mr. Converse. Ein ›Netz‹. Ein Mann, der mich für einen Angehörigen der Gruppe hielt, hat mir dieses Wort zugeflüstert. ›Das Netz‹, sagte er. ›Das Netz wird sich um Sie kümmern.‹ Damit meinte er Delavane und seine Leute.«

»Warum hielten die Sie damals für einen der Ihren?«

Der alte Mann machte eine Pause. Er wandte kurz den Blick ab, hinaus auf die schimmernde Fläche der Ägäis, und sah dann wieder Converse an. »Weil *jener* Mann das für logisch hielt. Ich habe vor dreißig Jahren die Uniform abgelegt und sie gegen den Tweedanzug eines Universitätsprofessors eingetauscht. Das konnten nur wenige meiner Kollegen begreifen, weil ich damals einer aus der Elite war, vielleicht so etwas wie eine verspätete amerikanische Version von Erich Leifhelm – ein Brigadegeneral mit achtunddreißig, der damit rechnen konnte, bald zu den Vereinigten Stabschefs berufen zu werden. Aber so wie der Zusammenbruch Berlins und Hitlers Selbstmord eine bestimmte Wirkung auf Leifhelm hatten, so hatten die Evakuierung Koreas und die Vernichtung Panmunjoms genau die entgegengesetzte Wirkung auf mich. Ich sah nur die Verschwendung, nicht mehr das Ziel, die große Sache; nur die Sinnlosigkeit, wo früher einmal gute Gründe gewesen waren. Ich sah den Tod, Mr. Converse, nicht den heroischen Tod im Kampf gegen wilde Horden. Ich sah einen häßlichen Tod, einen alles vernichtenden Tod, und ich wußte, daß ich nicht länger Teil von Strategien sein konnte, die diesen Tod verlangten... Wäre mein Glaube tiefer gewesen, wäre ich wahrscheinlich Priester geworden.«

»Aber Ihre Kollegen, die das nicht begreifen konnten«, sagte Joel, den Beales Worte faszinierten, Worte, die ihm so viel bedeuteten, »die glaubten, etwas anderes stünde dahinter?«

»Natürlich haben sie das getan. Ich war in meinen Beurteilungen hoch gelobt worden, selbst vom heiligen MacArthur persönlich. Ich hatte sogar mein Etikett weg: der Rote Fuchs von Inchon – mein Haar war damals rot. Meine Befehlsbereiche zeichneten sich durch schnelle, entscheidende Maßnahmen und Gegenmaßnahmen aus, alle vernünftig durchdacht und schnell durchgeführt. Und dann erhielt ich eines Tages im Süden von Chunchon den Befehl, drei parallel liegende Hügel einzunehmen – Punkte ohne strategischen Wert –, und ich funkte zurück, daß es nutzloses Terrain sei, daß es die Opfer, die wir bei der Einnahme erleiden müßten, nicht wert sein würde. Ich erbat eine weitere Erklärung – auf die Weise sagt ein Frontoffizier, ›Ihr seid verrückt, weshalb sollte ich?‹ Die Antwort kam in weniger als fünfzehn Minuten. ›Weil die Hügel da sind, General.‹ Das war alles. ›Weil die Hügel da sind.‹ Es ging also um ein Symbol für irgend jemanden, jemand brauchte eine heroische Tat für eine Pressekonferenz in Seoul... Ich nahm die Hügel ein und vergeudete damit das Leben von über dreihundert Männern – und mir wurde die Tapferkeitsmedaille verliehen.«

»Und dann haben Sie den Dienst quittiert?«

»Du lieber Gott, nein; ich war zu verwirrt, aber in meinem Schädel kochte es. Dann kam das Ende, und ich erlebte Panmunjom mit und wurde schließlich nach Hause geschickt mit großen Erwartungen... Dann versagte man mir eine kleine Beförderung aus sehr gutem Grund: Ich beherrschte die Sprache eines sehr wichtigen europäischen Landes nicht, in dem der Posten zu besetzen war. Aber da war es in meinem Kopf bereits zur Explosion gekommen; ich benutzte die Zurückweisung als letzten Anlaß, reichte meinen Abschied ein und ging meiner Wege.«

Jetzt war Joel an der Reihe, den alten Mann prüfend anzusehen. »Ich habe nie von Ihnen gehört«, sagte er schließlich. »Warum habe ich nie von Ihnen gehört?«

»Sie haben die Namen auf den beiden Listen auch nicht erkannt, oder? ›Wer sind die Amerikaner?‹ sagten Sie. ›Mir sagen die Namen nichts.‹ Das waren doch Ihre Worte.«

»Das waren auch keine jungen, hochdekorierten Generale – Helden – in einem Krieg.«

»O doch, einige waren das schon«, unterbrach ihn Beale schnell, »in einigen Kriegen sogar. Sie hatten ihre flüchtigen Augenblicke im Glanz der Sonne, und dann hat man sie vergessen, und nur sie selbst erinnerten sich noch an jene Augenblicke, erlebten sie aufs neue. Immer wieder.«

»Das klingt ja wie eine Entschuldigung.«

»Natürlich ist es das! Glauben Sie denn, ich hätte keine Gefühle für sie? Für Männer wie Chaim Abrahms, Bertholdier, sogar Leifhelm? Wir rufen nach diesen Männern, wenn die Barrikaden gefallen sind; wir preisen sie, weil sie Dinge tun, zu denen wir nicht fähig sind...«

»*Sie* waren dazu fähig. Sie haben diese Dinge getan.«

»Sie haben recht, und deshalb *verstehe* ich diese Männer auch.«

Eine Bö kam vom Meer heran, und der Sand zu ihren Füßen wurde aufgewirbelt. »Dieser Mann«, sagte Converse, »der, der gesagt hat, das Netz würde sich um Sie kümmern. Weshalb hat er das gesagt?«

»Weil er glaubte, sie könnten mich benutzen. Er war einer der Frontkommandeure, die ich in Korea kannte. Damals sozusagen ein Bruder im Geiste. Er kam auf meine Insel – ich weiß nicht, aus welchem Grund. Vielleicht Ferien, vielleicht um mich zu finden, *wer* weiß – und er fand mich auf der Hafenpromenade. Ich war gerade auf dem Weg zu meinem Boot, als er plötzlich in der Morgensonne auftauchte, hochgewachsen, aufrecht und sehr militärisch. ›Wir müssen miteinander reden‹, sagte er mit dem gleichen Nachdruck, den er auch an der Front immer an sich hatte... Ich forderte ihn auf, an Bord zu kommen, und wir fuhren langsam aus der Bucht hinaus. Als wir dann ein paar Meilen weit draußen waren, trug er mir seine Sache vor, *ihre* Sache. *Delavanes* Sache.«

»Und was geschah dann?«

Der alte Mann hielt genau zwei Sekunden inne und antwortete dann ausdruckslos. »Ich habe ihn getötet. Mit einem Schuppenmesser. Und dann habe ich seine Leiche über Bord geworfen, bei den Untiefen von Stephanos, wo es immer Haie gibt.«

Joel starrte den Mann erschüttert an; das irisierende Licht des Mondes trug noch das Seine zu dieser makabren Enthüllung bei. »Einfach so?« fragte er tonlos.

»Das ist es, wozu man mich ausgebildet hat, Mr. Converse. Ich war der Rote Fuchs von Inchon. Ich habe nie gezögert, wenn man Boden gewinnen oder einen feindlichen Vorteil zunichte machen konnte.«

»Sie haben ihn *getötet*?«

»Das war eine notwendige Entscheidung, nicht Mordlust. Er war ein Werber, und meine Antwort stand in meinen Augen geschrieben, in meiner stummen Empörung. Er hat das gesehen, und ich begriff. Er konnte mich mit dem, was er gesagt hatte, nicht weiterleben lassen. Einer von uns mußte sterben, und ich habe einfach schneller reagiert als er.«

»Das ist ziemlich kalte Logik.«

»Sie sind Anwalt, Sie haben jeden Tag Entscheidungen zu treffen. Wo lag die Alternative?«

Joel schüttelte den Kopf, aber das war keine Antwort, das war Erstaunen. »Wie hat Halliday Sie gefunden?«

»Wir haben uns gegenseitig gefunden. Wir sind uns nie begegnet, haben nie miteinander geredet, aber wir haben einen gemeinsamen Freund.«

»In San Francisco?«

»Er ist häufig dort.«

»Wer ist es?«

»Das ist ein Thema, über das wir nicht sprechen werden. Tut mir leid.«

»Warum nicht? Warum so geheimnisvoll?«

»Weil er es so haben will. Unter den gegebenen Umständen glaube ich, daß es ein logischer Wunsch ist.«

»Logik? Zeigen Sie mir die Logik in alldem! Halliday tritt an einen Mann in San Francisco heran, der Sie zufälligerweise kennt, einen ehemaligen General, Tausende von Meilen entfernt auf einer griechischen Insel, an den *zufälligerweise* gerade einer von Delavanes Leuten herangetreten ist. Verdammt viel Zufall und verdammt wenig Logik!«

»Halten Sie sich nicht damit auf. Akzeptieren Sie es.«

»Würden Sie das tun?«

»Unter den gegebenen Umständen, ja. Sehen Sie, es gibt keine Alternative.«

»Sicher gibt es die. Ich könnte, um fünfhunderttausend Dollar reicher, einfach gehen. Mit dem Geld, das ein anonymer Fremder bezahlt hat, der nur dann an mich heran könnte, wenn er seine Anonymität aufgeben würde.«

»Das könnten Sie, aber werden Sie nicht tun. Man hat Sie sehr sorgfältig ausgewählt.«

Joel spürte wieder die Aufwallung von Zorn, sah die Augen eines Sterbenden, die sich unaustilgbar in sein Bewußtsein eingebrannt hatten. »Aquitania«, sagte er leise. »*Delavane*... Also gut, man hat mich sorgfältig ausgewählt. Wo fange ich an?«

»Wo glauben Sie denn, daß Sie anfangen sollten? Sie sind der Anwalt, alles muß legal und völlig korrekt geschehen.«

»Genau das ist es. Ich bin Anwalt, kein Polizist, kein Detektiv.«

»Keine Polizei könnte in irgendeinem der Länder, wo jene vier Männer leben, das tun, was Sie tun können, selbst wenn die Behörden dazu bereit wären, es zu versuchen, woran ich offen gestanden zweifle. Und was viel wichtiger ist, sie würden Delavanes Netz alarmieren.«

»Also gut, ich werde es versuchen«, sagte Converse. Er faltete das Papier mit der Namenliste zusammen und steckte es in seine Innentasche. »Ich werde oben beginnen. In Paris. Mit diesem Bertholdier.«

»Jacques Louis Bertholdier«, ergänzte der alte Mann, griff dabei in seine Segeltuchtasche und holte einen dicken Umschlag heraus. »Das ist das letzte, was wir Ihnen geben können. Es ist alles, was wir über jene vier Männer in Erfahrung bringen konnten. Vielleicht hilft es Ihnen. Ihre Adressen, die Wagen, die sie fahren, geschäftliche Verbindungen, Cafés und Restaurants, die sie besuchen, sexuelle

Gewohnheiten, soweit sie sie verletzbar machen ... alles, das Ihnen einen Vorteil verschaffen könnte. Nützen Sie dieses Wissen, nützen Sie alles, was Sie können. Und bringen Sie uns Material gegen diese Männer, die sich selbst kompromittiert haben, die Gesetze gebrochen haben – und wichtiger als alles andere, Beweismaterial, das zeigt, daß sie nicht die soliden, ehrenwerten Bürger sind, auf die ihre Art zu leben deutet.«

Joel wollte schon antworten, ihm beipflichten, hielt dann aber inne.

»Verdammt noch mal, das ist doch Wahnsinn, Mr. Beale oder Professor Beale oder *General* Beale! Das ist einfach zuviel, als daß man es in zwei lausigen Tagen in sich aufnehmen kann! Plötzlich habe ich kein Vertrauen mehr. Ich habe das Gefühl, daß das alles meine Fähigkeiten übersteigt – sprechen wir es doch aus, ich fühle mich überwältigt und nicht genügend qualifiziert ... Und ich habe, verdammt noch mal, Angst.«

»Dann sollten Sie die Dinge nicht zu sehr komplizieren«, sagte Beale. »Das habe ich meinen Studenten öfter gesagt, als ich mich erinnern kann. Ich habe ihnen immer wieder eingeschärft, nicht das Ganze anzusehen, sondern vielmehr jeden einzelnen Faden einer Entwicklung, und jedem zu folgen, bis der auf einen anderen stieß und sich mit ihm verband, und dann wieder einen, und wenn sich daraus kein Schema entwickelte, dann war das nicht ihre Schuld, sondern meine. Ein Schritt nach dem anderen, Mr. Converse.«

»Sie sind aber verdammt überzeugend. Ich hätte ihren Kurs einfach aufgegeben.«

»Ich formuliere es nicht besonders gut, früher konnte ich das besser. Wenn man Geschichte lehrt, sind Fäden etwas sehr Wichtiges.«

»Wenn man als Anwalt mit dem Gesetz zu tun hat, sind sie alles.«

»Dann sollten Sie die Fäden aufnehmen, ihnen nachgehen, einem nach dem anderen. Ich bin ganz sicher kein Anwalt, aber könnten Sie diese Geschichte nicht als Anwalt in Angriff nehmen, als Anwalt, dessen Klient von Kräften angegriffen wird, die im Begriff sind, seine Rechte zu verletzen, sein Leben zu stören, ihm seine friedliche Existenz streitig machen wollen – ihn also vernichten wollen?«

»Kaum möglich«, erwiderte Joel. »Ich habe einen Klienten, der nicht bereit ist, mit mir zu sprechen, mich nicht empfangen will, mir nicht einmal sagen will, wer er ist.«

»Das ist nicht der Klient, den ich im Sinne hatte.«

»Wer sonst? Von ihm kommt doch das Geld.«

»Er ist nur ein Bindeglied zu Ihrem wirklichen Klienten.«

»Und wer ist das?«

»Vielleicht das, was von der zivilisierten Welt übriggeblieben ist.«

Joel studierte den alten Gelehrten im schimmernden Licht des Mondhimmels. »Sagten Sie nicht gerade etwas, man sollte nicht nach dem Ganzen Ausschau halten, sondern nur nach den Fäden? Sie machen mir angst.«

»Jetzt übertreiben Sie«, sagte Edward Beale, dessen Lächeln plötzlich verschwunden war. »Sie stehen ja erst am Anfang.«

»Aber jetzt weiß ich, worauf ich mein Augenmerk richten muß. Einen Faden nach dem anderen... bis die Fäden sich ineinander verschlingen und das Muster für jeden zu erkennen ist. Ich werde mich auf Exportlizenzen konzentrieren, darauf, wer nicht genügend Kontrolle ausübt. Und dann werde ich drei oder vier Namen miteinander in Verbindung bringen und sie zu Delavane in Palo Alto zurückverfolgen. Und an dem Punkt lassen wir das Ganze *legal* hochgehen. Keine Märtyrer, keine hochdekorierten Militärs, die von Verrätern ans Kreuz geschlagen werden. Einfach aufgeblasene, häßliche Profitmacher, die sich als Superpatrioten ausgegeben haben, wobei sie doch die ganze Zeit nichts anderes taten, als ihre unpatriotischen Taschen zu füllen. Aus welchem anderen Grund hätten sie es schon tun sollen? Gibt es einen anderen Grund?... Das bedeutet es, sie lächerlich zu machen, Dr. Beale. Weil Sie darauf *keine Antwort* haben.«

Der alte Mann schüttelte den Kopf, und seine gerunzelte Stirn ließ erkennen, daß er verwirrt war. »Jetzt wird der

Professor zum Studenten«, sagte er zögernd. »Wie können Sie das tun?«

»So wie ich es in Dutzenden von Firmenverhandlungen getan habe... nur daß ich einen Schritt weitergehen werde. In solchen Sitzungen bin ich wie jeder andere Anwalt und versuche herauszufinden, was der Bursche auf der anderen Seite des Konferenztisches verlangen wird und weshalb er es will. Nicht nur, was *meine Seite* will, sondern, was *er* will. Was geht ihm durch den Kopf?... Sehen Sie, Doktor, ich versuche, so zu denken wie er. Ich versetze mich an seine Stelle und lasse ihn keine Sekunde lang darüber im unklaren, daß ich genau das tue. Das kostet Nerven, genauso wie wenn man sich die ganze Zeit Notizen macht, jedesmal, wenn der andere etwas sagt, ob er nun etwas Wichtiges sagt oder nicht... Aber diesmal wird es anders sein. Ich suche keine Gegner, ich suche Verbündete. Ich werde in Paris anfangen, dann geht es weiter nach Bonn oder Tel Aviv und dann wahrscheinlich Johannesburg. Nur, wenn ich dann diese Männer gefunden habe, werde ich nicht versuchen, wie sie zu denken, ich werde einer von ihnen *sein.*«

»Das ist eine sehr kühne Strategie. Ich muß Ihnen ein Kompliment machen.«

»Aber die einzige Chance, die mir offensteht. Außerdem habe ich eine Menge Geld zur Verfügung. Ich werde es nicht übertrieben großzügig ausgeben, aber wirksam, wie es meinem namenlosen Klienten gebührt. Namenlos, stets im Hintergrund, aber immer da.« Joel hielt inne, plötzlich kam ihm ein Gedanke. »Wissen Sie, Dr. Beale, ich nehme das zurück. Ich will nicht wissen, wer mein Klient ist – der in San Francisco, meine ich. Ich werde mir selbst einen schaffen, denn den richtigen zu kennen, könnte das Bild verzerren, das ich im Sinne habe. Übrigens, Sie können ihm sagen, daß er eine komplette Abrechnung meiner Ausgaben bekommen wird. Der Rest wird ihm auf dieselbe Weise zurückerstattet werden, wie ich das Geld bekam. Über Ihren Freund Laskaris in der Bank hier in Mykonos.«

»Aber Sie haben das Geld angenommen«, wandte Beale ein. »Es gibt keinen Grund...«

»Ich wollte wissen, ob es echt war, ob *er* echt war. Das ist er, und er weiß genau, was er tut. Ich werde sehr viel Geld brauchen, weil ich jemand werden muß, der ich nicht bin. Und Geld ist das überzeugendste Mittel, um es zu tun... Nein, Doktor, ich will das Geld Ihres Freundes nicht, ich will Delavane. Ich will den Schlächter von Saigon... Ich werde das Geld benutzen, um Zugang zu dem Netz zu bekommen.«

»Wenn Paris Ihre erste Station ist und Bertholdier der erste, mit dem Sie Fühlung aufnehmen wollen – da gibt es ein ganz spezielles Munitionsgeschäft, von dem wir annehmen, daß es in unmittelbarer Verbindung zu ihm steht. Es könnte einen Versuch wert sein. Wenn wir recht haben, dann ist das im kleinen, was sie überall tun wollen.«

»Finde ich das hier?« fragte Converse und tippte auf den dicken Umschlag mit den Akten.

»Nein, es ist erst heute morgen ans Licht gekommen – am frühen Morgen. Ich nehme nicht an, daß Sie die Nachrichten gehört haben.«

»Ich spreche nur Englisch, keine Fremdsprache. Was ist geschehen?«

»Ganz Nordirland steht in Flammen, die schlimmsten Aufstände, die schrecklichsten Morde seit fünfzehn Jahren. In Belfast und Ballyclare, Dromora und den Mourne-Bergen ziehen empörte Rächer – *beider* Seiten – durch die Straßen und Hügel und schießen ziellos um sich, metzeln in ihrer Wut alles nieder, was sich bewegt. Ein völliges Chaos. Die Regierung in Ulster ist in Panik, das Parlament ist gelähmt, gefühlsmäßig gespalten, und jeder versucht, eine eigene Lösung zu finden. Und diese Lösung wird in der Entsendung weiterer Truppenkontingente bestehen.«

»Was hat das mit Bertholdier zu tun?«

»Hören Sie mir gut zu«, sagte der Alte und trat einen Schritt vor. »Vor acht Tagen ist eine Munitionssendung mit dreihundert Kisten Sprengbomben und zweitausend Kartons Explosivstoffen per Luftfracht aus Beloit, Wisconsin, abgegangen. Der Bestimmungsort war Tel Aviv via Montreal, Paris und Marseille. Die Sendung hat ihr Ziel nie erreicht, und ein israelischer Gewährsmann – Mitglied der Mossad – hat durchgegeben, daß nur die Papiere nach Marseille gelangt sind, sonst nichts. Die Sendung ist entweder in Montreal oder Paris verschwunden, und wir sind überzeugt, daß sie zu den Extremisten – wieder auf beiden Seiten – in Nordirland gelangt ist.«

»Warum glauben Sie das?«

»Die ersten Opfer – über dreihundert Männer, Frauen und Kinder – sind von Splitterbomben getötet oder schwer verletzt worden. Das ist keine angenehme Art zu sterben, und vielleicht ist es sogar noch schlimmer, verletzt zu werden; die Bomben reißen den Opfern ganze Körperteile heraus. Die Reaktionen waren entsprechend, und überall breitet sich Hysterie aus. Ulster hat keine Kontrolle mehr über das Geschehen, die Regierung ist gelähmt. Und alles im Laufe eines Tages, eines *einzigen Tages*, Mr. Converse!«

»Sie beweisen sich, daß sie imstande sind zu tun, was sie wollen«, sagte Joel leise und man konnte die Furcht in seiner Stimme hören.

»Genau«, pflichtete Beale ihm bei. »Es handelt sich um einen Testfall, einen Mikrokosmos des ganzen Schreckens, den sie erzeugen können.«

Converse runzelte die Stirn. »Wenn man einmal von der Tatsache absieht, daß Bertholdier in Paris lebt, welche Verbindung gibt es dann zwischen ihm und der Sendung?«

»Sie war in Frankreich bei einer Gesellschaft versichert, an der Bertholdier beteiligt ist. Wer wäre weniger verdächtig als die Gesellschaft, die für den Schaden aufkommen mußte – eine Gesellschaft, die zufälligerweise Zugang zu der von ihr versicherten Ware hat? Der Verlust belief sich auf über vier Millionen Francs, keine so riesige Summe, als daß sie zu Schlagzeilen geführt hätte, aber hinreichend, um den Verdacht abzulenken. Und wieder eine Schreckenssendung ausgeliefert – Tod, Verstümmelung und Chaos sind die Folgen.«

»Wie heißt die Versicherungsgesellschaft?«

»*Compagnie Solidaire*. Ich nehme an, das ist eines der Schlüsselworte. *Solidaire* und vielleicht Beloit und Belfast.«

»Wir wollen hoffen, daß ich Bertholdier damit konfrontieren kann. Und wenn, dann muß ich die Worte zum richtigen Zeitpunkt aussprechen. Ich nehme die Frühmaschine von Athen.«

»Nehmen Sie die nachdrücklichen guten Wünsche eines alten Mannes mit auf den Weg, Mr. Converse. Und nachdrücklich ist das passende Wort. Drei bis fünf Wochen, mehr Zeit haben Sie nicht, bis alles in Stücke fällt. Was auch immer es ist, wo auch immer es ist, dann wird das Zehntausendfache von Nordirland passieren. Das ist die Wirklichkeit, die uns bevorsteht.«

Valerie Charpentier wachte plötzlich auf, ihre Augen waren geweitet, ihr Gesicht starr. Sie lauschte intensiv nach den Geräuschen, die das dunkle Schweigen brachen, das sie umgab, lauschte dem Wellenschlag in der Ferne. Jede Sekunde rechnete sie damit, das durchdringende Schrillen des Alarmsystems zu hören, das in jedes Fenster und jede Türe des Hauses eingebaut war.

Es kam nicht, und doch waren da andere Geräusche gewesen, Geräusche, die in ihren Schlaf eingedrungen, die durchdringend genug waren, sie zu wecken. Sie schlug die Decke zurück und stieg aus dem Bett, ging langsam, besorgt, auf die Glastüren zu, die zu ihrem Balkon führten – dahinter lagen der felsige Strand, der kleine Landvorsprung und der Atlantische Ozean.

Da war es *wieder*. Die tanzenden, schwachen Lichter waren unverkennbar dieselben. Sie hüllten das Boot, das noch an genau der Stelle lag, wo es vorher vertäut gewesen war, in schwachen Lichtschein. Es war die Schaluppe, die zwei Tage lang an der Küste auf und ab gekreuzt war, immer in Sichtweite, und allem Anschein nach ohne ein anderes Ziel als diesen Teil der Küste von Massachusetts. Im Zwielicht des zweiten Abends hatte sie höchstens eine Viertelmeile vom Ufer entfernt vor dem Haus Anker geworfen. Und jetzt war sie wieder da. Nach drei Tagen war sie zurückgekehrt.

Vor drei Nächten hatte sie die Polizei angerufen, die ihrerseits mit den Streifen der Küstenwache von Cape Ann

Verbindung aufgenommen hatte, und die hatten eine Erklärung geliefert, die ebensowenig klar wie befriedigend gewesen war. Das Boot war in Maryland registriert. Sein Besitzer, ein Offizier in den Streitkräften der Vereinigten Staaten, und es gab keinerlei provozierende oder verdächtige Bewegungen, die ein offizielles Eingreifen rechtfertigten.

»Ich würde das verdammt provozierend *und* verdächtig nennen«, hatte Val mit Bestimmtheit erklärt. »Wenn ein fremdes Boot zwei Tage hintereinander an demselben Küstenstreifen auf und ab segelt und dann genau vor meinem Haus ankert, in Rufweite – wobei Rufweite gleich Schwimmweite ist...«

»Die Wasserrechte des von Ihnen gemieteten Grundstücks reichen nur zweihundert Fuß ins Meer hinaus, Ma'am«, war die offizielle Antwort gewesen. »Wir können nichts unternehmen.«

Val schauderte, während sie einen schweren Sessel vor die Balkontüre zog – aber nicht zu nahe, etwas entfernt vom Glas. Sie zog die leichte Decke vom Bett und setzte sich, hüllte sich hinein, starrte aufs Wasser hinaus und auf das Boot.

Sie würde nicht in Panik geraten. Joel hatte sie gelehrt, Panik zu vermeiden, selbst wenn sie einen wohldosierten Schrei in den finsteren Straßen von Manhattan für angezeigt gehalten hatte. Manchmal war das Unvermeidliche geschehen. Drogensüchtige oder Halbstarke hatten ihnen den Weg verstellt, aber Joel war ruhig geblieben – eisig ruhig – und hatte sich mit ihr gegen die Wand gedrückt und ihnen die billige Extrageldbörse angeboten, die er mit ein paar Scheinen in der Hosentasche hatte. *Herrgott,* er war wie Eis! Vielleicht war das der Grund, daß man sie nie angegriffen hatte, weil man nicht wußte, was sich hinter jenem kalten, brütenden Blick verbarg.

»Ich hätte schreien sollen!« hatte sie einmal gerufen.

»Nein«, hatte er gesagt. »Dann hättest du ihm Angst eingejagt, ihn in die Panik getrieben, und dann können diese Schweine lebensgefährlich werden.«

Lieber Joel, närrischer Joel, eiskalter Joel. Es hat Zeiten gegeben, wo du mir gutgetan hast – wenn du dich wohl fühltest. Und amüsant warst du, so schrecklich amüsant – selbst wenn du dich nicht wohl fühltest. In mancher Hinsicht fehlst du mir, Liebster. Aber nicht genug, nein danke.

Und doch, warum ließen diese Gefühle – dieser Instinkt vielleicht – nicht nach? Das kleine Boot draußen auf dem Wasser war wie ein Magnet und zog sie an, zog sie in sein Feld und an einen Ort, an dem sie nicht sein wollte.

Unsinn! Dämonen auf der Suche nach Logik! Das war albern – *der alberne Joel, der eiskalte Joel* – hör auf, um Himmels willen! Sei *vernünftig*!

Und dann durchlief sie wieder ein Schauder. Anfänger navigierten nicht nachts an fremden Küsten.

Der Magnet hielt sie fest, bis ihre Lider schwer wurden und unruhiger Schlaf sie befiel.

Sie wachte wieder auf, als das grelle Sonnenlicht, das durch die Glastüre hereinfiel, sie hochschrecken ließ, während seine Wärme sie gleichzeitig einhüllte. Sie blickte aufs Wasser hinaus. Das Boot war verschwunden – und einen Augenblick lang fragte sie sich, ob es je wirklich da gewesen war.

Ja, es war da gewesen. Aber jetzt war es verschwunden.

3

Die Boeing 747 hob von der Piste des Athener Hellikion-Flughafens ab und stieg in einer Linkskurve steil in die Höhe. Unten lag deutlich sichtbar neben dem Flughafengebäude der Stützpunkt der US Navy, der allerdings in den letzten Jahren, was Größe und Zahl der stationierten Maschinen anging, vertragsgemäß reduziert worden war. Dennoch durften, dank einer mürrischen und doch nervösen Regierung, die sich nur zu sehr der heimtückischen Augen im Norden bewußt war, auch heute noch andere amerikanische Augen das Mittelmeer und die Ionische und Ägäische See überwachen. Converse starrte zum Fenster hinaus und erkannte vertraute Maschinen auf dem Boden. Zu beiden Seiten der doppelt angelegten Startbahn waren zwei Reihen von Phantom F-4T und A-6E angeordnet, modernisierte Ausführungen der F-4G und A-6A, die er vor Jahren geflogen hatte.

Es war so leicht, wieder in die Vergangenheit zurückzusinken, dachte Joel, während er zusah, wie sich drei Phantoms in Bewegung setzten; sie würden jetzt auf die Spitze der Startbahn zustreben und dann war die nächste Aufklärungsstreife in der Luft.

Der Boden unter ihm verschwand, als die 747 ihren Kurs stabilisierte und auf ihre Reiseflughöhe stieg. Converse wandte sich vom Fenster ab und machte es sich in seinem Sessel bequem. Abrupt verloschen die *No-Smoking*-Zeichen, und Joel holte ein Päckchen Zigaretten aus der Hemdtasche und zog sich eine heraus. Er ließ sein Feuerzeug aufspringen, und Sekunden später verteilte sich der Rauch in dem Luftstrom von oben. Er sah auf die Uhr, es war zwölf Uhr zwanzig. Sie sollten um fünfzehn Uhr fünfunddreißig französischer Zeit auf dem Flughafen Orly eintreffen. Wenn man den Zeitunterschied in Betracht zog, so war es ein dreistündiger Flug, und in diesen drei Stunden würde er alles Material seinem Gedächtnis einprägen, was ihm über General Jacques Louis Bertholdier zugänglich war – wenn Beale und der tote Halliday recht hatten, war er der Arm von Aquitania in Paris.

In Hellikion hatte er etwas getan, was er noch nie zuvor getan hatte, etwas, das ihm noch nie in den Sinn gekommen war, ein Akt der Verschwendung, wie man ihn gewöhnlich der Welt der Romane, der Filmstars oder der Rockidole zuschrieb. Furcht und Vorsicht im Verein mit ausreichend Geld hatten ihn dazu veranlaßt, zwei nebeneinanderliegende Sitze in der ersten Klasse zu buchen. Er wollte nicht, daß irgendwelche Blicke auf die Papiere fielen, die er lesen würde. Der alte Beale hatte ihm das in der vergangenen Nacht am Strand eindringlich klargemacht. Wenn auch nur die entfernteste Möglichkeit bestand, daß das Material in seinem Besitz in andere Hände fallen könnte, *irgendwelche* andere Hände, dann sollte er die Papiere um jeden Preis vernichten. Schließlich handelte es sich um detaillierte Dossiers über Männer, die mit einem einzigen Telefonanruf vielfachen Tod auslösen konnten.

Er griff nach seinem Aktenkoffer, dessen Griff vom Schweiß seiner Hände feucht war, weil er ihn seit Mykonos nicht losgelassen hatte. Zum erstenmal ahnte er den Wert einer Vorrichtung, die er aus Filmen und Romanen kannte. Ihm wäre viel wohler gewesen, wenn er jetzt den Griff seines Aktenkoffers mit einer Kette an seinem Handgelenk hätte befestigen können.

Jacques Louis Bertholdier, 59 Jahre alt, einziges Kind von Alphonse und Marie Thérèse Bertholdier, im Militärhospital von Dakar zur Welt gekommen. Vater Karriereoffizier in der französischen Armee, seinem Ruf nach autokratisch und auf harte Disziplin bedacht. Über die Mutter ist wenig bekannt, wobei vielleicht von Bedeutung ist, daß Bertholdier nie über sie spricht. Vor vier Jahren, im Alter von fünfundfünfzig, hat er sich pensionieren lassen, und ist jetzt einer der Direktoren von *Juneau et Cie.*, einer konservativen Firma an der Bourse des Valeurs, der Pariser Aktienbörse.

Seine Jugendjahre erscheinen typisch für den Sohn eines Offiziers, der von Stützpunkt zu Stützpunkt zieht und dort die Privilegien nutzt, die Rang und Einfluß seines Vaters gewähren.

Im Jahre 1938 befanden sich die Bertholdiers wieder in Paris, wo der Vater dem Generalstab angehörte. Es waren chaotische Zeiten, denn der Krieg mit Deutschland stand bevor, und der ältere Bertholdier war einer der wenigen Kommandeure, die erkannt hatten, daß die Maginot-Linie nicht zu halten sein würde. Die Deutlichkeit, mit der er dies aussprach, machte seine Kollegen so zornig, daß man ihn schließlich ins Feld versetzte, wo er den Befehl über die an der nordöstlichen Grenze stationierte Vierte Armee erhielt.

Dann kam der Krieg, und der Vater fiel in der fünften Woche der Kampfhandlungen. Der junge Bertholdier war damals sechzehn Jahre alt und besuchte die Schule in Paris. Die Niederlage Frankreichs im Juni 1940 könnte man als den Anfang des

Erwachsenenlebens unserer Zielperson bezeichnen. Er schloß sich der Résistance zunächst als Kurier an, kämpfte dort vier Jahre und stieg in den Rängen der Untergrundbewegung auf, bis er den Sektor Calais-Paris befehligte. Er unternahm häufig geheime Reisen nach England und koordinierte die Spionage- und Sabotageoperationen der englischen Abwehr und der des freien Frankreich. Im Februar 1944 ernannte de Gaulle ihn vorübergehend bis Kriegsende zum Major. Bertholdier war damals zwanzig Jahre alt.

Einige Tage vor der alliierten Besetzung von Paris wurde Bertholdier bei einem Straßengefecht zwischen Kämpfern der Résistance und den sich zurückziehenden Deutschen verwundet. Der Krankenhausaufenthalt verhinderte seine weitere Teilnahme an den Kriegshandlungen. Nach der deutschen Kapitulation erhielt er einen Studienplatz auf der nationalen Militärakademie in St. Cyr. Nach seinen erfolgreichen Examina wurde er zum Hauptmann ernannt. Er war damals 24 Jahre alt und erhielt Kommandos in der Dra Hamada in Französisch-Marokko; in Algerien; und dann an verschiedenen Orten der Welt, darunter in der Garnison von Haiphong und schließlich in den Alliierten Sektoren in Wien und West-Berlin. (Man beachte die letzte Position unter Hinblick auf die folgende Information über General Erich Leifhelm. Dort begegneten sie sich das erstemal und wurden Freunde, zuerst offen, später vertuschten sie dann ihre Beziehung, nachdem sie beide aus dem aktiven militärischen Dienst ausgetreten waren.)

Converse dachte, ohne sich mit Erich Leifhelm zu befassen, über die junge Legende nach, die Jacques Louis Bertholdier war. Obwohl Joel so wenig militärbegeistert war, wie ein Mann nur sein konnte, so vermochte er sich doch mit dem militärischen Phänomen zu identifizieren, das ihm auf diesen Seiten geschildert wurde. Obwohl kein Held, so hatte man ihm doch die Begrüßung eines Helden zuteil werden lassen, als er aus einem Krieg zurückkehrte, in dem man nur wenige dieser Ehre für würdig hielt. Dies widerfuhr im allgemeinen denjenigen eher, die die Gefangenschaft erduldet hatten, als jenen, die gekämpft hatten. Dennoch war diese Aufmerksamkeit – die bloße *Aufmerksamkeit* –, die zu Privilegien führte, ein gefährlicher Luxus. Selbst wenn einem das anfänglich peinlich war, konnte man sich sehr schnell daran gewöhnen, das alles zu akzeptieren. Und dann, es zu erwarten. Die Anerkennung konnte einem zu Kopfe steigen, und dann fing man an, die Privilegien als selbstverständlich hinzunehmen. Und wenn schließlich die Aufmerksamkeit zu verblassen begann, stellte sich ein gewisser Zorn ein, und man wünschte sie sich zurück.

Dies waren die Gefühle von jemandem, den es nicht nach Einfluß dürstete – nach Erfolg ja, aber nicht nach Macht. Was aber mußte dies in einem Mann bewirken, dessen ganzes Wesen von Autorität *und* Macht geformt war und dessen früheste Erinnerungen Privilegien und Rang umfaßten und dessen kometenhafter Aufstieg bereits in früher Jugend begonnen hatte. Wie reagiert ein solcher Mann auf Anerkennung und die ständig wachsende eigene Bedeutung? Einem solchen Mann durfte man nicht viel wegnehmen; der Zorn konnte dann leicht zur Raserei werden. Und doch hatte Bertholdier das alles mit fünfundfünfzig aufgegeben, ziemlich jung für jemanden, der so prominent war. Das paßte nicht. Irgend etwas fehlte an dem Porträt dieses Alexander der neueren Zeit. Zumindest bis jetzt.

Der richtige Zeitpunkt spielte in Bertholdiers wachsendem Ruf eine besondere Rolle. Nach Posten in der Dra Hamada und Algerien wurde er nach Französisch-Indochina versetzt, wo die Lage der Kolonialstreitkräfte sich schnell verschlechterte und damals heftige Guerillatätigkeit herrschte. Seine Leistungen im Felde lieferten bald Gesprächsstoff in Saigon und Paris. Die unter seinem Befehl stehenden Truppen errangen einige seltene, aber dringend benötigte Siege, die zwar nicht den Lauf des Krieges ändern konnten, aber immerhin die eingefleischten Militaristen davon überzeugten, daß die primitiven asiatischen Kräfte durch überlegenen gallischen Mut und Strategie besiegt werden konnten; es fehlte nur das Material, das Paris zurückhielt. Die Niederlage von Dien Bien Phu war eine bittere Medizin für jene Männer, die behaupteten, Verräter im Quai d'Orsay hätten die Demütigung Frankreichs herbeigeführt. Obwohl Colonel Bertholdier als eine der wenigen heroischen Gestalten aus der Niederlage hervortrat, war er klug oder vorsichtig genug, sich zurückzuhalten und wenigstens äußerlich nicht die Partei der »Falken« zu ergreifen. Viele sagen, er habe damals auf ein Signal gewartet, das niemals kam. Wieder wurde er auf einen Auslandsposten versetzt und diente in Wien und West-Berlin.

Vier Jahre später jedoch brach er aus der Form, die er so sorgsam aufgebaut hatte, aus. Nach seinen eigenen Worten wurde er von de Gaulles Übereinkünften mit den um ihre Unabhängigkeit kämpfenden Algeriern »erzürnt und desillusioniert«. Er floh in sein Geburtsland Nordafrika und schloß sich der aufständischen OAS des Generals Raoul Salan an, die sich heftig der von ihr als verräterisch bezeichneten Politik widersetzte. Während dieser revolutionären Phase seines Lebens war er in einen Attentatsversuch auf de Gaulle verwickelt. Als Salan dann im April 1962 in Gefangenschaft geriet und die Front der Aufständischen zusammenbrach, trat Bertholdier erneut, zu aller Erstaunen, völlig ungeschoren aus der Niederlage hervor. Mit einer nur als außergewöhnlich zu bezeichnenden Entscheidung – die nie ganz verstanden wurde – veranlaßte de Gaulle, daß Bertholdier aus dem Gefängnis geholt und in den Quai d'Orsay gebracht wurde. Was damals zwischen den beiden Männern gesprochen wurde, ist nie bekanntgeworden, jedenfalls wurde Bertholdier sein ehemaliger Militärrang wieder zuerkannt. Die einzige von de Gaulle bekanntgewordene Bemerkung hierzu erfolgte auf einer Pressekonferenz am 4. Mai 1962. Auf eine Frage, die den begnadigten Rebellenoffizier betraf, sagte er (wörtliche Übersetzung): »Einem großen Soldaten und Patrioten muß man auch einmal eine kurze Episode der Verblendung gestatten und nachsehen. Wir haben miteinander gesprochen. Wir sind zufrieden.« Mehr sagte er zu dem Thema nicht.

Sieben Jahre bekleidete Bertholdier verschiedene einflußreiche Positionen, stieg während dieser Zeit in den Generalsrang auf und wurde während der Zugehörigkeit Frankreichs zum Nato-Bündnis häufig als führender militärischer Vertreter in den wichtigsten Botschaften vorstellig. Er wurde häufig in den Quai d'Orsay berufen, begleitete de Gaulle zu internationalen Konferenzen und war häufig in den Medien zu sehen – nur wenig von dem großen Mann entfernt. Seltsamerweise wurde er jedesmal, obwohl er wesentliche Beiträge zu den Konferenzen leistete, wieder auf seinen vorherigen Posten zurückgeschickt, während die internen politischen Diskussionen fortgesetzt und Entscheidungen ohne ihn getroffen wurden. Es war, als befände er sich in ständiger Warteposition, ohne daß je die entscheidende Berufung erfolgte. War diese letzte Berufung das Signal, auf das er sieben Jahre früher in Dien Bien Phu gewartet hatte? Auf diese Frage wissen wir keine Antwort, wir glauben aber, daß man ihr Augenmerk widmen sollte.

Als de Gaulle dann im Jahre 1969 nach der Verweigerung der von ihm geforderten Verfassungsänderungen seinen dramatischen Rücktritt bekanntgab, führte dies auch zu einer Verlangsamung von Bertholdiers Karriere. Seine Einsätze erfolgten nun entfernter vom Zentrum der Macht und blieben das auch bis zu seiner Pensionierung. Recherchen bei seiner Bank und den Kreditkartenunternehmen sowie Passagierlisten der Fluggesellschaften zeigen, daß unsere Zielperson in den letzten achtzehn Monaten folgende Reisen unternommen hat: London 3; New York 2; San Francisco 2; Bonn 3; Johannesburg 1; Tel Aviv 1 (mit Johannesburg verbunden). Das Bild, das sich zeigt, ist klar. Es entspricht den geografischen Brennpunkten von General Delavanes Operationen.

Converse rieb sich die Augen und klingelte nach einem Drink. Während er auf den Scotch wartete, überflog er die nächsten Absätze und hing seinen Gedanken nach. Er erinnerte sich jetzt an den Mann, aber das, was ihm zu der Person einfiel, war nicht sonderlich bedeutsam. Bertholdiers Name war von einigen ultrakonservativen Parteien hochgespielt worden, in der Hoffnung, ihn auf die politische Bühne ziehen zu können, aber es war ihnen nicht gelungen. Die letzte Berufung war an Bertholdier vorübergegangen, sie erfolgte nicht. Mit 55 Jahren trat er aus der Armee aus und wurde Direktor eines großen, an der Pariser Börse notierten Unternehmens. Eine Galionsfigur, dazu ausersehen, die Reichen und Mächtigen zu beeindrucken und die sozialistischen Träumer durch das bloße Gewicht seiner Legende im Zaum zu halten.

Er pflegt in einer Firmenlimousine zu reisen, und wohin er auch fährt, er wird überall angemessen begrüßt. Bei dem Wagen handelt es sich um einen dunkelblauen amerikanischen Lincoln Continental, Kennzeichen 100-1. Die von ihm bevorzugten Restaurants sind: Taillevent, das Ritz, Julien und Lucas-Carton. Sein Mittagessen nimmt er fast regelmäßig in dem Privatclub L'Etalon Blanc ein, den er drei- bis viermal in der Woche aufsucht.

Es handelt sich hierbei um ein sehr elitäres Etablissement, dessen Mitglieder sich aus Militärs der obersten Ränge, den Resten des Hochadels und reichen Verehrern beider rekrutieren, die, wenn sie schon nicht der einen oder anderen Klasse angehören, es sich eine Menge Geld kosten lassen, wenigstens in deren Nähe zu sein.

Joel lächelte; der Verfasser des Berichts schien Humor zu haben. Trotzdem fehlte etwas. Sein juristisch geschulter Verstand suchte die Lücke. Was war das Signal, das Bertholdier in Dien Bien Phu nicht erhalten hatte? Was hatte der herrische de Gaulle dem rebellischen Offizier gesagt, und was hatte der Rebell dem großen Mann geantwortet? Warum suchte man stets seinen Rat, versagte ihm aber die Macht? Hatte man einen Alexander erzogen, geschult, ihm vergeben, ihn erhoben und dann wieder fallenlassen? In diesen Blättern war eine Botschaft verborgen, aber Joel konnte sie nicht entdecken.

Converse hatte jetzt die Stelle des Berichts erreicht, mit der der Verfasser das Porträt abzurunden versuchte.

Bertholdiers Privatleben scheint für die uns interessierenden Aktivitäten nur wenig Belang zu haben. Seine Ehe war eine Vernunftehe im reinsten Sinne La Rochefoucaults: sie brachte beiden Parteien gesellschaftlichen, beruflichen und finanziellen Vorteil. Ansonsten scheint es sich bei der Verbindung einzig um ein geschäftliches Arrangement gehandelt zu haben. Es gibt keine Kinder, und obwohl Madame Bertholdier häufig bei gesellschaftlichen und öffentlichen Veranstaltungen an der Seite ihres Mannes erscheint, hat man die beiden nur selten im engen Gespräch beobachtet.

Außerdem spricht Bertholdier nie über seine Frau. Zu erwähnen ist noch, daß Bertholdier dem weiblichen Geschlecht sehr zugetan ist, manchmal bis zu drei Geliebte aushält und darüber hinaus auch zahlreiche andere Bekanntschaften pflegt. In seinen Kreisen hat man ihm einen Spitznamen verliehen, der freilich nie seinen Weg in die Presse gefunden hat: Le Grand Timon, und falls der Leser eine Übersetzung braucht, so empfehlen wir ihm, am Montparnasse einen Drink einzunehmen.

Damit endete der Bericht. Es war eine Akte, die mehr Fragen aufwarf, als sie beantwortete. Aber es gab genügend konkrete Fakten, um weiterzumachen. Joel sah auf die Uhr; eine Stunde war verstrichen. Er hatte noch mehr als zwei Stunden Zeit, um alles noch einmal zu lesen, darüber nachzudenken und so viel wie möglich in sich aufzunehmen. Er hatte bereits beschlossen, mit wem er in Paris Verbindung aufnehmen würde.

René Mattilon war nicht nur ein geschickter Anwalt, mit dem Talbot, Brooks and Simon häufig in Verbindung traten, wenn sie einen Vertreter vor einem französischen Gericht brauchten, sondern er war auch ein Freund. Obwohl Mattilon zehn Jahre älter war als Joel, reichten die Wurzeln ihrer Freundschaft zurück in eine für beide gleiche Erfahrung, gleich ebenso im geografischen Sinne wie auch in der Sinnlosigkeit. Vor dreißig Jahren war Mattilon ein junger Rechtsanwalt um die Zwanzig gewesen, den seine Regierung eingezogen und als juristischen Offizier nach Französisch-Indochina geschickt hatte. Er wurde dort Zeuge des Unvermeidlichen und konnte nie begreifen, warum es seine stolze, uneinsichtige Nation so viel kosten mußte, das zu begreifen. Sein Kommentar zu dem darauffolgenden amerikanischen Engagement war von schneidender Härte:

»*Mon Dieu!* Und ihr habt geglaubt, ihr könntet nur mit Waffen erreichen, was wir mit Waffen *und* Gehirn nicht erreichen konnten?«

Jedesmal, wenn Mattilon nach New York oder Joel nach Paris kam, war es ihre Gewohnheit, gemeinsam ein Abendessen und ein paar Drinks einzunehmen. Außerdem zeigte der Franzose erstaunliche Toleranz für Joels Sprachbarrieren. Joel war einfach nicht imstande, eine andere Sprache zu lernen. Selbst Vals eindringliche Bemühungen waren auf taube Ohren und ein überhaupt nicht aufnahmefähiges Gehirn gestoßen. Vier Jahre lang hatte sie, deren Vater Franzose und deren Mutter Deutsche gewesen war, versucht, ihm die einfachsten Sätze beizubringen. Bis sie schließlich einsah, daß er ein hoffnungsloser Fall war.

»Wie, zum Teufel, kannst du dich einen internationalen Anwalt nennen, wo du jenseits von Sandy Hook auch nicht den einfachsten Satz verstehst?« hatte sie gefragt.

»Indem ich Dolmetscher engagiere, die von Schweizer Banken ausgebildet sind, und sie nach einem Punktesystem bezahle«, hatte er geantwortet. »Denen entgeht nichts.«

Wenn er nach Paris kam, pflegte er in einer Zwei-Zimmer-Suite des eleganten Hotels George V. abzusteigen, ein Luxus, den Talbot, Brooks and Simon ihm gestatteten und den er sich zugelegt hatte, mehr um seine Klienten zu beeindrucken, als um seine Spesenabrechnung in die Höhe zu schrauben. Nathan Simon hatte ihm klargemacht, wie man damit sogar noch Geld sparen konnte.

»Sie haben dort ein luxuriöses Wohnzimmer«, hatte Nate ihm mit Grabesstimme eröffnet. »Benutzen Sie es für Konferenzen, dann können Sie uns diese lächerlich teuren französischen Mittagessen sparen und – bei Gott – die Abendessen.«

»Und wenn jemand unbedingt essen will?«

»Dann haben Sie eine andere Verabredung. Sie brauchen nur zu zwinkern und zu sagen, es sei eine persönliche Verabredung; niemand in Paris wird etwas dagegen einzuwenden haben.«

Die eindrucksvolle Adresse konnte ihm jetzt gute Dienste leisten, überlegte Converse, als sich das Taxi gefährlich durch den Nachmittagsverkehr auf den Champs-Elysées wand. Wenn er mit irgendwelchen Männern aus Bertholdiers Umgebung oder sogar Bertholdier selbst weiterkommen wollte – und das beabsichtigte er –, dann würde das teure Hotel zum Image des unbekannten Klienten passen, der seinen persönlichen Anwalt mit einer sehr vertraulichen Mission ausgeschickt hatte. Natürlich hatte er keine Reservierung, aber dieses Versehen würde er einer imaginären Sekretärin in die Schuhe schieben.

Er wurde vom stellvertretenden Geschäftsführer mit großer Wärme begrüßt, wenn der sich auch überrascht zeigte und schließlich zu wortreichen Entschuldigungen überging. Nein, von Talbot, Brooks and Simon lag keine Telexreservierung vor, aber natürlich würde man für einen alten Freund Unterkunft finden. So geschah es; Joel bekam die übliche Suite im ersten Stock, und ehe er noch auspacken konnte, brachte der Zimmerkellner eine Flasche mit jenem Scotch Whisky, den er bevorzugte, und tauschte sie gegen die in der Bar bereitgestellte Flasche aus. Joel hatte vergessen, wie akkurat und genau die Notizen waren, die Hotels wie das George V. über ihre Stammgäste führten. Erster Stock, der richtige Whisky, und später im Verlauf des Abends würde man ihn ohne Zweifel daran erinnern, daß er sich gewöhnlich morgens um sieben Uhr wecken ließ. So würde es auch diesmal wieder sein.

Aber jetzt war es kurz vor fünf Uhr nachmittags. Wenn er Mattilon noch erreichen wollte, ehe der Anwalt sein Büro verließ, mußte er sich beeilen. Wenn René Zeit hatte, mit ihm einen Drink einzunehmen, wäre das ein guter Anfang. Mattilon war entweder sein Mann, oder er war es nicht, und die

Vorstellung, auch nur eine Stunde zu vergeuden, ließ ihn unruhig werden. Er griff nach dem Pariser Telefonbuch, das auf einem Regal unter dem Nachttisch lag, auf dem das Telefon stand, und suchte die Nummer der Kanzlei heraus.

»Du großer Gott, Joel!« meldete sich der Franzose. »Ich habe von dieser schrecklichen Geschichte in Genf gelesen; es stand in der Morgenzeitung. Ich habe versucht, dich anzurufen – Le Richemond, natürlich –, aber die sagten, du seist ausgezogen. Ist mit dir alles in Ordnung?«

»Alles. Ich war zufällig in der Nähe, mehr nicht.«

»Er war Amerikaner. Hast du ihn gekannt?«

»Nur als Verhandlungspartner. Übrigens, dieser Unsinn, daß er etwas mit Rauschgift zu tun gehabt hätte, war eben das – Unsinn. Man hat ihn überfallen, beraubt und dann für Verwirrung bei der Autopsie gesorgt.«

»Und schon stürzt sich ein übereifriger Beamter darauf und versucht, das Image seiner Stadt zu retten. Ich weiß schon; das stand auch in dem Artikel. Das ist alles so schrecklich. Verbrechen, Morde, Terrorismus – überall. Gott sei Dank ist es hier in Paris noch nicht so schlimm.«

»Ihr braucht hier auch keine Straßenräuber, dafür habt ihr ja eure Taxifahrer. Bloß daß die noch widerwärtiger sind.«

»Du bist *unmöglich*, mein Freund, so wie immer! Wann können wir uns treffen?«

Converse machte eine Pause. »Ich hatte gehofft, heute abend. Nach dem Büro.«

»Da läßt du mir aber sehr wenig Zeit, *mon ami*. Ich wünschte, du hättest früher angerufen.«

»Ich bin erst vor zehn Minuten angekommen.«

»Aber du hast Genf doch schon...«

»Ich hatte in Athen zu tun«, unterbrach Joel ihn.

»Ah ja, heutzutage flieht das Geld vor den Griechen. Etwas übereilig, denke ich. So wie es hier auch war.«

»Wie wäre es mit einem Drink, René? Es ist wichtig.«

Diesmal ließ Mattilon eine Pause entstehen; es war offensichtlich, daß er die Dringlichkeit in Converses Stimme erkannt hatte. »Selbstverständlich«, sagte der Franzose. »Du bist im George V. nehme ich an.«

»Ja.«

»Ich komme so bald wie möglich. Sagen wir in einer Dreiviertelstunde.«

»Vielen Dank. Ich besorge uns zwei Stühle in der Galerie.«

»Ich werde dich finden.«

Stammgäste bezeichneten die riesige, von Marmorbögen geschmückte Halle vor den Rauchglastüren der George-V.-Bar als »Galerie«. Der Name kam daher, weil es zur Linken tatsächlich in einem durch Glasscheiben abgetrennten Korridor eine Kunstgalerie gab. Aber ebenso paßte der Name auch auf den eleganten Raum selbst. Die mit dicken Samtpolstern ausgestatteten Sessel und Sofas, die polierten, dunklen Tische, die die Marmorwände säumten, standen unter Kunstwerken – riesigen Tapisserien aus lang vergessenen Schlössern und mächtigen, heroischen Gemälden von namhaften Künstlern aus Vergangenheit und Gegenwart.

Der Raum begann sich zu füllen. Kellner aus der benachbarten Bar streiften diskret zwischen den Sesseln und Stühlen umher und nahmen Bestellungen auf. Sie wußten wohl, wo das wirkliche Geld beheimatet war. Converse fand zwei Sessel am äußersten Ende, wo es etwas heller war. Er sah auf die Uhr, konnte das Zifferblatt kaum erkennen. Vierzig Minuten waren seit seinem Gespräch mit René verstrichen, gerade Zeit genug, um zu duschen und das Hemd zu wechseln. Er legte Zigaretten und Feuerzeug auf den Tisch und bestellte etwas zu trinken, ohne das marmorverkleidete Eingangsportal aus den Augen zu lassen.

Zwölf Minuten später sah er ihn. Mattilon kam mit energischen Schritten aus dem grellen Licht der Eingangshalle in die weiche Beleuchtung der Galerie. Er blieb einen Augenblick lang stehen, kniff die Augen zusammen und nickte dann. Er ging über den weichen Teppich auf Joel zu, sein Gesicht zeigte ein breites, ehrliches Lächeln. René Mattilon war Mitte bis Ende Fünfzig, aber sein Schritt, ebenso wie sein Aussehen ließen einen jüngeren Mann vermuten. Er verbreitete jene Aura um sich, wie sie für erfolgreiche Anwälte so typisch ist; ein offenkundiges Selbstvertrauen, das das Wesen seines Erfolgs bildete. Ein Selbstvertrauen aber, das aus Intelligenz und Geschicklichkeit, nicht nur aus Ego und Leistung geboren war.

Ein kräftiges Händeschütteln, dann eine kurze Umarmung. Der Franzose setzte sich Converse gegenüber, während Joel einen aufmerksamen Kellner herbeiwinkte. »Du solltest besser in Französisch bestellen«, sagte er. »Sonst bekommst du am Ende noch Schokoladeneis.«

»Dieser Mann spricht besser Englisch als du oder ich. Campari und Eis, bitte.«

»*Merci, Monsieur.*« Der Kellner ging.

»Nochmals vielen Dank, daß du gekommen bist«, sagte Converse. »Wirklich, das ist mein Ernst.«

»Du siehst gut aus, Joel. Müde, aber gut. Diese schreckliche Geschichte in Genf muß dir Alpträume verursachen.«

»Nein, wirklich nicht, das sagte ich doch schon. Ich war einfach zufällig in der Nähe.«

»Trotzdem. Es hätte ja auch *dich* erwischen können. In den Zeitungen stand, er sei in deinen Armen gestorben.«

»Ich war der erste, der ihn erreichte.«

»Wie schrecklich.«

»Das ist nicht das erstemal, daß ich so etwas erlebe, René«, antwortete Converse ruhig, ohne das, was er sagte, näher zu kommentieren.

»Ja, natürlich. Du warst besser auf so etwas vorbereitet als die meisten, kann ich mir vorstellen.«

»Ich glaube nicht, daß man auf so etwas je vorbereitet ist. Aber es ist vorbei. Wie steht's mit dir? Wie geht es?«

Mattilon schüttelte den Kopf, und seine Züge wirkten plötzlich fast verzweifelt. »In Frankreich regiert der reinste Wahnsinn, aber wir überleben es. Seit Monaten gibt es hier Pläne und wieder Pläne, aber die Planer treten sich gegenseitig in den Fluren der Regierung tot. Die Gerichte sind voll, das Geschäft blüht.«

»Das freut mich zu hören.« Der Kellner kam mit dem Campari, die beiden Männer nickten stumm, und Mattilons Augen musterten Joel. » Nein, wirklich«, fuhr Converse fort, als der Kellner sie verließ. »Man hört so viele Geschichten.«

»Bist du deshalb in Paris?« Der Franzose studierte Joels Gesicht. »Wegen der Geschichten über all die Unruhen, die es hier gibt? Das ist nicht so weltbewegend, weißt du, auch nicht anders als früher. *Noch* nicht. Die meisten privaten Unternehmen sind hier auch schon früher von der Regierung finanziert worden. Aber sie wurden wenigstens nicht von unfähigen Beamten geleitet, und dafür müssen wir vielleicht eines Tages die Rechnung bezahlen. Ist es das, was dich beunruhigt, oder, besser gesagt, deine Klienten?«

Converse trank. »Nein, das ist nicht der Grund meines Kommens. Mir geht es um etwas anderes.«

»Du bist besorgt, das kann ich sehen. Mich kannst du nicht so leicht täuschen, dazu kenne ich dich zu gut. Also, was ist so wichtig? Das war nämlich das Wort, das du am Telefon gebraucht hast.«

»Ja, das war es wohl. Vielleicht war es zu stark.« Joel leerte sein Glas und griff nach den Zigaretten.

»Deinen Augen nach nicht, mein Freund. Ich sehe sie, und ich sehe sie doch nicht. Sie scheinen wie von Wolken verhüllt.«

»Das siehst du falsch. Wie du schon sagtest, ich bin müde. Ich bin den ganzen Tag unterwegs gewesen, und wenn ich nicht im Flugzeug saß, dann in einer Flughafenhalle.« Er griff nach seinem Feuerzeug und probierte zweimal, bis eine Flamme erschien.

»Wir reden albernes Zeug. Also, was ist?«

Converse zündete sich eine Zigarette an und war bemüht, beiläufig zu klingen, als er fragte: »Kennst du einen Privatclub, der *L'Etalon Blanc* heißt?«

»Ich kenne ihn, aber man würde mich nicht hineinlassen«, antwortete der Franzose und lachte. »Ich war ein junger, unbedeutender Lieutenant – und was noch schlimmer ist, im Stabe des *juge-avocat* – und gehörte unseren Streitkräften eigentlich nur an, um ihren Operationen den Anschein der Legalität zu verleihen. Damit wir uns richtig verstehen, nur den Anschein. Mord galt als kleines Vergehen, und Vergewaltigung führte eher zu Gratulationen. Das *L'Etalon Blanc* ist ein Refugium für *les grands militaires* ... und diejenigen, die reich oder albern genug sind, um sich deren Fanfarenstöße anzuhören.«

»Ich möchte jemanden treffen, der dort drei- oder viermal die Woche zu Mittag ißt.«

»Kannst du ihn nicht anrufen?«

»Er kennt mich nicht und weiß auch nicht, daß ich ihn kennenlernen möchte. Es muß spontan passieren.«

»Wirklich? Für Talbot, Brooks and Simon? Das klingt höchst ungewöhnlich.«

»Ist es auch. Vielleicht haben wir mit jemandem zu tun, mit dem wir gar nichts zu tun haben wollen.«

»Ah, Missionarsarbeit. Wer ist es denn?«

»Wirst du es für dich behalten? Ich meine das ganz wörtlich, kein Wort zu irgend jemandem?«

»Bin ich ein Schwätzer? Wenn der Name mit irgend etwas in Konflikt steht, was wir gerade bearbeiten, dann sage ich es dir, und dann werde ich dir, offen gestanden, auch nicht helfen können.«

»Einverstanden. Der Mann heißt Jacques Louis Bertholdier.«

Mattilon hob die Brauen. »Dieser Kaiser hat noch all seine Kleider«, sagte der Franzose und lachte leise. »Auch wenn manche etwas anderes behaupten. Du kehrst die Treppe von oben, wie man in New York sagt. Kein Konflikt, *mon ami*, der spielt nicht in unserer Liga – wie ihr Amerikaner sagt.«

»Warum nicht?«

»Er ist von Heiligen und Kriegern umgeben. Kriegern, die Heilige sein möchten, und Heilige, die gern Krieger wären. Wer hat die Zeit für so etwas?«

»Du meinst, man nimmt ihn nicht ernst?«

»O doch, das tut man wohl. Sehr ernst, wenigstens tun das diejenigen, die die Zeit und die Neigung haben, erträumte Berge zu bewegen. Er ist eine Säule, Joel, eine Säule, deren Fundament heroischer Marmor ist. Er selbst ist unbeweglich. Er war der zweite de Gaulle, der nie an die Macht kam. Und manche sagen, das sei ein Jammer gewesen.«

»Was willst du damit sagen?«

Mattilon runzelte die Stirn und zuckte dann die Schultern.

»Ich weiß nicht. Das Land braucht, weiß Gott, jemanden. Und vielleicht hätte Bertholdier diesen Platz einnehmen und einen viel besseren Kurs steuern können als den, den wir schließlich eingeschlagen haben. Aber dafür waren wohl die Zeiten nicht die richtigen. Der Elysée-Palast war so etwas wie ein Kaiserhof geworden, und die Leute waren der königlichen Edikte und kaiserlichen Erlasse müde. Nun, *die* haben wir nicht mehr; an ihre Stelle sind die grauen Banalitäten eines Arbeiterführers getreten. Vielleicht ist es schade, obwohl er es immer noch schaffen könnte, kann ich mir vorstellen. Er hat seinen Aufstieg zum Olymp in sehr jungen Jahren begonnen.«

»Hat er nicht zur OAS gehört? Zu Salans Rebellen in Algier? Man hat sie eine nationale Schande genannt.«

»*Das* ist ein Urteil, von dem selbst die Intellektuellen heute etwas widerstrebend zugeben, daß man es möglicherweise revidieren muß. So wie sich Nordafrika und der Nahe Osten entwickelt haben, könnte ein französisches Algerien heute eine Trumpfkarte sein.« Mattilon hielt inne und griff sich ans Kinn. Seine Stirn war jetzt wieder gerunzelt. »Warum sollte Talbot, Brooks and Simon einen Bertholdier nicht als Klienten haben wollen? Er mag im Herzen Monarchist sein, aber er ist auch, weiß Gott, die personifizierte Ehre. Er mag ein elitäres Gehabe an sich haben, vielleicht sogar pompös wirken, aber trotzdem wäre er ein sehr akzeptabler Klient.«

»Es gibt da Dinge, die wir gehört haben ...«, sagte Converse leise und zuckte jetzt selbst die Schultern, als wollte er damit die Glaubwürdigkeit von Gerüchten abtun.

»*Mon Dieu*, doch nicht seine *Weiber*?« rief Mattilon aus und lachte. »Komm schon, wann wirst du einmal erwachsen werden?«

»Nicht Weiber.«

»Was dann?«

»Nun, sagen wir seine Umgebung, die Leute, die er kennt.«

»Ich hoffe, du unterscheidest da, Joel. Ein Mann wie Bertholdier kann sich natürlich seine Geschäftspartner auswählen, aber nicht seine Bekannten. Er betritt einen Raum, und jeder will sein Freund sein. Die meisten behaupten, er sei der ihre.«

»Genau das ist es, was wir herausfinden wollen. Ich möchte ein paar Namen vorbringen und sehen, ob sie wirklich *Partner* sind... oder nur Bekannte, an die er sich gar nicht erinnert.«

»*Bien.* Jetzt macht das, was du sagst, einen Sinn. Da kann ich helfen; da *werde* ich helfen. Wir werden morgen und übermorgen im *L'Etalon Blanc* zu Mittag essen. Jetzt ist die Wochenmitte, und Bertholdier wird ohne Zweifel an dem einen oder anderen Tag dort speisen. Wenn nicht, dann bleibt immer noch der Tag darauf.«

»Ich dachte, du kämest dort nicht durch die Tür?«

»Alleine nicht. Aber ich kenne jemanden, der das kann, und ich kann dir versichern, daß er mir den Gefallen tun wird.«

»Warum?«

»Er läßt sich keine Gelegenheit entgehen, mit mir zu sprechen. Er ist schrecklich langweilig und spricht bedauerlicherweise nur sehr wenig Englisch – hauptsächlich Zahlen und Worte wie ›In and Out‹ oder ›Over and Out‹ oder ›Dodger-Roger‹ oder ›Roger-Dodger‹ oder ›Runway Six‹ oder ›Lift-off-Five‹ und alle möglichen anderen unverständlichen Sätze.«

»Ein *Pilot*?«

»Er hat die ersten *Mirage* geflogen, brillant, wie ich vielleicht hinzufügen darf, und das läßt er einen nie vergessen. Ich werde zwischen euch dolmetschen müssen, und das spart mir zumindest die Mühe, das Gespräch zu beginnen. Weißt du etwas über die *Mirage*?«

»Ein Jet ist ein Jet«, sagte Joel. »Man fliegt sie mit voller Pulle, was sonst?«

»Ja, das sagt er manchmal auch. Volle Pulle. Ich dachte, das hätte mit Schnaps zu tun.«

»Warum redet er denn so gern mit dir? Ich nehme an, er ist Club-Mitglied.«

»Und wie er das ist. Wir vertreten ihn in einem aussichtslosen Fall gegen einen Flugzeugfabrikanten. Er besaß eine privat Düsenmaschine und hat bei einer eurer üblichen Notlandungen den linken Fuß verloren…«

»Nicht üblich bei mir, Kumpel.«

»Das Kabinendach klemmte. Er konnte den Abwurfmechanismus nicht betätigen, als er das wollte, und die Geschwindigkeit der Maschine genügend abgebremst war, um die Kollision zu vermeiden.«

»Er hat nicht die richtigen Knöpfe gedrückt.«

»Er behauptet, er hätte das schon getan.«

»Es gibt wenigstens zwei Hilfsschalter, darunter einen für manuelle Betätigung, und das gilt auch für eure Maschinen.«

»Das hat er uns inzwischen auch klargemacht. Es geht bei ihm nicht ums Geld, mußt du verstehen, er ist unermeßlich reich. Es geht um seinen Stolz. Verlieren heißt für ihn, seine Kompetenz in Frage zu stellen.«

»Wenn man ihn ins Kreuzverhör nimmt, wird viel mehr in Frage gestellt werden. Aber das wirst du ihm ja wahrscheinlich gesagt haben.«

»Auf sehr subtile Art. Darauf bereiten wir ihn vor.«

»Und unterdessen führt ihr zahlreiche Gespräche mit saftigem Honorar.«

»Gleichzeitig retten wir ihn vor sich selbst. Wenn wir es schnell oder zu vordergründig täten, würde er uns einfach entlassen und sich mit jemand anderem einlassen, dessen Prinzipien nicht so edelmütig sind wie unsere. Wer sonst würde schon einen solchen Fall übernehmen? Die Fabrik gehört jetzt der Regierung, und die wird, weiß Gott, nicht bezahlen.«

»Das ist ein wichtiger Punkt. Was wirst du ihm über mich sagen? Über den Club?«

Mattilon lächelte. »Daß du als ehemaliger Pilot *und* Rechtsanwalt vielleicht über Wissen verfügst, das für seinen Fall wertvoll sein könnte. Was das *L'Etalon Blanc* angeht, so werde ich es vorschlagen und ihm sagen, du würdest beeindruckt sein. Ich werde dich als so etwas wie einen Attila den Hunnenkönig bezeichnen. Was hältst du davon?«

»Nicht sehr viel.«

»Glaubst du, daß du ihm diesen Eindruck geben kannst?«

fragte der Franzose. Die Frage war ernst gemeint. »Das wäre eine Möglichkeit, Bertholdiers Bekanntschaft zu machen. Mein Klient und er sind nicht nur Bekannte, sie sind Freunde.«

»Ich werde es schaffen.«

»Daß du einmal Kriegsgefangener in Vietnam warst, wird sehr hilfreich sein. Wenn du Bertholdier das Lokal betreten siehst und den Wunsch äußerst, ihm vorgestellt zu werden, so wird man den Wunsch eines ehemaligen Kriegsgefangenen nicht einfach abtun.«

»Das würde ich nicht so auffällig tun«, sagte Converse.

»Warum nicht?«

»Nun, wenn man etwas gräbt, könnte man einen Stein finden, der nicht in den Boden gehört.«

»Oh?« Wieder hoben sich Mattilons Brauen, aber diesmal nicht erstaunt und nicht gespielt, sondern einfach überrascht. »›Graben‹, so wie du das Wort gebrauchst, deutet auf etwas mehr als ein spontanes Zusammentreffen, bei dem ebenso spontan ein paar Namen fallen.«

»Wirklich?« Joel drehte sein Glas zwischen den Fingern und ärgerte sich und wußte zugleich, daß jeder Widerspruch seinen Lapsus nur noch schwerwiegender erscheinen lassen mußte. »Tut mir leid, das war eine instinktive Reaktion. Du weißt ja, was ich von dem Thema halte.«

»Ja, das weiß ich, und das hatte ich vergessen. Das war ungeschickt von mir. Ich bitte um Entschuldigung.«

»Tatsächlich würde ich am liebsten meinen Namen nicht gebrauchen. Macht dir das etwas aus?«

»Du bist der Missionar, nicht ich. Wie soll ich dich nennen?« Der Franzose musterte Converse eindringlich.

»Das hat nichts zu sagen.«

Mattilon kniff die Augen zusammen. »Wie wäre es mit dem Namen eines deiner Chefs, Simon? Wenn du Bertholdier vorgestellt wirst, könnte ihn das beeindrucken. *Le duc de St. Simon* war einer der wichtigsten Chronisten der Monarchie. Henry Simon. In den Staaten gibt es bestimmt tausend Anwälte, die Henry Simon heißen.«

»Also gut, Simon.«

»Du hast mir wirklich alles gesagt, mein Freund?« fragte René mit ausdruckslosem Blick. »Alles, was du mir sagen willst.«

»Ja, das habe ich«, sagte Joel, und seine eigenen Augen waren eine blauweiße Wand. »Komm, wir nehmen noch einen Drink.«

»Lieber nicht. Es ist schon spät, und meine derzeitige Frau bekommt Migräne, wenn ihr Abendessen kalt wird. Sie kocht übrigens ausgezeichnet.«

»Du bist ein Glückspilz.«

»Ja, das bin ich.« Mattilon trank aus, stellte sein Glas auf den Tisch und meinte beiläufig: »Das war Valerie übrigens auch. Ich werde diesen phantastischen *Canard à l'orange* nie vergessen, den sie uns vor drei oder vier Jahren in New York gemacht hat. Hörst du noch gelegentlich von ihr?«

»Hören und sehen«, antwortete Converse. »Ich habe letzten Monat in Boston mit ihr zu Mittag gegessen. Ich hab' ihr ihren Unterhaltsscheck gegeben, und sie hat die Rechnung übernommen. Übrigens, sie fängt an, ihre Gemälde zu verkaufen.«

»Daran habe ich nie gezweifelt.«

»Sie schon.«

»Das war unnötig... Ich habe Val immer gemocht. Wenn du sie wiedersiehst, dann bestell ihr alles Liebe von mir.«

»Wird gemacht.«

»*Merci*. Ich ruf dich morgen an.«

Das *L'Etalon Blanc* war ein Alptraum für jeden Pazifisten. Die mit schwerem dunklen Holz getäfelten Wände des Clubs waren mit Fotografien und Drucken bedeckt, dazwischen gerahmte Belobigungen und blitzende Orden – rote Bänder und goldene und silberne Medaillen auf schwarzen Samtkissen. Das alles war wie ein visuelles Protokoll über jedes heroische Gemetzel in den letzten zwei Jahrhunderten. Einfache Federzeichnungen wurden abgelöst von Fotografien, als aus Pferden, Caissons und Säbeln Motorräder, Tanks, Flugzeuge und Kanonen wurden. Aber die Szenen unterschieden sich nicht, ihre Themen blieben konstant. Siegreiche Männer in Uniformen, abgebildet im Augenblick des Ruhms. Alles Leid, das vielleicht dahinterstand, war auf seltsame Art abwesend. In den Augen blitzte nur strenge Zielstrebigkeit und Wissen um das Geleistete, und das drückte sich auch in den Posen aus. Diese Männer waren keine Verlierer, hier gab es keine fehlenden Gliedmaßen, keine zerfetzten Gesichter; dies waren die privilegierten Krieger, irgendwie unverletzt und doch verletzend und ihre lebenslange Mission von echter Arroganz gezeichnet.

»Luboque ist gerade eingetroffen«, sagte Mattilon leise, indem er hinter Converse trat. »Ich habe seine Stimme im Vorraum gehört. Denk daran, du brauchst es nicht zu übertreiben – ich werde nur das übersetzen, was paßt –, aber du mußt überzeugt nicken, wenn er eine seiner zornigen Bemerkungen macht. Und lachen, wenn er Witze erzählt; sie sind schrecklich, aber das mag er.«

»Ich werde mein Bestes tun.«

»Ich will dir einen Anreiz geben. Bertholdier hat einen Tisch fürs Mittagessen reserviert. An seinem gewohnten Platz, Tisch elf, am Fenster.«

»Wo sind *wir*?« fragte Joel, der im Gesicht des Franzosen die zusammengepreßten Lippen eines kleinen Triumphs entdeckte.

»Tisch zwölf.«

»Wenn ich je einen Anwalt brauche, werde ich dich anrufen.«

»Wir sind furchtbar teuer. Komm jetzt, wie es in all diesen wundervollen Filmen in Amerika heißt. ›Sie sind dran, Monsieur Simon.‹ Spiel die Rolle des Attila, aber übertreib nicht. ... *Ahh*, Monsieur Luboque, Serge, *mon ami!*«

Mattilon hatte das Eintreten von Serge Luboque bemerkt; er drehte sich herum, als das Stampfen auf dem Boden lauter wurde. Luboque war ein kleinwüchsiger, schlanker Mann, was unwillkürlich den Gedanken an das Bild jener frühen Düsenpiloten aufkommen ließ, als Kleinheit noch eine wichtige Anforderung war. Darüber hinaus wirkte er beinahe wie eine Karikatur seiner selbst. Sein kurzer, gewachster Schnurrbart saß in einem kleinen Gesicht, das in feindseliger

Ablehnung verkniffen war. Diese Ablehnung richtete sich gegen alle und keinen. Der Effekt war wichtig, nicht der Inhalt. Was immer er früher gewesen sein mochte, jetzt war Luboque ein *poseur*, der seine Posen kannte. Eine brillante und aufregende Vergangenheit war für ihn verloren; jetzt hatte er nur noch die Erinnerungen, der Rest war Zorn.

»*Et voici l'expert légal des compagnies aériennes*«, sagte er, sah dabei Converse an und streckte ihm die Hand hin.

»Serge ist hocherfreut, dich kennenzulernen, und ist sicher, daß du uns helfen kannst«, erklärte Mattilon.

»Ich will tun, was ich kann«, sagte Converse. »Und bitte ihn um Nachsicht dafür, daß ich nicht Französisch spreche.«

Das tat der Anwalt offensichtlich, während Luboque die Schultern zuckte und schnell und unverständlich auf den Anwalt einredete; dabei tauchte einige Male das Wort *anglais* auf.

»Er bittet ebenfalls um Entschuldigung, daß er nicht Englisch spricht«, sagte Mattilon und sah Joel an, wobei sein Blick etwas hämisch wurde, als er hinzufügte: »Wenn er lügt, Monsieur Simon, dann könnte es sein, daß man uns beide an diese dekorierten Wände stellt und erschießt!«

»Sicher nicht«, sagte Converse und lächelte. »Dabei könnten die Orden beschädigt und die Bilder zerrissen werden. Alle Welt weiß, daß ihr lausige Schützen seid.«

»*Qu'est-ce que vous dites*?«

»*Monsieur Simon tient à vous remercier pour le déjeuner*«, sagte Mattilon und wandte sich wieder seinem Klienten zu. »*Il en est très fier car il estime que l'officier français est l'un des meilleur du monde.*«

»Was hast du gesagt?«

»Ich habe ihm erklärt«, sagte der Anwalt und drehte sich wieder herum, »daß du es als Ehre betrachtest, hier zu sein, da das französische Militär – besonders das Offizierskorps – deiner Ansicht nach das beste auf der Welt ist.«

»Nicht nur lausige Schützen, sondern auch miese Piloten«, sagte Joel lächelnd und würdig nickend.

»*Est il vrai que vous avez pris part à nombreuses missions dans l'Asie du Sud?*« fragte Luboque, wobei er Converse fixierte.

»Wie bitte?«

»Er möchte eine Bestätigung, daß du wirklich ein Attila der Lüfte bist, daß du viele Einsätze geflogen bist.«

»Eine ganze Menge«, antwortete Joel.

»*Beaucoup*«, sagte Mattilon.

Und so ging es weiter. Serge Luboque berichtete von seinen Heldentaten, und Mattilon übersetzte und beriet in jedem einzelnen Fall Joel, welchen Gesichtsausdruck er aufsetzen sollte, und empfahl ihm eine passende Antwort, die er sowieso in jedem Fall geben würde.

Schließlich schilderte Luboque mit eindringlichen Worten den Absturz, der ihn den linken Fuß gekostet hatte, und die offensichtlichen Konstruktionsfehler, für die er eine Entschädigung erwartete. Converse setzte eine angemessen bedauernde und indignierte Miene auf und erbot sich, ein juristisches Gutachten für das Gericht zu verfassen, das auf seinen Erfahrungen als Düsenpilot basierte. Mattilon übersetzte; Luboque strahlte und gab einen erregten Wortschwall von sich, den Joel als Dankesbezeigung hinnahm.

»Er steht ewig in deiner Schuld«, sagte René.

»Nicht, wenn ich das Gutachten schreibe«, erwiderte Converse. »Er hat sich im Cockpit eingeschlossen und den Schlüssel weggeworfen.«

»Schreib es«, konterte Mattilon und lächelte. »Du hast mir jetzt gerade meine Zeit honoriert. Wir werden das als Keil benutzen, um uns die Tür zum Rückzug zu öffnen. Außerdem wird er dich nie wieder zum Essen einladen, wenn du in Paris bist.«

»Wann gibt es Mittagessen? Ich weiß bald nicht mehr, wie ich das Gesicht verziehen soll.«

Sie marschierten in stockendem Gleichschritt in den Speisesaal, um sich Luboques Humpeln anzuschließen. Die lächerliche dreiseitige Konversation dauerte an, als der Wein angeboten wurde – wobei der *poseur* mit finsterer Miene die erste Flasche zurückschickte –, und Converse immer wieder zum Eingang des Speisesaals blickte.

Dann kam der Augenblick. Bertholdier traf ein. Er stand

unter dem offenen Bogen, den Kopf etwas nach links gedreht, wo ein zweiter Mann in einem hellbraunen Gabardinemantel auf ihn einredete. Der General nickte, worauf sich der Untergebene zurückzog. Dann betrat der Soldat mit ruhigen, aber selbstbewußten Schritten den Raum. Köpfe drehten sich ihm zu, und der Eintretende erwiderte die Blicke, als würde ein großer Dauphin, der bald König sein wird, die Artigkeiten der Minister eines siechen Monarchen entgegennehmen. Die Wirkung war außergewöhnlich, denn natürlich gab es keine Königreiche, keine Monarchien, keine Länder, die nach der Eroberung an die Ritter von Crécy oder sonst jemanden zu verteilen gewesen wären, und dennoch gewährte man diesem *Mann* ruhig den Auftritt eines... ja *verdammt*, dachte Joel... den Auftritt eines *Kaisers*.

Jacques Louis Bertholdier war mittelgroß, zwischen einem Meter dreiundsiebzig und einem Meter achtundsiebzig, sicher nicht größer, aber seine Haltung, sein aufrechter Gang, die breiten Schultern und sein langer kräftiger Hals ließen ihn imposanter erscheinen, als man es bei einem Mann dieser Größe erwartet hätte.

»Sag etwas Ehrfürchtiges«, sagte Mattilon, als Bertholdier näherkam und auf den Nebentisch zuging. »Blick zu ihm auf und gib dich beeindruckt. Den Rest übernehme ich.«

Converse tat, was man ihn geheißen hatte, murmelte Bertholdiers Namen laut genug, daß man ihn hören konnte. Dann beugte er sich zu Mattilon hinüber und sagte: »Das ist ein Mann, den ich schon immer kennenlernen wollte.«

Darauf folgte ein kurzer Wortwechsel in Französisch zwischen René und seinem Klienten, worauf Luboque nickte und den Gesichtsausdruck eines arroganten Mannes zeigte, der sich freute, einem neuen Freund einen Gefallen erweisen zu können.

Bertholdier erreichte seinen Stuhl, wo bereits der Geschäftsführer und der Oberkellner warteten. Der ganze Auftritt vollzog sich kaum mehr als eine Armlänge von Joel entfernt.

»*Mon Général*«, sagte Luboque und erhob sich.

»Serge«, erwiderte Bertholdier und trat mit ausgestreckter Hand vor, ein vorgesetzter Offizier, der das Gebrechen eines wertvollen Untergebenen kannte. »*Comment ça va?*«

»*Bien, Jacques. Et vous?*«

»*Les temps sont bien étranges, mon ami.*«

Die Begrüßung blieb kurz, und Luboque änderte den Lauf des Gespräches schnell, indem er auf Converse deutete, während er zu sprechen fortfuhr. Joel stand instinktiv auf, die Haltung gerade, die Augen starr auf Bertholdier gerichtet, der Blick so durchdringend wie der des Generals, soldatisch, aber ohne Angst... Er hatte recht gehabt – auf unerwartete Art. Das Wort Südostasien hatte für Jacques Louis Bertholdier Bedeutung. Und warum auch nicht? Auch der hatte seine Erinnerungen. Mattilon wurde fast beiläufig vorgestellt, der Soldat nickte ihm zu, während er hinter René vorbeitrat, um Joel die Hand zu schütteln.

»Es ist mir ein Vergnügen, Monsieur Simon«, sagte Bertholdier in akzentfreiem Englisch, während er ihm fest die Hand drückte, ein Kamerad, der einen anderen begrüßte.

»Ich bin sicher, Sie haben das schon Tausende Male gehört, Sir«, sagte Joel, bemüht, das Leuchten in seinen Augen beizubehalten. »Aber dies ist eine Begegnung, auf die ich nie zu hoffen gewagt habe. Wenn Sie gestatten, General, es ist mir eine Ehre, Ihre Bekanntschaft zu machen.«

»Es ist mir eine Ehre, *Sie* kennenzulernen«, erwiderte Bertholdier. »Ihr Gentlemen-of-the-air habt alles getan, was ihr konntet, und ich kenne die Umstände. So viele Einsätze! Ich glaube, auf dem Boden war es einfacher!« Der General lachte leise, ein gefeierter Held, der einem tapferen, nie gefeierten Waffenkameraden die Ehre erweist.

Gentlemen-of-the-air; der Mann war unglaublich, dachte Converse. Aber der Kontakt war gelungen; war *wirklich* gelungen, das fühlte er, das wußte er. Das Zusammenspiel von Worten und Blicken hatte das bewirkt. So einfach; der Trick eines Anwalts, mit dem er einen Widersacher zähmt – in diesem Fall einen Feind. Den Feind.

»Dem kann ich nicht zustimmen, General; in der Luft war es viel ungefährlicher. Aber wenn es bei den Bodenkämpfen in Indochina mehr von Ihrer Art gegeben hätte, dann hätte es nie ein Dien Bien Phu gegeben.«

»Ein sehr schmeichelhaftes Wort, aber ich bin nicht sicher, daß es der Prüfung durch die Realität standhielt.«

»Ich bin sicher«, sagte Joel leise, aber deutlich. »Ich bin davon überzeugt.«

Luboque, den Mattilon ins Gespräch gezogen hatte, unterbrach. »*Mon Général, voulez-vous nous joindre?*«

»*Pardonnez-moi. Je suis occupé avec mes visiteurs*«, antwortete Bertholdier und wandte sich wieder Converse zu. »Ich muß Serges Einladung leider ablehnen, ich erwarte Gäste. Er sagt, Sie seien Rechtsanwalt, Spezialist für Luftfahrtprobleme.«

»Das ist Teil eines größeren Bereichs, ja. Luft, Boden, Seefahrzeuge... Wir versuchen, uns in diesem Bereich zu spezialisieren. Tatsächlich bin ich noch ziemlich neu – nicht, was meine Erfahrung angeht, hoffe ich –, aber in der Vertretung solcher Fälle.«

»Ich verstehe«, sagte der General, sichtlich etwas verwirrt. »Sind Sie beruflich in Paris?«

Jetzt, dachte Joel. Die Worte, die Augen und die Stimme mußten all das vermitteln, worauf es jetzt ankam. Besonders die Augen; sie mußten das Ungesagte zeigen. »Nein, ich bin nur hier, um etwas zu entspannen. Ich bin von San Francisco nach New York und dann weiter nach Paris geflogen. Morgen will ich für ein oder zwei Tage nach Bonn und dann geht es weiter nach Tel Aviv.«

»Das muß sehr anstrengend sein.« Bertholdier erwiderte jetzt seinen Blick.

»Das ist noch nicht das schlimmste«, sagte Converse mit einem schwachen Lächeln. »Nach Tel Aviv habe ich einen Nachtflug nach Johannesburg.«

»Bonn, Tel Aviv, Johannesburg...«, sagte der Soldat mit leiser Stimme, seine Augen waren jetzt hellwach. »Eine höchst ungewöhnliche Reiseroute.«

»Aber auch lohnend. Das hoffen wir zumindest.«

»Wir?«

»Mein Klient, General. Mein neuer Klient.«

»*Déraisonnable*?« rief Mattilon und lachte über irgend etwas, das Luboque gesagt hatte, und machte Joel damit ebenso offensichtlich klar, daß er seinen ungeduldigen Partner nicht länger im Gespräch festhalten konnte.

Aber Bertholdier wandte den Blick nicht von Converse. »Wo sind Sie denn abgestiegen, mein junger Pilotenfreund?«

»Jung und doch nicht mehr so jung, General.«

»Wo?«

»Im Georges V. Suite zweihundertfünfunddreißig.«

»Ein schönes Etablissement.«

»Gewohnheit. Meine frühere Firma hat mich immer dort stationiert.«

»Stationiert? Wie in einer Kaserne?« fragte Bertholdier, um dessen Lippen jetzt ein leichtes Lächeln spielte.

»Das war jetzt unbewußt«, sagte Joel. »Aber andererseits sagt es das doch, nicht wahr, Sir?«

»Ja, in der Tat... Aha, meine Gäste kommen!« Der Soldat streckte ihm die Hand hin. »Es war mir ein Vergnügen, Monsieur Simon.«

Hände wurden geschüttelt, ein paar schnelle *au revoirs*, und Bertholdier kehrte an seinen Tisch zurück, um seine Gäste zu begrüßen. Joel dankte mit Hilfe Mattilons Luboque, daß er ihn vorgestellt hatte. Dann wurde der verrückte dreiseitige Dialog fortgesetzt, und Joel hatte alle Mühe, wenigstens eine Andeutung von Konzentration zu bewahren.

Er hatte Fortschritte gemacht, das hatte er in Bertholdiers Augen gelesen, die jetzt immer wieder zu ihm herüberschweiften. Der General saß schräg links von Converse. Beide brauchten das Gesicht nur wenig zur Seite zu drehen, um sich direkt in die Augen blicken zu können. Das geschah zweimal. Das erstemal spürte Joel den intensiven Blick so, als fiele ein Sonnenstrahl auf seine Schläfe. Er drehte den Kopf kurz zur Seite, ihre Augen begegneten sich, und die des Soldaten musterten ihn durchdringend, fragend und ernst. Das zweitemal geschah es eine halbe Stunde später, diesmal war Converse der Auslösende. Luboque und Mattilon diskutierten juristische Strategien, und Joel drehte sich langsam, wie von einem Magneten angezogen, nach links und beobachtete Bertholdier, der ruhig und eindringlich auf einen seiner Gäste einredete. Plötzlich fuhr der Kopf des Generals, während der Angesprochene noch antwortete, zu Converse herum, nur daß seine Augen im ersten Moment nicht fragend blickten, sondern kalt wie Eis. Und dann war plötzlich Wärme in ihnen, und der gefeierte Soldat nickte ihm mit einem Lächeln um die Lippen zu.

Joel saß auf dem weichen Ledersessel am Fenster des schwach beleuchteten Wohnzimmers; eine Stehlampe auf dem Schreibtisch war die einzige Lichtquelle im Raum. Wieder wanderte sein Blick zwischen dem Telefon neben der Lampe und dem Fenster hin und her, hinter dem der Nachtverkehr von Paris vorüberzog – aber die Lichter auf dem Boulevard interessierten ihn nicht. Sein Blick faßte nur das Telefon und verlieh ihm eine Bedeutung, die Telefone für ihn häufig hatten, wenn er auf den Anruf eines juristischen Gegners wartete, mit dessen Kapitulation er rechnete. Das war einfach eine Frage der Zeit.

Diesmal erwartete er keine Kapitulation, nur einen Kontakt, eine Verbindung, *die* Verbindung. Welche Form sie annehmen würde, ahnte er nicht, aber kommen würde sie. Sie mußte kommen.

Es war fast halb acht, vier Stunden seit Verlassen des *L'Etalon Blanc* und dem abschließenden kräftigen Händedruck, den er mit Jacques Louis Bertholdier getauscht hatte. Der Blick in den Augen des Soldaten war unverkennbar gewesen: Wenn vielleicht auch sonst nichts war, überlegte Converse, so würde Bertholdier wenigstens seine Neugierde befriedigen müssen.

Joel hatte an der Rezeption des Hotels mit ein paar Hundert-Francs-Noten seine Tarnung gesichert. In diesen Tagen nationaler und finanzieller Unruhen war dies nicht ungewöhnlich – und eigentlich selbst in ruhigeren Zeiten nie gewesen. Reisende Geschäftsleute mußten häufig Decknamen benützen, dafür gab es eine ganze Anzahl von Gründen, angefangen mit Verhandlungen, die am besten geheim blieben, bis zu amourösen Verabredungen. Im Falle von

Converse ließ der Gebrauch des Namens Simon das Ganze logisch, wenn nicht sogar höchst respektabel erscheinen. Wenn Talbot, Brooks and Simon es vorzogen, daß der Name eines der Seniorpartner benutzt wurde, wer sollte da schon die Entscheidung anzweifeln? Joel führte seine List sogar noch einen Schritt weiter. Nachdem er New York angerufen hatte, erklärte er, man habe ihm gesagt, sein Name solle überhaupt nicht auftauchen; niemand wisse, daß er in Paris sei, und so wolle es seine Firma haben. Offenbar erklärten diese verspäteten Instruktionen auch die Panne bei der Reservierung. Es sollte auch keine Rechnung ausgestellt werden. Er würde bar bezahlen, und da man in Paris war, hatte niemand auch nur die geringsten Einwände. Bargeld genoß stets den Vorzug; Kreditkarten galten immer noch als leicht anrüchig.

Ob irgend jemand den Unsinn glaubte oder nicht, war belanglos. Alles klang hinreichend logisch, und die Francs-Noten waren überzeugend. Die erste Karteikarte wurde zerrissen und eine andere ausgestellt. An die Stelle von J. Converse trat H. Simon. Die Adresse des letzteren entsprang Joels Phantasie, eine Hausnummer und eine Straße in Chicago, Illinois, die es wahrscheinlich überhaupt nicht gab. Falls jemand nach Mr. Converse fragen sollte – was in hohem Grade unwahrscheinlich war –, würde er erfahren, daß sich im Augenblick kein Gast dieses Namens im George V. aufhielt. Selbst René Mattilon war kein Problem, denn Joel hatte sich auch ihm gegenüber eindeutig geäußert. Da er keine weiteren Geschäfte in Paris hätte, wolle er die Sechs-Uhr-Maschine nach London nehmen und sich dort ein paar Tage bei Freunden aufhalten, ehe er nach New York zurückflog. Er dankte René überschwenglich und sagte dem Franzosen, die Sorge seiner Firma bezüglich Bertholdiers sei unbegründet gewesen. Er hätte während seines leisen Gesprächs mit dem General drei wichtige Namen erwähnt, die dem Franzosen offensichtlich unbekannt gewesen waren, da er sich sogar entschuldigt hatte, weil sie ihm nichts sagten.

»Und er hat nicht gelogen«, war Joel fortgefahren.

»Ich könnte mir auch nicht vorstellen, warum er das tun sollte«, hatte Mattilon geantwortet.

Ich schon, hatte Converse bei sich gedacht. *Sie nennen es Aquitania.*

Ein Knacken! Plötzlich störte ein Geräusch die Stille, ein hartes, metallisches Knacken, einmal, zweimal... ein Schloß, das sich öffnete, ein Knopf, der gedreht wurde. Es kam aus dem Schlafzimmer, dessen Tür offenstand. Joel ruckte in seinem Stuhl nach vorne, dann sah er auf die Uhr, atmete tief durch und entspannte sich wieder. Das war die Zeit, in der das Zimmermädchen das Bett für die Nacht herrichtete; seine Nerven hatten ihm einen Streich gespielt. Das war der mit Spannung erwartete Anruf und was er für Joel bedeutete. Wieder lehnte er sich zurück, und seine Augen wanderten zum Telefon zurück. Wann würde es klingeln? Würde es *überhaupt* klingeln? Die Minuten strichen so langsam dahin, und die Stunden zu schnell.

»*Pardon, Monsieur*«, sagte eine helle Stimme, und jemand klopfte gegen den Türrahmen. Joel konnte nicht sehen, wer gesprochen hatte.

»Ja?« Converse wandte den Blick von dem stummen Telefon ab.

Was er sah, ließ ihn vor Überraschung hochschrecken. Es war die hoch aufgerichtete Gestalt von Jacques Louis Bertholdier, in dessen Blick sich Prüfung, Herablassung und – wenn Joel nicht irrte – eine Spur von Furcht mischten. Er trat durch die Türe und stand dann reglos da; als er zu sprechen begann, klang seine Stimme eisig.

»Ich bin im dritten Stock zum Abendessen verabredet, Monsieur Simon. Da ist mir eingefallen, daß Sie in diesem Hotel wohnen. Sie haben mir Ihre Zimmernummer genannt. Störe ich?«

»Selbstverständlich *nicht*, General«, sagte Converse, der aufgestanden war.

»Haben Sie mich erwartet?«

»Nicht so plötzlich.«

»Aber immerhin erwartet?«

Joel machte eine Pause. »Ja.«

»Ein Signal, das Sie ausgesandt haben und das empfangen worden ist?«

Wieder machte Joel eine Pause. »Ja.«

»Sie sind entweder ein provozierend geschickter Anwalt oder ein seltsam besessener Mann. Was von beiden stimmt, Monsieur Simon?«

»Wenn ich Sie dazu provoziert habe, mich aufzusuchen, und mir das derart subtil gelungen ist, will ich das erste gern akzeptieren. Was die Besessenheit angeht, so meint dieses Wort auch eine übertriebene oder nicht gerechtfertigte Sorge, und die Sorgen, die ich habe, sind weder übertrieben noch unberechtigt, das weiß ich ganz genau. Nein, besessen nicht, General. Dazu bin ich ein zu guter Anwalt.«

»Ein Pilot kann sich nicht selbst belügen. Wenn er das tut, stürzt er ab.«

»Ich bin abgeschossen worden. Ich bin nie infolge eines Pilotenfehlers abgestürzt.«

Bertholdier ging langsam auf die mit Brokat bezogene Couch an der Wand zu. »Bonn, Tel Aviv und Johannesburg«, sagte er leise, während er sich setzte und die Beine übereinanderschlug. »Das Signal?«

»Das Signal.«

»Meine Firma hat Interessen in diesen Bereichen.«

»Mein Klient auch«, erwiderte Converse.

»Und was haben *Sie*, Monsieur Simon?«

Joel starrte den Soldaten an. »Eine Verpflichtung, General.«

Bertholdier blieb eine Weile stumm und reglos, seine Augen blickten fragend. »Kann ich einen Cognac haben?« sagte er schließlich. »Mein Begleiter wartet vor dieser Tür auf dem Flur.«

4

Converse ging zu dem Barschrank an der Wand, wobei er sich der Blicke des anderen bewußt war, und er fragte sich, welche Richtung das Gespräch wohl nehmen würde. Joel war eigenartig ruhig, so wie er das häufig vor Konferenzen oder einer Gerichtsverhandlung war, in dem sicheren Wissen, daß ihm Dinge bekannt waren, die seine Gegner nicht kannten – Informationen, die er sich in langen Stunden harter Arbeit beschafft hatte. Bei dieser Sache hatte es zwar für ihn keine solche Arbeit gegeben, aber die Umstände waren die gleichen. Er wußte eine ganze Menge über die Legende namens Jacques Louis Bertholdier, die dort auf der Couch saß. Kurz, er war vorbereitet, und er hatte im Laufe der Jahre gelernt, seinen Instinkten zu vertrauen... so wie er einst jenen Instinkten vertraut hatte, die ihn am Steuerknüppel seiner Flugzeuge lenkten. Er war bereit. Joel drehte sich um und ging durchs Zimmer.

»Was suchen Sie, Monsieur Simon?« fragte Bertholdier und nahm sein Glas entgegen.

»Informationen, General.«

»Worüber?«

»Weltmärkte – expandierende Märkte, die mein Klient beliefern könnte.« Joel ging zu seinem Platz am Fenster zurück und setzte sich.

»Und welche Dienste bietet er?«

»Er ist Makler.«

»Der sich womit befaßt?«

»Mit einem breiten Spektrum von Produkten.« Converse führte sein Glas an die Lippen, trank und fügte dann hinzu: »Ich glaube, ich habe diese Produkte heute nachmittag erwähnt. Flugzeuge, Fahrzeuge, Schiffe, Munition. Eben das ganze Spektrum.«

»Erwähnt haben Sie das. Ich habe es leider nicht richtig verstanden.«

»Mein Klient hat Zugang zu Quellen, die über alles hinausgehen, was mir bisher bekannt war.«

»Sehr eindrucksvoll. Wer ist es?«

»Ich bin nicht befugt, darüber Auskunft zu geben.«

»Vielleicht kenne ich ihn.«

»Das könnte sein, aber nicht von dem, was ich Ihnen erzählt habe. Er hält sich in diesem Bereich sehr bedeckt, so daß man sagen könnte, es gibt ihn nicht.«

»Und Sie wollen mir nicht sagen, wer er ist«, fragte Bertholdier.

»Diese Information ist vertraulich, wie wir Anwälte sagen.«

»Und doch haben Sie sich um Kontakt zu mir bemüht, ein Signal ausgesandt, auf das ich reagiert habe. Sie sagen, daß Sie Informationen suchen bezüglich expandierender Märkte aller Arten von Waren, und erwähnten Bonn, Tel Aviv, Johannesburg. Und dennoch wollen Sie den Namen Ihres Klienten nicht nennen, der aus meinen Informationen Nutzen ziehen will – Informationen, die ich wahrscheinlich nicht einmal besitze. Das alles kann doch nicht Ihr Ernst sein.«

»Sie *besitzen* die Informationen, und es ist sehr wohl mein Ernst. Aber ich fürchte, Sie haben die falschen Schlüsse gezogen.«

»Das glaube ich überhaupt nicht. Ich beherrsche Ihre Sprache ganz gut und habe gehört, was Sie sagten. Sie sind aus dem Nichts erschienen. Ich weiß nichts über Sie. Sie sprechen geheimnisvoll von diesem unbekannten, einflußreichen Mann...«

»Sie haben mich *gefragt,* General«, unterbrach ihn Joel entschieden, aber ohne die Stimme zu heben. »Sie haben gefragt, was ich suche.«

»Und Sie sagten, Informationen.«

»Ja, das habe ich, aber ich sagte nicht, daß ich sie bei Ihnen suche.«

»Wie bitte?«

»Unter den gegebenen Umständen – und aus den Gründen, die Sie gerade erwähnten, würden Sie sie mir ohnehin nicht geben, dessen bin ich mir wohl bewußt.«

»Was soll dann diese..., soll ich sagen, gewollte Unterhaltung? Ich mag es nicht, wenn andere meine Zeit vergeuden, Monsieur.«

»Das ist das allerletzte, was wir tun würden – was *ich* tun würde.«

»Bitte, werden Sie deutlich.«

»Mein Klient wünscht sich Ihr Vertrauen. *Ich* wünsche es mir. Aber wir wissen, daß Sie es uns erst dann gewähren können, wenn Sie das Gefühl haben, daß es gerechtfertigt ist. In ein paar Tagen – höchstens einer Woche – hoffe ich, Ihnen das beweisen zu können.«

»Durch Reisen nach Bonn, Tel Aviv... Johannesburg?«

»Offen gestanden, ja.«

»Warum?«

»Sie haben es vor ein paar Minuten selbst gesagt. Das Signal.«

Plötzlich wurde Bertholdier vorsichtig. Er zuckte die Schultern betont beiläufig; er war im Begriff, sich zurückzuziehen. »Das sagte ich, weil meine Firma in diesen Gegenden beträchtliche Investitionen getätigt hat. Ich hielt es für plausibel, daß Sie bezüglich dieser Interessen einen Vorschlag oder Vorschläge zu machen hätten.«

»Das ist auch meine Absicht.«

»Bitte, werden Sie deutlicher«, sagte der Soldat, der sich große Mühe gab, seine Gereiztheit unter Kontrolle zu halten.

»Sie wissen, daß ich das nicht kann«, erwiderte Joel. »Noch nicht.«

»Wann?«

»Wenn Ihnen – Ihnen allen – klar ist, daß mein Klient und damit auch ich ebenso starke Motive haben, Teil von Ihnen zu sein, wie die Ergebensten in Ihren Reihen.«

»Teil meiner Firma? *Juneau et Compagnie*?«

»Verzeihen Sie mir, General, ich erspare es mir, darauf zu antworten.«

Bertholdier blickte auf das Glas in seiner Hand und sah dann wieder zu Converse. »Sie sagen, Sie seien mit dem Flugzeug aus San Francisco gekommen.«

»Dort ist nicht meine Basis«, unterbrach ihn Joel.

»Aber Sie kamen aus San Francisco. Nach Paris. Warum waren Sie dort?«

»Das will ich Ihnen beantworten, und wäre es nur, um Ihnen zu zeigen, wie gründlich wir sind... und um wieviel gründlicher andere sind. Wir haben – *ich* habe – ein paar Überseesendungen bis zu den entsprechenden Exportlizenzen zurückverfolgt, die im nördlichen Kalifornien ausgestellt worden waren. Und zwar auf Firmen ohne jede Vergangenheit und auf Lagerhäuser ohne Geschäftsunterlagen – vier Wände, die man schnell hochgezogen hat, um irgend jemandem gefällig zu sein. Ein verwirrendes Durcheinander, das überall und nirgendwo hinführte. Namen auf Dokumenten, hinter denen keine Menschen standen. Dokumente aus buchstäblich unentwirrbaren Labyrinthen der Bürokratie – Stempel, offizielle Siegel und Unterschriften ohne Befugnis. Kleine Beamte, denen man den Auftrag gegeben hatte, Dinge zu unterschreiben, die sie gar nicht durchschauen konnten... Das ist es, was ich in San Francisco gefunden habe. Einen Morast von verschlungenen, höchst fragwürdigen Transaktionen, die keiner Prüfung standhalten würden.«

Bertholdiers Augen fixierten Converse. »Ich weiß von solchen Dingen selbstverständlich nichts«, sagte er.

»Selbstverständlich«, pflichtete Converse ihm bei. »Aber die Tatsache, daß mein Klient etwas weiß – durch mich –, und ferner die Tatsache, daß weder er noch ich den Wunsch haben, Aufmerksamkeit auf diese Dinge zu lenken, muß Ihnen etwas sagen.«

»Das tut es, offen gestanden, nicht.«

»Bitte, General. Eines der ersten Prinzipien des freien Unternehmertums besteht darin, die Konkurrenz zu zerschlagen und selbst an ihre Stelle zu treten, um das Vakuum auszufüllen.«

Der Soldat trank, wobei er das Glas fest in der Hand hielt. Dann senkte er es und fragte: »Warum sind Sie zu mir gekommen?«

»Weil ich dort auf Sie gestoßen bin.«

»*Was?*«

»Auf Ihren Namen – unter all dem Morast habe ich ihn gefunden, ganz tief unten, aber er war dort.«

Bertholdier schoß nach vorne. »Unmöglich! *Lächerlich!*«

»Warum bin ich dann hier? Warum sind *Sie* hier?« Joel stellte sein Glas auf das Tischchen neben dem Sessel, die Bewegung eines Mannes, der noch nicht zu Ende gesprochen hat. »Versuchen Sie, mich zu verstehen. Je nachdem, mit welcher Regierungsbehörde man zu tun hat, nützen einem gewisse Empfehlungen. Sie würden nie etwas für jemanden tun, der ein Anliegen bei der Wohnungsbehörde hat, aber im Beschaffungsbereich des Pentagon oder in der Munitionskontrolle des State Departments ist ein Wort von Ihnen bares Gold.«

»Ich habe nie meinen Namen für Anliegen dieser Art hergegeben.«

»Das haben andere getan. Männer, deren Empfehlung großes Gewicht hatte, die aber vielleicht zusätzliche Hilfe brauchten.«

»Was soll das heißen, zusätzliche Hilfe?«

»Ein letzter Anstoß für eine positive Entscheidung... ohne sichtbare persönliche Einschaltung. Ein Aktenvermerk könnte beispielsweise lauten: ›Wir‹ – die Abteilung, nicht eine einzelne Person – ›wissen nicht viel darüber, aber wenn ein Mann wie General Bertholdier positiv dazu eingestellt ist, und das ist er unseren Informationen nach, haben wir doch auch keinen Grund zu Einwänden.‹«

»*Niemals*. Das könnte nie geschehen.«

»Das ist aber geschehen«, sagte Converse leise und wußte, daß dies der Augenblick war, um seine allgemeinen Worte mit Tatsachen zu untermauern. Er würde sofort sagen können, ob Beale recht gehabt hatte, ob diese Legende Frankreichs für das Gemetzel und das Chaos in den Städten und Dörfern Nordirlands verantwortlich war. »Sie sind in Erscheinung getreten, nicht oft, aber oft genug, daß ich Sie finden konnte... Ebenso wie Sie in Erscheinung traten, als eine Sendung per Luftfracht aus Beloit, Wisconsin, nach Tel Aviv auf den Weg gebracht wurde. Natürlich ist sie dort nie angelangt, sondern man hat sie irgendwie zu den Wahnsinnigen in Belfast umgeleitet, den Wahnsinnigen auf beiden Seiten. Ich frage mich, wo es geschah? Montreal? Paris? Marseille? Die Separatisten in Quebec würden ganz sicher Ihre Befehle befolgen, ebenso wie andere Männer in Paris und Marseille. Welch ein Unglück, daß eine Firma namens *Solidaire* für den Schaden aufkommen muß. O ja, Sie sind einer der Direktoren dieser Firma, nicht wahr? Und es ist so bequem, daß Versicherungsträger Zugang zu der von ihnen versicherten Ware haben.«

Bertholdier saß wie erstarrt auf seinem Sessel, die Muskeln in seinem Gesicht zuckten. Seine Augen waren weit aufgerissen und starrten Joel an. »Ich kann nicht glauben, was Sie damit andeuten wollen. Das ist erschütternd und unglaublich!«

»Ich wiederhole, warum bin ich hier?«

»Die Frage können nur Sie beantworten, Monsieur«, sagte Bertholdier und stand ruckartig mit dem Glas in der Hand auf. Dann beugte er sich langsam mit militärischer Grazie vor und stellte das Glas auf den Tisch; es war eine Geste der Endgültigkeit; das Gespräch war beendet. »Ich habe ganz offensichtlich einen dummen Fehler begangen«, fuhr er fort und richtete sich wieder auf. Seine Schultern waren jetzt wieder gerade, der Kopf hoch erhoben, aber um seine Lippen spielte ein gezwungenes und doch seltsam überzeugendes Lächeln. »Ich bin Soldat, kein Geschäftsmann; auf dieses Feld habe ich mich erst sehr spät in meinem Leben begeben. Ein Soldat versucht, die Initiative zu ergreifen, und genau das habe ich versucht, nur daß es keinen Sinn dafür gab – *gibt*. Verzeihen Sie mir, ich habe Ihr Signal heute nachmittag falsch verstanden.«

»Sie haben nichts falsch verstanden, General.«

Bertholdier ging durch das Zimmer auf die Türe zu; Joel erhob sich. »Machen Sie sich keine Mühe, Monsieur, ich werde mir selbst öffnen. Sie haben sich schon genügend Mühe gemacht, nur daß ich nicht die leiseste Ahnung habe, zu welchem Zweck.«

»Ich reise nach Bonn weiter«, unterbrach Converse ihn. »Sagen Sie Ihren Freunden, daß ich komme. Sagen Sie ihnen, daß sie mich erwarten sollen. Bitte, General, sagen Sie ihnen, sie sollen mich ohne Vorurteil empfangen. Das ist mir sehr wichtig.«

»Ihre geheimnisvollen Hinweise sind sehr lästig... Lieutenant. ›Lieutenant‹ stimmt doch? Außer, Sie hätten den armen Luboque auch getäuscht.«

»Jede Täuschung, die ich benutzt habe, um Ihre Bekanntschaft zu machen, kann nur zu seinem Vorteil sein. Ich habe mich erboten, ein juristisches Gutachten für seinen Fall abzugeben. Mag sein, daß der Inhalt ihm nicht zusagen wird, aber es wird ihm viel Geld und Schmerz ersparen. Und im übrigen habe ich Sie nicht getäuscht.«

»Das ist eine Frage des Standpunktes, denke ich.« Bertholdier drehte sich um und griff nach der Türklinke.

»*Bonn*, Deutschland«, drängte Joel.

»Ich habe Sie verstanden. Aber ich habe nicht die leiseste Ahnung, was Sie...«

»Leifhelm«, sagte Converse leise. »Erich Leifhelm.«

Der Kopf des Soldaten drehte sich langsam herum; seine Augen waren wie Feuer, wie glühende Kohlen, die bereit waren, auf den geringsten Windstoß hin in helle Flammen aufzugehen. »Ein Name, der mir bekannt ist, aber den Mann kenne ich nicht.«

»Sagen Sie ihm, daß ich komme.«

»Gute Nacht, Monsieur«, antwortete Bertholdier und öffnete die Tür. Sein Gesicht war aschfahl, die glühenden Augen von dem plötzlichen, unerwarteten Sturm wie entflammt.

Joel rannte ins Schlafzimmer, packte seinen Koffer, der an der Wand stand, und warf ihn auf den Gepäckständer. Er mußte Paris sofort verlassen, noch diese Nacht. Binnen Stunden, vielleicht Minuten, würde Bertholdier ihn beobachten lassen, und wenn man ihm zum Flughafen folgte, würde die Paßkontrolle offensichtlich merken, daß der Name Simon erfunden war. Dazu durfte es nicht kommen, noch nicht.

Es war seltsam und merkwürdig beunruhigend. Er hatte noch nie Anlaß gehabt, sich aus einem Hotel wegzustehlen.

Er war nicht einmal sicher, ob er dazu imstande sein würde, aber er wußte, daß es geschehen mußte. Auf Mykonos hatte er zu Beale gesagt, daß er jemand werden würde, der er nicht war. Es war leicht, so etwas zu sagen, aber gar nicht leicht, es zu tun.

Als der Koffer gepackt war, prüfte er den Ladezustand seines Elektrorasierers und schaltete ihn geistesabwesend ein. Auf dem Weg zum Telefon neben dem Bett fuhr er sich mit dem Rasierer über das Kinn. Er schaltete den Apparat wieder aus, als er zu wählen begann. Was er dem Nachtportier sagen könnte, wußte er noch nicht, es sollte aber in jedem Fall ein geschäftlicher Grund sein. Nach kurzem, höflichem Wortwechsel stellten sich dann die Worte ein.

»Es hat da eine höchst komplizierte Entwicklung gegeben, und meine Firma legt Wert darauf, daß ich so bald wie möglich nach London abreise... und so diskret wie möglich. Es wäre mir, offen gestanden, lieb, wenn man mich bei der Abreise nicht sehen würde.«

»Die Diskretion, Monsieur, wird hier hoch in Ehren gehalten, und Ihr Wunsch nach Eile ist nichts Ungewöhnliches. Ich werde selbst heraufkommen und Ihnen die Rechnung vorlegen. Sagen wir in zehn Minuten.«

»Ich habe nur ein Gepäckstück. Ich werde es selbst tragen, doch ich brauche ein Taxi. Aber nicht vor dem Haupteingang.«

»Nicht vorne, selbstverständlich. Der Lastenaufzug, Monsieur. Es gibt eine Verbindung zum Lieferanteneingang. Ich werde alles arrangieren.«

»Ich habe alles arrangiert!« sagte Jacques Louis Bertholdier am Telefon der Limousine. Die gläserne Trennwand zwischen ihm und dem Chauffeur war geschlossen. »Ein Mann ist in der Galerie geblieben, um die Aufzüge zu beobachten, und einer im Keller, durch den das Hotel beliefert wird. Wenn er während der Nacht abzureisen versucht, ist das der einzige Ausgang, der ihm noch zur Verfügung steht. Ich habe ihn selbst bereits bei verschiedenen Anlässen benutzt.«

»Das... ist *sehr* schwer zu verstehen.« Die Stimme am anderen Ende der Leitung sprach mit ausgeprägtem britischem Akzent, und der Sprecher war sichtlich erstaunt; man konnte seinen Atem hören, den Atem eines Mannes, der plötzlich Angst hatte. »Sind Sie *sicher*? Könnte es vielleicht irgendeine andere Verbindung geben?«

»Schwachkopf! Ich wiederhole. Er war über die Munitionslieferung aus Beloit informiert! Er kannte die Routenführung, selbst die Art und Weise, wie der Diebstahl erfolgte, und ist so weit gegangen, daß er *Solidaire* identifiziert hat und meine Position als Mitglied des Aufsichtsrats! Er hat sich *direkt* auf unseren Geschäftskollegen in *Bonn* bezogen! Und dann auf Tel Aviv... *Johannesburg!* Welche andere Verbindung sollte da noch denkbar sein?«

»Irgendwelche Firmenbeziehungen vielleicht. Man kann die nicht ganz ausschließen. Multinationale Tochtergesellschaften, Investitionen im Munitionsgeschäft, unser Kollege in Westdeutschland gehört auch verschiedenen Aufsichtsräten an... Und was die Orte angeht – ausländisches Geld *strömt* doch förmlich dorthin.«

»Was glauben Sie eigentlich, wovon ich rede? Ich kann jetzt nicht mehr sagen, aber das, was ich Ihnen gesagt habe, meine englische *Blume,* das sollten Sie als das Schlimmste ansehen!«

Auf der Londoner Seite kurze Zeit Schweigen. »Ich verstehe«, sagte dann die Stimme des zurechtgewiesenen Untergebenen.

»Hoffentlich tun Sie das. Nehmen Sie mit New York Verbindung auf. Sein Name ist Simon, Henry Simon. Er ist Rechtsanwalt aus Chicago. Ich habe die Adresse; von der Meldekarte des Hotels.« Bertholdier kniff die Augen zusammen, um im schwachen Schein des Lichts besser lesen zu können, und entzifferte stockend die Daten, die ein Page aufgeschrieben hatte; einer der Männer des Generals hatte ihn gut dafür bezahlt, daß er aus dem Büro Informationen über den Bewohner von Suite zweihundertfünfunddreißig beschaffte. »Haben Sie das?«

»Ja«, kam die Antwort, die Stimme klang jetzt scharf, ein

Untergebener, der seinen Unwillen zum Ausdruck bringt. »War es klug, das so zu beschaffen? Ein Freund oder ein habgieriger Angestellter könnte ihm sagen, daß jemand Fragen nach ihm gestellt hat.«

»*Wirklich*, mein britisches Gänseblümchen? Ein unschuldiger Page, der eine Adresse besorgt, damit man einem abgereisten Gast ein vergessenes Kleidungsstück nachschicken kann?«

Wieder das kurze Schweigen. »Ja, ich verstehe. Wissen Sie, Jacques, wir arbeiten für eine große Sache – eine *geschäftliche* Sache natürlich, die wichtiger ist als wir beide, so wie wir es vor Jahren einmal getan haben. Ich muß mich dauernd daran erinnern, sonst könnte ich, glaube ich, Ihre Beleidigungen nicht ertragen.«

»Und was würden Sie dann tun, *l'anglais*?«

»Ihnen Ihre arroganten Froschfresser-Eier auf dem Trafalgar Square abschneiden und sie einem Löwen ins Maul stopfen. Groß bräuchte die Öffnung ja nicht zu sein; eine kleine Spalte würde genügen... Ich rufe in einer Stunde zurück.« Ein Klicken, dann war die Leitung tot.

Bertholdier ließ den Hörer langsam sinken, dann formte sich ein Lächeln um seine Lippen. Sie waren die *Besten*, *alle* waren sie das! Sie waren die Hoffnung, die einzige Hoffnung einer sehr kranken Welt.

Dann verblaßte das Lächeln, und seine Arroganz schlug in Furcht um. Was wollte dieser Henry Simon, was wollte er *wirklich*? Wer war dieser unbekannte Mann, der Zugang zu so außergewöhnlichen Quellen hatte... Flugzeuge, Fahrzeuge, *Munition*? Was, in Gottes Namen, wußten die Unbekannten? Was *taten* sie?

Die gepolsterte Liftkabine senkte sich langsam in die Tiefe. Sie war dafür konstruiert, Möbel und Gepäck zu befördern, und ihre Fahrtgeschwindigkeit war auf die gefahrlose Lieferung von Speisen abgestimmt. Der Nachtportier stand mit unbeteiligter Miene neben Joel; er hielt eine Ledermappe mit der Kopie von Joels Rechnung und dem entsprechenden Betrag in der Hand – sowie einen beträchtlichen zusätzlichen

Betrag, mit dem Converse sich für die Freundlichkeit des Franzosen bedankt hatte.

Bevor der Fahrstuhl hielt, war ein leises Summen zu hören, dann leuchtete an der Anzeigetafel ein Licht auf, und die schweren Türen schoben sich auseinander. Draußen in dem weiten Korridor waren eine Schar von Kellnern in weißen Jacketts, Zimmermädchen, Trägern und ein paar Monteure zu sehen, die sich mit Tischen, Stapeln von Bettwäsche, Gepäck und verschiedenen Reinigungsmitteln beschäftigten. Lautes, schnelles Schnattern, in das sich gelegentlich Gelächter oder gutturale Schimpfworte mischten, begleiteten die hektische Aktivität. Als sie den Portier zu sehen bekamen, verringerte sich der Lärm, während sich die Bewegungen etwas beschleunigten, um dem Mann zu gefallen, der mit einem Federstrich über ihr Schicksal bestimmen konnte.

»Wenn Sie mir die richtige Richtung zeigen, komme ich leicht allein zurecht«, sagte Joel, der nicht noch mehr Aufmerksamkeit auf sich ziehen wollte. »Ich habe Ihre Zeit schon zu sehr beansprucht.«

»*Merci*. Wenn Sie den Korridor hinuntergehen, kommen Sie an den Lieferantenausgang«, erwiderte der Franzose und deutete auf einen Gang zur Linken, der an den Lifttüren vorbeiführte. »Dort sitzt ein Wachmann, der von Ihrer Abreise verständigt ist. Draußen biegen Sie in der Gasse nach rechts und gehen bis zur Straße. Dort wartet Ihr Taxi.«

»Ich – meine *Firma* – bin Ihnen für Ihre Unterstützung äußerst dankbar. Wie ich bereits sagte, ist da nichts Geheimnisvolles oder Ungewöhnliches ... die ganze Situation ist nur ein wenig ... sensibel ...«

Die gleichgültige Miene des Hotelangestellten änderte sich nicht, nur seine Augen blickten etwas schärfer. »Das ist ganz selbstverständlich, Monsieur, es bedarf keiner Erklärung. Die habe ich nicht verlangt, und Sie sollten, wenn Sie mir verzeihen, sich nicht veranlaßt fühlen, mir eine zu geben. *Au revoir*, Monsieur Simon.«

»Ja, natürlich«, sagte Converse und wahrte die Fassung, obwohl er sich wie ein Schuljunge vorkam, der gesprochen hatte, ohne gefragt zu sein, der Antwort gegeben hatte, wo das nicht verlangt war. »Bis zum nächsten Mal, wenn ich wieder nach Paris komme.«

»Wir werden uns freuen, Monsieur. *Bonsoir.*«

Joel ging eilig davon und bahnte sich seinen Weg durch die Menge der uniformierten Hotelbediensteten, wobei er sich ein paarmal entschuldigte, wenn er jemanden mit dem Koffer anstieß. Er hatte gerade eine Lektion gelernt, eine, die er nicht hätte lernen müssen. Vor Gericht und im Konferenzsaal galt: Erkläre nichts, wenn du nicht mußt. Aber hier ging es nicht um eine Gerichtsverhandlung oder eine Konferenz. Dies war, und erst jetzt wurde es ihm richtig bewußt, dies war eine Flucht. Und die Erkenntnis war ein wenig beängstigend, jedenfalls mit merkwürdigen Gefühlen verbunden. Flucht gehörte zu seinem Vokabular, seinen Erfahrungen. Er hatte so etwas schon dreimal in seinem Leben versucht – vor Jahren. Und damals hatte überall der Tod auf ihn gelauert. Er schob den Gedanken von sich und eilte auf die stählerne Tür zu, die er in der Ferne sah.

Dann wurden seine Schritte langsamer; etwas stimmte nicht. An dem Schaltertisch stand ein Mann in einem hellen Mantel und sprach mit dem Pförtner. Joel hatte ihn schon einmal gesehen, wußte aber nicht mehr, wo. Dann bewegte sich der Mann, und Converse erinnerte sich allmählich. Ein Bild tauchte vor ihm auf. Er hatte schon einmal einen Mann gesehen, der sich genauso bewegte; er war ein paar Schritte rückwärts gegangen und hatte sich umgedreht – bevor er aus einem Bogengang verschwunden war, und jetzt überquerte er in derselben Manier den Korridor und lehnte sich gegen die Wand. War es derselbe Mann? Ja! Es war der Mann, der Bertholdier in den Speisesaal des *L'Etalon Blanc* begleitet hatte. Joel hatte damals geglaubt, ein Untergebener verabschiede sich von seinem Vorgesetzten. Und jetzt war er auf Befehl desselben Vorgesetzten hier.

Der Mann blickte auf, und in seinen Augen blitzte das Erkennen. Er streckte sich, richtete sich zu seiner ganzen Größe auf und wandte sich ab. Seine Hand bewegte sich langsam auf eine Falte in seinem Mantel zu. Converse erschrak. Griff der Mann tatsächlich nach einer *Waffe*? Nur wenige Meter von einem Pförtner entfernt? Es war verrückt! Joel blieb stehen; er überlegte, ob er zurückrennen sollte zu den Lifts. Doch er wußte, daß das keinen Sinn hatte. Wenn Bertholdier schon einen Wachhund im Keller aufgestellt hatte, dann würden andere oben auf ihn warten, in den Korridoren, in der Halle. Er konnte sich nicht einfach umdrehen und wegrennen – es gab für ihn keinen Ort, an dem er sich verbergen konnte. Also ging er weiter, schneller jetzt und direkt auf den Mann in dem hellbraunen Mantel zu. Seine Kehle war wie ausgetrocknet, in seinem Kopf rasten die Gedanken.

»*Da* sind Sie!« rief er laut und gleichzeitig seiner eigenen Worte nicht sicher. »Der General hat mir gesagt, wo ich Sie finden würde!«

Wenn Converse schon erschrocken war, dann war der Mann ehrlich schockiert und sprachlos. »*Le général*?« sagte er, die Stimme kaum lauter als ein Flüstern. »Er... Ihnen sagen?«

Das Englisch des Mannes war nicht besonders, und das war von Vorteil. Er konnte Joel zwar verstehen, aber nicht gut. Schnell gesprochene Worte, hinter denen Überzeugungskraft stand, würden vielleicht dazu führen, daß sie beide durch die Tür kamen. Joel wandte sich dem Pförtner zu, während er seinen Aktenkoffer dem anderen ins Kreuz drückte. »Mein Name ist Simon. Ich glaube, der Portier hat Ihnen Bescheid gegeben.«

Die Verbindung des Namens und des Titels reichten für den verwirrten Pförtner. Er warf einen Blick auf seine Papiere und nickte. »*Oui, Monsieur*...«

»*Kommen* Sie!« Converse stieß den Mann in dem hellbraunen Mantel mit seinem Aktenkoffer an und trieb ihn auf die Tür zu. »Der General wartet draußen auf uns. Schnell! Gehen wir!«

»*Le général*?....« Die Hände des Mannes schossen instinktiv auf die Haltestange der Ausgangstüre zu. Weniger als fünf Sekunden später waren er und Joel alleine in der Gasse.

»*Que se passe-t-il? Où est le général*?... Wo?«

»Hier! Er hat gesagt, daß Sie hier warten sollen. *Sie.* Sie sollen hier warten! *Ici!*«

»*Arrêtez!*« Der Mann begann, sich von seinem Schock zu erholen. Er blieb stehen, schob die linke Hand vor und stieß Converse gegen die Mauer, während seine rechte Hand in die Manteltasche fuhr.

»Nicht!« Joel ließ die Aktentasche fallen, packte seinen Koffer und riß ihn hoch. Er wollte sich schon nach vorne stürzen, blieb dann aber stehen. Was der Mann hervorzog, war keine Waffe, sondern ein flacher, rechteckiger Gegenstand, der in schwarzes Leder gehüllt war. Ein unsichtbarer Schalter wurde niedergedrückt, und eine lange dünne Nadel schob sich aus der rechteckigen Box heraus, eine Antenne... ein *Funkgerät*!

Joels Gedanken jagten sich. Jetzt kam es nur noch auf Schnelligkeit an. Er durfte nicht zulassen, daß der Mann das Funkgerät benutzte und irgend jemand anderen im Hotel alarmierte, der vielleicht ein zweites Gerät hatte. Mit plötzlich wiedergefundener Kraft rammte er dem Mann den Koffer in die Knie. Dann riß er ihm mit der linken Hand das Funkgerät weg und ließ gleichzeitig den rechten Arm hochschießen. Der Arm legte sich um den Hals des Franzosen und wirbelte ihn herum. Ohne einen weiteren Gedanken zerrte Joel Bertholdiers Soldaten nach vorne, so daß sie beide auf die Wand zurasten. Dann ließ er den Kopf des Mannes gegen die Steinmauer schlagen. Blut breitete sich über dem Schädel des Franzosen aus, durchtränkte sein Haar und rann ihm in tiefroten Strömen über das Gesicht. Joel konnte nicht mehr denken; er durfte nicht nachdenken. Wenn er das tat, war er zu keinem Schritt mehr fähig. Und jetzt zählte nur noch Schnelligkeit.

Der Mann sank kraftlos zusammen. Converse packte den Bewußtlosen an den Schultern, schob ihn weg von der Metalltür gegen die Wand und ließ ihn zu Boden fallen. Er beugte sich vor, griff nach dem Funkgerät, knickte die Antenne ab und ließ das flache Gerät in seiner Tasche verschwinden. Dann richtete er sich auf, verwirrt und schreckerfüllt, und versuchte, sich zu orientieren. Im nächsten Moment packte er seine Aktentasche und den Koffer und rannte keuchend die Gasse hinunter, wohl wissend, daß das Blut des anderen auch sein Gesicht besudelt hatte. Das bestellte Taxi stand am Bordstein, der Fahrer rauchte in der Dunkelheit eine Zigarette und hatte von alldem, was höchstens dreißig Meter von ihm entfernt geschehen war, nichts bemerkt.

»De Gaulle Airport«, schrie Joel, während er die Wagentür aufriß und das Gepäck auf die Rückbank warf. »Ich habe es eilig!« Er ließ sich atemlos in den Sitz fallen, legte den Kopf nach hinten auf die Kopfstütze und sog in tiefen Zügen die Luft ein.

Die vorbeirasenden Lichter und Schatten verdrängten jeden Gedanken an das gerade Geschehene, und so konnte sich sein rasender Puls allmählich beruhigen, sein Atem ging wieder langsamer, der Schweiß an den Schläfen und im Nacken trocknete wieder. Joel beugte sich vor. Er sehnte sich nach einer Zigarette, fürchtete aber gleichzeitig, daß ihm von dem Rauch übel werden könnte. Er schloß die Augen, preßte die Lider so fest aufeinander, daß in seinem Kopf tausend weiße Lichtpunkte aufglühten. Ihm war elend zumute, entsetzlich elend, und er wußte, daß nicht seine Angst der Grund dafür war. Es war etwas völlig anderes, etwas, das ebenso lähmend wie Furcht war. Er hatte einen Akt scheußlicher Brutalität begangen, und das erschreckte ihn und stieß ihn zutiefst ab. Er hatte einen Menschen angegriffen, mit dem Wunsch, ihn kampfunfähig zu machen, vielleicht sogar ihn zu töten – was er möglicherweise sogar getan hatte. Warum auch immer, er hatte vielleicht einen anderen Menschen *getötet*! War ein kleines Funkgerät Grund genug, jemandem den Schädel einzuschlagen? War es Grund genug, sich angegriffen zu fühlen? Zum Teufel, er war ein Mann des Wortes, der kühlen Logik und kein blutrünstiger Schläger! *Niemals* wieder Blut vergießen, das gehörte in die Vergangenheit, lag so weit zurück und war mit so schmerzvollen Erinnerungen verbunden.

Jene Erinnerungen gehörten in eine andere Zeit, in eine unzivilisierte Zeit, in der Menschen wurden, was sie nicht waren – nur um zu überleben. Converse wollte nie mehr in jene Zeit zurück. Mehr als alles andere hatte er sich selbst versprochen, daß er das nie wieder tun würde, ein Versprechen, das er sich selbst gab, als rings um ihn Schrecken und Gewalt herrschten, schlimmer als er es je für möglich gehalten hätte. Er erinnerte sich so eindringlich und so schmerzlich an die letzten Stunden vor seiner letzten Flucht – und an den stillen, selbstlosen Mann, ohne den ihn der Tod geholt hätte, sechs Meter tief in der Erde, in einem Schacht, den man für Unruhestifter gegraben hatte.

Colonel Sam Abbott von der US Air Force würde immer ein Teil seines Lebens sein, ganz gleich, wie viele Jahre auch zwischen ihnen liegen mochten. Sam hatte das Risiko zu sterben, dem die Folter voranging, auf sich genommen. Er war nachts ins Freie gekrochen und hatte einen primitiven Metallkeil in das »Strafloch« geworfen. Und mit diesem primitiven Werkzeug hatte Joel sich Stufen in Erde und Gestein geschlagen und war so schließlich in die Freiheit entkommen. Abbott und er waren die letzten siebenundzwanzig Monate im selben Lager gefangen gewesen, und beide Offiziere hatten sich bemüht, sich bei allem einen Rest gesunden Menschenverstands zu bewahren. Aber Sam begriff, welcher Freiheitsdurst in Joel brannte. Der Colonel war zurückgeblieben, und in den letzten Stunden vor dem Ausbruch hatte Joel der Gedanke gequält, was wohl aus seinem Freund werden würde.

Mach dir meinetwegen keine Gedanken, Seemann. Behalt nur dein bißchen Verstand und sieh zu, daß du diesen Keil loswirst.

Paß gut auf dich auf, Sam.

Paß du auf dich auf. Das ist deine letzte Chance.

Ich weiß.

Joel rutschte zur Tür hinüber, kurbelte das Fenster ein paar Zentimeter herunter und ließ sich von der einströmenden Luft kühlen. Sein Anwaltsverstand mahnte ihn, sich gefälligst zusammenzureißen; er mußte jetzt nachdenken und jeder einzelne Gedanke zu Ende verfolgt werden. Das Wichtigste zuerst! Das Funkgerät; er mußte das Funkgerät loswerden. Aber nicht auf dem Flughafen... Man würde es möglicherweise im Flughafengelände finden; das war Beweismaterial, ja schlimmer noch, ein Hinweis, seine Spur zu verfolgen. Er kurbelte das Fenster noch ein paar Zentimeter herunter und warf den flachen Apparat hinaus. Der Fahrer blickte kurz auf, war einen Augenblick besorgt; Joel atmete ein paarmal tief durch – ein Mann, der Luft brauchte, um den sauren Geschmack der Angst loszuwerden – und kurbelte das Fenster wieder hoch. Denk nach. Er mußte *denken*! Bertholdier rechnete damit, daß er von Paris nach Bonn reiste, und sobald man den Soldaten des Generals gefunden hatte – und das war ohne Zweifel inzwischen geschehen –, würden alle Flüge nach Bonn überwacht werden... gleichgültig, ob der Mann noch lebte oder tot war.

Er würde also einen Flug in eine andere Stadt buchen, irgendwohin, von wo es eine regelmäßige Verbindung nach Köln-Bonn gab. Während er noch überlegte, fiel ihm ein, sich mit dem Taschentuch aus seiner Brusttasche das fremde Blut von der rechten Wange und vom Kinn zu wischen.

»Scandinavian Air Lines«, sagte er und hob dabei etwas die Stimme, damit der Fahrer ihn hören konnte. »*SAS*. Können Sie... *comprends?*«

»Sehr gut, Monsieur«, sagte der Mann mit der Baskenmütze am Steuer in gutem Englisch. »Fliegen Sie nach Stockholm, Oslo oder Kopenhagen? Das sind unterschiedliche Eingänge.«

»Ich... ich weiß noch nicht.«

»Wir haben Zeit, Monsieur. Mindestens noch fünfzehn Minuten.«

Die Stimme am Telefon klang eisig, und das, was sie sagte, war ein unpersönlicher Tadel. »Es gibt keinen Anwalt dieses Namens in Chicago, und ganz bestimmt nicht unter der Anschrift, die Sie mir gegeben haben. Die Adresse existiert überhaupt nicht. Können Sie sonst etwas bieten, oder betrachten wir das Ganze als eine Ihrer paranoiden Phantastereien, *mon Général*?«

»Sie sind ein Narr, *l'anglais*, und haben nicht mehr Verstand als ein verängstigtes Kaninchen. Ich habe *gehört*, was ich *gehört* habe!«

»Von wem? Einem nicht existenten Mann?«

»Ein nicht existenter Mann, der meinen Leibwächter krankenhausreif geschlagen hat. Schädelbruch mit großem Blutverlust und einer schweren Gehirnverletzung. Möglicherweise überlebt er nicht. Und wenn er überlebt, wird ihm nicht viel Verstand übrigbleiben. Kommen Sie mir nicht mit Phantastereien, *Blümchen*. Der Mann ist echt.«

»Ist das Ihr Ernst?«

»Sie können ja das Krankenhaus anrufen! *L'hôpital Saint-Jérôme*. Fragen Sie doch die Ärzte.«

»Schon gut, schon gut, beruhigen Sie sich. Wir müssen überlegen.«

»Ich bin ganz ruhig«, sagte Bertholdier, stand von dem Stuhl in seinem Arbeitszimmer auf und trug das Telefon hinüber zum Fenster, wobei sich das Kabel wie eine Schlange hinter ihm wand. Er blickte hinaus; es hatte zu regnen angefangen, und die nasse Scheibe ließ die Lichter der Straßenlaternen verschwimmen. »Er ist nach Bonn unterwegs«, fuhr der General fort. »Das ist seine nächste Station, das hat er mir eindeutig erklärt.«

»Dann fangen Sie ihn ab. Rufen Sie Bonn an, geben Sie die Beschreibung durch. Wie viele Flüge gibt es denn? Ein alleinreisender Amerikaner sollte nicht so schwer ausfindig zu machen sein. Schnappen Sie ihn am Flughafen.«

Bertholdier seufzte hörbar. Sein Tonfall ließ seinen Ekel anklingen. »Es war nie meine Absicht, ihn zu *schnappen*. Das hätte keinen Zweck und würde uns von dem, was wir erfahren müssen, abschneiden. Ich möchte, daß man ihm folgt, ich will wissen, wohin er geht, wen er anruft, wen er trifft – das sind die Dinge, die wir erfahren müssen.«

»Sie sagten, er hätte sich direkt auf unseren Kollegen bezogen. Er wolle sich mit ihm treffen...«

»Nicht *unsere* Leute. *Seine* Leute.«

»Ich sage es noch einmal«, drängte die Stimme aus London. »Rufen Sie Bonn an. Hören Sie, Jacques, man kann ihn aufstöbern, und sobald man ihn gefunden hat, kann man ihn auch überwachen.«

»Ja, ja, ich tu schon, was Sie sagen, aber das wird nicht so leicht sein, wie Sie denken. Vor drei Stunden hätte ich noch etwas anderes gesagt, aber das war, bevor ich wußte, wozu er fähig ist. Jemand, der den Schädel eines anderen mit aller Kraft gegen eine Steinmauer schlagen kann, ist entweder ein Tier, ein Verrückter oder ein Fanatiker, der vor nichts zurückschreckt. Nach meiner Ansicht ist er letzteres. Er sagte, er hätte eine Verpflichtung... und die stand in seinen Augen. Und er wird raffiniert sein; das hat er bereits bewiesen.«

»Sie sagten, vor *drei* Stunden?«

»Ja.«

»Dann ist er möglicherweise schon in Bonn.«

»Ich weiß.«

»Haben Sie unseren Freund angerufen?«

»Ja, er ist nicht zu Hause, und das Mädchen konnte mir keine andere Nummer nennen. Sie weiß nicht, wo er ist oder wann er zurückkommt.«

»Wahrscheinlich erst morgen früh.«

»Ohne Zweifel... *Ecoutez!* Heute nachmittag war noch ein anderer Mann im Club. Zusammen mit Luboque und diesem Simon, der gar nicht Simon heißt. Er hat ihn zu Luboque *gebracht*! Wiedersehen, *l'anglais*. Ich halte Sie auf dem laufenden.«

René Mattilon schlug die Augen auf. Die Streifen an der Decke schienen zu schimmern, Myriaden von winzigen, zerberstenden Fleckchen, die die Linienmuster zerrissen. Dann hörte er den Regen gegen die Fensterscheiben prasseln und begriff. Die Lichtstrahlen von der Straße waren auf ihrem Weg durch das Glas gebrochen worden, und das verzerrte die Bilder, die er so gut kannte. Was ihn geweckt hatte, schloß er, war der Regen. Der Regen und vielleicht das Gewicht der Hand seiner Frau zwischen seinen Beinen. Sie regte sich im Schlaf. Er lächelte und versuchte, den Entschluß oder die Energie zu finden, nach ihr zu greifen. Sie hatte eine Lücke verschlossen, von der er geglaubt hatte, daß sie nach dem Tod seiner ersten Frau nie wieder hätte gefüllt werden können. Er war dankbar, und mit dem Gefühl der Dankbarkeit stellte sich die Erregung ein, zwei Empfindungen, die auf befriedigende Weise miteinander im Einklang standen. Er begann, Lust zu fühlen, rollte sich zur Seite und zog dabei das Bettuch mit sich. Die spitzenbesetzte Seide, die die Brüste seiner Frau bedeckte, das diffuse Licht und das Pochen der Regentropfen gegen die Fensterscheiben steigerten noch seine Sinnlichkeit. Er griff nach ihr.

Plötzlich war da noch ein anderes Geräusch, nicht mehr nur das Trommeln des Regens, das die Nebel des Schlafes, die ihn noch gefangenhielten, durchdrang. Schnell zog er die Hand zurück und wandte sich von seiner Frau ab. Nur Augenblicke zuvor hatte er dieses Geräusch schon einmal gehört; das war es, was ihn geweckt hatte, ein eindringlicher Ton, der den gleichmäßigen Rhythmus des Regens durchbrochen hatte: Das Klingeln der Türglocke.

Mattilon stieg so vorsichtig und lautlos er konnte aus dem Bett, griff nach seinem Morgenmantel, der auf einem Stuhl lag, und schob die Füße in die Hausschuhe, die darunter standen. Er verließ das Schlafzimmer, schloß leise die Tür hinter sich und fand den Wandschalter, der die Lampen im Wohnzimmer einschaltete. Er sah auf die antike Uhr auf dem Kaminsims; es war fast halb drei Uhr morgens. Wer konnte sie um diese Stunde besuchen wollen? Er zog den Gürtel seines Morgenmantels fest und ging zur Tür.

»Ja, wer ist da?«

»*Sûreté,* Monsieur. Inspektor Prudhomme. Meine Dienstnummer ist Null-fünf-sieben-zwo-null.« Der Akzent des Mannes ließ erkennen, daß er Gascogner war, nicht Pariser. »Ich werde warten, bis Sie meine Dienststelle angerufen haben, Monsieur. Die Telefonnummer ist...«

»Nicht nötig«, sagte Mattilon erschreckt und zog den Riegel zurück. Er wußte, daß der Mann nicht log, nicht nur wegen der Auskunft, die er sofort gegeben hatte, sondern auch deshalb, weil jeder Angehörige der Sûreté, der ihn um diese Stunde aufsuchte, wissen würde, daß er Anwalt war, und in juristischen Dingen war die Sûreté vorsichtig.

Es waren zwei Männer, beide in Regenmänteln, an denen noch die Tropfen herabliefen, und mit durchweichten Hüten. Der eine war älter als der andere und kleiner. Beide hielten René ihre Ausweiskarte hin. Er wischte sie mit einer Handbewegung weg und forderte die zwei Männer auf, einzutreten. »Eine seltsame Zeit für einen Besuch, meine Herren«, sagte er. »Sie müssen in einer dringenden Angelegenheit kommen.«

»Sehr dringend, Monsieur«, sagte der ältere Mann und trat als erster ein. Er war derjenige, der sich an der Tür zu erkennen gegeben hatte, offensichtlich der dienstältere der beiden. »Wir bitten natürlich wegen der Belästigung um Entschuldigung.« Die beiden nahmen ihre Hüte ab.

»Natürlich. Darf ich Ihnen die Mäntel abnehmen?«

»Das wird nicht nötig sein, Monsieur. Mit Ihrer Unterstützung brauchen wir nur ein paar Minuten.«

»Und mich interessiert natürlich außerordentlich, wie ich um diese Nachtstunde die Sûreté unterstützen kann.«

»Es geht um eine Identifizierung, mein Herr. Monsieur Serge Antoine Luboque ist, wie man uns mitteilt, einer Ihrer Klienten. Trifft das zu?«

»Mein Gott, ist Serge etwas passiert? Ich war erst heute nachmittag mit ihm zusammen!«

»Monsieur Luboque scheint sich ausgezeichneter Gesundheit zu erfreuen. Wir haben sein Landhaus vor einer knappen Stunde verlassen. Und um zur Sache zu kommen, eben Ihr Zusammentreffen mit ihm heute nachmittag – *gestern* nachmittag, ist es, was die Sûreté interessiert.«

»Warum?«

»An Ihrem Tisch war noch eine dritte Person. Ebenso wie Sie ein Anwalt, der Monsieur Luboque als Monsieur Simon vorgestellt wurde. Henry Simon, ein Amerikaner.«

»Und Pilot«, sagte Mattilon vorsichtig. »Mit umfassenden Erfahrungen im Luftfahrtrecht. Ich nehme an, daß Luboque das erklärt hat. Das war der Grund, weshalb er auf meine Bitte an dem Mittagessen teilgenommen hat. Monsieur Luboque wird von mir in einem Prozeß mit dieser Problemlage vertreten und tritt als Kläger auf. Das ist natürlich alles, was ich zu dem Thema sagen kann.«

»Das ist nicht das Thema, das die Sûreté interessiert.«

»Was dann?«

»Es gibt in der Stadt Chicago, Illinois, keinen Rechtsanwalt, der Henry Simon heißt.«

»Es fällt mir schwer, das zu glauben.«

»Der Name ist falsch. Zumindest ist es nicht der des fraglichen Amerikaners. Die Adresse, die er dem Hotel genannt hat, existiert nicht.«

»Die Adresse, die er dem Hotel *gegeben* hat?« fragte René erstaunt. Joel brauchte dem George V. keine Adresse zu nennen. Er war dort gut bekannt, ebenso wie die Firma Talbot, Brooks and Simon, sehr gut sogar.

»Er hat sie sogar selbst aufgeschrieben, Monsieur«, fügte der jüngere Mann steif hinzu.

»Hat die Hotelleitung das bestätigt?«

»Ja«, sagte Prudhomme. »Der Nachtportier war sehr hilfsbereit. Er hat uns erklärt, er habe Monsieur Simon im Lastenaufzug in den Keller begleitet.«

»Den Keller?«

»Monsieur Simon hatte den Wunsch geäußert, das Hotel ungesehen zu verlassen. Er hat seine Rechnung in seinem Zimmer beglichen.«

»Einen Augenblick, bitte«, sagte Mattilon verwirrt und mit einer protestierenden Handbewegung. Er wandte sich ab, ging ziellos um einen Lehnsessel herum und blieb dann stehen, die Hände auf die Lehne gestützt. »Jetzt will ich ganz genau wissen, was Sie von mir wollen. Reden Sie nicht um den Brei herum!«

»Wir wollen, daß Sie uns helfen«, antwortete Prudhomme. »Wir glauben, daß Sie wissen, wer er ist. Sie haben ihn zu Monsieur Luboque gebracht. Wir wollen ihn über etwas befragen, das sich in dem Hotel ereignet hat.«

»Tut mir leid. So wie Luboque mein Klient ist, ist das in gewisser Weise auch Simon.«

»Unter den vorliegenden Umständen können wir uns damit nicht zufriedengeben, Monsieur.«

»Ich fürchte, das werden Sie müssen, zumindest auf einige Stunden. Ich werde ihn morgen über sein Büro in ... in den Vereinigten Staaten zu erreichen versuchen. Und ich bin sicher, daß er dann sofort mit Ihnen Verbindung aufnehmen wird.«

»Das glauben wir nicht.«

»Warum nicht?«

Prudhomme warf einen Blick auf seinen Kollegen, der in steifer Haltung dastand, und zuckte die Schultern. »Er hat möglicherweise einen Menschen getötet«, sagte er dann lakonisch.

Mattilon starrte den Sûreté-Beamten ungläubig an. »Er hat... *was*?«

»Ein ausgesprochen brutaler Angriff, Monsieur. Der Kopf eines Mannes ist gegen eine Wand gerammt worden; er hat schwere Schädelverletzungen erlitten, die Prognose ist nicht gut. Sein Zustand um Mitternacht war kritisch, die Chancen, daß er überlebt, sind niedriger als fünfzig Prozent. Vielleicht ist er bereits tot, wobei einer der Ärzte andeutete, daß das ein Segen sein könnte.«

»Nein... *nein*! Sie müssen sich irren! Sie täuschen sich!« Die Hände des Rechtsanwalts krampften sich um die Sessellehnen. »Das muß ein schrecklicher Irrtum sein!«

»Kein Irrtum. Die Identifizierung war positiv – das heißt, Monsieur *Simon* ist als die letzte Person identifiziert worden, die mit dem Niedergeschlagenen zusammen gesehen wurde. Er hat den Mann auf die Straße hinausgedrängt; Geräusche einer Auseinandersetzung waren zu hören, und Minuten später hat man den Mann gefunden, mit einem Schädelbruch und blutend.«

»Unmöglich! Sie *kennen* ihn nicht! Was Sie da sagen, ist unvorstellbar. Er könnte so etwas nicht tun.«

»Wollen Sie sagen, er sei ein Invalide, physisch unfähig, jemanden anzugreifen?«

»Nein«, sagte Mattilon und schüttelte den Kopf. Und dann erstarrte er plötzlich. »Ja«, fuhr er nachdenklich fort und nickte jetzt. »Er ist unfähig, ja, aber nicht im physischen Sinne. Im psychischen Sinne. In dem Sinn ist er ein Invalide. Er könnte das nicht tun, was Sie behaupten.«

»Ist er geistesgestört?«

»Mein *Gott*, nein! Er ist einer der intelligentesten und klarsten Menschen, die mir je begegnet sind. Sie müssen das begreifen. Er hat eine längere Periode ungeheuerer physischer Belastung durchgemacht. Er hat Schreckliches erdulden müssen, körperlich wie geistig. Dadurch ist zwar kein dauernder Schaden entstanden, aber das, was er erleben mußte, hat unauslöschliche Erinnerungen hinterlassen. Und deshalb geht er – wie viele Männer, die wie er eine solche Behandlung erdulden mußten – jeder Art von körperlicher Auseinandersetzung aus dem Wege. Er kann niemanden körperlich verletzen, weil man ihm selbst so viel angetan hat.«

»Sie meinen, daß er sich nicht verteidigen würde, sich und die Seinen? Er würde die andere Wange hinhalten, wenn man ihn, seine Frau oder seine Kinder angreifen würde?«

»Natürlich nicht, aber das ist es ja nicht, was Sie geschildert haben. Sie sagten ›ein ausgesprochen brutaler Angriff‹, und das ist ja wohl etwas völlig anderes. Im anderen Fall – wenn man ihn bedroht oder angegriffen hätte und er sich verteidigt hätte – hätte er den Schauplatz des Geschehens sicher nicht verlassen, dazu ist er ein zu guter Anwalt.« Mattilon schwieg einen Moment. »*War* das der Fall? Ist es das, was Sie sagen? Ist der Verletzte polizeibekannt? Ist er...«

»Ein Chauffeur«, unterbrach Prudhomme. »Ein unbewaffneter Mann, der abends auf seinen Fahrgast wartete.«

»Im *Keller*?«

»Offenbar ist das nicht ungewöhnlich. Diese Firmen sind diskret. Im vorliegenden Fall hat die Firma zuerst einen anderen Fahrer geschickt, ehe sie sich nach dem Zustand ihres Angestellten erkundigte. Der Kunde erfährt auf diese Weise nichts.«

»Sehr nobel, das muß man sagen. Was sagen die denn, was geschehen ist?«

»Nach einem Zeugen, einem Pförtner, der seit achtzehn Jahren für das Hotel tätig ist, erschien dieser Simon und hat mit lauter Stimme in englischer Sprache etwas gesagt – der Pförtner meinte, der Hotelgast sei ärgerlich gewesen, obwohl er ihn nicht verstanden hat – und hätte den Mann nach draußen gedrängt.«

»Der Pförtner hat unrecht! Das muß jemand anderer gewesen sein.«

»Simon hat sich zu erkennen gegeben. Der Portier hatte seine Abreise angekündigt. Die Beschreibung paßt; es war schon der Mann, der sich Simon nannte.«

»Aber *warum*? Es muß doch einen Grund geben!«

»Den würden wir gerne hören, Monsieur.«

René schüttelte verwirrt den Kopf. Nichts gab mehr einen Sinn. Ein Mann konnte sich natürlich in jedem Hotel unter jedem beliebigen Namen eintragen lassen, aber da waren Rechnungen zu begleichen, es gab Kreditkarten, Leute, die ihn anriefen. Ein falscher Name erfüllte keinen Zweck, besonders nicht in einem Hotel, wo man wahrscheinlich bereits bekannt war. Und wenn man bekannt *war* und es dennoch vorzog, inkognito zu reisen, dann würde dieser Status nicht gedeckt werden, wenn die Sûreté am Empfang Fragen stellte. »Ich muß Sie noch einmal fragen, Inspektor, haben Sie in dem Hotel gründliche Nachforschungen angestellt?«

»Nicht persönlich, Monsieur«, erwiderte Prudhomme und warf seinem Kollegen einen Blick zu. »Ich hatte damit zu tun, die Leute zu verhören, die während des Überfalls im Keller zugegen waren.«

»Ich habe den Portier persönlich befragt, Monsieur«, sagte der jüngere, größere Mann mit einer Stimme, die wie die eines programmierten Roboters klang. »Natürlich legt das Hotel keinen Wert darauf, daß der Zwischenfall hochgespielt wird, aber die Geschäftsleitung war sehr kooperativ. Der Nachtportier ist erst seit kurzer Zeit dort tätig, er hat früher im Hotel Meurice gearbeitet und wollte die Sache herunterspielen. Aber er hat mir die Meldekarte selbst gezeigt.«

»Ich verstehe.« Und das tat Mattilon, zumindest soweit es Joels Identität betraf. Hunderte von Gästen in einem großen Hotel, und ein nervöser Portier, der das Image seiner neuen Direktion schützte. Die offensichtliche Quelle wurde als wahr akzeptiert, wobei ohne Zweifel Leute, die es besser wußten, das am Morgen korrigieren würden. Aber das war alles, was René begriff – sonst nichts. Er brauchte ein paar Augenblicke, um nachzudenken, um den Versuch zu machen, das Gehörte zu begreifen. »Was mich neugierig macht«, sagte er und suchte nach Worten. »Im schlimmsten Fall ist dies eine Körperverletzung mit schweren Folgen, aber nichtsdestoweniger Körperverletzung. Warum kümmert sich nicht die Polizei darum? Warum die Sûreté?«

»Das war auch meine erste Frage, Monsieur«, meinte Prudhomme. »Der Grund, den man uns nannte, war, daß ein Ausländer in die Sache verwickelt ist, offenbar ein wohlhabender Ausländer. Heutzutage weiß man nicht, wozu solche Dinge führen. Wir verfügen über gewisse Mittel, die einem gewöhnlichen Polizisten nicht zugänglich sind.«

»Ich verstehe.«

»Wirklich?« fragte der Mann von der Sûreté. »Darf ich Sie daran erinnern, daß Sie als Anwalt verpflichtet sind, die Gerichte und das Gesetz zu unterstützen? Wir haben Ihnen unsere Papiere gezeigt, und ich habe Ihnen empfohlen, unsere Dienststelle anzurufen, falls Sie eine Bestätigung brauchen. Bitte, Monsieur, wer ist Henry Simon?«

»Ich habe auch andere Verpflichtungen, Inspektor. Meine Berufsehre, meine Klienten, eine alte Freundschaft...«

»Und die stellen Sie über das Gesetz?«

»Nur weil ich weiß, daß Sie *unrecht haben*.«

»Aber was kann dann schon passieren? Wenn wir unrecht haben, werden wir diesen Simon zweifellos auf einem Flughafen finden, und er wird es uns selbst sagen. Aber wenn wir nicht unrecht haben, dann finden wir vielleicht einen sehr kranken Mann, der Hilfe braucht. Ehe er weitere Personen verletzt. Ich bin kein Psychiater, Monsieur, aber Sie haben da einen Mann geschildert, der Schwierigkeiten hat – der jedenfalls früher einmal Schwierigkeiten hatte.«

Die Logik des Beamten beunruhigte Mattilon... und noch etwas anderes, das er nicht in Worte fassen konnte. War es Joel? Waren es die Wolken in den Augen seines alten Freundes, der ungewollte Versprecher in bezug auf seine Vergangenheit in Vietnam. René sah wieder auf die Uhr am Kaminsims. Ihm war ein Gedanke gekommen. In New York war es jetzt erst knapp neun Uhr abends.

»Inspektor, ich werde Sie jetzt bitten, hier zu warten,

während ich in meinem Arbeitszimmer ein Telefonat führe. Das ist übrigens nicht dieselbe Leitung wie die des Apparats hier auf dem Tisch.«

»Der Hinweis war überflüssig, Monsieur.«

»Dann bitte ich um Entschuldigung.«

Mattilon ging schnell zu einer Tür auf der anderen Seite des Zimmers, öffnete sie und verschwand. Er trat an seinen Schreibtisch, setzte sich und schlug ein in rotes Leder gebundenes Telefonverzeichnis auf. Er schlug den Buchstaben *T* auf und überflog dann die Namen, bis er zu *Talbot Lawrence* kam. Er hatte sowohl die Büronummer als auch die private; das war manchmal wichtig, weil die Gerichte in Paris bereits arbeiteten, noch bevor man an der Ostküste Amerikas aufzustehen pflegte. Wenn Talbot nicht zu erreichen war, würde er es erst bei Nathan Simon versuchen und dann bei Brooks, falls er das mußte. Doch beides war unnötig, Lawrence Talbot meldete sich sofort.

»Wie geht es Ihnen, René? Sind Sie in New York?«

»Nein, Paris.«

»Es ist doch schon ziemlich spät, dort, wo Sie sind, wenn ich mich nicht täusche.«

»Sehr spät, Larry. Wir haben hier aber ein Problem, und deshalb rufe ich an.«

»Ein Problem? Ich wußte gar nicht, daß wir zur Zeit geschäftlich miteinander zu tun haben. Um was geht es denn?«

»Ihre Missionsarbeit.«

»Unsere was?«

»Bertholdier. Seine Freunde.«

»*Wer*?«

»Jacques Louis Bertholdier.«

»Wer ist das? Ich habe den Namen schon gehört, aber ich weiß nicht, wo ich ihn hintun soll.«

»Sie wissen nicht... wo Sie ihn hintun sollen?«

»Tut mir leid.«

»Ich war mit Joel zusammen. Ich habe das Zusammentreffen arrangiert.«

»Joel? Wie geht es ihm? Ist er jetzt in Paris?«

»Sie wußten es nicht?«

»Das letztemal, als ich mit ihm gesprochen habe, vor zwei Tagen, war er noch in Genf – nach dieser schrecklichen Geschichte mit Halliday. Er hat mir gesagt, es sei alles in Ordnung, aber das war es natürlich nicht. Er war ziemlich durcheinander.«

»Ich möchte etwas klarstellen, Larry. Joel ist also nicht für Talbot, Brooks and Simon geschäftlich in Paris. Stimmt das?«

Lawrence Talbot machte eine Pause, ehe er antwortete. »Nein, das ist er nicht«, sagte der Seniorpartner der Kanzlei dann leise. »Hat er das behauptet?«

»Vielleicht habe ich es bloß angenommen.«

Wieder machte Talbot eine Pause. »Ich glaube nicht, daß Sie das tun würden. Aber ich glaube, Sie sollten Joel sagen, daß er mich anrufen soll.«

»Das ist ja Teil des Problems, Larry. Ich weiß nicht, wo er ist. Er sagte, er würde die Sechs-Uhr-Maschine nach London nehmen, aber das hat er nicht getan. Er ist ein gutes Stück später unter sehr eigenartigen Begleitumständen aus dem George V. abgereist.«

»Was soll das heißen?«

»Seine Meldekarte im Hotel ist auf einen anderen Namen geändert worden – einen Namen übrigens, den ich vorgeschlagen hatte, da er bei unserer Mittagsverabredung seinen eigenen nicht benutzen wollte. Und dann hat er darauf bestanden, das Hotel durch irgendeinen Lieferanteneingang im Keller zu verlassen.«

»Das ist seltsam.«

»Ich fürchte, das ist von all dem Ungewöhnlichen noch das Harmloseste. Es wird behauptet, er hätte einen Mann angegriffen, möglicherweise ihn sogar getötet.«

»*Mein Gott!*«

»Ich glaube das natürlich nicht«, sagte Mattilon schnell. »Er würde das nie tun, er könnte es gar nicht...«

»Das *hoffe* ich doch.«

»Sie glauben doch sicher nicht...«

»Ich weiß nicht, *was* ich glauben soll«, unterbrach Talbot. »Als er in Genf war und wir miteinander sprachen, habe ich ihn gefragt, ob es einen Zusammenhang zwischen Hallidays Tod und dem, was er gerade tut, gebe. Er sagte, das sei nicht der Fall, aber er war so abwesend, seine Stimme klang so leer.«

»Was *tut* er denn...?«

»Ich weiß nicht. Ich bin nicht einmal sicher, daß ich es herausfinden könnte. Aber ich werde mir verdammte Mühe geben. Ich sage Ihnen, ich mache mir Sorgen. Etwas ist mit ihm passiert. Seine Stimme klang wie eine Echokammer, wissen Sie, was ich meine?«

»Ja«, sagte Mattilon leise. »Ich habe ihn gehört und auch gesehen. Ich mache mir ebenfalls Sorgen.«

»Finden Sie ihn, René. Tun Sie, was immer Sie können. Sagen Sie mir Bescheid, und ich lasse alles stehen und liegen und komme hinüber. Irgendwas tut ihm weh, irgendwie.«

»Ich werde tun, was ich kann.«

Mattilon verließ sein Arbeitszimmer und sah die beiden Männer von der Sûreté an.

»Sein Name ist Converse, Joel Converse«, begann er.

»Sein Name ist Converse, Vorname Joel«, sagte der jüngere, größere Mann von der Sûreté in die Sprechmuschel einer Telefonzelle am Boulevard Raspail, während der Regen auf die Zelle niedertrommelte. »Er ist Angestellter einer Anwaltsfirma in New York: Talbot, Brooks and Simon; die Adresse ist an der Fifth Avenue. Der Name Simon, den er benutzte, steht jedoch wahrscheinlich nicht in Verbindung mit der Firma.«

»Ich verstehe nicht.«

»Was auch immer dieser Converse macht, hat nichts mit seiner Firma zu tun. Mattilon hat mit einem der Partner in New York gesprochen, und der hat ihm das gesagt. Außerdem sind beide Männer beunruhigt, sie machen sich Sorgen. Sie möchten über die weitere Entwicklung der Sache informiert werden. Wenn man Converse findet, so besteht Mattilon darauf, daß man ihn sofort zu ihm bringt. Mag sein, daß er irgend etwas zurückhält, aber nach meiner Ansicht ist er ehrlich verwirrt. Sonst weiß er weiter nichts Besonderes, das hätte ich bemerkt.«

»Trotzdem, er hält etwas zurück. Der Name Simon wurde meinetwegen gebraucht, damit ich die Identität dieses Converse nicht erfahren sollte. Mattilon weiß das; er war dabei, und sie sind Freunde. Er hat diesen Converse zu Luboque gebracht.«

»Dann hat man ihn hereingelegt, *mon Général*. Er hat Sie nicht erwähnt.«

»Das würde er vielleicht, wenn man ihn weiter verhören könnte. Ich darf da jedenfalls nicht hineingezogen werden.«

»Natürlich nicht«, pflichtete ihm der Mann von der Sûreté bei.

»Ihr Vorgesetzter, wie ist sein Name? Der, der den Fall bearbeitet?«

»Prudhomme. Oberinspektor Prudhomme.«

»Ist er Ihnen gegenüber offen?«

»Ja. Er hält mich für einen etwas primitiven ehemaligen Soldaten, dessen Instinkte mehr taugen als sein Intellekt, aber er sieht, daß ich guten Willens bin. Er spricht mit mir.«

»Sie werden eine Weile mit ihm zusammenbleiben. Falls er sich dazu entscheiden sollte, Mattilon noch einmal aufzusuchen, sagen Sie mir sofort Bescheid. Paris könnte dann einen angesehenen Anwalt verlieren. Mein Name darf auf keinen Fall erwähnt werden.«

»Er würde Mattilon nur aufsuchen, wenn man Converse findet. Und wenn die Sûreté etwas über ihn erfährt, nehme ich sofort mit Ihnen Fühlung auf.«

»Es könnte für ihn einen anderen Grund geben, Colonel. Einen, der einen hartnäckigen Mann dazu provozieren könnte, seine Fortschritte trotz gegenteiliger Anweisungen zu überprüfen.«

»Gegenteilige Anweisungen, *mon Général*?«

»Solche Anweisungen werden ergehen. Dieser Converse geht jetzt einzig und allein uns an. Alles, was wir brauchten, war der Name. Wir kennen sein Ziel und werden ihn finden.«

»Ich verstehe nicht, *mon Général*.«

»Ich habe Nachricht aus dem Hospital. Der Zustand unseres Chauffeurs hat sich gebessert.«

»Das ist wirklich eine gute Nachricht.«

»Ich wünschte, es wäre so. Es ist jedem Kommandanten widerwärtig, auch nur einen einzigen Soldaten opfern zu müssen, aber man darf nie das Hauptziel aus dem Auge verlieren, sondern muß ihm alles andere unterordnen. Geben Sie mir recht?«

»Ja, natürlich.«

»Unser Chauffeur darf nicht genesen. Das Hauptziel, Colonel.«

»Wenn er stirbt, wird man die Bemühungen, Converse zu finden, verstärken. Und Sie haben recht, Prudhomme wird dann alles aufs neue überprüfen und sich auch den Anwalt vornehmen.«

»Der Befehl wird ergehen, das nicht zu tun. Aber behalten Sie ihn im Auge.«

»Ja, *mon Général*.«

»Und jetzt brauchen wir Ihre Erfahrung, Colonel. Die Talente, die Sie in den Diensten der Legion so gründlich entwickelt haben, ehe wir Sie in ein zivilisierteres Leben zurückgeholt haben.«

»Meine Dankbarkeit ist tief. Was immer ich für Sie tun kann...«

»Können Sie sich so unauffällig wie möglich Zugang zum Hospital von Saint-Jerôme verschaffen?«

»Niemand wird mich sehen. Das Gebäude hat ringsum Feuertreppen, und die Nacht ist finster und es regnet. Selbst die Polizei sucht in den Türnischen Schutz. Ein Kinderspiel.«

»Aber Männerarbeit. Es muß geschehen.«

»Ich stelle solche Entscheidungen nicht in Frage.«

»Ein Erstickungsanfall vielleicht...«

»Druck, durch die Bettdecke ausgeübt, *mon Général*. Langsam und ohne Spuren, ein Krampf... Aber ich würde meine Pflicht verletzen, wenn ich nicht wiederholte, was ich schon einmal gesagt habe, *mon Général*. Man wird ganz Paris durchsuchen und anschließend wird es zu einer großangelegten Jagd kommen. Man wird den Mörder für einen reichen Amerikaner halten, ein einladendes Ziel für die Sûreté.«

»Es wird keine Suche geben, keine Jagd. Noch nicht. Wenn es wirklich dazu kommen muß, dann erst später, und dann wird man eine Leiche finden... Gehen Sie an die Arbeit, mein junger Freund. Der Chauffeur, Colonel; das größere Ziel hat Vorrang.«

»Er ist tot«, sagte der Mann in der Telefonzelle und legte den Hörer auf.

5

Erich Leifhelm... geboren am 15. März 1912 in München als Sohn des Dr. Heinrich Leifhelm und seiner Geliebten Marta Stössel. Obwohl der Makel seiner illegitimen Geburt im moralbewußten Deutschland jener Jahre einer normalen Kindheit im gehobenen Bürgertum im Wege stand, war er zugleich auch der wichtigste Faktor, der Leifhelms spätere Prominenz in der nationalsozialistischen Bewegung prägte. Bei seiner Geburt wurde ihm der Name Leifhelm versagt, und er war bis 1931 als Erich Stössel bekannt.

Joel saß an einem Tisch in dem offenen Café des Kopenhagener Flughafens Kastrup und versuchte, sich zu konzentrieren. Dies war sein zweiter Versuch im Laufe der letzten zwanzig Minuten; den ersten hatte er aufgegeben, als er bemerkte, daß er das Gelesene nicht aufnahm, sondern nur schwarze Buchstaben sah, eine endlose Kette kaum erkennbarer Wörter, die sich auf eine Gestalt in den äußeren Bereichen seines Bewußtseins bezogen. Er war unfähig, das Bild jenes Mannes scharf zu bekommen; es gab zu viele Störungen, tatsächliche und eingebildete. Auch während des zweistündigen Fluges von Paris nach Kopenhagen hatte er nicht lesen können. Er hatte sich für ein Economy-Ticket entschieden in der Hoffnung, in der größeren Zahl von Menschen unterzugehen. Was auch zutraf. Die Sitze waren so eng und das Flugzeug so vollbesetzt, daß es praktisch unmöglich war, Ellbogen oder Unterarme zu bewegen. Diese Umstände verhinderten aber ebenso, daß er den Bericht hervorholte, sowohl aus Raumgründen als auch aus Furcht vor fremden Blicken.

Heinrich Leifhelm brachte seine Geliebte und ihren gemeinsamen Sohn in der Stadt Eichstätt nördlich von München unter. Dort besuchte er sie hie und da und ermöglichte ihnen einen ausreichenden, aber nicht besonders bequemen Lebensstandard. Der Arzt war offenbar hin und her gerissen zwischen dem Wunsch, eine erfolgreiche Praxis – ohne gesellschaftlichen Makel – in München zu unterhalten, und dem Gefühl, Mutter und Kind nicht verlassen zu dürfen. Nach Ansicht enger Bekannter von Erich Stössel-Leifhelm hatten diese frühen Jahre eine tiefe Wirkung auf ihn. Obwohl er noch zu jung war, um die Auswirkungen des Ersten Weltkriegs voll zu begreifen – eine Erinnerung, die ihn später verfolgen sollte –, schrumpften die Mittel des kleinen Haushaltes in dem Maße, wie die Zahlungsfähigkeit des älteren Leifhelm unter der Last der Kriegssteuern geringer wurde. Außerdem betonten die Besuche seines Vaters die Tatsache, daß er nicht als Sohn anerkannt werden konnte und daher keinen Anspruch auf die Privilegien hatte, die seine beiden Stiefbrüder und eine Stiefschwester genossen, Fremde, die er nie kennenlernen sollte und deren Heim er nicht betreten konnte. Ihm fehlte die Legitimität, wie sie durch heuchlerische Dokumente und den noch heuchlerischeren Segen der Kirche dokumentiert wurde, was in ihm das Gefühl weckte, ihm werde das genommen, was ihm rechtmäßig zustünde. Und so entwickelte sich in ihm Wut und Verärgerung. Ein tiefsitzender Zorn auf die herrschenden gesellschaftlichen Gegebenheiten. Wie er selbst zugab, war es sein erster bewußter Wunsch, aus eigener Kraft so viel wie möglich für sich zu gewinnen – sowohl materiell als auch Anerkennung durch die Umwelt. Und damit wollte er sich gegen seinen Lebensstatus auflehnen, der seiner Ansicht nach für ihn demütigend war.

Converse hörte zu lesen auf und wurde sich plötzlich der Frau bewußt, die allein auf der anderen Seite des halb verlassenen Cafés an einem Tisch saß und ihn ansah. Ihre Augen begegneten sich. Die Frau wandte sich sofort ab, legte den Arm auf das niedrige weiße Geländer, das das Restaurant einfaßte, und studierte die spärlicher gewordenen Scharen von Menschen, die jetzt nachts durch den Flughafen schlenderten, als warte sie auf jemanden. Erschreckt versuchte Joel, den Blick zu analysieren, mit dem sie ihn beobachtet hatte. War das ein Blick des Erkennens gewesen? Kannte sie sein Gesicht? Oder war es ein prüfender Blick gewesen? Eine gut gekleidete Prostituierte, die im Flughafen einen Freier suchte, einen einsamen Geschäftsmann, weit weg von zu Haus? Sie drehte langsam den Kopf und sah ihn wieder an, jetzt offenbar darüber verstimmt, daß seine Augen immer noch auf sie gerichtet waren. Und dann sah sie abrupt auf die Uhr, zupfte an ihrem breitkrempigen Hut und klappte die Handtasche auf. Sie nahm einen Geldschein heraus, legte ihn auf den Tisch, stand auf und ging zum Ausgang des Cafés. Als sie die Tür hinter sich hatte, ging sie schneller, ihre Schritte wurden länger, und sie strebte auf den Bogen zu, hinter dem sich die Gepäckausgabe befand. Converse beobachtete sie in dem kalten weißen Neonlicht der Halle, schüttelte den Kopf und war über seine Unruhe verärgert. Mit seiner Aktentasche und dem ledergebundenen Bericht hatte die Frau ihn wahrscheinlich für eine Art Flughafenbeamten gehalten.

Er sah zu viele Schatten, dachte er, während seine Augen der eleganten Gestalt folgten. Zu viele Schatten, die keine Überraschung bargen, keinen Grund zur Beunruhigung. In der Maschine aus Paris hatte ein paar Reihen vor ihm ein Mann gesessen, der zweimal aufgestanden und zur Toilette gegangen war, und jedesmal, wenn er zu seinem Sitz zurückging, hatte er Joel scharf angesehen, ihn studiert. Diese Blicke hatten ausgereicht, um Joels Puls zu beschleunigen. Hatte man ihn am Flughafen entdeckt? War der Mann ein Mitarbeiter von Jacques Louis Bertholdier?... So wie das ein Mann in einer Seitengasse in Paris gewesen war – *Denk nicht daran!* Er hatte eine kleine Kruste getrocknetes Blut von seinem Hemd geklopft, als er sich die stumme Ermahnung erteilte.

»Als ob ich einen alten Yankee nicht sofort auf den ersten Blick erkennen könnte! Hab' mich noch nie geirrt!«

Das war die etwas antiquierte Begrüßung in Kopenhagen, als die beiden Amerikaner auf ihr Gepäck warteten.

»Nun, einmal habe ich mich getäuscht. Irgend so ein Kerl auf einer Maschine in Genf. Direkt neben mir hat er gesessen. So ein schwarzhaariger Latino in einem Anzug mit Weste. Mit der Stewardeß hat er Englisch gesprochen, also dachte ich mir, er sei einer dieser reichen kubanischen Flüchtlinge aus Florida. Verstehen Sie?«

Ein Abgesandter in der Kleidung eines Geschäftsmannes. Einer der Diplomaten.

Genf. In Genf hatte es angefangen.

Zu viele Schatten. Keine Überraschungen, kein Alarm. Die Frau ging durch den Torbogen, und Joel löste den Blick von ihr, zwang seine Augen wieder zurück auf den Bericht über Erich Leifhelm. Dann störte ihn eine kleine, plötzliche Bewegung; er sah wieder zu der Frau hinüber. Ein Mann war aus einer nicht einsehbaren Nische herangetreten; seine Hand berührte ihren Ellbogen. Sie tauschten kurz ein paar Worte und trennten sich ebenso abrupt wieder voneinander, wie sie sich begegnet waren, wobei der Mann seinen Weg in die Halle fortsetzte, während die Frau verschwand. Sah der Mann zu ihm herüber? Converse beobachtete ihn aufmerksam; *hatte* dieser Mann ihn angesehen? Es war unmöglich, das sicher zu sagen. Der Fremde drehte den Kopf nach allen Seiten, als suchte er etwas. Und dann eilte er, als hätte er das Gesuchte gefunden, auf eine Schalterreihe zu. Sein Ziel war der Schalter der Japan Air Lines. Er zog seine Brieftasche hervor, als er mit dem Angestellten zu sprechen begann.

Keine Überraschungen, kein Alarm. Ein gehetzter Reisender hatte nach einer Auskunft gefragt. Die Störungen waren mehr eingebildet als tatsächlich vorhanden. Und doch schaltete sich selbst hier seine Anwaltsmentalität ein. Im Ergebnis waren Störungen immer eine Tatsache, ob sie nun auf Realität beruhten oder nicht. *O Gott*! Laß das doch! Konzentriere dich!

Als Erich Stössel-Leifhelm siebzehn Jahre alt war, legte er am Gymnasium von Eichstätt das Abitur ab. Damals herrschte ein allgemeines finanzielles Chaos, und der Zusammenbruch der amerikanischen Börse im Jahre '29 verschärfte die ohnehin trostlose Wirtschaftslage der Weimarer Republik noch weiter, so daß sich nur wenige Studenten den Übertritt auf eine Universität leisten konnten. Später schilderte Stössel-Leifhelm den Schritt, den er damals unternahm, als das Ergebnis jugendlicher Wut: Er reiste nämlich nach München, um von seinem Vater eine Unterstützung zu verlangen. Was er dort vorfand, schockierte ihn nicht nur, sondern erwies sich als einmalige Chance, die der Zufall ihm zugespielt hatte. Das ruhige, störungsfreie Leben des Arztes war in Stücke gegangen. Seine Ehe, die für ihn von Anfang an erniedrigend gewesen war, hatte ihn zum Trinker werden lassen, bis sich die unvermeidlichen Kunstfehler einstellten. Die Ärztekammer (der viele Juden angehörten) brachte einen Tadelsantrag gegen ihn ein, warf ihm Unfähigkeit vor und veranlaßte, daß er seine Stelle an einer Münchner Klinik verlor. Seine Ehefrau wies ihn aus dem Hause, wobei sie ihr alter, aber immer noch mächtiger Vater unterstützte, der ebenfalls Arzt war und dem Aufsichtsgremium der Klinik angehörte. Als Stössel-Leifhelm seinen Vater fand, lebte dieser in einem billigen Mietshaus in einem armseligen Stadtviertel. Während dieses langen und ohne Zweifel im Rausch vorgebrachten Geständnisses offenbarte ihm der Vater eine Tatsache, die Stössel-Leifhelm nie geahnt hatte. Die Frau seines Vaters war Jüdin. Mehr brauchte der junge Mann nicht zu hören. Von diesem Tage an kümmerte sich der Junge um den ruinierten alten Mann mit letzter Hingabe.

Über die Lautsprecher des Flughafens wurde eine Durchsage gemacht; Joel sah auf die Uhr. Jetzt wurde sie wiederholt, diesmal in deutscher Sprache. Er lauschte, konnte aber das

Gesagte kaum verstehen. Dann hörte er Städtenamen. Hamburg – Köln – Bonn. Es war der erste Aufruf für den letzten Flug des Abends, der über Hamburg in die Hauptstadt Westdeutschlands ging. Die Flugzeit betrug weniger als zwei Stunden; die Zwischenlandung in Hamburg war für Geschäftsleute gedacht, die am frühen Morgen an ihren Schreibtischen sitzen wollten. Converse hatte seinen Koffer nach Bonn abfertigen lassen und sich dabei vorgenommen, den schweren Lederkoffer bei nächster Gelegenheit durch einen Handkoffer zu ersetzen, den er mit an Bord nehmen konnte. Er war kein Fachmann für solche Dinge, aber die Vernunft sagte ihm, daß die Verzögerung beim Warten auf das Gepäck ihn leicht den Blicken von Verfolgern aussetzen konnte und darüber hinaus auch ein Hindernis für schnelles Reisen war. Er legte das Dossier über Erich Leifhelm in den Koffer, klappte ihn zu und verstellte die Kombination des Zahlenschlosses. Dann erhob er sich von seinem Platz, verließ das Café und ging zum Lufthansa-Schalter.

Schweißtropfen traten ihm am Haaransatz hervor; sein Herzschlag beschleunigte sich, bis er wie eine hämmernde Fuge für Kesselpauken klang. Er *kannte* den Mann, der neben ihm saß, aber er hatte keine Ahnung, wo oder wann in seinem Leben er ihm begegnet war. Das faltige Gesicht, die von der Sonne braun gegerbte Haut, die intensiven blaugrauen Augen unter den dicken, wild wuchernden Brauen und das von weißen Strähnen durchzogene braune Haar – er *kannte* ihn, aber ihm fiel kein Name ein, nicht das geringste, was die Identität des Mannes lüften konnte.

Plötzlich blickte der Mann von seinen maschinenbeschriebenen Blättern auf und sah zu Joel hinüber. Seine Augen waren ausdruckslos und ließen weder Neugierde noch Interesse erkennen.

»Entschuldigung«, sagte Converse etwas verlegen.

»Sicher, schon gut... warum auch nicht?« war die seltsame, lakonische Antwort in einem Dialekt, wie man in Texas und im Mittleren Westen sprach. Der Mann wandte sich wieder seinen Papieren zu.

»Kennen wir uns?« fragte Joel, der die Frage einfach nicht unterdrücken konnte.

Wieder blickte der Mann auf. »Denke nicht«, sagte er kurz angebunden und wandte sich wieder seinem Bericht, oder was er sonst las, zu.

Die Stimme einer Lufthansa-Stewardeß riß Converse aus seinen Gedanken. »Herr Dowling, was für eine Freude, Sie an Bord zu haben.«

»Danke, Darlin'«, sagte der Mann, und sein faltiges Gesicht verzog sich zu einem freundlichen Grinsen. »Wenn Sie ein bißchen Bourbon und ein wenig Eis für mich finden, dann erwidere ich das Kompliment.«

Die Stewardeß ging den Mittelgang hinunter auf die Galley zu, während Converse den bekannten Schauspieler immer noch anstarrte. Etwas stockend meinte er: »Es tut mir *wirklich* leid. Ich hätte Sie natürlich erkennen müssen.«

Dowling wandte ihm das sonnenverbrannte Gesicht zu, und seine Augen musterten Joel, sein Gesicht, sein Jackett und wanderten dann zu dem handgearbeiteten Aktenkoffer herunter. Er blickte mit einem amüsierten Lächeln auf. »Wahrscheinlich könnte ich Sie jetzt in Verlegenheit bringen, wenn ich Sie fragen würde, woher Sie mich kennen. Sie sehen nicht wie ein *Santa-Fé*-Fan aus.«

»Ein Santa Fé...? Ach so, so heißt Ihre Sendung.«

Und dann erinnerte er sich. Es handelte sich um eines jener TV-Phänomene, die sich solche Popularität erworben hatten, daß sogar *Time* und *Newsweek* das auf ihren Titelseiten verkünden mußten. Er selbst hatte die Serie nie gesehen.

»Ihr Bourbon, Sir«, sagte die zurückgekehrte Stewardeß und reichte dem Schauspieler ein Glas.

»Oh, *thank you*, li'l Darlin'! Du liebe Güte, Sie sind ja hübscher als die ganzen Girls in der Show!«

»Sie sind sehr liebenswürdig, Sir.«

»Kann ich auch einen Scotch haben, bitte«, sagte Joel.

»Und jetzt, da Sie wissen, wie ich mein Geld verdiene«, sagte Dowling, während die Stewardeß sich wieder entfernte, »muß ich natürlich auch wissen, was Sie eigentlich treiben.«

»Ich bin Rechtsanwalt.«

»Dann haben Sie wenigstens etwas Ordentliches zu lesen. Dieses Drehbuch hier stinkt nämlich zum Himmel.«

Obwohl die meisten der angesehenen Bürger Münchens sie für eine Sammlung von Tagedieben und Nichtstuern hielt, begann die Nationalsozialistische Deutsche Arbeiterpartei mit ihrem Hauptquartier in München langsam ihren Einfluß über ganz Deutschland auszubreiten. Die radikal völkische Bewegung gewann Einfluß, indem sie ihre flammende Botschaft gegen anonyme, undeutsche »Mächte« in die Welt hinausposaunte. Für sie lag die Schuld für all die Gebrechen der Nation bei einem ganzen Spektrum von Gruppierungen, die von den Bolschewiken bis zur jüdischen Bankenwelt reichte, von den ausländischen Plünderern, die ein arisches Land geschändet hatten, bis zu guter Letzt allem, was nicht »arisch« war, insbesondere den Juden und ihrem unredlich erworbenen Wohlstand.

Das kosmopolitische München und seine jüdische Gemeinde lachten über diese Absurditäten; sie hörten nicht darauf. Wohl aber der Rest Deutschlands, er hörte, was er hören wollte. Und Erich Stössel-Leifhelm hörte es auch. Für ihn war es der Schlüssel zur Anerkennung.

Binnen weniger Wochen brachte es der junge Mann fertig, seinen Vater wieder auf Vordermann zu bringen. In späteren Jahren erzählte er diese Geschichte oft mit grausamem Humor. Sich über die hysterischen Einwände des alten Arztes hinwegsetzend, entfernte der Sohn jeglichen Alkohol und alles Rauchbare aus seiner Wohnung und ließ den Vater nie aus den Augen. Dazu zwang er ihm ein hartes Regiment mit Gymnastik und strenger Diät auf.

In den langen Wochen der Rehabilitierung las Stössel-Leifhelm seinem Vater jeden Abend alles, was er aus dem Hauptquartier der Nationalsozialisten in die Hände bekommen konnte, vor, und es fehlte weiß Gott nicht an Material. Es gab die üblichen zündenden Pamphlete, seitenweise Material über eine biologische Theorie, die vorgab, die genetische Überlegenheit der arischen Rasse zu beweisen, und die von einem völkischen

Verfall sprach, der durch gedankenlose Vermengung von Rassen entstehen konnte. All die üblichen Naziergüsse, dazu reichliche Extrakte aus Hitlers »Mein Kampf«. Der Sohn las ohne Unterlaß, bis der Doktor die wichtigsten Punkte der nationalsozialistischen Botschaft auswendig rezitieren konnte. Und die ganze Zeit redete der Siebzehnjährige unablässig auf den Vater ein und bemühte sich ihm klarzumachen, daß dies der Weg sei, um alles zurückzubekommen, was man ihm gestohlen hatte, eine Rache für die Jahre der Erniedrigung und des Spotts zu finden.

Der Tag kam, ein Tag, an dem Stössel-Leifhelm erfahren hatte, daß zwei hohe Parteifunktionäre in München sein würden. Es handelte sich um den verwachsenen Parteipropagandisten Joseph Goebbels und den Möchtegern-Aristokraten Rudolf Heß. Der Sohn begleitete den Vater zum nationalsozialistischen Hauptquartier, wo der gutgekleidete, eindrucksvolle, offenbar reiche arische Doktor um eine Audienz bei den beiden Naziführern nachsuchte, mit der Erklärung, er habe in einer wichtigen und vertraulichen Angelegenheit mit ihnen zu sprechen. Sie wurde ihm gewährt, und nach Aufzeichnungen in den Parteiarchiven waren die ersten Worte, die er an Heß und Goebbels richtete, die folgenden:

»Meine Herren, ich bin Arzt mit untadeligen Papieren und war früher Chefchirurg an einem hiesigen Krankenhaus und habe daneben jahrelang eine der erfolgreichsten Privatpraxen Münchens geführt. Das ist meine Vergangenheit. Dann vernichteten mich Juden, die mir alles nahmen. Aber jetzt bin ich wieder da, ich erfreue mich wieder bester Gesundheit und stehe zu Ihren Diensten.«

Die Lufthansa-Maschine begann den Anflug auf Hamburg, und Joel griff nach seinem Aktenkoffer. Neben ihm streckte sich der Schauspieler Caleb Dowling, das Drehbuch in der Hand, und stopfte es in eine offene Flugtasche, die neben seinen Füßen stand.

»Das einzige, was noch alberner ist als dieser Film«, sagte er, »ist das Geld, das man mir für meine Rolle darin bezahlt.«

»Filmen Sie morgen?« fragte Converse.

»Heute«, verbesserte ihn Dowling nach einem Blick auf seine Armbanduhr. »In aller Frühe. Ich muß schon um halb sechs am Drehort sein – Morgendämmerung über dem Rhein, oder irgend so was Eindrucksvolles. Wenn die wenigstens das Ganze in eine Reiseschilderung verwandeln würden, dann wären wir alle besser dran. Hübsche Landschaft.«

»Und Sie waren trotzdem in Kopenhagen.«

»Richtig.«

»Da werden Sie nicht viel Schlaf bekommen.«

»Wohl kaum.«

»Wenn Ihnen das nichts ausmacht?«

Der Schauspieler sah Joel an, und das Lächeln ließ die Fältchen um seine freundlichen Augen noch tiefer werden. »Meine Frau ist in Kopenhagen, und ich hatte zwei Tage frei. Dies war die letzte Maschine, die ich bekommen konnte. Ich bin diese Strecke die letzten zwei Monate ein halbes dutzendmal geflogen«, sagte Caleb Dowling. »Lassen Sie sich von mir sagen, diese Warterei hier ist widerwärtig. Nicht der Zoll, das geht schnell, besonders so spät. Die arbeiten wie die Roboter mit ihren Stempeln; in zehn Minuten sind Sie durch. Aber dann müssen Sie warten. Zweimal oder dreimal hat es mehr als eine Stunde gedauert, bis die Maschine nach Bonn hier war. Übrigens, haben Sie Lust, mit mir in der Lounge einen Drink zu nehmen?«

»Warum nicht?« Joel fühlte sich geschmeichelt. Nicht nur, daß er Dowling mochte – nein, es tat auch gut, Gast eines Prominenten zu sein.

»Vielleicht sollte ich Sie warnen«, fügte Dowling hinzu, »meine Fans kriechen selbst um diese Stunde noch aus den Betten, und die PR-Leute sorgen natürlich auch für die üblichen Fotografen. Aber das Ganze dauert nicht sehr lange.«

Converse war für die Warnung dankbar. »Ich muß noch ein paar Telefongespräche führen«, sagte er beiläufig, »aber wenn ich rechtzeitig fertig werde, komme ich gern.«

»Telefongespräche? Um diese Stunde?«

»In die Staaten. In... Chicago... ist es nicht dieselbe Stunde.«

»Sie können ja in der Lounge telefonieren; dort ist auch ein Apparat.«

»Es mag verrückt klingen«, sagte Joel, der nach Worten suchte, »aber ich kann besser denken, wenn ich allein bin. Ich muß da einige komplizierte Dinge erklären. Ich suche mir nach der Zollabfertigung eine Telefonzelle.«

»Für mich klingt gar nichts verrückt, schließlich arbeite ich in Hollywood.«

»Das freut mich zu hören«, antwortete Joel verlegen. Die Räder des Flugzeugs berührten den Boden, und die Düsenmotoren heulten im Gegenschub auf. Die Maschine rollte weiter, bog nach links ab und rollte langsam aus. Die vordere Tür öffnete sich, und einige Passagiere drängten aufgeregt in den Mittelgang. Ihrem Flüstern und den Blicken derer, die sich auf Zehen reckten, um besser sehen zu können, war zu entnehmen, daß Caleb Dowlings Anwesenheit den Auflauf verursachte.

Eine Welle Passagiere schob sich an dem Fernsehstar vorbei durch den Ausgang, und Joel reihte sich rasch ein. So schnell und so unauffällig wie möglich wollte er durch den Zoll gehen und dann eine dunkle Ecke im Flughafen suchen und im Schatten warten, bis der Aufruf für die Maschine nach Köln-Bonn kam.

Goebbels und Heß nahmen Dr. Heinrich Leifhelms Angebot begeistert an. Man kann sich leicht vorstellen, wie der Propaganda-Agitator sich das Bild dieses blonden arischen Arztes auf Tausenden von Pamphleten ausmalte, eines Mediziners, der die schillernden Theorien der Nazigenetik bestätigte und zugleich bereitwillig die minderwertigen, habgierigen Juden verdammte; Leifhelm war ein Geschenk des Himmels. Für Rudolf Heß, dem es besonders auf persönliche Anerkennung durch die Junker und Wohlhabenden ankam, war dieser Arzt auf ganz andere Weise von Bedeutung:

Er war ein echter Aristokrat.

Das Zusammenwirken von bewußter Planung und Zufall erwies sich als noch bedeutsamer, als der junge Stössel-Leifhelm sich hätte ausmalen können. Adolf Hitler kehrte aus Berlin zu einer Kundgebung auf dem Marienplatz zurück, und der eindrucksvolle Arzt wurde mit seinem wohlerzogenen Sohn eingeladen, mit dem Führer zu Abend zu essen. Man war einander spontan zugeneigt; Hitler hörte alles, was er hören wollte, und von diesem Tage an bis zu seinem Tode im Jahre 1934 war Heinrich Leifhelm Hitlers Leibarzt.

Es gab nichts, was dem Sohn versagt wurde, und in kurzer Zeit hatte er alles, was er sich wünschte. Im Juni 1931 wurde im Hauptquartier der Nationalsozialisten eine Zeremonie abgehalten, in der Heinrich Leifhelms Ehe mit einer Jüdin wegen der »Verheimlichung jüdischen Blutes« seitens einer »opportunistischen Hebräerfamilie« annulliert und gleichzeitig alle Ansprüche und Erbrechte der Kinder jener »erschlichenen Verbindung« für null und nichtig erklärt wurden. Zwischen Leifhelm und Martha Stössel wurde eine Zivilehe geschlossen, und der wahre Erbe, das einzige Kind, das Anspruch auf den Namen Leifhelm erheben durfte, war ein achtzehnjähriger Junge namens Erich.

München und die jüdische Gemeinde lachten immer noch über die absurde Verlautbarung, die die Nazis in die Gerichtsspalte der Zeitungen setzten, aber nicht mehr so laut. Man hielt das Ganze für unsinnig, denn der Name Leifhelm war längst in Mißkredit geraten, und es ging ganz sicher auch nicht um eine Erbschaft väterlicherseits. Schließlich fehlte dem Spektakel uch jede gesetzliche Grundlage. Erst allmählich verstanden die Menschen, daß die Gesetze in dem sich ändernden Deutschland ebenfalls in Änderung begriffen waren. In knapp zwei Jahren sollte es nur noch *ein* Gesetz geben. Den Willen der Nazis.

1935, ein Jahr nach dem Tode seines Vaters, wurde Erich Leifhelm, unterdessen ein junger Favorit im inneren Kreise Hitlers, zum Oberstleutnant befördert, und damit war er in der Wehrmacht der jüngste Träger dieses Ranges. Er spielte eine wichtige Rolle bei der Aufrüstung, die in Deutschland stattfand, und mit dem Näherrücken des Krieges begann die dritte Phase seines Lebens, die ihn am Ende ins Zentrum der Nazimacht führte und ihm gleichzeitig die Chance bot, sich von der Führung abzusondern, von der er selbst ein einflußreicher Teil war. Einzelheiten darüber sind auf den folgenden Seiten zu finden, ein

Vorspiel zu der vierten Phase, die ganz seiner fanatischen Gefolgschaft für die Theorien von George Marcus Delavane gewidmet ist.

Aber vorher soll hier ein Ereignis aufgezeichnet werden, das Einblick in die Mentalität dieses Mannes liefern kann.

Es geschah im Januar oder Februar 1936. Einzelheiten sind kaum bekannt, da es nur wenige Überlebende aus jener Zeit gibt, die die Familie gut kannten, aber gewisse Fakten dürfen als gesichert gelten. Heinrich Leifhelms legitime Frau, seine Kinder und ihre Familie versuchten einige Jahre lang erfolglos, Deutschland zu verlassen. Die offizielle Sprachregelung der Partei war, daß das alte Familienoberhaupt seine medizinischen Fähigkeiten – die er schließlich auf deutschen Universitäten erworben hatte – dem Staate schuldete. Außerdem gab es ungeklärte juristische Fragen, die auf der aufgelösten Ehe des verstorbenen Dr. Heinrich Leifhelm beruhten. Insbesondere bezüglich gemeinsamer Besitztümer und der Erbrechte, die schließlich einen hervorragenden Offizier der Wehrmacht angingen.

Erich Leifhelm ging kein Risiko ein. Die »ehemalige« Frau seines Vaters und ihre Kinder wurden buchstäblich gefangengehalten. Ihre Bewegungsfreiheit war eingeschränkt, das Haus an der Luisenstraße wurde beobachtet, und jedesmal, wenn die Familie Visa beantragte, wurde sie unter ständige »politische Überwachung« gestellt, um jedes Risiko auszuschalten, daß sie vielleicht untertauchten. Diese Information stammt von einem pensionierten Bankier, der sich daran erinnerte, daß das Finanzministerium in Berlin die Banken in München aufforderte, unverzüglich Meldung zu machen, falls es zu irgendwelchen größeren Abhebungen seitens der ehemaligen Frau Leifhelm und/oder ihrer Familie kommen sollte.

Wir konnten nicht in Erfahrung bringen, in welcher Woche oder an welchem Tag es geschah, aber irgendwann im Januar oder Februar 1936 verschwanden Frau Leifhelm, ihre Kinder und ihr Vater.

Aber die von den Alliierten am 23. April 1945 in München beschlagnahmten Gerichtsakten liefern ein klares, wenn auch unvollständiges Bild des damaligen Geschehens. Offensichtlich von dem zwanghaften Bestreben getrieben, im juristisch korrekten Sinne an das Erbe zu gelangen, wurde im Auftrag von Oberstleutnant Erich Leifhelm Klage eingereicht, die all die Ungerechtigkeiten aufzählte, die sein Vater, Dr. Heinrich Leifhelm, seitens seiner ehemaligen Angehörigen erlitten hätte, wobei die besagte Verbrecherfamilie das Reich trotz eines entsprechenden Verbotes angeblich verlassen habe. Bei den Anklagen handelte es sich, wie zu erwarten war, um unerhörte Lügen. Dann wurde die »offizielle« Scheidungsurkunde und eine Kopie des Letzten Willens und Testaments Heinrich Leifhelms vorgelegt. Es gab nur eine legitime Ehe und einen legitimen Sohn, und alle Rechte, Privilegien und Erbansprüche gingen auf diesen über: Oberstleutnant Erich Stössel-Leifhelm.

Da uns zu diesem Fall einigermaßen exakte Unterlagen vorlagen, war es auch möglich, Zeugen zu finden. Es wurde bestätigt, daß Frau Leifhelm, ihre drei Kinder und ihr Vater im Konzentrationslager Dachau vor den Toren Münchens ums Leben gekommen sind.

Die jüdischen Leifhelms existierten nicht mehr; der arische Leifhelm war jetzt der einzige Erbe eines beträchtlichen Besitzes, der unter den geltenden Gesetzen sonst konfisziert worden wäre. Ehe er das dreißigste Lebensjahr vollendet hatte, war er zum Rächer geworden für das Unrecht, daß man ihm angeblich angetan hatte. Ein Mörder war herangereift.

»Sie müssen hier ja einen verdammt wichtigen Fall haben«, sagte Caleb Dowling grinsend und stieß Joel mit dem Ellbogen in die Seite. »Ihr Zigarettenstummel ist schon vor einer Weile im Aschenbecher verglüht. Ich hab' ihn ausgedrückt, und Sie haben bloß abwehrend die Hand gehoben. Dabei sind schon seit einiger Zeit die No-Smoking-Zeichen an. Wir befinden uns nämlich bereits im Landeanflug, kann nur noch Minuten dauern.«

»Tut mir leid. Das ist... ein sehr komplizierter Schriftsatz. Herrgott, ich würde doch nie die Hand gegen Sie heben, Sie sind doch ein Prominenter.« Converse lachte, weil er wußte, daß man das von ihm erwartete.

»Dabei fällt mir ein, daß ich Sie fragen wollte, wo Sie in Bonn wohnen werden, Herr Anwalt?«

Joel war auf diese simple Frage nicht vorbereitet. »Eigentlich weiß ich das noch gar nicht«, antwortete er und suchte nach Worten. Schließlich meinte er: »Ich habe mich erst in letzter Minuten zu dieser Reise entschlossen.«

»Dann brauchen Sie vielleicht Hilfe. Bonn ist überfüllt. Ich will Ihnen was sagen. Ich wohne im Königshof, und ich denke, ich habe dort einigen Einfluß. Wollen mal sehen, was wir tun können.«

»Vielen Dank, aber das wird nicht notwendig sein.« Converse überlegte fieberhaft. Das letzte, was er brauchen konnte, war die Neugierde, die sich auf jeden richten mußte, der in Gesellschaft des bekannten Schauspielers reiste. »Meine Firma hat jemanden geschickt, der mich abholen soll, und er hat sicher ein Zimmer gebucht. Deshalb soll ich auch als einer der letzten aussteigen, damit er mich leichter in der Menge findet.«

»Also schön. Aber wenn Sie einmal Zeit haben und mit ein paar Schauspielertypen etwas trinken wollen – alles interessante Burschen, das kann ich Ihnen versichern –, dann rufen Sie mich in meinem Hotel an und hinterlassen eine Nummer.«

»Das werde ich bestimmt tun. Vielen Dank.«

Joel wartete. Die letzten Passagiere verließen die Maschine und nickten den Stewardessen zu. Einige gähnten, andere mühten sich mit ihren Schultertaschen, Kameras und Koffern ab. Jetzt verließ der letzte Passagier das Flugzeug, und Converse stand auf, griff seinen Aktenkoffer und schob sich langsam in den Mittelgang. Instinktiv, ohne einen besonderen Anlaß zu haben, wandte er den Kopf und sah in den hinteren Teil des Flugzeugs.

Was er sah, ließ ihn erstarren, und für Sekunden stockte ihm der Atem. In der letzten Reihe der langen Kabine saß eine Frau. Die blasse Haut unter der breiten Hutkrempe und die erschreckten, erstaunten Augen, die sich abrupt abwandten – das alles formte sich zu einem Bild, an das er sich noch lebhaft erinnerte. Es war die Frau, die er im Flughafen-Café von Kopenhagen gesehen hatte! Sie war mit schnellen Schritten zur Gepäckausgabe geeilt und hatte sich von der Schalterreihe der Fluggesellschaften *entfernt*. Dann hatte ein Mann sie aufgehalten; es hatte einen kurzen Wortwechsel gegeben; und jetzt wußte Joel, daß die Worte ihm gegolten hatten.

Die Frau mußte zurückgekommen und in dem Durcheinander, das immer in den letzten Minuten vor dem Start herrscht, unbemerkt an Bord gegangen sein. Er spürte es, er *wußte* es! Sie war ihm von Dänemark gefolgt!

Wenn er nur Zeit zum Überlegen hätte...

6

Converse rannte den Mittelgang hinunter und durch den Ausstieg in den mit Teppich ausgelegten Zubringertunnel. Nach fünfzehn Metern mündete der schmale Gang in eine Art Warteraum. Die Plastiksitze und die mit Seilen verbundenen Ständer ließen erkennen, daß es sich um den Flugsteig handelte. Niemand war zu sehen; der Raum war leer. Auch die anderen Flugsteige waren bereits geschlossen, die Lichter ausgeschaltet. Dahinter hingen Tafeln von der Decke, die in deutscher, englischer und französischer Sprache den Passagieren den Weg zum Terminal und zur Gepäckausgabe im Tiefgeschoß wiesen. Für sein Gepäck hatte Converse jetzt keine Zeit. Er mußte sich beeilen, mußte schnellstens so weit wie möglich weg vom Flughafen, und das, ohne gesehen zu werden. Dann wurde ihm das Offensichtliche bewußt, und Übelkeit überkam ihn. Man *hatte* ihn längst gesehen; sie wußten, daß er mit der Maschine aus Hamburg gekommen war – wer auch immer *sie* waren. In dem Augenblick, wenn er die Flughafenhalle betrat, würde man ihn entdecken, und es gab nichts, was er dagegen tun konnte. Sie hatten ihn in Kopenhagen aufgestöbert; die Frau hatte ihn erkannt und den Befehl erhalten, an Bord zu gehen, um sicherzustellen, daß er nicht in Hamburg blieb oder dort die Maschine wechselte.

Aber wie hatten sie das geschafft?

Jetzt war keine Zeit, darüber nachzudenken. Er würde sich

später damit befassen – wenn es noch ein Später gab. Er trat unter dem Bogen des ausgeschalteten Metalldetektors hindurch und eilte an den schwarzen Laufbändern vorbei, auf denen das Handgepäck durchleuchtet wurde. Vor ihm, höchstens zwanzig Meter entfernt, waren die Türen, die in die große Halle führten. Was konnte er tun, was *sollte* er tun?

Nur für Personal.

Männer.

Joel blieb stehen. Die Aufschrift auf der Tür wirkte drohend. Er hatte diese Worte schon einmal gelesen. Wo? Wo war es gewesen?... Zürich! In einem Kaufhaus in Zürich. Er hatte sich damals den Magen verdorben, und das war auf den Darm durchgeschlagen. Er hatte einen mitfühlenden Kaufhausangestellten angesprochen, und der hatte ihn zu einer Toilette geführt. In einem Augenblick der Erleichterung war sein Blick auf die fremden Worte gefallen. *Nur für Personal. Männer.*

Weiterer Erinnerungen bedurfte es nicht. Er stieß die Tür auf und ging hinein, mit dem einzigen Ziel, jetzt seine Gedanken zu sammeln. Ein Mann im grünen Overall stand am Ende an einer Reihe von Waschbecken, das Gesicht zur Wand. Er kämmte sich, während er im Spiegel eine Hautunreinheit in seinem Gesicht musterte. Converse ging auf die Reihe von Urinmuscheln hinter den Waschbecken zu und bemühte sich, wie ein leitender Angestellter einer Fluggesellschaft zu wirken. Offenbar gelang seine List; der Mann murmelte höflich irgend etwas Unverständliches und ging hinaus. Die Türe schwang hinter ihm ins Schloß, und Converse war allein.

Joel trat von dem Urinbecken zurück, starrte auf die gefliesten Wände und nahm zum erstenmal Stimmen von draußen wahr, irgendwo draußen, jenseits der... *Fenster*. Etwa in drei Viertel der Mauerhöhe der rückwärtigen Wand waren drei Milchglasfenster zu erkennen, deren lackierte weiße Rahmen scheinbar übergangslos in das Weiß der Wand übergingen. Joel war verwirrt. In diesen Tagen des Sicherheitsdenkens im internationalen Flugverkehr, einer Zeit, in der man sich mit allen Mitteln gegen den Schmuggel von Waffen und Drogen zu schützen versuchte, war ein Raum, der die Möglichkeit bot, nach *draußen* zu gelangen, bevor man den Zoll passierte, einfach unvorstellbar. Und dann begriff er plötzlich. Das konnte sein Ausweg sein! Der Flug aus Hamburg war ein *Inlandsflug*. Natürlich gab es in einem solchen Flughafenteil auch Fenster nach draußen. Warum auch nicht! Die Passagiere mußten auch hier die Detektoren passieren, und wenn die Behörden es auf einen Passagier eines Inlandsfluges abgesehen hatten, konnten sie ihn direkt am Flugsteig erwarten.

Aber auf ihn hatte niemand gewartet. Er war der letzte – der *vorletzte* Passagier gewesen, der die Nachtmaschine verlassen hatte. Der Flugsteigbereich war bereits verlassen gewesen; wenn jemand auf einem der Plastiksessel gesessen oder hinter dem Schalter gestanden hätte, wäre er Joel aufgefallen. Das hieß, daß diejenigen, die nach ihm Ausschau hielten, selber nicht gesehen werden wollten. Wer auch immer sie waren, sie warteten und hielten von irgendeinem versteckten Punkt in der Flughafenhalle nach ihm Ausschau.

Er ging auf das Fenster ganz rechts zu und stellte seinen Aktenkoffer ab. Wenn er aufrecht stand, war der Fenstersims nur wenige Zentimeter über seinem Kopf. Er griff nach den zwei weißen Handgriffen und schob; das Fenster glitt mühelos eine Handbreit nach oben. Er schob die Finger durch den frei gewordenen Spalt – kein Gitter. Wenn er das Fenster ganz nach oben bekam, war genug Platz, um durch die Öffnung nach draußen zu gelangen.

Joel hörte ein Klappern hinter sich, schnelle Schläge von Metall auf Holz. Er wirbelte herum. Die Tür öffnete sich, und ein gebeugter alter Mann in einer weißen Uniform, der einen Eimer und einen Mob trug, betrat den Raum. Langsam und bedächtig zog der Alte eine Taschenuhr hervor, warf einen Blick darauf, sagte etwas in deutscher Sprache und wartete. Joel war sich nicht nur bewußt, daß er etwas antworten mußte, er vermutete sogar, daß der alte Mann die Räume bis zum nächsten Morgen schließen wollte. Er mußte nachdenken. Hier weg konnte er jetzt nicht; sonst blieb ihm nur der Weg durch die Halle des Flughafens.

Sein Blick fiel auf den Eimer, und plötzlich wußte er trotz

seiner Verzweiflung, was er tun mußte – aber nicht, ob er seine Rolle auch durchhalten würde. Mit schmerzverzerrtem Gesicht stöhnte er auf, griff sich an die Brust und ließ sich auf die Knie sinken. Dann schrie er noch lauter und fiel zu Boden.

»Doctor, doctor... *doctor!*« rief er immer wieder mit einer Stimme, die die Qual erkennen lassen sollte, die er angeblich durchlitt.

Der alte Mann ließ den Mop und den Eimer aus seinen Händen gleiten. Ein paar kehlige Worte kamen aus seinem Mund, und vorsichtig trat er ein paar Schritte näher. Converse rollte sich gegen die Wand, rang nach Atem und starrte den Deutschen mit geweiteten, ausdruckslosen Augen an.

»*Doctor*...!« flüsterte er.

Der alte Mann entfernte sich zitternd auf die Tür zu. Dann drehte er sich rasch um, öffnete sie und lief hinaus. Mit brüchiger Stimme rief er nach Hilfe.

Joel wußte, daß ihm nur wenige Sekunden blieben! Der Flugsteig war höchstens sechzig Meter zu seiner Linken, der Eingang zur Halle vielleicht dreißig Meter zur Rechten. Er sprang auf, packte den Eimer und trug ihn unter das Fenster. Dort stellte er ihn umgekehrt auf den Boden, stieg mit einem Fuß hinauf, langte mit beiden Händen nach oben und schob das Fenster hoch. Der Rahmen ließ sich etwa zehn Zentimeter nach oben schieben, bewegte sich dann aber nicht weiter. Joel versuchte es ein zweites Mal, setzte alle Kraft ein, die ihm in seiner unsicheren Haltung zur Verfügung stand. Doch das Fenster ließ sich nicht bewegen. Keuchend ließ er seinen Blick wandern, bis er etwas entdeckte, von dem er wünschte, es nicht sehen zu müssen. Zwei Metalleisten waren an den Rahmen geschraubt und verhinderten, daß das Fenster sich weiter als fünfzehn Zentimeter öffnen ließ. Köln-Bonn mochte kein großer internationaler Flughafen mit aufwendigen Sicherheitseinrichtungen sein, aber ganz ungeschützt war er nicht.

Hinter der Tür waren jetzt Rufe zu hören. Der alte Mann hatte irgend jemand gefunden. Converse rann kalter

Schweiß über das Gesicht. Er stieg von dem Eimer herunter und griff nach seinem Aktenkoffer auf dem Boden. Bewegung und Entscheidung gingen ineinander über, nur der Instinkt lenkte ihn. Joel hob den Aktenkoffer auf und schmetterte ihn ein paarmal gegen das Fenster, bis das Glas zersprang und schließlich der hölzerne Rahmen splitterte. Sofort stieg er wieder auf den Eimer und blickte hinaus. Draußen – unter ihm – war ein gepflasterter Weg, den ein Gitter säumte. In der Ferne waren Scheinwerfer zu sehen, aber keine Menschen. Joel warf den Aktenkoffer hinaus, zog sich in die Höhe und stieß mit dem linken Knie Glasscherben und was noch von dem Rahmen übrig war in die Tiefe. Ungeschickt krümmte er sich zusammen, zog den Kopf zwischen die Schultern und stürzte sich durch die Öffnung. Als er auf dem Boden aufkam, hörte er drinnen Rufe. Sie wurden lauter, eine Mischung aus Zorn und Verwirrung. Joel rannte los.

Minuten später, als der schmale Weg plötzlich einen Bogen machte, sah er den hellbeleuchteten Eingang des Flughafengebäudes und eine Reihe von Taxis, die darauf warteten, die Passagiere des Fluges LH 817 aus Hamburg, nachdem sie ihr Gepäck an sich genommen hatten, nach Bonn oder Köln zu fahren. Eine ringförmig angelegte Straße diente dem Zubringerverkehr, dahinter war ein riesiger Parkplatz mit ein paar beleuchteten Wachhäuschen. Converse kletterte über das Geländer und lief über ein Rasenstück, bis er die Straße erreicht hatte, und verschwand sofort im Schatten, als vor ihm die ersten blendenden Lichtbündel eines Scheinwerfers auftauchten. Er mußte ein Taxi erreichen, ein Taxi mit einem Fahrer, der Englisch sprach; er durfte nicht ohne Fahrzeug bleiben... Einmal, vor Jahren, hatte man ihn gefangen, zu Fuß. Auf einem Dschungelpfad, wo er vielleicht, wenn er es nur geschafft hätte, sich einen Jeep zu organisieren, einen feindlichen Jeep... *Hör auf!* Du bist nicht in Vietnam, das ist ein gottverdammter Flughafen aus einer Million Tonnen Beton, die man zwischen Blumen, Gras und Asphalt gegossen hat! Er hastete, zwischen Licht und Schatten wechselnd, weiter, bis sein Fluchtweg einen Halbkreis beschrieben hatte

– hundertachtzig Grad. Er befand sich im Dunkeln, und vor ihm stand das letzte Taxi in der Reihe. Vorsichtig näherte er sich dem Wagen.

»*English? Do you speak English?*«

»Englisch? Nein.«

Beim zweiten Fahrer die gleiche Antwort, aber beim dritten hatte er Glück.

»English? You bet!«

Joel öffnete die Tür.

»Nein! You cannot do that!«

»Was?«

»Hier einsteigen.«

»Warum nicht?«

»Weil es der Reihe nach geht. Immer der Reihe nach.«

Converse griff in seine Jackettasche und zog ein Bündel Geldscheine hervor. »Ich bin großzügig. Können Sie das verstehen?«

»Okay. Steigen Sie ein, mein Herr.«

Das Taxi scherte aus der Reihe und raste auf die Ausfahrt zu. »Bonn oder Köln?« fragte der Fahrer.

»Bonn«, erwiderte Converse, »aber nicht gleich. Ich möchte, daß Sie auf die andere Fahrbahnseite fahren und vor dem Parkplatz anhalten.«

»Was...?«

»Die andere *Fahrbahn*. Ich möchte den Eingang dort hinten beobachten. Ich glaube, in der Maschine aus Hamburg war jemand, den ich kenne.«

»Es sind schon viele herausgekommen. Nur die mit Gepäck sind...«

»Sie ist noch drinnen«, beharrte Joel. »*Bitte*, tun Sie, was ich Ihnen sage.«

»Sie?... Ach, ein ›Fräulein‹. Ist ja Ihr Geld, mein Herr.«

Der Fahrer lenkte den Wagen in eine Abzweigung, die zur Flughafenzufahrt und dem Parkplatz zurückführte. Er hielt im Schatten, höchstens hundert Meter rechts vom Eingang zum Flughafengebäude entfernt. Converse sah die müden Passagiere mit unzähligen Koffern, Golftaschen und den allgegenwärtigen Fototaschen aus dem Flughafengebäude strömen. Die meisten winkten sich Taxis heran, ein paar gingen quer über die Zufahrt zum Parkplatz hinüber.

Zwölf Minuten verstrichen, und von der Frau aus Kopenhagen war immer noch nichts zu sehen. Sie hatte mit Sicherheit kein Gepäck gehabt, also war die Verzögerung beabsichtigt, oder man hatte sie ihr befohlen. Der Taxifahrer gab sich uninteressiert; er hatte die Scheinwerfer ausgeschaltet und schien in seinen Sitz gesunken zu dösen. Schweigen... Auf der anderen Seite der Straße waren jetzt die letzten Reisenden aus Hamburg verschwunden. Ein paar junge Männer, zweifellos Studenten, zwei in abgefetzten Jeans, tranken Dosenbier und lachten, während sie ihre Geldscheine zählten. Ein gähnender Geschäftsmann in einem Anzug mit Weste quälte sich mit einem riesigen Koffer und einem unförmigen Karton, der in buntgemustertes Papier eingeschlagen war, daneben stritt ein ältliches Ehepaar und untermalte seine Auseinandersetzung mit heftigen Handbewegungen. Am anderen Ende der Zufahrt wartete eine Gruppe von fünf Männern und Frauen offensichtlich auf irgendwelche Abholer. Aber wo...

Plötzlich war sie da, aber sie war nicht allein. Zwei Männer flankierten sie, ein dritter ging unmittelbar hinter ihr. Alle vier gingen langsam, fast zögernd durch die automatischen Glastüren, bogen nach links und beschleunigten ihren Schritt, bis sie die dunkelste Stelle der überdachten Zufahrt erreicht hatten. Jetzt schoben sich die drei Männer vor die Frau, so als wollten sie eine Schutzmauer bilden; ihre Köpfe drehten sich herum, und sie redeten über die Schultern auf die Frau ein, während sie sorgfältig die Umgebung beobachteten. Ihr Gespräch wirkte erregt und zornig, wurde aber nicht laut. Jetzt löste sich der Mann ganz rechts von der Gruppe und stellte sich ein Stück abseits von den anderen. Er holte einen Gegenstand aus der Tasche; Joel wußte sofort, was es war. Der Mann hob den Gegenstand an die Lippen: Mit irgend jemandem im Bereich des Flughafengeländes wurde Verbindung aufgenommen.

Nur wenige Sekunden verstrichen, bis zwei grelle Scheinwerferkegel das Rückfenster des Taxis über Joels rechter

Schulter erfaßten und die hintere Hälfte des Taxis hell erleuchteten. Er preßte sich in den Sitz, den Kopf eingezogen und das Gesicht zum Seitenfenster gewandt. An dem Wachhäuschen am Rand des Parkplatzes stoppte eine dunkelrote Limousine; der Arm des Fahrers streckte sich mit einem Geldschein in der Hand durch das geöffnete Seitenfenster. Der Parkwächter nahm das Geld, drehte sich um, um zu wechseln. Doch in dem Augenblick fuhr der schwere Wagen bereits wieder an, so daß der Mann in der Zelle ihm nur noch verblüfft nachblicken konnte. Die Limousine schoß um das Taxi herum und jagte auf die Kurve zu, die zur Flughafeneinfahrt führte. Der präzise Ablauf des Geschehens ließ keinen Zweifel, es mußte einen Funkkontakt gegeben haben. Joel wandte sich an seinen Fahrer.

»Ich sagte Ihnen schon, daß ich großzügig bin«, sagte er, verblüfft von den eigenen Worten, die ihm wie von selbst über die Lippen kamen. »Ich kann sogar *sehr* großzügig sein, vorausgesetzt, Sie tun das, was ich von Ihnen verlange.«

»Ich bin ein ehrlicher Mann, mein Herr«, erwiderte der Deutsche mit etwas unsicherer Stimme, seine Augen musterten Joel im Rückspiegel.

»Ich auch«, sagte Converse. »Aber ich bin auf ganz ehrliche Art neugierig, und daran ist nichts Unrechtes. Sehen Sie den dunkelroten Wagen dort drüben? Den, der gerade angehalten hat?«

»Ja.«

»Glauben Sie, Sie könnten ihm folgen, ohne daß man Sie bemerkt? Sie würden ziemlich weit hinter ihm bleiben müssen, dürfen ihn aber nicht verlieren. Schaffen Sie das?«

»Das ist ein wenig ungewöhnlich. Wie großzügig sind Sie denn?«

»Zweihundert Deutschmark plus dem normalen Fahrpreis.«

»Sie sind großzügig, mein Herr, und ich bin ein hervorragender Fahrer.«

Der Deutsche hatte in bezug auf seine fahrerischen Talente nicht übertrieben. Geschickt lenkte er sein Taxi unauffällig über zwei schmale Seitenstraßen zu einer Parallelstraße und ließ damit die eigentliche Zufahrt hinter sich.

»Was machen Sie denn?« fragte Joel verwirrt. »Ich möchte, daß Sie dem roten...«

»Das ist der einzige Weg nach draußen«, unterbrach ihn der Fahrer und blickte zum Flughafen zurück, während er sein Tempo beibehielt. »Ich werde mich von ihm überholen lassen. Und das Taxi fällt bestimmt niemandem auf.«

Converse ließ sich tief in die Polster sinken und achtete darauf, daß sein Kopf nicht im Fenster zu sehen war. »Das ist klug gedacht.«

»Sehr klug, mein Herr.« Wieder sah der Fahrer kurz in den Rückspiegel und konzentrierte sich dann auf die Straße. Augenblicke später beschleunigte er das Taxi langsam, es war kaum zu bemerken. Jetzt lenkte er vorsichtig nach links, überholte ein Mercedes-Coupé, blieb auf der Überholspur und ließ auch noch einen Volkswagen hinter sich. Schließlich scherte er wieder nach rechts ein.

»Ich hoffe nur, Sie wissen, was Sie tun«, murmelte Joel.

Darauf bedurfte es keiner Antwort, denn in der nächsten Sekunde schoß links von ihnen die dunkelrote Limousine vorbei.

»Unmittelbar vor uns gabelt sich die Straße«, sagte der Taxifahrer. »Die eine Abzweigung führt nach Köln, die andere nach Bonn. Sie sagten, Sie wollten nach Bonn, mein Herr, aber was ist, wenn Ihr Freund nach Köln fährt?«

»Bleiben Sie hinter ihm.«

Die Limousine bog in die Straße nach Bonn, und Converse zündete sich eine Zigarette an. In Gedanken versuchte er sich darauf einzustellen, daß man ihn gefunden hatte. Und das deutete darauf hin, daß man seinen Namen auf der Passagierliste gefunden hatte. Und wennschon. Zwar hätte er es anders vorgezogen, aber jetzt, da der erste Kontakt mit Bertholdier hergestellt war, hatte das keine besondere Bedeutung mehr. Er brauchte jetzt für seine Operationen auch keinen Decknamen mehr, keine falsche Identität. Vielleicht würde seine eigene Vergangenheit sich sogar als nützlich erweisen. Außerdem hatte die augenblickliche Situation auch ein Gutes: er hatte etwas erfahren, einiges sogar. Diejenigen, die ihn verfolgten – die ihn im Moment aus dem Auge verloren hatten –, waren nicht für die Behörden tätig. Sie standen weder mit der deutschen noch der französischen Polizei oder der koordinierenden Interpol in Verbindung. Wenn das der Fall gewesen wäre, hätte man ihn direkt am Flugsteig oder schon im Flugzeug festgenommen. Und das sagte ihm noch etwas ganz anderes. Joel Converse wurde in Paris nicht wegen tätlichen Angriffs oder – der Himmel mochte ihn davor bewahren – wegen Mordes gesucht. Und daraus war nur eines abzuleiten: Jemand bemühte sich, die blutige Auseinandersetzung in der Pariser Seitenstraße zu vertuschen. Jacques Louis Bertholdier unterließ jedes Risiko, daß sein eigener Name wegen seines schwerverletzten Helfers in irgendeinem Zusammenhang mit einem wohlhabenden Hotelgast ins Gerede kam, einem Gast, der in bezug auf den so hochgeschätzten General einige alarmierende Andeutungen gemacht hatte. Der Schutz von Aquitania hatte Vorrang vor allem anderen.

Es gab eine weitere Möglichkeit, eine, für die so viel sprach, daß man sie eigentlich als Tatsache ansehen mußte. Die Männer in der dunkelroten Limousine, die auf die Maschine aus Hamburg gewartet hatten, gehörten ebenfalls zu Aquitania und waren wahrscheinlich Untergebene von Erich Leifhelm, dem Mann, der in Westdeutschland alle Entscheidungen für Aquitania traf. Irgendwann während der vergangenen fünf Stunden mußte Bertholdier erfahren haben, wer sich wirklich hinter dem Namen Henry Simon verbarg – wahrscheinlich über die Direktion des George V. –, und dann hatte er mit Leifhelm Verbindung aufgenommen. Daraufhin hatten die beiden, nachdem geklärt worden war, daß sich auf keiner Passagierliste ein Amerikaner namens Converse finden ließ, der von Paris nach Bonn flog, Erkundigungen bei den anderen Fluggesellschaften eingezogen und herausgefunden, daß er nach Kopenhagen gereist war. Das mußte sie noch mehr verunsichert haben. Warum Kopenhagen? Er hatte gesagt, sein nächstes Ziel sei Bonn. Warum flog dieser Unbekannte mit seinen ungewöhnlichen Informationen nach Kopenhagen? Wer waren seine Kontakte, mit wem würde er sich treffen? Man mußte ihn finden, seine Kontaktpersonen finden! Daraufhin war ein weiterer Telefonanruf erfolgt, war eine Beschreibung übermittelt worden, und eine Frau hatte ihn in einem Café des Kopenhagener Flughafens erkannt.

Er hatte zwar einen ganz anderen Grund gehabt, nach Dänemark zu fliegen, aber die Reise erwies sich jetzt auch in anderer Hinsicht als sehr nützlich. Die andere Seite hatte ihn gefunden und dabei ihre Panik erkennen lassen. Ein aufgeregtes Empfangskomitee, der nächtliche Einsatz eines Funkgerätes, eine wartende Limousine nur wenige hundert Meter entfernt, die jetzt mit hoher Geschwindigkeit durch die Nacht jagte; das alles waren Zeichen der Angst. Der Feind war aus dem Gleichgewicht geraten, und das befriedigte den Anwalt in Converse. In diesem Augenblick fuhr jener Feind einen halben Kilometer vor ihnen auf Bonn zu, ohne zu wissen, daß er von einem Taxi verfolgt wurde, das geschickt jede Lücke im Verkehr ausnützte, um ihn nicht aus den Augen zu verlieren.

Converse drückte seine Zigarette aus, als das Taxi sich von einem Lieferwagen überholen ließ; der schwere, dunkelrote Wagen war ganz deutlich in einer langgezogenen Kurve kurz vor ihnen zu erkennen. Joels Fahrer war alles andere als ein Amateur; er verstand sich auf sein Handwerk.

Langsam lösten größere Bauten mit prunkvollen Fassaden die ruhige Vorstadtlandschaft ab. Viele davon erinnerten Converse an riesige viktorianische Häuser mit ihren schmiedeeisernen Balkons unter den großen rechteckigen Fenstern – geometrische, klare Formen. Und dann hatten sie endlich die Innenstadt von Bonn erreicht, wo enge, trüb beleuchtete Gassen unvermittelt in breite, hell ausgeleuchtete Straßen übergingen, wo malerische Plätze nur wenige Straßen entfernt waren von modernen, chromblitzenden Geschäften und Boutiquen. Das Ganze war ein Anachronismus der Architektur – ein Hauch der Alten Welt, vermischt mit modernster Baukunst – und alles ohne jegliches großstädtisches Flair. Man hatte eher das Gefühl, sich in einer Kleinstadt zu befinden, die zwar schnell, aber planlos gewachsen war. Die Geburtsstadt Beethovens war als Hauptstadt einer bedeutenden Regierung so ziemlich das Unwahrscheinlichste, was man sich denken konnte. Sie war alles andere als das, was man sich unter dem Sitz eines mächtigen Bundestags und kluger Minister vorstellt, die sich auf der anderen Seite der Grenze dem russischen Bären gegenübersahen.

»Sir!« rief der Fahrer. »Die fahren jetzt in Richtung Bad Godesberg. Ins Diplomatenviertel.«

»Was heißt das?«

»Botschaften, Gesandtschaften. Dort gibt es Polizeistreifen! Man könnte uns... *wissen*? Wie sagt man?«

Das Englisch des Mannes ließ doch zu wünschen übrig, dachte Converse. »Entdecken«, erklärte Joel. »Macht nichts. Fahren Sie nur weiter. Sie machen das ganz großartig. Halten Sie an, wenn Sie müssen, parken Sie, wenn nötig. Aber folgen Sie dem Wagen. Ich zahle Ihnen dreihundert Deutschmark zusätzlich. Ich will wissen, wo die anderen anhalten.«

Sechs Minuten später war es soweit, und es traf Converse wie ein Schlag. Was immer er erwartet hatte, was immer ihm seine Phantasie vorgegaukelt hatte, auf das, was der Fahrer sagte, war er nicht vorbereitet:

»Es ist die amerikanische Botschaft, Sir.«

Joel versuchte, Ordnung in seine Gedanken zu bringen. »Fahren Sie mich zum Hotel Königshof«, sagte er einfach aus der Erinnerung heraus.

»Ja, ich glaube, Herr Dowling hat eine Nachricht für Sie hinterlassen«, sagte der Angestellte am Empfang und griff unter den Tresen.

»*Tatsächlich?*« Converse staunte. Er hatte den Namen des Schauspielers benutzt in der vagen Hoffnung, dies könnte ihm irgendeinen Vorteil bringen. Mehr hatte er nicht erwartet, schon gar nicht das.

»Hier«, sagte der Mann und zog zwei kleine Telefonzettel aus dem Stapel, den er in der Hand hielt. »Sie sind doch John Converse, Rechtsanwalt aus Amerika.«

»Ja, das bin ich.«

»Herr Dowling meinte, Sie würden vielleicht Schwierigkeiten haben, hier in Bonn eine passende Unterkunft zu finden. Er hat uns gebeten, Ihnen behilflich zu sein, falls Sie heute nacht hier erscheinen sollten. Das tun wir sehr gern, Herr Converse. Herr Dowling ist ein sehr populärer Mann.«

»Und mit Recht«, sagte Joel.

»Wie ich sehe, hat er auch einen Brief für Sie hinterlassen.«

Der Angestellte drehte sich um und holte ein zugeklebtes Kuvert aus einem der Postfächer in der Rückwand. Er reichte es Converse, der den Umschlag aufriß.

Lieber Freund,

wenn Sie diesen Brief nicht bekommen, hole ich ihn mir morgen früh wieder. Verzeihen Sie mir, aber Sie klangen zu sehr wie viele meiner weniger glücklichen Kollegen, die nein sagen, wenn sie doch eigentlich ja sagen wollen. Bei denen ist das meistens übertriebener Stolz, weil sie meinen, ich wolle ihnen etwas schenken – entweder das, oder sie möchten jemandem nicht begegnen, der vielleicht dort sein könnte, wo ich hingehe. So wie Sie aussehen, muß ich ersteres ausschließen und mich an die zweite Möglichkeit halten. Es gibt jemanden, dem Sie hier in Bonn nicht begegnen wollen, und das brauchen Sie nicht. Das mit dem Zimmer habe ich erledigt, und zwar auf meinen Namen – das können Sie ja ändern, wenn Sie wollen. Aber bitte, keine Widerrede, was die Rechnung angeht.

Übrigens, Sie würden einen lausigen Schauspieler abgeben. Ihre Pausen sind wenig überzeugend.

Joel steckte das Blatt zurück in den Umschlag und widerstand der Versuchung, an ein Haustelefon zu gehen und Dowling sofort anzurufen. Der Mann hatte ohnehin schon zu wenig Schlaf bis zu seinem Drehtermin. Joels Dank hatte genausogut Zeit bis morgen früh. Oder bis zum Abend.

»Was Mr. Dowling arrangiert hat, ist sehr großzügig. Und selbstverständlich sagt mir alles zu«, wandte er sich an den Angestellten hinter dem Empfang. »Und Mr. Dowling hat recht. Wenn meine Klienten wüßten, daß ich schon einen

Tag früher nach Bonn gekommen bin, bliebe mir kaum Gelegenheit, Ihre schöne Stadt zu genießen.«

»Wir werden dafür sorgen, daß Sie ungestört bleiben, Sir. Herr Dowling ist ein sehr zuvorkommender Mann und natürlich sehr großzügig. Ihr Gepäck ist noch draußen im Taxi?«

»Nein, deshalb komme ich ja so spät. Es ist in Hamburg in die falsche Maschine geraten und wird erst morgen früh eintreffen. Zumindest hat man mir das am Flughafen gesagt.«

»Ach, wie unangenehm – aber nicht das erstemal. Benötigen Sie irgend etwas?«

»Nein, vielen Dank«, antwortete Converse, gab sich gefaßt und hob seinen Aktenkoffer. »Das Wichtigste habe ich hier bei mir... Oder doch, eines noch. Ist es vielleicht noch möglich, einen Drink zu bestellen?«

»Selbstverständlich.«

Joel saß im Bett, die Akte neben sich, das Glas in der Hand. Er brauchte ein paar Minuten, um seine Gedanken zu sammeln, ehe er wieder in die Welt des Feldmarschalls Erich Leifhelm zurückkehrte. Er hatte sich von der Telefonzentrale mit dem Flughafen verbinden lassen, und man hatte ihm versichert, daß man seinen Koffer für ihn verwahren würde. Zur Erklärung hatte er nur angegeben, daß er seit zwei Tagen und Nächten unterwegs gewesen sei und daher einfach nicht auf das Gepäck habe warten wollen. Die Flughafenangestellte mochte aus seinen Worten herauslesen, was sie wollte, ihm war das vollkommen egal. Ihn beschäftigten jetzt andere Dinge.

Die amerikanische Botschaft! Was ihn so erschrecken ließ, war, wie gut das alles zu den Worten des alten Beale paßte... *und hinter alldem stehen diejenigen, die andere überzeugen, und ihre Zahl wächst überall... Wir befinden uns bereits in der Countdown-Phase – drei bis fünf Wochen, mehr Zeit haben Sie nicht...* Darauf war Joel nicht vorbereitet gewesen. Einen Delavane und einen Bertholdier konnte er als Gegner hinnehmen, sicher auch einen Leifhelm. Aber der Schock, daß ganz gewöhnliche Botschaftsangehörige – *amerikanische Staatsbürger* – Befehlsempfänger Delavanes waren, traf ihn tief. Welche Phase hatte das Projekt Aquitania bereits erreicht? Wie viele Verschwörer gab es schon, und wie weit reichte ihr Einfluß? War das, was er heute nacht erlebt hatte, die Antwort auf diese Fragen? Er würde morgen früh weiter darüber nachdenken. Zuerst aber mußte er sich auf den Mann vorbereiten, den er in Bonn finden wollte. Als er nach der Akte griff, erinnerte er sich an die Panik in Avery Fowlers Augen – Preston Hallidays Augen.

Wie lange hatte Preston es schon gewußt?

Wieviel hatte er gewußt?

Als der Krieg verloren war und das »tausendjährige Reich« zusammenbrach, waren plötzlich die Nazis die größten Schurken des zwanzigsten Jahrhunderts, nicht aber das elitäre deutsche Generalkorps – da gab es einen feinen Unterschied. Wieder begann eine neue Phase in Leifhelms Leben, er schloß sich den »Preußen« an. Das gelang ihm so gut, daß sogar Gerüchte aufkamen, er sei ein Mitglied der Verschwörung gegen Hitler und an der Vorbereitung des Attentats in der Wolfsschanze beteiligt gewesen. Manche behaupteten sogar, man habe ihn aufgefordert, sich der Gruppe um Dönitz anzuschließen, die Deutschlands Kapitulation vorbereitet hatte.

Während des kalten Krieges bat ihn das Alliierte Oberkommando um Unterstützung. Er war damals schon wieder besonderer Militärberater mit voller Sicherheitsfreigabe. Der Lauf der Geschichte besorgte schließlich mit Hilfe des Kremls ein übriges.

Im Mai 1949 wurde die Bundesrepublik gegründet, und im darauffolgenden September endete formell die alliierte Besetzung Westdeutschlands. Als der kalte Krieg eskalierte und der rasante Wiederaufbau Deutschlands begann, forderten die Nato-Mächte ihren ehemaligen Feind zu materieller und personeller Unterstützung auf. Die neuen deutschen Divisionen wurden aufgestellt, und Ex-General Erich Leifhelm war einer ihrer Befehlshaber.

Keiner hatte die zweifelhaften Entscheidungen der Münchner

Gerichte überprüft, die inzwischen fast zwei Jahrzehnte zurücklagen. Es gab keine Überlebenden, und die Sieger wünschten Leifhelms Dienste. In dieser Zeit, in der unzählige Wiedergutmachungszahlungen geleistet wurden und die Gerichte alle Hände voll zu tun hatten, wurden Leifhelm sämtliche Besitzungen seiner Familie, darunter wertvoller Immobilienbesitz in München, zuerkannt. So endet die dritte Phase der Lebensgeschichte des Erich Leifhelm. Die vierte – die uns am meisten berührt – ist diejenige, über die uns am wenigsten bekannt ist. Das einzige, was wir mit Sicherheit wissen, ist, daß er mindestens die gleiche Bedeutung für General Delavanes Operation hat wie jeder andere Name auf der Primärliste.

Es klopfte an der Tür. Joel war mit einem Sprung aus dem Bett, die Leifhelm-Akte fiel zu Boden. Er sah auf die Uhr. Angst stieg in ihm hoch, Angst und Verwirrung. Es war fast vier Uhr früh. Wer konnte ihn um *diese* Zeit sprechen wollen? Hatten sie ihn *gefunden*? O Gott! Die *Akte*! Der *Aktenkoffer*!

»Joel...? *Joel*, sind Sie *wach*?« Es war nicht mehr als ein Flüstern, das dennoch fordernd klang. Die Stimme eines *Schauspielers*. »Ich bin's, Cal Dowling.«

Converse hastete zur Tür und öffnete sie, sein Atem ging keuchend.

Dowling stand angezogen im Korridor, hob Schweigen gebietend beide Hände und blickte den Gang hinauf und hinunter. Als er sich vergewissert hatte, daß niemand zu sehen war, trat er ein, schob Joel zurück und schloß die Tür hinter sich.

»Es tut mir leid, Cal«, sagte Converse. »Ich habe geschlafen. Wahrscheinlich hat mich das Klopfen erschreckt.«

»Schlafen Sie immer in Hosen und lassen das Licht angeschaltet?« fragte der Schauspieler leise. »Bleiben Sie leise. Ich hab' mich zwar im Flur umgesehen, aber genau kann man nie wissen, was man nicht gesehen hat.«

»Was genau wissen?«

»Das war so ziemlich das erste, was wir vierundvierzig in Kwajalein gelernt haben. Eine Streife ist erst dann interessant, wenn sie etwas zu berichten hat. Und heißt das dann nur, daß die anderen besser waren als man selbst.«

»Ich wollte Sie anrufen und Ihnen danken...«

»Hören Sie schon auf«, unterbrach Dowling ihn mit ernster Miene. »Es kommt jetzt auf jede Minute an, und wir haben nur noch ein paar. Drunten wartet ein Wagen, der mich zum Drehort bringen soll. Das ist mehr als eine Stunde Fahrt. Ich wollte mein Zimmer nicht früher verlassen, für den Fall, daß sich da jemand herumtreibt, und anrufen wollte ich Sie nicht, weil es kein Problem ist, solche Gespräche in der Zentrale abzuhören. Wegen der Leute am Empfang mache ich mir keine großen Sorgen, die mögen unseren Verein hier drüben nicht besonders.« Der Schauspieler seufzte und schüttelte den Kopf. »Als ich auf mein Zimmer kam, hatte ich nichts anderes im Sinn als zu schlafen, und das einzige, was ich bekommen habe, ist Besuch. Ich hoffte nur, daß er – *falls* Sie hier auftauchen – Sie nicht sehen würde.«

»Einen Besucher?«

»Aus der Botschaft. Der *US*-Botschaft. Er hat fast fünfundzwanzig Minuten bei mir verbracht und mich über Sie ausgefragt. Er sagte, man hätte uns zusammen im Flugzeug gesehen, wie wir uns unterhalten hätten. Und jetzt sagen *Sie* mir, Herr Anwalt, sind Sie wirklich sauber, oder sind meine ganzen Instinkte im Eimer?«

Joel erwiderte Dowlings offenen Blick. »Ihre Instinkte sind völlig in Ordnung«, sagte er ohne Betonung. »Oder hat der Mann aus der Botschaft etwas Gegenteiliges gesagt?«

»Eigentlich nicht. Genaugenommen hat er überhaupt nicht viel gesagt. Bloß, daß die mit Ihnen reden wollen, daß sie wissen wollen, weshalb Sie nach Bonn gekommen sind und wo man Sie finden könnte.«

»Aber sie wußten, daß ich in der Maschine war?«

»Mhm, die sagten, Sie kämen aus Paris.«

»Dann *wußten* sie also, daß ich in der Maschine war.«

»Das habe ich doch gerade gesagt – das hat er gesagt.«

»Warum haben die dann nicht am Flughafen auf mich gewartet und mich selbst gefragt?«

Dowlings Gesicht bekam noch mehr Falten, und seine

Augen wurden ganz schmal. »Ja, warum haben sie das nicht?« fragte er sich selbst.

»Hat er das gesagt?«

»Nein, aber er hat Paris auch erst erwähnt, als er schon im Gehen war.«

»Was meinen Sie?«

»Ich denke mir, der hat geglaubt, ich würde irgendwas zurückhalten – und das habe ich schließlich auch –, war sich seiner Sache aber nicht sicher. Ich mache das, was ich tue, ganz gut, Joel.«

»Aber ein Risiko sind Sie auch eingegangen«, sagte Converse.

»Nein, ich hab' mich schon abgesichert. Ich hab' ihn ausdrücklich gefragt, ob gegen Sie irgend etwas vorliegt, und er sagte, nein, das sei nicht der Fall.«

»Trotzdem hatte er...«

»Außerdem mochte ich ihn nicht. Er war einer von diesen eifrigen Beamtentypen. Alles, was er sagte, hat er mehrmals wiederholt, und als er gar nicht mehr weiter wußte, sagte er: ›Wir wissen, daß er aus Paris abgeflogen ist‹, so als wollte er mich damit herausfordern. Darauf habe ich geantwortet, *ich* hätte das nicht gewußt.«

»Wir haben zwar nicht viel Zeit, aber können Sie mir noch sagen, was er Sie sonst noch gefragt hat?«

»Ich sagte doch, er wollte alles wissen, worüber wir gesprochen haben. Ich sagte, ich hätte kein Tonbandgerät im Kopf, aber es sei eigentlich ein belangloses Gespräch gewesen. So wie das immer sei, wenn ich irgendwelche Leute im Flugzeug kennenlerne. Aber damit wollte er sich nicht zufriedengeben; er wurde ungeduldig, und das gab mir Gelegenheit, selbst ein wenig ungehalten zu werden.«

»Wieso?«

»Ich sagte, wir hätten schon noch über etwas anderes gesprochen, aber das sei ganz persönlich gewesen, ginge ihn nichts an. Darüber hat er sich ziemlich aufgeregt, und da bin ich noch zorniger geworden. Es gab ein paar scharfe Worte, mehr von meiner Seite, weil er viel zu erregt war. Dann fragte er mich etwa zum zehntenmal, ob Sie etwas über Bonn gesagt hätten, insbesondere, wo Sie wohnen würden. Also antwortete ich ihm zum zehntenmal die Wahrheit – zumindest das, was Sie gesagt haben. Daß Sie Anwalt seien und hier Klienten aufsuchen wollten und daß ich keine Ahnung hätte, wo, zum Teufel, Sie wären. Ich meine, ich *wußte* ja tatsächlich nicht, daß Sie hier waren.«

»Das ist gut.«

»Ist es das? Für die erste Reaktion sind Instinkte gut, Herr Anwalt, dann muß man überlegen. Ein lästiger Regierungsbeamter mit einem Botschaftsausweis, den er mir unter die Nase hält, kann mitten in der Nacht recht lästig sein, aber immerhin kam er vom Außenministerium. Was, zum Teufel, geht hier vor?«

Joel drehte sich um und ging zu seinem Bett. Er blickte auf die Leifhelm-Akte, die auf dem Boden lag. Dann wandte er sich wieder Dowling zu und antwortete betont deutlich, wobei er seine Erschöpfung aus der eigenen Stimme heraushörte. »Es geht hier um etwas, in das ich Sie um nichts auf der Welt hineinziehen möchte. Aber um das noch einmal klar zu sagen, Ihre Instinkte haben Sie nicht getrogen.«

»Ich will ehrlich sein«, sagte der Schauspieler, und seine klaren Augen blickten amüsiert aus den fältchenreichen Augenwinkeln hervor. »Das habe ich mir auch gedacht. Ich habe diesem Idioten gesagt, wenn mir noch etwas einfiele, würde ich Walter Soundso anrufen – nur daß ich ihn Walt genannt habe – und es ihn wissen lassen.«

»Das verstehe ich nicht.«

»Er ist der Botschafter hier in Bonn. Können Sie sich vorstellen, daß die für *mich*, einen lausigen Fernsehschauspieler, ein Essen arrangiert haben, bei all dem Ärger, den sie sonst schon haben? Nun, das hat unseren kleinen Bürokraten völlig durcheinandergebracht, damit hatte er nicht gerechnet. Er sagte – dreimal, wenn ich mich richtig erinnere –, daß man den Botschafter mit diesem Problem unter keinen Umständen belästigen dürfe, so wichtig sei es nicht. Er hätte schließlich genug um die Ohren und wüßte außerdem gar nichts davon. Und jetzt hören Sie gut zu, Mr. Rechtsanwalt. Der Mann sagte, es gäbe eine offizielle Anfrage des State

Department, Ihre Person betreffend. So hat er sich ausgedrückt ›Mr. Converse betreffend‹. So, als würde er eine Aktennotiz vorlesen. Und ich glaube, an dem Punkt habe ich laut und deutlich *Bullshit* gesagt.«

»Ich danke Ihnen«, sagte Converse, dem nichts Besseres einfiel, dabei aber sehr genau wußte, was er in Erfahrung bringen wollte.

»Und an dem Punkt zog ich den Schluß, daß meine Instinkte noch ganz gut funktionierten.« Dowling sah auf die Uhr und musterte dann Converse mit scharfem Blick. »Ich bin zwar kein großer Fahnenschwinger, aber ich *mag* unsere Fahne. Ich würde unter keiner anderen leben wollen.«

»Ich auch nicht.«

»Dann raus mit der Sprache. Arbeiten Sie für unsere Fahne oder gegen sie?«

»Für sie, und zwar auf die einzige Weise, wie ich das kann. Und mehr kann ich Ihnen nicht sagen.«

»Untersuchen Sie hier in Bonn irgend etwas? Wollten Sie deshalb nicht mit mir gesehen werden? Sind Sie mir deshalb in Hamburg aus dem Weg gegangen... und haben Sie sich deshalb hier aus dem Flugzeug geschlichen?«

»Ja.«

»Und dieser Schnüffler wollte nicht, daß ich den Botschafter anrufe.«

»Genau das wollte er nicht. Das will er bestimmt auch jetzt noch nicht. Er kann sich das nicht leisten. Und auch ich bitte Sie, es nicht zu tun.«

»Sind Sie – ach, du lieber Gott! Gehören Sie zu den Leuten, von denen man immer liest, daß sie mit irgendwelchen Geheimaufträgen in der Weltgeschichte herumgondeln? Und ausgerechnet ich muß in einem Flugzeug jemand kennenlernen, der bei der Ankunft nicht gesehen werden will.«

»So melodramatisch ist das alles gar nicht. Ich bin Anwalt und bin ganz einfach mit der Aufklärung einiger mutmaßlicher Unregelmäßigkeiten betraut. Bitte, geben Sie sich damit zufrieden. Und ich bin Ihnen für das, was Sie für mich getan haben, wirklich dankbar. Außerdem bin ich in diesem Gewerbe noch neu.«

»Sie sind wirklich ein cooler Typ, mein Lieber. *Mann*, sind Sie cool.« Dowling drehte sich um und ging zur Tür. Dort blieb er stehen und sah sich noch einmal nach Converse um. »Vielleicht bin ich verrückt«, sagte er. »In meinem Alter darf man das sein, aber Sie haben auch etwas Verrücktes an sich, junger Freund. Halb drängt es Sie weiter, halb wollen Sie bleiben, wo Sie sind. Das habe ich gleich gesehen, als ich über meine Frau sprach. Sind Sie verheiratet?«

»Ich war.«

»Wem geht das nicht so? Daß er mal verheiratet war, meine ich. Tut mir leid.«

»Schon gut. Mir tut es nicht leid.«

»Wem tut es das schon? Bitte nochmals um Entschuldigung. Meine Instinkte waren in Ordnung. Sie sind okay.« Dowling griff nach der Türklinke.

»Cal?«

»Ja?«

»Ich muß noch etwas wissen. Es ist sehr wichtig für mich. Wer war der Mann aus der Botschaft? Er muß sich doch ausgewiesen haben.«

»Das hat er«, sagte der Schauspieler. »Er hat mir seinen Ausweis vor die Nase gehalten, als ich die Tür öffnete, aber ich hatte keine Brille auf. Als er dann ging, habe ich keinen Zweifel daran gelassen, daß ich wissen wollte, wer, zum Teufel, er ist.«

»Und, wie hieß er?«

»Er sagte, sein Name sei Fowler. Avery Fowler.«

7

»Warten Sie!

»Was?«

»*Was* haben Sie gesagt!?« Converse wurde von einem Schwindelgefühl erfaßt. Er mußte sich am Bett festhalten.

»Was ist denn, Joel? Was ist denn los?«

»Der Name! Soll das ein Witz sein – dann ist es ein

schlechter. Verdammt schlecht! Hat man Sie absichtlich in dieses Flugzeug gesetzt? Bin ich wirklich zufällig auf Sie gestoßen! Gehören Sie auch zu denen, Mr. *Schauspieler*? Sie verstehen sich verdammt gut auf das, was Sie tun!«

»Sie sind entweder betrunken oder krank. Wovon reden Sie?«

»Dieses *Zimmer*, Ihr Brief. *Alles*! Der *Name*! Ist etwa alles, was in dieser verdammten Nacht passiert, arrangiert?«

»Es ist jetzt Morgen, junger Mann, und wenn Ihnen das Zimmer nicht gefällt, dann können Sie bleiben, wo Sie wollen. Mir ist das völlig egal.«

»Wo Sie wollen...?« Joel versuchte, die Erinnerung an die grellen Lichtreflexe am Quai du Mont Blanc und das Würgen im Hals, das ihn gleichzeitig zu peinigen begonnen hatte, abzuschütteln. »Nein... ich bin aus freien Stücken hierhergekommen«, sagte er heiser. »Sie konnten unmöglich wissen, daß ich das tun würde. In Kopenhagen... ich habe das letzte Ticket für die erste Klasse gekauft; der Platz neben mir war bereits besetzt, ein Sitz am Gang.«

»Dort sitze ich immer. Am Mittelgang.«

»O *Gott*!«

»Sie fangen an, Unsinn zu reden.« Dowling sah erst auf das leere Glas auf dem Nachttisch, dann zur Kommode hinüber, wo ein silbernes Tablett mit einer Flasche Scotch Whisky stand, die der Zimmerservice geliefert hatte. »Wieviel haben Sie denn schon getrunken?«

Converse schüttelte den Kopf. »Ich bin nicht betrunken... Tut mir leid. *Herrgott*, es tut mir *leid*! Sie hatten nichts damit zu tun. Die benutzen *Sie* – die versuchen mich über Sie zu finden! Sie haben mir... Sie haben meinen Job gerettet... und ich mache Ihnen Vorwürfe. Entschuldigen Sie bitte. Sie waren so hilfsbereit.«

»Und Sie sehen gar nicht wie jemand aus, der sich Sorgen um seinen Job macht«, sagte der Schauspieler, dessen gerunzelte Stirn eher Besorgnis als Zorn erkennen ließ.

»Es geht auch gar nicht um meinen Job, ich will es nur... nur schaffen.« Joel hielt inne, atmete tief durch und versuchte, sich in den Griff zu bekommen. Und den Augenblick hinauszuschieben, in dem er sich klar werden mußte über das, was er gerade gehört hatte. *Avery Fowler*! »Ich will das schaffen, was ich in Angriff genommen habe; ich will gewinnen«, fügte er etwas schwächlich hinzu, in der Hoffnung, damit das zu kaschieren, was Dowling aufgefallen war. »Alle Anwälte wollen gewinnen.«

»Sicher.«

»Es tut mir wirklich leid, Cal.«

»Vergessen Sie's«, sagte der Schauspieler mit einer Stimme, die gleichgültig klang, doch sein Blick war es keineswegs. »In meinem Beruf wird ständig herumgebrüllt, bloß, daß keiner etwas damit sagt.«

»Es war einfach eine Überreaktion von mir. Ich sagte Ihnen doch, mir ist das alles neu. Nicht meine Arbeit als Anwalt, nur dies... daß man nicht direkt reden kann, meine ich. Das erklärt wahrscheinlich alles.«

»Wirklich?«

»Ja. Bitte, glauben Sie mir.«

»Schön, wenn Sie das wollen.« Wieder sah Dowling auf die Uhr. »Ich muß gehen, aber da ist noch etwas, das Ihnen vielleicht dabei hilft, diesen...« Der Schauspieler machte eine vielsagende Pause. »Diesen Job zu retten, den Sie da angenommen haben.«

»Was denn?« fragte Converse gespannt, wobei er sich anstrengte, seine Erregung nicht erkennen zu lassen.

»Nun, als dieser Fowler Anstalten machte zu gehen, kamen mir ein paar Gedanken. Einmal, daß ich jemanden, der ja nur seinen Job erledigen wollte, ziemlich hart angepackt hatte. Und dann noch etwas sehr Eigennütziges – ich hatte den Mann ja nicht gerade unterstützt bei seiner Arbeit, und so war es sicher durchaus möglich, daß er eines Tages wieder auftauchte, um mir eins auszuwischen. Ich dachte mir, daß das alles mich nicht zu interessieren brauchte, solange Sie, Joel, hier nicht auftauchten. Ich hätte mir meine Nachricht an Sie einfach zurückgeholt. Andererseits, wenn Sie doch auftauchten und nicht so unschuldig waren, wie ich annahm, dann saß ich ganz schön in der Tinte.«

»Eigentlich hätte das sogar Ihre erste Sorge sein sollen.«

»Vielleicht, ich weiß nicht. Jedenfalls sagte ich meinem Besucher, daß ich Sie im Lauf unseres Gesprächs auf einen Drink eingeladen hätte, daß ich angeboten hätte, mich bei den Dreharbeiten zu besuchen, wenn Sie Lust dazu hätten. Das schien ihn zwar etwas zu verwirren, aber begriffen hat er es schon. Ich fragte, ob ich ihn in der Botschaft anrufen solle, wenn Sie die Einladung annehmen würden. Und da meinte er, nein, das sollte ich nicht tun.«

»*Was?*«

»Nun, kurz gesagt, er hat keinen Zweifel daran gelassen, daß ich seine ›Ermittlungen Mr. Converse betreffend‹ nur stören würde, wenn ich anrief. Er sagte, ich solle lieber auf *seinen* Anruf warten. Er würde mich gegen Mittag zu erreichen versuchen.«

»Aber Sie filmen doch.«

»Das ist ja das Schöne daran. Aber, zum Glück gibt es ja Funktelefonanlagen; die Studios haben das heutzutage.«

»Jetzt komm ich nicht mehr mit.«

»Dann passen Sie auf. Wenn er mich wirklich anruft, rufe ich sofort Sie an. Soll ich ihm sagen, daß Sie sich bei mir gemeldet haben?«

Überrascht starrte Converse den Schauspieler an. »Sie sind mir im Augenblick eine ganze Ecke weit voraus, nicht wahr?«

»Mein Gott, Sie sind ja auch nicht besonders schwer zu durchschauen. Er war das übrigens auch nicht, als ich mir das Ganze erst einmal richtig zusammengereimt hatte – und das habe ich gerade getan. Dieser Fowler will mit Ihnen Verbindung aufnehmen, aber er will das solo tun, diese anderen Leute, denen Sie auch nicht begegnen wollen, sollen nichts merken. Sehen Sie, als er an der Türe stand und wir uns verabschiedeten, da hat mich etwas gestört. Er hat seine Rolle nicht durchgehalten – genauso wie Sie das im Flugzeug auch nicht geschafft haben –, aber ganz sicher war ich nicht. Irgendwie schien ihm bei seinem Abgang alles aus den Fugen zu geraten, und das darf einem in unserem Beruf nicht passieren, nicht einmal, wenn man plötzlich Durchfall bekommt... Was soll ich ihm nun sagen, Joel?«

»Lassen Sie sich seine Telefonnummer geben.«

»Gemacht. Und jetzt schlafen Sie ein bißchen. Sie sehen ja aus wie ein aufgeputschtes Filmsternchen, dem man gerade gesagt hat, daß es die Medea spielen soll.«

»Ich will's versuchen.«

Dowling griff in seine Hosentasche und zog einen Notizzettel hervor. »Da«, sagte er und gab ihn Converse. »Ich war nicht sicher, ob ich Ihnen das geben würde, aber jetzt will ich, daß Sie es haben. Das ist die Funktelefonnummer, unter der Sie mich erreichen können. Rufen Sie an, sobald Sie mit diesem Fowler gesprochen haben. Ich werde ein Nervenbündel sein, solange ich nicht von Ihnen gehört habe.«

»Versprochen, Cal.«

Converse saß auf der Bettkante, in seinem Kopf war ein brennender Schmerz, sein ganzer Körper war angespannt. Avery Fowler! Avery Preston Fowler *Halliday! Press* Fowler... *Press Halliday!* Die Namen schlugen wie Bomben auf ihn nieder, drangen durch seine Schläfen und prallten gegen die Mauern seines Bewußtseins. Ihr schrilles Echo legte sich über jeden Gedanken. Joel fühlte sich vollkommen wehrlos. Den Oberkörper auf die Arme gestützt, begann er hin und her zu schwanken. Ein seltsamer Rhythmus erfaßte ihn, der wie ein Trommelschlag den Namen – die Namen des Mannes begleitete, der in seinen Armen in Genf gestorben war. Ein Mann, den er seit seiner Kindheit gekannt hatte, und der ihn als Erwachsener, als Fremder in die Welt von George Marcus Delavane gezogen hatte, eine Welt, in der sich ein Schrecken ausbreitete, der den Namen Aquitania trug.

Dieser Fowler will mit Ihnen Verbindung aufnehmen, aber er will das solo tun, diese anderen Leute, denen Sie auch nicht begegnen wollen, sollen nichts merken...

Converse hielt in der Bewegung inne, sein Blick fiel auf die Leifhelm-Akte am Boden. Er hatte das Schlimmste angenommen, weil das alles sein Begriffsvermögen einfach überstieg. Aber es gab eine alternative Erklärung, eine entfernte Möglichkeit, für die unter den vorliegenden Umständen vielleicht sogar einige Wahrscheinlichkeit sprach. Die Antwort deutete sich ihm wie ein geometrisches Muster an; er konnte die einzelnen Linien zwar noch nicht nachzeichnen, aber sie *waren da*! Der Name Avery Fowler bedeutete niemandem außer ihm etwas – zumindest nicht in Bonn, denn schließlich war er nur in Zusammenhang mit einem Mord in Genf aufgetaucht. Hatte Dowling wirklich recht? Joel hatte den Schauspieler ohne besondere Überzeugung darum gebeten, die Telefonnummer des Besuchers zu erfragen. Viel zu sehr beschäftigte ihn noch das Bild der dunkelroten Limousine, die durch das Tor der amerikanischen Botschaft gefahren war. Er wurde es nicht mehr los. *Das* war die Verbindung, die den Schock, Avery Fowlers Namen zu hören, allmählich zurückgedrängt hatte. Der Mann, der den Namen benutzt hatte, gehörte der *Botschaft* an, und die Botschaft, in der er beschäftigt war, mußte Teil von *Aquitania* sein. Und deshalb war der Mann Teil der *Falle*. Das war die Logik; es war einfache Arithmetik... aber keine geometrische Form. Angenommen, es gab irgendwo einen Bruch in der Linie, etwas aus einer anderen Ebene, das die arithmetische Reihe ungültig machte? In dem Fall mußte es eine Erklärung geben, die er nicht kannte.

Langsam gewann Joel sein inneres Gleichgewicht zurück. Wie er es unzählige Male vor Gericht und auch bei anderen Verhandlungen getan hatte, begann er, das Unerwartete einfach als gegeben hinzunehmen. Schließlich wußte er, daß er nichts ändern konnte, bis wieder etwas geschah, und auch das unterlag nicht seiner Kontrolle. Und *bis* es geschah – was auch immer es war –, mußte er ganz normal weiter operieren. Dazu mußte er sich zwingen, so schwer es ihm auch fiel. Irgendwelche Vermutungen anzustellen, war sinnlos. Was sich an wahrscheinlichen Erklärungen für das Geschehene auch anbot, es blieb für ihn unverständlich und ohne Sinn.

Joel griff nach der Leifhelm-Akte.

Bei der Bundeswehr hatte Leifhelm die Aufgabe, zwischen den alliierten Besatzungsstreitkräften und seiner Organisation die Verbindung zu halten. Nach der Demobilisierung wurde er hauptsächlich in Bonn eingesetzt, wo er ständig mit den Kommandanten der amerikanischen, britischen und französischen Besatzungstruppen zusammenarbeitete. Er machte nie einen Hehl aus seiner antisowjetischen Einstellung, was seinen Vorgesetzten natürlich nicht entging. So kam es, daß die amerikanischen, britischen und französischen Behörden ihn mehr und mehr ins Vertrauen zogen, bis er – so wie er das früher bei den »Preußen« getan hatte – buchstäblich als einer der ihren angesehen wurde. In Bonn ergab sich für Leifhelm die erste Gelegenheit, General Jacques Louis Bertholdier kennenzulernen. Zwischen den beiden Männern entwickelte sich eine tiefe Freundschaft, wenn auch beide nicht viel Aufhebens darum machten, schon deshalb, um nicht die uralte Animosität zwischen deutschen und französischen Militärs zu schüren. Wir konnten nur drei ehemalige Offiziere aus Bertholdiers Bereich ausfindig machen, die sich daran erinnerten – oder bereit waren, darüber zu sprechen –, die zwei Männer des öfteren in abgelegenen Restaurants und Cafés beim Abendessen gesehen zu haben, wo sie sich angeregt unterhielten, und offenbar Gefallen daran hatten. Und doch verliefen alle offiziellen Besuche, zu denen Leifhelm in das französische Hauptquartier bestellt wurde, stets eisig formell. In jüngster Vergangenheit haben, wie schon an anderer Stelle erwähnt, beide Männer geleugnet, einander persönlich zu kennen, wenn sie auch einräumten, daß sich ihre Wege in der Vergangenheit möglicherweise gekreuzt haben.

Wenn sie sich früher aus traditionellen Vorurteilen nicht zu ihrer Freundschaft bekannt haben mögen, sind ihre heutigen Gründe viel einleuchtender. Beide nehmen in Delavanes Organisation führende Positionen ein. Wie auf den folgenden Seiten im einzelnen dargelegt, darf angenommen werden, daß Leifhelm und Bertholdier über eine Frau namens Ilse Fischbein in Bonn in Verbindung sind. Den Namen Fischbein trägt sie seit ihrer Verehelichung, wobei ihre Motive für die Eheschließung wohl recht zweifelhaft waren, denn die Verbindung wurde vor Jahren aufgelöst, als Jakob Fischbein, ein Überlebender der Konzentrationslager, nach Israel auswanderte. Frau Fischbein, geboren 1942, ist die jüngste uneheliche Tochter von Hermann Göring.

Converse ließ die Akte sinken und griff nach einem Block, der neben dem Telefon auf dem Nachttisch lag. Dann zog er den goldenen Cartier-Kugelschreiber, den Val ihm vor Jahren geschenkt hatte, aus der Hemdtasche und schrieb den Namen Ilse Fischbein auf. Dann sah er den Stift mit dem eingravierten Namen an und hing seinen Gedanken nach. Das Cartier-Statussymbol erinnerte ihn an bessere Tage – nein, eigentlich nicht bessere, aber zumindest ausgefülltere. Valerie hatte auf sein Drängen hin schließlich in der New Yorker Werbeagentur mit ihrer verrückten Arbeitszeit gekündigt, um künftig freiberuflich zu arbeiten. An ihrem letzten Bürotag war sie zu Cartier gegangen und hatte einen beträchtlichen Teil ihres letzten Gehalts für dieses Geschenk ausgegeben. Als er sie fragte, was er, abgesehen von seinem kometenhaften Aufstieg bei Talbot, Brooks and Simon, getan hätte, daß er solchen Luxus verdiente, hatte sie geantwortet: »Weil du mich dazu gebracht hast, etwas zu tun, was ich schon lange hätte tun sollen. Wenn sich andererseits die freiberufliche Arbeit nicht auszahlt, dann stehle ich ihn dir wieder und trage ihn zum Pfandleiher... Aber wahrscheinlich wirst du ihn ohnehin verlieren.«

Aber die freiberufliche Arbeit hatte sich bezahlt gemacht, gut sogar. Und er hatte den Kugelschreiber nie verloren. Der Name Ilse Fischbein brachte ihn endlich auf andere Gedanken. Es kam natürlich nicht in Frage, sie aufzusuchen, sosehr ihn das auch gereizt hätte. Was immer Erich Leifhelm über ihn wußte, Bertholdier in Paris mußte es ihm über Frau Fischbein nach Bonn übermittelt haben. Und diese Informationen enthielten natürlich nicht nur eine präzise Beschreibung seiner Person, sondern auch eine Warnung: Der Amerikaner ist gefährlich. Ilse Fischbein, die vertraute Mitarbeiterin des Aquitania-Projekts, könnte ihn ohne Zweifel auf die Spur anderer Leute in Deutschland führen, die ebenfalls zu Delavanes Netz gehörten. Aber sich ihr zu nähern, bedeutete für ihn das sichere... nun, was auch immer sie für ihn im Augenblick planten, er wollte sich nicht darauf einlassen. Immerhin, es war ein Name, ein Stück Information, eine Tatsache, von der man nicht ahnte, daß sie sich in seinem

Besitz befand. Und die Erfahrung hatte ihn gelehrt, solche Details bereitzuhalten und sie im richtigen Augenblick einzusetzen. Oder sie sich zunutze zu machen, ohne daß seine Rolle bekannt wurde.

Ein Kind Hermann Görings als Teil einer Verschwörung, die die Generale wieder an die Macht bringen wollte! Und das in *Deutschland*.

Leifhelm führte sein Kommando bei den deutschen Nato-Divisionen siebzehn Jahre und wurde dann als militärischer Sprecher Bonns ins SHAPE-Hauptquartier in der Nähe von Brüssel versetzt.

Wieder war sein Verhalten durch eine extrem antisowjetische Haltung gekennzeichnet, was ihn häufig zu der eher pragmatischen Vorgehensweise seiner Regierung in Widerspruch brachte die eine Koexistenz mit dem Kreml suchte. Während seiner letzten Monate bei SHAPE zeigten angloamerikanische Gruppierungen des rechten Flügels oft mehr Verständnis für ihn als die politische Führung in Bonn.

Als der Bundeskanzler Anfang der achtziger Jahre zu dem Schluß gelangte, daß die amerikanische Außenpolitik den Fachleuten entrissen und von kriegerischen Ideologen usurpiert worden war, beorderte er Leifhelm nach Bonn zurück und versetzte ihn auf einen Posten, wo er den fanatischen Militaristen besser im Zaum halten konnte. Leifhelm begriff sehr wohl, weshalb die Politiker diese Position geschaffen hatten, und er wußte auch um seine Stärke. Überall hatten die Leute angefangen, sich ihre Ideale in der Vergangenheit zu suchen, bei Männern, die klar und offen redeten und die Probleme ihrer Länder und der Welt, insbesondere der westlichen Welt, auch klar anzusprechen pflegten.

So begann Leifhelm eine Karriere als Redner. Zuerst sprach er vor Veteranengruppen und Splitterorganisationen, wo ihm seine militärische Vergangenheit eine wohlwollende Aufnahme garantierte. Angespornt von den enthusiastischen Reaktionen dieser Kreise begann er dann, seine Ziele höher zu setzen, eine etwas klarere Position zu beziehen und provozierendere Aussagen zu machen.

Die Konfrontation mit der Regierung konnte nicht ausbleiben. Eines Tages beorderte der Minister Leifhelm in seine Amtsräume, wo es zu einem heftigen Wortwechsel kam. Der Minister nannte Leifhelm einen verkappten Nazi und drohte, ihn mit Schimpf und Schande aus dem Staatsdienst zu entlassen, falls er seine Forderungen nach mehr Polizei und Militär künftig nicht unterließe. Leifhelm ließ sich schließlich zu einer großen Dummheit hinreißen. Da er um keinen Preis nachgeben wollte, schrie er plötzlich: »Heil Hitler!«, dann machte er in militärischer Haltung auf dem Absatz kehrt und verließ das Ministerium.

Fünf Tage nach dieser Konfrontation machte Jacques Louis Bertholdier die erste der beiden Reisen, die er nach seiner Pensionierung nach Bonn unternommen hatte. Bei seinem ersten Besuch stieg er im Schloßparkhotel ab, wo er vom 9. bis 11. August 1982 wohnte. Da die Hotelakten drei Jahre aufgehoben werden, konnten wir uns eine Kopie seiner Rechnung besorgen. Dort sind Telefonate mit verschiedenen Firmen registriert, die mit Juneau et Cie. in Geschäftsverbindung stehen. Zu viele, um sie einzeln zu überprüfen, aber eine Nummer tauchte immer wieder auf, wobei der Name, unter dem die Nummer registriert ist, keinerlei Geschäftsverbindung mit Bertholdier oder seiner Firma vermuten läßt. Der Name war Ilse Fischbein. Nach einer Überprüfung von Erich Leifhelms Telefonrechnung an den betreffenden Tagen wurde festgestellt, daß auch er Gespräche mit Ilse Fischbein geführt hatte, und zwar in gleicher Zahl, wie Bertholdier sie geführt hatte. Weitere Nachforschungen bestätigten, daß Frau Fischbein und Leifhelm einander seit einigen Jahren kannten. Der Schluß daraus liegt auf der Hand: sie ist in Delavanes Projekt das Verbindungsglied zwischen Paris und Bonn.

Converse zündete sich eine Zigarette an. Da war der Name wieder, und erneut spürte er die Versuchung. Ilse Fischbein konnte ihm einiges erleichtern, konnte ihm einen schnellen Weg zu seinem Ziel öffnen. Wenn er die Tochter Hermann Görings richtig unter Druck setzte, konnte ihm das eine Menge Informationen bringen. Nicht nur die Bestätigung, daß sie die Verbindung zwischen Leifhelm und Bertholdier hielt, nein, auch das, was die zwei Ex-Generale einander übermittelt hatten, konnte er von ihr erfahren. Die Namen von Firmen, von Tochtergesellschaften, Unternehmen, die mit Delavane in Palo Alto Geschäfte gemacht hatten, würden so vielleicht ans Licht gelangen. Adressen, die er ganz legal unter die Lupe nehmen konnte, um nach Unkorrektheiten zu suchen, die es ganz einfach geben mußte. Was er brauchte, war ein Weg, seine Präsenz zur Geltung bringen zu können, ohne dabei selbst in den Vordergrund treten zu müssen.

Ein Mittelsmann. Er hatte in der Vergangenheit oft genug Verbindungsleute eingesetzt, um zu wissen, wie wertvoll sie sein konnten. Es war relativ einfach. Man trat an einen Dritten heran und brachte ihn dazu, mit dem Gegner Kontakt aufzunehmen und ihm Informationen zuzuspielen, die für letzteren nützlich waren, weil sie seine Interessen gefährden konnten – wenn die Fakten stark genug waren, so pflegte das zu brauchbaren Lösungen zu führen.

Ein Mittelsmann? Auch das war eine Frage, die bis zum Morgen Zeit hatte. Er griff nach der Akte, obwohl ihm allmählich seine Augenlider schwer wurden.

Leifhelm hat nur wenige langjährige intime Freunde, was wahrscheinlich darauf zurückzuführen ist, daß er sich der Beobachtung durch die Regierung wohl bewußt ist. Er hat Aufsichtsratsmandate in einigen bekannten Firmen, die deutlich zu verstehen gegeben haben, daß sein Name einen durchaus angemessenen Gegenwert für seine Bezüge darstellt...

Joels Kopf fiel nach vorne. Er fuhr hoch, riß die Augen auf und überflog rasch die letzten Seiten, um einen Eindruck zu bekommen, nicht um noch Details aufzunehmen. Er wußte, daß seine Konzentration nachließ. Da waren ein paar Restaurants, deren Namen bedeutungslos waren, die Adresse seines Hauses am Stadtrand von Bad Godesberg. Plötzlich ruckte Joels Kopf in die Höhe, seine Augen weiteten sich, und ihr Blick wurde wieder ganz klar.

Das Haus liegt ziemlich abseits am Rhein, das Grundstück ist eingezäunt und wird von Hunden bewacht, die sämtliche sich nähernden Fahrzeuge durch ihr lautes Gebell ankündigen, mit Ausnahme von Leifhelms dunkelroter Mercedes-Limousine.

Ein dunkelroter Mercedes! Leifhelm selbst war es gewesen, der versucht hatte, ihn am Flughafen abzufangen. Leifhelm war also zur amerikanischen Botschaft gefahren! Wie war das möglich?

Das war einfach zuviel. Die Dunkelheit begann Joel einzuhüllen, und er wußte, daß er einfach nicht mehr aufnahmefähig war; sein Gehirn verweigerte einfach den Dienst. Die Akte entglitt seiner Hand; er schloß die Augen und schlief ein.

Er stürzte kopfüber in ein bodenlos tiefes Loch in der Erde, in das von allen Seiten spitze Felszacken hineinragten; in der Tiefe gähnte endlose Finsternis. Die Felsen ringsherum brüllten und kreischten wie Urweltungeheuer, ihre scharfen Schnäbel und gespreizten Klauen schlugen nach seinem Körper. Der gellende Lärm war unerträglich. Was hatte die Stille zerstört? Warum stürzte er ins schwarze Nichts?

Er riß die Augen auf; Schweiß stand ihm auf der Stirn, sein Atem ging keuchend. Das Telefon auf dem Tischchen neben seinem Kopf schrillte. Er versuchte, den Schlaf und die Furcht aus seinem halbbewußten Zustand zu verdrängen. Als er mit der Hand zum Hörer griff, sah er auf seine Armbanduhr. Es war zwölf Uhr fünfzehn, hellichter Mittag, die Sonnenstrahlen fielen durch das Hotelfenster in sein Zimmer.

»Ja? Hallo...?«

»Joel?«

»Ja.«

»Ich bin's, Cal Dowling. Unser Freund hat angerufen.«

»Was? Wer?«

»Dieser Fowler. Avery Fowler.«

»O *Gott*!« Jetzt kam alles zurück, *alles* kam zurück. Er saß an einem Tisch im Chat Botté am Quai du Mont Blanc, und Sonnenstrahlen blitzten in den chromglänzenden Kühlergrills der Wagen am Seeboulevard auf. Nein... er war nicht in Genf. Er war in einem Hotelzimmer in Bonn, und erst vor wenigen Stunden hatte eben dieser Name ihn fast an seinem Verstand zweifeln lassen. »Ja«, brachte er mühsam hervor. »Haben Sie seine Telefonnummer?«

»Er sagte, für Spielchen sei jetzt keine Zeit mehr, und außerdem hätte er kein Telefon. Sie sollen sich mit ihm so schnell wie möglich an der Ostmauer des Alten Zoll treffen. Sie sollen dort einfach auf und ab gehen, er würde Sie schon finden.«

»So geht das nicht!« antwortete Converse erregt. »Nicht nach dem, was in Paris war! Nicht nach dem, was gestern abend am Flughafen passiert ist! Ich bin doch nicht verrückt!«

»Ich hatte nicht den Eindruck, daß er Sie dafür hält«, erwiderte der Schauspieler. »Er hat mir aufgetragen, Ihnen etwas auszurichten. Er dachte, es könnte Sie überzeugen.«

»Und was ist das?«

»Hoffentlich kriege ich das noch richtig hin. Ich sage es nicht gern... Er meinte, ich solle Ihnen mitteilen, ein Richter namens Anstett sei gestern abend in New York getötet worden. Er meinte, damit hätte man Sie fallenlassen.«

8

Der Alte Zoll, uraltes Bollwerk, einst die südliche Befestigungsanlage Bonns am Rhein und vor drei Jahrhunderten geschleift. Eine Kanone stand auf der grünen Rasenfläche, Erinnerung an eine Macht, die in den Auseinandersetzungen zwischen Kaisern und Königen, Priestern und Fürsten dahingegangen war. Über eine Mauer aus rotem und grauem Stein fiel der Blick auf den Fluß, wo die unterschiedlichsten Boote durch das Wasser pflügten und die auslaufenden Wellen sanft gegen die beiden Ufer schlugen.

Joel stand an der niedrigen Mauer und versuchte, das Bild

in sich aufzunehmen, in der Hoffnung, die idyllische Aussicht könnte ihn beruhigen. Doch seine Gedanken waren durch nichts zur Ruhe zu bringen. Lucas Anstett vom zweiten Appellationsgerichtshof, ein hervorragender Richter und der Mann, der zwischen einem gewissen Joel Converse, dessen Partnern und einem unbekannten Mann in San Francisco vermittelt hatte, war ermordet worden. Sah man von jenem Unbekannten und einem pensionierten Gelehrten auf der Insel Mykonos ab, war Anstett der einzige gewesen, der wußte, was Joel tat, und warum. Wie war es möglich gewesen, ihn innerhalb von achtzehn Stunden oder noch weniger ausfindig zu machen? Ausfindig zu machen und zu töten!

»Converse?«

Joel wandte den Kopf zur Seite, blieb aber sonst unbewegt stehen. Vielleicht sechs Meter von ihm entfernt stand ein Mann auf dem Kiesweg. Sein Haar war mittelblond, und er schien ein paar Jahre jünger zu sein als Converse, vielleicht Anfang bis Mitte der Dreißig. Das knabenhafte Gesicht des Fremden gab ebenfalls keinen Hinweis auf sein genaues Alter. Auch war er kleiner als Joel, aber nicht besonders viel, er mußte so um die einsfünfundsiebzig oder -achtundsiebzig sein. Er trug hellgraue Hosen und ein Cordjackett, das weiße Hemd war am Hals offen.

»Wer sind Sie?« fragte Converse leise.

Ein Ehepaar schlenderte zwischen den beiden über den Kiesweg. Der Fremde bewegte den Kopf leicht nach links und gab damit Joel zu verstehen, daß er ihm auf die Rasenfläche folgen sollte. Neben dem mächtigen Eisenrad einer Kanone blieb Converse abwartend stehen.

»Also, wer sind Sie?« wiederholte Joel.

»Meine Schwester heißt Meagen«, sagte der Mann mit der Cordjacke. »Und damit keiner von uns einen Fehler macht, werden jetzt *Sie* mir sagen, wer ich bin.«

»Wie, zum *Teufel*...?« Converse hielt inne, und dann fielen ihm die Worte wieder ein, Worte, die ein Sterbender in Genf geflüstert hatte. O *Gott*! *Meg, die Kinder*... »›Meg, die Kinder‹«, sagte er laut. »Fowler hat seine Frau Meg genannt.«

»Eine Abkürzung für Meagen. Sie war Hallidays Frau, nur daß Sie ihn als Fowler gekannt haben.«

»Sie sind Averys Schwager.«

»Press' Schwager«, verbesserte ihn der Mann und streckte ihm mit ernster Miene seine Hand entgegen. »Connal Fitzpatrick.«

»Dann stehen wir auf derselben Seite.«

»Das hoffe ich.«

»Ich habe Ihnen eine Menge Fragen zu stellen, Connal.«

»Nicht mehr Fragen als ich an Sie habe, Converse.«

»Warum so unfreundlich?« fragte Joel, der registriert hatte, daß der andere ihn mit dem Nachnamen angesprochen hatte. Er ließ Fitzpatricks Hand los.

Der jüngere Mann wurde rot. »Entschuldigung«, sagte er verlegen. »Ich bin etwas aufgeregt und habe nicht viel Schlaf gehabt. Ich bin noch auf San-Diego-Zeit eingestellt.«

»San Diego? Nicht San Francisco?«

»Navy. Ich bin Rechtsanwalt und dort im Marinestützpunkt stationiert.«

»Huh«, machte Converse. »Die Welt ist klein.«

»Ich weiß Bescheid«, sagte Fitzpatrick nickend. »Auch über Sie, Lieutenant. Wie, glauben Sie wohl, hat Press seine Informationen bekommen. Natürlich war ich damals noch nicht in San Diego, aber ich hatte Freunde dort.«

»Dann ist wohl nichts heilig.«

»Da irren Sie, dort ist alles heilig. Ich mußte an ein paar ziemlich dicken Fäden ziehen, um die Auskünfte zu bekommen. Es ist jetzt etwa fünf Monate her, daß Press zu mir kam und wir unseren... Vertrag, würden Sie wohl sagen... machten.«

»Etwas deutlicher bitte.«

Der Marineoffizier stützte sich mit der rechten Hand auf das Kanonenrohr. »Press Halliday war nicht nur mein Schwager, er ist auch mein bester Freund geworden.«

»Obwohl Sie beim Militär sind?« fragte Joel nur halb im Scherz, um aus der Reaktion des anderen zu lernen.

Fitzpatrick lächelte verlegen. »Er hat mir sogar zugeredet. Denn das Militär braucht auch Anwälte, aber darüber erfährt man an der juristischen Fakultät nicht viel. Ich mag die Navy zufälligerweise und das Leben, das sie einem bietet; und die Herausforderungen, wie Sie das vielleicht nennen würden.« Connal nahm die Hand von dem Kanonenrohr. »Ich habe Press geliebt, Converse. So, wie ich meine Schwester liebe. Deshalb bin ich hier. Das war unser Vertrag.«

»Das glaube ich Ihnen. Was ist das für ein Vertrag zwischen Ihnen und... Press?«

»Gehen wir ein Stück«, sagte Fitzpatrick, und dann schlenderten sie auf die alte Befestigungsmauer zu, über die hinweg sie den Fluß sahen. »Press kam zu mir«, fuhr Fitzpatrick fort, »und sagte, er sei einer sehr wichtigen Sache auf die Spur gekommen. Er war auf Informationen gestoßen, daß eine Anzahl bekannter Männer – oder früher bekannter Männer – eine Organisation gegründet hatten, die einer Menge Menschen in vielen Ländern einigen Schaden zufügen konnte. Er wollte das verhindern, diese Männer an dem hindern, was sie vorhatten. Dazu mußte er sein gewohntes Terrain verlassen. Die Gesetze reichten dazu nicht aus... Aber er wollte es auf legalem Wege tun.

Ich stellte die üblichen Fragen: ob er in die Sache verwikkelt sei, sich schuldig gemacht hätte und so weiter. Er sagte, nein, wenigstens nicht im formalen Sinn, aber er war etwas besorgt, ob das Ganze nicht gefährlich für ihn sein könnte. Natürlich habe ich gesagt, daß er verrückt sei; ich sagte, er solle seine Informationen zu den zuständigen Behörden tragen und denen das Weitere überlassen.«

»Genau das habe ich ihm auch gesagt«, unterbrach Converse ihn.

Fitzpatrick blieb stehen und drehte sich zu Joel um. »Er sagte, dazu sei die Sache zu kompliziert.«

»Damit hatte er recht.«

»Es fällt mir schwer, das zu glauben.«

»Er ist tot. Glauben Sie es.«

»Das ist keine Antwort!«

»Sie haben keine Frage gestellt«, sagte Converse. »Gehen wir weiter und erzählen Sie. Ihr Vertrag.«

Etwas verstört fing der Marineoffizier wieder an. »Es war

sehr einfach«, fuhr er fort. »Press sagte mir, er würde mich während seiner Reisen auf dem laufenden halten und es mich wissen lassen, wenn er sich mit jemandem treffen würde, der etwas mit seiner Hauptsorge zu tun hatte – so nannte er es, seine ›Hauptsorge‹. Und alles andere, was mir helfen würde, falls... falls... verdammt noch mal, *falls*!«

»Falls was?«

Fitzpatrick blieb stehen, und seine Stimme klang schroff. »Falls ihm etwas *zustoßen* sollte!«

Converse wartete einen Augenblick, bis sich die Erregung des anderen gelegt hatte. »Und dann hat er Ihnen gesagt, daß er nach Genf reisen würde, um sich mit mir zu treffen. Mit dem Mann, der Avery Preston Fowler Halliday vor rund zwanzig Jahren auf der Schule als Avery Fowler kennengelernt hatte.«

»Ja. Wir hatten schon darüber gesprochen, als ich ihm die Akten über Sie besorgt hatte. Press sagte, der Zeitpunkt wäre richtig und die Begleitumstände auch. Übrigens, er hielt Sie für den bestgeeigneten Mann.« Connal gestattete sich ein kurzes, unsicheres Lächeln. »Für so gut wie sich selbst.«

»Das bin ich nicht«, sagte Joel, und jetzt lächelte er wieder schwach. »Ich versuche mir immer noch darüber klarzuwerden, welche Position er bezüglich einiger Aktienpakete bei dem Firmenzusammenschluß einnehmen wollte.«

»Was?«

»Nichts. Was ist mit Lucas Anstett? Was wissen Sie?«

»Da gibt es zweierlei zu sagen. Press hat mir erzählt, sie wollten mit dem Richter zusammenarbeiten, um Sie freizubekommen, falls Sie sich bereit erklären würden...«

»*Sie*? Wer sind ›sie‹?«

»Das weiß ich nicht. Das hat er mir nie gesagt.«

»Verdammt! Entschuldigung, fahren Sie fort.«

»Anstett hatte mit Ihren Seniorpartnern gesprochen, und die waren, Ihre Zustimmung vorausgesetzt, mit allem einverstanden. Das ist das eine. Das andere habe ich dank einer persönlichen Angewohnheit erfahren. Ich bin ein leidenschaftlicher Nachrichtenhörer, und deshalb schalte ich wie die meisten Leute, denen es wie mir geht, jede Stunde AFR an.«

»Bitte deutlicher.«

»Armed Forces Radio. Das mag komisch sein, aber wahrscheinlich ist das die beste Nachrichtenstation, die es gibt. Sie haben Zugang zu sämtlichen Diensten. Ich habe ein kleines Transistorradio mit sehr gutem Kurzwellenempfang, das ich auf allen Reisen bei mir trage.«

»Was haben Sie gehört?«

»Nicht sehr viel. Man hat gegen zwei Uhr früh nach New Yorker Zeit in Anstetts Apartment am Central Park eingebrochen. Es gibt Spuren eines Kampfes; er hat eine Kugel in den Kopf bekommen.«

»Das ist alles?«

»Nicht ganz. Die Haushälterin sagt, daß überhaupt nichts fehlt, es kann also kein gewöhnlicher Einbruch gewesen sein.«

»Um Himmels willen. Ich werde Larry Talbot anrufen. Er weiß vielleicht mehr. Sonst haben sie nichts gesagt?«

»Es gab noch eine kurze Würdigung seiner Juristenlaufbahn. Worauf es ankommt ist, daß *nichts* fehlt.«

»Ich hab' verstanden«, unterbrach Joel ihn. »Ich werde mit Talbot reden.« Sie gingen weiter. »Warum haben Sie gestern abend Dowling gesagt, daß Sie in der Botschaft tätig wären?« fuhr Converse fort. »Sie waren doch sicher auch am Flughafen draußen.«

»Ich war sieben Stunden am Flughafen und habe mich bei allen Gesellschaften nach den Passagierlisten erkundigt, um herauszufinden, auf welcher Maschine Sie waren.«

»Sie wußten, daß ich nach Bonn kommen würde?«

»Beale hat das angenommen.«

»Beale?« fragte Joel verblüfft. »Mykonos?«

»Press hat mir seinen Namen und seine Telefonnummer gegeben. Aber er hat auch gesagt, ich sollte nur mit ihm Verbindung aufnehmen, wenn es zum Schlimmsten käme.« Fitzpatrick machte eine Pause. »Es ist zum Schlimmsten gekommen«, fügte er dann hinzu.

»Was hat Beale Ihnen denn gesagt?«

»Daß Sie nach Paris geflogen sind, und, so wie er das verstanden hat, anschließend nach Bonn gehen würden.«

»Was sonst noch?«

»Nichts. Er sagte, ich hätte mich ihm gegenüber zwar hinreichend legitimiert, wie er das nannte, weil ich seinen Namen kannte und wußte, wo er zu erreichen war. Das konnte mir ja nur Press gesagt haben. Aber alles andere würde ich Sie fragen müssen. Er war verdammt kühl.«

»Er hatte keine Wahl. Und was ist mit Dowling und diesem Botschaftstheater im Hotel?«

»Sie standen auf der Lufthansa-Passagierliste aus Hamburg – wahrscheinlich können Sie sich gar nicht vorstellen, wie erleichtert ich war. Ich hielt mich am Empfangsschalter auf für den Fall, daß es zu einer Verzögerung oder so etwas kommen sollte, als diese drei Typen von der Botschaft auftauchten und ihre Ausweise zeigten. Einer von ihnen hat ein ziemlich lausiges Deutsch gesprochen.«

»Das haben Sie bemerkt? Ich meine, daß es lausig war?«

»Ich spreche Deutsch – und Französisch, Italienisch und Spanisch. Wahrscheinlich ist das der Grund, daß ich mit vierunddreißig schon Lieutenant Commander bin. Die schikken mich ziemlich herum.«

»Schon gut. Aber warum sind Sie denn auf die Leute von der Botschaft aufmerksam geworden?«

»Ihr Name ist natürlich gefallen. Die wollten eine Bestätigung, daß Sie mit Flug achthundertelf ankommen würden. Der Angestellte hat mir nur einen Blick zugeworfen, und als ich den Kopf schüttelte, hat er mitgespielt, ohne sich etwas anmerken zu lassen. Sehen Sie, ich hatte ihm ein paar Mark zugesteckt, aber das war es nicht. Diese Leute hier mögen die amerikanischen Behörden nicht besonders.«

»Das habe ich gestern abend auch gehört. Von Dowling. Wie sind Sie denn auf den gestoßen?«

»Das erkläre ich Ihnen später. Als die Maschine eintraf, stand ich ganz hinten an der Gepäckausgabe; die Leute von der Botschaft warteten knapp zwanzig Meter von mir entfernt. Wir warteten alle, bis nur noch ein Gepäckstück auf dem Laufband war. Das war Ihr Koffer, aber Sie erschienen nicht. Schließlich kam eine Frau heraus, und die Leute von der Botschaft haben sie sofort umringt. Sie waren alle ziemlich aufgeregt. Ich hörte, wie Ihr Name erwähnt wurde, aber zu dem Zeitpunkt hatte ich bereits entschieden, am besten noch einmal mit dem Lufthansa-Angestellten zu sprechen.«

»Um herauszufinden, ob ich wirklich in der Maschine gewesen war?« fragte Converse. »Oder gar nicht mitgekommen war.«

»Ja«, nickte Fitzpatrick. »Zuerst hat er sich ein wenig geziert, aber dann hat er mir gesagt, daß dieser Caleb Dowling – den ich wahrscheinlich hätte kennen sollen – mit ihm gesprochen hatte, ehe er hinausgegangen war.«

»Wobei er ein paar Anweisungen hinterließ«, unterbrach Joel ihn.

»Woher wissen Sie das?«

»Ich habe im Hotel eine Nachricht von ihm vorgefunden.«

»Das war es, das *Hotel*. Dowling hatte dem Angestellten gesagt, er habe im Flugzeug einen Anwalt kennengelernt, einen Amerikaner namens Converse, der seit Kopenhagen neben ihm gesessen hatte. Dowling war besorgt, sein neuer Bekannter könnte in Bonn keine Unterkunft finden, und deshalb sollte man ihn ins Hotel Königshof schicken, falls er die Lufthansa um Unterstützung bitten würde.«

»Daraufhin beschlossen Sie, einer der Botschaftsangestellten zu werden, die mich aus den Augen verloren hatten«, sagte Converse und lächelte. »Sich Dowling vorzuknöpfen. Welcher Anwalt hätte nicht schon einmal einen Zeugen der Gegenseite ausgenützt?«

»Genau. Ich zeigte ihm meinen Navy-Ausweis und sagte, ich sei Botschaftsattaché. Offen gestanden, sehr kooperativ war er nicht.«

»Und Sie nicht besonders überzeugend, wenigstens seiner Kritik nach nicht. Ich übrigens auch nicht. Seltsamerweise ist genau das der Grund, daß er uns zusammengebracht hat.« Joel blieb stehen, drückte seine Zigarette an der Mauer aus und warf sie weg. »Also gut, Commander, Sie haben die Musterung bestanden, oder wie man das bei Ihrem Verein nennt. Wo stehen wir jetzt? Sie sprechen die Sprache und verfügen über Beziehungen, die mir fehlen. Sie könnten mir helfen.«

Der Marineoffizier stand regungslos da und musterte Joel. Er kniff die Augen zusammen, um sich vor der grellen Sonne zu schützen, wich aber dem Bick des anderen nicht aus. »Ich werde tun, was ich kann«, begann er langsam, »solange es für mich einen Sinn ergibt. Sie waren in Paris und sind jetzt nach Bonn gekommen. Das bedeutet, daß Sie Namen haben, Beweise, konkrete und andere. Ich will mehr hören.«

»Da werden Sie sich schon etwas mehr einfallen lassen müssen, Commander, um mich zum Reden zu bringen.«

»Ich habe ein *Versprechen* gegeben.«

»Wem?«

»Meiner Schwester. Meinen Sie etwa, sie weiß von nichts? Press hat das sehr mitgenommen! Ein ganzes Jahr lang ist er immer wieder mitten in der Nacht aufgestanden, im Haus herumgelaufen und hat dabei Selbstgespräche geführt. Er war wie besessen, aber sie hat es nicht geschafft, seine Schale aufzubrechen. Sie müßten die beiden besser kennen, um zu wissen, was das heißt. Die beiden haben wirklich eine gute Ehe geführt. Ich weiß, daß es heutzutage nicht mehr besonders modern ist, wenn zwei Leute einen Haufen Kinder haben, einander wirklich mögen und es gar nicht abwarten können, wenn sie getrennt sind, wieder beieinander zu sein. Aber so waren sie.«

»Sind Sie verheiratet?« fragte Joel.

»Nein«, antwortete der Marineoffizier, den die Frage offensichtlich verblüffte. »Eines Tages werde ich es vielleicht sein. Ich sagte Ihnen ja, ich bin ziemlich viel unterwegs.«

»Das war Press auch... Avery, meine ich.«

»Worauf wollen Sie denn hinaus?«

»Sie sollten das respektieren, was er getan hat. Er kannte die Gefahren und war sich auch darüber im klaren, was er aufs Spiel setzte. Sein Leben.«

»Deshalb will ich ja die Fakten kennen! Man hat seine Leiche gestern überführt. Die Beisetzung findet morgen statt, und ich bin nicht dabei, weil ich Meagen ein Versprechen gegeben habe! Ich werde zurückkehren, aber dann habe ich alles beisammen, was ich brauche, um dieses ganze Scheißspiel auffliegen zu lassen!«

»Sie werden bloß bewirken, daß das Ganze noch besser getarnt wird, wenn man Sie nicht schon vorher aufhält.«

»Das ist *Ihre* Ansicht.«

»Mehr habe ich Ihnen nicht zu sagen.«

»Das reicht mir nicht!«

»Dann fliegen Sie doch zurück in die Staaten und reden Sie von Gerüchten, von einem Mord in Genf, von dem keiner zugeben wird, daß es sich um etwas anderes als einen Raubüberfall gehandelt hat. Oder reden Sie von einem Mord in New York, der vermutlich ebenfalls ein mißlungener Einbruch bleiben wird. Und wenn Sie einen Mann auf der Insel Mykonos erwähnen, dann wird er verschwinden, glauben Sie mir das«, sagte Converse unendlich müde. »Der alte Beale hat recht gehabt. Es ist meine Entscheidung, und ich habe mich dafür entschieden, nichts zu sagen. Ich will Sie nicht an Bord haben, Matrose. Sie sind ein Hitzkopf, und Sie langweilen mich.«

Joel drehte sich um und ließ den anderen stehen.

»Achtung, *Schnitt!* Sehr gut! Feine Arbeit, Cal, fast hätte ich den Quatsch geglaubt.« Der Regisseur Roger Blynn warf einen Blick auf den Block, den ihm ein Scriptgirl hinhielt, und gab dann dem Dolmetscher der Kameracrew Anweisungen, ehe er zum Produktionstisch ging.

Caleb Dowling stand auf und streckte sich, wobei ihm bewußt war, daß die Zuschauer jenseits der Seilabsperrung ihn anstarrten und wie Touristen in einem Zoo schnatterten.

»Cal?« Das war die Stimme Blynns, der mit schnellen Schritten auf ihn zukam. »Hier ist jemand, der Sie sprechen möchte. Haben Sie Ärger, Cal?«

»Dauernd, aber ich lasse es mir nicht anmerken.«

»Ich meine es ernst. Hier ist ein Mann von der deutschen Polizei – aus Bonn. Er sagt, er muß Sie sprechen, und zwar dringend.«

»Worüber will er denn mit mir reden?« Dowling spürte einen Stich im Magen.

»Das wollte er mir nicht sagen. Nur daß es sehr wichtig sei und daß er Sie unter vier Augen sprechen müßte.«

»Du *lieber Gott*!« flüsterte der Schauspieler. »Freddie!... Wo ist er?«

»Dort drüben in Ihrem Wohnwagen.«

»*In* meinem Wohnwagen...«

»Keine Sorge«, sagte Blynn. »Ich habe unseren Stuntman Moose Rosenberg mitgeschickt. Wenn der auch nur einen Aschenbecher anfaßt, dann wirft der ihn durch die Wand.«

»Danke, Roger.«

»Er hat aber ausdrücklich gesagt, daß er Sie *allein* sprechen möchte!«

Aber das hörte Dowling schon nicht mehr; er eilte bereits auf den kleinen Wohnwagen zu, in dem er sich in den kurzen Pausen auszuruhen pflegte. Dabei betete er darum, daß es nichts Schlimmes sein möge und bereitete sich gleichzeitig auf das Schlimmste vor.

Doch es ging nicht um Frieda Dowling, das Thema der Unterredung sollte Joel Converse sein, ein amerikanischer Rechtsanwalt. Der Stuntman kletterte die Leiter hinunter und ließ Caleb und den Polizeibeamten alleine. Der Mann trug Zivil und sprach fließend Englisch. Er gab sich auf unbestimmte Art amtlich, war aber ausgesprochen höflich.

»Es tut mir leid, wenn ich Sie beunruhigt habe, Herr Dowling«, sagte der Deutsche auf Calebs Frage. »Wir wissen nichts über Frau Dowling. Ist sie vielleicht krank?«

»Sie hatte in letzter Zeit ein paar Anfälle, sonst nichts. Sie ist in Kopenhagen.«

»Ja, das haben wir gehört. Sie fliegen häufig zu ihr, nicht wahr?«

»Wann immer ich kann.«

»Will sie nicht hier in Bonn mit Ihnen zusammensein?«

»Sie hat früher Mühlstein geheißen, und als sie das letztemal in Deutschland war, hat man sie nicht unbedingt als menschliches Wesen angesehen. Das, woran sie sich erinnert, ist äußerst, wir wollen sagen, eindrucksvoll und ziemlich schmerzhaft.«

»Ja«, sagte der Polizeibeamte, ohne den Blick von Caleb zu

wenden. »Wir werden damit noch einige Generationen leben müssen.«

»Das hoffe ich«, sagte der Schauspieler.

»Ich habe damals nicht gelebt, Herr Dowling. Ich bin sehr froh, daß sie überlebt hat.«

Dowling war nicht sicher, warum er die Stimme senkte, so daß seine Worte kaum zu hören waren. »Deutsche haben ihr geholfen.«

»Hoffentlich«, sagte der Deutsche leise. »*Mein* Anliegen betrifft einen Mann, der gestern abend in der Maschine von Kopenhagen nach Hamburg und von Hamburg nach Bonn neben Ihnen saß. Sein Name ist Joel Converse, er ist Anwalt und aus Amerika.«

»Was ist mit ihm? Darf ich übrigens Ihren Ausweis sehen?«

»Aber selbstverständlich.« Der Polizeibeamte griff in die Tasche, holte ein Ausweisetui heraus und reichte es dem Schauspieler, der seine Brille aufsetzte. »Ich nehme an, daß alles in Ordnung ist«, fügte er hinzu.

»Was bedeutet dieses ›Sonderdezernat‹?« fragte Dowling und kniff die Augen zusammen, um den Dünndruck auf der Karte lesen zu können.

»Das läßt sich am besten als ›Spezialabteilung‹ oder so ähnlich übersetzen. Wir sind eine Sondereinheit und werden gewöhnlich mit Aufgaben betraut, die über den normalen Zuständigkeitsbereich der Landespolizei hinausgehen.«

»Das sagt nicht sehr viel, und das wissen Sie auch«, meinte der Schauspieler. »Werden Sie also bitte deutlicher.«

»Also gut, deutlicher. Interpol. Ein Mann ist in einem Pariser Krankenhaus an den Folgen einer Kopfverletzung gestorben, die ihm der Amerikaner Joel Converse zugefügt hat. Zunächst hieß es, er befände sich auf dem Wege der Besserung, aber das war offenbar ein Irrtum. Heute morgen hat man ihn tot aufgefunden. Wir wissen, daß Converse nach Köln-Bonn geflogen ist, und Sie haben nach Angaben der Stewardeß dreieinhalb Stunden neben ihm gesessen. Wir möchten wissen, wo er sich aufhält. Vielleicht können Sie uns helfen, das herauszufinden.«

Dowling nahm die Brille ab und schluckte. »Sie glauben, daß ich das weiß?«

»Wir haben keine Ahnung, aber Sie haben sich mit ihm unterhalten. Und Sie wissen hoffentlich, daß die Behinderung polizeilicher Ermittlungsarbeit unter Strafe gestellt ist, besonders in einem Mordfall.«

Dowling spielte mit seinem Brillengestell. Es war ihm deutlich anzumerken, daß er sich in einem Konflikt befand. Er ging zu dem Feldbett, das an der Wand stand, setzte sich und blickte zu dem Polizeibeamten auf. »Warum habe ich kein Vertrauen zu Ihnen?« fragte er.

»Weil Sie an Ihre Frau denken und keinem Deutschen vertrauen«, antwortete der Deutsche. »Ich bin ein Mann des Gesetzes und des *Friedens*, Herr Dowling. Ordnung ist etwas, das die Menschen für sich selbst entscheiden, und ich gehöre auch zu diesen Menschen. In dem Bericht, den wir erhalten haben, steht, daß dieser Converse vielleicht ein etwas gestörter Mann ist.«

»Auf mich hat er diesen Eindruck nicht gemacht. Ich hatte sogar die Überzeugung, daß er einen verdammt klaren Kopf hat. Er hat einiges gesagt, was sehr vernünftig klang.«

»Dinge, die Sie hören wollten?«

»Nicht alles.«

»Aber vieles, was er gesagt hat.«

»Was soll das heißen?«

»Verrückte sind manchmal sehr überzeugend; sie pflegen alles zu ihrem Vorteil auszulegen. Das ist das Wesen ihres Wahnsinns, ihrer Psychose, ihrer *eigenen* Überzeugung.«

Dowling ließ die Brille auf das Feldbett fallen. Er atmete tief und spürte einen Angstknoten im Magen. »Ein Verrückter?« sagte er ohne Überzeugung. »Das glaube ich nicht.«

»Dann geben Sie uns eine Chance, das Gegenteil zu beweisen. Wissen Sie, wo er ist?«

Der Schauspieler sah den Deutschen mit zusammengekniffenen Augen an. »Geben Sie mir Ihre Karte oder eine Telefonnummer, wo ich Sie erreichen kann. Vielleicht nimmt er mit mir Verbindung auf.«

»Wer war dafür verantwortlich?« Der Mann in dem rotseidenen Morgenrock hinter dem großen Schreibtisch saß im Halbdunkel. Eine Messinglampe warf einen scharf umgrenzten Lichtkreis auf die Tischplatte vor ihm. Sonst lag der Raum im Halbdunkel. Und doch reichte das Licht aus, eine riesige Landkarte erkennen zu lassen, die hinter dem Mann an der Wand hing. Es war eine seltsame Karte, die zwar die einzelnen Nationen klar erkennen ließ, doch stimmte die Einfärbung nicht. Als hätte man den Versuch gemacht, aus unterschiedlichen Weltteilen eine einzige Landmasse zu schaffen. Diese Landmasse schloß ganz Europa, den größten Teil des Mittelmeers und einige Teile Afrikas ein. Und Kanada und die Vereinigten Staaten von Amerika hatte man, als wäre der Atlantik nur ein blaßblaues Binnenmeer, in dieses künstliche Weltreich mit aufgenommen.

Der Blick des Mannes war starr geradeaus gerichtet. Sein Gesicht mit dem kantigen Kinn, der schmalen Adlernase und den dünnen Lippen schien wie aus Stein gemeißelt, sein kurzgestutztes, graublondes Haar wirkte wie ein Lorbeerkranz auf einem Kopf, der auf einem eigenartig steifen Körper saß. Wieder sprach er; seine Stimme wirkte eher hoch als tief. Und doch war zu spüren, daß diese Stimme es gewohnt war, Befehle zu erteilen. Man konnte sich gut vorstellen, wie sie laut wurde – sogar schrill. Jetzt freilich vermittelte sie eher den Eindruck leiser Eindringlichkeit. »Wer war dafür verantwortlich?« wiederholte er. »Sind Sie noch da, London?«

»Ja«, erwiderte der Anrufer aus Großbritannien. »Natürlich. Ich versuche nachzudenken, fair zu sein.«

»Das bewundere ich, aber jetzt müssen Entscheidungen getroffen werden. Aller Wahrscheinlichkeit nach wird man die Verantwortung teilen müssen, aber wir müssen die Reihenfolge kennen.« Der Mann hielt inne; als er dann fortfuhr, gewann seine Stimme plötzlich an Intensität und klang wie verwandelt. Jetzt erinnerte sie an den schrillen Schrei einer Katze. »Wie kam es, daß *Interpol* hineingezogen wurde?«

Erschreckt antwortete der Engländer schnell, seine Sätze wirkten abgehackt, die Worte überstürzten sich. »Man hat Bertholdiers Adjutanten um vier Uhr morgens tot aufgefunden. Offenbar hätte er um die Zeit behandelt werden sollen. Die Schwester hat die Sûreté verständigt...«

»Die *Sûreté?*« schrie der Mann am Schreibtisch. »Warum die *Sûreté*? Warum nicht Bertholdier? Es war doch *sein* Angestellter und keiner der Sûreté!«

»Das war ja die Panne«, sagte der Brite. »Niemand hatte gewußt, daß in der Telefonzentrale des Krankenhauses diesbezügliche Anweisungen erteilt worden waren... offenbar durch einen Inspektor namens Prudhomme, den man geweckt und über den Tod des Mannes informiert hat.«

»Und *er* ist derjenige, der Interpol verständigt hat?«

»Ja, aber zu spät, um Converse noch vor der Einreise nach Deutschland abfangen zu können.«

»Wofür wir äußerst dankbar sein sollten«, sagte der Mann und senkte die Stimme wieder.

»Und alles nur wegen dieser *verdammten* Anweisung.«

»Und keiner hatte genügend Verstand, auf so etwas zu achten«, sagte der Mann vor der im Halbschatten liegenden Karte. »Die Instinkte dieses Prudhomme sind geweckt worden. Zu viele reiche Leute, zuviel fremder Einfluß, zu merkwürdige Umstände. Er riecht etwas.«

»Wir werden dafür sorgen, daß er von dem Fall abgezogen wird, es dauert nur ein paar Tage«, sagte der Engländer. »Converse ist in Bonn, soviel wissen wir. Wir kommen ihm näher.«

»Das tun Interpol und die deutsche Polizei aber möglicherweise auch. Ich brauche Ihnen nicht zu sagen, wie tragisch das wäre.«

»Eine gewisse Kontrolle haben wir über die amerikanische Botschaft. Der Flüchtige ist Amerikaner.«

»Der *Flüchtige* verfügt über Informationen!« insistierte der Mann hinter dem Schreibtisch. Seine geballte Faust lag im Lichtkegel der Lampe. »Wieviel und wer sie ihm geliefert hat, wissen wir nicht. Und eben das *müssen* wir wissen.«

»Hat man in New York denn nichts erfahren? Der Richter?«

»Nur was Bertholdier schon ahnte und was ich in dem Augenblick wußte, als ich seinen Namen hörte. Nach vierzig

Jahren ist Anstett zurückgekommen, immer noch auf meiner Fährte, immer noch auf meinen Kopf aus. Dieser Mann war ein Stier, aber nur ein Zwischenträger. Er hat mich ebenso gehaßt, wie ich ihn gehaßt habe, und er hat seine Hintermänner bis zum Schluß gedeckt. Er ist weg und damit auch seine heilige Selbstgerechtigkeit. Aber wichtig ist, daß Converse *nicht* das ist, was er zu sein vorgibt. Und jetzt *finden* Sie ihn!«

»Ich sagte ja, wir kommen ihm näher. Wir haben mehr Quellen, mehr Informanten als Interpol. Er ist ein amerikanischer Flüchtling in Bonn und spricht, soweit uns bekannt ist, nicht Deutsch. Es gibt nicht viele Orte, an denen er sich verbergen kann. Wir werden ihn finden. Wir werden ihn zerbrechen und erfahren, woher er kommt. Und anschließend werden wir selbstverständlich sofort Schluß machen.«

»*Nein*!« Wieder der schrille Schrei der Katze. »Wir werden *sein* Spiel spielen! Wir werden ihn willkommen heißen, ihn umarmen. In Paris hat er von Bonn, Tel Aviv und Johannesburg gesprochen; also werden Sie ihm entgegenkommen. Bringen Sie ihn zu Leifhelm – oder besser noch, veranlassen Sie, daß Leifhelm zu ihm geht. Lassen Sie Abrahms aus Israel und Van Headmer aus Afrika kommen und, ja, Bertholdier aus Paris. Offensichtlich weiß er ja ohnehin über sie Bescheid. Er behauptet, er wolle eine Sitzung unseres Rates. Und daß er zu uns stoßen will. Also werden wir eine Konferenz abhalten und uns seine Lügen anhören. Er wird uns damit mehr sagen, als mit der Wahrheit.«

»Das verstehe ich wirklich nicht.«

»Converse ist eine Art Vorhut, *nur* die Vorhut. Er forscht, studiert das Terrain und versucht die taktischen Kräfte zu erkennen, die ihm gegenüberstehen. Sonst würde er unmittelbar mit legalen Methoden und unter Einsatz der Behörden operieren. Er hätte dann keinen Anlaß, einen falschen Namen zu benutzen oder falsche Informationen in die Welt zu setzen... oder wegzulaufen und einen Mann niederzuschlagen, von dem er glaubt, daß er ihn aufhalten will. Er ist so etwas wie eine Vorhut, er verfügt über gewisse Informationen, aber kennt sein Ziel nicht. Und eine Vorhut kann man in die Falle locken. O ja, er soll seine Konferenz haben.«

George Marcus Delavane legte den Telefonhörer zurück auf die Gabel und drehte sich langsam, etwas schwerfällig, im Sessel herum. Er blickte auf die seltsame Karte; die ersten Strahlen der Morgendämmerung erhellten den östlichen Himmel und füllten das Fenster mit ihrem orangeroten Schein. Dann drehte er sich mit großer Mühe wieder herum, wobei seine Hände die Armlehnen des Sessels packten. Seine Augen blickten in den grellen Lichtkreis auf der Tischplatte. Schließlich knöpften seine Hände zitternd den roten Seidenmantel auf, und er zwang seinen Blick nach unten, um erneut die schreckliche Wahrheit zu sehen. Er starrte an dem breiten Lederriemen vorbei, der ihn auf dem Sitz festhielt, und *befahl* seinen Augen, das zu fassen, was man ihm angetan hatte.

Da war nichts als der Rand des dicken Stahlsitzes und das glänzende Holz des Zimmerbodens darunter. Man hatte ihm die langen, kräftigen Beine – die seinen durchtrainierten muskulösen Körper durch Schlachten in Schnee und Schlamm getragen hatten und bei Paraden in greller Sonne –, diese Beine hatte man ihm gestohlen; weil die Ärzte gesagt hatten, sie seien krank, Herde des Todes, die auch seinen restlichen Körper töten würden. Er ballte die Fäuste und drückte sie langsam auf den Schreibtisch. Ein stummer Schrei erfüllte seine Kehle.

9

»*Verdammt noch mal*, Converse, für wen halten Sie sich eigentlich?« rief Connal Fitzpatrick wütend mit unterdrückter Stimme, als er Joel, der mit schnellen Schritten zwischen den Bäumen am Alten Zoll dahinging, endlich einholte.

»Für jemand, der Avery Fowler als Jungen gekannt hat und der eine Unendlichkeit später zusehen mußte, wie ein Mann namens Press Halliday in Genf starb«, erwiderte Converse, während er auf den Ausgang des Parks zuhielt, wo ein paar Taxis auf Kundschaft warteten.

»Kommen Sie mir nicht mit solchem Quatsch! Ich habe Press viel besser und viel länger gekannt als Sie. Herrgott, er war mit meiner Schwester verheiratet! Wir waren fünfzehn Jahre eng befreundet!«

»Sie reden wie ein kleiner Junge, der einen anderen beeindrucken will. Verschwinden Sie.«

Fitzpatrick rannte ein paar Schritte vor und versperrte Joel den Weg. »Ich werde tun, was Sie mir sagen.«

»Warum?« fragte Joel und bohrte den Blick in die Augen des anderen.

Der Navy-Anwalt wich dem Blick nicht aus. »Weil Press Ihnen vertraut hat«, sagte er ruhig. »Er hat gesagt, Sie seien der Beste.«

»Abgesehen von ihm«, meinte Converse und ließ die Andeutung eines Lächelns erkennen. »Also gut, ich glaube Ihnen, aber es gibt ein paar Spielregeln. Entweder akzeptieren Sie die, oder Sie sind, um es mit Ihren Worten zu sagen, eben nicht an Bord.«

»Lassen Sie hören. Ich werde mir nicht anmerken lassen, wann ich zusammenzucke.«

»Gut«, meinte Joel, »zuallererst werde ich Ihnen nur das sagen, was Sie meiner Ansicht nach in der jeweiligen Situation unbedingt wissen müssen. Was Sie daraus machen, ist Ihre Sache. Auf diese Weise können Sie jedenfalls nichts von dem Beweismaterial preisgeben, das wir bereits gesammelt haben.«

»Das ist hart.«

»Aber dabei bleibt es. Ich werde Ihnen hier und da einen Namen nennen, wenn ich glaube, daß Sie damit eine Tür öffnen können. Aber es wird *immer* ein Name sein, den Sie aus zweiter oder dritter Hand haben. Sie sind erfinderisch; lassen Sie sich selbst irgendwelche Quellen einfallen, damit Sie sich damit schützen können.«

»Aber *etwas* müssen Sie mir doch sagen.«

»Ich werde Ihnen einen allgemeinen Überblick geben und ein paar Fakten. Und wenn wir Fortschritte machen – *falls* wir Fortschritte machen –, werden Sie mehr erfahren. Wenn Sie glauben, daß Sie auf etwas Entscheidendes gestoßen sind, dann sagen Sie es mir. Das ist wichtig. Wir können nicht das Risiko eingehen, alles auffliegen zu lassen, nur weil Sie vielleicht von falschen Annahmen ausgehen.«

»Wer ist ›wir‹?«

»Ich wünschte, ich wüßte das.«

»Das klingt sehr beruhigend.«

»Ja, nicht wahr?«

»Warum sagen Sie mir nicht jetzt gleich alles?« fragte Fitzpatrick.

»Weil Meagen Halliday schon einen Mann verloren hat. Ich möchte nicht, daß sie auch noch einen Bruder verliert.«

»In Ordnung.«

»Übrigens, wieviel Zeit haben Sie? Ich meine, Sie sind im aktiven Dienst.«

»Ich habe erst einmal dreißig Tage Urlaub, den ich aber, wenn nötig, verlängern kann.«

»Wir bleiben bei den dreißig Tagen, Commander. Das ist mehr Zeit, als uns noch zur Verfügung steht.«

»Reden Sie, Converse.«

»Gehen wir«, sagte Joel und ging weiter in Richtung Alter Zoll.

Der allgemeine ›Überblick‹, den Fitzpatrick erhielt, schilderte die Situation, daß gleichgesinnte Personen in verschiedenen Ländern im Begriff waren, sich zu verbünden und ihren beträchtlichen Einfluß dazu zu benutzen, unter Umgehung des geltenden Rechts Waffen und Produkte neuester Technologie an feindliche Regierungen und Organisationen zu liefern.

»Zu welchem Zweck?« fragte Fitzpatrick.

»Ich könnte sagen, aus Profitgier, aber Sie würden das durchschauen.«

»Wenn das das einzige Motiv sein soll, ja«, meinte der Marineanwalt nachdenklich. »Einflußreiche Leute – so wie ich das Wort ›einflußreich‹ in Beziehung auf die existierenden Gesetze verstehe – würden einzeln oder bestenfalls in kleinen Gruppen innerhalb ihrer jeweiligen Länder operieren. Zumindest, wenn der Gewinn das Hauptziel wäre. Sie würden sich jedenfalls nicht um internationale Koordinierung bemühen; das ist nicht notwendig. Schließlich handelt es sich um einen Verkäufermarkt; sie würden damit nur ihre Profite verwässern.«

»Stimmt.«

»Also?« Fitzpatrick sah Joel an, während sie auf eine Lücke in der Steinmauer zuschlenderten, wo eine Bronzekanone stand.

»Destabilisierung«, sagte Converse. »Destabilisierung auf breiter Front. Eine Reihe kleiner Buschfeuer in politisch unruhigen Ländern, um die Fähigkeit der jeweiligen Regierung in Zweifel zu ziehen, mit solchen Gewalttätigkeiten fertig zu werden.«

»Ich muß Sie noch einmal fragen, welchen Zweck soll das haben?«

»Sie sind schnell«, sagte Joel, »also überlasse ich es Ihnen, darauf die Antwort zu finden. Was passiert, wenn eine politische Machtkonstellation durch Unruhen zerstört wird, weil die Dinge außer Kontrolle geraten sind?«

Die zwei Männer blieben neben der Kanone stehen, und die Augen des Marineoffiziers musterten das lange, drohende Rohr. »Die Konstellation wird verändert oder durch eine neue ersetzt«, sagte Fitzpatrick und wandte den Blick von der Kanone ab, um Converse anzusehen.

»Stimmt«, sagte Converse. »Das ist der allgemeine Überblick.«

»Er gibt keinen Sinn.« Fitzpatrick kniff nachdenklich die Augen zusammen. »Lassen Sie mich wiederholen. Darf ich?«

»Sie dürfen.«

»›Einflußreiche Personen‹ deutet auf Leute, die höheren Orts sehr angesehen sind. Wenn wir einmal von der Annahme ausgehen, daß wir es nicht mit rein kriminellen Elementen zu tun haben – und das dürfen wir wohl, nachdem es nicht nur um Profite geht –, dann sprechen wir von einigermaßen respektablen Bürgern. Gibt es noch eine andere mögliche Kategorisierung, die ich nicht kenne?«

»Falls es eine gibt, kenne ich sie auch nicht.«

»Warum sollten diese Leute dann die politischen Strukturen destabilisieren wollen, die ihnen ihren Einfluß garantieren? Das gibt keinen Sinn.«

»Haben Sie schon einmal den Satz gehört: ›Alles ist relativ‹?«

»Natürlich. Und?«

»Dann denken Sie nach.«

»Worüber?«

»Über Einfluß.« Joel holte seine Zigaretten heraus und zündete sich eine an. Der jüngere Mann starrte auf die Wasser des Rheins.

»Sie wollen *mehr*«, sagte Fitzpatrick langsam und drehte sich wieder zu Converse um.

»Sie wollen alles«, führte Joel den Satz fort. »Und das bekommen sie nur, wenn sie beweisen, daß ihre Lösungen, um das Chaos, das ausbrechen wird, einzudämmen, die einzigen sind, die Erfolg haben.«

Connals Ausdruck war starr und unbewegt, während er Joels Worte in sich aufnahm. »Heilige Maria...«, begann er im Flüsterton, doch es klang wie ein Aufschrei. »Ein internationales Plebiszit – der Wille des Volkes –, ein Plebiszit, das nach dem allmächtigen Staat ruft. Faschismus. *Multinationaler* Faschismus.«

»Ganz genau. Damit haben Sie es besser beschrieben als irgendeiner von uns.«

»*Uns*? Womit Sie wieder diese ›wir‹ meinen. Und doch wissen Sie angeblich nicht, wer ›sie‹ sind!« sagte Fitzpatrick.

»Versuchen Sie damit zu leben«, erwiderte Joel. »Ich habe das auch gelernt.«

»*Warum*?«

»Avery Fowler. Erinnern Sie sich an ihn?«

»*O Gott*!«

»Und ein alter Mann auf der Insel Mykonos. Das ist alles, was wir haben. Aber was die beiden gesagt haben, ist die Wahrheit. Es geschieht wirklich. Ich habe es selbst gesehen, und das ist alles, was ich wissen muß. In Genf hat Avery gesagt, daß uns nur noch wenig Zeit bliebe. Beale hat das etwas deutlicher formuliert. Er behauptete, daß wir uns bereits in der Countdown-Phase befinden. Was auch immer geschehen wird, es wird passieren, noch bevor Ihr Urlaub zu Ende ist.«

»O mein Gott«, flüsterte Fitzpatrick. »Was können Sie mir noch sagen – was *wollen* Sie mir sagen?«

»Sehr wenig.«

»Die Botschaft«, fiel Connal ihm ins Wort. »Das liegt ein paar Jahre zurück. Aber ich habe dort einmal gearbeitet. Mit dem Militärattaché. Wir könnten dort Unterstützung bekommen.«

»Wir können dort auch eine Kugel in den Kopf bekommen.«

»*Was*?«

»Die Botschaft ist nicht sauber. Die drei Männer, die Sie am Flughafen gesehen haben, die aus der Botschaft...«

»Was ist mit ihnen?«

»Die stehen auf der anderen Seite.«

»Das glaube ich nicht!«

»Warum, meinen Sie denn, waren die am Flughafen?«

»Um Sie kennenzulernen, um mit Ihnen zu reden. Man kann sich ein Dutzend Gründe dafür vorstellen. Ob Sie es nun wissen oder nicht, man betrachtet Sie als einen Spitzenanwalt für internationales Recht. Ich kann mir durchaus Gründe vorstellen, weshalb Botschaftsangestellte Sie gerne sprechen würden.«

»Dieses Gespräch habe ich schon einmal geführt«, sagte Converse etwas irritiert.

»Was soll *das* jetzt wieder bedeuten?«

»Wenn die mich sprechen wollten, weshalb sind sie dann nicht am Flugsteig gewesen?«

»Weil sie dachten, Sie würden wie alle anderen in das Terminalgebäude kommen.«

»Und als ich das nicht getan habe, waren sie – nach Ihrer Darstellung – äußerst erregt. Das sagten Sie doch.«

»Ja.«

»Ein Grund mehr also, gleich am Flugsteig auf mich zu warten.«

Fitzpatrick runzelte die Stirn. »Trotzdem ist das ein wenig schwach...«

»Die Frau. Erinnern Sie sich an die Frau?«

»Natürlich.«

»Sie hat mich in Kopenhagen erkannt und ist mir gefolgt. Und da ist noch etwas. Später stiegen alle vier in einen Wagen, der einem Mann gehört, den wir kennen – und von dem wir wissen, daß er in alles das, was ich Ihnen geschildert habe, verwickelt ist. Sie fuhren zur Botschaft, das müssen Sie mir einfach glauben. Ich habe sie gesehen.«

Connal musterte Joel und akzeptierte das, was er gehört hatte. »Also, die Botschaft scheidet aus. Wie wäre es mit Brüssel, SHAPE? Es gibt dort eine Einheit der Marineabwehr; ich hatte schon mit diesen Leuten zu tun.«

»Noch nicht. Vielleicht überhaupt nicht.«

»Ich dachte, Sie wollten die Unifom nutzen, meine Verbindungen.«

»Vielleicht werde ich das. Es ist gut zu wissen, daß sie zur Verfügung stehen.«

»Nun, was wollen Sie, daß ich tue? *Irgend etwas* muß ich doch tun.«

»Sprechen Sie wirklich fließend Deutsch?«

»Ich sagte Ihnen doch, ich spreche fünf Sprachen...«

»Ja, daran haben Sie keine Zweifel gelassen«, unterbrach Converse. »Es gibt hier in Bonn eine Frau Fischbein. Das ist der erste Name, den ich Ihnen nenne. Sie ist in die Sache verwickelt, wir wissen nur nicht genau wie. Aber wir haben den Verdacht, daß sie zur Übermittlung von Informationen eingesetzt wird. Ich möchte, daß Sie ihre Bekanntschaft machen, mit ihr sprechen und eine Beziehung zu ihr eingehen. Wir werden uns da etwas einfallen lassen. Sie ist um die Vierzig, die jüngste Tochter von Hermann Göring. Aus naheliegenden Gründen hat sie einen Überlebenden des Holocaust geheiratet; aber der hat sie bereits vor Jahren wieder verlassen. Irgendeine Idee, wie man das machen könnte?«

»Sicher«, sagte Fitzpatrick, ohne zu zögern. »Eine Erbschaftsangelegenheit. Es gibt ein paar tausend Testamente und Nachlässe, bei denen die Verstorbenen den Wunsch geäußert haben, daß das Militär sie bearbeitet. Sie stammen von irgendwelchen Verrückten, die ihren ganzen Besitz den *anderen* Überlebenden hinterlassen. Damit die reinrassigen Arier weiterleben und ähnlicher Unsinn. Wir geben derartige Angelegenheiten zumeist an die Zivilgerichte zurück. Aber die wissen nicht, was sie damit anfangen sollen, also verschwindet die Erbschaft am Ende in den Tresoren des Schatzamtes.«

»Ehrlich?«

»Glauben Sie mir. Diese Leute sind durch nichts zurückzuschrecken.«

»Und das würde funktionieren?«

»Was würden Sie von einer Erbschaft von gut einer Million von einem kleinen Brauereibesitzer im Mittleren Westen halten?«

»Hervorragend«, grinste Joel. »Sie sind an Bord.«

Converse hatte das Projekt »Aquitania« ebensowenig erwähnt wie die Namen George Marcus Delavane, Jacques Louis Bertholdier oder Erich Leifhelm und auch nicht die rund zwanzig Namen aus dem State Department und dem Pentagon. Er gab auch keine detaillierte Beschreibung der Aktivitäten des Gegners, wie er sie den Akten entnommen hatte oder sie ihm von Dr. Edward Beale auf Mykonos geschildert worden waren. Connal Fitzpatrick erfuhr nur die groben Umrisse von allem, wobei Joels Gründe auf der Hand lagen: Falls der Marineanwalt der Gegenseite in die Hände fiel und verhört wurde – ganz gleich wie brutal –, konnte er so nur wenig von Belang preisgeben.

»Sehr viel sagen Sie mir wirklich nicht«, meinte Fitzpatrick.

»Ich habe Ihnen schon oft genug erklärt, daß Ihnen das eine Kugel durch den Kopf eintragen könnte, und das ist eine Formulierung, die normalerweise nicht zu meinem Sprachschatz gehört.«

»Zu meinem auch nicht.«

»Dann sollten Sie mich als einen netten Burschen ansehen«, sagte Converse.

»Andererseits«, fuhr Hallidays Schwager fort, »haben Sie in Ihrem Leben auch eine ganze Menge mehr mitgemacht als ich. Ich habe das in den Akten nachgelesen – man hat Sie mit den Akten einer ganzen Menge anderer Gefangener verglichen. Sie müssen etwas ganz Besonderes gewesen sein. Nach der Schilderung der meisten Männer in diesen Lagern haben Sie die Gefangenen zusammengehalten... bis man Sie in Einzelhaft verlegt hat.«

»Die hatten unrecht, Seemann. Ich hab' am ganzen Leibe gezittert und hatte eine Heidenangst und hätte vermutlich eine Pekingente gebumst, wenn ich damit meine Haut hätte retten können.«

»In den Akten steht es anders. Dort steht...«

»Interessiert mich wirklich nicht, Commander«, meinte Joel, »aber ich habe im Augenblick ein großes Problem, bei dem Sie mir behilflich sein könnten.«

»Und das wäre?«

»Ich habe versprochen, Dowling über sein Funktelefon anzurufen. Ich habe keine Ahnung, wie man so etwas macht.«

»Dort drüben ist eine Zelle«, sagte Connal und wies auf ein gelbes Telefonhäuschen. »Haben Sie die Nummer bei sich?«

»Ja, sie muß hier irgendwo sein«, erwiderte Converse und suchte in seinen Taschen herum. »Hier«, sagte er, als er den Zettel zwischen ein paar Kreditkartenquittungen herausgewühlt hatte.

»Joel?«

»Ja, Cal. Ich hatte versprochen, Sie nach meinem Zusammentreffen mit Fowler anzurufen. Alles in Ordnung?«

»Nein, das ist es nicht, Mr. Rechtsanwalt«, erwiderte der Schauspieler leise. »Wir beide müssen ein sehr ernstes Gespräch miteinander führen, und ich will Ihnen nicht verschweigen, daß ein Gorilla namens Rosenberg dabei nur ein paar Schritte entfernt stehen wird.«

»Ich verstehe Sie nicht.«

»Ein Mann in Paris ist gestorben. Erklärt Ihnen das etwas?«

»*O Gott.*« Converse fühlte das Blut in seinen Adern gerinnen. Seine Kehle war plötzlich trocken und verklebt. Einen Augenblick glaubte er, sich erbrechen zu müssen.

»Sind die zu Ihnen gekommen?« flüsterte er.

»Ein Beamter der deutschen Polizei war vor einer Stunde bei mir, und diesmal hatte ich keine Zweifel an meinem Besucher. Er war echt.«

»Ich weiß nicht, was ich sagen soll«, stammelte Joel.

»Haben Sie es getan?«

»Ich... ja, ich denke schon.« Converse starrte die Wählscheibe des Telefonautomaten an und sah das blutüberströmte Gesicht des Mannes vor dem Lieferanteneingang des George V. Fast spürte er noch das Blut an seinen Fingern.

»Sie *denken*? Das ist nichts, was man nur denkt.«

»Also, ja... ja. Ich habe es getan.«

»Hatten Sie einen Grund?«

»Ich glaube schon.«

»Den will ich hören, aber nicht jetzt. Ich werde Ihnen sagen, wo wir uns treffen.«

»Nein!« rief Joel aus. »Ich darf Sie da nicht hineinziehen. Das darf ich einfach nicht!«

»Dieser Polizist hat mir seine Karte gegeben. Ich soll ihn anrufen, wenn Sie mit mir Verbindung aufnehmen. Er hat mir klar zu verstehen gegeben, was es bedeutet, wichtige Informationen in einem Ermittlungsverfahren zurückzuhalten.«

»Er hat recht gehabt, *völlig* recht! Sagen Sie ihm um Gottes willen alles, Cal! Die Wahrheit. Sie haben mir ein Zimmer besorgt, weil Sie dachten, ich würde vielleicht keine Reservierung haben, und wir haben ein paar angenehme Stunden im Flugzeug miteinander verbracht. Sie haben das Zimmer auf Ihren Namen bestellt, weil Sie nicht wollten, daß ich es bezahlen muß. Verbergen Sie *nichts*! Nicht einmal dieses Gespräch dürfen Sie verschweigen.«

»Und warum habe ich ihm das Ganze dann nicht gleich gesagt?«

»Das ist schon in Ordnung. Sie sagen es ihm ja jetzt. Es war für Sie ein Schock, und schließlich sind wir Landsleute. Sie brauchten Zeit, um nachzudenken, um zu überlegen. Mein Anruf hat Sie genügend aufgerüttelt, daß Sie jetzt wieder Ihrer Vernunft folgen. Sagen Sie ihm, Sie hätten mich mit der Anklage konfrontiert, und ich hätte sie nicht geleugnet. Seien Sie ehrlich zu ihm, Cal.«

»Wie ehrlich? Soll ich auch Fowlers Besuch erwähnen?«

»Das ist nicht notwendig. Lassen Sie mich das erklären. Fowler ist ein falscher Name, und er hat keine Beziehung zu Paris. Darauf gebe ich Ihnen mein Wort. Wenn Sie ihn mit hineinziehen, dann komplizieren Sie die Dinge nur unnötig.«

»Soll ich ihm sagen, daß Sie am Alten Zoll sind?«

»Ja, so heißt das hier. Sagen Sie es ruhig.«

»Sie werden dann nicht mehr zum Königshof zurück können.«

»Das ist unwichtig«, antwortete Joel schnell. Er wollte das Gespräch so rasch wie möglich beenden, um endlich nachdenken zu können. »Mein Gepäck liegt noch am Flughafen, und dorthin kann ich auch nicht zurück.«

»Sie hatten einen Aktenkoffer.«

»Dafür habe ich gesorgt. Der ist an einem Ort deponiert, wo ich an ihn heran kann.«

Der Schauspieler machte eine Pause und redete dann langsam weiter: »Sie raten mir also, der Polizei gegenüber offen zu sein und die Wahrheit zu sagen.«

»Ja, das ist mein Rat, Cal. Das ist die einzige Möglichkeit für Sie, sauber zu bleiben, und Sie *sind* sauber.«

»Das klingt wie ein guter Rat, Joel, und ich würde mir wirklich wünschen, daß ich ihn annehmen kann. Aber ich fürchte, das kann ich nicht.«

»Was? *Warum*?«

»Weil böse Menschen, wie Diebe und Mörder, keine solchen Ratschläge geben. Ich habe das noch in keinem Drehbuch gelesen.«

»Das ist doch Unsinn! Tun Sie, um Gottes willen, was ich Ihnen sage!«

»Tut mir leid, Partner, die Dramaturgie stimmt nicht. Also tun Sie, was ich *Ihnen* sage. In der Nähe ist die Universität; ein schöner Bau, ein restaurierter Palast – mit einer Gartenanlage, wie man sie nicht oft sieht. An der Südseite der Anlage steht an den Wegen eine Anzahl von Bänken. Sehr hübsch für einen Sommerabend, etwas abgelegen und nicht zu überfüllt. Seien Sie um zehn Uhr dort.«

»Cal, ich werde Sie nicht in diese Sache hineinziehen!«

»Ich bin bereits drinnen. Ich habe Informationen zurückgehalten und einem Flüchtling geholfen.« Dowling machte wieder eine Pause. »Und dann gibt es da jemand, den Sie kennenlernen sollten«, sagte er.

»*Nein.*«

Ein Klicken, und die Leitung war tot.

10

Converse hängte den Hörer auf die Gabel, stützte sich gegen die Glaswand der Telefonzelle und versuchte, Klarheit in seine Gedanken zu bringen. Er hatte einen Menschen getötet, aber nicht in einem Krieg, auch nicht im erbarmungslosen Überlebenskampf im südostasiatischen Dschungel, sondern in einer Seitenstraße von Paris. Und er hatte es getan, weil er sekundenschnell eine Entscheidung hatte treffen müssen, die nur auf Annahmen beruhte. Ob recht oder unrecht, die Tat war geschehen, und für Grübeleien war nun keine Zeit mehr. Die deutsche Polizei suchte ihn, und das hieß, daß Interpol sich eingeschaltet hatte. Irgendwie waren Informationen von Jacques Louis Bertholdier aus Paris übermittelt worden, der selbst im Hintergrund blieb und sich an der Jagd scheinbar nicht beteiligte.

»Was ist denn?« fragte Fitzpatrick, der besorgt ein paar Schritte links von Joel stand. »Was ist mit Dowling los? Hat er Schwierigkeiten?«

»Die *wird* er haben!« platzte Joel heraus. »Weil er nämlich ein verdammter Dummkopf ist, der sich einbildet, das Ganze sei ein gottverdammter Film!«

»Vor einer Weile haben Sie aber noch ganz anders geredet.«

»Wir haben uns zufällig kennengelernt, und alles hat sich spontan richtig entwickelt. Aber das hier wird sich nicht richtig entwickeln, nicht für ihn.« Converse ließ die Tür der Telefonzelle zufallen und starrte Fitzpatrick an. Verzweifelt versuchte er, sich auf das Nächstliegende zu konzentrieren. »Vielleicht sage ich es Ihnen, vielleicht auch nicht«, meinte er und sah sich nach einem Taxi um. »Kommen Sie, wir werden jetzt Ihre großartigen Sprachkenntnisse nutzen. Wir brauchen eine Unterkunft, teuer, aber nicht auffällig. Es darf auf keinen Fall ein Haus sein, das von reichen Touristen besucht wird, die nicht Deutsch sprechen. Wenn es etwas gibt, das man über mich verbreiten wird, dann, daß ich mich nicht einmal in den fünf Ausländerbezirken von New York verständigen kann. Ich will ein Luxushotel, das nicht auf Ausländer angewiesen ist. Verstehen Sie, was ich meine?«

Fitzpatrick nickte. »Exklusiv, Clubatmosphäre, auf deutsche Geschäftsleute ausgerichtet. Die gibt es in jeder Großstadt, und sie kosten überall allein für das Frühstück zwanzigmal soviel, wie mir an Tagesspesen zur Verfügung steht.«

»Das macht nichts, ich habe Geld hier in Bonn. Warum soll ich es nicht auch ausgeben?«

»Sie stecken voller Überraschungen«, sagte Connal.

»Glauben Sie, Sie schaffen das? Ich meine, ein solches Hotel zu finden?«

»Ich kann Ihren Wunsch einem Taxifahrer erklären; der weiß bestimmt weiter. Da ist ein Taxi, das gerade frei wird.« Die zwei Männer eilten zur Straße, wo gerade vier Fahrgäste aus einem Taxi ausstiegen. Sie trugen Kamerataschen und Louis-Vuitton-Handtaschen.

»Nun, ich werde ihm sagen, was Sie mir gerade erklärt haben«, antwortete Fitzpatrick. »Ein ruhiges, nettes Hotel, abseits vom Touristenstrom. Ich werde sagen, daß wir Geschäfte mit deutschen Bankiers hätten und ein Haus suchen, wo die sich besonders wohl fühlen. Er wird das schon verstehen.«

»Er wird auch sehen, daß wir kein Gepäck haben«, wandte Joel ein.

»Aber zuerst wird er mein Geld sehen«, meinte der Marineoffizier und hielt Converse die Türe auf.

Lt. Commander Connal Fitzpatrick, USN, beeindruckte Joel Converse so, daß letzterer sich fast wie ein kleiner Junge vorkam. Ohne die geringste Mühe besorgte der Marineanwalt eine Suite mit zwei Schlafzimmern in einem Hotel am Rheinufer. Das Haus war ein umgebauter Herrschaftssitz aus der Vorkriegszeit, und die meisten der hier anwesenden Gäste schienen sich untereinander zu kennen. Die Angestellten wagten es kaum, den Blick zu heben, als wollten sie auf diese Weise stumm ihre Unterwürfigkeit zum Ausdruck bringen oder versichern, daß sie, danach gefragt, niemals zugeben würden, wen auch immer gesehen zu haben.

Als sie am Eingang des Hotels, zu dem eine lange, gepflegte Auffahrt führte, angehalten hatten, stieg Fitzpatrick aus.

»Bleiben Sie hier«, sagte er zu Joel. »Ich will sehen, ob ich zwei Zimmer bekommen kann... Und sagen Sie nichts.«

Zwölf Minuten später kam Connal zurück, seine Miene wirkte streng, aber seine Augen glänzten. Er hatte seine Mission erfüllt. »Kommen Sie, Herr Aufsichtsratsvorsitzender, wir gehen gleich hinauf.« Er bezahlte den Fahrer, gab ein reichliches Trinkgeld und hielt Converse wieder die Tür auf – jetzt vielleicht eine Spur unterwürfiger, dachte Joel.

Die Halle des Hotels wirkte anheimelnd und erinnerte Converse an Clubs, wie er sie in England kennengelernt hatte: schwere Ledersessel vor der vertäfelten Wand, schmiedeeiserne Verzierungen unter den Fenstern, alte Spiegel und prunkvolle Lüster. Das alles machte auf den ersten Blick den Eindruck eines Grandhotels aus vergangener Zeit, und nur die helle Beleuchtung erinnerte daran, daß dieses alte Haus mitten in einer modernen Stadt stand.

Fitzpatrick führte Converse zu einem vertäfelten Lift, ganz hinten in dem ebenfalls vertäfelten Korridor. Nirgends war ein Liftführer oder ein Hausdiener zu sehen. Die Kabine war klein und bot höchstens vier Personen Platz, ihre Wände aus getöntem Glas vibrierten leicht, als sie in den zweiten Stock hinauffuhr.

»Ich glaube, die Zimmer werden Ihnen gefallen«, sagte Connal. »Ich hab' sie mir schon angesehen; deshalb hat es so lange gedauert.«

»Wir scheinen hier ja im neunzehnten Jahrhundert gelandet zu sein«, entgegnete Joel. »Hoffentlich gibt es hier wenigstens Telefon.«

»Die modernsten, die man sich denken kann, davon habe ich mich überzeugt.« Die Lifttür öffnete sich. »Hier entlang«, sagte Fitzpatrick und wies nach rechts. »Die Suite liegt am Ende des Ganges.«

»Die Suite?«

»Sie sagten doch, Sie hätten Geld.«

Zwei Schlafzimmer flankierten ein geschmackvoll eingerichtetes Wohnzimmer, aus dem eine Tür auf einen kleinen Balkon führte, von dem aus man den Rhein sehen konnte. Die Zimmer waren hell und luftig, die Wanddekoration wiederum merkwürdig zusammengestellt: neben der Reproduktion eines impressionistischen Stillebens hingen Drucke von preisgekrönten Pferden der besten deutschen Reitställe.

»Gut gemacht, Sie Wunderknabe«, sagte Converse nach einem Blick ins Freie.

Als Fitzpatrick sich umdrehte und in sein Schlafzimmer ging, befiel Joel plötzlich ein eigenartiges Gefühl. Woran erinnerte ihn dieser junge Mann, was ließ ihn so vertraut erscheinen? Fitzpatrick besaß jene besondere Kühnheit, die zur Unerfahrenheit gehörte, eine völlige Abwesenheit von Furcht in kleinen Dingen, die, wie ihn die Vorsicht einmal lehren würde, häufig zu größeren führten. Er erprobte unbekannte Gewässer noch voller Mut.

Plötzlich war Converse klar, warum ihm der andere so vertraut war. In Connal Fitzpatrick erkannte er sich selbst wieder... bevor ihm so vieles widerfahren war. Bevor er die Angst kennengelernt hatte, nackte, schreckliche Angst. Und am Ende die Einsamkeit.

Sie kamen überein, daß Connal zum Flughafen Köln-Bonn zurückkehren sollte. Nicht etwa um Joels Gepäck abzuholen, sondern wegen seines eigenen, das in einem Schließfach in der Gepäckausgabe lagerte. Dann würde er nach Bonn fahren, einen teuren Koffer kaufen und ihn mit einem halben Dutzend Hemden, Unterwäsche, Socken und der besten

Konfektionskleidung füllen, die er in Joels Größe finden konnte, drei Paar Hosen, ein oder zwei Jacketts und einem Regenmantel. Sie hatten sich darauf geeinigt, daß legere Kleidung am besten passen würde; einem exzentrischen Finanzier standen solche geschmacklichen Entgleisungen zu. Sein zweites Ziel vor der Rückkehr in das *Rektorat* sollte ein zweites Schließfach auf dem Bahnhof sein, wo Converse seinen Aktenkoffer deponiert hatte.

Vor seiner Abfahrt hatte Fitzpatrick ihm noch versichert, daß die Telefonzentrale des Hotels durchaus imstande sei, Telefongespräche in englischer Sprache zu vermitteln – ebenso auch in sechs weiteren Sprachen, Arabisch eingeschlossen –, und daß er daher unbedenklich ein Gespräch mit Lawrence Talbot in New York anmelden könne.

»Du lieber Gott, wo stecken Sie denn, Joel?!« rief Talbot ins Telefon.

»Amsterdam«, erwiderte Converse, der seinen Aufenthaltsort nicht preisgeben wollte. »Ich möchte wissen, was mit Richter Anstett passiert ist! Können Sie mir etwas darüber erzählen?«

»Ich möchte wissen, was mit *Ihnen* passiert ist! René hat gestern abend angerufen...«

»Mattilon?«

»Sie haben ihm gesagt, Sie wollten nach London fliegen.«

»Ich habe es mir anders überlegt.«

»Was, zum Teufel, ist denn *passiert*? Die Polizei war bei ihm; er hatte keine Wahl. Er mußte ihnen sagen, wer Sie sind.« Talbot machte plötzlich eine Pause und sprach dann mit ruhiger Stimme, einer gekünstelten Stimme weiter. »Ist bei Ihnen alles in Ordnung, Joel? Gibt es etwas, das Sie mir sagen wollen, etwas, das Sie beunruhigt?«

»Etwas, das mich beunruhigt?«

»Hören Sie, Joel. Wir wissen alle, was Sie durchgemacht haben, und wir bewundern Sie, wir haben sogar großen *Respekt* vor Ihnen. Sie sind der beste Mann in der internationalen Abteilung...«

»Ich bin der *einzige* Mann, den Sie haben«, unterbrach Converse ihn, der nachzudenken versuchte, der Zeit gewinnen und zugleich möglichst viel erfahren wollte. »Was hat René denn gesagt? Warum hat er Sie angerufen?«

»Sie klingen ganz wie der alte Joel.«

»Ich bin der alte Joel, Larry. Weshalb hat René Sie denn angerufen? Weshalb war die Polizei bei ihm?« Joel spürte, daß alles plötzlich eine neue Dimension erhielt. Jetzt würden gleich die Lügen kommen, Ausflüchte, Täuschungsversuche, aber am wichtigsten war, daß er Zeit gewann und seine Bewegungsfreiheit behielt. Er mußte frei *bleiben*; es war noch so viel zu tun, und die Zeit war schon so knapp.

»Er hat mich angerufen, nachdem die Polizei ihn verlassen hatte, um mich zu informieren – übrigens, es waren Leute von der Sûreté. So wie er das Ganze begriff, ist der Fahrer einer Limousine vor dem Lieferanteneingang des Georges V. überfallen worden...«

»Der Fahrer einer Limousine...?« unterbrach Converse ihn unwillkürlich. »Haben die gesagt, es sei ein *Chauffeur* gewesen?«

»Von einer dieser teuren Mietfirmen, die Leute herumkutschieren, die zu ungewöhnlichen Stunden ungewöhnliche Orte aufsuchen. Sehr elegant und sehr vertraulich. Allem Anschein nach hat man diesen Burschen ziemlich zugerichtet. Und die Polizei behauptet, Sie hätten das getan. Keiner weiß warum, aber man hat Sie identifiziert. Es heißt, daß der Mann vielleicht nicht überleben wird.«

»Larry, das ist doch lächerlich!« wehrte sich Joel in gespielter Empörung. »Ja, ich *war* dort – in der Gegend –, aber *ich* habe doch mit dem Ganzen nichts zu tun! Zwei Hitzköpfe haben angefangen, sich zu prügeln, und ich hatte wirklich keine Lust, mich da hineinziehen zu lassen – und beruhigen konnte ich sie auch nicht. Also sah ich zu, daß ich verschwand, ehe ich ein Taxi fand, habe ich dem Portier noch zugerufen, er solle Hilfe holen. Das Letzte, was ich sah, war, daß er mit einer Trillerpfeife zur Straße rannte.«

»Dann waren Sie also überhaupt nicht in die Sache verwickelt«, sagte Talbot. Es war die Feststellung eines Anwalts.

»Selbstverständlich nicht! Warum sollte ich?«

»Das ist es ja, was wir nicht begreifen konnten. Es machte einfach keinen Sinn.«

»Es *macht* keinen Sinn. Ich werde René anrufen und nach Paris zurückfliegen, wenn es sein muß.«

»Ja, das sollten Sie tun«, pflichtete Talbot ihm zögernd bei. »Ich sollte Ihnen wohl sagen, daß ich möglicherweise die Situation noch etwas schlimmer gemacht habe.«

»Sie? Inwiefern?«

»Ich habe Mattilon gesagt, daß Sie vielleicht ... nun, nicht ganz Sie selbst wären. Als ich mit Ihnen in Genf sprach, haben Sie schrecklich geklungen, Joel. Wirklich *schrecklich*.«

»Du lieber Gott, was glauben Sie denn, wie ich mich gefühlt habe? Ein Mann, mit dem ich verhandle, stirbt vor meinen Augen, aus einem Dutzend Schußwunden blutend. Wie würden *Sie* sich denn da fühlen?«

»Ich verstehe«, sagte der Anwalt in New York, »aber René hat auch etwas an Ihnen festgestellt – etwas gehört –, das ihn beunruhigt hat.«

»Ach, kommen Sie, hören Sie doch damit auf!« Joels Gedanken überschlugen sich; jedes Wort, das er jetzt sagte, mußte glaubwürdig sein. Seine Empörung mußte echt wirken. »Mattilon hat mich gesehen, nachdem ich fast vierzehn Stunden in Flugzeugen oder auf Flughäfen herumgesessen hatte. Herrgott, ich war einfach erschöpft!«

»Joel?« begann Talbot, der offenbar noch nicht ganz bereit war, das Thema fallenzulassen. »Warum haben Sie René gesagt, daß Sie im Auftrag der Kanzlei in Paris seien?«

Converse machte eine Pause, nicht weil er über die Antwort nachdenken mußte, sondern nur des Effekts wegen. Er war auf die Frage vorbereitet; er war es seit dem Augenblick gewesen, als er Mattilon angesprochen hatte. »Eine kleine Notlüge, Larry, die niemandem schadet. Ich wollte einige Informationen und dachte, auf diese Weise würde ich sie am einfachsten bekommen.«

»Über diesen Bertholdier? Das ist der General, nicht wahr?«

»Er erwies sich als die falsche Quelle. Ich habe das René gesagt, und er war hundertprozentig meiner Ansicht.« Joel war bemüht, Unbekümmertheit in seine Stimme hineinzulegen. »Außerdem wäre es doch eigenartig gewesen, wenn ich gesagt hätte, daß ich für jemand anderen nach Paris gekommen sei, oder? Ich glaube nicht, daß das der Firma sehr genützt hätte. Unsere Branche lebt doch von Gerüchten, das haben Sie mir selbst einmal gesagt.«

»Ja, sicher. Sie haben völlig richtig gehandelt... Verdammt noch mal, Joel, warum, *zum Teufel*, haben Sie das Hotel auf so eigenartige Weise verlassen? Durch den Keller oder wie auch immer?«

Der Augenblick war gekommen, daß er eine kleine, belanglose Unwahrheit vollkommen überzeugend einfließen lassen mußte. Denn wenn er sie falsch vorbrachte, konnte sie zu einer größeren, viel gefährlicheren Lüge führen. Connal Fitzpatrick hätte sich gut darauf verstanden, überlegte Converse. Der Marineanwalt hatte noch nicht gelernt, die kleinen Dinge zu fürchten; er wußte nicht, daß sie Fährten waren, die einen in einen Rattenkäfig am Mekongfluß zurückbringen konnten.

»Bubba, alter Freund und Helfer«, begann Joel so locker, wie er nur konnte. »Ich mag tief in Ihrer Schuld stehen, aber meine Intimsphäre geht nur mich etwas an.«

»Ihre was?«

»Ich nähere mich den mittleren Jahren – zumindest sind sie nicht mehr fern –, ich habe keinerlei eheliche Verpflichtungen und also auch keine Schuldgefühle, was meine Treue angeht.«

»Sie sind einer *Frau* aus dem Wege gegangen?«

»Die Firma kann von Glück reden, daß es kein Mann war.«

»Du *lieber* Gott! Und ich bin scheinbar schon so alt, daß ich an diese Dinge überhaupt nicht mehr denke. Tut mir leid, junger Mann.«

»Jung und doch nicht so jung, Larry.«

»Dann haben wir uns alle mächtig getäuscht. Sie sollten René am besten gleich anrufen und diese Sache aufklären. Ich kann Ihnen gar nicht sagen, wie erleichtert ich bin.«

»Sagen Sie mir lieber etwas über Anstett. Das ist nämlich der Grund meines Anrufs.«

»Natürlich.« Talbot senkte die Stimme. »Eine schreckliche Geschichte, eine Tragödie. Was schreiben denn die Zeitungen dort drüben?«

Mit der Frage hatte Converse nicht gerechnet. »Sehr wenig«, erwiderte er und versuchte, sich an das zu erinnern, was Fitzpatrick ihm erzählt hatte. »Nur daß man ihn erschossen hat und daß allem Anschein nach aus seiner Wohnung nichts gestohlen wurde.«

»Das stimmt. Natürlich dachten Nathan und ich sofort an Sie und an die Sache, in die Sie da verwickelt sind, was auch immer das ist. Aber das war offensichtlich ein falscher Gedanke. Es war ein Racheakt der Mafia, ganz einfach. Sie wissen ja, wie hart sich Anstett bei Revisionsgesuchen dieser Leute gab. Er hat sie regelmäßig abgelehnt und ihre Anwälte als Schande des Berufsstandes bezeichnet.«

»Es war also ein eindeutiger Mafia-Mord?«

»Richtig, und das weiß ich direkt von O'Neil, aus dem Büro des Kommissars. Die kennen den Mann bereits. Es ist ein bezahlter Killer, der für die Delvecchio-Familie arbeitet. Und Anstett hat erst letzte Woche Delvecchios ältesten Sohn hinter Gitter geschickt. Zwölf Jahre hat er bekommen, ohne Aussicht auf Revision; der Oberste Gerichtshof ist nicht bereit, den Fall noch einmal aufzurollen.«

»Die *kennen* den Mann?«

»Sie brauchen ihn bloß noch festzunehmen.«

»Wie kommt es, daß alles so eindeutig ist?« fragte Joel verwirrt.

»Es ist so wie meistens«, sagte Talbot. »Ein Informant, der irgendeine Gefälligkeit braucht. Und da alles so schnell und in aller Stille abgelaufen ist, nimmt man an, daß die Ballistik den Beweis liefern wird.«

»So schnell? In aller Stille?«

»Der Informant war bereits heute morgen bei der Polizei. Man hat eine Sondereinheit gebildet. Nur sie kennt die Identität des Mannes. Man nimmt an, daß die Waffe sich noch im Besitz des Mörders befindet. Die Festnahme dürfte in Kürze erfolgen; er lebt in Syosset.«

Irgend etwas stimmte da nicht, dachte Converse. Es gab da

einen Haken, aber er kam nicht darauf. Und dann hatte er es plötzlich. »Larry, wenn alles so still verläuft, wie kommt es dann, daß Sie informiert sind?«

»Ich hatte schon Sorge, daß Sie mich das fragen würden«, sagte Talbot etwas verlegen. »Ich kann es Ihnen ja sagen; wahrscheinlich wird es morgen ohnehin in den Zeitungen stehen. O'Neil hält mich auf dem laufenden; Sie können das meinetwegen Entgegenkommen nennen. Außerdem tut er es auch, weil ich ziemlich nervös bin.«

»Warum?«

»Ich war der letzte, der Anstett lebend gesehen hat, bevor er ermordet wurde.«

»*Sie*?«

»Ja. Nach Renés zweitem Anruf hatte ich beschlossen, mich an den Richter zu wenden, selbstverständlich nach Rücksprache mit Nathan. Als ich Anstett schließlich erreichte, erklärte ich ihm, daß ich ihn sprechen müßte. Er war darüber nicht gerade erfreut, aber ich ließ nicht locker. Ich erklärte, daß es um Sie ginge. Ich wüßte nur, daß Sie schreckliche Schwierigkeiten hätten und daß etwas geschehen müsse. Ich fuhr zu seiner Wohnung am Central Park South, und dann redeten wir. Ich sagte ihm, was geschehen war, und daß ich mich um Sie sorgte. Dabei machte ich kein Hehl daraus, daß ich ihm die Schuld an allem gab. Er sagte nicht viel, aber ich nehme an, daß auch er Angst hatte. Er sagte, er würde sich am kommenden Morgen wieder bei mir melden. Daraufhin verließ ich ihn, und laut gerichtsmedizinischem Bericht ist er drei Stunden später getötet worden.«

Joels Atem ging in kurzen Stößen; er hatte das Gefühl, der Kopf müßte ihm zerspringen, so sehr konzentrierte er sich. »Wir wollen das einmal klarbekommen, Larry. Sie sind nach Renés zweiten Anruf zu Anstetts Wohnung gefahren. *Nachdem* er der Sûreté gesagt hatte, wer ich bin.«

»Richtig.«

»Wie lange hat das gedauert?«

»Wie lange hat was gedauert?«

»Bis Sie weggingen, um Anstett aufzusuchen. Nachdem Sie mit Mattilon gesprochen hatten.«

»Nun, wollen wir mal sehen. Natürlich wollte ich zuerst mit Nathan sprechen, aber er war essen gegangen. Also wartete ich. Übrigens stimmte er mir zu und erbot sich, mich zu begleiten...«

»Wie *lange*, Larry?«

»Eineinhalb Stunden, höchstens zwei.«

Zwei Stunden plus drei Stunden ergaben fünf Stunden. Mehr als genug Zeit, um den Killer an Ort und Stelle zu bringen. Converse wußte nicht, wie es abgelaufen war, nur *daß* es geschehen war. In Paris war es plötzlich zu hektischer Aktivität gekommen, und in New York war man einem erregten Lawrence Talbot zu einer Wohnung am Central Park gefolgt, wo jemand einen Namen, einen Mann und die Rolle erkannte, die er gegen Aquitania gespielt hatte. Wenn es anders gewesen wäre, dann wäre jetzt Talbot tot und nicht Lucas Anstett. Der Rest war eine bewußt aufgebaute Fassade, hinter der die Gefolgsleute von George Marcus Delavane die Fäden zogen.

»... und die Gerichte verdanken ihm so viel, das Land.« Talbot redete immer noch, aber Joel konnte ihm nicht länger zuhören.

»Ich muß leider weg, Larry«, sagte er und legte auf.

Es war ein abscheulicher Mord, und die Tatsache, daß er so schnell, so effizient und mit so präziser Tarnung erfolgt war, jagte Converse mehr Angst ein, als er sich eingestehen wollte.

Joseph-Joey der Nette-Albanese lenkte seinen Pontiac über die ruhige, von Bäumen gesäumte Straße in Syosset, Long Island. Er winkte einem Ehepaar in einem Garten zu. Der Mann stutzte gerade unter Anleitung seiner Frau die Hecke. Sie hielten in ihrer Arbeit inne und winkten zurück. Sehr nett. Die Nachbarn konnten ihn gut leiden. Sie fanden ihn reizend und großzügig; was kein Wunder war, wo er doch schließlich ihren Kindern erlaubte, in seinem Pool zu baden, und er ihren Eltern nur die teuersten Drinks vorsetzte, wenn sie vorbeikamen, und die größten Steaks, die Geld kaufen konnte, wenn er am Wochenende ein Barbecue-Fest veranstaltete – was er häufig tat, wobei er jedesmal andere Nachbarn einlud, damit niemand sich ausgeschlossen fühlte.

Ich bin wirklich ein netter Bursche, sinnierte Joey. Er war immer freundlich und hob nie die Stimme im Zorn, hatte für jeden nur nette Worte und ein vergnügtes Lächeln, gleichgültig, wie lausig er sich fühlte. Das ist es, *verdammt noch mal*! dachte Joey – ganz gleich, wie sehr er sich auch ärgerte, er zeigte es nie! Joey den Netten nannten sie ihn, und damit hatten sie recht. Manchmal dachte er, daß er wohl eine Art Heiliger sein müsse – Jesus Christus mochte ihm solche Gedanken verzeihen. Gerade hatte er seinen Nachbarn zugewinkt, dabei war ihm in Wirklichkeit eher danach, mit der Faust die Windschutzscheibe einzuschlagen und ihnen das Glas in den Hals zu drücken.

Aber es ging natürlich nicht um sie, es ging um das, was letzte Nacht geschehen war! Eine verrückte Nacht, ein verrückter *Hit*, alles war *verrückt*! Und dieser Kerl, den sie von der Westküste hergeholt hatten, den sie den »Major« nannten, der war der Verrückteste von allen! Und obendrein ein Sadist, so wie er den alten Mann zugerichtet hatte und auch den blöden Fragen nach zu schließen, die er gestellt hatte, die ganze Zeit brüllend. *Tutti pazzi!*

Da hatte er gerade noch in der Bronx Karten gespielt, und im nächsten Augenblick klingelte das Telefon. Sofort nach Manhattan! Dort brauchte man einen wie ihn! Also fährt er hin, und was findet er? Dieser eisenharte Richter, der gerade die Stahltüren hinter Delvecchios Jungen zugeknallt hatte! Verrückt! Natürlich werden die das mit dem alten Delvecchio in Verbindung bringen. Die Bullen und die Gerichte werden so auf ihm herumhacken, daß er von Glück reden kann, wenn er am Ende noch seinen Puff in Palermo behalten kann – falls er je nach Italien zurückkommen sollte.

Andererseits... vielleicht... dachte Joey damals, änderte sich vielleicht etwas in der Organisation. Der Alte verlor die Dinge langsam aus dem Griff. Und möglicherweise – möglicherweise – diente das Ganze dazu, ihn, Joey, zu testen. Vielleicht war er *zu* nett, zu *glatt*, um jemanden wie den alten Richter unter Druck zu setzen, der ihnen allen so viel Ärger bereitete. Nun, das war er nicht. Nein, Sir, das Nette hörte auf, wenn er eine Kanone in der Hand hatte. Das war sein

Job, sein Beruf. Der Herr Jesus entschied, wer leben und wer sterben sollte, nur daß Er durch den Mund sterblicher Männer auf der Erde sprach, die Leuten wie Joey sagten, wer umzulegen war.

Und so war es auch letzte Nacht; die Anweisung kam von einem angesehenen Mann. Obwohl Joey ihn nicht persönlich kannte, hatte er schon jahrelang von dem mächtigen *padrone* in Washington D.C. gehört. Der Name wurde nur im Flüsterton genannt, jedoch niemals laut ausgesprochen.

Joey tippte die Bremse an und verlangsamte die Fahrt, so daß er in seine Einfahrt einbiegen konnte.

Scheiße! Eines der Kinder hatte sein Fahrrad vor der Garage stehenlassen. Deshalb konnte er jetzt die automatische Tür nicht öffnen und einfach hineinfahren. Er mußte aussteigen. Scheiße! Wieder so ein Nadelstich. Er konnte nicht einmal am Randstein der Millers nebenan parken; irgend so ein Idiot hatte da seinen Wagen abgestellt. Aber das war nicht der Buick der Millers. Verdammte Scheiße!

Joey bremste den Pontiac auf halbem Weg die Einfahrt hinauf ab und stieg aus. Er ging zu dem Fahrrad und beugte sich vor. Nicht einmal auf den Ständer hatten die das Fahrrad gestellt. Und Joey bückte sich nicht gern, dazu war er zu füllig.

»Joseph Albanese!«

Joey der Nette fuhr herum, duckte sich, griff unter seine Achsel. Es gab nur eine Art von Menschen, die diesen Ton hatten. Er zog seinen .38er heraus und warf sich gegen den Kühlergrill seines Wagens.

Die Explosionen hallten durch die Nachbarschaft. Vögel flatterten aus Bäumen auf, und schrille Schreie zerrissen die nachmittägliche Ruhe. Joseph Albanese hing an der Kühlerverkleidung seines Pontiac, und ein paar Blutfäden rannen träge an dem blitzenden Chrom herunter. Joey der Nette war mitten ins Sperrfeuer gelaufen und hielt noch die Pistole in der Hand, die er erst vergangene Nacht so wirksam eingesetzt hatte. Die Ballistik würde den Beweis liefern. Der Mörder von Lucas Anstett war tot. Der Richter war das Opfer eines Gangstermordes geworden, und niemand würde erfahren, daß das Ganze mit Ereignissen in Verbindung stand, die sich Tausende Kilometer entfernt in Bonn, in Deutschland, abspielten.

Converse stand auf dem kleinen Balkon, die Hände auf das Geländer gestützt, und blickte auf den majestätischen Fluß hinter dem Grün hinunter, das die Rheinufer säumte. Es war kurz nach sieben. Im Westen versank gerade die Sonne; ihre orangeroten Strahlen säumten die schweren Wolken, die am Himmel hingen. Die Farben hatten eine hypnotische Wirkung, und die leichte Brise war angenehm kühl. Doch nichts konnte das tosende Echo in seiner Brust zum Verstummen bringen. *Wo war Fitzpatrick? Wo war sein Aktenkoffer? Die Akten?* Er versuchte, seinen Gedanken Einhalt zu gebieten, versuchte, seine Phantasie daran zu hindern, sich immer schrecklicheren Möglichkeiten hinzugeben...

Plötzlich war ein anderes Echo zu hören, das aus dem Zimmer kam. Er drehte sich rasch herum und sah Connal Fitzpatrick im Türrahmen auftauchen, damit beschäftigt, den Schlüssel aus dem Schloß zu ziehen. Dann trat Fitzpatrick zur Seite und ließ einen uniformierten Träger mit den Koffern eintreten. Er wies den Mann an, das Gepäck abzustellen, während er in der Tasche nach einem Trinkgeld suchte. Der Träger ging, und der Marineanwalt starrte Joel an. Fitzpatrick hatte keinen Aktenkoffer bei sich.

»Wo ist er?« sagte Converse, der vor Angst erstarrt war und nicht zu atmen wagte.

»Ich hab' ihn nicht abgeholt.«

»*Warum nicht?*« schrie Joel und sprang auf ihn zu.

»Ich war mir nicht sicher... vielleicht war es nur ein Gefühl, ich weiß nicht.«

»Wovon reden Sie?«

»Ich war gestern sieben Stunden auf dem Flughafen, bin dabei von einem Schalter zum anderen gegangen und habe mich nach Ihnen erkundigt«, erklärte Connal leise. »Heute nachmittag, als ich am Lufthansa-Schalter vorbeiging, war wieder derselbe Mann da. Als ich ihm zunickte, hatte ich das Gefühl, daß er mich nicht kennen wollte. Er wirkte nervös.

Zuerst verstand ich das nicht. Dann holte ich meinen Koffer, kehrte wieder zurück und beobachtete ihn. Ich erinnerte mich daran, wie er mich gestern abend angesehen hatte, und als ich diesmal an ihm vorbeiging, hätte ich schwören können, daß seine Augen immer wieder ins Flughafengebäude wanderten. Aber da herrschte ein solches Durcheinander von Leuten, daß ich nicht sicher sein konnte.«

»Sie glauben, man sei Ihnen *gefolgt*?«

»Das ist es ja gerade, ich *weiß* es nicht. Als ich in Bonn einkaufen war, bin ich von Laden zu Laden gegangen und habe mich immer wieder umgesehen, ob ich jemanden entdecken könnte. Ein paarmal dachte ich, ich würde jemanden wiedererkennen, aber ich war mir – wiederum – nicht sicher. Ich mußte immer an den Lufthansa-Angestellten denken; irgend etwas stimmte da nicht.«

»Und als Sie dann im Taxi saßen? Haben Sie ...?«

»Natürlich. Auf der Fahrt hierher habe ich die ganze Zeit durchs Rückfenster gesehen. Ein paar Wagen sind dieselbe Strecke wie wir gefahren. Aber als ich den Fahrer anwies, er solle langsamer werden, haben sie uns überholt.«

»Haben Sie darauf geachtet, wo die nach dem Überholen hinfuhren?«

»Was hätte das für einen Sinn gehabt?«

»Den hätte es schon gehabt«, sagte Joel und erinnerte sich an einen geschickten Fahrer, der einer dunkelroten Mercedes-Limousine gefolgt war.

»Ich wußte nur, daß Sie wegen des Aktenkoffers recht nervös waren. Ich weiß nicht, was in ihm ist, und ich denke, Sie wollen nicht, daß jemand anderer es erfährt.«

»Stimmt genau.«

Es klopfte an der Türe, und obwohl das Geräusch ganz leise war, wirkte es doch wie ein Donnerschlag. Die beiden Männer standen reglos da, ihre Augen hefteten sich an die Tür.

»Fragen Sie, wer da ist«, flüsterte Converse.

»*Wer ist da, bitte?*« sagte Fitzpatrick, gerade laut genug, um gehört zu werden. Eine kurze Antwort in deutscher Sprache ließ Connal aufatmen. »Schon in Ordnung. Eine Nachricht für mich vom Geschäftsführer. Wahrscheinlich will er uns ein Konferenzzimmer andrehen.« Der Marineanwalt ging zur Tür und öffnete sie.

Aber es war weder der Geschäftsführer noch ein Page oder ein Träger mit einer Nachricht. Statt dessen stand dort ein schlanker, älterer Herr in einem dunklen Anzug, ein Mann mit sehr breiten Schultern, der sich betont aufrecht hielt. Er sah zuerst Fitzpatrick an, dann wanderte sein Blick zu Converse.

»Bitte entschuldigen Sie mich, Commander«, sagte er höflich, schritt durch die Tür und ging mit ausgestreckter Hand auf Joel zu. »Herr Converse, darf ich mich vorstellen? Mein Name ist Leifhelm. Erich Leifhelm.«

11

Benommen griff Joel nach der Hand des Deutschen. Er war wie gelähmt und wußte nicht, was er sonst hätte tun sollen. »Feldmarschall ...?« stieß er hervor und bedauerte es sogleich – wenigstens hätte er die Geistesgegenwart besitzen müssen, »General« zu sagen.

»Ein alter Titel, den ich Gott sei Dank seit vielen Jahren nicht mehr gehört habe. Aber Sie schmeicheln mir. Sie haben sich für mich interessiert und etwas über meine Vergangenheit in Erfahrung gebracht.«

»Nicht sehr viel.«

»Genug, vermute ich.« Leifhelm drehte sich zu Fitzpatrick. »Ich bitte um Nachsicht für meinen kleinen Trick, Commander. Ich hielt es so für das beste.«

Fitzpatrick zuckte verwirrt die Schultern. »Die Herren kennen einander offenbar.«

»Das nicht«, widersprach der Deutsche. »Wir haben voneinander gehört. Mister Converse ist nach Bonn gekommen, um sich mit mir zu treffen, aber ich nehme an, das hat er Ihnen bereits gesagt.«

»Nein, das habe ich ihm nicht gesagt«, erklärte Joel.

Leifhelm drehte sich wieder um und sah Converse forschend an. »Aha. Vielleicht sollten wir dann unter vier Augen sprechen.«

»Ja, ich denke auch.« Joel sah zu Fitzpatrick hinüber. »Commander, ich habe Ihre Zeit lange genug in Anspruch genommen. Warum gehen Sie nicht schon zum Dinner hinunter? Ich werde später nachkommen.«

»Wie Sie wünschen, Sir«, erwiderte Connal. Der Offizier war in die Rolle eines Adjutanten geschlüpft. Er nickte und ging hinaus, wobei er die Tür fest hinter sich ins Schloß zog.

»Ein reizendes Zimmer«, begann Leifhelm und ging ein paar Schritte auf die offene Balkontüre zu. »Und mit solch reizender Aussicht.«

»Wie haben Sie mich gefunden?« fragte Converse.

»Ihn habe ich gefunden«, erwiderte der ehemalige Feldmarschall und sah Joel an. »Ein Marineoffizier, wie man mir am Empfang sagte. Wer ist er?«

»Wie?« wiederholte Converse.

»Er hat gestern abend am Flughafen einige Stunden damit verbracht, sich nach Ihnen zu erkundigen. Viele haben sich an ihn erinnert. Er ist ganz offensichtlich mit Ihnen befreundet.«

»Und Sie wußten, daß er sein Gepäck dort abgestellt hatte? Daß er zurückkommen und es abholen würde?«

»Offen gestanden, nein. Wir dachten, er würde das Ihre abholen. Wir wußten, daß Sie selbst das nicht tun würden. So, und jetzt sagen Sie mir bitte, wer er ist.«

Joel erkannte, daß es sehr wichtig war, im Moment eine gewisse Arroganz an den Tag zu legen, so wie er es auch bei Bertholdier in Paris getan hatte. Das war der einzige Weg, um von diesen Männern akzeptiert zu werden. Sie mußten in ihm Züge ihres eigenen Wesens wiedererkennen. »Er ist nicht wichtig und weiß nichts. Er ist Offizier und Anwalt in der Navy, hat schon früher in Bonn gearbeitet und ist, soweit mir bekannt ist, wegen irgendeiner persönlichen Angelegenheit hier. Ich glaube, er hat da eine Verlobte erwähnt. Ich habe ihn neulich erst kennengelernt. Wir kamen ins Gespräch, und ich erzählte ihm, daß ich um dieses Datum herum hier mit dem Flugzeug ankommen würde, woraufhin er sich erbot, mich abzuholen. Er ist beflissen und hartnäckig. Ich bin sicher, daß er von einer zivilen Kanzlei träumt. Natürlich habe ich ihn – unter den vorliegenden Umständen – benutzt. So wie Sie.«

»Natürlich.« Leifhelm lächelte; er war aalglatt. »Sie haben ihm Ihre Ankunftszeit nicht genannt?«

»Das war ja nach Paris nicht gut möglich, oder?«

»O ja, Paris. Wir müssen über Paris sprechen.«

»Ich habe mit einem Freund gesprochen, der mit der Sûreté zu tun hat. Der Mann ist gestorben.«

»Das tun solche Leute häufig.«

»Man hat mir gesagt, er sei Fahrer gewesen, ein Chauffeur. Das war er nicht.«

»Wäre es denn klüger gewesen, wenn man gesagt hätte, daß er ein Vertrauter von General Jacques Louis Bertholdier war?«

»Selbstverständlich nicht. Man sagt, ich hätte ihn getötet.«

»Das haben Sie auch. Wir nehmen an, daß es sich um eine Tat im Affekt gehandelt hat, deren Verschulden sich der Mann ohne Zweifel selbst zuzuschreiben hat.«

»Interpol ist hinter mir her.«

»Wir haben auch Freunde; die Situation wird sich ändern. Sie haben nichts zu fürchten – solange *wir* nichts zu fürchten haben.« Der Deutsche machte eine Pause und sah sich im Zimmer um. »Darf ich mich setzen?«

»Bitte. Soll ich etwas zu trinken kommen lassen?«

»Ich trinke nur ganz leichten Wein und auch davon nur wenig. Wenn *Sie* nicht wollen... Es ist nicht nötig.«

»Gut«, sagte Converse, während Leifhelm in einem Sessel vor der Balkontür Platz nahm. Joel wollte sich erst setzen, wenn er das Gefühl hatte, daß der richtige Zeitpunkt dafür gekommen war, nicht früher.

»Sie haben am Flughafen außergewöhnliche Maßnahmen ergriffen, um uns aus dem Wege zu gehen«, fuhr Leifhelm fort.

»Man ist mir aus Kopenhagen gefolgt.«

»Sehr aufmerksam von Ihnen. Sie verstehen aber doch sicher, daß Ihnen niemand etwas zuleide tun wollte.«

»Ich verstehe gar nichts. Mir hat es nur einfach nicht gefallen. Ich wußte nicht, welche Auswirkung Paris auf meine Ankunft in Bonn haben würde, was es für Sie bedeutete.«

»Was Paris für mich bedeutet?« fragte Leifhelm, aber es war nur eine rhetorische Frage. »Paris bedeutet, daß ein Mann, ein Anwalt, der sich eines falschen Namens bediente, zu einer sehr angesehenen Persönlichkeit, den viele für einen brillanten Staatsmann halten, einige sehr beunruhigende Dinge gesagt hat. Dieser Anwalt, der sich Simon nannte, sagte, er würde nach Bonn fliegen, um sich mit mir zu treffen. Dann – sicher dazu provoziert – tötet er einen Mann, woraus wir unsere Schlüsse ziehen; der Mann ist skrupellos und sehr fähig. Aber das ist alles, was wir wissen; wir würden gerne mehr wissen. Wohin er geht, mit wem er sich trifft. Würden Sie in unserer Lage anders gehandelt haben?«

Das war der Augenblick, um sich zu setzen. »Ich hätte es besser gemacht.«

»Wenn wir gewußt hätten, wie geschickt und findig Sie sind, hätten wir es vielleicht etwas weniger auffällig arrangiert. Übrigens, was ist denn in Paris geschehen? Womit hat der Mann Sie denn provoziert?«

»Er versuchte, mich am Verlassen des Hotels zu hindern.«

»Dazu hatte er keine Anweisung.«

»Dann hat er seine Anweisungen zumindest mißverstanden. Ich habe noch ein paar Schrammen an der Brust und am Hals, die das beweisen. Ich bin es nicht gewöhnt, mich handgreiflich verteidigen zu müssen, und ich hatte ganz bestimmt nicht die Absicht, den Mann zu töten. Tatsächlich wußte ich nicht, daß ich ihn getötet habe. Es war ein Unfall, ich habe in reiner Notwehr gehandelt.«

»Ja, offensichtlich. Wer wünscht sich schon solche Komplikationen?«

»Genau«, nickte Converse. »Sobald ich Mittel und Wege gefunden habe, meine letzten Stunden in Paris so zu arrangieren, daß ich das Zusammentreffen mit General Bertholdier nicht zu erwähnen brauche, werde ich zurückkehren und der Polizei erklären, was geschehen ist.«

»Das ist vielleicht leichter gesagt als getan. Man hat sie im *L'Etalon Blanc* miteinander sprechen sehen. Ohne Zweifel hat man den General im Hotel erkannt. Er ist ein sehr bekannter Mann. Nein, ich glaube, es wäre klüger, wenn Sie das uns überließen. Wir *können* das nämlich, müssen Sie wissen.«

Joel sah den Deutschen scharf an, seine Augen blickten kalt, fragend. »Ich gebe zu, daß es mit einem gewissen Risiko verbunden ist, es auf meine Art zu tun. Mir gefällt dieses Risiko nicht, und meinem Klienten wäre es auch nicht recht. Andererseits kann ich mich ja nicht von der Polizei jagen lassen.«

»Man wird die Jagd abblasen. Sie werden sich ein paar Tage versteckt halten müssen, aber dann werden aus Paris neue Instruktionen ergehen. Ihr Name wird von der Interpol-Liste verschwinden; und dann wird man Sie nicht länger suchen.«

»Ich will Garantien.«

»Gibt es eine bessere als mein Wort? Ich sage Ihnen nichts Neues, wenn ich Ihnen erkläre, daß wir viel mehr zu verlieren haben als Sie.«

Converse staunte, ließ sich aber nichts anmerken. Ob Leifhelm das nun wußte oder nicht, er hatte ihm gerade viel offenbart. Der Deutsche hatte praktisch zugegeben, daß er einer Geheimorganisation angehörte, die nicht riskieren durfte, daß ihre Existenz bekannt wurde. Das war der erste konkrete Hinweis, den Joel gehört hatte. Irgendwie war das alles zu einfach. Oder waren diese Führer von Aquitania einfach nur verängstigte alte Männer?

»Das räume ich ein«, sagte Converse und schlug die Beine übereinander. »Nun, General, Sie haben mich gefunden, bevor ich Sie gefunden habe. Aber wir waren uns ja darüber einig, daß ich in meiner Bewegungsfreiheit beschränkt bin. Wie geht es jetzt weiter?«

»Ganz genau so, wie Sie es geplant haben, Mr. Converse. In Paris haben Sie von Bonn, Tel Aviv und Johannesburg gesprochen. Sie wußten, mit wem Sie in Paris Verbindung aufnehmen mußten und wen Sie in Bonn suchen mußten. Das beeindruckt uns in hohem Maße; wir müssen davon ausgehen, daß Sie mehr wissen.«

»Ich habe Monate mit detaillierten Recherchen verbracht – selbstverständlich im Auftrag meines Klienten.«

»Aber wer sind Sie? Woher kommen Sie?«

Joel spürte einen stechenden Schmerz. Er hatte diesen Schmerz schon oft verspürt; das war seine Reaktion auf drohende Gefahr, und er hatte gelernt, dieser Reaktion zu vertrauen. »Ich bin der, den die Menschen in mir sehen sollen, General Leifhelm. Ich bin sicher, daß Sie das verstehen können.«

»Ja«, sagte der Deutsche und beobachtete ihn scharf. »Jemand, der sich dem Wind anvertraut, aber auch Kraft genug hat, zu seinem Ziel getragen zu werden.«

»Vielleicht kann man es so sagen. Und was die Frage betrifft, woher ich komme, so bin ich sicher, daß Sie das inzwischen wissen.«

Fünf Stunden. Mehr als genug Zeit, um einen Killer in Position zu bringen. Ein Mord in New York; es galt zu handeln.

»Nur stückweise, Mr. Converse. Und selbst wenn wir mehr wüßten, wie könnten wir sicher sein, daß es stimmt? Sie sind vielleicht gar nicht das, was die Leute glauben?«

»Sind Sie das, General?«

»Bravo!« sagte Leifhelm und schlug sich lachend aufs Knie. Es war ein ehrliches Lachen. »Sie sind ein guter Anwalt, mein Herr. Sie beantworten eine Frage mit einer anderen, die gleichzeitig Antwort und Anklage ist.«

»So wie die Dinge liegen, ist das nicht mehr und nicht weniger als die Wahrheit.«

»Und bescheiden sind Sie auch. Sehr lobenswert, sehr anziehend.«

Joel veränderte seine Haltung und schlug die Beine dann wieder ungeduldig übereinander. »Ich mag Komplimente nicht, General. Ich vertraue ihnen nicht – so wie die Dinge liegen. Sie erwähnten vorher meine Reiseziele, Bonn, Tel Aviv und Johannesburg. Was meinten Sie damit?«

»Nur daß wir Ihren Wünschen entsprochen haben«, sagte

Leifhelm und spreizte die Hände vor sich. »Sie brauchen diese mühsamen Reisen nicht mehr zu machen. Wir haben unsere Vertreter in Tel Aviv und Johannesburg und natürlich auch Bertholdier gebeten, nach Bonn zu kommen, zu einer Konferenz. Zu einer Konferenz mit Ihnen, Mr. Converse.«

Ich habe es *geschafft*! dachte Joel. Sie hatten Angst – waren in *Panik*, das war vielleicht sogar das treffendere Wort. Trotz des stechenden Schmerzes, der immer noch in seiner Brust wühlte, sprach er langsam und ruhig. »Ich danke Ihnen für Ihr Entgegenkommen, aber ich muß Ihnen ganz offen sagen, daß mein Klient noch nicht zu einem Gipfel bereit ist. Er wollte die einzelnen Bausteine verstehen, bevor er sich das Ganze näher betrachtet. Die Speichen tragen das Rad, Sir. Ich sollte ihm berichten, wie stark sie sind – wie stark *Sie* mir erscheinen.«

»O ja, Ihr Klient. Wer ist es, Mr. Converse?«

»Ich bin sicher, daß General Bertholdier Ihnen gesagt hat, daß ich nicht befugt bin, darüber Auskunft zu geben.«

»Sie waren in San Francisco, in Kalifornien...«

»Wo ein großer Teil meiner Recherchen stattfand«, unterbrach Joel ihn. »Das ist nicht der Ort, an dem mein Klient lebt. Obwohl ich gerne zugeben will, daß es einen Mann in San Francisco gibt – in Palo Alto, um es genau zu sagen –, den ich sehr gern als Klienten sähe.«

»Ja, ja, ich verstehe.« Leifhelm legte die Fingerspitzen gegeneinander und fuhr fort. »Soll ich Ihren Worten entnehmen, daß Sie die Konferenz hier in Bonn ablehnen?«

Converse hatte Fragen dieser Art Tausende Male gehört, wenn er mit anderen Anwälten verhandelte und eine Einigung zwischen geschäftlichen Gegnern suchte. Beide Parteien wollten dasselbe; es ging lediglich darum, die Positionen anzugleichen, so daß keine Partei zum Bittsteller wurde.

»Nun, Sie haben sich viel Mühe gemacht«, begann Joel. »Solange wir uns darüber einig sind, daß ich mit jedem von Ihnen einzeln sprechen kann, sofern ich das wünsche, sehe ich in einer Zusammenkunft keinen Schaden.« Converse gestattete sich ein sichtbar erzwungenes Lächeln, wie er es tausendmal eingesetzt hatte. »Im Interesse meines Klienten natürlich.«

»Selbstverständlich«, sagte der Deutsche. »Morgen. Sagen wir um vier Uhr nachmittags? Ich werde Ihnen einen Wagen schicken. Ich kann Ihnen versichern, mein Tisch ist ausgezeichnet.«

»Ihr Tisch?«

»Dinner, selbstverständlich. Nach unserem Gespräch.« Leifhelm erhob sich. »Das ist ein Erlebnis, auf das Sie nicht verzichten dürfen, wo Sie doch schon in Bonn sind. Ich bin für meine Dinnerpartys bekannt, Mr. Converse. Und wenn es Sie beunruhigt, treffen Sie jegliche... Sicherheitsmaßnahmen... die Sie wünschen. Leibwächter, wenn Sie wünschen. Ihre Sicherheit ist garantiert. *Mein Haus ist das Ihre.*« Den letzten Satz hatte der sonst perfekt Englisch sprechende Leifhelm in deutscher Sprache gesagt. Converse sah ihn fragend an.

»Ich spreche nicht Deutsch.«

»Eigentlich ist das ein altes spanisches Sprichwort. *Mi casa, su casa.* ›Mein Haus ist Ihr Haus.‹ Es ist mir wichtig, daß Sie sich wohl fühlen.«

»Mir auch«, sagte Joel und stand auf. »Es kommt gar nicht in Frage, daß jemand mich begleitet *oder* mir folgt. Das würde stören. Natürlich werde ich meinen Klienten darüber informieren, wo ich bin und ihm etwa den Zeitpunkt sagen, an dem er anschließend mit meinem Anruf rechnen kann. Er wird mit großem Interesse darauf warten.«

»Das kann ich mir vorstellen.« Leifhelm und Converse gingen zur Tür; der Deutsche drehte sich um und streckte dem anderen noch einmal die Hand hin. »Bis morgen also. Und ich darf meine Empfehlung wiederholen, zumindest die nächsten paar Tage hier sehr vorsichtig zu sein.«

»Ich verstehe.«

Der Killer in New York. Der Mord, um den er sich als erstes kümmern mußte – das erste von zwei Hindernissen, zwei Stiche in seiner Brust.

»Übrigens«, sagte Joel und ließ die Hand des Feldmarschalls los. »Da war heute morgen eine Nachricht in der BBC, die mich interessiert hat – so interessiert, daß ich einen Kollegen angerufen habe. Ein Mann in New York ist getötet worden, ein Richter. Es heißt, es sei ein Racheakt gewesen, ein bestellter Mord der Mafia. Wissen Sie etwas davon?«

»Ich?« fragte Leifhelm. Seine weißblonden Brauen schoben sich in die Höhe, und seine wächsernen Lippen öffneten sich. »In New York werden doch jeden Tag Dutzende von Menschen getötet, und darunter wahrscheinlich auch Richter. Weshalb sollte ich etwas davon wissen? Meine Antwort ist natürlich nein.«

»Ich dachte nur. Danke.«

»Aber... aber Sie. Sie müssen doch einen...«

»Ja, General?«

»Warum interessiert Sie dieser Richter? Warum dachten Sie, ich könnte ihn kennen?«

Converse lächelte, ein Lächeln ohne jeden Humor. »Ich sage Ihnen nichts Neues, wenn ich Ihnen erkläre, daß er unser gemeinsamer Feind war.«

»Unser...? Sie müssen sich wirklich näher erklären!«

»Dieser Mann kannte die Wahrheit. Ich habe mich von meiner Firma beurlauben lassen, um vertraulich für einen privaten Klienten tätig zu werden. Er versuchte, mich aufzuhalten, versuchte den Seniorpartner meiner Firma dazu zu bewegen, meinen Urlaub zu streichen und mich zurückzurufen.«

»Hat er ihm *Gründe* genannt?«

»Nein, nur versteckte Drohungen, in denen er auf Korruption und unkorrektes Verhalten anspielte. Weiter wollte er nicht gehen; er ist Mitglied der Anwaltskammer, konnte aber keine Beweise vorlegen. Mein Arbeitgeber weiß überhaupt nichts – er ist wütend und etwas verwirrt –, aber ich habe ihn beruhigt. Die Angelegenheit ist erledigt, und je weniger man in ihr herumstochert, desto besser ist es für uns alle.« Joel öffnete Leifhelm die Tür. »Bis morgen...« Er zögerte einen Augenblick, und obwohl er den Mann, der vor ihm stand, verabscheute, zeigten seine Augen nur Respekt. »Feldmarschall«, fügte er hinzu.

»*Gute Nacht*«, sagte Erich Leifhelm mit einem scharfen, militärisch wirkenden Nicken.

Converse überredete die Dame an der Telefonvermittlung, jemanden in den Speisesaal zu schicken, um den Amerikaner, Commander Fitzpatrick, zu holen. Das erwies sich als ziemlich schwierig, denn der Marineoffizier befand sich weder im Speisesaal noch an der Bar, sondern saß draußen auf der spanischen Terrasse, wo er mit Freunden einen Drink einnahm und den Blick auf den Rhein genoß.

»Was für gottverdammte Freunde?« fragte Joel am Telefon.

»Ein Ehepaar, das ich dort draußen kennenlernte. Ein netter Bursche – Typ leitender Angestellter, Anfang der Siebzig, würde ich meinen.«

»Und sie?« fragte Converse, dessen Anwaltsverstand sofort zu arbeiten begann.

»Vielleicht... dreißig, vierzig Jahre jünger«, erwiderte Connal.

»Kommen Sie herauf, Seemann!«

Fitzpatrick saß auf der Couch und beugte sich nach vorne, die Ellbogen auf die Knie gestützt. In seinem Gesichtsausdruck mischten sich Sorge und Erstaunen, während er Joel ansah, der, vor der offenen Balkontür stehend, eine Zigarette rauchte. »Lassen Sie mich das wiederholen«, sagte Connal argwöhnisch. »Sie wollen also, daß ich jemanden daran hindere, sich Zugang zu Ihren Militärakten zu verschaffen?«

»Nicht zu allen, nur zu einem bestimmten Teil.«

»Für wen halten Sie mich eigentlich?«

»Sie haben es für Avery getan – für *Press*. Sie können es für mich tun. Das *müssen* Sie!«

»Das war etwas anderes. Für ihn habe ich diese Akten *geöffnet*, nicht sie geschlossen.«

»Nun, Sie haben Zugang zu ihnen, Sie haben einen Schlüssel.«

»Ich bin *hier*, nicht dort. Ich kann nicht aus achttausend Meilen Entfernung etwas herausschneiden, das Ihnen nicht paßt.«

»Jemand kann es, jemand *muß* es tun! Es ist nur ein kurzer Abschnitt ganz am Ende. Das letzte Gesprächsprotokoll.«

»Ein Gesprächsprotokoll?« sagte Connal verblüfft und stand auf. »In einer Dienstakte? Sie meinen, irgendein Einsatzbericht. Denn in dem Fall wäre es...«

»Kein Bericht«, unterbrach ihn Converse und schüttelte den Kopf. »Die Entlassung... Das Gespräch vor meiner *Entlassung*. Das Zeug, das Press Halliday mir gegenüber erwähnt hat.«

»Augenblick, *Augenblick*!« Fitzpatrick hob die Hände. »Sie meinen die Bemerkung, die Sie bei der *Anhörung* anläßlich Ihrer Entlassung gemacht haben.«

»Ja, genau die. Können Sie die verschwinden lassen?«

»Ich kann es versuchen«, sagte der andere und ging durch die Verandatür zum Telefon. »Nein, ich kann mehr als es nur versuchen. Ich kann einen Befehl erteilen. Das ist der Vorteil, den einem der Dienstrang einbringt.«

»Lieutenant Senior Grade Remington, David, Juristische Abteilung, SAND PAC. Es handelt sich um einen äußerst dringenden Fall, Sailor. Hier spricht Commander Fitzpatrick. Unterbrechen Sie ihn, falls er gerade spricht.« Connal hielt die Hand über die Sprechmuschel und drehte sich zu Converse um. »Wenn Sie meinen Koffer öffnen, finden Sie eine Flasche Bourbon.«

»Sofort.«

»*Remington?*... Hallo, David, hier spricht Connal... Ja, vielen Dank, ich sage es Meagen... Nein, ich bin nicht in San Francisco, dort können Sie mich nicht erreichen. Aber hier hat sich etwas entwickelt, wo Sie sich einschalten müssen. Etwas auf meinem Terminkalender, das ich nicht mehr geschafft habe. Zunächst einmal, es handelt sich um einen Vier-Null-Notfall. Ich sage Ihnen Näheres, wenn ich wieder zurück bin, aber bis dahin müssen Sie das erledigen. Haben Sie etwas zu schreiben... Es gibt da eine Kriegsgefangenenakte unter dem Namen Converse, Joel... Lieutenant, Luftwaffe, Pilot – Flugzeugträger, Vietnam. Er ist in den sechziger Jahren entlassen worden...« Fitzpatrick blickte auf Converse hinunter, der die rechte Hand und drei Finger der linken zeigte, »... Neunzehnhundertachtundsechzig, um es genauer zu sagen...« Joel trat vor, immer noch die gespreizte rechte Hand erhoben, während die linke jetzt nur noch den Daumen zeigte. »... Juni achtundsechzig«, fügte der Anwalt hinzu und nickte. »Entlassungsort unser geliebter Standort San Diego. Haben Sie das alles? Lesen Sie es mir bitte noch einmal vor, David.«

Connal nickte beim Zuhören einige Male. »C-O-N-V-E-R-S-E, stimmt... Juni achtundsechzig, Luftwaffe, Pilot, Vietnam, Kriegsgefangenenabteilung, San Diego Entlassung. Genau, Sie haben es richtig. So, und jetzt die Einzelheiten, David. Die Entlassungsakte von diesem Converse hat einen Sperrvermerk; er bezieht sich auf die Anhörung bei seiner Entlassung, also nicht auf Waffen oder Technologie... Hören Sie gut zu, David. Mir ist zu Ohren gekommen, daß für dieses Entlassungsprotokoll möglicherweise eine Anforderung unter Freigabecode anhängig ist. Dieses Protokoll darf unter *keinen* Umständen freigegeben werden. Der Sperrvermerk bleibt und darf ohne meine Zustimmung nicht entfernt werden. Und wenn der Antrag bereits bearbeitet ist, dann liegt er immer noch innerhalb der achtundvierzigstündigen Prüffrist. Sie würgen ihn ab. Kapiert?«

Wieder hörte Fitzpatrick zu, nickte aber diesmal nicht, sondern schüttelte den Kopf. »Nein, unter keinen Umständen. Es ist mir völlig gleichgültig, wenn der Secretary of State, der Verteidigungsminister und die Navy eine gemeinsame Petition auf dem Briefbogen des Weißen Hauses einreichen, die Antwort ist trotzdem nein. Wenn jemand die Entscheidung in Zweifel zieht, dann sagen Sie ihm, daß ich meine Befugnisse als leitender Anwalt und Offizier von SAND PAC ausübe. Es gibt da irgendwo einen Paragraphen, nach dem ich Material, das mutmaßlich geheim ist, beschlagnahmen kann. Es steht da irgend etwas über Sicherheit des Abschnitts *et cetera, et cetera*. Ich kenne die Frist nicht – zweiundsiebzig Stunden oder fünf Tage oder so etwas –, suchen Sie sich den Paragraphen heraus. Vielleicht brauchen Sie ihn.«

Connal lauschte wieder, seine Stirne runzelte sich, und sein Blick wanderte zu Joel hinüber. Jetzt sprach er ganz langsam, und Converse spürte wieder das Stechen in seiner Brust. »Wo Sie mich erreichen können ...?« sagte der Marineoffizier verwirrt. Und dann lockerte sich seine Verwirrung plötzlich. »Rufen Sie Meagen in San Francisco an. Wenn ich nicht bei ihr und den Kindern bin, weiß sie, wo sie mich erreichen kann ... Nochmals vielen Dank, David. Sie kümmern sich sofort um diese Geschichte, ja? Danke ... Ich werde es Meg sagen.« Fitzpatrick legte den Hörer auf und atmete hörbar aus. »So«, sagte er, ließ die Schultern sinken und strich sich mit der Hand durch das braune Haar. »Jetzt werde ich Meagen anrufen und ihr diese Nummer geben; wenn Remington anruft, soll sie sagen, daß ich in den Bergen bin – Press hatte dort eine kleine Hütte.«

»Geben Sie ihr die Telefonnummer«, sagte Joel, »aber sagen Sie ihr sonst nichts.«

»Keine Sorge, die hat selbst genug um die Ohren.« Der Marineoffizier sah Converse an und runzelte die Stirn. »Ich dachte, Sie wollten den Bourbon holen, *Lieutenant?*«

»Yes, *Sir*, Commander!« erwiderte Joel und ging zu Fitzpatricks Koffer.

»Und wenn ich mich richtig erinnere, wollten Sie mir beim Drink eine Geschichte erzählen, die mich sehr interessiert.«

Chaim Abrahms ging eine dunkle Straße in Tel Aviv hinunter. Seine hagere Gestalt war wie üblich in eine Safarijacke und Khakihosen und Stiefel gekleidet. Auf seinem fast kahlen Schädel saß eine Baskenmütze. Die Mütze war das einzige Zugeständnis, das er an den Zweck seines nächtlichen Ausflugs gemacht hatte. Für gewöhnlich genoß er es, erkannt zu werden, und die Bewunderung, die ihm dann zuteil wurde.

»Zuallererst Jude!« war der Satz, mit dem er stets begrüßt wurde, ob es nun in Tel Aviv oder Jerusalem, gewissen Teilen von Paris oder New York war.

Der Satz war vor vielen Jahren entstanden, als die Briten ihn als jungen, für die Irgun tätigen Terroristen wegen eines Massakers in einem Palästinenserdorf in Abwesenheit zum Tode verurteilt hatten. Damals hatte er einen Ruf ausgestoßen, den man auf der ganzen Welt gehört hatte.

»Ich bin zuallererst Jude, ein Sohn Abrahams! Alles andere kommt danach, und wenn man den Kindern Abrahams das versagt, was ihnen gebührt, werden noch Ströme von Blut fließen.«

Die Briten, die 1948 keinen Wert darauf legten, einen weiteren Märtyrer zu schaffen, begnadigten ihn und gaben ihm einen kleinen Bauernhof. Aber das reichte nicht aus, um ihn wieder seßhaft zu machen. Drei Kriege hatten seine bäuerlichen Fesseln gelöst und zugleich seine Wildheit gesteigert – und sein brillantes Talent im Feld. Es war ein Talent, das sich in frühen Jahren stetiger Flucht mit einer zerrissenen winzigen Armee ausgebildet und verfeinert hatte. In einer Zeit, wo Überraschung, Schrecken, Angriff und schnelles Untertauchen die wichtigsten Taktiken waren, wo die Chancen stets den turmhoch an Waffen und Soldaten überlegenen Feind begünstigten, und wo doch das einzige Ziel der Sieg war. Später setzte er die Strategien jener Jahre in einer immer größer werdenden Kriegsmaschinerie ein, aus der dann Heer, Marine und Luftwaffe eines mächtigen Israel wurden. Mars stand am Himmel von Chaim Abrahms Vision und, abgesehen von den Propheten, war der Gott des Krieges seine Stärke, seine Daseinsberechtigung. Vom *Ramat Aviv* zum *Har Hazeytim*, von der *Rehovat* zur *Masada* des Negev war *Nakama*! sein Ruf. *Vergeltung* an den Feinden der Kinder Abrahams!

Abrahms erreichte die Kreuzung der Ibn Gabirol und der Arlosoroff-Straße. Das Licht der Straßenlampen war trübe, aber das war gut so. Man sollte ihn nicht sehen. Er mußte noch eine Straße weiter, sein Ziel war eine Adresse an der Jabotinsky-Straße, ein bescheidenes Apartmenthaus, in dem ein Mann, der scheinbar ein unwichtiger Bürokrat war, in einer bescheidenen Wohnung lebte. Wenige freilich wußten, daß dieser Mann, ein Spezialist, der einen komplizierten

Computer betrieb und dadurch mit dem größten Teil der Welt in Verbindung stand, von entscheidender Bedeutung für die weltweiten Operationen der Mossad, von Israels Abwehrdienst, war.

Abrahms flüsterte vor dem kleinen Gitter über dem Postschlitz im Vorraum seinen Namen; das Schloß in der schweren Türe klickte, und er trat ein. Dann begann der mühsame Weg über drei Stockwerke zur Wohnung hinauf.

»Etwas Wein, Chaim?«

»Whisky«, kam die kurze Antwort.

»Immer dieselbe Frage und immer dieselbe Antwort«, sagte der Spezialist. »Ich sage ›Etwas Wein, Chaim?‹ und du sagst ein Wort. ›Whisky.‹ Du würdest selbst bei der Seder Whisky trinken, wenn du damit durchkämst.«

»Das kann ich, und das tue ich.« Abrahms saß auf einem abgewetzten Ledersessel und sah sich in dem einfachen, etwas unordentlich wirkenden Zimmer um, in dem überall Bücher lagen. Und er fragte sich, wie er das stets tat, weshalb ein Mann mit solchem Einfluß so lebte. Das Gerücht ging, daß der Mossad-Offizier nicht gern Gesellschaft hatte und befürchtete, ein größeres, attraktiveres Quartier könnte vielleicht dazu führen, daß mehr Leute ihn besuchten. »Aus deinem Knurren und Grunzen am Telefon habe ich entnommen, daß du das hast, was ich brauche.«

»Ja, das habe ich«, sagte der Spezialist und brachte seinem Gast ein Glas sehr guten Scotch. »Ich habe es, aber es wird dir wahrscheinlich nicht gefallen.«

»Warum nicht?« fragte Abrahms und trank, wobei er aufmerksam über den Glasrand blickte und den Gastgeber nicht aus den Augen ließ, als der ihm gegenüber Platz nahm.

»Im wesentlichen, weil es verwirrend ist und weil man in diesem Geschäft immer vorsichtig sein muß, wenn einen etwas verwirrt. Du bist kein vorsichtiger Mann, Chaim Abrahms. Verzeih mir, wenn ich das so deutlich sage. Du sagst mir, daß dieser Converse dein Feind ist, jemand, der Israel gerne infiltrieren würde, und ich sage dir, daß ich nichts finden kann, was diesen Schluß stützt. Vor allem anderen muß ein Amateur ein tiefgreifendes persönliches Motiv haben, um sich auf diese Art von Täuschung einzulassen, diese Art von Verhalten, wenn du so willst. Es muß einen treibenden Zwang geben, so auf das Bild einer Sache einzuschlagen, die er verabscheut... Nun, es gibt ein Motiv, und es gibt auch einen Feind, für den er großen Haß empfinden muß, aber keines von beiden paßt zu dem, was du angedeutet hast. Die Information ist übrigens durch und durch verläßlich. Sie kommt von *Quang Dinh*...«

»Was, zum Teufel, ist das nun wieder?« unterbrach der General.

»Eine Spezialabteilung der nordvietnamesischen – jetzt natürlich vietnamesischen – Abwehr.«

»Und *dort* hast du Gewährsleute?«

»Wir haben sie jahrelang gefüttert – nichts schrecklich Wichtiges, aber immerhin genug, um ihr Ohr zu gewinnen. Und ihre Stimmen. Es gab Dinge, die wir wissen mußten, Waffen, die wir begreifen mußten; es hätte sein können, daß man sie einmal gegen uns einsetzt.«

»Dieser Converse war in Nordvietnam?«

»Einige Jahre als Kriegsgefangener; es gibt eine ausführliche Akte über ihn. Zuerst dachten die Vietnamesen, man könnte ihn für Propaganda einsetzen, für Radiosendungen, im Fernsehen... Er hätte seine brutale Regierung anflehen sollen, sich zurückzuziehen und mit dem Bombardement aufzuhören – all der übliche Unfug. Er konnte gut reden, bot ein gutes Bild und war ganz offensichtlich sehr amerikanisch. Anfangs führten sie ihn im Fernsehen als einen Mörder vor, der vom Himmel gefallen war und den humane Truppen vor der erzürnten Menge gerettet hatten. Sie dachten, er sei ein weicher, verzogener junger Mann, den man leicht zerbrechen und den man als Gegenleistung für eine etwas angenehmere Behandlung dazu bringen könnte, nach ihrer Pfeife zu tanzen. Was sie freilich lernen mußten, war etwas völlig anderes. Unter der weichen Schale war ein Kern aus hartem Metall. Das Seltsame war, daß dieser Kern im Laufe der Monate immer härter wurde, bis sie begriffen, daß sie – ich gebrauche ihre Worte – einen Höllenhund geschaffen hatten, aus Stahl gehämmert.«

»Höllenhund? So haben die ihn genannt?«

»Nein, nicht wörtlich. Sie nannten ihn einen häßlichen Unruhestifter, was angesichts der Herkunft dieser Bezeichnung nicht ohne Ironie ist. Was ich sagen wollte, ist, daß sie die Tatsache erkannten, daß *sie* ihn erst zu dem gemacht hatten, was er geworden war. Je härter sie ihn behandelten, desto mehr wuchs sein Widerstand.«

»Warum nicht?« sagte Abrahms mit scharfer Stimme. »Er war zornig. Du brauchst nur eine Wüstenschlange anzustoßen und zusehen, wie sie dann zuschlägt.«

»Chaim, ich kann dir versichern, daß dies nicht die normale menschliche Reaktion auf solche Umstände ist. Ein Mann kann den Verstand verlieren oder wild um sich schlagen oder sich in sich selbst zurückziehen, bis das beinahe katatonische Züge annimmt, oder er kann sich aufgeben und weinen und alles und jedes für die kleinste Freundlichkeit tun. Aber dieser Mann tat nichts davon. Seine Reaktionen waren kalkuliert, erfinderisch und bauten auf inneren Reserven auf, die ihm das Überleben ermöglichten. Er war der Anführer bei zwei Fluchtversuchen – der erste dauerte drei Tage, der zweite fünf. Als Anführer steckte man ihn in einen Käfig im Mekong-Fluß, und er entwickelte eine Methode, um die Wasserratten zu töten, indem er sie wie ein Hai von unten packte. Dann steckte man ihn in Einzelhaft, ein Loch im Boden, das zwölf Fuß tief und oben mit Stacheldraht verschlossen war. Aus diesem Loch arbeitete er sich nachts während eines schweren Regensturms nach oben, drückte den Draht weg und entkam allein. Er kämpfte sich tagelang durch den Dschungel und die Flüsse nach Süden, bis er die amerikanischen Linien erreichte. Das war keine leichte Aufgabe. Die Vietnamesen haben einen wildbesessenen Mann geschaffen, der seinen eigenen, persönlichen Krieg gewonnen hat.«

»Warum haben sie ihn vorher nicht einfach getötet?«

»Das habe ich mich selbst gefragt«, sagte der Spezialist, »und deshalb habe ich meinen Gewährsmann in Hanoi angerufen, den, der mir die Informationen geliefert hat. Er hat etwas Seltsames gesagt, etwas, das auf seine Art recht tiefgründig ist. Er sagte, er sei natürlich nicht dabeigewesen, aber seiner Ansicht nach vermutlich aus Respekt.«

»Für einen häßlichen Unruhestifter?«

»Die Kriegsgefangenschaft, Chaim, bewirkt seltsame Dinge, sowohl an den Gefangenen als auch an denen, die sie gefangen haben. Da sind so viele Faktoren im Spiel. Aggression, Widerstand, Tapferkeit, Furcht, und nicht zuletzt Neugierde – besonders wenn die Spieler aus so unterschiedlichen Kulturen wie der westlichen und aus Asien stammen. Da bilden sich häufig völlig abnorme Bande. Das verringert die nationalen Animositäten nicht, aber immerhin setzt eine Art subtiler Anerkennung ein, die diesen Männern, diesen Spielern sagt, daß sie in Wirklichkeit kein Spiel ihrer eigenen Wahl betreiben.«

»Was, in Gottes Namen, willst du damit sagen? Du klingst wie einer dieser Langweiler in der Knesset bei der Verlesung eines Positionspapiers. Ein wenig von dem und ein wenig von jenem und eine Menge Wind!«

»Du bist ganz entschieden kein höflicher Mensch. Ich versuche, dir zu erklären, daß die Vietnamesen, während dieser Converse seinen Haß und seine Besessenheit pflegte, anfingen, des Spiels müde zu werden und ihm, wie unser Gewährsmann in Hanoi andeutet, widerstrebend aus Respekt das Leben schenkten, ehe er das letztemal, diesmal mit Erfolg, floh.«

Zu Abrahms Verwirrung war der Spezialist damit offenbar am Ende angelangt. »Und?« sagte der Besucher.

»Nun, das ist alles. Da ist sein Motiv und sein Feind, aber gleichzeitig ist es auch *dein* Motiv und *dein* Feind – nur auf einem anderen Wege erreicht, natürlich. Am Ende willst du ja das Insurgententum zerschlagen, überall wo es ausbricht, die Ausbreitung der Revolutionen in der Dritten Welt eindämmen, insbesondere in den islamischen Staaten, weil du weißt, daß sie von den Marxisten – sprich den Sowjets – unterstützt werden und eine direkte Bedrohung für Israel darstellen. So oder so, die globale Bedrohung hat euch alle zusammengeführt, und nach meinem Urteil auch mit Recht. Es gibt eine Zeit und einen Ort für einen militärisch-industriellen Komplex, und das ist jetzt. Dieser Komplex muß die Regierungen der freien Welt lenken, ehe die Welt von ihren Feinden zu Grabe getragen wird.«

Wieder hielt der Spezialist inne. Chaim Abrahms sah ihn aus zusammengekniffenen Augen an und versuchte, nicht zu schreien. »*Und*?«

»Siehst du es denn nicht? Dieser Converse ist einer von euch. Alles spricht dafür. Er hat das Motiv und einen Feind, den er im grellsten Licht gesehen hat. Er ist ein hochangesehener Anwalt, der bei einer sehr konservativen Firma eine Menge Geld verdient. Seine Klienten kommen aus den reichsten Firmen und Konzernen. All dem können eure Bemühungen Nutzen bringen. Das Verwirrende liegt in seinen unorthodoxen Methoden, und die kann ich nur so erklären, indem ich sage, daß sie vielleicht bei seiner spezialisierten Arbeit *nicht* unorthodox sind. Märkte können auf Gerüchte hin zusammenbrechen; in seiner Welt genießt die Kunst der Täuschung einen hohen Respekt. Trotzdem, er will euch nicht vernichten, er will sich euch anschließen.«

Abrahms stellte sein Glas auf den Boden und erhob sich mit einiger Mühe aus dem Sessel, den Kopf eingezogen, so daß sein Kinn fast die Brust berührte. Die Hände hinter dem Rücken verschränkt, ging er schweigend auf und ab. Dann blieb er stehen und blickte auf den Spezialisten hinunter.

»Nimm einmal an, nimm es *nur an*«, sagte er, »daß die allmächtige Mossad einen Fehler gemacht hat, daß es etwas gibt, was ihr nicht gefunden habt?«

»Es fällt mir schwer, mir das vorzustellen.«

»Aber die Möglichkeit besteht doch!«

»Im Lichte der Information, die wir gesammelt haben, bezweifle ich es. Warum?«

»Weil ich etwas rieche, *deshalb*!«

Der Mann von der Mossad sah Abrahms an, als studiere er das Gesicht des Mannes zum erstenmal.

»Es gibt nur noch eine andere Möglichkeit, Chaim. Wenn dieser Converse nicht das ist, was ich beschrieben habe, was in krassem Widerspruch zu allen Daten stünde, die wir gesammelt haben, dann ist er ein Agent seiner Regierung.«

»Und das... das ist es, was ich rieche«, sagte Abrahms leise.

Jetzt war der Spezialist mit Schweigen an der Reihe. Er atmete tief, ehe er Antwort gab.

»Versuch es zuerst auf meine Art. Versuch, ihn zu akzeptieren; vielleicht ist er ehrlich. Er wird euch *irgend etwas* Konkretes geben müssen; das könnt ihr erzwingen. Und vielleicht tut er es auch nicht, weil er nicht kann.«

»Und?«

»Wenn er es nicht kann, weißt du, daß du recht hattest. Dann solltet ihr den Abstand zwischen ihm und seinen Gönnern so groß wie möglich machen. Er muß ein Paria werden, ein Mann, den man wegen Verbrechen jagt, die so wahnsinnig sind, daß niemand mehr seinen Wahnsinn in Zweifel zieht.«

»Warum ihn nicht töten?«

»Unbedingt, aber erst dann, wenn man ihm das Etikett des Wahnsinnigen angehängt hat und niemand mehr bereit ist, sich zu ihm zu bekennen. Das würde euch die Zeit verschaffen, die ihr braucht. Wann ist die Schlußphase von Aquitania? In drei, vier Wochen?«

»Ja.«

Der Spezialist erhob sich aus seinem Sessel und stellte sich nachdenklich vor den alten Soldaten. »Ich wiederhole. Versucht zuerst, ihn zu akzeptieren. Seht, ob das, was ich vorher gesagt habe, stimmt. Aber wenn dein Geruchssinn weiter anspricht, wenn es die geringste Möglichkeit gibt, daß Männer in Washington ihn mit oder gegen seinen Willen, bewußt oder unbewußt, zum Provokateur gemacht haben, dann sollt ihr euren Fall gegen ihn aufbauen und ihn den Wölfen vorwerfen. Schafft einen Paria, so wie die Nordvietnamesen einen Höllenhund geschaffen haben. Und dann tötet ihn schnell, ehe ein anderer ihn erreichen kann.«

Der junge Army-Captain und der etwas ältere Zivilist kamen aus nebeneinanderliegenden Glastüren des Pentagon und sahen einander kurz an. In ihren Blicken lag kein Erkennen.

Sie gingen getrennt die kurze Treppe hinunter und bogen in den Plattenweg ein, der zu dem riesigen Parkplatz führte. Der Offizier ging vielleicht zehn Schritte vor dem Zivilisten. Als sie die riesige Asphaltfläche erreichten, ging jeder auf seinen Wagen zu. Wenn die zwei Männer während der letzten fünfzig Sekunden von einer Kamera überwacht worden waren, würde nichts darauf hindeuten, daß sie einander kannten.

Das grüne Buick-Coupé bog plötzlich rechts ab und fuhr in den offenen Abgrund, der in die unterirdische Hotelgarage führte. Unten an der Rampe angelangt, zeigte der Fahrer dem Angestellten, der die gelbe Schranke hob und ihn durchwinkte, seinen Zimmerschlüssel. In der dritten Reihe war ein Platz frei. Der Buick schob sich langsam hinein, und der Army-Captain stieg aus.

Er ging durch die Drehtür zu den Lifts in der unteren Lobby des Hotels. Die Tür des zweiten Lifts öffnete sich, und man konnte zwei Paare sehen, die offenbar nicht so weit nach unten hatten fahren wollen. Sie lachten, als einer der Männer ein paarmal hintereinander den Knopf für die Lobby im Parterre drückte. Der Offizier drückte den Knopf für das vierzehnte Stockwerk. Sechzig Sekunden später ging er durch die Türe zum Notausgang und nahm die Treppe zum elften Stockwerk.

Der blaue Toyota-Kombi kam die Rampe herunter, der Fahrer streckte einen Zimmerschlüssel so hin, daß man die Nummer lesen konnte. Auf der Parkfläche fand er einen freien Platz in der sechsten Reihe und steuerte den kleinen Kombi vorsichtig hinein.

Der Zivilist stieg aus und sah auf die Uhr. Zufrieden ging er auf die Drehtür und die Lifts zu. Der zweite Lift war leer, und der Zivilist war versucht, den Knopf für das elfte Stockwerk zu drücken; er war müde und hätte sich gern die Treppen erspart. Aber auf der Fahrt nach oben würden andere Passagiere kommen; er hielt sich an die Regeln und drückte den Knopf neben der Ziffer *neun*.

Als er vor der Zimmertür stand, hob der Zivilist die Hand, klopfte einmal, wartete ein paar Augenblicke und klopfte dann noch zweimal. Sekunden später wurde die Türe von dem Captain geöffnet. Hinter ihm war ein dritter Mann zu sehen, ebenfalls in Uniform, wobei die Farbe und die Rangabzeichen auf einen Lieutenant der Navy schließen ließen. Er stand am Schreibtisch neben dem Telefon.

»Schön, daß Sie rechtzeitig gekommen sind«, sagte der Army-Offizier. »Der Verkehr war schrecklich. Unser Anruf sollte in ein paar Minuten kommen.«

Der Zivilist trat ein und nickte dem Navy-Offizier zu. »Was haben Sie über Fitzpatrick in Erfahrung gebracht?« fragte er.

»Er ist an einem Ort, wo er nicht sein sollte«, erwiderte der Lieutenant. »Können Sie ihn zurückholen?«

»Ich arbeite daran, aber ich weiß nicht, wo ich beginnen soll. Ich stehe ziemlich weit unten in einer hohen hierarchischen Pyramide.«

»Ist das nicht bei uns allen so?« fragte der Captain.

»Wer hätte gedacht, daß Halliday zu *ihm* geht?« fragte der Marineoffizier, und seine Stimme klang enttäuscht. »Oder, wenn er ihn schon hereinholen wollte, warum ist er nicht *zuerst* zu ihm gegangen? Oder warum hat er ihm nichts *von uns* gesagt?«

»Die beiden letzten Fragen kann ich beantworten«, sagte der Mann von der Army. »Er wollte ihn vor Folgen aus dem Pentagon schützen. Wenn wir fallen, bleibt sein Schwager sauber.«

»Und ich kann die erste Frage beantworten«, sagte der Zivilist. »Halliday ist zu Fitzpatrick gegangen, weil er nach allerletzter Analyse uns nicht vertraute. Genf hat bewiesen, daß er recht hatte.«

»Wie?« fragte der Captain abwehrend, aber ohne sich damit zu entschuldigen. »Wir hätten es nicht verhindern können.«

»Nein, das hätten wir nicht«, gab ihm der Zivilist recht.

»Aber hinterher konnten wir auch nichts unternehmen. Das war Teil der Vereinbarung. Das konnten wir uns nicht leisten.«

Das Telefon klingelte. Der Lieutenant nahm den Hörer ab und lauschte. »Mykonos«, sagte er.

2. BUCH

12

Connal Fitzpatrick saß Joel gegenüber an dem Tisch, den der Zimmerkellner hereingeholt hatte, und trank seinen letzten Kaffee. Das Dinner war zu Ende, die Geschichte erzählt und alle Fragen, die dem Marineanwalt eingefallen waren, von Converse beantwortet. Joel brauchte einen Verbündeten, der rückhaltlos zu ihm stand.

»Abgesehen von ein paar Namen und einigem Aktenmaterial weiß ich eigentlich nicht viel mehr als zuvor«, sagte Connal. »Vielleicht tue ich das, wenn ich diese Pentagon-Namen sehe. Sie sagen, Sie wissen nicht, wer sie geliefert hat?«

»Nein, die sind einfach da. Beale meinte, einige davon seien wahrscheinlich irrtümlich auf der Liste, aber andere nicht; sie müssen ja mit Delavane in Verbindung stehen.«

»Aber jemand muß sie doch geliefert haben. Es muß doch Gründe gegeben haben, sie in die Liste aufzunehmen.«

»Beale hat sie ›Entscheidungsmacher‹ bei der militärischen Beschaffung genannt.«

»Dann *muß* ich sie sehen. Ich habe schon mit solchen Leuten zu tun gehabt.«

»Sie?«

»Ja. Nicht sehr oft, aber oft genug, um mich auszukennen.«

»Warum *Sie*?«

»Im wesentlichen bei der Übersetzung juristischer Feinheiten, wenn es um Navy-Technologie ging. Ich glaube, ich erwähnte schon, daß ich vier Sprachen...«

»Ja, das haben Sie«, unterbrach ihn Joel.

»Verdammt!« rief Fitzpatrick aus und zerknüllte die Serviette in der Faust.

»Was ist denn?«

»Press *wußte*, daß ich mit diesen Ausschüssen zu tun hatte, mit den Technologie- und den Waffenleuten! Er hat mich sogar nach ihnen gefragt. Mit wem ich gesprochen hätte, wen ich mochte... wem ich vertraute. *Herrgott*! Warum ist er denn nicht zu *mir* gekommen? Ich war unter all den Leuten, die er kannte, doch die logische Wahl! Schließlich wohnte ich nur ein Stück von ihm entfernt und war sein engster Freund.«

»Das ist ja der Grund, weshalb er nicht zu Ihnen gegangen ist«, sagte Converse.

»Der blöde Kerl!« Connal hob den Blick. »Und ich hoffe nur, daß du das hörst, Press. Dann wärst du noch da und könntest zusehen, wie die Connal Zwei die Bay-Regatta gewinnt.«

»Sie scheinen wirklich zu glauben, daß er Sie noch hören kann.«

Fitzpatrick sah Joel über den Tisch an. »Ja. Sehen Sie, ich bin ein gläubiger Mensch. Ich kenne die ganzen Gründe, weshalb ich das nicht sein sollte – Press hat mir immer genügend davon aufgezählt, wenn wir uns einen angetrunken hatten –, aber ich bin trotzdem gläubig. Einmal habe ich ihm mit einem Zitat eines seiner protestantischen Vorfahren geantwortet.«

»Und wie hieß das?« fragte Joel mit freundlichem Lächeln.

»›Für Gott steckt im ehrlichen Zweifel mehr Glaube als ihn alle Erzengel besitzen.‹«

»Sehr hübsch. Das habe ich noch nie gehört.«

»Vielleicht habe ich es nicht ganz richtig hingekriegt... Aber ich muß diese Namen sehen!«

»Und ich muß meinen Aktenkoffer haben, aber ich kann ihn nicht selbst holen.«

»Also muß ich mich wohl freiwillig melden«, sagte Fitzpatrick. »Glauben Sie, daß Leifhelm recht hat? Meinen Sie, daß er Interpol wirklich zurückpfeifen kann?«

»Da bin ich nicht sicher. Um meiner unmittelbaren Beweglichkeit willen hoffe ich, daß er es kann. Aber wenn er es tut, wird mir das eine Höllenangst einjagen.«

»Da bin ich ganz Ihrer Meinung«, sagte Connal und stand auf. »Ich rufe jetzt den Empfang an und laß mir ein Taxi kommen. Geben Sie mir den Schlüssel zum Schließfach.«

Converse griff in die Tasche und holte den kleinen

Schlüssel heraus. »Leifhelm hat Sie gesehen, er könnte Sie beschatten lassen; das hat er schon einmal getan.«

»Ich werde jetzt zehnmal vorsichtiger sein. Wenn ich dasselbe Paar Scheinwerfer zweimal sehe, fahre ich in irgendeine Kneipe. Ich kenne hier ein paar.«

Joel sah auf die Uhr. »Es ist jetzt zwanzig vor zehn. Glauben Sie, Sie könnten vorher einen Abstecher zur Universität machen?«

»Dowling?«

»Er sagte, er hätte jemanden, mit dem ich mich treffen sollte. Gehen Sie einfach an ihm vorbei – oder an den beiden – und sagen Sie, daß wir alles unter Kontrolle haben, sonst nichts. So viel bin ich ihm schuldig.«

»Und wenn er versucht, mich aufzuhalten?«

»Dann ziehen Sie Ihren Ausweis heraus und sagen ihm etwas von ultrageheim oder irgend so eine aufgeblasene Phrase, die Ihnen in den Sinn kommt.«

»Spüre ich da etwa Neid?«

»Nein, nur Anerkennung. Ich weiß, wo Sie herkommen. Ich kenne den Verein.«

Fitzpatrick ging langsam über den breiten Weg an der südlichen Fassade des mächtigen Universitätsgebäudes entlang, das einmal Palast der mächtigen Erzbischöfe von Köln gewesen war. Das Mondlicht hüllte die ganze Szene ein, reflektierte sich in den Fensterreihen und verlieh den hellen Steinmauern des majestätischen Baues fast eine Dimension der Leichtigkeit. Auf der anderen Seite des Weges breitete sich über den Gartenanlagen eine gespenstische nächtliche Eleganz aus. Die stille Lieblichkeit der nächtlichen Szene beeindruckte Connal so, daß er beinahe vergaß, weshalb er hier war.

Als er dann aber eine lange, schlanke Männergestalt alleine auf einer Bank sitzen sah, erinnerte er sich wieder. Die Beine des Mannes waren ausgestreckt und übereinandergeschlagen, der Kopf von einem weichen Hut bedeckt, der aber nicht ausreichte, um das lange graublonde Haar zu bedekken, das ihm über die Schläfen und in den Nacken wuchs.

Dieser Caleb Dowling war also ein Schauspieler, dachte der Marineanwalt und amüsierte sich über die Tatsache, daß Dowling sich fast erschrocken gegeben hatte, als ihm klargeworden war, daß Connal ihn nicht kannte. Aber bei Converse war es ebenso gewesen. Offensichtlich waren sie beide eine Minderheit in einer Welt von Fernsehsüchtigen.

Fitzpatrick ging auf die Bank zu und setzte sich zwei Schritte von Dowling entfernt. Der Schauspieler sah auf, machte eine erstaunte Miene, riß den Kopf hoch und sah den anderen von der Seite an.

»*Sie?*«

»Das gestern abend tut mir leid«, sagte Connal. »Ich war wohl nicht sehr überzeugend.«

»Ein gewisser Schliff hat Ihnen gefehlt, junger Freund. Wo, zum Teufel, ist Converse?«

»Das tut mir ebenfalls leid. Er hat es nicht geschafft, aber Sie sollen sich keine Sorgen machen. Alles ist okay und unter Kontrolle.«

»Wer sagt, daß es okay ist und unter Kontrolle?« antwortete der Schauspieler verstimmt. »Ich habe Joel gesagt, daß er hierherkommen soll, und nicht, daß er einen jungen Pfadfinder als Sprachrohr schicken soll.«

»Das verbitte ich mir. Ich bin Lieutenant Commander der United States Navy und leitender Anwalt eines großen Marinestützpunkts. Mr. Converse hat einen Auftrag von uns übernommen, der ein hohes Maß an persönlicher Risikobereitschaft verlangt und für uns höchste Geheimhaltung hat. Halten Sie sich da raus, Mr. Dowling. Wir sind Ihnen – und damit spreche ich ebenso für Converse wie für meine Person – für Ihr Interesse und Ihre Großzügigkeit dankbar, aber jetzt ist der Augenblick gekommen, in dem Sie sich aus allem zurückziehen sollten. Zu Ihrem eigenen Vorteil übrigens.«

»Was ist mit Interpol? Er hat einen Menschen getötet.«

»Der selbst versucht hat, *ihn* zu töten«, fügte Fitzpatrick schnell hinzu, ganz der Anwalt, der die Aussage eines Zeugen relativiert. »Das wird intern geklärt werden, und dann werden die Anklagen zurückgezogen.«

»Sie sind ganz schön glatt, Commander«, sagte Dowling

und richtete sich auf. »Besser als Sie gestern abend waren – oder genauer gesagt, heute morgen.«

»Da war ich erregt. Ich hatte ihn verloren und mußte ihn wiederfinden. Ich mußte ihm wichtige Informationen liefern.«

Der Schauspieler schlug jetzt die Beine wieder übereinander und lehnte sich zurück, sein Arm hing locker über die Lehne der Bank. »Diese Geschichte, mit der Converse und Sie zu tun haben, das ist also eine richtige Geheimoperation?«

»Ja, hohe Geheimhaltungsstufe.«

»Und da Sie und er Anwälte sind, hat das Ganze etwas mit juristischen Unregelmäßigkeiten hier drüben zu tun, die irgendwie mit dem Militär in Verbindung stehen, stimmt das?«

»Im weitesten Sinne gesprochen, ja. Ich fürchte, mehr kann ich Ihnen nicht sagen. Converse erwähnte, es gäbe jemanden, von dem Sie wünschten, daß er ihn kennenlernt.«

»Ja, das stimmt. Ich habe da ein paar unfreundliche Dinge über ihn gesagt, aber das nehme ich zurück; er hat eben getan, was er tun mußte. Er wußte genausowenig, wer ich war, wie Sie. Ein cleverer Mann, zäh, aber fair.«

»Ich hoffe, Sie begreifen, daß Converse unter den vorliegenden Umständen Ihrem Wunsch nicht nachkommen konnte.«

»Sie genügen auch«, sagte Dowling ruhig und nahm den Arm von der Banklehne.

Connal war plötzlich beunruhigt. Hinter ihm im Mondlicht hatte sich etwas bewegt; sein Kopf fuhr herum, und er spähte über seine Schulter. Aus der schützenden Finsternis des Gebäudes, aus der pechschwarzen Deckung, die eine Türnische bot, löste sich jetzt eine Männergestalt und kam langsam über den dunkelgrünen Rasenteppich auf sie zu... ein Arm, ganz locker über einer Banklehne! Und dann ebenso locker wieder zurückgezogen. Die beiden Bewegungen waren Signale gewesen! Identität bestätigt; kommen Sie.

»Was, zum Teufel, haben Sie *vor*?« fragte Connal scharf.

»Nichts anderes, als euch zwei Knilche wieder auf den

Boden der Wirklichkeit zurückholen«, erwiderte Dowling. »Wenn meine hochgerühmten Instinkte in Ordnung sind, habe ich das Richtige getan. Wenn nicht, dann war es immer noch richtig.«

»Was?«

Der Mann trat jetzt ins helle Mondlicht. Er war kräftig gebaut und trug einen dunklen Anzug mit Krawatte; sein streng blickendes Gesicht ließ erkennen, daß er wohl Ende der Fünfzig war. Zusammen mit dem glatt zurückgekämmten grauen Haar verlieh es ihm das Aussehen eines erfolgreichen Geschäftsmannes, der im Augenblick ungeheuer zornig war. Dowling sprach weiter, während er sich von der Bank erhob.

»Commander, darf ich Ihnen Walter Peregrine vorstellen, den Botschafter der Vereinigten Staaten in der Bundesrepublik Deutschland?«

Lt. David Remington säuberte seine stahlgeränderte Brille mit einem Papiertaschentuch, das er anschließend in den Papierkorb warf. Er stand auf. Während er sich die Brille wieder aufsetzte, ging er an den Spiegel, der an der hinteren Wand seines Büros hing, und überprüfte sein Aussehen. Er glättete sein Haar, zog sich die Krawatte zurecht und sah auf seine etwas zerbeulten Hosen hinunter. Wenn man alles in Betracht zog, auch die Tatsache, daß es bereits siebzehn Uhr dreißig war und er seit acht Uhr früh an seinem Schreibtisch gesessen und keine Sekunde Ruhe gehabt hatte, wozu auch dieses verrückte Vier-Null von Fitzpatrick beigetragen hatte, sah er eigentlich noch ganz präsentabel aus. Und außerdem war Rear-Admiral Hickman, wenn es um seine Schreibtischangestellten ging, kein besonders strenger Verfechter der Kleidungsvorschriften. Er wußte ganz genau, daß die meisten seiner Anwälte in der freien Wirtschaft viel höher bezahlte Jobs haben konnten und verkniff sich daher Bemerkungen über solche Kleinigkeiten. Nun, für David Remington galt das freilich nicht. Welch anderer Job erlaubte es einem Mann schon, in der ganzen Welt herumzureisen, eine

Frau und drei Kinder in einer so feinen Wohnung unterbringen zu können und nicht dauernd unter dem schrecklichen Druck zu stehen, in einer privaten Kanzlei Karriere machen zu müssen.

Remington fragte sich, weshalb Admiral Hickman ihn zu sprechen wünschte, ganz besonders um diese Zeit, wo die meisten bereits nach Hause gegangen waren.

»Setzen Sie sich, Remington«, begann Admiral Brian Hickman das Gespräch, während er die Hand des steif vor ihm stehenden Lieutenants schüttelte und auf einen Sessel vor dem großen Schreibtisch wies. »Ich weiß nicht, wie es Ihnen geht, aber das war heute wirklich ein richtig beschissener Tag, wie ich in Ihrem Alter gesagt hätte. Ich nehme mir jetzt einen wohlverdienten Drink, Lieutenant.« Hickman ging auf die mit Kupferblech ausgeschlagene Bar an der Wand zu. »Kann ich Ihnen auch etwas bringen?«

»Ich nehme einen Schluck Weißwein, Sir, wenn Sie welchen haben.«

»Habe ich immer«, sagte der Admiral mit einer Spur von Resignation in der Stimme. »Den halte ich gewöhnlich für Leute bereit, die im Begriff sind, sich scheiden zu lassen.«

»Ich bin glücklich verheiratet, Sir.«

»Das höre ich gerne. Ich hab' inzwischen die dritte Frau – dabei hätte ich bei der ersten bleiben sollen.«

Als die Gläser gefüllt waren und beide Platz genommen hatten, sprach Hickman mit gelockerter Krawatte und in beiläufigem Tonfall – aber das, was er sagte, hörte sich für David Remington überhaupt nicht beiläufig an.

»Wer, zum Teufel, ist Joel Converse?« fragte der Admiral.

»Wie bitte, Sir?«

Der Admiral seufzte, ein Geräusch, das darauf deutete, daß er noch einmal von vorne beginnen würde. »Um zwölf Uhr einundzwanzig haben Sie sämtliche Anfragen bezüglich eines Sperrvermerks auf der Militärakte eines gewissen Lieutenant Joel Converse zurückgewiesen. Er war Pilot in Vietnam.«

»Ich weiß, was er war«, sagte Remington.

»Und um fünfzehn Uhr zwo«, fuhr Hickman nach einem Blick auf ein Blatt Papier fort, »erhalte ich ein Telex vom Fünften Marinedistrikt mit der Aufforderung, den Vermerk zu entfernen und das Material unverzüglich freizugeben. Als Grund für diese Aufforderung wurden – wie üblich – Belange der nationalen Sicherheit angegeben.« Der Admiral machte eine Pause, um an seinem Glas zu nippen; er schien es nicht eilig zu haben, obwohl er müde wirkte. »Ich habe meinem Adjutanten befohlen, Sie anzurufen und Sie zu fragen, weshalb Sie das getan haben.«

»Und ich habe ihm vollständig Auskunft gegeben, Sir«, unterbrach ihn Remington. »Ich habe auf Weisung des leitenden Anwalts von SAND PAC gehandelt und die Dienstvorschrift zitiert, aus der eindeutig hervorgeht, daß der leitende Anwalt einer Marinebasis Akten mit der Maßgabe zurückhalten kann, daß seine eigenen Ermittlungen durch Einschaltung eines Dritten gestört werden könnten. Das ist im Zivilrecht durchaus üblich, Sir. Das FBI gibt den lokalen oder städtischen Polizeibehörden selten Informationen weiter, die es selbst gesammelt hat, und begründet das immer damit, daß seine Ermittlungen durch korrupte Praktiken oder undichte Stellen kompromittiert werden könnten.«

»Und unser leitender Anwalt, Lieutenant Commander Fitzpatrick, ist augenblicklich mit Ermittlungen bezüglich eines Offiziers beschäftigt, der vor *achtzehn Jahren* entlassen wurde?«

»Das weiß ich nicht, Sir«, sagte Remington mit undurchsichtigem Blick. »Ich weiß nur, daß dies seine Anweisungen waren. Sie bleiben zweiundsiebzig Stunden gültig. Anschließend können Sie selbstverständlich den Freigabebefehl unterzeichnen. Und der Präsident kann das selbstverständlich bei Vorliegen eines nationalen Notfalls jederzeit tun.«

»Ich dachte, es wären achtundvierzig Stunden«, sagte Hickman.

»Nein, Sir. Die achtundvierzig Stunden gelten bei normalen Akten, unabhängig von der Person des Anfordernden – mit Ausnahme selbstverständlich des Präsidenten. Man nennt das die Prüfungsfrist. Die Marineabwehr fragt dann beim CIA, dem NSA und bei G-Zwo nach, um sich zu vergewissern, daß kein Material freigegeben wird, das noch als Verschlußsache gilt. Dieser Vorgang hat nichts mit den Rechten eines leitenden Anwalts zu tun.«

»Sie kennen sich gut aus in den Vorschriften, wie?«

»Ich denke ebensogut wie jeder andere Anwalt in der Navy, Sir.«

»Ich verstehe.« Der Admiral lehnte sich in seinem gepolsterten Drehstuhl zurück und legte die Füße auf den Schreibtisch. »Commander Fitzpatrick ist nicht auf dem Stützpunktgelände, nicht wahr? Sonderurlaub, wenn ich mich recht entsinne.«

»Ja, Sir. Er ist in San Francisco, bei seiner Schwester und ihren Kindern. Ihr Mann ist bei einem Raubüberfall in Genf getötet worden; die Beisetzung ist, glaube ich, morgen früh.«

»Ja, ich habe davon gelesen. Eine verdammte Geschichte... aber Sie wissen, wo Sie ihn erreichen können?«

»Ja, ich habe die Telefonnummer, Sir. Wollen Sie, daß ich ihn anrufe? Soll ich ihn über die Anforderung informieren?«

»Nein, nein«, sagte Hickman und schüttelte den Kopf. »Nicht zu einem Zeitpunkt wie diesem. Ich muß annehmen, daß sie die Vorschriften bei den anderen Dienststellen ebenfalls kennen; wenn ein so großes Sicherheitsrisiko besteht, dann wissen sie auch, wo das Pentagon ist – und nach dem letzten Gerücht hat man in Arlington inzwischen festgestellt, wo das Weiße Haus steht.« Der Admiral hielt inne, runzelte die Stirn und sah zu dem Lieutenant hinüber. »Angenommen, Sie wüßten nicht, wie Sie Fitzpatrick erreichen können?«

»Aber das weiß ich, Sir.«

»Ja, aber einmal angenommen, Sie wüßten es nicht? Und Sie würden dann eine korrekte Anforderung erhalten – unterhalb des Präsidenten, aber immer noch verdammt dringend –, dann könnten *Sie* doch die Akte freigeben, oder nicht?«

»Theoretisch könnte ich das als Stellvertreter. Solange ich die gesetzliche Verantwortung für meine Entscheidung akzeptiere.«

»Die was?«

»Nun, ich müßte davon überzeugt sein, daß die Anforderung hinreichend dringlich ist, um die vorangegangene Anweisung des leitenden Anwalts hinfällig zu machen, die ihm zweiundsiebzig Stunden für das einräumt, was er für notwendig hielt. Er schien das sehr wichtig zu nehmen, Sir. Offen gestanden, wenn es nicht zu einer Einschaltung des Präsidenten kommt, betrachte ich es als meine gesetzliche Pflicht, diese Anweisung zu befolgen.«

»Und auch als Ihre moralische Pflicht«, nickte Hickman.

»Moral hat damit nichts zu tun. Die juristische Situation ist völlig klar. Soll ich jetzt anrufen, Admiral?«

»Nein, zum Teufel damit.« Hickman nahm die Füße vom Schreibtisch. »Ich war nur neugierig, und Sie haben mich, offen gestanden, überzeugt. Fitz hätte Ihnen diese Anweisung nie ohne Grund gegeben. Der Fünfte Distrikt kann drei Tage warten, sofern sich diese Boys keine Telefonrechnungen mit Washington zulegen wollen.«

»Darf ich fragen, Sir, von wem die Anforderung kommt?«

Der Admiral sah Remington vielsagend an. »Das sage ich Ihnen in drei Tagen. Sehen Sie, ich habe auch die Rechte eines Mannes zu wahren. Aber Sie werden es ohnehin erfahren, weil Sie in Abwesenheit von Fitz ja für die Weitergabe unterschreiben müssen.« Hickman leerte sein Glas, und der Lieutenant begriff. Die Besprechung war zu Ende. Remington stand auf und trug das halbvolle Weinglas zur Bar zurück; dann nahm er Haltung an.

»Ist das alles, Sir?«

»Ja, das wär's«, sagte der Admiral und sein Blick wanderte zum Fenster, durch das man auf das Meer sehen konnte.

Der Lieutenant salutierte scharf, während Hickman die Ehrenbezeigung locker erwiderte. Dann machte der Anwalt kehrt und ging auf die Tür zu.

»Remington?«

»Ja, Sir?« antwortete der Lieutenant und drehte sich wieder um.

»Wer, zum Teufel, *ist* dieser Converse?«

»Das weiß ich nicht, Sir. Aber Commander Fitzpatrick hat gesagt, es ginge um einen Vier-Null-Fall.«

»*Herrgott*...«

Hickman griff nach dem Telefon und drückte ein paar Knöpfe. Augenblicke später sprach er mit einem Kollegen gleichen Dienstranges im Fünften Navy-Distrikt.

»Ich fürchte, Sie werden drei Tage warten müssen, Scanlon.«

»Und warum?« fragte der Admiral namens Scanlon.

»Die Sperre für die Converse-Akte gilt, soweit es SAND PAC betrifft. Wenn Sie Washington einschalten wollen, können Sie das ja tun. Dann machen wir natürlich mit.«

»Ich sagte Ihnen doch, Brian, meine Leute wollen Washington nicht einschalten. Sie haben das doch auch schon erlebt. Die machen bloß Wind, und Wind können wir nicht brauchen.«

»Nun, warum sagen Sie mir dann nicht, warum Sie diese Converse-Papiere haben wollen? Wer ist er?«

»Ich würde es Ihnen doch sagen, wenn ich könnte, das wissen Sie. Offen gestanden, ich sehe da selbst nicht so ganz klar, und das, was ich weiß, muß ich für mich behalten, darauf habe ich einen Eid abgelegt.«

»Dann sollten Sie Washington einschalten. Ich stelle mich hinter meinen obersten Juristen, der übrigens nicht einmal hier ist.«

»Er ist nicht...? Aber Sie haben doch mit ihm gesprochen.«

»Nein, mit seinem Stellvertreter, einem Lieutenant namens Remington. Er hat direkte Anweisung von seinem Vorgesetzten. Glauben Sie mir, Remington läßt sich nicht umstimmen. Ich hab' ihm die Chance gegeben, und er hat sich hinter den Vorschriften versteckt.«

»Hat er gesagt, weshalb die Sperre ausgesprochen wurde?«

»Er hatte keine Ahnung. Warum rufen Sie ihn nicht selbst an? Er ist wahrscheinlich noch unten in seinem Büro, und Sie können ja vielleicht...«

»Sie haben doch nicht etwa meinen *Namen* genannt, oder?« unterbrach Scanlon ihn, offensichtlich erregt.

»Nein, darum hatten Sie mich ja gebeten, aber in drei Tagen kennt er ihn. Er wird die Freigabe abzeichnen müssen, und dann muß ich ihm sagen, wer die Akte angefordert hat.« Hickman zögerte und explodierte dann ohne jede Warnung: »Was, zum Teufel, soll das alles, Admiral? Da gibt es einen Piloten, der vor mehr als achtzehn Jahren entlassen wurde, und plötzlich sind alle hinter ihm her. Ich bekomme ein Telex vom Fünften Navy-Distrikt, und dann rufen Sie noch an und berufen sich auf Annapolis, sagen mir aber auch nichts. Anschließend stelle ich fest, daß mein eigener leitender Jurist, ohne daß ich es weiß, diese Converse-Akte gesperrt hat und ihr einen Vier-Null-Status angehängt hat! Nun weiß ich, daß er persönliche Probleme hat und will ihn deshalb bis morgen nicht stören. Außerdem ist mir klar, daß Sie Ihr Wort gegeben haben, nichts zu sagen. Aber verdammt noch mal, jetzt sollte wirklich einer anfangen, *mir* einiges zu erklären!«

Vom anderen Ende der Leitung kam keine Antwort. Nur Atemgeräusche waren zu hören, erregtes Atmen.

»Scanlon!«

»Was haben Sie gerade gesagt?« sagte die Stimme des Admirals aus der Ferne.

»Ich werde es jedenfalls erfahren...«

»Nein, die Klassifizierung. Die Klassifizierung des Sperrvermerks.« Scanlons Stimme war kaum zu hören.

»Vier-Null-Notfall, das habe ich gesagt!«

Die Unterbrechung kam abrupt; es war nur ein Klicken zu hören. Admiral Scanlon hatte aufgelegt.

Walter Peregrine, Botschafter der Vereinigten Staaten in der Bundesrepublik Deutschland, war zornig. »Wie heißen Sie, Commander?«

»Fowler, Sir«, antwortete Fitzpatrick nach einem kurzen harten Blick auf Dowling. »Lieutenant Commander Avery Fowler, United States Navy.« Wieder sah Connal den Schauspieler an, der ihn im Mondlicht anstarrte.

»Wie ich höre, gibt es diesbezüglich Zweifel«, sagte Peregrine, dessen Blick ebenso feindselig wie der Dowlings war. »Darf ich bitte Ihren Ausweis sehen?«

»Ich trage keinen Ausweis bei mir, Sir. Das liegt im Wesen meines Auftrages, daß ich das nicht tue.« Fitzpatricks Worte kamen schnell und präzise, seine Haltung war aufrecht und selbstbewußt.

»Ich verlange einen Identitätsnachweis für Ihren Namen, Ihren Rang und Ihre vorgesetzte Dienststelle! Und zwar *jetzt*!«

»Der Name, den ich Ihnen genannt habe, ist der Name, den ich laut meinen Instruktionen zu nennen habe, falls jemand außerhalb meines Einsatzbereiches Fragen stellen sollte.«

»*Wessen* Instruktionen?« herrschte der Diplomat ihn an.

»Die meiner vorgesetzten Offiziere, Sir.«

»Soll ich daraus schließen, daß Fowler nicht Ihr korrekter Name ist?«

»Mit allem Respekt, Mr. Ambassador, mein Name ist Fowler, mein Rang ist Lieutenant Commander, und ich gehöre der Navy der Vereinigten Staaten an.«

»Was glauben Sie eigentlich, wo Sie hier sind? Hinter der Front, vom Feind gefangen? ›Name, Rang und Dienstnummer – das ist alles, was ich nach den Vorschriften der Genfer Konvention sagen muß!‹«

»Das ist alles, was ich sagen *darf*, Sir.«

»Verdammt will ich sein, wenn ich dem nicht nachgehe, Commander – falls Sie ein Commander sind. Und ebenfalls bezüglich dieses Converse, der ein sehr seltsamer Lügner zu sein scheint – im einen Augenblick noch ein Ausbund an Korrektheit und im nächsten ein sehr seltsamer Mann auf der Flucht.«

»Bitte, versuchen Sie zu verstehen, Mr. Ambassador; unser Einsatz unterliegt strenger Geheimhaltung. Er hat in keiner Weise mit Diplomatengeschäften zu tun und wird auch Ihre Aktivitäten als oberster amerikanischer Vertreter unserer Regierung nicht beeinträchtigen, aber er *ist geheim*. Ich werde meinen Vorgesetzten über dieses Gespräch berichten, und Sie werden zweifellos von ihnen hören. Und jetzt, wenn die Herren mich bitte entschuldigen wollen, muß ich weiter.«

»Das glaube ich nicht, Commander – oder wer sonst Sie auch sein mögen. Aber wenn Sie der sind, der Sie sagen, ist noch nichts passiert. Ich bin kein Narr. Niemand von den Botschaftsangehörigen wird etwas erfahren. Mr. Dowling hat darauf bestanden, und ich habe seine Bedingung akzeptiert. Sie und ich, wir beide, werden uns jetzt in einem Kommunikationsraum mit einem Zerhackertelefon einschließen, und Sie werden ein Gespräch mit Washington führen.«

»Ich wünschte, ich könnte dem zustimmen, Sir; das klingt wie ein vernünftiger Wunsch. Aber ich fürchte, auch das geht nicht.«

»Ich fürchte, Sie werden es doch tun!«

»Tut mir leid.«

»Tun Sie, was er sagt, Commander«, warf Dowling ein. »Wie der Botschafter Ihnen schon erklärt hat, hat bisher niemand etwas erfahren, und das wird auch künftig nicht geschehen. Aber Converse braucht Schutz; er befindet sich in einem fremden Land und wird von der Polizei gesucht. Und dabei spricht er nicht einmal die Sprache dieses Landes. Nehmen Sie das Angebot von Botschafter Peregrine an. Er wird sein Wort halten.«

»Bei allem Respekt, ich muß ablehnen.« Connal drehte sich um und setzte sich in Bewegung.

»*Major*!« schrie der Botschafter mit wütender Stimme. »*Halten Sie ihn auf! Halten* Sie diesen Mann auf!«

Fitzpatrick wandte sich um und sah etwas, das er nie erwartet hätte und wußte doch im gleichen Augenblick, daß er es hätte erwarten müssen. Aus dem Schatten des riesigen, majestätischen Gebäudes kam ein Mann gelaufen, ein Mann, der offensichtlich ein militärischer Untergebener des Botschafters war – ein *Angehöriger der Botschaft*! Connal erstarrte und erinnerte sich an Joels Worte:

Jene Männer, die Sie am Flughafen gesehen haben, die von der Botschaft... sie stehen auf der anderen Seite.

Unter anderen Umständen wäre Fitzpatrick stehengeblieben und hätte alles über sich ergehen lassen. Er hatte nichts Unrechtes getan; er hatte kein Gesetz gebrochen, das er kannte, und niemand konnte ihn dazu zwingen, Auskunft über persönliche Dinge zu geben, solange kein Gesetz verletzt worden war. Und dann begriff er, wie unrecht er hatte! Die Generale des George Marcus Delavane würden ihn zwingen, *konnten* ihn zwingen! Er wirbelte herum und rannte davon.

Plötzlich peitschten Schüsse, zwei Schüsse. Er warf sich zu Boden und rollte sich in den Schutz der Büsche, während eine Männerstimme durch den bereits gestörten nächtlichen Frieden brüllte.

»Du verdammter *Schweinehund*! Was, zum Teufel, bilden Sie sich eigentlich ein!«

Weitere Rufe waren zu hören, ein paar Flüche, dann kam es offenbar zu einem Handgemenge.

»Sie können doch nicht einfach einen niederknallen...! Außerdem, Sie *Dreckskerl*, könnten hier ja auch noch andere Leute sein! Kein *Wort*, Mr. Ambassador!«

Connal kroch so schnell er konnte über den Kiesweg, hob die Hände, um das Buschwerk über sich zu teilen. Im klaren Mondlicht konnte er an der Bank den Schauspieler Caleb Dowling über der Gestalt des Majors sehen, der vom Universitätsgebäude gekommen war. Sein Fuß stand auf der Kehle des am Boden liegenden Mannes, während er mit der Hand seinen ausgestreckten Arm festhielt und ihm die Waffe entwunden hatte.

»Sie sind ein blödes Schwein, Major! Oder, verdammt noch mal, vielleicht auch etwas ganz anderes!«

Fitzpatrick richtete sich langsam auf, dann sprang er auf die Füße und rannte geduckt im Schutze der Finsternis auf den Ausgang des Parks zu.

13

»Ich hatte keine andere Wahl!« sagte Connal. Der Aktenkoffer lag auf der Couch, er selbst hatte auf dem Stuhl daneben Platz genommen und zitterte noch immer.

»Beruhigen Sie sich; versuchen Sie sich zu entspannen.« Converse ging zu dem eleganten antiken Jagdtisch an der

Wand, auf dem ein großes silbernes Tablett mit Whisky, Eis und Gläsern aufgebaut war. »Sie brauchen einen Drink«, sagte er und füllte ein Glas mit Fitzpatricks Bourbon.

»Und ob! Man hat noch nie auf mich geschossen. Auf Sie schon. Herrgott, ist das *so*?«

»Genauso. Man kann es nicht glauben. Es ist unwirklich, Geräusche, die nichts mit einem zu tun haben können, bis – bis man selbst den Beweis hat. Es ist die Wirklichkeit, es ist für einen bestimmt, und es ist einem übel. Es gibt keine anschwellende Musik, nur elend ist einem.« Converse brachte dem Marineoffizier das Glas.

»Sie lassen da etwas weg«, sagte Connal und blickte zu Joel auf.

»Nein, das tue ich nicht. Wir wollen über das, was geschehen ist, nachdenken. Wenn Sie Dowling richtig verstanden haben, dann wird der Botschafter in seinem Haus nichts sagen...«

»Ich erinnere mich«, unterbrach Fitzpatrick ihn, der schnell hintereinander ein paar Schlucke von dem Bourbon nahm, Converse dabei aber nicht aus den Augen ließ. »Es stand in einer der Akten. Bei Ihrer zweiten Flucht ist ein Mann getötet worden; es war am Abend. Sie waren dicht neben ihm, als es passierte, und in der Akte stand, Sie seien für ein paar Augenblicke zum Berserker geworden. Irgendwie, erzählte dieser Zeuge – ein Sergeant, glaube ich –, haben Sie im Dschungel einen Bogen geschlagen, den Nordvietnamesen erwischt, ihn mit seinem eigenen Messer getötet und ihm das Gewehr abgenommen. Und dann haben Sie drei weitere Viets in der Gegend weggeblasen.«

Joel blieb vor dem jüngeren Mann stehen und antwortete ihm mit leiser Stimme, wobei seine Augen Zorn erkennen ließen. »Ich hasse solche Beschreibungen. Das beschwört all die Bilder herauf, die ich verabscheue. Lassen Sie sich von mir sagen, wie es war – wie es wirklich war. Ein Junge, höchstens neunzehn, mußte einmal austreten, und obwohl wir dicht beieinander waren, besaß er den Anstand, sich zehn oder fünfzehn Fuß von uns zu entfernen. Dann benutzte er Blätter, weil kein Toilettenpapier zur Verfügung stand.

Der Irre – das Wort Soldat will ich nicht an ihn verschwenden –, der ihn tötete, wartete auf genau den richtigen Augenblick und gab dann einen Feuerstoß ab, der das Gesicht des Jungen in Stücke riß. Als ich ihn erreichte, mit dem halben Gesicht in der Hand, hörte ich das Kichern, das obszöne Lachen eines obzönen Mannes, der für mich alles verkörperte, was ich widerwärtig fand – ob Nordvietnamese oder Amerikaner. Jene drei anderen Männer, jene Feinde, jene uniformierten Roboter, vermutlich mit Frauen und Kindern irgendwo in einem Dorf im Norden, hatten keine Ahnung, daß ich mich hinter sie schlich. Ich hab' sie von hinten erschossen, Herr Anwalt. Was würde Jonny Ringo dazu gesagt haben? Oder John Wayne?«

Connal blieb stumm, während Joel an den Jagdtisch ging, um sich selbst einen Whisky einzuschenken. Der Marineanwalt trank und fuhr dann fort: »Vor ein paar Stunden haben Sie gesagt, Sie wüßten, wie das wäre, was mich beschäftigt, weil Sie es selbst erlebt hätten. Nun, ich habe nicht das erlebt, was Sie erlebt haben, aber ich beginne zu erkennen, was Sie bewegt. Sie empfinden wirklich Abscheu für alles, was Aquitania verkörpert, nicht wahr? Besonders für die, die das alles steuern.«

Converse drehte sich um. »Ja, und zwar mit jeder Faser meines Körpers«, sagte er. »Deshalb müssen wir über das reden, was Sie gerade erlebt haben.«

»Ich sagte Ihnen doch, ich hatte keine Wahl. Sie sagten, die Botschaftsleute, die ich am Flughafen gesehen habe, gehören zu Delavane. Ich konnte das Risiko nicht eingehen.«

»Ich weiß. Und jetzt sind wir beide auf der Flucht, werden von unseren eigenen Leuten gejagt und von den Männern geschützt, die wir in die Falle locken wollen. Wir müssen *nachdenken*, Commander.«

Das Telefon klingelte; ein schrilles Geräusch, das sich in das Zimmer drängte. Fitzpatrick sprang auf, seine erste Reaktion war ein Erschrecken. Joel beobachtete ihn, beruhigte ihn mit seinem Blick. »Tut mir leid«, sagte Connal. »Ich bin noch immer überreizt. Ich nehme schon ab; es geht schon.« Er griff nach dem Hörer. »Ja?« Dann lauschte er ein paar

Sekunden, hielt die Hand über die Sprechmuschel und sah Converse an. »Die Überseevermittlung. San Francisco. Das ist Meagen.«

»Und das heißt Remington«, sagte Joel, dessen Kehle plötzlich trocken war und dessen Puls zu rasen begann.

»Meagen? Ja, ich bin hier. Was ist denn?« Fitzpatrick starrte auf den Boden, während seine Schwester redete; er nickte ein paarmal und seine Kinnmuskeln spannten sich vor Konzentration. »O *Gott*! ...Nein, es ist schon gut. *Wirklich*, alles ist in Ordnung. Hast du die Nummer?« Connal blickte auf das kleine Telefontischchen, auf dem zwar ein Block, aber kein Bleistift lag. Er sah zu Joel hinüber, der bereits zum Schreibtisch gegangen war und den vom Hotel bereitgelegten Kugelschreiber genommen hatte. Fitzpatrick streckte ihm die Hand hin, nahm den Kugelschreiber und schrieb eine Reihe Ziffern auf. Converse stand neben ihm, er war sich bewußt, daß er kaum atmete und daß seine Finger sich um das Glas krampften. »Danke, Meagen. Ich weiß, daß das eine schlimme Zeit für dich ist: So etwas hat dir jetzt gerade noch gefehlt... Bestimmt, Meg, ich gebe dir mein Wort darauf. Wiedersehn.« Er legte auf und behielt den Hörer einen Augenblick lang in der Hand.

»Remington hat angerufen, nicht wahr?« sagte Joel.

»Ja.«

»Was war?«

»Jemand hat versucht, an Ihre Entlassungsakte heranzukommen«, sagte Fitzpatrick, der sich herumgedreht hatte und jetzt Converse ansah. »Alles in Ordnung. Remington hat es verhindert.«

»Wer war es?«

»Ich weiß es nicht. Ich werde David anrufen müssen. Meagen hat keine Ahnung, was ein Sperrvermerk ist, geschweige denn, wer Sie sind. Die Nachricht, die sie mir durchgegeben hat, war nur ›Sperrvermerk sollte freigegeben werden‹, aber er hat es verhindert.«

»Dann ist alles in Ordnung.«

»Das habe ich auch gesagt, aber es stimmt nicht.«

»Deutlicher, verdammt.«

»Es gibt eine zeitliche Begrenzung für meine Anweisung. Ein oder zwei Tage nach dem Prüfvorgang...«

»Und das sind achtundvierzig Stunden«, unterbrach Joel.

»Ja. Sehen Sie, Sie dachten, daß das passieren würde, aber ich habe, offen gestanden, nicht damit gerechnet. Derjenige, der diese Akte angefordert hat, ist nicht irgendein Laufbursche. Sie werden diese Besprechung, die man für Sie arrangiert, verlassen und ein paar Stunden später haben Ihre neuen Freunde vielleicht schon das Zeug in der Hand. Converse, der Delavane-Hasser. Ist er jetzt der Delavane-*Jäger*?«

»Rufen Sie Remington an.« Joel ging zur Balkontür, öffnete sie und trat ins Freie. Ein paar Wolkenfetzen hatten sich vor den Mond geschoben, und weit im Osten gab es ein Wetterleuchten, das Converse an das lautlose Artilleriefeuer erinnerte, das er und die anderen fliehenden Gefangenen immer wieder in den Bergen gesehen hatten, in den Bergen, die zugleich eine Zuflucht und unerreichbar waren. Er konnte Fitzpatrick im Zimmer hören. Offenbar versuchte er, eine Verbindung mit San Diego zu bekommen. Joel griff in seine Tasche und suchte nach den Zigaretten. Er zündete sich eine an. Ob es nun die helle Flamme war, die die Bewegung beleuchtete, wußte er nicht, jedenfalls blickte er in die Richtung, in der er die Bewegung wahrgenommen hatte. Zwei Balkone entfernt, etwa neun Meter zu seiner Rechten, stand ein Mann und beobachtete ihn. Die Gestalt war nur als schattenhafte Silhouette zu erkennen; der Mann nickte in der schwachen Beleuchtung und verschwand. War es einfach nur ein anderer Gast, der zufällig ins Freie getreten war, um Luft zu schnappen? Oder hatte Aquitania einen Posten aufgestellt? Converse konnte hören, wie Fitzpatrick im Zimmer sprach. Er drehte sich um und verließ ebenfalls den Balkon.

Connal saß auf dem Stuhl neben dem Telefontisch. Er hielt den Hörer mit der linken Hand ans Ohr, während die rechte den Stift hielt. Er machte sich eine Notiz und unterbrach seinen Gesprächspartner.

»Augenblick. Sie sagen, Hickman hätte erklärt, Sie sollten nichts unternehmen, aber er wollte Ihnen nicht sagen, wer genau die Anforderung ausgestellt hat? ... Verstehe. Schön,

David, vielen Dank. Gehen Sie heute abend aus? ... So, ich kann Sie also unter dieser Nummer erreichen. Ja, ich weiß schon, diese verdammten Telefone in Sonoma. Ein einziger Regenguß, und man kann von Glück reden, wenn man eine Leitung bekommt. Nochmals, vielen Dank, David. Wiedersehn.« Fitzpatrick legte auf und sah Joel eigenartig, fast schuldbewußt an. Statt etwas zu sagen, schüttelte er den Kopf, atmete tief und runzelte die Stirn.

»Was ist denn? Was ist los?«

»Sie sollten besser zusehen, daß Sie bei dieser Besprechung morgen alles bekommen, was Sie haben wollen. Oder findet sie schon heute statt?«

»Es ist schon nach Mitternacht. Also heute. Warum?«

»Weil die Akte zwanzig Stunden später an eine Abteilung des Fünften Marine-Distrikts freigegeben wird – das ist Norfolk, und die haben einige Macht. Dann werden sie alles über Sie wissen, was Sie vor denen verborgenhalten wollen. Länger als zweiundsiebzig Stunden ist das nicht zu verhindern.«

»Besorgen Sie sich eine Verlängerung!«

Connal stand auf und sah den anderen mit hilfloser Miene an. »Mit welcher Begründung?«

»Die nationale Sicherheit, was sonst?«

»Ich würde die Gründe darlegen müssen, das wissen Sie.«

»Das weiß ich *nicht*. Verlängerungen werden aus allen möglichen Gründen gewährt. Sie brauchen mehr Zeit für die Vorbereitung. Eine Zeugenaussage hat sich verschoben – Krankheit oder ein Unfall. Oder persönliche Dinge – verdammt, die Beisetzung Ihres Schwagers, das Leid Ihrer Schwester –, die haben Sie in der Arbeit behindert!«

»Das können Sie vergessen, Joel. Wenn ich das versuche, werden sie eine Verbindung zwischen Ihnen und Press herstellen, und dann ist alles aus. Die haben ihn getötet, erinnern Sie sich?«

»Nein«, sagte Converse entschieden. »Genau andersherum.«

»Was reden Sie?«

»Ich habe darüber nachgedacht, versucht, mich in Averys Position zu versetzen. Er wußte, daß jede seiner Bewegungen beobachtet wurde, daß man vermutlich sein Telefon angezapft hatte. Er sagte, die Geographie, die Übernahmeverhandlungen, das Frühstück – eben alles hatte logisch sein müssen; es ging nicht anders. Am Ende jenes Frühstücks sagte er, wir würden, wenn ich einverstanden wäre, noch einiges besprechen müssen.«

»Und?«

»Er wußte, daß man uns zusammen gesehen hatte – das war unvermeidlich –, und ich glaube, er wollte mir klarmachen, was ich sagen sollte, wenn mich jemand von Aquitania nach ihm befragte. Er wollte alles herumdrehen und mir den Schubs geben, den ich brauchte, um an diese Männer heranzukommen.«

»Zum Teufel, wovon reden Sie?«

»Avery wollte mir den Stempel aufdrücken, den ich brauchte, um Zugang zu Delavanes Netz zu bekommen. Wir werden das nie erfahren, aber ich vermute, daß er mir sagen wollte, daß er, A. Preston Halliday, mich in Verdacht hatte, einer von *ihnen* zu sein, daß er sich in die Comm Tech-Bern-Verhandlungen hineingedrängt hätte, um mich unter Druck zu setzen, um mich *aufzuhalten*.«

»Augenblick.« Connal schüttelte den Kopf. »Press wußte nicht, was Sie tun würden oder wie Sie es tun würden.«

»Dafür gab es nur eine Möglichkeit, und das wußte er. Außerdem wußte er, daß ich zu demselben Schluß gelangen würde, sobald ich die Einzelheiten begriffen hatte. Die einzige Möglichkeit, um Delavane und seine Feldmarschälle aufzuhalten, besteht darin, Aquitania zu infiltrieren. Warum, glauben Sie denn, hat man mir so viel Geld zur Verfügung gestellt? Ich brauche es nicht, und er wußte, daß er mich nicht kaufen konnte. Aber er wußte, daß man es benutzen konnte – daß man es benutzen *mußte*, um hineinzukommen und anfangen zu können, Beweise zu sammeln... Rufen Sie Remington noch einmal an. Sagen Sie ihm, er soll einen Antrag auf Verlängerung vorbereiten.«

»Es geht nicht um Remington, es geht um den Befehlshaber von SAND PAC, einen Admiral namens Hickman. David sagte, ich müßte morgen mit einem Anruf von ihm rechnen. Ich werde mir das überlegen müssen und dann Meagen noch einmal anrufen. Hickman ist wütend; er möchte wissen, wer Sie sind und was das große Interesse an Ihrer Person zu bedeuten hat.«

»Wie gut kennen Sie diesen Hickman?«

»Ganz gut. Ich war in New London und in Galveston mit ihm zusammen. Er hat mich als Chefjuristen nach San Diego angefordert.«

Converse studierte Fitzpatricks Gesicht, wandte sich ohne ersichtlichen Grund stumm ab und ging zur offenen Balkontür. Connal sagte nichts; er verstand. Er hatte zu oft gesehen, wie Anwälte plötzlich einen Gedanken hatten, den sie erst selbst einmal ausspinnen mußten, eine Idee, von der vielleicht der Ausgang eines Prozesses abhängen konnte. Joel drehte sich langsam, fast zögernd, um.

»Tun Sie es«, begann er. »Tun Sie das, was, wie ich glaube, wahrscheinlich auch Ihr Schwager getan hätte. Führen Sie das zu Ende, wozu er keine Gelegenheit mehr bekam. Gehen Sie davon aus, daß er und ich nach dieser Übernahmekonferenz noch einmal zusammengetroffen wären. Liefern Sie mir das Sprungbrett, das ich brauche.«

»Um Ihre Worte zu gebrauchen, ›deutlicher bitte‹, Herr Anwalt.«

»Liefern Sie Hickman ein Szenario, das von A. Preston Halliday stammen könnte. Sagen Sie ihm, der Sperrvermerk muß bleiben, weil Sie Grund zu der Annahme haben, daß ich mit dem Mord an Ihrem Schwager in Verbindung stehe. Erklären Sie ihm, daß Halliday, bevor er nach Genf flog, zu Ihnen kam – was er ja getan hat – und Ihnen sagte, er wolle sich mit mir treffen, einem Anwalt der Gegenseite, den er im Verdacht hatte, in Korruptionsgeschäfte mit Exportlizenzen verwickelt zu sein, ein juristisches Aushängeschild für irgendwelche Profitgeier. Erklären Sie, Ihr Schwager hätte gesagt, daß er mich mit der Wahrheit konfrontieren wollte. Preston Halliday stand in dem Ruf, ein Missionar zu sein.«

»Aber nicht mehr in den letzten zehn, zwölf Jahren«,

verbesserte Fitzpatrick ihn. »Er hat sich dem Establishment angeschlossen und einen sehr gesunden Respekt für Geld gezeigt.«

»Die Geschichte ist es, auf die es ankommt. Das wußte er; das war einer der Gründe, weshalb er zu mir kam. Sagen Sie, Sie seien überzeugt, daß er mir alles gesagt hätte, und da in diesem Geschäft Millionen verdient werden, glauben Sie, ich hätte ihn ganz methodisch beseitigen lassen und mich selbst dadurch getarnt, daß ich bei seinem Tode zugegen war... Ich genieße den Ruf, ein methodischer Mann zu sein.«

Connal senkte den Kopf und fuhr sich mit den Fingern durchs Haar. Dann ging er tief in Gedanken an den antiken Jagdtisch. Er blieb stehen, sah sich einen der Drucke an und drehte sich wieder zu Converse um. »Wissen Sie, was Sie da von mir verlangen?«

»Ja, ich will, daß Sie mir das Sprungbrett liefern, das mich mit einem Satz mitten in diese Möchtegern-Dschingis-Khans hineinkatapultiert. Um das zu bewirken, werden Sie mit Hickman weitergehen müssen. Weil Sie so persönlich betroffen und so verdammt zornig sind – was wiederum die Wahrheit ist –, können Sie ihm sagen, daß er dem, der die Akte will, ruhig sagen kann, welche Haltung Sie einnehmen. Es handelt sich um eine nichtmilitärische Angelegenheit. Sie würden also das, was Sie wissen, den Zivilbehörden zutragen.«

»Sie verlangen also von mir, daß ich es aktenkundig mache, daß Sie meiner Ansicht nach in den Mord an meinem Schwager verwickelt sind. Damit stemple ich Sie als Killer ab. Sobald ich das einmal gesagt habe, kann ich es nicht mehr zurücknehmen.«

»Das weiß ich. Tun Sie es trotzdem.«

George Marcus Delavane wandte den Oberkörper in seinem Stuhl vor der seltsam kolorierten Landkarte an der Wand. Es war keine kontrollierte Bewegung, es war eine Bewegung, die nach Kontrolle suchte. Delavane mochte keine Behinderungen, und in diesem Augenblick erklärte ihm ein Admiral im Fünften Marine-Distrikt eine solche.

»Der Vermerk hat die Einstufung Vier-Null«, sagte Scanlon. »Um eine Freigabe zu bewirken, müßten wir das Pentagon einschalten, und ich brauche Ihnen nicht zu erklären, was das bedeutet. Nun können wir das natürlich alles tun, General, aber wir gehen das Risiko ein...«

»Ich kenne das Risiko«, unterbrach Delavane. »Das Risiko liegt in den Unterschriften, den Identitäten. Warum die Vier-Null? Wer hat das veranlaßt und *warum*?«

»Der leitende Anwalt von SAND PAC. Er ist Lieutenant Commander, sein Name ist Fitzpatrick, und in seinen Akten ist nichts zu finden, was darauf hindeutet, weshalb er es getan hat.«

»Ich will es Ihnen sagen«, sagte Delavane. »Er verbirgt etwas. Er beschützt diesen Converse.«

»Warum sollte ein Offizier der Marine unter solchen Umständen einen Zivilisten schützen? Es liegt keine Verbindung vor. Außerdem, warum sollte er Code Vier Null verwenden? Das macht doch nur auf ihn aufmerksam.«

»Es sichert auch die Akte.« Delavane machte eine Pause, fuhr dann aber fort, ehe der Admiral ihn unterbrechen konnte. »Dieser Fitzpatrick«, sagte er. »Haben Sie die Liste überprüft?«

»Er ist keiner von uns.«

»Hat man ihn je in Betracht gezogen? Oder ihn angesprochen?«

»Ich hatte keine Zeit, das zu überprüfen.« Ein Summen war zu hören, aber nicht in der Leitung, die die beiden Männer benutzten. Man konnte hören, wie Scanlon einen Knopf drückte, seine Stimme war klar und klang irgendwie amtlich. »Ja?« Schweigen, und Sekunden später war die Stimme des Admirals wieder in Palo Alto zu hören. »Es ist noch einmal Hickman.«

»Vielleicht hat er etwas für uns. Rufen Sie mich zurück.«

»Hickman würde uns überhaupt nichts geben, wenn er auch nur die leiseste Ahnung hätte, daß es uns gibt«, sagte Scanlon. »In ein paar Wochen wird er einer der ersten sein, die gehen müssen. Wenn man mich fragt, müßte man ihn erschießen.«

»Rufen Sie mich zurück«, erwiderte George Marcus Delavane und sah auf die Karte des neuen Aquitania.

Chaim Abrahms saß am Küchentisch seiner kleinen mediterranen Backsteinvilla in Tzahala, einem Vorort von Tel Aviv, wie er von pensionierten Militärs und anderen Leuten mit ausreichendem Einkommen oder Einfluß geschätzt wurde, die sich das Leben dort leisten konnten. Die Fenster standen offen, und die Brise bot etwas Linderung vor der drückenden Hitze des Sommerabends. Zwei andere Zimmer hatten Klimaanlagen und drei weitere Deckenventilatoren, aber Chaim mochte die Küche am liebsten. In der alten Zeit hatten sie immer in primitiven Küchen gesessen und die Überfälle geplant. Oft wurde Munition herumgereicht, während in einem Topf über einem Holzfeuer in der Negevwüste ein Huhn kochte.

Es war Zeit, Palo Alto anzurufen.

»Mein General, mein Freund.«

»Shalom, Chaim«, grüßte Delavane. »Wann geht es nun nach Bonn?«

»Morgen früh. Van Headmer ist schon unterwegs. Er wird um halb neun in Ben Gurion eintreffen, und dann nehmen wir zusammen die Zehn-Uhr-Maschine nach Frankfurt, wo Leifhelms Pilot uns mit der Cessna abholt.«

»Gut. Sie können sprechen.«

»*Wir* müssen jetzt sprechen«, sagte der Israeli. »Was haben Sie noch über diesen Converse erfahren?«

»Er wird mir immer rätselhafter, Chaim.«

»Ich rieche Betrug.«

»Ich auch, aber vielleicht nicht die Art von Betrug, wie ich erst glaubte. Sie wissen, wie ich die Sache eingeschätzt habe. Ich dachte, er sei bloß eine Vorhut, jemand, der von besser informierten Männern eingesetzt worden ist – Lucas Anstett darunter –, um mehr zu erfahren, als sie schon wußten oder aus Gerüchten ahnten. Ich kann mich leider der Erkenntnis nicht verschließen, daß es irgendwo ein paar undichte Stellen gegeben haben muß; damit muß man selbst bei uns rechnen und fertig werden.«

»Kommen Sie zur Sache, Marcus«, sagte der ungeduldige Abrahms.

»Heute haben sich drei Dinge ereignet«, fuhr der ehemalige General in Palo Alto fort. »Das erste davon hat mich wütend gemacht, weil ich es nicht verstehen konnte und es mich offen gestanden ein wenig beunruhigt hat.«

»Und was war es?« unterbrach ihn der Israeli.

»Jemand hat veranlaßt, daß die Dienstakten von Converse gesperrt wurden. Damit sind sie für uns unzugänglich.«

»Ja!« rief Abrahms, und in seiner Stimme klang Triumph mit.

»Was?«

»Weiter, Marcus! Ich sage es Ihnen, wenn Sie fertig sind. Was war die zweite Panne?«

»Keine Panne, Chaim. Eine Erklärung, die so vordergründig angeboten wurde, daß man sie nicht einfach vom Tisch wischen kann. Leifhelm hat angerufen und gesagt, Converse selbst hätte Anstetts Tod herbeigeführt und behaupte, erleichtert zu sein. Sonst hat er wenig gesagt, nur daß Anstett sein Feind gewesen sei – das war das Wort, das er benutzte.«

»Weil man ihn so instruiert hat!« Abrahms Stimme hallte durch die Küche. »Und was war das dritte, mein General?«

»Das verwirrendste und zugleich interessanteste – und, Chaim, Sie sollten nicht so ins Telefon brüllen. Sie sind nicht bei einer Ihrer Ansprachen im Stadion und auch nicht in der Knesset.«

»Ich bin im Feld, Marcus. In *diesem* Augenblick! Bitte fahren Sie fort, mein Freund.«

»Der Mann, der die Militärakte gesperrt hat, ist ein Marineoffizier, und Preston Halliday war sein Schwager.«

»Genf! Ja!«

»Lassen Sie das!«

»Ich bitte um Entschuldigung, mein lieber Freund. Es ist nur alles so perfekt!«

»Was auch immer Sie denken«, sagte Delavane, »die Gründe, die der Mann vorgebracht hat, könnten genau das Gegenteil beweisen. Dieser Marineoffizier, dieser Schwager, glaubt, daß Converse den Mord an Halliday eingefädelt hat.«

»Selbstverständlich! *Perfekt*!«

»Sie *werden* jetzt Ihre *Stimme* mäßigen!«

»Noch einmal, ich bitte herzlich um Entschuldigung, mein General. War das alles, was dieser Marineoffizier gesagt hat?«

»Nein, er hat dem Befehlshaber seines Stützpunkts in San Diego erklärt, daß Halliday zu ihm gekommen war und ihm gesagt hat, er würde sich in Genf mit einem Mann treffen, von dem er annähme, daß er mit illegalen Waffenexporten zu tun hätte. Ein Rechtsanwalt, der in den Diensten von Profitmachern im Waffengeschäft stünde. Er hatte die Absicht, diesen Mann, diesen internationalen Anwalt namens Converse, mit seinen Recherchen zu konfrontieren und ihm damit zu drohen, das Ergebnis seiner Nachforschungen den Behörden zu melden. Was haben wir also?«

»Einen *Betrug*!«

»Aber auf wessen *Seite*? Ihre Lautstärke überzeugt mich nicht.«

»Seien Sie überzeugt, ich habe recht. Dieser Converse ist ein Wüstenskorpion!«

»Was bedeutet das?«

»*Verstehen* Sie denn nicht? Die Mossad versteht es!«

»Die Mossad?«

»Ja! Ich habe mit unserem Spezialisten gesprochen, und er spürt das auch, was ich rieche – er räumt die Möglichkeit ein! Converse mag programmiert sein oder nicht, aber er könnte auch ein Agent seiner Regierung sein!«

»Ein Provokateur?«

»Wer weiß, Marcus? Aber das Schema ist so perfekt. Zuerst werden seine Militärakten gesperrt – sie werden uns etwas verraten, das wissen wir. Dann gibt er eine bestimmte Antwort bezüglich des Todes eines Feindes – nicht seines, sondern *unseres* Feindes – und behauptet, es wäre auch sein Feind – so einfach, so unwiderlegbar. Schließlich kommen Andeutungen auf, daß dieser Converse mit dem Mord in Genf zu tun habe – so ordentlich, so präzise zu seinem Vorteil... Wir haben es mit sehr analytisch und nüchtern denkenden Leuten zu tun, die jeden Zug in dem Schachspiel beobachten und gegen jeden Bauern einen König setzen.«

»Und doch kann man alles, was Sie sagen, auch umdrehen. Er könnte...«

»Nein, das kann er nicht!« schrie Abrahms.

»Warum, Chaim? Sagen Sie mir, warum?«

»Weil in ihm keine *Hitze*, kein *Feuer* ist! So handelt einer nicht, der *glaubt*! Wir sind nicht raffiniert, wir sind hartnäkkig!«

George Marcus Delavane sagte einige Augenblicke lang nichts, und der Israeli wußte, daß er jetzt ebenfalls nichts sagen durfte. Er wartete, bis die kalte, ruhige Stimme wieder zu hören war.

»Halten Sie Ihre Konferenz morgen ab, General. Hören Sie ihm zu und seien Sie höflich; spielen Sie das Spiel, das er spielt. Aber er darf das Haus nicht verlassen, bis ich nicht den Befehl dazu gegeben habe. Vielleicht verläßt er es nie mehr.«

»Shalom, mein Freund.«

»Shalom, Chaim.«

14

Valerie ging zu den Glastüren ihres Ateliers – die gleichen Türen, wie sie sie oben am Balkon hatte – und blickte auf die ruhigen, von der Sonne durchwärmten Wellen von Cap Ann hinaus. Sie dachte kurz an das Boot, das vor einigen Nächten so beunruhigend vor ihrem Haus Anker geworfen hatte. Es war nicht wieder aufgetaucht; was auch immer geschehen war, gehörte der Vergangenheit an, hatte Fragen, aber keine Antworten hinterlassen. Wenn sie die Augen schloß, konnte sie noch immer die Gestalt eines Mannes sehen, der aus dem Lichtschein der Kabine heraustrat, das Glühen seiner Zigarette, und sie fragte sich immer noch, was dieser Mann wollte, was er dachte. Dann erinnerte sie sich an die zwei Männer im frühen Morgenlicht, Männer, die mit Feldstechern zu ihr herübergeblickt hatten. Fragen. Keine Antworten. Waren es unerfahrene Seeleute gewesen, die einen sicheren Zufluchtshafen gefunden hatten? Fragen, keine Antworten.

Was auch immer, es gehörte der Vergangenheit an. Ein kurzes, beunruhigendes Zwischenspiel, das schwarze Phantasien in ihr ausgelöst hatte – Dämonen auf der Suche nach Logik, wie Joel gesagt hätte. *Verdammt* sollte er sein!

Der arme Joel. Der traurige Joel. Er war ein guter Mann, im Strudel seiner Konflikte gefangen. Und Val war so weit gegangen, wie sie gehen konnte. Weiterzugehen, hätte bedeutet, die eigene Identität zu verleugnen. Das würde sie nicht tun; das hatte sie nicht getan.

Sie legte ihren Pinsel auf die Palette und sah über die Dünen auf den Ozean hinaus. Er war dort draußen, weit entfernt, immer noch irgendwo in Europa. Valerie fragte sich, ob er an diesen Tag gedacht hatte. Es war ihr Hochzeitstag.

Um es zusammenzufassen, Chaim Abrahm ist im Streß und Durcheinander des täglichen Überlebenskampfes geformt worden. Es waren Jahre endloser, heftiger Scharmützel, in denen es darum ging, schneller zu denken als der Feind und ihn zu überleben – einen Feind, der nicht nur darauf aus war, ganze Siedlungen niederzumachen, sondern der die Hoffnungen der Wüstenjuden auf ein Heimatland, politische Freiheit und religiöse Selbstbestimmung vernichten wollte. Es ist also nicht schwer zu verstehen, weshalb Abrahm so ist wie er ist. Bewaffnete Macht hat für ihn in allen Dingen Vorrang vor Verhandlungen, und selbst jene in Israel, die für eine gemäßigtere Haltung plädieren, die nur auf Sicherung der Grenzen basiert, werden von ihm als Verräter gebrandmarkt. Abrahm ist ein Imperialist, der auf ein sich immer weiter ausdehnendes Israel als beherrschende Macht im ganzen Nahen Osten hofft. Als Abschluß dieses Berichts eignet sich vielleicht eine Bemerkung, die er der bekannten Aussage des Premierministers während der Invasion des Libanon, »Wir wollen keinen Zollbreit libanesischen Bodens«, hinzufügte. Abrahms Antwort, die er seinen Truppen im Feld gab – die keineswegs mehrheitlich seine Gefühle teilten –, war die folgende:

»Ganz sicher keinen Zollbreit! Das ganze verdammte Land! Dann Gaza, den Golan und die Westbank! Und warum nicht

Jordanien, dann Syrien und den Irak! Wir verfügen über die Mittel und wir haben den Willen! Wir sind die mächtigen Kinder Abrahams!«

Er ist Delavanes Schlüssel im unbeständigen Nahen Osten.

Es war beinahe Mittag, die Sonne brannte auf den kleinen Balkon herunter. Der Zimmerkellner hatte die Reste ihres späten Frühstücks abgetragen; auf dem Jagdtisch war nur eine silberne Kanne geblieben. Sie hatten stundenlang gelesen, seit gegen sechs Uhr dreißig der erste Kaffee in ihre Suite gebracht worden war. Converse legte die Akte weg und griff nach seinen Zigaretten, die auf dem Tischchen neben dem Sessel lagen. Joel sah zu Connal Fitzpatrick hinüber, der auf der Couch saß und sich über den Tisch nach vorne beugte und von einem Blatt las, während er Notizen auf den Telefonblock kritzelte. Die Bertholdier- und Leifhelm-Dossiers lagen sorgsam aufgestapelt zu seiner Linken.

Fitzpatrick blickte auf. »Was ist denn?« fragte er, als er bemerkte, daß Converse ihn anstarrte. »Machen Sie sich Gedanken wegen des Admirals?«

»Wegen wem?«

»Hickman, San Diego.«

»Unter anderem. Bei hellichtem Tag – sind Sie sicher, daß er das mit der Verlängerung gefressen hat?«

»Garantieren kann ich es nicht, aber ich sagte Ihnen ja schon, daß er mich anrufen wollte, falls man ihn unter Druck setzen würde. Ich bin verdammt sicher, daß er nichts tun wird, ohne mich zu konsultieren. Wenn er versuchen sollte, mich zu erreichen, weiß Meagen, was sie zu tun hat, und dann verstärke ich den Druck. Wenn nötig, bestehe ich auf einem Zusammentreffen mit jenen unbekannten Leuten im Fünften Distrikt. Am Ende könnten wir in einer Pattsituation sein – ich würde mich dann bereit erklären, die Akte nur dann freizugeben, wenn man mir eine komplette Untersuchung der Umstände garantiert. Patt.«

»Sie werden kein Patt bekommen, wenn Hickman zu *denen* gehört. Dann wird er seine größere Autorität einsetzen.«

»Dann hätte er Remington nicht gesagt, daß er mich anrufen soll. Er hätte überhaupt nichts gesagt; er hätte den einen Tag gewartet und es einfach laufenlassen. Ich kenne ihn. Er war nicht nur verblüfft, er war wütend. Er stellt sich hinter seine Leute und mag es nicht, wenn man ihn von außen unter Druck setzt, besonders nicht, wenn die Navy dahintersteckt. Wir warten jetzt ab, und so lange bleibt der Sperrvermerk. Ich sagte Ihnen doch, er ist viel wütender auf Norfolk als auf mich. Die sind nicht einmal bereit, ihm ihre Gründe zu nennen; sie behaupten, sie dürften das nicht.«

Converse nickte. »Schön«, sagte er. »Dann schreiben Sie es eben meinen Nerven zu. Ich habe gerade die Abrahms-Akte zu Ende gelesen. Dieser Wahnsinnige könnte den ganzen Nahen Osten alleine in die Luft sprengen und uns andere mit hineinziehen... Was halten Sie denn von Leifhelm und Bertholdier?«

»Soweit ich das den Akten entnehmen konnte, haben Sie nicht übertrieben. Diese Leute sind mehr als nur einflußreiche Exgenerale mit Händen voller Geld, das sind mächtige Symbolfiguren, um die sich eine Menge Leute sammeln können. Soviel zu den Informationen – aber für mich sind Informationen *selbst* wichtig. Woher stammen sie?«

»Das ist ein Schritt zurück. Es ist alles hier.«

»Sicher ist es das, aber wieso? Sie sagen, Beale hätte Ihnen die Akten gegeben, Press hätte das Wort ›wir‹ benutzt – ›diejenigen, hinter denen *wir* her sind‹, ›die Mittel, die *wir* dir geben können‹, ›die Verbindungen, so wie *wir* sie sehen‹.«

»Das haben wir doch besprochen«, beharrte Joel. »Der Mann in San Francisco. Der, zu dem er gegangen ist und der ihm die Fünfhunderttausend gegeben und ihn aufgefordert hat, anklagefähiges Beweismaterial gegen diese Leute auf legalem Wege zu beschaffen, damit wir sie als ganz gewöhnliche Profitmacher abstempeln können. Das ist der letzte Hohn für Superpatrioten. Vernünftig gedacht, das steht hinter dem *wir*.«

»Press und dieser unbekannte Mann in San Francisco?«

»Ja.«

»Und die konnten einfach einen Telefonhörer abnehmen

und jemanden dafür bezahlen, daß er *das hier* zusammenstellte?« Fitzpatrick deutete auf die beiden Papierstapel zu seiner Linken.

»Warum nicht? Wir leben im Zeitalter des Computers. Niemand lebt heute mehr auf einer unbekannten Insel oder in einer bislang nicht entdeckten Höhle.«

»*Das hier*«, wiederholte Connal, »sind keine Computerausdrucke. Das sind gut recherchierte, detaillierte, in die Tiefe gehende Dossiers, die auf feinste Nuancen und privateste Eigenheiten eingehen.«

»Sie können gut mit Worten umgehen, Seemann. Aber ein Mann, der eine halbe Million Dollar an die richtige Bank auf einer Insel in der Ägäis überweisen kann, kann sich so ziemlich jeden anheuern, den er mag.«

»Das hier kann er nicht anheuern.«

»Was soll das heißen?«

»Lassen Sie mich wirklich einen Schritt rückwärts tun«, sagte der Marineanwalt, stand auf und griff nach dem Blatt, das er gelesen hatte. »Ich will meine Beziehung zu Press nicht noch einmal schildern, weil es im Augenblick ein wenig weh tut, darüber nachzudenken.« Fitzpatrick machte eine Pause und registrierte den Blick in Joels Augen, die diese Art von Sentimentalität in ihrer Diskussion zurückwiesen. »Verstehen Sie mich nicht falsch«, fuhr er fort. »Es geht nicht um seinen Tod, nicht die Beisetzung; eher umgekehrt. Das ist nicht der Press Halliday, den ich kannte. Sehen Sie, ich glaube nicht, daß er uns die Wahrheit gesagt hat, Ihnen nicht und mir auch nicht.«

»Dann wissen Sie etwas, was ich nicht weiß«, sagte Converse leise.

»Ich weiß, daß es in San Francisco keinen Mann gibt, der auch nur entfernt zu der Beschreibung oder dem Bild paßt, das er Ihnen gegeben hat. Ich habe mein ganzes Leben dort gelebt, wenn man Berkeley und Stanford mit einbezieht, genau wie Press. Ich kannte alle Leute, die er kannte, besonders die wohlhabendsten, auch die exotischeren darunter. Wir haben nie Geheimnisse voreinander gehabt. Manchmal war ich Welten von ihm entfernt, aber er hat mich immer wieder informiert, wenn neue Personen dazukamen. Das hat für ihn dazugehört und ihm Spaß gemacht.«

»Das klingt ein wenig fadenscheinig. Ich bin sicher, daß er gewisse Verbindungen für sich behalten hat.«

»Nicht Verbindungen dieser Art«, sagte Connal. »Das hätte nicht zu ihm gepaßt. Nicht, wenn es um mich ging.«

»Nun, ich...«

»Und jetzt lassen Sie mich einen Schritt nach vorn tun«, unterbrach Fitzpatrick. »Diese Dossiers – ich habe sie vorher nicht gesehen, aber ich habe Hunderte von Dossiers dieser Art gesehen, vielleicht ein paar tausend, und zwar kurz bevor sie fertig waren.«

Joel richtete sich auf. »Bitte erklären Sie mir das näher, Commander.«

»Sie haben gerade den Nagel auf den Kopf getroffen, Lieutenant. Der Rang sagt es.«

»Sagt *was*?«

»Diese Dossiers sind die überarbeiteten, fertiggestellten Ergebnisse von Abwehrrecherchen. Man hat sie in der ganzen Abwehrgemeinschaft herumgeschubst, und jede Abteilung hat das ihre beigetragen – angefangen bei biografischen Daten bis zu Überwachungsergebnissen und psychiatrischen Auswertungen –, und dann haben Spezialistenteams das Ganze zusammengefügt. Das hier stammt aus den tiefsten Gründen der Regierungssafes. Dann hat man alles redigiert und Schlüsse daraus gezogen und so umgeformt, daß es wie die Arbeit einer außenstehenden, nicht der Regierung angehörenden Institution aussieht. Das Ganze riecht förmlich nach *Vertraulich, Top Secret* und *Eyes Only*.«

»Man könnte das auch recherchieren«, sagte Joel, der plötzlich nicht mehr überzeugt war.

»Nun, *das hier* kann man nicht recherchieren«, unterbrach Connal ihn und hob das Blatt mit den maschinengeschriebenen Namen, wobei sein Daumen an die beiden unteren Spalten wies, die die »Entscheidungsmacher« im Pentagon und im State Department verzeichneten. »Vielleicht fünf oder sechs – höchstens drei von jeder Seite. Aber den Rest nicht. Das hier sind Leute, die *über* denjenigen stehen, mit denen ich zu tun hatte, Männer, die ihre Arbeit unter einer Vielzahl von Titeln tun, damit man nicht an sie heran kann – weder mit Bestechung noch mit Erpressung oder Drohung. Als Sie sagten, Sie hätten Namen, vermutete ich, daß ich die meisten von ihnen kennen würde oder wenigstens die Hälfte. Aber das ist nicht der Fall. Ich kenne nur die Abteilungsleiter, Angehörige der oberen Führungsschicht, die selbst noch weiter nach oben gehen müssen und offenbar diesen Leuten hier berichten. Press kann sich diese Namen unmöglich selbst oder durch Außenstehende besorgt haben. Er hätte nicht gewußt, wo man suchen muß, und Sie hätten es auch nicht gewußt – selbst *ich* würde es nicht wissen.«

Converse stand auf. »Wissen Sie, was Sie da sagen?«

»Ja. Jemand – wahrscheinlich mehr als eine Person – tief in den Kellern von Washington hat diese Namen geliefert, so wie er oder sie das Material für diese Akten geliefert haben.«

»Wissen Sie wirklich, was Sie da sagen?«

Connal stand regungslos da und nickte. »Es fällt mir nicht leicht, das zu sagen«, begann er düster. »Press hat uns belogen. Er hat Sie mit dem, was er sagte, belogen, und mich mit dem, was er nicht sagte. Sie hängen an einem Faden, der bis nach Washington reicht. Und ich sollte nichts davon wissen.«

»Die Marionette steht in Position...« Joel sprach so leise, daß er kaum zu hören war, während er ziellos durch den Raum ging, auf das helle Sonnenlicht zu, das durch die Balkontür hereinfiel.

»Was?« fragte Fitzpatrick.

Converse drehte sich um. »Aber wenn es einen solchen Faden gibt, weshalb haben die ihn verborgen? Weshalb hat *Avery* ihn verborgen? Zu welchem Zweck?«

Der Marineanwalt blieb unbewegt, und sein Gesicht war ausdruckslos. »Ich glaube nicht, daß ich darauf antworten muß. Sie haben diese Frage gestern nachmittag selbst beantwortet, als wir über mich sprachen – und machen Sie sich nichts vor, Lieutenant, ich wußte genau, was Sie sagten. ›Ich werde Ihnen hier und da einen Namen nennen, wenn ich glaube, daß Ihnen das vielleicht eine Tür öffnet. Aber das ist alles.‹ Das waren Ihre Worte. Frei übersetzt hieß das, daß der Matrose, den Sie an Bord nahmen, vielleicht über etwas stolpern würde, aber falls die falschen Leute sich seiner bemächtigten, würden sie nicht etwas aus ihm herausprügeln können, was er nicht weiß.«

Joel nahm die Zurückweisung an, nicht nur, weil sie im Wesen zutraf, sondern weil sie ihm eine größere Wahrheit klarmachte, eine Wahrheit, die er auf Mykonos noch nicht begriffen hatte. Beale hatte ihm gesagt, daß unter den Leuten, die in Washington Fragen gestellt hatten, auch Militärs gewesen waren, die aus dem einen oder anderen Grund ihre Recherchen nicht weiterverfolgt hatten. Sie waren stumm geblieben. Aber sie hatten ihr Schweigen nicht durchgehalten. Sie hatten schließlich doch mit leiser Stimme gesprochen, bis eine andere leise Stimme aus San Francisco – ein Mann, der dank seines engen Freundes und Schwagers in San Diego wußte, an wen man herantreten mußte – die Verbindung herstellte. Sie hatten miteinander gesprochen, und aus ihren geheimen Gesprächen war ein Plan erwachsen. Sie brauchten einen Infiltrator, einen Mann mit Erfahrung, mit einem Motiv, das sie nähren konnten, den man, sobald er einmal in Gang gesetzt war, in das Labyrinth schicken konnte.

Die Erkenntnis war ein Schock, aber seltsamerweise konnte Joel an der Strategie keinen Fehler entdecken, nicht einmal an dem Schweigen, das selbst nach der Ermordung Preston Hallidays angehalten hatte. Laute Anklagen hätten jenen Tod nur sinnlos gemacht. Statt dessen waren sie still geblieben in dem Wissen, daß ihre Marionette über die Werkzeuge verfügte, um sich einen Weg durch das Labyrinth von Illegalitäten zu suchen und das zu erledigen, wozu sie selbst nicht imstande waren. Auch das begriff er. Aber eines konnte Converse nicht akzeptieren, und das war, daß er selbst als Marionette so gering eingeschätzt wurde, als jemand, den man ebenfalls opfern konnte. Er hatte es ertragen, unter den Bedingungen, die Avery Fowler – Preston Halliday – ihm geschildert hatte, ungeschützt zu bleiben, aber nicht unter diesen. Wenn er an einem Faden hing, so sollten die Puppenspieler wissen, daß er es ebenfalls wußte. Außerdem wollte er einen Namen in Bonn, eine Person, die er anrufen konnte, jemand, der zu ihnen gehörte. Die alten Regeln galten nicht länger, eine neue Dimension war hinzugekommen.

In vier Stunden würde er durch das eiserne Tor von Erich Leifhelms Villa gefahren werden. Er wollte jemanden draußen haben, einen Mann, den Fitzpatrick erreichen konnte, falls er bis Mitternacht nicht wieder herauskam. Die Dämonen drängten jetzt auf ihn ein – wütend beinahe, dachte Joel. Trotzdem gab es für ihn kein Zurück. Er war seinem Ziel so nahe, den Todesfürsten von Saigon in die Falle zu locken, dem Ziel, so viel wie möglich von dem auszugleichen, was sein Leben auf eine Art und Weise verformt hatte, wie niemand das je begreifen würde... Nein, nicht »niemand«, überlegte er. Einen Menschen gab es, der das tat, und sie hatte gesagt, sie könne ihm nicht länger helfen. Und es war auch nicht fair gewesen, ihre Hilfe zu suchen.

»Wie haben Sie sich entschieden?« fragte Connal.

»Entschieden?« erwiderte Joel erschreckt.

»Sie brauchen heute nachmittag nicht zu gehen. Werfen Sie doch alles *hin*! Das gehört in die Hände des FBI, im Verein mit der Central Intelligence Agency. Ich bin erschüttert, daß diese ominösen Hintermänner nicht den Weg gegangen sind.«

Converse setzte zur Antwort an, hielt dann aber inne. Was er sagte, mußte klar und überzeugend sein, nicht nur für Fitzpatrick, sondern auch für ihn selbst. Er glaubte zu begreifen. Er hatte in Avery Fowlers Augen – Preston Hallidays Augen – tiefe Panik gesehen und den Aufschrei in seiner Stimme gehört.

»Ist es Ihnen einmal in den Sinn gekommen, Commander, daß sie diesen Weg nicht einschlagen können? Daß wir vielleicht nicht von Männern sprechen, die einfach einen Telefonhörer aufnehmen – wie Sie das vorher sagten – und diese Räder in Bewegung setzen können? Oder, wenn sie es versuchten, würde Sie das den Kopf kosten, vielleicht sogar buchstäblich mit einem offiziellen Verweis und einer Kugel ins Genick? Was ich glaube, ist, daß sie zu einem überzeugenden Schluß gelangt sind. Die konnten nicht von innen heraus arbeiten, weil sie nicht wußten, wem sie noch vertrauen konnten.« Converse drehte sich um und ging auf seine Schlafzimmertür zu.

»Wo gehen Sie hin?« fragte Connal.

»Beales Telefonnummer in Mykonos; sie ist in meinem Aktenkoffer. Er ist mein einziger Kontakt, und ich will mit ihm sprechen. Ich möchte, daß man weiß, daß man der Marionette soeben ein Stück unerwarteten freien Willen gelassen hat.«

Drei Minuten später stand Joel am Tisch, den Telefonhörer ans Ohr gepreßt, während die Vermittlung in Athen sein Gespräch nach Mykonos weiterleitete. Fitzpatrick saß auf der Couch, Chaim Abrahms Dossier vor sich auf dem Tischchen, die Augen auf Converse gerichtet.

»Kommen Sie durch?« fragte der Marineanwalt.

»Jetzt klingelt es.« Vier- oder fünfmal war das schrille Läuten zu hören, beim siebtenmal nahm jemand den Hörer ab.

»*Herete*?«

»Dr. Beale, bitte. Dr. Edward Beale. Den Hausbesitzer. *Bitte*, holen Sie ihn für mich!« Joel drehte sich zu Fitzpatrick herum. »Sprechen Sie Griechisch?«

»Nein, aber ich habe schon überlegt, ob ich es lernen soll.«

»Tun Sie es.« Wieder lauschte Converse der Männerstimme in Mykonos. Griechische Sätze waren zu hören, aber er verstand natürlich kein Wort. »Danke! Wiedersehen!« Joel schlug ein paarmal auf die Telefongabel und hoffte, die Leitung würde noch offen bleiben und die englisch sprechende Vermittlung in Griechenland würde sich einschalten. »Vermittlung? Ist das die Vermittlung in Athen?... Gut! Ich möchte eine andere Nummer auf Mykonos. Bitte auf dieselbe Rechnung in Bonn.« Converse griff nach dem Zettel, den Halliday ihm in Genf gegeben hatte. »Die Bank von Rhodos. Die Nummer ist...«

Augenblicke später war der Bankdirektor von der Uferpromenade in der Leitung. »*Herete*?«

»Mr. Laskaris, hier spricht Joel Converse. Erinnern Sie sich an mich?«

»Natürlich... Mr. Converse?«

Der Bankier klang fern, irgendwie fremd, als wäre er verunsichert. »Ich habe versucht, Dr. Beale unter der Nummer zu erreichen, die Sie mir gaben, aber ich bekomme dort nur einen Mann, der nicht Englisch spricht. Ich dachte, Sie könnten mir vielleicht sagen, wo Beale ist.«

Am Telefon war ein tiefer Atemzug zu hören. »Das habe ich mir gedacht«, sagte Laskaris leise. »Der Mann, den Sie erreicht haben, war ein Polizeibeamter, Mr. Converse. Ich habe selbst veranlaßt, daß man ihn dort postiert. Ein Gelehrter hat viele wertvolle Dinge.«

»*Warum*? Was meinen Sie damit?«

»Dr. Beale hat heute kurz nach Sonnenaufgang in Begleitung eines anderen Mannes mit dem Boot den Hafen verlassen. Einige Fischer haben sie gesehen. Vor zwei Stunden hat man Dr. Beales Boot an den Felsen hinter dem Stephanos gefunden. Zerschellt. An Bord war niemand.«

Ich habe ihn getötet mit einem Schuppenmesser. Und dann habe ich seine Leiche über Bord geworfen. Bei den Untiefen von Stephanos, wo es immer Haie gibt.

Joel legte auf. Halliday, Anstett, Beale waren nicht mehr – seine Kontakte waren tot. Er war eine Marionette, die man losgeschnitten hatte, seine Fäden hatten sich verwirrt und führten nur noch zu Schatten.

15

Erich Leifhelms wachsgelbe Haut wurde noch bleicher, während sich seine Augen verengten und seine ausgetrocknet wirkenden weißen Lippen sich öffneten. Das Blut strömte ihm in den Kopf, als er sich am Schreibtisch in seiner Bibliothek nach vorn beugte und in den Telefonhörer sprach:

»Wie war der Name noch einmal, London?«

»Admiral Hickman. Er ist...«

»*Nein*«, unterbrach ihn der Deutsche mit scharfer Stimme. »Der andere! Der Offizier, der es abgelehnt hat, die Information freizugeben.«

»Fitzpatrick, das ist ein irischer Name. Er ist der leitende Anwalt des Marinestützpunktes San Diego.«

»Ein Lieutenant Commander Fitzpatrick?«

»Ja, aber woher wissen Sie das?«

»Unglaublich! Diese Stümper!«

«Warum?« fragte der Engländer. »Wieso?«

»Mag sein, daß er in San Diego das ist, was Sie sagen, aber er ist nicht *in* San Diego! Er ist hier in Bonn!«

»Sind Sie verrückt? Nein, natürlich nicht. Sind Sie *sicher*?«

»Er ist mit Converse zusammen! Ich habe selbst mit ihm gesprochen. Die zwei sind auf *seinen* Namen im Hotel eingetragen! Über ihn haben wir Converse gefunden!«

»Und er hat nicht versucht, seinen Namen geheimzuhalten?«

»Im Gegenteil, er hat sich mit seinen Papieren im Hotel ausgewiesen!«

»Wie verdammt drittklassig«, sagte die Stimme aus London verwirrt. »Oder wie selbstsicher«, fügte sie dann hinzu, während sich ihr Tonfall änderte. »Ein Signal? Niemand wagt es, ihn zu berühren?«

»*Unsinn*!«

»Warum?«

»Er hat mit Peregrine, dem Botschafter, gesprochen. Unser Mann war dabei. Peregrine wollte ihn festnehmen, wollte ihn gewaltsam in die Botschaft bringen lassen. Aber es gab Komplikationen; er ist entkommen.«

»Dann war unser Mann nicht besonders gut.«

»Eine Störung. Irgendein Schauspieler hat sich da eingemischt. Peregrine will nichts über den Vorgang sagen, er schweigt sich aus.«

»Was bedeutet, daß keiner diesen Marineoffizier aus Kalifornien anfassen wird«, schloß London. »Dafür gibt es einen sehr guten Grund.«

»Und der wäre?«

»Er ist der Schwager von Preston Halliday.«

»Genf! *Mein Gott,* die sind uns auf der Spur!«

»Irgend jemand, aber niemand hat sehr viel Informationen. Ich bin mir darin mit Palo Alto einig und mit unserem Spezialisten in der Mossad – und mit Abrahms auch.«

»Der Jude? Was sagte der Jude? Was *sagt* er?«

»Er behauptet, dieser Converse wäre ein Agent, den Washington blind ausgeschickt hat.«

»Was brauchen Sie mehr?«

»Er soll Ihr Haus nicht verlassen. Weitere Anweisungen folgen.«

»Eine Riesenschweinerei ist das!« schrie Admiral Hickman, der am Fenster stand und zornig auf einen blassen, halb erstarrten David Remington einredete. »Ich will eine Erklärung haben, verdammt!«

»Ich kann das nicht glauben, Sir. Ich habe gestern mit ihm gesprochen – am Mittag – und dann noch einmal am Abend vorher. Er war in Sonoma!«

»Ich auch, Lieutenant. Und wenn eine Störung in der Leitung war oder ein Echo, was hat er dann gesagt? Der Regen in den Bergen stört die Leitung?«

»Genau das hat er gesagt, Sir.«

»Er ist vor *Tagen* in Düsseldorf eingetroffen. Jetzt ist er in Bonn mit einem Mann zusammen, von dem er unter Eid behauptet hat, daß er etwas mit dem Tod seines Schwagers zu tun hätte. Denselben Mann, den er beschützt, indem er seine Akte sperrt. Dieser *Converse*!«

»Ich weiß nicht, was ich sagen soll, Sir.«

»Nun, das State Department weiß das schon und ich auch. Die verlangen jetzt, daß die Prüfung beschleunigt wird, was immer das in Ihrem Juristenkauderwelsch bedeutet.«

»Das bedeutet einfach ...«

»Das will ich nicht *hören*, Lieutenant«, sagte Hickman und ging zum Schreibtisch zurück. »Ich will, daß dieser Sperrvermerk aufgehoben wird. Haben Sie irgendwelche Einwände? Etwas, das Sie in ein oder zwei Sätze kleiden können und das ein normaler Mensch kapieren kann, ohne daß man drei weitere Paragraphenreiter zum Übersetzen braucht?«

Lieutenant Remington, einer der besten Anwälte der Navy der Vereinigten Staaten, wußte, wann man besser den Rückzug antritt. »Ich werde persönlich für Beschleunigung sorgen, Admiral. Als verantwortlicher Offizier werde ich klarstellen, daß die direkte Anweisung jetzt einer sofortigen Streichung unterliegt. Eine Anweisung dieser Art sollte und dürfte nicht unter fragwürdigen Umständen ergehen. Korrekterweise ...«

»*Das* genügt, Lieutenant«, sagte der Admiral, indem er seinem Untergebenen das Wort abschnitt und sich setzte.

»Ja, Sir.«

»Nein, das ist *noch nicht* alles!« fuhr Hickman fort und beugte sich plötzlich vor. »Wie wird dieses Protokoll freigegeben und wie schnell können Sie es in Händen halten?«

»Unter den jetzigen Voraussetzungen ist das eine Frage von Stunden, Sir, zum Mittag oder kurz danach, würde ich meinen. Man wird ein verschlüsseltes Telex an den Anforderer der Akte schicken. Aber nachdem SAND PAC nur eine Beschränkung verlangt hat und keine Anforderung ...«

»*Fordern Sie an*, Lieutenant. Bringen Sie mir die Papiere, sobald sie hier ankommen, und verlassen Sie bis dahin den Stützpunkt nicht.«

»Aye, aye, Sir!«

Die dunkelrote Mercedes-Limousine rollte über die gewundene Straße hinter den mächtigen Toren, die Erich Leifhelms Anwesen schützten. Das orangerote Licht der späten Nachmittagssonne fiel schräg durch die hohen Bäume zu beiden Seiten der Zufahrt. Die Fahrt hätte entspannend sein können, fast beeindruckend – das Spiel von Licht und Schatten in dem dichten Blattwerk bot ein eindrucksvolles Bild –, wenn da nicht etwas gewesen wäre, was die ganze Szene grotesk wirken ließ. Neben dem Wagen liefen nämlich wenigstens ein halbes Dutzend Dobermannhunde, von denen keiner einen Laut von sich gab. Es war etwas Gespenstisches an diesem stummen Rennen und den schwarzen Augen, die immer wieder zu den Fenstern hinaufblitzten, den halb aufgerissenen, hechelnden Mäulern und den freigelegten

Fängen. Und alles lautlos! Irgendwie wußte Converse, daß diese riesigen Hunde ihn in Stücke reißen würden, wenn er den Wagen verließ.

Und das stimmte auch. Die Limousine bog in eine lange, kreisförmige Zufahrt, die zu breiten braunen Marmorstufen führte, an deren Ende ein Bogen mit einer dunklen, schweren Tür zu sehen war – zweifellos Überreste einer alten, geplünderten Kathedrale. Auf der untersten Stufe stand ein Mann mit einer silbernen Pfeife an den Lippen. Wieder war kein Laut zu hören, aber plötzlich ließen die Tiere von dem Wagen ab, liefen zu dem Mann und blickten ihn mit herunterhängenden Lefzen und bebenden Flanken an.

»Bitte, warten Sie«, sagte der Chauffeur in einem Englisch mit starkem deutschen Akzent. Dann stieg er aus und eilte um den Wagen herum zu Joels Tür. Er öffnete sie. »Wenn Sie jetzt bitte aussteigen würden und sich zwei Schritte vom Wagen entfernen. Nur zwei Schritte, Sir.« Der Chauffeur hielt jetzt einen schwarzen Gegenstand in der Hand, an dem ein rundes Metallrohr zu erkennen war – das Ganze sah wie ein überdimensioniertes Kaminfeuerzeug aus.

»Was ist das?« fragte Converse nicht besonders freundlich.

»Schutz, Sir. Für Sie. Die Hunde, Sir. Sie sind darauf abgerichtet, schwere Metallgegenstände zu finden.«

Joel blieb stehen, während der Deutsche den elektronischen Detektor über seine Kleidung, seine Schuhe, die Schenkel und seinen Rücken führte. »Glauben Sie denn wirklich, daß ich mit einer Waffe herkommen würde?«

»Ich glaube gar nichts, Sir. Ich tue, was man mir sagt.«

»Wie originell«, murmelte Converse und sah zu, wie der Mann auf der Marmortreppe wieder die silberne Pfeife zu den Lippen führte. Die Phalanx der Dobermänner warf sich mit einem einzigen Satz nach vorne. Erschreckt packte Joel den Chauffeur und riß den Deutschen vor sich. Der Mann drehte nur den Kopf herum und grinste, als die Hunde nach rechts abbogen und den Bogen der Abfahrt hinunterhetzten, auf die Straße zu, die sich zwischen den Bäumen verlor.

»Sie brauchen sich nicht zu entschuldigen, mein Herr«, sagte der Chauffeur. »Das passiert oft.«

»Ich hatte nicht vor, mich zu entschuldigen«, erwiderte Converse ausdruckslos, während er den Mann losließ. »Ich hatte vor, Ihnen den Hals zu brechen.« Der Deutsche entfernte sich, während Joel regungslos stehenblieb, von seinen eigenen Worten verblüfft. Er hatte seit mehr als fünfzehn Jahren keine solchen Worte mehr gesprochen. Vorher ja, aber er hatte versucht, sich nicht mehr daran zu erinnern.

»Diese Richtung, bitte, Sir«, sagte der Mann auf der Treppe mit eigenartigem, aber deutlich zu erkennendem britischen Akzent.

Sie traten in eine weite Halle, die von mittelalterlichen Bannern gesäumt war, die von einem Innenbalkon hingen. Die Halle führte in einen riesigen Wohnraum, der zwar ebenfalls mittelalterlich wirkte, den aber weiches Leder, bunte Lampenschirme und Silber überall auf polierten Tischen wohnlicher erscheinen ließen. Der Eindruck wurde allerdings durch eine Vielzahl von Tierköpfen an den Wänden gestört; große Katzen, Elefanten und ein Eber blickten bösartig auf Joel herunter. Das Lager eines Feldmarschalls.

Aber nicht die Dekoration war es, die seinen Blick festhielt, sondern die vier Männer, die neben vier Stühlen standen und ihn ansahen.

Bertholdier und Leifhelm kannte er; sie standen nebeneinander zur Rechten. Die zwei Linken waren es, die er anstarrte. Der mittelgroße, vierschrötige Mann mit dem kurzgestutzten Haarkranz um den fast kahlen Schädel in zerdrückter Safarijacke, Khakihose und Stiefeln konnte kein anderer als Chaim Abrahms sein. Sein finster blickendes Gesicht mit den schmalen Schlitzen, hinter denen die Augen böse funkelten, war das eines Rächers. Der sehr große Mann mit den hageren Raubvogelzügen und dem glatt nach hinten gekämmten grauen Haar war General Jan Van Headmer, der *Schlächter von Soweto*. Joel hatte das Van-Headmer-Dossier schnell gelesen; zum Glück war es das kürzeste, und die letzte Zusammenfassung sagte alles über die Person.

Im Grunde ist Van Headmer ein Kapstädter Aristokrat, ein Afrikaander, der die Briten nie wirklich akzeptiert hat, geschweige denn die Schwarzen. Seine Überzeugungen wurzeln in einer Welt, die für ihn unerschütterlich ist. Seine Vorfahren haben unter grausamen Bedingungen ein wildes Land gezähmt, wobei ihnen die Eingeborenen schreckliche Verluste zugefügt haben. Sein ganzes Denken verläuft unabänderlich in den Kategorien des späten neunzehnten und frühen zwanzigsten Jahrhunderts. Er ist nicht bereit, die soziologischen und politischen Veränderungen zu akzeptieren, die von den gebildeteren Bantus getragen werden, weil er in ihnen nie etwas anderes als Primitive aus dem Busch sehen wird. Wenn er harte Zwangsmaßnahmen und Massenexekutionen anordnet, so tut er das in der Meinung, es mit kaum der Sprache mächtigen Tieren zu tun zu haben. Dieses Denken führte dazu, daß er während des Zweiten Weltkrieges gemeinsam mit den Premierministern Verwoerd und Foster ins Gefängnis geriet. Er stimmte aus ganzem Herzen den Vorstellungen der Nazis bezüglich der Herrenrassen zu. Das einzige, was ihn von den Nazis unterscheidet, ist die enge Beziehung, die er zu Chaim Abrahms unterhält, worin für ihn aber kein Widerspruch liegt. Die Juden haben aus dem primitiven Palästina ein reiches Land gemacht. Insoweit ist ihre Geschichte parallel zu der Südafrikas verlaufen, und beide können auf ihre Stärke und ihre Leistungen stolz sein. Van Headmer ist übrigens einer der charmantesten Männer, denen man begegnen kann. Äußerlich ist er kultiviert, äußerst höflich und stets bereit zuzuhören. Doch unter dieser glatten Fassade verbirgt sich ein gefühlloser Killer. Van Headmer ist Delavanes Schlüsselfigur in Südafrika mit seinen riesigen Ressourcen.

»Mein Haus ist Ihr Haus«, sagte Leifhelm und ging mit ausgestreckter Hand auf Joel zu.

Converse trat vor, um die Hand des Deutschen zu ergreifen. »Die Begrüßung draußen wirkte, gemessen an diesen freundlichen Worten, recht seltsam«, sagte Joel, ließ Leifhelms Hand wieder los und ging abrupt an dem ehemaligen Feldmarschall vorbei auf Bertholdier zu. »Schön, Sie wiederzusehen, General. Ich bitte um Entschuldigung für den unglückseligen Zwischenfall neulich. Ich will nicht leicht über das Leben eines Mannes sprechen, aber in den entscheidenden Sekunden hatte ich nicht das Gefühl, daß er sehr viel Rücksicht auf das meine nehmen würde.«

Joels Kühnheit hatte die erwünschte Wirkung. Bertholdier starrte ihn an und wußte einen Augenblick lang nicht, was er sagen sollte. Converse war sich bewußt, daß die drei anderen Männer ihn scharf beobachteten, ohne Zweifel von seiner Kühnheit beeindruckt.

»Ganz sicher, Monsieur«, sagte der Franzose zusammenhanglos, aber in gefaßtem Ton. »Wie Sie wissen, hat der Mann seine Anweisungen mißachtet.«

»Wirklich? Mir hat man gesagt, er hätte sie mißverstanden.«

»Das ist dasselbe!«

Die scharfe, tiefe Stimme mit dem kräftigen Akzent kam von hinten. Joel drehte sich herum. »Ist es das?« fragte er kalt.

»Im Feld ja«, sagte Chaim Abrahms. »Beides ist ein Irrtum, und für Irrtümer bezahlt man mit dem Leben. Der Mann hat mit seinem bezahlt.«

»Darf ich General Abrahms vorstellen?« unterbrach Leifhelm, griff nach Joels Ellbogen und führte ihn durch das Zimmer. Hände streckten sich ihm entgegen.

»General Abrahms, es ist mir eine Ehre«, sagte Joel aufrichtig. »Ich habe Sie wie alle anderen Männer hier stets bewundert, obwohl ich Ihre Rhetorik zuweilen etwas übertrieben empfand.«

Das Gesicht des Israeli rötete sich, als ein leises, kehliges Lachen im Raum ertönte. Plötzlich trat Van Headmer vor. Joels Augen fühlten sich zu dem kräftigen Gesicht mit der gerunzelten Stirn und den gespannten Muskeln hingezogen.

»Sie sprechen hier zu einem meiner engsten Kollegen, Sir«, sagte er und der Tadel war unverkennbar. Dann hielt er inne, und ein schwaches Lächeln spielte über sein scharf gemeißeltes Gesicht. »Und ich hätte es selbst nicht besser sagen können. Ein Vergnügen, Ihre Bekanntschaft zu machen, junger Mann.« Die Hand des Südafrikaners streckte sich Joel entgegen, der nach ihr griff, während das Lachen lauter wurde.

»Ich bin beleidigt!« rief Abrahms. Seine dichten Brauen schoben sich hoch, und er schüttelte in gespielter Verzweiflung den Kopf. »Von Schwätzern werde ich beleidigt! Offen gestanden, Mr. Converse, die geben Ihnen recht, weil keiner von ihnen seit einem Vierteljahrhundert mehr eine Frau gehabt hat. Mag sein, daß die es Ihnen anders sagen – andere hätten dazu anderes zu sagen –, aber glauben Sie mir, die bezahlen Huren, damit sie mit ihnen Karten spielen oder ihnen Geschichten in ihre alten, grauen Ohren flüstern, bloß um ihre Freunde zu täuschen!« Das Gelächter wurde lauter, und der Israeli, der sich jetzt seiner Zuhörer sicher war, fuhr fort, indem er sich vorbeugte und so tat, als flüstere er Joel zu. »Aber sehen Sie, *ich* bezahle die Huren, damit sie mir die Wahrheit sagen, wenn ich sie bumse! Die sagen, diese Schwatzmäuler nicken bis neun Uhr ein und jammern nach warmer Milch. Mit *Ovomaltine*, wenn's geht!«

Wieder schwoll das Gelächter an, verklang dann aber schnell. Joel griff das Stichwort auf.

»Manchmal spreche ich zu offen, General«, sagte er zu dem Israeli gewandt. »Ich sollte mich da vielleicht bessern. Aber bitte, glauben Sie mir, ich wollte Sie nicht beleidigen. Ich bin wirklich voll Bewunderung für Ihre Ziele und Ihre Politik.«

»Und genau das ist es, was wir diskutieren wollen«, sagte Erich Leifhelm und zog damit die Aufmerksamkeit aller auf sich. »Positionen, Politik, allgemeine Philosophie, wenn Sie so wollen. Wir werden so wenig wie möglich auf Einzelheiten eingehen, obwohl sich dasbestimmt nicht ganz vermeiden läßt. Aber wichtig ist, wie wir die großen Zusammenhänge sehen. Kommen Sie, Mr. Converse, nehmen Sie Platz. Wir wollen unsere Konferenz beginnen, die erste von vielen, wie ich hoffe.«

Rear-Admiral Hickman legte das Protokoll auf den Schreibtisch und blickte ziellos an seinen Fußspitzen vorbei auf das

Fenster und das Meer unter dem grauen Himmel. Er verschränkte die Arme, ließ den Kopf sinken und runzelte die Stirn, alles Gesten, die zu seinen Gedanken paßten. Er war jetzt ebenso verwirrt wie bei der ersten Lektüre des Protokolls, jetzt ebenso überzeugt wie damals, daß Remingtons Schlüsse nicht zutrafen. Aber der Anwalt war zu jung, um wirklich über die Ereignisse informiert zu sein, so wie sie sich damals zugetragen hatten; niemand, der nicht dabei gewesen war, konnte das richtig verstehen. Aber zu viele andere konnten das; das war der Grund für den Sperrvermerk. Aber es machte einfach keinen Sinn, jetzt, achtzehn Jahre später, diese Überlegungen auf diesen Converse anzuwenden. Es war, als exhumierte man eine Leiche, die lange gelegen hatte. Es mußte etwas anderes sein.

Hickman sah auf die Uhr, nahm die Arme auseinander und die Füße von der Tischkante. In Norfolk war es jetzt 15.10 Uhr; er griff nach dem Telefon.

»Hallo, Brian«, sagte Admiral Scanlon vom Fünften Distrikt. »Du sollst wissen, daß wir für SAND PACs Unterstützung in dieser Sache sehr dankbar sind.«

»SAND PACs?« fragte Hickman und wunderte sich, daß der andere das State Department nicht erwähnte.

»Also gut, Admiral, *deine* Hilfe. Ich stehe jetzt in deiner Schuld, Old Hicky.«

»Damit kannst du gleich anfangen, wenn du diesen Namen vergißt.«

»Hey, komm schon, du erinnerst dich wohl nicht mehr an die Hockeyspiele? Du kamst über das Eis herangerast und das ganze Kadettenkorps schrie: ›Hier kommt *Hicky*! Hier kommt *Hicky*!‹«

»Darf ich die Finger jetzt wieder aus den Ohren nehmen?«

»Ich versuche nur, dir zu danken.«

»Das ist es ja gerade, ich weiß nicht, wofür. Hast du das Protokoll gelesen?«

»Natürlich.«

»Was, zum Teufel, steht denn *drin*?«

»Nun«, antwortete Scanlon tastend, »ich habe es ziemlich

schnell überflogen. Das war ein schrecklicher Tag, und ich hab' es offen gestanden einfach weitergegeben. Was meinst *du* denn, was drinsteht? Nur zwischen uns beiden, ich würde es wirklich gern wissen, weil ich kaum die Zeit hatte, es mir anzusehen.«

»Was ich meine? Absolut *nichts*. O natürlich, wir haben damals auf solches Zeug Sperrvermerke gesetzt, weil das Weiße Haus die Anweisung gegeben hatte, offiziell registrierte Kritiken etwas zurückzuhalten; und da haben wir eben mitgemacht. Außerdem waren wir der ganzen Sache selbst ziemlich müde. Aber in dem Protokoll steht nichts, was man nicht auch schon von anderer Stelle gehört hätte oder was den geringsten Nachrichtenwert hätte, höchstens für die Militärhistoriker in hundert Jahren, damit die eine kleine Fußnote draus machen können.«

»Nun...«, wiederholte Scanlon, immer noch tastend, »dieser Converse hat da ein paar böse Sachen über Command Saigon gesagt.«

»Über *Mad Marcus*? Herrgott, ich habe in der Tonkin-Konferenz Schlimmeres gesagt, und *mein* Alter hatte mich damals viel schlimmer drangekriegt. Wir haben diese Kinder an der Küste auf und ab geschippert, und die waren doch bloß auf einen Strandausflug vorbereitet, mit Hot dogs und Karussells... Ich kapier das einfach nicht. Du und mein Jurist, ihr klammert euch an derselben Sache fest, und ich halte das einfach für einen alten Hut. Mad Marcus ist doch inzwischen ein Fossil.«

»Dein was?«

»Mein Jurist. Ich hab' dir doch von ihm erzählt, Remington.«

»O ja.«

»Der hat sich auch gleich auf die Saigongeschichte gestürzt. ›Das ist es‹, sagte er. ›Es steckt in diesen Bemerkungen. Das ist Delavane.‹ Er wußte gar nicht, daß Delavane für jede Antikriegsgruppe im Lande Freiwild ist. Zum Teufel, *wir* haben ihm doch den Namen ›Mad Marcus‹ angehängt. Nein, das geht nicht um Delavane, es muß etwas anderes sein. Vielleicht geht es um seine Fluchtversuche, besonders seinen letzten. Vielleicht steckt da irgendwelches Geheimdienstmaterial drinnen, von dem wir nichts wissen.«

»Nun«, wiederholte der Admiral in Norfolk zum drittenmal, aber jetzt nicht mehr so tastend. »Mag sein, daß du da etwas gefunden hast, aber uns betrifft das nicht. Hör mal, ich will ehrlich sein. Ich wollte nichts sagen. Du solltest schließlich nicht meinen, du hättest dir für nichts und wieder nichts eine Menge Mühe gemacht. Aber so wie ich höre, soll das Ganze bloß eine Latrinenparole sein.«

»Oh?« sagte Hickman, der plötzlich sehr genau hinhörte. »Wieso?«

»Es ist der falsche Mann. Offenbar hat ein übereifriger junger Offizier im falschen Zeitraum herumgestochert. Er hat den Vermerk gesehen und sechs falsche Schlüsse gezogen. Hoffentlich macht es ihm Spaß, wenn er die nächsten Tage um fünf Uhr früh den Wachappell abhalten muß.«

»Und das ist alles?« fragte der Admiral in San Diego, bemüht, sich sein Staunen nicht anmerken zu lassen.

»Das ist wenigstens, was wir hier gehört haben. Das, was dein Chefjurist im Sinn hatte, hat überhaupt nichts mit unseren Leuten zu tun.«

Hickman konnte nicht glauben, was er da hörte. Natürlich hatte Scanlon die Einschaltung des State Department nicht erwähnt. Er wußte gar nichts davon! Er gab sich die größte Mühe, möglichst viel Abstand zu der Converse-Akte zu bekommen, er log, weil man ihn nicht informiert hatte. Das State Department arbeitete in aller Stille, und Scanlon hatte keinen Grund zu der Annahme, daß »Old Hicky« irgend etwas über Bonn oder Converse oder Connal Fitzpatricks Aufenthaltsort wußte. Oder über einen Mann namens Preston Halliday, der in Genf ermordet worden war. Was ging hier vor? Von Scanlon würde er es nicht erfahren. Nicht daß er das wollte.

»Dann zum Teufel damit. Mein Chefjurist ist in drei oder vier Tagen wieder hier, dann erfahre ich vielleicht etwas.«

»Was auch immer es ist, es liegt jetzt wieder in deinem Sandkasten, Admiral. Meine Leute haben sich den falschen Mann herausgepickt.«

»Deine Leute könnten nicht einmal ein Ruderboot über den Potomac bringen.«

»Das kann ich dir jetzt nicht verübeln, Hicky.«

Hickman legte auf und nahm wieder seine übliche Denkhaltung ein, starrte an seinen Schuhspitzen vorbei zum Fenster hinaus auf das Meer und den grauen Himmel. Die Sonne gab sich Mühe, durch die Wolken zu dringen, hatte aber nicht viel Erfolg.

Er hatte Scanlon nie sonderlich gemocht, ohne daß es sich gelohnt hätte, die Gründe dafür zu suchen. Nur einen kannte er; er wußte, daß Scanlon ein Lügner war. Was er nicht gewußt hatte, war, daß er ein so einfältiger Lügner war.

Lt. David Remington war von dem Anruf geschmeichelt. Der prominente Offizier hatte ihn zum Lunch eingeladen, ihn nicht nur eingeladen, sondern sich auch noch entschuldigt, daß die Einladung so spät kam, und ihm gesagt, er hätte volles Verständnis, wenn es im Augenblick nicht passen würde. Außerdem hob der Captain hervor, daß der Anruf persönlicher Natur sei und nichts mit der Navy zu tun hätte. Der hochrangige Offizier, ein Bewohner von La Jolla, war nur auf ein paar Tage im Hafen und benötigte juristischen Rat. Man hatte ihm gesagt, daß Lt. Remington so ziemlich der beste Anwalt in der United States Navy wäre. Ob es dem Lieutenant recht wäre?

Das Restaurant lag hoch in den Bergen über La Jolla, ziemlich abgelegen und, wie es schien, hauptsächlich von Leuten aus der Gegend und solchen aus San Diego und University City besucht, die keinen großen Wert darauf legten, in den üblichen Lokalen gesehen zu werden. Remington war davon nicht sehr erbaut gewesen; er hätte es vorgezogen, im Coronado mit dem Captain gesehen zu werden, anstatt meilenweit fahren zu müssen, um *nicht* in den Bergen von La Jolla gesehen zu werden. Aber der andere war auf höfliche Art hartnäckig gewesen; dort und nirgendwo anders wollte er sich mit ihm treffen. David hatte Nachforschungen über ihn angestellt. Der hochdekorierte Captain stand nicht nur zur Beförderung an, er galt sogar als potentieller Kandidat für die Vereinigten Stabschefs. Remington wäre folglich auch mit einem Fahrrad über die Alaska-Pipeline gefahren, um die Verabredung einzuhalten.

Und genauso kam er sich vor, als er das Steuerrad nach rechts, dann nach links, dann wieder nach rechts und noch mal nach rechts drehte, während er den Wagen über die steile Paßstraße lenkte. Es war wichtig, das im Auge zu behalten, dachte er, als er den Wagen nach links riß. *Persönlicher* Rat war nichtsdestoweniger *professioneller* Rat und stellte *ohne* jegliche Zahlung eine *Schuld* dar, auf die man eines Tages zurückkommen konnte. Und wenn jemand zu den Vereinigten Stabschefs berufen wurde... dann war das nicht Remingtons Schuld. In einer Anwandlung von Selbstgefälligkeit hatte er einem Kollegen gegenüber fallen lassen, daß er mit einem hoch angesehenen Vierstreifer in La Jolla essen und deshalb etwas später ins Büro zurückkehren würde. Und dann hatte er, um sicherzustellen, daß der andere wirklich begriff, den Kollegen noch nach der Richtung gefragt.

O mein *Gott*! Was *war das*? O mein *Gott*!

Mitten in der Haarnadelkurve kam ein riesiger schwarzer Lastzug auf ihn zu, zehn Meter lang und offensichtlich außer Kontrolle geraten. Er schwankte auf der schmalen Straße nach rechts und links, immer schneller, ein schwarzes Monstrum, eine wildgewordene Bestie, die alles niederwalzte...

Remington riß den Kopf nach rechts und kurbelte wie wild am Steuer, um den Zusammenprall zu vermeiden. Auf der rechten Seite waren nur die dünnen Stämme junger Bäume und Schößlinge in der späten Sommerblüte; auf der anderen Seite ein Abgrund aus Blumen. Dies waren die letzten Bilder, die er sah, als sein Wagen sich seitlich überschlug und zu stürzen begann.

Weit oben auf einem anderen Hügel kniete ein Mann, einen Feldstecher vor den Augen. Die Explosion in der Tiefe bestätigte, daß die Aktion planmäßig verlaufen war. Sein Ausdruck zeigte weder Freude noch Trauer. Ein Auftrag war ausgeführt. Schließlich herrschte Krieg.

Und Lt. David Remington, dessen Leben so geordnet verlaufen war, daß er genau wußte, worauf es für ihn in dieser Welt ankam und daß die Kräfte, die seinen Vater im Namen der Firmenpolitik getötet hatten, ihn nie in ihre Fänge bekommen sollten, wurde von der Politik eines Unternehmens getötet, von dem er nie gehört hatte. Einem Unternehmen, das sich Aquitania nannte. Aber er hatte einen Namen gesehen. Delavane.

Ihre Ansicht ist, daß es die einzig sinnvolle Entwicklung der Geschichte sei, nachdem ja alle anderen Ideologien schmählich gescheitert sind...

Die Worte, die Preston Halliday in Genf gesprochen hatte, hallten in Converse nach, als er den vier Stimmen von Aquitania lauschte. Was einem Angst machte, war, daß sie diese Worte glaubten, ohne jeden Zweifel, moralisch und intellektuell, daß ihre Überzeugungen in Erfahrungen wurzelten, die Jahrzehnte zurückreichten, daß ihre Argumente überzeugend schienen und globale Fehlurteile beleuchteten, die zu schrecklichem Leid und unnötigem Tod geführt hatten.

Und so ging es mehrere Stunden lang. Stille Erörterungen, die nachdenklich vorgetragen wurden, wobei Leidenschaft nur in der tiefen Eindringlichkeit des Gesagten zum Vorschein kam. Zweimal wurde Joel bedrängt, den Namen seines Klienten zu nennen, und zweimal lehnte er ab, berief sich auf die vereinbarte Vertraulichkeit – was sich freilich in wenigen Tagen, vielleicht sogar noch schneller ändern könnte.

»Ich müßte meinem Klienten etwas Konkretes bieten können. Eine Vorgehensweise, eine Strategie, die es rechtfertigt, daß er sich sofort einschaltet, Stellung bezieht, wenn Sie so wollen.«

»Warum ist das zu diesem Zeitpunkt notwendig?« fragte Bertholdier. »Sie haben unsere Argumentation gehört. Daraus kann man doch Schlüsse auf unsere Vorgehensweise ziehen.«

»Also gut, dann sagen wir eben nicht Vorgehensweise. Strategie. Nicht das ›Warum‹, sondern das ›Wie‹.«

»Sie wollen einen Plan sehen?« sagte Abrahms. »Auf welcher Basis?«

»Weil Sie eine Investition fordern werden, die alles bisher Dagewesene übersteigt.«

»Das ist eine außergewöhnliche Aussage«, warf Van Headmer ein.

»Er verfügt auch über außergewöhnliche Mittel«, erwiderte Converse.

»Nun gut«, sagte Leifhelm und sah jeden einzelnen seiner Kollegen an, ehe er fortfuhr. Joel begriff; basierend auf früheren Gesprächen suchte er ihre Zustimmung. Sie wurde ihm gewährt. »Was würden Sie sagen, wenn man gewisse mächtige Personen in ganz speziellen Regierungen kompromittierte?«

»Erpressung?« fragte Joel. »Das würde nicht funktionieren. Es gibt so viele Gewichte und Gegengewichte. Wenn ein Mann bedroht wird, entdeckt man die Bedrohung, und schon ist er entfernt. Und dann setzen die Säuberungsriten ein, und wo einmal Schwäche war, ist plötzlich wieder Stärke.«

»Das ist eine äußerst einseitige Auslegung«, sagte Bertholdier.

»Sie ziehen den Zeitfaktor nicht in Betracht!« rief Abrahms, womit er zum erstenmal seine Stimme erhob. »Keine Einzelfälle, Converse! Eine rasche Folge von Ereignissen!«

Plötzlich wurde Joel bewußt, daß die drei anderen Männer den Israeli ansahen, ihn aber nicht nur beobachteten. In jedem Augenpaar war ein Funkeln wahrzunehmen, eine Warnung. Abrahms zuckte die Achseln. »Ich meine ja nur.«

»Verstanden«, sagte Converse, ohne Betonung.

»Ich bin nicht einmal sicher, ob das hier gilt«, fügte der Israeli hinzu und verstärkte damit seinen Fehler noch.

»Nun, *ich* bin sicher, daß es Zeit zum Abendessen ist«, meinte Leifhelm und nahm unauffällig die Hand von der Sessellehne. »Ich habe unserem Gast gegenüber so von meiner Tafel geprahlt, daß ich jetzt ein wenig kurzatmig bin – Sorge, natürlich. Ich hoffe nur, daß der Koch meine Ehre gerettet hat.« In diesem Augenblick erschien, als reagierte er auf ein Signal – und Joel wußte, daß das der Fall war – der britische Butler unter einem Türbogen am anderen Ende des Saales. »Anscheinend bin ich Hellseher!« Leifhelm stand auf. »Kommen Sie, kommen Sie, meine Freunde. Lammrücken *à citron*, ein Gericht, das die Götter für sich selbst geschaffen haben und das der unverwüstliche Dieb gestohlen hat, der in meiner Küche herrscht.«

Das Dinner war in der Tat hervorragend und jedes einzelne Gericht eine Offenbarung. Converse war kein Gourmet im eigentlichen Sinne. Er hatte seine kulinarischen Kenntnisse aus teuren Restaurants, wo er zumeist auch nur wenig Muße hatte, sich auf das Gebotene zu konzentrieren. Aber er verstand Qualität zu beurteilen. Und es gab nichts Zweitklassiges an Leifhelms Tafel, sie selbst eingeschlossen, eine riesige, massive Mahagoniplatte auf zwei feingeschnitzten Dreibeinen, die sich förmlich in dem Parkettboden festzukrallen schienen. An den mit rotem Velours bespannten Wänden des Speisesaals hingen Ölgemälde mit Jagdszenen. Der Tisch strahlte im weichen Licht niedriger Kandelaber.

Das Gespräch löste sich von den ernsten Themen, die vorher in der Wohnhalle diskutiert worden waren. Es war gerade so, als hätte jemand eine Pause vorgeschlagen. Wenn das die Absicht war, so gelang sie vollkommen, und Van Headmer übernahm die Gesprächsführung. Mit seiner leisen, charmanten Art (das Dossier hatte nicht gelogen, der »gefühllose Killer« *war* charmant) schilderte er eine Safari, die er mit Chaim Abrahms unternommen hatte.

Die Geschichte war bühnenreif. Und rund um die Tafel erhob sich schallendes Gelächter, wobei Abrahms am lautesten lachte. Offenbar hatte er die Geschichte schon einmal gehört und genoß sie jetzt wieder.

Der britische Butler kam mit leisen Schritten herein und flüsterte Erich Leifhelm etwas ins Ohr.

»Verzeihen Sie mir bitte«, sagte der Deutsche und stand auf, um einen Anruf entgegenzunehmen. »Ein nervöser Makler in München, der dauernd Gerüchte aus Riad hört. Da muß nur ein Scheich auf die Toilette gehen, schon hört er im Osten Donner.«

Das muntere Gespräch setzte sich fort, und die drei Männer von Aquitania benahmen sich wie alte Waffengefährten, die sich redlich bemühten, einem Fremden das Gefühl zu vermitteln, er sei willkommen. Auch dies war beängstigend. Wo waren hier die Fanatiker, die Regierungen vernichten wollten, die brutal nach der Macht griffen und ganze Völker in Ketten legen wollten, um ihre Vision eines Militärstaates zu verwirklichen? Dies waren Männer von hohem Intellekt. Sie sprachen von Rousseau und Goethe, hatten Mitgefühl für Leid und Schmerz und unnötiges Sterben. Sie hatten Humor und konnten über sich selbst lachen, konnten leise davon sprechen, wie sie ihr eigenes Leben opfern würden, um eine verrückt gewordene Welt besser zu machen. Joel begriff. Dies waren Männer voll Überzeugungskraft, die in die Mäntel von Staatsmännern geschlüpft waren.

Beängstigend.

Leifhelm kehrte zurück und hinter ihm der britische Butler mit zwei offenen Weinflaschen. Wenn der Anruf aus München Unangenehmes gebracht hatte, so ließ der Deutsche sich davon nichts anmerken. Seine Laune war wie zuvor, sein wächsernes Lächeln unverändert und seine Begeisterung für den nächsten Gang ungezügelt. »Und jetzt, meine Freunde, das Lamm *à citron* – ohne jede Übertreibung wirklich etwas Hervorragendes. Außerdem haben wir zu Ehren unseres Gastes heute abend noch etwas ganz Besonderes. Mein kluger englischer Freund und Begleiter war neulich in Siegburg und ist dort auf ein paar Flaschen Östricher Lenchen, Beerenauslese, Einundsiebzig, gestoßen.«

Die Männer von Aquitania sahen einander an, und dann meinte Bertholdier: »Das ist wirklich eine Entdeckung, Erich. Eine der besten deutschen Sorten.«

»Der zweiundachtziger Klausberg Riesling in Johannesburg verspricht auch gut zu werden«, sagte Van Headmer.

»Ich zweifle, daß er dem Richon Zion Carmel nahekommt«, fügte der Israeli hinzu.

»Sie sind unmöglich!«

Ein Koch mit hoher weißer Mütze rollte einen silbernen Wagen herein, stellte den Lammrücken zur Schau und machte sich dann unter bewundernden Blicken daran, das Fleisch zu schneiden und vorzulegen. Der Engländer stellte jedem den Teller mit Beilagen hin und schenkte dann den Wein aus.

Erich Leifhelm hob sein Glas, und das flackernde Licht der Kerzen spiegelte sich in dem geschliffenen Kristall. »Auf unseren Gast und seinen unbekannten Klienten, die, wie wir hoffen, beide bald zu uns gehören werden.«

Converse nickte und trank.

Er nahm das Glas von den Lippen und war sich plötzlich der Blicke der vier Männer bewußt. Sie starrten ihn an, und ihre Gläser standen unverrückt auf dem Tisch. Keiner hatte von dem Wein getrunken.

Jetzt sprach Leifhelm wieder, und seine Stimme war diesmal nasal, kalt, die Stimme einer Furie.

»›General Delavane war der Feind, *unser* Feind! Solche Männer darf es nie wieder geben, könnt ihr das nicht begreifen!‹ Das waren doch die Worte, nicht wahr, Mr. Converse?«

»*Was?*« Joel hörte seine Stimme, aber er war nicht sicher, ob es wirklich seine eigene war. Die Kerzenflammen schienen plötzlich immer größer zu werden; Feuer erfüllte seine Augen, und das Brennen in seiner Kehle wurde zum unerträglichen Schmerz. Er griff sich an den Hals, als er aus dem Stuhl taumelte und ihn nach hinten schleuderte. Er hörte das Krachen und hörte es doch nicht, hörte nur eine Folge von Echos. Er stürzte, Schichten aus schwarzer Erde legten sich über seine Augen, durchbrochen von Blitzen. Der Schmerz wallte in seinem Magen auf; es war unerträglich. Er griff sich an den Unterleib, als könnte er den Schmerz aus seinem Körper herauspressen. Dann spürte er seine eigenen Bewegungen auf einer harten Fläche und ahnte, daß er auf dem Boden um sich schlug und von kräftigen Armen festgehalten wurde.

»Die Pistole. Zurück. Haltet ihn.« Auch die Stimme war eine Folge von Echos, aber er konnte den schneidenden britischen Akzent deutlich wahrnehmen. »Jetzt. *Feuer*!«

16

Das Telefon klingelte und riß Connal Fitzpatrick aus tiefem Schlaf. Er war auf der Couch nach hinten gesunken, die Van-Headmer-Akte in der Hand, die Füße noch auf dem Boden. Er schüttelte den Kopf, blinzelte und versuchte, die Augen weit aufzureißen und sich zu orientieren. Wo *war* er? Wie *spät* war es? Wieder klingelte das Telefon, diesmal länger, durchdringend. Er taumelte mit unsicheren Beinen und stockendem Atem von der Couch – er konnte die Erschöpfung nicht in ein paar Sekunden abschütteln. Seit Kalifornien hatte er nicht mehr richtig geschlafen. Sein Körper war vollkommen ausgelaugt. Er griff nach dem Telefon und hätte es beinahe fallen lassen, als er einen Augenblick lang das Gleichgewicht verlor.

»Ja ... Hallo!«

»Commander Fitzpatrick, bitte«, sagte eine Männerstimme mit abgehacktem britischen Akzent.

»Am Apparat.«

»Hier spricht Philip Dunstone, Commander. Ich rufe im Auftrag von Mr. Converse an. Er hat mich gebeten, Ihnen auszurichten, daß die Konferenz ausnehmend gut verläuft, weit besser, als er für möglich gehalten hätte.«

»*Wer* sind Sie?«

»Dunstone. Major Philip Dunstone. Ich bin Senioradjutant von General Berkeley-Greene.«

»Berkeley-Greene ...?«

»Ja, Commander. Mr. Converse hat mich gebeten, Ihnen zu sagen, daß er sich gemeinsam mit den anderen Herren dazu entschlossen hat, General Leifhelms Gastfreundschaft für die Nacht in Anspruch zu nehmen. Er wird Sie morgen früh anrufen.«

»Lassen Sie mich mit ihm sprechen. Jetzt.«

»Ich fürchte, das ist nicht möglich. Die Herren sind mit dem Motorboot unterwegs. Offen gestanden, die tun recht geheimnisvoll, nicht wahr? Mir hat man ebensowenig erlaubt, an den Gesprächen teilzunehmen, wie Ihnen.«

»Damit gebe ich mich nicht zufrieden, Major!«

»Wirklich, Commander, ich gebe nur eine Nachricht an Sie weiter... O ja, Mr. Converse erwähnte noch, falls Sie sich Sorgen machten, sollte ich Ihnen auftragen, dem Admiral zu danken und ihm Grüße zu bestellen, wenn er Sie anrufen sollte.«

Fitzpatrick starrte die Wand an. Converse würde Hickman nicht erwähnen, sofern die Botschaft nicht echt war. Das zuletzt Gehörte bedeutete niemand anderem etwas, nur ihnen beiden. Alles *war* in Ordnung. Außerdem konnte es tatsächlich einige Gründe dafür geben, daß Joel nicht direkt mit ihm sprechen wollte. Dazu, dachte Connal etwas beleidigt, gehörte wahrscheinlich auch die Tatsache, daß er seinem »Adjutanten« nicht zutraute, das Richtige zu sagen, für den Fall, daß man ihr Gespräch belauschte.

»Also gut, Major... Wie war Ihr Name doch? Dunstone?«

»Richtig, Philip Dunstone. Senioradjutant von General Berkeley-Greene.«

»Sagen Sie Mr. Converse, daß ich damit rechne, um acht Uhr früh von ihm zu hören.«

»Ist das nicht ein wenig streng? Es ist jetzt fast zwei Uhr früh. Das Frühstücksbüfett wird hier gewöhnlich um halb zehn angerichtet.«

»Dann um neun«, sagte Fitzpatrick entschieden.

»Ich werde es ihm persönlich ausrichten, Commander. Oh, eines noch. Mr. Converse läßt sich entschuldigen, daß er nicht vor Mitternacht angerufen hat. Die haben hier wirklich heftig diskutiert.«

Das war es, dachte Connal. Alles war unter Kontrolle. Sonst hätte Joel sicher nicht diese Bemerkung gemacht. »Danke, Major, und – tut mir leid, wenn ich unfreundlich war. Ich war eingeschlafen und bin zu schnell aufgestanden.«

»Sie haben's gut. Sie können sich jetzt wieder hinlegen, während ich Wache stehen muß. Nächstes Mal können Sie ja meine Stelle einnehmen.«

»Wenn das Essen gut ist, bin ich einverstanden. Gute Nacht, Major.«

Erleichtert legte Fitzpatrick auf. Er blickte zur Couch hinüber und überlegte kurz, daß er sich die Akten wieder vornehmen könnte, entschied sich aber dann dagegen. Er kam sich völlig ausgehöhlt vor. Ausgehöhlte Beine, ausgehöhlte Brust und ein stechender Schmerz im Kopf. Er brauchte dringend Schlaf.

»Gut gemacht«, sagte Erich Leifhelm zu dem Engländer, als der den Hörer auflegte.

»War mir ein Vergnügen«, erwiderte der Mann, der sich Philip Dunstone genannt hatte. »Sehen wir uns unseren Patienten an.«

Die beiden verließen die Bibliothek und gingen durch die lange Halle in ein Schlafzimmer. In ihm waren die drei anderen Männer von Aquitania und ein vierter, dessen schwarze Arzttasche und Spritzen erkennen ließen, welchem Beruf er angehörte. Auf dem Bett lag Joel Converse, mit glasigen, geweiteten Augen, Speichel rann ihm aus den Mundwinkeln, und sein Kopf schwankte hin und her, als befände er sich in Trance. Unverständliche Laute quollen aus seinem Mund. Der Arzt blickte zu den Männern auf.

»Mehr kann er uns nicht sagen, weil einfach nicht mehr da ist«, sagte er. »Die Chemikalien lügen nicht. Ganz einfach gesagt, er ist von Männern in Washington geschickt, hat aber keine Ahnung, wer diese Männer sind. Er wußte nicht einmal, daß sie existierten, bis ihn dieser Marineoffizier davon überzeugt hat, daß sie existieren mußten. Seine einzigen Bezugspersonen waren Anstett und Beale.«

»Und die sind beide tot«, unterbrach Van Headmer. »Der Tod Anstetts steht bereits in den Zeitungen, und für Beale kann ich mich verbürgen. Einer meiner Leute auf Santorini ist nach Mykonos geflogen und hat es bestätigt. Es gibt mit Sicherheit keine Spuren.«

»Bereiten Sie ihn auf seine Odyssee vor«, sagte Chaim Abrahms nach einem Blick auf Converse. »Wie unser Spezialist in der Mossad es so klar ausgedrückt hat, kommt es auf Distanz an. Ein großer Abstand zwischen diesem Amerikaner und jenen, die ihn ausgeschickt haben.«

Fitzpatrick regte sich, das helle Licht der Morgensonne vor den Fenstern drang in die Finsternis ein und zwang seine Augenlider, sich zu öffnen. Er streckte sich, wobei er mit der Schulter an die harte Kante des Aktenkoffers stieß. Dann stellte er fest, daß die Bettdecke sich um seine Beine geschlungen hatte und ihn hinderte, sich zu bewegen. Er trat sie von sich, warf die Arme hoch, atmete tief ein und spürte, wie sich sein Brustkasten entspannte. Er hob die linke Hand über den Kopf, drehte sich herum und sah auf die Uhr. Es war neun Uhr zwanzig; er hatte siebeneinhalb Stunden geschlafen, aber der ununterbrochene Schlaf kam ihm viel länger vor. Er stieg aus dem Bett und ging ein paar Schritte; er war wieder sicher auf den Beinen, sein Bewußtsein wurde immer klarer. Er sah wieder auf die Uhr, erinnerte sich. Der Major namens Dunstone hatte gesagt, daß das Frühstück in Leifhelms Haus ab neun Uhr dreißig serviert würde, und wenn die Konferenz um zwei Uhr nachts auf einem Boot fortgesetzt worden war, dann würde Converse wahrscheinlich nicht vor zehn Uhr anrufen.

Connal ging ins Badezimmer; an der Wand neben der Toilette war ein Telefon angebracht für den Fall, daß er sich bezüglich des Anrufs geirrt haben sollte. Jetzt rasieren und dann eine heiße und kalte Dusche, und er würde wieder ganz der alte sein.

Achtzehn Minuten später ging Fitzpatrick ins Schlafzimmer zurück, ein Handtuch um die Hüften gewunden, die Haut von dem scharfen Wasserstrahl immer noch gerötet. Er ging zu seinem offenen Koffer auf dem Gepäckständer neben dem Kleiderschrank. Er nahm sein Radio heraus, stellte es auf den Schreibtisch, entschied sich gegen AFN und drehte so lange an der Skala herum, bis er eine deutsche Nachrichtensendung empfing. Da waren die üblichen Streikdrohungen und Vorwürfe und Entgegnungen im Bundestag, aber nichts Weltbewegendes. Er wählte sich bequeme Kleidung – leichte Hosen, ein blaues Hemd und seine Cordjacke. Er zog sich an und ging ins Wohnzimmer zum Telefon. Er wollte beim Zimmerkellner ein kleines Frühstück und eine Riesenkanne Kaffee bestellen.

Er blieb stehen. Irgend etwas stimmte nicht. Aber was? Die Kissen auf der Couch waren immer noch zerdrückt, auf dem Beistelltisch stand ein halbvolles Glas mit abgestandenem Whisky. Daneben lagen ein paar Stifte und ein leerer Notizblock. Die Balkontüren waren geschlossen, die Vorhänge vorgezogen, und auf der anderen Seite des Zimmers stand der silberne Eiskübel immer noch in der Mitte des silbernen Tabletts auf dem antiken Jagdtisch. Alles war noch so, wie er es zuletzt gesehen hatte, und doch war irgend etwas verändert. Die *Tür*! Die Tür zu Joels Schlafzimmer war geschlossen. Hatte er sie geschlossen? Nein, das hatte er *nicht*!

Er durchquerte das Zimmer, drückte die Klinke nieder und schob die Tür auf. Er studierte das Zimmer und merkte erstaunt, daß er den Atem angehalten hatte. Das Zimmer war makellos, alles blitzblank und sauber, und nichts deutete darauf hin, daß es bewohnt war. Der Koffer war verschwunden, und auch die wenigen Gegenstände, die Converse auf den Schreibtisch gestellt hatte, waren nicht mehr da. Connal eilte zum Kleiderschrank und riß ihn auf. Leer. Er ging ins Badezimmer; auch dort war alles makellos, in den Schalen lag frische Seife, die Gläser waren in Zellophan gewickelt und erwarteten den nächsten Gast. Benommen verließ er das Badezimmer wieder. Nicht das geringste Anzeichen deutete darauf hin, daß in den letzten Tagen jemand außer dem Zimmermädchen dieses Schlafzimmer betreten hatte.

Fitzpatrick hastete ins Wohnzimmer und zum Telefon. Sekunden später war der Geschäftsführer in der Leitung, derselbe Mann, mit dem Connal gestern gesprochen hatte.

»Ja, in der Tat, Ihr Geschäftsmann war sogar noch exzentrischer als Sie es geschildert hatten: Er ist heute morgen um halb vier ausgezogen und hat im übrigen alles bezahlt.«

»Er war *hier*?«

»Natürlich.«

»Sie haben ihn *gesehen*?«

»Nicht persönlich. Ich fange gewöhnlich um acht Uhr mit der Arbeit an. Er hat mit dem Nachtportier gesprochen und auch Ihre Rechnung beglichen, ehe er zum Packen hinaufging.«

»Wie konnte Ihr Nachtportier wissen, daß *er* es war? Er hatte ihn doch vorher nie gesehen!«

»Aber Commander, er hat sich als Ihr Kollege zu erkennen gegeben und die Rechnung bezahlt. Außerdem hatte er seinen Schlüssel; er hat ihn am Empfang abgegeben.«

Fitzpatrick hielt erstaunt inne und fuhr dann grimmig fort: »Das Zimmer ist gereinigt worden! Geschah das auch um halb vier Uhr morgens?«

»Nein, mein Herr, um sieben Uhr. Das hat die erste Schicht gemacht.«

»Aber nicht das Wohnzimmer.«

»Der Lärm hätte Sie stören können. Offen gestanden, Commander, die Suite muß für eine Ankunft am frühen Nachmittag hergerichtet werden. Ich bin sicher, daß die Angestellten dachten, es würde Sie nicht stören, wenn sie schon früh beginnen. Und das war ja auch nicht der Fall.«

»Am frühen Nachmittag...? *Ich* bin hier!«

»Und können selbstverständlich auch bis zwölf Uhr bleiben; die Rechnung ist bezahlt. Ihr Freund ist abgereist, und die Suite war reserviert.«

»Und Sie haben wahrscheinlich kein anderes Zimmer.«

»Es tut mir leid, aber es steht nichts zur Verfügung, Commander.«

Connal knallte den Hörer auf die Gabel. *Wirklich, Commander*... Jemand hatte dieselben Worte an demselben Telefon um zwei Uhr früh gesprochen. Auf dem Regal neben dem Tisch lagen drei Telefonbücher. Er zog das für Bonn heraus und fand die Nummer.

»Guten Morgen. Hier bei General Leifhelm.«

»Herrn Major Dunstone, bitte.«

»Wen?«

»Dunstone«, wiederholte Fitzpatrick. »Er ist Gast Ihres Hauses. Philip Dunstone. Er ist Senioradjutant von... von einem General Berkeley-Greene. Engländer.«

»Engländer? Hier sind keine Engländer, Sir. Hier ist niemand – ich meine, keine Gäste.«

»Er war gestern abend aber dort. Beide waren dort. Ich habe mit Major Dunstone *gesprochen*.«

»Der General hat für ein paar Freunde ein kleines Abendessen gegeben, aber es waren keine Engländer dabei.«

»Hören Sie, ich versuche, einen Mann namens Converse zu erreichen.«

»O ja, Mr. Converse. *Er* war hier, Sir.«

»*War?*«

»Ich glaube, er ist weggefahren...«

»Wo ist *Leifhelm*?« schrie Connal.

Eine kleine Pause entstand, dann fragte der Deutsche kühl: »Wer möchte *General* Leifhelm sprechen?«

»Fitzpatrick. Lieutenant Commander Fitzpatrick!«

»Ich nehme an, im Speisezimmer. Wenn Sie bitte am Apparat bleiben wollen.« Ein leises Klicken war zu hören, dann wurde die Leitung stumm. Schließlich klickte es wieder, und Leifhelms Stimme hallte aus dem Hörer.

»Guten Morgen, Commander. Ein herrlicher Tag heute, nicht wahr?...«

»Wo ist Converse?« unterbrach Connal.

»Ich nehme an, im Hotel.«

»Es hieß doch, daß er bei Ihnen übernachten sollte.«

»Nein. Davon war nie die Rede. Er ist ziemlich spät weggefahren, Commander. Ich habe ihn mit meinem Wagen zurückbringen lassen.«

»Mir hat man das anders erzählt! Ein Major Dunstone hat mich gegen zwei Uhr früh angerufen...«

»Ich glaube, Mr. Converse ist kurz vorher gegangen... *Wer*, sagten Sie, hat Sie angerufen?«

»Dunstone. Ein Major Philip Dunstone. Engländer. Er sagte, er sei der Adjutant von General Berkeley-Greene.«

»Ich kenne diesen Major Dunstone nicht; hier war jedenfalls niemand, der so heißt. Aber ich kenne so ziemlich jeden General in der britischen Armee und habe noch nie von jemandem gehört, der Berkeley-Greene heißt.«

»Das können Sie sich sparen, Leifhelm!«

»Wie bitte?«

»Ich habe mit Dunstone *gesprochen*! Er... hat die richtigen Formulierungen gebraucht. Er sagte, Converse würde bei Ihnen übernachten... mit den *anderen*!«

»Ich denke, Sie hätten direkt mit Herrn Converse sprechen müssen, denn gestern abend war weder ein Major Dunstone noch ein General Berkeley-Greene in meinem Haus. Vielleicht sollten Sie sich bei der britischen Botschaft erkundigen. Die wissen ganz sicher, ob diese Leute in Bonn sind. Vielleicht haben Sie etwas mißverstanden; vielleicht haben sie sich später in einem Café gesprochen.«

»Ich *konnte* nicht mit Converse sprechen! Dunstone sagte, Sie wären mit einem Boot weggefahren.« Fitzpatricks Atem ging jetzt stoßweise.

»Das ist nun wirklich lächerlich, Commander. Ich besitze zwar ein kleines Motorboot, das ich gelegentlich meinen Gästen zur Verfügung stelle, aber es ist allgemein bekannt, daß ich nichts für das Wasser übrig habe.« Der General hielt kurz inne und fügte dann hinzu: »Der große Feldmarschall wird sofort seekrank, wenn er sich auch nur drei Meter vom Ufer entfernt.«

»Sie *lügen*!«

»Das verbitte ich mir, Sir. Besonders, was das Wasser angeht. Ich hatte nie Angst vor der russischen Front, nur vor dem Schwarzen Meer. Und wenn es zu einer Invasion Englands gekommen wäre, dann hätte ich den Kanal im Flugzeug überquert, das versichere ich Ihnen.« Der Deutsche spielte mit ihm, man merkte, wie er das genoß.

»Sie wissen ganz genau, was ich meine!« Wieder wurde Connals Stimme lauter. »Man hat mir gesagt, Converse wäre um halb vier Uhr früh hier aus dem Hotel ausgezogen! Ich behaupte, daß er nie *zurückgekommen* ist!«

»Und ich sage Ihnen, daß dieses Gespräch jetzt sinnlos wird. Wenn Sie wirklich beunruhigt sind, können Sie mich ja noch einmal anrufen, wenn Sie wieder höflich sprechen können. Ich habe Freunde bei der Polizei.« Wieder ein Klikken; der Deutsche hatte aufgelegt.

Als Fitzpatrick den Hörer auflegte, kam ihm ein anderer Gedanke, ein Gedanke, der ihm Angst machte. Er ging schnell ins Schlafzimmer, und sein Blick wanderte zu dem Aktenkoffer. Er lag halb unter dem Kopfkissen; o Gott, er hatte so tief geschlafen! Er ging ans Bett, riß den Koffer unter dem Kissen heraus und sah ihn an. Erst jetzt wagte er wieder zu atmen, als er sah, daß es derselbe Koffer war, daß die Kombinationsschlösser noch intakt waren und der Koffer sich nicht öffnen ließ. Er hob ihn hoch und schüttelte ihn; das Gewicht und das Geräusch, das er hörte, bewiesen ihm, daß die Papiere noch drinnen waren – ein weiterer Beweis, daß Converse nicht in das Hotel zurückgekehrt war. Abgesehen von allen anderen Überlegungen und ganz gleich, was sich sonst noch für Probleme ergeben hatten, er wäre ganz bestimmt nie ohne die Akten und die Namenliste abgereist.

Connal trug den Koffer ins Wohnzimmer zurück und versuchte, Ordnung in seine Gedanken zu bringen. *A.* Er mußte davon ausgehen, daß jemand den Vermerk von Joels Dienstakte entfernt oder die nachteilige Information auf irgendeine andere Weise in seinen Besitz gebracht hatte und daß Converse jetzt von Leifhelm und den anderen Männern von Aquitania, die aus Tel Aviv, Paris und Johannesburg eingeflogen waren, festgehalten wurde. *B.* Sie würden ihn so lange nicht töten, bis sie jede ihnen zur Verfügung stehende Möglichkeit ausgeschöpft hatten, von ihm zu erfahren, was er wußte – was viel weniger war, als sie vermuteten, und was ein paar Tage in Anspruch nehmen würde. *C.* Das Leifhelm-Anwesen war nach den Angaben in seinem Dossier eine Festung, die Chance einzudringen und Converse herauszuholen, war also gleich Null. *D.* Fitzpatrick wußte, daß er sich nicht an die amerikanische Botschaft wenden und dort Hilfe erwarten konnte. Zuallererst würde Walter Peregrine ihn verhaften lassen, und es war nicht einmal auszuschließen, daß er dabei nicht eine Kugel in den Kopf bekommen würde. *E.* Er durfte auch nicht versuchen, Hickman in San Diego um Hilfe zu bitten, was unter anderen Umständen ein durchaus logisches Vorgehen gewesen wäre. Alles, was er über den Admiral wußte, schloß jegliche Verbindung zu Aquitania aus; er war ein sehr unabhängiger Offizier und verschonte das Pentagon und dessen Politik und Mentalität nicht mit seiner Kritik. Aber wenn man den Sperrvermerk offiziell entfernt hatte – ob mit seiner Zustimmung oder gegen seinen Einwand –, würde Hickman keine andere Wahl haben, als ihn zum Stützpunkt zurückzurufen. Jeglicher Kontakt mußte dazu führen, daß sein Urlaub sofort gestrichen wurde. Aber wenn es keinen Kontakt gab und seine Vorgesetzten ihn nicht erreichen konnten, erreichte ihn auch dieser Befehl nicht.

Connal setzte sich auf die Couch, stellte den Aktenkoffer neben sich und griff nach dem Bleistift. Er schrieb zwei Worte auf den Telefonblock. *Meagen anrufen.* Er mußte dafür sorgen, daß seine Schwester jedem, der nach ihm fragte, erklärte, er sei nach Press' Beerdigung mit unbekanntem Ziel abgereist. Das fügte sich zu dem, was er dem Admiral gesagt hatte, daß er nämlich seine Information zu den »Behörden« tragen würde, die Preston Hallidays Tod untersuchten.

F. Er konnte zur Bonner Polizei gehen und ihr die Wahrheit sagen: Er habe allen Grund zu der Annahme, daß ein amerikanischer Kollege gegen seinen Willen in General Erich Leifhelms Haus festgehalten wird. Das führte natürlich zu der unvermeidbaren Frage, warum sich der Lieutenant Commander nicht mit der amerikanischen Botschaft in Verbindung setzte? Das Unausgesprochene lag dicht unter der Oberfläche: gleichgültig, welche politische Meinung man auch vertrat, General Leifhelm war eine prominente Persönlichkeit, und eine so ernsthafte Behauptung sollte von diplomatischer Seite gestützt werden. Also wieder die Botschaft. Streichen. Außerdem war auch nicht auszuschließen, daß Leifhelm Freunde in Polizeikreisen hatte. Er würde also möglicherweise von Connals Bemühungen hören und Converse an einen anderen Ort bringen. Oder ihn töten. *G.* ...war verrückt, dachte der Marineanwalt, als plötzlich ein Gedanke in seinem Kopf Gestalt annahm. Ein *Handel*. Selbst bei Gerichtsverfahren ein durchaus üblicher Vorgang... *Wir lassen den Teil der Anklage fallen, wenn Sie mit jenem anderen einverstanden sind. Wir halten uns aus diesem Bereich heraus, wenn Sie sich aus jenem zurückziehen.* Durchaus üblich. Ein Handel. Gab es da Möglichkeiten? Konnte man so etwas in Betracht ziehen? Es war verrückt, ein Akt der Verzweiflung, aber schließlich war alles verrückt, worauf er sich eingelassen hatte. Und da Gewalt nicht in Frage kam... war ein Austausch möglich? Leifhelm gegen Converse. Ein General für einen Lieutenant.

Connal wagte nicht, sich näher mit dem Gedanken zu befassen. Dazu drängten sich zu viele negative Aspekte auf. Er mußte seinem Instinkt folgen, weil ihm keine andere Wahl mehr geblieben war; jeder Weg, den er einschlug, führte entweder zu einer Mauer oder einer Kugel. Er stand auf und ging zu dem Tisch, auf dem das Telefon stand. Dann setzte er sich und griff nach dem Telefonbuch auf dem Boden. Was er im Sinn hatte, war verrückt, aber darüber durfte er jetzt nicht nachdenken. Er fand den Namen. *Fischbein, Ilse.* Die uneheliche Tochter von Hermann Göring.

Die Verabredung wurde getroffen: einer der hinteren Tische im Kaiser-Café am Kaiserplatz, bestellt auf den Namen Parnell. Glücklicherweise hatte Fitzpatrick noch in Kalifornien daran gedacht, einen konservativ geschnittenen Anzug mitzunehmen. Er trug ihn jetzt als der amerikanische Anwalt Mr. Parnell, der fließend Deutsch sprach und von seiner Firma in Milwaukee, Wisconsin, ausgeschickt worden war, um Kontakt zu einer gewissen Ilse Fischbein in Bonn herzustellen. Außerdem hatte er sich noch im *Schloßpark* am Venusbergweg ein Einzelzimmer gemietet und Joels Aktenkoffer dort untergebracht. Dort war der Koffer einige Zeit in Sicherheit, und gleichzeitig konnte er für Converse eine Spur sein, falls alles schiefgehen sollte.

Connal kam zehn Minuten vor der verabredeten Zeit, nicht nur, um sich seinen Tisch zu sichern, sondern auch um sich mit der Umgebung vertraut zu machen und sich zu überlegen, wie er vorgehen wollte. Er war das so gewohnt und pflegte auch Gerichtssäle immer vor der Verhandlung zu betreten, um sich Stühle und Tische anzusehen und sich mit den verschiedenen Blickwinkeln vertraut zu machen. All das half.

Er erkannte sie sofort, als sie kam und sich dem Oberkellner zu erkennen gab. Sie war hochgewachsen und füllig, ohne korpulent zu sein.

Sie trug ein hellgraues Sommerkostüm und hatte das

Jackett über dem Busen zugeknöpft. Auch ihr Gesicht war voll, aber nicht weich. Die hohen Backenknochen verliehen dem Gesicht einen strengen Charakter, den es sonst vielleicht nicht gehabt hätte; ihr Haar war dunkel mit ein paar grauen Strähnen und reichte bis zu den Schultern. Der Oberkellner führte sie an den Tisch. Fitzpatrick erhob sich.

»Guten Tag, Frau Fischbein«, sagte er und streckte ihr die Hand entgegen. »Bitte setzen Sie sich.«

»Sie brauchen nicht Deutsch zu sprechen, Herr Parnell«, sagte die Frau, ließ seine Hand los und setzte sich, worauf der Oberkellner sich verbeugte und zurückzog. »Ich verdiene mir meinen Lebensunterhalt mit Übersetzungen.«

»Wie es Ihnen lieber ist«, sagte Connal.

»Ich glaube, so wie die Dinge liegen, würde ich Englisch vorziehen. Und jetzt sagen Sie mir, was ist das für eine unglaubliche Sache, die Sie da am Telefon erwähnten, Mr. Parnell?«

»Ganz einfach eine Erbschaft, Mrs. Fischbein«, erwiderte Fitzpatrick mit aufrichtigem Blick und ohne die Augen von ihr zu wenden. »Wenn sich ein paar technische Fragen klären lassen, und das wird bestimmt möglich sein, werden Sie als rechtmäßige Empfängerin des Erbes eine beträchtliche Summe erhalten.«

»Von jemandem in Amerika, den ich nie gekannt habe?«

»Er... hat Ihren Vater gekannt.«

»Ich nicht«, sagte Ilse Fischbein schnell, und ihre Augen huschten über die benachbarten Tische. »Wer ist dieser Mann?«

»Er hat während des Krieges dem Stab Ihres Vaters angehört«, antwortete Connal mit noch leiserer Stimme. »Mit Hilfe Ihres Vaters – und gewisser Kontakte in Holland – war es ihm möglich, Deutschland vor den Nürnberger Prozessen mit ziemlich viel Geld zu verlassen. Er kam über London in die Vereinigten Staaten und gründete mit seinem Geld eine Firma im Mittleren Westen. Das Unternehmen war sehr erfolgreich. Kürzlich starb der Mann. Bei meiner Kanzlei, die ihn zu Lebzeiten juristisch vertrat, hatte er versiegelte Anweisungen hinterlassen.«

»Aber warum gerade ich?«

»Er wollte eine Schuld abtragen. Ohne den Einfluß und die Unterstützung Ihres Vaters wäre unser Klient wahrscheinlich für Jahre ins Gefängnis gekommen und dort verkümmert, statt so erfolgreich zu werden, wie ihm das in Amerika möglich war. Dort war er für alle ein holländischer Emigrant, dessen Familienbetrieb im Krieg zerstört wurde und der sich in Amerika eine neue Existenz aufbaute. Dazu gehörten beträchtlicher Immobilienbesitz und eine höchst erfolgreiche Konservenfabrik – was nun alles zum Verkauf ansteht. Ihre Erbschaft beträgt über zwei Millionen US-Dollar. Hätten Sie gerne einen Aperitif, Mrs. Fischbein?«

Die Frau konnte zuerst nicht antworten. Ihre Augen hatten sich geweitet, und ihr Blick wirkte, als befände sie sich in Trance. »Ja, ich glaube schon, Herr Parnell«, sagte sie mit monotoner Stimme. »Einen großen Whisky, wenn es recht ist.«

Fitzpatrick winkte dem Kellner, bestellte und versuchte einige Male, ein lockeres Gespräch in Gang zu bringen. Er äußerte sich zu dem herrlichen Wetter und fragte sie, was er sich in Bonn ansehen solle. Aber es hatte wenig Sinn. Ilse Fischbein wirkte völlig erstarrt. Sie hatte ihn am Handgelenk gepackt und hielt es wortlos fest, sah ihm mit halb offenstehendem Mund und glasigen Augen an. Jetzt wurden ihre Getränke gebracht. Der Kellner ging wieder, und immer noch ließ sie ihn nicht los. Sie trank etwas unsicher und hielt das Glas mit der linken Hand.

»Was sind das für Fragen, die noch geklärt werden müssen? Fragen Sie alles, *fordern* Sie. Sind Sie gut untergekommen? In Bonn sind Hotelzimmer immer knapp.«

»Sie sind sehr liebenswürdig; ja. Versuchen Sie zu begreifen, Mrs. Fischbein, für meine Firma ist das eine sehr schwierige Angelegenheit. Wie Sie sich sicher gut vorstellen können, handelt es sich nicht um die Art von Auftrag, wie sie amerikanische Anwälte gern übernehmen, und um es offen zu sagen, wenn unser Klient nicht bestimmte Vorschriften bezüglich dieses Teilbereichs seines Testaments gemacht hätte, dann hätten wir vielleicht...«

»Die Fragen! Was sind das für *Fragen*?«

Fitzpatrick machte eine Pause, ehe er Antwort gab – er war jetzt ganz der nachdenkliche Anwalt, der die Unterbrechung zwar zuließ, aber sich nicht von seinem Thema abbringen lassen wollte. »Alles wird streng vertraulich erledigt werden; das Nachlaßgericht wird *in camera*...«

»Fotografien?«

»Nein, eine Sitzung unter Ausschluß der Öffentlichkeit, Mrs. Fischbein. Zum Nutzen der Gemeinde und im Austausch für bestimmte Staats- und Gemeindesteuern, die im Falle einer Konfiszierung in Wegfall kämen. Sehen Sie, die höheren Gerichte könnten zu dem Schluß gelangen, daß die ganze Erbschaft fragwürdig ist und näher untersucht werden muß.«

»Ja, die Fragen! Was für Fragen wollen Sie mir stellen?«

»Es ist wirklich ganz einfach. Ich habe da einige Erklärungen vorbereitet, die Sie unterschreiben werden, und ich werde dann Ihre Unterschrift bezeugen. Damit soll Ihre Abkunft bestätigt werden. Dann wäre da eine kurze, formelle Aussage, die zur Bestätigung Ihres Erbanspruchs benötigt wird. Wir brauchen nur eine solche Erklärung, aber sie muß von einem ehemaligen hohen Offizier der deutschen Wehrmacht abgegeben werden, vorzugsweise von einem Mann, dessen Name bekannt ist und der in den Geschichtsbüchern oder in Kriegsberichten als enger Kollege Ihres leiblichen Vaters ausgewiesen wird. Es wäre natürlich von Vorteil, wenn es jemand wäre, der in amerikanischen Militärkreisen bekannt ist, für den Fall nämlich, daß der Richter beschließt, das Pentagon anzurufen und zu fragen: ›Wer ist dieser Bursche eigentlich?‹«

»Ich kenne den Mann dafür!« flüsterte Ilse Fischbein. »Er war ein Feldmarschall, ein brillanter *General*!«

»Wer ist es?« fragte der Anwalt, zuckte dann aber sofort die Achseln und tat die Identität als belanglos ab. »Schon gut. Sagen Sie mir nur, weshalb Sie glauben, daß er der richtige Mann ist, dieser Feldmarschall.«

»Er genießt hohen Respekt, obwohl nicht alle mit ihm einer Meinung sind. Er war einer der berühmtesten jungen

Befehlshaber und ist einmal von meinem Vater persönlich dekoriert worden!«

»Würde ihn jemand im amerikanischen Militärestablishment kennen?«

»*Mein Gott*! Er hat nach dem Kriege in Berlin und Wien für die Alliierten gearbeitet!«

»Ja?«

»Und im SHAPE-Hauptquartier in Brüssel!«

Ja, dachte Connal, wir sprechen von demselben Mann. »Schön«, sagte Fitzpatrick beiläufig, aber ernst. »Sie brauchen mir seinen Namen nicht zu nennen. Er ist ohne Belang, und ich würde ihn wahrscheinlich ohnehin nicht kennen. Können Sie ihn schnell erreichen?«

»In wenigen Minuten! Er ist hier in Bonn.«

»Ausgezeichnet. Dann könnte ich morgen schon zurückfliegen.«

»Sie können in sein Haus gehen, dann diktiert er das, was Sie brauchen, in Ihrem Beisein seiner Sekretärin.«

»Es tut mir leid, aber das geht nicht. Die Erklärung muß von einem Notar beglaubigt werden. Soweit mir bekannt ist, haben Sie hier dieselben Vorschriften wie wir in den Staaten – schließlich haben Sie sie ja erfunden –, und im Schloßparkhotel gibt es eine Hotelsekretärin, die das sicher für uns erledigt. Und einen Notar werden wir schon ausfindig machen. Sagen wir heute abend, oder vielleicht morgen früh? Es wäre mir ein Vergnügen, Ihrem Freund ein Taxi zu schicken. Ich möchte nicht, daß ihn das auch nur einen Pfennig kostet. Meine Firma wird für die Spesen aufkommen.«

Ilse Fischbein kicherte – ein lautloses, hysterisches Kichern. »Sie kennen meinen Bekannten nicht, mein Herr.«

»Ich bin sicher, daß wir miteinander auskommen werden. Wie wäre es, wenn wir jetzt zusammen zu Mittag essen würden?«

»Ich muß rasch austreten«, sagte die Frau, und ihre Augen blickten wieder glasig. Als sie aufstand, konnte Connal sie flüstern hören. »Mein Gott! Zwei Millionen Dollar!«

»Er will nicht einmal Ihren *Namen* wissen!« rief Ilse Fischbein ins Telefon. »Er kommt aus Milwaukee, Wisconsin, und bietet mir *zwei Millionen Dollar*!«

»Er hat nicht einmal gefragt, wer ich bin?«

»Er sagte, es sei nicht wichtig! Wahrscheinlich würde er Sie auch gar nicht kennen. Und können Sie sich das vorstellen? Er hat angeboten, Ihnen ein Taxi zu schicken! Er sagte, Sie sollten keinen Pfennig Unkosten haben!«

»Es stimmt schon, Göring war in den letzten Wochen vor dem Zusammenbruch ungemein großzügig«, sinnierte Leifhelm. »Natürlich stand er die meiste Zeit unter Drogen, und die Leute, die ihm das Rauschgift lieferten, was damals gar nicht leicht war, erhielten als Gegenleistung Hinweise auf Kunstschätze, die er irgendwo versteckt hatte. Der Mann, der ihm die Zyankalikapsel verschafft hat, soll heute noch wie ein römischer Kaiser in Luxemburg leben.«

»Sie sehen schon, es stimmt! Göring hat solche Dinge getan!«

»Wobei er freilich selten wußte, was er tat«, räumte der General widerstrebend ein. »Das ist wirklich höchst ungewöhnlich und sehr unbequem, Ilse. Hat Ihnen dieser Mann irgendwelche Dokumente gezeigt, irgendwelche Beweise für seinen Auftrag?«

»*Natürlich!*« log die Frau in panischer Angst und suchte nach den richtigen Worten. »Er hat mir ein Blatt mit juristischen Ausdrücken gezeigt und eine... Erklärung – die von den Gerichten vertraulich behandelt würde! In *nichtöffentlicher* Sitzung. Es geht um Steuern, die nicht bezahlt werden würden, falls die Erbschaft konfisziert werden wird...«

»Das habe ich alles schon einmal gehört, Ilse«, unterbrach Leifhelm sie müde. »Es gibt keinen gesetzlichen Schutz für sogenannte Kriegsverbrecher und Gelder, die von ihnen aus dem Land entfernt wurden. Also ersticken diese Heuchler in dem Augenblick an ihren heuchlerischen Regeln, wo die Geld kosten.«

»Sie sind so klug, Herr General, und ich bin immer so loyal gewesen. Ich habe noch nie eine Bitte von Ihnen abgelehnt, ob sie nun beruflicher Natur war oder viel intimer.

Bitte. Zwei Millionen Dollar! Es kostet Sie höchstens zehn Minuten!«

»Ich muß ja zugeben, Sie waren immer wie eine gute Nichte, das kann ich nicht leugnen. Und was die anderen Dinge angeht, so kann das wirklich keiner wissen. Also gut, heute abend meinetwegen. Ich esse um neun Uhr im Steigenberger. Ich werde um acht Uhr fünfzehn im Schloßpark vorbeikommen. Sie können mir ja von Ihrem neuen Reichtum ein Geschenk machen.«

»Wir treffen uns in der Halle.«

»Mein Fahrer wird mich begleiten.«

Fitzpatrick saß in dem kleinen Konferenzzimmer im ersten Stock des Hotels und sah sich die Waffe an, die Gebrauchsanweisung lag auf seinem Schoß. Er versuchte, das, was der Verkäufer ihm erklärt hatte, zu den Strichzeichnungen in Verbindung zu bringen, die er vor Augen hatte, und war zufrieden, daß er genug wußte. Es gab genügend grundlegende Ähnlichkeiten mit dem Colt .45, der in der Navy zur Bewaffnung gehörte, der einzigen Handfeuerwaffe, mit der er vertraut war. Er konnte also auf die technischen Informationen verzichten. Die Waffe, die er gekauft hatte, war eine Heckler & Koch PGS Automatik, etwa sechs Zoll lang, Kaliber neun Millimeter, mit einem neunschüssigen Magazin. Er konnte die Waffe laden, mit ihr zielen und sie abfeuern; mehr war nicht notwendig, und er hoffte inständig, daß besonders letzteres *nicht* notwendig werden würde.

Er sah auf die Uhr, es war fast acht. Er steckte sich die Pistole in den Gürtel, hob die Gebrauchsanweisung auf, sah sich dann im Zimmer um und ging im Geist noch einmal alles durch, wie er es geplant hatte. Natürlich hatte Ilse Fischbein ihm gesagt, daß Leifhelm Begleitung haben würde, einen »Fahrer« in diesem Fall, und man durfte wohl davon ausgehen, daß der Mann auch andere Funktionen hatte. Wenn ja, so würde er keine Gelegenheit bekommen, sie auszuüben.

Der Raum – einer der zwanzig Besprechungsräume, die das Hotel anzubieten hatte und den er unter einem erfundenen Firmennamen reserviert hatte – war nicht groß, aber es gab da einige Dinge, die er zu seinem Vorteil nutzen konnte. Der übliche rechteckige Tisch stand in der Mitte, drei Stühle auf jeder Seite, zwei an den Kopfenden und neben einem ein Telefon. Es gab weitere Stühle an den Wänden für die Stenografen und die Beobachter – alles ganz normal. Aber in der Mitte der linken Wand war eine Türnische, die in ein sehr kleines Zimmer führte, das vermutlich für Einzelgespräche gedacht war. In diesem Zimmer befand sich ein weiteres Telefon, und wenn dort der Hörer abgenommen wurde, dann leuchtete ein Knopf an dem Telefon auf dem Konferenztisch auf. Außerdem führte die Korridortür in einen kleinen Vorraum. Eintretenden war es daher nicht möglich, den Raum vom Korridor aus zu überblicken.

Connal faltete die Gebrauchsanweisung zusammen, steckte sie in die Jackentasche und ging an den Tisch, um seine Requisiten zu überprüfen. Er war in einem Geschäft für Bürobedarf gewesen und hatte dort das Nötige gekauft. Am anderen Ende des Tisches, beim Telefon – das senkrecht zum Tischrand stand, so daß man die Knöpfe deutlich sehen konnte – lagen ein paar Aktenordner neben einer offenen Aktentasche (aus der Ferne sah das dunkle Plastikmaterial wie teures Leder aus). Verstreut über den Tisch waren Papiere, Bleistifte und ein gelber Schreibblock, dessen erste paar Seiten nach hinten umgeschlagen waren. Die Szene war jedem vertraut, der je mit einem Anwalt zu tun gehabt hatte: der Block enthielt die Notizen, die sich der gelehrte Herr vor der Konferenz gemacht hatte.

Fitzpatrick kehrte zu dem Sessel zurück, schob ihn etwas weiter nach vorn und ging zu dem kleinen Nebenzimmer. Er hatte die Beleuchtung eingeschaltet – zwei Tischlampen zu beiden Seiten einer Couch. Er ging zu dem Tisch links von der Couch, auf dem das Telefon stand, und schaltete eine Lampe aus. Dann wieder zurück zu der offenen Tür, wo er sich zwischen das Türblatt und die Wand stellte und durch den schmalen, senkrechten Schlitz spähte, der sich zwischen Tür und Türstock öffnete. Er konnte den Eingang des kleinen Vorraums deutlich überblicken. Drei Leute würden das Konferenzzimmer betreten, und dann würde er herauskommen.

Es klopfte an der Korridortür, das schnelle, ungeduldige Klopfen einer Erbin, die nicht länger warten konnte. Er hatte Ilse Fischbein erklärt, wo der Konferenzraum zu finden sei, sonst aber nichts. Weder Namen noch Nummer, und sie hatte in ihrem Eifer auch nicht danach gefragt. Fitzpatrick ging die paar Schritte zu dem Telefontisch in dem kleinen Nebenraum; er nahm den Hörer von der Gabel und legte ihn auf die Tischplatte. Dann ging er an seinen Platz hinter der Tür zurück und zwängte sich so nahe an die Türritze, daß er gut hindurchsehen konnte, selbst aber im Schatten blieb. Er zog die Pistole aus dem Gürtel, hielt sie auf den Boden gerichtet und rief so laut, daß man ihn draußen im Hotelkorridor hören konnte:

»Bitte, kommen Sie herein, die Tür ist offen. Ich telefoniere gerade.«

Ein Türgeräusch war zu hören, dann kam Ilse Fischbein schnell ins Zimmer gegangen, die Augen auf den Konferenztisch gerichtet. Dicht hinter ihr folgte Erich Leifhelm, der sich umsah und sich dann etwas zur Seite drehte, mit dem Kopf nickte. Ein dritter Mann in Chauffeuruniform wurde sichtbar, die Hand in der Tasche seines grauen Jacketts. Dann hörte Connal das zweite Geräusch, auf das er gewartet hatte. Die Korridortür wurde zugeschlagen.

Der Marineanwalt riß die kleine Tür zurück, trat schnell um sie herum, die Waffe auf den Chauffeur gerichtet.

»Sie!« rief er in deutscher Sprache. »Nehmen Sie die Hand aus der Tasche! *Langsam*!« Die Frau stöhnte auf und setzte dann zu einem Schrei an. Fitzpatrick herrschte sie an. »Seien Sie *still*! Wie Ihr Freund Ihnen sagen wird, habe ich nichts zu verlieren. Ich kann Sie alle drei töten, und das Land in einer Stunde verlassen. Die Polizei wird dann nach einem Mr. Parnell suchen, der überhaupt nicht existiert.«

Der Chauffeur zog langsam die Hand aus der Tasche, seine Finger waren starr und seine Kinnmuskeln arbeiteten. Leifhelm starrte Connals Waffe voller Wut, in die sich Angst mischte, an. Sein Gesicht war rot angelaufen.

»Sie *wagen*...?«

»Ich wage es, Feldmarschall«, sagte Fitzpatrick. »Sie können darauf wetten, daß ich es wage, und wenn ich Sie wäre, dann würde ich nicht den geringsten Anlaß liefern, daß ich noch zorniger werde.« Jetzt wandte Connal sich an die Frau. »*Sie*. In der Aktentasche auf dem Tisch sind acht Stücke Schnur. Fangen Sie mit dem Fahrer an. Fesseln Sie ihn an Händen und Füßen; ich sage Ihnen, wie man es macht. *Schnell*!«

Vier Minuten später saßen der Chauffeur und Leifhelm mit gefesselten Hand- und Fußgelenken auf zwei Konferenzstühlen. Die Waffe des Fahrers lag auf dem Tisch. Der Marineanwalt überprüfte die Knoten, die die Frau nach seinen Anweisungen gebunden hatte. Alles war sicher; je mehr die Gefesselten dagegen ankämpften, desto enger würden die Knoten sich ziehen. Fitzpatrick befahl der verängstigten Frau, auf einem dritten Stuhl Platz zu nehmen. Dann band er auch sie. Jetzt richtete er sich auf, nahm die Automatik vom Tisch und ging auf Leifhelm zu, der neben dem Telefon saß, an dem das Lämpchen leuchtete. »So«, sagte er, die Pistole unverwandt auf den Kopf des Deutschen gerichtet. »Sobald ich den Hörer im Nebenzimmer aufgelegt habe, werden wir von hier aus telefonieren.« Der Marineanwalt ging schnell in das kleine Nebenzimmer, legte den Hörer auf und kehrte zurück. Er setzte sich neben den gefesselten Leifhelm und holte einen Fetzen Papier aus der offenen Aktentasche. Auf ihm stand die Telefonnummer der Villa des Generals.

»Was, glauben Sie, können Sie damit erreichen?« fragte Leifhelm.

»Einen Tausch«, erwiderte Fitzpatrick und drückte dem Deutschen den Pistolenlauf gegen die Schläfe. »Sie gegen Converse.«

»*Mein Gott!*« flüsterte Ilse Fischbein wie versteinert, während der Chauffeur immer noch gegen seine Fesseln ankämpfte, die ihm allmählich ins Fleisch schnitten.

»Sie glauben, daß jemand auf Sie hören oder sogar Ihre Anweisungen ausführen wird?«

»Das wird man müssen, wenn man Sie noch einmal lebend wiedersehen will. Sie wissen, daß ich recht habe, General. Diese Pistole ist nicht sehr laut, davon habe ich mich überzeugt. Ich kann das Radio einschalten und Sie töten und im Flugzeug sitzen, noch bevor man Sie findet. Dieses Zimmer ist für die ganze Nacht reserviert, und ich habe Anweisung gegeben, uns unter keinen Umständen zu stören.« Connal nahm die Waffe in die linke Hand, hob den Hörer ab und wählte die Nummer, die auf dem Blatt stand.

»Guten Tag. Hier bei General Leifhelm.«

»Holen Sie jemand an den Apparat, der etwas zu sagen hat«, verlangte der Marineanwalt in perfektem Deutsch. »Im Moment halte ich General Leifhelm eine Pistole gegen die Schläfe und werde ihn sofort töten, wenn Sie nicht tun, was ich sage.«

Am anderen Ende der Leitung waren im Hintergrund Rufe zu hören. Wenige Sekunden später sprach eine Stimme mit ausgeprägtem britischem Akzent langsam und deutlich in englischer Sprache.

»Wer spricht da und was wollen Sie?«

»Oh, was sage ich denn? Das klingt ja wie Major Philip Dunstone – das *war* doch der Name, nicht wahr? Sie klingen nicht halb so freundlich wie gestern nacht.«

»Tun Sie ja nichts Übereiltes, Commander. Das würden Sie nur bedauern.«

»Und machen Sie keine Dummheiten, sonst bedauert Leifhelm das noch viel früher – das heißt, solange er überhaupt noch etwas bedauern kann. Sie haben eine Stunde, um Converse zum Flughafen und in die Abflughalle zu bringen. Er hat eine Reservierung für die Zehn-Uhr-Maschine nach Washington D. C. über Frankfurt. Ich habe das Nötige veranlaßt. Ich werde eine Nummer in einem Zimmer anrufen, in das er zu bringen ist, und erwarte, dort mit ihm sprechen zu können. Anschließend werde ich hier weggehen, Sie von einem anderen Apparat aus anrufen und Ihnen erklären, wo Ihr Chef ist. Und jetzt sorgen Sie dafür, daß Converse zum Flughafen kommt. Eine Stunde, Major!« Fitzpatrick schob den Hörer Leifhelm hin und drückte dem Deutschen wieder den Pistolenlauf an die Schläfe.

»Tun Sie, was er verlangt«, sagte der General mit halberstickter Stimme.

Die Minuten verstrichen langsam, dehnten sich zu einer Viertelstunde, einer halben, und dann brach Leifhelm schließlich das Schweigen.

»Sie haben sie also gefunden«, sagte er und wies mit einer Kopfbewegung auf Ilse Fischbein, die zitternd und mit tränenüberströmtem Gesicht dasaß.

»Genauso wie wir herausgefunden haben, was vor vierzig Jahren in München geschehen ist, und noch eine ganze Menge anderer Dinge. Sie sind doch alle schon zu dieser großen Einsatzzentrale im Himmel unterwegs, Feldmarschall. Machen Sie sich also keine Sorgen, ob ich das Wort halten werde, das ich Ihrem englischen Butler gegeben habe. Ich möchte um keinen Preis der Welt darauf verzichten, zuzusehen, wie man euch Dreckskerle vorführt, damit jeder sehen kann, was ihr wirklich seid. Leute wie Sie haben dem Militär auf der ganzen Welt einen verdammt schlechten Ruf eingetragen.«

Aus dem Korridor war ein Geräusch zu hören. Connal blickte auf, hob die Pistole und hielt sie Leifhelm wieder an die Schläfe.

»Was ist?« sagte der Deutsche und zuckte die Schultern.

»Keine Bewegung!«

Aus dem Gang tönten Stimmen herein, Gesang, mehr laut als schön. Eine Konferenz in einem der anderen Zimmer war zu Ende gegangen, und den Geräuschen nach war der Alkohol reichlich geflossen. Heiseres Gelächter übertönte die Stimmen, und Fitzpatricks Spannung lockerte sich; er ließ die Automatik sinken; niemand außerhalb dieses Zimmers wußte seine Nummer.

»Sie sagen, daß Männer wie ich Ihrem Beruf – welcher auch der meine ist – einen schlechten Ruf eintragen«, sagte Leifhelm. »Ist es Ihnen einmal in den Sinn gekommen, Commander, daß wir diesem Beruf in einer Welt, die uns dringend braucht, einen ganz besonderen Stellenwert verschaffen könnten?«

»Die uns braucht?« fragte Connal. »Zuerst brauchen wir die Welt und nicht Ihre Art von Welt. Sie haben es versucht und sind gescheitert, erinnern Sie sich nicht daran?«

»Das war eine einzige Nation unter der Führung eines Wahnsinnigen, der versuchte, der ganzen Welt seinen Stempel aufzudrücken. Diesmal sind es viele Nationen mit einer Klasse selbstloser Berufssoldaten, die zum Nutzen aller zusammengekommen sind.«

»Nach wessen Vorbild? Dem Ihren? Sie sind ein komischer Bursche, General. Manchmal muß ich an Ihren Zielen zweifeln.«

»Die Fehler eines jungen Mannes, dem man den Namen und jede Chance geraubt hat, sollte man nicht ein halbes Jahrhundert später dem Erwachsenen zur Last legen.«

»Geraubt? Ich glaube, Sie haben das recht schnell und ziemlich brutal ausgeglichen. Mir gefallen Ihre Mittel nicht.«

»Sie haben keinen Blick für Größe.«

»Dem Himmel sei Dank dafür.« Der Gesang im Korridor verstummte kurz und schwoll dann wieder an. »Vielleicht sind das ein paar Ihrer Kumpane aus Dachau!«

Leifhelm zuckte die Schultern.

Plötzlich brach die Tür mit einem lauten Knall auf und schlug gegen die Wand. Im nächsten Moment stürmten drei Männer ins Zimmer. Schüsse aus schallgedämpften Pistolen peitschten, Hände zuckten hin und her, die Tischplatte zersplitterte. Fitzpatrick spürte den stechenden Schmerz im Arm, als ihm die Automatik weggerissen wurde. Er blickte an sich hinunter und sah das Blut aus dem Ärmel seines Jacketts quellen. Erschreckt zuckte er zusammen, sein Blick wanderte nach links. Ilse Fischbein war tot, ihr blutender Schädel von einer ganzen Salve zerschmettert. Der Chauffeur grinste obszön.

Die Tür wurde geschlossen, als ob nichts geschehen sei und die letzten Augenblicke ein bereits wieder vergessener Zwischenfall wären, an den niemand sich erinnerte.

»Stümper«, sagte Leifhelm, während einer der Eindringlinge ihm die Fesseln von den Handgelenken schnitt. »Den Ausdruck habe ich erst gestern gebraucht, Commander, aber da wußte ich noch nicht, wie recht ich hatte. Haben Sie denn wirklich geglaubt, daß man das Telefongespräch nicht zu diesem Zimmer zurückverfolgen könnte?... Das war alles viel zu einfach, Converse gehört uns, und plötzlich kommt diese arme Hure zu ungeheurem Reichtum – *amerikanischem* Reichtum. Ich will Ihnen einräumen, daß das durchaus möglich gewesen wäre – solche Testamente werden häufig von irgendwelchen Idioten abgefaßt, die gar nicht wissen, welchen Schaden sie anrichten –, aber das Timing war zu perfekt, zu... stümperhaft.«

»Sie sind ein Hurensohn.« Connal schloß kurz die Augen und versuchte, den Schmerz aus seinem Bewußtsein zu verdrängen. Er war nicht mehr fähig, seine Finger zu bewegen.

»Aber Commander«, sagte der General und erhob sich von seinem Stuhl, »ist das die Tollkühnheit der Furcht? Glauben Sie, ich werde Sie jetzt töten lassen? Sie täuschen sich. Nachdem Sie beurlaubt sind, können Sie uns noch einen kleinen, aber einmaligen Dienst erweisen. Sie werden unser Gast sein, Commander, aber nicht hier in Deutschland. Sie werden eine Reise machen.«

17

Converse schlug die Augen auf, ihm war als lasteten auf seinen Lidern schwere Eisengewichte. Übelkeit schnürte ihm die Kehle zu. Rings um ihn war undurchdringliche Finsternis. Er spürte ein Stechen an seiner Seite – an seinem Arm –, das Fleisch war aufgetrennt worden, es spannte und hatte sich entzündet. Blind tastete er nach der schmerzenden Stelle, bis er aufstöhnend die Hand wieder zurückzog. Dann kroch irgendwie Licht in den dunklen Raum über ihm, tastete sich durch scheinbar bewegte Hindernisse und spähte in die Schatten hinein. Gegenstände begannen träge Gestalt anzunehmen – der Metallrand der Pritsche dicht an seinem Gesicht, zwei hölzerne Stühle, die einander zu beiden Seiten eines kleinen Tisches gegenüberstanden, eine Tür, ebenfalls in der Ferne, aber weiter entfernt und geschlossen... dann noch eine Tür, offen, ein weißer Ausguß mit zwei Wasserhähnen in einer weit entfernten Kammer auf der linken Seite. Das Licht? Es bewegte sich immer noch, tanzte jetzt, flackerte. Woher kam es?

Er fand es. Hoch an der Wand, zu beiden Seiten der geschlossenen Tür, waren zwei rechteckige Fenster mit kurzen Vorhängen, die sich in dem leichten Wind blähten. Die Fenster waren offen, aber die Öffnung war auf sonderbare Weise doch auch wieder unterbrochen. Joel hob den Kopf, stützte sich auf den Unterarm und kniff die Augen zusammen. Er versuchte deutlicher zu sehen. Sein Blick erfaßte die Unterbrechungen hinter den geblähten Vorhängen – dünne schwarze Metallstangen, die senkrecht in den Fensterrahmen standen. Gitter! Er befand sich in einer Zelle.

Joel ließ sich auf die Pritsche zurücksinken, schluckte ein paarmal, um den Schmerz in der Kehle zu lindern, und bewegte den Arm langsam im Kreis, um den Schmerz der... Wunde? ...zu lindern. Ja, eine Wunde, eine Schußverletzung! Die Erinnerung kam mit einem Schrecken. Ein Abendessen hatte sich in eine Schlacht verwandelt. Blendende Lichter und plötzliche Schmerzstöße verbanden sich mit leisen, eindringlichen Stimmen, die auf ihn einredeten, ein nicht endenwollendes Echo, das seine Ohren bedrängte, während er verzweifelt versuchte, dem Angriff Widerstand zu leisten. Dann wieder Augenblicke friedlicher Ruhe, das gleichmäßige Dröhnen einer einzigen Stimme im Nebel. Converse schloß die Augen, drückte die Lider mit aller Kraft zusammen, während sich ihm eine andere Erkenntnis aufdrängte und ihn zutiefst beunruhigte. Die Stimme in den wallenden Nebeln war *seine* Stimme. Man hatte ihn unter Drogen gesetzt, und er wußte, daß er Geheimnisse verraten hatte.

Man hatte ihn schon früher einmal unter Drogen gesetzt, mehrmals sogar, damals in den nordvietnamesischen Lagern. Und wie stets stellte sich auch diesmal der Ekel abgestumpfter Empörung ein. Man hatte sein Bewußtsein bloßgelegt und ihm Gewalt angetan, hatte seine Stimme dazu gezwungen, Dinge preiszugeben, die sein Wille mit letzter Kraft behüten wollte.

Da war ein Geräusch – auf der anderen Seite des Raumes! Dann noch eines, und gleich darauf wieder eines. Das scharrende Metall verriet ihm, daß ein Riegel zurückgezogen wurde; das Kratzen eines Schlüssels, gefolgt vom Drehen eines Knopfes bedeutete, daß die Tür in der weit entfernten Wand geöffnet wurde. Sie sprang auf, und eine Flut von blendendem Sonnenlicht stürzte in den Raum, in seine Zelle. Converse hielt sich die Hand über die Augen und spähte zwischen den Fingern hindurch. Die blasse und verschwommene Silhouette eines Mannes stand in der Türöffnung. Er hielt einen flachen Gegenstand in der linken Hand und stützte ihn von unten. Die Gestalt trat ein, und Joel erkannte blinzelnd, daß es der Chauffeur war, der ihn in der Einfahrt nach Waffen abgesucht hatte.

Der uniformierte Fahrer trat an den Tisch und setzte geschickt den flachen Gegenstand ab; es war ein Tablett, das mit einem Tuch bedeckt war. Erst jetzt richtete sich Converses Blick auf die von der Sonne hell erleuchtete Tür. Draußen drängte sich das Dobermannrudel. Die glänzenden schwarzen Augen der Hunde wanderten immer wieder zum Eingang der Zelle, ihre Lefzen waren zurückgezogen, so daß man die blitzenden Fänge sehen konnte.

»*Guten Morgen, mein Herr*«, sagte Leifhelms Chauffeur und wechselte dann ins Englische über. »Ein schöner Tag am Rhein, nicht wahr?«

»Dort draußen ist es hell, wenn Sie das meinen«, erwiderte Joel, die Hand immer noch über den Augen. »Wahrscheinlich sollte ich dankbar sein, daß ich das nach gestern abend noch sehen kann.«

»Gestern abend?« Der Deutsche machte eine kurze Pause und fügte dann leise hinzu. »Das war vor zwei Nächten, Amerikaner. Sie sind jetzt seit dreiunddreißig Stunden hier.«

»Dreiund...?« Converse stemmte sich in die Höhe und schwang die Beine über den Bettrand. Er mußte innehalten; ein Schwindelgefühl erfaßte ihn. Er hatte zu viel Kraft verloren. *O Gott! Wie deutlich er sich erinnerte! Du darfst keine Bewegung vergeuden. Die kommen wieder. Diese Schweine!* »Ihr Schweine«, sagte er, ohne sich etwas dabei zu denken. Dann wurde ihm zum erstenmal bewußt, daß er kein Hemd trug. Erst jetzt bemerkte er den Verband an seinem linken Arm zwischen Ellbogen und Schulter. Die Schußwunde. »Hat jemand meinen Kopf verfehlt?« fragte er.

»Wie man mir sagte, haben Sie sich die Verletzung selbst zugefügt. Sie versuchten, General Leifhelm zu töten, als die anderen Ihnen die Waffe abnahmen.«

»Ich versuchte, General Leifhelm...? Mit meiner nicht existierenden Waffe? Sie haben mich doch selbst durchsucht?«

»Sie waren zu schlau für mich, mein Herr.«

»Was passiert jetzt?«

»Jetzt? Jetzt werden Sie essen. Ich habe Anweisungen vom Arzt. Zuerst die Hafergrütze... Wie sagen Sie da? Der Porridge.«

»Heißer Haferbrei«, nickte Joel. »Mit entrahmter Milch. Dann weichgekochte Eier und Tabletten. Und wenn ich das alles bei mir behalte, etwas Hackfleisch. Und wenn ich auch *das* bei mir behalten kann, ein paar Löffel Rübenpüree oder Kartoffeln. Was immer zur Verfügung steht.«

»Woher wissen Sie das?« fragte der Mann in Chauffeursuniform, ehrlich überrascht.

»Das ist eine Basisdiät«, erklärte Converse zynisch. »Sie variiert je nach Gegend und Vorräten. Ich habe früher einmal relativ gut gegessen... Sie haben vor, mich wieder unter Drogen zu setzen.«

Der Deutsche zuckte die Achseln. »Ich tue, was man mir aufgetragen hat. Ich bringe Ihnen zu essen. Hier, lassen Sie sich helfen.«

Joel blickte auf, als der Chauffeur auf sein Bett zukam. »Unter anderen Umständen würde ich Ihnen ins Gesicht spucken. Aber wenn ich das tun würde, dann müßte ich auf die entfernte Chance verzichten, Ihnen ein anderes Mal ins Gesicht zu spucken. Sie dürfen mir helfen. Passen Sie auf meinen Arm auf.«

Drei Tage vergingen, an denen sein einziger Besucher der Chauffeur und in seinem Gefolge die zähnefletschenden

Hunde waren. Man brachte ihm seinen Koffer, den man gründlich durchsucht und dabei aus dem Necessaire Schere und Nagelfeile entfernt hatte – sein Elektrorasierer war dagegen intakt. Damit sagten sie ihm, daß man ihn aus Bonn herausgebracht hatte und überließ ihn so schmerzhaften Spekulationen über das Schicksal von Connal Fitzpatrick. Und doch war da eine Inkonsequenz, und damit auch ein Anlaß zur Hoffnung. Es gab keinerlei Hinweis, was mit seinem Aktenkoffer geschehen war, weder sichtbare Beweise – vielleicht ein Blatt aus einem der Dossiers – noch Andeutungen während seiner kurzen Gespräche mit Leifhelms Fahrer. Die Generale von Aquitania waren Männer von ungeheurem Stolz und Selbstbewußtsein; wenn das Material in ihren Händen wäre, hätten sie es ihn wissen lassen.

Was seine Gespräche mit dem Chauffeur anging, so beschränkten sie sich seinerseits auf Fragen und seitens des Deutschen auf disziplinierte Artigkeiten, Antworten gab er nicht – wenigstens keine, die irgendeinen Sinn ergaben.

Wie lange wird das so weitergehen? Wann werde ich einmal jemand anderen als Sie zu sehen bekommen?

Sonst ist hier niemand, Sir, nur die Angestellten. General Leifhelm ist verreist – nach Essen, glaube ich. Wir haben Anweisung, Ihnen zu essen zu geben und dafür zu sorgen, daß Sie wieder gesund werden.

Incommunicado. Er befand sich in Einzelhaft.

Aber was er zu essen bekam, hatte keine Ähnlichkeiten mit der Nahrung, die gewöhnlich Gefangenen gebracht wurde. Rinder- und Lammbraten, Koteletts, Geflügel und frischer Fisch; Gemüse, das ganz offensichtlich aus einem Garten in der Nähe stammte ... Und Wein, den Joel zunächst nur zögernd trank, aber als er sich schließlich überwand, erkannte er, daß der Wein hervorragend war.

Am zweiten Tag hatte er – wie vor so vielen Jahren – mit einfacher Gymnastik begonnen. Am dritten Tag war er eine halbe Stunde auf der Stelle gelaufen und dabei ins Schwitzen gekommen, gesunder Schweiß, der ihm verriet, daß sein Kreislauf die letzten Reste der Drogen abgebaut hatte. Die Wunde an seinem Arm war natürlich noch da, aber er dachte immer seltener daran. Zum Glück war es keine ernsthafte Verletzung.

Am vierten Tag reichten ihm Fragen und Überlegungen nicht mehr. Das Eingesperrtsein und das erdrückende Wissen, von niemandem Antwort zu bekommen, zwangen ihn dazu, sich etwas anderem zuzuwenden, praktischen Erwägungen, dem, was für ihn jetzt das Wichtigste war. Flucht. Gleichgültig, wie der Versuch auch ausgehen würde, er mußte es wagen. Was für Pläne auch immer Delavane und seine Anhänger für ihn hatten, sie wollten doch ganz offensichtlich einen von Drogen freien Mann haben – höchstwahrscheinlich einen Toten, der keinerlei Narkotika mehr im Blut hatte. Andernfalls hätten sie ihn sofort töten und sich seiner Leiche irgendwie entledigen können. Ob er es wieder schaffen würde?

Er mußte hier raus. Er mußte der Welt berichten, was er wußte. Er mußte entkommen!

Converse stand auf dem hölzernen Stuhl, hatte den kurzen Vorhang beiseite geschoben und spähte durch die Gitterstäbe nach draußen. Seine Hütte oder sein Gefängnis oder was es auch sonst sein mochte, schien in einem gerodeten Waldstück zu stehen. Von allen Seiten umgab ihn, so weit sein Auge reichte, eine Mauer aus hohen Bäumen und dichtem Laubwerk. Nur zur Rechten, unter dem Fenster, war ein ausgetretener Weg zu erkennen. Die Lichtung selbst reichte höchstens sieben Meter von seiner Zelle bis zu dem dichten Grün. Er vermutete, daß es ringsum ebenso war – schließlich bot sich auch vom linken Fenster dasselbe Bild, nur daß dort kein Weg war, bloß kurze, braune Grasstoppeln. Die beiden Fenster vorn boten den einzigen Ausblick aus seiner Zelle. Alle anderen Wände waren fest verfugt, und nur im Badezimmer gab es noch eine kleine Lüftungsöffnung in der Decke.

Das einzige, was er sonst noch mit Sicherheit sagen konnte – dafür boten der Chauffeur, die Hunde und die warmen Mahlzeiten den Beweis –, war, daß er sich noch auf Leifhelms Anwesen befand und daß der Fluß nicht weit entfernt sein konnte. Er konnte ihn zwar nicht sehen, aber er war da, und das gab ihm Hoffnung – mehr als Hoffnung, ein Gefühl wilder Freude, das aus der Erinnerung kam. Schon einmal war ein Fluß sein Freund, sein Führer gewesen, am Ende sein Wegweiser, der ihn den schlimmsten Teil seiner Reise hatte überstehen lassen. Ein Seitenfluß des Huong Khe südlich von Duc Tho hatte ihn nachts lautlos unter Brücken, an Streifen und den Lagern von drei Bataillonen vorbeigeführt. Die Wellen des Rheins würden sein Pfad in die Freiheit sein, wie vor Jahren die des Huong Khe.

Jetzt tauchte der erste Dobermann auf dem Weg auf, dann das ganze Rudel. Sie hetzten auf die Tür zu, drängten sich unter den Fenstern. Der Chauffeur war mit seinem Frühstück unterwegs, einem Frühstück, wie es kein Gefangener in Einzelhaft erwarten durfte.

Der Riegel wurde zurückgezogen, dann war das Scharren des Schlüssels im Schloß zu hören, und die Tür öffnete sich. Wie er es jedesmal beim Eintreten tat, schob der Deutsche die Tür mit der rechten Hand auf, während er das Tablett auf der linken balancierte. An diesem Morgen hatte er ein umfangreiches Bündel in der Hand, das Converse im grellen Sonnenlicht nicht genauer erkennen konnte. Der Mann trat ein und stellte das Tablett nicht ganz so geschickt wie an den anderen Tagen auf den Tisch.

»Heute habe ich eine angenehme Überraschung für Sie, mein Herr. Ich habe gestern abend mit General Leifhelm telefoniert, und er hat sich nach Ihnen erkundigt. Ich sagte ihm, daß Ihre Genesung gute Fortschritte machte und daß ich Ihnen den Verband gewechselt hätte. Dabei kam ihm in den Sinn, daß Sie nichts zu lesen hätten, und darüber war er sehr verstimmt. Also bin ich vor einer Stunde nach Bonn gefahren und habe die letzten drei Ausgaben des *International Herald Tribune* gekauft.«

Der Fahrer legte die zusammengerollten Zeitungen neben das Tablett auf den Tisch.

Aber Joels Aufmerksamkeit galt nicht den Zeitungen. Sein Blick war auf den Hals und die Brusttasche der Uniform des Deutschen geheftet. Der Fahrer trug eine dünne silberne

Kette um den Hals, die in die Jackentasche führte, wo noch die Spitze einer silbernen Pfeife zu erkennen war. Joels Blick wanderte zur Tür; die Hunde hockten hechelnd da, geiferten, waren aber einigermaßen still und ruhig. Converse erinnerte sich an seine Ankunft in der Festung des Generals und den eigenartigen Engländer, der die Hunde mit einer silbernen Pfeife unter Kontrolle gehalten hatte.

»Sagen Sie Leifhelm, daß ich ihm für den Lesestoff dankbar bin, aber noch viel dankbarer wäre ich, wenn ich diesen Bau einmal ein paar Minuten verlassen könnte.«

»Ja, mit einem Flugzeugticket nach Südfrankreich an den Strand, nicht wahr?«

»Um Himmels willen, bloß für einen kleinen Spaziergang, um die Beine ein wenig bewegen zu können! Was ist denn los? Können denn Sie und Ihre geifernden Köter dort draußen nicht mit einem einzigen unbewaffneten Mann zu Rande kommen, der ein wenig Luft schnappen will?... Nein, wahrscheinlich sind Sie viel zu feige, das einmal zu versuchen.« Joel machte eine Pause und fügte dann, die Sprechweise des anderen imitierend, hinzu: »Ich tue, was man mir befohlen hat.«

Das Lächeln des Fahrers verblaßte.

»General Leifhelm ruft mittags an, um zu hören, ob es irgend etwas Neues für ihn gibt. Ich werde ihn fragen, ob Sie ins Freie dürfen. Es ist Ihnen hoffentlich klar, daß ein Wort von mir genügt, und die Hunde zerfleischen Sie.«

»Nette Köter«, sagte Converse mit einem Blick auf das Rudel.

Es wurde Mittag, und sein Wunsch wurde ihm gewährt. Der Spaziergang sollte nach dem Mittagessen stattfinden, wenn der Fahrer sein Tablett abholen würde. Er kam, und Joel durfte nach einigen strengen Ermahnungen nach draußen. Sofort drängten sich die Hunde geifernd und mit heraushängenden Zungen um ihn. Dann setzte sich die seltsame Gruppe in Bewegung, und Joel wurde langsam mutiger, während die Hunde unter den strengen Ermahnungen des Deutschen ihr Interesse an ihm verloren. Sie liefen voraus, tobten im Gras herum und schnappten nacheinander, sahen sich aber immer wieder nach ihrem Herrn und Meister und seinem Gefangenen um. Converse ging schneller.

»Zu Hause habe ich oft gejoggt«, log er.

»Was heißt *gejoggt*?«

»Laufen. Das ist gut für den Kreislauf.«

»Wenn Sie jetzt zu laufen anfangen, ist es mit Ihrem Kreislauf gleich zu Ende. Dafür sorgen meine Hunde.«

»Ich habe auch gehört, daß manche Leute vom Joggen einen Infarkt bekommen haben«, sagte Joel und verlangsamte seinen Schritt, ohne daß seine Augen aufhörten, die Umgebung abzusuchen. Die Sonne stand unmittelbar über ihnen, er hatte also keine Möglichkeit, die Himmelsrichtung abzuschätzen.

Der Weg war wie eine gerade Linie in einem komplizierten Netz verborgener Pfade. Dickes Blattwerk säumte ihn, und häufig hingen auch Äste in den Weg. Dann kamen sie wieder an kleinen grasbewachsenen Lichtungen vorbei, die möglicherweise zu anderen Wegen führten, aber sicher konnte Joel nicht sein. Schließlich erreichten sie eine Gabelung, das rechte Wegstück führte in eine Art Tunnel aus grünem Blattwerk. Die Hunde liefen instinktiv darauf zu, blieben aber stehen, als der Chauffeur ihnen in deutscher Sprache einen Befehl zurief. Sie wirbelten herum, stürzten wild durcheinander und kehrten zu der Gabelung zurück. Dann hetzten sie wieder auf den breiteren Weg zu, der nach links führte. Jetzt begann ein leichter Anstieg, die Bäume waren hier etwas niedriger, das Gebüsch dichter. Wind, dachte Converse. Ein Talwind; ein Wind, der aus einem Einschnitt in der Erde heraufwehte, die Art von Wind, wie sie Piloten kleiner Flugzeuge bei Wetterwechsel instinktiv vermieden. Ein Fluß.

Hier mußte er sein. Zu seiner Linken; sie bewegten sich in östlicher Richtung. Der Rhein lag unter ihnen, anderthalb Kilometer hinter den letzten Bäumen. Er hatte genug gesehen. Er begann hörbar zu atmen. Die Erleichterung, die er empfand, war ungeheuer. Er befand sich wieder an den Ufern des Huong Khe, des dunklen Rettungspfades, der ihn von den Käfigen am Mekong und den Zellen und den Chemikalien in die Freiheit führen würde. Er hatte es schon einmal geschafft; er würde es wieder schaffen!

»Okay, Feldmarschall«, sagte er zu Leifhelms Fahrer und sah auf das silberne Pfeifchen, das in der Tasche des Deutschen steckte. »Ich bin doch nicht so gut in Form, wie ich glaubte. Das ist ja ein Berg! Haben Sie denn hier keine ebenen Weiden oder Grasflächen?«

»Ich tue, was man mir aufträgt, mein Herr«, erwiderte der Mann und grinste. »Die liegen näher am Hauptgebäude. Sie müssen Ihren Spaziergang hier machen.«

»Dann muß ich hier danke sagen, und zwar nein, danke. Führen Sie mich zu meiner kleinen Waldhütte zurück, dann spiele ich Ihnen eine kleine Melodie vor.«

»Was?«

»Ich bin müde und habe die Zeitungen noch nicht zu Ende gelesen. Ehrlich, ich will Ihnen danken. Ich habe wirklich Luft gebraucht.«

»Sehr gut. Sie sind nett.«

»Sehr liebenswürdig. Wenn Sie einmal einen guten Anwalt brauchen...«

Converse stand auf dem hölzernen Stuhl unter dem Fenster auf der linken Türseite. Er mußte jetzt warten, bis er die Hunde zu Gesicht bekam; anschließend hatte er noch zwanzig oder dreißig Sekunden. Die Wasserhähne im Bad waren aufgedreht, die Tür stand offen; die Zeit reichte gerade aus, um durchs Zimmer zu laufen, die Toilettenspülung zu betätigen, die Türe zu schließen und zu dem Stuhl zurückzulaufen. Aber er würde nicht wieder hinaufsteigen. Er würde ihn mit beiden Händen packen. Die Sonne sank schnell; in einer Stunde würde es dunkel sein. Die Dunkelheit war schon einmal sein Freund gewesen – vor Jahren –, so wie die Wellen eines Flusses sein Freund gewesen waren – vor Jahren. Sie mußten wieder seine Freunde sein. Das *mußten* sie!

Zuerst waren nur die Geräusche zu hören – ihr Schnauben und das Geräusch ihrer Pfoten, dann war ihr schimmerndes schwarzes Fell zu sehen. Joel rannte ins Badezimmer, zählte die Sekunden, wartete, daß der Riegel zurückgezogen wurde. Da war das Geräusch – er zog die Spülung, drehte sich um, schloß die Tür und rannte zum Stuhl zurück. Er hob ihn hoch, stemmte die Beine fest auf den Boden und wartete. Die Tür öffnete sich eine Handbreit – nur Sekunden noch –, dann schob die rechte Hand des Deutschen sie auf.

»Herr Converse? Wo sind...? Ach, die Toilette.«

Der Chauffeur trat mit dem Tablett ein, und Joel schmetterte den Stuhl mit aller Kraft auf den Schädel des Deutschen nieder. Der Fahrer verlor das Gleichgewicht, Tablett und Geschirr klirrten zu Boden. Er war betäubt, weiter nichts. Converse trat die Tür zu und ließ den schweren Stuhl noch ein paarmal auf den Schädel des Chauffeurs herunterkrachen, bis der Mann zusammensackte, Kopf und Gesicht blutüberströmt.

Die Phalanx der Hunde warf sich gegen die geschlossene Tür, geifernd, bellend, kratzend...

Joel packte die silberne Kette, streifte sie dem bewußtlosen Deutschen über den Kopf und zog das silberne Pfeifchen aus dessen Jackentasche. In dem Silberrohr waren vier winzige Löcher; jedes hatte eine Bedeutung. Er zog den zweiten Stuhl an das Fenster zur Rechten der Tür, stieg hinauf und hielt die Pfeife an die Lippen. Er deckte das erste Loch ab und blies in das Mundstück. Kein Laut war zu hören, aber das war belanglos. Die Dobermanns stürzten sich in selbstmörderischer Wut gegen die Tür. Er legte den Finger auf das zweite Loch und blies.

Das verwirrte die Hunde; sie umkreisten einander, schnappten, kläfften, knurrten, ließen aber nicht von der Tür ab. Er legte den Finger auf das dritte Loch und blies mit aller Kraft.

Plötzlich erstarrten die Hunde in ihrer Bewegung. Ihre Ohren richteten sich auf, zuckten leicht – sie warteten auf ein zweites Signal. Wieder blies er, wieder mit ganzer Kraft. Das war der Laut, auf den sie gewartet hatten. Das ganze Rudel setzte sich gleichzeitig in Bewegung, stürzte rechts unter dem Fenster vorbei und hetzte zu einem anderen Ort, wohin der letzte Pfiff sie befohlen hatte.

Converse sprang vom Stuhl und kniete neben dem bewußtlosen Deutschen nieder. Schnell durchsuchte er die Taschen des Fahrers, nahm ihm die Brieftasche und alles Geld ab, dann die Armbanduhr... und die Waffe. Einen Augenblick lang sah Joel die Pistole an, er verabscheute die Erinnerung, die sie in ihm wachrief. Dann schob er sie sich in den Gürtel und ging zur Tür.

Draußen zog er die schwere Tür hinter sich zu. Er hörte, wie das Schloß einschnappte, und schob den Riegel vor. Joel lief den alten Weg hinunter und versuchte zu schätzen, wie weit es bis zu der Stelle war, wo der Weg sich gabelte und es den Hügel hinaufging, von dem aus er den Rhein sehen würde. Es waren eigentlich nur zweihundert Meter, aber die vielen Biegungen und das dichte Grün ließen den Weg länger erscheinen. Wenn er sich richtig erinnerte – und er kam sich wie ein Pilot ohne Instrumente vor, der auf Sicht flog –, war der Weg nach der Gabelung vielleicht zwanzig Meter flach verlaufen.

Jetzt erreichte er die Stelle und beschleunigte seinen Lauf.

Stimmen! Zornig, fragend? Nicht weit entfernt, näherkommend! Er warf sich in die Büsche zu seiner Rechten, wälzte sich über das spitze Geäst, bis er kaum noch durch das Blattwerk sehen konnte. Zwei Männer tauchten auf, sie redeten laut miteinander.

»Was die Hunde nur haben?!«

»Die sollten doch bei Heinrich sein!«

Joel verstand nicht, was sie sagten; er wußte nur, während sie an ihm vorübergingen, daß sie zur Hütte gingen. Und ebenso wußte er, daß sie dort keine Zeit vergeuden, sondern sofort handeln würden. Das bedeutete, daß sämtliche Alarmanlagen in Leifhelms Festung ausgelöst werden würden. Die Zeit, die ihm noch zur Verfügung stand, war jetzt in Minuten zu messen, und er hatte noch eine beträchtliche Wegstrecke vor sich. Vorsichtig kroch er auf Händen und Füßen aus dem Buschwerk heraus. Die Deutschen waren jetzt hinter einer Biegung verschwunden. Er richtete sich auf und lief auf die Weggabelung zu.

Die drei Wachen an dem riesigen Eisentor, das Leifhelms Villa von der Außenwelt abschirmte, waren verwirrt. Das Dobermannrudel rannte ungeduldig auf der Rasenfläche herum, sichtlich verwirrt.

»Was haben die denn?« fragte einer.

»Ich versteh' das nicht«, erwiderte der zweite.

»Heinrich muß sie losgelassen haben, aber warum?« sagte der dritte.

»Das werden wir schon erfahren«, murmelte der erste Posten und zuckte die Schultern. »Sonst rufen wir in ein paar Minuten an.«

»Mir gefällt das nicht!« rief der zweite. »Ich rufe sofort an!«

Der erste Posten ging in das Wachhäuschen und hob den Telefonhörer ab.

Converse jagte den Hügel hinauf, sein Atem ging keuchend, seine Lippen waren trocken, sein Puls hämmerte in den Ohren. Da! Jetzt hatte er klare Sicht, seine Vermutung bestätigte sich! Er wurde noch schneller, spürte den Wind, der ihm ins Gesicht peitschte. Er rannte durch die offenen Lichtungen eines anderen Dschungels, und es gab keine Mitgefangenen, um die er sich sorgen mußte. Es gab nur noch die Empörung in ihm, die ihn antrieb, alle Hindernisse zu durchbrechen und irgendwie, irgendwo zurückzuschlagen gegen diejenigen, die ihn nackt ausgezogen, ihm die Unschuld geraubt und... *verdammt*... ihn zu einem Tier gemacht hatten! Ein freundliches, menschliches Geschöpf, ohne Haß, war in ein haßerfülltes Wesen verwandelt worden. Und jetzt würde er zurückschlagen, gegen sie alle, alle Feinde, alle *Tiere*!

Er war jetzt am Fuß des Hügels angelangt, und Bäume und Unterholz bildeten aufs neue eine Mauer, die es zu durchdringen galt. Aber er hatte sich jetzt orientiert, kannte die Richtung. Ganz gleich, wie dicht das Gehölz auch war, er mußte einfach dafür sorgen, daß die letzten Strahlen der Sonne zu seiner Linken blieben, er mußte nach Norden laufen, dann würde er schließlich den Fluß erreichen.

Kurze Explosionen ließen ihn herumfahren. Fünf Pistolenschüsse folgten in der Ferne dicht hintereinander. Es war leicht, sich das Ziel vorzustellen: Holz, das ein Schloß in der Tür einer Waldhütte umgab. Jemand hatte sich gewaltsam Zutritt zu seinem Gefängnis verschafft. Die Minuten liefen ab.

Und dann hallten zwei deutlich zu unterscheidende Geräusche durch das zwielichtige Grün – zuerst die schrillen Töne einer Sirene und dann, sich in den hysterisch gellenden Lärm mischend, das Bellen rennender Hunde. Der Alarm war ausgelöst worden; jetzt würde jemand Kleidungsstücke und Laken aus seinem Bett gegen die Nasen der Hunde drücken, und dann würden die Jäger ihn hetzen, gnadenlos – ihre Beute stellen –, mit dem einzigen Ziel, ihn zu zerfleischen.

Converse warf sich in die grüne Wand und lief, so schnell er konnte, wich aus, duckte sich, taumelte mit ausgestreckten Armen nach links und rechts, schob Äste und Zweige zur Seite, die ihm ins Gesicht peitschten, stolperte immer wieder über Wurzeln und Steine. Er stolperte so oft, daß er es nicht mehr zählen konnte, und jedesmal, wenn er sich wieder aufrappelte und Atem holte, konnte er das Bellen der Hunde irgendwo zwischen der Weggabelung und dem Ufergebüsch hören. Sie waren näher gekommen! Sie befanden sich jetzt im Wald, kläfften, knurrten, hatten nur das eine Ziel, ihr verhaßtes Opfer zu stellen.

Das *Wasser*! Er konnte das Wasser zwischen den Bäumen sehen! Der Schweiß rann ihm über das Gesicht, brannte salzig in den Augen, ließ ihn die Kratzer und Schrammen am Hals und im Gesicht deutlich spüren, durchtränkte sein Hemd. Die Hände bluteten von der rauhen Borke, an der er immer wieder Halt suchte.

Er stürzte, sein Fuß rutschte in ein Loch, das irgendein Tier gegraben hatte, blieb hängen, und ein stechender Schmerz schoß durch seinen Knöchel.

Er stand auf, zerrte an seinem Bein, befreite den Fuß und versuchte, hinkend weiterzurennen. Die Hunde holten auf, ihr Kläffen wurde lauter und wilder; sie hatten jetzt seine Witterung aufgenommen, und der Geruch von frischem

Schweiß stachelte sie weiter an, wie rasend folgten sie seiner Spur.

Das Flußufer! Weicher Schlamm und Abfälle drehten sich im ruhigen Wasser einer kleinen Bucht, bis die Strömung den Unrat mit sich reißen würde. Joel griff nach dem Kolben der Waffe des Chauffeurs, nicht um sie herauszuziehen, sondern um sie im Gürtel zu sichern, während er ans Ufer hinunterhinkte und nach dem besten Zugang zum Wasser Ausschau hielt.

Er hörte bis zum letzten Augenblick nichts – und da kam das mächtige Brüllen aus den Schatten, und der riesige Leib eines Tieres flog über das Flußufer, direkt auf ihn zu. Der riesige Hundeschädel glich einer monströsen Fratze mit Flammenaugen und aufgerissenem Maul, in dem die Zähne weiß blitzten. Converse ließ sich auf die Knie fallen, der Dobermann flog über seine rechte Schulter und riß ihm das Hemd mit den Zähnen auf. Die Wucht des Aufpralls ließ das Tier kopfüber in den Schlamm stürzen. Wild um sich schnappend wälzte sich der Hund zur Seite und stemmte sich auf den Hinterbeinen wieder hoch, um erneut zum Sprung anzusetzen.

Converse hielt schon die Pistole in der Hand, feuerte, traf den Schädel der Bestie, Blut und Hirnmasse spritzten auf.

Der Rest des Rudels stürzte jetzt aufs Ufer zu – ohrenbetäubendes Kläffen und Knurren verkündete das Herannahen der Meute. Joel warf sich ins Wasser und schwamm, so schnell er konnte, vom Ufer weg. Die Waffe behinderte ihn, aber er wußte, daß er sie nicht loslassen durfte.

Vor Jahren – Jahrhunderten – hatte er verzweifelt eine Waffe gebraucht. Er hatte gewußt, daß sie den Unterschied zwischen Leben und Tod bedeutete, und hatte sich doch fünf Tage lang keine beschaffen können. Aber an jenem fünften Tag hatte er an den Ufern des Huong Khe eine gefunden. Halb untergetaucht war er an einer Streife vorbeigeschwommen, deren Anführer er zehn Minuten später flußabwärts entdeckte – ein Mann vielleicht mit zornigen Gedanken, die ihn zu schnellerer Gangart angestachelt hatten, oder vielleicht gelangweilt, mit der Absicht, ein paar Augenblicke für sich allein zu sein. Wie auch immer. Converse hatte ihn mit einem Stein getötet, den er im Flußbett gefunden hatte, und ihm die Waffe abgenommen. Zweimal hatte er mit jener Waffe geschossen und sich zweimal dadurch das Leben gerettet. Bis er schließlich südlich von Phu Loc eine vorgeschobene Einheit der eigenen Truppen gefunden hatte.

Während er jetzt gegen die Strömung des Rheins ankämpfte, erinnerte sich Joel plötzlich. Dies war der fünfte Tag seiner Gefangenschaft in Leifhelms Gefängnis, diesmal war es keine Dschungelzelle gewesen, aber nichtsdestoweniger Gefangenschaft. Er hatte es geschafft, er hatte es wirklich geschafft! Und am fünften Tage besaß er eine Waffe!

Der Fluß lag jetzt im Schatten, die Uferböschung versperrte den Strahlen der sinkenden Sonne den Weg. Joel schwamm auf der Stelle und sah zurück. Am Ufer liefen die Hunde verwirrt im Kreis herum und beschnüffelten den getöteten Leithund. Plötzlich schossen breite Lichtbalken durch die Bäume. Converse schwamm weiter hinaus. Auch im Mekong hatte er die Suchscheinwerfer überlebt. Sie machten ihm auch jetzt keine Angst; er hatte das alles schon einmal erlebt und wußte, daß er gesiegt hatte.

Er ließ sich von der Strömung in östliche Richtung treiben. Irgendwo würden Lichter sein, Lichter, die ihm Unterkunft versprachen und Zugang zu einem Telefon. Er mußte jetzt seine Anklageschrift vorbereiten, und er würde es schaffen. Aber der Anwalt in ihm sagte ihm, daß ein Mann mit einer bandagierten Schußwunde, in durchnäßter Kleidung, der die Leute in einer fremden Sprache ansprach, den Gefolgsleuten von George Marcus Delavane nicht gewachsen sein konnte. Sie würden ihn finden. Er mußte es also anders anpacken. Mit irgendeiner List. Er brauchte ein Telefon. Er mußte ein Überseegespräch führen. Er mußte es schaffen! Der Rhein war jetzt seine Lebensader.

Mit gleichmäßigen Zügen schwimmend, die Waffe immer noch in der Hand, sah er in der Ferne die Lichter eines Dorfes.

18

Valerie runzelte die Stirn, sie stand mit dem Telefonhörer am Ohr in ihrem Atelier. Ihr Blick wanderte über die von der Sonne beleuchteten Dünen vor den Glastüren, doch ihre Gedanken konzentrierten sich ganz auf die Worte, die sie hörte, Worte, die Dinge andeuteten, ohne sie auszusprechen. »Larry, was ist denn *los*?« unterbrach sie, weil sie einfach nicht länger an sich halten konnte. »Joel ist nicht nur Angestellter oder Juniorpartner; er ist Ihr Freund! Das klingt ja gerade, als wollten Sie eine Anklageschrift gegen ihn vorbereiten. Wie heißt das in Ihrer Juristensprache immer?... Indizienbeweis, das ist es. Er war hier, er war dort; jemand hat dies und jemand anderer jenes gesagt.«

»Ich versuche zu *begreifen*, Val«, protestierte Talbot in seinem New Yorker Büro. »Und Sie müssen auch versuchen, es zu begreifen. Es gibt vieles, was ich Ihnen nicht sagen kann, weil Leute, auf deren Amt ich Rücksicht nehmen muß, von mir verlangt haben, daß ich wenig oder am besten überhaupt nichts sage. Ich lege diese Bitte ziemlich großzügig aus, weil Joel mein Freund *ist* und ich helfen möchte.«

»Also gut, dann fangen wir noch einmal von vorne an«, sagte Valerie. »Worauf wollen Sie eigentlich hinaus?«

Talbot schwieg einen Augenblick, und dann stieß er die Worte schnell heraus, ganz leise, und wieder konnte man merken, daß sie ihm zuwider waren. »Es heißt, er hätte ohne jeden Grund einen Mann in Paris angegriffen. Der Mann ist gestorben.«

»*Nein*, das ist unmöglich! Das hat er nicht getan. Das *könnte er gar nicht tun*!«

»Das hat er mir auch gesagt, aber er hat gelogen. Er sagte mir, er sei in Amsterdam, aber das war er nicht. Er sagte, er würde nach Paris zurückkehren, um das aufzuklären, aber das hat er nicht getan. Er war in Deutschland – er ist *immer noch* irgendwo in Deutschland. Er hat das Land noch nicht verlassen und wird von Interpol gesucht; die suchen überall. Man hat ihn aufgefordert, sich der amerikanischen Botschaft zu stellen, aber das hat er abgelehnt. Er ist verschwunden.«

»O mein *Gott*, ihr seht das alles völlig *falsch*!« platzte Valerie heraus. »Ihr *kennt* ihn nicht! Wenn das passiert ist, was Sie sagen, dann ist er als erster angegriffen worden – *körperlich* angegriffen – und hatte keine andere Wahl als zurückzuschlagen.«

»Ein unparteiischer Zeuge, der keinen der beiden Männer kannte, hat es anders dargestellt.«

»Dann ist er nicht unparteiisch, dann lügt er! . . . Hören Sie, ich habe vier Jahre lang mit diesem Mann zusammengelebt, und abgesehen von ein paar kurzen Reisen die ganze Zeit hier in New York City. Ich habe selbst gesehen, wie er von Betrunkenen angegriffen wurde – von Gaunern, die er einfach hätte zusammenschlagen können, vielleicht hätte er das manchmal auch tun sollen –, aber ich habe kein einziges Mal erlebt, daß er auch nur einen Schritt nach vorn getan hätte. Er hat nur die Hände gehoben und ist weitergegangen . . .«

»Val, ich möchte Ihnen glauben. Ich möchte glauben, daß es Notwehr war, aber er ist weggelaufen, er ist verschwunden. Die Botschaft kann ihm helfen, ihn schützen, aber er will sich nicht stellen.«

»Dann hat er Angst. *Das* ist möglich, aber es dauerte immer nur ein paar Minuten, gewöhnlich nachts, wenn er aufwachte. Er schoß dann in die Höhe, die Augen so fest zusammengepreßt, daß sein ganzes Gesicht nur aus Falten bestand. Aber es hat nie lange gedauert, und er sagte, das sei etwas völlig Natürliches, und ich sollte mir keine Sorgen machen – er täte das auch nicht, hat er gesagt. Und ich glaube, das stimmte auch; er wollte, daß das alles in seiner Vergangenheit begraben blieb, er hat nie etwas davon erwähnt, aber . . . *Genf*. Diese schreckliche Sache in Genf!«

»Wenn da eine Verbindung vorliegt – und daran haben Nathan und ich natürlich sofort gedacht –, dann steckt die so tief vergraben, daß man nichts herausfinden kann.«

»Aber so muß es sein. Dort hat alles angefangen.«

»Vorausgesetzt, daß Ihr Mann bei Verstand ist.«

»Er ist nicht mein Mann, und er *ist* bei Verstand!«

»Die Narben, Val. Es muß Narben gegeben haben. Sie haben mir da recht gegeben.«

»Aber nicht die Art Narben, von der Sie sprechen. Er würde niemanden töten oder lügen oder wegrennen. Das ist *nicht* Joel! Das paßt nicht zu ihm – hat nie zu ihm gepaßt!«

»Sie sind erregt.«

»Da haben Sie verdammt recht, daß ich das bin. Weil Sie nach Erklärungen suchen, die zu dem passen, was man Ihnen *gesagt* hat. Was jene Leute Ihnen gesagt haben, von denen Sie behaupten, Sie müßten sie respektieren.«

»Nur in dem Sinne, daß sie sehr gut informiert sind – sie haben Zugang zu Informationen, die uns versperrt sind. Und dahinter steht die Tatsache, daß diese Leute nicht die leiseste Ahnung davon hatten, wer Joel Converse war, bis die Anwaltskammer ihnen die Adresse und Telefonnummer von Talbot, Brooks and Simon gegeben hat.«

»Und Sie haben ihnen geglaubt? Bei alldem, was Sie über Washington wissen, haben Sie das denen einfach abgenommen? Wie oft ist denn Joel von einer Reise nach Washington zurückgekommen und hat zu mir genau das Gegenteil gesagt? ›Larry sagt, die lügen. Die wissen nicht, was sie tun sollen, also lügen sie.‹«

»Valerie«, sagte der Anwalt streng. »Hier geht es nicht um eine bürokratische Freigabe, und nach all den Jahren glaube ich, daß ich durchaus den Unterschied zwischen jemandem, der ein Spielchen treibt, und einem Mann, der wirklich zornig ist, erkennen kann – zornig und besorgt, sollte ich vielleicht hinzufügen. Der Mann, der an mich herangetreten ist, war ein Undersecretary of State – ich habe zurückgerufen, um sicherzugehen –, er hat mir nichts vorgespielt. Er war wütend, erschüttert, und, wie ich schon sagte, ein sehr besorgter Mann.«

»Was haben Sie ihm gesagt?«

»Die Wahrheit natürlich. Nicht nur, weil das das Richtige war, sondern auch, weil es Joel nichts nützen würde, wenn ich es nicht getan hätte. Wenn er krank ist, braucht er Hilfe, nicht einen Komplizen.«

Valerie starrte auf die Reflexe der untergehenden Sonne auf den Wellen vor Cap Ann hinaus. »Larry, ich habe Angst.«

Chaim Abrahms trat ins Zimmer, der Tritt seiner schweren Stiefel hallte durch den Raum. »Er hat es also geschafft!« schrie der Israeli. »Die Mossad hat recht gehabt, er ist ein Höllenhund!«

Erich Leifhelm saß hinter seinem Schreibtisch. Außer ihm war niemand in dem Arbeitszimmer, dessen Wände mit Bücherregalen bedeckt waren. »Streifen, Alarm, *Hunde*!« rief der Deutsche und schlug mit der Faust auf die rote Schreibunterlage. »Wie hat er das nur *angestellt*?«

»Ich wiederhole – ein Höllenhund –, so hat unser Spezialist ihn genannt. Je länger man ihn zurückhält, desto zorniger wird er. Das reicht weit zurück. Also beginnt unser *provocateur* seine Odyssee, ehe wir es geplant haben. Hatten Sie Verbindung mit den anderen?«

»Ich habe London angerufen«, sagte Leifhelm und atmete tief ein. »Er wird Paris verständigen, und dann wird Bertholdier die Einheiten aus Marseille kommen lassen, eine nach Brüssel und die andere hierher nach Bonn. Wir dürfen keine Stunde verlieren.«

»Sie suchen ihn natürlich.«

»Selbstverständlich! Jeder Zentimeter des Rheinufers wird in beiden Richtungen abgesucht. Jede Seitenstraße, jeder Weg, der vom Fluß in die Stadt führt.«

»Er kann Ihnen entkommen, das hat er bewiesen.«

»Wo soll er denn hingehen? Zu seiner eigenen Botschaft? Dort ist er ein toter Mann. Zur Polizei von Bonn? Man wird ihn in einen gepanzerten Wagen stecken und hierher zurückbringen. Er kann nirgendwohin.«

»Das habe ich gehört, als er Paris verließ, und ein zweites Mal, als er nach Bonn flog. An beiden Orten sind Fehler begangen worden, die beide *viele* Stunden gekostet haben. Ich sage Ihnen, ich mache mir jetzt mehr Sorgen als irgendwann in drei Kriegen und einem ganzen Leben voller Gefechte.«

»Seien Sie doch vernünftig, Chaim, und versuchen Sie,

ruhig zu bleiben. Er besitzt keine Papiere, keinen Paß, kein Geld. Er spricht nicht Deutsch...«

»Geld hat er!« schrie Abrahms, der sich plötzlich erinnerte. »Als er unter Drogen stand, sprach er von einer großen Summe, die man ihm in Genf versprochen und in Mykonos übergeben hat.«

»Und wo ist das Geld?« fragte Leifhelm. »In diesem Schreibtisch, da ist es. Fast siebzigtausend amerikanische Dollar. Er hat nichts in der Tasche, keine Uhr, keinen Schmuck. Ein Mann in schmutziger, durchnäßter Kleidung, ohne Papiere, ohne Geld – wenn der irgend jemandem weismachen will, daß *General* Leifhelm ihn eingesperrt hat, dann würde man ihn ohne Zweifel als Vagabund oder Psychopath oder beides ins Gefängnis stecken. Und in diesem Falle werden wir sofort informiert, und dann bringen ihn unsere Leute zu uns. Und bedenken Sie auch eines, morgen früh um zehn Uhr macht das überhaupt keinen Unterschied mehr. Das war *Ihr* Beitrag, ein geschickter Schachzug der Mossad.«

Abrahms stand vor dem riesigen Schreibtisch, die Arme vor seiner Safarijacke verschränkt. »Also haben der Jude und der Feldmarschall alles in Bewegung gesetzt. Ist das nicht spaßig, Nazi?«

»Nicht so spaßig, wie Sie denken, Jude. Das Unreine liegt ebenso wie das Schöne im Auge des erschreckten Betrachters. Sie sind nicht mein Feind, das waren Sie nie. Wenn damals mehr Leute Ihre Überzeugung, Ihren Mut besessen hätten, hätten wir nie den Krieg verloren.«

»Das weiß ich«, sagte Abrahms. »Ich habe zugesehen und gelauscht, als ihr am Kanal standet. Damals habt ihr den Krieg verloren. Ihr wart schwach.«

»Das waren nicht *wir*! Das waren diese feigen *Anfänger* in Berlin!«

»Dann sorgen Sie nur dafür, daß die aus dem Spiel bleiben, wenn wir eine *wahrhaft* neue Ordnung schaffen, Deutscher. Wir können uns Schwäche nicht leisten.«

»Sie machen es mir nicht leicht, Chaim!«

»Das ist auch nicht meine Absicht.«

Joel schwamm, so schnell er konnte, auf das Ufer zu und tauchte jedesmal unter Wasser, wenn ein Scheinwerferbalken auf ihn zukam. Das Boot war eine große Motorbarkasse, deren tieftönende Motoren erkennen ließen, über wieviel Kraft sie verfügten. Das Boot hielt sich dicht am Ufer und schoß dann wieder in die Flußmitte, wenn dort irgendein Gegenstand zu sehen war.

Converse spürte unter sich weichen Schlamm; halb schwamm er, halb kroch er auf den dunkelsten Punkt am Ufer zu, die Pistole des Chauffeurs sicher im Gürtel. Jetzt näherte sich das Boot wieder, und sein greller Scheinwerferstrahl studierte jeden Flecken Wasser, jeden Ast und jeden Zweig im Ufergehölz. Joel atmete tief ein und tauchte langsam unter, das Gesicht nach oben gewandt, die Augen offen, sein Gesichtsfeld ein schlammiges, verschwommenes Stück Wasseroberfläche. Der Scheinwerferstrahl wurde heller und schien eine Ewigkeit lang über ihm zu schweben. Joel schob sich etwas nach links, dann entfernte sich der Lichtstrahl. Jetzt tauchte Joel auf, die Lungen drohten ihm zu bersten; doch er wußte, daß er keinen Laut von sich geben durfte. Er durfte jetzt seine Lungen nicht mit Luft vollpumpen. Denn über ihm, unmittelbar, weniger als zwei Meter entfernt, ragte das breite Heck der Motorbarkasse auf und dümpelte im Wasser, als hätte man die Maschinen gestoppt. Die dunkle Gestalt eines Mannes spähte durch einen riesigen Feldstecher ans Flußufer.

Converse war verwirrt; es war viel zu dunkel, als daß man irgend etwas hätte sehen können. Dann erinnerte er sich wieder und begriff, weshalb das Glas so groß war. Der Mann betrachtete das Ufer durch ein Infrarotglas; die Streifen in Südostasien hatten sie benutzt, und sie hatten häufig den Unterschied zwischen Leben und Tod bedeutet. Sie ließen Gegenstände in der Finsternis erkennen; Soldaten, Wachen, alles.

Lautlos tauchte Converse wieder unter und schwamm an dem Boot vorbei. Sekunden später hob er den Kopf wieder über das Wasser. Jetzt hatte er ein freies Blickfeld und begann die eigenartigen Manöver von Leifhelms Streife zu verstehen. Hinter der dunkelsten Stelle des Flußufers, wo er Zuflucht gesucht hatte, waren die Lichter, die er vor acht oder neun Minuten gesehen hatte. Er hatte geglaubt, es handle sich um die Lichter eines kleinen Dorfes, aber so etwas gab es in diesem Teil der Welt nicht. Das Licht kam vielmehr von vier oder fünf kleinen Häusern, einer Flußkolonie mit einer gemeinsamen Anlegestelle, vielleicht Sommerhäuser von wohlhabenden Leuten.

Aber wenn da Häuser und eine Anlegestelle waren, dann mußte es auch eine Straße geben – eine Zufahrt zu den Straßen, die nach Bonn und in die umliegenden Städte führten. Leifhelms Männer kämmten jeden Zentimeter Boden am Ufer ab, vorsichtig, lautlos, und die Lichtbalken der Scheinwerfer waren nach unten gerichtet, um die Bewohner nicht zu alarmieren oder den Flüchtling zu warnen, falls der die Häuser schon erreicht hatte und zu den Straßen unterwegs war. In mancher Hinsicht war es für Joel wieder so wie auf dem Huong Khe, nur daß die Hindernisse, die ihm diesmal im Wege standen, viel weniger primitiv, aber um nichts weniger tödlich waren. Und damals, ebenso wie jetzt, galt es zu warten, in dem schwarzen Schweigen zu warten, den Jägern die Initiative zu überlassen.

Plötzlich schob sich die Barkasse an die Anlegestelle heran, ihre kräftigen Doppelschrauben wühlten das Wasser auf, ein Mann sprang mit einer schweren Leine vom Bug und befestigte sie an einem Poller. Weitere Männer folgten, hasteten über die kurze Pier und die Böschung hinauf, trennten sich und liefen auf das erste Haus zu. Was sie taten, war offensichtlich: ein Mann würde sich an dem Gebüsch neben der Einfahrt postieren, während seine Kollegen bei den Hausbewohnern nachfragten, ob man jemandem Zuflucht gewährt hätte – die Nervosität würde die Bewohner verraten, angsterfüllte Blicke oder Schlammspuren auf dem Boden.

Joels Arme und Beine begannen sich wie schwere Gewichte anzufühlen, die er kaum halten, geschweige denn bewegen konnte, aber er hatte keine Wahl. Der Scheinwerferbalken tastete immer wieder den Uferstreifen auf und ab. Ein Kopf, der im falschen Augenblick durch die Wellen kam, würde sofort zur Zielscheibe werden. *Huong Khe. Du mußt im Schilf bleiben. Tu es! Du darfst nicht sterben!*

Er wußte, daß er höchstens dreißig Minuten warten mußte, aber ihm kam es vor wie dreißig Stunden oder dreißig Tage auf dem Folterbett. Schließlich sah er mit wassergefüllten Augen, wie die Männer zurückkehrten. Einer, zwei... drei? ...Sie rannten an die Anlegestelle hinunter zu dem Mann, der die Leine festgemacht hatte. *Nein!* Der Mann, der beim Boot geblieben war, war nach vorn gelaufen! Joels Augen tränten und begannen ihn zu täuschen! Nur zwei Männer waren auf das Dock gelaufen und der erste hatte sich zu ihnen gesellt, Fragen gestellt. Jetzt lief er zu dem Poller zurück und löste die Leine; die zwei anderen sprangen an Bord. Der erste Mann schloß sich wieder seinen Gefährten an, die jetzt am Bug der Barkasse standen – nur einen hatten sie am Ufer zurückgelassen, einen einsamen Beobachter, der irgendwo unsichtbar zwischen dem Flußufer und der Straße Wache hielt. *Huong Khe*. Ein Posten, der sich von seiner Streife getrennt hatte.

Die Motorbarkasse löste sich vom Dock und schoß kaum zwei Meter von Joel entfernt vorbei, und die Kielwelle traf ihn mit voller Wucht. Wieder hielt das Boot auf das Ufer zu und verlangsamte seine Fahrt. Der Scheinwerfer spähte noch einmal in das dichte Grün, dann nahm das Boot Kurs nach Westen, zurück zu Leifhelms Villa. Converse hielt den Kopf über Wasser, den Mund weit geöffnet, schluckte alle Luft, die er aufnehmen konnte, während er sich langsam – ganz langsam – auf das Ufer zubewegte. Er zog sich im nassen Schilf in die Höhe, bis er trockenen Boden unter sich fühlte. *Huong Khe.* Er zog das Grün so nahe an sich heran, daß es schließlich sein Gesicht bedeckte. Er wollte ausruhen, bis er spürte, wie das Blut wieder gleichmäßig durch seinen Körper pulste, bis seine Nackenmuskeln sich entspannten – es war immer der Nacken; das war das Warnsignal –, erst dann konnte er sich mit dem Mann befassen, der auf dem dunklen Hügel über ihm Wache hielt.

Er hatte ein wenig vor sich hin gedöst, bis ihn eine klatschende Welle wieder in die Wirklichkeit zurückrief. Er schob

Äste und Blätter von seinem Gesicht und sah auf die Uhr des Chauffeurs, die er sich über das Handgelenk gestreift hatte, sah mit zusammengekniffenen Augen auf das schwache Leuchtzifferblatt. Er hatte fast eine Stunde geschlafen – unruhig zwar, und jedes noch so leise Geräusch hatte ihn die Augen wieder öffnen lassen, aber er hatte sich ausgeruht. Er rollte den Kopf hin und her, bewegte Arme und Beine. Alles tat immer noch weh, aber der bohrende Schmerz war verschwunden. Und jetzt mußte er sich um den Mann kümmern, der auf dem Hügel über ihm lauerte. Er versuchte, seine Gedanken zu ordnen. Natürlich hatte er Angst, aber sein Zorn würde diese Angst unter Kontrolle halten; er wußte das aus Erfahrung.

Er kroch auf Händen und Füßen durch das Buschwerk, das den Feldweg säumte, der sich vom Fluß den Hügel hinaufschlängelte. Jedesmal, wenn ein Zweig knackte oder sich ein Stein löste, hielt er inne und wartete darauf, daß der Augenblick sich wieder in die Geräusche des Waldes auflöste. Immer wieder sagte er sich, daß er im Vorteil war; niemand erwartete ihn. Das half ihm, der Angst vor der Dunkelheit entgegenzuwirken und dem Wissen, daß ihm eine physische Konfrontation bevorstand. So wie der vietnamesische Streifensoldat vor Jahren am Huong Khe, besaß der Mann über ihm Dinge, die er brauchte. Der Kampf war nicht zu vermeiden, es war also am besten, nicht darüber nachzudenken. Er mußte alle Gefühle aus seinem Bewußtsein löschen und es einfach tun. Aber auf die richtige Weise, auch das mußte er sich klarmachen. Es durfte kein Zögern geben – kein Eindringen von Gedanken – und keinen Schuß, nur kalten Stahl.

Er sah ihn, eine Silhouette, die sich im fernen Schein einer einzeln stehenden Straßenlampe weit oben abzeichnete. Der Mann stand – lehnte – an einem Baumstamm und blickte nach unten. Er stand so, daß er alles sehen konnte, was sich unter ihm abspielte. Die Wegstücke, die Joel auf Händen und Knien zurücklegte, schrumpften auf wenige Zentimeter zusammen, die Pausen, die er einlegte, wurden häufiger, die Stille immer wichtiger. Langsam arbeitete er sich in einem Bogen an dem Baum und dem Mann vorbei und setzte sich dann wieder nach unten in Bewegung, eine große Katze, die auf ihr Opfer herabsteigt. Das Bewußtsein ausgeschaltet, eine Maschine ohne Gefühle, nur vom Überlebensinstinkt getrieben. Er war wieder zum Raubtier geworden, das er einmal vor langer Zeit gewesen war, und der Wunsch zu fliehen, nach Zugang zu einem Telefon, überlagerte alles andere.

Jetzt war er nur noch anderthalb Meter von dem Mann entfernt; er konnte seinen Atem hören. Unter ihm knackte etwas! Ein Ast! Der Mann drehte sich herum, seine Augen leuchteten in dem schwachen Licht. Converse warf sich nach vorn, den Pistolenlauf fest in der Hand. Er ließ den stählernen Kolben auf die Schläfe des Deutschen herunterkrachen, zog den Arm zurück und schmetterte ihn gegen die Kehle des Mannes. Der Wachposten stürzte nach hinten, benommen, aber nicht bewußtlos. Er setzte zu einem Schrei an. Jetzt schnellte Joel vor, nahm seinen Gegner in den Würgegriff und schmetterte ihm den Kolben der Waffe gegen die Stirn, daß Blut und rote Hautfetzen aufspritzten.

Stille. Keine Bewegung. Wieder war ein Späher, der sich von seiner Streife getrennt hatte, ausgeschaltet. Und so, wie dies auch vor Jahren gewesen war, erlaubte sich Converse keinerlei Gefühle. Es war getan, er mußte weiter.

Die trockenen Kleider des Mannes paßten einigermaßen, auch die dunkle Lederjacke. Die Brieftasche des Deutschen erwies sich als Glücksfall. Sie enthielt eine beträchtliche Geldsumme und einen abgegriffenen Paß mit vielen Stempeln. Offenbar reiste dieser Vertraute Leifhelms ziemlich häufig für Aquitania. Die Schuhe des Mannes paßten nicht. Also benutzte Converse seine durchnäßten Kleider dazu, die eigenen zu säubern. Die trockenen Socken des Deutschen schützten ihn etwas vor der Feuchtigkeit des Leders. Dann deckte er den Mann mit Zweigen zu und ging die Böschung hinauf zur Straße.

Er hielt sich zwischen den Bäumen versteckt, während fünf Wagen vorüberrollten, alles Limousinen, die vielleicht alle Erich Leifhelm gehörten. Dann sah er einen hellgelben

Volkswagen auftauchen, trat vor und hob beide Hände, die Geste eines in Schwierigkeiten geratenen Mannes.

Der Wagen hielt; auf dem Beifahrersitz saß ein blondes Mädchen, der Fahrer war höchstens achtzehn oder zwanzig, und auf dem Rücksitz saß ein weiterer junger Mann, der ebenfalls blond war und aussah, als könnte er der Bruder des Mädchens sein.

»Was is'n los, Opa?« fragte der Fahrer.

»Tut mir leid, ich spreche nicht Deutsch. Sprechen Sie Englisch?«

»Etwas«, sagte der Junge auf dem Rücksitz. »Besser als die zwei! Die haben ja nichts anderes als Bumsen im Sinn. Sehen Sie? Spreche ich Englisch?«

»Allerdings, und sehr gut. Würden Sie den beiden mein Anliegen erklären? Um es offen zu sagen, ich hatte auf einer Party eine Auseinandersetzung mit meiner Frau und möchte nach Bonn zurück. Ich bezahle Sie natürlich.«

»Ein Streit mit seiner Frau! Er will nach Bonn. Er wird uns bezahlen.«

»Warum nicht? Sie hat mich heute sowieso schon zuviel *gekostet*«, sagte der Fahrer.

»Nicht für das, was du kriegst, du Drecksack!« rief das Mädchen und lachte.

»Steigen Sie ein! Wir sind Ihre Chauffeure. In welchem Hotel wohnen Sie?«

»Eigentlich möchte ich am liebsten nicht dorthin zurück. Ich bin wirklich sehr verärgert. Ich möchte ihr eine Lektion erteilen und heute wegbleiben. Glauben Sie, Sie könnten ein Zimmer für mich finden? Ich bezahle natürlich dafür. Offen gestanden, habe ich selbst ein wenig getrunken.«

»Ein betrunkener Tourist! Er will ein Hotel. Fahren wir ihn ins Rosencafé?«

»Dort gibt es mehr Nutten als der alte Knacker schafft.«

»Wir machen das schon, Amerikaner«, meinte der junge Mann neben Converse. »Wir sind Studenten von der Universität und werden nicht nur ein Zimmer für Sie finden, sondern Sie haben noch dazu die Chance, sich an Ihrer Frau ein wenig zu rächen. Spendieren Sie uns ein Bier?«

»Soviel Sie wollen. Außerdem würde ich gerne telefonieren. Mit den Vereinigten Staaten – geschäftlich. Wird das dort gehen?«

»Viele Leute in Bonn sprechen Englisch. Wenn die Vermittlung im Rosencafé nicht Bescheid weiß, dann kümmere ich mich darum. Aber sechs Bier für jeden von uns, geht das klar?«

»Zwölf, wenn Sie wollen.«

»Da wird es aber eine Überschwemmung geben!«

In dem billig wirkenden Café – es handelte sich um eine heruntergekommene Bar, die hauptsächlich von Universitätsstudenten besucht wurde – zählte er das Geld, das er den beiden Deutschen abgenommen hatte, und stellte fest, daß es sich um etwa zwölfhundert Mark handelte, wobei mehr als achthundert von dem Mann auf dem Hügel stammten. Ein ungepflegter Angestellter am Empfang erklärte in schwerfälligem Englisch, daß die Vermittlung durchaus imstande wäre, eine Verbindung nach Amerika herzustellen, daß es aber ein paar Minuten dauern würde. Joel gab seinen jugendlichen Samaritern hundert Mark und ging auf sein Zimmer. Eine Stunde später wurde das Gespräch schließlich durchgestellt.

»Larry?«

»Joel?«

»Gott sei Dank, daß Sie da sind!« rief Converse erleichtert. »Sie ahnen gar nicht, wie froh ich bin, Sie zu erreichen. Von hier aus durchzukommen, dauert eine Ewigkeit.«

»Wo sind *Sie* denn, Joel?« fragte Talbot, dessen Stimme plötzlich ruhig und kontrolliert wirkte.

»In einem sogenannten Hotel, etwas außerhalb von Bonn. Ich bin gerade erst angekommen und habe den Namen nicht mitgekriegt.«

»Sie sind in einem Hotel in Bonn und wissen nicht, wie es heißt?«

»Das ist jetzt unwichtig, Larry. Holen Sie Simon an den Apparat. Ich möchte mit Ihnen beiden sprechen. Schnell.«

»Nathan ist bei Gericht. Er wird bis etwa vier Uhr zurück sein – nach unserer Zeit. Das ist in etwa einer Stunde.«

»Verdammt!«

»Beruhigen Sie sich, Joel. Sie dürfen sich nicht aufregen.«

»Mich nicht aufregen...? Herrgott, ich war fünf Tage in einer Steinhütte mit Eisenstangen vor den Fenstern eingesperrt. Vor ein paar Stunden bin ich ausgebrochen, wie der Teufel durch den Wald gerannt und hinter mir ein Rudel Hunde und Verrückte mit Pistolen. Dann habe ich eine Stunde im Wasser verbracht und wäre dabei fast ertrunken, ehe ich an Land gehen konnte, ohne daß man mir eine Kugel in den Kopf jagte. Und dann mußte ich – mußte ich...«

»Was mußten Sie, Joel?« fragte Talbot, dessen Stimme immer noch eigenartig passiv klang. »Was mußten Sie tun?«

»Verdammt noch mal, Larry. Vielleicht habe ich einen Menschen *getötet*, um durchzukommen!«

»Sie mußten jemanden töten, Joel? Warum glaubten Sie, das tun zu müssen?«

»Er hat auf mich gewartet! Die suchen nach mir! Am Ufer, in den Wäldern am Flußufer – er war ein Scout, der sich von seiner Streife getrennt hatte. *Scouts, Streifen!* Ich mußte raus, mußte *entkommen*! Und Sie sagen mir, ich soll mich nicht aufregen!«

»Beruhigen Sie sich, Joel. Versuchen Sie doch, sich zusammenzureißen... Sie sind doch schon einmal entkommen, oder? Vor langer Zeit...«

»Was hat das denn damit zu tun?« unterbrach ihn Converse.

»Damals mußten Sie auch Leute töten, nicht wahr? Ich wette, die Erinnerung daran läßt Sie nicht los.«

»Larry, das ist doch Unsinn! Hören Sie mir zu und schreiben Sie alles auf, was ich Ihnen sage – die Namen, die ich nenne, die Fakten –, Sie müssen das alles aufschreiben.«

»Vielleicht sollte ich Janet an das Telefon holen. Sie stenografiert viel...«

»Nein! Nur Sie, sonst niemand! Die können Leute ausfindig machen, jeden, der etwas weiß. Es ist nicht so kompliziert. Sind Sie so weit?«

»Natürlich.«

Joel setzte sich auf das schmale Bett und atmete tief.

»Am besten formuliert man es so – so, wie man es mir gegenüber formuliert hat, aber das brauchen Sie nicht aufzuschreiben, nur verstehen müssen Sie es –, daß sie zurückgekommen sind.«

»Wer?«

»Die Generale... die Feldmarschälle, die Admirale, die Obristen... Verbündete und Feinde, alles Männer von Kommandeursrang und darüber. Sie sind von überall her zusammengekommen, um die Dinge zu verändern, um die Regierungen, die Gesetze und die Außenpolitik zu verändern, und alles soll auf militärischen Entscheidungen beruhen... Es ist verrückt, aber die könnten es schaffen. Wir würden nach ihrem Willen leben müssen, weil sie uns unter Kontrolle hätten, weil die glauben, daß sie recht haben und selbstlos sind – so wie sie das immer geglaubt haben.«

»Wer sind diese Leute, Joel?«

»Ja, schreiben Sie das auf. Die Organisation nennt sich Aquitania. Sie basiert auf einer historischen Theorie, daß die Region in Frankreich, die sich einmal Aquitania nannte, ganz Europa hätte werden können, und dazu – als Kolonie – auch der nordamerikanische Kontinent.«

»Wessen Theorie?«

»Das ist nicht *wichtig*, es ist nur eine Theorie. Die Organisation ist von General George Delavane erdacht worden – man kannte ihn in Vietnam unter dem Namen ›Mad Marcus‹ –, und ich habe nur einen winzigen Bruchteil des Unheils gesehen, das dieser Hurensohn angerichtet hat! Er hat Militärpersonal von überall zusammengezogen, und die sind jetzt ausgeschwärmt und rekrutieren ihresgleichen, Fanatiker, die dasselbe glauben wie sie, nämlich, daß ihr Weg der einzige ist. Im vergangenen Jahr haben sie illegale Waffen an Terroristengruppen verschickt und überall, wo sie konnten, Unruhe angezettelt. Ihr Endziel ist es, daß man sie ruft, um die Ordnung wiederherzustellen, und dann werden sie die Macht übernehmen... Vor fünf Tagen war ich mit Delavanes Schlüsselfiguren aus Frankreich, Deutschland, Israel und Südafrika zusammen – und wahrscheinlich auch mit jemandem aus England.«

»Sie haben sich mit diesen Leuten getroffen, Joel? Die haben Sie zu einer Konferenz eingeladen?«

»Sie dachten, ich sei einer der ihren, ich würde an das glauben, was sie planen. Sehen Sie, Larry, die wußten nicht, wie sehr ich sie hasse. Die haben nicht das erlebt, was ich erlebt habe, haben nicht das gesehen, was ich gesehen habe... wie Sie schon sagten, damals, vor Jahren.«

»Als Sie fliehen *mußten*«, fügte Talbot mitfühlend hinzu. »Als Sie Menschen töten mußten – eine Zeit, die Sie nie vergessen werden. Das muß schrecklich für Sie gewesen sein.«

»Ja, das war es. Verdammt, *ja*! Tut mir leid, bleiben wir bei der Sache. Ich bin so müde – und außerdem habe ich wahrscheinlich immer noch Angst.«

»Sie müssen sich beruhigen, Joel.«

»Sicher. Wo war ich?« Converse rieb sich die Augen. »O ja. Jetzt erinnere ich mich wieder. Sie haben Informationen über mich bekommen, Informationen aus meiner Dienstakte über meine Gefangenschaft. Die haben sie sich irgendwie beschafft und herausgefunden, wer und was ich gewesen bin. Sie haben mich unter Drogen gesetzt, mich ausgequetscht und mich in eine verdammte Steinhütte geworfen, die mitten im Wald irgendwo über dem Rhein stand. Unter dem Einfluß der Chemikalien muß ich ihnen alles gesagt haben, was ich wußte...«

»Chemikalien?« fragte Talbot, der den Begriff offenbar noch nie gehört hatte.

»Amatol, Pentothal, Scopolamin. Ich habe das alles schon einmal mitgemacht, Larry. Vorwärts und rückwärts.«

»*Ja?* Wo?«

»In den Lagern. Das ist jetzt unwichtig.«

»Da bin ich nicht so sicher.«

»Doch. Worauf es ankommt, ist, daß sie herausgefunden haben, was ich weiß. Das bedeutet, daß sie ihren Zeitplan beschleunigen werden.«

»Ihren Zeitplan?«

»Wir befinden uns im Countdown. *Jetzt*! Zwei Wochen, drei, allerhöchstens vier! Niemand weiß, wer oder was die

Ziele sind, aber es wird überall zu Ausbrüchen von Gewalt und Terrorismus kommen, und das liefert ihnen den Vorwand, einzuschreiten. Im Augenblick ziehen in Nordirland – dort ist alles in Stücke geflogen, dort herrscht nichts als Chaos – ganze Panzerdivisionen auf. *Sie* haben das getan, Larry! Das ist ein Test, ein Probelauf für sie!.... Ich nenne Ihnen jetzt die Namen.« Und das tat Converse und war gleichzeitig überrascht und verärgert, daß Talbot auf keinen der Männer von Aquitania reagierte. »Haben Sie sie?«

»Ja.«

»Das sind die wichtigsten Fakten und Namen, für die ich mich verbürgen kann. Es gibt noch eine Menge mehr – Leute im State Department und im Pentagon, aber die Listen sind in meinem Aktenkoffer, und den hat man mir gestohlen oder irgendwo versteckt. Ich werde jetzt etwas ausruhen und dann anfangen, alles aufzuschreiben, was mir einfällt, und Sie dann morgen früh noch einmal anrufen. Ich muß hier raus. Ich werde Hilfe brauchen.«

»Da bin ich Ihrer Ansicht, darf ich jetzt auch einmal reden?« sagte der Anwalt in New York mit jener eigenartig ausdruckslosen Stimme. »Zuerst einmal, wo sind Sie, Joel? Sehen Sie sich das Telefon an oder lesen Sie die Aufschrift auf einem Aschenbecher – oder sehen Sie im Schreibtisch nach, es muß doch Papier dasein.«

»Hier ist kein Schreibtisch, und die Aschenbecher sind aus zersprungenem Glas... Augenblick, ich habe mir an der Bar Streichhölzer mitgenommen, als ich Zigaretten kaufte.« Converse griff in die Tasche der Lederjacke und holte die Streichhölzer heraus. »Da. ›*Riesendrinks*‹.«

»Sehen Sie nach, was darunter steht. Meine deutschen Sprachkenntnisse sind ziemlich beschränkt, aber ich glaube, das heißt ›Große Drinks‹ oder so etwas.«

»Oh? Dann muß es das sein. ›Rosencafé‹.«

»Das klingt eher danach. Buchstabieren Sie, Joel.«

Das tat Converse, wobei ihn ein unerklärliches Gefühl beunruhigte. »Haben Sie's?« fragte er. »Hier ist eine Telefonnummer.« Joel las die Nummer vor, die auf dem Streichholzbriefchen eingedruckt war.

»Gut, ausgezeichnet«, sagte Talbot. »Aber ehe Sie auflegen – und ich weiß, daß Sie dringend ausruhen müssen –, habe ich noch ein paar Fragen.«

»Das will ich hoffen!«

»Als wir das letztemal sprachen, nachdem dieser Mann in Paris verletzt worden war, nach diesem Kampf, den Sie in der Seitenstraße sahen, sagten Sie mir, Sie seien in Amsterdam. Sie sagten, Sie würden nach Paris zurückfliegen und René aufsuchen und alles aufklären. Warum haben Sie das nicht getan, Joel?«

»Herrgott, Larry, ich habe Ihnen doch gerade gesagt, was ich durchgemacht habe! Ich brauchte jede Minute, die mir zur Verfügung stand, um alles vorzubereiten. Ich war hinter diesen Leuten her – diesem gottverdammten Aquitania –, und dafür gab es nur diese eine Möglichkeit. Ich mußte mich bei denen einschleichen, ich durfte keine Zeit vergeuden.«

»Dieser Mann ist gestorben. Hatten Sie etwas mit seinem Tod zu tun?«

»Herrgott, ja, ich habe ihn getötet. Er hat versucht, mich aufzuhalten, alle haben sie versucht, mich aufzuhalten! Sie fanden mich schließlich in Kopenhagen und ließen mich beschatten. Am Flughafen hier haben sie auf mich gewartet. Das war eine Falle!«

»Um Sie daran zu hindern, diese Männer zu erreichen, diese Generale und Feldmarschälle?«

»Ja!«

»Und doch haben Sie mir gerade gesagt, daß eben diese Männer Sie eingeladen hätten, sich mit ihnen zu treffen.«

»Ich werde Ihnen das alles morgen früh erklären«, sagte Converse müde. Die Anspannung der letzten Stunden – Tage – hatte ihn erschöpft. Er hatte unerträgliche Kopfschmerzen. »Bis dahin habe ich alles aufgeschrieben, aber Sie müssen vielleicht herüberkommen, um es zu holen – und mich. Worauf es ankommt, ist, daß wir in Verbindung bleiben. Sie haben die Namen, den allgemeinen Überblick, und Sie wissen, wo ich bin. Sprechen Sie mit Nathan, denken Sie über das nach, was ich Ihnen gesagt habe, dann überlegen wir drei uns, was zu tun ist. Wir haben Verbindungen in

Washington, aber wir werden vorsichtig sein müssen. Wir wissen nicht, wer zu wem gehört. Aber einen Vorteil haben wir. Ein Teil des Materials, das ich habe – das ich *hatte* –, kann nur von Leuten aus Washington gekommen sein. Eine Theorie ist, daß ich von ihnen in Bewegung gesetzt wurde, daß Männer, die ich nicht kenne, jede meiner Bewegungen beobachten, weil ich etwas tue, was sie nicht tun können.«

»Ganz alleine«, sagte Talbot zustimmend. »Ohne Washingtons Hilfe.«

»Richtig. Sie können sich selbst nicht zeigen; sie müssen im Hintergrund bleiben, bis ich etwas Konkretes ans Tageslicht gefördert habe... Das war der Plan. Wenn Sie mit Nathan reden und sich dabei Fragen ergeben, rufen Sie mich an. Ich werde mich ohnehin nur ein oder zwei Stunden hinlegen.«

»Ich hätte jetzt noch eine Frage, wenn es Ihnen nichts ausmacht. Sie wissen, daß Interpol ein internationales Auslieferungsersuchen für Sie herausgegeben hat.«

»Ja.«

»Und die amerikanische Botschaft sucht Sie auch.«

»Auch das weiß ich.«

»Man hat mir gesagt, daß man Sie aufgefordert habe, in die Botschaft zu kommen.«

»Man hat *Ihnen* gesagt...?«

»Warum haben Sie es nicht getan, Joel?«

»Herrgott, ich *kann* doch nicht! Glauben Sie nicht, daß ich das tun würde, wenn ich könnte? Hier wimmelt es von Delavanes Leuten. Nun, das ist übertrieben, aber drei kenne ich schon. Ich habe sie gesehen.«

»Nach meinen Informationen hat Botschafter Peregrine selbst mit Ihnen Verbindung aufgenommen und Ihnen Schutz und vertrauliche Behandlung Ihres Anliegens garantiert. War das nicht genug?«

»Nach Ihren *Informationen*... Die Antwort ist *nein*! Peregrine hat keine Ahnung, was in seiner Botschaft vor sich geht... oder vielleicht weiß er es sogar. Ich sah, wie Leifhelms Wagen durch das Botschaftstor fuhr, als ob er einen Passierschein auf Lebenszeit hätte. Um drei Uhr früh. Leifhelm ist ein Nazi,

Larry, er ist nie etwas anderes gewesen! Was macht das aus Peregrine?«

»Kommen Sie, Joel. Sie schneiden einem Mann, der das nicht verdient, die Ehre ab. Walter Peregrine war einer der Helden der Bastogne. Was er in der Ardennenoffensive geleistet hat, ist beinahe zur Legende geworden. Und er war Reserveoffizier, er gehörte nicht einmal zur regulären Armee. Ich bezweifle, daß Nazis zu seinen Lieblingsgästen gehören.«

»Wieder ein *Offizier*? Dann weiß er vielleicht sogar *genau*, was in seiner Botschaft vor sich geht!«

»Das ist nicht fair. Seine Kritik am Pentagon ist wohlbekannt. Die Zeitungen waren voll davon. Er hat sie Größenwahnsinnige genannt mit zu viel Geld, die auf Kosten der Steuerzahler ihren Ehrgeiz befriedigen. Nein, Sie sind nicht fair, Joel. Ich finde, Sie sollten auf ihn hören. Rufen Sie ihn an, sprechen Sie mit ihm.«

»Nicht fair?« sagte Converse leise. Ein undefinierbares Gefühl begann in ihm Gestalt anzunehmen, begann ihn zu warnen. »Augenblick! Sie sind es, der nicht fair ist. ›Man hat *mir* gesagt‹... ›nach *meinen* Informationen‹? Mit welchem Orakel waren Sie denn in Verbindung? Wer hat Ihnen denn diese Perlen der Weisheit über mich geliefert? Und warum?«

»Schon gut, Joel, schon gut... Beruhigen Sie sich. Ja, ich habe mit Leuten gesprochen – Leuten, die Ihnen helfen wollen. Ein Mann in Paris ist gestorben, und jetzt sagen Sie, in Bonn gibt es auch einen Toten. Sie sprechen von Scouts und Streifen und diesen schrecklichen Chemikalien, und daß Sie durch den Wald geflohen sind und sich im Fluß verstekken mußten. Verstehen Sie denn nicht? Niemand gibt Ihnen die Schuld oder macht Sie auch nur verantwortlich. Irgend etwas ist passiert; Sie durchleben das alles aufs neue.«

»Mein Gott!« unterbrach ihn Converse verblüfft. »Sie glauben kein Wort von dem, was ich gesagt habe.«

»Sie glauben es, und das ist alles, worauf es jetzt ankommt. Ich habe in Nordafrika und Italien meinen Teil gesehen, aber das ist nichts im Vergleich zu dem, was Sie später mitgemacht haben. Sie haben einen tiefgreifenden, verständlichen Haß gegen den Krieg und alles, was mit dem Militär zusammenhängt. Sie wären kein Mensch, wenn das nicht der Fall wäre, nicht bei alldem, was Sie erlitten haben, und den schrecklichen Dingen, die Sie mitmachen mußten.«

»Larry, so hören sie doch, alles, was ich Ihnen gesagt habe, ist die *Wahrheit*!«

»Schön. Fein. Dann nehmen Sie mit Peregrine Verbindung auf, gehen Sie zur Botschaft und sagen Sie es denen. Man wird auf Sie hören. *Er* wird auf Sie hören.«

»Sind Sie denn wirklich dümmer, als ich geglaubt habe?« schrie Joel. »Ich habe Ihnen doch gerade gesagt, daß ich das nicht kann! Ich würde nie an Peregrine herankommen! Eine Kugel würden die mir durch den Kopf jagen.«

»Ich habe mit Ihrer Frau gesprochen – tut mir leid, Ihrer Exfrau. Sie sagt, daß Sie nachts diese Alpträume hatten... «

»Mit *Val* haben Sie gesprochen? *Val* haben Sie da hineingezogen! Herrgott, sind Sie von Sinnen? Wissen Sie nicht, daß die allem nachgehen? Dabei haben Sie es selbst vor der Nase gehabt! *Lucas Anstett*! Halten Sie sich von ihr fern! Halten Sie sich um Gottes willen von ihr fern, oder ich... ich...«

»Was würden Sie tun, junger Mann?« fragte Talbot ruhig. »Mich auch töten?«

»O *Jesus*!«

»Tun Sie, was ich sage, Joel. Rufen Sie Peregrine an. Alles wird wieder gut.«

Plötzlich hörte Converse ein eigenartiges Geräusch in der Leitung, ein Geräusch, das er schon Hunderte von Malen gehört hatte. Es war ein kurzes Summen, fast bedeutungslos, und doch hatte es eine Bedeutung. Es war Lawrence Talbots Signal an seine Sekretärin, eine Aufforderung, in sein Büro zu kommen und einen unterschriebenen Brief, einen korrigierten Schriftsatz oder ein Diktatband abzuholen. Joel wußte, was jetzt weitergegeben werden sollte. Die Adresse eines heruntergekommenen Hotels in Bonn.

»Also gut, Larry«, sagte er und ließ den anderen deutlich seine Erschöpfung hören. »Ich bin *verdammt* müde. Ich werde mich jetzt eine Weile hinlegen, dann rufe ich die Botschaft an. Vielleicht sollte ich wirklich mit Peregrine Verbindung aufnehmen. Alles ist so konfus.«

»So ist's richtig, Junge. Jetzt wird alles wieder gut. Ausgezeichnet.«

»Wiedersehen, Larry.«

»Wiedersehen, Joel. Wir sehen uns in ein paar Tagen.«

Converse knallte den Hörer auf die Gabel und sah sich in dem schwach beleuchteten Zimmer um. Was suchte er? Er war mit nichts gekommen und würde auch nur mit dem wieder gehen, was er auf dem Leib trug – was er gestohlen hatte. Und er mußte hier schnell weg. In wenigen Minuten würden Männer von der Botschaft in schnellen Wagen hier ankommen, und wenigstens einer dieser Männer würde eine Waffe haben und eine Kugel, die für ihn bestimmt war!

Was, zum Teufel, geschah da mit ihm? Die Wahrheit war ein Phantasiegebilde, das mit Lügen ausgeschlagen war, und Lügen waren die einzige Garantie für sein Überleben.

Wahnsinn!

19

Er rannte am Fahrstuhl vorbei, die Treppe hinunter, mit jedem Schritt zwei oder drei Stufen nehmend, die Hand an dem eisernen Geländer, bis er die Tür zur Hotelhalle, drei Stockwerke tiefer, erreichte. Er riß sie auf, hielt sie dann aber am Rahmen und verlangsamte seinen Lauf, um nicht auf sich aufmerksam zu machen. Doch die Sorge war unbegründet. Die wenigen Leute, die sich auf den Bänken an der Wand drängten und durch den Raum schlenderten, kamen vorwiegend aus der Nachbarschaft, und sonst waren nur noch ein paar Betrunkene in dem neonbeleuchteten Raum. *Herrgott!* Sein Verstand war in Aufruhr! Er konnte durch die Nacht wandern, sich in Nebenstraßen verstecken. Aber ein einzelner Mann auf fremden Straßen würde der Polizei oder irgendwelchen inoffiziellen Jägern nur zu leicht auffallen. Er mußte irgendwie ein Dach über den Kopf bekommen. Er mußte verschwinden.

Das Hotelcafé! Seine Samariter! Er klappte sich den Kragen der Lederjacke hoch, lockerte den Hosengurt und schob die Hose etwas weiter herunter, damit man nicht sehen konnte, um wieviel sie ihm zu kurz war. Dann ging er mit ruhigen Schritten auf die Tür zu, taumelte ein wenig, als er sie aufstieß. Dichte Rauchschwaden schlugen ihm entgegen – keineswegs nur Tabak –, und er brauchte eine Weile, bis seine Augen sich den blitzenden Lichtern anpassen konnten, während er versuchte, den Lärm zu überhören – eine Kombination aus Rufen und Diskomusik, die aus mehreren Lautsprechern plärrte. Seine Samariter waren verschwunden; er hielt nach dem jungen blonden Mädchen Ausschau, aber sie war nicht mehr da. Der Tisch, an dem sie gesessen hatten, war jetzt von vier anderen Leuten besetzt – nein, nicht vier *andere* Leute, nur drei –, sie hatten sich zu dem englisch sprechenden Studenten gesetzt, der neben ihm im Wagen gesessen hatte. Drei junge Männer, offensichtlich ebenfalls von der Universität. Joel ging auf sie zu, wobei er an einem leeren Stuhl vorbeikam; er packte ihn an der Lehne und zog ihn hinter sich her zum Tisch. Er setzte sich und lächelte dem blonden Studenten zu.

»Ich wußte nicht, ob das Geld für die zwölf Bier gereicht hat, die ich versprochen habe«, sagte er freundlich.

»*Ach!* Ich habe gerade von Ihnen gesprochen, Herr Amerikaner! Das hier sind meine Freunde – wie ich alle Studenten!« Er stellte die drei Neuankömmlinge vor, aber ihre Namen gingen in der Musik und in dem Rauch unter. Sie nickten; der Amerikaner war willkommen.

»Unsere zwei anderen Freunde sind gegangen?«

»Das sagte ich Ihnen doch«, schrie der blonde junge Mann, um sich in dem Lärm Gehör zu verschaffen. »Die wollten zu unserem Haus fahren und dort miteinander ins Bett gehen. Die haben ja nichts anderes im Sinn. Unsere Eltern sind nach Bayreuth gefahren, zu den Festspielen, also machen die sich ihre eigene Musik im Bett. Ich gehe erst später nach Hause.«

»Nettes Arrangement«, sagte Converse und versuchte sich darüber schlüssig zu werden, wie er das Thema ansprechen sollte, das schnell angesprochen werden mußte. Er hatte nur noch wenig Zeit.

»Sehr *gut*, Sir!« sagte ein dunkelhaariger junger Mann zu seiner Rechten. »Hans hätte das nicht bemerkt; sein Englisch reicht dafür nicht aus. Ich war zwei Jahre Austauschstudent in Massachusetts. ›Arrangement‹ ist zugleich ein Begriff aus der Musikwelt. *Sehr* gut, Sir!«

»Ich geb' mir Mühe«, sagte Joel ein wenig hilflos und sah den Studenten an. »Sie sprechen wirklich Englisch?« fragte er dann.

»Sehr gut sogar, mein Herr. Mein Stipendium hängt davon ab. Meine Freunde hier sind in Ordnung, damit wir uns nicht mißverstehen, aber sie sind reich und kommen nur her, um sich zu amüsieren. Als kleiner Junge habe ich zwei Straßen von hier entfernt gewohnt. Aber man läßt diese Burschen hier in Ruhe, und warum auch nicht? Sollen die doch ihren Spaß haben; es tut niemandem weh, und das Geld kommt unter die Leute.«

»Sie sind nüchtern«, sagte Converse, eine Feststellung, die fast eine Frage war.

Der junge Mann nickte lachend. »Heute schon. Morgen nachmittag habe ich eine schwierige Prüfung und brauche einen klaren Kopf. Die Prüfungen in den Semesterferien sind die schlimmsten. Die Professoren würden lieber Ferien machen.«

»Ich wollte eigentlich mit *ihm* reden«, sagte Joel und deutete mit einer Kopfbewegung auf den blonden Studenten, der in ein offenbar hitziges Gespräch mit seinen zwei Begleitern verwickelt war und mit den Händen in den Rauchschwaden herumfuchtelte. »Aber das hat wohl keinen Sinn. Sie tun's auch.«

»In welchem Sinne meinen Sie das jetzt, Sir, wenn Sie mir die Redundanz meines Ausdrucks verzeihen?«

»›Redundanz‹? Was studieren Sie?«

»Jura, Sir.«

»Das kann ich nicht gebrauchen.«

»Macht das Schwierigkeiten, Sir?«

»Mir nicht... Hören Sie, ich habe nicht viel Zeit und habe

da ein Problem. Ich muß hier weg. Ich brauche eine Unterkunft – nur bis morgen früh. Ich versichere Ihnen, ich habe nichts Unrechtes getan, nichts, was gegen das Gesetz ist – falls meine Kleider oder mein Aussehen Sie daran zweifeln lassen. Das ist eine rein persönliche Angelegenheit. Können Sie mir helfen?«

Der dunkelhaarige junge Deutsche schien zu zögern, als widerstrebte es ihm, darauf zu antworten, aber dann beugte er sich vor. »Da Sie es schon ansprechen, mein Herr, werden Sie sicher verstehen, daß es für einen Jurastudenten etwas unziemlich ist, einem Mann unter zweifelhaften Umständen behilflich zu sein.«

»Aus genau dem Grund habe ich es erwähnt«, sagte Converse schnell nahe am Ohr des Studenten. »Ich bin Anwalt und trotz dieser Kleider ein einigermaßen respektabler. Ich habe nur hier drüben den falschen amerikanischen Klienten übernommen und kann es nicht erwarten, morgen früh wieder in einem Flugzeug nach den Staaten zu sitzen.«

Der junge Mann hörte zu, musterte Joels Gesicht und nickte dann. »Dann ist das hier eine Art von Unterkunft, wie Sie sie normalerweise nicht suchen würden?«

»Ich würde sie, wo immer möglich, meiden. Ich dachte nur, das wäre vielleicht eine gute Idee, um heute nacht nicht aufzufallen.«

»Es gibt sehr wenige Lokale wie dieses hier in Bonn, Sir.«

»Das macht Bonn Ehre.« Converse sah sich in dem Café und unter den vorwiegend jugendlichen Gästen um und hatte plötzlich eine andere Idee. »Es ist Sommer«, sagte er eindringlich zu dem Studenten. »Gibt es hier irgendwelche Jugendherbergen?«

»Die in der Umgebung von Bonn oder Köln sind alle voll, Sir, hauptsächlich mit jungen Amerikanern und Holländern. Die anderen, in denen noch Platz ist, liegen ziemlich weit im Norden. Aber vielleicht gibt es eine andere Lösung.«

»Was?«

»Sommer, Sir. Die Pensionen, in denen viele Studenten

wohnen, haben in den Sommermonaten viele Zimmer frei. In dem Haus, wo ich wohne, gibt es im zweiten Stock zwei leere Zimmer.«

»Ich habe es sehr eilig. Können wir gehen? Ich zahle Ihnen heute abend soviel ich kann, und morgen früh mehr.«

»Ich dachte, Sie wollten morgen früh ein Flugzeug nehmen?«

»Ich muß vorher noch zwei Dinge erledigen. Sie können mitkommen und mir helfen.«

Der junge Mann und Joel entschuldigten sich, wohl wissend, daß man sie nicht vermissen würde. Der Student ging auf die Tür der Hotelhalle zu, aber Converse packte ihn am Ellbogen und deutete auf den Ausgang zur Straße.

»Ihr Gepäck, Sir!« rief der Deutsche, wobei er Mühe hatte, sich in dem Lärm verständlich zu machen.

»Sie können mir ja morgen einen Rasierapparat leihen!« schrie Converse zurück und zog den jungen Mann durch das Gewühl zum Ausgang. Ein paar Tische vor dem Eingang war ein leerer Stuhl, auf dem eine zerdrückte Stoffmütze lag. Joel griff danach und hielt sie sich vors Gesicht, als er die Tür erreichte und gefolgt von dem Studenten ins Freie trat. »Welche Richtung?« fragte er, während er sich die Mütze überstülpte.

»Hier entlang.« Der junge Deutsche deutete unter das schäbige Vordach des danebenliegenden Hoteleingangs.

»Gehen wir«, sagte Joel und trat einen Schritt nach vorn.

Sie blieben stehen – das heißt, Converse blieb zuerst stehen, packte den Studenten an der Schulter und drehte ihn herum, so daß er der Straße den Rücken zuwandte. Eine schwarze Limousine kam die Straße heruntergerast und bremste scharf. Zwei Männer sprangen hinten heraus und rannten auf den Eingang zu. Joel drehte den Kopf herum, während der junge Deutsche ihn anstarrte. Er erkannte beide Männer; beides waren Amerikaner. Vor acht Tagen hatten sie am Kölner Flughafen auf ihn gewartet, in der Hoffnung, ihn in eine Falle zu locken. So wie sie jetzt gekommen waren, um ihn in ihre Gewalt zu bringen. Der schwarze Wagen rollte weiter, aus dem Lichtschein des Hoteleingangs heraus in den

Schatten. Dann hielt er am Randstein an und wartete, ein Leichenwagen, darauf vorbereitet, seine Ladung in Empfang zu nehmen.

»Was ist denn?« fragte der junge Deutsche mit unverhohlener Angst.

»Gar nichts.« Converse löste seinen Griff und klopfte dem Studenten freundlich auf die Schulter. »Lassen Sie sich das eine Lektion sein. Vergewissern Sie sich, wer Ihr Klient ist, ehe Sie zu habgierig werden und einen großen Vorschuß akzeptieren.«

»Ja«, sagte der junge Deutsche und versuchte zu lächeln, allerdings ohne viel Erfolg. Die schwarze Limousine ließ er nicht aus den Augen. Sie gingen schnell an dem geparkten Wagen vorbei und sahen den Fahrer am Steuer. Seine Zigarette glühte im dunklen Wageninneren. Joel zog sich die Mütze in die Stirn und drehte den Kopf etwas zur Seite.

Die Wahrheit war ein Phantasiegebilde, das mit Lügen ausgeschlagen war... und die einzige Garantie für sein Überleben waren Flucht und ein sicheres Versteck. Wahnsinn!

Die frühen Morgenstunden verliefen barmherzig ruhig, abgesehen von den Gedanken, die in seinem Kopf wüteten. Der Student, der Johann hieß, hatte ihm ein Zimmer in der Pension besorgt, deren Besitzerin entzückt war, von ihm hundert Mark Miete zu bekommen. Das war mehr als großzügig für das Heftpflaster, das Desinfektionsmittel und die Gaze, die sie ihm gab, damit er seine Wunde neu versorgen konnte. Converse hatte tief geschlafen, bis ihn seine Ängste und düsteren Träume geweckt hatten. Nach sieben konnte er nicht mehr einschlafen.

Es gab etwas Dringendes zu erledigen. Er kannte das Risiko, aber er brauchte das Geld, jetzt mehr denn je. Auf Mykonos hatte der gut informierte, wenn auch schlangenhafte Laskaris hunderttausend Dollar auf Banken in Paris, London, Bonn und New York überwiesen und Nummern festgelegt, mit denen die Beträge abgehoben werden konnte. Laskaris hatte ferner vorgeschlagen, daß Joel gar nicht erst versuchen sollte, vier lange und völlig unterschiedliche Zahlengruppen auswendig zu lernen oder bei sich zu tragen. Statt dessen wollte der Bankier an die American-Express-Reisebüros in den vier Städten Mitteilungen senden, die drei Monate für – *für wen, Mr. Converse?* – dort aufbewahrt werden sollten. *Es sollte ein Name sein, der für Sie Bedeutung hat, aber für niemand anderen. Dieser Name wird Ihr Code sein, eine andere Identifikation ist unnötig. Sagen wir Charpentier. J. Charpentier.*

Joel war sich darüber im klaren, daß er diese Vereinbarung möglicherweise unter dem Einfluß der Drogen verraten haben konnte. Aber ebensogut war es möglich, daß er das nicht getan hatte. Seine Gedanken befaßten sich nicht mit Geld. Er besaß davon reichlich, und die Chemikalien neigten dazu, einem vorwiegend Gedanken zu entlocken, die einen stark beschäftigten. Das hatte er in den Lagern gelernt, vor einem ganzen Leben, und dann hatte er ja auch noch jemanden, der ihm helfen konnte.

Der junge Deutsche, Johann, würde sein Mittelsmann sein. Die Risiken waren nicht zu vermeiden, nur zu verringern; auch das hatte er vor einem Leben gelernt. Wenn man den Jungen festnahm, würde das sein Gewissen belasten, aber es gab Schlimmeres. Es hatte keinen Sinn, darüber nachzudenken.

»Gehen Sie hinein und fragen Sie, ob eine Nachricht für J. Charpentier da ist«, sagte Joel dem Studenten. Sie saßen auf dem Rücksitz eines Taxis vor dem Büro von American Express. »Wenn man das bejaht, dann sagen Sie folgendes: ›Es muß ein Telegramm aus Mykonos sein.‹« Das war Laskaris' präzise Anweisung gewesen.

»Ist das notwendig, Sir?« fragte der dunkelhaarige Johann und runzelte die Stirn.

»Ja. Wenn Sie Mykonos nicht erwähnen und die Tatsache, daß es sich um ein Telegramm handelt, gibt man es Ihnen nicht. Außerdem identifiziert Sie dieser Satz. Sie werden nichts unterschreiben müssen.«

»Das ist alles sehr seltsam, mein Herr.«

»Wenn Sie Anwalt werden wollen, müssen Sie sich an

seltsame Formen der Kommunikation gewöhnen. Daran ist nichts Ungesetzliches, es ist einfach ein Mittel, um die Vertraulichkeit Ihres Klienten und Ihrer Firma zu schützen.«

»Ich habe wohl noch viel zu lernen.«

»Sie tun nichts Unrechtes«, fuhr Joel ruhig fort und sah Johann dabei an. »Im Gegenteil, Sie tun etwas sehr Rechtes, und ich werde Sie sehr gut dafür bezahlen.«

»Sehr gut«, sagte der junge Mann.

Converse wartete im Taxi, und seine Augen suchten die Straße ab, konzentrierten sich auf stehende Wagen oder Fußgänger, die zu langsam gingen oder sich überhaupt nicht von der Stelle bewegten, und auf jeden anderen, dessen Blick auch nur kurz zur Fassade von American Express wanderten. Johann ging hinein, und Joel schluckte ein paarmal. Ihm war, als schnürte man ihm die Kehle zu. Das Warten war schrecklich, und das Wissen, daß er den Studenten in eine riskante Lage brachte, machte es noch schlimmer. Dann dachte er kurz an Avery Fowler-Halliday und Connal Fitzpatrick; sie hatten verloren. Der junge Deutsche hatte eine unendlich größere Chance, noch viele Jahre zu erleben.

Die Minuten verstrichen, und Converse spürte, wie ihm der Schweiß den Nacken hinunterrann; es war, als hätte jemand die Zeit angehalten. Schließlich kam Johann wieder heraus, kniff die Augen zusammen, um sie vor der grellen Sonne zu schützen, die Unschuld in Person. Er überquerte die Straße und stieg in das Taxi.

»Was haben die gesagt?« fragte Joel und bemühte sich, gleichgültig zu klingen, während seine Augen noch immer die Straße absuchten.

»Nur, ob ich schon lange auf die Nachricht gewartet hätte. Ich erwiderte, daß es ein Telegramm aus Mykonos sein müßte. Ich wußte nicht, was ich sonst sagen sollte.«

»Das haben Sie gut gemacht.« Joel riß den Umschlag auf und entfaltete das Telegramm. Es enthielt eine lange Reihe ausgeschriebener Zahlen, mehr als zwanzig, schätzte er. Wieder erinnerte er sich an die Instruktionen, die Laskaris ihm gegeben hatte: *Nehmen Sie jede dritte Zahl, angefangen bei der dritten, und endend bei der drittletzten. Sie brauchen nur an die*

Drei zu denken. Es ist ganz einfach – das sind diese Dinge meistens –, und außerdem kann ohnehin niemand für Sie unterschreiben. Das Ganze ist nur eine Vorsichtsmaßnahme.

»Ist alles in Ordnung?« fragte Johann.

»Bis jetzt sind wir einen Schritt im Vorsprung, und Sie sind Ihrer Prämie einen Schritt näher.«

»Meinem Examen auch.«

»Wann ist das denn?«

»Um drei Uhr dreißig heute nachmittag.«

»Ein gutes Omen. Denken Sie nur an die Drei.«

»Wie bitte?«

»Nichts. Jetzt brauchen wir eine Telefonzelle. Sie haben noch eine Sache zu erledigen, und dann können Sie heute abend Ihre Freunde ins teuerste Lokal von Bonn einladen.«

Das Taxi wartete an der Ecke, während Converse und der junge Deutsche vor der Zelle standen. Johann hatte die Nummer der Bank im Telefonbuch nachgeschlagen. Der Student zögerte, weiter mitzumachen. Das, was jetzt von ihm verlangt wurde, schien ihm doch recht sonderbar zu sein. Damit wollte er nichts zu tun haben.

»Sie brauchen doch bloß die Wahrheit zu sagen!« insistierte Joel. »*Nur* die Wahrheit. Sie haben einen amerikanischen Anwalt kennengelernt, der nicht Deutsch spricht, und er hat sie gebeten, ein Gespräch für ihn zu führen. Dieser Anwalt muß für einen Klienten aus einem vertraulichen Konto Mittel abheben und möchte wissen, an wen er sich wenden soll. Das ist alles. Niemand wird nach einem Namen fragen.«

»Und wenn ich das tue, kommt wieder etwas anderes? Nein, ich glaube, Sie sollten selbst anrufen...«

»Ich darf keinen Fehler machen! Ich darf kein Wort mißverstehen. Und es kommt auch nichts mehr anderes. Sie können in der Nähe der Bank warten, wo Sie wollen. Wenn ich herauskomme, gebe ich Ihnen zweitausend Mark, und soweit es mich betrifft – soweit es *irgend jemanden* betrifft –, sind wir uns nie begegnet.«

»So viel für so wenig, Sir. Sie können doch meine Angst begreifen.«

»Die ist gar nichts im Vergleich zu der meinen«, sagte Converse leise, aber eindringlich. »Bitte, tun Sie es. Ich brauche Ihre Hilfe.«

Und so wie er es am Abend vorher in der Bar getan hatte, sah der junge Deutsche wieder Joel scharf an, als versuchte er etwas zu sehen, von dem er nicht sicher war, ob es da war. Schließlich nickte er ohne große Begeisterung. »Gut«, sagte er und betrat mit ein paar Münzen in der Hand die Telefonzelle.

Converse sah durch die Glastür zu, wie der Student wählte und offenbar mit zwei oder drei unterschiedlichen Leuten kurz redete, ehe er an den richtigen kam. Der einseitige Dialog, den Joel beobachtete, schien endlos – viel zu lang und zu kompliziert, wo es doch nur darum ging, einen Namen zu erfahren. Einmal schien Johann, während er etwas auf einen Zettel schrieb, irgendwelche Einwände zu haben, und Converse mußte an sich halten, um nicht die Türe zu öffnen und das Gespräch abzubrechen. Dann legte der junge Mann auf und kam mit etwas verwirrter, fast zorniger Miene heraus.

»Was war denn? Hat es Schwierigkeiten gegeben?«

»Nur wegen der Zeit und wegen der Vorschriften des Instituts, Sir.«

»Was soll das heißen?«

»Solche Konten werden nur nach zwölf Uhr mittags bearbeitet. Ich habe denen klargemacht, daß Sie bis dahin am Flughafen sein müssen, aber der Direktor meinte, das sei nun einmal Vorschrift.« Johann reichte Converse den Zettel. »Sie sollen einen Mann namens Lachmann im ersten Stock aufsuchen.«

»Ich werde eine spätere Maschine nehmen.« Joel sah auf die Armbanduhr des Fahrers. Es war 10.35 Uhr; noch eineinhalb Stunden.

»Ich wollte noch vor Mittag in der Universitätsbibliothek sein.«

»Das geht immer noch«, sagte Converse aufrichtig. »Wir können anhalten, einen Umschlag und Briefmarken besorgen, und Sie können Ihren Namen und Ihre Adresse darauf schreiben. Dann schicke ich Ihnen das Geld.«

Johann blickte zu Boden, sein Zögern war offensichtlich. »Ich denke... die Prüfung ist vielleicht gar nicht so schwierig. Es ist eines meiner besseren Fächer.«

»Natürlich«, nickte Joel. »Sie haben wirklich keinen Grund, mir zu vertrauen.«

»Das sehen Sie jetzt falsch, Sir. Ich glaube schon, daß Sie mir das Geld schicken würden. Ich bin nur nicht so sicher, daß es eine gute Idee ist, wenn ich den Umschlag mit der Post erhalte.«

Converse lächelte. Er verstand. »Fingerabdrücke?« fragte er freundlich. »Indizienbeweise?«

»Das ist auch eines meiner besseren Fächer.«

»Okay, dann haben Sie mich eben noch ein paar Stunden am Hals. Ich habe noch etwa siebenhundert Mark, bis ich zur Bank komme. Kennen Sie ein Konfektionsgeschäft abseits der großen Einkaufsgegend, wo ich eine Hose und ein Jackett kaufen kann?«

»Ja, Sir. Und wenn ich noch einen Vorschlag machen darf. Wenn Sie schon so viel abheben können, daß Sie mir zweitausend Mark geben können, dann sollten Sie sich vielleicht auch ein sauberes Hemd und eine Krawatte kaufen.«

»Ja, das Aussehen seiner Klienten sollte man immer sorgfältig prüfen. Sie werden noch weit kommen, Herr Kollege.«

Das Ritual an der Bonner Sparkasse war ein Beispiel für verwickelte, aber gründliche Effizienz. Joel wurde in das Büro von Herrn Lachmann im ersten Stock komplimentiert, wo ihm weder die Hand gereicht noch versuchsweise Konversation gemacht wurde. Vielmehr kam der Bankbeamte sofort zur Sache.

»Herkunft der Überweisung, bitte?« fragte der etwas korpulente Mann.

»Bank of Rhodos, Zweigstelle Mykonos, Hafenbüro. Der Name des... ›Absender‹ würden Sie ihn wohl nennen... ist Laskaris. An seinen Vornamen erinnere ich mich nicht.«

»Der ist auch nicht erforderlich«, sagte der Deutsche, als wollte er ihn gar nicht hören. Die ganze Transaktion schien ihn irgendwie zu beleidigen.

»Tut mir leid, ich wollte nur helfen. Wie Sie wissen, habe ich es sehr eilig. Ich muß ein Flugzeug erreichen.«

»Alles wird vorschriftsmäßig abgewickelt werden, mein Herr.«

»Natürlich.«

Der Bankangestellte schob ihm ein Blatt Papier über den Schreibtisch. »Bitte hier Ihre Nummernunterschrift, fünfmal nacheinander, während ich Ihnen die Vorschriften der Bonner Sparkasse gemäß der entsprechenden Gesetze der Bundesrepublik Deutschland vorlese. Anschließend müssen Sie eine Erklärung unterzeichnen – wieder mit Ihrer Nummernunterschrift –, daß Sie die Vorschriften verstanden und akzeptiert haben.«

Converse nahm das Telegramm aus der Innentasche seines neu erworbenen Sportjacketts und legte es neben das leere Blatt. Er hatte die korrekten Zahlen unterstrichen und begann zu schreiben.

Converse verließ die Fahrstuhlkabine. Der neu erworbene Geldgurt saß viel schlechter als der, den er in Genf erworben hatte. Aber es hatte keinen Sinn, ihn abzulehnen. Es handelte sich um eine Aufmerksamkeit der Bank, wie Lachmann meinte, während er fast zwölftausend Mark für angebliche Gebühren einbehielt.

Converse ging auf die Bronzetüren des Eingangsportals zu, als er Johann auf einer Marmorbank sitzen sah. Er nickte, als der Student ihn ansah; der Student stand auf und wartete, bis Joel den Eingang erreicht hatte, dann folgte er ihm.

Irgend etwas war geschehen. Draußen vor der Tür hasteten ganze Menschenscharen auf die nächste Straßenecke zu, ein Stimmengewirr war zu hören, laute Fragen, zornige Antworten.

»Was, zum Teufel, ist denn passiert?« fragte Converse.

»Ich weiß nicht«, erwiderte Johann dicht neben ihm. »Irgend etwas Schreckliches. Die Leute laufen zu dem Kiosk an der Ecke. Die Zeitungen.«

»Holen wir uns eine«, sagte Joel und griff nach dem Arm

des jungen Mannes, während sie sich in die Menschentraube einreihten.

»Attentat! Mord! Amerikanischer Botschafter ermordet!«

Die Zeitungsverkäufer schrien und reichten die Zeitungen hinaus, während sie Münzen und Geldscheine entgegennahmen, ohne sich um das Wechselgeld zu kümmern. Ein Gefühl der Panik lag in der Luft. Ringsum schnappten sich die Leute Zeitungen und starrten die Schlagzeilen an.

»*Mein Gott!*« rief Johann nach einem Blick auf eine zusammengefaltete Zeitung zu seiner Linken. »Der amerikanische Botschafter ist ermordet worden!«

»Holen Sie eine Zeitung!« Converse warf dem Verkäufer ein paar Münzen hin, während sich der junge Deutsche eine Zeitung nahm. »Verschwinden wir hier!« schrie Joel und packte den Studenten am Arm.

Aber Johann rührte sich nicht von der Stelle. Er stand mitten unter der Menge da und starrte die Zeitung mit geweiteten Augen und zitternden Lippen an. Converse schob zwei Männer zur Seite und zerrte den jungen Mann weiter durch die protestierende Menschenmenge.

»*Sie!*« Die Angst dämpfte Johanns Schrei.

Joel riß dem Studenten die Zeitung aus den Händen. In der rechten oberen Hälfte der Titelseite waren die Fotos von zwei Männern zu sehen. Links der ermordete Walter Peregrine, amerikanischer Botschafter in der Bundesrepublik Deutschland. Rechts war das Gesicht eines amerikanischen *Rechtsanwalts* zu sehen – eines der wenigen deutschen Worte, die Converse kannte. Das Foto zeigte sein Gesicht.

20

»Nein!« brüllte Joel und zerknüllte die Zeitung mit der linken Hand, während seine rechte Johanns Schulter gepackt hielt. »Was auch immer hier steht, es ist eine *Lüge*! Ich habe damit nichts zu tun! Sehen Sie denn nicht, was die vorhaben? Kommen Sie mit!«

»*Nein!*« schrie der junge Deutsche, und sein Blick wanderte gehetzt in die Runde. Er erkannte, daß seine Stimme in dem allgemeinen Lärm unterging.

»*Ja*, habe ich gesagt!« Converse stopfte sich die Zeitung in die Tasche und legte den rechten Arm um Johanns Hals, preßte den Studenten an sich. »Sie können denken und glauben, was Sie wollen, aber zuerst kommen Sie *mit*! Sie werden mir jedes einzelne Wort übersetzen!«

»*Das ist er! Der Attentäter!*« schrie der junge Deutsche und versuchte, einen Mann in der Menge zu packen. Aber der fluchte nur und stieß die Hand des jungen Mannes weg.

Joel riß den Studenten mit sich, während er ihm ins Ohr schrie. Seine Worte verblüfften ihn ebenso wie den jungen Mann. »Wenn Sie es so haben wollen, können Sie es *haben*! Ich habe eine Pistole in der Tasche, und wenn ich sie benutzen muß, dann werde ich es tun! Zwei anständige Männer sind bereits getötet worden – jetzt der dritte –, warum sollten Sie da die Ausnahme sein? Weil Sie *jung* sind? Das ist kein Grund!«

Converse zerrte den jungen Mann aus der Menge heraus. Als er wieder Raum um sich hatte, lockerte er seinen Würgegriff, packte Johann dafür mit der Hand am Kragen und stieß den Studenten vor sich her, suchte die Straße ab, versuchte, einen Ort zu finden, wo sie reden konnten – wo Johann reden konnte, ihm eine Kette von Lügen vorlesen konnte, die die Männer von Aquitania verbreitet hatten. Aber er konnte nicht einfach weitergehen und seinen widerstrebenden Gefangenen vor sich herstoßen; ein paar Leute warfen ihnen bereits Blicke zu, waren neugierig geworden. O *Gott!* Das Foto – sein *Gesicht*! Jeder konnte ihn erkennen, und indem er den jungen Mann mit sich zerrte, zog er die Aufmerksamkeit auf sich.

Ein Stück vor ihnen, war ein Café mit Tischen unter Sonnenschirmen auf dem Bürgersteig. Einige davon waren leer. Er hätte eine Seitengasse oder eine kopfsteingepflasterte Nebengasse vorgezogen, die für Fahrzeuge zu schmal war, aber so konnte er nicht weitergehen.

»Dort drüben! Der Tisch ganz hinten. Sie setzen sich mit

Blickrichtung zur Straße. Und denken Sie daran – das mit der Pistole war kein Witz; ich werde die Hand in der Tasche halten.«

»Bitte, lassen Sie mich *gehen*! Sie haben mir schon genug angetan! Meine Freunde wissen, daß wir gestern abend zusammen weggegangen sind; meine Wirtin weiß, daß ich Ihnen ein Zimmer besorgt habe! Die Polizei wird mir *Fragen* stellen!«

»Da hinein«, sagte Converse und stieß Johann zwischen den Stühlen hindurch zu dem hinteren Tisch. Beide setzten sich, der junge Deutsche zitterte jetzt nicht mehr, aber seine Blicke kreisten hilfesuchend nach allen Seiten. »Sie sollten nicht einmal daran denken«, fuhr Joel fort. »Und wenn ein Kellner kommt, dann sprechen Sie Englisch. *Nur* Englisch!«

»Es gibt hier keine Kellner. Man geht hinein und kauft sich sein Gebäck und den Kaffee.«

»Darauf verzichten wir – Sie können sich später etwas holen. Ich schulde Ihnen Geld, und ich bezahle meine Schulden.«

»Ich will kein Geld von Ihnen«, erwiderte Johann.

»Sie glauben, es sei schmutzig und würde Sie zum Mittäter machen, stimmt das?«

»Sie sind der Anwalt. Ich bin nur Student.«

»Lassen Sie mich das klarstellen. Es ist nicht schmutzig, weil ich das nicht getan habe, was da behauptet wird, und weil es keine Mittäterschaft bei Unschuldigen gibt.«

»Sie sind der Anwalt, Sir.«

Converse schob dem jungen Deutschen die Zeitung hin und griff mit der rechten Hand in die Tasche, in die er vorher zehntausend Deutsche Mark für den sofortigen Gebrauch gesteckt hatte. Er zählte siebentausend davon ab und legte sie Johann hin. »Stecken Sie das weg, ehe ich es Ihnen in den Hals stopfe.«

»Ich nehme Ihr Geld nicht!«

»Sie werden es nehmen und denen sagen, daß ich es Ihnen gegeben habe, wenn Sie das wollen. Die werden es zurückgeben müssen.«

»Wirklich?«

»Immer die Wahrheit sagen. Eines Tages werden Sie herausfinden, daß das der beste Schutz ist, den man haben kann. So, und jetzt lesen Sie vor, was in der Zeitung steht!«

»Der Botschafter ist irgendwann in der vergangenen Nacht getötet worden«, begann der Student langsam, während er verlegen das Geld einsteckte. »...›Die ungefähre Todeszeit ist im Augenblick noch nicht feststellbar‹«, fuhr er fort, indem er stockend den Artikel übersetzte und immer wieder nach dem richtigen Ausdruck suchte. »›...Die tödliche Wunde war eine Schädelverletzung, die Leiche hat viele Stunden im Wasser gelegen und ist in Plittersdorf ans Ufer gespült worden, wo sie heute am frühen Morgen gefunden wurde... Nach Angaben des Militärattachés war der Botschafter zuletzt in Gesellschaft eines Amerikaners namens Joel Converse gesehen worden. Als dieser Name auftauchte, kam es zu...‹« Der junge Deutsche kniff die Augen zusammen und schüttelte nervös den Kopf. »Wie *sagen* Sie?«

»Ich weiß nicht«, erwiderte Joel mit ausdrucksloser Stimme. »Was soll ich denn sagen?«

»›...gab es sehr erregte – hektische – Gespräche zwischen den Regierungen der Schweiz, Frankreichs und der Bundesrepublik, die alle mit der internationalen Polizeibehörde koordiniert wurden, allgemein als Interpol bekannt, und dann ergab sich aus den einzelnen Fragmenten langsam ein Bild‹ – alles wurde also klarer, heißt das. ›Was Botschafter Peregrine nicht bekannt war, ist, daß der Amerikaner Converse wegen Morden in Genf und Paris und einigen bis jetzt noch nicht aufgeklärten Mordversuchen von Interpol gesucht wurde.‹«

Johann blickte zu Converse auf. Sein Adamsapfel arbeitete.

»Weiter«, befahl Joel. »Sie wissen gar nicht, wie interessant das ist. *Weiter!*«

»›Nach Angaben aus der Botschaft ist auf Ersuchen dieses Converse eine vertrauliche Zusammenkunft einberufen worden. Converse soll behauptet haben, über Informationen zu verfügen, die für Amerika von größtem Interesse seien. Sie erwiesen sich anschließend als falsch. Die beiden

Männer wollten sich gestern abend zwischen halb acht und acht Uhr an der Adenauer-Brücke treffen. Der Militärattaché, der Botschafter Peregrine begleitete, bestätigte, daß die beiden Männer sich um 19.51 Uhr trafen und die Brücke auf dem Fußgängerweg überquerten. Das war das letztemal, daß ein Botschaftsangehöriger den Botschafter lebend gesehen hat.‹« Johann schluckte, seine Hände zitterten. Er atmete einige Male tief durch und fuhr dann fort, wobei seine Augen hastig über das Zeitungsblatt flogen. »›Es folgen nun weitere Einzelheiten, wobei nach Aussagen von Interpol der Verdächtige Joel Converse als ein allem Anschein nach völlig normaler Mann beschrieben wird, der in Wirklichkeit...‹« Der junge Deutsche wurde so leise, daß nur noch ein Flüstern zu hören war. »›...in Wirklichkeit ernsthaft geistesgestört ist. Einige Verhaltensexperten in den Vereinigten Staaten sind der Ansicht, daß er unter schweren psychischen Störungen leidet, die auf fast vier Jahre Kriegsgefangenschaft in Nordvietnam zurückzuführen sind...‹«

Der junge Mann las, vom Klang der eigenen Stimme erschreckt, weiter, ein Stakkato von Worten, in denen es von hastig angesprochenen »Gewährsleuten« und unbekannten, gesichtslosen »Informanten« wimmelte. Das Bild, das sich daraus entwickelte, war das eines geistesgestörten Mannes, dem irgendein schreckliches Ereignis in der Vergangenheit jegliche moralische oder physische Kontrolle über sein Handeln genommen hatte, ohne seine Intelligenz zu stören. Außerdem wurde die Suchaktion der Interpol nur in höchst nebelhaften Begriffen erwähnt, was auf eine geheime Jagd deutete, die schon Tage, wenn nicht Wochen, im Gange war.

»›... Seine Mordinstinkte richten sich‹«, fuhr der jetzt völlig in Panik geratene Student fort, »›... gegen ehemalige oder gegenwärtige hochrangige Militärs, für die er pathologischen Haß empfindet, ganz besonders gegen solche Persönlichkeiten, die in der Öffentlichkeit ein gewisses Ansehen genießen... Botschafter Peregrine war während des Zweiten Weltkriegs ein hochdekorierter Bataillonskommandeur und hat an der Ardennenoffensive teilgenommen, während der viele amerikanische Soldaten ihr Leben verloren... Gewährsleute in Washington vermuten, daß der Geistesgestörte, der vor Jahren mit schrecklichen Erlebnissen aus einem streng bewachten Kriegsgefangenenlager in Nordvietnam fliehen konnte und mehr als hundert Kilometer durch feindliches Dschungelgebiet zurücklegte, jetzt seine Erlebnisse aus jener Zeit noch einmal durchlebt.‹«

Es war eine brillant aufgebaute Falle, im wesentlichen durch Wahrheiten, Halbwahrheiten, Verzerrungen und völlige Lügen gestützt. Selbst der präzise Zeitablauf des Abends war in Betracht gezogen worden. Der Militärattaché erklärte eindeutig, er hätte Joel um »19. 51 Uhr« an der Adenauer-Brücke gesehen, etwa fünfundzwanzig Minuten, nachdem er aus seinem Gefängnis auf Leifhelms Anwesen ausgebrochen war, und weniger als zehn Minuten, nachdem er sich in den Rhein gestürzt hatte. Daß er »offiziell« um »19. 51 Uhr« auf der Brücke gesehen worden war, nahm seiner Geschichte von Gefangenschaft und Flucht jede Glaubwürdigkeit.

Das Geschehen in Genf – der Tod A. Preston Hallidays – wurde als möglicher Auslöser für die Gewalttat angeführt. Die Tat habe ihn wahrscheinlich in die Vergangenheit zurückgeschleudert und sein irres Verhalten ausgelöst. »... Wie wir inzwischen in Erfahrung bringen konnten, war der ermordete Anwalt ein bekannter Führer der amerikanischen Protestbewegung der sechziger Jahre...« Der verschleierte Schluß, der daraus gezogen wurde, war, daß möglicherweise Converse die Mörder bezahlt haben könnte. Selbst der Tod des Mannes in Paris erhielt eine völlig andere und viel wichtigere Dimension – die eigenartigerweise sogar auf Realität fußte. »... Ursprünglich ist die wahre Identität des Opfers geheimgehalten worden, in der Hoffnung, daß dies den Ermittlungen nützen möge. In einem Gespräch, das die *Sûreté* mit einem französischen Anwalt führte, der den Verdächtigen seit einigen Jahren kennt, hatten sich nämlich diesbezügliche Verdachtsmomente ergeben. Der Anwalt, der an jenem Tag mit dem Verdächtigen zu Mittag gegessen hatte, deutete an, sein amerikanischer Freund habe ›ernsthafte Schwierigkeiten‹ und brauche ›ärztliche Hilfe‹...« Der Tote in Paris war natürlich ein mehrfach dekorierter Oberst der französischen Armee und hatte nacheinander mehreren »prominenten Generälen« als Adjutant gedient.

Schließlich folgten, wie um immer noch Zweifelnde durch »gut informierte Journalisten« zu überzeugen, Hinweise nicht nur auf Joels Verhalten, sondern auch auf Bemerkungen, die er bei seinem Ausscheiden aus dem Militärdienst vor mehr als fünfzehn Jahren gemacht hatte. Diese Hinweise entstammten einer Erklärung des United States Navy Department, Fünfter Marine-Distrikt, unter Hinweis auf die damals abgegebene Empfehlung, daß Lieutenant Converse sich freiwillig in psychiatrische Behandlung begeben solle, was dieser aber abgelehnt habe. Sein Verhalten gegenüber dem Offiziersausschuß, der ihm nur helfen wollte, war damals in höchstem Maße beleidigend gewesen, und seine Bemerkungen enthielten nichts als Gewaltandrohungen gegen verschiedene Militärpersonen hohen Ranges, die er als Pilot auf einem Flugzeugträger unmöglich gekannt haben konnte.

Das alles vervollständigte das Porträt, wie es die Künstler von Aquitania gezeichnet hatten. Johann beendete den Artikel. Er hielt die Zeitung jetzt mit schweißnassen Händen, seine Augen waren geweitet. Angst leuchtete in ihnen. »Das ist alles... Sir.«

»Ich würde auch ungern glauben, daß es noch mehr gibt«, sagte Joel. »Glauben Sie es?«

»Ich kann nicht denken. Ich habe zuviel Angst.«

»Das ist eine ehrliche Antwort. Ganz oben in Ihrem Bewußtsein ist jetzt die Furcht, ich könnte Sie töten, und deshalb können Sie Ihren Gedanken nicht ins Auge sehen. Das ist es, was Sie jetzt wirklich sagen. Sie haben Angst, ein falsches Wort oder ein falscher Blick könnten mich beleidigen und ich würde abdrücken.«

»*Bitte*, Sir, ich bin dem nicht gewachsen!«

»Das war ich auch nicht.«

»Lassen Sie mich *gehen*.«

»*Johann*. Meine Hände liegen auf dem Tisch. Da waren sie, seit wir uns gesetzt haben.«

»*Was*...?« Der junge Deutsche blinzelte und sah auf Converses Unterarme, die beide vor ihm auf dem Tisch lagen, die

Hände auf dem weißen Blech des Tisches gefaltet. »Sie haben keine Pistole?«

»O doch, die habe ich schon. Ich habe sie einem Mann weggenommen, der mich getötet hätte, wenn er Gelegenheit dazu gehabt hätte.« Joel griff in die Tasche, und Johann erstarrte. »Zigaretten«, sagte Converse und holte ein Päckchen und Streichhölzer heraus. »Eine schreckliche Angewohnheit. Fangen Sie gar nicht damit an, wenn es nicht sein muß.«

»Es ist sehr teuer.«

»Unter anderem... Wir haben seit gestern abend viel miteinander geredet.« Joel riß ein Streichholz an, zündete sich die Zigarette an und ließ dabei den Studenten nicht aus den Augen. »Abgesehen von den paar Augenblicken in der Menge, als Sie die Möglichkeit gehabt hätten, mich festhalten zu lassen – sehe ich aus oder klinge ich wie der Mann, der in diesem Bericht geschildert ist?«

»Ich bin ebensowenig Arzt wie Rechtsanwalt.«

»Zwei Punkte für die Opposition. Die Beweislast für meine Zurechnungsfähigkeit liegt bei mir. Außerdem heißt es in dem Artikel ja, daß ich völlig normal wirke.«

»Es heißt auch, daß Sie viel durchgemacht haben.«

»Das liegt ein paar hundert Jahre zurück und war auch nicht mehr, als Tausende andere durchgemacht haben, und viel, viel weniger als runde achtundfünfzigtausend, die nie wieder zurückgekehrt sind. Ich glaube nicht, daß ein Unzurechnungsfähiger unter diesen Umständen eine rationale Bemerkung machen kann, oder?«

»Ich weiß nicht, wovon Sie reden.«

»Ich versuche, Ihnen klarzumachen, daß alles, was Sie mir gerade vorgelesen haben, ein Exempel für die Verurteilung eines Mannes durch negativen Journalismus ist. Wahrheiten, gemischt mit Halbwahrheiten, Verzerrungen und Schlüssen, die nicht plausibel sind – und das alles so aufgebaut, um die Lügen zu unterstützen, die mich verurteilen sollen. Es gibt kein Gericht in irgendeinem zivilisierten Land, das gestatten würde, daß die Geschworenen diese Art von Zeugenaussage anhören.«

»Menschen sind getötet worden«, sagte Johann wieder im Flüsterton. »Der Botschafter ist ermordet worden.«

»Aber nicht von mir. Ich war um acht Uhr gestern abend nicht an der Adenauer-Brücke. Ich weiß nicht einmal, wo die ist.«

»Wo waren Sie dann?«

»An einem Ort, wo niemand mich gesehen hat, wenn Sie das meinen, und diejenigen, die wissen, daß ich nicht an der Brücke sein konnte, wären die letzten auf der Welt, die das sagen würden.«

»Es muß doch irgendwelche Beweise dafür geben, wo Sie waren?« Der junge Deutsche deutete mit einer Kopfbewegung auf die Zigarette, die Converse in der Hand hielt. »Vielleicht eine von denen. Vielleicht haben Sie eine Zigarette geraucht und den Stummel weggeworfen.«

»Fingerabdrücke, Fußabdrücke? Stücke von meiner Kleidung? Alles das gibt es, aber daraus kann man nicht die Zeit ableiten.«

»Es gibt Methoden«, verbesserte ihn Johann. »Die Fortschritte, die die Technik in dieser Beziehung gemacht hat, sind ungeheuer.«

»Lassen Sie mich das für Sie zu Ende bringen. Ich bin kein Kriminalanwalt, aber ich weiß, was Sie sagen. Theoretisch könnte man zum Beispiel einen Fußabdruck von mir mit Bodenproben vergleichen, die man von meinen Schuhen abkratzt, und daraus auf die Stunde genau feststellen, wo ich war.«

»*Ja!*«

»Nein. Ich wäre tot, ehe auch nur ein Fetzen Beweismaterial ins Labor käme.«

»*Warum?*«

»Das kann ich Ihnen nicht sagen. Ich wünschte, ich könnte es, aber es geht nicht.«

»Jetzt muß ich wieder fragen, warum?« In die Angst, die aus den Augen des jungen Mannes leuchtete, mischte sich Enttäuschung. Joels Weigerung nahm ihm den letzten Rest von Glaubwürdigkeit.

»Weil es nicht geht. Sie sagten vor ein paar Minuten, daß

ich Ihnen schon genug angetan hätte, und, ohne es zu wollen, habe ich das auch. Aber das werde ich jetzt nicht weiter tun. Das einzige, was dann geschehen könnte, ist, daß man Sie tötet. Offener kann ich es nicht ausdrücken, Johann.«

»Ich verstehe.«

»Nein, das tun Sie nicht. Aber ich wünschte, es gäbe eine Möglichkeit, Sie davon zu überzeugen, daß ich andere Leute erreichen muß, Leute, die etwas tun *können*. Sie sind nicht hier, nicht in Bonn, aber wenn ich hier wegkomme, kann ich sie erreichen.«

»Ist da noch etwas? Wollen Sie, daß ich *noch* etwas tue?« Der junge Deutsche wurde wieder starr, und seine Hände fingen erneut zu zittern an.

»Nein, ich will nicht, daß Sie noch etwas tun. Ich bitte Sie, *nichts* zu tun – wenigstens eine Weile. Geben Sie mir eine Chance, hier wegzukommen und irgendwie mit Leuten in Verbindung zu treten, die mir helfen können – uns allen helfen können?«

»Uns allen?«

»Ja, genau das, und mehr sage ich nicht.«

»Und in Ihrer eigenen Botschaft können Sie diese Leute nicht erreichen?«

Converse sah Johann durchdringend an. »Botschafter Walter Peregrine ist von Leuten in seiner eigenen Botschaft getötet worden. Sie sind letzte Nacht in das Hotel gekommen, um mich zu töten.«

Johann atmete tief ein und wandte den Blick von Joel ab.

»Ich werde jetzt aufstehen und hier weggehen. Wenn Sie zu schreien anfangen, dann werde ich laufen und versuchen, mich irgendwo zu verstecken, bevor man mich erkennt. Und dann werde ich tun, was ich kann. Wenn Sie nicht Alarm schlagen, habe ich eine bessere Chance, und das wäre meiner Ansicht nach das Beste. Für uns alle. Sie könnten in die Universitätsbibliothek gehen und vielleicht in einer Stunde wieder herauskommen, sich eine Zeitung kaufen und zur Polizei gehen. Ich würde erwarten, daß Sie das tun, wenn Ihnen danach ist. Das ist meine Ansicht. Die Ihre kenne ich nicht. *Goodbye*, Johann.«

Joel stand auf, drehte sich um und ging zwischen den Tischen davon. Dann bog er rechts ein und hielt auf die nächste Kreuzung zu. Er atmete kaum, obwohl seine Lungen zu bersten drohten, aber er wagte es nicht, seinen Gehörsinn durch den Atem zu beeinträchtigen. Mit jedem Schritt wartete er; sein Puls beschleunigte sich und seine Ohren waren so aufmerksam, daß auch der leiseste ungewöhnliche Ton ihnen nicht entgangen wäre.

Doch er hörte nur die üblichen Straßengeräusche. Gesprächsfetzen, das Hupen der Taxis – doch das war nicht das, was er erwartete. Das würde kommen, wenn eine junge Männerstimme anfing, Alarm zu schlagen. Aber nichts kam. Joel beschleunigte seine Schritte, mischte sich unter die Fußgänger, die den Platz überquerten – schneller, *schneller* –, überholte Passanten, die es nicht eilig hatten. Er erreichte den gegenüberliegenden Bürgersteig und verlangsamte seinen Schritt – wenn man schnell ging, zog man Aufmerksamkeit auf sich. Und doch war der Drang zu laufen fast unüberwindlich.

Converse blieb an der Straßenecke stehen und blickte über den Platz zu dem kleinen Café zurück. Der Student Johann saß noch auf seinem Stuhl, den Kopf auf beide Hände gestützt, die Zeitung lesend. Dann stand er auf und ging in das Café. War drinnen ein *Telefon*? Würde er mit jemandem *sprechen*?

Wie lange kann ich warten? dachte Converse, darauf vorbereitet, wegzurennen, während sein Instinkt ihn zurückhielt.

Johann kam mit einem Tablett mit Kaffee und Kuchen aus dem Laden zurück. Er setzte sich, nahm bedächtig die Teller vom Tablett und starrte wieder die Zeitung an. Dann blickte er auf, sah ins Leere – so als wüßte er, daß ihn unsichtbare Augen beobachteten –, und nickte einmal.

Wieder jemand, der bereit war, ein Risiko auf sich zu nehmen, dachte Joel, während er sich umdrehte und die für ihn nicht vertrauten Geräusche und Bilder seiner Umgebung in sich aufnahm. Ihm waren jetzt ein paar Stunden geschenkt worden. Er wünschte zu wissen, wie er sie nutzen sollte – er wünschte zu wissen, was er *tun* sollte.

Valerie eilte ans Telefon. Wenn es wieder ein Reporter war, würde sie ihm dasselbe sagen, was sie den letzten fünf gesagt hatte. *Ich glaube kein Wort davon, und mehr habe ich nicht zu sagen!* Und wenn es wieder jemand aus Washington war – vom FBI oder dem CIA oder von irgendeiner anderen schrecklichen Abkürzung –, würde sie schreien! Sie war an diesem Tag bereits drei Stunden verhört worden, bis sie die Quälgeister buchstäblich aus dem Haus geworfen hatte. Es waren Lügner, die sie zu zwingen versuchten, ihre Lügen zu unterstützen. Viel leichter würde es sein, den Telefonhörer abzuhängen, aber das konnte sie nicht. Sie hatte zweimal Lawrence Talbot in New York angerufen und sein Büro gebeten, ihn ausfindig zu machen, wo immer er auch sein mochte, und ihn zu veranlassen, sie zurückzurufen. Alles war Wahnsinn.

»Hallo?«

»*Valley?* Hier ist Roger.«

»*Dad!*« Nur ein einziger Mensch hatte sie je mit diesem Namen angesprochen, und das war ihr ehemaliger Schwiegervater. Die Tatsache, daß sie nicht mehr mit seinem Sohn verheiratet war, hatte an ihrer Beziehung nichts geändert. Sie mochte den alten Piloten und wußte, daß er für sie dasselbe empfand. »Wo *bist* du? Ginny hat es nicht gewußt, und sie ist zutiefst erschüttert. Du hast vergessen, deinen Anrufbeantworter einzuschalten.«

»Das habe ich nicht vergessen, Valley. Zu viele Leute wollen, daß ich zurückrufe. Ich bin gerade aus Hongkong zurück, und als ich die Maschine verließ, sind fünfzig oder sechzig Reporter über mich hergefallen.«

»Dann hat irgendein geschäftstüchtiger Angestellter durchsickern lassen, daß du an Bord bist. Der ißt die nächste Woche bestimmt in den teuersten Restaurants auf Spesen. Wo bist du?«

»Immer noch auf dem Flughafen – im Büro des Flugleiters. Valley, ich habe gerade die Zeitung gelesen. Die haben mir die letzten Ausgaben gebracht. Was, zum Teufel, geht eigentlich vor?«

»Ich weiß es nicht, Dad, ich weiß nur, daß es eine Lüge ist.«

»Joel ist die vernünftigste Person, die ich je erlebt habe! Die verdrehen alles, machen aus dem Guten, das er getan hat, irgend etwas... ich weiß nicht, etwas Bösartiges. Er ist zu verdammt *gradlinig*, um verrückt zu sein!«

»Roger, er ist nicht verrückt, die wollen ihn fertigmachen.

»Aber *warum* denn?«

»Ich weiß nicht. Aber Larry Talbot weiß es, glaube ich – zumindest weiß er mehr, als er mir gesagt hat.«

»Was *hat* er dir denn gesagt?«

»Nicht jetzt, Dad, später.«

»Warum?«

»Ich weiß nicht genau... Irgend etwas, das ich fühle, vielleicht.«

»Was du sagst, gibt keinen Sinn, Valley.«

»Tut mir leid.«

»Was hat Ginny gesagt? Ich werd' sie natürlich anrufen.«

»Die ist völlig hysterisch.«

»Das war sie immer – ein wenig.«

»Nein, nicht so. Sie gibt sich die Schuld. Sie glaubt, die Leute würden ihren Bruder jetzt für etwas bestrafen, was *sie* in den sechziger Jahren getan hat. Ich habe versucht, ihr klarzumachen, daß das Unsinn ist, aber ich fürchte, das hat es nur noch schlimmer gemacht. Sie fragte mich ganz ruhig, ob ich das glaubte, was man von Joel sagt. Darauf habe ich natürlich mit Nein geantwortet.«

»Der alte Verfolgungswahn. Drei Kinder und einen Buchhalter als Ehemann. Und trotzdem hört es nicht auf. Ich bin mit diesem Mädchen nie zurechtgekommen. Aber eine verdammt gute Pilotin ist sie. Ist vor Joel solo geflogen, dabei war sie zwei Jahre jünger. Ich werde sie anrufen.«

»Du wirst sie vielleicht nicht erreichen.«

»Oh?«

»Sie läßt ihre Nummer ändern, und ich glaube, das solltest du auch tun. Ich weiß, daß ich das in dem Augenblick tun werde, wo Larry mich angerufen hat.«

»Valley...«, Roger Converse machte eine Pause, »...tu das nicht.«

»Warum nicht? Hast du überhaupt eine Ahnung, was hier los ist?«

»Schau mal, du weißt, daß ich dich nie gefragt habe, was zwischen dir und Joel passiert ist, aber wenn ich in der Stadt bin, esse ich gewöhnlich einmal die Woche mit diesem Herrn Anwalt zu Abend. Er hält das wahrscheinlich für eine Art Sohnespflicht. Aber ich würde sofort damit aufhören, wenn ich ihn nicht leiden könnte. Ich meine, er ist ein netter Bursche, wenn er auch manchmal ein wenig komisch ist.«

»Das weiß ich alles, Roger. Was willst du denn damit sagen?«

»*Die* sagen, daß er verschwunden sei, daß niemand ihn finden kann.«

»Und?«

»Es könnte sein, daß er dich anruft. Ich wüßte sonst niemanden, den er anrufen würde.«

Valerie schloß die Augen; die Nachmittagssonne, die durch die Atelierfenster hereinbrannte, blendete sie. »Hast du das aus euren wöchentlichen Gesprächen beim Abendessen?«

»Intuition ist es nicht. So was habe ich noch nie gehabt. Nur in der Luft... Natürlich habe ich es daher. Es ist nie direkt ausgesprochen worden, aber es war immer dicht unter der Wolkendecke.«

»Du bist unmöglich, Dad.«

»Fehler, die Piloten machen, sind wie die von anderen Leuten. Manchmal kann man sie sich nicht leisten... Laß deine Telefonnummer nicht ändern, Valley.«

»Gut.«

»Und was ist jetzt mit mir?«

»Ginnys Mann hatte eine gute Idee. Die verweisen alle Anfragen an ihren Anwalt. Vielleicht solltest du es auch so machen. Hast du einen?«

»Sicher«, sagte Roger Converse. »Drei sogar. Talbot, Brooks and Simon. Nate ist der beste, falls es dich interessiert. Wußtest du, daß dieser alte Hurensohn im Alter von siebenundsechzig Jahren noch zu fliegen angefangen hat? Kannst du dir das vorstellen?«

»*Dad!*« unterbrach ihn Valerie plötzlich. »Bist du am Flughafen?«

»Das sagte ich doch. Kennedy.«

»Fahr nicht nach Hause. Geh nicht in deine Wohnung. Nimm die erste Maschine, die du bekommst, nach Boston. Benutze einen anderen Namen. Ruf mich zurück und sag mir Bescheid, welchen Flug du nimmst. Ich hol dich ab.«

»*Warum?*«

»Tu einfach, was ich dir sage! *Bitte!*«

»Wozu?«

»Du wirst hierbleiben. Ich muß weg.«

21

Converse eilte aus dem Konfektionsgeschäft an der überfüllten Bornheimer Straße und studierte im Schaufenster sein Spiegelbild. Er prüfte den Eindruck, den seine Erwerbungen machten; nicht so, wie er das vor dem Ankleidespiegel getan hatte, um Paßform und Aussehen zu beurteilen, sondern so, wie es einer der Fußgänger auf dem Bürgersteig tun würde. Er war zufrieden. An den Kleidern war nichts, das die Aufmerksamkeit auf ihn lenkte. Das Foto in den Zeitungen – das einzige aus den letzten fünfzehn Jahren, das man im Archiv einer Zeitung oder einer Nachrichtenagentur hatte finden können – war vor etwa einem Jahr aufgenommen worden, als Reuters ihn mit einigen anderen Berufskollegen interviewt hatte. Es war ein Brustbild in der typischen Kleidung eines Anwalts – dunkler Anzug, Weste, weißes Hemd, gestreifte Krawatte. Das war auch dasselbe Bild, das die Leser der Zeitungen von ihm hatten, und da sich das Bild nicht ändern würde, war er es, der sich ändern mußte.

Das Aussehen, das er bei der Auswahl der Sachen im Sinn gehabt hatte, gehörte zu einem Geschichtsprofessor auf seiner ehemaligen Universität. Solche Leute trugen stets Tweedjacken in gedeckten Farben mit Lederflecken an den Ellbogen. Graue Hosen – schweres oder leichtes Flanell, nie etwas anderes – und Hemden aus blauem Oxfordstoff mit Button-down-Kragen, auch das wieder ohne Ausnahme.

Über seiner dicken Hornbrille saß ein weicher irischer Hut mit vorn und hinten heruntergezogener Krempe. Anstelle der Hornbrille trug Converse eine Sonnenbrille, aber nur auf kurze Zeit. Er war an einem Billigkaufhaus vorbeigekommen und wußte, daß es dort einen Verkaufsstand mit den verschiedensten Brillentypen geben mußte, einige sogar mit leichtem Vergrößerungsfaktor.

Aus Gründen, die er erst langsam verstand, war diese Brille plötzlich lebenswichtig für ihn. Er war mit etwas beschäftigt, das er ganz beherrschen konnte – er mußte sein Aussehen ändern. Anderes dagegen schob er hinaus, er war unsicher, was er als nächstes tun sollte, und nicht sicher, ob er überhaupt noch etwas tun konnte.

Er musterte sein Gesicht in dem ovalen Spiegel des Warenhauses und war mit dem, was er sah, zufrieden. Er war nicht länger der Mann aus der Zeitung, und was ebensowichtig war, die Konzentration, die er der Veränderung seines Aussehens gewidmet hatte, hatte ihm geholfen, seine Gedanken zu klären. Er konnte sich jetzt irgendwohin setzen und die Dinge sortieren. Außerdem brauchte er etwas zu essen und zu trinken.

Das Café war überfüllt, und die leicht eingefärbten Fenster dämpften das Licht der Sommersonne. Man führte ihn zu einem Tisch vor einer ledergepolsterten Bank und drückte ihm eine Speisekarte in englischer Sprache in die Hand. Die einzelnen Speisen darauf waren numeriert. Whisky wurde auf dem Kontinent ganz allgemein als Scotch serviert; er bestellte sich einen doppelten und holte Block und Kugelschreiber heraus, die er in dem Warenhaus gekauft hatte. Sein Drink kam, und er begann zu schreiben.

Connal Fitzpatrick?
Aktentasche?
$ 93 000
Botschaft streichen
Larry Talbot etc. streichen
Beale streichen
Anstett streichen
Niemand in San Francisco

Männer in Washington. Wer?

Caleb Dowling? Nein.

Hickman, Navy, San Diego? Möglich.

...Mattilon?

René! Weshalb hatte er nicht schon früher an Mattilon gedacht? Jetzt begriff er, weshalb der Franzose die ihm anonym zugeschriebenen Bemerkungen gemacht hatte. René versuchte, ihn zu schützen. Wenn es keine Verteidigung gab, oder wenn sie so schwach war, daß sie ihm nichts nützte, dann war der nächste logische Schritt, auf kurzzeitige Unzurechnungsfähigkeit zu plädieren. Joel malte einen Kreis um Mattilons Namen und schrieb links davon eine Eins hin und zog ebenfalls einen Kreis um sie. Er würde sich auf ein Postamt begeben, sich dort eine Telefonzelle zuweisen lassen und René in Paris anrufen. Er trank zwei Schluck Whisky und spürte, wie die von dem Alkohol ausgehende Wärme ihn entspannte. Dann wandte er sich wieder seiner Liste zu und fing ganz oben an.

Connal...? Die Annahme, daß er getötet worden war, lag nahe, aber sie war nicht schlüssig. Wenn er lebte, dann hielt man ihn ohne Zweifel fest, in der Absicht, ihm irgendwelche Informationen abzupressen. Als leitender Anwalt der größten Marinebasis an der Westküste, als ein Mann, der häufig mit dem Munitionsbüro des State Department und den entsprechenden Stellen im Pentagon zu tun gehabt hatte, würde Fitzpatrick den Männern von Aquitania nützlich sein können. Und doch – Aufmerksamkeit auf ihn zu lenken, hieß, seine Exekution zu riskieren, falls man ihn nicht bereits getötet hatte. Wenn er noch lebte, so lag die einzige Chance seiner Rettung darin, ihn zu finden. Plötzlich sah Joel einen Mann in amerikanischer Uniform, der an der Bar des Lokals mit zwei Zivilisten redete. Er kannte den Mann nicht, die Uniform war es, die seine Aufmerksamkeit erregt hatte. Sie erinnerte ihn an den Militärattaché in der Botschaft, jenen so aufmerksamen und präzisen Offizier, der fähig war, einen Mann in genau dem Augenblick an einer Brücke zu sehen, wo er gar nicht dort war. Ein Lügner für Aquitania, jemand, dessen Lügen ihn identifizierten. Wenn jener Lügner nicht wußte, wo Fitzpatrick war, so konnte man ihn dazu bringen, das herauszufinden. Vielleicht gab es doch eine Möglichkeit. Converse zog auf der rechten Seite einen Strich, der Connal Fitzpatrick mit Admiral Hickman in San Diego verband. Eine Ziffer schrieb er nicht hin, es gab noch viel zu überlegen.

Aktentasche? Er war immer noch überzeugt, daß Leifhelms Leute sie nicht gefunden hatten. Wenn sie im Besitz der Generale von Aquitania gewesen wäre, dann hätte man ihn das wissen lassen. Es paßte nicht zu diesen Männern, einen solchen Fund zu verbergen, nicht vor einem Gefangenen, der sich eingebildet hatte, ihnen gewachsen zu sein. Nein, sie hätten es ihm auf die eine oder andere Art gesagt, und wenn nur, um ihm klarzumachen, wie vollkommen er gescheitert war. Wenn er sich nicht täuschte, hatte Connal sie versteckt. In dem Gasthof, der sich *Das Rektorat* nannte? Einen Versuch war es wert. Joel malte einen Kreis um das Wort *Aktentasche* und schrieb davor die Ziffer *Zwei*.

»Möchten Sie bestellen, mein Herr?« fragte ein Kellner, der von Converse unbemerkt an den Tisch getreten war.

»Englisch, bitte?«

»Certainly, Sir. Would you like to order? Die heutige Spezialität ist Wiener Schnitzel – ich weiß nicht, wie man dazu auf englisch sagt.«

»Genauso. Ja, das nehme ich.«

»*Thank you.*«

Der Mann entschwand, ehe Joel einen zweiten Drink bestellen konnte. Vielleicht war das ganz gut so, dachte er.

$ 93 000. Mehr gab es dazu nicht zu sagen; die lästige Ausbuchtung um seine Taille sagte alles. Er hatte das Geld; nun mußte es eingesetzt werden.

Botschaft streichen... Larry Talbot etc. streichen... Anstett streichen... Niemand in San Francisco... Während des Essens befaßte er sich mit diesen Punkten und überlegte, wie alles geschehen sein mochte. Jeder Schritt war sorgfältig bedacht worden. Er hatte die Fakten studiert, die Dossiers fast auswendig gelernt und war äußerst vorsichtig gewesen. Und dann war alles einfach weggeblasen worden von Verwicklungen, die weit über das hinausgegangen waren, was Preston Halliday ihm in Genf erklärt hatte.

Du brauchst nur zwei oder drei Fälle aufzubauen, die mit Delavane in Verbindung stehen – das genügt.

Wo waren jene Männer in Washington, die die Kühnheit besaßen, eine halbe Million Dollar für ein unglaubliches Pokerspiel einzusetzen, und die gleichzeitig zu viel Angst hatten, um jetzt ans Licht zu treten? Welche Art von Männern *waren* sie? Ihr erster Späher war getötet worden, und der zweite stand unter Anklage, ein psychopathischer Meuchelmörder zu sein. Wie lange konnten sie noch *warten*?

Die Fragen machten Converse wütend, so sehr, daß sie seine Vernunft blendeten. Und Vernunft brauchte er, und mehr als alles andere den Schutz, der aus dem Wissen kam. Jetzt war die Zeit gekommen, ein Postamt aufzusuchen und mit Mattilon in Paris zu telefonieren. René würde ihm glauben, René würde ihm helfen. Es war undenkbar, daß sein alter Freund etwas anderes tat.

Der Zivilist ging stumm an das Hotelfenster, wissend, daß man von ihm erwartete, daß er etwas verkündete, woraus sich ein Wunder erschaffen ließe – nicht eine Lösung, sondern ein Wunder. Aber in dem Gewerbe, das er so gut kannte, gab es so etwas nicht. Peter Stone war ein Relikt, Strandgut, jemand, der alles gesehen hatte und in den letzten Jahren des Sehens zusammengebrochen war. Der Alkohol hatte in ihm den Platz wahren Wagemuts eingenommen.

Trotzdem, einmal war er einer der Besten gewesen – das konnte er nicht vergessen. Und als er wußte, daß für ihn alles vorbei war, hatte er sich endlich klargemacht, daß er im Begriff war, sich mit einer Mischung aus Whisky und Selbstmitleid selbst zu töten. Da war er ausgestiegen. Aber nicht bevor er sich die Feindschaft seiner ehemaligen Arbeitgeber in der Central Intelligence Agency zugezogen hatte, nicht, weil er an die Öffentlichkeit getreten war, sondern weil er ihnen unter vier Augen gesagt hatte, was er von ihnen hielt. Zum Glück lernte er dann, als sich wieder Nüchternheit einstellte, daß seine ehemaligen Arbeitgeber auch andere

Feinde in Washington hatten, Feinde, die nichts mit ausländischen Verwicklungen oder der Konkurrenz zu tun hatten. Einfach Männer und Frauen, die dem Land dienten und die wissen wollten, was zum Teufel vor sich ging und was die CIA ihnen vorenthielt. Er hatte überlebt – überlebt. Während er über diese Dinge nachdachte, wußte er, daß die zwei Männer im Raum glaubten, er konzentriere sich auf seine augenblickliche Aufgabe.

Dabei gab es eine solche gar nicht. Die Akte war abgeschlossen, mit einem schwarzen Rand. Sie waren so jung – Herrgott, so *verdammt* jung! –, daß es ihnen schrecklich schwerfallen würde, es zu akzeptieren. Er erinnerte sich – ganz vage –, wann ihn ein solcher Schluß zum erstenmal erschüttert hatte. Aber das lag beinahe vierzig Jahre zurück.

»Wir können *gar nichts tun*«, sagte er mit leiser Autorität. Der Army-Captain und der Navy Lieutenant waren sichtlich erregt. Peter Stone fuhr fort: »Ich habe dreiundzwanzig Jahre mit diesem Grabenkampf verbracht, darunter auch ein Jahrzehnt mit Angleton, und ich sage Ihnen, es gibt absolut nichts, was wir tun können. Wir müssen ihn weitermachen lassen, wir können nicht an ihn heran.«

»Weil wir es uns nicht *leisten* können?« fragte der Marineoffizier mit schneidender Stimme. »Das sagten Sie auch, als Halliday in Genf getötet wurde. Daß wir es uns nicht *leisten* können!«

»Das können wir auch nicht. Man hat uns ausgetrickst.«

»Es ist ein *Mensch*«, beharrte der Lieutenant. »*Wir* sind es, die ihn *ausgeschickt* haben...«

»Und die haben ihn sich zurechtgesetzt«, unterbrach ihn der Zivilist mit ruhiger Stimme. In seinen Augen stand das ganze traurige Wissen seiner Erfahrung geschrieben. »Er ist so gut wie tot. Wir müssen anfangen, uns nach einem anderen umzusehen.«

»Warum ist das so?« fragte der Army-Captain. »Warum ist er so gut wie tot?«

»Die haben zu viele Kontrollen, das kann man jetzt deutlich sehen. Wenn sie ihn nicht irgendwo in einem Keller hinter Schloß und Riegel halten, dann wissen sie immerhin ziemlich genau, wo er ist. Wer immer ihn findet, wird ihn töten. Die von Kugeln durchlöcherte Leiche eines verrückten Killers wird geliefert, und ein kollektives Aufseufzen der Erleichterung geht durch das Land. Das ist das Szenario.«

»Und das war die kaltblütigste Analyse eines Mordes, die ich je gehört habe!«

»Hören Sie, Lieutenant«, sagte Stone und entfernte sich vom Fenster. »Sie haben mich gebeten, zu kommen, weil Sie jemanden mit Erfahrung unter sich haben wollten. Und dank dieser Erfahrung kennt man den Augenblick, in dem man einsehen muß, daß man verloren hat. Das heißt nicht, daß man erledigt ist. Es heißt nur, daß diese Runde an den Gegner geht. So ist es, und ich habe das Gefühl, daß die Schläge noch nicht aufgehört haben.«

»Vielleicht«, begann der Captain stockend. »Vielleicht sollten wir zur Agency gehen und denen alles sagen, was wir wissen – alles, was wir zu wissen *glauben* – und was wir getan haben. Auf die Weise könnten wir Converse vielleicht lebend rausbekommen.«

»Tut mir leid«, erwiderte der ehemalige CIA-Mann. »Die wollen seinen Kopf, und sie werden ihn kriegen. Die hätten sich nicht all die Mühe gemacht, wenn das nicht so wäre. Er hat irgend etwas herausgefunden, oder die haben etwas über ihn herausgefunden. So läuft das.«

»Was für eine Welt ist das denn, in der Sie leben?« fragte der Marineoffizier leise und schüttelte den Kopf.

»Ich lebe nicht mehr in ihr, das wissen Sie. Ich glaube, das ist einer der Gründe, weshalb Sie zu mir gekommen sind. Ich habe das getan, was Sie beide – und wer sonst noch bei Ihnen ist – jetzt tun. Ich habe Krach geschlagen, nur daß ich das mit zwei Monaten Bourbon in den Adern und zehn Jahren Ekel im Kopf getan habe. Sie sagen, Sie wollen zur Company gehen? Gut, tun Sie es, aber ohne mich. Niemand in Langley, der auch nur einen Cent wert ist, will mit mir etwas zu tun haben.«

»Zu G-2 oder zur Marineabwehr können wir auch nicht gehen«, sagte der Army-Offizier. »Das wissen wir, darüber sind wir uns alle einig. Dort sind Delavanes Leute; die würden uns einfach abknallen.«

»Gut formuliert, Captain. Würden Sie meinen, daß die das mit richtigen Kugeln tun?«

»*Jetzt* schon«, sagte der Mann von der Navy und nickte Stone zu. »Der Bericht aus San Diego lautet, daß der Mann aus der Rechtsabteilung, dieser Remington, bei einem Autounfall in La Jolla ums Leben gekommen sei. Er ist derjenige, der als letzter mit Fitzpatrick gesprochen hat, und bevor er den Stützpunkt verließ, hat er einen Kollegen nach dem Weg zu einem Restaurant in den Bergen gefragt. Er war vorher nie dort gewesen... Und ich glaube nicht, daß es ein Unfall war.«

»Ich auch nicht«, pflichtete ihm der Zivilist bei. »Aber das führt uns vielleicht zu einem anderen Ansatzpunkt, einer Stelle, wo wir nachhaken könnten.«

»Was meinen Sie?« fragte der Army-Captain.

»Fitzpatrick. SAND PAC kann ihn nicht finden, stimmt das?«

»Er ist auf Urlaub«, warf der Marineoffizier ein. »Er hat noch zwanzig Tage. Man hatte ihn nicht angewiesen, seinen Reiseplan zu hinterlassen.«

»Trotzdem haben die versucht, ihn zu finden, aber sie schaffen es nicht.«

»Ich verstehe immer noch nicht«, wandte der Captain ein.

»Wir heften uns auf Fitzpatricks Spur«, sagte Stone. »Über San Diego, nicht Washington. Wir lassen uns einen Grund einfallen, weshalb wir ihn *wirklich* wieder hier haben wollen. Irgendein Notfall mit streng vertraulichen Papieren, ein Problem auf dem Stützpunkt – das sonst keinen angeht.«

»Ich wiederhole mich ungern«, sagte der Mann von der Army, »aber ich komme da nicht mehr mit. Wo fangen wir an? Bei wem?«

»Bei jemandem von Ihrem Verein, Captain. Im Augenblick ist er ein sehr wichtiger Mann. Der Militärattaché in dem Mehlemer Haus.«

»Dem was?«

»Der amerikanischen Botschaft in Bonn. Er ist einer von ihnen. Er hat an einem sehr wichtigen Punkt gelogen«, sagte Stone. »Sein Name ist Washburn. Major Norman Anthony Washburn.«

Der Postbeamte, dem Joel den Namen von Mattilons Anwaltskanzlei in Paris auf ein Blatt schrieb, erfragte die Nummer bei der Auskunft und forderte Converse auf, Kabine Sieben aufzusuchen und dort auf das Klingeln zu warten. Joel zog die Tür der kleinen Zelle hinter sich zu, ohne dabei den Hut, dessen Krempe ihm fast die Stirn bedeckte, abzunehmen. Jeder Raum, ob es nun eine Toilettenkabine oder eine Telefonzelle war, bot Vorteile gegenüber dem Aufenthalt im Freien. Joel spürte, wie sein Puls sich beschleunigte. Als endlich die Klingel ertönte, hatte er das Gefühl, der Schädel müsse ihm zerspringen.

»*Saint Pierre, Nelli et Mattilon*«, sagte die Frauenstimme in Paris.

»Monsieur Mattilon, bitte – *s'il vous plaît.*«

»*Votre...*« Die Frau hielt inne, erkannte offenbar den Amerikaner an dem kläglichen Versuch, Französisch zu sprechen. »Wen darf ich bitte melden?«

»Sein Freund aus New York. Er weiß dann schon Bescheid. Ich bin ein Klient.«

René wußte Bescheid. Nach einem Klicken erklang seine Stimme im Hörer. »Joel?« flüsterte er. »Ich kann es nicht *glauben*!«

»Das sollst du auch nicht«, sagte Converse. »Es stimmt nicht – nicht das, was sie über Genf oder Bonn sagen, nicht einmal das, was *du* gesagt hast. Ich hatte nichts mit diesen Morden zu tun, und das in Paris war ein Unfall. Ich hatte allen Anlaß zu glauben – *glaubte* das auch –, daß der Mann nach einer Waffe griff.«

»Warum bist du dann nicht geblieben, wo du *warst*, mein Freund?«

»Weil die mich daran hindern wollten weiterzureisen. Das glaubte ich ehrlich, und ich konnte nicht zulassen, daß sie mich aufhielten. Laß mich reden... Im Georges V. hast du mir Fragen gestellt, und ich habe darauf ausweichend geantwortet. Und ich glaube, du hast mich durchschaut. Aber du warst so freundlich und hast dir nichts anmerken lassen. Doch da ist nichts, was dir leid tun muß, darauf gebe ich dir mein Wort – das Wort eines völlig *zurechnungsfähigen* Mannes. Bertholdier ist an jenem Abend auf mein Zimmer gekommen; wir haben miteinander gesprochen, und dann geriet er in Panik. Vor sechs Tagen habe ich ihn wiedergesehen, hier in Bonn – nur daß es diesmal anders war. Man hatte ihn dorthin befohlen, ihn und drei andere sehr mächtige Männer, zwei Generale und ein ehemaliger Feldmarschall. Das Ganze ist eine internationale Verschwörung, René, und die sind imstande, sie durchzuziehen. Alles ist geheim und entwickelt sich mit ungeheurer Schnelligkeit. Sie haben Spitzenmilitärs in ganz Europa in ihre Kreise gezogen, im Mittelmeerraum, in Kanada und den Vereinigten Staaten ebenfalls. Es ist unmöglich, festzustellen, wer zu ihnen gehört und wer nicht – und es bleibt nicht mehr genug Zeit, daß man sich noch einen Fehler leisten kann. Sie haben Millionen zur Verfügung, Lagerhäuser auf der ganzen Welt voll Munition, die an ihre Leute verschickt werden wird, wenn der Augenblick gekommen ist.«

»Der Augenblick?« unterbrach Mattilon. »Welcher Augenblick?«

»Bitte«, beharrte Joel und erzählte hastig weiter. »Sie haben Waffen und Munition an Terroristen auf der ganzen Welt gesandt, mit einem einzigen Ziel: Störung der rechtlichen Ordnung durch Gewalt. Das ist ihr Vorwand, um nach der Macht zu greifen. Im Augenblick sind sie dabei, Nordirland in die Luft zu jagen.«

»Der Wahnsinn in *Ulster*?« unterbrach ihn der Franzose erneut. »Das Schreckliche, was dort...«

»Das sind *sie*! Das Ganze ist ein Probelauf. Sie haben es mit einer Riesensendung aus den Staaten in Gang gesetzt – um zu beweisen, daß sie dazu *imstande* sind! Aber Irland ist nur ein Test, eine kleinere Übung. Die große Explosion kommt in ein paar Tagen, höchstens ein paar Wochen. Ich muß an die Leute herankommen, die sie aufhalten können, und das kann ich nicht, wenn ich tot bin!« Converse hielt inne, aber nur, um Atem zu schöpfen. Er ließ Mattilon keine Chance, ihn zu unterbrechen. »Das sind die Männer, hinter denen ich her war, René – auf *legalem* Wege war ich hinter ihnen her, um Material für eine Anklage gegen sie zu sammeln, um sie vor Gericht zu bringen und sie dort bloßzustellen, ehe sie hätten weitermachen können. Aber dann mußte ich erfahren, daß sie ihr Ziel schon erreicht hatten. Ich war zu spät gekommen.«

»Aber warum *du*?«

»Es fing in Genf an – mit Halliday, dem Mann, der damals erschossen wurde. Er ist von ihren Leuten getötet worden, aber vorher hat er mich einweihen können. Du hast mich über Genf befragt, und ich habe dich belogen, aber das ist jetzt die Wahrheit... Und jetzt wirst du mir entweder helfen oder versuchen, mir zu helfen, oder es nicht tun. Nicht für mich – ich bin unwichtig –, aber das, wo man mich hineingezogen hat, ist es nicht. Man *hat* mich hineingezogen, das weiß ich jetzt. Aber ich habe sie gesehen, habe mit ihnen *gesprochen*, und sie sind so verdammt logisch, so überzeugend, daß sie ganz Europa dem Faschismus in die Arme treiben werden; sie werden eine Militärföderation errichten, und mein Land wird die Keimzelle sein. Weil es in meinem Land angefangen hat; in San Francisco hat es angefangen, bei einem Mann namens Delavane.«

»Saigon? Mad Marcus aus *Saigon*?«

»Er lebt in Palo Alto und hat alle Fäden in der Hand. Er ist immer noch ein Magnet, und die fühlen sich zu ihm hingezogen, so wie Fliegen zu einem Schwein.«

»Joel, bist du... bist du auch ganz sicher... ich meine...?«

»Wir wollen es einmal so ausdrücken, René. Ich habe einem Mann, der mich einmal bewacht hat, seine lausige Uhr abgenommen. Die Uhr hat einen Sekundenzeiger, und du hast jetzt dreißig Sekunden Zeit, um über das nachzudenken, was ich dir gesagt habe, dann werde ich auflegen. *Jetzt*, alter Freund, neunundzwanzig Sekunden.«

Zehn Sekunden verstrichen, dann sagte Mattilon: »Ein Unzurechnungsfähiger gibt keine so präzisen Erklärungen in so präziser Weise. Er gebraucht auch nicht Worte wie ›Keimzelle‹; so etwas gibt es in seinem Vokabular nicht... Nun gut, vielleicht bin ich auch verrückt, aber das, was du gesagt hast – es paßt alles zusammen, was kann ich sonst sagen? *Alles* ist verrückt!«

»Ich muß in die Staaten zurück, und zwar lebend. Ich muß Washington erreichen. Dort kenne ich Leute. Wenn ich an sie herankomme, werden sie auf mich hören. Kannst du mir helfen?«

»Ich habe Kontakte zum Quai d'Orsay. Laß mich die ansprechen.«

»Nein«, widersprach Converse heftig. »Sie wissen, daß wir befreundet sind. Ein Wort an der falschen Stelle, und du bist ein toter Mann. Verzeih mir, aber was noch wichtiger ist, du könntest damit einen Alarm auslösen. Das können wir uns nicht leisten.«

»Nun gut«, sagte Mattilon. »Es gibt da einen Mann in Amsterdam – frag mich nicht, woher ich ihn kenne –, der solche Dinge arrangieren kann. Ich nehme an, du hast keinen Paß.«

»Ich habe einen, aber es ist nicht meiner. Es ist ein deutscher Paß. Ich habe ihn einem Wächter abgenommen, der mir eine Kugel durch den Kopf jagen wollte.«

»Dann bin ich sicher, daß er sich nicht an die Behörden wenden wird, um den Diebstahl zu melden.«

»Sicher nicht.«

»In Gedanken bist du doch wirklich in die Vergangenheit zurückgekehrt, nicht wahr, mein Freund?«

»Wir wollen nicht darüber sprechen, okay?«

»*Bien*. Behalte den Paß; er wird dir nützlich sein.«

»Amsterdam. Wie komme ich dorthin?«

»Du bist doch in Bonn, ja?«

»Richtig.«

»Von Bonn geht ein Zug nach Emmerich an der holländischen Grenze. In Emmerich benutzt du die örtlichen Verkehrsmittel. Die Zollüberwachung ist da ziemlich lasch, besonders während des Stoßverkehrs, wenn die Arbeiter die Grenze nach beiden Seiten überschreiten. Niemand sieht genau hin, du brauchst also nur deinen Paß schnell zu zeigen und das Foto dabei teilweise abdecken. Gut, daß es ein deutscher Paß ist. Du wirst dort überhaupt keine Schwierigkeiten haben.«

»Und wenn doch?«

»Dann kann ich dir nicht helfen, mein Freund. Ich bin ehrlich. Dann *muß* ich mich an den Quai d'Orsay wenden.«

»Also gut. Ich gehe über die Grenze – was dann?«

»Du fährst nach Arnhem. Und von dort aus nimmst du den Zug nach Amsterdam.«

»Und dann?«

»Der Mann. Sein Name steht auf einer Karte in meiner untersten Schublade. Hast du etwas zu schreiben?«

»Ja«, sagte Converse und griff nach dem Block und dem Kugelschreiber neben dem Telefon.

»Da ist sie. Thorbecke. Cort Thorbecke. Sein Apartmenthaus steht an der Kreuzung der Utrechtsestraat und der Kerkstraat. Die Telefonnummer ist Null-zwo-null, vier-eins-eins-drei-null. Wenn du ihn anrufst, um ein Zusammentreffen mit ihm zu verabreden, dann sag ihm, du würdest der Tatiana-Familie angehören. Hast du das? *Tatiana.*«

»René...?« sagte Joel, während er notierte. »Ich hätte das nie geahnt. Wie kommt es, daß du so jemanden kennst?«

»Ich habe dir doch gesagt, daß du keine Fragen stellen sollst. Andererseits könnte er vielleicht neugierig sein, und dann solltest du wenigstens vage Antworten für ihn haben – alles war immer vage. Tatiana ist ein russischer Name, sie war eine der Töchter des Zaren. Es heißt, sie sei 1918 in Jekaterinenburg hingerichtet worden. Ich sage angeblich, weil viele glauben, daß sie gemeinsam mit ihrer Schwester Anastasia verschont wurde und daß man sie mit einer Kinderschwester und einem Vermögen an Juwelen aus dem Land geschmuggelt hat. Die Pflegeschwester hat Tatiana favorisiert und, sobald sie in Freiheit waren, dem Kind alles und ihrer Schwester nichts gegeben. Es heißt, sie hätte in großem Wohlstand gelebt – lebt vielleicht heute noch, aber niemand weiß, wo.«

»Ist es das, was ich wissen muß?« fragte Converse.

»Nein, es ist nur der Ursprung des Namens. Hier ist er ein Symbol des Vertrauens. Man hat ihn in letzter Zeit nur wenigen Leuten genannt, Leuten, denen die argwöhnischsten Menschen der Welt vertrauen, Menschen, die es sich nicht leisten können, Fehler zu machen.«

»Du lieber Gott, wer denn?«

»Russen, mächtige Sowjetkommissare, die das westliche Bankensystem lieben und Geld aus Moskau ins Ausland kanalisieren, um es im Westen zu investieren. Du kannst verstehen, weshalb der Kreis klein ist. Wenige sind berufen und noch wenigere auserwählt. Thorbecke ist einer von ihnen, er führt ein umfangreiches Geschäft mit Pässen. Ich werde mit ihm Verbindung aufnehmen und ihm sagen, daß er auf deinen Anruf warten soll. Und denk daran, keine Namen, nur Tatiana. Er wird dafür sorgen, daß du einen Platz auf einer KLM-Maschine nach Washington bekommst. Aber du wirst Geld brauchen, wir müssen also überlegen, wie ich...«

»Geld ist so ziemlich das einzige, was ich nicht brauche«, unterbrach Converse. »Nur einen Paß und ein Ticket zum Dulles-Airport.«

»Thorbecke in Amsterdam wird dir beides verschaffen.«

»Danke, René. Du hast mich nicht enttäuscht. Das bedeutet mir sehr viel. Das bedeutet mir mein Leben.«

»Du bist noch nicht in Washington, mein Freund. Aber ruf mich an, wenn du dort bist, ganz gleich, um welche Zeit.«

»Das werde ich tun. Nochmals vielen Dank.«

Joel legte auf und steckte Block und Kugelschreiber in die Tasche und ging zum Schalter. Während er auf seine Rechnung wartete, erinnerte er sich an das, was er unter Nummer 2 auf seiner Liste notiert hatte. Sein Aktenkoffer mit den Dossiers und den Namen der Entscheidungsträger im Pentagon und im State Department. Hatte Connal es geschafft, den Koffer irgendwo zu verstecken? War es möglich, daß ihn vielleicht ein Angestellter im Hotel gefunden hatte? Converse wandte sich an den Postbeamten, der ihm die Rechnung reichte. Der Mann sprach zum Glück ein ganz passables Englisch.

»Es gibt da ein kleines Hotel. Es liegt irgendwo vor der Stadt – ich bin nicht ganz sicher, wo, aber ich würde gerne dort anrufen und mit dem Geschäftsführer sprechen. Er soll Englisch sprechen.«

»Ja, Sir. Ein ausgezeichnetes Haus.«

»Ich suche keine Unterkunft. Ein Freund von mir hat letzte Woche dort gewohnt und glaubt, er hätte vielleicht etwas Wertvolles in seinem Zimmer liegengelassen. Er hat mich angerufen und gebeten, für ihn nachzusehen oder mit dem Geschäftsführer zu sprechen. Wenn ich die Nummer finde, würden Sie dann bitte die Verbindung herstellen und ihn an den Apparat holen? Es tut mir leid, aber ich spreche nicht Deutsch und würde wahrscheinlich nur den Koch erreichen.«

»Aber selbstverständlich, Sir«, erwiderte der Mann und lächelte. »Ich besorge Ihnen die Nummer. Gehen Sie noch einmal in Zelle Sieben, dann klingle ich. Sie können die beiden Gespräche nachher zahlen.«

In der engen Kabine zündete Joel sich eine Zigarette an und überlegte, was er sagen sollte. Er hatte kaum Zeit, seine Worte zu formulieren, da klingelte es schon.

»Das ist der Geschäftsführer – der Manager – des Hotels, Sir«, sagte der Beamte. »Und er spricht Englisch.«

»Vielen Dank.« Der Beamte ging aus der Leitung. »Hallo?«

»Ja, was kann ich für Sie tun, Sir?«

»Ich hoffe, daß Sie etwas für mich tun können. Ich bin ein Freund von Commander Connal Fitzpatrick. Wie ich höre, hat er letzte Woche bei Ihnen gewohnt.«

»Ja, das hat er tatsächlich, Sir. Es hat uns sehr leid getan, daß er nicht länger bleiben konnte, aber das Zimmer war für den nächsten Tag für jemand anderen reserviert.«

»Oh? Er ist unerwartet abgereist?«

»So würde ich es nicht formulieren. Wir haben am Morgen miteinander gesprochen. Ich glaube, daß er Verständnis für unsere Lage hatte. Ich habe ihm persönlich ein Taxi bestellt.«

»War er alleine, als er wegfuhr?«

»Ja, Sir.«

»Oh. Wenn Sie mir dann sagen würden, in welches Hotel er gefahren ist, könnte ich dort auch nachfragen.«

»Nachfragen, Sir?«

»Der Commander hat einen seiner Aktenkoffer verlegt,

einen schmalen Lederkoffer mit zwei Kombinationsschlössern. Der Inhalt ist an sich wertlos, aber der Commander hätte gern den Aktenkoffer zurück. Es war ein Geschenk seiner Frau, glaube ich. Sie haben ihn nicht zufällig gefunden?«

»Nein, mein Herr.«

»Sind Sie *sicher*? Der Commander hat die Angewohnheit, seine juristischen Papiere zu verstecken, manchmal unter dem Bett oder hinten in einem Schrank.«

»Er hat nichts zurückgelassen, Sir. Das Zimmer ist von unseren Angestellten überprüft und gesäubert worden.«

»Vielleicht hat ihn jemand besucht und hat den falschen Koffer mitgenommen?« Converse wußte, daß er den Mann bedrängte, aber er hatte keinen Grund, es nicht zu tun.

»Er hatte keine Besucher...« Der Deutsche hielt inne. »Einen Augenblick, jetzt erinnere ich mich.«

»Ja?«

»Sie sagen, einen schmalen Aktenkoffer, das, was man gewöhnlich als Attachékoffer bezeichnet?«

»*Ja!*«

»Er hat ihn mitgenommen. Er trug ihn in der Hand, als er das Hotel verließ.«

»Oh...« Joel versuchte, sich nichts anmerken zu lassen. »Dann können Sie mir vielleicht sagen, ob er eine Adresse hinterlassen hat oder welches Hotel er aufgesucht hat.«

»Es tut mir leid, Sir. Solche Anweisungen liegen uns nicht vor.«

»Jemand mußte doch ein Zimmer für ihn reservieren! Zimmer sind in Bonn knapp!«

»Bitte, mein Herr. Ich hatte mich selbst erboten, das für ihn zu erledigen, aber er hat meine Hilfe abgelehnt. Etwas unfreundlich, darf ich vielleicht sagen.«

»Tut mir leid.« Joel war verstimmt, daß er die Kontrolle über sich verloren hatte. »Diese Papiere waren sehr wichtig. Sie haben also keine Idee, wohin er gegangen ist?«

»Doch, das schon, falls man es mit Humor nimmt. Ich habe ihn ausdrücklich gefragt. Er sagte, er würde zum Bahnhof fahren. Wenn jemand nach ihm fragte, sollte ich sagen, er würde dort in einem Schließfach schlafen. Ich fürchte, das sollte eine Spitze sein.«

Der *Bahnhof*? Ein Schließfach! Das war eine *Nachricht*! Fitzpatrick hatte ihm damit sagen wollen, wo er suchen sollte! Ohne ein weiteres Wort legte Converse auf, verließ die Zelle und ging zum Schalter. Er zahlte für die beiden Gespräche und dankte dem Beamten. »Sie waren sehr liebenswürdig. Darf ich Sie noch um eine Gefälligkeit bitten?«

»Sir?«

»Wo ist der Bahnhof?«

»Sie können ihn gar nicht verfehlen. Gehen Sie nach rechts, wenn Sie das Gebäude verlassen, dann laufen sie direkt darauf zu. Ein Gebäude, auf das Bonn wirklich nicht stolz sein kann.«

»Sehr liebenswürdig.«

Joel eilte den Bürgersteig entlang und ermahnte sich die ganze Zeit selbst, nicht zu schnell zu gehen. Alles hing jetzt davon ab, daß er die Kontrolle behielt. *Alles*. Jede Bewegung, die er machte, mußte normal sein, unauffällig. Er durfte nichts tun, was irgend jemanden dazu veranlassen könnte, auch nur einen zweiten Blick auf ihn zu werfen.

Mattilon hatte ihm gesagt, er solle den Zug nehmen; Fitzpatrick hatte gesagt, er solle zum Bahnhof gehen. Ein Schließfach!

Er trat durch das weite Eingangsportal und bog nach rechts zu den Schließfächern, wo er den Aktenkoffer untergebracht hatte, bevor er sich mit »Avery Fowler« getroffen hatte. Jetzt sah er das Fach, in der Tür steckte ein Schlüssel. Das Fach war leer. Er begann die anderen Fächer zu mustern. Er wußte zwar nicht, wonach er suchte, aber wußte, daß es *etwas* geben mußte. Und dann fand er es! Zwei Reihen über dem ersten Fach links! Die Initialen waren klein, aber deutlich, präzise in das Metall geritzt. C.F. Connal Fitzpatrick!

Der Marineanwalt hatte es geschafft! Er hatte die wertvollen Papiere an einem Ort untergebracht, wo nur sie beide sie finden konnten. Aber konnte er sie jetzt herausholen? Er sah sich auf dem Bahnhof um, versuchte, sich zwischen den

Menschenmassen zu orientieren. Die riesige Uhr zeigte halb drei an; in zweieinhalb Stunden würden die Büros schließen und die Menschentrauben noch dichter sein. Mattilon hatte ihm gesagt, er solle die Grenze im Stoßverkehr überqueren, wenn die Arbeiter in beiden Richtungen durch die Grenzkontrollen gingen. Bis Emmerich waren es fast zwei Stunden, *falls* es einen Zug gab. Er hatte weniger als eine halbe Stunde Zeit, um sich Zugang zu dem Schließfach zu verschaffen.

Am anderen Ende der Bahnhofshalle war ein Informationsstand. Er ging darauf zu, und wieder jagten sich die Gedanken in seinem Kopf. Das Gewicht des Geldes an seiner Hüfte ließ ihn hoffen.

»Gott sei Dank«, sagte er zu dem Angestellten, die dicke Brille auf der Nase, den weichen Hut in die Stirn gezogen. Er hatte einen englisch sprechenden Auskunftsbeamten mit tief eingegrabenen Falten um den Mund und gelangweiltem Ausdruck gefunden. »Um es ganz einfach zu sagen, ich habe den Schlüssel für das Schließfach verloren, in dem mein Gepäck untergebracht ist, und muß einen Zug nach Emmerich erreichen. Übrigens, wann fährt der nächste?«

»Ach, das ist immer dasselbe«, erwiderte der mürrische Angestellte und blätterte in einem dicken Folianten. »Immer der gleiche Ärger. Der eine verliert dies, der andere jenes, und alle sollen dann helfen! Der Zug nach Emmerich ist vor siebenundzwanzig Minuten abgefahren. In neunzehn Minuten fährt der nächste, und dann eine Stunde keiner.«

»Danke. Ich muß den nächsten erreichen. Was ist jetzt mit dem Schließfach?« Joel zog einen Hundertmarkschein heraus und schob ihn langsam über den Tresen. »Es ist sehr wichtig, daß ich diesen Zug erwische. Darf ich Ihnen dafür danken, daß Sie mir helfen?«

»Wird erledigt!« sagte der Angestellte, ohne seine Stimme zu erheben und sah nach rechts und links, während er das Geld ergriff. Er nahm den Hörer vom Telefon und wählte. »Schnell! Wir müssen ein Schließfach öffnen. Hier ist die Auskunftsstelle.« Er legte den Hörer auf die Gabel und blickte zu Joel, wobei ein Lächeln um seine Lippen spielte.

»Es kommt gleich jemand, mein Herr. Wir geben uns immer große Mühe mit unseren Reisenden.«

Der Mann kam, er sah aus, als müßte er jeden Augenblick aus seiner Uniform platzen, und seine Augen blickten stumpf. »Was ist?«

Der Angestellte erklärte es ihm in deutscher Sprache und sah dann wieder Converse an. »Er spricht etwas Englisch, nicht sehr gut, aber ausreichend, und wird Ihnen jetzt helfen.«

»Da sind Vorschriften zu beachten«, sagte der offizielle Hüter der Schließfachschlüssel. »Kommen Sie, zeigen Sie es mir.«

Der Beamte öffnete das Schließfach mit seinem Hauptschlüssel. »Sie müssen eine Unterschrift leisten.«

Da war er! Sein Aktenkoffer lag flach in dem Fach, offenbar auch unbeschädigt. Joel griff in die Tasche und holte sein Geld heraus. »Ich habe es sehr eilig«, sagte er, während er zunächst einen und dann etwas zögernd einen zweiten Hundertmarkschein herauszog. »Mein Zug fährt in wenigen Minuten ab.« Er schüttelte dem Deutschen die Hand, wobei das Geld den Besitzer wechselte. »Könnten Sie nicht sagen, daß es ein Fehler war?«

»Es *war* ein Fehler!« antwortete der Uniformierte voller Überzeugung. »Sie müssen Ihren Zug erreichen!«

»Vielen Dank. Sie sind sehr nett.«

Vorsichtig um sich blickend ging Joel zu einer nicht besetzten Holzbank, setzte sich und öffnete den Aktenkoffer. Alles war noch da. Aber er durfte die Unterlagen nicht bei sich behalten. Wieder sah er sich im Bahnhofsgelände um, wußte, was er finden mußte. Ein Andenkengeschäft. Dort würde es vielleicht Briefumschläge geben. Er klappte den Aktenkoffer zu, stand auf und ging auf das Geschäft zu, in der Hoffnung, daß auch dort jemand Englisch sprach.

»Wir sprechen fast alle Englisch, mein Herr«, sagte die matronenhafte Frau hinter der Theke. »Die verlangen das, ehe sie einen einstellen, besonders im Sommer. Was brauchen Sie denn?«

»Ich muß einen Geschäftsbericht in die Vereinigten Staaten schicken«, antwortete Converse mit einem großen, dicken Umschlag und Klebeband in der rechten Hand und dem Aktenkoffer in der linken. »Aber mein Zug fährt in ein paar Minuten ab und ich habe nicht Zeit, auf ein Postamt zu gehen.«

»Im Bahnhof sind ein paar Briefkästen, Sir.«

»Ich brauche Briefmarken und weiß nicht, wieviel«, sagte Joel hilflos.

»Wenn Sie die Papiere in den Umschlag stecken, zukleben und die Adresse draufschreiben, dann wiege ich das Päckchen und sage Ihnen, wieviel Marken Sie aufkleben müssen. Wir haben welche hier.«

»Das ist sehr liebenswürdig. Ich möchte das Päckchen per Luftpost schicken, kleben Sie lieber etwas mehr drauf.« Fünf Minuten später reichte Converse der Frau das fest verklebte Päckchen, damit sie es wiegen konnte. Er hatte auf den Umschlag des ersten Dossiers ein paar Zeilen geschrieben und die Adresse deutlich mit Druckbuchstaben auf den Briefumschlag. Die Frau reichte ihm die Marken, worauf er bezahlte und den Umschlag vor sich auf den Tresen legte.

»Danke«, sagte er und sah auf die Uhr, während er begann, die Briefmarken zu befeuchten und festzukleben. »Sie wissen nicht zufällig, wo ich eine Fahrkarte nach... Emmerich kaufen kann oder Arnhem?«

»Emmerich ist deutsch und Arnhem holländisch. An jedem Schalter, Sir.«

»Ich habe vielleicht nicht mehr genug Zeit«, sagte Joel, der gerade mit den letzten drei Marken beschäftigt war. »Ich werde ja wohl auch im Zug eine Karte kaufen können.«

»Ja, sicher, wenn Sie genügend Geld haben.«

Er war jetzt fertig. »Wo ist der nächste Briefkasten?«

»Am anderen Ende des Bahnhofs, mein Herr.«

Wieder sah Joel auf die Uhr. Er spürte ein heftiges Pochen in seiner Brust, als er losstürzte, sich sofort wieder zügelte und sich in der Menge umsah, ob ihn jemand beobachtet hatte. Es blieben ihm weniger als acht Minuten, um den Umschlag einzustecken, sich eine Fahrkarte zu kaufen und den Zug zu finden. Wenn es Komplikationen gab, konnte er vielleicht auf den zweiten Schritt verzichten. Aber um im Zug eine Fahrkarte zu kaufen, brauchte er jemanden, der für ihn übersetzte – die Konsequenzen, die sich daraus ergeben konnten, waren beängstigend.

Während er sich fieberhaft nach einem Briefkasten umsah, wiederholte er in Gedanken die Worte, die er auf den Umschlag der ersten Akte gekritzelt hatte. *Laß niemanden – ich wiederhole: niemanden – wissen, daß du das hast. Wenn du von mir nicht binnen fünf Tagen hörst, dann schicke es an Nathan S. weiter. Wenn ich kann, rufe ich ihn an. Dein ehemaliger gehorsamer Ehemann. Alles Liebe, J.* Dann blickte er auf den Namen und die Adresse, die er auf den Umschlag geschrieben hatte und verspürte eine stumpfe, Übelkeit erregende Sorge.

Ms. Valerie Charpentier
R.F.D. 16
Dunes Ridge
600 Cap Ann, Massachusetts
U.S.A.

Drei Minuten später fand er den Briefkasten, schob den Umschlag durch den Schlitz und überzeugte sich davon, daß das Päckchen auch im Inneren des gelben Kastens nach unten gefallen war. Er sah sich um und suchte etwas verwirrt von den vielen Menschen nach einem Schalter. Er kam sich so verdammt *hilflos* vor, wollte Fragen stellen, hatte aber Angst davor, jemanden aufzuhalten, Angst, jemand würde sein Gesicht studieren.

Da war ein Schalter, vor dem nur wenige Menschen standen, auf der anderen Seite; zwei Paare hatten es sich offenbar im letzten Augenblick anders überlegt, die kleine Schlange verlassen, die sich dort gebildet hatte. Jetzt stand nur noch ein Mann vor dem Fenster. Converse bahnte sich seinen Weg durch die Menge, versuchte wieder, seine Schritte zu zügeln.

»Emmerich, bitte«, sagte er zu dem Beamten hinter dem Schalter, als der Mann vor ihm sein Wechselgeld eingesteckt hatte. »Niederlande«, fügte er hinzu, jede Silbe deutlich aussprechend.

Der Beamte drehte sich kurz um und blickte auf die Uhr, die hinter der Wand hing. Dann sagte er etwas in deutscher Sprache. »Verstehen?« fragte er dann.

»*Nein*... Hier!« Converse legte zwei Hundertmarkscheine auf den Zahlteller und schüttelte den Kopf, zuckte die Schultern. »Bitte, eine Fahrkarte! Ich weiß, ich habe nur noch ein paar Minuten Zeit bis zur Abfahrt.«

Der Mann nahm einen der Scheine und schob den anderen zurück. Er wechselte und drückte ein paar Knöpfe neben sich; eine Fahrkarte wurde ausgedruckt, er reichte sie Joel. »Danke. Zwei Minuten!«

»Gleis eins.« Der Mann hielt den Daumen der linken Hand in die Höhe. »Eins«, wiederholte er und deutete links von Joel auf das entsprechende Gleis.

»Eins! Vielen Dank.« Converse griff nach seinem Aktenkoffer und eilte mit schnellen Schritten zu dem Gleis, das man ihm gezeigt hatte. Er sah den Zug stehen; ein uniformierter Bahnbeamter stand vor der Anzeigetafel und sah auf die Uhr.

Eine Frau, die etliche Päckchen trug, stieß mit ihm zusammen. Die Päckchen fielen zu Boden. Joel versuchte, sich zu entschuldigen, während sie ihn beschimpfte; laute Worte, die die umstehenden Reisenden veranlaßten, stehenzubleiben und sie anzustarren. Er hob ein paar Päckchen auf, während ihre Stimme zu einem Crescendo anschwoll.

»Sie können mich mal, Lady«, murmelte er. Joel ließ die Päckchen wieder fallen, drehte sich um und eilte weiter. Er erreichte den Zug, klinkte die Türe auf und stieg ein.

Er suchte sich schwer atmend einen Platz und versuchte, sich zu beruhigen. Den weichen Hut hatte er in die Stirn gezogen. Die Wunde an seinem linken Arm schmerzte höllisch. Möglicherweise war sie bei dem Zusammenprall wieder aufgerissen. Er tastete unter das Jackett, berührte den Kolben der Waffe, die er Leifhelms Chauffeur abgenommen hatte, und strich über sein Hemd. Kein Blut, er schloß erleichtert die Augen.

Den Mann auf der anderen Seite des Abteils, der ihn anstarrte, bemerkte er nicht.

In Paris saß die Sekretärin am Schreibtisch, den Telefonhörer am Ohr, und sprach mit leiser, aber eindringlicher Stimme, wobei sie die Hand über die Sprechmuschel hielt. Ihr Französisch klang kultiviert, wenn nicht aristokratisch.

»Das ist alles«, sagte sie leise. »Hast du es?«

»Ja«, sagte der Mann am anderen Ende der Leitung. »Das ist außergewöhnlich.«

»Warum? Deshalb bin ich hergekommen.«

»Natürlich. Ich sollte sagen, *du* bist außergewöhnlich.«

»Natürlich. Was hast du für Instruktionen?«

»Sehr ernste. Es tut mir leid.«

»Das dachte ich. Du hast keine Wahl.«

»Kannst du?«

»Geht klar. Ich sehe dich bei Taillevent. Acht Uhr?«

»Trag dein schwarzes Galanos. Das liebe ich so.«

»Schmeichler.«

»Was sagst du, meine Liebste. Acht Uhr.«

Die Sekretärin legte den Hörer auf, erhob sich und glättete ihr Kleid. Sie zog eine Schublade auf und holte eine Handtasche mit langem Schulterband heraus, hängte sie sich über und ging zur geschlossenen Tür ihres Chefs. Sie klopfte.

»Ja?« fragte Mattilon drinnen.

»Ich bin's, Suzanne, Monsieur.«

»Herein, *herein*«, sagte René und lehnte sich in seinem Sessel zurück, während die Frau eintrat. »Dieser letzte Brief ist völlig unverständlich, nicht wahr?«

»Überhaupt nicht, Monsieur. Es ist nur, daß ich... nun, ich weiß nicht, ob es sich gehört, daß ich das sage.«

»Warum sollte es sich nicht gehören? Und wenn, dann wäre ich in meinem Alter wahrscheinlich so geschmeichelt, daß ich es meiner Frau sagen würde.«

»Oh, Monsieur...«

»Nein, wirklich, Suzanne, Sie sind jetzt wie lange hier, eine Woche, zehn Tage? Man würde meinen, daß es schon Monate sind. Ihre Arbeit ist ganz hervorragend, und ich bin Ihnen wirklich dankbar, daß Sie mir helfen.«

»Ihre Sekretärin ist eine liebe Freundin von mir, Monsieur. Ich schulde es ihr.«

»Nun, ich danke Ihnen jedenfalls. Ich kann nur hoffen, daß unser Herrgott ihr hilft und sie durchkommt. Die jungen Leute heute, sie fahren so schnell, so schrecklich schnell und so gefährlich. Es tut mir leid. Was ist, Suzanne?«

»Ich war noch nicht zu Mittag essen, Monsieur. Ich dachte...«

»Mein *Gott*, wie unaufmerksam ich bin! Das kommt wahrscheinlich davon, wenn man zwei Partner hat, die den August ernst nehmen und Ferien machen! Bitte, bleiben Sie, solange Sie wollen, und ich bestehe darauf, daß Sie mir die Rechnung bringen.«

»Das ist wirklich nicht notwendig, aber vielen Dank für das freundliche Angebot.«

»Das ist kein Angebot, sondern das ist eine Anweisung. Trinken Sie nur möglichst viel Wein, und dann wollen wir sehen, was aus den Klienten meiner Partner wird. Und jetzt verschwinden Sie.«

»Vielen Dank, Monsieur.« Suzanne wandte sich zur Türe, öffnete sie einen Spalt und blieb dann stehen. Sie drehte den Kopf herum und sah, daß Mattilon wieder in seine Lektüre vertieft war. Sie schloß lautlos die Tür, griff in ihre Handtasche und zog eine große Pistole heraus, an deren Lauf der perforierte Zylinder eines Schalldämpfers steckte. Sie drehte sich langsam um und ging mit ruhigen Schritten auf den Schreibtisch zu.

Der Anwalt blickte auf, als sie vor ihm stand. »*Was*?«

Suzanne feuerte viermal schnell hintereinander. René wurde im Sessel zurückgeschleudert, sein Schädel platzte vom rechten Auge bis zur linken Stirn auf. Blut strömte über sein Gesicht und sein weißes Hemd.

22

»Wo in aller Welt sind Sie gewesen?« schrie Valerie ins Telefon. »Ich versuche Sie seit dem frühen Morgen zu erreichen!«

»Am frühen Morgen«, sagte Lawrence Talbot, »als die Nachricht durchkam, wußte ich, daß ich die erste Maschine nach Washington nehmen mußte.«

»Das glauben Sie doch selbst nicht! Nein, das ist nicht wahr!«

»Doch. Und was noch schlimmer ist, ich fühle mich verantwortlich. Mir ist, als hätte ich, ohne es zu wollen, selbst den Abzug betätigt, und in gewisser Weise ist genau das geschehen.«

»Verdammt noch mal, Larry, erklären Sie mir das.«

»Joel hat mich von einem Hotel in Bonn aus angerufen, nur daß er nicht wußte, wie es hieß. Er klang völlig wirr, Val. Einen Augenblick lang war er ruhig, im nächsten schrie er, und schließlich gab er zu, daß er verwirrt sei und Angst hätte. Dann redete er alles mögliche dumme Zeug – irgendeine unglaubliche Geschichte, daß man ihn gefangengenommen und in ein Haus im Wald gesteckt hätte, und wie er entkommen sei, sich im Fluß verborgen hätte, den Wachen und Streifen entkommen und einen Mann getötet hätte, den er einen ›Scout‹ nannte. Er schrie immer wieder, er müßte entkommen, Männer seien hinter ihm her, im Wald, am Ufer... Irgend etwas ist mit ihm passiert. Er durchlebt diese schrecklichen Tage noch einmal, in denen er Kriegsgefangener war. Alles, was er sagt, alles, was er beschreibt, ist eine Variation jener Erlebnisse. Der Schmerz, die Anspannung, die Flucht durch den Dschungel und die Flüsse. Er ist krank, meine Liebe. Und das, was heute morgen geschah, ist der schreckliche Beweis dafür.«

Valerie spürte, wie ihr die Kehle austrocknete. Sie war unfähig zu denken; konnte nur auf Worte reagieren. »Warum haben Sie gesagt, Sie seien verantwortlich, hätten in gewisser Weise den Abzug betätigt?«

»Ich habe ihm gesagt, daß er zu Peregrine gehen solle. Ich habe ihn überzeugt, daß Peregrine auf ihn hören würde, daß er nicht der Mann war, für den Joel ihn hielt.«

»... ›ihn hielt‹? Was hat Joel gesagt?«

»Sehr wenig, was einen Sinn gehabt hätte. Er faselte von Generalen und Feldmarschällen und irgendeiner obskuren historischen Theorie, die alle Kommandeure aus verschiedenen Kriegen und Armeen zusammengeführt hätte in einem gemeinsamen Versuch, die Kontrolle über die Regierungen zu übernehmen. Es gab einfach keinen Sinn. Jedesmal, wenn ich irgend etwas anzweifelte, was er sagte, wurde er wütend und sagte, das sei alles nicht wichtig, oder ich würde nicht zuhören oder ich sei zu beschränkt, um ihn zu verstehen. Aber am Ende gab er dann zu, daß er schrecklich müde und konfus sei und dringend Schlaf brauchte. Da habe ich ihm den Vorschlag gemacht, Peregrine aufzusuchen, aber Joel vertraute ihm nicht. Er lehnte ihn sogar ab, denn er sagte, er hätte den Wagen eines ehemaligen deutschen Generals durch die Einfahrt der Gesandtschaft fahren sehen. Ich weiß nicht, ob Sie das wissen, aber Peregrine war ein hochdekorierter Offizier im Zweiten Weltkrieg. Ich erklärte ihm so geduldig und so entschieden, wie ich das konnte, daß Peregrine keiner von ›ihnen‹ sein könne, daß er kein Freund des Militärs sei... Offensichtlich konnte ich ihn nicht überzeugen. Joel nahm Verbindung mit ihm auf, vereinbarte ein Zusammentreffen und tötete ihn. Ich hatte keine *Ahnung*, daß er so krank war.«

»Larry«, begann Valerie langsam und mit schwacher Stimme. »Ich habe zwar alles, was Sie sagen, gehört, aber es klingt einfach nicht so, als ob es wahr wäre. Nicht, daß ich Ihnen nicht glaube – Joel hat einmal gesagt, Sie seien ein geradezu peinlich ehrlicher Mann –, aber irgend etwas fehlt da. Der Converse, den ich kenne und mit dem ich vier Jahre zusammengelebt habe, hat nie die Tatsachen verdreht, um irgend etwas zu stützen, das er einfach glauben wollte. Selbst wenn er noch so wütend war, wäre er dazu nicht imstande gewesen. Ich habe ihm einmal gesagt, daß er einen lausigen Maler abgeben würde, weil er einfach nicht imstande sei, eine Form einfach so zu verändern, daß sie in ein Konzept paßt. Aber dazu war er einfach nicht fähig, und ich glaube, er hat mir das einmal erklärt. Bei fünfhundert Meilen in der Stunde, sagte er, kann man einen Schatten auf dem Ozean für einen Flugzeugträger halten, wenn einem die Instrumente ausgefallen sind.«

»Sie sagen also, daß er nicht lügt.«

»Ich bin sicher, daß er das manchmal tut – auch daß er es früher getan hat –, aber nie, wenn es um wichtige Dinge geht. Er ist dazu einfach nicht fähig.«

»Das war, bevor er so ernsthaft krank wurde... Er hat diesen Mann in Paris getötet, das hat er selbst zugegeben.«

Valerie stöhnte. »*Nein*!«

»Doch, leider schon. Ebenso wie er Walter Peregrine getötet hat.«

»Wegen irgendeiner obskuren historischen *Theorie*? Das paßt einfach alles nicht zusammen, Larry!«

»Das einzige, was ich will, ist helfen, und ich dachte, Sie würden das wissen.«

»Das weiß ich auch, wirklich. Dann bis bald, Larry.«

»Ich rufe Sie sofort an, wenn ich etwas erfahre.«

»Tun Sie das. Wiederhören.« Valerie legte auf und sah auf die Uhr. Es war Zeit, zum Logan-Airport von Boston zu fahren und Roger Converse abzuholen.

»Achtung, in zehn Minuten sind wir in Köln«, verkündete die Stimme im Lautsprecher.

Converse saß am Fenster und sah auf die vorüberhuschende Landschaft hinaus. Der Zug war gut besetzt, auf jeder Sitzbank saß wenigstens ein Passagier, auf vielen auch zwei. Als sie aus dem Bahnhof gefahren waren, hatte eine Frau auf dem Platz gesessen, den er jetzt besetzt hielt, eine gut gekleidete Dame aus der Vorstadt. Einige Plätze dahinter saß eine andere Frau – offensichtlich eine Bekannte – und sprach Joels Gegenüber an. Dann sagte die Frau etwas zu Joel. Da er nicht verstand und nicht antworten konnte, hatte er das Gefühl, die Aufmerksamkeit der anderen Passagiere auf sich zu lenken, und das beunruhigte ihn. Er hatte die Schultern gezuckt und den Kopf geschüttelt. Die Dame hatte ihn indigniert angesehen, war aufgestanden und hatte sich zu ihrer Bekannten gesetzt.

Sie hatte eine Zeitung auf dem Sitz liegengelassen, die Zeitung mit seinem Gesicht auf der Titelseite. Er hatte das Blatt angestarrt, bis ihm klar wurde, was er tat. Dann wechselte er die Plätze, nahm sich die Zeitung und faltete sie zusammen, so daß das Bild nicht mehr zu sehen war. Er sah sich vorsichtig um, hielt sich die Hand über die Lippen, runzelte nachdenklich die Stirn und versuchte, den Eindruck eines in Gedanken versunkenen Mannes zu erwecken, dessen Augen ins Leere blickten. Aber er hatte ein anderes Augenpaar gesehen, das ihn studierte – ihn anstarrte, während ihr Besitzer in eine lebhafte Diskussion mit einer älteren Dame vertieft schien, die neben ihm saß. Der Mann hatte den Blick abgewandt, und Converse hatte vielleicht eine halbe Sekunde Zeit gehabt, das Gesicht zu mustern, ehe er sich dem Fenster zuwandte. Er kannte dieses Gesicht; er hatte mit dem Mann schon gesprochen, konnte sich aber nicht mehr erinnern, wo oder wann das gewesen war. Nur daß sie miteinander gesprochen hatten, wußte er. Diese Erkenntnis war ebenso beunruhigend wie irritierend. *Wo* war es gewesen? *Wann*? Kannte der Mann ihn, kannte er seinen Namen?

Wenn das der Fall war, so hatte der Mann sich jedenfalls nichts anmerken lassen. Joel versuchte, sich den Mann stehend vorzustellen; vielleicht würde das seiner Erinnerung helfen. Er war kräftig gebaut und wirkte jovial, aber Converse spürte etwas Böses an ihm. Seit dem Blickwechsel waren gut fünf Minuten vergangen, und Joel war nicht weitergekommen, hatte sich nicht erinnern können. Er kam nicht weiter, und das machte ihm Angst.

»Wir kommen in zwei Minuten in Köln an. Bitte, achten Sie auf Ihr Gepäck.«

»Entschuldigen Sie bitte. Ist dieser Platz frei?«

Ein etwa gleichaltriger Mann, der einen Aktenkoffer in der Hand trug, sagte die für ihn unverständlichen Worte.

Joel nickte, das Gesprochene instinktiv richtig verstehend.

»Danke«, sagte der Mann und setzte sich, wobei er den

Aktenkoffer vor sich auf den Boden stellte. Er holte eine Zeitung unter dem linken Arm hervor und faltete sie auseinander. Converses Muskeln strafften sich, als er sein Foto sah, sein eigenes ernstes Gesicht, das ihn anstarrte. Er wandte sich wieder zum Fenster, zog sich die Hutkrempe tiefer ins Gesicht und hoffte, das Bild eines erschöpften Reisenden zu vermitteln, der sich ein paar Minuten Schlaf gönnt. Augenblicke später, als der Zug sich bereits wieder in Bewegung gesetzt hatte, glaubte er, sein Ziel erreicht zu haben.

»*Verrückt, nicht wahr?*« sagte der Mann mit dem Aktenkoffer, ohne den Blick von der Zeitung zu wenden.

Joel regte sich, blinzelte und brummte »Hmm.«

»Verzeihung«, murmelte der Mann und hob entschuldigend die Hand.

Converse ließ sich wieder gegen das Fenster sinken. Die kühle Glasscheibe wirkte wie ein Ort der Zuflucht. Er schloß die Augen, und die Dunkelheit war ihm willkommener, als er sich je erinnern konnte.

»*Wir treffen in fünf Minuten in Düsseldorf ein.*«

Joel ruckte hoch; sein Hals war schmerzhaft steif, sein Kopf kalt. Er mußte eine beträchtliche Zeit geschlafen haben. Der Mann neben ihm las in einem Bericht und versah ihn mit Randnotizen. Den Aktenkoffer hatte er auf dem Schoß, die Zeitung ordentlich zwischen sich und Converse gefaltet, so daß Joels Foto deutlich zu sehen war und zur Waggondecke starrte. Der Mann klappte seinen Koffer auf, legte den Bericht hinein und verschloß ihn wieder. Er wandte sich Converse zu.

»*Der Zug ist pünktlich*«, sagte er und nickte dabei mit dem Kopf.

Joel erwiderte das Nicken. Dann nahm er plötzlich wahr, daß der Mann auf der anderen Seite des Mittelgangs gemeinsam mit der älteren Frau aufgestanden war und den Kopf schüttelte, offenbar als Antwort auf etwas, das die Frau gesagt hatte. Aber er sah sie dabei nicht an; seine Augen waren auf Converse gerichtet. Joel ließ sich wieder ans Fenster sinken und nahm erneut die Pose des müden

Reisenden ein, die weiche Hutkrempe fast bis zur Brille ins Gesicht gezogen. Wer *war* dieser Mann? Wenn sie einander kannten, wie konnte er dann unter den vorliegenden Umständen schweigen? Wie konnte er einfach hin und wieder herüberblicken und sich dann ganz beiläufig wieder der Frau zuwenden?

Der Zug begann seine Fahrt zu verlangsamen. Das metallische Mahlen der Bremsscheiben an den Rädern schwoll an; bald würden sie in Düsseldorf einrollen. Converse fragte sich, ob der Deutsche neben ihm wohl aussteigen würde. Er hatte seinen Aktenkoffer geschlossen, machte aber keine Anstalten aufzustehen und sich der Schlange anzuschließen, die sich an der vorderen Gangtür gebildet hatte. Statt dessen griff er wieder nach seiner Zeitung, schlug sie aber barmherzigerweise auf einer der inneren Seiten auf.

Der Zug hielt an; Reisende stiegen aus, neue ein – hauptsächlich Frauen mit Einkaufstüten und Plastiktaschen, die die Schriftzüge teurer Boutiquen und bekannter Namen der Modewelt trugen. Der Zug nach Emmerich war eine »Nerzlinie«, wie Val die Nachmittagszüge von New York nach Westchester und Connecticut zu nennen pflegte. Joel sah, daß der Mann von der anderen Seite des Mittelgangs die ältere Dame ans Ende der Schlange geführt hatte und ihr noch einmal beflissen die Hand schüttelte, ehe er zu seinem Platz zurückging. Converse wandte das Gesicht wieder dem Fenster zu und schloß die Augen.

»Bitte, könnten wir den Platz tauschen? Dieser Herr ist ein Bekannter von mir. Ich sitze in der nächsten Reihe.«

»Sicher, aber er schläft ja doch nur!«

»Ich wecke ihn«, sagte der Deutsche neben Converse und stand lachend auf. Der Mann von der anderen Seite des Mittelgangs hatte die Plätze getauscht. Er setzte sich neben Joel.

Converse streckte sich, gähnte und hielt sich die linke Hand vor den Mund, während seine Rechte unter sein Jackett nach dem Pistolenkolben griff. Wenn es notwendig sein sollte, würde er diese Waffe seinem neuen und doch irgendwie vertrauten Sitzgefährten zeigen. Der Zug fuhr an, das Fahrgeräusch wurde wieder lauter; das war der Augenblick. Joel drehte sich zu dem Mann herum.

»Ich habe mir schon *gedacht*, daß Sie das sind«, sagte der Mann, offensichtlich ein Amerikaner, und grinste breit.

Converse hatte recht gehabt, an dem korpulenten Mann war irgendein gemeiner Zug; er hörte das in der Stimme, so wie er es schon einmal gehört hatte – nur daß er sich nicht erinnerte, wo das gewesen war. »Sind Sie sicher?« fragte Joel.

»Sicher bin ich sicher. Aber ich wette, Sie sind es nicht, oder?«

»Offen gestanden, nein.«

»Ich helfe Ihnen. Ich kann immer einen alten Yankee entdecken! In all den Jahren, in denen ich jetzt mit meinen Imitationen herumreise, habe ich nur wenige Fehler gemacht.«

»Kopenhagen«, sagte Converse mit einem Anflug von Ekel. Er erinnerte sich, daß er mit dem Mann auf sein Gepäck gewartet hatte. »Und einer Ihrer Fehler war in Rom, als sie einen Italiener für einen Kubaner aus Florida hielten.«

»Sie haben's *erfaßt*! Der Typ hat mich wirklich durcheinandergebracht. Ich hielt ihn für einen Hispano mit 'ner Menge Kies – wahrscheinlich vom Rauschgifthandel. Sie wissen, was ich meine? Sie wissen schon, wie die sich den ganzen Markt von den Keys aufwärts unter den Nagel gerissen haben... Sagen Sie, wie war doch gleich der Name?«

»Rogers«, erwiderte Joel, einfach weil er vor einer Weile an seinen Vater gedacht hatte. »Sie sprechen Deutsch«, fügte er dann hinzu, aber nicht als Frage, sondern als Feststellung.

»Shit, muß ich ja wohl. Westdeutschland ist so ziemlich unser größter Markt. Mein alter Herr war ein Kraut; das war die einzige Sprache, die der beherrscht hat.«

»Was verkaufen Sie denn?«

»Die besten Imitationen auf der Seventh Avenue, aber damit wir uns nicht mißverstehen, ich bin keiner von diesen Judenboys. Nehmen Sie zum Beispiel einen Balenciaga, okay? Ändern Sie ein paar Knöpfe und ein paar Falten und setzen Sie eine Rüsche an, wo der Latino keine hat, und dann verteilen Sie die Muster über die Bronx und Jersey, die untere

Hälfte von Miami und Pennsylvania, wo die ein Etikett wie ›Valenciana‹ hineinnähen. Dann verscheuern Sie den ganzen Mist en gros um ein Drittel des Preises, und alle sind glücklich – mit Ausnahme des Latino natürlich. Aber der kann nichts machen, weil das Ganze zum größten Teil völlig legal ist.«

»Da wäre ich nicht so sicher.«

»*Wir kommen in fünf Minuten in Duisburg an.*«

In Duisburg geschah es.

Zuerst der Tumult, und auch der kam keineswegs plötzlich. Er wuchs an, so wie eine riesige, sich dahinwälzende Woge an Kraft zunimmt, während sie sich einer zerklüfteten Küste nähert, ein getragenes Crescendo, das krachend auf die Felsen niederschmettert. Die Reisenden, die den Zug bestiegen, fingen alle gleichzeitig zu reden an, in erregten Stimmen und mit gestreckten Hälsen, um die Worte eines Fremden zu hören. Einige trugen kleine Transistorradios, die sich manche sogar ans Ohr hielten. Andere hatten ihre Geräte auf volle Lautstärke gedreht, damit die Umgebung mithören konnte. Je überfüllter der Zug wurde, desto lauter wurden die Gespräche, in die sich die schrillen Töne aus den Radios mischten. Ein schmales junges Mädchen, das seine Schulbücher in einer Leinentasche und ein plärrendes Radio in der linken Hand hielt, nahm vor Joel und dem Vertreter Platz. Andere Reisende drängten sich um sie, redeten auf sie ein, forderten sie offenbar auf, das Radio lauter zu stellen.

»Was soll der ganze Lärm?« fragte Converse seinen Nachbarn.

»Augenblick!« erwiderte der Vertreter und lehnte sich mit einiger Mühe vor, erhob sich dann unter noch größerer Mühe von seinem Sitz und sagte: »Lassen Sie mich hören.«

Converse packte den Vertreter am Jackett. »Was soll das – sagen Sie mir doch, was passiert ist?« fragte er eindringlich.

»Dieser Verrückte hat wieder zugeschlagen!... Warten Sie, lassen Sie mich hören.« Wieder waren Störgeräusche zu hören und dann wieder die Stimme des deutschen Senders. Ein Gefühl schrecklicher Angst erfüllte Joel, als wieder deutsche Worte aus dem kleinen Radio hallten, in atemloser Hast gesprochen und ihm völlig unverständlich. Schließlich endete der Sprecher.

»Würden Sie mir *bitte* sagen, was das alles soll?« fragte Converse, darauf bedacht, seine Angst unter Kontrolle zu halten.

»Ja, sicher«, sagte der Dicke und holte ein Taschentuch aus der Brusttasche, mit dem er sich die Stirn abtupfte. »Dieser Militärtyp, der das Hauptquartier in Brüssel unter sich hat...«

»Der Oberste Befehlshaber der NATO«, sagte Joel, dessen Furcht jetzt keine Grenzen mehr kannte.

»Ja, der. Man hat ihn erschossen, ihm mitten auf der Straße eine Kugel durch den Kopf gejagt, als er gerade ein kleines Restaurant in der Altstadt verließ. Er hat übrigens Zivil getragen.«

»Wann?«

»Vor ein paar Stunden.«

»Und wer soll es getan haben?«

»Derselbe Spinner, der diesen Botschafter in Bonn umgelegt hat, der *Verrückte*!«

»Woher wissen die das denn?«

»Die haben seine Pistole.«

»Die was?«

»Die Pistole. Deshalb ist die Nachricht nicht gleich freigegeben worden; sie wollten die Fingerabdrücke in Washington überprüfen. Aber es sind seine, und man nimmt an, daß die ballistische Prüfung ergeben wird, daß es dieselbe Pistole war, mit der dieser, wie heißt er denn gleich, erschossen wurde.«

»Peregrine«, sagte Converse leise, der jetzt ahnte, daß ihm das Schlimmste noch bevorstand.

»Wie haben die denn die Pistole bekommen?«

»Ja, die haben dem Dreckskerl eins verpaßt. Der NATO-Typ hatte einen Leibwächter bei sich, der auf den Spinner geschossen und ihn getroffen hat – man nimmt an, am linken Arm. Als der Spinner sich an den Arm griff, fiel ihm die Pistole aus der Hand. Sämtliche Krankenhäuser und Ärzte sind alarmiert worden und alle Grenzen werden überwacht.

Jeder Amerikaner muß die Ärmel hochkrempeln, und jeder, der ihm auch nur entfernt ähnelt, wird unter die Lupe genommen.«

»Die sind aber gründlich«, sagte Joel, der nicht wußte, was er sonst sagen sollte und nur den Schmerz seiner Wunde spürte.

»Das muß man dem Spinner ja lassen«, fuhr der Vertreter fort und nickte in einer obszön wirkenden Geste des Respekts. »Der hält die von der Nordsee bis zum Mittelmeer auf Trab. Die haben Berichte, wonach man ihn in Flugzeugen in Antwerpen, Rotterdam und hier in Düsseldorf gesehen hat. Von Düsseldorf nach Brüssel sind es nur fünfundvierzig Minuten. Ich habe einen Freund in München, der ein paarmal die Woche nach Venedig fliegt, bloß um dort zu Mittag zu essen. Von einer Stadt zur anderen ist es hier ja nur ein kleiner Sprung. Manchmal vergessen wir das, verstehen Sie.«

»Ja. Kurze Flüge... Haben Sie sonst noch etwas gehört?«

»Die sagten, er könnte nach Paris oder London unterwegs sein, oder vielleicht sogar Moskau. Er könnte ja ein Kommunist sein, wissen Sie? Die überwachen auch die privaten Flugplätze, er könnte ja Freunde haben, die ihm helfen – die richtigen Freunde, hm? Eine richtig vergnügte Gruppe von Spinnern. Die vergleichen ihn sogar mit diesem Carlos, mit dem, den sie den Schakal nennen. Was sagen Sie dazu? Die sagen, wenn er nach Paris fliegt, dann könnten die zwei sich ja zusammentun, dann könnten sie ein richtiges Schützenfest veranstalten. Aber dieser Converse hat sein eigenes Markenzeichen. Er jagt ihnen die Kugeln immer in den Kopf.«

Joels Muskeln spannten sich, und er spürte einen stechenden Schmerz in der Brust. Das war das erstemal, daß ein Fremder seinen Namen so beiläufig ausgesprochen und ihn zum psychopathischen Killer erklärt hatte. Die Generale von Aquitania hatten ihre Arbeit perfekt getan, bis zu seinen Fingerabdrücken auf einer Pistole und einer Fleischwunde am Arm. Aber das *Timing* – wie konnten sie es *wagen*? Woher wußten sie, daß er nicht irgendwo in einer Gesandtschaft um befristetes Asyl bat, bis er seine Verteidigung vorbringen konnte? Wie konnten sie das *Risiko* eingehen?

Und dann begriff er plötzlich, und er mußte die Finger der rechten Hand um sein Handgelenk krampfen, um sich unter Kontrolle zu halten, um seine Panik zu unterdrücken. Sein Anruf bei *Mattilon*! Wie leicht war es möglich, daß Renés Telefon angezapft war, entweder von der Sûreté oder von Interpol. Und wie schnell würden die Informanten von Aquitania die Nachricht verbreiten! O *Gott*! Weder er noch René hatten daran gedacht! Sie *wußten*, wo er war, und wohin er auch ging, die Falle würde zuschnappen! Wie der widerliche Vertreter es so klar formuliert hatte, »von einer Stadt zur nächsten ist es nur ein kurzer Sprung«. Man konnte von München nach Venedig fliegen, um dort Mittag zu essen, und am Nachmittag bereits wieder im Büro sein. Und ebensogut konnte man in Brüssel einen Menschen töten und fünfundvierzig Minuten später im Zug nach Düsseldorf sitzen. Entfernungen wurden hier in halben Stunden gemessen. Von Brüssel aus gesehen, bedeuteten »vor ein paar Stunden« einen weiten Kreis von Städten und etliche Grenzen. Waren die, die ihn jagten, im Zug? Es war möglich. Aber sie konnten unmöglich wissen, welchen Zug er genommen hatte. Leichter und viel weniger zeitraubend würde es sein, in Emmerich auf ihn zu warten. Er mußte nachdenken, mußte sich *bewegen*.

»Entschuldigen Sie mich bitte«, sagte Converse und stand auf. »Ich muß auf die Toilette.«

»Sie haben es gut.« Der Vertreter bewegte seine massigen Beine und hielt seine Hosen dabei fest, während er Joel vorbeiließ. »Ich kann mich kaum in diese engen Schachteln zwängen. Ich gehe immer pinkeln, bevor ich...«

Joel ging müde den Mittelgang hinauf, ein erschöpfter Passagier. Aber der weiße Schlitz unter der Türklinke des WCs zeigte das Wort *Besetzt*. Er wandte sich der Tür zum nächsten Waggon zu, zog sie auf und trat hinaus, ging über die schmale, vibrierende Verbindung zur gegenüberliegenden Türe. Er stieß sie auf, betrat das Abteil aber nicht, sondern machte nur einen Schritt nach vorn, bückte sich dann, drehte sich dabei um und zog sich wieder in den Schatten zurück. Jetzt richtete er sich auf, lehnte sich mit dem Rücken gegen die Wand und schob sich vorsichtig an die Fensterscheibe. In seinem Blick hatte er jetzt den Innenraum des letzten Waggons des Zuges, und wenn er sich umdrehte, konnte er auch den Waggon davor übersehen. Er wartete, beobachtete, drehte sich wieder um und rechnete jeden Augenblick damit, daß jemand seine Zeitung sinken ließ oder ein Gespräch unterbrach und auf seinen leeren Sitz sah.

Doch niemand tat das. Die Aufregung über den Mord in Brüssel hatte sich rasch wieder gelegt, ebenso wie die Erregung, die in Bonn entstanden war, als man in den Straßen erfahren hatte, daß ein Botschafter getötet worden war. Schließlich betraf es diese Menschen eigentlich auch nicht. Ein Amerikaner hatte Amerikaner getötet.

»*Wir kommen in drei Minuten in Wesel an.*«

Mehrere Passagiere in beiden Waggons standen auf, griffen nach ihren Aktenkoffern oder Einkaufstüten und setzten sich in Bewegung. Das Mahlen der Räder auf den Gleisen ließ erkennen, daß sie sich der Station näherten. *Jetzt.*

Joel wandte sich dem Ausgang zu, fand den oberen Riegel, löste ihn, zog die obere Türhälfte zurück; das Brausen des Luftstroms war betäubend. Er fand den Griff des unteren Riegels und packte ihn, bereitete sich darauf vor, ihn zu öffnen, sobald ihre Fahrt genügend langsam geworden war. Nur noch Sekunden. Die Geräusche wurden lauter – da drängten sich die mit scharfer Stimme gesprochenen Worte in sein Bewußtsein, und er erstarrte.

»*Sehr gut* ausgedacht, Herr Converse! Manche gewinnen, manche verlieren. Sie haben *verloren.*«

Joel wirbelte herum. Der Mann, der ihm in dem beengten Raum gegenüberstand, war der Passagier, der in Düsseldorf zugestiegen war, der Mann, der neben ihm gesessen hatte, bis der korpulente Geschäftsmann ihn gebeten hatte, die Plätze zu tauschen. In der linken Hand hielt er in Hüfthöhe eine Pistole, in der rechten seinen Aktenkoffer.

»Sie überraschen mich«, sagte Converse.

»Das will ich hoffen. Ich habe den Zug in Düsseldorf kaum

geschafft. Ach, wie ein Verrückter bin ich durch drei Waggons gelaufen – aber nicht so verrückt wie Sie, ja?«

»Was passiert jetzt? Sie schießen und retten die Welt vor einem Verrückten?«

»Nichts, was so einfach wäre, Pilot.«

»Pilot.«

»Namen sind unwichtig, aber ich bin Oberst in der deutschen Luftwaffe. Piloten töten einander nur in der Luft. Auf dem Boden ist das unwürdig.«

»Sie beruhigen mich.«

»Ich übertreibe auch. Eine falsche Bewegung, und ich bin ein Held des Vaterlandes, der einen verrückten Meuchelmörder in die Enge getrieben und ihn getötet hat, ehe der mich töten konnte.«

Joel bewegte sich vorsichtig rückwärts, bis er die Waggonwand im Rücken spürte. Seine Gedanken arbeiteten fieberhaft. Er hatte keine Wahl, nur die, jetzt zu sterben oder in einigen Stunden. »Ich nehme an, Sie haben sich einen Zeitplan für mich ausgedacht«, sagte er und ließ dabei seinen linken Arm nach vorn fahren, wie um seine Frage zu unterstreichen.

»Ganz sicher haben wir das, Pilot. Wir verlassen den Zug in Wesel, und dann werden wir beide gemeinsam in eine Telefonzelle gehen, wobei ich Ihnen die Pistole gegen die Brust halte. Dann wird uns ein Wagen abholen, und man wird Sie...«

Converse stieß mit dem rechten Ellbogen, den der andere nicht sehen konnte, gegen die Wand. Sein linker Arm blieb offen sichtbar. Aufgeschreckt blickte der Deutsche zur Tür des vorderen Waggons. *Jetzt!*

Joel stürzte sich auf die Waffe, beide Hände griffen nach dem schwarzen Lauf, während er dem Mann das rechte Knie mit aller Kraft in den Unterleib rammte. Als der Deutsche nach hinten fiel, packte er ihn am Haar und schmetterte den Kopf seines Gegners gegen das vorstehende Scharnier der gegenüberliegenden Tür.

Der Kampf war vorüber. Die Augen des Deutschen waren geweitet, erschreckt, glasig. Wieder ein Feind, der tot war, aber dieser Mann war kein unwissender Söldner einer unpersönlichen Regierung gewesen, er war ein Soldat von Aquitania.

Eine korpulente Frau schrie hinter dem Gangfenster, das Gesicht hysterisch verzerrt, den Mund weit aufgerissen.

»Wesel...!«

Der Zug hatte seine Fahrt verlangsamt, und andere erregte Gesichter erschienen am Fenster, versperrten denen, die aussteigen wollten, den Weg.

Converse warf sich gegen die Tür, packte den Riegel und riß ihn auf, schmetterte die Tür gegen die Waggonwand. Unter ihm waren die Stufen, dahinter Kies und Teer. Er holte tief Luft und stürzte sich hinaus. Im Fallen krümmte er sich zusammen, um den Aufprall zu mildern. Dann überschlug er sich wieder und wieder...

23

Er prallte von einem Steinbrocken zurück in ein Gebüsch. Nesseln und Äste strichen ihm über das Gesicht und verbrannten ihm die Hände. Sein Körper fühlte sich wie ein einziger Bluterguß an, die Wunde an seinem linken Arm brannte und war feucht, aber jetzt war nicht die Zeit, um an den Schmerz zu denken. Er mußte hier weg; in wenigen Minuten würde es hier von Männern wimmeln, die ihn suchten, die den Mörder eines Offiziers der deutschen Luftwaffe suchten. Es bedurfte keiner besonderen Phantasie, um sich auszumalen, was als nächstes geschehen würde. Man würde die Passagiere verhören – darunter auch einen Geschäftsmann, und plötzlich würde jemand eine Zeitung in der Hand halten. Man würde ein bestimmtes Foto genauer betrachten und die entscheidende Verbindung herstellen. Ein verrückter Mörder, den man zuletzt in einer Seitengasse in Brüssel gesehen hatte, war nicht nach Paris, London oder Moskau unterwegs. Er befand sich in einem Zug, den er in Bonn bestiegen hatte und der durch Köln, Düsseldorf und

Duisburg gerollt war – und jetzt hatte der Wahnsinnige wieder getötet in einer Stadt, die Wesel hieß...

Plötzlich hörte er den schrillen Ton eines Zugsignals. Er sah den kleinen Hügel zu den Gleisen hinauf; ein Zug, der in südlicher Richtung fuhr, rollte mit wachsender Geschwindigkeit aus der ein paar hundert Meter entfernten Station. Sein *Hut*. Er lag umgedreht, etwas weiter den Hügel hinauf. Joel kroch aus dem Gebüsch heraus, richtete sich taumelnd auf und lief los. Den Teil seines Bewußtseins, der ihm sagte, daß er sich nicht bewegen konnte, beachtete er einfach nicht. Er schnappte sich den Hut und begann, nach rechts zu rennen. Der Zug raste vorbei; er rannte den Abhang hinauf, quer über die Gleise, auf ein altes Gebäude zu, das allem Anschein nach verlassen war. Die meisten Fensterscheiben des Hauses waren zerschlagen. Dort würde er ein paar Augenblicke Ruhe finden, aber nicht länger; dazu war das Gebäude ein zu auffälliges Versteck. In zehn oder fünfzehn Minuten war es vielleicht schon umstellt, von Männern mit Schußwaffen an jedem Ausgang.

Er versuchte verzweifelt sich zu erinnern. Wie hatte er es das letztemal geschafft? Wie war er den Streifen in den Dschungeln von Phu Loc entkommen?... Aussichtspunkte! Man mußte sich einen Ortsvorteil verschaffen, an einen Platz gelangen, wo man sie sehen konnte, aber selbst nicht gesehen wurde! Aber im Dschungel hatte es hohe Bäume gegeben, und er war damals jünger und kräftiger gewesen, hatte klettern können und sich hinter dem grünen Laubwerk versteckt. Aber hier, am Rand eines Bahnhofs gab es nichts dergleichen... Oder vielleicht doch! Rechts von dem Gebäude war eine Mülldeponie, wo Erde und Abfälle aufgehäuft waren; das war seine einzige Wahl.

Mit schmerzenden Armen und Beinen lief er stöhnend auf den letzten Abfallberg zu. Als er ihn erreichte hatte, lief er um ihn herum, um von hinten hinaufzuklettern. Immer wieder glitten seine Füße in der weichen Erde und den Abfällen aus; dafür lenkte der übelkeitserregende Gestank seine Gedanken von seinen Schmerzen ab. Unermüdlich kroch er weiter und arbeitete sich mit Händen und Füßen in die Höhe. Wenn es sein mußte, wollte er sich sogar in der stinkenden Masse eingraben. Für das Überleben gab es keine Regeln, und wenn er sich auf diese Weise vor dem Kugelhagel bewahren konnte, der seinem Leben ein Ende setzen sollte, war der Abfallhaufen das beste Versteck.

Jetzt hatte er den höchsten Punkt des Müllberges erreicht und preßte sich gegen den Boden. Schweiß rann ihm über das Gesicht und brannte in den Abschürfungen, die er sich zugezogen hatte. Sein Atem ging unregelmäßig, und er zitterte von der ungewohnten Anstrengung seiner Muskeln und vor Furcht. Er blickte auf die Rangierstrecke hinunter, dann hinüber zum Bahnhof. Der Zug hatte angehalten, und der Bahnsteig war mit Leuten gefüllt, die verwirrt durcheinanderliefen. Ein paar uniformierte Männer riefen Befehle und versuchten, etwas Ordnung in die Reisenden zu bringen. Offenbar wollte man die Leute aus den zwei Waggons, zwischen denen sich der Mord ereignet hatte, von den anderen trennen. Auf dem Parkplatz vor dem Bahnhofsgebäude war ein grün-weiß gestreifter Polizeiwagen mit kreisendem Blaulicht zu erkennen. In der Ferne war eine Sirene zu hören, und Sekunden später schoß eine weiße Ambulanz auf den Parkplatz, machte mit kreischenden Reifen kehrt und raste rückwärts auf den Bahnsteig zu. Die beiden hinteren Türen öffneten sich, zwei Sanitäter sprangen mit einer Trage heraus, ein Polizeibeamter rief ihnen etwas zu und gestikulierte wild. Die Sanitäter rannten die Treppe hinauf und folgten ihm.

Ein zweiter Streifenwagen schoß heran und bremste scharf neben der Ambulanz. Zwei Polizeibeamte stiegen aus und gingen die Treppen hinauf; der Offizier, der die Sanitäter eingewiesen hatte, begrüßte die Polizisten; er hatte zwei Zivilisten neben sich, einen Mann und eine Frau. Die fünf sprachen miteinander, und kurz darauf kehrten die zwei Streifenbeamten zu ihrem Fahrzeug zurück. Der Fahrer setzte zurück und bog nach links, ließ den Motor aufheulen und raste auf die Südecke des Parkplatzes zu, direkt auf die Stelle, wo Converse sich verbarg. Wieder hielten sie an und stiegen aus, jetzt mit gezogenen Waffen; sie rannten über die Gleise, den Schotterabhang hinunter. In wenigen Minuten würden sie zurück sein, dachte Joel und preßte sich noch tiefer in den stinkenden Unrat. Jetzt würden sie gleich das verlassene Gebäude durchsuchen, vielleicht Hilfe herbeirufen. Aber über kurz oder lang würden sie sich auch für die Müllkippe interessieren.

Converse sah sich um; da war eine Zufahrt mit schweren Radspuren, die zu einem hohen Drahtzaun führte, und ein Tor, das mit einer dicken Kette versperrt war. Jemand, der über die Zufahrt rannte und an dem Zaun hochkletterte, würde auffallen; er mußte bleiben, wo er war. Der Müllberg war immer noch seine beste Zuflucht.

Ein Geräusch riß ihn aus seinen Überlegungen... ein Geräusch, wie er es erst kurz zuvor gehört hatte. Zu seiner Rechten, auf dem Parkplatz. Ein dritter Streifenwagen kam mit heulender Sirene herangerast, aber er steuerte nicht auf die Ambulanz und den ersten Polizeiwagen am Bahnsteig zu, sondern bog nach links in Richtung auf den grün-weißen Wagen am Südende des Parkplatzes. Die zwei Beamten hatten über Funk Hilfe angefordert. Joel spürte ein betäubendes Gefühl der Verzweiflung. Dort warteten seine Henker. In dem dritten Wagen war nur ein Mann... oder war da noch jemand? Drehte der Polizist sich nach hinten, um etwas zu sagen? Nein, offenbar löste er nur seinen Sicherheitsgurt.

Ein grauhaariger uniformierter Mann stieg aus, sah sich um und ging dann mit schnellen Schritten auf die Gleise zu. Er überquerte sie, blieb oben am Abhang stehen und rief den Beamten über das braune, von der Sonne verbrannte Gras etwas zu. Converse hatte keine Ahnung, was der Mann sagte, aber die Szene wirkte merkwürdig.

Die zwei Polizisten kamen zurückgelaufen, ihre Waffen hatten sie wieder in die Gürtelhalfter gesteckt. Es kam zu einem kurzen, hitzigen Wortwechsel. Der Ältere wies auf eine Stelle im Süden der Müllkippe; seiner Lautstärke nach zu schließen, erteilte er Befehle.

Die jüngeren Polizisten liefen über die Gleise zurück zu ihrem Wagen, ihr Vorgesetzter folgte ihnen langsam. Sie rissen die Türen auf, sprangen hinein und schossen aus dem

Parkplatz heraus. Der ältere Mann stand jetzt neben seinem Wagen, machte aber keine Anstalten, einzusteigen. Statt dessen schien er zu sprechen; zumindest bewegten sich seine Lippen, und fünf Sekunden später öffneten sich die hinteren Wagentüren, und zwei Männer stiegen aus. Einen davon kannte Converse gut, seine Waffe steckte in seiner Tasche. Es war Leifhelms Chauffeur. Er trug einen Verband am Kopf und ein Pflaster auf der Nase. Er zog eine Waffe und erteilte dem anderen Mann einen Befehl. Seine Stimme war die eines verletzten, wütenden Frontsoldaten.

Peter Stone verließ das Hotel in Washington. Er hatte dem jungen Lieutenant von der Navy und dem älteren Captain von der Army gesagt, daß er am Morgen mit ihnen Verbindung aufnehmen würde. *Kinder*, dachte er. Idealistische Amateure waren das schlimmste, weil ihre Selbstgerechtigkeit meist nur von ihrer Ungeschicklichkeit übertroffen wurde. Die kindische Abneigung, die sie für jegliche Art von Täuschungsmanöver empfanden, ließ sie meist einfach nicht erkennen, daß man kompromißlos und konsequent handeln mußte, wenn man überhaupt eine Chance haben wollte.

Stone stieg in ein Taxi – seinen eigenen Wagen ließ er in der Tiefgarage – und gab dem Fahrer die Adresse eines Apartmenthauses an der Nebraska Avenue.

Die *Kinder. Herrgott!* Sie hatten so recht. Das, was sie empfanden, war genau richtig, aber was sie nicht begriffen, war, daß sie, wenn sie die George Marcus Delavanes von heute angriffen, einen Krieg in allen Schattierungen der Brutalität führen mußten, weil diese Männer nur so zu kämpfen verstanden. Rechtschaffenheit allein genügte nicht, es mußte die Bereitschaft dazukommen, auch in die Gosse hinabzusteigen, wenn dies notwendig war, und keine Gnade zu suchen, weil niemand Gnade erweisen würde. Dies war das letzte Fünftel des zwanzigsten Jahrhunderts, und die Generale setzten alles auf eine Karte, ihr Verfolgungswahn ließ ihnen keine andere Wahl mehr.

Stone hatte das seit Jahren kommen sehen, und es gab Zeiten, wo er nahe daran gewesen war zu applaudieren und seine Seele zu verkaufen. Strategien waren gescheitert – Männer getötet worden –, und alles nur wegen unsinniger bürokratischer Hemmnisse, die ihren Grund in Gesetzen und einer Verfassung hatten, die zu einer Zeit erlassen worden waren, als noch niemand an etwas wie Moskau gedacht hatte. Die verrückten Delavanes dieses Planeten – dieses Teils des Planeten – hatten eine Reihe ganz plausibler Gründe auf ihrer Seite. Vor Jahren hatte es in der Firma genügend Leute gegeben, die daraus kein Hehl machten. Sie sagten: Laßt uns doch die Atomanlagen in Taschkent und Tselinograd *bombardieren*! Jagen wir doch Chengdu und Shenyang in die Luft! Geben wir ihnen keine Chance zum ersten Schlag! Wir haben Verantwortungsbewußtsein, die *nicht*!

Ob es besser für die Welt gewesen wäre?

Doch morgens war Peter dann jedesmal wieder aufgewacht, und jener Teil seiner Seele, den er nicht verkauft hatte, sagte ihm, nein, das können wir nicht tun, das dürfen wir nicht tun. Es mußte einen anderen Weg geben, einen Weg ohne Konfrontation, ohne den Tod Tausender. Und an jene Alternative klammerte er sich immer noch, wenn er heute die Delavanes nicht mehr einfach abtun konnte, nicht mehr wußte, wo die Reise hinging.

Wo *seine* Reise hinging, wußte er – seit Jahren –, deshalb hatte er sich diesen *Kindern* angeschlossen. Ihre Selbstgerechtigkeit war in Ordnung, ebenso wie ihr Widerwille. Er hatte das alles schon oft genug und an zu vielen Orten erlebt – immer an den Extremen des politischen Spektrums. Die Delavanes des Planeten wollten jeden in einen Roboter verwandeln. Und in vieler Hinsicht war der Tod dem vorzuziehen.

Stone sperrte die Wohnungstüre auf, schloß sie hinter sich wieder, zog sein Jackett aus und bereitete sich den einzigen Drink, den er sich an diesem Abend gestatten würde. Er ging zu dem Ledersessel neben dem Telefon und setzte sich. Dann trank er und stellte das Glas neben die Lampe auf den Tisch. Er hob den Hörer ab und wählte sieben Zahlen, dann noch drei und eine weitere. Ein ganz schwacher Wählton trat an die Stelle des üblichen Wählgeräusches, und er wählte noch einmal. Alles war in Ordnung. Das Gespräch wurde über ein diplomatisches Zerhackerkabel des KGB auf einer Insel in der Meerenge von Cabot, südöstlich von Neufundland, geleitet. Nur der Dscherschinsky-Platz würde verwirrt sein. Peter hatte sechs Negative für diesen Kanal bezahlt. Es klingelte fünfmal, ehe sich eine Männerstimme in Bern meldete.

»*Allo?*«

»Ihr alter Freund von Bahrain spricht, der Verkäufer in Lissabon und Käufer auf den Dardanellen. Muß ich *Dixie* singen?«

»Das ist ja *niicht zu glauuben*«, sagte der Mann in Bern und dehnte seine Worte, wie man im tiefen Süden Amerikas spricht. Den Versuch, französisch zu klingen, gab er sofort auf. »Das reicht ja weit zurück, wie?«

»Allerdings.«

»Ich höre, daß Sie jetzt einer von den Bösen sind.«

»Ungeliebt, ohne Vertrauen, aber immer noch geschätzt«, sagte Stone. »Das ist exakter. Die Firma würde mich um nichts in der Welt mehr anfassen, hat aber genügend unfreundliche Typen in der Stadt, die mir ziemlich regelmäßig eine Beratung zukommen lassen. Ich war nicht so schlau wie Sie. Keine Depots vom großen Bruder auf einem Schweizer Konto.«

»Wie ich hörte, hatten Sie ein Problem mit dem Alkohol.«

»Ein ziemlich großes sogar, aber das ist vorbei.«

»Man sollte nie mit Leuten, die schlimmer sind als man selbst, über die eigene Freigabe verhandeln, wenn man nicht ins Röhrchen pusten kann. Man muß denen Angst machen, nicht sie zum Lachen bringen.«

»Das habe ich auch festgestellt. Ich höre, Sie befassen sich auch mit Beratungen.«

»Nur in ziemlich beschränktem Maße und nur mit Klienten, die vor dem großen Bruder bestehen könnten. Das ist die Vereinbarung, und daran halte ich mich. Wenn nicht, dann wird irgendein Typ mit Revolver eingeflogen, und schon liege ich unter der Erde.«

»Wo Ihnen die Drohungen nichts mehr nützen«, führte der Zivilist den Satz für ihn zu Ende.

»So sieht's aus, lieber Freund. Das ist unsere kleine *détente*.«

»Würde ich den Test bestehen? Ich gebe Ihnen mein Wort, daß ich mit guten Leuten arbeite. Sie sind jung, einer interessanten Sache auf der Spur und denken sich nichts Böses, was unter den vorliegenden Umständen nicht gerade eine Empfehlung ist. Aber deutlicher kann ich nicht werden. Um Ihretwillen ebensowenig wie um meiner selbst willen und wegen dieser Leute. Reicht das?«

»Wenn die Beratung nicht draußen im Weltraum stattfindet, dann ist das mehr als genug. Das wissen Sie auch. Sie haben mich gerettet, bloß daß Sie vorhin die Reihenfolge verdreht haben. In den Dardanellen und in Lissabon haben Sie mich rausgeholt, ehe die mit ihren Revolvern kamen. Und in Bahrain haben Sie einen Bericht wegen eines verschwundenen Honorarfonds neu geschrieben – sonst hätten die mich wahrscheinlich fünf Jahre in Leavenworth eingebuchtet.«

»Sie waren zu wertvoll, als daß wir uns leisten konnten, Sie wegen einer kleinen Indiskretion zu verlieren. Außerdem waren Sie nicht der einzige, man hat Sie nur erwischt – oder beinahe erwischt.«

»Wie dem auch sei, ›Johnny Reb‹ steht in Ihrer Schuld. Worum geht es?«

Stone griff nach seinem Glas und trank einen Schluck. Als er weitersprach, wählte er seine Worte mit aller Sorgfalt. »Einer unserer Kommandeure ist verschwunden. Ein Problem von Navy und SAND PAC. Die Leute, mit denen ich zusammen bin, möchten, daß nichts davon herauskommt. Washington soll nichts erfahren.«

»Und das gehört zu dem, was Sie mir nicht sagen können«, sagte der Südstaatler. »Okay, SAND PAC – das ist San Diego und ein gutes Stück westlich davon bis zur Datumsgrenze, stimmt's?«

»Ja, aber das hat nichts zu sagen. Er ist der leitende Anwalt dort draußen – oder vielleicht muß man jetzt schon sagen, er *war* es. Wenn das nicht der Fall ist, wenn es ihn noch gibt, ist er näher bei Ihnen als bei mir. Nur, wenn ich ein Flugzeug besteige, dann bringt mein Paß die Computer zum Durchglühen, und das geht natürlich nicht.«

»Und das gehört auch zu dem, was Sie mir nicht sagen können.«

»Richtig.«

»Was *können* Sie mir denn sagen?«

»Kennen Sie die Botschaft in Bonn?«

»Ich weiß, daß sie Schwierigkeiten hat. Ebenso wie die Sicherheitseinheiten in Brüssel. Dieser Spinner legt ja eine ganz schöne Spur. Was ist mit Bonn?«

»Unser Mann ist zuletzt dort gesehen worden.«

»Er hat etwas mit diesem *Converse* zu tun?«

Steve machte eine Pause. »Sie können sich wahrscheinlich mehr zusammenreimen als für irgendeinen von uns gut ist, aber im Prinzip läuft das Szenario auf folgendes hinaus: Unser Marineoffizier hat sich sehr aufgeregt. Sein Schwager – der übrigens auch sein nächster Freund war – ist in Genf ermordet worden...«

»Gar nicht so weit von mir«, unterbrach ihn der Verbannte in Bern. »Der amerikanische Anwalt, dessen Tod auch auf das Konto dieses Converse geht. Zumindest habe ich das so gelesen.«

»Das hat unser Offizier auch geglaubt. Wie oder von wem er die Information bekam, weiß niemand, aber offenbar hat er in Erfahrung gebracht, daß Converse nach Bonn unterwegs war. Er ließ sich Urlaub geben, um sich auf seine Spur zu setzen.«

»Lobenswert, aber dumm«, sagte der Südstaatler. »Ein Lynchkommando, das aus einem einzigen Mann besteht?«

»Das nicht. Wir haben Grund zu der Annahme, daß er die Botschaft aufsuchte, zumindest traf er sich mit jemandem *von* der Botschaft, um zu erklären, was er wolle. Vielleicht sogar, um sie zu warnen, wer weiß? Der Rest spricht für sich selbst. Dieser Converse hat zugeschlagen, und unser Offizier ist verschwunden. Wir würden gerne herausfinden, ob er noch lebt oder ob er bereits tot ist.«

Diesmal machte der Südstaatler eine Pause, aber seine Atemzüge waren deutlich durch die Leitung zu hören.

Schließlich antwortete er: »Lieber Freund, Sie müssen mir einfach ein wenig mehr verraten.«

»Ich bin gerade im Begriff, das zu tun, General Lee.«

»Sehr aufmerksam.«

»Es gibt da ebenfalls eine Verbindung. Wenn Sie Lieutenant Commander in der Navy wären und jemanden in der Botschaft in Bonn erreichen wollten, jemanden, der Ihnen die Aufmerksamkeit widmen würde, die Ihrem Rang zukommt, wen würden Sie da anrufen?«

»Den Militärattaché, wen sonst?«

»Genau das ist der Mann. Er ist unter anderem auch ein Lügner, aber das hat hier jetzt nichts zu sagen. Unserer Ansicht nach hat der Offizier mit ihm gesprochen, und der Attaché hat ihn abgewimmelt, ihm nicht einmal einen Gesprächstermin mit Botschafter Peregrine verschafft. Und als es dann passierte, hat er, um seinen Arsch zu retten... Nun, die Menschen tun manchmal seltsame Dinge.«

»Was Sie da andeuten, klingt verdammt seltsam.«

»Trotzdem bleibe ich dabei«, sagte der Zivilist.

»Okay, wie heißt er?«

»Washburn. Er ist...«

»*Norman* Washburn?! Major Norman Anthony Washburn?«

»Das ist er.«

»Jetzt weichen Sie mir bloß nicht aus. Washburn war in Beirut, dann in Athen und anschließend in Madrid. Und überall hat er sich bei der Firma unbeliebt gemacht! Für eine gute Beurteilung würde der seine Frau Mama an die Wand nageln. Er ist überzeugt, daß er mit fünfundvierzig zu den Vereinigten Stabschefs gehören wird – und darauf arbeitet er hin.«

»Mit fünfundvierzig?«

»Ich hatte die letzten Jahre keine Verbindung mehr mit ihm gehabt, aber er ist bestimmt nicht älter als sechsunddreißig, siebenunddreißig. Das letzte, was ich hörte, war, daß er wieder befördert werden sollte. Alle *lieben* ihn!«

»Er ist ein Lügner«, antwortete der Zivilist in der schwach beleuchteten Wohnung an der Nebraska Avenue und trank wieder einen Schluck Bourbon.

»Sie wissen also mehr?«

»Richtig.«

»Und dürfen auch darüber nichts sagen.« Das war eine Feststellung, keine Frage.

»Auch richtig.«

»Sind Sie ganz sicher?«

»Ein Irrtum ist unmöglich. Er muß wissen, wo der SAND PAC-Anwalt ist – falls er noch lebt.«

»Herrgott! Worauf habt ihr Nordstaatler euch da wieder eingelassen?«

»Wollen Sie die Spur aufnehmen? Angefangen mit gestern?«

»Mit dem größten Vergnügen. Wie wollen Sie's denn haben?«

»In der Grauzone. Nur Worte, die wie Nadeln stechen – das ist wichtig. Er muß aufwachen und glauben, daß er sich den Magen verdorben hat.«

»Frauen?«

»Ich weiß nicht. Da können Sie wahrscheinlich mehr herausbekommen als ich. Würde er sein Image riskieren?«

»Bei den zwei oder drei *Fräuleins*, die ich in Bonn habe, würden selbst Jesuiten ihren Ordenseid aufs Spiel setzen. Wie heißt der Gesuchte bitte?«

»Fitzpatrick, Lieutenant Commander Connal Fitzpatrick... Und, Onkel Remus, was auch immer Sie hören, geben Sie es nur mir weiter. Sonst niemandem. *Niemandem.*«

»Und das ist das letzte Stück von dem, was Sie mir nicht sagen dürfen, stimmt's?«

»Richtig.«

»Ich habe mich schon darauf eingestellt. Ein Ziel und nur eine Person. Keine Neugierde und keine Abschweifungen, nur ein Tonbandgerät in meinem Kopf oder in der Hand.«

Wieder machte Stone eine Pause und pfiff nur leise vor sich hin, um das Schweigen zu füllen. *»Tonband...?«* Dann sprach er weiter. »Das ist gar keine schlechte Idee. Ein Minigerät natürlich.«

»Natürlich. Diese kleinen Biester sind heute so winzig,

daß man sie an den verrücktesten Stellen verstecken kann. Wo kann ich Sie erreichen? Mein Federkiel wartet.«

»Die Vorwahl ist Acht-null-vier.« Der ehemalige CIA-Mann gab dem Mann in Bern eine Telefonnummer in Charlotte, North Carolina. »Eine Frau wird sich melden. Sagen Sie ihr, Sie gehörten zur Tatiana-Familie, und hinterlassen Sie eine Nummer.«

Merkwürdig, dachte Peter Stone. Seit Jahren hatte er die *Tatiana-Familie* nicht mehr benutzt.

Joel beobachtete aus seinem Versteck auf dem Müllberg, wie Leifhelms Chauffeur und sein Begleiter sich dem leerstehenden Bau näherten. Sie waren unübersehbar erfahrene Leute. Abwechselnd übernahm einer die Spitze und wartete dann hinter ein paar Fässern, bis der andere ihm gefolgt war. Fast gleichzeitig erreichten sie die zwei Türen des Gebäudes, die beide nur lose in den Angeln hingen. Der Chauffeur machte ein Zeichen mit seiner Waffe, und beide Männer verschwanden im Haus.

Wieder sah Converse hinter sich. Der Zaun war vielleicht zweihundert Meter entfernt. Konnte er die stinkende Abfallhalde hinunterrutschen, zu dem Drahtzaun laufen und ihn überklettern, bevor die beiden wieder aus der Ruine herauskamen? *Warum nicht? Versuchen* konnte er es! Er stemmte sich hoch, spürte, wie seine Hände in den Unrat einsanken, drehte sich nach rechts und warf sich nach unten.

Plötzlich war in der Ferne ein Krachen zu hören, dann ein Schrei. Joel hielt sofort inne und kroch die drei Meter wieder zurück, die er auf dem Weg nach unten bereits zurückgelegt hatte. Der Chauffeur kam aus der Türe geeilt und hetzte auf die Ecke zu, wo sein Begleiter das Haus betreten hatte. Seine Waffe hielt er schußbereit in der Hand. Vorsichtig näherte er sich der Tür, sah dann anscheinend etwas im Schatten und stieß einen Fluch aus. Sekunden darauf kam er wieder aus dem Haus und stützte den anderen Mann. Offenbar war eine Treppe eingestürzt. Der zweite Mann hielt sich ein Bein und hinkte.

Vom Bahnhof ertönten zwei laute Huptöne. Der Bahnsteig

war leer, die Passagiere hatten den Zug wieder bestiegen; die Panik hatte sich gelegt. Der Zug würde seine Reise fortsetzen und versuchen, die Verspätung aufzuholen. Der letzte Polizeiwagen und der Krankenwagen waren verschwunden.

Vor der Ruine schlug der Chauffeur ein paarmal wütend auf seinen Begleiter ein und stieß ihn zu Boden. Der Mann richtete sich mühsam wieder auf, gestikulierte wild und flehte den anderen offenbar an, ihn in Ruhe zu lassen. Der Chauffeur ließ auch von ihm ab und wies ihn offenbar an, zwischen dem Gebäude, der Müllhalde und dem Zaun Position zu beziehen. Als der Mann dort angelangt war, drehte sich der Chauffeur um und betrat erneut die Ruine.

Es verstrich eine halbe Stunde. Tiefhängende Wolken schoben sich im Westen vor die Sonne und warfen lange Schatten über das Bahnhofsgelände. Schließlich tauchte der Chauffeur wieder auf. Einen Augenblick lang stand er vor der Ruine und blickte in westlicher Richtung über die Gleise zu der Grasfläche dahinter. Dann drehte er sich um und starrte die Müllberge an. Jetzt schien er eine Entscheidung getroffen zu haben.

»Rechts über Ihnen«, schrie er seinen Begleiter an und wies auf den zweiten Müllberg. »Hinter Ihnen!«

Joel arbeitete sich seitwärts wie eine in Panik geratene Sandkrabbe die Müllhalde herunter. Auf halbem Weg blieb er mit der linken Hand hängen. Er zerrte an dem, was ihn festhielt, bekam die Hand frei und wollte das, was ihn behindert hatte, schon wegwerfen, als er bemerkte, daß es ein Stück Elektrokabel war. Er wickelte es zusammen, behielt es in der Hand und rutschte weiter hangabwärts. Zwei Meter über dem Boden fing er an, wie ein Hund zu graben, stieß mit den Füßen ein paarmal in den Unrat und die lockere Erde und wühlte sich in die eklige Masse hinein. Schließlich bedeckte er auch noch seinen Kopf mit Müll. Der Gestank war überwältigend, und er spürte, wie kleine Insekten in seine Kleider eindrangen und über seine Haut krochen. Aber das Versteck verbarg ihn vollständig, dessen war er sicher. Er begann zu begreifen, was sein fieberhaft arbeitender Verstand ihm klarzumachen versuchte. Er war wieder im

Dschungel: er bereitete sich darauf vor, von einem unsichtbaren Ort aus einen Gegner anzugreifen.

Minuten verstrichen. Die Schatten wurden länger und lösten sich schließlich ganz in der Dunkelheit auf, als die Sonne hinter dem Horizont versank. Converse blieb reglos liegen, wo er war. Jeder Muskel war angespannt, und er biß die Zähne zusammen, um sich davon abzuhalten, mit den Armen um sich zu schlagen und sich zu kratzen. Aber er wußte, daß er sich nicht bewegen durfte. Jeden Augenblick konnte es jetzt soweit sein. Jede Sekunde.

Das Vorspiel kam. Der hinkende Mann tauchte auf, musterte den Hügel aus Abfall und Dreck, kniff die Augen zusammen und hielt dabei die Waffe schußbereit vor sich. Langsam trat er zur Seite, vorsichtig, kein Risiko eingehend. Jetzt ging er direkt vor Joel vorbei, die ausgestreckte Pistole höchstens einen Meter von Joels Gesicht entfernt. Noch ein Schritt... *Jetzt!* Joel machte einen Satz, packte die Waffe am Lauf, drehte sie herum und riß sie nach unten. Während der Deutsche nach vorne stürzte, schlug Converse ihm das Knie gegen das Nasenbein. Der Mann war starr vor Entsetzen und Schrecken, daß ihm der Schrei in der Kehle steckenblieb. Die Waffe wirbelte davon. Der Mann taumelte und setzte erneut zu einem Schrei an, als Joel sich wieder auf ihn stürzte, das Kabel in beiden Händen. Er streifte es dem Deutschen über den Kopf und zog es ihm straff um den Hals. Der Feind mußte sterben, weil der Feind ihn töten wollte! So einfach war das. Nein, so einfach war das *nicht*. Dies war ein Soldat von Aquitania, *Abschaum* von Aquitania. Er tötete auf Befehl – er befolgte *Befehle*! Er würde nie wieder töten.

Der Mann erschlaffte. Converse beugte sich über ihn und wollte ihn schon mit Unrat bedecken. Doch es mußte eine andere Möglichkeit geben, eine Möglichkeit, die er auch schon vor hundert Jahren gewählt hatte, damals im Dschungel mit einem anderen Gegner. Er sah sich um; vielleicht dreißig Meter zu seiner Rechten war ein Stapel alter Eisenbahnschwellen, einige zerbrochen... sie bildeten eine niedrige Wand. Eine *Wand*.

Es war riskant. Wenn Leifhelms Chauffeur die erste Müllhalde inzwischen überprüft hatte und jetzt aus welcher Richtung auch immer auf die zweite zuging, mußte er Joel sofort sehen. Der Mann war aus zwei Gründen zu dem Zug geschickt worden, einmal, weil er den Gesuchten vom Ansehen kannte, und zum anderen, weil der, den sie suchten, ihn entehrt hatte. Joels Leiche würde seine Ehre wiederherstellen. Ein solcher Mann war vermutlich ein Experte im Umgang mit Waffen... was der, den sie jagten, nicht war. Doch warum sich den Kopf zerbrechen! Seit Genf war *alles* riskant, ein Spiel gegen den Tod.

Er packte die Leiche des Deutschen unter den Achseln und zerrte sie schwer atmend hinter sich her.

Hinter den Eisenbahnschwellen ließ er den Toten fallen. Und ohne nachzudenken, tat Converse das, was er schon seit einer Ewigkeit hatte tun wollen. Im Schutz der Schwellen riß er seine Jacke und sein Hemd herunter und wälzte sich wie ein Hund auf dem Boden, um sich von den Insekten zu befreien. Dann kroch er zwischen die Eisenbahnschwellen und fand zwischen zwei Stapeln ein Versteck.

»Werner, wo sind Sie?«

Leifhelms Chauffeur tauchte auf. Vorsichtig, die Waffe im Anschlag, erschien er hinter dem zweiten Müllhaufen. Ein Soldat, der den Streifendienst gewöhnt war. Converse überlegte, wieviel besser es doch für die Welt wäre, wenn er selbst ein Meisterschütze wäre. Aber das war er nicht. Bei der Pilotenausbildung hatte er nur den üblichen Kurs für Handfeuerwaffen gemacht. Der zweite Soldat von Aquitania mußte also viel näher herangelockt werden.

»Werner! Antworten Sie doch!«

Schweigen.

Der Chauffeur war beunruhigt; er ging ein paar Schritte zurück, duckte sich jetzt, suchte den Müllhaufen ab und drehte immer wieder den Kopf. Joel wußte, was er tun mußte; er hatte es schon einmal getan. Er mußte die Aufmerksamkeit des Killers ablenken, ihn näher heranlocken und sich dann entfernen.

»Auuuu...!« Converse gab ein Stöhnen von sich. Und dann, ganz deutlich, in englischer Sprache: »Oh, my *God*!«

Und dann huschte er geduckt ans Ende der künstlichen Mauer aus Holzschwellen. Er spähte um die Barriere herum, hielt dabei den Kopf aber in Deckung.

»Werner, wo ist...!« Der Deutsche stand jetzt aufrecht da und ließ seinen Blick schweifen. Plötzlich fing er zu laufen an, die Waffe ausgestreckt und scheinbar erleichtert, daß sein Opfer ihm selbst den Weg gewiesen hatte.

Der Chauffeur sprang über die Schwellen, die Waffe schußbereit. Dann feuerte er auf die Leiche, die im Dunkeln lag, und stieß dabei einen Schrei befriedigter Rachsucht aus.

Joel richtete sich auf, zielte mit seiner Automatik und drückte einmal ab. Der Deutsche wirbelte herum, und ein Blutfaden rann über seine Brust.

»Manche gewinnen«, flüsterte Converse und richtete sich auf. Er erinnerte sich an den Mann im Zug nach Emmerich.

Das Grün hatte sich in einen Sumpf verwandelt. Converse hielt seine Kleider in den Armen. Er war über die Gleise gestolpert, dann durch das wilde Gras in die schlammige Feuchtigkeit. Es war Wasser, und das war alles, was er brauchte. Wasser würde ihn säubern, ihm eine Fluchtmöglichkeit bieten und zugleich Linderung – auch das waren Lektionen, die er vor Jahren gelernt hatte. Er saß nackt auf einem Landvorsprung, nahm den hinderlichen Geldgurt ab und fragte sich, ob die Banknoten wohl naß geworden waren. Doch so sehr, daß er nachgesehen hätte, interessierte ihn das nicht.

Was ihn hingegen interessierte, waren die Sachen, die er den beiden Männern abgenommen hatte. Er war nicht sicher, was Wert hatte und was nicht. Das Geld war belanglos, mit Ausnahme der kleinen Scheine. Dann fand er ein gefährlich aussehendes Messer, dessen lange Klinge vorschnappte, wenn man einen Knopf am Griff drückte. Er behielt es. Ebenso ein billiges Gasfeuerzeug, einen Kamm und zwei Pastillen gegen schlechten Atem. Der Rest waren persönliche Habseligkeiten – Schlüssel, ein goldenes Amulett in Form eines vierblättrigen Klees... Fotografien in den Brieftaschen – er wollte sie nicht sehen. Der Tod machte Freund und Feind gleich. Das einzige, was ihn interessierte, waren die Kleider. *Sie* waren seine Möglichkeit, eine, die er schon vor einem ganzen Leben im Dschungel genutzt hatte. Damals hatte er sich in die zerfetzte Uniform eines Feindes gezwängt, und man hatte zweimal nicht auf ihn geschossen, als er entdeckt worden war. Statt dessen hatte man ihm zugewinkt.

Er wählte die Kleidungsstücke aus, die am besten paßten, und zog sie an; den Rest warf er in den Sumpf. Wie auch immer er aussehen mochte, er hatte nur noch wenig Ähnlichkeit mit dem Akademiker, den er in Bonn gespielt hatte. Eher würde man ihn jetzt für einen Mann halten, der sich seinen Lebensunterhalt auf dem Fluß verdiente; vielleicht als Maat auf einem Flußschlepper. Er hatte das Jackett des Chauffeurs gewählt, eine Jacke aus grobem Stoff, die ihm bis zu den Hüften reichte. Darunter trug er dessen blaues Baumwollhemd – das Einschußloch hatte er vom Blut reingewaschen. Die Hosen hatten dem anderen Mann gehört, braune Cordhosen ohne Bügelfalten, die an den Knöcheln etwas weiter wurden. Keiner der beiden Männer hatte einen Hut getragen, und sein eigener lag irgendwo auf der Müllkippe. Er würde einen neuen finden oder kaufen oder stehlen. Das mußte er, ohne einen Hut oder eine Mütze, die sein Gesicht wenigstens teilweise bedeckte, kam er sich ebenso nackt vor wie ohne Kleider.

Dann legte er sich in das trockene wilde Gras und starrte zum Himmel hinauf.

24

»Also, da soll doch...!« rief der distinguiert aussehende Mann mit der wallenden weißen Mähne, und seine fast weißen Augenbrauen schoben sich erstaunt in die Höhe. »Sind Sie nicht Molly Washburns Junge?«

»Wie bitte?« sagte der Army-Offizier am Nebentisch im Bonner Restaurant *Am Tulpenfeld*. »Kennen wir uns, Sir?«

»Nicht so, daß Sie sich erinnern müßten, Major... Bitte

entschuldigen Sie die Störung.« Mit dem letzten Satz wandte sich der Südstaatler an den Tischgenossen des Offiziers, einen Mann in mittleren Jahren mit bereits schütterem Haar, der mit ausgeprägt deutschem Akzent Englisch gesprochen hatte. »Aber Molly würde es einem Landsmann aus Georgia nie vergeben, wenn er ihren Sohn nicht begrüßt und ihn zu einem Drink eingeladen hätte.«

»Es tut mir leid, aber ich weiß wirklich nicht, wo ich Sie hintun soll«, sagte Washburn freundlich, aber ohne besondere Begeisterung.

»Das würde mir genauso gehen, junger Mann. Ich weiß, es klingt ein wenig abgedroschen, aber Sie trugen damals wahrscheinlich noch nicht einmal lange Hosen. Als ich Sie das letztemal sah, hatten Sie einen blauen Blazer an und waren verdammt wütend, weil Ihr Team ein Fußballspiel verloren hatte. Ich glaube, Sie haben Ihrem linken Flügel die Schuld gegeben. Wie heute ist das wohl der Mannschaftsteil, dem man für *alles* die Schuld geben kann.«

Der Major und sein Begleiter lachten. »Du lieber Gott, das ist lange her – damals war ich noch in Dalton.«

»Und Kapitän des Teams, wenn ich mich richtig entsinne.«

»Wie haben Sie mich denn erkannt?«

»Ich hab' neulich Ihre Mama in ihrem Haus in Southampton besucht. Sie ist richtig stolz auf Sie, und im Wohnzimmer standen ein paar hübsche Fotos von Ihnen.«

»Natürlich, auf dem Piano.«

»Genau dort habe ich sie gesehen. Und natürlich alle silbern gerahmt.«

»Ich fürchte, ich habe Ihren Namen vergessen.«

»Thayer. Thomas Thayer, oder einfach nur ›T. T.‹, wie Ihre Mama mich nennt.« Die beiden schüttelten sich die Hände.

»Sehr erfreut, Sie wiederzusehen«, sagte Washburn und wies mit einer Handbewegung auf seinen Begleiter. »Das ist Herr Schindler. Er ist unser Verbindungsmann zu den westdeutschen Medien.«

»Erfreut, Sie kennenzulernen, Mr. Schindler.«

»Ganz meinerseits, Herr Thayer.«

»Weil wir gerade von der Botschaft sprechen, die haben Sie ja vermutlich gemeint – ich hatte Molly versprochen, Sie anzurufen, wenn ich hierher komme. Auf mein Wort, genau das hatte ich morgen vor – heute macht mir noch die Zeitverschiebung zu schaffen. Wenn das kein Zufall ist, wie? Daß Sie hier sind und ich auch, an zwei Tischen nebeneinander!«

Wieder lachten die Männer. Dann hob der Südstaatler sein Glas den anderen entgegen, damit sie anstoßen konnten. Die Gläser begegneten sich, und wie ein leiser Glockenton hallte es durch den Saal.

Converse wartete. Er hatte sich in eine dunkle Ladennische in einer schäbigen Straße in Emmerich gedrückt und beobachtete. Auf der anderen Straßenseite waren die schwachen Lichter eines billigen Hotels zu sehen, dessen Eingang alles andere als einladend wirkte. Und doch würde er mit etwas Glück dort in den nächsten paar Minuten ein Bett haben. Ein Bett und ein Waschbecken in der Zimmerecke, und mit noch mehr Glück heißes Wasser, mit dem er seine Wunde auswaschen konnte, wenn er den Verband wechselte. In den letzten zwei Nächten hatte er lernen müssen, daß Orte wie dieser seine einzige Zuflucht waren. Man stellte keine Fragen und erwartete geradezu, daß der Name auf der Meldekarte falsch war.

Um von der Straße zu kommen, mußte er sich mit dem menschlichen Treibgut bewegen, und deshalb war ein heruntergekommenes Hotel wie das auf der anderen Straßenseite für ihn wesentlich einladender als das Waldorf Astoria. Und er *mußte* von der Straße weg, denn draußen gab es zu viele Fallen.

Aber heute abend ist es anders als in den vorigen Nächten auf deutschen Straßen, dachte Joel, während er auf das heruntergekommene Hotel gegenüber sah. Noch heute wollte er versuchen, die Grenze nach Holland zu überqueren. Sein Ziel war Cort Thorbecke und ein Flugzeug nach Washington. Der Mann, den er in seine Dienste genommen hatte, war etwas älter als der Student in Bonn. Es war ein Matrose der Handelsmarine aus Bremerhaven, der in Emmerich einen Pflichtbesuch bei seiner Familie gemacht hatte, mit der er sich nicht besonders gut verstand. Wie üblich war er von seiner Mutter und seinem Vater unfreundlich behandelt worden und dann zu den Leuten gegangen, bei denen er sich am wohlsten fühlte – in eine Kneipe am Flußufer.

Ein Lied hatte Joel veranlaßt, sich den jungen Seemann, der mit einer Gitarre in den Armen an der Bar stand, genauer anzusehen. Der Matrose sang in englischer Sprache, wenn auch mit leichtem deutschen Akzent, und die Melodie war eine seltsame, unter die Haut gehende Mischung aus langsamem Rock und einem melancholischen Madrigal.

»*. . . When you finally came down, when your feet hit the ground, did you know where you were? When you finally were real, could you touch what you feel, were you there in the know . . .*«

Die Männer an der Theke lauschten schweigend dem Rhythmus, und als der Seemann schließlich geendet hatte, gab es respektvollen Applaus, und dann wurden die Gläser wieder gefüllt. Wenige Minuten später stand Converse neben dem Troubadour, der sich die Gitarre über die Schulter gehängt hatte, so daß sie an ihrem Riemen wie eine Waffe wirkte. Joel fragte sich, ob der Mann wirklich Englisch sprach oder nur sein Lied auswendig gelernt hatte. Aber das würde er gleich erfahren. Der Seemann lachte über die Bemerkung eines anderen Gastes, und als er verstummte, sprach Converse ihn an.

»Ich würde Sie gern zu einem Drink einladen«, begann er. »Dafür, daß Sie mich an zu Hause erinnert haben. Das war ein schönes Lied.«

Der Mann musterte ihn verständnislos. Joel wurde unsicher. Vielleicht hatte der Seemann keine Ahnung, wovon er redete. Doch dann begann der Deutsche zu Joels Erleichterung zu sprechen.

»Danke. Es ist wirklich ein gutes Lied. Traurig, aber gut. Sind Sie Amerikaner?«

»Ja. Und Sie sprechen ausgezeichnet Englisch.«

»Okay. Ich kann es nicht lesen oder schreiben, aber sprechen. Ich arbeite auf einem Handelsschiff. Wir fahren nach Boston, New York, Baltimore – manchmal Florida.«

»Was trinken Sie?«

»Ein Bier«, sagte der Matrose.

»Warum nicht Whisky?«

»Wenn Sie wirklich zahlen?«

»Sicher.«

»Dann ja.«

Wenige Minuten später saßen sie an einem Tisch. Joel erfand eine Geschichte von einer Prostituierten und ihrem Zuhälter. Er erzählte sie langsam, nicht, weil er das Gefühl gehabt hätte, auf die beschränkten Sprachkenntnisse seines Zuhörers Rücksicht nehmen zu müssen, sondern weil ihm plötzlich eine andere Möglichkeit in den Sinn kam. Der musikalische Handelsmatrose war zwar noch jung, hatte aber schon eine Art von Patina an sich, die darauf hindeutete, daß er die Docks und die Häfen und die verschiedenen Geschäfte, die in dieser ganz besonderen Welt blühten, sehr gut kannte.

»Sie sollten zur Polizei gehen«, empfahl der junge Mann, als Converse geendet hatte. »Die kennen die Nutten und sorgen schon dafür, daß Ihr Name nicht in die Zeitungen kommt.« Der Deutsche lächelte. »Schließlich sollen Sie ja wiederkommen und Ihr Geld bei uns ausgeben.«

»Das Risiko kann ich nicht eingehen. Ich sehe im Moment vielleicht nicht so aus, aber ich habe mit einer ganzen Menge wichtiger Leute zu tun – hier und in Amerika.«

»Also sind Sie auch ziemlich wichtig, oder?«

»Und sehr dumm. Wenn ich nach Holland hinüber könnte, dann wüßte ich, wie ich alles anpacken muß.«

»Holland? Das ist doch nicht schwierig.«

»Ich sagte Ihnen ja, man hat mir den Paß gestohlen. Und dummerweise sehen die sich im Augenblick jeden Amerikaner, der über die Grenze will, sehr sorgfältig an. Sie wissen schon, dieser verrückte Idiot, der den Botschafter in Bonn und den NATO-Befehlshaber getötet hat.«

»Ja, und in Wesel hat er auch einen vor drei Tagen umgebracht«, ergänzte der Deutsche. »Es heißt, daß er nach Paris will.«

»Ich fürchte, das hilft mir nicht viel... Schauen Sie, Sie

kennen die Leute am Fluß, die Männer, die auf den Schiffen fahren. Ich sagte Ihnen ja, daß ich hundert Dollar für ein Hotel zahlen würde ...«

»Ja, das wird ja auch besorgt, mein Herr. Sie sind sehr großzügig.«

»Ich zahle Ihnen eine ganze Menge mehr, wenn Sie es irgendwie fertigbringen, daß ich nach Holland komme. Sehen Sie, meine Firma hat ein Büro in Amsterdam. Wollen Sie mir helfen?«

Der Deutsche schnitt ein Gesicht und sah auf die Uhr. »Heute abend ist es für so etwas zu spät, und ich fahre mit dem Frühzug nach Bremerhaven. Mein Schiff legt um fünfzehn Uhr ab.«

»Das war die Zahl, die ich im Sinn hatte. Fünfzehnhundert.«

»Mark?«

»Dollar.«

»Sie sind noch verrückter als Ihr Landsmann, der Soldaten tötet. Wenn Sie die Sprache könnten, würde es Sie keine fünfzig kosten.«

»Ich kenne sie aber nicht. Fünfzehnhundert amerikanische Dollar – für Sie, wenn Sie es arrangieren.«

Der junge Mann sah Converse scharf an und schob dann seinen Stuhl zurück. »Warten Sie hier. Ich muß telefonieren.«

»Lassen Sie uns noch einen Whisky bringen.«

»In Ordnung.«

Die Zeit des Wartens verbrachte Joel in einem Vakuum der Angst. Er blickte auf die abgegriffene Gitarre, die auf dem Stuhl neben ihm lag. Wie hatte es in dem Lied geheißen? »*...When you finally came down, when your feet hit the ground... did you know where you were? When... you were real, could you touch... what you feel, were you there in the know...*«

»Ich hole Sie morgen früh um fünf Uhr ab.« Joel hatte gar nicht bemerkt, daß der Matrose mit zwei Gläsern Whisky in der Hand wieder an den Tisch gekommen war. »Der Kapitän bekommt zweihundert Dollar, aber nur, wenn Sie kein Rauschgift haben. Wenn es um Rauschgift geht, dürfen Sie nicht an Bord.«

»Ich besitze kein Rauschgift«, sagte Converse lächelnd und bemühte sich, seine Befriedigung nicht nach außen dringen zu lassen. »Sie haben sich Ihr Geld verdient. Ich bezahle Sie am Dock oder am Pier oder wo auch immer wir uns treffen.«

»Geht in Ordnung.«

Das alles ist vor weniger als einer Stunde geschehen, dachte Joel. der immer noch den Hoteleingang auf der anderen Straßenseite beobachtete. Diese Nacht *war* anders. Um fünf Uhr morgen früh würde er nach Holland unterwegs sein, nach Amsterdam, zu einem Mann namens Cort Thorbecke, Mattilons Kontakt für falsche Pässe. Sämtliche Passagierlisten aller Flugzeuge, die in die Vereinigten Staaten flogen, würden von Aquitania überwacht werden, aber vor hundert Jahren hatte er gelernt, daß es Mittel und Wege gab, die Beobachter zu täuschen. Er hatte das schon einmal getan, damals war er in einem tiefen, kalten Erdloch gesessen, hinter einem Stacheldrahtzaun.

Eine Gestalt trat unter dem schwach beleuchteten Vordach des Hotels hervor. Es war der junge Seemann. Grinsend winkte er Converse zu.

»Verdammt noch mal, was ist denn *los*, Norman?« rief der Mann aus den Südstaaten, als Washburn plötzlich zu zucken begann und mit zitternden Lippen nach Luft schnappte.

»Ich... weiß... nicht...« Die Augen des Majors weiteten sich, und seine Pupillen schienen völlig außer Kontrolle geraten zu sein, sie kreisten wie wild.

Der Geschäftsführer kam gerannt und wollte helfen. »Ist der Major krank, mein Herr?« fragte er in englischer Sprache. »Soll ich fragen, ob ein...«

»Kein Arzt, den ich nicht kenne, vielen Dank«, unterbrach ihn Thayer und beugte sich über den Botschaftsattaché, der jetzt mit halb geschlossenen Augen schwer atmete und dessen Kopf immer noch hin und her pendelte. »Das hier ist Molly Washburns Junge, und ich werde dafür sorgen, daß man sich um ihn kümmert! Mein Wagen steht draußen. Wenn mir vielleicht zwei von Ihren Kellnern helfen könnten, dann bringen wir ihn hinaus, ich fahre ihn zu meinem Arzt. Der ist Spezialist. Wenn man so alt ist wie ich, braucht man überall einen.«

»Ganz sicher!« Der Geschäftsführer schnippte mit den Fingern, und drei Kellner reagierten sofort.

»Die Botschaft... Die *Botschaft*!« würgte Washburn heraus, als die drei Männer den Offizier zur Tür trugen.

»Keine Sorge, Norman, mein Junge!« sagte der Südstaatler, der mit dem Geschäftsführer hinter ihm ging. »Die rufe ich aus dem Wagen an und sage ihnen, daß sie zu Rudi kommen sollen.« Thayer wandte sich zu dem Deutschen, der neben ihm ging.

»Wissen Sie, was ich glaube? Ich glaube, daß dieser Soldat einfach ausgepumpt ist. Der hat jetzt rund um die Uhr gearbeitet, ohne die geringste Pause. Ich meine, können Sie sich vorstellen, was der in den letzten zwei Tagen alles um die Ohren hatte? Dieser verrückte Hund, der da durchs Land zieht und zuerst den Botschafter und dann den Befehlshaber in Brüssel abknallt! Wissen Sie, Mollys Junge hier ist der Militärattaché.«

»Ja, der Major ist häufig unser Gast – ein hochgeschätzter Gast.«

»Nun, hochgeschätzt oder nicht, jeder hat einmal das Recht zu sagen: ›Zum Teufel damit, jetzt mache ich Pause.‹«

»Ich weiß nicht, ob ich richtig verstehe?«

»Ich hab' so das Gefühl, daß dieser nette junge Mann, den ich schon kannte, als er noch in die Windeln gemacht hat, noch nie die Auswirkungen des Dämons Whisky kennengelernt hat.«

»Oh?« Der Geschäftsführer des Restaurants bekam einen Blick wie ein Gesellschaftsreporter, der plötzlich ein neues Gerücht gehört hat.

»Er hatte einfach ein paar Schluck zuviel, sonst gar nichts – und *das* bleibt unter uns.«

»Seine Augen...«

»Er hat angefangen, an der Flasche zu riechen, noch bevor die Sonne das westliche Scheunendach berührt hat.« Sie waren inzwischen an der Tür, und die Kellner manövrierten

Washburn hinaus. »Und wer hätte dazu ein größeres Recht gehabt? Das sage ich immer.« Thayer zog die Brieftasche.

»Ja, ganz Ihrer Meinung.«

»Hier«, sagte der Südstaatler und zog ein paar Scheine heraus. »Ich hatte keine Zeit, Geld zu wechseln. Also gebe ich Ihnen hundert Dollar – das sollte reichen, und der Rest ist für Ihre Boys hier... Und hier sind noch hundert für Sie – dafür, daß Sie die Angelegenheit für sich behalten, *understand*?«

»Aber selbstverständlich, mein Herr!« Der Deutsche steckte die zwei Hundertdollarscheine ein, lächelte und nickte beflissen. »Über meine Lippen kommt kein Wort.«

»Nun, so weit würde ich gar nicht gehen. Es wäre vielleicht gar nicht so übel, wenn Mollys Junge erfahren würde, daß es nicht gleich das Ende der Welt ist, wenn ein paar Leute wissen, daß er ein oder zwei Drinks genommen hat. Das könnte ihn ein wenig auflockern, und nach meiner altmodischen Ansicht braucht er ein wenig Auflockerung. Vielleicht könnten Sie ihm zuzwinkern, wenn er das nächstemal hereinkommt.«

»Zuzwinkern?«

»Nun, ihm einfach freundlich zulächeln, so als wüßten Sie Bescheid. *Understand*?«

»Ja, da bin ich ganz Ihrer Ansicht! Dazu hatte er wirklich das Recht!«

Draußen instruierte der Südstaatler die Kellner, wie sie Major Norman Anthony Washburn auf dem Rücksitz verstauen sollten. Ausgestreckt, mit dem Gesicht nach oben liegend. Dann gab er jedem einen Zwanzigdollarschein und entließ die freundlichen Helfer. Anschließend drückte er einen Knopf in einer Konsole der langgestreckten amerikanischen Limousine, damit die zwei Männer auf den Vordersitzen ihn trotz der Trennscheibe hören konnten.

»Der ist völlig hinüber. Kommen Sie zu mir, Hexendoktor. Und Sie, Klaus, machen uns das Vergnügen einer langen Fahrt durch Ihr schönes Land.«

Minuten später rollte die Limousine über eine schmale Landstraße, während der Arzt Washburn den Gürtel löste, ihm die Hosen herunterzog und ihn auf dem Sitz herumdrehte. Er fand eine Stelle an Washburns Lendenwirbeln und machte die Spritze fertig.

»Sind Sie bereit?« fragte der dunkelhäutige Palästinenser und riß dem Bewußtlosen die Unterhosen herunter.

»Hervorragend, Pookie«, antwortete Johnny Reb und hielt ein kleines Tonbandgerät über den Sitz. »Genau die Stelle, die er bestimmt eine Woche lang nicht findet, wenn überhaupt. Los geht's, Araber. Ich will, daß er *fliegt*.«

Der Arzt schob die Nadel der Spritze unter die Haut des Amerikaners und drückte langsam den Zylinder im Glaskolben herunter. »Das geht jetzt schnell«, sagte er. »Es ist eine kräftige Dosis.«

»Ich bin bereit.«

»Setzen Sie ihn sofort auf die Spur. Stellen Sie direkte Fragen, damit er sich sofort konzentriert.«

»Oh, genau das werde ich. Das ist ein übler Typ. Ein häßlicher, kleiner Junge, der große Geschichten erzählt, die überhaupt nichts mit einem großen Fisch zu tun haben, der sich vom Haken losgerissen hat.« Der Südstaatler packte den bewußtlosen Washburn an der linken Schulter und riß ihn hoch. »Jetzt wollen wir beide uns mal unterhalten. Wieso haben Sie die *Frechheit* besessen, sich an einem Offizier der Navy der Vereinigten Staaten zu vergreifen? Der Mann heißt Fitzpatrick – Junge! Fitzpatrick, Fitzpatrick, *Fitzpatrick*! Komm schon, Baby, sprich mit Daddy. Du hast nämlich *außer* Daddy keinen. Jeder, von dem du glaubst, daß er dir hilft, ist weg! Die haben dich reingelegt, Söhnchen! Die haben das so hingekriegt, daß du lügst und jeder es abdruckt, damit die ganze Welt *weiß*, daß du gelogen hast! Aber Daddy kann das in Ordnung bringen. Daddy kann das alles wieder hinkriegen und dafür sorgen, daß du ganz groß rauskommst. Ganz *groß*! Die Vereinigten Stabschefs – der *große* Chef! Daddy ist für dich Mamas Titte, Boy! Die kannst du dir jetzt schnappen, oder Luft schlucken! Wo habt ihr Fitzpatrick hingesteckt? Fitzpatrick, *Fitzpatrick*!«

Washburn wand sich auf dem Sitz, flüsterte, dann drang ihm Speichel aus den Mundwinkeln, und mühsam stieß er hervor: »Scharhörn, die Insel Scharhörn... in der Bucht von Helgoland.«

Caleb Dowling war nicht nur zornig, sondern auch verwirrt. Trotz tausend Zweifeln konnte er es einfach nicht abtun. Zu viele Dinge ergaben keinen Sinn, und davon war nicht das geringste die Tatsache, daß er es seit drei Tagen nicht schaffte, einen Termin bei dem neuen Botschafter zu bekommen. Der für seinen Terminkalender zuständige Attaché behauptete, die Ermordung Walter Peregrines hätte zu viel Verwirrung gestiftet, als daß im Augenblick eine Audienz möglich sei. Vielleicht in einer Woche... mit anderen Worten, *verschwinde, Schauspieler, wir haben Wichtigeres zu tun. Und Sie sind nicht wichtig.*

Und aus genau dem Grund saß er jetzt an einem etwas abseits gelegenen Tisch in der schwach beleuchteten Bar des Königshof-Hotels. Er hatte den Namen von Peregrines ehemaliger Sekretärin in Erfahrung gebracht, eine gewisse Enid Heathley, und hatte den Stuntman Moose Rosenberg mit einem versiegelten Brief in die Botschaft geschickt, der angeblich von einem Freund Miß Heathleys aus den Staaten kam. Moose hatte Anweisung gehabt, den Umschlag persönlich zu übergeben, und angesichts der eindrucksvollen Leibesfülle Rosenbergs hatte niemand am Empfang Einwände dagegen gehabt. Die Mitteilung war kurz und präzise gewesen.

Liebe Miß Heathley:
ich halte es für äußerst wichtig, daß wir sobald wie möglich miteinander reden können. Ich werde heute abend um halb acht Uhr in der Bar des Königshofs warten. Wir können dort, wenn es Ihnen paßt, einen Drink miteinander nehmen. Bitte, erwähnen Sie aber unser Zusammentreffen gegenüber niemandem. Bitte, gegenüber niemandem.
Mit freundlichem Gruß
C. Dowling

Da kam sie. Eine Frau in mittleren Jahren trat durch die Tür und kniff die Augen zusammen, um sich trotz der schummrigen Beleuchtung orientieren zu können. Der Geschäftsführer ging auf sie zu und führte sie zu Dowlings Tisch.

»Danke, daß Sie gekommen sind«, sagte Caleb und stand auf, während Enid Heathley sich setzte. »Ich hätte Sie wirklich nicht hierher gebeten, wenn es nicht wichtig wäre«, fügte er dann hinzu, während sie sich setzten.

»Das habe ich aus Ihrem Brief geschlossen«, erwiderte die Frau. Sie hatte intelligente Augen und im Haar schon die ersten grauen Fäden. Dann plauderten sie unverbindlich, bis die Getränke gebracht wurden.

»Ich kann mir vorstellen, daß es für Sie sehr schwierig gewesen ist«, sagte Dowling.

»Leicht war es nicht«, pflichtete ihm Miß Heathley bei. »Ich war fast zwanzig Jahre Mr. Peregrines Sekretärin. Er hat uns immer als Team bezeichnet, und Jane – Mrs. Peregrine – und ich stehen einander sehr nahe. Eigentlich sollte ich jetzt bei ihr sein, aber ich habe ihr gesagt, daß ich noch etwas im Büro zu erledigen hätte. Warum haben Sie mich denn nun hergebeten?«

»Weil ich nicht wußte, an wen ich mich sonst hätte wenden sollen. Also, ich weiß es schon, aber ich komme nicht an ihn heran.«

»An wen?«

»Den neuen Botschafter, der gerade aus Washington herübergekommen ist.«

»Der steckt bis ...«

»Man sollte es ihm sagen«, unterbrach Caleb sie. »Ihn warnen.«

»Warnen?« Die Augen der Frau weiteten sich. »Ein Attentat? Noch ein Mord – dieser Verrückte – dieser Converse?«

»Miß Heathley«, begann der Schauspieler mit starrer Miene und leiser Stimme. »Was ich Ihnen jetzt sagen werde, wird Sie möglicherweise erschrecken, aber wie ich schon sagte, ich kenne sonst niemanden in der Botschaft, an den ich herankomme. Und ich *weiß*, daß es dort auch Leute gibt, zu denen ich nicht gehen *darf*.«

»Wovon reden Sie?«

»Ich bin weder davon überzeugt, daß Converse ein Verrückter ist, noch daß er Walter Peregrine ermordet hat.«

»*Was?* Das kann nicht Ihr Ernst sein! Sie haben gehört, was man von ihm sagt, daß er krank ist. Er war der letzte, mit dem Mr. Peregrine zusammen war. Das hat Major Washburn bestätigt!«

»Major Washburn ist einer von den Leuten, die ich lieber nicht aufsuchen würde.«

»Er gilt als einer der besten Offiziere der Army«, wandte die Sekretärin ein.

»Dann hat er gerade als Offizier eine seltsame Vorstellung davon, wie man Befehle eines Vorgesetzten ausführt. Letzte Woche habe ich Peregrine mitgenommen, um ihm jemanden vorzustellen. Der Mann rannte weg, und Walter forderte den Major auf, ihn aufzuhalten. Statt dessen hat Washburn versucht, ihn zu töten.«

»Oh, *jetzt* verstehe ich«, sagte Enid Heathley, und ihre Stimme klang plötzlich nicht mehr freundlich. »Das war der Abend, an dem Sie das Zusammentreffen mit Converse arrangiert haben – *Sie* waren das, jetzt erinnere ich mich! Mr. Peregrine hat es mir gesagt. Was soll das eigentlich hier, Mr. Dowling? Wollen Sie Ihr Image retten? Haben Sie Angst, man könnte Sie zur Verantwortung ziehen, und daß das nachteilig für Ihre Einschaltquoten sein könnte? Das ist ja widerlich.« Die Frau schob ihren Stuhl zurück, als wollte sie jeden Augenblick aufstehen.

»Walter Peregrine war ein Mann, der sein Wort zu halten pflegte, Miß Heathley«, sagte Caleb unbewegt und ohne die Sekretärin aus den Augen zu lassen. »Ich glaube, darin werden Sie mir beipflichten.«

»*Und?*«

»Er hatte mir ein Versprechen gegeben. Er sagte mir, falls Converse ihn sprechen wolle, würde er mitkommen. *Er,* Miß Heathley. Und *nicht* Major Washburn, dessen Verhalten in jener Nacht vor dem Universitätsgebäude ihn ebenso verblüffte, wie es mich verblüfft hat.«

Die Frau war sitzen geblieben. Ihre Augen wurden schmal

und blickten sorgenvoll. »Der Botschafter *war* am nächsten Morgen verärgert«, sagte sie leise.

»Verdammt zornig, beschreibt seinen Zustand wahrscheinlich besser, glaube ich. Der Mann, der an jenem Abend weglief, war nicht Converse – und er war außerdem nicht verrückt. Das, was er sagte, klang verdammt ernst, und die Art, wie er es vorbrachte, hat mich beeindruckt. Es hat da eine vertrauliche Untersuchung gegeben – oder gibt es noch –, die die Botschaft betrifft. Peregrine wußte nichts davon, wollte sich aber näher informieren. Peregrine sagte, daß er Washington über eine sichere Leitung anrufen würde. Ich kenne mich zwar in den technischen Einzelheiten nicht aus, aber ich glaube nicht, daß man so etwas sagt, wenn man nicht fürchtet, abgehört zu werden.«

Die Frau erwiderte eine Zeitlang schweigend Dowlings Blick und runzelte dann die Stirn, ohne die Augen von ihm zu wenden. »Ich werde jetzt gehen. Doch ich möchte Sie bitten, noch eine Weile hierzubleiben, wenn es Ihnen nichts ausmacht. Ich werde jemanden anrufen, den Sie, glaube ich, sehen sollten. Sie werden das gleich verstehen. Er wird hier mit Ihnen Verbindung aufnehmen – aber Sie natürlich nicht ausrufen lassen. Tun Sie, was er sagt. Gehen Sie hin, wo er Sie hinbittet.«

»Kann ich ihm vertrauen?«

»Mr. Peregrine hat ihm vertraut«, sagte Enid Heathley und nickte. »Dabei hat er ihn nicht einmal besonders gemocht.«

»Das ist Vertrauen«, sagte der Schauspieler.

Der Anruf kam, und Caleb schrieb sich die Adresse auf. Der Portier beschaffte ihm ein Taxi, und acht Minuten später stieg er vor einem prunkvollen Haus aus der Gründerzeit am Stadtrand von Bonn aus. Er ging zur Tür und klingelte.

Zwei Minuten später führte man ihn in einen großen Salon – früher vielleicht einmal eine Bibliothek –, dessen Wände von riesigen Vorhängen bedeckt waren. Vorhänge, die detaillierte Karten von Ost- und Westdeutschland zeigten. Ein Mann mit Brille erhob sich hinter einem Schreibtisch, nickte kurz und sagte: »Mr. Dowling?«

»Ja.«

»Ich bin Ihnen sehr dankbar, daß Sie zu mir gekommen sind. Mein Name ist nicht wichtig – vielleicht nennen Sie mich George?«

»Also gut, George.«

»Zu Ihrer vertraulichen Information – und ich betone vertraulich – möchte ich noch sagen, ich bin der Leiter der Central Intelligence Agency hier in Bonn.«

»All right, George.«

»Was machen Sie, Mr. Dowling? Was tun Sie beruflich?«

»*Ciao*, Baby«, sagte der Schauspieler und schüttelte den Kopf.

25

Das erste trübe Licht der Morgendämmerung kroch am östlichen Himmel empor; auf dem Fluß dümpelten die Boote an ihren Anlegestellen, zerrten an den Tauen und erzeugten eine gespenstische Symphonie aus ächzenden, lauten und dumpfen Schlägen. Joel ging neben dem jungen Handelsmatrosen. Seine rechte Hand fuhr immer wieder unbewußt über das Kinn und das weiche Barthaar, zu dem sich die Stoppeln entwickelt hatten. Die letzten vier Tage seit Bonn hatte er sich nicht mehr rasiert. Noch einen Tag, und er mußte anfangen, den Bart zu stutzen und in Form zu bringen, und dann hatte er sich einen weiteren Schritt von dem Foto in den Zeitungen entfernt.

Und noch einmal einen Tag später mußte er sich entscheiden, ob er Val in Cap Ann anrufen sollte oder nicht. Doch war die Entscheidung längst gefallen – er würde es nicht tun. Seine Anweisungen waren klar und eindeutig gewesen, und die Gefahr, daß ihr Telefon inzwischen abgehört wurde, war einfach zu groß. Und doch drängte es ihn fast unwiderstehlich, ihre Stimme zu hören und sie um Hilfe zu bitten. Er wußte, daß sie ihm helfen würde. Aber er würde nicht anrufen. *Nein!*

»Das letzte Boot rechts«, sagte der Seemann und verlangsamte seinen Schritt. »Ich muß Sie noch einmal fragen, weil ich es versprochen habe, Sie haben keine Drogen bei sich?«

»Nein.«

»Er wird Sie vielleicht durchsuchen wollen.«

»Das kann ich nicht zulassen«, erwiderte Converse, der an seinen Geldgurt dachte. Das, was man für ein Drogenversteck halten konnte, enthielt ein Vielfaches von dem, wofür man auf dem Fluß den Tod finden konnte.

»Er wird vielleicht den Grund erfahren wollen. Auf Drogenbesitz stehen schwere Strafen. Gefängnis.«

»Das werde ich ihm unter vier Augen erklären«, sagte Joel und überlegte. Er würde das mit der Pistole in der einen Hand und einem zusätzlichen Fünfhundertdollarschein in der anderen tun. »Aber ich gebe Ihnen mein Wort, keine Drogen.«

»Es ist nicht mein Boot.«

»Aber Sie haben alles arrangiert und wissen genug über mich, um sich auf meine Spur zu setzen, falls die sich auf Ihre setzen sollten.«

»Ja, ich weiß Bescheid. Connecticut – ich habe Freunde in Bridgeport besucht. Sie sind Direktor in einer Maklerfirma. Wenn es sein muß, werde ich Sie finden.«

»Aber das will ich nicht. Sie sind ein netter Bursche und helfen mir aus einer Patsche, und ich bin Ihnen dankbar. Ich werde Ihnen keinen Ärger machen.«

»Ja«, sagte der junge Deutsche und nickte. »Ich glaube Ihnen. Ich habe Ihnen auch gestern abend geglaubt. So wie Sie reden, sind Sie etwas Besseres, aber Sie waren dumm. Sie haben etwas Dummes getan, und Ihr Gesicht ist rot. Ein rotes Gesicht kostet mehr als Sie zahlen wollen, also zahlen Sie viel mehr, damit es verschwindet.«

»Ihre Schmeicheleien fangen an zu wirken.«

»Was?«

»Nichts. Sie haben recht. Hier.« Joel hatte die Geldscheine in der linken Tasche und zog sie heraus. »Ich habe Ihnen fünfzehnhundert Dollar versprochen. Sie können nachzählen, wenn Sie wollen.«

»Warum? Wenn es nicht stimmt, wird meine Stimme lauter, und Sie müssen hierbleiben. Sie haben zu viel Angst, um das zu riskieren.«

»Sie sind der geborene Anwalt.«

»Kommen Sie, ich bringe Sie zum Kapitän. Mehr brauchen Sie nicht zu wissen – für Sie ist er nur der ›Kapitän‹. Er wird Sie absetzen... Und ein Rat noch. Passen Sie auf die anderen Männer auf dem Boot auf. Die werden vermuten, daß Sie Geld haben.«

»Deshalb will ich ja nicht, daß man mich durchsucht«, gab Converse zu.

»Ich weiß. Ich tue, was ich kann.«

Aber das reichte nicht. Der Kapitän des Flußschleppers, ein kleiner, breitschultriger Mann mit schwarzen Zähnen, brachte Joel ins Steuerhaus, wo er ihm in gebrochenem, aber durchaus verständlichem Englisch klarmachte, daß er sein Jackett ausziehen solle.

»Ich habe meinem Freund auf dem Dock erklärt, daß ich das nicht kann.«

»Zweihundert Dollar, Amerikaner«, sagte der Kapitän.

Converse hatte das Geld in der rechten Tasche. Er griff danach, und sein Blick wanderte kurz zum Backbordfenster, durch das er zwei weitere Männer im schwachen Licht an Bord klettern sah.

Der Schlag kam plötzlich, ohne jede Warnung, aber mit solcher Wucht, daß Joel zusammenknickte, keuchend ausatmete und sich an den Leib griff. Vor ihm schüttelte der Kapitän die rechte Hand und schnitt dabei eine Grimasse, die erkennen ließ, daß er sich selber wehgetan hatte. Die Faust des Deutschen hatte die Pistole getroffen, die in Joels Gürtel steckte. Joel taumelte zurück, ließ sich mit dem Rücken gegen die Wand fallen und duckte sich etwas, während er die Waffe unter dem Jackett hervorzog. Dann zielte er mit der Automatik auf den mächtigen Brustkasten des Kapitäns.

»Das war ziemlich hinterhältig«, sagte Converse schwer atmend und hielt sich immer noch den Leib. »Und jetzt, Sie Dreckskerl, *Ihr* Jackett!«

»Was...?«

»Sie haben gehört, was ich sage! Ziehen Sie es aus, halten Sie es vor sich und schütteln Sie das verdammte Ding!«

Der Deutsche schlüpfte langsam aus seiner hüftlangen Jacke, wobei seine Augen kurz an Joel vorbei zur Tür huschten. »Ich suche nur Drogen.«

»Ich habe keine bei mir, und wenn ich welche hätte, wüßte der, der Sie mir verkauft haben müßte, bestimmt einen besseren Weg, um sie über den Fluß zu schaffen, als mit Ihrem Kahn. Umdrehen, habe ich gesagt! *Schütteln!*«

Der Kapitän hielt seine Jacke am unteren Saum und bewegte sie zögernd hin und her. Ein kurzläufiger, häßlicher Revolver schlug dumpf auf den Holzplanken auf und im nächsten Moment folgte ein etwas helleres Geräusch von einem langen Messer.

»Wir sind auf dem Fluß«, sagte der Deutsche ohne weitere Erklärungen.

»Und ich will ihn nur ohne jeden Ärger überqueren. Und Ärger bedeutet für jemanden, der so nervös ist wie ich, jeder, der durch diese Tür kommt.« Converse deutete mit dem Kopf auf die Tür zu seiner Linken. »Bei meiner gegenwärtigen Verfassung werde ich sofort schießen. Das heißt dann, daß Sie und wer auch immer hereinkommt, sterben müssen. Ich bin vielleicht nicht so stark wie Sie, Captain, aber ich habe Angst, und das macht mich viel gefährlicher. Können Sie das verstehen?«

»Ja! Ich hab' Ihnen nicht wehgetan. Ich suche Drogen.«

»Und ob Sie mir wehgetan haben«, korrigierte Joel ihn. »Und das macht mir Angst.«

»*Nein. Bitte*... bitte.«

»Wann legen Sie ab?«

»Wenn ich es sage.«

»Wieviel Leute haben Sie an Bord?«

»Einen Mann, sonst niemanden.«

»*Lügner!*« flüsterte Converse drohend und stieß die Waffe vor.

»*Zwei*. Zwei Männer... *heute*. Wir laden in Elten schwere Kisten. Auf mein Wort, normalerweise ist es nur ein Mann. Ich kann nicht mehr bezahlen.«

»Lassen Sie die Maschinen an«, befahl Joel.

»*Die Mannschaft!* Ich muß Befehl zum Ablegen geben.«

»Also gut«, sagte Joel und zog den Hammer der Automatik zurück. »Öffnen Sie die Tür und geben Sie Ihre Befehle. Und wenn einer von diesen beiden Männern dort unten etwas anderes tut, als die Taue zu lösen, töte ich Sie. Können Sie das verstehen?«

Joel lehnte sich gegen die Wand, während der Kapitän seine Anweisungen rief. Die Maschinen sprangen an, und die Taue wurden von den Pollern genommen. Es ist alles verrückt, dachte er. Feindselige, bösartige Männer, die im Zorn zuschlugen, waren im Grunde gar keine Feinde, während angenehme, scheinbar freundliche Leute ihn töten wollten. Vor hundert Jahren, in den Lagern und Dschungeln, hatte es keine solchen Grauzonen gegeben. Man wußte, wer der Feind war; alles lag offen vor einem. Aber in den letzten vier Tagen hatte er gelernt, daß es diesmal keine Offenheit gab. Er befand sich in einem Labyrinth, mußte Spießruten laufen, und die täuschenden Mauern des Labyrinths waren von Leuten gesäumt, die er nicht verstehen konnte. Converse starrte zum Fenster hinaus, auf die Nebel, die über dem Wasser lagen und in denen sich das Morgenlicht fing. Seine Anspannung löste sich. Er wollte eine Weile gar nichts denken.

»Noch fünf Minuten, vielleicht sechs«, sagte der Kapitän plötzlich und drehte das Steuerrad nach links.

Joel blinzelte; er hatte sich in einer friedlichen, von Ruhe erfüllten Leere befunden und wußte nicht einmal wie lange. »Was geschieht jetzt?« fragte er und blickte auf die aufsteigende orangerote Sonne hinaus, die den Dunst über dem Fluß rot färbte. »Ich meine, was soll ich machen?«

»So wenig wie möglich«, antwortete der Deutsche. »Sie gehen einfach so, als würden Sie jeden Morgen über die Pier gehen, durch den Reparaturhof auf die Straße hinaus. Dann befinden Sie sich im südlichen Teil der Stadt Lobith. Und von Lobith fahren Busse in sämtliche Himmelsrichtungen. Sie sind dann in den Niederlanden, und wir haben uns nie gesehen.«

»Das ist mir klar, aber wie komme ich an Land?«

»Sehen Sie den Bootshafen dort?« sagte der Kapitän und wies auf eine Ansammlung von Docks mit schweren Winden und Kränen auf dem anderen Ufer.

»Eine *Marina*.«

»Ja, Marina. Mein zweiter Treibstofftank ist leer. Ich lasse jetzt die Motoren absaufen und mich weitertreiben. Dann werde ich über den Preis schimpfen, den der Holländer verlangt, aber ich zahle, weil ich von dem deutschen Dieb hier unten am Fluß nichts kaufe. Sie gehen mit einem von meiner Mannschaft von Bord, rauchen eine Zigarette und lachen über ihren dummen Kapitän – und dann gehen Sie weg.«

»Einfach so?«

»*Ja*.«

»So einfach ist das?«

»Ja. Niemand hat gesagt, daß es schwierig sei. Sie brauchen bloß die Augen offenzuhalten.«

»Wegen der Polizei?«

»Nein«, erwiderte der Kapitän mit einem Schulterzucken. »Wenn Polizei da ist, kommen sie zum Boot zurück und bleiben an Bord.«

»Weshalb soll ich dann die Augen offenhalten?«

»Nach Männern, die Sie beobachten, die Ihnen nachschauen.«

»Was für Männer?«

»Gesindel, Gauner – die kommen jeden Morgen an den Pier und suchen Arbeit. Meistens sind sie noch betrunken. Vor solchen Männern müssen Sie sich in acht nehmen. Die glauben nämlich sofort, daß Sie Rauschgift oder Geld besitzen. Und dafür würden die Ihnen den Schädel einschlagen.«

Mit einem sanften Stoß rammte das Boot die Anlegestelle der Tankstation. Die Taue wurden um die Poller gelegt, und Minuten später war Converse aus dem Hafengelände verschwunden.

Joel suchte sich einen Platz im letzten Waggon des Zuges. Noch immer beobachtete er seine Umgebung argwöhnisch, doch war er mit den Fortschritten, die er gemacht hatte, mehr als zufrieden. Er hatte alles sehr vorsichtig getan, aber ohne einen einzigen überflüssigen Schritt. Er hatte sich konzentriert und war sich der vielen Gefahren bewußt gewesen – Augen, die ihn vielleicht zu lange anstarrten, Personen, denen er zu kurz hintereinander zweimal hätte begegnen können, ein Verkäufer, der ihn möglicherweise dadurch aufhalten wollte, daß er hilfsbereiter war als normal. Diese einkalkulierten Möglichkeiten waren seine Richtwerte und leiteten ihn wie Fluginstrumente. Wenn er eine falsche Anzeige bekommen sollte, würde er seine Vorwärtsbewegung sofort stoppen, den Start abbrechen, den Notausstieg aufsprengen und in den Straßen Sicherheit suchen. Doch hatte er diesmal kein Flugzeug, das wie eine Erweiterung seiner Person war. Er hatte nur sich *selbst*, und noch nie in seinem ganzen Leben war er mit solcher Präzision geflogen.

English Spoken hatte auf der Tafel am Dach des kleinen Zeitungskiosks in Lobith gestanden. Joel hatte sich nach dem Omnibus nach Arnhem erkundigt, dabei eine Landkarte und eine Zeitung gegriffen und sich beides vors Gesicht gehalten. Doch der Kioskbesitzer war viel zusehr mit seinen anderen Kunden beschäftigt, um überhaupt auf ihn zu achten. Er rief Joel eilig zu, wie er gehen müsse, wobei seine Finger mehr erklärten als seine Worte. Joel fand die Busstation vier Straßen weiter. Er setzte sich in einen überfüllten Wagen, vergrub sein Gesicht hinter der Zeitung, die er nicht lesen konnte, und stieg vierzig Minuten später vor dem Bahnhof von Arnhem aus.

Der erste Punkt auf seiner Checkliste hatte den Besuch des Waschraums einer Herrentoilette verlangt, wo er sich säubern konnte. Er hatte sich, so gut es ging, den Schmutz von den Kleidern geschlagen und musterte sich jetzt im Spiegel. Er sah zwar immer noch ziemlich ramponiert aus, wirkte aber jetzt mehr wie ein Mann, der einen Unfall gehabt hatte, als wie einer, den man zusammengeschlagen hatte.

Das war ein entscheidender Unterschied.

Als nächstes wechselte er draußen im Bahnhofsgebäude sein deutsches Geld und zusätzlich fünfhundert amerikanische Dollar in Gulden um. Dann kaufte er sich, ein paar Türen weiter, eine dunkle Sonnenbrille. Als er sich in die Schlange vor der Kasse einreihte und dabei die Spuren der letzten Tage in seinem Gesicht mit der Hand zu bedecken versuchte, fiel sein Blick auf ein Regal mit Kosmetikartikeln im nächsten Gang. Der Anblick weckte eine Erinnerung in ihm. Er verließ die Schlange und ging zu dem Regal mit den Cremes, Shampoos und Nagellackfläschchen.

Er erinnerte sich ganz deutlich. Kurz nach ihrer Heirat war Valerie auf dem Teppich im Korridor ausgeglitten, und im Fallen hatte sie sich den Kopf an einer Tischkante verletzt. Am Abend hatte sie ein »wunderschönes Veilchen« gehabt. Das waren damals seine Worte gewesen. Ihr blaues Auge bildete ein fast perfektes Oval von der Nasenwurzel bis zur linken Schläfe – und dabei sollte sie am nächsten Morgen in der Agentur eine Präsentation für Kunden aus Übersee durchführen. Sie hatte ihn in die Drogerie nach einer kleinen Flasche flüssigen Make-ups geschickt, das die Verletzung, wenn man nicht ganz nahe hinsah, erstaunlich gut kaschierte.

»Ich will ja schließlich nicht, daß die Leute glauben, mein nagelneuer Ehemann hätte mich verprügelt, weil ich seine wüsten sexuellen Wünsche nicht erfülle.«

»Welcher hat dir denn noch gefehlt?« war seine Gegenfrage gewesen.

Er erkannte die Flasche wieder, wählte einen dunkleren Farbton und reihte sich wieder in die Schlange vor der Kasse ein.

Der zweite Aufenthalt in der Herrentoilette hatte zehn Minuten gedauert, aber das Resultat rechtfertigte die Mühe. Er hatte das Make-up sorgfältig aufgelegt, und die Kratzer und Schürfwunden waren verschwunden. Man mußte jetzt schon ganz genau hinsehen, um noch etwas zu bemerken.

Dann fuhr er fort, seine Checkliste abzuarbeiten.

Und am Ende hatte er sich den Platz gesucht, auf dem er jetzt saß, im letzten Wagen des Zuges von Arnhem nach Amsterdam.

Nachdem er sich seine Fahrkarte gekauft hatte, war er zum Bahnsteig gegangen, jeden Moment bereit, auf das geringste

Anzeichen hin, daß man ihn beobachtete, zu flüchten. Aber er sah nur eine Gruppe von Männern und Frauen, Ehepaare etwa seines Alters, die miteinander redeten und lachten, Freunde vielleicht, die miteinander einen Ausflug machten und ans Meer wollten. Die Männer trugen abgewetzte, zerbeulte Koffer, die von Schnüren zusammengehalten wurden, während einige der Frauen Körbe am Arm trugen. Joel war hinter ihnen hergegangen, hatte leise gelacht, wenn sie lachten, und war eingestiegen, als gehörte er zu der Gruppe. Dann hatte er seinen Gangplatz eingenommen, gegenüber einem vierschrötigen Mann, in dessen Begleitung sich eine schlanke Frau befand, deren ganze Körperhaltung ihren Stolz auf ihren auffallend großen Busen verriet. Joel konnte kaum den Blick von ihr lösen, und der Mann grinste ihm zu, keineswegs unfreundlich, während er eine Flasche Bier zum Munde führte.

In rascher Folge flogen die Stationen vorüber. An jeder stiegen Passagiere aus, neue stiegen ein, lachend und vergnügt. Einige Männer trugen T-Shirts mit Namen von Städten oder Fußballteams darauf, wie Converse annahm. Und das führte offensichtlich zu neuem Gelächter und gespieltem Streit über die Vorzüge der einzelnen Mannschaften. Und dabei wurde es immer lauter.

»*Amstel!*« rief der Schaffner und öffnete die vordere Tür zu dem Waggon. »Amst...!« Der arme Kerl konnte seinen Ruf nicht zu Ende bringen, sondern ging rasch hinter der Tür in Deckung, um den zusammengerollten Zeitungen zu entgehen, die man auf ihn warf.

Ferienstimmung in Holland.

Der Zug rollte in die Station ein, und eine weitere Gruppe von Männern und Frauen in T-Shirts verkündete ihre Ankunft mit großem Hallo. Fünf oder sechs Reisende in Joels Waggon sprangen auf, um ihre Freunde zu begrüßen. Wieder wurden Flaschen und Bierdosen gehoben, und das allgemeine Gelächter hallte von den Waggonwänden so laut wider, daß man das Pfeifen des Stationsschaffners draußen kaum hören konnte. Man umarmte sich, schlug sich auf die Schultern – es herrschte allgemeine Verbrüderung.

Und hinter den Neuankömmlingen, wie um den Gegensatz zu deren kindlichem Gehabe zu betonen, schwankte eine alte, offensichtlich betrunkene Frau durch den Gang. Sie trug einen wallenden, schon etwas mitgenommenen Mantel und in der linken Hand eine zerfranste Segeltuchtasche. Mit der rechten hielt sie sich an einem Sitz fest, um beim Anfahren des Zuges nicht umgeworfen zu werden. Grinsend ließ sie sich eine Flasche Bier reichen, während eine weitere in ihre Tasche gesteckt wurde, und dazu noch ein paar belegte Brote in Pergamentpapier. Zwei Männer im Mittelgang verbeugten sich tief, als wollten sie eine Königin begrüßen. Ein dritter schlug der Frau klatschend auf den Hintern und pfiff. Das alles dauerte ein paar Minuten. Die alte Frau trank, machte ein paar Tanzschritte und gestikulierte dann verspielt herum, streckte jemandem die Zunge heraus und hüpfte mit grotesken Schritten herum, als wolle sie ein Ballett tanzen. Die Holländer sind vergnügte Leute, dachte Joel. Sie sorgen auch für die, denen es weniger gutgeht und die man in einem anderen Land vielleicht überhaupt nicht in den Zug lassen würde. Jetzt kam die Frau auf ihn zu, die Tasche weit geöffnet, als wollte sie von allen Seiten Almosen entgegennehmen. Joel holte ein paar Gulden hervor und ließ sie in die Tasche fallen.

»*Goedemorgen*«, sagte die alte Frau schwankend. »*Dank wel, beste man, vriendeligk von u!*«

Joel nickte und beugte sich wieder über die Karte in seiner Hand. Doch die Frau mit der Tasche blieb neben ihm stehen.

»*Uw hoofd! Ach, heb je een ongeluk gehad, jongen?*«

Wieder nickte Converse, griff noch einmal in die Tasche und gab der betrunkenen alten Vettel noch einmal Geld. Er wies auf seine Karte und gab ihr durch Gesten zu verstehen, daß sie weitergehen solle. Rings um ihn wurde das Geschrei wieder lauter.

»*Spreekt u Engels?*« rief die Frau mit der Tasche und beugte sich schwankend über ihn.

Joel zuckte die Achseln, sank in seinen Sitz zurück und starrte auf die Karte.

»Ich denke *doch.*« Die alte Frau sprach jetzt heiser, aber klar und nüchtern. Ihre rechte Hand hielt sich plötzlich nicht mehr am Sitzrand fest, sondern war in der Segeltuchtasche versunken. »Wir suchen Sie schon seit Tagen auf jedem Zug. Keine *Bewegung!* Die Waffe hat einen Schalldämpfer. Bei dem Lärm hier würde keiner etwas bemerken, wenn ich abdrükke, auch nicht der Mann neben Ihnen. Ich glaube, wir sollten jetzt gehen. Wir *haben* Sie, *Menheer* Converse!«

Mit einem Schlag war er von der fröhlichen Stimmung ausgeschlossen. Der Tod hatte ihn eingeholt. Minuten vor Amsterdam.

26

»Mag ik u even lastig vallen?« rief die alte Frau, die scheinbar wieder unsicher schwankte, dem Passagier neben Converse zu. Der Mann wandte seinen Blick von dem munteren Treiben im Mittelgang ab und sah zu der alten Vettel hinauf. Wieder rief sie, die rechte Hand noch immer in der Tasche, das graue Haar wirr, und deutete mit dem Kopf zum vorderen Teil des Wagens. *»Zou ik op uw plaats mogen zitten?«*

»Mij best!« Der Mann stand grinsend auf. Joel zog die Beine zur Seite, um ihn passieren zu lassen. *»Dank u wel«*, fügte der Mann hinzu und ging zu einem leeren Sitz hinter zwei jungen Leuten, die im Gang tanzten.

»Rutschen Sie rüber!« befahl die alte Frau schroff.

Wenn es überhaupt noch eine Möglichkeit zur Gegenwehr gibt, überlegte Converse, dann sofort. Er schickte sich an, aufzustehen, die Augen geradeaus, den rechten Ellbogen auf der Armstütze, nur wenige Zentimeter von der riesigen Segeltuchtasche der Frau entfernt. Plötzlich schoß seine Hand in die offene Tasche und packte das wulstige Gelenk der Hand, die die unsichtbare Waffe hielt. Er ließ die Hand tiefer sinken, umklammerte Fleisch und Metall und riß die Frau nach links durch den schmalen Raum zwischen den Sitzreihen und preßte sie auf den Platz neben dem Fenster. Ein scharfes, klatschendes Geräusch ertönte, als sich ein

Schuß löste und ein Loch in das schwere Tuch brannte. Etwas Rauch kräuselte in die Höhe, die Kugel bohrte sich irgendwo weiter unten in die Wand. Die alte Frau hatte Kräfte wie ein Berserker, damit hatte er nicht gerechnet. Sie kämpfte verzweifelt, krallte nach seinem Gesicht, bis er ihr den Arm auf den Rücken drehte und festhielt, während ihre Hände in der Tasche noch immer miteinander kämpften. Die Alte wollte die Waffe nicht freiwillig loslassen, und er schaffte es nicht, sie ihr zu entreißen.

Das muntere Treiben im Waggon wurde unterdessen immer lauter. Gelächter, Gesang und trunkene Schreie überschlugen sich. Und niemand achtete auch nur im geringsten auf den verzweifelten Kampf, der sich auf der schmalen Sitzreihe abspielte. Und dann bemerkte Joel plötzlich, daß der Zug seine Fahrt verlangsamte, wenn auch erst kaum spürbar. Die Landung, signalisierte ihm sein Piloteninstinkt. Er drückte der alten Frau den Ellbogen in die Brust, in der Hoffnung, der Schmerz könne sie veranlassen, die Waffe loszulassen. Aber sie hielt fest und preßte sich nur noch fester gegen den Sitz. »Loslassen!« flüsterte er heiser. »Ich tue Ihnen nicht weh, ich töte Sie nicht. Was auch immer man Ihnen gezahlt hat, ich zahle mehr!«

»*Nee!* Dann findet man mich am Ende auf dem Grund eines Kanals! Sie können nicht entkommen, *Menheer*! Die warten in Amsterdam auf Sie, die warten auf den *Zug*!« Mit verzerrtem Gesicht trat die Frau plötzlich nach ihm und bekam einen Augenblick den linken Arm frei. Ihre Hand fuhr herum, schlug nach seinem Gesicht, und ihre Nägel glitten durch seinen Bart, bis er sie wieder am Handgelenk packte, ihren Arm über den Sitz zog und ihn gegen ihr Knie preßte. Er drehte ihr die Hand herum und zwang sie, sich ruhig zu verhalten, doch das reichte nicht. In der rechten Hand hatte sie noch immer die Kraft einer Löwin, die ihre Jungen beschützt. Sie ließ die Waffe in der Tasche nicht los.

»Sie lügen!« schrie Converse. »Niemand weiß, daß ich in diesem Zug bin! Sie selbst sind erst vor zwanzig Minuten eingestiegen!«

»Irrtum, *Amerikaan*! Ich bin schon seit Arnhem im Zug.

Von vorn bis hinten bin ich durch die Waggons gegangen, und in Utrecht habe ich Sie gefunden. Das ist nach Amsterdam durchtelefoniert worden.«

»Lüge!«

»Sie werden ja sehen.«

»Wer hat Sie bezahlt?«

»Männer.«

»Wer?«

»Das werden Sie ja sehen.«

»*Verdammt*, Sie gehören doch nicht zu denen! Das *kann* doch nicht sein!«

»Die zahlen. Überall in den Zügen zahlen die. Auf den Piers, auf den Flughäfen. Die sagen, Sie sprechen nur Englisch.«

»Was noch?«

»Warum sollte ich Ihnen das verraten? Sie sollten *mich* loslassen. Das würde es leichter machen für Sie.«

»Wie denn? Eine schnelle Kugel in den Kopf, statt der Folter in Hanoi?«

»Was auch immer, die Kugel könnte besser sein. Sie sind zu jung, um das zu wissen, Menheer. Sie haben nie eine Besatzung erlebt.«

»Und Sie sind eigentlich zu alt, um noch solche Kraft zu haben, das muß ich Ihnen lassen.«

»Ja, auch das habe ich gelernt.«

»Loslassen!«

Der Zug bremste weiter ab, und die betrunkene Menge im Waggon schrie vergnügt. Die Männer griffen nach ihren Koffern in den Gepäcknetzen. Auch der Passagier, der neben Joel gesessen hatte, zerrte seinen heraus und stieß Joel dabei gegen die Schulter. Joel tat, als sei er ganz in die Unterhaltung mit seiner Grimassen schneidenden »Gefangenen« versunken. Der Mann grinste und ging mit dem Koffer in der Hand davon.

Dann ruckte die alte Frau nach vorn, und ihre Zähne erwischten Joels Oberarm nur Millimeter von der alten Wunde entfernt. Sie biß so heftig zu, daß sofort Blut hervorquoll und der Frau über das graue Kinn rann.

Der Schmerz ließ Joel zurückzucken. Die Alte befreite ihre Hand aus seinem Griff. Jetzt gehörte die Waffe wieder ihr! Sie feuerte; auf das klatschende Geräusch des schallgedämpften Schusses folgte unmittelbar das Splittern einer Bodenplanke wenige Zentimeter neben Joels Füßen. Er packte den unsichtbaren Lauf, drehte ihn herum und versuchte mit aller Kraft, ihr die Waffe zu entreißen. Wieder feuerte sie.

Ihre Augen weiteten sich, während sie rückwärts gegen den Sitz prallte. Sie blieben starr, als sie gegen das Fenster sackte, und dann breitete sich über ihrem Bauch ein großer Blutfleck im dünnen Stoff ihres Kleides aus. Sie war tot. Joel wurde übel – und das so schnell, daß er schlucken mußte, um sich nicht zu übergeben. Noch zitternd fragte er sich, wer diese alte Frau war, was sie erlebt hatte, was sie zu dem gemacht hatte, was sie war. *Sie sind zu jung, um das zu wissen... Sie haben nie eine Besatzung erlebt.*

Aber jetzt war nicht die Zeit, darüber nachzudenken. Sie hatte ihn töten wollen. Das genügte im Moment. Und nur wenige Minuten entfernt warteten Männer auf ihn. Er mußte überlegen, was zu tun war. Er mußte in Bewegung bleiben.

Joel entwand den starren Fingern der Alten die Waffe und schob sie sich unter den Gürtel. Er spürte das Gewicht der anderen Waffe in seiner Hosentasche. Dann beugte er sich vor, zog das Kleid der Frau in Falten, schob ihr den Schal über den Blutfleck und strich ihr das wirre graue Haar über die rechte Wange, so daß man die geweiteten toten Augen nicht sofort sehen konnte. Dann holte er noch eine Dose Bier aus ihrer Tasche, öffnete sie und stellte sie ihr auf den Schoß. Das Bier schwappte heraus und durchnäßte das Kleid.

»Amsterdam! De volgende halte is Amsterdam-Centraal!«

Die Betrunkenen drängten sich zur Tür. O *Gott*! dachte Converse. Was sollte er jetzt tun? Die alte Frau hatte gesagt, ein Telefongespräch *sei geführt worden*. Das deutete darauf hin, daß sie nicht selbst gesprochen hatte. Dafür wäre auch zu wenig Zeit gewesen. Ohne Zweifel hatte sie in Utrecht jemandem, der vielleicht am Bahnsteig wartete, den Auftrag gegeben, das Gespräch zu führen. Daraus ließ sich schließen, daß nur wenig übermittelt worden war. Sie war eine Sonderbeauftragte, eine, wie sie nur Aquitania besaß. Eine alte Frau, die stark war und eine Waffe benutzen konnte und die auch nicht davor zurückschreckte, jemanden zu töten – eine Frau, die zu niemandem viel sagen würde. Sie würde einfach eine Telefonnummer nennen und den oder die Betreffende anweisen, die Ankunftszeit des Zuges durchzugeben. Und deshalb... hatte er wieder eine Chance. Jeder männliche Passagier würde gemustert werden, jedes Gesicht mit dem in den Zeitungen verglichen. Das Gesicht war das seine und doch auch wieder nicht. Und er sprach außer Englisch keine andere Sprache, auch das war weitergegeben worden. Er mußte *denken*!

»Ze is dronken!« Der vierschrötige Mann mit der attraktiven Frau rief das, während er auf die Tote deutete. Sie lachten beide, und Joel brauchte keinen Dolmetscher, um sie zu verstehen. Sie hielten die alte Frau für betrunken. Er nickte und grinste und zuckte die Schultern. Plötzlich wußte er, wie er es schaffen konnte, den Bahnsteig in Amsterdam zu verlassen.

Converse begriff, daß es eine universelle Sprache gab, die man dann einsetzte, wenn der Lärm so laut war, daß man nichts mehr hören konnte. Dieselbe Sprache, die man auch auf Cocktailpartys gebrauchte, wenn man sich langweilte, oder wenn man sich ein Fußballspiel ansah und einen Clown neben sich hatte, der sich einbildete, mehr als der Trainer oder Schiedsrichter zu verstehen, oder auch dann, wenn man mit den »beautiful people« von New York einen Abend verbringen mußte – in solchen Situationen nickte oder lächelte man, legte jemandem gelegentlich freundlich die Hand auf die Schulter und deutete damit seine Kommunikationsbereitschaft an – aber man sagte kein Wort.

All dies tat Joel, als er sich mit dem vierschrötigen Mann und seiner Frau aus dem Zug schob. Und er spielte die Rolle wie einer, der wußte, daß zwischen Leben und Tod nur noch ein kleines bißchen vorgetäuschter Verrücktheit stand.

Während sie am Zug entlanggingen, wanderte Joels aufmerksamer Blick zu einem Mann, der hinter einem Bogen am Ende des Bahnsteigs stand. Er fiel Joel auf, weil sein Gesicht –

im Gegensatz zu seiner Umgebung, wo alles strahlte – ernst und angestrengt wirkte. Der Mann war aufmerksam, er studierte die Ankömmlinge, aber da war niemand, den er willkommen heißen konnte. Und dann wußte Converse plötzlich, weshalb ihm der Mann aufgefallen war. Er erkannte das Gesicht, und im selben Augenblick wußte er auch, wo er es schon einmal gesehen hatte. Der Mann vor ihm war einer der Wächter aus Erich Leifhelms Anwesen über dem Rhein.

Sie näherten sich jetzt dem Torbogen, und Joel lachte etwas lauter, schlug dem vierschrötigen Holländer etwas kräftiger auf die Schulter. Die Mütze hatte er sich wieder tief in die Stirn gezogen. Er nickte ein paarmal, zuckte dann wieder die Schultern, schüttelte freundlich den Kopf, die Stirn gefurcht, wobei seine Lippen sich dauernd bewegten, dem Anschein nach im angeregten Gespräch. Aus halb zusammengekniffenen Augen sah Converse, daß Leifhelms Wächter ihn anstarrte; dann sah der Mann weg. Sie passierten den Bogen, und Joel bemerkte aus dem Augenwinkel, wie ein Kopf herumfuhr, wie eine Gestalt andere Gestalten aus dem Wege schob, außen am Rande der Menschenmenge blieb, sich aber weiter vorarbeitete. Converse drehte sich um und sah dem Holländer über die Schulter. Da geschah es. Seine Augen blickten in die von Leifhelms Wächter. Der Augenblick des Erkennens war da. Der Deutsche schrak zusammen und warf den Kopf herum. Er wollte schreien, hielt dann aber inne. Jetzt griff seine Hand unter das Jackett, seine Schritte wurden schneller.

Joel löste sich von den zwei Holländern und fing an zu laufen. Er bahnte sich einen Weg durch die Mauer aus Leibern und hielt auf eine Reihe bogenähnlicher Ausgänge zu, durch die das helle Sonnenlicht in die Bahnhofshalle fiel. Zweimal sah er sich um. Das erstemal konnte er den Mann nicht sehen, aber beim zweitenmal. Leifhelms Wächter schrie irgend jemandem etwas zu, reckte sich höher, um besser sehen zu können, und auch, um gesehen zu werden. Dann zeigte er wild fuchtelnd zu den Ausgängen. Converse lief noch schneller und wurde rücksichtsloser gegen jeden, der ihm den Weg zum Ausgang versperrte. Jetzt hatte er die Treppe erreicht und hastete sie hinauf. Dabei hielt er sich aber im gleichen Rhythmus wie die anderen gehetzten Passagiere, darauf bedacht, in ihrer Mitte zu bleiben und so wenig Aufmerksamkeit wie möglich auf sich zu ziehen.

Dann stürzte er in völliger Verwirrung ins Freie. Er sah Wasser und Piers und glasbedeckte Boote, die leicht in der Strömung dümpelten, Menschen, die an den Schiffen vorbeieilten, während andere unter den wachsamen Blicken von Männern in weiß-blauen Uniformen an Bord komplimentiert wurden. Da hatte er den Bahnhof hinter sich gelassen, nur um sich in einer Art Hafen wiederzufinden. Und dann erinnerte er sich: Der Hauptbahnhof von Amsterdam stand auf einer Insel mit Blick auf die Stadtmitte; deshalb nannte man ihn auch Centraal-Station. Und doch war da eine Straße, zwei Straßen, *drei* Straßen, die wie Brücken zu anderen Straßen und Bäumen und Gebäuden führten... Aber ihm blieb *keine Zeit*! Er war im Freien, und jene Straßen in der Ferne waren die Höhlen, die ihm das Überleben garantierten; sie waren die Schluchten und Büsche und Sümpfe, die ihn vor dem Feind verbergen konnten! Er rannte, so schnell er konnte, den vom Wasser gesäumten breiten Boulevard hinunter, bis er an eine noch breitere Straße kam, auf der sich der Verkehr staute. Busse, Straßenbahnen, Autos, alle bereit, sich beim Umschalten der Verkehrsampel wieder in Bewegung zu setzen. Er sah eine immer kürzer werdende Schlange an der Tür einer Straßenbahn, sah, wie die zwei letzten Passagiere einstiegen. Er hetzte zu dem Wagen und schob sich noch hinein, bevor die Tür zuklappte.

In der letzten Reihe entdeckte er einen freien Platz und setzte sich schwer atmend. Der Schweiß stand ihm in dicken Tropfen am Haaransatz und an den Schläfen, er rann ihm über das Gesicht, und auch sein Hemd war naß. Erst jetzt wurde ihm bewußt, wie erschöpft er war, wie heftig sein Herz schlug und wie verwirrt sein Blick und seine Gedanken waren. Furcht und Schmerz hatten sich zu einer Art Hysterie verbündet. Der Wunsch zu überleben und der Haß, den er für Aquitania empfand, hatten ihn in Gang gehalten.

Schmerz? Erst jetzt wurde ihm das Stechen über seiner Armwunde bewußt, die letzte Rachetat einer alten Frau. Rache wofür? Einen Feind? Oder war sie bezahlt worden? *Keine Zeit!*

Die Straßenbahn setzte sich in Bewegung, und er drehte sich um, weil er durch das Rückfenster sehen wollte. Er sah, was er erwartet hatte. Leifhelms Wächter lief gerade über die Kreuzung, ein zweiter Mann kam vom Kai auf ihn zugerannt. Jetzt trafen sie sich, und man konnte ihren Gesten ansehen, daß sie in heller Aufregung waren. Ein weiterer Mann stand plötzlich bei ihnen. Joel hatte nicht gesehen, woher er gekommen war. Die drei Männer redeten aufeinander ein, wobei anscheinend Leifhelms Wächter die Befehle gab. Er deutete in mehrere Richtungen, erteilte Anweisungen. Ein Mann eilte auf die Straße, warf prüfende Blicke in das halbe Dutzend Taxis, das im Verkehrsgewühl feststeckte. Ein zweiter blieb auf dem Bürgersteig und ging langsam an den Tischen eines Straßencafés vorbei und dann ins Innere des Lokals. Schließlich lief Leifhelms Wächter quer über die Kreuzung, immer dem Verkehr ausweichend, und gab, als er die gegenüberliegende Seite erreicht hatte, Handzeichen. Eine Frau kam aus einem Laden und trat zu ihm.

An die Straßenbahn hatte keiner gedacht. Joel lehnte sich zurück und versuchte, seine Gedanken zu sammeln. Er wußte, daß ihm Schwieriges bevorstand. Aquitania würde jeden Winkel in Amsterdam absuchen, um ihn zu finden. Gab es überhaupt eine Möglichkeit, Thorbecke zu erreichen? Nein, er durfte jetzt an überhaupt nichts denken. Er mußte sich sammeln und sich ausruhen. Und wenn er sogar Schlaf finden sollte, konnte er nur hoffen, daß nicht zugleich die Alpträume kommen würden. Er sah zum Fenster hinaus und entdeckte eine Tafel. Auf ihr stand *Damrak*.

Er blieb mehr als eine Stunde in dem Straßenbahnwagen. Das lebhafte Geschehen in den Straßen, die schöne Architektur der jahrhundertealten Gebäude und die endlosen Kanäle beruhigten ihn. Sein Arm schmerzte immer noch vom Biß der alten Frau, aber die Wunde tat nicht sehr weh, und langsam verblaßte der Gedanke, daß er die Verletzung dringend säubern mußte. Und wenn er auch nicht um die alte Frau weinen konnte, so wünschte er sich doch, wie ihm das gelegentlich bei fremden Zeugen vor Gericht erging, daß er ihre Geschichte gekannt hätte.

Die Straßenbahn hatte die letzte Station erreicht und würde jetzt umkehren. Er war der letzte Fahrgast. Joel ging den Mittelgang hinauf, stieg aus und sah eine andere Straßenbahn. Er stieg ein. Eine neue Zuflucht.

Hundert Straßen und ein Dutzend sich kreuzender Kanäle später sah er zum Fenster hinaus. Die heruntergekommene Umgebung, die er sah, ermutigte ihn. Es gab eine Reihe von Pornoshops, deren Ware vor den Läden ausgelegt war. Darüber standen in offenen Fenstern grell bemalte Mädchen in provozierenden Posen und zogen sich lethargisch die Büstenhalter herunter, dabei blickten sie gelangweilt und ließen die Hüften kreisen. Die Menschen auf den Straßen wirkten angeregt, einige neugierig, während sich andere schockiert gaben und wieder andere Interesse zeigten. Über dem Ganzen lag eine Jahrmarktsatmosphäre. Eine Atmosphäre, in der man untertauchen konnte, dachte Joel, als er von seinem Sitz aufstand und zur Tür ging.

Auf der anderen Straßenseite war ein Café mit Tischen auf dem Bürgersteig, während es drinnen dunkel war. Ihn verblüfften die Menschen, die kurz am Eingang stehenblieben, hineinsahen und weitergingen, als hätte irgend etwas Eigenartiges sie angezogen, das sich drinnen abspielte. Er überquerte die Straße, bahnte sich einen Weg durch die Menge und betrat das Café. Wenn es für ihn schon keine Möglichkeit zum Schlafen gab, so brauchte er doch wenigstens etwas zu essen. Seit fast drei Tagen hatte er keine richtige Mahlzeit mehr zu sich genommen. Ganz hinten in dem Raum fand er einen kleinen Tisch, der frei war, und er wunderte sich darüber, daß rechts von ihm an der Wand ein Fernsehgerät seine nachmittäglichen Banalitäten in englischer Sprache von sich gab. Dann sah er auf dem Tisch eine Speisekarte in vier Sprachen, von denen Englisch die erste war.

Für unsere ausländischen Besucher bieten wir Video-Aufzeichnungen unseres Fernsehprogramms.

Damit wollte das Lokal Touristen anlocken. Und der amerikanische Dollar galt viel in Amsterdam.

Whisky pur half, aber die Beruhigung, die vom Alkohol ausging, würde nicht lang anhalten. Die Angst des Gejagten stellte sich wieder ein und zwang ihn, den Kopf immer wieder zum Eingang zu drehen, wo er jeden Augenblick einen der Männer von Aquitania erwartete, einen der Söldner, der aus dem hellen Licht ins Halbdunkel seiner Höhle treten und ihn finden würde. Er ging zur Herrentoilette, zog das Jackett aus, steckte die Waffe mit dem Schalldämpfer in die Innentasche und riß den linken Hemdsärmel auf. Er füllte eines der beiden Becken mit kaltem Wasser, tauchte das Gesicht hinein, goß sich das Wasser ins Haar und über den Hals. Er spürte ein Vibrieren, ein Geräusch! Sein Kopf ruckte erschreckt hoch, seine Hand griff instinktiv nach dem Jakkett, das er an einen Haken gehängt hatte. Ein behäbig wirkender Mann in mittleren Jahren nickte ihm zu und trat an ein Urinbecken. Joel warf einen Blick auf die Zahnspuren an seinem Arm; sie sahen wie ein Hundebiß aus. Er drehte den Heißwasserhahn auf und bearbeitete die schmerzende Stelle mit einem Papierhandtuch, bis das Blut hervortrat. Mehr konnte er nicht tun; vor einem ganzen Leben hatte er dasselbe getan, als sich Wasserratten durch die Gitterstangen seines Bambuskäfigs gezwängt und ihn angegriffen hatten. Und dann hatte er gelernt, daß man Ratten Angst machen konnte. Und sie töten. Der Fremde trat von dem Urinbecken zurück, ging zur Tür und warf Converse dabei einen unsicheren Blick zu.

Joel legte ein Papierhandtuch auf die Wunde, zog sein Jackett wieder an und kämmte sich das Haar. Dann kehrte er an seinen Tisch zurück und ärgerte sich wieder über den lärmenden Fernseher an der Wand.

Eine Zeitlang war er versucht, das größte Stück Fleisch zu bestellen, das auf der Karte zu finden war, aber die Vernunft riet ihm davon ab. Er hatte seit Tagen nicht mehr geschlafen, seit seiner Gefangenschaft in Leifhelms Anwesen, wo ihm reichliches, gutes Essen zu Schlaf verholfen hatte. Ein kräftiges Mahl würde ihn also nur müde machen, und das war nicht die richtige Verfassung für einen Mann auf der Flucht. Also bestellte er Seezungenfilet mit Reis. Wenn nötig, konnte er ja immer noch eine zweite Portion nachbestellen. Und noch einen Whisky.

Die Stimme! Herrgott, die *Stimme*! Er mußte unter Halluzinationen leiden! Er war dabei, den Verstand zu verlieren! Er hörte eine Stimme – das Echo einer Stimme – die er *unmöglich* hören konnte!

»...Ich bin tatsächlich der Ansicht, daß das eine nationale Schande ist, aber ich muß gestehen, daß ich wie die meisten anderen nur Englisch spreche.«

»Frau Converse –«

»Miß... Fräulein... Ich glaube, so stimmt es. Charpentier, wenn es Ihnen nichts ausmacht.«

»Dames en heren...«, schaltete sich eine dritte Stimme leise in holländischer Sprache ein.

Converse schnappte wie ein Erstickender nach Luft, griff sich ans Handgelenk, schloß die Augen und drückte sie so fest zu, daß jeder Muskel in seinem Gesicht schmerzte. Dann wandte er das Gesicht von der Quelle dieser schrecklichen, furchtbaren Halluzination ab.

»Ich bin geschäftlich in Berlin... Ich bin beratend für eine Firma in New York tätig...«

»Mevrouw Converse, o juffrouw Charpentier, zoals we...«

Joel war jetzt sicher, daß er tatsächlich verrückt war, daß er wirklich den Verstand verloren hatte. Er hörte das Unmögliche. *Hörte es!* Er fuhr herum und blickte nach oben. Der Fernsehschirm. Es war *Valerie*! Sie war auf dem *Bildschirm*!

»Was immer Sie sagen, Fräulein Charpentier, wird exakt übersetzt werden, das kann ich Ihnen versichern.«

»Zoals juffrouw Charpentier zojuist zei...« Das war wieder die dritte Stimme, die Stimme des Holländers.

»Ich habe meinen ehemaligen Mann seit mehreren Jahren nicht mehr gesehen – drei oder vier, würde ich sagen. Tatsächlich sind wir inzwischen Fremde. Ich kann nur der

Erschütterung Ausdruck geben, die mein ganzes Land empfindet...«

»Juffrouw Charpentier, de vroegere mevrouw Converse...«

»Er war ein sehr verstörter Mann, der unter starken Depressionen litt, aber ich habe nie geahnt, daß so etwas...«

»Hij moet mentaal gestoord zijn...«

»Es gibt keinerlei Verbindung zwischen uns, und es überrascht mich, daß Sie von meiner Reise nach Berlin erfahren haben. Trotzdem bin ich dankbar dafür, daß ich Gelegenheit habe, einiges klarzustellen...«

»Mevrouw Converse gelooft...«

»Trotz der schrecklichen Umstände freut es mich, in Ihrer schönen Stadt zu sein, Stadthälfte, muß ich wohl sagen. Aber Ihre Hälfte ist die schönere. Und wie ich höre, ist das Kempinski... Tut mir leid, bei uns nennt man so etwas ›Schleichwerbung‹ und ich sollte nicht...«

»Das macht nichts, Fräulein Charpentier. Das ist hier nicht verboten. Fühlen Sie sich bedroht?«

»Mevrouw Converse, voelt u zich bedreigdt?«

»Nein, eigentlich nicht. Wir hatten ja so lange Zeit keine Verbindung mehr miteinander.«

Mein *Gott*! Val war nach Europa gekommen, um ihn zu *finden*! Sie sandte ihm Signale! Sie sprach genausogut Deutsch wie der Mann, der sie interviewte! Und sie waren immer in Verbindung geblieben. Erst vor sechs Wochen hatten sie zusammen in Boston zu Mittag gegessen! Alles, was sie sagte, war gelogen, und in diesen Lügen steckte der Code. *Ihr* Code! *Nimm Verbindung mit mir auf!*

3. BUCH

27

Benommen versuchte er, den verborgenen Sinn in den Worten und Sätzen zu begreifen. In ihnen steckte Vals Botschaft. Das Kempinski war ein Hotel in West-Berlin, soviel wußte er. Es mußte etwas anderes gewesen sein, etwas, das eine Erinnerung auslösen sollte – eine ihrer *gemeinsamen* Erinnerungen. Aber was?

Ich habe meinen ehemaligen Mann mehrere Jahre nicht mehr gesehen... Nein, das war nur eine der Lügen. *Er war ein sehr verstörter Mann.* Nicht ganz falsch, aber nicht das, was sie ihm zu sagen versuchte. *Tatsächlich sind wir inzwischen Fremde*... *Es gibt keinerlei Verbindung zwischen uns*... Wieder eine Lüge, aber im Zusammenhang richtig... *Halt*, etwas, das sie vorher gesagt hatte... *Ich bin beratend tätig*... Das war es!

»Kann ich bitte Miß Charpentier sprechen? Mein Name ist Mr. Whistletoe, Bruce Whistletoe. Ich bin der vertrauliche Berater für Springtime Anti-Perspirant; Ihre Agentur hat ein paar Entwürfe für uns gemacht, und es ist *dringend!*« *Con molta forza.*

Vals Sekretärin war sehr geschwätzig gewesen, berühmt für ihre Klatschgeschichten, und immer, wenn Joel und Valerie sich eine zusätzliche Stunde zum Mittagessen oder auch einen gemeinsamen Tag hatten verschaffen wollen, dann hatte er ein solches Gespräch geführt. Es verfehlte seine Wirkung nie. Wenn irgendein wichtigtuerischer Vorgesetzter – und davon gab es Dutzende – wissen wollte, wo sie war, hatte die leicht zu beeindruckende Sekretärin von einem dringenden Anruf eines sehr wichtigen Kunden erzählt. Das hatte gewöhnlich ausgereicht, und den Rest besorgte Valeries professionelles Selbstbewußtsein. Sie würde dann einfach sagen, daß »die Dinge« unter Kontrolle waren, und damit pflegte sich dann der betreffende Vorgesetzte zufriedenzugeben.

Das mußte der verborgene Hinweis sein. Er sollte sich dieser Taktik bedienen, für den Fall, daß die Polizei ihre Gespräche abhörte.

Das Interview war jetzt beendet, die letzten paar Minuten stellten offensichtlich eine Zusammenfassung in holländischer Sprache dar, während die Kamera ein Foto von Valerie zeigte. Plötzlich hörte er seinen Namen.

»De Amerikaanse moordenaar Converse is advocaat en een expiloot mit de Vietnamese oorlog. Een ander advocaat, een Fransman en een vriend van Converse...«

Joel blickte verwirrt auf den Bildschirm, erschreckt und gelähmt. Es folgte ein kurzer Filmstreifen. Eine Kamera bewegte sich durch eine Bürotür und erfaßte einen Körper, der über einem Schreibtisch zusammengesunken war. Blutströme, die wie eine häßliche Medusenperücke vom Schädel auf eine glänzende Tischplatte geflossen waren. O Gott! Das war René!

Im Augenblick des Erkennens wurde in der linken oberen Bildhälfte ein weiteres Foto eingeblendet. Ein Bild von Mattilon – und dann zur Rechten noch eine Aufnahme. Das war er, Joel Converse. Die Bilder bedurften keiner weiteren Erklärung. René war ermordet worden, und man hatte ihn als Täter bezeichnet. Das beantwortete die Frage; das war der Grund, weshalb Aquitania verbreitet hatte, daß der Mörder nach Paris unterwegs wäre.

Er war ein Todesbote; das war er für neue und alte Freunde geworden. Für René Mattilon, Edward Beale... Avery Fowler. Und auch Feinden, die er nicht kannte, brachte er den Tod. Er war zurückgekehrt, zurück in die Lager und Dschungel, in die nie wieder zurückzukehren er geschworen hatte. Dabei wäre er am liebsten einfach untergetaucht und verschwunden – sollte doch jemand anderer den Auftrag übernehmen, von dem niemand wußte, daß er ihm in Genf übertragen worden war.

Herrgott! Die Aufzeichnung. Wenn sie auch nur zwölf oder vierundzwanzig Stunden alt war, dann hatte Val wahrscheinlich den Umschlag nicht erhalten, den er ihr aus Bonn geschickt hatte! Sie konnte ihn gar nicht erhalten haben. Sonst wäre sie nicht nach Europa geflogen!

O mein Gott, dachte Joel und leerte sein Glas. Mit der anderen Hand rieb er sich die Stirn. Er war vollkommen verwirrt. Wenn Nathan Simon den Umschlag nicht in Händen hielt, hatte es auch keinen Sinn, ihn um Hilfe zu bitten! Ein Anruf bei ihm würde nur zu der Forderung führen, daß Joel sich den Behörden stellen solle. Nate würde sich gegen das Gesetz stellen; er würde mit allen Kräften für seinen Klienten kämpfen, aber erst wenn der Klient sich den Gesetzen unterwarf. Das war Nates Religion.

»Ihr Seezungenfilet, *Menheer*.«

»Mein was?«

»Ihre Seezunge«, wiederholte der Kellner.

»Sie sprechen Englisch?«

»Aber selbstverständlich«, sagte der hagere, kahlköpfige Mann höflich. »Wir haben vorhin doch auch Englisch gesprochen, nur waren Sie sehr erregt. Aber ich verstehe schon, das kann einem in diesem Viertel leicht passieren.«

»Hören Sie.« Converse betonte jedes einzelne Wort. »Ich bezahle Sie gut, wenn Sie eine Telefonverbindung für mich herstellen. Ich spreche weder Holländisch noch Französisch oder Deutsch, sondern nur Englisch. Können Sie das verstehen?«

»Ich verstehe.«

»Ein Gespräch mit West-Berlin.«

»Das ist gar nicht schwer, Sir.«

»Würden Sie das für mich tun?«

»Aber selbstverständlich, mein Herr. Meine Schicht ist in ein paar Minuten zu Ende. Dann hole ich Sie. Wir führen Ihr Gespräch vom Büro aus.«

»Sehr schön.«

»Und ›viel Geld‹, ja? Fünfzig Gulden, ja?«

»Geht in Ordnung. Ja.«

Zwanzig Minuten später saß Converse hinter einem kleinen Schreibtisch in einem sehr kleinen Büro. Der Kellner reichte ihm das Telefon. »Die sprechen Englisch, *Menheer*.«

»Miß Charpentier, bitte«, sagte Joel mit halb erstickter Stimme. Er fühlte sich wie gelähmt und war nicht mehr sicher, ob er die Beherrschung verlieren würde, wenn er ihre Stimme hörte. Einen Augenblick spielte er mit dem Gedanken, einfach aufzulegen. Er durfte sie da nicht *hineinziehen*!

»Hallo?«

Sie war es. Tausend Bilder zogen an seinem inneren Auge vorbei, Erinnerungen an Glück und Zorn, an Liebe und Haß. Er konnte nicht sprechen.

»Hallo? Wer ist da?«

»Oh... da bist du ja. Tut mir leid, die Verbindung ist ziemlich schlecht. Hier spricht Jack Talbot von... Boston Graphics. Wie geht's, Val?«

»Sehr gut... Jack. Und dir? Das ist jetzt ja schon ein paar Monate her. Seit dem Mittagessen im Four Seasons, wenn ich mich richtig erinnere.«

»Stimmt. Wann bist du angekommen?«

»Gestern abend.«

»Bleibst du lange?«

»Nur einen Tag. Wir hatten den ganzen Morgen eine Krisensitzung, heute nachmittag geht es weiter. Wenn ich dann nicht zu erledigt bin, nehme ich noch am Abend die Maschine. Wann bist du nach Berlin gekommen?«

»Ich bin gar nicht dort. Ich hab' dich im Fernsehen gesehen, in Belgien. Ich bin in... Antwerpen, aber heute nachmittag fahre ich nach Amsterdam. Herrgott, schlimm, daß du so viel mitmachen mußtest. Wer hätte das je geahnt? Das mit Joel, meine ich.«

»Eigentlich hätte ich es ahnen müssen, Jack. Das ist alles so schrecklich. Er ist so krank. Ich hoffe nur, daß die ihn bald erwischen. Das wäre für alle gut. Er braucht Hilfe.«

»Er braucht ein Erschießungskommando, wenn ich das einfach mal so offen sagen darf.«

»Ich möchte lieber nicht darüber sprechen.«

»Hast du die Skizzen bekommen, die ich dir geschickt habe, nachdem wir den Gilette-Auftrag verloren hatten? Ich hatte gehofft, dich damit vielleicht ins Bett zu kriegen.«

»Skizzen?... Nein, Jack, die sind nie angekommen. Vielen Dank, daß du an mich gedacht hast; von der kleinen Unverschämtheit einmal abgesehen.«

»Oh? Ich dachte, du schaust regelmäßig deine Post an.«

»Das habe ich auch... bis vorgestern. Aber es war nichts dabei – wie lange wirst du in Amsterdam sein?«

»Eine Woche. Ich dachte, du würdest vielleicht ein paar Agenturkunden besuchen, bevor du nach New York zurückfliegst.«

»Das sollte ich wahrscheinlich, aber es wird wohl nicht gehen. Ich habe keine Zeit. Wenn doch, dann bin ich im Amstel-Hotel. Wenn nicht, dann sehen wir uns in New York wieder. Du kannst mich ja zum Mittagessen einladen, dann tauschen wir Klatschgeschichten.«

»Ja, davon habe ich genug auf Lager. Da wirst schon du die Rechnung übernehmen müssen. Mach's gut, Kleines.«

»Mach's gut... Jack.«

Sie war *großartig*. Und sie hatte den Umschlag aus Bonn nicht erhalten.

Er schlenderte durch die Straßen, besorgt, er könnte zu schnell gehen, verängstigt, er könnte zu lange an einem Ort verweilen, und immer mit dem Gedanken, daß er in Bewegung bleiben mußte, seine Umgebung beobachten, die Schatten suchen und sich von ihnen einhüllen lassen. Sie würde am Abend in Amsterdam sein, und sie hatte gesagt, daß er im Amstel-Hotel Verbindung mit ihr aufnehmen sollte. *Warum?* Warum war sie gekommen? Was hatte sie vor? Plötzlich schob sich das Gesicht von René Mattilon in sein Bewußtsein. Ganz deutlich war es zu erkennen, umgeben von Sonnenlicht. Es war eine Maske – eine Totenmaske. René war von Aquitania getötet worden, weil er Jack nach Amsterdam geschickt hatte. Und Valerie würde nicht geschont werden, wenn die Gefolgsleute von George Marcus Delavane glaubten, daß sie herübergeflogen war, um ihn zu finden, um ihm zu helfen.

Es war jetzt halb vier; bis etwa acht würde es dunkel sein. Er hatte noch knapp fünf Stunden, in denen er unsichtbar und am Leben bleiben mußte. Und irgendeinen Wagen finden.

Er blieb auf dem Bürgersteig stehen und blickte zu einer übermäßig herausgeputzten, äußerst gelangweilten Hure in einem Fenster im zweiten Stock eines Backsteinhauses hinauf. Ihre Augen begegneten sich, und sie lächelte ein gelangweiltes Lächeln. Daumen und Zeigefinger ihrer rechten Hand begegneten sich, die folgende Handbewegung verlangte zu ihrer Deutung nicht viel Phantasie.

Warum nicht? dachte Converse. Das einzig Sichere in einer sehr unsicheren Welt war die Tatsache, daß hinter jenem Fenster ein Bett wartete.

Der Hausverwalter war ein Mann Mitte der Fünfzig. Er erklärte Joel in fließendem Englisch, daß für Zwanzig-Minuten-Sitzungen zu bezahlen sei, und zwar für zwei »Sitzungen« im voraus, wobei der Betrag für die zweite zurückerstattet würde, sollte der Gast während der letzten fünf Minuten der ersten Periode wieder herunterkommen. Der Traum eines jeden Kredithais, dachte Converse nach einem Blick auf die verschiedenen Uhren auf der Theke, die auf numerierten Feldern standen. Gerade kam ein älterer Mann die Treppe herunter. Der Angestellte schnappte sich hastig eine der Uhren und schob den Zeiger nach vorne. Joel kalkulierte schnell und rechnete Gulden in Dollar um, kam zu dem Ergebnis, daß jede »Sitzung« etwa dreißig Dollar kostete, und gab dem erstaunten Verwalter den Gegenwert von 275 Dollar. Dann nahm er seine Nummer entgegen und ging auf die Treppe zu.

»Ihre Freundin, Sir?« fragte der verblüffte Hüter der Freuden, während Converse die erste Treppenstufe betrat. »Eine alte Liebe vielleicht?«

»Eine Cousine, die ich seit Jahren nicht mehr gesehen habe«, erwiderte Joel traurig. »Wir müssen ein langes Gespräch führen.« Mit hängenden Schultern stieg er die Treppe hinauf.

»*Slapen?*« rief die Frau mit den viel zu dick geschminkten Wangen und dem aufgetürmten Haar. Sie war ebenso verblüfft wie ihr Behüter unten. »Sie wollen *slapen?*«

»Das läßt sich schwer übersetzen, aber so ist es«, sagte Converse, nahm Brille und Mütze ab und setzte sich aufs Bett. »Ich bin sehr müde, und es wäre herrlich, wenn ich schlafen könnte, aber wahrscheinlich werde ich nur etwas ausruhen. Sie können ja inzwischen eine Zeitung lesen. Ich will Sie nicht belästigen.«

»Was ist denn? Finden Sie mich nicht hübsch? Nicht sauber? Sie sehen ja auch nicht gerade gut aus, *Menheer*! Das Gesicht zerschunden, die Augen rot. Vielleicht sind *Sie* nicht sauber!«

»Ich bin gestürzt. Kommen Sie schon. Ich finde, Sie sehen großartig aus, aber ich will wirklich ausruhen.«

»Warum hier?«

»Ich will nicht ins Hotel zurück. Der Liebhaber meiner Frau ist dort. Er ist mein Chef. Wie heißen Sie?«

»Emma«, erwiderte die Hure.

»Sie sind nett, Emma.«

»Nein, *Menheer*, das bin ich nicht.«

Er erwachte von einer Berührung und schreckte im Bett hoch. Seine Hand fuhr instinktiv an seine Hüfte, um sich zu vergewissern, daß der Geldgurt noch an seinem Platz war. Er hatte so tief geschlafen, daß er einen Augenblick lang nicht wußte, wo er war. Und dann sah er die grell geschminkte Frau neben sich stehen. Ihre Hand lag auf seiner Schulter.

»*Menheer*, verstecken Sie sich vor jemandem?« fragte sie leise.

»Was?«

»Auf dem Leidseplein wird geredet. Männer stellen Fragen.«

»Was?« Converse riß die Decke zur Seite und setzte sich auf. »Welche Männer? *Wo*?«

»*Het Leidseplein* – dieses Viertel. Männer stellen Fragen. Sie suchen einen Amerikaner.«

»Warum *hier*?« Joels Hand löste sich von dem Geldgurt und tastete nach der Waffe darüber.

»Leute, die nicht gesehen werden wollen, kommen oft auf den Leidseplein.«

Warum nicht? dachte Converse. Wenn er darauf gekommen war, warum dann nicht auch der Feind? »Haben sie eine Beschreibung?«

»Sie sind es«, antwortete die Hure offen.

»*Und*?« Joel sah der Frau in die Augen.

»Man hat nichts gesagt.«

»Ich kann nicht glauben, daß unser Freund unten mir gegenüber so wohltätige Gefühle hat. Ich bin sicher, daß die Geld angeboten haben.«

»Man hat ihm Geld gegeben«, verbesserte die Hure ihn. »Und ihm mehr für weitere Informationen versprochen. Ein Mann ist in der Nähe geblieben und wartet in einem Café am Telefon. Man soll ihn anrufen, dann bringt er die anderen. Unser... Freund unten dachte, Sie könnten vielleicht in das Angebot einsteigen.«

»Ich verstehe. Eine Auktion. Ein Kopf auf dem Auktionstisch.«

»Ich verstehe nicht.«

»Nichts. Fragen Sie nach, ob unser Freund amerikanisches Geld nimmt.«

»Natürlich tut er das.«

»Dann steige ich in das Angebot ein und verdopple es.«

Die Hure zögerte. »Jetzt bin ich an der Reihe, *Menheer*.«

»Wie bitte?«

»*En*? Wie Sie sagen – ›und‹?«

»Oh. Sie?«

»Ja.«

»Ich habe etwas Besonderes für Sie. Können Sie einen Wagen fahren oder kennen Sie jemanden, der das kann?«

»*Natuurlijk* kann ich fahren. Bei schlechtem Wetter bringe ich meine Kinder zur Schule.«

»O Gott... ich meine, das ist gut.«

»Mein Gesicht ist dann natürlich nicht *zo*.«

»Ich möchte, daß Sie einen Wagen mieten und ihn hier zum Eingang bringen. Dann steigen Sie aus und lassen die Schlüssel stecken. Können Sie das tun?«

»Ja, aber für nichts gibt es nichts.«

»Dreihundert Dollar – das sind rund achthundert Gulden.«

»Fünfhundert – das sind rund vierzehnhundert Gulden«, konterte die Frau. »Und das Geld für die Wagenmiete.«

Joel nickte, während er sein Jackett aufknöpfte und das Hemd herauszog. Unter dem breiten Segeltuchgurt war der Griff der Waffe mit dem kurzen Lauf und dem daraufgesteckten Schalldämpfer deutlich zu erkennen. Die Frau sah die Waffe und stöhnte erschrocken auf. »Die gehört nicht mir«, sagte Converse schnell. »Ob Sie das nun glauben oder nicht, ist mir gleichgültig, aber ich hab' sie jemandem weggenommen, der versucht hat, mich zu töten.« Er zog den Reißverschluß an seinem Geldgurt auf und zählte mit dem Daumen die Scheine ab. Dann zog er sie heraus und schloß die Tasche wieder. »Da, das ist für unseren Freund unten und der Rest ist für Sie. Bringen Sie mir einfach den Wagen und eine von den Touristenkarten von Amsterdam, auf denen alle größeren Geschäfte und Hotels und Restaurants eingetragen sind.«

»Ich werde den Wagen später als gestohlen melden. Ein paar Straßen von hier ist ein Autoverleih, wo man mich kennt. Dort habe ich schon ein paarmal einen Wagen gemietet, wenn mein Peugeot defekt war und ich einen Ersatz brauchte. Seien Sie in zwanzig Minuten unten und machen Sie sich etwas frisch.« Die Hure schloß eilig die Tür hinter sich.

Joel ging ohne große Begeisterung zu dem Waschbecken an der Wand, sah dann aber, daß es sauber war. Auf dem Boden stand eine Dose mit Reinigungsmittel und eine Flasche Wasserstoffsuperoxyd neben einer Rolle mit Papiertüchern. Er sah in den Spiegel; die Frau hatte recht gehabt, er war kein schöner Anblick. Aber man mußte ihm schon ziemlich nahe kommen, um zu sehen, wie tief die Wunden gingen. Vorsichtig wusch er sich das Gesicht, trocknete sich dann wieder ab, setzte die Sonnenbrille auf und machte sich so gut zurecht, wie er konnte.

Es war geschehen. Val war gekommen, um ihn zu finden. Und er wünschte nichts so sehr, als sie zu sehen, sie zu berühren, ihre Stimme ganz nahe zu hören – und gleichzeitig wußte er, daß die Gründe dafür nicht die richtigen waren. Er war der Gejagte, verletzbar, von Schmerzen gepeinigt, alles Dinge, die es nicht gegeben hatte, als sie früher zusammen waren. Und nur weil all das aus ihm geworden war, gestattete er ihr, ihn zu finden. Bewundernswert war das kaum. Es paßte nicht zu seinem Teil ihrer gemeinsamen Vergangenheit, dem *de suite,* wie René Mattilon es formuliert hatte... René. Ein Telefonanruf hatte sein Todesurteil besiegelt. *Aquitania.*

Zwölf Minuten waren verstrichen. Er wollte unten an der Tür sein, wenn Emma, die Hure aus der Vorstadt, auf der überfüllten Straße vorfuhr. Er verließ das kleine Zimmer, begann die Treppe hinabzusteigen und hörte die vorgetäuschten ekstatischen Laute hinter ein paar verschlossenen Türen. Einen Augenblick lang überlegte er, ob die Mädchen schon einmal daran gedacht hatten, Kassettenrecorder zu benutzen; dann könnten sie Knöpfe drücken und dabei Zeitschriften lesen. Er hatte jetzt den ersten Treppenabsatz erreicht und sah unter sich den engelsgesichtigen Hüter des Etablissements hinter seiner Theke. Der Mann telefonierte gerade. Joel ging weiter, in der Hand eine Hundertdollarnote, die er dem Verwalter geben wollte. Ein zusätzlicher Bonus.

Doch als er den Fuß in die Lobby setzte, war er plötzlich gar nicht mehr sicher, ob er dem Hausverwalter mehr als einen Käfig im Mekong schenken sollte. Der Mann sah Converse an, seine Augen waren geweitet und seine Engelsbäckchen bleich geworden. Er zitterte, als er den Hörer auflegte, und lächelte verkrampft.

»Probleme! Immer gibt es Probleme, *Menheer*. Das ist alles so schwierig – ich sollte mir einen Computer kaufen.«

Dieser Schweinehund hatte es getan! Er hatte den Mann angerufen, der in der Nähe in einem Café wartete!

»Lassen Sie die Hände auf der Theke!« schrie Joel.

Der Befehl kam zu spät. Der Holländer hob bereits eine Pistole, die er unter dem Tresen hervorgeholt hatte. Converse machte einen Satz, warf sich nach rechts, riß das Jackett auf und fand den Kolben der Pistole, die in seinem Gürtel steckte. Der Verwalter feuerte blindlings um sich, während Joel sich mit der linken Schulter gegen die zerbrechliche Theke warf. Sie stürzte ein, und Converse sah den ausgestreckten Arm, sah die Hand, die die Pistole hielt. Er ließ den Lauf der eigenen Waffe auf das Handgelenk des Holländers niederschmettern; die Waffe flog davon und fiel klirrend auf den Boden.

»Du Schwein!« schrie Joel. Er packte den Mann an der

Hemdbrust und zog ihn in die Höhe. »Du *Schwein*! Ich habe *dich bezahlt*!«

»Töten Sie mich nicht! *Bitte*, ich bin ein armer Mann mit vielen Schulden! Die haben gesagt, daß sie nur mit Ihnen reden wollen! Was macht das schon? *Bitte*, tun Sie es nicht!«

»Du bist es gar nicht wert, du Hurensohn!« Converse schlug dem Holländer mit dem Pistolenkolben auf den Kopf und lief zur Tür. Auf der Straße standen die Fahrzeuge ineinander verkeilt – dann kam plötzlich Bewegung in sie, die Wagen und Busse ruckten an. Wo war sie? Wo war Emma, die Hure?

In den oberen Stockwerken wurden Türen geschlagen. Er hörte Geschrei, zornige Rufe. Dann drängte sich plötzlich der schrille Klang einer Hupe dazwischen. Er stürzte zum Ausgang und hielt sich mit der rechten Hand am Türrahmen fest, so daß man die Waffe nicht sehen konnte.

Es war Emma mit dem Wagen. Sie stand mitten auf der Straße, der Weg zum Straßenrand war versperrt. Er schob sich die Waffe in den Gürtel und lief hinaus. Sie begriff seine Gesten und stieg aus. Er hetzte um die Motorhaube herum. »Danke.«

»Viel Glück, *Menheer*. Ich glaube, Sie werden es brauchen, aber das ist nicht mein Problem.«

Er zwängte sich hinter das Steuer und studierte das Armaturenbrett, so als näherte er sich Mach Eins und müßte jede Skala vor sich verstehen. Aber die Armaturen waren einfach. Zum Glück hatte der Wagen Automatikgetriebe, und so zog er den Ganghebel auf D und setzte sich gleichzeitig mit dem wieder in Fluß kommenden Verkehr in Bewegung.

Plötzlich warf sich eine hünenhafte Männergestalt gegen das rechte Seitenfenster. Joel zuckte zusammen, drückte die Türsperre nieder und nützte eine Lücke im Verkehr, um zu beschleunigen. Aber der Killer hielt sich am Türgriff fest und hatte plötzlich eine Pistole in der Hand. Converse prallte gegen einen Wagen, der am Randstein parkte, aber der Mann hielt sich immer noch fest. Joel griff hastig unter sein Jackett, während der Killer schon seine Waffe hob und auf Converse zielte. Joel duckte sich und stieß gegen den Fensterrahmen, als die Explosion das Glas zersplittern ließ. Ein paar winzige Splitter bohrten sich über seinen Augen in die Stirn. Aber jetzt hatte er seine Waffe freibekommen; er richtete sie auf die fremde Gestalt und drückte ab. Zweimal.

Zweimal hallte ein dumpfes Knacken durch das Wageninnere, und die rechte Seitenscheibe hatte zwei Löcher. Schreiend und beide Hände an den Hals gepreßt, fiel der Mann herunter und rollte zwischen zwei Lastwagen an den Randstein. Converse bog in eine breite, leere Seitenstraße. *Ein Mann ist in der Nähe geblieben... Er wird die anderen holen.* Erst einmal bin ich wieder frei, dachte Joel. Ein Toter konnte seinen Wagen nicht identifizieren. Er parkte in einer dunklen Seitenstraße und zog eine Zigarette heraus. Dann versuchte er, seine Hände zu beruhigen und das Streichholz anzureißen. Er inhalierte tief, tastete seine Stirn ab und zog vorsichtig die Glassplitter heraus.

Wie ein gejagtes Tier folgte er den Wegen, vorsichtig auf jede Bewegung achtend, die Nase geweitet wie ein Spürhund und alle Sinne gespannt. Viermal war er jetzt vom Amstel-Hotel am Tulpplein über Straßen und Kanäle zum amerikanischen Konsulat gefahren, das an einem Platz, dem Museumplein, lag. Er hatte jede mögliche Route ausgekundschaftet und kannte inzwischen alle Nebenstraßen, die ihn wieder zur Hauptstraße zurückbringen konnten. Schließlich fuhr er in östlicher Richtung über die Schellingwouder Brug zum IJ-Kanal und dann die Küste entlang, bis er zu den ersten freien Feldern kam. Das würde gehen; die Gegend war einsam genug. Er wendete und fuhr zurück nach Amsterdam.

Es war halb neun, der Himmel hatte sich bereits dunkel gefärbt. Er war bereit. Er hatte die Touristenkarte studiert und in ihr auch Hinweise zur Benützung der öffentlichen Telefone gefunden. Er parkte den Wagen gegenüber dem Amstel-Hotel und betrat eine Telefonzelle.

»Miß Charpentier, bitte.«

»*Dank u*«, sagte die Frau in der Telefonzentrale und schaltete dann sofort auf Englisch um. »Einen Augenblick bitte... O ja, *Missen* Charpentier ist erst vor einer Stunde eingetroffen. Ich habe jetzt ihr Zimmer.«

»Danke.«

»Hallo?«

Sollte er wirklich mit ihr sprechen? *Aquitania.* »Val, hier ist Jack Talbot. Ich bin froh, daß du gekommen bist. Wie geht's denn, meine Liebe?«

»Völlig erschöpft, mein Bester. Ich habe heute nachmittag mit New York telefoniert und unsere Kunden in Amsterdam erwähnt, so wie es mir ein gewisser Jack Talbot empfohlen hat. Darauf hat man mir aufgetragen, dieses Venedig des Nordens zu besuchen und den morgigen Tag mit Händchenhalten zu verbringen.«

»Wie wär's mit meinen?«

»Die sind so kalt. Aber du könntest mich zum Abendessen einladen.«

»Mit dem größten Vergnügen, aber zuerst mußt du mir einen Gefallen tun. Kannst du dir ein Taxi schnappen und mich am Konsulat am Museumplein abholen?«

»*Was...?*« Angst füllte die Pause. »Warum, Jack?« Die Stimme war nur noch ein Flüstern.

Converse senkte die Stimme. »Ich bin schon seit ein paar Stunden hier und habe mir eine Menge Unsinn anhören müssen. Und dabei ist mir wohl die Sicherung durchgebrannt.«

»Was ist denn passiert?«

»Ich war dumm. Mein Paß ist heute abgelaufen, und ich brauchte eine Verlängerung. Statt dessen mußte ich mir ein halbes Dutzend Vorträge anhören, und dann hat man mir gesagt, ich soll morgen wiederkommen. Ich bin ziemlich laut geworden und war wohl auch nicht besonders höflich.«

»Und jetzt wäre es dir peinlich, wenn du sie bitten müßtest, dir ein Taxi zu rufen, ist es das?«

»Das ist es. Wenn ich mich hier auskennen würde, könnte ich versuchen, mir selbst eines zu holen, aber ich bin noch nie hier drüben gewesen.«

»Dann will ich mir mein Gesicht ein wenig herrichten und dich abholen. Sagen wir in zwanzig Minuten?«

»Danke, ich werde draußen warten. Wenn nicht, dann warte im Taxi; es dauert dann nur ein paar Minuten. Du sollst ein gutes Abendessen haben, junge Frau.« Joel legte auf, verließ die Zelle und ging zu dem Mietwagen zurück. Das Warten hatte angefangen, und dem würde die Beobachtungsphase folgen.

Zehn Minuten darauf sah er sie, und sein Herzschlag beschleunigte sich. Ein Nebel legte sich über seine Augen. Sie trat durch die Glastür des Amstel-Hotels, eine große, dunkle Tuchtasche in der Hand, die Haltung aufrecht, die Schritte lang und elegant und selbstbewußt. So hatte er sie einmal geliebt – nicht genug. Sie war ihm entglitten, weil er sich nicht genug um sie bemüht hatte. So viel Liebe war nicht in ihm gewesen. Du bist *ausgebrannt!* hatte sie geschrien. *Emotional ausgebrannt.*

Das Warten war vorüber, das Beobachten begann. Der Portier des Amstel rief ihr ein Taxi. Sie stieg ein, beugte sich sofort im Sitz nach vorn und erteilte ihre Anweisungen. Zwanzig gespannte Sekunden später, in denen seine Augen die Straße und die Bürgersteige nach allen Richtungen absuchten, ließ Joel seinen Wagen an und schaltete die Scheinwerfer ein. Kein anderes Auto hatte sich hinter dem Taxi vom Bürgersteig gelöst. Aber er mußte absolut sicher sein. Er bog in eine Seitenstraße ein und fuhr einen anderen Weg zum Konsulat. Eine Minute später sah er, wie Vals Taxi über eine Kanalbrücke fuhr. Hinter ihr waren zwei Wagen. Er konzentrierte sich auf die Silhouetten, folgte ihnen aber nicht. Drei Minuten später bog er auf den Museumplein. Das Taxi war direkt vor ihm, die beiden anderen Wagen waren nicht mehr zu sehen. Seine Strategie hatte funktioniert. Die Wahrscheinlichkeit, daß man Vals Telefongespräche abhörte, war groß – Renés Telefon war auch angezapft gewesen, und das hatte seinen Tod bedeutet. Joel mußte also auch im Falle Vals mit dem Schlimmsten rechnen. Doch wenn berichtet wurde, daß Frau Charpentier zum amerikanischen Konsulat unterwegs war, um einen Geschäftskollegen abzuholen, würde man nicht an Joel Converse denken. Das Konsulat war kein geeigneter Ort für den flüchtigen Mörder.

Das Taxi hielt vor Nummer 19 Museumplein, dem prunkvollen Backsteingebäude des Konsulats. Converse blieb einen halben Block dahinter stehen, wartete wieder und beobachtete. Ein paar Wagen fuhren an dem Taxi vorbei, aber keiner hielt an oder verlangsamte auch nur die Fahrt. Dann kam ein einsamer Radfahrer die Straße herunter, ein alter Mann, der abbremste und in entgegengesetzter Richtung verschwand. Seine Taktik *hatte* funktioniert. Val war allein im Taxi, nur dreißig Meter entfernt, und niemand war ihr vom Amstel-Hotel gefolgt. Er konnte jetzt den letzten Schritt tun und zu ihr gehen. Verborgen unter dem Jackett würde seine rechte Hand die Waffe mit dem Schalldämpfer halten.

Er stieg aus und ging mit langsamen Schritten den Bürgersteig hinunter, ein Mann, der einen kleinen Spaziergang machte. Vielleicht ein Dutzend Leute waren unterwegs, hauptsächlich Paare, die ebenfalls in beiden Richtungen dahinschlenderten. Er studierte sie, wie eine wachsame Katze frische Maulwurfshügel auf einem Feld studiert; keiner der Passanten zeigte das geringste Interesse an dem stehenden Taxi. Er ging auf die hintere Tür zu und klopfte einmal ans Fenster. Val kurbelte es herunter.

Einen kurzen Augenblick lang starrten sie sich an, dann fuhr Vals Hand an ihre Lippen. »O mein Gott«, flüsterte sie.

»Bezahl ihn und geh dann zu dem grauen Wagen hinter uns. Die letzten drei Ziffern auf dem Nummernschild sind eins-drei-sechs. Ich werde in ein paar Minuten dort sein.« Er tippte sich an den Hut, als hätte er einer etwas verwirrten Touristin gerade eine Frage beantwortet, und ging weiter. Als er das Taxi zehn Meter hinter sich gelassen hatte, am Ende des Blocks, bog er ab und überquerte den Museumplein. Er erreichte die andere Seite, bog den Kopf nach links, ein Fußgänger, der auf den Verkehr achtete – während seine ganze Aufmerksamkeit einer Frau galt, die auf einen grauen Wagen zuging. Er trat in eine dunkle Türnische und wartete heftig atmend. Scharf musterte er die gegenüberliegende Straßenseite. Nichts. Niemand. Jetzt verließ er die Nische wieder, beherrschte sich, einfach loszulaufen, und schlenderte die Straße hinunter, bis er dem Mietwagen genau gegenüberstand. Wieder blieb er stehen, zündete sich eine Zigarette an, hielt schützend die Hand vor die Flamme, wartete, beobachtete... niemand. Er warf die Zigarette weg und konnte sich nicht im Zaum halten. Er hetzte über die Straße, riß die Tür auf und ließ sich hinter das Lenkrad fallen.

Val war nur Zentimeter von ihm entfernt. Ihr langes dunkles Haar umrahmte ihr schönes Gesicht; ein Gesicht, in dem jetzt die Angst stand, die Augen geweitet und ein brennender Blick, der sich in seine Augen bohrte. »*Warum* Val? Warum hast du es *getan*?« fragte er, und die Frage war wie ein Schrei.

»Ich hatte keine Wahl«, antwortete sie leise und rätselhaft. »Bitte, fahr hier weg.«

28

Ein paar Minuten lang fuhren sie, ohne daß ein Wort fiel. Joel konzentrierte sich ganz auf die Straße. Er wußte, wo er abbiegen mußte – und mehr als alles andere wollte er sie in seine Arme nehmen, sein Gesicht an ihres legen, ihr danken und ihr sagen, wie leid es ihm täte – wie so viel ihm leid täte und ganz besonders das, was jetzt geschah.

»Weißt du überhaupt, wo du hinfährst?« fragte Val und brach das Schweigen.

»Ich habe den Wagen schon seit sechs Uhr. Und auch eine Karte. Und meine Zeit habe ich damit verbracht, herumzufahren und das zu lernen, was ich glaubte, lernen zu müssen.«

»Ja, das paßt zu dir. Du warst immer methodisch.«

»Ich dachte, ich *müßte* das sein«, sagte er, wie um sich zu verteidigen. »Ich bin dir vom Hotel hierher gefolgt, nur für den Fall, daß auch jemand anderer das tun sollte. Außerdem bin ich in einem Wagen geschützter als auf den Straßen.«

»Ich wollte dich nicht beleidigen.«

Converse sah zu ihr hinüber; sie studierte ihn, in dem Wechselspiel von Licht und Schatten tasteten ihre Augen sein Gesicht ab. »Tut mir leid, ich glaube, ich bin in letzter Zeit ein wenig empfindlich geworden. Dabei kann ich mir gar nicht vorstellen, warum.«

»Ich auch nicht. Schließlich sucht man dich doch bloß auf zwei Kontinenten und in etwa acht Ländern. Es heißt, du seist der talentierteste Mörder seit diesem Wahnsinnigen, den sie Carlos nennen.«

»Muß ich dir sagen, daß das alles eine Lüge ist? Eine gigantische Lüge mit einem ganz klaren Motiv – Zweck wäre vielleicht besser.«

»Nein«, erwiderte Valerie einfach. »Das brauchst du mir nicht zu sagen, weil ich es weiß. Aber alles andere mußt du mir sagen. *Alles*. Denn jetzt brauchst du zum erstenmal *mich*, und das ist für dich etwas völlig Neues, nicht wahr?«

»Ja, das ist es wirklich«, sagte Joel. Sie fuhren immer noch auf der Küstenstraße, die zu den freien Feldern führte. »Aber wir können nur ein paar Minuten zusammenbleiben«, fügte er hinzu. »Ich darf mich in der Stadt nicht sehen lassen, und du auch nicht – und ganz bestimmt nicht mit mir.«

»Darüber würde ich mir an deiner Stelle keine zu großen Sorgen machen. Wir werden von Freunden beobachtet.«

»*Was*? Was für... ›Freunden‹?«

»Laß die Augen auf der Straße. Vor dem Amstel waren Leute, hast du sie nicht gesehen?«

»Ich denke schon. Aber niemand ist in einen Wagen gestiegen und hinter dir hergefahren?«

»Warum sollten sie? Dafür waren andere auf den Straßen und auf der anderen Seite des Kanals vor dem Konsulat.«

»Wovon, zum Teufel, redest du?«

»Und ein alter Mann auf einem Fahrrad am Museumplein.«

»*Den* habe ich gesehen. War *er* –...?«

»Später«, sagte Valerie und schob die Tasche, die vor ihr auf dem Boden stand, etwas zur Seite und streckte ihre Beine aus. »Vielleicht folgen sie uns auch hier draußen, aber sie werden sich nicht sehen lassen.«

»Wer *sind* Sie, Lady?«

»Die Nichte von Hermione Geyner, der Schwester meiner

Mutter. Meinen Vater hast du nicht mehr kennengelernt, aber wenn du ihn gekannt hättest, dann hättest du dir unzählige Geschichten über Mom im Krieg anhören müssen. Aber wenn er meine Tante erwähnt hätte, dann wäre er daran wahrscheinlich erstickt. Selbst die Franzosen meinen, daß sie zu weit gegangen ist. Die Untergrundbewegung der Holländer und die der Deutschen haben zusammengearbeitet. Ich werde dir das alles später erzählen.«

»*Später* wirst du es mir erzählen? Und die *folgen* uns?«

»Du bist in diesem Geschäft neu. Du wirst sie nicht sehen.«

»*Schöner Mist.*«

»So kann man es auch ausdrücken.«

»Schon gut, schon gut! ... Was ist mit Dad?«

»Der wartet jetzt alles in Ruhe ab. Er ist bei mir.«

»In Cap Ann?«

»Ja.«

»Da habe ich den Brief hingeschickt! Die ›Skizzen‹, die ich am Telefon erwähnt habe. Sie sind sehr wichtig! Das ist *alles* für mich! Darin ist alles erklärt, was passiert ist. Es werden Namen genannt, Gründe, alles!«

»Ich bin vor drei Tagen abgereist. Da war der Brief noch nicht eingetroffen. Aber Roger ist dort.« Valeries Gesicht wurde bleich. »O mein Gott!«

»Was?«

»Ich habe versucht, ihn anzurufen – vor zwei Tagen, und dann gestern und heute noch einmal!«

»*Verdammt!*« In der Ferne waren die Lichter eines Strandcafés zu sehen. Joel sprach schnell, erteilte eine Anweisung, die keinen Widerspruch duldete. »Mir ist egal, wie du das machst, aber du mußt Cap Ann anrufen! Und dann kommst du hierher zurück und sagst mir, daß mit meinem Vater alles in Ordnung ist. Verstehst du das?«

»Ja. Weil ich es auch hören möchte.«

Converse bremste mit kreischenden Reifen vor dem Café und wußte gleichzeitig, daß er es nicht hätte tun sollen. Aber das war ihm im Augenblick egal. Valerie sprang aus dem Wagen, riß dabei schon die Geldbörse auf und begann nach

Münzen zu suchen. Joel zündete sich eine Zigarette an; der Rauch schmeckte scharf und brannte ihm in der Kehle. Er starrte auf das dunkle Wasser hinaus, auf die Lichter, die in der Ferne eine Brücke überspannten, und versuchte, nicht zu denken. Doch es hatte keinen Sinn. Was hatte er *getan*? Sein Vater kannte seine Handschrift und würde den Brief öffnen, sobald er sie erkannt hatte.... Wo war Val? Sie brauchte viel zu lange.

Joel konnte sich nicht länger beherrschen. Er klinkte die Tür auf, sprang aus dem Wagen und lief um den Wagen herum auf den Eingang des Cafés zu. Auf dem Kiesweg blieb er wie angewurzelt stehen. Valerie trat ins Freie heraus und gab ihm durch Gesten zu verstehen, daß er umkehren solle. Er konnte die Tränen sehen, die ihr über die Wangen liefen.

»Steig ein«, sagte sie, als sie vor ihm stand.

»Nein. Sag mir, was passiert ist. *Jetzt.*«

»Bitte, Joel, steig wieder ein. Zwei Männer in dem Café haben mich beobachtet, während ich telefonierte. Ich glaube nicht, daß sie verstanden haben, was ich gesagt habe, aber ich mußte zuerst Geld wechseln, um genügend Münzen zu haben. Und außerdem haben sie gesehen, daß ich aufgeregt war. Ich glaube sogar, daß sie mich erkannt haben. Wir müssen weg hier.«

»Sag mir, was *passiert* ist!«

»Im Wagen.« Valerie warf den Kopf zur Seite, und ihr dunkles Haar flog ihr über die Schulter, während sie sich die Tränen aus den Augen wischte. Dann ging sie an Converse vorbei zum Wagen. Sie öffnete die Tür und setzte sich schweigend auf den Beifahrersitz.

»*Verdammt!*« Zitternd vor Erregung lief Converse zurück zum Wagen, sprang hinter das Steuer und ließ den Motor an. Dann riß er die Tür zu und legte den Gang ein. Er setzte ein paar Meter zurück und schoß so schnell auf die Straße hinaus, daß die Reifen auf dem Kies durchdrehten. Doch er ließ den Fuß auf dem Gaspedal, bis die Umgebung wie ein einziger Schatten an ihnen vorüberflog.

»Langsam«, sagte Val ausdruckslos. »So fallen wir nur auf.«

In seiner Panik konnte er sie kaum hören, aber er begriff die Warnung. Er nahm den Fuß etwas zurück. »Er ist tot, nicht wahr?«

»Ja.«

»*Herrgott*! Was ist passiert? Was haben die dir gesagt? Mit wem hast du gesprochen?«

»Mit einer Nachbarin, der Name ist jetzt nicht wichtig. Wir geben uns immer gegenseitig die Schlüssel. Sie hat sich angeboten, die Zeitungen wegzunehmen und ein wenig aufzupassen, bis die Polizei mich erreicht hätte. Sie war zufällig da, als ich anrief. Ich habe sie gefragt, ob unter der Post ein großer Umschlag aus Deutschland wäre. Sie hat nein gesagt.«

»Die Polizei? Was ist *passiert*?«

»Sie sagen, er muß gestern abend einen Spaziergang gemacht haben und dabei wohl auf den feuchten Steinen ausgerutscht und ins Meer gestürzt sein. Er hatte eine große Schramme am Kopf. Seine Leiche ist heute morgen angespült und gefunden worden.«

»Lügen! *Lügen*! Die haben ihn abgehört! Sie haben ihn sich geschnappt!«

»Mein Telefon? Ich hab' im Flugzeug darüber nachgedacht.«

»Du tust so was, aber er *nicht*. Ich habe ihn getötet. Verdammt, ich bin schuld an seinem Tod!«

»Nicht mehr als ich, Joel«, sagte Valerie leise und griff nach seinem Arm. Sie zuckte zusammen, als sie die Tränen in seinen Augen sah. »Auch ich habe ihn sehr geliebt. Du und ich, wir sind auseinandergegangen; aber er war immer noch ein enger Freund für mich, der beste, den ich hatte.«

»Diese Schweine! Diese *Schweine*!« brachte Joel mit halb erstickter Stimme hervor.

»Möchtest du, daß ich fahre?«

»*Nein!*«

»Das Telefon. Ich muß dich fragen – ich dachte, die Polizei oder das FBI oder solche Leute könnten vielleicht eine gerichtliche Anordnung besorgen.«

»Natürlich würden sie das tun! Deshalb wußte ich ja, daß

ich dich nicht anrufen konnte. Ich wollte Nate Simon anrufen.«

»Aber du meinst doch jetzt nicht die Polizei oder das FBI. Du meinst jemand anderen, *etwas* anderes, oder?«

»Ja. Niemand weiß, wer sie sind – wo sie sind. Aber es gibt sie. Und sie sind zu allem imstande, was sie tun wollen. Herrgott! Selbst *Dad*!«

»Und das ist es, wovon du mir erzählen wolltest, nicht wahr?« sagte Valerie und packte seinen Arm.

»Ja. Vor ein paar Minuten wollte ich das noch für mich behalten, dir *nicht* alles sagen; ich wollte dich vielmehr dahinbringen, daß du Nate überredest, hierher zu fliegen, damit wir uns hätten treffen und er sich aus erster Hand hätte vergewissern können, daß ich nicht verrückt bin. Aber dafür ist jetzt keine Zeit mehr. Die kreisen mich immer mehr ein. Jetzt haben sie den Brief – das war alles, was ich *hatte*!... Es tut mir leid, Val, aber ich *werde* dir jetzt alles sagen. Ich wünschte, ich brauchte das nicht – um deinetwillen –, aber ich habe jetzt ebenso keine Wahl mehr wie du keine hattest.«

»Ich bin nicht hierhergekommen, um dir eine Wahl zu lassen.«

Joel lenkte den Wagen auf ein Feld am Rande des Wassers und hielt an. Das Gras war hoch, und der Mond hing als strahlende Sichel über der Bucht. In der Ferne glitzerten die Lichter von Amsterdam. Sie stiegen aus, und er führte sie zu der dunkelsten Stelle, die er finden konnte, hielt sie dabei an der Hand und erkannte plötzlich, daß er sie seit Jahren nicht mehr so gehalten hatte – und die Berührung tat gut, sie war etwas, das zu ihnen gehörte. Doch dann verdrängte er den Gedanken; er war ein Todesbote geworden.

»Hier, denke ich«, sagte er und ließ ihre Hand los.

Er erzählte ihr alles; ja, er ließ seine Gedanken sogar abschweifen, um jede Einzelheit vorzubringen, an die er sich noch erinnern konnte. Der Countdown hatte begonnen. Tage noch, bestenfalls eine Woche, dann würde es auf der ganzen Welt zu Ausbrüchen von Gewalt kommen, so wie das gerade in Nordirland geschah. Nur daß niemand wußte, wer oder was oder wo genau die Ziele waren. George Marcus

Delavane war der Verrückte, der das alles ausgegrübelt hatte, und andere mächtige Verrückte hörten auf ihn, befolgten seine Befehle, bezogen Positionen, von denen aus sie nach den Schalthebeln der Macht greifen konnten. *Überall.*

Und dann war schließlich alles gesagt, aber die Angst ließ ihn nicht los. Wenn die Soldaten von Aquitania Val gefangennahmen, würde ihr das Serum, das man ihr spritzen würde, alle Informationen entlocken – und das wäre ihr Todesurteil. Er sprach das auch aus, und es drängte ihn, sie an sich zu ziehen, sie festzuhalten und ihr zu sagen, wie sehr er sich dafür haßte, was er gerade getan hatte, aber daß er es hatte tun müssen. Doch er blieb unbewegt stehen. Ihre Augen sagten ihm, daß sie das jetzt nicht wollte. Sie war dabei, das Gehörte zu überdenken und sich ein eigenes Urteil zu bilden.

»Manchmal«, begann sie schließlich leise, »wenn die Träume kamen oder du zuviel getrunken hattest, hast du von diesem Delavane gesprochen. Du bist dann so in Panik geraten, daß du gezittert hast und die Augen geschlossen, und hin und wieder hast du sogar im Schlaf geschrien. So sehr hast du diesen Mann gehaßt. Du hattest tödliche Angst vor ihm.«

»Er hat den Tod vieler *verursacht*, einen unnötigen Tod. Von Kindern... kleinen Kindern in Uniformen von Erwachsenen, die gar nicht wußten, daß *gung-ho* kein Spiel war, sondern ein gnadenloser Krieg Mann gegen Mann.«

»Und es ist nicht möglich, daß du – wie nennen die das? – deine Gefühle auf das falsche Objekt übertragen hast?«

»Wenn du das glaubst, dann fahre ich dich jetzt zum Amstel zurück. Du kannst morgen nach Hause fliegen und dich wieder an deine Staffelei stellen. Ich bin nicht verrückt, Val. Ich bin hier, und es geschieht.«

»Schon gut. Ich mußte fragen. Du hast die Nächte nicht so erlebt, wie ich sie erlebt habe.«

»Das ist nicht so oft passiert.«

»Das gebe ich zu, aber wenn es passiert ist, dann hast du darunter gelitten.«

»Und genau das ist der Grund, weshalb man mich in Genf angeworben hat – mich in Genf rekrutiert hat.«

»Und dieser Fowler oder Halliday wußte, welche Worte er gebrauchen mußte. Deine eigenen.«

»Fitzpatrick hat ihm das alles beschafft. Auch er war der Meinung, das Richtige zu tun.«

»Ja, ich weiß, du hast es mir gesagt. Was meinst du, ist mit ihm passiert? Diesem Fitzpatrick, meine ich?«

»Ich habe tagelang versucht, mir Gründe auszudenken, die die veranlassen könnten, ihn am Leben zu lassen. Aber ich habe keinen gefunden. Im Grunde ist er für sie gefährlicher als ich. Er hat auf den Straßen gearbeitet, die sie jetzt unterminieren. Er kennt sich im Pentagon und im militärischen Beschaffungswesen so gut aus, daß er sie mit der Hälfte der Beweise festnageln könnte. Die haben ihn umgebracht.«

»Du hast ihn gemocht, nicht wahr?«

»Ja, und was genauso wichtig ist, ich habe seinen Verstand bewundert. Er war schnell und hatte Phantasie und keine Angst davor, sie einzusetzen.«

»Dann ähnelt er jemandem, mit dem ich einmal verheiratet war«, sagte Val sanft.

Converse sah sie einen Augenblick lang an und blickte dann wieder aufs Wasser hinaus. »Wenn ich das hier lebend überstehe – und ich glaube nicht, daß ich das tue –, dann werde ich auf die Jagd gehen. Ich werde herausfinden, wer es getan hat, wer abgedrückt hat. Und dann wird es keinen Prozeß geben, keine Zeugen, weder für die Anklage noch für die Verteidigung. Und keine mildernden Umstände und auch sonst nichts. Nur mich – und eine Waffe.«

»Es tut mir weh, das zu hören, Joel. Ich habe an dir immer deine Prinzipien bewundert. Sie waren ein Teil von dir, ebenso wie deine Art, an das Gesetz zu glauben. Das war nicht alles nur Ehrgeiz und Überspanntheit, das habe ich gewußt. Das waren die einzigen Wurzeln, die du je hattest. Du bist der Anwalt, Joel Converse. Um Himmels willen, du mußt aufstehen und dich verteidigen!«

»Ich würde nie auch nur in die Nähe eines Gerichtssaals kommen, kannst du das nicht begreifen? Wo und wann immer ich auch auftauche, es wird bereits jemand zur Stelle sein, jemand, der Befehl hat, mich zu töten, selbst wenn es bedeutet, daß er selbst dabei das Leben verliert. Meine Absicht war, den Brief zu benutzen – die Akten, all die Informationen, die darin enthalten sind, die Informationen, die nur aus Regierungsquellen stammen können, was wiederum bedeutet, daß ich irgendwo in Washington Männer auf meiner Seite habe. Mit alldem hätte ich an Leute herankommen können, die ich einmal kannte – die die Firma kennt –, und ich hätte sie mit Nathans Hilfe dazu bewegen können, zuzuhören und zu begreifen, daß ich nicht verrückt bin. Aber ohne diesen Brief könnte selbst Nate mir nicht helfen. Außerdem würde er darauf bestehen, daß ich zu ihm käme, und er würde mir sogar sagen, daß es Garantien für meinen Schutz gibt. Aber es *gibt* keinen Schutz, nicht vor ihnen. Sie sind in den Botschaften, in den Marinestützpunkten und in denen der Army; im Pentagon, in den Polizeibehörden, bei Interpol und im Department of State. Und sie können es sich einfach nicht leisten, mich am Leben zu lassen. Ich habe ihr allmächtiges Glaubensbekenntnis aus erster Hand gehört.«

»Schachmatt«, sagte Val leise.

»Schach«, nickte Converse.

»Dann müssen wir jemand anderen finden.«

»Was?«

»Jemanden, auf den die Leute hören würden, an die du herantreten willst. Jemanden, der jene Männer in Washington, die dich in Genf in ihren Dienst gestellt haben, dazu zwingen könnte, sich zu erkennen zu geben.«

»An wen denkst du? An Johannes den Täufer?«

»Nicht Johannes. An Sam. Sam Abbott.«

»*Sam*? Mein Gott, ich habe in jener Nacht in Paris an ihn gedacht! Wie bist du...?«

»Ich hatte, wie du, viel Zeit zum Nachdenken. In New York, im Flugzeug, letzte Nacht, nachdem ich meine Tante in Berlin besucht hatte.«

»Deine Tante?«

»Darauf komme ich noch... Ich wußte, daß es, wenn du noch am Leben warst, einen Grund geben müßte, weshalb du dich versteckst, weshalb du nicht an die Öffentlichkeit trittst und all die verrückten Dinge leugnest, die man dir nachsagt. Es gab einfach keinen Sinn; das warst nicht *du*. Und wenn man dich getötet oder gefangengenommen hätte, dann hätte das überall auf den Titelseiten gestanden. Radio und Fernsehen wären voll davon gewesen. Da es keine solche Story gab, nahm ich an, daß du noch am Leben sein müßtest. Aber weshalb fuhrst du fort, wegzulaufen, dich zu verstecken? Und dann dachte ich, ›mein Gott, wenn Larry Talbot ihm nicht glaubt, wer dann?‹ Und wenn Larry dir nicht glaubte, dann bedeutete das, daß man die Leute in seiner Umgebung, Männer wie er, alles deine Freunde und deine sogenannten Kontakte, bereits angesprochen und überzeugt hatte, daß du tatsächlich dieser Wahnsinnige seist, von dem ganz Europa redete. Niemand würde mit dir zu tun haben wollen, und du brauchtest jemanden. Nicht mich, weiß der Himmel. Ich bin deine Exfrau und habe keine Verbindungen, kein Gewicht. Und du brauchtest jemanden, der eben das hatte... Also dachte ich über all die Leute nach, von denen du je gesprochen hast, all die Leute, die wir kannten. Und dabei kam mir immer wieder ein Name in den Sinn. Sam Abbott, inzwischen Brigadegeneral Abbott, wie es vor sechs Monaten in den Zeitungen zu lesen war.«

»›Sam the Man‹«, sagte Joel und nickte langsam. »Er ist drei Tage nach mir abgeschossen worden, und man hat uns beide von einem Lager ins andere verschoben. Einmal war er in der Zelle neben mir, und wir haben uns mit Morsezeichen verständigt, bis sie mich verlegt haben. Er ist aus den richtigen Gründen bei der Air Force geblieben. Er wußte, daß er dort am meisten ausrichten konnte.«

»Er hat sehr viel von dir gehalten«, sagte Val. In ihrer Stimme mischten sich Überzeugung und Begeisterung. »Er sagte, du hättest in den Lagern mehr für die Moral der Gefangenen getan als sonst irgend jemand, und deine letzte Flucht hätte allen Hoffnung gegeben.«

»Das ist Unsinn. Ich war ein Unruhestifter – so haben sie mich bezeichnet –, der es sich leisten konnte, Risiken einzugehen. Sam hatte es am schwersten. Er hätte dasselbe tun können wie ich, aber er war der ranghöchste Offizier. Er wußte, daß es Vergeltungsmaßnahmen geben würde, wenn er es auch versuchte. Er war es, der die anderen zusammengehalten hat, nicht ich.«

»Er hat es anders erzählt. Ich glaube, er ist der Grund, daß du nie viel von dem Mann deiner Schwester gehalten hast. Erinnerst du dich noch, wie Sam nach New York geflogen kam und du versucht hast, ihn mit Ginny zu verkuppeln? Wir haben damals in einem Restaurant gegessen, das wir uns überhaupt nicht leisten konnten.«

»Ginny hat ihm eine Heidenangst eingejagt. Später einmal hat er zu mir gesagt, wenn man sie eingezogen und ihr das Kommando in Saigon gegeben hätte, wäre die Stadt nie gefallen. Er hatte keine Lust, diesen Krieg den Rest seines Lebens weiterzuführen.«

»Auf die Weise hast du den bestmöglichen Schwager verloren.« Valerie lächelte; dann verblaßte ihr Lächeln, und sie beugte sich vor. »Ich kann ihn erreichen, Joel. Ich werde ihn finden, mit ihm reden und ihm alles sagen, was du mir gesagt hast. Und ganz besonders, daß du ebensowenig verrückt bist wie ich oder wie *er*, daß du von Leuten in die Sache hineingezogen worden bist, die du nicht kennst, von Männern, die dich belogen haben, damit du die Arbeit tun kannst, die sie entweder nicht tun konnten oder vor der sie Angst hatten.«

»Das ist unfair«, erwiderte Joel. »Wenn die anfingen, im Außenministerium oder im Pentagon herumzustochern, könnte das zu einer Epidemie von Unfällen führen – es würde eine Menge Tote geben... Nein, die hatten recht. Es mußte mit mir anfangen. Einen anderen Weg gab es nicht.«

»Wenn du das nach alldem sagen kannst, was du durchgemacht hast, dann bist du zurechnungsfähiger als irgendeiner von uns. Sam wird das wissen. Er wird helfen.«

»Das *könnte* er«, sagte Joel nachdenklich. »Er würde vorsichtig sein müssen – dürfte nicht die üblichen Kanäle benutzen –, aber er könnte es schaffen. Vor drei oder vier Jahren – nachdem wir beide uns getrennt hatten – hat er einmal in Erfahrung gebracht, daß ich auf ein paar Tage nach Washington kommen würde. Er hat mich sofort angerufen.

Wir haben damals miteinander zu Abend gegessen und anschließend viel zuviel getrunken. Am Ende hat er die Nacht auf dem Sofa in meinem Hotelzimmer verbracht. Wir haben damals auch beide viel zuviel geredet – ich über mich – und dich – und Sam über seine neueste monumentale Enttäuschung.«

»Dann steht ihr euch immer noch nahe. So lange ist das noch nicht her.«

»Das ist es aber nicht, worauf ich hinaus will. Ich will auf das hinaus, was er damals machte. Er hat sich krummgelegt, um in das NASA-Programm hineinzukommen, aber sie haben ihn abgelehnt. Sie sagten, er sei dort, wo er tätig ist, zu wichtig. Dabei konnte ihm keiner das Wasser reichen, wenn es um Manöver im Überschallbereich ging. Der brauchte ein Flugzeug bloß anzuschauen – ohne einen Blick auf den Typ – und konnte einem sagen, wozu es imstande war.«

»Jetzt komm ich nicht mehr mit.«

»Oh, tut mir leid. Man hatte ihn als Berater für den Nationalen Sicherheitsrat nach Washington geholt, für einen Sonderauftrag in Zusammenarbeit mit der CIA. Er sollte die Fähigkeiten der neuen sowjetischen und chinesischen Geräte einschätzen.«

»Was?«

»Flugzeuge, Val. Er hat in Langley gearbeitet und in verschiedenen Safe-Houses in Virginia und Maryland, wo er sich von Agenten mitgebrachte Fotografien ansah und Überläufer verhörte – besonders Piloten, Mechaniker und Techniker. Er kennt die Leute, an die ich heran muß, er hat mit ihnen gearbeitet.«

»Ich fliege morgen zurück und finde ihn«, erklärte Valerie.

»Nein«, erwiderte Converse. »Ich möchte, daß du noch heute abend fliegst. Du trägst noch immer deinen Paß bei dir...?«

»Natürlich. Aber ich habe...«

»Ich möchte nicht, daß du zum Amstel zurückfährst. Du mußt Amsterdam verlassen. Heute nacht um elf Uhr fünfundvierzig geht ein KLM-Flug nach New York.«

»Aber meine Sachen.«

»Ruf das Hotel an, wenn du ankommst. Uberweise ihnen das Geld telegrafisch und sage ihnen, es sei eine dringende Angelegenheit gewesen. Die werden dir alles schicken.«

»Das ist dein Ernst, nicht wahr?«

»Mir ist mein ganzes Leben noch nie etwas wichtiger gewesen. Ich glaube, du solltest die Wahrheit über René erfahren. Er ist nicht deshalb getötet worden, weil wir uns in Paris begegnet sind. Damals war nichts geschehen. Aber dann habe ich ihn von Bonn aus angerufen. Und er hat mir geglaubt. Man hat ihn erschossen, weil er mich nach Amsterdam geschickt hat – damit ich hier mit einem Mann Verbindung aufnehme, der mir die Möglichkeit verschaffen sollte, ein Flugzeug nach Washington zu besteigen. Das geht jetzt nicht mehr, und es ist auch nicht wichtig. Du bist wichtig. Du bist hierher gekommen und hast mich gefunden, und die Leute, die mich in der ganzen Stadt suchen, werden es bald wissen. Wenn sie es nicht jetzt schon wissen.«

»Ich habe nie gesagt, daß ich nach Amsterdam kommen würde«, unterbrach ihn Valerie. »Ich habe im Kempinski ausdrücklich erklärt, daß ich auf direktem Weg nach Hause fliegen würde, daß man irgendwelche Leute, die anrufen sollten, an meine New Yorker Adresse verweisen sollte.«

»Hattest du einen Flug in die Staaten gebucht?«

»Natürlich. Ich bin nur nicht hingegangen.«

»Gut, aber nicht gut genug. Delavanes Leute sind gerissen. Leifhelm hat Verbindungen auf jedem Flughafen und an jeder Paßkontrolle in Deutschland. Die werden erfahren, daß du nicht nach New York geflogen bist. Mag sein, daß wir sie heute abend einmal getäuscht haben, aber zweimal gelingt uns das nicht. Ich vermute, daß jetzt bereits ein Deutscher im Amstel auf dich wartet, wahrscheinlich in deinem Zimmer. Ich möchte, daß er glaubt, daß du zurückkommst, daß du noch hier bist.«

»Wenn so jemand mein Zimmer betritt, dann steht ihm ein Schock bevor.«

»Wieso?«

»Jemand anderer ist dort. Ein alter Mann mit einem guten

Gedächtnis. Ein Mann mit Instruktionen, die ich lieber nicht wiederholen möchte.«

»Von deiner Tante veranlaßt?«

»Sie sieht die Dinge in Schwarzweiß, ohne graue Zwischentöne. Dort *ist* der Feind, und dort ist er *nicht*. Und jeder, der beabsichtigt, der Tochter ihrer Schwester ein Leid zuzufügen, ist ganz entschieden der Feind. Du kennst diese Leute nicht, Joel. Sie leben in der Vergangenheit; sie vergessen nie etwas. Sie sind jetzt alt und nicht mehr das, was sie einmal waren, aber sie erinnern sich an das, was sie waren und weshalb sie damals das getan haben, was sie taten. Es war so einfach für sie, so klar. Gut und böse. Sie leben mit diesen Erinnerungen – offengestanden, es kann einem ein wenig Angst machen. *Sie* können einem ein wenig Angst machen, um die Wahrheit zu sagen. Seitdem ist nichts in ihrem Leben für sie so lebendig, so wichtig gewesen. Ich glaube ehrlich, daß sie alle vorziehen würden, in jene Tage zurückzukehren, trotz all des Schrecklichen.«

»Was ist denn mit deiner Tante? Nach alldem, was über mich in den Zeitungen stand und im Fernsehen zu sehen war, hat sie sich bereit erklärt, dir zu helfen? Keine Fragen gestellt? Es hat ihr *ausgereicht*? Daß du die Tochter ihrer Schwester warst?«

»O nein. Sie hat eine ganz eindeutige Frage gestellt, und die habe ich beantwortet. *Das* hat gereicht. Aber ich muß es dir sagen. Sie ist eigenartig – sehr eigenartig –, aber sie kann das tun, was notwendig ist, und das ist alles, worauf es jetzt ankommt.«

»Okay... Du fliegst also noch heute nacht zurück?«

»Ja«, sagte Val und nickte. »Es ist vernünftig, und ich kann morgen früh in New York mehr ausrichten als hier. Nach allem, was du mir gesagt hast, kommt es wirklich auf jede Stunde an.«

»Unbedingt. Danke... Vielleicht wirst du Schwierigkeiten haben, an Sam heranzukommen. Ich habe keine Ahnung, wo er ist, und die Behörden sind nicht sehr kooperativ, wenn eine Frau versucht, einen Offizier ausfindig zu machen – ganz besonders einen mit hohem Rang.«

»Dann werde ich sie eben nicht darum bitten, mir seinen Aufenthaltsort bekanntzugeben. Ich werde sagen, ich sei eine Verwandte, die *er* erreichen wollte, daß ich viel reise, und wenn er mich anrufen möchte, könnte man mich in den nächsten vierundzwanzig Stunden im Soundso-Hotel erreichen. Eine Nachricht dieser Art müssen die doch ganz bestimmt an einen General weitergeben.«

»Sicher«, pflichtete Joel ihr bei. »Aber wenn du deinen Namen hinterläßt, riskierst du zuviel. Für dich *und* Sam.«

»Dann werde ich den Namen eben etwas abändern, aber so, daß er ihn noch erkennt.« Valerie blinzelte ein paarmal und starrte zu Boden. »Wie Parkett – nur daß ich eine weibliche Form daraus mache – Parquette – Boden, Holz, etwas, das an Charpentier erinnert (Tischler, Anm. d. Übersetzers) und dazu Virginia – er wird sich an Ginny erinnern wegen der Verbindung zu dir. Virginia Parquette, er kommt bestimmt darauf.«

»Ja, wahrscheinlich, aber andere vielleicht auch. Wenn du heute abend nicht im Hotel erscheinst, wird Leifhelm die Flughäfen überwachen lassen. Und dann könnten sie schon am Kennedy-Airport auf dich warten.«

»Dann werde ich sie in La Guardia wieder abhängen. Ich werde in ein Motel gehen, das ich immer nehme, wenn ich nach Boston fliege. Und das werde ich wieder verlassen, ohne daß die es bemerken.«

»Du bist sehr schnell.«

»Ich sage dir doch, meine Wurzeln reichen in die Vergangenheit; ich habe die Geschichten gehört... Und was ist mit dir?«

»Ich werde mich versteckt halten. Langsam lerne ich das, und ich habe genug Geld, um alles Notwendige zu bezahlen.«

»Um mit deinen Worten zu antworten, Converse: Das reicht nicht. Je mehr du mit Geld um dich wirfst, desto offener wird deine Spur. Sie werden dich finden. Du mußt Amsterdam ebenfalls verlassen.«

»Nun, ich könnte mich über ein paar Grenzen schleichen und wieder in meine alte Suite im Georges V. in Paris ziehen.

Das könnte natürlich ein wenig auffällig sein, aber wenn das Trinkgeld hoch genug ist – es sind immerhin Franzosen.«

»Versuch bitte nicht, komisch zu sein. Ich habe heute nachmittag mit Tante Hermione gesprochen, nachdem du angerufen hattest – von einem öffentlichen Telefon aus. Sie war bei einer Freundin. Sie hat sofort damit angefangen, Vorbereitungen zu treffen, und als ich vor ein paar Stunden hier ankam, hat mich ein alter Mann am Flughafen abgeholt. Der Mann, bei dem du die Nacht verbringen wirst. Du kennst ihn nicht, aber du hast ihn schon einmal gesehen. Er war der Radfahrer am Museumplein. Man hat mich zu einem Haus an der Lindengracht gebracht, von dem aus ich meine Tante anrufen sollte; das Telefon war ›sauber‹.«

»Mein Gott, die leben ja noch immer in den vierziger Jahren.«

»Es hat sich doch auch nicht viel verändert, oder?«

»Nein, wahrscheinlich nicht. Was hat sie denn gesagt?«

»Sie hat mir nur die Anweisungen für dich durchgegeben. Morgen, am späten Nachmittag, wenn Hochbetrieb ist, sollst du hier in Amsterdam zum Hauptbahnhof gehen und dort zur Auskunft. Eine Frau wird dich dort ansprechen und sagen, daß sie dich aus Los Angeles kennt. Geh auf sie ein, dann wird sie dir einen Umschlag übergeben. In dem Umschlag wird ein Paß, ein Brief und eine Fahrkarte sein.«

»Ein Paß? Wie geht das?«

»Das einzige, was sie dazu brauchten, war ein Foto. Das wußte ich, als ich deinen Vater in Cap Ann verlassen habe.«

»Das *wußtest* du?«

»Ich sagte dir doch, ich habe mein ganzes Leben solche Geschichten gehört, wie sie Juden und Zigeuner und all die Männer, die mit Fallschirmen abgesprungen waren, aus Deutschland heraus in neutrale oder besetzte Länder geschafft haben. Die falschen Papiere, die Fotos, das ist reinste Kunst gewesen.«

»Und du hast ein Foto mitgebracht?«

»Das schien mir logisch.«

»Logisch ... ein Foto.«

»Ja. Ich hab eines in einem Album gefunden. Erinnerst du

dich daran, wie wir auf den Virgin Islands Urlaub gemacht haben und du dir am ersten Tag einen Sonnenbrand geholt hast?«

»Sicher. Du hast damals verlangt, daß ich zum Abendessen eine Krawatte trage, und mir hat mein Hals höllisch weh getan.«

»Ich wollte dir eine Lektion erteilen. Das Bild ist eine Nahaufnahme. Ich wollte den Sonnenbrand verewigt haben.«

»Trotzdem ist es mein *Gesicht*, Val.«

»Das Foto ist vor acht Jahren aufgenommen, und der Sonnenbrand hat damals deine Züge leicht verändert. Es wird schon reichen.«

»Muß ich denn gar nichts *wissen*?«

»Wenn man dich für diese Art von Verhör festhält, dann ist wahrscheinlich ohnehin alles verloren. Aber meine Tante glaubt nicht, daß es dazu kommen wird.«

»Warum ist sie so zuversichtlich?«

»Der Brief. In ihm steht genau, was du tust.«

»Und was ist das?«

»Eine Pilgerreise nach Bergen-Belsen und dann nach Auschwitz in Polen. Der Brief ist in Deutsch, und du sollst ihn vorzeigen, wenn man dich aufhält und dich befragt. Du sprichst nämlich nur Englisch.«

»Und warum sollte das...?«

»Du bist Priester«, unterbrach Valerie ihn. »Die Pilgerreise ist von einer Organisation in Los Angeles finanziert, die sich ›Christlich-jüdische Koalition für Weltfrieden und Buße‹ nennt. Ein Deutscher müßte sich seiner Sache schon sehr sicher sein, um auf dich aufmerksam zu machen. Ich habe einen dunklen Anzug in deiner Größe mit, einen schwarzen Hut, Schuhe und einen Priesterkragen. Nähere Anweisungen bekommst du mit deiner Fahrkarte. Du nimmst den Zug nach Hannover, steigst dort nach Celle um und wirst am Morgen nach Bergen-Belsen gefahren, natürlich nicht in Wirklichkeit. Du steigst in Osnabrück aus. Meine Tante wird dort auf ihren Priester warten, und bis dahin bin ich zurück in New York und bemühe mich, mit Sam Verbindung zu bekommen.«

Converse schüttelte den Kopf. »Val, das ist alles sehr beeindruckend, aber du hast mir nicht zugehört. Leifhelms Männer haben mich gesehen – übrigens auf dem Bahnhof. Sie wissen, wie ich aussehe.«

»Sie haben einen blassen Mann mit Bart und einigen Schrammen im Gesicht gesehen. Du mußt den Bart heute abend eben abrasieren.«

»Und mich um eine Schönheitsoperation bemühen?«

»Nein, du brauchst dich nur reichlich mit Bräunungscreme einzureiben – davon habe ich auch etwas zu den Kleidern gelegt, die ich mitgebracht habe. Auf die Weise wird dein Gesicht dunkler werden und dem Paßbild ähnlicher, und dabei verschwinden auch die Schrammen. Zumindest sind sie dann nicht mehr so auffällig. Den Rest besorgen der schwarze Hut und der Priesterkragen.«

»Warum habe ich dich je gehenlassen,« flüsterte Joel, aber mehr zu sich selbst als zu ihr.

»Hör schon auf, Converse. Das ist vorbei.«

Er sah vom Parkplatz des Amsterdamer Schiphol-Flughafens aus zu, wie die Maschine den Runway hinunterjagte und in den Nachthimmel hinaufstieg. Vor dem Eingangsportal, als sie ausgestiegen war, hatte Val ihm den Zettel mit der Adresse gegeben, die seine Zuflucht für die Nacht sein sollte.

Er sah zu, wie der mächtige silberne Vogel nach links abdrehte und dann schließlich am dunklen Himmel zu einem kleinen Punkt wurde und ganz verschwand.

Joel stand nackt vor dem Spiegel im Badezimmer des Hauses an der Lindengracht. Den Wagen hatte er knapp zehn Meter entfernt geparkt. Der alte Mann, dem die Wohnung gehörte, war freundlich und sprach ein stockendes, aber klares Englisch. Doch sein Blick war abwesend, und die Augen stellten nie Kontakt zu Joel her. Seine Gedanken weilten, so schien es, in einer anderen Zeit.

Joel hatte sich sorgfältig rasiert, viel länger geduscht, als ein Gast das eigentlich sollte, und am Ende die dunkelrote

Lotion an Gesicht, Hals und Händen aufgetragen. Wenige Augenblicke später sah seine Haut bronzefarben aus. Das Ganze wirkte viel echter, als er sich von früher erinnerte – damals war das Resultat ein fast krankhaft wirkendes Braun gewesen, viel zu kosmetisch, um irgend etwas anderes als unnatürlich zu sein. Die neue Tönung der Haut trug noch mehr dazu bei, die Schrammen in seinem Gesicht zu verbergen. Dann wusch er sich ein paarmal die Hände und achtete sorgsam darauf, daß keine Flecken an den Fingerspitzen zurückblieben.

Plötzlich erstarrte er. Von irgendwoher aus dem Haus war ein Klingeln zu hören. Er drehte schnell das Wasser ab, lauschte und hielt den Atem an. Sein Blick wanderte zu der Pistole, die er auf den schmalen Fenstersims gelegt hatte. Jetzt hörte er das Geräusch wieder, dann war eine Stimme zu hören, ein Mann am Telefon. Er trocknete sich die Hände ab und schlüpfte in den kurzen Bademantel, den er auf seinem Bett in einem kleinen, aber makellos sauberen Zimmer gefunden hatte. Er schob die Pistole in die Tasche und ging zur Tür hinaus, den dunklen, schmalen Gang hinunter, der in das »Arbeitszimmer« des alten Mannes führte. Es war ein ehemaliges Schlafzimmer, das mit alten Zeitschriften, ein paar Büchern und Zeitungen gefüllt war, die auf Tischen und Stühlen offen herumlagen und mit Rotstift markiert waren, um bestimmte Artikel und Bilder hervorzuheben. An den Wänden hingen Drucke und Fotografien von lange zurückliegenden Kriegshandlungen, darunter auch Bilder von Leichen in verschiedenen Stadien des Verfalls.

»Ah, *Menheer*«, sagte der alte Mann und beugte sich in dem mächtigen Ledersessel vor, der seinen ganzen zerbrechlichen Körper umschloß. Das Telefon stand neben ihm. »Sie sind hier sicher, *ganz* sicher! Das war Kabel – Codename Kabel *natuurlijk*. Er hat das Hotel verlassen und Bericht erstattet.« Der Holländer, zerbrechlich, Mitte Siebzig, quälte sich aus dem Sessel und stand jetzt aufrecht, die dünnen Schultern nach hinten gedrückt, starr – ein närrischer alter Mann, der Soldat spielte. »Operation Osnabrück läuft!« sagte er, als berichte er einem vorgesetzten Offizier. »Wie von der

Abwehr vermutet, hatte der Feind das Areal infiltriert, aber er ist enttarnt worden.«

»Er ist was worden?«

»Exekutiert, *Menheer*. Eine Drahtschlinge um den Hals, von hinten. Das Blut bleibt in den Kleidern, wenn der Hals nach hinten gezerrt wird, und auf die Weise gibt es keine Kampfspuren.«

»*Was* haben Sie gesagt?«

»Für einen Mann seines Alters ist Kabel kräftig«, fuhr der Alte grinsend fort. Sein verwittertes Gesicht zeigte plötzlich tausend Fältchen, und seine Haltung wirkte entspannt. »Er hat die Leiche aus dem Raum entfernt, sie zum Notausgang gezerrt und von dort in eine Seitengasse. Von dort hat er sich Zugang zum Keller verschafft und die Leiche neben der Heizung abgelegt. Es ist Sommer; vielleicht findet man den Mann ein paar Tage nicht – es sei denn, der Gestank wird zu kräftig.«

29

Die Hände in Handschellen, den verwundeten rechten Unterarm in schmutzige Bandagen gehüllt, klammerte sich Connal Fitzpatrick an den Sims des winzigen Fensters und spähte durch die Gitterstangen auf die seltsamen Aktivitäten hinaus, die draußen auf dem riesigen asphaltierten Exerzierplatz abliefen. Daß es sich um einen Exerzierplatz handelte, war ihm bereits am zweiten Morgen nach seiner Gefangennahme klargeworden, als man ihm zusammen mit den anderen Gefangenen eine Stunde Bewegung außerhalb der Betonkaserne erlaubt hatte – und um Kasernen handelte es sich. Wahrscheinlich gehörten sie zu einer früheren Versorgungsstation für Unterseeboote. Für die modernen atomgetriebenen Schiffe, die jetzt im Einsatz waren, schienen die Anlegestellen und Winden viel zu klein und auch zu veraltet, aber er vermutete, daß der Stützpunkt einmal der deutschen Marine gute Dienste geleistet hatte.

Heute allerdings wurde er gegen die Bundesrepublik Deutschland und die anderen freien Regierungen der Welt eingesetzt. Denn hier war die Ausbildungszentrale von Aquitania, der Ort, an dem die Strategien verfeinert, die Manöver bis zur Perfektion eingeübt und die letzten Vorbereitungen für den großen Schlag getroffen wurden, der Delavanes Militärkommandeure an die Macht bringen sollte. Hier ging es nur noch ums Töten – schnell und brutal, und der Schock, der davon ausgehen würde, war Teil der Strategie.

Unter dem Fenster liefen Gruppen, die aus vier oder fünf Männern bestanden, einzeln oder hintereinander zwischen einer Menge von vielleicht hundert anderen Personen herum und wechselten sich in einer Übelkeit erregenden Übung ab. Am Ende des Exerzierplatzes stand eine Betonmauer, zwei Meter hoch und vielleicht zehn Meter lang, vor der in einer Reihe Figuren aufgebaut waren – einige standen, andere saßen auf Stühlen –, leblos und starr, ihre gläsernen Augen starrten blind in die Ferne. Sie waren die Ziele. Jede der Figuren, ob männlich oder weiblich, hatte in Brustmitte ein engmaschiges Geflecht aus kugelsicherem Draht, hinter dem ein grell oranges Licht brannte, das man auch in der Mittagssonne deutlich erkennen konnte. Und dieses Licht blitzte jedesmal auf, wenn der Ausbildungsleiter den entsprechenden Schalter betätigte. Dies war das Signal, daß diese Figur oder diese Figuren – falls mehr Lichter eingeschaltet waren – das Ziel der jeweiligen Einheit waren. Die Treffer wurden elektronisch auf der Mauer über den einzelnen Gestalten angezeigt. Rot bedeutete getötet, blau lediglich verletzt. Rot war akzeptabel, blau nicht.

Die über Lautsprecher an die Kampfgruppen gebrüllten Ermahnungen änderten sich nicht, nur die genannten Zahlen – und die Zeit. Sie wurden in neun Sprachen über den Platz geschrien, von denen Connal vier verstand.

Dreizehn Tage bis Basis Null! Genauigkeit ist das höchste Ziel! Die Flucht erfordert als Ablenkungsmanöver eine Tötung! Sonst bleibt nur der eigene Tod!

Elf Tage bis Basis Null! Genauigkeit ist das höchste ...!

Acht Tage bis Basis Null! Genauigkeit ist ...!

Die Angehörigen der Killerteams feuerten auf ihre Ziele, brachten ausgestopfte Schädel zur Explosion und pulverisierten Leiber – manchmal allein, manchmal gemeinsam mit ihren Kameraden. Und jeder »Kill« wurde mit lautstarkem Überschwang begrüßt, während die Männer durch die Menge hetzten und schließlich, wenn ihr Manöver abgeschlossen war, wieder Teil von ihr wurden. Dann wurde sofort wieder ein neues Team aus der Gruppe der Zuschauer gebildet, und eine weitere Mordübung setzte ein und lief mit minutiöser Perfektion ab. Und so ging es Stunde um Stunde, und die Menge reagierte auf die »Kills« mit begeistertem Geschrei, während die Waffen für weitere Angriffe auf die gespenstisch markierten Puppen nachgeladen wurden. Etwa alle zwanzig Minuten mußten den leblosen Gestalten vor der Mauer neue Köpfe und Leiber angebracht werden, weil dann die alten vollkommen zerschossen waren. Das einzige, was fehlte, waren Ströme von Blut und Massenhysterie.

Von Zorn und Enttäuschung erfüllt, zerrte Connal an der Kette, mit der seine Handgelenke gefesselt waren. Er riß mit ganzer Kraft, nur um wieder zu spüren, daß sich die verrosteten Glieder in sein Fleisch preßten und ihm weitere rote Schürfwunden zufügten. Es gab nichts, was er tun konnte, keinen Weg in die Freiheit! Und er kannte das Geheimnis von Aquitania! Das Rätsel der Strategie offenbarte sich hier, direkt vor seinen Augen! Morde! Die Massentötung bedeutender Politiker in neun verschiedenen Ländern! Etwas würde in acht Tagen geschehen, etwas, das er nicht genau kannte, aber das provozierend genug sein würde, um auf der ganzen Welt das Auftreten von entschiedenen Staatsmännern zu fordern. Und was ihn geradezu zerriß, war die einfache Wahrheit, daß es nichts gab, was er tun konnte – *absolut nichts*!

Er wandte sich vom Fenster ab. Seine Arme und seine Wunde schmerzten, seine Handgelenke stachen. Er sah sich in dem mit Gefangenen gefüllten Raum um. Unter dreiundvierzig Männern, die sich die größte Mühe gaben, sich nicht aufzugeben, und es doch schon getan hatten. Einige Männer lagen lethargisch auf ihren Pritschen, andere starrten verloren zu den Fenstern hinaus; andere redeten leise miteinander vor den blanken Wänden. Sie alle trugen Handschellen. Die jämmerlich knappen Essenszuteilungen und die brutalen Perioden der »Übungen« waren darauf abgestimmt, sie geistig wie körperlich zu schwächen. Miteinander flüsternd, soweit sie sich untereinander verständigen konnten, hatten sie einige Schlüsse gezogen, aber ihre Gefangenschaft gab keinen Sinn. Sie waren Teil einer Strategie, die keiner begreifen konnte, und nur Connal wußte, wer die Strategen waren. Wenn er sich unbeobachtet glaubte, versuchte er zu erklären, aber zur Antwort bekam er nur verständnislose und verwirrte Blicke. Wie sollte man auch Wahnsinn erklären...

Einige Punkte waren feststellbar – was auch immer sie bedeuten mochten. Zunächst einmal waren sie alle Offziere mit mittleren bis höheren Diensträngen. Zweitens waren sie alle Junggesellen oder geschieden, alle ohne Kinder und ohne feste Beziehungen. Drittens hatten sie alle gerade Urlaub zwischen dreißig und fünfundvierzig Tagen genommen, darunter nur ein weiterer im Notstatus wie Connal. Es gab ein Schema, aber was bedeutete es?

Auch in dem Punkt gab es einen Hinweis, nur daß auch der sich jedem Verständnis entzog. Etwa jeden zweiten Tag brachte man den Gefangenen Postkarten aus verschiedenen Gegenden – Urlaubsgebieten in Europa und Nordamerika –, und dann erhielten sie Anweisung, ganz spezielle Nachrichten an bestimmte Personen zu schreiben, die sie alle als Offizierskollegen von den Stützpunkten oder Basen kannten, auf denen sie beheimatet waren. Dabei handelte es sich immer um Nachrichten von der Art wie *Mir-geht-es-hier-gut; ich-wünschte-du-wärst-auch-hier; morgen-geht's-nach...*

Eine Weigerung, diese Grüße mit eigener Hand zu schreiben, bedeutete den Entzug der knappen Essensration, oder daß man den Betreffenden brutal auf den Exerzierplatz hinaustrieb, wo er, so schnell er konnte, laufen mußte, um dem Gewehrfeuer zu entgehen – bis er schließlich stürzte.

Sie waren sich alle einig, daß hinter den Hungerrationen ein bestimmter Zweck lag. Sie waren alle gut ausgebildete, fähige Offiziere. Solche Männer in normalem physischem und geistigem Zustand waren zu Fluchtversuchen fähig oder zumindest zu ernsthafter Gegenwehr. Aber das war auch alles, was sie begriffen. Alle, mit Ausnahme von Connal, waren jetzt mindestens zweiundzwanzig oder höchstens vierunddreißig Tage hier. Sie befanden sich in einem Konzentrationslager, irgendwo an einer nicht näher bekannten Küste, und sie wußten nicht einmal, worin ihr Verbrechen bestand.

»*Que pasa?*« fragte ein Gefangener namens Enrique, der aus Madrid stammte.

»*Esto lo mismo auera en el campo de maniobras*«, erwiderte Fitzpatrick und deutete mit einer Kopfbewegung zum Fenster. Dann fuhr er in spanischer Sprache fort. »Die töten dort ausgestopfte Puppen und bilden sich ein, daß sie dadurch zu Helden oder zu Märtyrern oder zu beidem werden.«

»Das ist doch verrückt!« schrie der Spanier. »Es ist verrückt! Was wollen die denn damit? Warum dieser Wahnsinn?«

»Die werden in acht Tagen eine Menge wichtiger Leute töten. Sie werden während irgendeiner internationalen Feier oder dergleichen töten. Was, *zum Teufel*, ist denn in acht Tagen? Haben Sie eine Idee?«

»Ich bin nur Major in der Garnison von Saragossa. Ich berichte über die Basken und lese meine Bücher. Was weiß ich von solchen Dingen? Was es auch immer sein mag, es würde bestimmt nicht bis nach Saragossa dringen – ein barbarisches Land. Aber ich würde sogar Korporalstreifen tragen, wenn mich das dorthin zurückbrächte.«

30

Joel trat aus dem hellen Nachmittagslicht in die Katakomben des Hauptbahnhofes. Der dunkle Anzug und der Hut paßten bequem; der Priesterkragen und die schwarzen Schuhe beengten ihn, aber nicht unerträglich; und der kleine Koffer war zwar hinderlich, doch im Notfall konnte er ihn einfach fallen lassen. Diesmal war das Gefühl, das alles schon einmal gesehen zu haben, keine Illusion. Er ging vorsichtig, beobachtete jede plötzliche Bewegung – ganz gleich, wie belanglos sie auch war – und studierte prüfend die fremden Gesichter. Jeden Augenblick rechnete er damit, daß Männer auf ihn zugestürzt kommen könnten, mit dem einzigen Befehl und Willen, ihn zu töten.

Es kam niemand. Doch selbst im schlimmsten Fall hätte ihn das Wissen beruhigt, sein Bestes getan zu haben. Während der letzten Nacht hatte er den vollständigsten Bericht seiner juristischen Laufbahn geschrieben; ihn mühsam in deutlicher Handschrift abgefaßt, das Material organisiert, die Fakten zusammengeholt, um seine Schlüsse und Annahmen zu unterstützen. Er hatte die wichtigsten Punkte eines jeden Dossiers hervorgehoben, um seinen eigenen Folgerungen Glaubwürdigkeit zu verleihen. Jede Aussage wog er vor dem Hintergrund der eigenen schrecklichen Erlebnisse ab und tat alles beiseite, was ihm zu emotional erschien. Den Rest formte er neu, um die kalte Objektivität eines ausgebildeten, *vernünftigen* juristischen Verstandes widerzuspiegeln. Stundenlang hatte er in der Nacht wachgelegen, die Bausteine Stück für Stück geordnet und dann am frühen Morgen zu schreiben begonnen. Er war eine belanglose Spielfigur gewesen, die von verängstigten, unsichtbaren Männern manipuliert worden war, welche die Werkzeuge geliefert und genau gewußt hatten, was sie taten. Trotz allem, was geschehen war, begriff er und konnte sich durchaus vorstellen, daß es vielleicht gar keine andere Möglichkeit gegeben hatte, das zu tun, was zu tun war. Er hatte alles vor einer Stunde abgeschlossen und die Blätter in einen großen Umschlag getan, den der alte Mann ihm gegeben hatte, mit dem Versprechen, zuerst Converse am Bahnhof abzusetzen und dann den Umschlag zur Post zu bringen. Joel hatte ihn an Nathan Simon adressiert.

»*Pastoor* Wilcrist! Das sind Sie doch, oder nicht?«

Converse fuhr herum, als er eine Berührung am Arm spürte. Der schrille Gruß kam von einer hageren, etwas gebeugten Frau von etwa Siebzig. Ihr faltenreiches Gesicht wurde von zwei ernsten Augen beherrscht und von dem weißen Schleier einer Nonne umrahmt. Ihr schlanker Körper war von einem schwarzen Ordenskleid verhüllt. »Ja, Schwester?« sagte er erschreckt.

»Man merkt, daß Sie sich nicht an mich erinnern, *Pastoor*«, rief die Frau. »Nein, schwindeln Sie nicht, ich sehe ganz deutlich, Sie haben keine Ahnung, wer ich bin!«

»Vielleicht würde ich das doch, wenn Sie Ihre Stimme etwas mäßigten, Schwester.« Joel sprach leise, beugte sich vor und versuchte zu lächeln. »Sie machen die Leute auf uns aufmerksam.«

»Religiöse Menschen begrüßen einander immer so«, sagte die alte Frau vertraulich, die Augen weit und starrend auf ihn gerichtet. »Sie möchten wie normale Menschen wirken.«

»Wollen wir hier hinübergehen, damit wir ruhig reden können?« Converse griff nach dem Arm der Frau und führte sie an den Aufgang zu einem Bahnsteig. »Sie haben etwas für mich?«

»Woher sind Sie?«

»Woher ich bin? Was meinen Sie?«

»Sie kennen die Regeln. Ich muß sicher sein.«

»*Bitte*«, sagte Joel und blickte auf den schmalen Umschlag, den die Frau in der Hand hielt. Er wußte, daß sie schreien würde, wenn er ihn ihr mit Gewalt wegnahm. »Ich muß nach Osnabrück, das wissen Sie!«

»Sie sind aus *Osnabrück*?« Die Nonne preßte den Umschlag gegen ihre Brust, beugte sich noch weiter vor, so als beschütze sie einen heiligen Gegenstand.

»Nein, nicht Osnabrück!« Converse versuchte, sich an Vals Worte zu erinnern. Er war ein Priester auf Pilgerreise ... nach Auschwitz und Bergen-Belsen ... aus ... aus ... »Los Angeles!« flüsterte er heiser.

»*Ja, goed.* Welches Land?«

»Jesus!«

»*Wat*?«

»Die Vereinigten Staaten von Amerika.«

»*Goed!* Hier bitte, *Menheer*.« Die alte Frau reichte ihm den Umschlag und lächelte jetzt süßlich. »Wir müssen alle unsere

Arbeit tun, nicht wahr? Gehen Sie mit Gott, Sie Diener des Herrn... Mir gefällt dieses Kostüm. Ich habe einmal auf der Bühne gestanden, müssen Sie wissen. Ich glaube nicht, daß ich es zurückgeben werde. Alle lächeln, und ein Herr, der aus einem dieser schmutzigen Häuser kam, ist stehengeblieben und hat mir fünfzig Gulden gegeben.«

Die alte Frau ging weiter, drehte sich einmal um und lächelte, wobei sie ihm diskret eine Whiskyflasche zeigte, die sie unter dem Ordenskleid hervorgeholt hatte.

Vielleicht war es sogar derselbe Bahnsteig, das konnte er nicht sagen, aber seine Ängste waren dieselben wie vor vierundzwanzig Stunden, als er in Amsterdam angekommen war. Er war als ein unschuldig wirkender Arbeiter mit Bart und bleichem, verschrammtem Gesicht in die Stadt gekommen. Jetzt verließ er sie als ein Priester, aufrecht, glattrasiert, von der Sonne verbrannt, ein ordentlich gekleideter Diener des Herrn auf einer Pilgerreise der Buße. Der empörte Anwalt in Genf, der manipulierende Bittsteller in Paris und der gefangene Tölpel in Bonn gehörten der Vergangenheit an. Zurückgeblieben war der gejagte Mann, und um zu überleben, mußte er imstande sein, die Jäger zu beschleichen, ehe sie ihn beschleichen konnten. Das bedeutete, daß er sie entdecken mußte, ehe sie ihn entdeckten. Das war eine Lektion, die er vor achtzehn Jahren gelernt hatte, als seine Augen noch schärfer und sein Körper noch widerstandsfähiger gewesen waren. Um das auszugleichen, mußte er die anderen Talente einsetzen, die er inzwischen entwickelt hatte; alles kam darauf an, sich zu konzentrieren. Und so gelang es Joel, den Mann zu entdecken.

Er stand an einer Betonsäule auf dem Bahnsteig und las im schwachen Licht einen Fahrplan, den er auseinandergefaltet hatte. Converse sah ihn an – so wie er fast alle Leute angesehen hatte, die in Sichtweite standen. Und dann, Sekunden später, sah er noch einmal hin. Irgend etwas an dem Mann war seltsam, stimmte nicht in das Bild. Es konnte verschiedene Gründe geben, bei dieser schlechten Beleuchtung einen Fahrplan zu lesen und nicht im hell beleuchteten Waggon – eine letzte Zigarette im Freien oder weil man auf jemanden wartete. Aber der kleine Druck war unmöglich zu entziffern, wenn man den Fahrplan fast vor der Brust hielt, und nicht einmal die Augen zusammenkniff. Und das tat der Mann nicht.

Converse ging den Bahnsteig hinunter, näherte sich zwei offenen Türen, die das Ende eines Waggons und den Anfang des nächsten bildeten. Mit voller Absicht ließ er den Koffer an einem hervorstehenden Fensterriegel hängenbleiben, so daß er zur Seite gedrückt wurde. Er entschuldigte sich bei den Reisenden, die ihm nachfolgten, und ließ sie höflich vorbeigehen. Aber während er zu ihnen umgewandt blieb, schweiften seine Augen zu dem Mann hinüber, der links an der Säule stand. Er hielt den Fahrplan immer noch in der Hand – wie eine vergessene Requisite. Der Mann konzentrierte sich jetzt auf Joel. Das reichte.

Converse ging durch die zweite Türe, jetzt wieder mit unbekümmert wirkenden Schritten, aber das änderte sich sofort, als er im Inneren des Waggons war und der Mann an der Säule ihn nicht länger sehen konnte. Er eilte den Gang hinunter und stürzte beim ersten Sitz zu Boden. Wieder entschuldigte er sich bei den Leuten hinter ihm – ein Diener des Herrn, der mit profanem Gepäck nicht zurechtkam. Dann sah er zum Fenster hinaus, an den zwei Passagieren vorbei, die dort saßen. Der Mann an der Säule hatte den Fahrplan fallen lassen und winkte jetzt mit heftigen Gesten. Wenige Sekunden darauf stand ein zweiter Mann bei ihm. Beide sprachen kurz miteinander und trennten sich rasch wieder. Der eine ging auf die vordere Tür des Waggons zu, der andere auf die, durch die Joel gerade gekommen war.

Sie hatten ihn. Er steckte in der Falle.

Valerie bezahlte den Fahrer und stieg aus dem Taxi, ließ sich von dem Türsteher helfen. Es war das zweite Hotel, in dem sie sich im Verlauf von zwei Stunden ein Zimmer besorgt hatte. Auf die Weise hatte sie für den Fall, daß man sie verfolgte, eine tote Spur hinterlassen. Sie hatte sich ein Taxi vom Kennedy-Flughafen nach La Guardia genommen, sich dort ein Ticket nach Boston gekauft und sich anschließend in einem Motel am Flughafen eingetragen unter dem Namen Charpentier. Dreißig Minuten später hatte sie das Motel verlassen, nachdem sie vorher das Hotel in Manhattan angerufen hatte, um sich zu vergewissern, daß ein Zimmer für sie frei war. Das war der Fall gewesen. Das St. Regis würde Mrs. DePinna gerne aufnehmen, die überraschend aus Tulsa, Oklahoma, angekommen war und eine Unterkunft brauchte.

Val hatte im Flugzeug nicht geschlafen, nur etwas gedöst, und war immer wieder von Alpträumen hochgeschreckt worden. Die Turbulenzen über dem Nordatlantik hatten ebensowenig dazu beigetragen, sie in den Schlaf zu lullen. Und Schlaf brauchte sie jetzt... und Joel. Ersterer stellte sich ein; letzterer war außer Reichweite.

Ein schriller Ton, begleitet von greller Sonne, die sie blendete, als sie die Augen aufriß, ließ sie vom Bett hochfahren, das Laken von sich treten und aufspringen. Es war das Telefon. Das Telefon? Sie sah auf die Uhr; es war sieben Uhr fünfundzwanzig. Die Sonne fiel durch die Fenster, und wieder klingelte das Telefon. Das Telefon? Wie...? *Wieso?* Sie griff nach dem Hörer, faßte ihn mit aller Kraft und versuchte, zu sich zu finden, bevor sie zu sprechen begann. »Hallo?«

»Mrs. DePinna?« erkundigte sich eine Männerstimme.

»Ja?«

»Hoffentlich ist alles in Ordnung.«

»Ist es bei Ihnen üblich, Ihre Gäste um sieben Uhr früh aufzuwecken und sie zu fragen, ob alles in Ordnung ist?«

»Es tut mir schrecklich leid, aber wir haben uns Sorgen um Sie gemacht. Sie sind doch die Mrs. DePinna aus Tulsa, Oklahoma, nicht wahr?«

»Ja.«

»Wir haben Sie die ganze Nacht gesucht... seit der Flug aus Amsterdam um ein Uhr dreißig heute morgen eintraf.«

»Wer sind Sie?« fragte Val wie vom Blitz getroffen.

»Jemand, der Ihnen helfen möchte, Mrs. Converse«, sagte die Stimme, jetzt entspannt und freundlich. »Sie haben uns ganz schön herumgejagt. Wir haben ganz bestimmt hundertfünfzig Frauen geweckt, die seit zwei Uhr morgens in irgendwelchen Hotels eingetroffen sind. Die ›Maschine aus Amsterdam‹ war es dann. Glauben Sie mir, Mrs. Converse, wir wollen Ihnen helfen. Wir haben beide dasselbe Ziel.«

«Wer *sind* Sie?«

»Wir wollen einmal sagen, daß ich im Auftrag der Regierung der Vereinigten Staaten handle. Bleiben Sie, wo Sie sind. Ich bin in fünfzehn Minuten bei Ihnen.«

Zum Teufel mit der Regierung der Vereinigten Staaten! dachte Val zitternd, während sie den Hörer auflegte. Die Regierung der Vereinigten Staaten hatte überzeugendere Möglichkeiten, sich zu erkennen zu geben... Sie mußte hier *weg*! Was bedeuteten die fünfzehn Minuten? War es eine Falle? Warteten unten Männer auf sie – warteten, ob sie fliehen würde? Sie hatte keine *Wahl*!

Sie rannte ins Badezimmer, schnappte sich ihren Bordkoffer und warf ihre Toilettensachen hinein. In wenigen Sekunden hatte sie sich angezogen, dann stopfte sie die restlichen Kleider auch noch in den Koffer, schnappte sich den Zimmerschlüssel von der Kommode und lief zur Tür. Sie blieb stehen. O Gott, der Briefbogen mit der Air-Force-Nummer! Sie rannte zum Schreibtisch zurück, riß das Blatt unter dem offenen Telefonbuch weg und stopfte es in ihre Handtasche. Sie sah sich verstört um. War da noch etwas? Nein. Sie verließ das Zimmer und eilte den Gang zu den Lifts hinunter.

Die Straße erwachte gerade erst zum Leben. Valerie ging schnell den Bürgersteig hinunter, blieb dann vor einem kleinen, eleganten Buchladen stehen und beschloß, hier im Türeingang zu warten. Die Geschichten, die sie ihr ganzes Leben lang gehört hatte, erzählten nicht nur davon, daß es galt, falsche Informationen zu hinterlassen. Es hatte auch Lektionen dafür gegeben, daß man wissen mußte, wie der Feind aussah. Oft war genau das entscheidend.

Ein Taxi fuhr vor dem St. Regis vor, und die hintere Tür öffnete sich, noch bevor der Wagen ausgerollt war. Sie konnte den Passagier ganz deutlich sehen, er hatte die Hand über den Vordersitz gestreckt und zahlte, ohne an sein Wechselgeld zu denken. Er stieg schnell aus und lief auf die Glastüren des Hoteleingangs zu. Er trug keinen Hut und hatte ungekämmtes, fast blondes Haar. Er trug eine leichte Jacke und hellblaue Sommerjeans. Er war der Feind, das wußte Valerie. Er war in den Zwanzigern, kaum mehr als ein Junge, aber das Gesicht war hart und von Zorn verzerrt, die Augen kalt – ferne Stahlblitze in der Sonne. Val verließ die Türnische des Buchladens.

Ein Wagen schoß an ihr vorbei in westlicher Richtung auf das Hotel zu. Sekunden später hörte sie quietschende Reifen und erwartete, jeden Moment Blech krachen zu hören. Sie drehte sich um wie die anderen Fußgänger. Fünfzehn Meter entfernt stand ein brauner Wagen, dessen Tür und Kofferraumdeckel klar und deutlich in schwarzen Buchstaben die Aufschrift *U.S. Army* trugen. Ein Offizier in Uniform stieg hastig aus. Er starrte sie an. Val rannte los.

Converse saß auf einem Gangplatz, etwa in der Mitte des Waggons. Seine Hände, die das schwarze Gebetbuch hielten, waren schweißnaß. Er hatte es mit dem Paß, dem Pilgerbrief und einem maschinengeschriebenen Blatt mit Anweisungen und ein paar Daten über Pater William Wilcrist in dem Umschlag gefunden. Ganz unten auf dem Blatt stand die letzte Anweisung: *Auswendig lernen, zerreißen und vor der Grenzstation Oldenzaal in die Toilette werfen.*

Der Zug fuhr erst nach Norden, dann nach Osten. Vor Oldenzaal gab es zwei Stationen, und anschließend würden sie, wie er vermutete, den Rhein überqueren und Westdeutschland erreichen. Den Bahnhof von Deventer hatten sie bereits hinter sich, blieb also nur noch ein Aufenthalt, eine Stadt namens Hengelo. Die Ansage kam, und Joel erhob sich von seinem Platz, ehe die anderen Reisenden, die nach Hengelo wollten, das taten. Im Gang drehte er sich um und ging zum hinteren Teil des Wagens. Als er an dem Mann vorbeikam, der an der Säule gestanden hatte, bemerkte er, daß der Jäger von Aquitania mit so starrem Körper geradeaus starrte, daß er kaum die Bewegungen des Zuges mitmachte. Converse hatte eine solche Haltung schon oft gesehen, bei Verhandlungen und vor Gericht. Sie deutete immer auf unsichere Zeugen oder Verhandler. Der Mann war angespannt, vielleicht hatte er Angst, seinen Auftrag zu verpatzen, oder Angst vor den Leuten, die ihn nach Amsterdam geschickt hatten – was auch immer, seine Angst war deutlich zu erkennen, und Joel würde sie nutzen. *Er kroch aus einem tiefen Schacht in der Erde, arbeitete sich mühsam nach oben, über Stufen, die er in vielen Nächten gegraben hatte. Der Drahtzaun war in der Ferne, der Regen fiel, die Streifen waren unruhig – von jedem Geräusch verängstigt, das sie nicht schnell identifizieren konnten. Er brauchte nur einen, um zu fliehen, und den hatte er … er konnte den Zaun erreichen!*

Er konnte Osnabrück allein erreichen.

Die Toilette war frei; er öffnete die Tür, ging hinein und nahm das Blatt mit den Instruktionen heraus. Er faltete es zusammen, zerriß es in kleine Fetzen, warf die Papierfetzen in die Kloschüssel und trat auf den Wasserknopf. Die Fetzen verschwanden. Dann drehte er sich zur Tür um und wartete.

Eine zweite Ansage plärrte draußen aus den Lautsprechern, der Zug verlangsamte seine Fahrt. Vor der Tür war das Scharren von Füßen zu hören. Der Zug kam zum Stillstand. Joel fühlte, wie der Boden unter den vielen Schritten vibrierte, Schritten von Menschen, die jetzt an zu Hause dachten und ohne Zweifel an das holländische Äquivalent eines Martini. Das Vibrieren hörte auf, die Schritte verhallten. Joel öffnete die Tür eine Handbreit. Der Jäger mit der starren Haltung war nicht mehr an seinem Platz. *Jetzt.*

Joel zwängte sich hinaus und trat schnell in den engen Raum zwischen den Waggons. Er schob sich zwischen den Nachzüglern hindurch, die aus dem nächsten Waggon aussteigen wollten, betrat den Waggon und lief den Mittelgang hinunter. Als er sich den letzten Reihen näherte, sah er einen freien Platz, zwei Sitze mit Blick auf den Bahnsteig. Er setzte sich ans Fenster, die Hand vor dem Gesicht, und spähte zwischen den Fingern hindurch.

Der Mann von Aquitania hetzte hin und her, hielt drei Männer auf, die gehen wollten und ihm den Rücken zuwandten, schnell entschuldigte er sich bei ihnen. Jetzt wandte der Jäger sich wieder dem Zug zu. Sein Opfer konnte also nicht ausgestiegen sein. Er stieg wieder ein, sein Gesicht wie eine zerknitterte Karte, die auseinanderfiel – Täler der Angst.

Mehr, dachte Converse. *Ich will mehr. Ich will eure Nerven zum Zerreißen gespannt, wie es schon einmal bei meinen Wächtern war. Bis ihr es nicht mehr ertragen könnt*!

Oldenzaal kam und blieb hinter ihnen. Der Zug überquerte den Rhein, und das Klappern der Brücke unter ihnen klang wie ein leiser Trommelwirbel – der Jäger hatte die vordere Tür aufgerissen, zu verstört, um mehr zu tun, als sich schnell umzusehen und wieder zu seinem Begleiter zurückzukehren oder vielleicht zu einem einsamen Koffer. Joels Kopf war verborgen unter der Rückenlehne. Minuten später kam die Grenzpolizei. Sie musterten jeden Mann, Dutzende Uniformierter, die durch die Waggons gingen. Sie waren höflich, daran war kein Zweifel. Trotzdem erinnerten sie in häßlicher Weise an die Vergangenheit. Joel zeigte seinen Paß und den Brief, den man für das Gewissen von Deutschen in deutscher Sprache geschrieben hatte. Ein Grenzpolizist schnitt eine traurige Grimasse, nickte dann und ging weiter. Die Uniformierten verließen den Waggon; die Minuten dehnten sich zu Viertelstunden. Er konnte durch die Fenster in den vorderen Waggon sehen. Die zwei Jäger begegneten sich, einige Reihen hinter dem Platz, wo er gesessen hatte. Wieder trennten sie sich, einer ging nach vorn, der andere nach hinten. *Jetzt.*

Joel erhob sich von seinem Platz und trat in den Mittelgang, warf einen Blick auf seinen Fahrplan und beugte sich vor, um zum Fenster hinauszusehen, bedeutungslose Bewegungen. Aber er mußte ausharren, bis einer der Jäger ihn entdeckte. Es dauerte nicht einmal zehn Sekunden. Als Converse sich nach vorn beugte, scheinbar um eine draußen vorbeihuschende Tafel abzulesen, erhaschte er einen Blick auf eine Gestalt, die sich vor die obere Glasscheibe an der vorderen Tür schob. Er stand auf. Der Mann hinter der Glasscheibe duckte sich sofort weg. Das war das Signal, auf das er gewartet hatte, der Augenblick, um schnell zu handeln.

Er drehte sich um und ging im Waggon nach hinten, ging

zur Tür hinaus über die dunkle, klappernde Brücke, die zum nächsten Waggon führte. Er trat ein, eilte schnell den Mittelgang hinunter, wieder nach hinten und wieder zum nächsten Waggon. Dann drehte er sich um. Der Mann folgte ihm. *Ein Wächter verließ im Regen seinen Posten. Nur Sekunden noch, dann konnte er den Stacheldraht erreichen.*

»Nächster Halt Bad Bentheim; Bad Bentheim!«

Wieder verlangsamte der Zug seine Fahrt, die erste von zwei Stationen vor Osnabrück. Joel trat ins Dunkel und schob vorsichtig den Kopf vor. Was er sah, erschreckte ihn. Der Jäger machte keine Anstalten, zur Tür zu gehen. Statt dessen setzte er sich – setzte sich mit dem Blick nach vorn, ein Fahrgast, der einen bequemeren Platz gefunden hatte und nichts weiter im Sinn hatte. Der Zug hielt an, und die aussteigenden Passagiere bildeten vorn eine Schlange. *Vorn.*

Über der letzten Tür war eine Schrift gewesen, aber da er sie nicht lesen konnte, war er einfach weitergegangen. Jetzt sah er auf die Ausgänge; sie hatten keine Klinken. Wenn er sich vorher wie in einer Falle gefühlt hatte, so befand er sich jetzt in einem Käfig, einem stählernen Käfig, der sich gerade wieder in Bewegung setzte. Ein dahinrasendes Gefängnis, aus dem es keine Flucht gab. Converse griff in die Hemdtasche und holte seine Zigaretten heraus. *Er war dem Stacheldraht so nahe; er mußte überlegen*!

Ein Klappern? Ein Schlüssel... ein *Riegel.* Die massive Holztür mit dem Wort *FRACHT* darauf öffnete sich, und die Gestalt eines korpulenten Mannes kam heraus.

»Eine Zigarette für Sie, während ich zum Pinkeln gehe«, sagte der Bahnbeamte lachend, während er durch den dunklen Korridor zur Tür ging. »Und dann ein Bier, ja?«

Der Deutsche ging hinaus, um etwas zu trinken, und obwohl er die Tür hinter sich fast zugezogen hatte, war sie nicht ganz geschlossen. Er war ein Mann, der sich keine Sorgen machte, ein Bahnbeamter mit nichts, das er für bewachenswert hielt. Joel schob die schwere Tür auf und ging hinein. Er wußte, was geschehen würde; es *mußte* in dem Augenblick geschehen, wenn der Mann an dem Jäger vorbeiging, auf dem Weg zu seinem Bier.

Er sah sich einem halben Dutzend Kisten und vielleicht zehn Käfigen mit Tieren gegenüber, hauptsächlich Hunde und ein paar Katzen, die sich in die Ecken ihrer Behausungen drückten. Das einzige Licht kam von einer nackten Glühbirne, die an einem dicken Draht von der Decke hing. Converse versteckte sich hinter einer Kiste in der Nähe der Tür. Er griff unter seinen Priestermantel und zog die Pistole mit dem Schalldämpfer heraus.

Vorsichtig wurde die Tür aufgedrückt – Millimeter um Millimeter –, dann erschien die Waffe, dann eine Hand, dann ein Arm. Schließlich war der Mann zu sehen, der Jäger, der Soldat von Aquitania.

Joel feuerte zweimal, um ganz sicherzugehen. Der Arm schlug gegen die halb geöffnete Tür, die Pistole fiel aus der Hand des Jägers, aus seinem Handgelenk spritzte Blut. Converse sprang hinter der Kiste vor – *die Streife gehörte ihm und ebenso der Stacheldrahtzaun! Er konnte ihn überklettern! Der Felsbrocken hatte das Fenster der Kaserne zerschmettert! Die Maschinengewehrsalve traf eine Stelle, wo er nicht war! Sekunden, nur Sekunden, und er war frei!*

Joel preßte den Mann gegen den Boden, hielt die Kehle des Jägers umklammert und preßte ihm das Knie gegen die Brust – er brauchte jetzt nur zuzudrücken, und der Mann von Aquitania würde sterben. Er drückte dem Mann den Pistolenlauf gegen die Schläfe.

»*Sprechen Sie Englisch?*«

»Ja«, preßte der Deutsche heraus. »*Ich spreche Englisch!*«

»Was?«

»I... speak English.«

»Wie lauteten Ihre Anweisungen?«

»Ich sollte Ihnen folgen. Nur folgen. Nicht schießen! Ich bin nur ein Angestellter! Ich weiß nichts!«

»Ein was?«

»Man hat mich bezahlt...«

»*Aquitania!*«

»*Was...?*«

Der Mann log nicht, dafür war zu viel Panik in seinen Augen. Converse hob die Pistole und preßte sie dem Deutschen gegen das linke Auge, drückte den Schalldämpfer dagegen.

»Sie sagen mir ganz genau, was man Ihnen aufgetragen hat! Die Wahrheit – und ich merke sofort, wenn Sie lügen –, und wenn Sie lügen, dann ist Ihr Gehirn hier über die ganze Wand verteilt! Reden Sie!«

»Ich soll Ihnen folgen!«

»Und?«

»Wenn Sie den Zug verlassen, sollen wir die Polizei anrufen. Wo auch immer es ist. Aber ich hätte das nicht getan! Ich schwöre es bei *Gott*, daß ich das nie getan hätte! Ich bin ein guter Christ. Ich mag sogar die Juden! Ich bin arbeitslos, mein Herr!«

Joel schmetterte dem Mann die Pistole gegen den Schädel – *die Streife war ausgeschaltet! Er konnte jetzt über den Zaun klettern!* Er zerrte den Deutschen hinter eine Kiste und wartete. Es war unmöglich zu sagen, wie lange; sein Herzschlag war zu schnell, um an Zeit zu denken. Jetzt kam der Bahnbeamte zurück, mehr betrunken als nüchtern, und nahm an seinem Arbeitsplatz mit der einsamen Glühbirne Zuflucht.

In den Käfigen war es nicht länger ruhig. Der Geruch von Menschenblut und Schweiß war mehr, als die Hunde ertragen konnten; sie wurden bösartig. Binnen Minuten wurde der Eisenbahnwaggon mit der Aufschrift *FRACHT* zu einem Tollhaus, die Tiere waren wie gereizt – die Hunde knurrten, bellten und warfen sich gegen ihre Käfige, die Katzen schrien und fauchten, von den Hunden herausgefordert. Der Bahnbeamte war verstört und verängstigt und wagte es nicht, seinen Stuhl zu verlassen. Er trank aus einer Flasche Bier. Zweimal wanderte sein starrer Blick von den Tieren zu einem roten Griff an der Wand, nur wenige Zentimeter über seinem Arbeitstisch. Er brauchte nur die Scheibe einzuschlagen und daran zu ziehen.

»Nächster Halt Rheine. Rheine!«

Die letzte Station vor Osnabrück. Bald würde der Deutsche wieder aus seiner Bewußtlosigkeit erwachen, und wenn Joel ihn in diesem Augenblick nicht bedrohte, würde der Mann schreien und die Notbremse ziehen. Außerdem wartete nur wenige Waggons weiter ein zweiter Mann, der Geld dafür bekommen hatte, ihm zu folgen und ihn zu töten. Länger zu bleiben, wo er jetzt war, hieß zuzulassen, daß die Falle zuschnappte. Er mußte den Zug verlassen.

Der Zug hielt. Converse sprang zur Tür und veranlaßte damit ein Dutzend Tiere, in ihren Käfigen noch wilder zu werden. Er zog den Riegel zurück, öffnete die schwere Tür und stürzte hinaus. Dann hetzte er den Mittelgang hinunter, schob sich, Entschuldigungen murmelnd, an wartenden Reisenden vorbei, nur darauf bedacht, ins Freie zu kommen, ehe man den Bewußtlosen fand, ehe ein Hebel gezogen und Alarm geschlagen wurde. Er erreichte den Ausgang und sprang von der zweiten Stufe auf den Bahnsteig. Noch einmal sah er sich um, dann eilte er davon, ins Innere des Bahnhofs.

Er war frei. Er lebte. Aber er war Meilen von einer alten Frau entfernt, die auf ihren Priester wartete.

31

Valerie lief immer noch. Sie hatte Angst, sich umzusehen, aber sie war nicht dumm. Also tat sie es doch und sah, daß der Offizier eine heftige Auseinandersetzung mit dem Fahrer des Militärwagens hatte. Ein paar Sekunden später, als sie gerade die Ecke der Madison Avenue erreicht hatte, sah sie sich erneut um. Sie versuchte ruhig zu bleiben. Der Offizier folgte ihr jetzt und verkürzte seinen Abstand mit jedem Schritt. Sie rannte quer über die Straße, als die Ampel umschaltete; ein Hupkonzert ließ erkennen, daß sie damit den Zorn einiger Fahrer herausgefordert hatte.

Zehn Meter entfernt hielt ein Taxi an dem Randstein, und ein grauhaariger Mann machte sich daran auszusteigen, müde und noch nicht bereit, den Morgen hinzunehmen. Val rannte zurück auf die Straße, mitten in den Verkehr hinein. Sie riß die linke Tür des Taxis auf und stieg ein, während der erschreckte grauhaarige Mann noch sein Wechselgeld entgegennahm.

»Hey, Lady, sind Sie *verrückt?*« schrie der schwarze Fahrer. »Sie müssen von der anderen Seite einsteigen! Hier könnte Sie ein Bus plattquetschen!«

»Tut mir leid!« schrie Val, die jetzt die Beherrschung verlor, und ließ sich in den Sitz sinken. »Mein Mann kommt hinter mir hergerannt, und ich laß mich nicht noch einmal schlagen! Das tut *weh*. Er ist... Offizier bei der Army.«

Der grauhaarige Mann sprang jetzt wach wie ein Sprinter aus dem Taxi und schlug die Tür hinter sich zu. Der Fahrer drehte sich um und sah sie an. Sein breites schwarzes Gesicht wirkte neugierig.

»Ist das die Wahrheit?«

»Ja! Würden Sie mich jetzt bitte hier wegbringen?« Val sank noch tiefer in die Polster. »Er ist jetzt an der Ecke! Er wird über die Straße kommen – und mich sehen!«

»Keine Sorge, Mam«, sagte der Fahrer, griff ruhig nach hinten und drückte die Knöpfe der beiden Türen herunter. »Oh, da kommt er wie ein Verrückter gerannt. Und all die Orden! Man möchte ja nicht glauben – entschuldigen Sie. Er ist ziemlich hager, nicht wahr? Die meisten unangenehmen Typen waren so hager.«

»Fahren Sie hier weg!«

»Das Gesetz ist da ganz genau, Mam. Es ist die Pflicht eines jeden Fahrers eines öffentlichen Taxis, seinen Fahrgast zu beschützen... Und ich war bei der Infanterie, Mam, und warte jetzt schon seit Ewigkeiten auf diese Chance.« Der Fahrer stieg aus dem Taxi. Er war hünenhaft gebaut. Val sah mit erschrecktem Staunen zu, wie er um die Motorhaube herumging und schrie:

»Hey, Captain! Sie dort drüben! Suchen Sie eine sehr hübsche Lady? Ihre Frau vielleicht?«

»*Was?*« Der Offizier rannte auf den riesigen Schwarzen zu.

»Nun, Captain, Baby, ich fürchte, ich schaffe jetzt keine Ehrenbezeigung, weil meine Uniform auf dem Dachboden ist, aber Sie sollen wissen, daß Ihr Auftrag erfolgreich abgeschlossen ist. Würden Sie bitte zu meinem Jeep kommen, Sir?«

Der Offizier setzte sich in Richtung auf das Taxi in Bewegung. Doch der Schwarze packte ihn plötzlich, riß ihn herum und schlug ihm die Faust in den Magen, trieb ihm dann das Knie in den Unterleib und »vollendete seinen gesetzlichen Auftrag« schließlich, indem er dem Offizier noch einmal die Faust ins Gesicht schlug. Val schnappte keuchend nach Luft. Als der Mann zu Boden fiel, war sein Gesicht über und über mit Blut besudelt. Der Fahrer lief zu seinem Wagen zurück, stieg ein, schloß die Tür und legte den Gang ein. Mit einem Satz reihte sich das Taxi in den Verkehr ein.

»Mann o Mann!« sagte der Schwarze. »Das hat vielleicht gutgetan! Gibt es eine Adresse, Mam? Die Uhr läuft.«

»Ich... ich weiß nicht genau.«

»Fangen wir noch einmal von vorn an. Wo wollen Sie hin?«

»Zu einem Telefon... Warum haben Sie *das getan*?«

»Das ist meine Angelegenheit, nicht die Ihre.«

»Sie sind ja *krank*! Man hätte Sie verhaften können!«

»Wofür denn? Daß ich meinen Fahrgast beschütze? Dieser Kerl ist doch tatsächlich auf mein Taxi zugerannt, und das hat ganz übel ausgesehen, ganz übel. Außerdem war da nirgends ein Bulle. Die Adresse bitte, Missis. Die Uhr läuft.«

»Ich weiß nicht... ein Telefon. Ich muß zu einem Telefon. Würden Sie warten?«

»Haben Sie Geld? Oder hat Ihnen das der Captain alles weggenommen. Mein Mitgefühl hat Grenzen, Lady. Ich bekomm für gute Taten nichts bezahlt.«

»Ich habe Geld. Sie werden gut bezahlt werden.«

»Zeigen Sie mir einen Schein.«

Valerie griff in ihre Handtasche und zog hundert Dollar heraus. »Reicht das?«

»Geht in Ordnung, aber Sie sollten das nicht mit jedem Taxifahrer machen. Auf die Weise könnten Sie verdammt schnell in irgendeiner Leichenhalle landen.«

Sie hielten an einer Telefonzelle an der Ecke der Madison Avenue und der 78. Straße. Valerie stieg aus, klappte die Handtasche auf und nahm den Briefbogen des St.-Regis-Hotels mit der Telefonnummer heraus. Sie schob eine Münze in den Schlitz und wählte.

»Air Force, Personalbüro, Denver«, meldete sich eine Frauenstimme am anderen Ende.

»Ich würde gern wissen, ob Sie mir helfen können, Miß«, sagte Val, und ihre Augen hielten nach allen Seiten hin Ausschau nach einer braunen Limousine mit der Aufschrift *U.S.Army*. »Ich versuche da, einen Offizier ausfindig zu machen. Es handelt sich um einen Verwandten von mir.«

»Einen Augenblick, bitte. Ich verbinde weiter.«

»Personalabteilung, Denver-Einheiten«, kam eine zweite Stimme, diesmal männlich. »Sergeant Porter.«

»Sergeant, ich versuche, einen Offizier ausfindig zu machen«, wiederholte Valerie. »Einen Verwandten von mir, der meiner Tante gesagt hat, er würde mich sprechen wollen.«

»Wo in Colorado, Mam?«

»Nun, das weiß ich nicht genau.«

»The Springs? The Academy? Lowry Field oder vielleicht Cheyenne Mountain?«

»Ich weiß nicht, ob er in Colorado ist, Sergeant.«

»Warum haben Sie dann Denver angerufen?«

»Weil Sie im Telefonbuch standen.«

»Verstehe.« Der Soldat machte eine Pause und fuhr dann mit mechanisch klingender Stimme fort. »Und dieser Offizier hat hinterlassen, daß er Sie sprechen möchte?«

»Ja.«

»Aber er hat keine Adresse und keine Telefonnummer hinterlassen?«

»Wenn er das getan hat, dann hat sie meine Tante verloren. Sie ist schon ziemlich alt.«

»Der Ablauf ist folgendermaßen, Miß. Wenn Sie einen Brief an das M.P.C. – Military Personnel Center – auf dem Randolph-Luftwaffenstützpunkt San Antonio, Texas, schreiben würden und dort Ihr Anliegen und Namen und Rang des Offiziers angeben, wird der Brief bearbeitet.«

»Dafür habe ich keine Zeit, Sergeant! Ich bin viel unterwegs... ich rufe Sie vom Flughafen aus an.«

»Es tut mir leid, Miß, aber so ist die Vorschrift.«

»Ich bin keine Miß, und mein Vetter ist General, und er

will mich wirklich sprechen! Ich will bloß wissen, wo er ist, und wenn Sie es mir nicht sagen können, dann können Sie ihn doch ganz sicher anrufen und ihm meinen Namen durchgeben. Ich rufe *Sie* dann zurück und gebe Ihnen eine Nummer durch, wo er mich erreichen kann. Das ist doch vernünftig, nicht wahr, Sergeant. Offen gestanden, es ist sehr wichtig.«

»Ein General, Mam?«

»Ja, Sergeant Potter. General Abbott.«

»Sam Abbott? Ich meine, Brigadegeneral Samuel Abbott?«

»Genau der, Sergeant Potter.«

»Porter, Mam.«

»Ich werd's mir merken.«

»Nun, ich kann mir nicht vorstellen, daß das ein Sicherheitsbruch wäre, Miß – Mam. Jeder weiß, wo General Abbott stationiert ist. Er ist ein sehr populärer Offizier und steht oft in der Zeitung.«

»Und wo ist das, Sergeant? Ich werde ihm persönlich sagen, daß Sie sehr hilfsbereit waren.«

»Nellis Air Force Base in Nevada, Mam, ganz dicht bei Las Vegas. Er hat dort den Befehl über die taktischen Geschwader. Alle Geschwaderkommandanten erhalten ihre Abschlußausbildung in Nellis. Würden Sie mir bitte Ihren Namen sagen?«

»Oh, du lieber Gott! Jetzt wird mein Flug zum letztenmal aufgerufen. Vielen Dank, Sergeant.« Valerie legte den Hörer auf, wobei sie immer noch die Straße im Auge behielt und zu entscheiden versuchte, was sie als nächstes tun sollte – ob sie Sam jetzt gleich anrufen sollte oder noch warten. Plötzlich wurde ihr klar, daß sie *nicht* anrufen konnte; sie würde dazu ihre Kreditkarte benützen müssen, und das bedeutete, daß man das Gespräch registrierte. Sie verließ die Zelle und kehrte zu ihrem Taxi zurück.

»Lady, ich glaube, wir sollten jetzt hier verschwinden, wenn es Ihnen nichts ausmacht«, sagte der Fahrer mit ruhiger Eindringlichkeit in der Stimme.

»Was ist denn?«

»Ich kann den Polizeifunk empfangen, nur für alle Fälle, falls es Ärger in der Umgebung gibt, und habe denen gerade zugehört. Ein Captain von der Army ist an der Fünfundfünfzigsten und Madison von dem schwarzen Fahrer eines Taxis niedergeschlagen worden, das in nördlicher Richtung wegfuhr. Zu meinem Glück haben sie weder die Nummer noch die Taxigesellschaft, aber die Beschreibung ist recht gut. ›Ein großer schwarzer Hurensohn mit einer Faust Größe zwölf.‹ So haben diese Drecksäcke es ausgedrückt.«

»Fahren wir«, sagte Val. »Ich sage das ungern, und das meine ich auch ganz ehrlich, aber ich darf da nicht hineingezogen werden.« Das Taxi machte einen Satz, und dann bog der Fahrer an der Einundachtzigsten Straße in östlicher Richtung ein. »Hat... wird mein Mann Anklage erheben?« fragte sie plötzlich verwirrt.

»Nein, in dem Punkt werde ich keinen Ärger bekommen«, erwiderte der Fahrer. »Der muß Sie ganz schön vertrimmt haben. Er ist einfach weggerannt und hatte nichts zu sagen. Gesegnet soll er sein. Wohin?«

»Lassen Sie mich nachdenken.«

»Die Uhr läuft.«

Sie mußte nach Las Vegas, aber der Gedanke, nach Kennedy oder zum La-Guardia-Flughafen zurückzukehren, machte ihr Angst. Das war zu leicht vorauszusehen. Dann erinnerte sie sich. Vor fünf oder sechs Jahren hatten sie und Joel das Wochenende mit Freunden in Short Hills, New Jersey, verbracht. Joel hatte damals einen Anruf von Nathan Simon bekommen, noch am Sonntag nach Los Angeles zu fliegen, um am Montagmorgen dort Gespräche zu führen. Die Unterlagen würden per Luftexpreß zum Beverly-Hills-Hotel geschickt werden. Joel hatte eine Maschine vom Newark-Flughafen aus genommen.

»Können Sie mich nach Newark fahren?«

»Ich kann Sie nach Alaska fahren, Lady, aber *Newark*?«

»Der Flughafen.«

»Das ist besser. Einer der besten. Newark ist auch in Ordnung. Ich habe einen Bruder dort, und, zum Teufel, er lebt immer noch. Ich fahre an der Sechsundsechzigsten durch den Park und nehme den Lincoln-Tunnel.«

Es herrschte dichter Verkehr, denn Kurzurlauber waren schon auf dem Weg an die Küsten von Jersey. Am Flughafen war es noch schlimmer. Schließlich fanden sie einen Parkplatz, und Valerie stieg aus. Sie zahlte den Fahrer, gab ihm hundert Dollar extra und dankte. »Sie sind wirklich mehr als nur hilfsbereit gewesen.«

Dann betrat sie das Flughafengebäude. Die Schlangen vor den einzelnen Schaltern waren erschreckend, und bevor sie sich überhaupt anstellen konnte, mußte sie erst einmal wissen, wo man für sie zuständig war. Zwanzig Minuten später stand sie in der richtigen Reihe, und fast eine Stunde darauf war sie im Besitz eines Tickets für den 12.35-Flug der American Airlines nach Las Vegas. Bis zum ersten Aufruf war noch eine Stunde Zeit. Jetzt war Gelegenheit, um zu überprüfen, ob alles, was sie bisher getan hatte, auch vernünftig war. Ob es vernünftig war, Sam Abbott aufzusuchen, oder ob sie sich nur verzweifelt an einen Mann klammerte, der vielleicht gar nicht mehr der war, den sie einmal gekannt hatte. Sie hatte zwanzig Dollar in Münzen eingetauscht und hoffte, es würde reichen. Sie fuhr mit der Rolltreppe ins Obergeschoß und ging zu einer Telefonzelle hinter den Geschäften am anderen Ende des breiten Korridors. Die Auskunft von Nevada gab ihr die Nummer der Telefonzentrale der Nellis Air Force Base. Sie wählte und bat, mit Brigadier Samuel Abbott verbunden zu werden.

»Ich weiß nicht, ob er schon auf dem Stützpunkt ist«, sagte die Vermittlung.

»Oh?« Das hatte sie *vergessen*. Der Zeitunterschied betrug drei Stunden.

»Augenblick, er hat sich bereits gemeldet. Ein früher Flugtermin.«

»Büro von General Abbott.«

»Kann ich bitte den General sprechen? Mein Name ist Parquette, Mrs. Virginia Parquette.«

»Darf ich fragen, in welcher Angelegenheit?« fragte die Sekretärin. »Der General ist sehr beschäftigt und ist bereits im Begriff, aufs Flugfeld zu gehen.«

»Ich bin eine Cousine, die er seit langem nicht mehr gesehen hat. Es geht um einen Unglücksfall in der Familie.«

»Oh, das tut mir leid.«

»Bitte sagen Sie ihm, daß ich am Apparat bin. Er wird sich vielleicht nicht an meinen Namen erinnern; es ist so viele Jahre her. Aber Sie könnten ihn erinnern, daß wir in den alten Tagen einige wunderbare Dinners in New York gehabt haben. Es ist wirklich äußerst dringend. Ich wünschte, jemand anderer könnte dieses Gespräch führen, aber leider hat man mich ausgewählt.«

»Ja... ja, natürlich.«

Das Warten war für Valerie wie der letzte Kreis der Hölle. Schließlich ertönte ein Klicken, und dann die Stimme, an die sie sich erinnerte.

»Virginia... Parquette?«

»Ja.«

»*Ginny* – aus New York? *Dinner* in New York?«

»Ja.«

»Sie sind die Frau, nicht die Schwester.«

»*Ja!*«

»Geben Sie mir eine Nummer. Ich rufe Sie in zehn Minuten zurück.«

»Ich bin in einer Telefonzelle.«

»*Bleiben* Sie dort. Die Nummer.«

Sie gab sie ihm und legte auf. Sie wartete in dem Plastiksessel neben dem Telefon, beobachtete die Rolltreppen und die Leute, die in Läden und den Schnellimbiß gingen. Sie versuchte, nicht auf die Uhr zu sehen. Zwölf Minuten vergingen. Dann klingelte das Telefon.

»Ja?«

»Valerie...?«

»*Ja!*«

»Ich wollte nicht vom Büro aus sprechen – zu viele Störungen. Wo sind Sie? Der Vorwahl nach in New Jersey.«

»Auf dem Flughafen von Newark. Ich nehme den 12.30-Flug nach Las Vegas. Ich muß Sie sprechen!«

»Ich habe versucht, *Sie* anzurufen. Talbots Sekretärin hat mir Ihre Nummer gegeben.«

»*Wann?*«

»Vor zwei Tagen. Davor war ich in der Mojave bei Manövern und zu ausgepumpt, um ein Radio einzuschalten – und

Zeitungen hatten wir keine. Ein Mann hat sich gemeldet, und als er sagte, daß Sie nicht zu Hause seien, habe ich aufgelegt.«

»Das war Roger, Joels Vater. Er ist tot.«

»Ich weiß. Die sagen, es könnte Selbstmord gewesen sein.«

»*Nein!*... Ich habe ihn gesehen, Sam. Ich habe Joel gesehen! Das sind alles Lügen!«

»Genau darüber müssen wir reden«, sagte der General. »Rufen Sie mich an, wenn Sie ankommen. Unter demselben Namen. Ich will Sie nicht am Flughafen abholen; da kennen mich zu viele Leute. Ich werd' mir einen Ort überlegen, wo wir uns treffen können.«

»Vielen Dank!« sagte Valerie. »Sie sind der einzige, der uns geblieben ist.«

»Uns?«

»Für den Augenblick ja. Ich bin alles, was *ihm* geblieben ist.«

Converse beobachtete aus einem dunklen Winkel des Bahnhofs, wie der Zug nach Osnabrück sich in Bewegung setzte. Er rechnete jeden Augenblick damit, Pfiffe zu hören, die die Stille der Nacht durchdringen würden, erwartete, daß der Zug anhielt, daß ein verwirrter, halb betrunkener Bahnbeamter schreiend aus dem Frachtwaggon gerannt käme. Doch nichts davon. Warum? War der Mann mehr als nur angetrunken? Hatte der Lärm der Tiere ihn angetrieben, noch schneller zu trinken, seinen Entschluß bestärkt, die sichere Zuflucht seines Waggons nicht zu verlassen? Hatte er im schwachen Licht nur einen undeutlichen Schatten zur Tür stürzen sehen oder den Bewußtlosen vielleicht überhaupt nicht entdeckt? Und dann sah Joel, daß es noch eine andere Möglichkeit gab. Eine, mit der er nie gerechnet hätte. Er konnte eine Gestalt durch den zweiten zum letzten Waggon rennen sehen, eine Gestalt, die sich zweimal zwischen die Sitzreihen schob und das Gesicht gegen die Scheiben preßte. Augenblicke später lehnte sich der Mann aus dem Fenster einer Wagentür hinaus. Er hielt eine Pistole in der Hand, während er die Augen zusammenkniff, um nicht von der Bahnhofsbeleuchtung geblendet zu werden, und spähte in die Schatten.

Plötzlich traf der Jäger eine Entscheidung. Er öffnete die Tür und sprang. Als der Mann auf dem Boden aufschlug, wälzte er sich schnell zur Seite, weg von dem Zug. Der Jäger von Aquitania befand sich in Panik. Er wagte es nicht, sein Opfer zu verlieren, wagte nicht, unverrichteterdinge zu seinen Herren zurückzukehren.

Converse hastete an der Bahnhofsfassade entlang zu einem Parkplatz. Fast alle Reisenden, die aus dem Zug gestiegen waren, waren schon in ihren Fahrzeugen. Zwei Paare plauderten noch am Bahnsteig und warteten offenbar darauf, daß sie abgeholt wurden. Ein Wagen bog von der Straße her ein, die beiden Männer winkten, und im nächsten Augenblick hatten alle vier Platz genommen. Man konnte durch die offenen Fenster noch ihr Lachen hören, während der Wagen davonjagte. Jetzt war der Parkplatz verlassen, der Bahnhof für die Nacht verschlossen. Ein einzelner Scheinwerfer vom Dach beleuchtete die Leere, und eine Reihe hoher Bäume hinter dem jetzt leeren Kiesplatz schien sich in eine riesige, undurchdringliche Mauer zu verwandeln.

Sich im Dunkeln haltend, flüchtete Joel von einem Schatten zum nächsten. Unter einem massiven Bogen am Ende des Gebäudes blieb er stehen und preßte den Rücken gegen die Ziegelmauer. Er wartete. Seine Hand hielt die Waffe. Ob man ihn zwingen würde, sie zu benutzen – ob sich ihm dafür überhaupt eine Chance bieten würde? Im Zug hatte er Glück gehabt. Professionellen Killern war er nicht gewachsen. Und wie sehr er sich auch zu überzeugen versuchte, er war nicht in dem Dschungel, der ein ganzes Leben entfernt in seiner Vergangenheit lag, war auch nicht mehr der jüngere Angreifer, der er damals gewesen war. Aber wenn er daran dachte – so wie jetzt –, dann waren jene Erinnerungen das einzige, was ihn lenkte. Er schob sich aus dem Schutz des Bogens heraus und lief zur nächsten Ecke.

Ein Schuß fiel und zersplitterte den Stein links von seinem Kopf! Er warf sich nach rechts, rollte sich über den Kiesboden, sprang wieder auf und rannte aus dem Scheinwerferbündel heraus. Drei weitere Explosionen fetzten Steinsplitter von der Wand und rissen den Boden neben seinen Füßen auf. Jetzt hatte er eine dunkle Buschreihe erreicht und warf sich hinein. Und plötzlich wußte er ganz genau, was er tun mußte!

»*Auu! Auuuu ...*« Sein letzter Schrei riß ab, so als versagte ihm die Stimme. Dann kroch er durch das Gehölz, so schnell er konnte. Jetzt war er einige Meter von der Stelle entfernt, wo er geschrien hatte. Er hielt an, drehte sich auf den Knien herum, bewegte sich nicht mehr und spähte zu der erleuchteten Fläche jenseits der Büsche hinüber.

Es geschah so, wie es schon einmal geschehen war, als drei Kinder in Uniformen rücksichtslos ein anderes Kind im Dschungel getötet hatten. Verängstigte Männer fühlten sich immer von den letzten Geräuschen angezogen, die sie gehört hatten – so wie jetzt dieser Jäger von Aquitania. Der Mann trat vorsichtig aus der Dunkelheit des letzten Bahnsteigs, die Waffe in beiden ausgestreckten Händen haltend. Er ging vorsichtig auf die Stelle im Gebüsch zu, von der die zwei Schreie gekommen waren.

Converse suchte lautlos am Boden herum, bis er einen Steinbrocken gefunden hatte, der etwas größer als seine Faust war. Jetzt hielt er ihn gepackt, wartete, starrte hinüber. In der Kehle konnte er das Trommeln seines Herzens spüren. Der Killer war jetzt nur noch zwei Meter von den Büschen entfernt. Joel warf den Steinbrocken.

Das knirschende Geräusch war laut, und der Soldat von Aquitania duckte sich, gab einen Schuß nach dem anderen ab – *zwei, drei, vier*! Converse hob die eigene Waffe und betätigte zweimal den Abzug. Der Mann fuhr nach links herum, stöhnte, wollte schreien, aber der Schrei erstickte ihm auf den Lippen, während er sich an den Leib faßte und zu Boden stürzte.

Joel kroch auf den Kiesstreifen hinaus, rannte auf den Gestürzten zu, packte ihn an den Armen und zerrte ihn in die Büsche. Er kniete nieder und drückte dem Mann die Hand gegen den Hals. Er war tot, ein weiterer Soldat, der in Aquitanias Krieg, dem Militärbund des George Marcus Delavane, den Tod gefunden hatte.

Sonst war niemand in der Nähe – andernfalls hätten die Schüsse Rufe ausgelöst, man hätte Schritte hören müssen, jemand hätte die Polizei gerufen. Wie weit entfernt war Osnabrück? Er hatte sich den Fahrplan angesehen und versucht, das in Erfahrung zu bringen, aber alles war so schnell abgelaufen, daß er das Gelesene nicht in sich aufgenommen hatte. Aber weniger als eine Stunde war es, soviel wußte er. Irgendwie mußte er eine Nachricht zum Bahnhof von Osnabrück bekommen. Mein Gott, aber *wie*?

Er ging zum Bahnsteig zurück und blickte zu der Tafel mit dem Namen der Station hinauf: *Rheine*. Das war ein Anfang; er hatte nur die Stationen gezählt, nicht die Namen gewußt. Und dann sah er es – ein Lichtschein? Da war etwas in der Ferne, über dem Boden – ganz hoch – mit Lichtern innen, ein Turm! Er hatte sie Dutzende Male in der Schweiz und in Frankreich gesehen... Stellwerke! Er rannte an den Gleisen entlang und fragte sich plötzlich, wie er wohl aussehen mochte? Sein Hut war verschwunden, die Kleider beschmutzt, aber sein Priesterkragen war immer noch da – er war immer noch ein Priester. Er würde ein Priester *sein*.

Jetzt hatte er den Stellwerksturm erreicht, schlug sich die Kleider ab und versuchte, sein Haar zu glätten. Ruhiger geworden, begann er, die stählernen Stufen hinaufzusteigen. Oben angelangt, sah er, daß die Stahltür, die ins Innere des Turms führte, versperrt war, und die Fenster bestanden offenbar aus dickem Glas. Er ging auf die Tür zu, klopfte. Drinnen waren drei über Schalttafeln gebeugte Männer zu sehen; ein älterer wandte sich von den grünen Lämpchen ab und kam zur Tür. Er spähte durch das Glas und bekreuzigte sich, aber seine Religiosität reichte nicht dazu aus, ihn zum Öffnen der Tür zu veranlassen. Statt dessen hallte die Stimme des Mannes plötzlich aus einem Lautsprecher.

»*Was ist, Hochwürden?*«

»Ich spreche nicht Deutsch. Sprechen Sie Englisch?«

»*Engländer?*«

»Yes – *ja.*«

Der alte Mann drehte sich zu den beiden anderen um und rief etwas. Sie schüttelten den Kopf, aber einer hob die Hand und kam zur Tür.

»Ich spreche... ein wenig, Mister *Engländer*. Nicht hier hereinkommen, *verstehen*?«

»Ich muß Osnabrück anrufen! Eine Frau wartet dort auf mich!«

»Oh? Hochwürden, eine Frau?«

»Nein, nein! Sie verstehen nicht! Spricht denn hier niemand Englisch?«

»Sprechen Sie Deutsch?«

»Nein!«

»Warten Sie«, sagte der dritte Mann an der Schalttafel. Es folgte ein kurzer Wortwechsel zwischen den Männern. Der, der »ein wenig« Englisch sprach, wandte sich wieder Joel zu.

»Eine Kirche«, sagte der Mann, nach Worten tastend. »Kirche! Ein Pfarrer – Priester! Er spricht Englisch. Drei Straßen... dort!« Der Deutsche wies nach links; Joel blickte nach unten. In der Ferne war eine Straße zu sehen. Er begriff; drei Straßen weiter war eine Kirche und ein Pfarrer, der Englisch sprach und wahrscheinlich auch ein Telefon hatte, und Converse lief die Treppe hinunter, so schnell er konnte, auf die Straßenlaternen in der Ferne zu. Sie lag auf der rechten Straßenseite. Eine kleine Kirche mit einem unscheinbaren Türmchen, die wie eine dekorierte Wellblechbaracke aussah. Joel ging zur Tür eines kleinen Nebengebäudes und klopfte. Augenblicke später öffnete ein älterer, behäbig wirkender Mann mit sehr wenigen, aber wohlgekämmten weißen Haaren.

»Ah, guten Tag, Herr Kollege.«

»Verzeihen Sie mir«, sagte Converse, immer noch außer Atem. »Ich spreche nicht Deutsch. Man hat mir gesagt, Sie sprächen Englisch.«

»Ah ja, freilich, das sollte ich wohl. Ich habe mein Noviziat im Mutterland verbracht – im Gegensatz zum Vaterland –, Sie verstehen natürlich den Unterschied im Artikel. Kommen Sie herein, bitte nur herein! Der Besuch eines Priesterkollegen verlangt nach einem *Schnaps*. Nach einem Schluck Wein klingt vielleicht besser, nicht wahr?«

Joel mußte zehn Minuten auf ihn einreden, bis der Priester schließlich den Telefonhörer abhob. Augenblicke später hörte Joel die Worte, die seinen Atem wieder ruhiger gehen ließen.

»*Frau Geyner? Es tut mir leid...*« Der alte Priester und die alte Frau redeten ein paar Minuten miteinander, und dann nickte der Priester eine Zeitlang nur noch. Schließlich legte er auf und wandte sich an Converse. »Sie hat auf Sie gewartet«, sagte er und runzelte verwirrt die Stirn. »Sie dachte, Sie könnten vielleicht am Frachtbahnhof ausgestiegen sein... Welcher Frachtbahnhof?«

»Ich verstehe.«

»Ich nicht. Aber sie kennt den Weg hierher und wird Sie in etwa einer halben Stunde abholen.«

Frau Hermione Geyner traf ein und nahm Converse in ihre Obhut, übernahm sozusagen das Kommando über ihn. Sie war eine kleine Frau, viel älter als Joel angenommen hatte, mit einem verwitterten Gesicht, das ihn an die Frau im Bahnhof von Amsterdam erinnerte... ein Gesicht, das von großen, ernsten Augen beherrscht wurde, die Blitze zu schleudern schienen. Er stieg in den Wagen, worauf sie die Türe hinter ihm schloß und den Schließknopf drückte. Sie selbst setzte sich hinters Steuer. »Ich bin Ihnen für alles, was Sie für mich getan haben, sehr dankbar«, sagte Converse.

»Das ist *nichts*!« übertönte die alte Frau den Lärm des Motors. »Ich habe schon Offiziere aus abgestürzten Flugzeugen in Bremerhaven, Stuttgart und Mannheim geholt! Ich habe Soldaten in die Augen gespuckt und Barrikaden niedergerissen! Ich habe nie versagt! Diese Schweine sind nie an mich herangekommen!«

»Ich meinte nur, daß Sie mir das Leben retten, und Sie sollen wissen, daß ich Ihnen dankbar bin. Mir ist bekannt, daß Valerie – ihre Nichte und meine... meine ehemalige Frau – Ihnen gesagt hat, daß ich das, was man mir vorwirft, nicht getan habe, und damit hatte sie recht. Ich habe das nicht getan.«

»Ach, Valerie! Ein reizendes Kind, aber nicht sehr verläßlich, *ja*? Sie sind sie losgeworden, ja?«

»Nun, so ist es eigentlich nicht ganz abgelaufen.«

»Wie *konnte* sie auch?« fuhr Hermione Geyner fort, als hätte er gar nichts gesagt. »Sie ist eine Künstlerin, und wir wissen alle, wie wenig stabil solche Leute sind. Und ihr Vater war natürlich Franzose. Ich frage Sie, mein Herr, könnte es einen größeren Nachteil für sie geben? Franzose! Die Würmer Europas! Ebensowenig vertrauenswürdig wie ihre Weine, die sie die ganze Zeit trinken. Trunkenbolde sind das, wissen Sie. Das liegt denen im Blut.«

»Aber in bezug auf meine Person haben Sie ihr doch geglaubt. Sie helfen mir, Sie sind dabei, mir das Leben zu retten.«

»Weil wir es *konnten*, mein Herr! Wir *wußten*, daß wir es konnten, mein Herr!«

Benommen starrte Joel auf die Straße, auf die heranfliegenden Kurven, die sie mit quietschenden Reifen nahm. Hermione Geyner war ganz anders als er erwartet hatte. Aber das galt so ziemlich für alles, was er in diesen Tagen erlebt hatte. Sie war schon alt, und es war spätnachts, und sie hatte in den letzten zwei Tagen bestimmt eine ganze Menge durchgemacht. Das mußte sie belastet haben. Und wenn alte Leute müde waren, kamen alte Vorurteile zum Vorschein. Vielleicht würden sie am Morgen ein ruhiges Gespräch führen können. Am Morgen – das war der zweite Tag, und Valerie hatte versprochen, ihn in Osnabrück anzurufen und ihm zu sagen, welche Fortschritte sie mit Sam Abbott machte. Sie *mußte* anrufen. *Val, ruf mich an. Um Himmels willen, ruf mich an!*

Converse sah zum Fenster hinaus. Die Minuten strichen dahin, die Landschaft draußen wirkte friedlich, das Schweigen fast sonderbar.

»Da wären wir, mein Herr!« rief Hermione Geyner und bog scharf in eine Einfahrt, die zu einem alten, dreistöckigen Haus etwas abseits der Landstraße führte. Nach allem, was Converse sehen konnte, war es ein Haus, das einmal etwas Majestätisches besessen haben mußte, allein schon wegen seiner Größe und den zahlreichen überdachten Fenstern und Erkern. Aber ebenso wie seine Besitzerin war auch das Haus sehr alt, und die alte Größe wirkte abgewetzt und schäbig.

Sie gingen die ausgetretenen Stufen hinauf und traten an die Tür. Frau Geyner klopfte schnell und eindringlich und nach wenigen Sekunden öffnete eine andere alte Frau und nickte ihnen ernst zu, als sie eintraten.

»Es ist sehr hübsch«, begann Joel. »Ich möchte...«

»Sch!« Hermione Geyner ließ die Wagenschlüssel in eine rotlackierte Schüssel auf einem Tisch im Korridor fallen und hob die Hand. »Diese Richtung!«

Converse folgte ihr zu einer Doppeltüre; sie öffnete sie, und Joel trat hinter ihr ein. Er blieb stehen, und Verwirrung und Staunen erfaßten ihn. Vor ihnen, in dem großen Raum mit dem gedämpften Licht, war eine Reihe von Sesseln mit hohen Rückenlehnen zu sehen, und auf jedem einzelnen davon saß eine alte Frau – neun alte Frauen! Wie hypnotisiert musterte er sie. Einige lächelten schwach, einige zitterten vor Alter und Schwäche; ein paar musterten ihn streng und eindringlich, und eine schien vor sich hinzusummen.

Gedämpfter Applaus war zu hören – dünne Hände mit hervortretenden blauen Adern, andere angeschwollen, und alle klatschten. Zwei Stühle waren vor den Frauen aufgebaut; Valeries Tante bedeutete ihm, daß diese Stühle für Joel und sie selbst bestimmt waren. Sie setzten sich, und der Applaus verstummte.

»*Meine Schwestern, Soldaten*«, rief Hermione Geyner und erhob sich. »Heute nacht...«

Die alte Frau sprach fast zehn Minuten lang, gelegentlich von Applaus und Ausrufen des Erstaunens unterbrochen. Schließlich setzte sie sich nach einer kurzen Verbeugung, wie um sich für den Applaus zu bedanken. »Jetzt bitte Fragen!«

Wie um darauf zu antworten, begannen die Frauen, eine nach der anderen, zu reden – brüchige, stockende Stimmen größtenteils, und einige davon doch eindringlich, fast feindselig. Und dann wurde Converse bewußt, daß die meisten ihn beobachteten. Sie stellten ihm Fragen, und eine oder zwei bekreuzigten sich beim Sprechen, so als wäre der

Flüchtling, den sie gerettet hatten, tatsächlich ein Priester. Was ging hier eigentlich vor?

»Kommen Sie, mein Herr!« rief Hermione Geyner. »Antworten Sie den Damen. Das sind Sie ihnen schuldig.«

»Ich kann keine Antwort auf etwas geben, was ich nicht verstehe«, protestierte Joel ruhig.

Plötzlich stand Valeries Tante auf, drehte sich blitzschnell zu ihm herum und schlug ihm ins Gesicht. »Mit solchen Ausweichmanövern kommen Sie *hier* nicht weiter!« schrie sie und schlug ein zweites Mal zu, wobei der Ring an ihrem Finger seine Haut aufriß. »Wir wissen, daß Sie jedes Wort verstehen, das hier gesprochen wird! Warum glaubt ihr Tschechen und Polen immer, ihr könntet uns täuschen? Sie haben *kollaboriert*! Wir haben *Beweise*!«

Die alten Frauen begannen zu schreien, und ihre faltigen, verzerrten Gesichter blickten jetzt haßerfüllt. Joel stand auf; er begriff. Hermione Geyner und alle im Raum Anwesenden waren entweder verrückt oder senil oder beides. In Gedanken lebten sie immer noch in jenen gefährlichen Zeiten, die vierzig Jahre zurück in der dunklen Vergangenheit lagen.

Und dann, wie auf ein Stichwort, öffnete sich auf der anderen Seite des Raums eine Tür, und zwei Männer kamen heraus, der eine mit einem Regenmantel bekleidet, die rechte Hand in der Tasche, während die linke ein Paket hielt. Der zweite Mann hielt über seinem ausgestreckten Arm einen Mantel, unter dem ohne Zweifel eine Waffe verborgen war. Und dann erschien ein dritter Mann, und Joel schloß die Augen, preßte sie zusammen, bis der Schmerz in seiner Brust unerträglich wurde. Der dritte Mann hatte einen Verband um die Stirn und trug den Arm in einer Schlinge. Converse hatte jene Wunden verursacht; zuletzt hatte er den Mann in einem Gepäckwagen gesehen, in dem Käfige mit halbtollen Haustieren gestanden hatten.

Der erste Mann kam auf ihn zu und streckte ihm das Päckchen hin. Ein dicker Umschlag, ohne Briefmarken, den er an Nathan Simon in New York geschickt hatte.

»General Leifhelm sendet seine besten Empfehlungen und entbietet Ihnen seinen Respekt«, sagte der Mann.

32

Peter Stone sah zu, wie der CIA-Arzt den letzten Stich am Mundwinkel des Army-Offiziers vernähte, der sich mit beiden Händen an den Armlehnen seines Sessels festklammerte.

»Die Zahnbrücke kann man reparieren«, sagte der Arzt. »Ich habe einen Mann im Labor, der das in ein paar Stunden macht, und einen Dentisten an der Zweiundsiebzigsten Straße, der erledigt den Rest. Ich rufe Sie später an, wenn ich das alles arrangiert habe.«

»Dieser *Hurensohn*!« stieß der Captain, so laut er mit dem halbseitig narkotisierten Mund konnte, hervor. »Ein richtiger Tank war das, ein beschissener schwarzer *Tank*! Dabei hat der ganz bestimmt nicht für sie gearbeitet; der war bloß ein verdammter Taxifahrer! Warum, zum Teufel noch einmal, hat er das getan?«

»Vielleicht haben Sie ihn dazu angestachelt«, sagte der Zivilist und ging mit einem Blatt Papier auf die Seite. »Das kommt vor.«

»*Was* kommt vor?« brüllte der Offizier.

»Lassen Sie das, Captain. Auf die Weise reißen Sie bloß die Nähte auf.« Der Arzt hob eine Spritze, die Geste wirkte wie eine Drohung.

»Okay, okay.« Die Stimme des Offiziers klang jetzt leiser. »Was heißt ›angestachelt‹ in Ihrer verdrehten Sprache?«

»Das ist ganz gewöhnliches Englisch.« Stone wandte sich wieder dem Arzt zu. »Sie wissen, daß ich nicht mehr zur Firma gehöre, Sie sollten mir also eine Rechnung geben.«

»Eine Einladung zum Abendessen genügt schon, wenn Sie das nächstemal in der Stadt sind. Mit dem Labor und dem Zahnarzt ist das natürlich anders. In beiden Fällen würde ich Bargeld vorschlagen. Und holen Sie ihn aus der Uniform raus.«

»Wird gemacht.«

»Was wird gemacht...?« Der Captain verstummte, als er die Hand des Zivilisten sah, die dieser unauffällig vor seine Brust hielt.

Der Arzt verstaute seine Instrumente in seiner Arzttasche und ging zur Tür. »Übrigens, Stone«, sagte er zu dem ehemaligen CIA-Agenten, »danke für den Albanier. Seine Frau gibt ihre Rubel wie eine Verrückte aus, und zwar für jeden Schmerz, für den ich einen Namen finde.«

»Der Schmerz ist ihr Mann. Er hat ein Apartment in Washington, von dem sie nichts weiß, und einige sehr eigenartige Sexgewohnheiten.«

»Von mir erfährt keiner etwas.«

Der Arzt ging hinaus, und Stone wandte sich wieder dem Captain zu. »Wenn Sie mit solchen Männern zusammen sind, dann sagen Sie nicht mehr als Sie unbedingt müssen, und das schließt auch Fragen ein. Die wollen nichts hören und wollen nichts wissen.«

»Tut mir leid. Was haben Sie damit gemeint – *ich* hätte diesen Fleischberg angestachelt?«

»Kommen Sie schon. Da wird eine attraktive Frau von einem mit Orden behängten Offizier auf der Straße verfolgt. Wie viele Erinnerungen – schwarze Erinnerungen – glauben Sie denn, laufen dort draußen herum, die Ihresgleichen nicht gerade lieben?«

»Meinesgleichen? Darüber habe ich nie nachgedacht, aber ich glaube, ich verstehe... Sie haben telefoniert, als ich herkam, und dann waren da noch zwei Gespräche. Was ist denn? Irgend etwas Neues über diese Lady Converse?«

»Nein.« Stone sah wieder auf seine Notizen und ordnete die Papiere. »Wir können annehmen, daß sie zurückgekommen ist, um mit jemandem Verbindung aufzunehmen – mit jemandem, dem sie und ihr Exmann vertrauen.«

»Er kennt sich in Washington aus. Vielleicht jemand auf dem Hill oder sogar in der Administration oder im Außenministerium.«

»Das glaube ich nicht. Wenn er so jemanden kennen würde und glaubte, seine Story würde ankommen, bevor ihm einer eine Kugel in den Kopf jagen kann, dann wäre er schon vor Tagen aufgetaucht. Vergessen Sie nicht, man hat ihn schuldig gesprochen und verurteilt. Können Sie sich irgend jemanden in Washington vorstellen, der das – der mit *ihm* – nicht genau nach den Regeln spielen würde? Er ist verseucht, ansteckend. Das ist von zu vielen ›Gewährsleuten‹ bestätigt worden, ja es gibt sogar eine Diagnose für seine Krankheit.«

»Und inzwischen hat er erfahren, was wir vor Monaten herausgefunden haben. Sie wissen nicht, wer sie sind oder mit wem sie sprechen.«

»Oder wen sie angeheuert haben«, fügte Stone hinzu. »Oder wen sie dazu erpreßt haben, das zu tun, was sie wollen, ohne dabei irgendwelche Geheimnisse preiszugeben.« Der Zivilist setzte sich dem Offizier gegenüber. »Aber dafür haben sich inzwischen ein paar andere Dinge ergeben. Langsam kristallisierten sich ein Schema heraus und ein paar zusätzliche Namen. Wenn wir Converse herausziehen und das, was er erfahren hat, mit dem kombinieren könnten, was wir haben... dann könnte das möglicherweise genügen.«

»*Was?*« Der Captain schoß in seinem Sessel nach vorn.

»Ganz ruhig. Ich habe nur gesagt, möglicherweise. Ich war damit beschäftigt, ein paar alte Schulden einzutreiben, und wenn wir das alles zusammenfügen, sind da immer noch ein paar, denen ich vertrauen kann.«

»Deshalb haben wir *Sie* ja geholt«, sagte der Offizier ruhig. »Weil Sie wissen, was man tun muß, und wir wissen das nicht. Was haben Sie denn?«

»Zunächst einmal – haben Sie je von einem Schauspieler namens Caleb Dowling gehört – tatsächlich heißt er Calvin mit Vornamen, aber das ist nicht wichtig; nur für die Computer.«

»Ich weiß, wer er ist. Er spielt den Vater in einer Fernsehserie. Sie brauchen es ja nicht gleich herumzuerzählen, aber meine Frau und ich sehen uns das gelegentlich an. Was ist denn mit ihm?«

Stone sah auf die Uhr. »Er wird in ein paar Minuten hier sein.«

»Wirklich? Da bin ich aber sehr beeindruckt.«

»Vielleicht sind Sie noch mehr beeindruckt, wenn wir mit ihm gesprochen haben.«

»Herrgott, sagen Sie mir doch schon, was da läuft!«

»Das ist einer dieser seltsamen Zufälle, auf die wir alle warten und die plötzlich passieren. Dowling war zu Dreharbeiten in Bonn und hat sich dort mit Peregrine angefreundet. Wie das bei Schaupielern eben häufig so ist. Außerdem hat er Converse im Flugzeug kennengelernt und ihm ein Hotelzimmer beschafft. Doch was das Wichtigste ist, Dowling war es, der ursprünglich den Kontakt zwischen Peregrine und Converse hergestellt hat – was dann nicht funktionierte, weil sich Fitzpatrick einmischte.«

»Und?«

»Als Peregrine getötet wurde, hat Dowling ein paarmal in der Botschaft angerufen und versucht, einen Termin mit dem diensttuenden Botschafter zu bekommen, aber man hat ihn abgewimmelt. Schließlich hat er Peregrines Sekretärin einen Brief geschickt und gesagt, er müsse sie sehen, es sei wichtig. Die Sekretärin hat sich mit ihm getroffen, und dieser Dowling hat ihr eine Bombe in den Schoß geworfen. Offenbar hatten er und Peregrine vereinbart, daß Dowling mitgehen würde, falls Converse die Botschaft anrufen und es zu einem Kontakt kommen sollte. Er hatte nicht damit gerechnet, daß Peregrine sein Wort brechen würde. Zum zweiten hat Peregrine Dowling gesagt, daß etwas in der Botschaft nicht in Ordnung sei, daß die Leute sich sehr seltsam verhielten. Einen solchen Zwischenfall hat Dowling selbst miterlebt. Er sagte, da seien zu viele Dinge gewesen, die keinen Sinn ergäben. Angefangen mit der völlig vernünftigen und klaren Art und Weise, in der Converse sich mit ihm unterhalten hätte, bis hin zu der Tatsache, daß man ihn, Dowling, nicht offiziell verhört hätte, obwohl er doch einer der letzten Personen gewesen ist, mit denen Converse zusammen war. Es lief darauf hinaus, daß er nicht glaubte, daß Converse etwas mit der Ermordung Peregrines zu tun gehabt hatte. Die Sekretärin fiel beinahe in Ohnmacht, sagte ihm aber, daß man mit ihm Verbindung aufnehmen würde. Sie kannte den Chef der Agency in Bonn und rief ihn an... Und das habe ich vor zwei Tagen auch getan und gesagt, daß das Außenministerium mich in den Fall eingeschaltet hätte.«

»Und er hat das alles bestätigt?«

»Ja. Er hat Dowling zu sich gerufen, ihn sich angehört und inzwischen selbst angefangen herumzubohren. Inzwischen hat er ein paar Namen geliefert; einen davon kennen wir, aber es werden noch andere kommen. Ich habe gerade mit ihm telefoniert, als Sie hierher kamen. Dowling ist gestern herübergeflogen; er wohnt im Pierre und ist um halb zwölf Uhr hier.«

»Jetzt rührt sich etwas«, sagte der Captain und nickte. »Noch etwas?«

»Zwei Dinge noch. Sie wußten ja selbst, wie erschrocken wir waren, als Richter Anstett sterben mußte, und darüber, daß man das Ganze so hingestellt hat, als handle es sich um einen Mafiamord. Zum Teufel, wir waren ja nicht einmal sicher, weshalb Halliday Anstett ursprünglich überhaupt eingesetzt hatte. Nun, die Computerleute in den Datenbänken der Army haben uns die Antwort geliefert. Es reicht bis in den Oktober neunzehnhundertvierundvierzig zurück. Anstett war juristischer Offizier in Bradleys Erster Armee, wo Delavane Bataillonskommandeur war. Delavane hat damals einen Sergeant fertiggemacht und vors Kriegsgericht gebracht. Die Anklage lautete auf Fahnenflucht, und Colonel Delavane wollte ein Exempel statuieren, sowohl für seine eigenen Truppen als auch für die Deutschen, damit erstere wußten, daß sie von einem harten Burschen geführt wurden, und letztere, daß sie es mit einem solchen zu tun hatten. Der Spruch des Gerichts lautete auf schuldig, das Urteil auf Erschießen.«

»Schrecklich«, rief der Offizier.

»Ja, nur daß ein unbedeutender Lieutenant namens Anstett davon hörte und mit rauchenden Kanonen ins Feld zog. Er setzte psychiatrische Auswertungen ein und erreichte nicht nur, daß man den Sergeant zur Behandlung nach Hause schickte, sondern drehte die ganze Verhandlung buchstäblich um und stellte praktisch Delavane vor Gericht. Unter Einsatz derselben psychiatrischen Auswertung – hauptsächlich Streß – zog er Delavanes Eignung als Befehlshaber in Frage. Damit hätte er beinahe eine eindrucksvolle militärische Laufbahn ruiniert und das wahrscheinlich auch geschafft, wenn der Colonel nicht Freunde im Kriegsministerium gehabt hätte. Die haben den Bericht so nachhaltig versteckt, daß er unter dem Namen eines anderen Delavane verschwand und erst wieder zum Vorschein kam, als alle Akten in den sechziger Jahren auf Computer übernommen wurden.«

»Verdammt!«

»Das ist noch nicht alles«, sagte der Zivilist und schüttelte den Kopf. »Das erklärt noch nicht den Mord an Anstett. Und damit wir uns ja nicht falsch verstehen, es war wirklich die Mafia, bis hin zu dem Mann mit der Kanone.« Stone machte eine Pause und blätterte um. »Also mußte es irgendwo eine Verbindung geben, die wahrscheinlich Jahre zurückreichte. Die Boys mit ihren Computern machten sich wieder ans Werk, und ich glaube, jetzt haben wir die Verbindung. Raten Sie mal, wer Colonel Delavanes Chefadjutant bei der First Army war? Nein, sparen Sie sich die Mühe, Sie würden es doch nicht schaffen. Das war ein Captain Parelli, Mario Alberto Parelli!«

»Du lieber Gott! Der Senator?«

»Der fünfmalige Senator, dreißig Jahre Angehöriger jener erhabenen Körperschaft. Mario, der sich am eigenen Zopf in die Höhe gezogen hat, mit leichter Unterstützung einiger Wohltäter und ein paar lukrativer Anwaltsaufträge.«

»Mann...«, sagte der Captain leise und ohne besondere Betonung und lehnte sich im Sessel zurück. »Nicht übel, was?«

»Paßt alles zusammen, und ich kann Ihnen auch ruhig noch sagen, daß zweiundsechzig, dreiundsechzig, während der Tage, als alles auf Kuba schielte, Parelli ein häufiger Besucher im Weißen Haus war, wo die Kennedy-Boys große Stücke auf ihn hielten.«

»Selbst im Senat. Er ist einer der größten Kanonen auf dem Hill.«

»Weil Sie schon so große Augen machen, noch eines. Wir haben Commander Fitzpatrick gefunden.«

»*Was?*«

»Wir wissen zumindest, wo er ist«, fuhr Stone fort. »Ob

wir ihn herausholen können oder es auch nur versuchen sollten – das ist eine andere Frage.«

Valerie stieg am McCarran-Flughafen in Las Vegas in ein Taxi und nannte dem Fahrer die Adresse eines Restaurants an der Route 93, die Sam Abbott ihr am Telefon zweimal wiederholt hatte. Der Fahrer musterte sie im Rückspiegel und runzelte die Stirn. Val war es gewöhnt, daß Männer sie musterten; sie hatte aufgehört, sich davon geschmeichelt zu fühlen oder darüber zu ärgern. Sie langweilten diese Phantasien erwachsener Kinder, die sich mit den Augen amüsierten.

»Sind Sie sicher, Miß?« fragte der Fahrer.

»Wie bitte?«

»Das ist kein Restaurant – Sie wissen schon, kein richtiges *Restaurant*. Das ist ein Schnellimbiß, für Trucker.«

»Dort will ich hin«, sagte Val kühl. Sam hatte ihr gesagt, daß er in einer der Nischen des Speisesaales auf sie warten würde. Das tat er auch, ganz hinten im zweiten Gang. Als Valerie auf ihn zuging, musterte sie den Mann, den sie fast sieben Jahre nicht mehr gesehen hatte. Er hatte sich nicht sehr verändert; sein braunes Haar war an den Schläfen etwas weiß geworden, aber das kräftige, entspannte Gesicht hatte sich nicht sehr verändert – die Augen lagen vielleicht ein wenig tiefer, in ihren Winkeln waren ein paar zusätzliche Falten, und die Wangenknochen wirkten noch ausgeprägter.

»*Val.*« Abbott umarmte sie nur kurz, offensichtlich wollte er keine Aufmerksamkeit auf sie lenken.

»Sie sehen gut aus, Sam«, sagte sie, nahm ihm gegenüber Platz und stellte ihren Koffer neben sich.

»Und Sie einsame Klasse, aber das gilt in militärischer Kürze für all das andere, was ich sagen könnte.« Abbott lächelte. »Komisch, aber ich komme oft hierher, weil mich hier keiner beachtet, und deshalb dachte ich, verdammt, das ist der perfekte Treffpunkt. Ich hätte daran denken müssen – Sie brauchen bloß in der Tür aufzutauchen, dann fallen schon sämtlichen Männern die Löffel aus der Hand.«

»Danke. Ich kann etwas Vertrauen gebrauchen.«

»Und ich wahrscheinlich ein kräftiges Alibi. Wenn mich

hier einer erkennt, dann spricht es sich sofort herum, daß der General fremdgeht.«

»Sind Sie *verheiratet*, Sam?«

»Seit fünf Jahren. Ziemlich spät, aber mit allem, was dazugehört. Eine reizende Frau und zwei bezaubernde Töchter.«

»Das freut mich für Sie. Hoffentlich bekomme ich einmal Gelegenheit, Ihre Familie kennenzulernen. Diesmal geht es mit Sicherheit nicht.«

Abbott wartete einen Augenblick und sah ihr in die Augen. Sein Blick wirkte traurig. »Danke, daß Sie es verstehen«, sagte er.

»Da gibt es nichts zu verstehen, oder besser gesagt, sehr viel zu verstehen. Daß Sie bereit sind, sich nach allem, was geschehen ist, mit mir zu treffen, ist mehr als wir erwarten durften. Joel und ich wissen beide, welches Risiko Sie eingehen, und wenn es eine andere Möglichkeit gegeben hätte, hätten wir Sie nicht in die Sache hineingezogen. Wir kennen nur niemand anderen, und wenn Sie sich angehört haben, was ich zu sagen habe, werden Sie verstehen, weshalb wir nicht länger warten können, weshalb Joel einverstanden war, daß ich versuche, Sie zu finden... Sie waren meine Idee, Sam, aber Joel hätte bestimmt nicht zugestimmt, wenn er nicht das Gefühl gehabt hätte, daß er keine andere Wahl hat – nicht im eigenen Interesse. Er rechnet nicht damit, daß er das überlebt. Das hat er wörtlich gesagt, und das glaubt er auch.«

Eine Bedienung brachte Kaffee, und Abbott dankte. »Wir bestellen erst später«, sagte er und starrte dabei Valerie an. »Sie werden auf mein Urteil vertrauen müssen, das verstehen Sie doch?«

»Ja. Weil ich Ihnen vertraue.«

»Als ich Sie nicht erreichen konnte, habe ich ein paar Leute angerufen, mit denen ich vor ein paar Jahren in Washington zusammengearbeitet habe. Das sind Männer, die sich auf diese Dinge verstehen, und die, lange bevor die meisten von uns die Fragen kennen, schon die Antworten wissen.«

»Genau an die Leute sollten Sie herantreten, meint Joel!« unterbrach Val ihn. »Sie haben ihn damals gesehen; eine

Nacht in seinem Hotel verbracht. Erinnern Sie sich? Er sagte, Sie hätten beide zuviel getrunken.«

»Das haben wir«, nickte Sam. »Und zuviel geredet.«

»Sie haben damals fremde Flugzeuge bewertet, gemeinsam mit Spezialisten von verschiedenen Abwehreinheiten.«

»Stimmt.«

»Das sind die Leute, zu denen er Verbindung braucht! Er muß sie sprechen, muß ihnen alles erklären, was er weiß! Ich greife meinem Bericht an Sie jetzt vor, Sam, aber Joel ist der Ansicht, daß man diese Leute von Anfang an hätte einschalten sollen – an dem Punkt, den er als Anfang bezeichnet. Er hat verstanden, weshalb man ihn ausgewählt hat, und – ob Sie es glauben oder nicht – er findet diese Entscheidung auch heute noch ganz richtig! Aber *diese Leute* hätten eingeschaltet werden müssen!«

»Sie greifen wirklich vor.«

»Ich komme gleich auf alles zu sprechen.«

»Lassen Sie mich noch ausreden. Ich habe mit diesen Leuten gesprochen, ihnen gesagt, daß ich das nicht glaubte, was man liest und hört. Das war einfach nicht der Converse, den ich kannte – und die haben alle gesagt, ich solle die Finger von der Sache lassen, es sei hoffnungslos, und ich könnte auf diese Weise selbst etwas abbekommen. Das sei wirklich nicht der Converse, den ich kannte, sagten sie. Er hätte einen Knacks abbekommen – psychisch –, er sei einfach ein anderer Mensch geworden, es gäbe dafür zu viel Beweismaterial.«

»Aber *meinen* Anruf haben Sie angenommen. Warum?«

»Dafür gibt es zwei Gründe. Der erste liegt auf der Hand – ich habe Joel gekannt. Wir haben miteinander eine ganze Menge erlebt, und all das gibt für mich einfach keinen Sinn, vielleicht will ich ihn auch nicht sehen. Der zweite Grund ist weniger subjektiv. Ich weiß einfach, wann ich mit einer Lüge zu tun habe, und angelogen hat man mich, genau wie man die Leute angelogen hat, die die Lüge ausgesprochen haben.« Abbott nippte an seinem Kaffee, als wollte er sich selbst auffordern, deutlicher zu werden. »Ich habe mit drei Männern gesprochen, die ich kenne – Männern, zu denen ich

Vertrauen habe. Jeder einzelne hat bei seinen Gewährsleuten nachgefragt. Dann haben sie mir alle im wesentlichen dasselbe gesagt, nur mit verschiedenen Worten, von verschiedenen Standpunkten aus, – so läuft das bei solchen Leuten. Aber in einem Punkt gab es nicht den geringsten Unterschied – in keiner Silbe – und das war die Lüge. Das Wort war Rauschgift.«

»Das ist doch verrückt! Das ist *Wahnsinn*!« rief Valerie, und Abbott griff nach ihrer Hand und brachte sie zum Schweigen. »Tut mir leid, aber das ist eine so *schreckliche* Lüge«, flüsterte sie. »Sie wissen nicht...«

»Doch, Val, ich weiß schon. Man hat Joel im Lager fünf- oder sechsmal Substanzen gespritzt, die man aus Hanoi geschickt hatte, und keiner hat heftiger dagegen angekämpft oder das mehr gehaßt als er. Wenn ich später, nach einer unserer langen Nächte, mit Aspirin oder Alka-Seltzer angekommen bin, hat er das Zeug nie angefaßt.«

»Jedesmal, wenn er sich impfen lassen mußte, hat er vier Martinis getrunken, bevor er zum Arzt ging«, sagte Valerie. »Du lieber Gott, wer kann denn ein Interesse daran haben, so etwas zu verbreiten?«

»Als ich versuchte, das herauszufinden, hat man mir gesagt, daß selbst ich das nicht wissen dürfe.«

Jetzt starrte die ehemalige Mrs. Converse den General erstaunt an. »Sie *müssen* es herausfinden, Sam, das wissen Sie doch, oder?«

»Sagen Sie mir, warum, Val. Stellen Sie für mich den Zusammenhang her.«

»Es hat in Genf angefangen, und für Joel war der Name, der alles ausgelöst hat – *alles* – George Marcus Delavane.«

Abbott schloß die Augen, preßte sie förmlich zu. Sein Gesicht wirkte plötzlich um Jahre gealtert.

Der Mann schrie verzweifelt auf, als er aus dem Rollstuhl kippte und zu Boden fiel. Die beiden Beinstümpfe schlugen wie wild, aber ohne Halt zu finden, hin und her, und seine kräftigen Arme stemmten seinen Oberkörper vom Teppich hoch.

»Adjutant! *Adjutant*!« brüllte General George Marcus Delavane, während das Telefon auf dem Schreibtisch unter der seltsamen Landkarte unablässig klingelte.

Ein großer, muskulöser Mann in mittleren Jahren, der Uniform trug, kam hereingerannt und eilte zu seinem Vorgesetzten. »Lassen Sie sich von mir helfen, Sir«, sagte er erregt und zog den Rollstuhl zu sich heran.

»Nicht ich!« schrie Delavane. »Das *Telefon*! Nehmen Sie ab! Sagen Sie, ich komme gleich!« Der alte Soldat begann auf den Schreibtisch zuzukriechen.

»Einen Augenblick bitte«, sagte der Adjutant in die Sprechmuschel. »Der General kommt sofort.« Der Lieutenant-Colonel legte den Hörer des roten Telefons auf den Schreibtisch und lief zuerst zu dem Rollstuhl und dann zu Delavane. »Bitte, Sir, lassen Sie mich *helfen*.«

Mit verzerrtem Gesicht ließ sich der Krüppel in den Rollstuhl heben. Er schob sich vor. »Geben Sie mir das Telefon!« befahl er. Er bekam es. »Palo Alto International. Wie lautet der heutige Code?«

»Charing Cross«, kam die Antwort in britischem Akzent.

»Was ist, England?«

»Funkmeldung aus Osnabrück. Wir haben ihn.«

»Sofort *töten*!«

Chaim Abrahms saß in seiner Küche, trommelte mit den Fingern auf die Tischplatte und versuchte, den Blick vom Telefon und der Uhr an der Wand loszureißen. Noch immer keine Nachricht aus New York. Die Anweisungen waren klar und eindeutig gewesen; die Anrufe sollten alle sechs Stunden innerhalb einer Frist von dreißig Minuten erfolgen, und zwar seit vierundzwanzig Stunden, der geschätzten Ankunftszeit der Maschine aus Amsterdam. Vierundzwanzig Stunden, und immer noch nichts! Das erstemal hatte es ihn nicht beunruhigt. Transatlantische Flüge kamen selten pünktlich an. Das zweitemal hatte er sich zurechtgelegt, daß die Frau vielleicht mit einer anderen Maschine oder mit einem Wagen weitergereist war, die Überwacher es daher schwer gehabt hatten, ein Überseegespräch nach Israel zu führen. Aber als dann auch beim drittenmal nichts kam, war das schon beunruhigend gewesen, und dieses viertemal war unerträglich! Die dreißig Minuten waren fast um; nur noch sechs Minuten. Wann, in Gottes Namen, würde es *klingeln*?

Es klingelte. Abrahms sprang auf und nahm ab.

»Ja?«

»Wir haben sie verloren«, kam die Meldung.

»Sie haben *was*?«

»Sie hat ein Taxi zum La-Guardia-Flughafen genommen und dort ein Ticket für eine Frühmaschine nach Boston gekauft. Dann fuhr sie in ein Motel, muß es aber wenige Minuten später wieder verlassen haben.«

»Und wo waren unsere *Leute*?«

»Einer parkte draußen in einem Wagen, der andere hatte sich ein Zimmer auf demselben Korridor genommen. Es gab keinen Anlaß zu der Annahme, daß sie wieder weggehen würde. Sie hatte ein Ticket nach Boston.«

»Idioten! *Stümper*!«

»Man wird sie zur Rechenschaft ziehen... unsere Männer in Boston haben jeden Flug und jede Bahnverbindung überprüft. Sie ist nicht aufgetaucht.«

»Was veranlaßt Sie denn zu glauben, daß sie je erscheinen wird?«

»Das Ticket. Sonst nichts.«

»*Schwachköpfe!*«

Valerie hatte geendet. Es gab nichts mehr zu sagen. Sie sah Sam Abbott an, der ihr jetzt viel älter erschien als noch vor einer Stunde.

»Da sind jetzt so viele Fragen«, sagte der General, »so viel, was ich Joel fragen möchte. Das Scheußliche ist, daß ich nicht dazu qualifiziert bin; aber ich kenne jemanden, der es ist. Ich werde heute abend mit ihm sprechen, und dann fliegen wir morgen alle drei nach Washington. Ich habe wie heute morgen Geschwaderübung, aber bis zehn bin ich fertig. Ich werde mir den Rest des Tages freinehmen – eines der Kinder ist krank, aber nichts Ernstes. Alan wird wissen, zu wem wir gehen sollen, wem wir vertrauen können.«

»Können *Sie* ihm vertrauen?«

»Metcalf? Mein Leben würde ich ihm anvertrauen.«

»Joel sagte, Sie sollten vorsichtig sein. Er warnt Sie. Die können überall sein – auch dort, wo man sie am allerwenigsten vermutet.«

»Aber irgendwo muß es doch eine Liste geben. *Irgendwo.*«

»Delavane? San Francisco?«

»Wahrscheinlich nicht. Das ist zu einfach, zu gefährlich. Dort würde jeder am ehesten nachsehen; und das zieht er ganz bestimmt in Betracht... dieser Count-down? Joel meint, daß das mit Unruhen in Verbindung steht, die in verschiedenen Städten ausbrechen sollen!«

»In riesigem Ausmaß, heftiger und massiver als alles, was wir uns vorstellen können. Völlige Destabilisierung, und das Ganze soll sich von einem Ort zum anderen ausbreiten, von denselben Leuten angefacht und geschürt, die man anschließend rufen wird, um wieder Ordnung herzustellen.«

Abbott schüttelte den Kopf. »Das klingt nicht logisch. Es ist zu kompliziert, und es gibt so viele eingebaute Kontrollen. Polizei, Truppen der Nationalgarde; die unterstehen verschiedenen Kommandos. Die Kette würde irgendwo reißen.«

»Das ist es jedenfalls, was Joel glaubt. Er sagt, er könne sich nichts anderes vorstellen, und die wären dazu imstande. Er ist überzeugt, daß sie überall Waffenlager haben und gepanzerte Fahrzeuge und möglicherweise sogar Flugzeuge auf abgelegenen Flugplätzen.«

»Val, das ist *verrückt* – Entschuldigung, das war das falsche Wort. Die Logistik des Ganzen ist einfach zu überwältigend.«

»Newark, Watts, Miami. Das war auch überwältigend.«

»Das war etwas anderes. Damals ging es im wesentlichen um Rassenfragen und Wirtschaftsprobleme.«

»Die Städte brannten, Sam. Leute sind getötet worden, und dann kam die Ordnung mit Gewehren. Nehmen Sie einmal an, daß da mehr Gewehre wären, als wir beide zählen könnten? Auf beiden Seiten. So wie das, was gerade in Nordirland abläuft.«

»Irland? Das Massaker in Belfast? Das ist ein Krieg, den keiner aufhalten kann.«

»Das ist *ihr* Krieg! *Sie* haben das getan! Joel hat es einen Test genannt, einen Probelauf!«

»Das ist *verrückt*«, sagte der Soldat.

Valerie nahm sich ein Zimmer im MGM-Grand-Hotel und gab dem verwirrten Angestellten am Empfang eine Vorauszahlung für drei Tage, anstatt ihm ihre Kreditkarte vorzulegen. Mit dem Schlüssel in der Hand fuhr sie mit dem Aufzug in den achten Stock und sah sich einem etwas vulgären Luxus gegenüber, wie man ihn nur in Las Vegas findet. Sie stand kurz auf dem Balkon ihres Zimmers und blickte auf die untergehende orangerote Sonne und dachte darüber nach, wie verrückt doch alles war. Sie würde Joel gleich am nächsten Morgen anrufen – in Osnabrück würde es dann etwa Mittag sein.

Sie bestellte sich ein Essen aufs Zimmer, sah etwa eine Stunde lang fern und legte sich schließlich ins Bett. Sie hatte sich in Sam Abbott nicht getäuscht. Der liebe Sam, der geradlinige Sam, direkt und unkompliziert. Wenn jemand wußte, was zu tun war, dann würde Sam das sein, und wenn er es nicht wußte, würde er es in Erfahrung bringen. Zum erstenmal seit Tagen empfand Val so etwas wie Erleichterung. Der Schlaf stellte sich ein, und diesmal gab es keine schrecklichen Träume.

Sie erwachte, als die frühe Morgensonne die fernen Berge vor ihrem Balkonfenster in feurigen Glanz hüllte. Ein paar Augenblicke lang, während sie aus den Tiefen des Schlafes emportauchte, glaubte sie, sie sei wieder in Cap Ann, und die Sonne fiele vom Balkon in ihr Schlafzimmer, ein ferner Alptraum, an den sie sich undeutlich erinnerte. Dann sah sie die kräftig gemusterten, geblümten Vorhänge und Berge und roch den etwas abgestandenen Geruch von dicken Hotelteppichen und wußte, daß der Alptraum noch nicht aufgehört hatte.

Sie stieg aus dem übergroßen Bett und ging zum Badezimmer. Unterwegs hielt sie am Fernsehapparat an, um die Nachrichten einzuschalten. Sie erreichte die Tür, blieb plötzlich stehen, krallte sich am Türrahmen fest und hatte das

Gefühl, der Kopf müßte ihr zerspringen. Sie konnte nur schreien. Und wieder und wieder schreien, während ihr der Boden entgegengerast kam.

Peter Stone drehte das Radio in seinem New Yorker Apartment lauter und ging dann schnell zu dem Tisch, auf dem ein offenes Telefonbuch lag, eines mit blauen Seiten, das man in »Mrs. DePinnas« Zimmer im St.-Regis-Hotel gefunden hatte. Stone hörte sich die Nachrichten an, während er die Seiten mit Regierungsstellen überflog..

»*...Inzwischen ist die erste Meldung bestätigt worden, daß ein F-18-Düsenjäger vom Nellis-Air-Force-Stützpunkt in Nevada abgestürzt ist. Das Unglück ereignete sich heute morgen um sieben Uhr zweiundvierzig Pazifikzeit, während eines Manövers über der Wüste. Der Pilot, Brigadegeneral Samuel Abbott, war der Chef der taktischen Einsatzgeschwader und galt als einer der besten Piloten der Air Force und als hervorragender Taktiker. Der Presseoffizier in Nellis hat erklärt, daß eine ausführliche Untersuchung eingeleitet werden wird, und er erklärte weiter, daß nach Aussagen der anderen Piloten das Führungsflugzeug des Geschwaders, das von General Abbott geflogen wurde, nach einem Manöver in relativ niedriger Höhe abgestürzt sei. Die Explosion war auch noch in Las Vegas zu hören. Die Aussage des Presseoffiziers klang sehr erregt, als er sich zu dem verunglückten Piloten äußerte. ›Der Tod General Abbotts ist ein tragischer Verlust für die Air Force und die ganze Nation‹, sagte er zu Reportern. Vor einigen Minuten hat der Präsident...*«

»Das ist es«, sagte Stone und wandte sich zu dem Army-Captain, der mit ihm im Zimmer war. »Das war ihr Ziel... Schalten Sie das verdammte Ding ab, ja? Ich habe Abbott gekannt; ich habe vor ein paar Jahren in Langley mit ihm zusammengearbeitet.«

Der Army-Offizier starrte den Zivilisten an, während er das Radiogerät ausschaltete. »Wissen Sie, was Sie da sagen?« fragte er.

»Hier ist es«, erwiderte Stone mit ausgestreckter rechter Hand, deren Zeigefinger auf die linke untere Ecke einer Seite in dem dicken Telefonbuch deutete. »Blau dreizehn, drei Seiten vor dem Ende des Buches. ›Regierungsbüros‹. ›Air Force Department –‹«

»Dort sind auch Dutzende anderer Eintragungen, darunter auch Ihre ehemalige Dienststelle. ›Central Intelligence – Außenbüro New York‹. Warum nicht das? Die? Das paßt besser.«

»Den Weg kann er nicht einschlagen, und das weiß er.«

»Das hat er ja auch nicht«, verbesserte ihn der Captain. »Er hat sie geschickt.«

»Und *das* paßt nicht – paßt nicht zu allem anderen, was wir über ihn wissen. Nach Virginia hätte er sie schicken müssen, und dort wäre alles erledigt worden. Nein, sie ist hierher zurückgekommen, um eine ganz bestimmte Person zu finden, nicht eine gesichtslose Abteilung oder ein Büro. Eine Person, die sie beide kannten und der sie vertrauten... Sie hat ihn gefunden, hat ihm alles gesagt, was Converse ihr gesagt hat, und er hat mit anderen gesprochen – mit den falschen. *Verdammt*!«

»Wie können Sie das so sicher wissen?« drängte der Mann von der Army.

»*Herrgott*! Was wollen Sie eigentlich? Eine *Skizze*? Sam Abbott ist über der Küste des Golfs von Tonkin abgeschossen worden. Er war Kriegsgefangener in Vietnam, und ebenso Converse. Ich kann mir gut vorstellen, wenn wir das durch die Computer jagen würden, dann würden wir herausfinden, daß sie einander kannten. Ich bin so sicher, daß ich darauf verzichte. *Scheiße!*«

»Wissen Sie«, sagte der Army-Offizier, »ich habe noch nie gesehen, daß Ihnen das Temperament durchgeht. Auch kalte Typen können einmal in Hitze geraten, nicht wahr, Stone? Ich glaube Ihnen.«

Der ehemalige Abwehroffizier sah den Captain scharf an, und als er dann sprach, war seine Stimme ausdruckslos – und kalt. »Abbott war ein guter Mann – für jemanden in Uniform sogar ein außergewöhnlicher Mann –, aber, damit Sie mich ja nicht falsch verstehen, Captain: Er ist ermordet worden – das *war* Mord, weil das, was diese Frau ihm gesagt hat, so eindeutig war.«

»Eindeutig?«

»Zerbrechen Sie sich den Kopf darüber... Ich bin zornig über Sams Tod. Ja, da haben Sie verdammt recht. Aber noch viel zorniger bin ich darüber, daß wir die Frau nicht haben. Unter anderem deshalb, weil sie, wenn sie mit uns zusammenarbeitet, eine Chance hat, und ohne uns kaum eine. Und ich will sie nicht auch noch auf dem Gewissen haben – dem kleinen Rest davon, den ich noch habe. Außerdem müssen wir sie finden, um Converse herauszuholen. Einen anderen Weg gibt es nicht.«

»Aber wenn Sie recht haben, dann ist sie irgendwo in der Nähe von Nellis, wahrscheinlich in Las Vegas.«

»Ohne Zweifel in Las Vegas. Und bis wir jemanden erreicht haben, der sich dort umsehen könnte, ist sie garantiert schon wieder unterwegs... Wissen Sie, ich möchte im Augenblick wirklich nicht in ihrer Haut stecken. Der einzige Weg, der ihr noch offenstand, ist jetzt neutralisiert. An wen kann sie sich wenden, wo kann sie hingehen? Es ist das, was Dowling gestern über Converse gesagt hat, das, was er Peregrines Sekretärin nicht gesagt hat. Unser Mann ist systematisch isoliert worden und hatte größere Angst vor dem Personal von US-Botschaften als sonst jemand. Er hätte sich nie zu einem Zusammentreffen mit Peregrine bereit erklärt, weil er wußte, daß das eine Falle sein würde. Und deshalb kann er ihn unmöglich getötet haben. Man hatte ihn aufgebaut, und wo er auch hinsah, war eine Falle, damit er dauernd in Trab blieb und sich versteckt halten mußte.« Der Zivilist machte eine Pause und fuhr dann mit fester Stimme fort. »Die Frau ist erledigt, Captain. Sie ist am Ende einer schlechten Straße – ihrer Straße. Und das ist möglicherweise noch das beste für uns. Wenn sie in Panik gerät, könnten wir sie finden. Aber wir werden ein paar Risiken eingehen müssen. Wie steht's? Haben Sie Ihr Testament gemacht?«

Valerie weinte, still an die Glastür gelehnt, von der aus sie auf den grellen, neonübersäten Strip von Las Vegas hinunterblicken konnte. Ihre Tränen galten nicht nur Sam Abbott und seiner Frau und seinen Kindern, sondern auch ihr selbst und

Joel. Sie hatte keine Vorstellung mehr, was sie noch tun konnte. Gleichgültig, zu wem sie auch ging, die Antwort würde immer dieselbe sein. *Sagen Sie ihm, er soll sein Versteck verlassen und zu uns kommen, dann hören wir ihn an*. Und in dem Augenblick, in dem er das tat, würde Joel tot sein und damit seine eigene Prophezeiung erfüllen.

Das Telefon klingelte und paralysierte sie einen Augenblick lang. Sie starrte es an, erschrocken, und zwang sich doch, jetzt nicht die Beherrschung zu verlieren. Sam Abbott war tot, und nur er hatte gesagt, daß er anrufen würde – nur er. Mein Gott, dachte Val, sie haben mich *gefunden*. Genauso wie sie sie in New York gefunden hatten. Aber sie würde den Fehler, den sie in New York gemacht hatte, nicht wiederholen. Sie mußte ganz ruhig bleiben und denken – besser und richtiger denken als die anderen. Das Klingeln hörte auf, und sie trat an das Telefon, nahm den Hörer ab und drückte den Knopf mit der *Null*.

»Vermittlung, hier ist Zimmer Acht-vierzehn. Bitte schicken Sie sofort die Sicherheitspolizei. Es ist sehr dringend.«

Sie mußte schnell handeln, mußte bereit sein, das Zimmer in dem Augenblick zu verlassen, in dem die Leute von der Sicherheit kamen. Sie mußte hinaus, mußte ein Telefon finden, das... *sauber* war. Sie mußte Joel in Osnabrück erreichen.

Colonel Alan Metcalf, Abwehrchef des Air-Force-Stützpunkts Nellis, verließ die Telefonzelle und sah sich in dem Shopping-Center um, die Hand in der Tasche seines Sportjacketts am Kolben des kleinen Revolvers. Er sah auf die Uhr; seine Frau und die drei Kinder würden bald in Los Angeles sein und am späten Nachmittag in Cleveland eintreffen. Sie würden alle vier bei ihren Eltern bleiben, bis er ihnen sagte, daß sie abreisen sollten. So war es besser – da er keine Ahnung hatte, wie dieses »es« aussehen würde.

Er wußte nur, daß Sam Abbott dieses Überschallmanöver schon tausendmal geflogen war. Abbott kannte jede Schraube an seinem Flugzeug und flog nie einen Düsenjäger, der nicht elektronisch überprüft worden war. Diesen Absturz auf einen Fehler des Piloten zu schieben, war lächerlich; nein, jemand hatte jenen Piloten belogen, hier lag Sabotage vor. Sam war getötet worden, weil sein Freund Metcalf einen schrecklichen Fehler gemacht hatte. Nachdem er fast fünf Stunden mit Abbott gesprochen hatte, hatte Metcalf einen Mann in Washington angerufen und ihn gebeten, für den folgenden Nachmittag eine Konferenz vorzubereiten, an der je zwei Mitglieder des Nationalen Sicherheitsrates, der Marineabwehr und von G-Zwo teilnehmen sollten. Vorgegebener Grund: Brigadegeneral Samuel Abbott verfügte über sachdienliche Informationen über den flüchtigen Joel Converse.

Und wenn sie den Mann, der diese Information besaß, so schnell, so effizient töten konnten, so waren sie ebensogut imstande, auch den Boten, den Abwehroffizier, der ihn nach Washington bringen sollte, aus dem Weg zu räumen. Es war besser, wenn Doris und die Kinder in Cleveland waren. Er hatte eine ganze Menge zu tun und eine schreckliche Schuld zurückzuzahlen.

Valerie Converse! O Gott, warum hatte sie es *getan*, warum war sie so schnell geflohen? Er hatte natürlich damit gerechnet, hatte aber dennoch gehofft, daß es ihm gelingen würde, sie noch rechtzeitig zu erreichen. Aber zuerst kamen Doris und die Kinder und die Tickets für das Flugzeug und der Anruf bei ihren Eltern; sie mußten hier weg. Er konnte der Nächste sein. Dann die rasende Fahrt zum Flugplatz, den Revolver neben sich im Wagen, die Durchsuchung von Sams Büro – als Abwehroffizier von Nellis eine besonders widerwärtige Pflicht, aber in diesem Fall wichtig – und das Verhör von Abbotts verwirrter Sekretärin. Ein Name war dabei zum Vorschein gekommen: Parquette.

»Ich werd' sie holen«, hatte Sam letzte Nacht gesagt. »Sie ist im Grand abgestiegen, und ich habe ihr lediglich versprochen, daß ich sie anrufen werde. Sie ist ganz cool, aber das in New York war verdammt knapp. Sie will eine Stimme hören, die sie kennt, und ich kann ihr das nicht verübeln.«

Cool Lady, dachte Alan Metcalf, als er in seinen Wagen stieg, *Sie haben den größten Fehler in Ihrem kurz gewordenen Leben gemacht. Mit mir hatten Sie eine Chance zu überleben – vielleicht –, aber jetzt, wie man hier in Nevada sagt, stehen die Chancen mächtig gegen Sie.*

Trotzdem würde sie auf seinem Gewissen lasten, überlegte der Abwehroffizier, während er auf die Abzweigung zur Route 15 und weiter nach Süden raste.

Gewissen. Er fragte sich, ob diese stummen Bastarde in Washington Joel Converse auf ihrem kollektiven Gewissen hatten. Sie hatten einen Mann ausgeschickt und ihn fallenlassen, hatten nicht einmal so viel Anstand gehabt, sicherzustellen, daß man ihn schnell und barmherzig tötete. Die Programmierer der Kamikazepiloten waren im Vergleich zu solchen Leuten Heilige.

Converse. Wo *war* er?

33

Joel stand schweigend da, während Leifhelms Mann ihm die Waffe wegnahm und sich an die versammelten alten Frauen in den hochlehnigen Sesseln wandte. Er sprach nicht ganz eine Minute, packte dann Converse am Arm – seine und auch ihre Trophäe – und zwang Joel, Hermione Geyner ins Gesicht zu sehen, deren Gefangener er in Wahrheit gewesen war. Es war ein mystisches Ritual des Triumphs aus einer fernen Vergangenheit.

»Ich habe diesen tapferen Frauen aus der Untergrundbewegung gerade gesagt«, erklärte der Deutsche und sah Joel dabei an, »daß sie einen Verräter an unserer Sache entlarvt haben. Frau Geyner wird das bestätigen, ja, meine Dame?«

»*Ja*!« stieß die alte Frau heraus und ihr Gesicht flammte im Glanz ihres Sieges. »Verrat!« schrie sie.

»Die Telefongespräche sind geführt, und wir haben unsere Instruktionen«, fuhr Leifhelms Soldat fort. »Wir werden jetzt hier weggehen, Amerikaner. Sie können nichts tun, also lassen Sie uns leise weggehen.«

»Wenn Sie diese ganze Sache so gut organisiert hatten,

warum dann die zwei Männer im Zug, darunter dieser hier?« fragte Joel und deutete mit einer Kopfbewegung auf den Mann mit dem Arm in der Schlinge. Er versuchte instinktiv, Zeit zu gewinnen – ein Anwalt, der es dem Gegner ermöglichte, sich selbst zu loben.

»Observiert, nichts organisiert«, antwortete der Deutsche. »Wir mußten sichergehen, daß Sie alles taten, was man von Ihnen erwartete. Alle hier schließen sich dieser Meinung an, stimmt das, Frau Geyner?«

»Ja!« rief Valeries Tante.

»Der andere ist tot«, sagte Joel.

»Er ist für unsere Sache gefallen, und wir werden ihn betrauern. Kommen Sie jetzt!« Der Deutsche verbeugte sich vor den Frauen, ebenso wie seine beiden Begleiter, und führte Joel dann zur Tür. Draußen gab Leifhelms Soldat dem Mann mit der Schlinge den dicken Umschlag und erteilte einige Befehle. Die beiden anderen nickten eifrig und gingen schnell die Treppe hinunter, wobei sich der Verwundete am Geländer stützte. Unten angekommen, eilten sie nach rechts, wo Joel in der Nähe des Ausgangs die Silhouette eines langen, schweren Wagens erkennen konnte.

Die drei Gefangenenwärter führten ihn hinaus. Es war mitten in der Nacht, und er wurde jetzt entweder in ein anderes Lager verlegt, oder man würde ihn zur Hinrichtung führen, zu einem Erschießungsplatz, irgendwo im dichten Dschungel, wo man seine Schreie nicht hören würde. Der Anführer gab einen Befehl, worauf sich seine beiden Untergebenen verbeugten und zu dem erbeuteten amerikanischen Jeep rannten, der ein paar hundert Meter entfernt in der Dunkelheit stand. Er war mit dem Mann allein, und Converse wußte, daß eine solche Gelegenheit nicht wiederkommen würde. Wenn er etwas unternehmen wollte, mußte es jetzt geschehen. Er bewegte leicht den Kopf und ließ den Blick auf den dunklen Umriß der Pistole sinken, die der Wärter in der Hand hielt …

Die Hand des Deutschen war unbewegt, die Waffe auf Joels Brust gerichtet. Im Inneren des alten Hauses hatten die alten Frauen zu singen begonnen, mit brüchigen Stimmen, die allmählich lauter wurden, irgendeine pathetische Siegeshymne, die durch die offenen Fenster ins Freie hallte. Converse tastete mit dem rechten Fuß über die Dielenbretter der Veranda, fand eines, das schwächer war als die anderen. Er verlegte sein ganzes Gewicht darauf; laut ertönte ein ächzendes Geräusch. Der Deutsche fuhr erschrocken herum.

Jetzt. Joel packte die Waffe am Lauf, drehte Hand und Stahl herum, schmetterte den Mann gegen die Mauer, packte die Waffe mit ganzer Kraft, drehte noch einmal, trieb sie dem Mann in den Leib.

Die Explosion des Schusses wurde vom Jackett des Deutschen und von seinem Körper so gedämpft, daß ein gerade anspringender Motor und die Stimmen der alten Frauen das Geräusch übertönten. Der Deutsche brach zusammen, sein Kopf fiel zur Seite, die Augen traten hervor, und ein Gestank von verbranntem Stoff und Eingeweiden breitete sich aus. Der Feind war tot. Converse duckte sich, wandte sich um und blickte zur Einfahrt. Er rechnete damit, die beiden anderen Männer mit gehobenen Waffen auf sich zulaufen zu sehen. Aber er sah nur die Scheinwerfer des Wagens, der von der Landstraße in die Zufahrt des alten Hauses einbog. In wenigen Augenblicken würde er hier sein.

Er entwand dem Deutschen die Waffe, zerrte die Leiche über die Dielenbretter in den Schatten rechts von der Treppe. Sekunden noch.

Du mußt dir den Jeep verschaffen. Den Jeep. Der nächste Checkpoint war fünf Meilen weiter unten an der Straße – sie hatten ihn gesehen, wenn sie draußen arbeiteten. Du mußt dir den Jeep verschaffen! Schnell jetzt! Den Jeep!

Der schwere Wagen hielt vor der Veranda, und der Mann mit dem Arm in der Schlinge stieg auf der rechten Seite aus. Converse beobachtete ihn verborgen hinter einer dicken Ecksäule, wie er ins Dunkel spähte.

»König?« rief der Deutsche leise. »König, *wo sind Sie?*« Er ging die Treppe hinauf, und seine linke Hand griff unsicher tastend in die Jackentasche.

Joel sprang hinter der Säule hervor, lief die alte Treppe zur Auffahrt hinunter und packte den Verwundeten an der Armschlinge. Dann trieb er ihm die Pistole in den Hals, drehte ihn herum und schmetterte seinen Schädel gegen das

Wagendach. Sofort kauerte er sich nieder und stieß die Waffe durch das offene vordere Seitenfenster des Wagens.

Der erstaunte Fahrer war schneller als der Verwundete, riß eine Pistole aus einem unsichtbaren Halfter und feuerte blindlings um sich, wobei die Windschutzscheibe zertrümmert wurde. Converse schoß zurück und traf den Mann am Kopf. Ein Stück der Schädeldecke flog durch das offene Fenster.

Du mußt die Leichen in den Dschungel bringen! Du darfst sie nicht hier beim Lager lassen! Jede Sekunde zählt jetzt, jede Minute!

Joel sprang auf und zerrte den verwundeten Deutschen hoch, während er die vordere Wagentür aufriß. »Sie werden mir jetzt helfen, Sie guter Christ!« flüsterte er und erinnerte sich an das jammernde Flehen des Killers in einem Packwagen. »Sie tun jetzt, was ich Ihnen sage, sonst schicke ich Sie zu Ihren Freunden. Dieser lausige Hurensohn auf der Veranda! Holen Sie ihn her! Hinten hinein!«

Vielleicht eine Minute später saß der Verwundete hinter dem Steuer des Wagens und fuhr unter einigen Schwierigkeiten los. Die beiden Leichen lagen auf dem Rücksitz, ein Bild des Schreckens, und Converse glaubte sich jeden Augenblick übergeben zu müssen. Aber dann blickte er starr aus dem Fenster hinaus und instruierte den Fahrer, wie er fahren sollte. Schließlich erreichten sie einen flachen Wiesengrund vor einer kleinen Bodenerhebung, und Converse befahl dem Deutschen, die Straße zu verlassen. Sie holperten ein paar hundert Meter über das unebene Terrain, bis der Boden schließlich abfiel und man auf ein kleines Wäldchen in einiger Entfernung sehen konnte. Joel befahl dem Fahrer auszusteigen.

Dem letzten Wächter hatte er eine Chance gegeben. Er war noch ein Junge in einer schlecht sitzenden Uniform, mit ernsten Augen und einem Gesicht, das eine einzige Frage war. Wieviel von dem, was er tat, erwuchs aus eigenen Empfindungen, wieviel hatte man ihm eingetrichtert? Er hatte dem Jungen – dem Kind – eine einfache Prüfung abgenommen – und ein Gläubiger hatte die Prüfung nicht bestanden.

»Hören Sie mir zu«, sagte Joel. »In dem Zug haben Sie mir

gesagt, daß Sie nur *bezahlt* wären – das deutsche Wort habe ich nicht verstanden –, aber daß Sie niemanden töten wollen. Stimmt das?«

»Ja, mein Herr! Ich *niemanden* töten! Ich habe nur beobachtet, bin Ihnen gefolgt!«

»Also gut. Ich stecke jetzt die Waffe weg und werde weggehen. Sie gehen, wohin Sie wollen, okay?«

»*Ich verstehe*! Ja, natürlich!«

Joel schob sich die Waffe in den Gürtel und drehte sich um, ohne dabei den Kolben loszulassen. Dann stieg er den Abhang hinab. Ein *Scharren*! Das Geräusch von rollenden Steinen! Er fuhr herum und ließ sich auf die Knie fallen, der Deutsche warf sich auf ihn.

Er feuerte einmal. Der Soldat stieß einen Schrei aus, knickte in der Hüfte zusammen und rollte den Abhang hinunter, wo er stumm liegenblieb. *Ein Gläubiger hatte das Examen nicht bestanden.*

Joel ging den Abhang wieder hinauf. Er holte seinen an Nathan Simon adressierten Umschlag aus dem Wagen und ging zur Straße zurück. Er hatte sich das Terrain genau eingeprägt. Er war wieder der Pilot, dem kein Fehler unterlief. Er wußte, was er zu tun hatte.

Er hatte sich in den Büschen vor Hermione Geyners Grundstück versteckt, dreißig Meter vor dem alten Haus, zwanzig von der Auffahrt entfernt, deren Ränder von der Hitze ausgedörrtes Unkraut überwuchert hatte. Er mußte wachbleiben, denn wenn es passieren würde, dann bald. Die menschliche Natur konnte nur ein bestimmtes Maß an Angst ertragen, darauf hatte er sich als Anwalt nur zu oft verlassen. Männer, die Angst hatten, brauchten Sicherheit. Die Sonne war aufgegangen, und die Vögel zwischerten im Morgenlicht, Myriaden von Geräuschen hatten das nächtliche Schweigen abgelöst. Aber das Haus war noch stumm, die breiten Fenster, durch die erst vor Stunden die Stimmen der verrückten alten Frauen ins Freie gedrungen waren, blieben verschlossen. Und er trug immer noch seinen Priesterkragen, besaß immer noch seinen Priesterausweis und den

Pilgerbrief. Die nächsten paar Stunden würden ihm sagen, was sie noch wert waren.

Zuerst war das Dröhnen eines Motors zu hören, dann bog ein schwarzer Mercedes von der Landstraße in die Auffahrt. Er schoß auf die Veranda zu und wurde dann scharf abgebremst. Zwei Männer stiegen aus. Der Fahrer lief sofort um das Wagenheck und stellte sich neben seinen Beifahrer. Einen Augenblick blieben sie stehen und musterten das Haus und seine zersprungenen Fenster. Dann drehten sie sich um, suchten das Terrain ab, gingen zu Hermione Geyners Wagen und spähten hinein. Der Fahrer nickte, griff unter sein Jackett und zog eine Pistole heraus. Sie gingen zu den Stufen zurück, sprangen sie hinauf, überquerten die Veranda und suchten eine Glocke. Aber sie fanden keine. Der unbewaffnete Mann klopfte erst, schließlich hämmerte er mit der Faust gegen die Tür und versuchte sie zu öffnen.

Im Haus war jetzt eine Stimme zu hören, dann wurde die Tür aufgezogen, und Frau Geyner stand in einem abgewetzten Morgenrock im Morgenlicht. Ihre Stimme klang wie die einer altjüngferlichen Lehrerin, die zwei unbotmäßige Schüler tadelt. Jedesmal, wenn einer der beiden Männer etwas sagen wollte, wurde ihre Stimme lauter und schriller. Schließlich steckte der Fahrer die Waffe weg. Sein Begleiter allerdings, der offenbar von mehr Angst geplagt wurde, packte Valeries Tante an den Schultern und redete erregt auf sie ein.

Aber Hermione Geyner schien sich nicht einschüchtern zu lassen, ihre Antworten klangen nicht weniger unfreundlich. Sie deutete auf die Einfahrt und schilderte offenbar das, was sie in den frühen Morgenstunden miterlebt hatte – das, was sie selbst geleistet hatte. Die beiden Männer sahen einander an, fragend und besorgt zugleich. Sie liefen die Treppe hinunter zurück zu ihrem Wagen. Der Fahrer ließ den Motor so unsanft an, daß das Getriebe krachend protestierte. Dann machte der Mercedes einen Satz, fegte an Frau Geyners Wagen vorbei und raste hinunter zum Tor. Dort bog er nach links ab und schoß die Landstraße hinunter, während Hermione Geyner die Tür zuschlug.

Jetzt war das Risiko nicht mehr zu umgehen, überlegte Joel, als er aus den Büschen kroch. Aber es war auch kalkulierbarer geworden. Aquitania hatte Frau Geyner fallengelassen; von ihr war nichts mehr zu erfahren. Zu einer Verrückten zurückzukehren, war das größere Risiko für Delavanes Leute. Den Umschlag in der Hand ging Joel über die Auffahrt und die Treppenstufen hinauf zur Tür. Er klopfte. Zehn Sekunden später öffnete Hermione Geyner kreischend. Und dann tat er etwas so völlig Unvorhersehbares, etwas, das überhaupt nicht zu ihm paßte, so daß er es kaum selbst glauben konnte, während er dem plötzlichen Impuls nachgab.

Er schlug der alten Frau die Faust ans Kinn. Und damit begannen die längsten acht Stunden seines Lebens.

Die verwirrten Sicherheitsleute des MGM-Grand-Hotels lehnten widerstrebend Valeries Trinkgeld ab, besonders nachdem sie es von fünfzig auf hundert Dollar angehoben hatte, in der Meinung, die Gepflogenheiten in Las Vegas seien etwas anders als die in New York und ganz bestimmt als die in Cap Ann. Sie waren fast eine Dreiviertelstunde durch die Straßen der Stadt gefahren, bis beide Männer ihr versicherten, daß ihnen wirklich niemand folgte. Sie versprachen auch, einen Posten ins achte Stockwerk zu entsenden, um den Mann ausfindig zu machen, der sie belästigt und versucht hatte, sich Zugang zu ihrem Zimmer zu verschaffen. Darüber hinaus waren sie natürlich verstimmt, daß sich Valerie ein Zimmer auf der anderen Seite des Boulevards im Caesar's Palace genommen hatte.

Val gab dem Pagen ein Trinkgeld, nahm ihm den kleinen Koffer ab und schloß die Tür. Dann stürzte sie an das Telefon neben dem Bett.

»Ich *muß* auf die Toilette!« schrie Hermione Geyner, die sich einen Eisbeutel gegen das Kinn drückte.

»Schon wieder?« fragte Converse, der die Augen kaum geöffnet hatte und mit dem Umschlag und einer Pistole im Schoß ihr gegenüber saß.

»Sie machen mich nervös. Sie haben mich geschlagen.«

»Sie haben gestern abend dasselbe getan und noch viel mehr«, erwiderte Joel, stand auf und schob sich die Waffe in den Gürtel. Den Umschlag ließ er nicht los.

»Ich will Sie hängen sehen! *Verräter*! Wie viele Stunden sind es jetzt? Glauben Sie, unsere Leute im *Untergrund* werden mich nicht *vermissen*?«

»Ich denke, die füttern Tauben im Park und gurren mit ihnen. Kommen Sie schon, ich begleite Sie.«

Das Telefon klingelte; plötzlich waren die Stunden ohne Bedeutung. Converse packte die alte Frau am Genick und schob sie zu dem alten Schreibtisch. »Machen Sie es so, wie wir es geübt haben«, flüsterte er, ohne sie loszulassen. »Los!«

»Ja?« sprach Hermione Geyner in die Sprechmuschel, während Joel sein Ohr dicht neben ihres hielt.

»*Tante!* Ich bin's, Valerie!«

»*Val!*« schrie Converse und stieß die alte Frau zur Seite. »*Ich* bin's! Ich bin nicht sicher, daß das Telefon sauber ist. Man hat deine Tante! Schnell! Hast du mit Sam gesprochen?«

»Ja, Joel!« schrie Valerie. »Aber er ist *tot*! Sie haben ihn *umgebracht*!«

»*Herrgott*! Wir haben keine Zeit mehr, Val, keine *Zeit*! Das *Telefon*!«

»Triff dich mit mir!« schrie Val ins Telefon.

»Wo? Sag mir, *wo*?«

Das Schweigen dauerte weniger als ein paar Sekunden und dehnte sich doch für beide zu einer Ewigkeit. »Wo es angefangen hat, Darling!« rief Valerie. »Wo es angefangen hat, aber *nicht* wo es angefangen hat ... Die Wolken, Darling. Das Stoffstück und die Wolken!«

Wo es angefangen hat. Genf. Aber nicht Genf. Wolken, ein Stück Stoff.

»Ja, ich *weiß*!«

»Morgen! Ich werde dort sein!«

»Ich muß hier weg ... Val ... Ich liebe dich sehr!«

»Die Wolken, my Darling – my only Darling – o *Gott*, rette dich!«

Joel riß die Telefonschnur aus der Wand. Im nächsten

Moment ging Hermione Geyner mit einem schweren Schürhaken, den sie vom Kamin gerissen hatte, auf ihn los. Der eiserne Haken verfehlte knapp seine Wange. Joel packte die Alte und schrie sie an.

»Für Sie habe ich jetzt keine Zeit, Sie verrücktes Weib!« Er riß sie herum, stieß sie vor sich her und griff sich den Umschlag vom Tisch. »Sie wollten doch ins Bad, haben Sie das vergessen?«

Das Bad war den Gang hinunter, und Converse sah in der roten Lackschale auf dem Tischchen an der Wand das, war er zu sehen gehofft hatte. Die alte Frau hatte sie gestern nacht hineinfallen lassen – die Schlüssel für ihren Wagen. Die Tür zum Badezimmer ging nach außen auf – und das war die Lösung. Als die Alte drinnen war, zerrte Joel einen schweren Sessel von der Wand und schob ihn unter die Klinke. Valeries Tante hörte den Lärm und versuchte, die Tür zu öffnen. Aber sie ging nicht auf.

»Wir haben heute abend wieder eine Versammlung!« schrie die Alte. »Wir werden unsere besten Leute schicken! Die *Besten*!«

Joel verließ das Haus, zog die Tür hinter sich zu, aber ließ sie unverschlossen. Dann lief er zu Hermione Geyners Wagen. Er ließ den Motor an; der Tank war halbvoll. Das war ausreichend, um Osnabrück hinter sich zu haben, wenn er wieder tanken mußte. Bis er sich eine Karte beschaffen konnte, würde er sich einfach an der Sonne orientieren und nach Süden fahren.

Valerie traf die nötigen Arrangements in dem Reisebüro von Caesar's Palace. Sie bezahlte bar und benutzte den Mädchennamen ihrer Mutter, wobei sie gleichzeitg hoffte, daß sie sich einige Fähigkeiten dieser im Krieg erfahrenen Frau angeeignet hatte. Um 18.00 Uhr gab es einen Flug der Air France von Los Angeles nach Paris. Sie würde eine Chartermaschine nach Los Angeles nehmen und sich mit einer Limousine zum Flughafen bringen lassen. Auf die Weise konnte sie den Terminal im McCarran-Airport umgehen. Solche Bequemlichkeiten waren stets zu haben, wenn auch gewöhnlich nur für Prominente und Leute, die im Casino gewonnen haben. Der falsche Name würde bei der Air France keine Schwierigkeiten machen, höchstens etwas peinlich sein, sich aber in ihrem Fall leicht erklären lassen. Ihr ehemaliger Mann, zu dem sie jede Verbindung gelöst hatte, war inzwischen berüchtigt, ein Gejagter. Sie zog die Anonymität vor. Ihren Paß würde sie erst bei der Einwanderungsbehörde in Paris vorzeigen müssen, und danach konnte sie überall hin reisen, unter jedem Namen, den sie angab, denn die Grenzen Frankreichs würde sie nicht überschreiten. Das war der Grund, weshalb sie an Chamonix gedacht hatte.

Sie saß in ihrem Sessel, blickte zum Fenster hinaus und dachte an jene Tage zurück – in Chamonix. Sie war mit Joel nach Genf geflogen, wo er eine dreitägige Besprechung hatte. Anschließend wollten sie fünf Tage am Mont Blanc Ski laufen. Sie verdankten die Reise John Brooks, dem bekannten internationalen Anwalt von Talbot, Brooks and Simon, der sich schlicht geweigert hatte, auf eine Familienfeier zu verzichten wegen eines »dummen Gesprächs mit irgendwelchen Idioten«, wie er es ausdrückte. »Das kann unser junger Mann erledigen. Der wird sie schon einwickeln und ihnen dabei die Taschen leeren.« Es war das erstemal gewesen, wo Joel wirklich gewußt hatte, daß er es in dieser Firma zu etwas bringen würde, und doch hatte ihn seltsamerweise die Aussicht auf die gemeinsamen Urlaubstage nicht weniger erregt.

Aber Joel hatte auf dieser Reise keine Freude am Skilaufen gehabt. Am zweiten Tag war er gestürzt und hatte sich den Knöchel verrenkt. Die Schwellung war riesig gewesen und äußerst schmerzhaft. Val hatte ihn »Sir Muffig« getauft. Jeden Morgen verlangte er seine Herald Tribune, lehnte es mit geradezu kindischer Hartnäckigkeit ab zu frühstücken, ehe die Zeitung kam, und spielte den Märtyrer, wenn seine Frau auf die Piste ging. Als sie angedeutet hatte, daß sie ohne ihn überhaupt nicht Ski laufen wolle, wurde es noch schlimmer. Er hatte ihr vorgeworfen, sie wolle die Heilige spielen. Er würde schon zurechtkommen – schließlich hätte er etwas zu lesen, aber dafür hätten Künstler natürlich kein Verständnis.

Was er doch für ein kleiner Junge gewesen war, dachte

Val. Aber in den Nächten war er so ganz anders gewesen. Er wurde wieder der Mann, liebevoll und zart, gleichzeitig der großzügige Löwe und das empfindsame Lamm. Sie liebten sich stundenlang. Das Mondlicht schien draußen auf die Schneefelder, bis schließlich die ersten Strahlen der Morgensonne die Berge rot färbten und sie – gemeinsam – erschöpft in den Schlaf sanken.

An ihrem letzten gemeinsamen Tag, ehe sie nach Genf zurückkehrten, um dort die Nachtmaschine nach New York zu nehmen, hatte sie ihn überrascht. Statt noch einmal auf die Piste zu gehen, um ein paar Stunden Ski zu laufen, war sie in die Hotelboutique gegangen und hatte ihm einen Pullover gekauft, auf dessen Ärmel sie ein großes Stück Stoff genäht hatte, auf dem stand: *Downhill Racer – Chamonix*. Sie hatte ihm das Geschenk präsentiert, während draußen vor der Tür der Träger mit einem Rollstuhl wartete – das hatte sie über die Hoteldirektion arrangiert. Man hatte sie ins Zentrum von Chamonix gebracht zu der Seilbahn, die 3900 Meter hinauf zum Gipfel des Mont Blanc führte – durch die Wolken zum Gipfel der Welt, wie es schien. Und als sie schließlich oben angekommen waren und den atemberaubenden Ausblick genossen, hatte sich Joel herumgedreht mit seinem jungenhaften Blick in den Augen. »Genug von diesem albernen Ausblick«, hatte er gesagt. »Zieh dich aus. So kalt ist es wirklich nicht.«

Sie hatten heißen Kaffee getrunken, waren draußen auf einer Bank gesessen, umgeben von der majestätischen Szenerie der Bergwelt. Sie fühlte diese Liebe jetzt wieder und stand auf. Für solche Gedanken war jetzt keine Zeit – sie brauchte jetzt einen klaren Kopf. Sie mußte um die halbe Welt reisen und dabei wer weiß wie vielen Leuten, die nach ihr Ausschau hielten, aus dem Weg gehen.

Er hatte gesagt, er liebe sie – *sehr*. War es Liebe, oder brauchte er sie nur... ihre Unterstützung? Sie hatte mit *my darling* darauf geantwortet – nein, sie hatte mehr als das gesagt. Viel deutlicher war sie gewesen. Sie hatte gesagt *my only darling*. War das eine Antwort, die nur aus der Panik geboren war?

Das Schlimmste war, nichts zu wissen, dachte Converse, während er die Straßentafeln im Licht seiner Scheinwerfer studierte. Er war jetzt seit fast sieben Stunden unterwegs und hatte sich in Hagen an einer Tankstelle eine Landkarte besorgt, während der Wagen frisch aufgetankt wurde – sieben Stunden, und nach der Karte zu schließen war er noch weit von dem Grenzübergang entfernt, den er sich ausgewählt hatte. Der Grund lag darin, daß er nicht wußte, ob man in den ersten Stunden, seit er Osnabrück verlassen hatte, nach Hermione Geyners Wagen gesucht hatte. Jetzt war das eindeutig der Fall. Aber in jenen ersten Stunden hätte er auf den Bundesstraßen schneller von der Stelle kommen können, nur daß er es nicht gewagt hatte, sie zu benutzen, für den Fall, daß Leute von Aquitania auf Vals Anruf hin zu dem alten Haus gerast waren. Er war auf verschlungenen Nebenstraßen gefahren, immer die Sonne im Auge behaltend, immer wieder nach Süden steuernd, bis er Hagen erreichte. Inzwischen waren Hermione Geyner und ihre Schar Verrückter ohne Zweifel zur Polizei gegangen, um den Diebstahl des Wagens zu melden. Joel hatte keine Ahnung, womit sie die Polizei überzeugen würden, daß Valeries Tante Anlaß zur Klage hatte, aber ein gestohlener Wagen war ein gestohlener Wagen. Ob ihn nun der heilige Franz von Assisi oder Jack the Ripper fuhr. Er mußte also auf den Nebenstraßen bleiben.

Er würde mindestens noch drei oder vier Stunden zu fahren haben, aber irgendwo unterwegs wollte er haltmachen und eine Weile schlafen. Er war erschöpft; er hatte so lange nicht mehr geschlafen, daß er sich überhaupt nicht an das letztemal erinnern konnte. Chamonix und Val erwarteten ihn. Er hatte ihr gesagt, daß er sie liebe – er hatte es *gesagt*. Nach so vielen Jahren hatte er es ausgesprochen, und die Erleichterung war unglaublich. Und die Antwort war noch unglaublicher. *My darling – my only darling*. Meinte sie das wirklich?

Aquitania! Du mußt alles andere aus deinen Gedanken verdrängen und nach Frankreich fahren!

Der Flug von Los Angeles nach Paris verlief ereignislos. Während Val durch das Fenster der Maschine nach unten blickte, schien nichts für sie mehr Bedeutung zu haben, aber jegliche Ruhe, die der Flug in ihr erzeugt hatte, endete wieder in Paris.

»Sind Sie geschäftlich oder auf Urlaub in Paris, Madame?« fragte der Beamte am Einwanderungsschalter, während er Valeries Paß entgegennahm und ihren Namen in den Computer tippte.

»*Un peu de l'un et de l'autre.*«

»*Vouz parlez français*?«

»*C'est ma langue préférée. Mes parents étaient parisiens*«, erklärte Val, immer noch in französischer Sprache. »Ich bin Künstlerin und habe mit einigen Galerien zu sprechen. Natürlich will ich auch reisen...« Sie hielt inne, als sie sah, wie die Augen des Beamten vom Bildschirm nach oben wanderten und sie studierten. »Ist etwas?« fragte sie.

»Nichts von Bedeutung, Madame«, sagte der Mann, griff nach dem Telefon und sprach mit leiser Stimme, so daß sie im Lärm der großen Ankunftshalle nichts verstehen konnte. »Da ist jemand, der Sie gerne sprechen möchte.«

»Für *mich* ist das schon von Bedeutung«, wandte Valerie, plötzlich beunruhigt ein. »Ich reise aus sehr gutem Grund nicht unter meinem Namen – was Ihnen Ihre Maschine ohne Zweifel verraten hat, und ich werde mich *nicht* irgendwelchen Verhören oder sonstigen Belästigungen durch die Presse aussetzen! Ich habe alles gesagt, was ich zu sagen hatte. Bitte, setzen Sie sich mit der amerikanischen Botschaft in Verbindung.«

»Das ist nicht nötig, Madame«, sagte der Mann und legte den Hörer auf. »Es handelt sich um kein Verhör, und von der Presse wird niemand erfahren, daß Sie in Paris sind, sofern Sie es ihr nicht selbst sagen. Außerdem ist in dieser Maschine nichts außer dem Namen in Ihrem Paß.«

Ein zweiter uniformierter Beamter trat aus einem nahe gelegenen Büro in die Kabine des Einwanderungsbeamten. Er verbeugte sich höflich. »Wenn Sie bitte mitkommen wollen, Madame«, sagte er leise in englischer Sprache. Die Angst in ihren Augen war ihm nicht entgangen, und so fuhr er fort: »Sie können das natürlich ablehnen, da es sich keineswegs um eine amtliche Aufforderung handelt. Aber ich hoffe, daß Sie das nicht tun werden. Es handelt sich um eine Gefälligkeit zwischen alten Freunden.«

»Wer sind Sie?«

»Chefinspektor der Einwanderungsbehörde, Madame.«

»Und wer möchte mich sprechen?«

»Das müßte er Ihnen selbst sagen. Aber ich soll Ihnen einen anderen Namen nennen. Mattilon. Mein Bekannter sagt, Sie seien alte Freunde gewesen, und auch er hätte großen Respekt vor ihm gehabt.«

»*Mattilon*?«

»Wenn Sie liebenswürdigerweise in meinem Büro warten würden, werde ich persönlich dafür sorgen, daß Ihr Gepäck gebracht wird.«

»Das hier ist mein Gepäck«, sagte Val und überlegte, wer wohl Renés Namen erwähnen würde. »Ich möchte einen Polizeibeamten in der Nähe haben, jemanden, der uns durch eine Glastür beobachten kann.«

»*Pourquoi?* ... Warum, Madame?«

»*Une mesure de sûreté*«, erwiderte Valerie.

»*Oui, bien sur, mais ce n'est pas necessaire.*«

»*J'insiste ou je pars.*«

»*D'accord.*«

Man erklärte ihr, daß die Person, die sie zu sprechen wünschte, aus der Innenstadt zum Charles-de-Gaulle-Flughafen kommen müßte. Das würde fünfunddreißig Minuten in Anspruch nehmen, unterdessen trank sie Kaffee und ein kleines Glas Calvados. Dann trat der Mann durch die Tür. Er mochte Anfang Fünfzig sein. Seine Kleidung war zerdrückt, als hätte er aufgehört, auf sein Äußeres zu achten. Sein Gesicht wirkte müde und alt, und als er sprach, war seine Stimme ebenfalls müde, aber nichtsdestoweniger präzise.

»Ich werde Ihre Zeit nur ein paar Minuten in Anspruch nehmen, Madame. Ich bin sicher, daß Sie viel zu erledigen haben und viele Leute aufsuchen möchten.«

»Wie ich schon erklärte«, sagte Val und sah den Franzosen

scharf an. »Ich bin in Paris, um mit einigen Galerien zu sprechen.«

»Das interessiert mich nicht«, unterbrach der Mann und hob die Hände. »Verzeihen Sie, ich will das nicht hören, ich will gar nichts hören, sofern Madame nicht, nachdem ich mich erklärt habe, *mit mir* sprechen möchte.«

»Warum haben Sie den Namen Mattilon benutzt?«

»Als Empfehlung. Sie waren Freunde. Darf ich darauf zurückkommen?«

»Bitte tun Sie das.«

»Mein Name ist Prudhomme. Ich gehöre der Sûreté an. Ein Mann ist vor einigen Wochen hier in Paris in einem Krankenhaus gestorben. Es heißt, Ihr ehemaliger Mann, Monsieur Converse, sei dafür verantwortlich.«

»Das ist mir bekannt.«

»Aber es kann nicht stimmen«, sagte der Franzose ruhig, während er sich setzte und sich eine Zigarette herausholte. »Haben Sie keine Sorge. Dieses Büro ist nicht ›verwanzt‹. Der Chefinspektor und ich waren gemeinsam bei der *Résistance*.«

»Jener Mann ist nach einem heftigen Kampf mit meinem ehemaligen Mann gestorben«, sagte Val vorsichtig. »Ich habe das in der Zeitung gelesen und im Radio gehört, und doch sagen Sie mir, er sei nicht für seinen Tod verantwortlich. Wie können Sie das sagen?«

»Dieser Mann ist nicht im Krankenhaus *gestorben*, man hat ihn getötet. Zwischen zwei Uhr fünfzehn und zwei Uhr fünfundvierzig morgens. Ihr Mann befand sich zu dieser Zeit in einem Flugzeug zwischen Kopenhagen und Hamburg. Das ist inzwischen festgestellt worden.«

»Sie *wissen* das?«

»Nicht offiziell, Madame. Man hat mich von dem Fall abgezogen. Ein Mitarbeiter von mir, ein Mann mit wenig Polizeierfahrung, dafür aber Erfahrung bei der Armee – bei der Fremdenlegion – hat den Fall übertragen bekommen, während man mich auf ›wichtigere‹ Angelegenheiten angesetzt hat. Ich habe Fragen gestellt; ich werde Sie nicht mit Einzelheiten langweilen, aber die Lungen des Mannes sind zusammengebrochen – ein plötzliches Trauma, das mit seinen Wunden nichts zu tun hat. Der Mann ist erstickt worden. Das stand nicht im Bericht. Man hat es herausgelassen.«

Valerie gab sich große Mühe, ganz ruhig und distanziert zu bleiben, und verdrängte ihre Angst. »Und was ist mit Mattilon?« fragte sie. »Meinem *Freund* Mattilon.«

»Fingerabdrücke«, erwiderte der Franzose müde. »Man entdeckte sie plötzlich, zwölf Stunden nachdem die *Arrondissement*-Polizei – die *sehr* gut ist – sein Büro untersucht hat. Und doch hat es am selben Tag in Wesel in Westdeutschland auch einen Mord gegeben. Man hat das Gesicht Ihres ehemaligen Mannes beschrieben, seine Identität praktisch bestätigt. Und dann eine alte Frau in einem Zug nach Amsterdam – dieselbe Route –, sie wird mit einer Pistole in der Hand aufgefunden. Und wieder die Beschreibung. Hat dieser Converse Flügel? Kann er Grenzen überfliegen? Wiederum nicht möglich.«

»Was versuchen Sie mir zu sagen, Monsieur Prudhomme?«

Der Mann von der Sûreté sog den Rauch seiner Zigarette tief ein, riß ein Blatt Papier aus seinem Notizbuch und schrieb etwas darauf. »Ich bin nicht sicher, Madame, da ich in diese Angelegenheiten schließlich nicht mehr offiziell eingeschaltet bin. Aber wenn Ihr ehemaliger Mann den Tod des Mannes in Paris nicht verursacht hat und auch Ihren alten Freund, Monsieur Mattilon, nicht erschossen haben kann... wie viele andere hat er dann *nicht* getötet, einschließlich des amerikanischen Botschafters in Bonn und des Oberkommandeurs der NATO? Und wer sind diese Leute, die Regierungsstellen dazu veranlassen können, dies und jenes zu bestätigen, Einsatzpläne leitender Polizeibeamter willkürlich abzuändern, die medizinische Berichte ändern können und Beweismaterial entfernen?... Es gibt da Dinge, die ich nicht verstehe, Madame. Aber ich bin sicher, daß das genau die Dinge sind, die ich auch nicht verstehen *soll*. Und deshalb gebe ich Ihnen diese Telefonnummer. Das ist nicht meine Büronummer; das ist meine Wohnung in Paris – meine Frau weiß, wo sie mich erreichen kann. Merken Sie sich das gut, sagen Sie, wenn Sie in Schwierigkeiten geraten, daß Sie der *Tatiana*-Familie angehören.«

Stone saß am Schreibtisch, den Telefonhörer in der Hand. Er war allein – war allein gewesen, als der Anruf aus Charlotte, North Carolina, kam von einer Frau, die er einmal vor vielen Jahren sehr geliebt hatte. Sie war aus dem »schrecklichen Spiel«, wie sie es genannt hatte, ausgestiegen. Er war dabeigeblieben und ihre Liebe war nicht stark genug gewesen.

Die Verbindung wurde in Cuxhaven in Westdeutschland hergestellt über eine Leitung, von der der Zivilist wußte, daß sie sauber war. Diese Gewißheit gehörte zu den Freuden, wenn man mit Johnny Reb zu tun hatte.

»Bobbie-Jo's Hühnerbraterei«, kam der Gruß über die Leitung. »Wir liefern ins Haus.«

»Das hab' ich mir gedacht. Hier ist Stone.«

»Auf mein Wort, die Tatiana-Clique!« rief der Südstaatler aus. »Sie müssen mir einmal von dieser faszinierenden Familie erzählen, Freund Hase.«

»Das werde ich eines Tages tun.«

»Ich glaube, ich habe den Namen einmal Ende der sechziger Jahre gehört, aber ich wußte damals nicht, was er bedeutete.«

»Vertrauen Sie jedem, der ihn gebraucht.«

»Warum sollte ich das?«

»Weil auch die galgenfreundlichsten Richter der Welt demjenigen, der ihn benutzte, vertraut haben.«

»Und wer könnte das sein?«

»Der Gegner, der *Rebel*.«

»Wenn das eine Parabel sein soll, Yankee, dann komm ich nicht mehr mit.«

»Irgendwann einmal, Johnny, nicht jetzt. Was haben Sie?«

»Nun, das muß ich Ihnen sagen. Ich hab' hier drüben die verdammteste kleine Insel gefunden, die Sie sich denken können. Keine zwanzig Meilen vor der Küste, in der Nähe der Elbmündung, genau dort, wo sie hingehört. In der Bucht vor Helgoland, wie sie das nennen, und das gehört zur Nordsee.«

»Scharhörn«, sagte der Zivilist, eine Feststellung, keine Frage. »Sie haben sie gefunden.«

»War nicht schwer. Jeder scheint Bescheid zu wissen –

aber da gibt es im Südwesten eine Küste, wo keiner hingeht. Im Zweiten Weltkrieg war das eine Bunkerstation für U-Boote. Und die Sicherheitsvorkehrungen waren damals so scharf, daß nur ein paar Leute im Oberkommando der Wehrmacht informiert waren, die Alliierten sind sogar nie dahintergekommen. Die alten Stahlbetonbauten sind immer noch da, angeblich verlassen, abgesehen von ein paar Leuten, die aufpassen, daß nicht irgendwelche Boote mit den alten Winden kollidieren, die immer noch dastehen.« Johnny Reb machte eine Pause und fuhr dann leise fort: »Ich bin gestern nacht dort gewesen und habe Lichter gesehen, zu viele Lichter an zu vielen Orten. Auf diesem alten Stützpunkt sind Leute, nicht nur ein paar Wächter, und ich wette mit Ihnen, daß Ihr Lieutenant Commander einer davon ist. Und außerdem ist um zwei Uhr früh, nachdem die Lichter ausgegangen waren, eine Riesenantenne, so groß wie es sie sonst bloß in Houston gibt, in die Höhe geschossen wie eine Bohnenstange, und dann ist sie aufgeblüht wie eine richtige Blume. Eine Scheibe war das, so wie man sie für Satellitensendungen benützt. Wollen Sie, daß ich ein Team aufstelle? Das könnte ich tun; heutzutage gibt es eine ganze Menge Arbeitsloser. Außerdem kostet es nicht viel. Denn je mehr ich darüber nachdenke, desto mehr bin ich Ihnen dankbar dafür, daß Sie mich damals aus den Dardanellen rausgeholt haben. Das war wirklich wichtiger als diese andere Geschichte damals in Bahrain mit dem Spesenkonto.«

»Vielen Dank, aber jetzt noch nicht. Wenn Sie ihn jetzt holen, decken wir die Karten auf, die wir noch nicht zeigen dürfen.«

»Wie lange können Sie warten? Vergessen Sie nicht, daß ich diesen Washburn auf Band habe.«

»Wieviel haben Sie denn beisammen?«

»Mehr als dieser alte Schädel aufnehmen kann, um ehrlich zu sein. Aber nicht mehr, als ich akzeptieren kann. Das Ganze braut sich schon ziemlich lange zusammen, nicht wahr? Die Adler glauben, sie würden die verdammten Spatzen doch noch fangen, nicht wahr? Weil sie alle zu Spatzen machen wollen... Wissen Sie, Stone, ich sollte das wohl nicht sagen, weil Sie auf Ihre alten Jahre schon ein wenig weicher geworden sind als ich, aber wenn die das je in Gang setzen, dann könnte es durchaus sein, daß eine Menge Leute überall sich einfach bloß in ihre Sessel zurücklehnen oder fischen gehen und sagen, zum Teufel damit – sollen doch die großen Daddys in ihren Uniformen das machen. Laßt sie doch die Dinge in Ordnung bringen – auf die Weise holen wir wenigstens die Fixer mit ihren Knarren und Messern von der Straße und aus den Parks. Die könnten endlich den Russkis und den Ölscheichs in ihren Bademänteln zeigen, daß sie uns nicht länger auf der Nase herumtanzen können. Zeigen wir doch Jesus, daß wir die braven Boys sind und die besseren Muskeln haben. Diese Soldaten, die haben den Mumm und die Kanonen, die Firmen und die Konglomerate, was juckt mich das also? Was ändert sich denn für *mich*? sagt der Normalverbraucher in seinem Lehnsessel – höchstens, daß alles besser wird?«

»Nicht besser«, sagte Stone eisig. »Diese Leute werden zu Robotern, wir alle werden zu Robotern gemacht, wenn wir noch leben. Verstehen Sie das denn nicht?«

»Yeah, *ich* schon«, antwortete Johnny Reb. »Ich schätze, das habe ich immer. Mir geht's hier gut in Bern, während Sie sich in Washington abstrampeln. Ja, alter Freund, ich verstehe das. Vielleicht besser als Sie... Vergessen Sie's, ich mach schon mit. Aber was, zum Teufel, werden Sie wegen dieses Converse machen? Ich glaube nicht, daß der rauskommt.«

»Das *muß* er. Wir glauben, daß er die Antworten hat – die Antworten aus *erster Hand* –, die uns die Beweise liefern.«

»Meiner Ansicht nach ist er tot«, sagte der Südstaatler. »Vielleicht jetzt noch nicht, aber bald. Sobald die ihn finden.«

»Wir müssen ihn vorher finden. Können Sie helfen?«

»Ich hab' an dem Abend angefangen, als ich Major Norman Anthony Washburn eine Spritze verpaßt habe. Sie haben die Computer – die, zu denen Sie Zugang haben –, und ich hab' die Straßen, wo die Dinge verkauft werden, die Sie nicht kaufen sollen. Also bis jetzt ist alles negativ.«

»Sie müssen versuchen, etwas zu finden. Sie hatten nämlich recht – wir haben nicht viel Zeit. Und, Johnny, haben Sie dasselbe Gefühl wie ich bezüglich dieser Insel, bezüglich Scharhörn?«

»Das sitzt mir tief im Magen. Ich kann schon die Galle schmecken, Freund Hase, und deshalb werde ich mich hier ein paar Tage lang dünnmachen. Wir haben einen Bienenstock gefunden, Junge, und die Drohnen sind unruhig, das spüre ich.«

34

Joel legte die Landkarte und den dicken Umschlag ins Gras und begann, von dem kleinen Baum, der im Feld stand, Zweige abzubrechen, um damit Hermione Geyners Wagen zuzudecken. Schließlich riß er noch büschelweise Gras aus und warf es über die Tarnung. Das Resultat im Mondlicht war ein ungeheurer Heuberg unter einem unschuldig wirkenden Baum in einem Obstgarten. Dann folgte er der Straße zu Fuß und zog sich jedesmal ins hohe Gras zurück, wenn er aus der einen oder anderen Richtung Autoscheinwerfer sah. Er hatte vielleicht acht, neun Kilometer zurückgelegt, als er nicht mehr weiter konnte.

Im Dschungel hatte er sich ausgeruht, weil er wußte, daß Ruhe ebenso eine Waffe war wie eine Pistole, daß die Augen und das Bewußtsein sehr viel mehr Sicherheit gaben, wenn sie wach und aufmerksam waren, als ein Dutzend stählerner Waffen.

Er fand eine kleine Bodensenke, durch die ein Bach floß. Geschützt von der Böschung legte er sich ins Grün und schlief ein.

Valerie verließ den Charles-de-Gaulle-Flughafen am Arm des Sûreté-Beamten Prudhomme. Sie hatte den Papierfetzen mit seiner Telefonnummer entgegengenommen, ihrerseits aber keine Auskünfte gegeben. Sie gingen zu dem Taxistand vor dem Flughafengebäude, während Prudhomme noch immer auf sie einredete.

»Ich will mich ganz klar ausdrücken, Madame. Sie können sich hier ein Taxi nehmen, und ich werde Ihnen *adieu* sagen, oder Sie können mir erlauben, Sie, wohin Sie wollen, zu fahren – vielleicht zu einem anderen Taxistand in der Stadt, von dem aus Sie Ihre Reise fortsetzen können –, und ich werde dann wissen, ob Ihnen jemand folgt.«

»Das werden Sie?«

»In zweiunddreißig Jahren bei der Polizei lernt selbst ein Narr etwas. Meine Frau sagt mir immer wieder, daß sie sich nur deshalb keine Liebhaber genommen hat, weil ich die Grundzüge meines Berufes gelernt habe.«

»Ich nehme Ihr Angebot an«, unterbrach Val ihn lächelnd. »Ich bin schrecklich müde. Ein kleines Hotel vielleicht. *Le Pont Royale*, das kenne ich.«

»Eine ausgezeichnete Wahl, aber ich muß Ihnen sagen, daß meine Frau Sie gern aufnehmen würde, ohne irgendwelche Fragen zu stellen.«

»Meine Zeit muß ganz mir gehören, Monsieur«, erklärte Valerie und stieg in den Wagen.

»*D'accord*.«

»*Warum* tun Sie das?« fragte sie, während Prudhomme sich hinter das Steuer setzte. »Mein Mann war Rechtsanwalt – *ist* Rechtsanwalt. So sehr können sich die Regeln nicht unterscheiden. Sind Sie nicht eine Art Mittäter – indem Sie glauben, was Sie glauben?«

»Ich wünsche nur, daß Sie mich anrufen werden und sagen, daß Sie von der Tatiana-Familie kommen. Das ist mein Risiko und das ist auch mein Lohn.«

Joel sah auf die Uhr – eine Uhr, die er vor langer Zeit einer Leiche abgenommen hatte. Es war 5.45 Uhr morgens. Sonnenlicht fiel in seine Bodensenke. Er mußte weiter; bis zur Grenze waren es, soweit er sich erinnerte, noch über sieben Kilometer.

Seine Erinnerung stimmte. Er erreichte Kehl und kaufte sich einen Rasierapparat. Er ging davon aus, daß ein Priester selbst unter schwierigen Reisebedingungen für ein standesgemäßes Aussehen sorgen würde. Er rasierte sich in der

Fährstation und fuhr dann mit der Fähre über den Rhein nach Straßburg. Die Zollbeamten erwiesen ihm den Respekt, der seinem Berufsstand zukam, und schrieben sein etwas schäbiges Äußeres ohne Zweifel seinem Armutsgelübde zu. Und plötzlich ertappte er sich dabei, wie er einer Gruppe Männer und ihren Familien den Segen erteilte, während er das Gebäude passierte.

Draußen auf der überfüllten Straße wurde ihm klar, daß er sich als allererstes ein Hotelzimmer besorgen und dort zwei Tage der Angst abspülen und seine Kleider säubern oder ersetzen mußte. Ein verarmt wirkender Priester reiste nicht zu den teuren Wundern von Chamonix; das würde sich nicht geziemen. Ein normal gekleideter Priester war durchaus akzeptabel, ja sogar eine wünschenswerte, eine respekteinflößende Gestalt in der Menge. Und er würde Priester bleiben, das hatte Joel beschlossen – eine Entscheidung, die wieder auf seiner juristischen Erfahrung beruhte. Es galt vorauszusehen, was der Gegner von einem erwartete, und dann etwas anderes zu tun, sofern das einen Vorteil brachte. Die Jäger von Aquitania würden erwarten, daß er den priesterlichen Habitus ablegte, da er als seine letzte Tarnung bekannt war. Genau das wollte er aber nicht tun; es gab viele Priester in Frankreich, und darin lag ein zu großer Vorteil.

Er trug sich im Sofitel an der Place St. Pierre-le-Jeune ein und erklärte dem *Concierge,* ohne auf Einzelheiten einzugehen, daß er drei schreckliche Reisetage hinter sich hätte, und ob der Mann wohl freundlicherweise einige Dinge besorgen würde, die er dringend brauche. Er stamme aus einer wohlhabenden Pfarrei in Los Angeles und – den Rest besorgte eine amerikanische Hundert-Dollar-Note. Sein Anzug wurde binnen einer Stunde gereinigt und gebügelt, seine schlammbespritzten Schuhe poliert und in einem Geschäft, das unglücklicherweise ziemlich weit entfernt am Quai Kellermann lag, wurden zwei neue Hemden mit Priesterkragen gekauft – was eine zusätzliche Summe erforderte. Die Trinkgelder, die Spesen und die Expreßzuschläge – sie alle waren der Traum eines Hotelbediensteten. Der von der Sonne gebräunte Priester mit den ein oder zwei Narben im Gesicht und den seltsamen Wünschen kam offensichtlich wirklich aus einer wohlhabenden Pfarrei. Das Geld war gut angelegt. Er hatte das Hotel um 8.30 Uhr morgens betreten und war um 9.45 bereit, die letzten Vorkehrungen für Chamonix zu treffen.

Das Risiko, zu fliegen oder mit der Bahn zu fahren, konnte er nicht eingehen; dafür war ihm auf Flughäfen schon zuviel widerfahren. Und über kurz oder lang würde man Hermione Geyners Wagen entdecken und daraus Schlüsse auf die von ihm eingeschlagene Richtung, wenn nicht gar sein Ziel ziehen können. Der Alarm Aquitanias würde die drei Grenzen Deutschlands, Frankreichs und der Schweiz erreichen. Das sicherste Fortbewegungsmittel war daher ein Wagen. Der beflissene *Concierge* wurde gerufen, ein passender Mietwagen für den jungen Abbé wurde beschafft und die Route nach Genf ausgearbeitet.

Valerie kleidete sich an, als das erste Morgenlicht die Häuser vor ihrem Fenster am Boulevard Raspail mit orangefarbenem Licht überzog. Sie hatte nicht geschlafen, hatte es auch gar nicht vorgehabt. Sie hatte wachgelegen und über die Worte des eigenartigen Franzosen von der Sûreté nachgedacht, der nicht offiziell sprechen konnte. Sie war versucht gewesen, die Wahrheit zu sagen, wußte aber, daß sie das nicht tun würde. Noch nicht, vielleicht überhaupt nicht, da die Wahrscheinlichkeit groß war, daß es sich doch um eine Falle handelte. Trotzdem hatten seine eindringlichen Worte ehrlich geklungen... *Rufen Sie an und sagen Sie, Sie kämen von der Tatiana-Familie. Das ist mein Wunsch und mein Lohn.*

Joel würde eine Entscheidung treffen. Wenn der Mann nicht einfach nur ein Köder war, den Aquitania ausgelegt hatte, dann war das ein Riß in ihrer Strategie, eine Lücke, von der die Generäle nichts wußten. Mit ganzem Herzen hoffte sie, daß es so war, aber dem Mann schon an diesem Punkt zu vertrauen, war unmöglich.

Das Taxi traf ein, und Val ging hinaus, durch das Seitenfenster von einem mürrisch blickenden, schläfrigen Fahrer begrüßt, der keine Anstalten machte, seinen Wagen zu verlassen und nur wenig Interesse an seiner Kundschaft zeigte.

»*Orly, s'il vous plaît.*«

Der Fahrer fuhr an, erreichte die Straßenecke und riß das Steuer nach links. Er schlug einen halsbrecherischen Bogen, um wieder in den Boulevard Raspail einzubiegen, der zur Schnellstraße zum Flughafen führte. Die Kreuzung wirkte verlassen. Doch das war sie nicht.

Das Krachen hinter ihnen klang ganz nahe – Metall, das gegen Metall schlug, zersplitterndes Glas, quietschende Reifen. Der Fahrer trat auf die Bremse, schrie erschreckt und verängstigt auf, während sein Wagen gegen den Randstein schoß. Val wurde gegen den Vordersitz geschleudert und schürfte sich die Knie auf. Schwerfällig zog sie sich wieder auf den Sitz zurück, während der Fahrer aus dem Wagen sprang und den Fahrer dahinter beschimpfte.

Plötzlich öffnete sich die rechte Türe, und sie erkannte das faltige, müde Gesicht Prudhommes. Ein dünner Blutfaden rann ihm aus einer Platzwunde an der Stirn. Er redete schnell und leise auf sie ein.

»Gehen Sie, Madame – wohin auch immer Sie wollen. Niemand wird Ihnen jetzt folgen.«

»*Sie?* ... Sie sind die ganze Nacht hier gewesen! Sie haben auf mich gewartet, mich beobachtet. Sie haben den Unfall verursacht!«

»Dafür ist jetzt keine Zeit! Ich werde Ihren Fahrer zurückschicken. Ich muß einen umfangreichen Bericht machen und unterdessen ein paar Dinge im Wagen des Mannes verteilen. Und Sie müssen jetzt weg. Jetzt – ehe andere etwas bemerken.«

»Dieser Name!« schrie Val. »Er hieß doch *Tatiana*?«

»Ja.«

»Danke!«

»*Bonjour. Bonne chance.*« Der Mann von der Sûreté duckte sich, schloß die Tür und rannte zu den beiden Franzosen, die einander hinter dem Taxi beschimpften.

Es war zwanzig Minuten nach drei Uhr nachmittags, als Converse die Tafel sah: *St. Julien en Genevois* – 15 km. Er hatte die Schweizer Grenze umrundet, und die Autostraße nach Chamonix lag direkt vor ihm. In etwas mehr als einer Stunde würde er den Mont Blanc erreicht haben; er hatte es geschafft! Einmal hatte er in Pontarlier gehalten, um zu tanken und sich einen heißen Tee aus einem Automaten zu kaufen. Eine Stunde noch. *Sei dort, Val. Sei dort, meine Geliebte!*

Valerie sah wütend auf die Uhr und hätte am liebsten geschrien – so wie sie um sechs Uhr dreißig morgens in Orly hätte schreien wollen. Es war jetzt zehn Minuten nach vier am Nachmittag, und der ganze Tag war von Problemen erfüllt gewesen, angefangen mit dem Zusammenstoß auf dem Boulevard Raspail und Prudhommes Erklärung, daß jemand sie verfolge, bis zu ihrer Ankunft in Annecy mit der Ein-Uhr-Maschine aus Paris – die sich wegen eines Defekts an der Tür des Frachtraums verzögert hatte. Ihre Nerven waren zum Zerreißen gespannt, und doch wußte sie – hatte es den ganzen Tag gewußt –, daß sie unter keinen Umständen die Beherrschung verlieren durfte.

Die Verstimmung jetzt hatte ihren Grund in etwas, an das sie sich aber hätte erinnern sollen. Es gab einen Punkt in der Theaterkulisse des pittoresken »Dorfes« Chamonix, den Privatfahrzeuge nicht passieren durften, nur kleine, der Stadt gehörende Wagen und Touristenbusse. Sie stieg aus der Limousine und ging eilig den breiten, überfüllten Boulevard hinunter. Sie konnte die große rote Talstation der Seilbahn in der Ferne sehen. Irgendwo dort oben, über den Wolken, war Joel. Ihr Joel. Sie begann zu laufen, schneller, schneller! *Sei dort oben, darling, sei am Leben, my darling, my only darling!*

Es war zehn Minuten vor fünf, als Converse buchstäblich mit quietschenden Reifen auf den Parkplatz schoß, dann auf die Bremsen trat und fast gleichzeitig aus dem Wagen sprang. Der Verkehr auf der Montblanc-Straße war dicht gewesen, und an einer Baustelle war es sogar zu einem Stau gekommen. Jeder Muskel in seinem rechten Bein hatte sich verkrampft, er hatte keine Gelegenheit ausgelassen, langsamere Fahrzeuge zu überholen. Und jetzt war er *hier*! Er war in Chamonix, vor sich die majestätische Pracht der Alpen, unter sich das Dorf. Er fing an zu laufen, sog die klare Bergluft in tiefen Zügen ein und vergaß den Schmerz – sie *mußte* dasein. *Bitte, Val, du mußt es schaffen! Ich liebe dich so... verdammt, ich brauche dich so! Sei da!*

Sie stand vor der Liftkabine. Die Wolken unter ihr bildeten eine Barriere, eine Nebelwand, die alle Sorgen der Erde von ihr abschloß. Sie schauderte in der kalten Bergluft, konnte aber nicht weggehen. Sie stand an dem Steingeländer neben einem dicken Bergteleskop, durch das die Touristen für ein paar Francs die Wunder der Alpenwelt betrachten konnten. Sie empfand Todesangst, daß er nicht kommen würde – nicht kommen konnte. Weil er vielleicht tot war.

Es war die letzte Kabine; sobald die Sonne hinter dem westlichen Gipfel versank, fuhr keine mehr. Mit Ausnahme des Barkeepers und ein paar Gästen hinter den Glastüren der Bar war sie der einzige Mensch hier. *Joel! Ich habe gesagt, du sollst am Leben bleiben! Bitte, tu was ich gesagt habe, my darling, my only darling! Meine einzige Liebe!*

Die Liftkabine kam ächzend zum Stillstand. *Niemand*! Sie war leer! Er war tot.

Und dann sah sie ihn, ein hochgewachsener Mann in einem Priesterkragen, und die Welt hatte plötzlich wieder einen Sinn. Er stieg aus der Kabine, und sie lief auf ihn zu, während er auf sie zulief. Sie umarmten sich, hielten einander fest, wie sie sich als Mann und Frau nie gehalten hatten.

»Ich liebe dich!« flüsterte er. »O *Gott*, ich liebe dich!«

Sie beugte sich zurück, hielt seine Schultern fest, und Tränen füllten ihre Augen. »Du lebst, du bist hier! Du hast getan, worum ich dich gebeten hatte.«

»Was ich tun mußte«, sagte er. »Weil du es warst.«

35

Sie schliefen nackt, die Arme umeinander gelegt, und verdrängten eine Weile die Welt, der sie sich am Morgen wieder stellen würden. Aber eine Zeitlang mußte es etwas für sie geben, nur für sie, wertvolle Stunden des Alleinseins, in denen sie im Flüsterton miteinander sprachen und das zu verstehen suchten, was sie verloren hatten und warum, Stunden, in denen sie einander sagten, daß es nie wieder verlorengehen würde.

Als der Morgen kam, wollten sie beide seine Ankunft leugnen – was sie nicht konnten. Da *war* die Welt, wie sie sie liebten, und da war noch eine andere Welt, eine Welt, wie die Generale von Aquitania sie haben wollten.

Während Val sich das Haar kämmte, ging Joel ans Fenster und blickte auf Chamonix hinunter. Überall schienen Wasserschläuche zu sein, mit denen die Straßen gesäubert wurden. Die Ladenfassaden wurden abgespritzt, bis sie glänzten. Chamonix bereitete sich auf den Ansturm der Sommertouristen vor – und wenn man das bedachte, hatten sie Glück gehabt, Zimmer zu finden, überlegte Joel.

»Ich werde dir später Kleidung besorgen«, sagte Val, die hinter ihn getreten war und jetzt den Kopf auf seine Schulter legte.

»Das hat mir gefehlt«, sagte er und drehte sich um und legte die Arme um sie. »Du hast mir gefehlt. So sehr.«

»Wir haben einander gefunden, Darling. Das ist alles, worauf es jetzt ankommt.« Es klopfte an der Türe, das höfliche Klopfen eines Kellners. »Das wird der Kaffee sein. Du kannst meine Zahnbürste benutzen.«

Sie saßen sich an dem kleinen Marmortisch vor dem Fenster gegenüber. Die Zeit war da, sie wußten es beide. Joel legte ein Blatt vom Briefpapier des Hotels neben seinen Kaffee und einen Stift darauf.

»Ich komme immer noch nicht über die Geschichte mit meiner Tante weg!« sagte Val plötzlich. »Wie konnte ich das nur *tun*? Wie konnte ich das nicht *wissen*?«

»Die Frage habe ich mir selbst auch ein paarmal gestellt.« Joel lächelte sanft. »In bezug auf dich, meine ich.«

»Ich bin überrascht, daß du mich nicht aus der Seilbahnkabine geworfen hast.«

»Das ist mir nur zweimal kurz in den Sinn gekommen.«

»Herrgott, war ich *dumm*!«

»Nein, verzweifelt warst du«, korrigierte Joel. »Ebenso, wie sie verzweifelt war. Du hast dich an Möglichkeiten geklammert, Hilfe gesucht. Und sie hat verzweifelt versucht, Anschluß an die einzig vernünftige, sinnvolle Zeit in ihrem Leben zu finden. Wenn man so empfindet, kann man schrecklich überzeugend wirken. Du hast ihr geglaubt. Ich hätte ihr auch geglaubt.«

»Wenn du freundlich bist, bist du umwerfend, Darling. Mach mir's nicht schwer, es ist Morgen.«

»Erzähl mir von Sam Abbott«, sagte er.

»Ja, natürlich, aber bevor ich das tue, sollst du wissen, daß wir nicht allein sind. Es gibt da einen Mann in Paris, einen Inspektor der Sûreté, der weiß, daß du René nicht getötet hast und auch den am Georges V. nicht getötet haben kannst, der als Chauffeur bezeichnet worden ist.«

Erschreckt zuckte Joel zurück. »Aber ich habe den Mann getötet. Das war, weiß Gott, nicht meine Absicht – ich glaubte, er würde nach einer Waffe greifen und nicht nach einem Funkgerät –, aber ich habe mit ihm gekämpft, seinen Kopf gegen die Wand geschlagen. Er ist an der Schädelverletzung gestorben.«

»Nein, das ist er nicht. Er ist im Krankenhaus getötet worden. Man hat ihn erstickt. Das hatte nichts mit seinen anderen Verletzungen zu tun. So hat es mir Prudhomme gesagt. Er glaubt, daß das Beweismaterial gegen dich gefälscht worden ist. Er weiß aber nicht warum, wie er auch nicht begreifen kann, weshalb man Beweismaterial unterdrückt oder es plötzlich gefunden hat, wo man es doch schon früher gefunden haben müßte, wenn es wirklich existiert hätte – in diesem Fall deine Fingerabdrücke in Mattilons Büro. Er will uns helfen; er hat mir eine Telefonnummer gegeben, unter der wir ihn erreichen können.«

»Können wir ihm vertrauen?« fragte Joel und machte sich eine Notiz auf dem Briefbogen.

»Ich glaube schon. Er hat gestern morgen etwas Bemerkenswertes getan, aber darauf komme ich noch.«

»Der Mann im George V.«, sagte Converse leise. »Bertholdiers Adjutant. Dort fing die Flucht an. Es ist, als hätte jemand diesen Augenblick genutzt, als hätte jemand plötzlich eine mögliche Strategie erkannt. ›Wir können ihn jetzt als Killer abstempeln, vielleicht können wir das später benutzen, darauf aufbauen. Und das einzige, was es kostet, ist ein Leben.‹ Herrgott!« Joel riß ein Streichholz an und zündete sich eine Zigarette an. »Weiter«, fuhr er fort. »Was war mit Sam?«

Sie erzählte ihm alles, angefangen mit der Aufregung im St. Regis in New York – der Telefonanruf, der junge Mann, der die Treppen hinaufrannte, und der Offizier, der sie auf der Straße verfolgt hatte.

»Das Seltsame daran«, unterbrach Joel, »ist, daß diese Männer und der Anruf vielleicht in Ordnung waren.«

»*Was*? Wie? Der erste sah wie ein Hitlerjunge aus und der andere trug Uniform!«

»Die meisten Leute in Uniform würden die Generale von Aquitania am liebsten in die Wüste schicken. Erinnere dich daran, daß Fitzpatrick gesagt hat, jene vier Dossiers müßten aus amtlichen Archiven kommen. Connal hat aus dem Material den Schluß gezogen, daß das Militär eine ganze Menge dazu beigetragen haben muß. Vielleicht beginnen meine stummen Partner in Washington inzwischen, aus ihren Verstecken zu kriechen. Aber fahr fort.«

Sie berichtete ihm von dem Treffen mit Sam in dem Schnellimbiß in Las Vegas.

»Ihr *drei* wolltet nach Washington fliegen?«

»Ja.«

»Du und Sam und dieser dritte Mann, den er aufsuchen, mit dem er sprechen wollte – der, von dem er sagte, daß er wissen würde, was zu tun sei.«

»Ja. Der Mann, der Sam töten ließ. Er war der einzige, mit dem Sam gesprochen hat.«

»Aber Abbott hat doch gesagt, daß er ihm vertraue. ›Sein Leben‹, hast du, glaube ich, gesagt.«

»Das hat Sam gesagt«, korrigierte Valerie. »Er hatte unrecht.«

»Nicht unbedingt. Sam war nicht der Mensch, sich leicht täuschen zu lassen. Er hat sich seine Freunde sorgfältig ausgewählt; er hatte nicht viele, weil er wußte, daß sein Rang ihn verletzbar machte.«

»Aber er hat doch sonst mit niemandem gesprochen...«

»Ich bin sicher, daß er das nicht getan hat. Aber dieser andere Mann mußte es tun. Ich weiß etwas über Krisenkonferenzen in Washington – und genau das ist es, was Sam gemeint hat, als er sagte, ihr würdet dort hingehen. Solche Konferenzen passieren nicht einfach. Man muß einigen Druck ausüben, um sich einen Weg durch den bürokratischen Sumpf zu bahnen. Ganz sicher würde Sam als erster erwähnt werden und möglicherweise auch mein Name oder deiner oder sogar Delavane.« Converse griff nach seinem Stift. »Wie hieß der Mann?«

»O Gott«, sagte Val, schloß die Augen und massierte sich die Stirn. »Laß mich nachdenken... Alan, der Vorname war Alan... Alan Metzger? Metland...?«

»Hat Sam einen Rang erwähnt, irgendeinen Titel?«

»Nein. *Metcalf*! Alan Metcalf.«

Joel schrieb den Namen auf. »Okay, und jetzt Paris, der Mann von der Sûreté.«

Sie begann bei dem eigenartigen Verhalten der Grenzbeamten und erzählte alles, bis hin zu den verblüffenden Enthüllungen des Franzosen.

»Die *Tatiana*-Familie?« fragte Joel ungläubig. »Bist du sicher?«

»Absolut. Ich habe ihn gestern morgen noch einmal gefragt.«

»Gestern morgen? Ach ja, du hast gesagt, er hätte gestern morgen etwas Bemerkenswertes getan. Was ist passiert?«

»Er hat die ganze Nacht in seinem Wagen vor dem Hotel gewartet. Und als ich kurz nach Sonnenaufgang mit einem Taxi wegfuhr, hat er den Wagen hinter uns gerammt –

wirklich gerammt. Ich wurde verfolgt. Er sagte mir, ich solle mich beeilen und verschwinden, und ich habe ihn gebeten, den Namen zu wiederholen.«

»Das war der Name, den René mir genannt hat, den ich bei Cort Thorbecke in Amsterdam benutzen sollte. ›Sag, du seist ein Mitglied der Tatiana-Familie.‹ Das war seine Anweisung.«

»Was hat das zu bedeuten?«

»Anständige Männer, die sich aus dem einen oder anderen Grund in einer Welt wiederfanden, die sie wahrscheinlich haßten, Männer, die nie wußten, wem sie vertrauen konnten, haben sich einen Code ausgedacht. Ich wette, daß es ein verdammt kleiner Kreis ist. René und dieser Prudhomme haben dazugehört. Und für uns ist das ein Schlüssel, wir können ihm vertrauen.«

»Du bist wieder vor Gericht, nicht wahr?« sagte Valerie.

»Ich kann nicht anders. Fakten, Namen, Taktiken; irgendwo gibt es eine Lücke, einen Weg, den wir einschlagen können – den wir einschlagen *müssen*. Und zwar schnell.«

»Ich würde mit Prudhomme anfangen«, sagte Val.

»Wir werden ihn auffordern, seine Karten offenzulegen, aber vielleicht nicht als ersten Schritt. Wir wollen die Dinge doch der Reihe nach angehen. Gibt es hier noch ein zweites Telefon? Eine bestimmte Frau hat mich heute nacht zu sehr abgelenkt.«

»Kusch. Ja, da ist noch ein zweites Telefon. Im Badezimmer.«

»Ich möchte, daß du diesen Metcalf, Alan Metcalf, in Las Vegas anrufst. Wir lassen uns die Nummer von der Information geben. Ich werde zuhören.«

»Was soll ich sagen?«

»Welchen Namen hast du bei Sam benutzt?«

»Den, den ich dir genannt habe. Parquette.«

»So meldest du dich. Soll er den ersten Schritt tun. Wenn er falsch ist, werde ich es wissen, dann lege ich auf. Wenn du es hörst, legst du ebenfalls auf.«

»Und wenn er nicht da ist? Wenn ich nur seine Frau oder seine Freundin oder ein Kind erreiche?«

»Dann nennst du schnell deinen Namen und sagst, du würdest in einer Stunde wieder anrufen.«

Der Zivilist saß auf dem Sofa, die Füße auf dem Tisch. Ihm gegenüber saßen auf zwei Polstersesseln der Army-Captain – in Zivil – und der junge Lieutenant von der Navy, ebenfalls in Straßenkleidung.

»Dann sind wir uns also einig«, sagte Stone. »Wir versuchen es mit diesem Metcalf und hoffen, daß es klappt. Wenn wir unrecht haben – wenn *ich* unrecht habe –, könnte man uns ausfindig machen. Und machen Sie sich nichts vor, man hat Sie hier gesehen, man könnte Sie identifizieren. Aber wie ich schon einmal gesagt habe, einmal kommt die Zeit, wo man ein Risiko eingehen muß, das man vielleicht lieber nicht eingehen würde. Sie befinden sich jetzt nicht mehr auf sicherem Territorium und können nur hoffen, daß bald alles vorbei ist. Versprechen kann ich es Ihnen nicht. Dieses Telefon ist mit einer anderen Nummer verbunden, einem Hotel auf der anderen Seite der Stadt, das verschafft uns etwas Zeit, etwa so lange, bis dort jeder einzelne Gast und jedes Zimmer überprüft worden sind. Wenn die das hinter sich haben, könnte jeder erfahrene Telefonmechaniker in den Keller gehen und die Schaltung finden.«

»Wieviel Zeit verschafft uns das?« fragte der Army-Offizier.

»Es ist eines der größten Hotels in New York«, erwiderte der Zivilist. »Wenn wir Glück haben, zwanzig bis sechsunddreißig Stunden.«

»Dann machen wir's!« Das war der Mann von der Navy.

»Ja, auf jeden Fall«, sagte der Captain und fuhr sich mit der Hand durchs Haar. »Ja, natürlich, versuchen Sie es, versuchen Sie es mit *ihm*. Aber ich bin immer noch nicht sicher, *warum*?«

»Weil es logisch ist. Abbott hat sich jeden Tag seine Verabredungen aufgeschrieben und war da sehr präzise. Es gab da eine ganze Menge Mittagessen allein mit Metcalf oder Abendessen, wo sich beide Familien trafen. Ich glaube, er hat dem Mann vertraut, und als langjähriger Abwehroffizier war

Metcalf auch der logische Kontakt. Und dann ist da noch etwas. Sie waren alle drei Kriegsgefangene in Vietnam, Converse, Abbott und Metcalf.«

»Da ist ein Anrufbeantworter!« schrie Val, den Hörer in der Hand.

Joel kam aus dem Badezimmer. »Eine Stunde«, flüsterte er. »Eine Stunde«, sagte sie. »Miß Parquette ruft in einer Stunde wieder an.« Sie legte auf.

»Und jede Stunde wieder«, fügte Converse hinzu und sah das Telefon an. »Mir gefällt das nicht. Dort drüben ist es ein Uhr morgens, und wenn er Frau oder Kinder hat, hätte jemand dort sein sollen.«

»Sam hat keine Familie erwähnt. Laß mich Prudhomme anrufen«, sagte Valerie. »Laß uns diesen Tatiana-Code benutzen.«

»Noch nicht.«

»Warum *nicht*?«

»Wir brauchen etwas anderes – *er* braucht etwas anderes.«

Plötzlich fiel Joels Blick auf den dicken, an Nathan Simon adressierten Umschlag. Er lag auf der Kommode und darauf sein falscher Paß. »Mein Gott, vielleicht *haben* wir es schon«, sagte er leise. »Er war die ganze Zeit da, und ich habe es nicht gesehen.«

Val folgte seinen Augen. »Die Analyse, die du für Nathan geschrieben hast?«

»Ich habe das den besten Bericht genannt, den ich je geschrieben habe, aber natürlich ist er das gar nicht. Das Schriftstück geht überhaupt nicht auf juristische Punkte ein, nur im weitesten Sinne. Es ist ohne Beweismaterial, das die Anklagen untermauern könnte. Worauf es eingeht, sind die pervertierten Ambitionen mächtiger Männer, die die Gesetze *ändern* wollen, Regierungen ändern, an ihre Stelle Militärdiktaturen setzen wollen, und alles mit dem angeblichen Ziel, das *Gesetz* aufrechtzuerhalten und die Ordnung zu bewahren.«

»Worauf willst du hinaus, Joel?«

»Wenn ich hier einen Fall aufbauen soll, dann sollte ich das am besten auf die Art und Weise tun, die ich gelernt habe – von der Prämisse zu Schlüssen, die auf Aussagen basieren –, angefangen mit meiner eigenen und endend mit Untersuchungen, die vor dem Prozeß angestellt werden.«

»Wovon, zum Teufel, redest du?«

»Vom Gesetz, Mrs. Converse«, sagte Joel und griff nach dem Umschlag. »Und davon, wofür es gedacht ist. Ich kann den größten Teil von dem, was hier ist, gebrauchen – nur in anderer Form. Natürlich werde ich weitere bestätigende Aussagen brauchen. Und an dem Punkt wirst du diesen Prudhomme anrufen und den Tatiana-Code benutzen. Und dann werden wir hoffentlich Sams Freund erreichen, diesen Metcalf – verdammt, irgend etwas muß er haben, was er uns geben kann... Am Ende werde ich wenigstens zwei der mutmaßlichen Angeklagten mündlich verhören – Leifhelm zum einen und wahrscheinlich Abrahms, vielleicht auch Delavane selbst.«

»Du bist *verrückt*!« rief Valerie.

»Nein, das bin ich nicht«, erwiderte Joel. »Ich werde Hilfe brauchen, das weiß ich. Aber ich habe genug Geld, um ein paar Kompanien anzuheuern – Leute, die es mit dem Gesetz nicht so genau nehmen. Und sobald Prudhomme einmal begriffen hat, daß ich eine gute Idee habe, wird er wahrscheinlich auch wissen, wo man solche Typen findet. Wir haben eine Menge Arbeit, Val. Alle Gerichte haben gerne makellose Schriftsätze.«

»Bitte, Joel, sprich so, daß man dich verstehen kann.«

»Wir brauchen eine Stenografin – eine Anwaltssekretärin, wenn du eine finden kannst. Jemand, der bereit ist, den ganzen Tag und die halbe Nacht hier zu bleiben, wenn es notwendig sein sollte. Biete das Dreifache des üblichen Honorars.«

»Angenommen, ich finde eine«, sagte Val. »Was, um Himmels willen, willst du ihr diktieren?«

Joel runzelte die Stirn und ging hinüber zum Fenster. »Einen Roman«, sagte er und drehte sich um. »Wir schreiben einen Roman. Die ersten zwanzig oder dreißig Seiten werden sich mit einem Fall vor Gericht, einem Prozeß befassen.«

»Der von Menschen handelt, die jeder kennt?«

»Es ist eine neue Art von Roman, Polit-Fiction könnte man das nennen, aber nur ein Roman. Mehr nicht.«

Es wurde Morgen in New York, und Stone war wieder allein. Der Navy-Leutnant und der Army-Captain waren zurückgekehrt an ihre Schreibtische in Washington. So war es besser; sie konnten ihm nicht helfen, und je weniger man sie in der Nähe des Apartments sah, desto geringer war die Wahrscheinlichkeit, daß sie entdeckt wurden. Und dazu mußte es kommen, das wußte Stone. Das war ebenso klar wie die Tatsache, daß Colonel Alan Metcalf der Akkord war, mit dem sie ihr Stück einleiten mußten. »Ohne ihn«, so hätte Johnny Reb es in den alten Tagen wahrscheinlich formuliert, »kommt die Melodie nicht aus der Geige.« Aber würde er kommen? fragte sich der ehemalige Beamte der Central Intelligence Agency. Metcalf war verschwunden, das war die Nachricht aus Nellis, und die Leute, die dort nachgeforscht hatten, konnten sich seine Abwesenheit nicht erklären.

Aber Stone begriff. Metcalf wußte jetzt alles, und er würde nicht mehr nach den Regeln spielen, wie sie im Buch standen, nicht, wenn er sein Handwerk verstand, nicht wenn er noch lebte. Und dann war da noch etwas, womit Stone rechnete. Metcalf würde seinen Anrufbeantworter aus der Ferne programmieren und abhören, würde löschen, was er löschen wollte, und gewisse Informationen hinterlassen, vermutlich irreführende. Außerdem würde es einen Code geben, wahrscheinlich einen, der täglich wechselte und dazu führte, daß das Band binnen zehn Sekunden von einem Mikrowellenimpuls zerstört wurde, wenn der Code nicht richtig eingegeben wurde – all das war üblich. Wenn Metcalf gut war. Wenn er noch lebte.

Stone baute auf beides – daß der Colonel gut war und noch am Leben. Und das war der Grund, weshalb Stone vor einer Stunde, um sechs Uhr fünfunddreißig, eine Nachricht auf Metcalfs Telefonbeantworter hinterlassen hatte. Er hatte einen Namen gewählt, den die Frau von Joel Converse – seine ehemalige Frau – wahrscheinlich an den toten Samuel Abbott weitergegeben hatte. *Marcus Aurelius steigt auf. Antworten und löschen, bitte.* Dann hatte Stone die Telefonnummer seines Apartments angegeben, die, wenn man sie verfolgte, zum Hilton-Hotel an der Zweiundfünfzigsten Straße führen würde.

Es gab nur noch eine weitere Person auf der Welt, von der Stone wünschte, sie erreichen zu können. Aber dieser Mann war »in Urlaub – wir haben keine Möglichkeit, ihn zu erreichen«. Das war offensichtlich eine Lüge, aber um die Lüge aufzudecken, hätte Peter mehr sagen müssen, als er sagen wollte. Der Mann war Derek Belamy, Chef der Geheimoperationen für Großbritanniens M. I. 6, und einer der wenigen Freunde, die Stone in all seinen Jahren bei der Central Intelligence Agency gehabt hatte. Belamy war ein so guter Freund, daß er Peter, als dieser noch Stationschef in London gewesen war, in aller Offenheit gesagt hatte, er solle aussteigen, ehe der Whisky ihn fertigmache.

Ich habe einen Arzt, der dir eine Bestätigung schreibt, Peter. Und ein kleines Gästehäuschen in Kent. Dort kannst du bleiben und dich erholen, alter Junge.

Stone hatte abgelehnt, und das war die vernichtendste Entscheidung gewesen, die er je getroffen hatte. Der Rest war der alkoholisierte Alptraum gewesen, den Belamy ihm prophezeit hatte.

Aber nicht Dereks Sorge um einen Freund war es, die Peter jetzt suchte. Er suchte Belamys Brillanz, seinen scharfen Blick und seine Klugheit, die sich hinter einem freundlichen Äußeren verbargen. Und die Tatsache, daß Derek Belamy am Pulsschlag Europas lauschen konnte, eine Delavane-Operation riechen konnte, wenn man ihm die Fakten lieferte. Und wahrscheinlich, dachte Stone, war er im Augenblick damit beschäftigt, in Irland nach genau dem zu suchen – ganz sicher war er jetzt dort. Über kurz oder lang – besser bald – mußte Belamy seinen Anruf beantworten. Und dann würde er ihm in allen Einzelheiten eine Munitionssendung aus Beloit, Wisconsin, schildern. Derek Belamy verabscheute die Delavanes dieser Welt. Sein alter Freund würde zu einem Verbündeten gegen die Generale werden.

Das Telefon klingelte; der Zivilist blickte es an und ließ es noch einmal klingeln. *Metcalf?* Er griff nach dem Hörer, hob ab.

»Ja?«

»*Aurelius?*«

»Irgendwie habe ich gewußt, daß Sie sich melden würden, Colonel.«

»Wer, zum Teufel, sind Sie?«

»Ich heiße Stone, und wir stehen auf derselben Seite, zumindest glaube ich das. Aber Sie tragen Uniform und ich nicht. Also brauche ich etwas mehr Vertrauen zu Ihnen, können Sie das verstehen?«

»Sie sind einer von diesen *Bastarden* in Washington, die ihn ausgeschickt haben!«

»Fast richtig, Colonel. Ich bin später dazugekommen, aber ja, ich bin einer von diesen Bastarden. Was ist mit General Abbott passiert?«

»Man hat ihn umgebracht, Sie Hurensohn! ... Ich nehme an, dieses Telefon ist sauber.«

»Für wenigstens vierundzwanzig Stunden. Dann verschwinden wir alle, so wie Sie verschwunden sind.«

»Keine Reue? Kein Gewissen? Wissen Sie, was Sie *getan* haben?«

»Dafür haben wir keine Zeit, Colonel. Vielleicht später, wenn es ein Später gibt... Hören Sie auf damit, Soldat! Wo können wir uns treffen? Wo sind Sie?«

»Okay, okay«, sagte der offenbar erschöpfte Air-Force-Offizier. »Ich habe ein halbes dutzendmal die Maschine gewechselt. Ich bin in – wo, zum Teufel, bin ich? – in Knoxville, Tennessee. In zwanzig Minuten fliege ich nach Washington.«

»Warum?«

»Um diese ganze Sache hochgehen zu lassen, warum sonst?«

»Vergessen Sie es, Sie sind ein toter Mann. Ich hatte geglaubt, das hätten Sie inzwischen kapiert. Sie haben auf die Information hin, die Abbott Ihnen gegeben hat, etwas vorbereitet, stimmt das?«

»Ja.«

»Und dann hat man *ihn* hochgehen lassen, stimmt's?«

»Verdammt noch mal, halten Sie den Mund!«

»Daraus hätten Sie lernen sollen. Die stecken an Orten, wo Sie sie nicht sehen und auch nicht finden können. Aber das falsche Wort zu der falschen Person, und dann finden *die* Sie.«

»Das *weiß* ich!« schrie Metcalf. »Aber ich bin jetzt seit zwanzig Jahren in diesem Geschäft. Es muß doch *irgend jemanden* geben, dem ich vertrauen kann!«

»Und darüber wollen wir reden, Colonel. Streichen Sie Washington und kommen Sie nach New York. Ich besorge Ihnen ein Zimmer im Algonquin – ich habe bereits eines reservieren lassen.«

»Unter welchem Namen?«

»Marcus. Was denn sonst?«

»Geht klar, aber wenn wir schon so tief drinstecken, sollte ich Ihnen eines sagen. Die Frau versucht mich seit ein Uhr heute morgen zu erreichen.«

»Die Frau von Converse?«

»Ja.«

»Wir brauchen sie. Wir brauchen *ihn*!«

»Ich werde den Anrufbeantworter neu programmieren. Das Algonquin?«

»Richtig.«

»Er ist aus New York, nicht wahr? Ich meine, er ist ein New Yorker.«

»Was immer das bedeutet, ja. Er hat jahrelang dort gelebt.«

»Ich hoffe, daß er schlau ist – daß sie beide schlau sind.«

»Sie würden nicht mehr leben, wenn sie nicht schlau wären.«

»Bis in ein paar Stunden, Stone.«

Der Zivilist legte auf, seine Hände zitterten und seine Augen wanderten zu einer Flasche Bourbon auf der anderen Seite des Zimmers. *Nein!* Er würde keinen Drink nehmen, das Versprechen hatte er sich abgenommen! Er stand auf, verließ das Zimmer und ging zu den Lifts am Ende des Korridors.

Ich, Joel Harrison Converse, Anwalt, zugelassen vor den Gerichten des Staates New York und in Diensten der Kanzlei Talbot, Brooks and Simon, 666 Fourth Avenue, New York City, New York, kam am 9. August in Genf, Schweiz, an, um im Auftrag unseres Klienten, der Comm Tech Corporation, Gespräche mit dem Ziel eines lange geplanten Firmenzusammenschlusses zu führen. Im folgenden werde ich dies als die Comm Tech-Bern-Fusion bezeichnen. Am Morgen des 10. August um etwa acht Uhr wurde ich von dem Chefberater der Berner Gruppe, Mr. Avery Preston Halliday, aus San Francisco, Kalifornien, kontaktiert. Da er Amerikaner war und erst kürzlich in die Dienste der Schweizer Firma getreten war, erklärte ich mich einverstanden, mich mit ihm zu treffen, um die anstehenden Punkte und unsere diesbezüglichen Positionen abzuklären. Als ich an unserem Treffpunkt, einem Café am Quai du Mont Blanc, eintraf, erkannte ich Mr. Halliday als Studenten und Freund wieder, den ich vor Jahren an der Taft-School in Watertown, Connecticut, kennengelernt hatte. Er hieß damals Avery P. Fowler. Mr. Halliday bestätigte diese Tatsache und erklärte, sein Familienname sei nach dem Tod seines Vaters und der darauffolgenden Wiederverehelichung seiner Mutter mit einem John Halliday in San Francisco geändert worden. Die Erklärung war für mich ausreichend, die Umstände allerdings nicht. Mr. Halliday hatte reichlich Zeit und Gelegenheit gehabt, mich über seine Identität zu informieren, hatte das aber nicht getan. Dafür gab es einen Grund. An jenem Morgen des 10. August suchte Mr. Halliday ein vertrauliches Gespräch mit dem Unterzeichneten bezüglich einer Angelegenheit, die in keinerlei Beziehung zu der Comm Tech-Bern-Fusion stand. Dieses Gespräch war der eigentliche Grund für seine Anwesenheit in Genf. Dies war die erste von vielen beunruhigenden Enthüllungen...

Wenn die sehr ordentliche und distanzierte britische Stenografin das geringste Interesse an dem Material hatte, das sie vom Stenoblock auf Schreibmaschinenpapier übertrug, so ließ sie sich das nicht anmerken. Die dünnen Lippen zusammengekniffen, das graue Haar zu einem ehrfurchtgebietenden Knoten zusammengesteckt, arbeitete sie wie eine Maschine. Valeries etwas vorsichtig vorgebrachte Erklärung, ihr Mann sei ein amerikanischer Romanschriftsteller, der sich für die jüngsten Ereignisse in Europa interessierte, führte nur zu einem kühlen Blick und der unverlangt vorgebrachten Erklärung, daß die Sekretärin niemals fernsah und nur selten Zeitung las. Sie war Mitglied des französisch-italienischen Alpenvereins, was ihre ganze Zeit und Energie in Anspruch nahm, um die Naturschönheit vor den Menschen zu schützen – wenn sie nicht damit beschäftigt war, ihren Lebensunterhalt zu verdienen. Sie war wie ein Automat. Man hätte ihr aus der Bibel diktieren können, und Val bezweifelte, ob die Frau gemerkt hätte, was sie tippt.

Alan Metcalf aus Las Vegas hatte immer noch nicht geantwortet. Jedesmal meldete sich nur der Anrufbeantworter. Es war Zeit, es zum achtenmal zu versuchen.

»Wenn wir ihn jetzt nicht erreichen«, sagte Joel grimmig, begleitet vom leisen Klappern der Schreibmaschine auf der anderen Seite des Zimmers, »dann rufst du Prudhomme an. Ich wollte zuerst mit diesem Metcalf reden, aber möglicherweise – möglicherweise geht das nicht.«

»Welchen Unterschied macht das schon? Du brauchst schnell Hilfe, und Prudhomme ist bereit, uns zu helfen.«

»Der Unterschied ist, daß ich weiß, woher Prudhomme kommt, das hast du mir gesagt. Ich kann mir vorstellen, was er tun kann und was nicht, aber über Metcalf weiß ich überhaupt nichts – nur daß Sam ihm vertraut hat. Wen auch immer ich zuerst anrufe, ich muß ihm einiges erklären, muß Anklagen und Beobachtungen vorbringen. Versuch es noch einmal mit Metcalf.« Joel drehte sich um und ging an das Telefon, während Valerie die Nummer in Las Vegas, Nevada, wählte.

»Anrufer C, Botschaft erhalten. Bitte identifizieren Sie sich zweimal hintereinander, und zählen Sie langsam bis zehn. Bleiben Sie in der Leitung.«

Joel legte das Telefon neben das Waschbecken und lief ins Schlafzimmer hinüber. Er ging zu Val und hob die Hand, während er nach dem Bleistift griff. Dann schrieb er auf ein Blatt Hotelpapier.

»Weiter. Ruhig bleiben. P. S. E.«

»Hier spricht Miß Parquette«, sagte Valerie und runzelte verwirrt die Stirn. »Hier spricht Miß Parquette. Eins, zwei, drei, vier ...«

Converse ging ins Badezimmer zurück, nahm den Hörer und lauschte.

»... acht, neun, zehn.«

Schweigen. Schließlich ein scharfes Klicken, ein zweites, und dann wieder die metallische Stimme.

»Bestätigt. Danke. Dies ist das zweite Band, das anschließend gelöscht wird. Hören Sie gut zu. Es gibt einen Ort auf einer Insel, die für ihre Stammesnächte bekannt ist. Der König wird auf seinem Stuhl sein. Das ist alles. Wir brennen.«

Joel legte den Hörer auf und studierte die nur schwer lesbaren Worte, die er hastig mit Seife auf den Badezimmerspiegel gekritzelt hatte. Die Tür öffnete sich, und Valerie kam mit einem Blatt Papier herein.

»Ich hab' es aufgeschrieben«, sagte sie und reichte ihm das Blatt.

»Ich auch – aber so ist es besser. Herrgott, ein *Rätsel*!«

»Auch kein größeres als das, was du mir aufgegeben hat. Was, um Himmels willen, heißt P. S. E?«

»›Psychologischer Streß-Evaluator‹«, antwortete Converse, lehnte sich gegen die Wand und las die Worte von Metcalfs Botschaft. Er blickte zu ihr auf. »Das ist ein Stimmscanner, den man an ein Telefon oder ein Tonbandgerät anschließen kann, und der einem angeblich verrät, ob die Person, mit der man spricht, lügt oder nicht. Larry Talbot hat eine Weile mit einem von den Dingern gespielt, aber dann hat er behauptet, er könnte niemanden finden, der die Wahrheit sagt, und das schließe seine zweiundneunzigjährige Mutter ein. Er hat es weggeworfen.«

»Funktioniert das?«

»Angeblich besser als ein Lügendetektor. In diesem Fall hat es funktioniert. Man hat deine Stimme mit deinen anderen Anrufen verglichen, und das bedeutet, daß dieser Metcalf technisch verdammt gut ausgerüstet ist. Dieser Scanner hat das zweite Band eingeschaltet, und das Ganze ist durch

Fernsteuerung von einem anderen Telefon aus gelaufen, sonst hätte er nach der Probe selbst geantwortet.«

»Aber wenn ich sie bestanden habe, warum dann das Rätsel? Warum eine Insel mit Stammesnächten.«

»Weil man jede Maschine dieser Art schlagen kann. Deshalb sind sie vor Gericht nicht zulässig. Vor Jahren hat man Willie Sutton an einen Lügendetektor angeschlossen, und nach dem, was dabei rauskam, hat er niemals ein Sparschwein aufgebrochen, geschweige denn die Chase-Manhattan-Bank. Metcalf war bereit, ein Risiko einzugehen, aber er wollte sich nicht ganz darauf verlassen. Er ist ebenfalls auf der Flucht.« Converse wandte sich wieder dem Blatt Papier zu.

»Eine Insel.« Val sprach mit leiser Stimme und las die mit Seife auf den Spiegel gekritzelten Worte. »Stämme... die karibischen Stämme; die gab es überall auf den Antillen. Oder Jamaica – Stammesnächte, Obeah-Rituale, Voodoo-Riten auf Haiti. Selbst die Bahamas – die Lucayan-Indianer –, die haben Pubertätsriten.«

»Du beeindruckst mich«, sagte Joel und blickte von dem Blatt auf. »Woher weißt du das?«

»Kunstkurse«, antwortete sie. »Aber das paßt nicht, das ist alles zu weit hergeholt.«

»Warum? Er könnte irgendeinen Ort in der Karibik meinen, einen Urlaubsort, für den viel geworben wird. Der König ist ein Kaiser. Das muß Delavane bedeuten. Mad Marcus wie im Marcus Aurelius. Und dann fallen mir die Fernsehcommercials ein, die Anzeigen in den Zeitungen – Bilder von Leuten, Limbotänzer unter Fackeln, kostümierte Neger, die freundlich grinsen und dabei die Dollars zählen.«

»Zu abgelegen«, wiederholte Val. »Das sind keine repräsentativen Bilder.«

»Wovon, zum Teufel, redest *du* jetzt?« wandte Converse ein.

»Das ist zu weit hergeholt, Joel, zu viele Orte, aus denen man wählen kann. Orte, die du vielleicht nicht kennst. Es muß näher sein, dir und mir vertrauter, etwas, das wir erkennen können.«

Valerie nahm ihm das Blatt weg. »*Manhattan* ist eine Insel«, sagte sie leise, las und runzelte dann wieder die Stirn.

»Wenn es dort Fackeln und Stammesriten gibt, dann ist das nicht mein Teil der Stadt.«

»Nicht Stammesriten, Stammesnächte«, verbesserte Val. »Stammes-, vielleicht nicht Schwarze, sondern Rote? ›Der König wird auf seinem Stuhl – Stuhl… Tisch. Sein *Tisch*. Stammes… Nächte. Nächte! Das haben wir falsch gelesen. *Nights*!«

»Wie kann man es sonst noch lesen?«

»Nicht ›nights‹, sondern ›knights‹! Mit *K*!«*

»Und ein Tisch«, unterbrach Converse. »Die Ritter der Runden Tafel.«

»Aber *nicht* die Artus-Legende, nicht Camelot. Viel näher. Stammes – *Amerikanische* Eingeborene. Amerikanische *Indianer*.«

»Algonquins. Die Runde Tafel!«

»Das Algonquin-Hotel«, rief Valerie. »Das ist es, das hat er gemeint!«

»Das wissen wir in ein paar Minuten«, sagte Joel. »Geh hinein und rufe an.«

Das Warten war unerträglich und endlos. Converse musterte sein Gesicht im Spiegel. Der Schweiß quoll ihm aus allen Poren, und das Salz brannte in seinen Wunden. Und was viel beunruhigender war, seine Hand zitterte. Die Vermittlung des Algonquin meldete sich, und Val verlangte einen Mr. Marcus. Einen Augenblick herrschte Schweigen, und als die Vermittlung sich wieder meldete, dachte Joel, er müsse den Telefonhörer gegen den Spiegel schmettern.

»Hier sind zwei Marcus registriert, Mam. Welchen wollen Sie sprechen?«

»*Verdammt*!« schimpfte Val plötzlich am Telefon und erschreckte Converse damit. »Mein Boß, dieser Verrückte, hat mir gesagt, ich sollte sofort Mr. Marcus im Algonquin anrufen und ihm sagen, wo sie sich zum Lunch treffen. Jetzt ist er irgendwohin verschwunden, und ich weiß nicht weiter.«

* nights und knights wird gleich ausgesprochen, das K ist stimmlos. Das eine bedeutet Nächte, das andere Ritter. (Anmerkung des Übersetzers)

»Schon in Ordnung, solche Leute gibt's.«

»Vielleicht können Sie mir helfen. Welcher Marcus es ist, meine ich. Vielleicht erkenne ich ihn am Vornamen oder der Firma.«

»Aber sicher, wird gemacht. Schließlich müssen wir Mädchen doch zusammenhalten bei solchen Chefs, stimmt's?... Okay, da sind sie. Marcus, Myron. Sugarman's Original Replikate, Los Angeles. Und Marcus, Peter... hilft auch nicht weiter, wie? Da steht bloß Georgetown, Washington, D. C.«

»Das ist der richtige. Peter. Jetzt weiß ich es. Vielen Dank.«

»Aber gerne. Ich stelle durch.«

Die *New York Times* auf den Knien, setzte Stone die letzten zwei Worte ins Kreuzworträtsel ein und sah auf die Uhr. Er hatte neun Minuten dazu gebraucht, neun Minuten der Entspannung; er wünschte, es hätte länger gedauert. Eine der Freuden seiner Stellung in London als Stationschef war das Kreuzworträtsel in der *London Times* gewesen. Das war immer mindestens eine halbe Stunde gewesen, in der er auf der Suche nach Worten und Bedeutungen seine Probleme vergessen hatte.

Das Telefon klingelte. Stones Kopf fuhr herum. Er starrte den Apparat an, sein Puls ging schneller, seine Kehle war plötzlich ausgetrocknet. Niemand wußte, daß er sich unter dem Namen Marcus im Algonquin eingetragen hatte. *Niemand*!... Ja doch, da war jemand, aber der war jetzt in der Luft, war von Knoxville, Tennessee, nach New York unterwegs. Was war *schiefgegangen*? Oder hatte er sich in Metcalf geirrt? War der scheinbar zornige, predigende Abwehroffizier von der Air Force einer von denen? Hatten ihn seine eigenen Instinkte, geschult und geschärft in unzähligen Jahren, hatten seine Instinkte ihn verlassen, weil er so verzweifelt nach einer Öffnung suchte, einem Fluchtweg aus einem stählernen Netz, das sich über ihn herabsenkte? Er stand auf und ging langsam, voll Angst an den Tisch und hob den Hörer des hartnäckig klingelnden Telefons ab.

»Ja?«

»Alan Metcalf?« sagte die weiche, feste Stimme einer Frau.

»*Wer?*« Stone verblüffte der Name so, daß er sich kaum konzentrieren, kaum denken konnte!

»Ich bitte um Entschuldigung, ich muß das falsche Zimmer haben.«

»*Warten* Sie! Legen Sie nicht auf. Metcalf ist hierher unterwegs.«

»Es tut mir leid.«

»Bitte! Herrgott, *bitte*! Ich war müde, ich habe *geschlafen*. Wir waren Tag und Nacht auf... Metcalf. Ich habe vor zwei Stunden mit ihm gesprochen. Er sagte, er würde seinen Anrufbeantworter neu programmieren, jemand versuchte, ihn seit ein Uhr früh zu erreichen. Er mußte *dort* weg. Ein Mann ist getötet worden, ein Pilot. Es war *kein* Unfall! Sagt Ihnen das etwas?«

»Warum sollte ich mit Ihnen reden?« fragte die Frau. »Damit Sie herausbekommen, woher ich anrufe?«

»*Hören* Sie mir zu«, sagte Stone, der seine Stimme jetzt wieder völlig unter Kontrolle hatte. »Selbst wenn ich das wollte – und das will ich nicht –, das ist ein Hotel, keine private Leitung, und um das zu tun, was Sie andeuten, würde ich wenigstens drei Männer brauchen und einen weiteren in der Zentrale. Und selbst mit einer solchen Einheit würde ich wenigstens vier Minuten brauchen, ehe man das Suchsignal aussenden könnte – und selbst dann würden wir nur die allgemeine Gegend erfahren, nicht den Standort des Apparates, von dem aus Sie sprechen. *Und* falls Sie aus Übersee anrufen, würden wir einen weiteren Mann brauchen, einen Experten, und zwar an *Ihrem* Ort, um die Suche auf einen Umkreis von *vielleicht* zwanzig Meilen einschränken zu können. Und auch das nur, wenn Sie wenigstens acht Minuten an *Ihrem* Telefon blieben. Und jetzt geben Sie mir um Gottes willen wenigstens *zwei*!«

»Weiter. Schnell!«

»Ich werde etwas unterstellen. Vielleicht sollte ich das nicht, aber Sie sind eine sehr kluge Frau, Mrs. DePinna, und Sie könnten es tun.«

»*Depinna?*«

»Ja. Sie haben ein Telefonbuch offen liegengelassen, so daß die blauen Seiten, die mit den Regierungsstellen, aufgeklappt waren. Als der *Unfall* in Nevada passierte, habe ich eine einfache Kombination in bezug auf eine Eintragung in dem Buch angestellt und zwei Stunden später erfahren, daß ich recht hatte. Metcalf hat meinen Anruf erwidert – aus einer Telefonzelle auf einem Flughafen. Ein Pilot, ein General, hatte ausführlich mit ihm gesprochen. Er schließt sich uns an... Sie sind vor den falschen Leuten geflohen, Mrs. DePinna. Aber ich glaube, daß der Mann, den wir finden wollen, dieses Gespräch ebenfalls mit anhört.«

»Hier ist sonst niemand!«

»Bitte, unterbrechen Sie mich nicht. Ich muß jede Sekunde nutzen.« Stones Stimme wurde plötzlich kräftiger. *»Leifhelm, Bertholdier, Van Headmer, Abrahms.* Und ein fünfter Mann, den wir nicht identifizieren können, ein Engländer, der so gut getarnt ist, daß Burgess, MacClean und Blunt im Vergleich zu ihm wie Amateure wirken. Wir wissen nicht, wer er ist, aber es gibt ihn, und er nutzt Lagerhäuser in Irland, Frachtschiffe und lang vergessene Flugplätze, um Material zu transportieren, das überhaupt nicht abgesandt werden dürfte. Diese Akten sind von *uns* gekommen, Converse! Wir haben sie Ihnen geschickt! Sie sind Rechtsanwalt, und Sie wissen, daß ich mich selbst belaste, indem ich Ihren Namen benutze, *oder* Selbstmord begehe, wenn jemand dieses Gespräch aufzeichnet. Ich gehe noch weiter. Wir haben Sie über Preston Halliday in Genf ausgeschickt. Wir haben Sie ausgeschickt, um eine Anklage aufzubauen – damit wir diese Geschichte mit einem Minimum an Fallout hochgehen lassen können, damit wir alle diese verdammten Idioten wieder zurück auf den Boden der Realität holen können. Aber wir haben uns geirrt. Die waren schon viel weiter, als wir je angenommen hatten. Als *wir* je angenommen hatten – aber nicht Beale auf Mykonos. Er hatte verdammt recht, und jetzt ist er tot. Übrigens, er war der ›Mann aus San Francisco‹. Die fünfhunderttausend Dollar waren von ihm. Er stammte aus einer reichen Familie, die ihm unter anderem auch ein Gewissen hinterlassen hat. Erinnern Sie sich an Mykonos! An das, was er gesagt hat – was sein Leben war. Vom gefeierten Soldaten zum Gelehrten – zu einem Mord, den er begehen mußte, und bei dem ein Stück von ihm gestorben sein muß. Er sagte, Sie hätten ihn fast bei ein paar Dingen ertappt, die er nicht sagen wollte. Er sagte, Sie seien ein guter Anwalt, eine gute Wahl. Preston Halliday war einer seiner Studenten in Berkeley, und als das vor eineinhalb Jahren anfing, als Halliday erkannte, was Delavane tat und wie er selbst mißbraucht wurde, ging er zu Beale, der damals gerade im Begriff war, in den Ruhestand zu gehen. Den Rest können Sie sich selbst zusammenreimen.«

Die Stimme der Frau unterbrach ihn. »Sagen Sie das, was ich von Ihnen hören will. *Sagen* Sie es!«

»Natürlich tue ich das. Converse hat Peregrine nicht getötet, und er hat auch den NATO-Oberbefehlshaber nicht getötet. Beide wurden auf Befehl von Delavane ermordet – George Marcus Delavane –, weil beide Männer ihn und seinesgleichen auf die Matte gelegt hätten! Sie waren bequeme, *sehr* bequeme Ziele. Über die anderen weiß ich nichts – ich weiß nicht, was Sie durchgemacht haben –, aber einen Lügner haben wir in Bad Godesberg zerbrochen, den Major von der Botschaft, der *Sie, Converse,* an der Adenauer-Brücke gesehen haben will! Er weiß es nicht, aber wir haben ihn zerbrochen und dabei etwas erfahren. Wir glauben zu wissen, wo Connal Fitzpatrick ist, wir glauben, er lebt!«

Eine Männerstimme mischte sich ein. »Ihr Dreckskerle«, entfuhr es Joel Converse.

»Dem Himmel sei *Dank*!« sagte der Zivilist und setzte sich auf das Hotelbett. »Jetzt können wir sprechen. Wir müssen sprechen. Sagen Sie mir alles, was Sie können. Dieses Telefon ist sauber.«

Zwanzig Minuten später legte Peter Stone mit zitternden Händen den Hörer auf.

36

General Jacques Louis Bertholdier hielt in den kreisenden, stoßenden Hüftbewegungen ein und löste sich von der stöhnenden dunkelhaarigen Frau, rollte sich zur Seite und griff nach dem Telefon.

»Ja?« rief er zornig, und dann lauschte er. Sein von der Erregung gerötetes Gesicht wurde aschfahl. »Wo ist das passiert?« flüsterte er, aber es war kein vertrauliches Flüstern, sondern eines der plötzlichen Angst. »Boulevard Raspail? Die Anklage?... *Rauschgift*? *Unmöglich*!«

Ohne das Telefon loszulassen, schwang der General die Beine über die Bettkante, lauschte konzentriert und starrte die Wand an. Die nackte Frau erhob sich auf die Knie, lehnte sich an ihn, preßte ihre Brüste gegen seinen Rücken, und ihr offener Mund liebkoste sein Ohr, ihre Zähne knabberten an seinem Ohrläppchen.

Bertholdier schlug plötzlich wild mit dem Arm nach hinten, schmetterte der Frau den Telefonhörer ins Gesicht und stieß sie auf die andere Bettseite. Blut schoß aus ihrer aufgeplatzten Unterlippe.

»Wiederholen Sie das, bitte«, rief er ins Telefon. »Dann ist das ja wohl offensichtlich, oder? Man darf den Mann nicht weiter verhören, oder? Es gilt immer, die größere Strategie im Auge zu behalten, man muß im Feld mit Verlusten rechnen, non? Ich fürchte, das ist wieder die gleiche Geschichte wie mit dem Krankenhaus. Dann kümmern Sie sich also darum, als guter Offizier, der Sie sind. Der Verlust der Legion war ein immenser Gewinn für uns... Oh? Wie war das? Der Beamte, der die Verhaftung durchgeführt hat, war *Prudhomme*?« Bertholdier hielt inne, sein Atem ging jetzt wieder regelmäßig. Und dann traf er eine Kommandoentscheidung. »Ein hartnäckiger Bürokrat von der Sûreté, der nicht lockerlassen will? Er ist Ihr zweiter Auftrag, den Sie mit Ihrem üblichen Geschick durchführen werden, ehe der Tag um ist. Rufen Sie mich an, wenn beide Fälle abgeschlossen sind, und betrachten Sie sich als Adjutant von General Jacques Bertholdier.«

Der General legte auf und wandte sich der dunkelhaarigen Frau zu, die sich mit einem Bettlaken die Lippen abwischte und in deren Blick sich Zorn, Verlegenheit und Angst mischten.

»Ich bitte um Entschuldigung, meine Liebe«, sagte er höflich. »Aber du mußt jetzt gehen. Ich muß telefonieren und ein paar geschäftliche Dinge erledigen.«

»Ich werde nicht zurückkommen!« rief die Frau empört.

»Du wirst wiederkommen«, sagte die Legende Frankreichs, hoch aufgerichtet. »Wenn man dich dazu auffordert.«

Erich Leifhelm trat mit schnellen Schritten in sein Arbeitszimmer und an den großen Schreibtisch, wo er einem Angestellten im weißen Jackett das Telefon abnahm und den Mann mit einem kurzen Kopfnicken entließ. Als die Tür geschlossen war, fragte er. »Was ist?«

»Man hat den Geyner-Wagen gefunden, Herr General.«

»*Wo*?«

»Appenweier.«

»Und wo ist *das*?«

»Ein Städtchen in der Nähe von Kehl. Im Elsaß.«

»Straßburg! Er hat die Grenze nach Frankreich überschritten! Als Priester!«

»Ich verstehe nicht, Herr...«

»Schon gut! Wen haben Sie in dem Sektor?«

»Nur einen Mann, Herr General. Den Mann bei der Polizei.«

»Sagen Sie ihm, er soll andere rekrutieren. Schicken Sie sie nach Straßburg! Suchen Sie dort nach einem Priester!«

»Verschwinde hier!« brüllte Chaim Abrahms, als seine Frau in die Küche kam. »Hier ist jetzt kein Platz für dich!«

»Bei den Propheten steht es anders, mein Ehemann«, sagte die gebrechliche, schwarz gekleidete Frau mit den sanften, von weißem Haar gerahmten Zügen, deren dunkle Augen wie tiefe Spiegel wirkten. »Willst du die Bibel leugnen, die du so häufig zitierst, wenn es dir paßt? Sie spricht nicht nur von Donner und Rache. Muß ich sie dir vorlesen?«

»*Nichts* mußt du lesen! *Sage* nichts! Dies sind Dinge, die nur Männer angehen!«

»Männer, die töten? Männer, die die Grausamkeit der Schrift benutzen, um Blutvergießen an Kindern zu rechtfertigen? Wie das Blut meines *Sohnes*? Ich frage mich, was die Mütter der Massada gesagt hätten, wenn man es ihnen erlaubt hätte, das zu sagen, was ihr Herz ihnen gebot. Nun, ich spreche jetzt, *General*. Du wirst nicht mehr töten. Du wirst nicht dieses Haus dazu benutzen, deine Todesarmeen in Marsch zu setzen und deine Mordtaktiken zu schmieden – immer deine heiligen Taktiken, Chaim, deine heilige Rache.«

Abrahms stand langsam auf. »Wovon redest du?«

»Glaubst du, ich habe dich nicht gehört? Telefongespräche mitten in der Nacht, Anrufe von Männern, die klingen wie du, die vom Tod reden...«

»Du hast *gelauscht*!«

»Einige Male. Dein Atem ging so laut, daß du außer deiner eigenen Stimme nichts gehört hast, deinen eigenen Befehlen zum Mord. Was auch immer ihr tut, wird jetzt ohne dich geschehen, mein Ehemann, der du schon lange nicht mehr bist. Für dich ist das Morden vorbei. Es hat schon vor Jahren seinen Sinn verloren. Aber du konntest nicht aufhören. Du hast neue Gründe erfunden, bis in dir selbst keine Vernunft mehr zurückblieb.«

Die Frau des Alten zog die rechte Hand unter den Falten ihres schwarzen Kleides hervor. Sie hielt Abrahms' Dienstpistole. Der Soldat schlug ungläubig gegen sein Halfter, machte dann eine hastige Bewegung und warf sich plötzlich auf die Frau, mit der er achtunddreißig Jahre zusammengelebt hatte. Er packte sie am Handgelenk und riß sie herum. Aber sie ließ die Waffe nicht los! Sie sträubte sich gegen ihn, kratzte über sein Gesicht, als er sie gegen die Wand drückte, ihr die Hand verdrehte und versuchte, sie zu entwaffnen.

Die Explosion des Schusses hallte in der Küche, und die Frau, die ihm vier Kinder geboren hatte, am Ende einen Sohn, stürzte vor ihm zu Boden. Von Schrecken erfüllt, blickte Chaim Abrahms auf sie hinunter. Ihre dunklen Augen waren geweitet und leer.

Plötzlich klingelte das Telefon. Abrahms lief zur Wand, packte den Hörer und schrie hinein: »Die Kinder Abrahams werden sich nicht nehmen lassen, was ihnen gehört! Ein Blutbad wird folgen – wir werden das Land besitzen, das Gott uns verheißen hat! Judäa, Samaria – sie sind *unser*!«

»Aufhören!« brüllte die Stimme am anderen Ende. »Hören Sie auf, *Jude*!«

»Wer mich *Jude* nennt, nennt mich auch *rechtschaffen*!« schrie Chaim Abrahms, dem die Tränen über das Gesicht liefen, während er auf seine tote Frau hinunterblickte. »Ich habe wie *Abraham* geopfert! Keiner könnte *mehr* verlangen!«

»*Ich* verlange mehr!« kam die Antwort. »Ich verlange *immer* mehr!«

»*Marcus?*« flüsterte der Alte, schloß die Augen und lehnte sich gegen die Wand, um nicht zusammenzubrechen. Er wandte sich von der Leiche ab, die zu seinen Füßen lag. »Sind Sie das... mein Führer, mein *Gewissen*? Sind Sie es?«

»Ich bin es, Chaim, mein Freund. Wir müssen schnell handeln. Sind die Einheiten bereit?«

»Ja. Scharhörn. Zwölf Einheiten in Bereitschaft, alle ausgebildet und bereit. Der Tod hat für sie keinen Schrecken.«

»Das ist es, was ich wissen mußte«, sagte Delavane.

»Sie erwarten Ihren Code, mein General.« Abrahms stöhnte auf und weinte dann ungehemmt.

»Was ist denn, Chaim? Reißen Sie sich zusammen!«

»Sie ist tot. Meine Frau liegt tot zu meinen Füßen!«

»Mein Gott, was ist *passiert*?«

»Sie hat alles mit angehört, gelauscht... Sie hat versucht, mich zu töten. Es kam zu einem Kampf, und sie ist tot.«

»Ein schrecklicher, ein furchtbarer Verlust, mein lieber Freund. Sie haben mein tiefstes Mitgefühl, und ich betrauere den schweren Verlust, den Sie erlitten haben.«

»Danke, Marcus.«

»Sie wissen, was Sie tun müssen, nicht wahr, Chaim?«

»Ja, Marcus, ich weiß.«

Es klopfte an der Tür. Stone erhob sich aus seinem Sessel und griff nach der Pistole auf dem Tisch. In all den Jahren hatte er nur einmal eine Waffe benutzt. Er hatte in Istanbul einem Informanten des KGB den Fuß zerschossen, und zwar aus dem einfachen Grund, weil der Mann betrunken und mit einem Messer auf ihn losgegangen war. Dieser eine Zwischenfall genügte. Stone mochte keine Pistolen.

»Ja?« sagte er, die Automatik in der Hand.

»Aurelius«, erwiderte die Stimme hinter der Tür.

Stone öffnete und begrüßte seinen Besucher. »Metcalf?«

»Ja. Stone?«

»Kommen Sie herein. Und dann sollten wir wohl besser den Code ändern?«

»Ich denke, ich könnte ›Aquitania‹ benutzen«, sagte der Abwehroffizier und trat ins Zimmer.

»Irgendwie wäre mir lieber, wenn Sie das nicht täten.«

»Irgendwie glaube ich auch nicht, daß ich es tun werde. Haben Sie Kaffee?«

»Ich werde welchen bestellen. Sie sehen erschöpft aus.«

»Am Strand von Hawaii habe ich besser ausgesehen«, sagte der schlanke, muskulöse Offizier. Er trug Sommerhosen und ein weißes Jackett. Die dunklen Ringe unter seinen klaren Augen traten deutlich hervor. »Gestern morgen bin ich um neun Uhr von Las Vegas nach Halloran gefahren und habe von dort eine Reihe von Flügen quer durchs Land begonnen. Ein Computer könnte denen nicht folgen, denn ich bin unter mehr Namen, als ich mich selbst noch erinnern kann, von einem Flughafen zum andern gejettet.«

»Sie sind ein verängstigter Mann«, sagte der Zivilist.

»Wenn Sie das nicht auch sind, dann spreche ich hier mit dem falschen Menschen.«

»Ich bin nicht nur verängstigt, Colonel, ich bin fast starr vor Angst.« Stone ging ans Telefon, bestellte Kaffee und wandte sich, ehe er auflegte, Metcalf zu. »Hätten Sie gern einen Drink?«

»Ja. Canadian on the rocks, bitte.«

»Ich beneide Sie.« Der Zivilist erteilte die Bestellung, und dann setzten sich die beiden Männer. Einige Augenblicke lang waren die Geräusche von der Straße draußen das einzige, was man hören konnte. Sie sahen sich an, und keiner machte ein Hehl aus der Tatsache, daß er den anderen einzuschätzen versuchte.

»Sie wissen, wer und was ich bin«, sagte der Colonel und brach damit das Schweigen. »Aber wer sind Sie? Und was?«

»CIA, und zwar neunundzwanzig Jahre lang. Stationschef in London, Athen, Istanbul und anderen Orten im Osten und Norden. Ein ehemaliger Jünger von Angleton und Koordinator von Geheimoperationen, bis man mich gefeuert hat. Sonst noch etwas?«

»Nein.«

»Was immer Sie mit Ihrem Anrufbeantworter gemacht haben, es war genau richtig. Die Converse hat angerufen.«

Metcalf schoß im Sessel hoch. »*Und?*«

»Eine Weile stand alles auf Messers Schneide – ich war nicht besonders gut –, aber schließlich kam er an den Apparat, oder ich sollte vielleicht sagen, schließlich hat er gesprochen. Am Apparat war er die ganze Zeit.«

»Nicht besonders gut, muß bei Ihnen immer noch sehr gut sein.«

»Alles, was er hören wollte, war die Wahrheit. Das war nicht schwierig.«

»Wo ist er? Wo sind *sie*?«

»In den Alpen. Mehr wollte er nicht sagen.«

»Verdammt!«

»Für den Augenblick«, ergänzte der Zivilist. »Er will zuerst etwas von mir haben.«

»Was?«

»Eine eidesstattliche Erklärung.«

»*Was?*«

»Sie haben ganz richtig gehört. Erklärungen von mir und den Leuten, mit denen ich zusammenarbeite – genauer gesagt, *für* die ich arbeite –, in denen das steht, was wir wissen und was wir getan haben.«

»Der will Sie hängen sehen, und ich kann es ihm nicht verübeln.«

»Das vielleicht auch, und ich verüble es ihm auch nicht. Aber er sagt, das sei zweitrangig, und das glaube ich. Er ist hinter Aquitania her. Er will, daß man Delavane und seine

Verrückten festnagelt, ehe das ganze Ding hochgeht – ehe das Morden beginnt.«

»So hat es Sam Abbott auch eingeschätzt. Das Morden – eine Anzahl von Morden hier und in ganz Europa. Der schnellste und sicherste Weg ins internationale Chaos.«

Es klopfte an der Tür. Diesmal deckte Stone seine Automatik mit einer zusammengefalteten *New York Times* zu. Er stand auf, ging zur Tür und ließ den Kellner ein, der einen Tisch mit einer Kanne Kaffee, zwei Tassen, einer Flasche Canadian Whisky, Eis und Gläser brachte. Er unterzeichnete die Rechnung, und der Mann ging wieder.

Metcalf füllte sein Glas und hielt es sich an die heiße Wange. »Ich muß immer noch an das denken, was Sam gesagt hat. ›Es muß eine Liste geben, eine Liste mit allen, die zu diesem Aquitania gehören.‹ An den üblichen Orten sei sie seiner Meinung nach nicht zu finden – diese Liste kann nicht in einem Safe, nicht einfach auf Papier geschrieben sein –, wahrscheinlich ist sie elektronisch gespeichert und wird über Codes abgerufen. An einem Ort, an den keiner je denkt, abseits von allem Offiziellen und ohne jede Verbindung mit dem Militär. ›Eine Liste, es *muß* eine Liste geben!‹ hat er immer wieder gesagt. Für einen Piloten hatte er verdammt viel Phantasie. Ich schätze, deshalb verstand er sich so gut auf dieses taktische Zeug in vierzigtausend Fuß Höhe. Du mußt aus der Sonne kommen, wo die nicht mit dir rechnen, oder aus dem dunklen Horizont, wo das Radar dich nicht erfaßt. Er wußte das alles. Er war ein taktisches Genie.«

Während Metcalf sprach, beugte Stone sich im Sessel vor, und seine Augen erfaßten jede Bewegung im Gesicht des Air-Force-Offiziers, seine Ohren lauschten auf jeden Ton.

»Scharhörn«, sagte er so leise, daß es kaum zu hören war. »Es ist *Scharhörn*.«

Die zweimotorige Riems 406 kreiste über dem Privatflughafen St. Gervais, östlich von Chamonix, und die bernsteinfarbenen Lichter der beiden Landebahnen strahlten hell in die Nacht. Prudhomme überprüfte seinen Sitzgurt, während der Pilot die Freigabe für den Anflug auf den Nord-Süd-Streifen bekam.

Mon Dieu, was für ein unglaublicher Tag! dachte der Mann von der Sûreté, während er im schwachen Schein der Instrumentenbeleuchtung auf seine rechte Hand sah. Die dunklen Schrammen an seinen Fingern waren wenigstens nicht so auffällig wie das Blut, das noch vor wenigen Stunden seine ganze Hand bedeckt hatte. *Formidable*! Der Mann, der den Auftrag gehabt hatte, ihn zu töten, hatte sich nicht einmal die Mühe gemacht, diesen Auftrag zu tarnen, so arrogant war er – ohne Zweifel ein Produkt der *Fremdenlegion*! Und das Todesurteil war ihm in dem Wagen am äußersten Ende des Parkplatzes am *Bois de Boulogne* übergeben worden! Der Mann hatte ihn im Büro angerufen, und Prudhomme hatte in Wahrheit sogar damit gerechnet, daß dieser Anruf kommen würde. So war es keine Überraschung gewesen – und er war vorbereitet. Der Mann hatte seinen ehemaligen Vorgesetzten gebeten, sich mit ihm im Bois de Boulogne auf dem Parkplatz zu treffen. Er hätte überraschende Nachrichten. Er würde seinen Dienst-Peugeot fahren, und da er sich nicht vom Funkgerät entfernen durfte – ob es dem Inspektor etwas ausmache, zu ihm zu kommen? Natürlich nicht.

Aber da waren keine überraschenden Nachrichten gewesen. Nur Fragen, sehr arrogant gestellte Fragen.

Warum haben Sie das getan, was Sie heute morgen getan haben?

Rasieren? Zur Toilette gehen? Frühstücken? Meiner Frau einen Abschiedskuß geben? Wovon reden Sie?

Sie wissen genau, was ich meine! Vorher! Der Mann am Boulevard Raspail. Sie haben seinen Wagen gerammt, ihn aufgehalten. Sie haben Rauschgift hineingeworfen. Sie haben ihn zu Unrecht verhaftet!

Ich war nicht mit dem einverstanden, was er getan hat. Ebensowenig wie ich mit diesem Gespräch einverstanden bin.

Prudhomme hatte mit der linken Hand nach der Türklinke gegriffen, weil seine rechte anderweitig beschäftigt war.

Halt! schrie sein Untergebener und packte ihn an der Schulter. Sie haben die Frau beschützt!

Lesen Sie meinen Bericht. Lassen Sie mich gehen.

Zur Hölle lasse ich Sie gehen! Ich werde Sie töten, weil Sie sich eingemischt haben! Sie unwichtiger Bürokrat!

Der ehemalige Untergebene hatte eine Pistole aus dem Jackenhalfter gerissen, aber er kam zu spät. Prudhomme hatte zweimal geschossen, die kleine Waffe in der rechten Hand unter dem Jackett. Unglücklicherweise war sie kleinkalibrig, und der ehemalige Colonel der Fremdenlegion war ein sehr großer Mann; er hatte sich bereits auf Prudhomme geworfen. Aber der Veteran der *Résistance* hatte sich einer alten Gewohnheit aus dem Krieg erinnert – nur für alle Fälle. Im Revers seines Jacketts war ein langer Draht verborgen – ein Draht mit zwei verstärkten Schlingen an den Enden. Er hatte ihn herausgerissen, ihn seinem ehemaligen Untergebenen über den Kopf geworfen, die Handgelenke überkreuzt und die Schlinge ruckartig straffgezogen, bis das Fleisch am Hals des Mannes aufplatzte und die Hände des zum Tode Verurteilten mit Blut besudelte – verurteilt, aber noch sehr lebendig.

»Wir haben Landeerlaubnis, Inspektor«, sagte der Pilot und grinste. »Ich schwöre bei Gott, das würde keiner *glauben*! Natürlich habe ich nicht die Absicht, davon ein Sterbenswörtchen zu sagen, das schwöre ich beim Grab meiner Mutter!«

»Die trinkt wahrscheinlich in diesem Augenblick am Montmartre einen Cognac«, meinte Prudhomme trocken. »Sagen Sie nichts, dann haben Sie vielleicht weitere sechs Monate, um Ihren albernen Tabak aus Malta einzufliegen.«

»Ganz bestimmt. *Nie wieder*, Inspektor. Ich bin ein Familienvater!«

»Sehr lobenswert. Sechs Monate, dann steigen Sie aus.«

»Beim Grab meines Vaters, ich schwöre es!«

»Der ist sehr lebendig und sitzt im Gefängnis – in sechzig Tagen kommt er raus. Sagen Sie ihm, er soll sich andere Arbeit für seine Druckpressen suchen – Schuldverschreibungen der Regierung, ich muß schon sagen.«

Joel und Valerie hörten schweigend zu, wie der Mann von der Sûreté ihnen seine Geschichte erzählte. Jetzt hatte er geendet; es gab nichts mehr zu sagen. Interpol war infiltriert worden, die *Arrondissement*-Polizei manipuliert, die Sûreté selbst korrumpiert, und offizielle Kommuniqués der Regierung waren hinausgegangen, die auf Lügen basierten – alles Lügen. Warum?

»Das werde ich Ihnen sagen, weil ich Ihre Hilfe brauche – viel mehr Hilfe«, sagte Converse, stand auf und ging zum Schreibtisch, wo die maschinengeschriebenen Blätter seiner eidesstattlichen Erklärung lagen. »Noch besser, Sie können es selbst lesen, aber Sie werden das hier tun müssen. Morgen lasse ich Kopien anfertigen. Bis dahin möchte ich nicht, daß diese Papiere über die Schwelle dieses Raumes getragen werden. Übrigens, Val hat Ihnen ein Zimmer besorgt, ein Einzelzimmer – fragen Sie mich nicht, wie, aber ein Angestellter am Empfang wird sich morgen wohl ein neues Haus kaufen können.«

Prudhomme schenkte sich eine Tasse Kaffee ein und kehrte zu seinem Stuhl zurück. Valerie saß ihm gegenüber, während Converse am Fenster stand und zu dem Mann von der Sûreté hinübersah.

»Weitere Fragen fallen mir nicht ein«, sagte der Franzose. Sein Gesicht und die unruhigen Augen wirkten noch müder als vorher. »Obwohl ich möglicherweise immer noch zu erschrocken bin, um klar denken zu können. Zu sagen, es sei unglaublich, bringt nichts und wäre auch nicht die Wahrheit. Es ist alles *zu* glaubwürdig. Die Welt ist so verängstigt, daß sie nach Ordnung schreit, nach Schutz von den Straßen, Schutz vor dem Nächsten. Ich glaube, die Zeit ist da, daß die Welt sich machtvoller Stärke beugen würde, ganz gleich, was es kostet.«

»›Machtvoll‹ haben Sie gesagt, und das ist richtig«, sagte Joel. »Macht. Eine Konföderation von Militärregierungen, die einander gegenseitig stärken, ihre Politik abstimmen und die Gesetze ändern, alles im Namen der Ordnung – bis jeder einzelne, der eine andere Meinung vertritt, als Störfaktor zum Schweigen gebracht ist. Alles, was sie brauchen, ist diese erste Welle des Terrors, eine *Flutwelle* des Mordes und der Verwirrung. Einflußreiche Männer, die beim Ausbruch der Unruhen in einem halben Dutzend Hauptstädten getötet werden. Dann marschieren die Generale mit ihren Kommandeuren ein. Das ist das Szenario.«

»Das ist auch das Problem, Monsieur. Es sind nur Worte, Worte, die Sie nur an sehr wenige Leute weitergeben können, weil es die falschen Leute sein könnten. Sie könnten damit ungewollt diesen Count-down, wie Sie ihn nennen, beschleunigen, den Holocaust selbst auslösen.«

»Der Count-down läuft bereits, machen Sie da keinen Fehler«, unterbrach Converse ihn. »Aber, Sie haben recht. Ich kann noch nicht an die Öffentlichkeit treten, noch nicht. Ich kann mich nicht zeigen. Es gibt keinen Schutz, den irgendein Gericht, irgendeine Regierung oder die Polizei mir garantieren könnte, und der sie wirklich daran hindern könnte, mich zu töten. Und dann, sobald ich tot bin, könnten sie, was immer ich gesagt habe, als die irren Worte eines Psychopathen bezeichnen. Verstehen Sie mich nicht falsch, es geht mir nicht um mich. Aber ich bin der einzige, der mit Delavanes vier Cäsaren gesprochen hat, und wahrscheinlich auch mit dem fünften, dem Engländer.«

»Und diese *déclarations* – diese eidesstattlichen Aussagen, von denen Sie sprechen, die können alles ändern?«

»Sie können die Dinge wenden, vielleicht in ausreichendem Maß.«

»Warum?«

»Weil das eine wirkliche Welt dort draußen ist. Man muß an Leute herantreten, denen man vertrauen kann, Leute, die etwas tun können. Sehr schnell. Ich wollte das schon vor ein paar Wochen tun, habe es aber falsch angepackt. Ich wollte alles, was ich wußte, zu jemandem schaffen, den ich gut kenne, Nathan Simon, dem besten Anwalt, der mir jemals begegnet ist. Ich habe alles niedergeschrieben, und dabei nicht erkannt, daß ich ihm damit nur die Hände binden konnte, wenn nicht gar umbringen.« Joel trat vom Fenster zurück, ein Anwalt beim Plädoyer. »Zu wem konnte er schon ohne mich gehen, ohne die Gegenwart eines Mannes, der offensichtlich im Vollbesitz seiner geistigen Kräfte war, nur mit den Worten eines ›psychopathischen Killers‹? Und wenn ich mich zeigte, wie er das zu Recht verlangt hätte, wäre das das Todesurteil für uns beide gewesen. Und dann erzählte mir Val von dem Mann in New York, der sie angerufen hatte, und dem anderen, der ihr auf der Straße gefolgt war, und ich vermutete das Richtige. Das sind nicht die Methoden von Menschen, die jemanden töten wollen. Die melden sich nicht an. Das waren Männer aus Washington, die mich ausgeschickt hatten und jetzt versuchten, mit mir Kontakt aufzunehmen. Dann schilderte sie mir ihr Zusammentreffen mit Sam Abbott, daß er diesen Metcalf erwähnt hatte, einen Mann, dem er vertraute, und der ihm sehr wichtig sein mußte. Und schließlich waren da Sie in Paris – was Sie gesagt und was Sie getan haben und wie Sie Ihre Hilfe angeboten hatten unter Verwendung desselben Codes wie René Mattilon, die Tatiana-Familie. Tatiana – ein Name oder ein Wort, von dem ich glaube, daß es Vertrauen bedeutet, selbst unter Haien.«

»Sehr richtig, Monsieur.«

»Und da fügte sich für mich alles zueinander. Wenn es mir irgendwo gelingen konnte, Kommunikationslinien herzustellen, und sie alle zu erreichen, dann gab es eine Möglichkeit. Sie und ein paar andere kannten die Wahrheit. Einige von Ihnen kannten sie ganz, andere, wie Sie, nur Teile, aber dennoch begriffen Sie das Ungeheuerliche, die Realität der Generale und ihres Aquitania und dessen, was sie zu tun im Begriffe sind. Selbst Sie, Prudhomme. Was sagten Sie doch? Interpol ist infiltriert, die Polizei manipuliert, die Sûreté korrumpiert – offizielle Berichte, die nur aus Lügen bestehen? Fügen Sie dazu Anstett in New York, Peregrine, den Oberbefehlshaber der NATO, Mattilon, Beale, Sam Abbott... Connal Fitzpatrick – das einzige Fragezeichen – und weiß Gott wie viele andere noch. Alle tot. Die Generale marschieren – vergessen Sie die Theorie, sie *töten* bereits! Wenn ich Sie alle davon überzeugen könnte, daß Sie eidesstattliche Erklärungen schreiben – oder Aussagen machen – und sie zu Nathan Simon schicken, dann hätte er die Munition, die er braucht. Stone in New York habe ich juristischen

Hokuspokus vorgemacht – ein Teil davon stimmt, der größte Teil nicht, aber er wird das Seine tun, und die anderen zwingen, sich ihm anzuschließen – er hat keine Wahl. Das Wichtige, das *einzig* Wichtige ist, daß dieses Material zu Simon kommt. Sobald er schriftliche Zeugenaussagen hat, die eine Serie von Ereignissen erklären, alle von verschiedenen erfahrenen Männern beeidet, hat er einen *Fall*. Glauben Sie mir, er wird diese Schriftstücke wie die Pläne für eine Neutronenbombe behandeln. Er wird das alles morgen haben und an die richtigen Leute herantreten. Und wenn er bis zum Präsidenten gehen muß, was er könnte, aber vielleicht nicht tun wird.« Joel hielt inne, sah den Mann von der Sûreté an und deutete mit einer Kopfbewegung auf die Seiten seiner eigenen Aussage, die neben dem Franzosen auf dem Tisch lagen. »Ich habe veranlaßt, daß das morgen nach New York geflogen wird. Ich hätte gerne etwas Ähnliches von Ihnen.«

»Sie sollen es haben. Aber können Sie dem Kurier vertrauen?«

»Die Welt könnte in Stücke fliegen und sie würde immer noch in ihrem Haus in den Bergen sitzen und es nicht wissen. Oder sich darum scheren. Wie gut ist Ihr Englisch?«

»Ausreichend, glaube ich. Wir haben schließlich ein paar Stunden miteinander gesprochen.«

»Ich meine schriftlich. Es würde Zeit sparen, wenn Sie das noch heute nacht schreiben würden.«

»Meine Orthographie ist wahrscheinlich nicht besser als die Ihre in Französisch.«

»Sagen wir seine englische«, verbesserte Valerie. »Ich bringe das in Ordnung, und wenn Sie etwas nicht sicher wissen – schreiben Sie es einfach in Französisch hin.«

»Merci. Heute nacht?«

»Die Sekretärin kommt morgen früh zurück«, erklärte Converse. »Sie wird es mit der Maschine abtippen. Und sie wird morgen nachmittag von Genf nach New York fliegen.«

»Damit hat sie sich einverstanden erklärt?«

»Sie hat sich einverstanden erklärt, eine größere Spende für eine Naturschutzorganisation anzunehmen, die offenbar ihr ganzer Lebensinhalt ist.«

»Sehr bequem.«

»Da ist noch etwas«, sagte Joel, der auf der Armlehne von Valeries Sessel saß und sich jetzt vorbeugte. »Sie kennen jetzt die Wahrheit. Abgesehen von dem Material, das in Simons Hände gelangen soll, ist da noch eine letzte Sache, die ich erledigen muß. Ich habe eine Menge Geld und einen Bankier in Mykonos, der bestätigen wird, daß ich Zugang zu einer noch wesentlich größeren Summe habe – aber das haben Sie ja alles gelesen. Wenn ich genügend Zeit hätte und das Personal, um die Ausrüstung zu finden, könnte ich es selbst schaffen. Aber die Zeit haben wir nicht. Ich brauche Ihre Hilfe, ich brauche die Hilfsmittel, die Ihnen zur Verfügung stehen.«

»Wofür, Monsieur?«

»Die letzten Aussagen. Der letzte Teil der Beweise. Ich möchte drei Männer kidnappen.«

37

Ich, Peter Charles Stone, 58 Jahre alt, wohnhaft in Washington, D. C., war 29 Jahre Angestellter der Central Intelligence Agency und habe in dieser Zeit den Rang eines Stationschefs in verschiedenen europäischen Städten ausgefüllt und schließlich den des Zweiten Direktors für Geheimoperationen in Langley, Virginia. Meine Personalakte befindet sich in der Central Intelligence Agency und kann gemäß den dafür vorgeschriebenen Regeln eingesehen werden. Seit meinem Ausscheiden aus der CIA war ich als Berater und Analytiker für verschiedene Abwehrabteilungen tätig. Einzelheiten über diese Tätigkeit sind in dieser Erklärung nicht enthalten.

Um den 15. März letzten Jahres herum hat ein Captain Andrew Packard, United States Army, mit mir Verbindung aufgenommen und mir die Frage gestellt, ob er mich in meiner Wohnung aufsuchen dürfte, um dort eine vertrauliche Angelegenheit mit mir zu besprechen. Bei seiner Ankunft erklärte er, er spräche für eine kleine Gruppe von Männern im State Department und in den verschiedenen Waffengattungen der Militärbehörden, war aber nicht bereit, Näheres über Zahl und Identität dieser Personen zu erklären. Er sagte ferner, daß sie an professioneller Beratung seitens eines erfahrenen Abwehroffiziers interessiert seien, der nicht mehr (permanent) mit irgendeinem Zweig der Abwehr verbunden sei. Er sagte, ihm stünden gewisse Mittel zur Verfügung, die er für ausreichend hielt, und fragte mich, ob ich an einer derartigen Zusammenarbeit interessiert sei. An dieser Stelle sollte vielleicht erwähnt werden, daß Captain Packard und seine Kollegen gründliche, wenn nicht erschöpfende Recherchen über mich angestellt hatten – über meine Warzen, den Alkohol, eben alles, wie man sagt...

Ich, Captain Howard NMI Packard, U.S. Army, 507538, 31 Jahre alt, augenblicklich wohnhaft in Oxon Hill, Maryland, Dienstort: Sektion 27, Department of Technological Controls des Pentagon in Arlington, Virginia. Im Dezember letzten Jahres bat mich Mr. A. Preston Halliday, ein Rechtsanwalt aus San Francisco, mit dem ich infolge seiner zahlreichen Anträge in unserer Abteilung, die er im Auftrag seiner Klienten (alles erfolgreiche und untadelige Personen) vorgebracht hatte, Freundschaft geschlossen hatte, mit ihm in einem kleinen Restaurant in Clinton, etwa zehn Meilen von meinem Haus entfernt, zu Abend zu essen. Er entschuldigte sich dafür, daß er meine Frau nicht ebenfalls einladen könne, und erklärte, das, was er zu sagen habe, würde sie nur beunruhigen, ebenso wie mich. Aber in diesem Falle gehöre es zu meiner Pflicht, beunruhigt zu sein. Er fügte hinzu, daß unsere Zusammenkunft zu keinerlei Interessenkonflikten führen könne, da er im Augenblick keine schwebenden Geschäfte hätte, nur Geschäfte, die untersucht und verhindert werden sollten.

Ich, Lieutenant (J. G.) William Michael Landis, U. S. Navy, unverheiratet, 28 Jahre; augenblickliche Adresse The Somerset Garden Apartments, Vienna, Virginia, bin Computerprogrammierer für das Department of the Navy, Beschaffungsabteilung für Meereswaffen, stationiert im Pentagon, Arlington, Virginia. Ohne bereits den Dienstrang zu besitzen (der soll mir in den nächsten 60 Tagen zuerkannt werden), habe ich den Befehl über den größten Teil der Programmiertätigkeit des Pentagon im Navy-Bereich. Ich besitze den Doktortitel für Computertechnik von der University of Michigan, College of Engineering... Ich formuliere das wahrscheinlich nicht richtig, Sir.

Nur weiter, junger Mann.

Ich gebe diese Erklärung ab, weil ich mit Hilfe der mir zur Verfügung stehenden modernen Geräte und den klassifizierten Mikroumwandlungscodes imstande bin, eine große Zahl von Computern anzuzapfen.

Im vergangenen Februar suchten mich Captain Howard Pakkard, United States Army, und drei weitere Männer – zwei aus dem Department of State, Amt für Munitionskontrolle, und der dritte ein Offizier des Marinekorps, den ich aus der Beschaffungsabteilung für Amphibische Dienste kannte – an einem Sonntagmorgen auf. Sie sagten, sie seien wegen einer Anzahl von Waffen- und Technologietransfers beunruhigt, die mutmaßlich gegen Vorschriften des Verteidigungsministeriums und des State Department verstießen. Sie übergaben mir die in ihrem Besitz befindlichen Daten bezüglich neun solcher Vorgänge und schärften mir ein, die Anfrage streng vertraulich zu behandeln.

Am nächsten Nachmittag ging ich zu den Maximum Security Computern und gab die Daten für die neun Transfers mit Hilfe der Übersetzungscodes ein. Sechs jener neun Transfers ließen sich mittels der Eintragungen zu einer Firma mit der Bezeichnung Palo Alto International zurückverfolgen, die sich im Besitz eines pensionierten Army-Generals namens Delavane befindet. Dies war mein erster Kontakt, Sir.

Wer waren die drei anderen Männer, Lieutenant?

Es würde nichts nützen, wenn ich ihre Namen angeben würde, Sir. Das könnte nur ihren Familien schaden.

Ich bin nicht sicher, daß ich das verstehe – daß ich das verstehen kann.

Sie sind tot. Sie haben Fragen gestellt und sind tot, Sir. Zwei sind angeblich in Autounfälle mit Trucks verwickelt gewesen – auf Seitenstraßen, die sie auf dem Wege nach Hause sonst nie benutzten – und der dritte ist von einem geistesgestörten Schützen erschossen worden, während er im Rock Creek Park joggte. So viele Jogger, und ihn hat es erwischt.

Als Captain der Army mit voller Sicherheitsfreigabe und häufig mit Top-Secret-Vorgängen befaßt, war ich imstande, ein sauberes Telefon einzurichten (das heißt, eines, das dauernd auf etwaiges Anzapfen abgescannt wird), so daß Mr. Halliday mich zu jeder Tages- und Nachtzeit erreichen konnte, ohne befürchten zu müssen, daß jemand mithörte. Außerdem haben wir gemeinsam mit Mr. Stone und Lieutenant Landis unsere Gewährsleute abgefragt und uns ausführliche Abwehrdossiers über die prominenten Namen verschafft, die Halliday in General Delavanes Notizen gefunden hatte. Im einzelnen waren das die Generale Bertholdier, Leifhelm, Abrahms und Van Headmer. Mit Hilfe von Mitteln, die uns Dr. Edward Beale zur Verfügung stellte, versicherten wir uns der Dienste privater Firmen in Paris, Bonn, Tel Aviv und Johannesburg, um die Dossiers mit allen verfügbaren Informationen über diese Personen auf neuesten Stand zu bringen.

Inzwischen hatten wir 97 Computerlöschungen ausfindig gemacht, die in unmittelbarer Verbindung mit Exportlizenzen und militärischen Transfers im Gesamtvolumen von schätzungsweise 45 Millionen Dollar standen. Eine große Zahl davon ging auf Palo Alto International zurück. Aber in Ermangelung weiterer Daten war nichts mehr festzustellen. Es war wie eine Serie von Blips, die von einem Radarschirm verschwinden...

Während meiner Zeit bei der CIA habe ich gelernt, daß jene Bereiche mit der größten Konzentration von Aktivität regelmäßig auch durch intensivste Sicherheitsvorkehrungen geschützt waren. Das ist keineswegs besonders originell, aber gewöhnlich übersieht man, daß man diese Erkenntnis auch umdrehen kann. Da Washington die Clearing-Stelle für illegale Exporte im Wert von Millionen und Abermillionen war, mußte man vernünftigerweise annehmen, daß es Dutzende von Informanten Delavanes in den Regierungsstellen und -abteilungen geben mußte, die mit den Aktivitäten von Palo Alto International zu tun hatten – solchen, die eingeweiht waren und auch andere, die man einfach bezahlt oder erpreßt hatte. Ohne auf Einzelheiten einzugehen, konnte Captain Packard diese Ansicht bestätigen, indem er mir von einem Vorgang erzählte, der sich kurz davor ereignet und drei Männern das Leben gekostet hatte. Sie hatten versucht, eine Anzahl von Computerlöschungen zu verfolgen. Wir waren also aus dem Bereich der ideologischen Extremisten in einen der Fanatiker und der Killer gelangt. Ich behauptete daher – und übernehme hiermit die volle Verantwortung für diese Entscheidung –, daß man sicherer und schneller würde fortschreiten können, wenn man einen Mann in die Randbereiche von Delavanes Operation entsenden und ihm genügend Information zur Verfügung stellen würde, um die Verbindungen zu Palo Alto International zurückzuverfolgen. Als Ansatzpunkt schienen mir die vier Generale, deren Namen wir in Delavanes Notizen gefunden hatten, am besten geeignet. Ich hatte keinen Kandidaten mit der Erfahrung, die ich für diesen Auftrag für notwendig hielt...

Um den 10. Juli herum rief mich Mr. Halliday über die saubere Leitung an, die ich ihm eingerichtet hatte, und sagte, er glaube, den geeigneten Kandidaten für den von Mr. Stone geschilderten Einsatz gefunden zu haben. Es war ein Rechtsanwalt, der sich auf internationales Gesetz spezialisiert hatte, ein Mann, den er seit Jahren kannte, ein ehemaliger Kriegsgefangener in Vietnam, der vermutlich über die Motivation verfügte, um auf jemanden wie General Delavane angesetzt werden zu können. Sein Name war Joel Converse.

Ich, Alan Bruce Metcalf, 48 Jahre alt, bin Offizier in der United States Air Force. Mein Rang ist der eines Colonel, und ich bin augenblicklich auf dem Nellis-Air-Force-Stützpunkt, Clark County, Nevada, als Leitender Abwehroffizier stationiert. Vor sechsunddreißig Stunden, ich diktiere diese Aussage am 25. August um 4 Uhr nachmittags, erhielt ich einen Telefonanruf von General Samuel Abbott, dem Kommandoleiter für taktische Einsätze, Nellis A. F. B. Der General sagte, es sei äußerst dringend, daß wir uns träfen, vorzugsweise außerhalb des Stützpunktes, und zwar so bald wie möglich. Er verfüge über neue und ungewöhnliche Informationen in bezug auf die Ermordung des Oberkommandeurs der NATO und des amerikanischen Botschafters in Bonn. Er bestand darauf, daß wir Zivilkleidung tragen sollten und schlug als Treffpunkt die Bücherei der Universität von Nevada vor. Wir trafen uns gegen 17.30 Uhr und sprachen fünf Stunden miteinander. Ich werde unser Gespräch so genau wie möglich schildern. Die Unterhaltung ist mir noch in allen Einzelheiten gegenwärtig und durch den tragischen Tod von General Abbott meinem Gedächtnis besonders gut eingeprägt. Er war mir über viele Jahre ein enger Freund, ein Mann, den ich in hohem Maße bewundert habe...

...Obiges sind die Ereignisse, wie sie die ehemalige Mrs. Converse General Abbott geschildert hat und wie er sie dann mir berichtet hat und die darauffolgenden Maßnahmen, die ich ergriff, um eine Notsitzung von Abwehrpersonal der höchsten Dienstränge in Washington herbeizuführen. Nach meiner Ansicht ist General Abbott vorsätzlich ermordet worden, weil er über neue und außergewöhnliche Informationen über einen Mitgefangenen in Vietnam, einen gewissen Joel Converse, verfügte.

Nathan Simon saß behäbig in seinem Sessel zurückgelehnt, nahm die schwere Schildpattbrille von der Nase und zupfte an seinem kleinen Kinnbart, der die Narbe eines Schrapnellsplitters verbarg, der sich vor Jahren in Anzio dort eingegraben hatte. Seine dichten Augenbrauen hatten sich über den nußbraunen Augen und der scharfen, geraden Nase sorgenvoll gehoben. Die einzige andere Person im Raum war Peter Stone. Der Stenograf war entlassen worden; Metcalf hatte sich erschöpft auf sein Zimmer zurückgezogen, und die zwei anderen Offiziere, Packard und Landis, hatten vorgezogen, nach Washington zurückzukehren – in zwei verschiedenen Flugzeugen. Simon legte die maschinengeschriebenen Erklärungen sorgsam auf den Tisch neben seinem Stuhl.

»Sonst war *niemand* dabei, Mr. Stone?« fragte er, und seine Stimme klang sanfter als seine Augen blickten.

»Niemand, soweit mir bekannt ist, Mr. Simon«, erwiderte der ehemalige Abwehroffizier. »Jeder, den ich seitdem eingesetzt habe, war von niedrigem Rang und hatte zwar Zugang zu Einrichtungen höheren Niveaus, war aber ohne Entscheidungsbefugnis. Bitte vergessen Sie nicht, daß drei Männer schon getötet wurden, als diese Sache gerade erst angefangen hatte.«

»Ja, ich weiß.«

»Können Sie das tun, was Converse gesagt hat? Können Sie Berge bewegen, die wir nicht bewegen können?«

»Das hat er Ihnen gesagt?«

»Ja. Deshalb habe ich mich mit allem einverstanden erklärt.«

»Er wird seine Gründe gehabt haben. Aber ich muß nachdenken.«

»Zum *Nachdenken* ist keine Zeit; wir müssen handeln, etwas *tun*! Die Zeit verrinnt!«

»Sicher, aber wir dürfen doch nicht das Falsche tun, oder?«

»Converse hat gesagt, Sie hätten Zugang zu einflußreichen Leuten in Washington. Ich könnte darauf vertrauen, daß Sie an diese Leute herantreten werden.«

»Aber Sie haben mir doch gerade gesagt, daß ich nicht sicher sein könne, wem ich überhaupt vertrauen kann, stimmt das nicht?«

»Oh, *Christus*?«

»Ein begnadeter Prophet.« Simon sah auf die Uhr, sammelte seine Papiere ein und stand auf. »Es ist jetzt halb drei Uhr morgens, Mr. Stone, und mein Körper hat das Ende seiner Leistungsfähigkeit erreicht. Ich werde mich im Laufe des Tages mit Ihnen in Verbindung setzen. Versuchen Sie nicht, mich zu erreichen. Ich melde mich.«

»Sie *melden* sich? Das Paket von Converse ist hierher unterwegs. Ich hole es um zwei Uhr fünfundvierzig heute nachmittag am Kennedy-Flughafen von der Maschine aus Genf ab. Er möchte, daß Sie es sofort bekommen. *Ich* möchte, daß Sie es bekommen!«

»Sie werden am Flughafen sein?« fragte der Anwalt.

»Ja, ich treffe mich dort mit unserem Kurier. Ich werde

gegen vier oder halb fünf zurück sein, je nachdem, wann die Maschine ankommt und natürlich je nach Verkehr.«

»Nein, tun Sie das nicht, Mr. Stone. Bleiben Sie am Flughafen. Ich möchte natürlich, daß alles, was Joel für uns gesammelt hat, so bald wie möglich in meinen Händen ist. So wie es einen Kurier aus Genf gibt, könnten Sie der Kurier aus New York sein.«

»Wo wollen Sie hin? Nach Washington?«

»Vielleicht, vielleicht auch nicht. Jetzt gehe ich nach Hause in meine Wohnung, um nachzudenken. Außerdem hoffe ich, schlafen zu können, was ich aber bezweifle. Geben Sie mir einen Namen, unter dem ich Sie auf dem Flughafen ausrufen lassen kann.«

Johnny Reb saß geduckt in dem kleinen Boot, den Motor im Leerlauf, während die Wellen in der Dunkelheit gegen den flachen Rumpf klatschten. Er trug schwarze Hosen, einen schwarzen Rollkragenpullover und eine schwarze Strickmütze, und er hatte sich so nahe an die Südwestküste Scharhörns herantreiben lassen, wie er es wagen konnte. Schon in der ersten Nacht hatte er die grünen Lichter der im Wasser auf und ab tanzenden Bojen entdeckt. Das waren Lichtschranken, Strahlen, die sich über dem Wasser trafen und die Zufahrt zu dem alten U-Boot-Stützpunkt sicherten. Sie bildeten eine undurchdringliche unsichtbare Mauer. Sie zu durchbrechen, würde Alarm auslösen. Dies war die dritte Nacht, und er begann unruhig zu werden.

Vertrau deinem Körper. Die alten Huren von der Abwehr spürten es im Magen, wann etwas passieren würde – teils aus Angst und teils, weil da eine Zielmarke war, die dafür sorgen würde, daß ein Konto in Bern wieder ein Stückchen wuchs. Diesmal wartete natürlich kein Konto, nur eine Folge von Auslagen, die dazu dienten, eine beträchtliche Schuld zu tilgen, aber eine Zielmarke gab es. Es ging gegen die Delavanes und gegen die Washburns und jene deutschen, französischen und jüdischen Raubfische, die durch die Wasser zogen und es Gentlemen wie Johnny Reb unmöglich machten, auf ihre Art zu leben. Über den Südafrikaner wußte er nicht viel, nur daß dieser Niggerhasser besser daran tun würde, endlich einmal klug zu werden. Die Farbigen kamen gut voran, und Johnny war das recht; seine gegenwärtige Freundin war eine reizende schwarze Sängerin aus Tallahassee, die zufälligerweise gerade in der Schweiz war, aus albernen Gründen, die mit ein wenig Kokain zu tun hatten – und einem fetten Konto in Bern.

Aber die anderen Raubfische waren *schlimm. Wirklich* schlimm. Johnny Reb hielt nichts von Männern, die andere dafür ins Gefängnis stecken wollten, bloß weil sie sich nicht vorschreiben ließen, was sie dachten. *No, Sir,* diese Leute gehörten weg!

Johnny Reb war dazu fest entschlossen.

Jetzt! Er richtete sein Infrarotglas auf die alten Betonpiers des U-Boot-Stützpunktes. Das war doch *verrückt*! Die Motorbarkasse hatte sich in ein Dock geschoben, und jetzt bewegte sich eine lange Doppelreihe von Männern auf dem Pier – vierzig, sechzig, achtzig... fast einhundert – und schickten sich an, an Bord zu gehen. Das Verrückte war die Art und Weise, wie sie gekleidet waren. Dunkle Anzüge und konservativ geschnittene Sommerjacketts und Krawatten. Einige von ihnen trugen Hüte, und jeder einzelne von ihnen hatte Gepäck bei sich und zusätzlich einen *Aktenkoffer*. Wie eine Bankiersversammlung sahen die aus oder eine Paradeformation des Diplomatischen Corps *oder*, dachte der *Rebel*, während er die Reihe von Passagieren mit dem Feldstecher absuchte, ganz gewöhnliche Geschäftsleute aus dem mittleren bis oberen Management – eigentlich nichts Ungewöhnliches –, wie man sie jeden Tag auf Bahnhöfen und Flugplätzen zu sehen bekam. Gerade das Gewöhnliche, das Alltägliche ihres Aussehens im Vergleich mit den exotisch makabren Umrissen des alten U-Boot-Stützpunktes war es, das an Johnnys Phantasie nagte. Diese Männer würden fast nirgends Aufsehen erregen, und doch *kamen* sie nicht von irgendwo. Sie kamen von Scharhörn, aus einer ohne Zweifel höchst komplizierten Zelle dieser multinationalen Militärverschwörung, die am Ende möglicherweise dafür sorgen konnte, daß die verdammten Raubfischgenerale auf die Stühle kamen, die sie sich wünschten. Gewöhnliche Leute, die überall dort hingingen, wohin ein Befehl sie schickte – Menschen, die aussahen wie jeder andere, die sich wie jeder andere benahmen, mit offenen Aktenkoffern in Flugzeugen und Zügen saßen und Firmenberichte lasen, an Drinks nippten, aber nicht an zu vielen, gelegentlich in einem Krimi blätterten, um sich zu entspannen... *Männer, die dort hingingen, wohin ein Befehl sie schickte*!

Das war es, dachte der *Rebel*, während er sein Glas senkte. *Das war es!* Das waren die Killerteams! Sein Magen log nie; er hatte guten Grund, ihm die Galle hochkommen zu lassen, und ihr beißender, Übelkeit erregender Geschmack war ein häßlicher Alarm für alle, die das Privileg genossen, bisher überlebt zu haben. Johnny Reb wandte sich um und machte sich am Motor zu schaffen. Er schob vorsichtig das Ruder nach rechts und den Fahrthebel nach vorn. Das kleine Boot drehte im Wasser, und der ehemalige Abwehroffizier hielt wieder auf seinen Liegeplatz in Cuxhaven zu.

Fünfundzwanzig Minuten später hatte er die Anlegestelle erreicht, vertäute sein Boot, griff sich seinen wasserdichten Koffer und kletterte eilig auf die Pier. Er mußte schnell handeln, aber sehr vorsichtig. Er kannte sich einigermaßen in der Hafenzone von Cuxhaven aus, wohin die Motorbarkasse zurückkehren würde, denn er hatte die Lichter des Bootes beobachtet, als es langsam aus dem Hafen heraus und zu der Insel gefahren war. Sobald er an der richtigen Stelle angelangt war, würde er das richtige Dock wiedererkennen, während das Boot erst in den Hafen einlief. Und dann hatte er nur noch wenige Minuten Zeit, um die Gegend abzusuchen und Position zu beziehen. Den kleinen wasserdichten Koffer in der Hand, eilte er durch die Schatten auf die Stelle zu, wo die Barkasse seiner Meinung nach abgelegt hatte. Er kam an einer Lagerhalle vorbei und erreichte einen freien Punkt dahinter; es gab dort fünf kurze Piers, eine hinter der anderen, die höchstens sechzig Meter ins Wasser hinausreichten. Kleine und mittelgroße Fahrzeuge konnten dort anlegen. Ein paar Trawler und einige Motorboote, die schon bessere Zeiten gesehen hatten, waren an den Pollern der einzelnen Piers, mit Ausnahme einer einzigen, vertäut. Die riesige Motorbarkasse schob sich wie ein Killerwal an die Pier. Die Leinen wurden gesichert, und während die Passagiere von Bord gingen, schoß Johnny Reb seine Aufnahmen.

»Süße, hier ist Tatiana. Ich muß meinen Jungen sprechen.«

»Er ist im Algonquin-Hotel in New York City«, sagte die ruhige Frauenstimme. »Die Telefonnummer ist Vorwahl zwo-eins-zwo, acht-vier-null, sechs-acht-null-null. Verlangen Sie Peter Marcus.«

»Das ist vielleicht ein raffinierter Hurensohn, wie?« sagte Johnny Reb. »Entschuldigen Sie bitte meine Sprache, Ma'am.«

»Die hör ich nicht das erstemal, *Rebel*. Hier ist Anne.«

»*Verdammt* noch mal, warum hast du das denn nicht *gleich* gesagt. Wie geht's denn, Süße?«

»Gar nicht schlecht für meine alten Tage, Johnny. Ich bin raus, weißt du. Das ist nur eine Gefälligkeit für einen alten Freund.«

»Einen alten *Freund*? Süße, wenn Pete nicht wäre, hätte ich mich jetzt an dich rangemacht!«

»Das hättest du tun sollen, Reb. Ich stand nicht in seinen Karten, seinen schrecklich wichtigen Karten. Und du warst einer von den Nettesten. Wie hieß das damals? ›Gentleman Johnny Reb‹?«

»Ich hab' immer viel auf das Äußere gegeben, Annie. Darf ich dich einmal anrufen, wenn wir aus diesem Schlamassel raus sind?«

»Ich weiß nicht, was für ein Schlamassel, Reb, aber ich weiß ganz genau, daß du meine Telefonnummer hast.«

»Du gehst mir ans Herz, schönes Mädchen!«

»Wir sind jetzt älter, Johnny, aber ich schätze, das würdest du nicht begreifen.«

»Niemals, Kind. Niemals.«

»Halt dich. Es wäre schade, wenn wir dich verlieren.«

Die Vermittlung im Algonquin-Hotel blieb hartnäckig. »Tut mir leid, Sir, Mr. Marcus ist nicht in seinem Zimmer und meldet sich auch nicht.«

»Ich rufe wieder an«, sagte der *Rebel*.

»Tut mir leid, Sir. In Mr. Marcus' Zimmer meldet sich niemand.«

»Ich glaube, wir haben schon vor ein paar Stunden miteinander gesprochen, Sir. In Mr. Marcus' Zimmer meldet sich immer noch niemand, also habe ich mich an der Rezeption erkundigt. Er hat sich noch nicht abgemeldet und auch keine Nummer hinterlassen. Wollen Sie, daß ich eine Nachricht für ihn aufnehme?«

»Ja, ich denke schon. Folgendes bitte: ›Gehen Sie nicht weg, bis ich Sie oder Sie mich erreicht haben. Wichtig. Unterschrift Z. Tatiana.‹ Geschrieben T-A-T-I-A...«

»Ja, Sir. Vielen Dank, Sir, ›Z‹, Sir?«

»So wie in Zero, Miß.« Johnny Reb legte in Cuxhaven den Hörer auf. Der Geschmack in seinem Mund war überwältigend sauer.

Erich Leifhelm bewirtete seine Mittagsgäste an seinem Lieblingstisch im Ambassador-Restaurant im achtzehnten Stock des Steigenberger-Hotels in Bonn. Der großzügige, elegante Raum bot einen herrlichen Ausblick auf die Stadt und den Fluß, und Leifhelms Tisch stand so, daß alle diesen Ausblick genießen konnten. Es war ein klarer, heller, wolkenloser Nachmittag, und die Schönheit der Landschaft berührte jeden Glücklichen, der sie genießen konnte.

»Dieser Ausblick wird mir nie zuviel«, sagte der ehemalige Feldmarschall zu den drei Männern an seinem Tisch und deutete auf das riesige Fenster hinter sich. »Ich wollte, daß Sie das sehen, ehe Sie nach Buenos Aires zurückkehren – was übrigens wahrhaftig eine der schönsten Städte der Welt ist.«

Der *Maître d'hôtel* trat höflich neben Leifhelm und sprach ihn mit leiser Stimme an. »Herr General, ein Telefongespräch für Sie.«

»Ein Adjutant speist an Tisch fünfundfünfzig«, sagte Leifhelm beiläufig, obwohl sein Puls jetzt raste. Vielleicht war das eine Nachricht über einen Priester in Straßburg! »Er kann das übernehmen.«

»Der Herr hat ausdrücklich darum gebeten, daß ich Sie persönlich anspreche. Er läßt ausrichten, daß er aus Kalifornien anruft.«

»Aha. Also gut.« Leifhelm stand auf und entschuldigte sich bei seinen Gästen. »Die Geschäfte lassen einen nie in Ruhe, nicht wahr? Verzeihen Sie mir, es dauert nur ein paar Sekunden. Bitte, lassen Sie Wein nachschenken.«

Der Restaurantdirektor nickte und fügte hinzu: »Ich habe das Gespräch in mein Büro legen lassen, Herr General. Es ist gleich hinter dem Foyer.«

»Sehr liebenswürdig. Vielen Dank.«

Erich Leifhelm schüttelte kaum merklich den Kopf, als er Tisch fünfundfünfzig in der Nähe des Eingangs passierte. Der Mann dort registrierte die Geste mit einem leichten Kopfnicken. In all den Jahren seiner militärischen und politischen Strategien und Taktiken war diese Geste einer der größten Fehler des Feldmarschalls.

Im Foyer standen zwei Männer, einer sah auf die Uhr, der andere blickte verstimmt. Ihrer teuren Kleidung nach zu schließen, waren sie Gäste des Ambassador und warteten offensichtlich auf Bekannte, die sich ihnen anschließen sollten, vielleicht auch auf ihre Frauen. Ein dritter Mann stand im Korridor vor einer Glastür; er trug einen Overall des Hotels und beobachtete die zwei Männer.

Leifhelm dankte dem Restaurantdirektor, als dieser dem General die Tür zu seinem Büro aufhielt. Dann schloß er die Tür wieder und kehrte in den Speisesaal zurück. Die zwei Männer liefen plötzlich ebenfalls zu dem Büro, in dem der alte Soldat gerade den Telefonhörer abnahm.

»*Was geht hier vor? Wer ist...!*«

Der erste Mann stürzte sich über den Schreibtisch, packte Leifhelm am Kopf und preßte den Mund des Generals mit kräftigen Händen zu. Der zweite zog eine Injektionsspritze aus der Tasche und zog die Gummikappe herunter, während er Leifhelm das Jackett herunterzerrte und ihm dann den Hemdkragen aufriß. Er trieb dem General die Nadel in den Halsansatz, zog die Spritze heraus und begann Leifhelm zu massieren, während er ihm den Kragen richtete und das Jackett wieder in Ordnung brachte.

»Er wird sich noch etwa fünf Minuten bewegen können«, sagte der Arzt in deutscher Sprache. »Aber er kann weder sprechen noch klar denken. Seine motorischen Kontrollen sind jetzt mechanisch und müssen gelenkt werden.«

»Und nach fünf Minuten?« fragte der erste Mann.

»Wird er zusammenbrechen und sich übergeben.«

»Eine schöne Aussicht. Schnell! Richten Sie ihn auf und *führen* Sie ihn, um Himmels willen! Ich werde draußen nachsehen und einmal klopfen.«

Sekunden später war das Klopfen zu hören, worauf der Arzt den General aus dem Büro und durch die Glastüren in den Hotelkorridor bugsierte.

Unter den Gästen in der mit Teppichen ausgelegten Hotelhalle erkannten einige den zur Legende gewordenen alten Soldaten und starrten in sein bleiches Gesicht mit den zitternden Lippen, die zu sprechen versuchten oder zu schreien.

Sie kamen an einen Personalaufzug, der auf *Halt* geschaltet war, und gingen hinein. An der gepolsterten Rückwand stand eine Bahre mit Rädern. Der dritte Mann holte einen Schlüssel aus der Tasche, schob ihn in das Schloß des Fahrstuhls und drückte den Knopf für das Kellergeschoß. Die zwei anderen hoben Leifhelm auf die Bahre und bedeckten ihn mit einem Laken.

»Der Krankenwagen wartet unten an der Lifttür«, sagte der Mann im Overall. »Das Flugzeug steht bereit.«

Der ehemals große Feldmarschall des Dritten Reichs mußte sich unter dem Laken übergeben.

Jacques Louis Bertholdier sperrte die Tür seines Apartments am Boulevard Montaigne auf, trat ein, zog sein Seidenjackett aus und warf es auf einen Sessel. Er trat an die verspiegelte Bar an der Wand, schenkte sich einen Wodka ein, warf zwei Eiswürfel aus einem silbernen Gefäß in sein Glas und schlenderte an das Fenster neben der elegant gepolsterten Couch. Der von Bäumen gesäumte Boulevard Montaigne wirkte an diesem frühen Nachmittag so friedlich, so makellos sauber und beschaulich, obwohl er doch zu den bedeutendsten Straßen der Stadt zählte. Manchmal dachte er, der Boulevard sei die Essenz des Paris, das er liebte, des Paris der Einflußreichen und des Wohlstands, dessen Bewohner sich nie die Hände schmutzig zu machen brauchten. Dies war der Grund, weshalb er die extravagante Wohnung gekauft und dort seine begehrenswerteste Geliebte untergebracht hatte. Er brauchte sie jetzt. Mein *Gott*, wie sehr er sie doch in diesem Augenblick brauchte, sie und die Entspannung, die sie ihm bot!

Der Legionär im eigenen Wagen erschossen und garottiert! Auf dem Parkplatz des Bois de Bologne! Und Prudhomme, der schmutzige Bürokrat, mutmaßlich in Calais! Keine Fingerabdrücke! *Nichts!* Der bedeutendste ehemalige General Frankreichs brauchte eine Stunde der Ruhe.

»*Elise!* Wo *bist* du? Komm heraus, meine Ägypterin! Ich hoffe, du trägst, was ich verlangt habe. Falls ich dich erinnern muß, das kurze schwarze Givenchy, und nichts darunter, verstehst du! Absolut *nichts*.«

Die Tür öffnete sich, und das Mädchen mit dem rabenschwarzen Haar trat ein. Das schmale, perfekt proportionierte Gesicht erwartungsvoll, die braunen Augen geweitet. Vielleicht hat sie Marihuana geraucht, dachte Bertholdier. Sie trug ein kurzes, schwarzes Spitzenneglige, ihre Brüste von grauer Spitze umgeben wie von Diademen. Mit provozierend wiegenden Hüften schritt sie auf die Couch zu.

»Exquisit, du Hure vom Nil. Setz dich. Es war ein schlimmer Tag, ein *schrecklicher* Tag.« Er griff nach ihren Brüsten, zog sich ihren Kopf auf den Schoß.

Ein blendender Blitz erfüllte den Raum, als zwei Männer aus dem Schlafzimmer traten. Das Mädchen sprang von der Couch zurück, während Bertholdier erschreckt aufsah. Der vorn stehende Mann steckte die Kamera ein, während sein Begleiter, ein kleiner, vierschrötiger Kerl in mittleren Jahren mit einer Pistole in der Hand, langsam auf die Legende Frankreichs zuging.

»Ich bewundere Ihren Geschmack, General«, sagte er mit schroffer Stimme. »Aber wahrscheinlich habe ich Sie immer bewundert, selbst als ich anderer Meinung war als Sie. Sie erinnern sich nicht an mich, aber in Algerien haben Sie mich vor ein Kriegsgericht gestellt und mich für sechsunddreißig Monate in den Bau geschickt, weil ich einen Offizier geschlagen habe. Ich war Sergeant-Major, und er hatte meine Männer wegen Belanglosigkeiten mit übertriebenen Strafen brutal schikaniert. Drei Jahre, weil ich ein Schwein aus Paris geschlagen hatte, drei Jahre in diesem dreckigen Bau, weil ich mich um meine Männer gekümmert habe.«

»Sergeant-Major Lefèvre«, sagte Bertholdier voll Autorität. »Ich erinnere mich. Ich vergesse nie etwas. Sie hatten sich hochverräterischer Handlungen schuldig gemacht: Hand an einen Offizier gelegt. Ich hätte Sie erschießen lassen sollen.«

»In jenen drei Jahren hat es Augenblicke gegeben, in denen mir das willkommen gewesen wäre, Monsieur. Aber ich bin nicht hier, um über Algerien zu sprechen. Ich bin hier, um Ihnen zu sagen, daß Sie mit uns kommen werden. Man wird Sie in ein paar Tagen unversehrt nach Paris zurückbringen.«

»Lächerlich!« stieß der General hervor. »Glauben Sie, Ihre Waffe macht mir Angst?«

»Nein, die dient nur dazu, mich vor Ihnen zu schützen, vor der letzten Geste eines tapferen und berühmten Soldaten. Ich kenne Sie zu gut und weiß, daß man bei Ihnen mit Drohungen bis hin zum Tod nichts ausrichten kann. Aber ich habe mir etwas anderes überlegt, und der Gedanke ist unwiderstehlich.« Der Exsoldat holte eine zweite, seltsam geformte Pistole aus der Tasche. »Diese Waffe enthält keine Kugeln; sie feuert Bolzen mit einer chemischen Substanz ab, die den Herzschlag so beschleunigt, daß der Herzmuskel platzt. Ich hatte daran gedacht, Ihnen damit zu drohen, daß wir das Foto nach Ihrem Tod verbreiten und zeigen, daß der große General schmählich bei dem starb, was er am besten konnte. Aber vielleicht gibt es noch eine andere Möglichkeit. Der Winkel war günstig für eine geschickte Retusche – nicht daß man Ihre Haltung oder Ihren Gesichtsausdruck retuschieren würde, aber aus Ihrer Gespielin könnte man leicht einen Mann machen, einen kleinen Jungen statt eines Mädchens. Schon einmal hat es Gerüchte über Ihre Exzesse gegeben und eine hastig arrangierte Ehe, die nur wenige verstehen konnten. War das das Geheimnis, vor dem der große General ein Leben lang geflohen ist? War das die Drohung, mit der der große de Gaulle seinen populären, aber viel zu ehrgeizigen und aufrührerischen Colonel in Schach gehalten hat? War der Appetit dieses Möchtegern-Nachfolgers so groß, daß er nichts ausließ, was er in die Hände bekommen konnte, gleichgültig, welchen Geschlechts? Kleine Jungen, wenn es keine Frauen gab. Die Gerüchte um junge Offiziere, von Vergewaltigungen, die man bequemerweise dann Verhöre nannte–.«

»Genug!« schrie Bertholdier und sprang auf. »Weitere Reden sind sinnlos, gleichgültig wie absurd und unbegründet Ihre Anklagen auch sind, ich werde nicht zulassen, daß man meinen Namen in den Dreck zieht! Ich will den Film haben!«

»Mein Gott, es ist wahr«, sagte der ehemalige Sergeant. »Alles wahr.«

»Den Film!« schrie der General. »Geben Sie ihn mir!«

»Sie sollen ihn haben«, erwiderte Lefèvre. »Im Flugzeug.«

Chaim Abrahms ging mit gebeugtem Haupt aus der *Ihud Shivat Zion*-Synagoge an der Ben-Yehuda-Straße in Tel Aviv. Die würdige Menge draußen bildete zwei tief gestaffelte Reihen ergebener Gefolgsleute, Männer und Frauen, die offen über das schreckliche Leid dieses großen Mannes weinten, dieses Patrioten und Soldaten Israels, das er von seiner Frau hatte erdulden müssen. *Hitabdut*, flüsterten sie.

Ebude atzmo, sagten sie zueinander, so leise, daß Chaim es nicht hören konnte. Die Rabbis kannten keine Gnade; die Sünden einer verachtenswerten Frau wurden an diesem Sohn heimgesucht, diesem wilden Kind Abrahams, diesem biblischen Krieger, der das Land und den Talmud mit gleicher Inbrunst liebte. Man hatte der Frau das Begräbnis in heiliger Erde versagt. Sie mußte vor den Toren des *beth hakvahroht* ruhen, und ihre Seele würde dereinst mit dem Zorn des allmächtigen Gottes kämpfen müssen. Und der Schmerz jenes Wissens war eine unerträgliche Bürde für den Zurückgebliebenen.

Es hieß, sie hätte es aus Rache getan und aus einem kranken Geist heraus. Sie hatte ihre Töchter gehaßt. Aber der Sohn des Vaters war es – stets der Sohn des *Vaters* –, der auf dem Schlachtfeld des Vaters gefallen war. Wer würde mehr weinen, wer *konnte* mehr weinen, größeres Leid empfinden als der Vater? Und jetzt dies, die weitere Qual zu wissen, daß die Frau, der er sein Leben gegeben hatte, auf scheußliche Weise Gottes Talmud verletzt hatte. Die Schande, die *Schande*! O Chaim, unser Bruder, Vater, Sohn und Führer, wir weinen mit dir. Für dich! Sag uns, was wir tun sollen, und wir werden es tun. Du bist unser *König*! König von *Eretz Israel*, von Judäa und Samaria und all den Landen, die du zu unserem Schutze suchst! Zeige uns den Weg, und wir werden dir folgen!

»Danke, mein Sohn«, sagte die Legende Israels, während er einstieg und sich in den Sitz zurücksinken ließ. Die Tür schloß sich, und als er dann mit zugepreßten Augen sprach, klang seine harte Stimme alles andere als bekümmert. »Ich will *weg* von hier! In mein Landhaus. Dort trinken wir alle Whisky und vergessen diesen *Dreck*. Heilige rabbinische Bastarde! Die haben tatsächlich die Frechheit besessen, mich zu *belehren*! Im nächsten Krieg werde ich die Rabbis einberufen und diese talmudischen Hosenscheißer in die vordersten Linien stellen! Dann sollen sie Vorträge halten, während ihnen die Schrapnells die Ärsche zerfetzen!«

Keiner sagte ein Wort, als der Wagen langsam schneller wurde und schließlich die Menschenmenge hinter sich ließ. Augenblicke später öffnete Chaim wieder die Augen und richtete sich auf. Er streckte sich und lehnte sich dann bequemer wieder zurück. Dann blickte er langsam auf zwei Soldaten neben sich, als bemerkte er sie erst in diesem Moment. Sein Kopf zuckte hin und her.

»Wer *sind* Sie?« schrie er. »Sie sind nicht meine Männer, nicht meine *Adjutanten*!«

»Die werden in etwa einer Stunde aufwachen«, sagte der Mann, der vorn neben dem Fahrer saß. Er drehte sich herum und sah Abrahms an. »Good afternoon, General.«

»Sie!«

»Ja, ich bin es, Chaim. Ihre Speichellecker konnten mich nicht daran hindern, vor dem Tribunal im Libanon auszusagen, und nichts auf der Welt konnte mich von dem abhalten, was ich heute tue. Ich habe von dem Massaker an Frauen und Kindern und zitternden alten Männern erzählt, als die um ihr Leben bettelten, und habe Sie lachen sehen. Sie nennen sich einen Juden? Sie werden das nie begreifen. Sie sind nur ein Mann voll Haß, und mir paßt es nicht, daß Sie behaupten, zu dem zu gehören, was ich bin oder was ich glaube. Dreck sind Sie, Abrahms. Aber man wird Sie in ein paar Tagen nach Tel Aviv zurückbringen.«

Eine nach der anderen landeten die Maschinen, die Propellerflugzeuge aus Bonn und Paris, die Düsenmaschine aus Israel, eine Dassault-Breguet Mystère 10/100, die schnell aus einer Höhe von 28000 Fuß auf den Privatflugplatz von St. Gervais herunterstieß. Und während jede einzelne am Ende der Piste ausrollte, wartete dieselbe dunkelblaue Limousine, um den jeweiligen »Gast« und seinen Begleiter zu einem Chateau in den Alpen zu bringen, das östlich des Flughafens in den Bergen lag. Es war auf zwei Wochen von einer Immobilienfirma in Chamonix gemietet worden.

Die Ankunft der einzelnen Maschinen war sorgfältig geplant worden, da keiner der drei Gäste wissen durfte, daß die anderen auch dort waren. Die Maschinen aus Bonn und Paris landeten um 4.30 Uhr bzw. 5.45 Uhr, der Jet aus Israel fast drei Stunden später, um 8.27 Uhr. Und zu jedem der verblüfften Gäste sagte Joel Converse dieselben Worte:

»So wie man mir in Bonn Gastfreundschaft angeboten hat, entbiete ich Ihnen hier meine. Ihre Unterkunft wird besser sein als die, die man mir gegeben hat, obwohl ich bezweifle, daß das Essen so gut sein wird. Aber eines weiß ich – Ihre Abreise wird wesentlich weniger dramatisch sein als meine.«

Aber nicht Ihr Aufenthalt, dachte Converse, während er zu

den einzelnen Männern sprach. *Nicht Ihr Aufenthalt.* Das gehörte zu seinem Plan.

38

Über den Bäumen im Central Park zeigte sich das erste Licht an einem dunklen Himmel. Nathan Simon saß in seinem Arbeitszimmer und beobachtete die Ankunft des neuen Tages von dem weichen Ledersessel an dem großen Fenster aus. Es war sein Denkplatz, wie er ihn nannte.

Trotz der Behauptungen, die Joel gegenüber Peter Stone aufgestellt hatte, war es nicht einfach, an einflußreiche Personen in der Regierung heranzukommen. Ebensowenig war es logisch zu glauben, einen Richter dazu veranlassen zu können, eine gerichtliche Anordnung zu erlassen, die auf wunderbare Weise für eben diese Leute außergewöhnlichen Schutz garantierte, ohne zugleich den ganzen Sicherheitsapparat zu informieren, weshalb dieser Schutz für notwendig gehalten wurde. Lächerlich! Solche gerichtlichen Anordnungen gaben einen Sinn, wo es um eingeschüchterte Zeugen vor einem Strafprozeß ging. Aber für das Weiße Haus, den Kongreß oder das Justizministerium galt das natürlich nie. Joel hatte ein juristisches Manöver aufgegriffen, es in unwahrscheinlichem Maße aufgebläht – und dafür natürlich Gründe gehabt. Stone und seine Kollegen hatten ihre Aussagen gemacht.

Und doch lag in Joels Übertreibung eine seltsame Logik, dachte Simon. Nicht in dem Sinne, wie Joel das überlegt hatte, aber als Mittel, um an diese Männer heranzukommen. »Ein Gericht, ein einziger Richter...«, hatte Converse zu Stone gesagt. Das war die Logik, der Rest war Unsinn. Der *Oberste Gerichtshof*, ein Richter jenes Gerichts, nicht die Bitte eines gewissen Nathan Simon, den man würde überprüfen müssen, wenn auch nur in bezug auf seine Absichten, nicht in bezug auf seinen Leumund, sondern eine dringende Botschaft an den Präsidenten, die von einem ehrwürdigen Richter des *Obersten Gerichts* ausging! Niemand würde es wagen, sich einem solchen Mann in den Weg zu stellen, wenn er erklärte, seine Angelegenheit beträfe nur den Präsidenten und ihn selbst. Präsidenten waren viel besorgter um den Obersten Gerichtshof als um den Kongreß, und das aus gutem Grund. Letzterer war ein politisches Schlachtfeld, ersteres eine Arena des moralischen Urteils, und niemand lebte sein Leben in tiefgekühltem Zustand, nicht einmal – vielleicht sogar ganz besonders nicht – Präsidenten. Und Nathan Simon kannte den Mann, den er anrufen *und* aufsuchen würde, einen Richter Ende der Siebzig. Das Gericht tagte zur Zeit nicht, bis zum Oktober war noch ein Monat. Er war irgendwo in New England, und seine Privatnummer befand sich in Simons Büro.

Nathan blinzelte und hob dann die Hand, um die Augen abzuschirmen. Einen kurzen Augenblick lang hatte der Feuerball der frühen Morgensonne einen blendenden Strahl durch ein geometrisches Labyrinth aus Glas und Stahl auf der anderen Seite des Parkes geschickt, der sein Fenster erreichte. Und plötzlich, in diesem Augenblick der Blendung, hatte er die Antwort auf die erschreckende Frage des *Wo* und *Wann* für die Unruhe, für das Vorspiel des großen Gewaltausbruchs. Im freien Teil Europas, in Kanada und in den Vereinigten Staaten war eine international abgestimmte Protestaktion gegen Atomwaffen geplant, die eine Woche lang dauern sollte. Millionen besorgter, verängstigter Leute, die sich an den Händen hielten und den Verkehr auf den Straßen der wichtigen Städte und Hauptstädte zum Erliegen bringen würden, und ihren Stimmen zu Lasten der Öffentlichkeit Gehör verschaffen wollten. In Parks, auf Plätzen und vor den Regierungsgebäuden sollten Kundgebungen stattfinden. Politiker und Staatsmänner, die wie stets die Macht von Basisbewegungen erkannt hatten, hatten sich überall bereit erklärt, zu den Massen zu sprechen – in Paris und Bonn, Rom und Madrid, in Brüssel und London – in Toronto, Ottawa, New York und in Washington. Und wiederum, wie stets, würden diese Macher und Wohltäter, diese ehrlichen Advokaten und diese Heuchler der Politik das Fehlen vernünftiger Abrüstungsmaßnahmen auf die Hartnäckigkeit ihrer bösen Widersacher schieben, niemals auf die eigenen Fehler. Die Ehrlichen und die Falschen gingen Hand in Hand über die Podien, und keiner konnte den anderen richtig erkennen.

Niemand rechnete damit, daß diese Demonstrationen ohne Zwischenfälle ablaufen würden... aber wie weit konnten diese kleinen Konfrontationen eskalieren? Anonym finanzierte Einheiten fanatischer Terroristen, die man davon überzeugt hatte, daß sie die Demonstrationen infiltrieren und sie stören mußten, um ihrer eigenen Botschaft Gehör zu verschaffen, einer Botschaft, die überhaupt nichts mit den ehrlichen Protesten zu tun hatte, Radikale, die nur deshalb Chaos erzeugten, weil die Menschenmassen nicht ihrer Überzeugung angehörten. Menschen – überall. *Das* waren die Massen, die man mit plötzlicher Gewalttätigkeit elektrisierte und zum politischen Wahnsinn treiben konnte! Das war das Vorspiel. Überall.

Die Demonstrationen sollten in drei Tagen beginnen.

Peter Stone ging den breiten Weg hinter dem Haus zum See hinunter. Irgendwo in New Hampshire – er wußte nicht genau wo, nur daß das Haus zwanzig Minuten vom Flughafen entfernt war. Es begann bereits zu dämmern, das Ende eines Tages voller Überraschungen und offenbar noch nicht vorbei – die Überraschungen waren noch nicht vorbei. Vor zehn Stunden hatte er von seinem Zimmer im Algonquin aus die Swissair angerufen, um sich zu erkundigen, ob die Maschine aus Genf pünktlich eintreffen würde, nur um zu hören, daß sie bereits vierunddreißig Minuten früher landen sollte. Das war die erste Überraschung – und ohne Belang. Die zweite war das nicht. Er war kurz vor 14 Uhr am Kennedy-Flughafen eingetroffen und hatte nach wenigen Augenblicken gehört, wie ein »Mr. Lackland« über die Lautsprecher ausgerufen wurde. Das war der Name, den er Nathan Simon genannt hatte.

»Nehmen Sie die Pilgrim Airlines nach Manchester, New Hampshire«, hatte der Anwalt gesagt. »Auf der Maschine um 15.15 Uhr ist ein Platz für Mr. Lackland reserviert. Schaffen Sie das?«

»Leicht. Der Flug aus Genf kommt früher.«

»In Manchester wird ein rothaariger Mann auf Sie warten. Ich habe Sie ihm beschrieben. Wir sehen uns dann gegen halb sechs.«

Manchester, New Hampshire? Stone war so überzeugt davon gewesen, daß Simon ihn bitten würde, nach Washington zu fliegen, daß er sich nicht einmal eine Zahnbürste mitgenommen hatte. Überraschung Nummer zwei.

Überraschung Nummer drei war der Kurier aus Genf. Eine hagere, adrette Engländerin mit einem Gesicht wie blasser Granit und den verschlossensten Augen, die er je außerhalb des Dscherschinskii-Platzes gesehen hatte. Wie verabredet, hatte sie sich mit ihm vor der Swissair-VIP-Lounge getroffen, eine Ausgabe von *The Economist* in der linken Hand. Nachdem sie die falsche Seite seines schon lange abgelaufenen Regierungsausweises studiert hatte, hatte sie ihm den Aktenkoffer gegeben und folgendes mit ausgeprägtem britischen Akzent erklärt:

»Ich mag New York nicht, habe es noch nie gemocht. Ich fliege auch nicht gern, aber alle waren so nett, und es ist ja schließlich besser, das Ganze hinter sich zu bringen, oder? Man hat arrangiert, daß ich mit der nächsten Maschine nach Genf zurückfliegen kann. Meine Berge fehlen mir. Die brauchen mich, und ich gebe mir die größte Mühe, ihnen *alles* zu geben.«

Nach dieser etwas verworrenen Information hatte sie ein schwaches Lächeln aufgesetzt, sich ein wenig seltsam umgedreht und war wieder zur Rolltreppe zurückgegangen. Und erst jetzt begann Stone zu begreifen. Nicht die Augen der Frau waren verschlossen gewesen, nein, die ganze Person. Sie war betrunken – oder vielleicht auch nur angeheitert –, sie hatte ihre Angst vor dem Fliegen mit einem flüssigen Mutmacher überwunden. Converse hat eine seltsame Vorstellung von Kurieren, hatte Stone gedacht und es sich dann gleich wieder anders überlegt. Wer würde schon weniger verdächtig sein?

Die vierte Überraschung erwartete ihn am Flughafen von Manchester. Ein überschwenglicher rothaariger Mann in mittleren Jahren hatte ihn begrüßt, als wären sie uralte Studienfreunde. Er war wirklich überschäumend, so daß es Stone nicht nur peinlich war, sondern er sich wirklich ernsthaft Sorgen machte, man könnte auf sie aufmerksam werden. Aber als sie den Parkplatz erreicht hatten, hatte ihn der Rotschopf plötzlich gegen die Tür seines Wagens gedrückt und ihm den Lauf seiner Pistole gegen den Hals gepreßt, während die andere Hand des Mannes seine Kleidung nach einer Waffe abtastete.

»Ich würde es doch nicht riskieren, mit einer Pistole durch die Metalldetektoren zu gehen, *verdammt*!« protestierte der ehemalige CIA-Agent.

»Ich vergewissere mich ja auch nur. Ich hab' genug mit euch Arschlöchern zu tun gehabt, ihr bildet euch ein, ihr seid etwas Besonderes. Sie fahren.«

»Ist das eine Frage oder ein Befehl?«

»Ein Befehl«, erwiderte der Rotschopf. Überraschung Nummer fünf kam im Wagen, als Stone, den Anweisungen des rothaarigen Mannes folgend, eine Kurve nach der anderen nahm, während dieser gleichgültig seine Pistole in das Halfter zurücksteckte.

»Tut mir leid, daß ich so dick aufgetragen habe«, hatte er mit einer Stimme gesagt, die bei weitem nicht so feindselig wirkte wie noch auf dem Parkplatz, aber auch von der falschen Freundlichkeit im Flughafengebäude weit entfernt war. »Ich mußte vorsichtig sein, Sie zornig machen, sehen, wo Sie stehen, begreifen Sie? Ich war Cop in Cleveland, Gary Frazier heiße ich. Wie geht's Ihnen?«

»Jetzt fühle ich mich etwas besser«, hatte Stone gesagt. »Wo fahren wir hin?«

»Tut mir leid, Kumpel. Wenn er will, daß Sie das erfahren, wird er es Ihnen sagen.«

Überraschung Nummer sechs erwartete Stone, als er den Wagen durch die Hügel von New Hampshire zu einem einsam stehenden Haus aus Holz und Glas steuerte, das von Wäldern umgeben war. Das Haus war wie ein umgedrehtes

V gebaut, zwei sich nach oben verjüngende Stockwerke, die nach allen Richtungen auf Wald und Wasser blickten. Nathan Simon war ihnen auf der Steintreppe vor der Haustüre entgegengekommen.

»Haben Sie es mitgebracht?« fragte er.

»Da ist es«, sagte Stone und reichte dem Anwalt durch das offene Fenster den Aktenkoffer. »Wo sind wir? Wen werden Sie sprechen?«

»Das ist ein sehr wenig bekanntes Haus, aber wenn alles in Ordnung ist, werden wir Sie rufen. Am Bootshaus unten am See sind ein paar Gästezimmer. Wollen Sie sich nach der Reise nicht ein wenig frischmachen? Der Fahrer zeigt es Ihnen. Wenn wir Sie brauchen, rufen wir Sie an.«

Und jetzt ging Peter Stone den breiten Weg zum Bootshaus am See hinunter, wohl wissend, daß Augen ihm folgten. Überraschung Nummer sieben: Er hatte keine Ahnung, wo er war, und auch Simon würde ihm das nicht sagen. Sofern nicht »alles in Ordnung« war, was auch immer das bedeutete.

Die Gästezimmer, die der Anwalt erwähnt hatte, lagen in einer kleinen Hütte am See, mit Zugang zu dem danebenliegenden Bootshaus, in dem ein schlankes Motorboot und ein Katamaran vertäut waren. Stone schlenderte herum und versuchte, irgendeinen Hinweis auf die Identität des Besitzers zu finden. Aber ohne Erfolg.

Der ehemalige Abwehrbeamte setzte sich und blickte über die friedlichen Wasser und die dahinterliegenden dunkelgrünen Hügel von New Hampshire. Alles war friedlich.

Aber in ihm war es nicht friedlich. Sein Magen revoltierte, und er erinnerte sich daran, was Johnny Reb zu sagen pflegte: »Dem Magen kannst du vertrauen, Bruder Hase, und der Galle. Die lügen nie.« Er fragte sich, was der *Rebel* wohl gerade tat.

Das Telefon klingelte, eine schrille, entnervende Außenglocke. Stone sprang auf, riß die Tür auf und eilte quer durch das Zimmer zu dem Apparat.

»Kommen Sie bitte zum Haus«, sagte Nathan Simon; und dann fügte er hinzu: »Wenn Sie draußen gewesen sein sollten, bitte ich um Entschuldigung, daß ich Sie nicht vor dieser verdammten Glocke gewarnt habe.«

»Die Entschuldigung nehme ich an. Ich war draußen.«

»Sie ist für Gäste, die Anrufe erwarten und vielleicht mit einem der Boote auf den See hinausgefahren sind.«

»Ich komme sofort.«

Stone ging den Kiesweg hinauf und sah den Anwalt an einer mit Gittergeflecht bespannten Türe stehen, die vom See aus Zugang zum Haus bot; davor lag eine Terrasse, die man über eine Ziegeltreppe erreichte. Er stieg die Stufen hinauf und war auf Überraschung Nummer acht vorbereitet.

Andrew Wellfleet, Richter am Obersten Bundesgericht, die breite Stirne vom dünner gewordenen, ungekämmten weißen Haar bedeckt, saß hinter einem großen Schreibtisch in der Bibliothek. Die dicke Sammlung eidesstattlicher Erklärungen von Joel Converse lag vor ihm, eine Stehlampe zu seiner Linken ließ ihr Licht auf die Blätter fallen. Es dauerte ein paar Sekunden, bis er aufblickte und die stahlgeränderte Brille abnahm. Seine Augen blickten nicht freundlich. Sie blickten streng und mißbilligend, ganz zu dem Spitznamen passend, den man ihm vor zwei Jahrzehnten verliehen hatte, als er an das Gericht berufen worden war. »Der zornige Andy« hatten die Zeitungsschreiber ihn genannt, aber unbeschadet seines Temperaments stellte niemand seine geradezu furchteinflößende Intelligenz, seine Fairneß oder seine Hingabe an das Gesetz in Zweifel.

»Haben Sie das gelesen?« fragte Wellfleet, ihm weder die Hand noch einen Stuhl anbietend.

»Ja, Sir«, erwiderte Stone. »Im Flugzeug. Im wesentlichen ist es das, was er mir auch am Telefon erzählt hat, natürlich mit sehr viel mehr Einzelheiten. Die Erklärung des Franzosen Prudhomme war eine willkommene Zugabe. Die sagt uns, wie die arbeiten – wozu die *imstande* sind.«

»Und was, zum Teufel, glauben Sie, mit alldem tun zu können?« Der alte Richter machte eine weit ausholende Handbewegung, die den ganzen Schreibtisch und sämtliche Erklärungen einschloß. »Anträge an die Gerichte hier und in Europa stellen, daß sie freundlicherweise einstweilige Verfügungen erlassen und die Aktivitäten jeglichen Militärpersonals oberhalb eines bestimmten Ranges einschränken? Und das lediglich auf die Möglichkeit hin, daß diese Personen in diese Sache verwickelt sein könnten?«

»Ich bin kein Anwalt, Sir, die Gerichte sind mir daher nie in den Sinn gekommen. Aber ich dachte, daß der Bericht von Converse mit alldem, was wir wußten, ausreichen könnte, um an die richtigen Leute heranzukommen, Leute in höchsten Stellen, die etwas tun *können*. Converse hat ganz offensichtlich dasselbe gedacht und deshalb Mr. Simon angerufen und, wenn Sie mir verzeihen, Mr. Justice, Sie lesen das ja jetzt alles.«

»Das reicht nicht«, sagte der Richter. »Und zum Teufel mit den Gerichten, das sollte ich Ihnen eigentlich nicht sagen müssen, Mr. Ex-CIA-Mann. Sie brauchen Namen, viel mehr Namen, nicht nur fünf Generale, von denen drei pensioniert sind, und einer, der sogenannte Anstifter, ein Mann ist, der vor einigen Monaten operiert wurde und jetzt keine Beine mehr hat.«

»Delavane?« fragte Simon und trat zwei Schritte vom Fenster zurück.

»Richtig«, sagte Wellfleet. »Jämmerlich, nicht wahr? Nicht gerade das Bild einer beeindruckenden Bedrohung, oder?«

»Das könnte ihn sogar zu einer außergewöhnlichen Bedrohung machen.«

»Das leugne ich nicht, Nate. Ich sehe mir nur die Sammlung an, die Sie hier haben. Abrahms? Wie Ihnen jeder, der sein koscheres Salz in Israel wert ist, sagen wird, ist er ein aufgeblasener, überspannter Hitzkopf – ein brillanter Soldat, aber in seinem Kopf sind mindestens zehn Schrauben locker. Davon abgesehen gilt seine einzige Sorge Israel. Van Headmer? Der ist ein Überbleibsel aus dem neunzehnten Jahrhundert, ziemlich schnell mit der Henkersschlinge, aber außerhalb von Südafrika gibt man nicht viel auf das, was er sagt.«

»Mr. Justice«, sagte Stone, »wollen Sie damit andeuten, daß wir uns irren? Wenn Sie das nämlich tun, dann sind da noch andere Namen – und damit meine ich nicht nur ein paar Attachés an der Botschaft in Bonn –, Namen von Männern, die ermordet worden sind, weil sie versuchten, Antworten zu finden.«

»Sie haben mir nicht zugehört!« herrschte Wellfleet ihn an. »Ich habe Nate gerade gesagt, daß ich überhaupt nichts dergleichen andeute. Wie, zum Teufel, könnte ich das? Fünfundvierzig *Millionen* in *illegalen* Exporten, die einfach verschwunden sind! Ein Apparat, der imstande ist, die Medien hier und in Europa nach seinem Belieben zu beeinflussen, der Regierungsagenturen korrumpieren und, wie Nate es hier ausgedrückt hat, ›einen psychopathischen Mörder schaffen‹ kann. O nein, ich behaupte nicht, daß Sie unrecht haben. Ich sage nur, daß Sie das tun sollen, wovon man mir sagt, daß Sie sich recht gut darauf verstehen, und zwar schnell. Schleppen Sie diesen Washburn her und all die anderen, die Sie in Bonn finden können; picken Sie sich einen Querschnitt aus diesen Leuten im Department of State und dem Pentagon heraus und pumpen Sie sie voll Drogen oder was auch sonst immer und besorgen Sie uns *Namen*! Und wenn Sie je behaupten, ich hätte solch willkürliche Maßnahmen vorgeschlagen, die unsere geheiligten Menschenrechte verletzen, dann sage ich, daß das erstunken und erlogen ist. Sprechen Sie mit Nate. Für Nettigkeiten haben Sie keine Zeit mehr, Mister.«

»Wir haben auch nicht die Mittel«, sagte Stone. »Wie ich schon Mr. Simon erklärt habe, gibt es ein paar Freunde, die ich um Informationen angehen kann, aber nichts von der Art, was Sie vorgeschlagen haben – was Sie nicht vorgeschlagen haben. Ich verfüge einfach nicht über die entsprechenden Hebel und Männer. Ich stehe nicht einmal mehr in Diensten der Regierung.«

»Da kann ich Ihnen helfen.« Wellfleet machte sich Notizen. »Was auch immer Sie brauchen, werden Sie bekommen.«

»Da ist noch ein anderes Problem«, fuhr Stone fort. »Gleichgültig, wie vorsichtig wir sind, wir würden Alarm auslösen. Diese Leute *glauben* an das, was sie tun. Das sind nicht nur geistlose Extremisten. Sie sind aufeinander eingestimmt und verfügen über ausgeklügelte Strategien und

Rückzugslinien. Die wissen genau, was sie tun. Das Ganze ist ein geplanter Ablauf von Ereignissen, in dem aus den einzelnen Stufen Kapital geschlagen wird, bis wir alle gezwungen sind, sie als neue Herren zu akzeptieren – oder hinzunehmen, daß die Gewalt andauert, der Aufruhr, das Morden.«

»Sehr schön, Mister. Und was werden *Sie* tun? *Nichts*?«

»Natürlich nicht. Ob nun zu Recht oder nicht, ich habe Converse geglaubt, als er mir sagte, daß Mr. Simon mit unseren Aussagen – mit all dem Beweismaterial, das wir ihm geliefert haben – an Leute herankommen könnte, zu denen wir keinen Zugang haben. Warum hätte ich ihm nicht glauben sollen? Das paßte ganz genau in meine eigenen Überlegungen, nur daß ich nicht an einen Nathan Simon, sondern an Converse selbst gedacht hatte. Nur daß es auf meine Art länger dauern würde. Die Vorkehrungen würden viel komplizierter sein, aber *möglich* wäre es. Wir würden an die richtigen Leute herankommen und den Gegenangriff beginnen können.«

»An wen haben Sie denn gedacht?« fragte Wellfleet scharf.

»Zuerst natürlich an den Präsidenten. Und dann, weil es um ein halbes Dutzend anderer Länder geht, an den Außenminister. Man müßte einen streng geheimen Auswahlprozeß in Gang setzen – ganz ohne Zweifel unter Einsatz jener Chemikalien, die Sie nicht erwähnt haben –, bis wir untadeliges Personal zur Verfügung haben, Männer und Frauen, die mit absoluter Sicherheit keine Verbindung zu diesem Aquitania haben. Wir würden dann Zellen aufbauen, Befehlsposten hier und im Ausland. Übrigens, es gibt da einen Mann, der uns dabei höchst wertvolle Hilfe leisten kann, einen Mann namens Belamy im britischen M. I. 6. Ich habe mit ihm zusammengearbeitet, er ist der Beste, den es in diesem Geschäft gibt – und kennt die Besten –, und er hat solche Dinge schon früher getan. Sobald unsere Zellen stehen und getarnt sind, holen wir uns Washburn aus Bonn und mindestens noch zwei andere, die wir der Beschreibung nach kennen. Prudhomme kann uns die Namen der Leute in der Sûreté geben, die die angeblichen Beweise gegen Converse geliefert haben.

Und wie Sie aus meiner Aussage wissen, haben wir die Insel Scharhörn jetzt unter Beobachtung – wir glauben, daß die Insel ein Nervenzentrum oder ein Kommunikationsposten ist. Mit den richtigen technischen Einrichtungen könnten wir die Anlagen dort anzapfen. Worauf ich hinaus möchte, ist, daß wir die Information ausweiten würden. Und sobald man einmal die gegnerische Strategie kennt, kann man auch eine Gegenstrategie aufbauen, ohne Alarm auszulösen.« Stone machte eine Pause und sah die beiden Männer an. »Mr. Justice, Mr. Simon. Ich war Stationschef auf fünf wichtigen Posten in Großbritannien und dem Kontinent. Ich *weiß*, daß man es schaffen kann.«

»Daran zweifle ich nicht«, sagte Nathan Simon. »Aber wie lange würde das dauern?«

»Wenn Justice Wellfleet mir die Unterstützung und die technischen Anlagen beschaffen kann, die ich brauche, und mit den richtigen Leuten, die ich auswähle – hier und im Ausland –, könnten Derek Belamy und ich ein Blitzprogramm aufbauen. Wir würden in acht bis zehn Tagen einsatzfähig sein.«

Simon sah den Richter an, und dann wanderte sein Blick wieder zu Stone zurück. »Wir haben keine acht bis zehn Tage mehr«, sagte er. »Wir haben drei – jetzt nicht einmal mehr drei Tage.«

Peter Stone starrte den großen, behäbigen Anwalt mit den ernsten Augen an. Er spürte, wie ihm das Blut aus dem Gesicht wich.

General George Marcus Delavane legte langsam den Telefonhörer zurück auf die Gabel. Sein Körper war am Rollstuhl festgeschnallt, seine Arme schwer, sein Atem kurz, und die Venen traten blau an seinem Hals hervor. Er verkrampfte die Hände ineinander, bis die Fingerknöchel weiß hervortraten. Seine kalten, zornigen Augen verengten sich, als er den uniformierten Adjutanten ansah, der vor seinem Schreibtisch stand. »Sie sind verschwunden«, sagte er, und seine hohe Stimme klang eisig. »Leifhelm hat man aus einem Restaurant in Bonn herausgeholt. Es heißt, dort hätte ein

Krankenwagen vor dem Eingang gewartet, der sofort weggerast sei, und niemand weiß, wohin. Abrahms Wachen sind betäubt worden. Andere haben ihre Plätze eingenommen. Man hat ihn mit seinem eigenen Dienstwagen weggefahren, ihn vor einer Synagoge abgeholt. Bertholdier ist nicht mehr aus seinem Appartement am Boulevard Montaigne heruntergekommen, also ging der Fahrer hinauf, um ihn diskret an die Zeit zu erinnern. Seine Hure war nackt auf das Bett gefesselt. Sie sagte, zwei Männer hätten ihn mit gezogenen Pistolen weggeholt und es sei die Rede von einem Flugzeug gewesen.«

»Was ist mit Van Headmer?« fragte der Adjutant.

»Nichts. Unser charmanter Südafrikaner diniert im Johannesburg-Military-Club und sagt, er will sich zusätzliche Wachen beschaffen. Er ist da nicht involviert, er ist zu weit weg, um Bedeutung zu haben.«

»Was meinen Sie, General? Was ist denn plötzlich los?«

»Was los ist? Dieser *Converse* ist los! Wir haben uns unseren eigenen Feind geschaffen, Colonel – einen Feind, den man ernst nehmen muß. Und ich kann nicht behaupten, daß man uns nicht gewarnt hätte. Chaim hat es vorausgesagt. Unser Mann in der Mossad hat keine Zweifel daran gelassen. Die Nordvietnamesen haben da einen Höllenhund geschaffen – das sind die Worte der Mossad – und wir ein Monstrum. Man hätte ihn schon in Paris töten sollen, spätestens aber in Bonn. Die Männer, die er in seine Gewalt gebracht hat, sind nur Symbole, Magneten, die andere anziehen sollten. Das ist das Schöne an einer sauberen Strategie, Colonel. Sobald sie einmal in Bewegung gesetzt ist, läuft sie wie von selbst ab, wie eine Welle im Meer. Die Kraft, die sie antreibt, ist unsichtbar, aber sie treibt sie immer weiter. Die Ereignisse werden die einzig mögliche Lösung diktieren. Das ist mein Vermächtnis, Colonel.«

Nathan Simon war fast am Ende seiner Erklärung angelangt. Er hatte dazu weniger als drei Minuten gebraucht, und Peter Stone war während der ganzen Zeit völlig unbewegt geblieben, die Augen auf den älteren Mann geheftet, das Gesicht aschfahl.

»Sie sehen doch jetzt das Schema, oder?« schloß der Anwalt. »Die Proteste beginnen im Nahen Osten und folgen der Sonne und den Zeitzonen über das Mittelmeer und durch Europa, über den Atlantik, und sie erreichen ihren Höhepunkt in Kanada und den Vereinigten Staaten. Sie beginnen mit der *Peace Now*-Bewegung in Jerusalem, und dann folgt Beirut, Rom, Paris, Bonn, London, Toronto, Washington, New York, Chicago und, und, und. Gigantische Kundgebungen in den größten Städten der westlichen Welt, in jeder Nation, die Delavane und seine Leute infiltriert haben. Dann entstehen Konfrontationen – die ersten Unruhen – und wachsen sich zu größeren Störungen aus, wenn Terroristeneinheiten eingeschleust werden. Bomben, die in Wagen versteckt sind oder unter den Straßen in den Abflußkanälen oder die man einfach in die Menge hineinrollt. All das führt zu der Verwirrung und Unruhe in den Massen, die sie brauchen, um ihre führenden Figuren an Ort und Stelle zu bringen, oder präziser, sobald sie an Ort und Stelle sind, um ihre Aufträge durchzuführen.«

»Die abschließenden Attentate«, unterbrach ihn Stone leise. »Ausgewählte Morde.«

»Chaos«, nickte Simon. »Männer mit ungeheurer Verantwortung werden getötet, es ist unklar, wo dann die Autorität liegt, zu viele Männer, die protestieren und gegeneinander kämpfen, als daß *sie* Entscheidungen treffen könnten. Das totale Chaos.«

»Scharhörn!« sagte der ehemalige Abwehroffizier. »Jetzt haben wir keine andere Wahl mehr. Wir müssen zuschlagen! Darf ich Ihr Telefon benutzen, Mr. Justice?« Ohne auf Antwort zu warten, ging Stone zu Wellfleets Schreibtisch, zog dabei seine Brieftasche heraus und entnahm ihr das kleine Stück Papier mit einer Nummer in Cuxhaven. Er drehte das Telefon unter dem forschenden Blick des Richters zu sich herum und wählte. Die Nummer schien von endloser Länge. Dann klingelte es.

»Rebel?« Der obszöne Fluch von der anderen Seite des Atlantik war in der ganzen Bibliothek zu hören. Stone brachte den anderen zum Schweigen. »*Hör auf*, Johnny! Ich bin seit

Stunden nicht mehr in der Nähe des Hotels gewesen, hatte keine Zeit! *Was* hast du?« Der CIA-Mann lauschte, und seine Augen weiteten sich, der Atem stockte ihm. Er hielt die Hand über die Sprechmuschel und drehte sich zu Nathan Simon um. »Mein Gott, es ist etwas Entscheidendes passiert!« flüsterte er. »Fotos. Infrarot. Letzte Nacht aufgenommen und heute morgen entwickelt – alle in Ordnung. Siebenundneunzig Männer von Scharhörn, die ein Schiff verlassen. Er meint, das seien die Killerteams.«

»Schaffen Sie diese Fotos nach Brüssel und sorgen Sie dafür, daß sie mit der schnellsten Militärmaschine, die Sie finden können, nach Washington geflogen werden!« befahl der Richter des Obersten Bundesgerichts.

39

»*Lächerlich!*« schrie General Jacques Louis Bertholdier, der in einem brokatüberzogenen Sessel des geräumigen Studierzimmers des Alpenschlößchens saß. »Ich glaube das keinen Augenblick lang!«

»Das ist wohl ein Lieblingswort von Ihnen, wie?« erwiderte Converse, der auf der anderen Seite des Zimmers am offenen Fenster stand, hinter dem die weiten Bergmatten zu sehen waren. Er trug einen dunklen Anzug, ein weißes Hemd und eine schräg gestreifte Krawatte. »Das Wort ›lächerlich‹, meine ich«, fuhr er fort. »Als wir in Paris miteinander sprachen, haben Sie es wenigstens zweimal gebraucht, glaube ich. Es ist gerade, als würden Sie jeden, der Ihnen eine Information bringt, die Ihnen nicht paßt, für lächerlich halten – absurd, unsinnig –, die Person ebenso wie die Information. Sehen Sie so die Leute, die Ihnen nicht passen?«

»Ganz sicher nicht! Lügner behandle ich so.« Die Legende Frankreichs schickte sich an aufzustehen. »Und ich sehe keinen Anlaß...«

»*Bleiben Sie sitzen!*« Joels Stimme schlug zu wie eine Peitsche. »Oder nur Ihre Leiche wird nach Paris zurückkehren«, fügte er dann ruhig hinzu, ohne Feindseligkeit, wie eine Erklärung. »Ich sagte Ihnen, daß ich nur dieses Gespräch mit Ihnen wollte. Es wird nicht lange dauern, und anschließend können Sie gehen. Das ist großzügiger, als Sie mir gegenüber waren.«

»Sie waren für uns wertlos geworden. Entschuldigen Sie, wenn das vielleicht brutal klingt, aber das ist die Wahrheit.«

»Wenn ich so wertlos war, weshalb haben Sie mich dann nicht einfach getötet? Weshalb die Mühe, mich zum Killer, zum Mörder abzustempeln, zu einem Mann, den man in ganz Europa jagt?«

»Der Jude hat uns das vorgeschlagen.«

»Der Jude? Chaim Abrahms?«

»Das ist jetzt nicht mehr wichtig«, sagte Bertholdier. »Unser Mann in der Mossad – übrigens ein brillanter Analytiker – hat uns dargelegt, daß wir Sie, wenn wir nicht herausfinden könnten, woher Sie kommen, falls Sie es etwa selbst nicht wüßten – daß wir Sie dann für jeden unberührbar machen müßten. Und das war nicht lächerlich. Niemand bekennt sich zu Ihnen. Sie waren – Sie *sind* – in der Tat unberührbar.«

»Warum macht das jetzt keinen Unterschied mehr – die Tatsache, daß Sie mir gesagt haben, was ich Ihrer Ansicht nach ohnehin schon weiß?«

»Sie haben verloren, Monsieur Converse.«

»Habe ich das?«

»Ja, und wenn Sie etwa mit dem Gedanken spielen, mich unter Drogen zu setzen – so wie wir Sie unter Drogen gesetzt haben –, dann lassen Sie mich Ihnen und mir diese Mühe ersparen. Ich besitze die Informationen, die Sie suchen, nicht. Die besitzt niemand. Nur eine Maschine, die programmiert wurde und Befehle ausgibt.«

»An andere Maschinen?«

»Selbstverständlich nicht. An Männer. Männer, die das tun werden, wozu sie ausgebildet wurden. Die an das glauben, was sie tun. Ich habe keine Ahnung, wer sie sind.«

»Das heißt, sie morden, nicht wahr? Es sind Killer.«

»Jeder Krieg läßt sich auf das Töten reduzieren, junger

Mann. Und damit Sie mich nicht falsch verstehen, dies *ist* ein Krieg. Die Welt hat endgültig genug. Wir werden sie wieder in Ordnung bringen. Sie werden sehen; man wird uns keinen Widerstand leisten. Man braucht uns nicht nur, man sehnt uns herbei.«

»Der Jude sagt von Ihnen, Sie seien der aufgeblasenste Idiot der Welt. Er und Van Headmer würden Sie später in einen Glaskasten mit kleinen Jungen und Mädchen stecken und zusehen, wie Sie sich selbst in den Herzinfarkt vögeln.«

»Seine Worte waren immer geschmacklos... Aber nein, ich glaube Ihnen *nicht*.«

»Womit wir wieder bei meiner ursprünglichen Feststellung wären.« Joel verließ das Fenster und nahm schräg gegenüber von Bertholdier in einem Lehnsessel Platz. »Warum fällt es Ihnen eigentlich so schwer, mir zu glauben? Weil Sie nicht daran gedacht haben?«

»Nein, Monsieur. Weil es undenkbar ist.«

Converse wies auf ein Telefon, das auf dem Schreibtisch stand. »Sie kennen doch ihre Privatnummern«, sagte er. »Rufen Sie sie an. Rufen Sie Leifhelm in Bonn und Abrahms in Tel Aviv. Und Van Headmer auch, wenn Sie wollen, obwohl ich höre, daß er in den Staaten sein soll, wahrscheinlich in Kalifornien.«

»Kalifornien?«

»Fragen Sie doch jeden einzelnen, ob er mich in dem kleinen Steinhäuschen auf Leifhelms Grundstück aufgesucht hat. Fragen Sie sie, worüber wir gesprochen haben. Nur zu, das Telefon steht dort drüben.«

Bertholdier blickte mit zusammengekniffenen Augen auf den Apparat. Joel hielt den Atem an. Dann wandte sich der Soldat ihm wieder zu. »Was versuchen Sie hier? Was ist das für ein Trick?«

»Wieso Trick? Dort steht das Telefon. Ich kann daran nichts manipulieren. Ich kann es nicht dazu bringen, Nummern zu wählen oder Leute in Tausenden von Meilen Entfernung dazu zu veranlassen, die Rolle jener Männer zu spielen.«

Wieder sah der Franzose das Telefon an. »Was könnte ich

sagen?« fragte er leise, eine Frage, die er mehr sich selbst stellte als Joel.

»Versuchen Sie es mit der Wahrheit. Sie halten doch angeblich so viel von der Wahrheit. Und hier geht es doch nur um eine Kleinigkeit, um ein paar winzige Versäumnisse. *Die* haben versäumt, *Ihnen* zu sagen, daß jeder einzelne von ihnen *mich* aufgesucht hat. Vielleicht waren das auch gar keine so kleinen Versäumnisse.«

»Woher soll ich wissen, daß sie zu Ihnen gegangen sind?«

»Sie haben mir nicht zugehört. Ich habe Ihnen geraten, es mit der Wahrheit zu versuchen. Ich habe Sie entführen lassen, sonst niemanden. Ich habe es getan, weil ich nicht verstanden habe, was vor sich geht. Und wenn es zum Letzten kommt, will ich mein Leben retten. Die Welt dort draußen ist riesengroß, General. Große Teile davon werden Sie unberührt lassen, und ich könnte sehr bequem leben, solange ich mir nicht Sorgen zu machen brauche, daß plötzlich jemand durch eine Tür tritt und mir eine Kugel in den Schädel jagt.«

»Sie sind nicht der Mann, für den ich Sie hielt – für den wir Sie hielten.«

»Wir sind alle nur das, was die Umstände aus uns machen. Ich habe genug Blut und Schweiß vergossen. Ich steige aus dem Kreuzzugsgeschäft aus, oder wie Sie es sonst nennen wollen. Möchten Sie gerne wissen, warum?«

»Allerdings«, sagte Bertholdier und starrte Joel an. Seinen Augen war anzusehen, daß Verwirrung und Neugierde in ihm miteinander kämpften.

»Weil ich Ihnen in Bonn zugehört habe. Vielleicht haben Sie recht, vielleicht ist mir auch nur alles egal, weil man mich einfach in der Kälte stehengelassen hat. Vielleicht braucht die Welt euch arrogante Bastarde jetzt wirklich.«

»Ja, das tut sie! Es gibt keinen anderen Weg!«

»Dann ist das also das Jahr der Generale, nicht wahr?«

»Nein, nicht nur der *Generale*! Wir sind das Symbol der Stärke, der Disziplin und der gesetzlichen Ordnung. Ganz sicher wird das, was daraus entstehen wird – auf den internationalen Märkten in abgestimmter Außenpolitik und auch was die Einhaltung der Gesetze angeht –, unsere Führung widerspiegeln, unser Beispiel. Und aus dem wird das erwachsen, was der heutigen Welt fehlt. *Stabilität*, Monsieur Converse! Keine Wahnsinnigen mehr wie der senile Khomeini oder der hohlköpfige Prahler Ghaddafi oder die verrückten Palästinenser. Solche Männer, solche Länder und Nationen, die gerne eine wären, werden von wahrhaft internationalen Streitkräften in die Zange genommen und von der überwältigenden Macht abgestimmt handelnder Regierungen zerquetscht werden. Die Vergeltung wird schnell und total sein. Ich habe einen gewissen Ruf als Militärstratege, und Sie sollten mir daher glauben, wenn ich Ihnen sage, daß die Russen stillhalten werden, daß sie es nicht wagen werden, sich einzuschalten – denn sie wissen, daß sie uns nicht mehr auseinanderdividieren können. Sie können nicht mehr mit den Säbeln rasseln und der einen Nation Angst machen, während sie der anderen mit Friedensgesten schmeicheln. Wir werden eine Nation sein!«

»Aquitania«, sagte Joel leise.

»Eine passende Codebezeichnung, ja«, nickte Bertholdier.

»Sie sind ebenso überzeugend, wie Sie es in Bonn waren«, erklärte Converse. »Und vielleicht könnte das sogar funktionieren. Aber nicht so, nicht mit Ihnen und Ihresgleichen.«

»Wie bitte?«

»Keiner braucht *Sie* auseinanderzudividieren – zwischen Ihnen liegen bereits Welten.«

»Ich verstehe nicht.«

»Führen Sie die Gespräche, General. Machen Sie es sich leicht. Rufen Sie zuerst Leifhelm an. Sagen Sie ihm, Sie hätten gerade von Abrahms in Tel Aviv gehört, und Sie seien erschüttert. Sagen Sie ihm, Abrahms wolle sich mit Ihnen treffen, weil er Informationen über mich besäße. Sagen Sie, er hätte zugegeben, er und Van Headmer hätten mich in Bonn aufgesucht. Sie könnten hinzufügen, daß *ich* Abrahms gesagt hätte, er und sein Freund aus Südafrika seien mein zweiter und dritter Besucher gewesen. Leifhelm war der erste.«

»Warum sollte ich ihm das sagen?«

»Weil Sie verdammt wütend sind. Niemand hat Ihnen etwas von diesen Zusammenkünften mit mir gesagt, und Sie betrachten sie als höchst unpassend – was Sie übrigens auch sollten. Vor einer Weile haben Sie gesagt, ich sei wertlos gewesen. Nun, Ihnen steht ein Schock bevor, General. Leifhelm sagte nämlich, Sie würden in ein paar Monaten draußen sein, wenn nicht schon früher. Sie geben zu viele Befehle; die anderen sind das leid – und Sie wollen angeblich zuviel für Frankreich.«

»*Leifhelm?* Dieser heuchlerische Kerl, der seine Seele verkauft hat und heute alles das leugnet, wofür er einmal eingetreten ist! Der in Nürnberg seine Führer verraten und dem Gericht alle möglichen Beweise geliefert hat, bloß um den Alliierten in den *Hintern* zu kriechen! Er hat dem ehrenwertesten Beruf der Welt Unehre gebracht. Lassen Sie mich das sagen, Monsieur. Nicht *ich* bin es, der draußen sein wird, sondern *er*!«

»Abrahms hat gesagt, Sie seien eine sexuelle Peinlichkeit«, fuhr Converse fort, als hätte Bertholdiers Antwort keine Bedeutung. »So hat er es formuliert: ›Eine sexuelle Peinlichkeit.‹ Er erwähnte, es gäbe da eine Akte – eine, die er sich besorgt hätte – über eine Reihe Vergewaltigungen von Frauen und Männern, die die französische Armee gedeckt hätte, weil Sie so verdammt gut waren. Aber dann hat er die Frage gestellt, ob man denn wirklich einen bisexuellen Opportunisten, einen, der Frauen wie Männern Gewalt angetan hat, der das Offizierskorps korrumpiert und das Wort ›Verhör‹ zur Farce entwürdigt hat, ob man einen solchen Mann wirklich als den französischen Führer des Aquitania-Projekts ansehen könne. Und *außerdem* hat er gesagt, daß Sie zu viele Machtkontrollen für Ihre eigene Regierung verlangt hätten. Aber bis es solche Kontrollen geben würde, wären Sie schon draußen.«

»*Draußen?*« schrie der Franzose, und wieder loderten seine Augen wie vor Wochen in Paris, und er zitterte vor Wut. »Verurteilt von einem *Barbaren*, einem stinkenden, ungebildeten *Juden*?«

»Van Headmer ist nicht so weit gegangen. Er sagte, Sie wären einfach zu angreifbar...«

»Vergessen Sie Van Headmer!« brüllte Bertholdier. »Er ist ein Fossil! Ihn haben wir nur an uns gebunden, weil er Rohmaterial liefern könnte. Er ist belanglos.«

»Er selbst hat das nicht so gesehen«, nickte Joel.

»Aber dieser aufgeblasene, dreckige Israeli glaubte, er könne gegen *mich* vorgehen? Lassen Sie mich das sagen, Monsieur, ich bin schon einmal bedroht worden – von einem großen Mann –, und aus diesen Drohungen ist nie etwas geworden, weil ich, wie Sie es formuliert haben, ›verdammt gut‹ in meiner Arbeit bin. Und das bin ich *immer noch*! Und dann gibt es da noch eine Akte, eine, in der meine Leistungen verzeichnet sind, und die stellt alles das in den Schatten, was man an dreckigen Gerüchten und Kasernenhofklatsch zusammentragen kann. Keine Akte im Projekt Aquitania kann es mit meiner aufnehmen, und das schließt auch diesen beinlosen Großsprecher in San Francisco ein. Er glaubt, das alles sei *seine* Idee gewesen! *Lächerlich*! Ich habe das alles verfeinert! Er hat dem Ganzen nur einen Namen gegeben, weil er einmal ein paar Geschichtsbücher gelesen hat.«

»Aber er hat auch den Ball ins Rollen gebracht, indem er eine Menge Kriegsgerät exportiert hat«, unterbrach ihn Converse.

»Weil es vorhanden war, Monsieur. Und außerdem konnte man Profit daraus schlagen!« Der General hielt inne, war noch nicht fertig und beugte sich im Sessel nach vorn. »Ich will ganz offen sein. Wie in jedem Elitekorps der Führung steigt ein Mann durch die schiere Kraft seines Charakters und seines Verstandes über die anderen auf. Neben mir verblassen die anderen – alle anderen – zur Mittelmäßigkeit. Delavane ist eine deformierte hysterische Karikatur. Leifhelm ist ein Nazi, und Abrahms ist ein aufgeblasener Extremist. Er könnte Wellen des Antisemitismus auslösen, er ist deshalb das schlimmste Symbol der Führung. Wenn aus der Verwirrung und der Panik die Tribunale aufsteigen, wird man auf mich blicken. Ich werde der wahre Führer des Projekts Aquitania sein.«

Joel erhob sich aus seinem Sessel und ging zurück zu dem offenen Fenster. Er sah auf die Bergmatten hinaus und spürte den sanften Wind im Gesicht. »Das Verhör ist beendet, General«, sagte er.

Wie auf ein Stichwort öffnete sich die Tür, und ein ehemaliger Sergeant-Major der französischen Algerien-Armee trat ein und wartete darauf, die verwirrte Legende Frankreichs aus dem Zimmer eskortieren zu können.

Chaim Abrahms sprang aus dem Brokatsessel auf. »Das hat er über *mich* gesagt?«

»Ich habe Ihnen ja gesagt, ehe wir damit angefangen haben, daß Sie das Telefon benutzen sollen«, unterbrach ihn Converse. Er saß dem Israeli gegenüber, eine Pistole neben sich auf dem Tischchen. »Sie brauchen mir das nicht zu glauben. Ich habe schon einige Male gehört, daß Sie einen guten Instinkt haben. Rufen Sie doch Bertholdier an. Sie brauchen ihm nicht zu sagen, wo Sie sind – offen gestanden, wenn Sie es täten, würde ich Ihnen sogar eine Kugel in den Kopf jagen. Sagen Sie einfach, einer von Leifhelms Wächtern, ein Mann, den Sie gekauft haben, damit er die Augen offenhält, weil Sie den Deutschen einfach nicht trauen, hätte Ihnen gesagt, er, Bertholdier, hätte mich zweimal allein aufgesucht. Da man mich nicht gefunden habe, wollen Sie wissen, warum. Das wird funktionieren. Sie werden genug von ihm hören, um zu wissen, ob ich Ihnen jetzt die Wahrheit sage oder nicht.«

Abrahms starrte Joel an. »Aber warum sagen Sie mir die Wahrheit – wenn es die Wahrheit ist? Warum lassen Sie mich entführen, um mir diese Dinge zu sagen? *Warum?*«

»Ich dachte, ich hätte das klargestellt. Mein Geld geht zur Neige, und obwohl ich nicht gerade wild auf *lox* oder *kreplech* bin, wäre ich immer noch besser daran, in Israel zu leben und dort beschützt zu werden, als in ganz Europa gejagt und am Ende getötet. Sie können mir das bieten, aber ich weiß, daß ich Ihnen vorher meinerseits etwas liefern muß. Und das tue ich gerade. Bertholdier hat die Absicht, das, was er Projekt Aquitania nennt, zu übernehmen. Er sagt, Sie seien ein schmutziger Jude, ein Symbol der Zerstörung, Sie müßten gehen. Über Leifhelm hat er dasselbe gesagt; man könne einem Nazi nicht trauen, und Van Headmer sei ein Fossil, ja, das hat er gesagt, Fossil.«

»Ich kann es förmlich hören«, sagte Abrahms leise, der mit verschränkten Händen auf das Fenster zuging. »Sind Sie sicher, daß unser Militär-*Boulevardier* mit dem stählernen Schwanz nicht gesagt hat ›stinkender Jude‹? Ich habe oft gehört, wie unser französischer Held solche Worte benutzt hat, wobei er sich natürlich jedesmal bei mir entschuldigte und sagte, ich sei da eine Ausnahme.«

»Er hat sie benutzt.«

»Aber *warum*? Warum sollte er zu *Ihnen* solche Dinge sagen? Einen Teil seiner Logik kann ich ja nicht leugnen, weiß Gott nicht. Leifhelm wird erschossen werden, sobald wir einmal die Macht haben. Ein *Nazi*, der die verdammte deutsche Regierung führt? Absurd! Selbst Delavane begreift das. Er wird eliminiert werden. Und der arme alte Headmer ist wirklich ein Relikt aus der Vergangenheit, das wissen wir alle. Aber immerhin gibt es in Südafrika Gold. Er könnte es uns liefern. Aber warum *Sie*? Warum sollte Bertholdier ausgerechnet zu *Ihnen* kommen?«

»Fragen Sie ihn selbst. Dort ist das Telefon. Sie können es benutzen.«

Der Israeli stand reglos da, und seine schmalen Augen starrten Converse an. »Das *werde* ich«, sagte er leise. »Sie sind viel zu clever, Mr. Rechtsanwalt. Das Feuer in Ihnen bleibt in Ihrem Kopf – bis in Ihren Magen ist es noch nicht vorgedrungen. Sie denken zu viel. Sie sagen, man hätte Sie manipuliert? Ich sage, *Sie* manipulieren.« Abrahms drehte sich um und stapfte auf das Telefon zu. Einen Augenblick stand er da, kniff die Augen zusammen, überlegte, dann nahm er den Hörer ab und wählte eine Folge von Ziffern, die er sich vor langer Zeit eingeprägt hatte.

Joel blieb auf dem Sessel sitzen, jeder Muskel in seinem Körper war angespannt, seine Kehle war plötzlich trocken, und das Pochen in seiner Brust war bis in seine Schläfen zu spüren. Langsam schob sich seine Hand über die Stuhllehne auf die Pistole zu. In wenigen Sekunden würde er sie vielleicht benutzen müssen, weil seine Strategie – die einzige

Strategie, die er hatte – durch ein Telefongespräch vereitelt worden war. *Was stimmte nicht mit ihm? Wohin hatte seine vielgerühmte Verhörtaktik geführt? Hatte er vergessen, mit wem er es hier zu tun hatte?*

»Code Isaiah«, sprach Abrahms ins Telefon, und wieder starrten seine zornigen Augen Converse an. »Verbinden Sie mich mit Verdun-sur-Meuse. *Schnell!*« Der mächtige Brustkasten des Israeli hob und senkte sich mit jedem Atemzug. Jetzt sprach er wieder, diesmal zornig. »Ja, Code *Isaiah!* Ich kann hier keine Zeit vergeuden! Verdun-sur-Meuse. *Sofort!*« Abrahms Augen weiteten sich plötzlich, während er lauschte. Sein Blick wandte sich kurz von Converse ab, dann fuhr sein Kopf wieder zurück, und in seinen Augen war Wissen und Abscheu zu lesen, die beide Joel galten. »Wiederholen Sie das!« schrie er. Und dann knallte er den Hörer mit solcher Gewalt auf die Gabel, daß der Schreibtisch erzitterte. *»Lügner!«* schrie er.

»Meinen Sie mich?« fragte Joel, dessen Hand nur noch wenige Zentimeter von der Waffe entfernt war.

»Die sagen, er sei *verschwunden*! Sie können ihn nicht *finden*!«

»Und?« Converse wußte, daß er verloren hatte.

»Er *lügt*! Ein jammernder Feigling ist er! Er versteckt sich – er *weicht mir aus*! Er will sich mir nicht stellen!«

Joel schluckte ein paarmal und zog die Hand von der Waffe zurück. »Zwingen Sie ihn«, sagte er und schaffte es dabei irgendwie, das Zittern aus seiner Stimme herauszuhalten. »Machen Sie ausfindig, wo er ist. Rufen Sie Leifhelm an, Van Headmer. Sagen Sie, es sei unerläßlich, daß Sie Bertholdier erreichen.«

»Hören Sie auf! Damit er weiß, daß *ich* Bescheid weiß! Er muß Ihnen doch einen Grund genannt haben! Warum ist er überhaupt zu Ihnen gekommen?«

»Ich wollte warten, bis Sie mit ihm gesprochen hatten«, sagte Converse, schlug die Beine übereinander und griff nach einem Päckchen Zigaretten, das neben seiner Pistole lag. »Vielleicht hätte er es Ihnen selbst gesagt – vielleicht auch nicht. Er bildet sich ein, Delavane hätte mich ausgeschickt, um Sie alle zu überprüfen. Um zu sehen, wer ihn vielleicht betrügen würde.«

»Ihn *betrügen*? Den Beinlosen betrügen? Warum? Und wenn unser französischer Pfau das wirklich geglaubt hat, dann frage ich Sie noch einmal, warum sollte er das ausgerechnet Ihnen sagen?«

»Ich bin Rechtsanwalt. Ich habe ihn provoziert. Als er einmal begriffen hatte, was ich von Delavane hielt, was mir dieser Bastard einmal angetan hat, wußte er, daß ich unmöglich mit ihm unter einer Decke stecken konnte. Das hat ihn entwaffnet; der Rest war leicht. Und während er redete, entdeckte ich eine Möglichkeit, mein Leben zu retten.« Joel riß ein Streichholz an und zündete sich die Zigarette an. »Indem ich an Sie herantrat«, fügte er dann hinzu.

»Dann verlassen Sie sich also am Ende auf die Moral eines Juden? Daß er ein Versprechen halten würde?«

»Nicht ganz, General. Ich weiß etwas über Leifhelm, darüber, wie er in all den Jahren manövriert hat. Er würde mich erschießen lassen und dann seine Männer auf seine angeblichen Freunde und Partner hetzen, damit er die Nummer eins würde.«

»Genau das würde er tun«, pflichtete der Israeli ihm bei.

»Ich will deutlicher werden«, hakte Joel nach. »Ich bin von Leuten ausgeschickt worden, die ich nicht kenne und die mich fallenließen, ohne auch nur das leiseste schlechte Gewissen. Wer weiß, vielleicht haben sie sich sogar selbst der Jagd auf mich angeschlossen, um das eigene Leben zu retten. Und in Anbetracht dieser Umstände ist es in der Tat meine Absicht zu überleben.«

»Was ist mit der Frau? Ihrer Frau?«

»Sie geht mit mir.« Converse legte die Zigarette weg und griff nach der Pistole. »Wie lautet Ihre Antwort? Ich kann Sie jetzt töten oder das Bertholdier überlassen oder Leifhelm, falls der den Franzosen zuerst tötet. Oder ich kann auf Ihre Moral setzen und darauf, daß Sie Ihre Schulden begleichen. Wie soll es sein?«

»Legen Sie die Pistole weg«, sagte Chaim Abrahms. »Sie haben mein Wort.«

»Was werden Sie tun?« fragte Joel und legte die Waffe auf den Tisch zurück.

»Tun?« platzte es plötzlich zornig aus dem Israeli heraus. »Was ich immer *vorgehabt* habe! Glauben Sie, daß ich auch nur einen Pferdefurz auf diesen allgemeinen Unsinn gebe, diese Infrastruktur von Aquitania? Glauben Sie, daß mir Titel und solches Zeug auch nur das geringste bedeuten? Sollen die doch alles haben! Mir ist nur wichtig, daß es funktioniert. Und damit es funktioniert, muß *neben* der Stärke auch so etwas wie *Respekt* aus dem Chaos herauskommen. Bertholdier hat recht gehabt. Ich bin jemand, der die Menschen polarisiert und darf daher auf der europäisch-amerikanischen Szene nicht zu sichtbar werden. Also werde ich *unsichtbar* sein – nur in Eretz Israel nicht, wo mein Wort das Gesetz dieser neuen Ordnung sein wird. Ich selbst werde dem französischen Bullen helfen, daß er alle Orden und Medaillen bekommt, die er haben will. Ich werde nicht gegen ihn kämpfen, ich werde ihn lenken, ihn *kontrollieren.*«

»Wie?«

»Weil ich seinen Ruf zerstören kann.«

Converse beugte sich vor, unterdrückte seine Überraschung. »Mit diesen Skandalen?«

»Mein Gott, nein, Sie Schwachkopf! Wenn Sie einem Mann in der Öffentlichkeit unter die Gürtellinie treten, dann verlangen Sie ja selbst nach Ärger. Die Hälfte der Leute schreit ›Gemeinheit‹, weil sie denken, das gleiche könnte ihnen passieren, und die andere Hälfte beklatscht seine Courage, daß er es gewagt hat, seinem Vergnügen nachzugehen, was sie nämlich alle selbst gerne tun würden.«

»Wie dann, General? Wie können Sie seinen Ruf zerstören?«

Abrahms nahm wieder auf dem brokatbezogenen Sessel Platz, zwängte seinen dicken Leib gefährlich zwischen die fein geschnitzten Armlehnen. »Indem ich bekanntmache, welche Rolle er im Projekt Aquitania gespielt hat. Die Rolle, die wir dann alle in diesem ungewöhnlichen Abenteuer gespielt haben, das die zivilisierte Welt zwang, uns herbeizurufen und mit uns die Kraft unserer Führungskunst. Es ist durchaus möglich, daß das ganze freie Europa sich Bertholdier zuwenden wird. Aber man muß einen Mann wie Bertholdier verstehen. Er sucht nicht nur Macht, er sucht die *Glorie* der Macht, das Mystische, die Vergötterung, die Anbetung. Lieber würde er einen Teil seiner Autorität aufgeben, als einen Teil dieser Glorie zu verlieren. *Ich*? Ich scheiße auf alle Glorie. Alles, was ich will, ist die Macht, um das zu bekommen, was ich brauche, was ich haben will. Für das Königreich Israel und dafür, daß es dem ganzen Nahen Osten seinen Stempel aufdrückt.«

»Wenn Sie seine Rolle aufdecken, dann decken Sie auch Ihre eigene auf? Wie können Sie so gewinnen?«

»Weil er es nicht soweit kommen lassen wird. Er wird an seinen Glorienschein denken und nachgeben. Er wird das tun, was ich sage, mir geben, was ich will.«

»Ich glaube, er wird Sie erschießen lassen.«

»Nicht wenn er weiß, daß nach meinem Tode ein paar hundert Dokumente an die Öffentlichkeit gelangen, in denen jede einzelne Konferenz geschildert wird, an der wir teilgenommen haben, jede Entscheidung, die wir getroffen haben. Alles steht dort in allen Einzelheiten, das kann ich Ihnen versichern.«

»Und das war von Anfang an Ihr Plan?«

»Von Anfang an.«

»Sie spielen ein hartes Spiel.«

»Ich bin ein Jude. Ich spiele für den Vorteil – wenn wir anders gehandelt hätten, dann hätte man uns schon vor Jahrzehnten massakriert.«

»Ist bei diesen Dokumenten auch eine Liste von allen, die zu Aquitania gehören?«

»Nein. Ich hatte nie die Absicht, die Bewegung in Gefahr zu bringen. Sie können das nennen, wie Sie wollen, ich glaube ehrlich an das Konzept. Es *muß* einen geeinten, internationalen militärisch-industriellen Komplex geben. Ohne ihn ist die Welt dem Wahnsinn geweiht.«

»Aber es gibt eine solche Liste.«

»In einer Maschine, einem Computer, aber den muß man richtig programmieren, man muß die richtigen Codes gebrauchen.«

»Könnten Sie das tun?«

»Nicht ohne Hilfe.«

»Was ist mit Delavane?«

»Sie haben sich das selbst ja auch überlegt«, sagte der Israeli und nickte. »Was ist mit ihm?«

Wieder mußte Joel sein Staunen verbergen. Die Computercodes, die die Namensliste von Aquitania freigeben würden, befanden sich bei Delavane, zumindest die wichtigsten Teile. Den Rest lieferten seine Jünger, die vier Generale auf der anderen Seite des Atlantik. Converse zuckte die Achseln. »Sie haben ihn ja im Grunde nicht erwähnt. Sie sprachen von Bertholdier, von der Ausschaltung Leifhelms und der Machtlosigkeit Van Headmers, der lediglich Rohmaterial liefern könnte...«

»Gold, habe ich gesagt«, verbesserte Abrahms.

»Bertholdier sagte Rohmaterial... Aber was ist mit George Marcus Delavane?«

»Marcus ist erledigt«, sagte der Israeli ausdruckslos. »Man hat ihn verhätschelt – wir alle haben ihn verhätschelt –, weil er uns das Konzept geliefert und seinen Teil in den Vereinigten Staaten erledigt hat. Wir haben Geräte und Material in ganz Europa. Delavane ist ein Verrückter, ein Wahnsinniger. Haben Sie je seine Stimme gehört? Er redet wie ein Mann, dessen Hoden man in einen Schraubstock gezwängt hat. Sie haben ihm die Beine abgeschnitten, wissen Sie, erst vor ein paar Monaten hat man sie wegen Diabetes amputiert. Der große General, wegen *Zucker* zum Krüppel gemacht! Er hat versucht, es geheimzuhalten. Er empfängt niemanden. Er arbeitet von seinem Privathaus aus, das die Dienstboten nur dann betreten, wenn er in einem verdunkelten Schlafzimmer versteckt ist. Wie er sich gewünscht hat, daß es ein Bajonett oder eine Kugel sein möge! Aber nein. Zucker. Er ist dabei halb zugrunde gegangen, zu einem eifernden Narren geworden, aber selbst Narren können gelegentlich brillante Ideen haben. Und eine solche hat er einmal gehabt.«

»Was ist mit ihm?«

»Wir haben einen Mann bei ihm, einen Adjutanten im Rang eines Colonel. Wenn alles anfängt, wenn unsere Einheiten ihre Positionen bezogen haben, wird der Colonel nach seinen Instruktionen handeln. Marcus wird erschossen werden zum Nutzen seines eigenen Planes.«

Jetzt war Joel an der Reihe, aus dem Sessel aufzustehen. Wieder ging er zu dem Fenster auf der anderen Seite des Raumes. »Die Untersuchung ist beendet, General«, sagte er.

»*Was?*« brüllte Abrahms. »Sie wollen Ihr Leben. *Ich* will Garantien.«

»Beendet«, wiederholte Converse, während sich die Türe öffnete und ein Captain der israelischen Armee ins Zimmer trat und seine Waffe auf Chaim Abrahms richtete.

»Es wird keine Diskussion zwischen uns geben, Herr Converse«, sagte Erich Leifhelm, der an der Tür des Arbeitszimmers stand, nachdem der Arzt aus Bonn gegangen und die Türe hinter sich geschlossen hatte. »Sie haben Ihren Gefangenen. Exekutieren Sie ihn. Ich habe viele Jahre lang und in mannigfacher Weise auf diesen Augenblick gewartet. Um die Wahrheit zu sagen, ich bin müde.«

»Soll das heißen, daß Sie sterben wollen?« fragte Joel, der neben dem Tisch mit der Pistole saß.

»Niemand *will* sterben, am wenigsten ein Soldat in der Stille eines fremden Zimmers. Trommeln und die Befehle eines Erschießungskommandos sind vorzuziehen – das hat eine gewisse Würde. Aber ich habe den Tod zu oft gesehen, um jetzt hysterisch zu werden. Nehmen Sie Ihre Pistole und bringen Sie es hinter sich. Wenn ich Sie wäre, würde ich es tun.«

Converse studierte das Gesicht des Deutschen, seine seltsam nichtssagenden Augen, die nur Verachtung für das übrig hatten, was ihm bevorstand. »Ihnen ist es damit wirklich ernst, nicht wahr?«

»Soll ich selbst den Befehl geben? Ich erinnere mich an eine Reportage vor ein paar Jahren. Ein Neger hat das an einer blutbesudelten Mauer im Kuba Fidel Castros getan. Ich habe den Soldaten immer bewundert.« Und dann schrie Leifhelm plötzlich: »*Achtung! Soldaten! Präsentiert das Gewehr! Durchladen*... Mein Nachfolger ist sorgfältig ausgewählt worden. Er wird die Einzelheiten ausführen. Jede Nuance meines Planes.«

Da war die Lücke, plötzlich sah er die Strategie. Joel drückte den Knopf.

»Ihr Nachfolger?«

»Ja.«

»Sie haben keinen Nachfolger, Feldmarschall.«

»Was?«

»Den haben Sie ebensowenig, wie Sie einen Plan haben. Ohne mich haben Sie überhaupt nichts. Deshalb habe ich Sie hierher gebracht. Nur Sie.«

»Was wollen Sie damit sagen?«

»Setzen Sie sich, General. Ich habe Ihnen einiges zu sagen und kann Ihnen nur im eigenen Interesse raten, sich zu setzen. Ihre Exekution könnte in Ihren Augen dem vorzuziehen sein, was ich sagen muß.«

»*Lügner*!« schrie Erich Leifhelm vier Minuten später, und seine Hände hielten die Armlehnen des Brokatsessels umklammert. »Lügner, Lügner, *Lügner*!« brüllte er, seine Augen schienen in Flammen zu stehen.

»Ich habe nicht erwartet, daß Sie mir glauben«, sagte Joel ruhig. Er stand in der Mitte der von Bücherregalen umsäumten Bibliothek. »Rufen Sie Bertholdier in Paris an und sagen Sie ihm, Sie hätten gerade eine beunruhigende Nachricht gehört und würden gerne eine Erklärung haben. Sprechen Sie es ruhig aus; Sie haben erfahren, daß Bertholdier und Abrahms, während Sie in Essen waren, mich auf Ihrem Anwesen in Bonn aufgesucht haben.«

»Aber woher würde ich das wissen?«

»Die Wahrheit. Die haben einen Ihrer Wächter dafür bezahlt, daß er ihnen die Türe öffnet – ich weiß nicht welchen, ich habe ihn nicht gesehen –, aber jedenfalls hat ein Wächter die Tür aufgesperrt und sie eingelassen.«

»Weil sie glaubten, Sie seien ein *Informant*, den Delavane selbst geschickt hatte?«

»Das haben Sie mir zumindest gesagt.«

»Man hat Sie unter Drogen gesetzt! Es gab nichts, was darauf hinwies!«

»Sie waren argwöhnisch. Sie kannten den Arzt nicht und haben dem Engländer nicht vertraut. Ich brauche Ihnen nicht zu sagen, daß sie Ihnen nicht vertrauen. Sie dachten, das Ganze könnte ein großer Schwindel sein. Sie wollten sich absichern.«

»Unglaublich!«

»Nicht, wenn Sie einmal darüber nachdenken«, sagte Converse und setzte sich dem Deutschen gegenüber. »Wie bin ich denn an die Information gelangt, die ich hatte? Woher wußte ich denn, welche Leute ich ansprechen mußte – wenn es mir nicht Delavane gesagt hatte? So haben sie zumindest gedacht.«

»Daß Delavane das tun würde – es tun könnte?« begann der völlig verwirrte Leifhelm.

»Ich weiß jetzt, was das bedeutet«, unterbrach Joel ihn schnell und packte den anderen damit an der Schwachstelle, die sich ihm gerade gezeigt hatte. »Delavane ist erledigt, das haben beide zugegeben, als sie begriffen hatten, daß er der letzte Mensch auf der Welt wäre, für den ich arbeiten würde. Vielleicht haben sie mir ein paar Brotkrumen hingeworfen, ehe sie mich für meine eigene Exekution zurechtrückten.«

»Das mußte getan werden!« rief der ehemalige Feldmarschall des Dritten Reiches aus. »Das verstehen Sie doch sicherlich! Wer waren Sie, woher kamen Sie? Sie selbst wußten es nicht. Sie sprachen von belanglosen Namen und Listen und einer Menge Geld, aber da war nichts, was einen Sinn ergab. Da wir nichts herausfinden konnten, mußten Sie zum *Paria* gestempelt werden.«

»Was Sie sehr gut gemacht haben.«

»Das war mein Werk«, sagte Leifhelm und nickte. »Es war im wesentlichen meine Organisation. Alles kam von mir.«

»Ich habe Sie nicht hierher geholt, um Ihre Leistungen zu diskutieren. Ich habe Sie hergebracht, um mein Leben zu retten. Sie können das für mich tun – die Leute, die mich ausgeschickt haben, können oder wollen das nicht, aber Sie können es. Wenn ich Ihnen bloß einen Grund dafür liefere.«

»Indem Sie andeuten, daß Abrahms und Bertholdier sich gegen mich verschworen haben?«

»Ich werde überhaupt nichts andeuten. Ich werde es Ihnen in deren eigenen Worten vortragen. Vergessen Sie nicht, keiner von beiden hat damit gerechnet, daß ich Ihr Anwesen lebend verlassen würde.« Plötzlich stand Converse auf und schüttelte den Kopf. »*Nein*!« sagte er eindringlich. »Rufen Sie Ihre französischen und israelischen Verbündeten an, Ihre *Aquitanier*. Sagen Sie, was Sie wollen, und achten Sie nur auf ihre Stimmen – dann werden Sie es selbst merken. Es gehört ein erfahrener Lügner dazu, um andere Lügner zu entdekken, und Sie sind der Beste.«

»Sie beleidigen mich.«

»Seltsamerweise hatte ich es als Kompliment gedacht, deshalb habe ich Sie angesprochen. Ich denke, daß Sie hier drüben der Sieger sein werden, und nach dem, was ich durchgemacht habe, möchte ich auf der Seite des Siegers stehen.«

»Warum sagen Sie das?«

»Kommen Sie, seien wir doch ehrlich. Abrahms ist verhaßt; er hat jedermann in Europa beleidigt, der nicht mit seinen expansionistischen Ideen für Israel einverstanden ist. Selbst seine eigenen Landsleute können ihn nicht zum Schweigen bringen. Sie können ihn nur immer wieder tadeln, und er schreit doch weiter. Man würde ihn niemals in irgendeiner internationalen Föderation dulden.«

Der Nazi schüttelte heftig den Kopf. »Niemals!« schrie er. »Er ist der ekelhafteste, widerlichste Mensch, den der Nahe Osten je hervorgebracht hat. Und dann ist er natürlich Jude. Aber wie kann man Bertholdier auf denselben Nenner bringen?«

Joel machte eine Pause, ehe er antwortete. »Sein Verhalten«, erwiderte er dann nachdenklich. »Ich meine das ernst. Er ist arrogant, anmaßend. Er sieht sich nicht nur als großen Militärführer und als eine Persönlichkeit, die die Geschichte gestalten wird, sondern auch noch als ein Gott, der über den anderen Menschen steht. Auf seinem Olymp ist kein Platz für andere Sterbliche. Und außerdem ist er Franzose. Die Engländer und die Amerikaner würden sich nie mit ihm abfinden; *ein* de Gaulle in diesem Jahrhundert reicht ihnen.«

»In Ihren Gedanken ist Klarheit. Er ist die Art von Egoist, wie sie nur die Franzosen ertragen können. Aber damit ist er natürlich zugleich ein Spiegelbild des ganzen Landes.«

»Van Headmer zählt nicht, abgesehen davon, daß er die Rohstoffe Südafrikas garantieren kann.«

»Richtig«, nickte der Deutsche.

»Sie andererseits«, fuhr Converse schnell fort und setzte sich wieder, »haben mit den Amerikanern und den Engländern in Berlin und Wien zusammengearbeitet. Sie haben mitgeholfen, die Politik der Besatzungsmacht durchzusetzen und haben guten Gewissens den Anklageteams der Amerikaner und Engländer in Nürnberg Beweismaterial geliefert. Am Ende wurden Sie der Sprecher Bonns in der NATO. Was auch immer Sie in der Vergangenheit waren, die mögen Sie.« Wieder machte Joel eine Pause, und als er fortfuhr, schwang in seiner Stimme eine gewisse Unterwürfigkeit mit. »Deshalb sind Sie der Sieger, General, und Sie können mein Leben retten. Sie brauchen nur einen Grund.«

»Dann liefern Sie ihn mir.«

»Telefonieren Sie zuerst.«

»Seien Sie kein Narr, und halten Sie *mich* nicht für einen! Sie würden nicht so darauf bestehen, wenn Sie Ihrer selbst nicht sicher wären, und das bedeutet, daß Sie die Wahrheit sagen. Und wenn sich diese *Schweinehunde* gegen mich verschworen haben, dann werde ich sie nicht wissen lassen, daß ich es *weiß*! Was haben sie gesagt?«

»Sie sollen getötet werden. Die anderen können nicht den Vorwurf riskieren, daß ein ehemaliges wichtiges Mitglied der Nazipartei in Westdeutschland die Führung übernommen hat. Selbst unter der Herrschaft von Aquitania würde das zu viele Proteste geben, würde den unvermeidlichen Gegnern zu viel Schwung geben. Ein jüngerer Mann, oder jemand, der so denkt wie sie, aber ohne Nazivergangenheit, wird Ihren Platz einnehmen. Aber niemand, den Sie empfehlen.«

Leifhelm saß starr in dem Brokatsessel. Sein alter, aber immer noch straffer Körper war unbewegt, sein bleiches Gesicht mit den durchdringenden hellblauen Augen wirkte wie eine Alabastermaske. »*Die* haben diese *heilige* Entscheidung getroffen?« sagte er eisig, ohne die Lippen zu bewegen. »Der vulgäre Jude und der verkommene französische Fürst der Maden *wagen* es, einen solchen Schritt gegen mich zu planen?«

»Nicht, daß es etwas zu bedeuten hätte, aber Delavane ist einverstanden.«

»Delavane! Ein infantiler, verrückter Phantast! Der Mann, den wir vor zwei Jahren kannten, ist er nicht mehr. Er hat sich aufgelöst, ist senil geworden! Er weiß es nicht, aber wir geben *ihm* Befehle, die natürlich als Vorschläge und Möglichkeiten verbrämt sind. Sein Verstand ist nicht mehr wert als der Hitlers in seinen letzten Jahren des Wahnsinns.«

»Davon weiß ich nichts«, sagte Converse. »Abrahms und Bertholdier sind nicht weiter darauf eingegangen, sie sagten nur, er sei erledigt. Sie sprachen über Sie.«

»Wirklich? Nun, lassen Sie *mich* über *mich* sprechen! Wer hat denn Ihrer Meinung nach Aquitania in ganz Europa und im Mittelmeerraum erst möglich gemacht? Wer hat den Terroristen Waffen geliefert? Wer hat sie denn auf ihre letzten, lassen Sie uns sagen, ihre *schönsten* Stunden vorbereitet? *Wer*? Das war *ich*, mein Herr! Warum finden unsere Konferenzen immer in Bonn statt? Warum werden alle Weisungen über *mich* gelenkt und am Ende von mir *ausgegeben*? Lassen Sie mich das erklären. *Ich* habe die Organisation! *Ich* verfüge über das Personal – ergebene Männer, die bereit sind, auf jeden Befehl hin, den ich erteile, zu handeln. *Ich* habe das *Geld*! Ich habe aus Ruinen eine fortschrittliche, leistungsfähige Befehlszentrale aufgebaut; niemand anderer in Europa hätte das geschafft. Ich wußte das die ganze Zeit. Bertholdier hat, abgesehen vom Einfluß und der Aura, die ihn umgibt, praktisch nichts – und in der Schlacht ist das bedeutungslos. Der Jude und der Südafrikaner sind einen Kontinent entfernt. Wenn das Chaos kommt, dann werde *ich* die Stimme von Aquitania in Europa sein. Ich habe nie anders gedacht! Meine Männer werden Bertholdier und Abrahms auf ihren Toiletten niedermachen!«

»Scharhörn ist die Befehlszentrale, nicht wahr?« fragte Joel tonlos.

»Die haben Ihnen das gesagt?«

»Der Name fiel. Die Namensliste von Aquitania ist dort in einem Computer gespeichert, nicht wahr?«

»Das *auch*?«

»Es ist nicht wichtig. Mir ist das jetzt gleichgültig. Der Computer muß auch Ihre Idee gewesen sein – dazu wäre sonst keiner imstande.«

»Eine beachtliche Leistung«, gab Leifhelm zu, und sein wächsernes Gesicht strahlte. »Ich habe sogar mit der Katastrophe des Todes gerechnet. Es sind sechzehn Buchstaben; jeder von uns hat unterschiedliche Sätze von vier, die übrigen zwölf sind bei dem Krüppel in Kalifornien. Er meint, niemand könnte die Codes ohne seinen Primärsatz aktivieren, aber in Wahrheit ist es mit einer *vor*codierten Kombination von zwei Doppelsequenzen möglich.«

»Genial«, sagte Converse. »Wissen das die anderen?«

»Nur mein vertrauter französischer Kamerad«, antwortete der Deutsche kühl. »Der Fürst der Verräter, Bertholdier. Aber ich habe ihm natürlich nie die genaue Kombination gegeben, und eine unkorrekte Eingabe würde alles löschen.«

»So denkt ein Sieger.« Joel nickte zustimmend und runzelte dann besorgt die Stirn. »Aber was würde passieren, wenn man Ihre Zentrale angreifen würde?«

»Genau wie Hitlers Pläne für den Bunker, sie würde in Flammen aufgehen. Überall liegen Sprengladungen.«

»Ich verstehe.«

»Aber da Sie von Siegern sprechen und nach meiner Ansicht solche Männer Propheten sind«, fuhr Leifhelm fort und lehnte sich in dem Brokatsessel vor, und seine Augen weiteten sich vor Erregung, »will ich Ihnen mehr über die Insel Scharhörn sagen. Vor Jahren, 1945, sollte diese Insel aus der Asche der Niederlage zum Ort der unglaublichsten Schöpfung werden, die die Welt je gekannt hat. Wahre Gläubige hatten alles vorbereitet, aber Feiglinge und Verräter haben es vereitelt. Ich spreche von der Operation *Sonnenkinder* – den Kindern der Sonne –, biologisch ausgewählten Säuglingen, die man in die ganze Welt hinausgeschickt hatte, zu Leuten, die auf sie warteten, vorbereitet darauf, sie auf

Positionen der Macht und des Wohlstands zu bringen. Als Erwachsene hätten die *Sonnenkinder* auf der ganzen Welt nur eine Mission gehabt. Den Aufstieg des Vierten Reiches. Sehen Sie jetzt, welche Symbolik in der Wahl von Scharhörn steckt? Aus diesem Komplex von Aquitania wird die *neue Ordnung* entstehen! Wir werden sie *erschaffen*!«

»Schluß damit«, sagte Converse, stand auf und entfernte sich einige Schritte von Erich Leifhelm. »Die Untersuchung ist beendet.«

»*Was?*«

»Sie haben es gehört, verschwinden Sie hier. Sie machen mich krank.« Die Türe öffnete sich, und der junge Arzt aus Bonn trat ein, die Augen auf den einst gefeierten Feldmarschall gerichtet. »Ziehen Sie ihn aus«, befahl Converse. »Durchsuchen Sie ihn.«

Joel betrat den schwach beleuchteten Raum, in dem Valerie und Prudhomme von der Sûreté zu beiden Seiten eines Mannes hinter einer Videokamera auf einem Stativ standen. Drei Meter entfernt stand ein Fernsehmonitor, auf dem jetzt nur die verlassene Bibliothek und der Brokatsessel in der Mitte des Bildschirms zu sehen waren.

»Alles richtig gelaufen?« fragte er.

»Wunderschön«, sagte Valerie. »Der Kameramann hat kein Wort verstanden, aber er sagte, die Beleuchtung sei hervorragend gewesen. *Au bel naturel*, hat er es genannt. Er kann so viele Kopien machen, wie du willst. Er braucht für jede etwa fünfunddreißig Minuten.«

»Zehn und das Original werden reichen«, sagte Converse, blickte auf die Uhr und sah dann Prudhomme an, während Val leise in Französisch mit dem Kameramann sprach. »Sie können die erste Kopie nehmen und noch die Fünf-Uhr-Maschine nach Washington erreichen.«

»Mit der größten Begeisterung, mein Freund. Ich nehme an, eine der Kopien wird für Paris sein.«

»Und jeden anderen Regierungschef, zuzüglich zu unseren eidesstattlichen Erklärungen. Sie werden Kopien der

Aussagen mitbringen, die Simon in New York aufgenommen hat.«

»Ich werde gleich das Notwendige vorbereiten«, sagte der Franzose. »Es ist wohl am besten, wenn mein Name nicht auf der Passagierliste erscheint.« Er drehte sich um und verließ den Raum, gefolgt von dem Kameramann.

Valerie ging zu Joel, nahm sein Gesicht in beide Hände und küßte ihn sanft auf die Lippen. »Ein paar Augenblicke lang hatte ich Angst, du würdest es nicht schaffen.«

»Ich auch.«

»Aber du hast es geschafft. Das war großartig. Ich bin stolz auf dich, my darling.«

»Eine ganze Menge Anwälte werden zusammenzucken. Das war die schlimmste Täuschung, die man sich vorstellen kann. Ein alter, aber sehr intelligenter Professor der Jurisprudenz, bei dem ich einmal gehört habe, würde das so formulieren: das waren Geständnisse, die auf Grundlage falscher Aussagen entlockt wurden, wobei diese Geständnisse ihrerseits die Grundlage für weitere Täuschungsmanöver bilden.«

»Hör auf damit, Converse. Machen wir einen Spaziergang. Wir sind früher oft spazierengegangen, und ich möchte mir das wieder angewöhnen. Allein macht es nicht viel Spaß.«

Joel nahm sie in die Arme. Sie küßten sich, zuerst sanft, und dann spürten sie die Wärme, die zu ihnen zurückgekehrt war. Er zog den Kopf zurück, seine Hände glitten über ihre Schultern, und dann blickte er in ihre weiten, strahlenden Augen. »Willst du mich heiraten, Mrs. Converse?« fragte er.

»Du lieber Gott, noch einmal? Nun, warum nicht? Wie du früher einmal gesagt hast, ich brauchte nicht einmal die Initialen auf meiner Wäsche zu wechseln.«

»Du hattest nie Initialen in der Wäsche.«

»Das wußtest du schon lange, bevor du die Bemerkung gemacht hast.«

»Ich wollte nicht, daß du mich für einen Voyeur hältst.«

»Ja, my darling, ich werde dich heiraten. Aber zuerst gibt es einiges zu erledigen. Noch vor unserem Spaziergang.«

»Ich weiß. Wir müssen Peter Stone über die Tatiana-

Familie in Charlotte, North Carolina, erreichen. Er hat mir Schlimmes angetan, aber so seltsam es auch scheinen mag, ich mag ihn.«

»Ich nicht«, sagte Valerie fest. »Ich möchte ihn umbringen.«

40

Es war das Ende des zweiten Tages in dem Countdown, der drei Tage dauern sollte. Die weltweiten Demonstrationen gegen den Atomkrieg sollten in zehn Stunden beginnen, bei Sonnenaufgang auf der anderen Seite der Welt. Dann sollten die Morde folgen, die das Chaos in Gang setzen würden.

Die Gruppe aus achtzehn Männern und fünf Frauen saß verstreut in einem dunklen Vorführsaal im unterirdischen Strategiekomplex des Weißen Hauses. Jeder hatte ein kleines Schreibtablett, das an seinem Sitz befestigt war, und darauf einen gelben Block, der von einer Arbeitslampe beleuchtet wurde. Auf der Leinwand erschien in dreißig Sekunden Intervallen ein Gesicht nach dem anderen, jedes mit einer Nummer in der rechten oberen Ecke. Die Instruktionen waren knapp gewesen, in der Sprache, die diese Leute am besten verstanden, und Peter Stone, der sie ausgewählt hatte, hatte die Instruktionen geliefert. *Studieren Sie die Gesichter, geben Sie keinen hörbaren Kommentar ab und schreiben Sie sich die Nummern eines jeden Gesichts auf, das Sie kennen, und denken dabei auch an Mordanschläge. Am Ende der Bildfolge werden die Lichter eingeschaltet werden, und dann werden wir sprechen. Und wenn nötig die Folge wieder ablaufen lassen, bis uns etwas einfällt. Erinnern Sie sich bitte, wir glauben, daß diese Männer Killer sind. Konzentrieren Sie sich.*

Sonst sagte man ihnen nichts. Ausgenommen Derek Belamy von M. I. 6, der eine halbe Stunde vor der außergewöhnlichen Sitzung eingetroffen war und dem man die Strapazen seiner offensichtlich erschöpfenden Reise noch ansah. Als Derek durch die Tür kam, hatte Peter ihn beiseite genommen, und die beiden Männer hatten sich umarmt. Stone war in seinem ganzen Leben noch nie so erleichtert gewesen, einen Menschen zu sehen. Was auch immer *ihm* vielleicht entgangen war oder ihm entgehen könnte, Belamy würde es finden. Der britische Agent hatte einen siebten Sinn, dort wo andere vielleicht einen sechsten hatten, Peter eingeschlossen, was Derek natürlich in seiner Bescheidenheit weit von sich wies.

»Ich brauche dich, alter Freund«, sagte Peter, immer noch die Hand auf der Schulter des anderen. »Dringend sogar.«

»Deshalb bin ich ja hier, alter Freund«, erwiderte Belamy. »Kannst du mir irgend etwas sagen?«

»Dafür ist jetzt keine Zeit, aber einen Namen kann ich dir nennen. Delavane.«

»Mad Marcus?«

»Genau der. Das alles ist sein Werk.«

»Der *Bastard*!« flüsterte der Engländer. »Es gibt niemanden, den ich lieber am Ende einer Schlinge aus Stacheldraht sähe. Wir unterhalten uns später, Peter. Du mußt dich um deine Gäste kümmern. Übrigens, nach allem, was ich erkennen kann, hast du hier die Besten beisammen.«

»Die Besten, Derek. Weniger können wir uns nicht leisten.«

Neben den amerikanischen Militärs, die ursprünglich an Stone herangetreten waren, und Colonel Alan Metcalf, Nathan Simon, Justice Andrew Wellfleet und dem Secretary of State bestand der Rest der Zuhörer aus den erfahrensten und besten Abwehroffizieren, die Peter Stone im Lauf seines Berufslebens kennengelernt hatte. Sie waren mit Militärmaschinen aus Frankreich, Großbritannien, Westdeutschland, Israel, Spanien und den Niederlanden eingeflogen worden. Zu ihnen gehörten neben Derek Belamy, François Villard, der Chef der höchst geheimen *Organisation Etrangère* Frankreichs, Yosef Behrens, der führende Mann der Mossad in Sachen Terrorismus, Pablo Amandariaz, Madrids Spezialist für die KGB-Operationen im Mittelmeer, und Hans Vonmeer von der Geheimen Staatspolizei der Niederlande. Die anderen, auch die Frauen, hatten einen ähnlich guten Ruf, obwohl sie niedere Dienstränge bekleideten. Sie kannten die Legionen der bezahlten Killer und jener, die aus ideologischen Gründen töteten. Sie kannten die Namen und die Gesichter. Und alle hatten sie irgendwann einmal mit Stone zusammengearbeitet.

Ein Gesicht! Er kannte das Gesicht! Es blieb auf der Leinwand, und er notierte auf seinem Block. *Dobbins. Nummer 57. Cecil oder Cyril Dobbins. Britische Armee. Zur britischen Abwehr versetzt. Persönlicher Adjutant von ... Derek Belamy!*

Stone blickte zu seinem Freund auf der anderen Seite des Ganges hinüber und erwartete, daß der etwas auf seinem Block notieren würde. Aber der Engländer runzelte nur die Stirn, saß reglos da, aber bewegte nicht seinen Stift. Das nächste Gesicht tauchte auf der Leinwand auf. Und das nächste und wieder eines, bis die Serie durch war. Die Lichter flammten auf, und als erster meldete sich Yosef Behrens von der Mossad. »Nummer siebzehn ist ein Artillerieoffizier in der IDF, der erst kürzlich in die Sicherheitsabteilung Jerusalem versetzt wurde. Sein Name ist Arnold.«

»Nummer achtunddreißig«, sagte François Villard, »ist ein Colonel in der französischen Armee und der Wache des *Invalides* zugeteilt. Ich erkenne nur das Gesicht; an den Namen erinnere ich mich nicht.«

»Nummer sechsundzwanzig«, sagte der Mann aus Bonn, »ist Oberleutnant Ernst Müller von der Luftwaffe der Bundesrepublik. Er ist ein sehr erfahrener Pilot, der häufig für die Flugbereitschaft tätig ist und Minister und andere hohe Amtsträger zu Konferenzen innerhalb und außerhalb Deutschlands fliegt.«

»Nummer vierundvierzig«, sagte eine dunkelhäutige Frau mit spanischem Akzent, »bewegt sich in ganz anderen Kreisen als Ihre Kandidaten. Er ist Rauschgifthändler und vieler Morde verdächtig. Er arbeitet von Ibiza aus. Er war früher einmal bei der Fallschirmtruppe. Name Orejo.«

»*Son of a gun*, das kann ich einfach nicht glauben!« sagte der junge Lieutenant William Landis, Computerexperte aus dem Pentagon. »Ich kenne Nummer einundfünfzig, da bin ich fast sicher! Er ist einer der Adjutanten im Beschaffungsbereich Naher Osten. Ich habe ihn schon oft gesehen, aber ich kenne seinen Namen nicht.«

Sechs andere Männer und zwei Frauen identifizierten zwölf weitere Personen und ihre Positionen, während alle im Raum Anwesenden darauf warteten, daß sich irgendein Schema herauskristallisieren würde. Militärpersonen überwogen zwar, doch die anderen waren allen ein Rätsel. Im wesentlichen handelte es sich um ehemalige Frontsoldaten aus Einheiten mit hohen Verlustraten, die in die Welt des Verbrechens abgeglitten waren.

Schließlich meldete sich Derek Belamy mit seiner harten Stimme zu Wort. »Ich habe vier oder fünf Gesichter erkannt, die ich schon in irgendwelchen Dossiers gesehen habe, aber ich kann keine Verbindung herstellen.« Er sah zu Stone hinüber. »Du läßt sie noch einmal durchlaufen, nicht wahr, Junge?«

»Natürlich, Derek«, erwiderte der ehemalige Stationschef von London, erhob sich aus seinem Stuhl und sprach zu den Versammelten. »Alles, was Sie uns gemeldet haben, wird sofort in unsere Computer eingegeben, und dann werden wir sehen, ob sich irgendwelche Korrelationen ergeben. Wir machen jetzt fünfzehn Minuten Pause und fangen dann wieder an. Nebenan stehen Kaffee und Sandwiches bereit.« Stone nickte dankend und ging auf die Tür zu. Derek Belamy hielt ihn auf.

»Peter, es tut mir schrecklich leid, daß ich so lange gebraucht habe, bis ich mich bei dir melden konnte. Das Büro hatte verdammte Schwierigkeiten, mich ausfindig zu machen. Ich war zu Besuch bei Freunden in Schottland.«

»Ich dachte, du seist vielleicht in Nordirland. Eine scheußliche Sache da, nicht wahr?«

»Du warst immer besser, als du selbst es geglaubt hast. Natürlich war ich in Belfast. Ich bin völlig erledigt; es war eine schreckliche Reise. Ich habe überhaupt keinen Schlaf bekommen. All diese Gesichter fingen an, einander ähnlich zu sehen – entweder kannte ich sie alle oder überhaupt keins!«

»Es hilft bestimmt, wenn wir sie noch einmal durchlaufen lassen«, sagte Stone.

»Ganz sicher«, nickte Belamy. »Und, Peter, worum es auch immer in dieser Auseinandersetzung mit diesen Irren, mit diesem Delavane geht, ich hätte mir wirklich nichts Besseres wünschen können, als dich am Steuer zu sehen. Dabei hat man uns gesagt, du seist ausgestiegen, ziemlich endgültig sogar.«

»Ich bin wieder eingestiegen. Sehr endgültig.«

»Das sehe ich, Kumpel. Das ist doch euer Außenminister, dort in der letzten Reihe, oder?«

»Ja, das ist er.«

»*Gratuliere*, alter Junge. Und jetzt hole ich mir einen Kaffee, schwarz und heiß. Wir sehen uns ja in ein paar Minuten wieder.«

»Bis dann, alter Freund.«

Stone ging zur Tür hinaus und bog im Korridor nach rechts ab. Er spürte, wie sein Herzschlag sich beschleunigte, ein Symptom, das mit Johnny Rebs Brennen im Magen und dem bitteren Geschmack im Mund verwandt war. Er mußte sofort an ein Telefon. Der Kurier von Converse, Prudhomme von der Sûreté, würde in der nächsten Stunde eintreffen. Eine Eskorte des Secret Service erwartete ihn am Dulles-Airport und hatte Anweisung, ihn umgehend ins Weiße Haus zu bringen. Aber nicht der Franzose war es, der Stone jetzt Sorge bereitete, es war Converse selbst. Er mußte ihn erreichen, bevor die Sitzung wieder begann. Er *mußte*!

Als der Anwalt ihn über die Tatiana-Schiene kontaktiert hatte, war Peter über die Tollkühnheit erstaunt gewesen, mit der Converse vorgegangen war. Er hatte die drei Generale *gekidnappt* – und die Verhöre oder »mündlichen Untersuchungen«, oder wie immer der juristische Fachausdruck dafür lautete, auf Videoband aufgenommen. Verrückt war das! Noch verrückter war nur die Tatsache, daß er damit durchgekommen war – was offenbar auch den Verbindungen eines sehr entschlossenen, sehr zornigen Mannes von der Sûreté zuzuschreiben war. Der Computer *befand* sich auf Scharhörn, und die Namensliste von Aquitania war irgendwo in seinen elektronischen Eingeweiden vergraben und würde durch ungenaue Codes gelöscht werden.

Und jetzt der letzte Wahnsinn. Der Mann, den niemand finden konnte, den so dichte Schleier verbargen, daß man häufig an seiner Existenz zweifelte, und dies trotz der Tatsache, daß jede Logik darauf bestand, daß es ihn gab. Aquitanias Mann in England – denn es konnte kein Aquitania ohne die Briten geben. Außerdem wußte Stone, daß er die Verbindung zwischen Palo Alto und den Generalen in Übersee war, denn genauere Nachprüfungen von Delavanes Telefonrechnungen zeigten wiederholte Gespräche mit einer Nummer auf den Hebriden, und solche Relais waren dem ehemaligen Abwehragenten nur zu vertraut. Die Gespräche verschwanden bei einer Nummer auf den schottischen Inseln, so wie die KGB-Anrufe, die über die Prince-Edward-Insel in Kanada geleitet wurde, verschwanden, und man die Gespräche der Firma, die durch Key West gelenkt wurden, nicht verfolgen konnte.

Belamy! Der Mann, dessen Gesicht nie in irgendeiner Veröffentlichung erschien – jeder Film wurde sofort von seinen Adjutanten vernichtet, wenn er auch nur im Hintergrund einer Fotografie erschien. Der bestbewachte Einsatzbeamte in England, der Zugang zu Geheimnissen hatte, die über Jahrzehnte gesammelt worden waren, und zu Dutzenden von Taktiken, die die besten Köpfe des M.I. 6 geschaffen hatte. War das *möglich*? Derek Belamy, der stille, freundliche Schauspieler, der *Freund*, der immer wieder seinem amerikanischen Kollegen guten Whisky schenkte und zuhören konnte, seinem Freund, der ernsthafte Zweifel an seiner Berufung im Leben gehabt hatte. Der *bessere* Freund, weil er die Weisheit und den Mut besaß, seinen Kollegen zu warnen, daß er zuviel trinke, daß er vielleicht Urlaub nehmen sollte und daß man, wenn Geld vielleicht das Problem sein sollte, sicher irgendeinen stillen Beratervertrag mit seiner eigenen Organisation ausarbeiten könnte. War es möglich, dieser anständige Mann, dieser *Freund*?

Stone erreichte die Tür am Ende des Korridors, die die Aufschrift *14, Besetzt* trug. Er betrat den kleinen Raum und ging an den Schreibtisch mit dem Telefon. Er setzte sich nicht; dazu war er zu aufgeregt. Er nahm den Hörer, wählte die Nummer der Vermittlung des Weißen Hauses, während er den Zettel mit der Nummer von Joel Converse aus der Tasche zog, der irgendwo in Frankreich saß. Er gab der Vermittlung die Nummer durch und fügte hinzu: »Das sollte über Zerhacker laufen. Ich spreche von Strategie 14 aus, bitte prüfen.«

»Prüfung abgeschlossen, Sir. Zerhacker wird eingeschaltet. Soll ich Sie zurückrufen?«

»Nein, danke. Ich bleibe in der Leitung.« Stone blieb stehen, während er das hohle Echo der Schaltrelais und dann das schwache Summen des Zerhackers hörte. Und dann drängte sich ein anderes Geräusch dazwischen, das Geräusch einer sich öffnenden Tür. Er wandte sich um.

»Leg den Hörer weg, Peter«, sagte Derek Belamy leise, während er die Türe schloß. »Es hat keinen Sinn.«

»Du *bist* es also, nicht wahr?« Stone legte den Hörer langsam auf die Gabel zurück.

»Ja. Und ich will alles, was du willst, mein alter Freund. Wir konnten es uns beide nicht versagen, wie? Ich sagte, ich hätte Freunde in Schottland besucht, und du sagtest, du hättest gedacht, ich wäre in Irland... Das haben wir in all den Jahren gelernt, nicht wahr? Die Augen lügen nicht. Schottland – Telefongespräche mit den Hebriden; das gab dir zu denken. Und vorher, als das Gesicht auf der Leinwand erschien, hast du ein wenig zu auffällig zu mir herübergesehen, denke ich.«

»Dobbins. Er hat für dich gearbeitet.«

»Du hast dir hastig Notizen gemacht und doch nichts gesagt.«

»Ich wartete, ob du etwas sagen würdest.«

»Ja, natürlich, aber das konnte ich doch nicht, oder?«

»Aber warum, Derek? Um Himmels willen, *warum*?«

»Weil es richtig ist, und du weißt das.«

»Ich weiß es *nicht*! Du bist doch ein vernünftiger Mann, bei Verstand – und die sind es *nicht*!«

»Man wird sie natürlich ersetzen. Wie oft haben wir beide, du und ich, Drohnen eingesetzt, die wir nicht ausstehen konnten, weil ihre Beiträge für das Endziel wichtig waren?«

»*Welches* Endziel? Eine internationale, totalitäre Allianz? Ein Militärstaat ohne Grenzen? Und wir alle Roboter, die zum Trommelschlag von Fanatikern marschieren?«

»Ach, hör doch damit auf, Peter. Erspare uns doch das liberale Geschwätz. Du bist einmal aus diesem Geschäft ausgestiegen, hast dich fast zu Tode getrunken, wegen der Vergeudung, der Sinnlosigkeit, den ewigen Täuschungsmanövern, zu denen wir alle gezwungen sind – wegen der *Leute*, die wir getötet haben –, um das zu bewahren, was wir spöttisch den Status quo nannten. *Welchen* Status quo, alter Junge? Um beständig auf der ganzen Welt von Leuten bedrängt und belästigt zu werden, die uns unterlegen sind? Um von kreischenden *Mullahs* und hysterischen Narren als Geiseln festgehalten zu werden, Menschen, die immer noch in der Vergangenheit leben und uns für den Preis von einem Faß Öl die Kehle durchschneiden würden? Um immer wieder von sowjetischen Täuschungen manipuliert zu werden? Nein, Peter, es gibt *wirklich* einen besseren Weg. Die Mittel mögen widerwärtig sein, aber das Ergebnis am Ende ist nicht nur wünschenswert, sondern auch ehrenvoll.«

»Nach wessen Definition? Der von George Marcus Delavane? Oder von Erich Leifhelm. Chaim...«

»Man wird sie ersetzen!« unterbrach Belamy ihn zornig.

»Das *geht nicht*!« schrie Stone. »Sobald es einmal angefangen hat, kannst du es nicht mehr anhalten. Das Bild wird zur Wirklichkeit. Das wird erwartet, *gefordert*! Davon abzuweichen, heißt, angeklagt zu werden, sich dagegenzustellen, bedeutet ein Scherbengericht! Und das weißt du verdammt genau!«

Das Telefon klingelte.

»Laß es klingeln«, befahl der Mann von M.I. 6.

»Das ist jetzt nicht mehr wichtig. *Du* warst der Engländer in Leifhelms Haus in Bonn. Eine kurze Beschreibung hätte mir das bestätigt.«

»Ist das *Converse*?« Wieder klingelte das Telefon.

»Würdest du gerne mit ihm sprechen? Wie ich höre, ist er ein beachtlicher Anwalt, obwohl er eine Grundregel gebrochen hat – er hat sich selbst als Mandanten übernommen.

Jetzt kommt er heraus, Derek, und er wird auf euch Jagd machen, auf euch alle. Wir alle tun das.«

»Das werdet ihr nicht!« schrie Belamy. »Das *dürft* ihr nicht! Du hast es selbst gesagt, wenn es einmal angefangen hat, kann man es nicht mehr *aufhalten*!«

Ohne die geringste Andeutung warf sich der Engländer plötzlich auf Stone, und die drei mittleren Finger seiner rechten Hand schossen wie stählerne Projektile auf die Kehle des CIA-Mannes zu. Der lähmende Schlag traf Stone, und er rang nach Luft, während der Raum sich um ihn drehte und vor seinen Augen tausend Sterne blitzten. Er konnte hören, wie die Tür sich öffnete und wieder schloß, während das Telefon weiter eindringlich klingelte. Aber Peter konnte es nicht sehen. Aus den weißen Sternen war Dunkelheit geworden. Das Klingeln hörte auf, während Stone blindlings durch den Raum taumelte, versuchte, dem Klang nachzugehen, das Telefon zu finden. Die Minuten dehnten sich, er taumelte gegen die Wände, und schließlich stürzte er über den Schreibtisch. Dann flog die Tür auf und Colonel Alan Metcalf schrie:

»Stone! Was ist *los*?« Der Air-Force-Offizier lief zu Stone und erkannte sofort die Spuren des Judoschlages. Er begann, Stones Hals zu massieren, und preßte dem CIA-Mann das Knie in den Magen, um Luft in seine Kehle zu drücken. »Die Zentrale hat uns angerufen und gesagt, Zimmer vierzehn hätte ein Zerhackergespräch bestellt, aber nicht abgenommen. *Herrgott*, wer *war* es?«

Verschwommene Bilder drängten sich in Stones Bewußtsein, aber er konnte immer noch nicht sprechen. Der einzige Laut, den er hervorbrachte, war ein würgendes Husten. Er wand sich unter Metcalfs kräftigen Händen, deutete auf einen Notizblock, der vom Tisch gefallen war. Der Colonel begriff; er schnappte sich den Block und riß einen Kugelschreiber aus der Tasche. Dann wälzte er Stone zur Seite, drückte ihm den Stift in die Hand und schob die Hand auf den Block.

Und Peter schrieb mühsam.

BELAMY. AUFHALTEN. AQUITANIA

»O mein *Gott*!« flüsterte Metcalf, griff nach dem Telefon und wählte die Nummer Null. »Vermittlung, äußerst dringend.

Geben Sie mir die Sicherheitsabteilung... Sicherheit? Colonel Alan Metcalf aus Strategie Vierzehn. *Dringend*! Da ist ein Engländer, Belamy heißt er. Er ist vielleicht noch auf dem Gelände und versucht, das Haus zu verlassen. Halten Sie ihn auf! Festhalten! Betrachten Sie ihn als gefährlich. Und informieren Sie die Krankenstation. Schicken Sie einen Arzt nach Strategie Vierzehn. *Schnell*!«

Der Arzt des Weißen Hauses nahm die Sauerstoffmaske von Stones Gesicht und legte sie neben dem Gaszylinder auf den Tisch. Dann schob er vorsichtig Peters Kopf zurück, drückte ihm die Zunge herunter und leuchtete mit einer kleinen Taschenlampe in den Hals des CIA-Mannes.

»Das war eine häßliche Spritze«, sagte er. »Aber in ein paar Stunden werden Sie sich wohler fühlen. Ich gebe Ihnen ein paar Tabletten gegen den Schmerz.«

»Was ist in den Tabletten?« fragte Stone heiser.

»Ein leichtes Schmerzmittel mit etwas Codein.«

»Nein, danke, Doktor«, sagte Peter und sah zu Metcalf hinüber. »Ich glaube nicht, daß mir das gefällt, was ich in Ihrem Gesicht sehe.«

»Mir auch nicht. Belamy ist entkommen. Er hatte einen Passierschein und hat dem Posten am Osttor gesagt, er würde dringend in der britischen Botschaft erwartet.«

»*Verdammt!*«

»Sie müssen Ihre Stimme schonen«, sagte der Arzt.

»Ja, natürlich«, erwiderte Stone. »Vielen Dank, und jetzt entschuldigen Sie mich bitte.« Er stand auf, während der Arzt nickte, sich seine Arzttasche nahm und zur Tür ging. »Wirklich, ich meine das ernst, Doktor. Vielen Dank.«

»Sicher. Ich schicke dann jemand, der die Sauerstoffflasche abholt.«

Das Telefon klingelte, während sich die Tür schloß. Metcalf nahm den Hörer ab. »Ja? Ja, er ist hier.« Der Colonel hörte einen Augenblick zu und wandte sich an Stone. »Wir haben es«, sagte er. »Alle Militärangehörigen, die identifiziert worden sind, haben zwei Dinge gemeinsam. Jeder hat einen mindestens dreißigtägigen Urlaub angetreten, und alle Urlaubsgesuche wurden vor fünf Monaten eingereicht, ziemlich auf den Tag genau.«

»Was die Bewilligung garantierte, weil sie die ersten waren«, fügte der CIA-Mann mit gequälter Stimme hinzu. »Und die Pläne für die Antikernkraftdemonstrationen sind vor *sechs* Monaten in Schweden bekanntgegeben worden.«

»Wie ein Uhrwerk«, sagte Metcalf. »Um die anderen zu identifizieren und neutralisieren, werden wir das durchgeben. Jeder Offizier in einem halben Dutzend Armee- und Marine-Einheiten, der im Augenblick aus dem Urlaub zurückkehrt, soll unter Hausarrest gestellt werden. Dabei wird es Irrtümer geben, aber das schadet nichts. Wir können die Fotografien hinausschicken und die Fehler korrigieren.«

»Es ist Zeit für Scharhörn.« Stone stand auf und massierte sich den Hals. »Und ich sage Ihnen ehrlich, daß ich eine Höllenangst habe. Ein einziger falscher Code, und wir löschen die Namensliste von Aquitania. Schlimmer noch, eine falsche Bewegung und der ganze Komplex fliegt in die Luft.« Der CIA-Mann ging ans Telefon.

»Werden Sie jetzt den Rebel anrufen?« fragte der Colonel.

»Zuerst Converse. Er arbeitet an den Codes.«

Die drei Generale von Aquitania saßen benommen auf ihren Stühlen, starrten vor sich hin und vermieden es, einander anzusehen. Die Lichter waren wieder eingeschaltet worden, der große Fernsehschirm dunkel. Hinter jedem der drei stand ein Mann mit einer Pistole und der klaren Anweisung: *Wenn er aufsteht, töten Sie ihn.*

»Sie wissen, was ich will«, sagte Converse und trat vor die Generale. »Und wie Sie gerade gesehen haben, gibt es wirklich keinen Grund, der Sie daran hindern sollte, es mir zu geben. Vier kleine Nummern oder Buchstaben, die jeder von Ihnen in der richtigen Folge auswendig gelernt hat. Wenn Sie sich natürlich weigern, dann gibt es hier einen Arzt, von dem ich gehört habe, daß er einen Zauber in seiner Tasche hat – denselben Zauber, den Sie mir in Bonn verpaßt haben. Also, wie steht es, Gentlemen?«

Schweigen.

»Vier, drei, L, eins«, sagte Chaim Abrahms und blickte zu Boden. »*Abschaum* ist das«, fügte er dann leise hinzu.

»Danke, General.« Joel notierte das Gehörte auf einen kleinen Notizblock. »Aufstehen, Sie können jetzt gehen.«

»Gehen?« sagte der Israeli. »Und *wohin*?«

»Wohin Sie wünschen«, antwortete Converse. »Ich bin sicher, daß Sie auf dem Flughafen in Annecy keine Schwierigkeiten haben werden. Man wird Sie erkennen.«

General Chaim Abrahms verließ den Raum, begleitet von dem Captain der israelischen Armee.

»Zwei, M, Null, Sechs«, sagte Erich Leifhelm. »Und wenn Sie es wünschen, können Sie mir die Droge verabreichen lassen, um es zu bestätigen. Ich will mit solchen verräterischen Schweinen nichts zu tun haben.«

»Ich will die Kombination«, drängte Joel und schrieb. »Und ich würde nicht zögern, Sie in den Weltraum schießen zu lassen, um sie zu bekommen.«

»Umdrehen«, sagte der Deutsche. »Sie müssen die Reihenfolge der Symbole in der zweiten Sequenz umdrehen.«

»Übernehmen Sie ihn, Doktor.« Converse nickte dem Mann hinter Leifhelms Stuhl zu. »Wir dürfen nichts riskieren, daß bei dem etwas nicht stimmt.«

General Erich Leifhelm stand auf und ging langsam aus dem Raum, gefolgt von dem Arzt aus Bonn.

»Sie sind alle unwürdig, blind«, sagte General Jacques Louis Bertholdier mit ernster Ruhe. »Ich ziehe es vor, erschossen zu werden.«

»Sicher würden Sie das, aber das Glück haben Sie nicht«, antwortete Joel. »Ich brauche Sie jetzt nicht mehr, und ich lege Wert darauf, Sie in Paris zu wissen, wo jeder Sie sehen kann. Bringen Sie ihn auf sein Zimmer zurück.«

»Das Zimmer? Ich dachte, ich könnte gehen, oder war das wieder eine Lüge?«

»Keineswegs. Nur eine Frage der Logistik – Sie wissen, was Logistik ist, General. Wir sind hier etwas knapp an Transportmitteln und Fahrern. Deshalb werde ich Ihnen allen dreien, sobald der Arzt fertig ist, einen Wagen leihen. Sie können ja Streichhölzer ziehen, wer fährt.«

»*Was?*«

»Schaffen Sie ihn raus«, sagte Converse zu dem ehemaligen Sergeant-Major der französischen Armee.

»Allez!«

Die Tür wurde von außen geöffnet. Es war Valerie, und sie sah Joel an. »Stone ist am Telefon. Er sagt, es sei eilig.«

Es war 2.05 Uhr morgens, als die Mystère aus dem Nachthimmel herunterstieß und auf einem Flugfeld in der Nähe von Cuxhaven landete. Die Maschine rollte an das nördliche Ende der Runway, wo Johnny Reb neben einer schwarzen Mercedes-Limousine wartete.

Die Türen der Maschine öffneten sich, die kurze Treppe wurde ausgeklappt, und Converse kletterte ins Freie und half Valerie heraus. Dann folgten der ehemalige Sergeant-Major aus Algerien und ein vierter Passagier, ein schlanker blonder Mann, Mitte Vierzig, der eine Schildpattbrille trug. Sie entfernten sich von der Maschine, während der Pilot die Treppe wieder einzog und die automatischen Türen schloß. Die zwei Düsentriebwerke heulten auf, die Maschine schlug einen Bogen und rollte auf die Hangars zu. Der *Rebel* kam auf sie zu und streckte Joel die Hand entgegen.

»Ich hab' verschiedentlich Ihr Bild gesehen. Es ist mir ehrlich ein Vergnügen, Sir. Offen gestanden habe ich nie geglaubt, daß ich Sie jemals kennenlernen würde, zumindest nicht in dieser Welt.«

»Einige Male hatte ich auch Zweifel daran, wie lange ich ihr noch erhalten bleiben würde. Das ist meine Frau, Valerie.«

»Hocherfreut, Ma'am«, sagte der Südstaatler und führte mit einer galanten Verbeugung Vals Hand an seine Lippen. »Ihre Leistungen haben einige der besten Köpfe in meinem ehemaligen Beruf in Erstaunen versetzt.«

»Hoffentlich nicht *zu* ehemalig«, wandte Converse ein.

»Im Augenblick nicht.«

»Das sind Monsieur Lefèvre und Dr. Geoffrey Larson. Stone sagte, Sie seien informiert.«

»Sehr erfreut, Sir«, rief der *Rebel* aus und schüttelte dem

Franzosen die Hand. »Ich ziehe den Hut vor Ihnen, vor allem für das, was Sie mit diesen Generalen gemacht haben. Absolut *bemerkenswert*!«

»Solche Männer haben Feinde«, sagte Lefèvre einfach. »Es ist nicht schwer, sie zu finden, und das wußte Inspektor Prudhomme.«

Der *Rebel* wandte sich an den vierten Passagier. »Dr. Larson, wirklich nett, Sie kennenzulernen. Man sagte mir, Sie wüßten so ziemlich alles, was es Wissenswertes über irgendeinen Computer auf der Welt gibt.«

»Das ist sicher eine Übertreibung«, sagte der Engländer etwas verlegen. »Aber ich glaube, wenn er tickt, kann ich ihn auch zum Summen bringen.«

Es war die schwierigste Entscheidung gewesen, die Peter Stone je zu treffen gehabt hatte. Jetzt den falschen Schritt zu tun – telegrafisch den Angriff auf den Komplex von Scharhörn auszulösen –, mußte zur Vernichtung der Befehlszentrale führen, weil dann die verborgenen Sprengladungen hochgehen würden. Stone hatte sich auf seinen Instinkt verlassen, den ein ganzes Leben in der Schattenwelt der Geheimdienste geschärft hatte. Dies war nicht die Zeit für Eliteeinheiten, für ein offizielles Eingreifkommando, das zum Einsatz befohlen wurde. Denn niemand wußte, wer in den verschiedenen Institutionen vielleicht ein Mitglied, ein Offizier von Aquitania war. Ein solcher Mann konnte ein Telefongespräch führen und damit Scharhörn vernichten. Deshalb mußte der Angriff von Männern durchgeführt werden, die von Außenstehenden angeheuert worden waren, und die nur dem Geld und ihren augenblicklichen Auftraggebern verpflichtet waren und sonst niemandem. Der Präsident der Vereinigten Staaten hatte ihm zwölf Stunden Zeit gegeben und erklärt, daß er nach Ablauf dieser Frist eine Katastrophensitzung des Sicherheitsrates der Vereinten Nationen einberufen würde. Peter Stone konnte selbst kaum glauben, daß er dem mächtigsten Mann der freien Welt darauf geantwortet hatte: »Das ist sinnlos, Sir. Dann ist alles zu spät.«

Der *Rebel* beendete seine Erklärungen, aber der Lichtkegel seiner Taschenlampe zeigte immer noch auf die Landkarte, die er auf der Motorhaube des Mercedes ausgebreitet hatte. »Wie ich Ihnen schon sagte, ist das der ursprüngliche Grundriß, wie wir ihn von der Baubehörde in Cuxhaven bekommen haben. Diese Nazis waren wirklich Pedanten, wenn es um Einzelheiten ging – wahrscheinlich mußte jeder sein Gehalt oder seinen Rang rechtfertigen. Wir überfliegen das Meeresradar und nehmen Kurs auf den alten Landestreifen, der für Versorgungsflüge benutzt wurde, und dann ziehen wir unsere Nummer ab. Und jetzt passen Sie gut auf, dort draußen sind immer noch eine Menge Lichter, eine Menge Leute, wenn auch viel weniger als noch vor zwei Tagen. Es gibt auch ein paar Mauern, aber wir haben Kletterhaken und ein paar Boys, die wissen, wie man damit umgeht.«

»Was sind das für Leute?« fragte Converse.

»Niemand, den Sie zum Geburtstag Ihrer Mutter einladen würden. Üble Burschen, aber perfekt.«

»Und unsere Maschine?«

»Die beste, die Peter beschaffen konnte, und es ist wirklich die beste. Eine Fairchild Scout. Sie faßt neun Leute.«

»Mit einem Gleitflugverhältnis von neun zu eins bei viertausend Fuß Flughöhe«, sagte Joel. »Ich fliege.«

41

Converse schob den Steuerknüppel langsam nach vorne, während er die Motoren drosselte und nach links auf den kleinen Landestreifen zuhielt, der zweitausendvierhundert Fuß unter ihnen lag. Er war durch die dünnen, tiefliegenden Nordseewolken nur sporadisch zu sehen, aber Joel rechnete damit, ihn aus fünfhundert Fuß sicher ausmachen zu können. Dann würde er zu der letzten Umkreisung für den kurzen Anflug ansetzen, würde etwas abseits von dem alten U-Boot-Stützpunkt aufsetzen und damit die Geräusche noch weiter reduzieren, die die überdimensionierten Ballonreifen bei der Landung verursachen würden. Das Manöver selbst kam einer Flugzeugträgerlandung sehr nahe, und er registrierte befriedigt, daß seine Hände vollkommen ruhig waren. Die Angst, vor der er sich gefürchtet hatte, kam nicht.

Valerie und Lefèvre waren – trotz der heftigen Proteste des Franzosen – auf einer verlassenen Pier in Cuxhaven zurückgeblieben, wo Johnny Reb eine primitive, aber funktionsfähige Relaisstation eingerichtet hatte. Valeries Aufgabe war es, mit dem Team in Funkverbindung zu bleiben – entweder der Rebel oder Converse würden auf Scharhörn die tragbaren Geräte bedienen. Der Sergeant sollte Wache halten und verhindern, daß jemand die Pier betrat.

Die fünf Männer, die Johnny Reb anscheinend für beträchtliche Summen angeheuert hatte, waren schwer einzuschätzen, denn sie sagten nur wenig. Sie trugen dunkle Strickmützen, die sie sich bis über die Augen gezogen hatten, und schwarze Rollkragenpullover, die bis zum Hals reichten. Joel und der britische Computerexperte Larson hatten sich mit der gleichen Kleidung versehen; der Rebel hatte seine im Mercedes gehabt. Jeder Mann, mit Ausnahme Larsons, trug in einem Hüfthalter eine Pistole mit aufgeschraubtem Schalldämpfer. An der linken Seite des schwarzen Ledergürtels steckte ein Jagdmesser mit langer Klinge, daneben eine dünne Drahtspule. Über den Nieren trugen sie zwei Kanister mit einem Gas, das die Opfer hilflos und stumm machte.

Joel kreiste vorsichtig und glitt lautlos über den verdunkelten U-Boot-Stützpunkt, die Augen abwechselnd auf die Landebahn und das Höhenmeßgerät gerichtet. Jetzt fuhr er die Landeklappen aus und sank; die schweren Reifen dämpften den Ruck des Aufpralls. *Gelandet.*

»Wir sind unten«, sagte Johnny Reb in sein Funkgerät. »Und mit ein wenig Glück werden wir auch stoppen, nicht wahr, Pilot?«

»Wir werden stoppen«, sagte Converse. Sie taten es knapp zwölf Meter vom Ende des Landestreifens entfernt. Joel zog sich die Wollmütze herunter und atmete tief ein; sein Haaransatz und seine Stirne waren schweißnaß.

»Wir steigen aus.« Der Rebel schaltete sein Funkgerät aus und drückte es sich gegen die Brust; es blieb dort haften. »Oh«, fügte er hinzu, als er bemerkte, daß Converse ihn beobachtete. »Das habe ich wohl zu erwähnen vergessen. An dem Gerät und an Ihrem Pullover ist Klettengewebe.«

»Sie stecken voller Überraschungen.«

»Sie haben uns in den letzten paar Wochen auch eine ganze Menge geboten. Gehen wir.« Johnny Reb öffnete seine Tür, Joel die zweite. Dann stiegen beide aus, gefolgt von Larson und den fünf Männern. Drei von ihnen trugen mit Gummi überzogene Wurfhaken, die an langen Seilen befestigt waren.

»*Weiter*!« befahl der *Rebel* und setzte sich in Richtung der von Gestrüpp überwucherten Ränder der Landebahn in Bewegung.

Ins hohe Gras geduckt, näherten sie sich den Mauern des alten U-Boot-Stützpunktes und studierten das, was sich ihren Augen darbot. Converse staunte über die endlos scheinenden Betonwälle. Die einzige Lücke in dem festungsartigen Bauwerk war links gegenüber der Landebahn. Ein Paar Doppeltore aus Stahl, die noch mit verschraubten Eisenplatten verstärkt waren, ragten unheilverheißend im schwachen Mondlicht auf.

»Dieser Ort hier hat einiges erlebt«, flüsterte Johnny Reb, der neben Joel stand. »Die Hälfte des deutschen Oberkommandos hatte keine Ahnung, daß es ihn gab, und die Alliierten haben sich das auch nie angesehen. Es war der Privatstützpunkt von Dönitz. Einige Leute behaupten, er hätte vorgehabt, ihn als Drohmittel einzusetzen, falls Hitler ihm nicht freiwillig die Macht übergeben hätte.«

»Er sollte auch noch für etwas anderes eingesetzt werden«, sagte Converse und erinnerte sich an Leifhelms unglaubliche Geschichte von einem Vierten Reich, einer Generation nach dem Kriege. *Die Operation Sonnenkinder.*

Einer der Männer mit den Kletterhaken kroch zu ihnen herüber und sprach mit dem Rebel. Der Südstaatler antwortete zornig und wirkte verärgert, nickte aber schließlich, als der Mann wieder wegkroch. Er drehte sich zu Joel um.

»Dieser verdammte Hurensohn!« stieß er halblaut hervor. »Der hat mich arm gemacht! Er sagte, er würde den ersten Angriff an der Ostflanke machen – und die hat dieser Kerl natürlich studiert –, wenn ich ihm zusätzliche fünftausend Dollar garantiere.«

»Und Sie werden natürlich zahlen.«

»Natürlich. Wir sind anständige Männer. Wenn er ums Leben kommt, dann bekommen seine Frau und die Kinder jeden Penny. Ich kenne den Burschen; wir haben einmal gemeinsam ein Haus eingenommen, in dem sich Terroristen versteckt hielten. Er ist acht Stockwerke nach oben geklettert, hat sich durch einen Liftschacht wieder heruntergelassen, eine Türe aufgebrochen und die Bastarde mit seiner Uzi niedergemäht.«

»Ich kann das alles einfach nicht *glauben*«, flüsterte Converse.

»Tun Sie's«, sagte der Rebel leise und sah Joel an. »Wir tun das, weil sonst keiner dazu bereit ist. Und irgend jemand muß es ja tun. Mag sein, daß wir Außenseiter sind, aber es gibt auch Zeiten, wo wir auf der Seite der Engel stehen – wenn das Geld stimmt.«

Das gedämpfte Geräusch des gummiüberzogenen Kletterhakens war zu hören, und dann ein Knirschen, als er sich an der oberen Mauerkante festkrallte und das Seil sich spannte. Binnen Sekunden konnte man den schwarz gekleideten Mann Hand über Hand nach oben klettern sehen, die Füße eingestemmt. Er lief förmlich an der Betonmauer hinauf. Jetzt hatte er bereits die Mauerkrone erreicht, seine linke Hand verschwand, dann zog er sein rechtes Bein nach, und jetzt lag er flach auf der Krone. Plötzlich schoß sein linker Arm vor, bewegte sich zweimal vor und zurück, ein Signal. Dann griff er mit der rechten Hand nach der Waffe im Halfter und zog sie langsam heraus.

Ein Geräusch war zu hören, wie wenn jemand einen Kirschkern ausspuckt, und dann herrschte wieder Stille, und der linke Arm des Mannes zuckte zum zweitenmal vor. Ein zweites Signal.

Die zwei anderen Männer mit den Kletterhaken liefen heran, ließen ihre Haken kreisen und schleuderten sie in die Höhe, bis auch ihre Haken an der Mauerkrone festsaßen. Auch sie kletterten die Wand empor. Joel wußte, daß jetzt er an der Reihe war. Er packte das mittlere Seil und begann die mühsame Kletterpartie nach oben.

Johnny Reb und der schlanke Geoffrey Larson sollten die Seile nur im äußersten Notfall benutzen. Der Südstaatler hatte zugegeben, daß er sich dazu zu alt fühlte, und das Risiko, daß der Computerexperte verletzt wurde, war zu groß.

Mit schmerzenden Armen und Beinen wurde Converse von seinem Helfer die letzten Zentimeter hinaufgezogen. »Seil nachziehen!« befahl der Mann flüsternd. »Lassen Sie es langsam auf der anderen Seite herunter und setzen Sie den Haken neu.«

Joel folgte der Anweisung. Dann sah er das Innere der seltsamen Festung zum erstenmal – und einen uniformierten Mann unten auf dem Boden, dem aus einem Loch in der Stirn Blut tropfte. Der Mann war tot. Im schwachen Mondlicht konnte er in der Ferne ein paar Hellinge sehen und dazwischen Betonpiers, auf denen riesige Winden befestigt waren. Im Halbkreis, den U-Boot-Docks und dem Meer zugewandt, waren fünf flache, einstöckige Betongebäude mit kleinen Fenstern angeordnet. In zwei davon waren schwache Lichter zu erkennen. Die Gebäude waren mit Betonstegen untereinander verbunden.

Unmittelbar unter der Mauer, wo jetzt die drei Seile hingen, waren breite Stufen, die zu beiden Seiten auf eine Art Podium oder Plattform aus Beton führten, hinter der eine Art von Hof lag, von vielleicht zweihundert Meter Durchmesser. Ein Paradeplatz, dachte Converse und stellte sich Reihen von U-Boot-Besatzungen vor, die dort antraten, ihre Befehle entgegennahmen und sich die Aufmunterungen ihrer Offiziere anhörten, während sie sich darauf vorbereiteten, wieder auf Feindfahrt zu gehen.

»Mir nach!« sagte einer der Männer und tippte Joel an die Schulter. Dann packte er sein Seil und ließ sich daran auf die Plattform hinunter. Die anderen folgten ihm, wobei Converse sich etwas weniger geschickt als die Profis über die Mauerkrone rollen ließ. Aber auch er kam sicher nach unten.

Die zwei Männer links von Joel hetzten lautlos über die Plattform und die Treppen hinunter, auf die riesigen Stahltüren zu. Die zwei Männer zu seiner Rechten liefen instinktiv die gegenüberliegenden Stufen hinunter und kauerten sich mit gezogenen Waffen vor der Plattform hin. Converse schloß sich dem Paar am Tor an. Die beiden Männer studierten mit winzigen Taschenlampen die Riegel und die Eisenplatten sowie das komplizierte Schloß.

»Wir sollten es wegsprengen«, sagte der Amerikaner. »Da ist keine Alarmeinrichtung.«

»Sind Sie sicher?« fragte Joel. »Nach allem, was ich gehört habe, sind hier überall Drähte.«

»Die Schranken sind dort hinten«, erklärte der Mann und deutete auf die niedrigen Betonmauern, die den Paradeplatz umgaben, eine knapp einen Meter hohe Wand zu beiden Seiten.

»Schranken?«

»Lichtschranken. Strahlen, die sich schneiden.«

»Und das bedeutet, daß keine Tiere da sind«, sagte der zweite Mann, ein Deutscher, und nickte. »Keine Hunde. Sehr gut.«

Der andere hatte unterdessen ein paar Klumpen einer weichen, wie Glaserkitt aussehenden Masse in den Schloßmechanismus gestopft und mit seinem Messer glattgestrichen. Jetzt holte er einen kleinen, runden Gegenstand, nicht viel größer als eine 50-Cent-Münze, aus der Tasche, strich etwas von der Masse über das Schloß und drückte die Münze hinein.

»Zurücktreten«, befahl er.

Converse sah gebannt zu. Es gab keine Explosion, keinerlei Detonation, aber plötzlich erfaßte ihn eine kräftige Hitzewelle, und dann war eine glühende, blauweiße Flamme zu sehen, die den Stahl buchstäblich schmolz. Dann war eine Folge klickender Geräusche zu hören, die den Amerikaner dazu veranlaßten, die drei Riegel hastig zurückzuziehen. Er schob die rechte Tür auf und ließ seine Taschenlampe nach draußen blitzen. Augenblicke später betraten Johnny Reb und Geoffrey Larson das Innere der Festungsanlage.

»Schranken«, wiederholte der Amerikaner, zum Rebel gewandt. »Die sind überall an den Mauern entlang«, sagte er und deutete darauf. »Sehen Sie sie?«

»Ja«, erwiderte der Südstaatler. »Und das bedeutet, daß ein paar auch nach oben gerichtet sind. All right, Boys, dann wollen wir jetzt ein wenig kriechen. Bäuche herunter und die Knie und die Ärsche in Bewegung.« Die sechs am Tor schlossen sich den zwei anderen Männern an, die vor der Plattform kauerten. Johnny flüsterte etwas in deutscher Sprache und wandte sich dann Larson zu. »Mein lieber Freund aus England, ich möchte, daß Sie hierbleiben, bis wir Ihnen winken, daß Sie nachkommen können.«

Einer nach dem anderen, mit dem Deutschen, der jetzt fünftausend Dollar reicher war, an der Spitze, krochen die sieben Männer über den alten Exerzierplatz. Kaum atmend, die Hosen zerfetzt, die Knie und Hände von dem rauhen, zersprungenen Beton aufgeschürft. Der Deutsche strebte auf die Lücke zwischen dem zweiten und dritten Bau von der rechten Seite zu. Als er angekommen war, richtete er sich auf. Plötzlich schnippte er einmal mit den Fingern – nicht sehr laut, aber es war zu hören. Alle erstarrten unter den sich schneidenden Lichtstrahlen der Alarmanlagen. Converse drehte den Kopf auf dem Boden etwas zur Seite, um besser sehen zu können. Der Deutsche kauerte im Schatten. Dann tauchte ein Mann auf, ein Posten, der einen Karabiner über der Schulter trug. Jetzt schien der Mann zu bemerken, daß jemand in der Nähe war. Sein Kopf zuckte herum. Aber im selben Augenblick warf sich der Deutsche auf ihn, und sein langes Messer schoß auf den Kopf des Mannes zu. Joel schloß die Augen. Das Geräusch, das er hörte, ein heftiges Keuchen, sagte ihm mehr, als er wissen wollte.

Dann krochen sie weiter, bis sie, einer nach dem anderen, den Betonweg zwischen den beiden flachen Bauten erreicht hatten. Converse war am ganzen Körper schweißnaß. Er sah zu den U-Boot-Hellingen hinaus und auf die See und wünschte sich, er könnte sich einfach ins Wasser fallen lassen. Der Rebel berührte ihn am Ellbogen und bedeutete ihm, er solle seine Waffe herausholen. Jetzt übernahm Johnny Reb die Führung; er kroch auf die Vorderseite des zweiten Gebäudes zu und bog nach rechts. Dicht am Boden kauernd arbeitete er sich auf die Fenster zu. Seine Finger schnippten, und jede Bewegung erstarb. Alle preßten sie sich gegen den Boden. Schräg links, am Rand einer riesigen Helling, waren das Glühen von Zigaretten und die Stimmen leise sprechender Menschen wahrzunehmen – drei Männer, Posten mit Karabinern.

Wie auf einen lautlosen Befehl hin lösten sich drei der fünf Männer, die der Rebel angeheuert hatte – Converse konnte nicht erkennen, welche es waren –, aus ihrem Verband und krochen in einem weiten Bogen auf die gegenüberliegende Seite der alten U-Boot-Helling zu. Etwa eineinhalb Minuten später – die längsten neunzig Sekunden, an die Joel sich erinnern konnte – war eine Folge gedämpfter Schüsse zu hören, die fast von der nächtlichen Brise verschluckt wurden. Die darauffolgenden Geräusche waren kaum wahrzunehmen, Körper, die zu Boden fielen und im Todeskampf noch einmal zuckten. Dann herrschte wieder Stille. Die bezahlten Killer kehrten zurück, und Johnny Reb bedeutete ihnen mit einer Handbewegung, weiterzugehen. Converse fand sich plötzlich als letzter in der Reihe wieder. Sie erreichten das einzig beleuchtete Fenster des zweiten Gebäudes. Der Rebel richtete sich auf, schob sich langsam an das Glas heran. Dann drehte er sich um und schüttelte den Kopf; die anderen gingen weiter.

Sie erreichten den freien Raum zwischen Gebäude eins und zwei. Vorsichtig lief der erste hinüber, duckte sich in dem Augenblick, in dem er die gegenüberliegende Gebäudewand erreicht hatte, und hetzte dann weiter. Jetzt war Joel an der Reihe; er richtete sich auf.

»*Horst? Bist du das?*« sagte ein Mann scharf und trat aus der Tür.

Converse blieb reglos stehen. Der Rest der Gruppe hatte die Ecke des zweiten Gebäudes bereits hinter sich. Joel zwang sich, nicht in Panik zu geraten. Er war allein, und er allein konnte jetzt auch die ganze Operation auffliegen lassen, den Komplex Scharhörn zerstören und jeden töten, Connal Fitzpatrick eingeschlossen, falls der junge Offizier tatsächlich noch hier sein sollte.

»*Ja*«, hörte er sich sagen, während er sich gleichzeitig in den Schatten zurückzog und seine rechte Hand nach dem Messer griff. Der Pistole wollte er in der Dunkelheit nicht vertrauen.

»Halt, einen Augenblick! Sie sind nicht Horst!«

Joel wartete. Die Schritte kamen näher; eine Hand griff nach seiner Schulter. Er fuhr herum, packte das Heft seines Messers mit solcher Kraft, daß ihm das Schreckliche, das sein Verstand ihm jetzt befahl, fast nicht ins Bewußtsein drang. Er packte den Mann am Haar und zog die rasiermesserscharfe Schneide des Messers quer über seine Kehle.

Würgend, mit dem Brechreiz kämpfend, zog er den Mann in die Schatten. Der Kopf war fast vom Körper abgetrennt. Dann hetzte Joel über die freie Fläche und holte die anderen wieder ein. Keiner hatte ihn vermißt. Alle spähten sie nacheinander durch die vier beleuchteten Fenster. Johnny Reb hatte das erste bereits hinter sich gelassen und gestikulierte, während die Männer sich nacheinander wegduckten. Er deutete in verschiedene Richtungen und registrierte, wie die Männer nacheinander nickten, um zu bestätigen, daß sie die Anweisung verstanden hatten. Converse zog sich am letzten Fenster hoch und sah hinein. Er begriff sofort, weshalb der Rebel schnell handeln mußte. Da waren zehn Männer in militärischen Uniformen, die jedoch zu keiner ihm bekannten Armee gehörten. Die zehn säuberten gerade ihre Waffen, einige sahen kurz auf ihre Uhr, und andere drückten ihre Zigarette aus. Dann überprüften alle die Ladestreifen ihrer Karabiner. Einige der Männer lachten, hoben die Stimmen, als forderten sie etwas von den anderen. Joel konnte nicht verstehen, was gesprochen wurde. Er duckte sich vom Fenster weg und sah sich Johnny Reb gegenüber.

»Das ist eine Streife, die jetzt hinausgeht, nicht wahr?« flüsterte Converse.

»Nein, mein Lieber«, erwiderte der Südstaatler. »Das ist ein Erschießungskommando. Die haben gerade ihre Befehle bekommen.«

»Mein *Gott*!«

»Wir folgen ihnen unauffällig. Vielleicht finden Sie Ihren alten Kumpel Fitzpatrick doch noch.«

Die nächsten Minuten schienen Joel von einem wahnsinnigen Kafka in Szene gesetzt worden zu sein. Die zehn Männer formierten sich und traten durch die Tür ins Freie. Plötzlich flammten überall auf dem Exerzierplatz Scheinwerfer auf, offensichtlich hatte die Gruppe eine Lichtschranke betätigt. Zwei Männer mit Pistolen in den Händen liefen hinüber zu Gebäude vier. Sie sperrten die schwere Tür auf, zogen den Riegel zurück, stürmten hinein und brüllten dabei Befehle, während die Lichter eingeschaltet wurden.

»*Aufwachen, bißchen fix! Aufstehen! Schnell! Hinaus!*«

Sekunden später taumelten hagere, mit Handschellen gefesselte Gestalten ins Freie und kniffen die Augen zusammen, um sie vor dem grellen Licht zu schützen. Alle trugen zerfetzte Kleider. Einige konnten kaum noch gehen und mußten von anderen, die noch kräftiger waren, gestützt werden. Zehn, zwanzig, fünfundzwanzig, zweiunddreißig, vierzig... dreiundvierzig. Dreiundvierzig Gefangene von Aquitania, die exekutiert werden sollten! Sie wurden zu der Betonmauer geführt, die gegenüber der Plattform am anderen Ende des Exerzierplatzes aufragte.

Und dann war plötzlich die Hölle los! Es war, als hätte die Wut von Berserken die Verurteilten erfaßt! Plötzlich stürzten sie nach allen Richtungen davon, und die, die neben den Wachen standen, schlugen ihnen die Ketten, die ihre Handschellen verbanden, in die verblüfften Gesichter. Schüsse peitschten, drei Gefangene stürzten, wanden sich auf dem Boden. Das Erschießungskommando hob die Karabiner.

»Jetzt, Freunde, zeigt's den Schweinen!« schrie Johnny Reb. Er und seine Männer stürzten sich in das Durcheinander. Ihre Pistolen feuerten, und die schallgedämpften Schüsse mischten sich in die ohrenbetäubenden Explosionen der ungedämpften Waffen.

In weniger als zwanzig Sekunden war alles vorüber. Die zehn Männer von Aquitania lagen auf dem Boden. Sechs waren tot, drei verwundet, einer lag zitternd vor Furcht auf den Knien. Zwei von Johnny Rebs Leuten hatten sich geringfügige Verletzungen zugezogen.

»*Connal!*« brüllte Joel und lief suchend zwischen den Gefangenen herum, erleichtert, daß die meisten sich bewegten. »*Fitzpatrick!* Wo, zum Teufel, sind Sie?«

»Hier drüben, Lieutenant«, rief eine schwache Stimme rechts von Converse. Joel bahnte sich einen Weg durch die befreiten Gefangenen und kniete neben dem abgezehrten, bärtigen Marineanwalt nieder. »Sie haben sich ja ganz schön Zeit gelassen, bis Sie erschienen sind«, fuhr der Commander fort. »Aber rangniedrige Offiziere haben ja gewöhnlich ihre Schwächen.«

»Was ist denn hier *geschehen*?« fragte Converse. »Sie hätten alle getötet werden können!«

»Darauf lief es hinaus, nicht wahr? Man hat uns das letzte Nacht klargemacht. Also dachten wir, was zum Teufel, soll's?«

»Aber warum *Sie*? Warum die anderen?«

»Wir haben die ganze Zeit darüber geredet, haben es aber nicht herausbekommen, nur eines – wir waren alle höhere Offiziere und hatten dreißig bis vierzig Tage Urlaub. Aber was hatte das zu bedeuten?«

»Das sollte die Leute von der Spur abbringen, falls jemand anfing, ein Schema zu erkennen. Insgesamt sind siebenundneunzig Männer in Killerteams draußen – alles Militärangehörige auf Urlaub. Zahlenmäßig machten Sie fast fünfzig Prozent davon aus, Männer, die über jeden Verdacht erhaben waren. Das war für die eine erfreuliche Zugabe, und das hat Ihnen das Leben gerettet.«

Plötzlich fuhr Connals Kopf nach links. Ein Mann kam aus Gebäude fünf gestürzt und hetzte den mit Betonplatten belegten Weg hinunter. »Das ist der Chef der Wache!« schrie Fitzpatrick, so laut er konnte. »*Haltet ihn auf!* Wenn er den zweiten Bau erreicht, läßt er die ganze Anlage hochgehen!«

Joel sprang auf und jagte hinter dem Mann her, die Waffe in der Hand. Der Mann hatte jetzt die Mitte von Gebäude drei erreicht. Bis zur Tür von zwei waren es höchstens dreißig Meter. Converse schoß; die Kugel verfehlte ihr Ziel weit, prallte von einem stählernen Fensterrahmen ab. Der Mann erreichte die Tür, riß sie auf und schlug sie hinter sich zu. Joel prallte dagegen, warf sich mit seinem ganzen Gewicht gegen das dicke Holz. Die Türe gab nach, schlug gegen die Mauer. Der Mann hetzte auf eine Metallverkleidung in der Wand zu; Converse feuerte wie wild, hitzig, immer wieder. Der Mann wirbelte herum, an den Beinen getroffen. Die Wandplatte stand offen. Er griff nach einer Reihe von Schaltern. Joel stürzte sich auf ihn, packte die Hand des Mannes und schmetterte seinen Schädel auf den Steinboden.

Mit keuchendem Atem kroch Converse von dem Mann weg. Seine Hände waren mit warmem Blut besudelt, die leergeschossene Pistole lag auf dem Boden. Einer von Rebs Leuten kam durch die Türe gestürzt.

»Alles in Ordnung?« fragte er.

»Alles ausgezeichnet«, antwortete Converse, der sich elend fühlte und sich am liebsten übergeben hätte.

Der Mann ging an Joel vorbei und blickte auf seinem Weg zu dem offenen Schaltkasten auf die reglose Gestalt am Boden. Er studierte den Schaltkasten und holte dann ein kleines, kompliziert aussehendes Werkzeug aus der Tasche. Binnen weniger Sekunden war er damit beschäftigt, Schrauben herauszudrehen und die innere Metallvertäfelung abzunehmen. Augenblicke später schnitt er mit einem anderen Teil seines Instruments Drähte ab, so daß nur noch Kupferstummel zu sehen waren.

»Sie brauchen sich keine Sorgen zu machen«, sagte der Mann, als er fertig war. »Ich bin Spezialist für Bombenentschärfung, der beste, den es in Norwegen gibt. Jetzt brauchen wir keine Sorge mehr zu haben, daß irgendeiner dieser Kerle Schaden anrichten kann. Kommen Sie, es gibt noch viel Arbeit.« Er blieb neben Converse stehen, blickte zu ihm hinunter. »Wir verdanken Ihnen unser Leben.«

Draußen auf dem Exerzierplatz saßen die Gefangenen von Aquitania, an die Mauer gelehnt. Alle, mit Ausnahme von fünf, deren Leichen man offenbar aus einem der Gebäude geholt hatte. Converse ging zu Fitzpatrick hinüber.

»Die haben wir verloren«, sagte der Marineoffizier mit einer Stimme, in der keine Kraft mehr war.

»Halten Sie sich an Dinge, die Sie glauben, Connal«, sagte Joel. »Es klingt banal, aber mir fällt jetzt nichts anderes ein.«

»Das reicht schon.« Fitzpatrick blickte auf, und um seine Lippen spielte ein schwaches Lächeln. »Danke, daß Sie mich daran erinnert haben. Machen Sie weiter. Die brauchen Sie dort drüben.«

»*Larson*!« schrie Johnny Reb, der einen zitternden, aber unverletzten Wärter in Schach hielt. »Kommen Sie her.«

Der Engländer kam zögernd durch die Stahltür ins Innere der Anlage, wo ihn das Scheinwerferlicht erfaßte. Während er auf den Rebel zuging, wanderten seine Augen über den Exerzierplatz und ließen zugleich Staunen und Erschrecken erkennen. »Du lieber Gott!« stieß er hervor.

»Ja, das sagt es wohl ganz gut«, meinte der Südstaatler, während zwei seiner Leute aus Gebäude fünf gerannt kamen. »Was habt ihr *gefunden*?« schrie Johnny Reb.

»Noch sieben!« rief einer der Männer. »Sie sind in einer Toilette, und das entspricht ihrem Zustand ganz gut!«

»Oh!« machte Geoffrey Larson und hob dann die Simme. »Ist einer davon zufällig ihr Computermann?«

»Das haben wir sie nicht gefragt!«

»Dann *fragt*!« befahl der Rebel. »Die Zeit wird knapp!« Er wandte sich zu Converse. »Ich habe mit Ihrer Lady gesprochen. Was man aus Israel und Rom hört, klingt schrecklich – ein paar von den Killerteams sind Stones Männern entwischt. Die Demonstrationen haben vor einer Stunde begonnen, und zwölf Regierungsleute sind bereits tot. In Jerusalem und Tel Aviv fordern alle, daß Abrahms die Macht übernehmen soll. In Rom wird die Polizei mit den Krawallen und dem Chaos nicht mehr fertig; die Armee ist eingeschaltet worden.«

Joel fühlte wieder den stechenden, hohlen Schmerz in der Brust und bemerkte jetzt zum erstenmal das frühe Licht der Morgendämmerung am Himmel. Der Tag hatte begonnen, und damit auch die Morde. Überall. Er fühlte sich hilflos.

»Der Computer!« brüllte Johnny Reb und stieß dem Wachmann, den er unter sich am Boden festhielt, die Pistole gegen die Schläfe. »Raus jetzt mit der Sprache, sonst knallt's!«

»Gebäude vier!«

»*Danke*! Komm schon, Tommy, gehen wir! Bißchen fix!«

Die riesige Maschine stand in einem klimatisierten Raum und nahm die ganze viereinhalb Meter lange Wand ein. Larson verbrachte neun endlos lang erscheinende Minuten damit, sie zu studieren, an Skalen zu drehen, Tasten zu drücken und Schalter auf der Konsole umzulegen, während er Joels Notizblock vor sich liegen hatte. Schließlich verkündete er: »Die inneren Speicher sind gesperrt. Ohne einen Zugangscode bekomme ich die nicht frei.«

»Wovon, zum Teufel, reden Sie?« schrie der Rebel.

»Es gibt da eine Zahlengruppe, die man eingeben muß, um die gesperrten Speicher zu aktivieren. Deshalb habe ich gefragt, ob ein Computermann hier sei.«

Johnny Rebs Funkgerät summte. Converse schnappte es sich, riß es von dem Klettstreifen, den der Südstaatler an der Brust hatte.

»*Val?*«

»*Darling!* Bist du in Ordnung?«

»Ja. Was ist los?«

»Radio France. Bomben im Elysée-Palast explodiert. Zwei Polizisten sind erschossen worden, die zu den Kundgebungen ritten. Die Regierung hat das Militär eingesetzt.«

»*Herrgott! Ende!*«

Zwei von Johnny Rebs Leuten brachten einen Mann in den Raum, sie hielten ihn an den Armen. »Er wollte uns nicht sagen, worauf er spezialisiert ist«, sagte der Söldner zur Linken. »Aber als dann alle an der Mauer standen, waren die anderen nicht mehr so zugeknöpft.«

Der Rebel ging auf den Mann zu und packte ihn am Hals, aber Joel sprang vor, schob den Südstaatler beiseite und riß das Jagdmesser heraus.

»Ich habe wegen euch Schweinen eine Menge durchgemacht«, sagte er und hob die blutbesudelte Klinge vor das Gesicht des Mannes. »Und jetzt ist damit *Schluß*!« Er stieß dem Mann die Spitze in die Nase; der Computerexperte schrie, als das Blut herausschoß und ihm über den Mund strömte. Jetzt hob Converse die Klinge wieder, die Spitze im rechten Augenwinkel des Mannes. »Den Code, oder ich stoße zu!« brüllte er.

»Zwei, eins, null, elf!« schrie der Techniker.

»Eingeben!« schrie Joel.

»Sie sind *frei!*« sagte der Engländer.

»Und jetzt die Kombination!« rief Converse und stieß den Mann zurück, worauf ihn Johnny Rebs Leute wieder packten.

Alle blickten erstaunt auf die grünen Buchstaben auf dem schwarzen Bildschirm. Name folgte Name, Rang folgte Rang. Larson hatte den Print-out-Knopf gedrückt, und ein nicht endenwollender breiter Streifen Papier mit Hunderten von Personenbeschreibungen schob sich heraus.

»Das nützt uns nichts!« schrie Joel. »Wir können die nicht *rausholen*!«

»Seien Sie doch nicht so vorsintflutlich«, sagte der Engländer und deutete auf ein seltsam aussehendes Telefon, das in die Konsole eingelassen war. »Die Anlage hier ist sehr modern. Da gibt es diese reizenden Satelliten am Himmel, und ich kann das hier jedem zuspielen, der die entsprechenden Empfangsgeräte hat. Wir leben schließlich im Zeitalter der Elektronik.«

»Dann schicken Sie es *hinaus*«, sagte Converse und glitt, den Rücken an die Wand gelehnt, erschöpft zu Boden.

Die ganze Welt sah erschrocken zu, benommen von den Morden und den plötzlichen Gewaltausbrüchen in allen Erdteilen. Überall schrien die Menschen nach Schutz und nach Führung und verlangten, daß der Wahnsinn beendet werde, der ganze Städte zu Schlachtfeldern gemacht hatte. In Panik geratene, aufgeputschte Bürgergruppen gingen mit Steinen aufeinander los, dann mit Benzinkanistern, und schließlich schossen sie, weil man auch auf sie schoß. Nur wenige erkannten, wer überhaupt der Feind war, und deshalb war jeder, der angriff, ein Feind, und die Angreifer waren überall, erhielten ihre Befehle von unsichtbaren Kommandostellen. Die Polizei war hilflos. Dann schaltete sich Miliz ein, aber bald war zu erkennen, daß auch sie und ihre Führer dem Chaos nicht gewachsen waren. Alles war außer Kontrolle geraten, härtere Maßnahmen waren notwendig.

Das Kriegsrecht wurde ausgerufen. Überall. Und die Militärkommandeure waren dabei, Macht zu übernehmen. *Überall.*

In Palo Alto, Kalifornien, sah der ehemalige General George Marcus Delavane, auf seinen Rollstuhl geschnallt, auf drei Fernsehschirmen die sich ausbreitende Hysterie. Der Bildschirm des linken Geräts wurde dunkel, nachdem kurz zuvor noch die Schreie des Fernsehteams zu hören gewesen waren. Der Aufnahmewagen war angegriffen und dann von Granaten in die Luft gesprengt worden. Auf dem mittleren Schirm weinte eine Reporterin vor Zorn. Tränen der Empörung strömten über ihr Gesicht, als sie die Berichte über Mord und Zerstörung verlas. Der rechte Bildschirm zeigte einen Colonel der Marines, der in einer verbarrikadierten Straße im Wall-Street-Bezirk von New York interviewt wurde. Er hatte seinen .45-Marine-Colt in der Hand, während er versuchte, Fragen zu beantworten und gleichzeitig seinen Untergebenen Befehle zubrüllte. Jetzt flackerte der linke Schirm wieder auf, und ein bekannter Kommentator erschien im Bild. Seine Stimme klang halb betäubt, seine Augen waren glasig. Er setzte zu sprechen an, brachte aber kein Wort hervor. Dann drehte er sich in seinem Sessel herum und übergab sich, während die Kamera auf einen nichtsahnenden Nachrichtenredakteur schwenkte, der gerade ins Telefon brüllte: »Verdammt noch mal! Was, zum Teufel, ist denn passiert?« Auch er weinte, wie die Frau auf dem mittleren Bildschirm. Jetzt schlug er mit der Faust auf den Tisch und brach schließlich zusammen, den Kopf auf den Armen, den ganzen Körper von Krämpfen geschüttelt, während der Bildschirm wieder dunkel wurde.

Langsam breitete sich ein Lächeln über Delavanes Gesicht aus. Er griff abrupt nach zwei Fernschaltern und schaltete die Bildschirme rechts und links aus, um sich auf den mittleren zu konzentrieren. Die Kamera fuhr jetzt auf einen Lieutenant-General der Army zu, der mit Helm auf dem Kopf irgendwo in Washington einen Presseraum betrat. Der Soldat nahm den Helm ab, ging an ein Rednerpult und sprach mit scharfer Stimme ins Mikrofon.

»Wir haben alle Straßen abgeriegelt, die nach Washington führen, und was ich jetzt sage, soll eine Warnung für unbefugtes Personal und Zivilisten sein! Jeder Versuch, die Absperrung zu durchbrechen, wird sofort massive Gegenmaßnahmen auslösen. Meine Anweisungen sind kurz und klar. Schießen Sie, um zu töten. Meine Befugnisse beruhen auf den Notstandsvollmachten, die mir der Sprecher des Repräsentantenhauses verliehen hat. Er handelt in Abwesenheit des Präsidenten und Vizepräsidenten, die aus Sicherheitsgründen aus der Hauptstadt geflogen wurden. Das Militär hat jetzt die Kontrolle übernommen. Bis auf weiteres gilt das Kriegsrecht.«

Delavane schaltete den Fernseher mit einer triumphierenden Geste ab. »Wir haben es *geschafft*, Paul!« sagte er zu dem uniformierten Adjutanten gewandt, der neben der Karte an der Wand stand. »Nicht einmal die jämmerlichen Pazifisten wollen jetzt noch ihr Zivilrecht! Und *wenn*...« Der General von Aquitania hob die rechte Hand mit ausgestrecktem Zeigefinger, den Daumen nach oben, und schoß eine imaginäre Pistole ab.

»Ja, es ist geschafft«, pflichtete ihm der Adjutant bei, beugte sich über Delavanes Schreibtisch und zog eine Schublade auf.

»Was machen Sie da?«

»Es tut mir leid, General. Das muß ebenfalls sein.« Der Adjutant zog einen .357-Magnum-Revolver heraus.

Noch bevor er die Waffe heben konnte, schoß Delavanes linke Hand aus den Kissen seines Rollstuhls hoch. Sie hielt eine kurzläufige Automatik. Während er viermal schnell hintereinander abdrückte, schrie er:

»Sie glauben wohl, daß ich nicht darauf *gewartet* habe? Abschaum! Feigling! *Verräter*! Ihr glaubt wohl, daß ich irgendeinem von euch vertraue? So wie ihr mich *anseht*! Wie ihr in den Gängen flüstert! Keiner von euch kann es ertragen, daß ich noch *ohne* Beine besser bin als ihr *alle*! Jetzt wißt ihr es, Pack! Bald werden es die anderen auch wissen, wenn man sie erschießen wird! Sie werden exekutiert werden wegen Hochverrats gegen den Gründer von Aquitania! Ihr glaubt, irgendeiner von euch sei es wert, daß man ihm vertraut? Alle habt ihr versucht, das zu sein, was ich bin, und ihr *schafft es nicht*!«

Der uniformierte Adjutant war gegen die Wand geschleudert worden, gegen die Landkarte mit den sonderbaren Farben. Keuchend, den Hals blutüberströmt, starrten seine geweiteten Augen den tobenden General an. Und dann ließ ihn ein letzter Rest von Kraft die Magnum heben, und er feuerte einmal, während er zusammenbrach.

George Marcus Delavane wurde zurückgeschleudert, eine klaffende Wunde öffnete sich auf seiner Brust. Der Rollstuhl wurde herumgerissen und stürzte um. Der festgeschnallte Krüppel war tot.

Keiner wußte, wie es anfing, aber wie durch ein Wunder ließ das Gewehrfeuer langsam nach. Und dann sah man Gruppen uniformierter Männer, von denen viele sich von ihren Befehlshabern getrennt hatten, durch die Straßen patrouillieren und andere Männer stellen. Jetzt stand Soldat gegen Soldat, und Gesichter, die von Zorn und Ekel gezeichnet waren, starrten andere an, aus denen noch Arroganz und Trotz leuchteten. Die Befehlshaber von Aquitania waren hartnäckig. Sie hatten doch recht! Konnten das die anderen nicht verstehen? Viele wählten den Tod. Sie weigerten sich, die Waffen zu strecken, und nahmen lieber eine Zyankalikapsel.

In Palo Alto, Kalifornien, fand man eine beinamputierte Legende namens George Marcus Delavane erschossen auf, aber offenbar war der Tod erst eingetreten, nachdem er seinen Mörder, einen Army-Colonel, ebenfalls erschossen hatte. Niemand wußte, was geschehen war. In Südfrankreich fand man zwei weitere legendäre Helden tot in einer Bergschlucht. Man hatte beiden nach Verlassen eines Schlosses in den Alpen mit ihrer Kleidung auch eine Waffe gegeben. Die Generale Bertholdier und Leifhelm hatten verloren. General Chaim Abrahms verschwand spurlos. Auf Militärstützpunkten überall im Nahen Osten, in Europa, Großbritannien, Kanada und den Vereinigten Staaten wurden Offiziere hoher Ränge und entsprechender Verantwortung von

Untergebenen mit gezogener Waffe aufgefordert, sich zu erklären: *Gehören Sie einer Organisation an, die sich Aquitania nennt? Ihre Namen stehen auf einer Liste! Antworten Sie!* In Norfolk, Virginia, stürzte sich ein Admiral namens Scanlon aus einem Fenster im sechsten Stock. In San Diego, Kalifornien, erhielt ein anderer Admiral namens Hickman Befehl, einen hohen Offizier, der in La Jolla lebte, zu verhaften. Die Anklage lautete: Mord an einem Offizier in den Hügeln oberhalb jenes eleganten Vororts. Colonel Alan Metcalf suchte persönlich den leitenden Einsatzoffizier der Nellis-Air-Force-Basis auf. Der Befehl war von brutaler Klarheit – der Major, der für die Wartung aller Maschinen zuständig war, war sofort in eine Sicherheitszelle zu bringen. In Washington wurde ein hochgeschätzter Senator von italienischer Abkunft von einem Captain Guardino von Army G-2 aus der Garderobe gerufen und fortgeschafft, während im Außenministerium und im Pentagon elf Männer, die für Waffenkontrolle und Beschaffung zuständig waren, unter Bewachung gestellt wurden.

In Tel Aviv verhaftete der militärische Abwehrdienst dreiundzwanzig Adjutanten und Kollegen von General Chaim Abrahms sowie einen der brillantesten Analytiker der Mossad. In Paris wurden einunddreißig Kollegen – militärische und nichtmilitärische – von General Jacques Louis Bertholdier in Einzelhaft genommen, darunter stellvertretende Direktoren sowohl der Sûreté als auch von Interpol, und in Bonn wurden nicht weniger als siebenundfünfzig Kollegen von General Erich Leifhelm, darunter Kommandeure der Bundeswehr, hohe Offiziere der Armee und Luftwaffe der Bundesrepublik, unter Arrest gestellt. Ebenfalls in Bonn verhaftete die Wache des Marine-Corps in der amerikanischen Botschaft auf Anweisung des State Department vier Attachés, darunter auch den Militärattaché Major Norman Anthony Washburn.

Und so ging es überall. Das Fieber des Wahnsinns, der Aquitania hieß, wurde von Legionen eben desselben Militärs gebrochen, von dem die Generale angenommen hatten, daß es sie zur Weltherrschaft führen würde. Als die Nacht hereinbrach, schwiegen die Waffen, und die Menschen begannen hinter ihren Barrikaden hervorzukommen. Aus Kellern, Schächten der Untergrundbahnen, aus vernagelten Gebäuden, Bahnhöfen, von überall her, wo sie Zuflucht gefunden hatten. Sie traten auf die Straßen, benommen, verwirrt, und fragten sich, was geschehen war, während überall Wagen mit Lautsprechern durch die Städte fuhren und den Bürgern verkündeten, daß die Krise vorüber sei. In Tel Aviv, Rom, Paris, Bonn, London und jenseits des Atlantiks, in Toronto, New York, Washington, und weiter westlich wurden die Lichter wieder eingeschaltet. Aber die Welt hatte noch nicht zu ihrem alten Rhythmus zurückgefunden. Eine schreckliche Kraft hatte inmitten der allgemeinen Rufe nach Frieden zugeschlagen. Was war das für eine Kraft gewesen? Was war *geschehen*?

Das würde am folgenden Tag erklärt werden, plärrten die Lautsprecherwagen in einem Dutzend verschiedener Sprachen und baten die Bürger überall um Geduld. Die dafür gewählte Stunde war 3.00 Uhr nachmittags nach Greenwich-Zeit, 10.00 Uhr vormittags in Washington, 7.00 Uhr früh in Los Angeles. Die ganze Nacht und auch noch in den Morgenstunden konferierten in sämtlichen Zeitzonen Staatschefs über Telefon, bis die Texte aller Bulletins im wesentlichen gleich lauteten. Um 10.03 Uhr vormittags trat der Präsident der Vereinigten Staaten vor die Mikrofone. »Gestern hat eine bislang nie dagewesene Welle der Gewalt die freie Welt erfaßt, Todesopfer gefordert, Regierungen paralysiert und ein Klima des Terrors erzeugt, das den demokratischen Nationen der Welt fast ihre Freiheit gekostet hätte und sie veranlassen hätte können, Lösungen dort zu suchen, wo in einer demokratischen Gesellschaft keine Lösung gesucht werden sollte – weil sie dann zu Polizeistaaten werden, in denen die Macht Männern übergeben wird, die die freien Menschen ihrem Willen unterwerfen wollen. Es handelte sich bei dem tragischen Geschehen um eine organisierte Verschwörung unter der Führung verblendeter Männer, die die Macht um ihrer selbst willen suchten und sogar bereit waren, ihre eigenen Mitverschwörer zu opfern, um diese

Macht zu erlangen, und andere zu täuschen, die man dazu verführt hatte, dies für den Weg der Zukunft zu halten, die Antwort auf die ernsten Leiden dieser Welt. Doch das ist nicht die Antwort und kann es auch nie sein.

Im Laufe der nächsten Tage und Wochen, während wir diese Schrecken hinter uns bringen, wird man Ihnen die Wahrheit vorlegen. Denn dies ist eine Warnung an uns gewesen, ein Blutzoll, der uns abverlangt wurde. Aber ich erinnere Sie daran, daß unsere Institutionen die Oberhand behalten haben. Und das werden sie auch weiterhin.

In einer Stunde wird eine Konferenzserie beginnen, die das Weiße Haus, die Departments of State und Defense, die Führer der Mehrheits- und der Minderheitsfraktionen im Repräsentantenhaus und im Senat und den Nationalen Sicherheitsrat einschließen. Ab morgen werden in Abstimmung mit den anderen Regierungen täglich Berichte ausgegeben werden, bis Ihnen alle Fakten vorliegen.

Der Alptraum ist vorüber. Möge die Sonne der Wahrheit uns lenken und die Dunkelheit vertreiben.«

Epilog

Genf. Stadt des Lichts und der Unbeständigkeit.

Joel und Valerie Converse saßen an dem Tisch, wo alles angefangen hatte, nahe dem blitzenden Messinggeländer des Chat Botté. Der Verkehr auf dem Quai du Mont Blanc entlang des Sees floß geordnet und ohne Eile – Zielstrebigkeit, in die sich Höflichkeit mischte. Beide waren sich der Blicke der vorübergehenden Fußgänger bewußt, die auf Joel gerichtet waren. *Da ist er,* sagten die Augen. *Dort ist... der Mann.* Das Gerücht ging, daß er in Genf leben wollte, wenigstens eine Zeitlang.

Der Übereinkunft entsprechend gab es in dem zweiten Bericht, der der ganzen freien Welt zugänglich gemacht wurde, einen direkten, aber – auf Joels Wunsch – nur kurzen Hinweis auf die Rolle, die er in der Tragödie gespielt hatte, die den Namen Aquitania trug. Er wurde von allen Anklagen freigesprochen. Und dann folgte ein kurzer Hinweis darauf, daß die Welt in seiner Schuld stand, aber es wurden keine Einzelheiten genannt. Dafür berief man sich auf die Sicherheitsvorschriften der NATO. Joel lehnte sämtliche Interviews ab, obwohl die Medien seine Erlebnisse in Südostasien ausgruben und Spekulationen auf Verbindungen mit dem Drama der Generale anstellten. Es tröstete ihn, daß sich das Interesse an seiner Person, so wie es sich vor Jahren gelegt hatte, auch diesmal wieder legen würde – schneller in Genf, der Stadt der Zielstrebigkeit.

Sie hatten ein Haus am See gemietet, ein Künstlerhaus mit einem Atelier, das am Hang lag und dessen Oberlicht die Sonne vom frühen Morgen bis zur Abenddämmerung einfing. Valerie arbeitete jeden Morgen ein paar Stunden, glücklicher als sie in ihrem ganzen Leben je gewesen war, und sie gestattete ihrem Mann, täglich ihre Fortschritte zu überprüfen.

Auch Joel war keineswegs arbeitslos. Er ganz allein war die

Europafiliale von Talbot, Brooks and Simon. Nicht, daß er das Einkommen gebraucht hätte. Schließlich hatte Converse sich nie in die Rolle jener Anwälte in Film und Fernsehen begeben, die selten, wenn überhaupt Honorare beanspruchten. Da man seine juristischen Talente zur Beschaffung wichtigen Beweismaterials gebraucht hatte, stellte er den Regierungen, entsprechend ihrer Bedeutung, seine Dienste in Rechnung. Keine erhob Einwände. Die Gesamtsumme machte etwas mehr als zweieinhalb Millionen Dollar aus, die sicher auf einem Schweizer Konto angelegt wurden.

»Woran denkst du?« fragte Valerie und griff nach seiner Hand.

»An Chaim Abrahms und Derek Belamy. Man hat sie nicht gefunden – sie sind noch immer in Freiheit. Ich frage mich, ob man sie je finden wird. Und das hoffe ich, denn so lange ist es nicht wirklich vorbei.«

»Es ist vorbei, Joel. Das mußt du glauben. Aber das ist es nicht, was ich gemeint habe. Ich habe dich gemeint. Wie fühlst du dich?«

»Das kann ich nicht genau sagen. Ich wußte nur, daß ich hierher kommen mußte, um es herauszufinden.« Er sah in ihre Augen, auf das dunkle lange Haar, das ihr in Wellen bis auf die Schultern fiel und das Gesicht einrahmte, das er so sehr liebte. »Leer, glaube ich. Mit Ausnahme von dir.«

»Kein Zorn? Keine Verärgerung?«

»Nicht gegen Avery oder Stone oder irgendeinen der anderen. Das ist vorbei. Sie haben getan, was sie tun mußten; es gab keinen anderen Weg.«

»Du bist viel großzügiger als ich.«

»Ich bin realistischer, das ist alles. Das Beweismaterial mußte beschafft werden, indem man von außen in das Aquitania-Projekt eindrang – indem sich ein Außenseiter nach innen vorarbeitete. Der Kern war zu klein, zu tödlich.«

»Ich glaube, daß sie Feiglinge waren.«

»Ich nicht. Ich glaube, man sollte sie alle heiligsprechen, unsterblich machen, in Bronze gießen und Gedichte auf sie schreiben für die Nachwelt.«

»Das ist absoluter Unsinn! Wie kannst du nur so etwas sagen?«

Wieder sah Joel seiner Frau in die Augen. »Weil du hier bist. Weil ich hier bin. Und weil du Seelandschaften malst und keine Meerlandschaften. Und weil ich nicht in New York bin, und du nicht in Cap Ann bist. Und ich brauche mir keine Sorgen um dich zu machen und hoffen, daß du dir Sorgen um mich machst.«

»Wenn da nur eine andere Frau gewesen wäre oder ein anderer Mann. Dann wäre es so viel einfacher gewesen.«

»Da warst immer du. Nur du.«

»Versuche nur noch einmal von mir wegzugehen, Converse.«

»Niemals, Converse.«

Langsam schlossen sich ihre Hände ineinander. Der Alptraum war vorbei.

QUELLENHINWEIS

Aus dem Amerikanischen von Bea Reiter
(Der Titel erschien bereits in der Allgemeinen Reihe
unter dem Autorennamen »Jonathan Ryder«
mit der Band-Nr. 01/6481. Die in diesem Buch enthaltene
Ausgabe ist eine vom Autor überarbeitete und
neu übersetzte Fassung, die unter dem Autorennamen
»Robert Ludlum« bereits in der Allgemeinen Reihe
mit der Band-Nr. 01/9740 veröffentlicht wurde.)

Aus dem Amerikanischen von Heinz Nagel
(Der Titel erschien bereits in der Allgemeinen Reihe
mit der Band-Nr. 01/6941.)